ANYA SETON

katherine
ŞÖVALYELERİN KADINI

Son yüzyılın
klasikleri
arasına giren
en önemli tarihi
romanlardan
biri...

Çeviren: Selim Yeniçeri

SONSUZ KİTAP 14
ISBN 978-605-384-206-4 **SERTİFİKA NO** 16238
1. BASKI HAZİRAN 2010

ŞÖVALYELERİN KADINI

YAZAR	ANYA SETON
ÇEVİRİ	SELİM YENİÇERİ
YAYIN YÖNETMENİ	ENDER HALUK DERİNCE
GÖRSEL YÖNETMEN	FARUK DERİNCE
EDİTÖR	ALEV AKSAKAL
İÇ TASARIM	ZİHNİ KARA
BASIN ve HALKLA İLİŞKİLER	AKİF BAYRAK
MÜŞTERİ TEMSİLCİSİ	RAMAZAN YORULMAZ
BASKI	MELİSA MATBAACILIK
	Çifte Havuzlar Yolu
	Acar Sitesi No: 4
	Davutpaşa/İSTANBUL

İNTERNET ALIŞVERİŞ
www.dr.com.tr • www.ideefixe.com • www.kitapyurdu.com • www.hepsiburada.com

Gürsel Mah. Alaybey Sk. No: 7/1 Kağıthane/İSTANBUL
Tel: 0212 222 72 25 Faks: 0212 222 72 35
E-posta: info@yakamoz.com.tr

Sonsuz Kitap, Yakamoz Yayınları'nın tescilli markasıdır.

Anya Seton Chase © 1954
Anya Seton Chase © 1982
Houghton Mifflin

ANYA SETON

katherine

ŞÖVALYELERİN KADINI

Yazar Hakkında

ANYA SETON (1906-1990) New York'ta doğdu ve Old Greenwich Connecticut'ta öldü. İngiliz doğumlu natüralist ve Boy Scouts of America'nın öncülerinden Ernest Thompson Seton ve Grace Gallatin Seton'un kızıydı.

Tarihi romanlarında tarihi gerçekleri ne denli yoğun araştırdığı öne çıkar ve bunlardan bazıları da bestseller olmuştur: *Green Darkness (Yeşil Karanlık,* Sonsuz Kitap-2009*), My Theodosia* (Sonsuz Kitap-yakında çıkacak), *The Winthrop Woman* (Sonsuz Kitap-yakında çıkacak). Bunlar dışında *Avalon, Devil Water* ve *Foxfire'nin* de bulunduğu yaklaşık sekiz tarihi romanı okurları tarafından ilgiyle karşılanmıştır.

Ayrıca eserlerinden Dragonwyck (1944) ve Foxfire (1950) sinemaya uyarlanmıştır.

Sen ve adın yücelesiniz
Ey Ünün Tanrıçası!

"Hanımımız" dediler, "Biz ki
Size yalvaran halkınız
Bize iyi bir ün ihsan ediniz."

"Sizi uyarıyorum" dedi hanım;
"Benden hiçbir şekilde iyi ün alamayacaksınız
Tanrı aşkına! Bu yüzden gidin yolunuza."
"Heyhat!" dediler. "Ve ne yazık!
Bize nedenini söyler misiniz?"
"Çünkü istemiyorum" dedi hanım.

Ün Evi - Geoffrey Chaucer

Önsöz

Anya Seton, 2. Dünya Savaşı'ndan sonra tarihi kurgu disiplinine hâkim olan, edebiyat alanındaki modalar değişmesine rağmen popülerlikleri 1950'lerin sonlarına kadar devam eden, önde gelen ve çoğu kadın olan yazarlardan biriydi.

Savaş sonrası gerçekçi -kasvetli, ağır ve çağdaş- romanların popülerliği ve deneysel romanlara duyulan heves Seton, Georgette Heyer ve Jean Plaidy gibi yazarların geleneksel çalışmaları, okurlarının bir bölümünü korurken eleştirmenlerin onayını kaybetmeleri anlamına geliyordu. Büyük bir yanılgıyla, eleştirmenler tarihi kurgu ve romantik kurguyu tek ve aynı tür olarak görüyordu ve ikisini de fantastik, gerçek dışı, sadece entelektüel açıdan kendilerini zorlamadan eğlence arayışında olan kadınlar için yazılmış, sonu başından belli aşk hikâyeleri olarak değerlendiriyorlardı. Ama iyi bir tarihi roman, temel kişilikleri empatimize seslenen karakterlerle ve bize geçmişi hatırlatan ikna edici durum ve şartlarla örülür.

Bu insanların içinde yaşadıkları toplumdan nasıl etkilendiklerini incelemeyi amaçlayarak tarihi ortamları kullanmak yerine sadece geçmişin hayali görkemine dayanan -uzun fraklar, büyük şapkalar ve bolca tehlike- romantik kurgunun tam karşıtıdır. Romantik kurgu, farklı zamanlara ve kültürlere gerçek bir ilgi duymaz hatta en kötü örneklerde hikâyeleri bir boşluk içinde anlatılır. En iyi örneklerse sınırlı sayıda karakter tiplerini kullanır. Bir kadın kahraman (savunmasız, saf ve sevilen); bir kadın hain (insanları kullanan, seksi ve kalpsiz); bir erkek hain (saldırgan, kontrolsüz ve zalim); bir de erkek kahraman (sevilen ama sık sık haksızlığa uğrayan) vardır. Bu kâğıt karakterler önceden yaratılmış tiplerdir; kendi özel deneyimleri, geçmişleri veya toplumları tarafından biçimlendirilmemişlerdir ve mutlu bir sona doğru hikâye boyunca ilerlerken hiçbir şey onları değiştirmez.

Yüksek kaliteli bir tarihi kurgu, bundan çok daha fazlasıdır. İyi bir tarihi roman bize, dönemlerinin bilinen şartlarıyla tamamen uyumlu ama aynı zamanda düşünceleri ve eylemleriyle kalabalıktan sıyrılabilen karakterler sunar ve kendimizi onlarla özdeşleştirebiliriz. Tanınabilir bir zamanda ve yerde var olduklarından dönemin şartlarından etkilendiklerinden, hikâye içinde değişim gösterebilirler. İyi bir tarihi roman daima ortak insanlığımızın ve derin köklü dürtülerimizin içinde yaşadığımız toplum tarafından biçimlendirilme, bastırılma veya reddedilme yollarını dikkate alır.

Anya Seton'un sık sık en iyi kitabı olarak değerlendirilen *Katherine* adlı romanı da böyledir. On dördüncü yüzyıl İngiltere'sinin uzak geçmişinde bize, manastırda büyüdükten sonra kaba saba bir şövalyeyle ayarlanmış evliliğinde içsel bir güç kazanan ve ardından Lancaster Dük'ü John'la (diğer adıyla John Gaunt) tutkulu ve derin bir aşk ilişkisine giren Katherine de Roet'nin hikâyesini anlatmaktadır. Karakterler canlı bir şekilde kurgulanmış ve tasvir edilmiştir, pislik içindeki sokaklarından festivallerin heyecanına ve kraliyet saraylarının görkemine kadar Orta Çağ İngiltere'sinin detayları mükemmel bir şekilde verilmiştir. Seton'un İngiltere'ye ve İngiliz kırsal bölgelerine duyduğu sevgi ve hayranlık, bu kitabında derinden hissedilmektedir. Kullandığı ortamlar üzerinde mükemmel bir hâkimiyeti vardır ve buraları kendine güvenen bir tarzla anlatmaktadır.

İlk kez 1954'te yayınlanan *Katherine*, çok iyi araştırılarak hazırlanmış bir romandır; ama aynı zamanda da döneminin kitabıdır. Katherine'in cinsel uyanışı ve Dük'le ilişkisi tarihi gerçeklere dayanırken aynı zamanda 1950'lerin ahlak değerleriyle de biçimlenmektedir (örneğin, sevişmeye cevap vermesi ama başlatıcı taraf olmaması ve bireyselliğe önem veren bir on dokuzuncu yüzyıl sonrası ahlak anlayışı). Seton'un Freud psikolojisine de inancı tamdır: Dük John'ın Katherine'e ilk olarak çekim duymasının nedeni, ilk dadısına çok benzemesidir ve politik kararları, erken yaşlardan itibaren, beşikte değiştirilmiş bir bebek olduğundan korkmasına dayanmaktadır.

Bugün yazan birçok yazar, Seton'a ve çağdaşlarına olan borçlarını kabul etmektedir; tarihi kurgunun altın çağının tarzı ve standartları açıkça bulaşıcıdır. Kişisel olarak Georgette Heyer'in ve onun çalışmalarını yalayıp yuttum ve hiç şüphesiz, iyi bir tarihi romanın nasıl olması gerektiği konusundaki fikirlerimi onlara dayanarak biçimlendirdim. İki yazar da bir kitabın omurgasını tarih araştırmalarının oluşturması gerektiğine kesin olarak inanıyorlar. (Seton, malzemelerini çok fazla kullanmaz ama Heyer'in *The Infamous Army* adlı kitabında Waterloo Savaşı'nı anlatışı o kadar tutarlıdır ki kitabın İngiliz ordusunun subay eğitimi için okunacak kitaplar listesine girmesine neden olmuştur.) Ne Seton ne de Heyer, asla iyi bir hikâye çıkarmak için tarihi gerçekleri çarpıtmazlar, önce tarih gelmelidir. Teknikleri; tarihsel kayıtları bulmaya, onları kurgu olarak tekrar tasarlamaya ve okuru hayalı ama son derece gerçekçi bir dünyaya sürükleyecek nefes kesici bir karakter yaratımına dayanır. Seton'un çalışmalarını okumak bir hayale sürüklenme deneyimidir; fakat bu, küçük düşürücü bir şekilde olmaz. Bu, son derece inandırıcı bir şekilde anlatılarak *şimdi* kadar gerçek bir biçimde sunulan farklı bir zamana girmektir. Okuru davet ettiği zaman dilimi kolay ya da güzel değildir: Kirli, soğuk, tehlikeli bir ortamdır ve hayatlar genellikle zalimcedir ya da erken sona erer. Özellikle kadınlar için erkek gücünün hâkim olduğu bir toplumda yaşarken hayatta kalmanın kendisi bile bir zaferdir. Kendi benlik duygusunu korumak -Katherine'in gayet iyi bir şekilde başardığı gibi- büyük bir maceradır.

Bu özellik, romanı modern kadınlar için özellikle güçlü ve etkileyici kılmaktadır. Romanı, bir toplumda kadın olmanın, kendini ifade etme arzusuyla çoğunluğa uyma zorunluluğu arasında sürekli bir mücadele olduğunu gözlemlemeden okumak mümkün değildir. Katherine, toplumun ondan beklentileri yüzünden kendisini ücra bir yerde, izbe bir malikânede, kendini korumak zorunda olduğu sayısız tehlikeyle baş başa bulur. Günümüz kadınları için karşılaştığımız zorluklar o kadar ölüm-kalım meselesi hâlinde olmayabilir; fakat yine de acı vericidir ve derinden hissedilir. Katherine adlı karakterde cesaretini ve özdeğer duygusunu güçlü bir şekilde kullanan, ilham verici bir kadın profili buluruz. *Katherine* eski çağlarla ilgili eski bir romandır; fakat mesajı hâlâ güncelliğini korumaktadır.

Philippa Gregory

Yazarın Notu

Katherine Swynford ve John Gaunt'un -büyük Lancaster Dük'ü- bu hikâyesini anlatırken özellikle çok iyi bilinen tarihi gerçeklerden sapmamaya çalıştım ve gerçek şu ki on dördüncü yüzyıl İngiltere'si hakkında bilinen çok şey var. Hikâyemi tarihe dayandırdığımdan tarihleri, mekânları veya karakterleri kendime göre uydurmaya asla kalkışmadım.

Kaynaklarla ilgilenenler için ana kaynaklarımı aşağıda belirttim, kitabın arka planı ve yazımıyla ilgili bilgi edinmek isteyenler için de bazı kısa notlarım var.

Katherine'e olan ilgim, beş yıl önce Marchette Chute'un *Geoffrey Chaucer of England* (New York, 1947) adlı etkileyici biyografi çalışmasını okurken onun adıyla karşılaştığımda başladı. Daha sonra Bayan Chute'la şahsen tanıştım ve teşvikleri için ona son derece minnettarım.

Ardından, on dördüncü yüzyılla ilgili araştırmalarıma başladım ve daha detaylı araştırmalar yaparak Katherine'le ilgisi olan birkaç yeri görmek için İngiltere'ye gittim. Hayatımın dört yılını İngiltere'de geçirmiştim, babam İngiltere doğumluydu ve bu ülkeyi daima sevmiştim; fakat 1952'deki bu özel yolculuğum daha da zevkliydi çünkü İngiltere'de geçirilen bir baharın güzelliklerini bir hazine avının heyecanıyla birleştiriyordu.

Bölgelerin her birini ziyaret ettim, John Gaunt'un sayısız şatosunun kalıntılarını gördüm ve British Museum'da, şehir kütüphanelerinde ve arşivlerinde, kilise kayıtlarında, yerel efsanelerde Katherine'in hayatıyla ilgili daha da fazla veri araştırdım.

Dük'ünkiyle kesişmesinden önceki hayatıyla ilgili bilinen fazla bir şey yoktu ve sonrasıyla ilgili de çok az detay vardı. *Ulusal Biyografi Sözlüğü*'ndeki profil yetersizdi, çağdaş tarihçiler genellikle düşmancaydı ve Katherine, büyük tarihçilerin pek ilgisini çekmemişti; belki bunun nedeni dönemin kadınlarına yeterince yer ayırmamalarıdır.

Ama Katherine, İngiliz tarihi için yine de son derece önemliydi.

İngiltere gezimde Lincolnshire'ı ziyaret ettim ve yeni bir bakış açısı yakaladım. Burada, cömert yardımları ve *Medieval Lincoln* (Cambridge, İng., 1948) adlı kapsamlı araştırma kitabı için J. W. F. Hill'e (Esquire) özellikle teşekkür etmek istiyorum.

Lincoln'de projemle ilgilenen bütün nazik insanlara, özellikle Kettlethorpe Hall'un sahiplerine ve sakinlerine de teşekkür etmeliyim; onların sayesinde Katherine'in kendi evinde çok güzel günler geçirirken geçmişi yeniden yapılandırmaya çalıştım. Katherine'in zamanından bu yana sadece kapı kulübesi ve kilerlerin bir kısmı ayakta kalmış olmasına rağmen kilise arşivinde eğitimli din adamları tarafından biriktirilmiş paha biçilmez yerel broşürlerden biri vardı. Lincoln Rahibi R. E. G. Cole'un hazırladığı *The Manor and Rectory of Kettlethorpe* (*Kettlethorpe Malikânesi ve Kilisesi*) adlı broşür, Swynford'ların ilk dönemini ve Hugh'la Katherine hakkında bir sürü yeni bilgi ve kabul edilenlerden farklı ama son derece sağlam belgelendirilmiş tarihler -Hugh'un ölüm tarihi gibi- sunuyordu ve Hugh'un ölümüyle ilgili, onun gizemli sonu için kullandığım açıklama veriliyordu.

Bu kitaptaki önemli karakterlerin isimleri İngiliz tarihi öğrencilerine tanıdık gelecektir; ama ikinci derece karakterler için de olabildiğince gerçek insanları kullanmaya çalıştım. John Gaunt'un kendi kayıtları bu açıdan çok değerliydi. Örneğin, Birader William Aplleton'ın yetkileri ve becerilerine ek olarak yazgısı, hikâyemde anlattığım gibidir. Hawise Maudelyn, Katherine'in baş nedimesiydi; Arnold, Dük'ün şahincisiydi; Walter Dysse ona günah çıkarttıran rahipti ve Isolda Neumann da dadısıydı. Dük'e kayıtlarda olmayan yardımcılar, maiyet üyeleri veya vasallar vermedim.

Hikâyenin gelişimi ve yönelimleri için elbette ki bazen kendi yorumlarımı kullanmam gerekti; fakat bunların mantık ölçülerinde kaldığına ve olasılıklar tarafından desteklendiğine inanıyorum.

John Gaunt, düşmanca tutum sergileyen tarihçiler tarafından çok kötü biri gibi gösterilmiştir; St. Albans Rahibi'nin *Chronicon Angliae* adlı çalışmasında olduğu gibi. Doğal olarak büyük biyograf Sydney Armitage-Smith tarafından sunulan daha tarafsız profilini tercih ettim.

Beşikte değiştirilme söylentisine verdiği "psikolojik" tepkilerin işlenişinde çeşitli ipuçlarından hareket ettim. Tarihçilerin çoğu, Dük'ün Parlamento'daki davranışları ve sonrasında gelen ani tersine dönüş karşısında şaşırmışlardır; bir kaynak bunu, söylentilerin tarzının Dük'ün üzerinde yarattığı bilinçaltı etkisine bağlamıştır ve bu bence de mantıklı görünmektedir.

Bu dönemin tarihi ve politikası kadar geniş bir alanı ele alırken kendimi Katherine'i etkileyecek olaylarla sınırlamaya çalıştım; ama ulusal olayları gösterirken gerçekleri çatışan verilerden ve bakış açılarından arıtmaya gayret ettim. Parlamento ve Köylü İsyanı hakkındaki gerçek kayıtlar için bütün otoritelerin çalışmalarını okudum; ama büyük ölçüde, York'taki St. Mary's Manastırı'nın, daha önceki tarihçilerin elinde olmayan bilgileri de veren *The Anonimalle Chronicle* adlı çalışmasına dayandım.

Blanchette'in varlığı büyük ölçüde gözden kaçırılmıştı; ama Armitage-Smith tarafından ek bölümünde belgelenmiş ve *Kayıtlar* tarafından da doğrulanmıştı.

Bu *Kayıtlar* aynı zamanda bana hikâyenin büyük bölümünü de sundu; çünkü 1381'deki ayrılıkları da dâhil olmak üzere, Katherine ve Dük'ün özel yaşamıyla ilgili çok sayıda girdi mevcuttu; hikâyede göstermeye çalıştığım nedenlerden dolayı Dük'e saldırma fırsatını asla kaçırmayan bazı rahip tarihçiler de bu kayıtlara katkıda bulunmuştu.

Kendi Latincem bu araştırma için yeterli değildi ve çok sayıda değerli uzman bana yardımcı oldu; ama Orta Çağ Fransızcası ve Orta Çağ İngilizcesi'ne aşina hâle geldim ve bu kitabın yazımındaki en büyük kişisel zevklerimden biri, bol miktarda Orta Çağ edebiyatı ve Chaucer okumak oldu. Bana kalırsa -ki burada kesinlikle tehlikeli sularda seyrediyorum-Chaucer çalışmalarının bazı pasajlarını güzel baldızını düşünerek yazmış olabilir; özellikle de *Troilus ve Criseyde*'de.

Katherine'in güzelliğini kurgusal amaçlarla benim hayal etmediğim de sanırım kayıtlar tarafından kanıtlanıyor. John Gaunt'un St. Paul'deki kitabesinde (artık yok) ondan *"...eximia pulchritudine feminam"*[1] şeklinde söz edilmiştir ve bu, bir mezar taşı için oldukça sıra dışı bir ifadedir. Diğer yandan, St. Mary's Manastırı'ndaki eleştirel rahip, onun için *"une deblesse et enchanteresse"*[2] demektedir.

Norwich Leydisi Julian, büyük İngiliz mistiklerden biriydi. Bütün sözleri, editörlüğünü Grace Warrack'ın yaptığı (Londra, 1949) *Revelations of Divine Love*'dan kelimesi kelimesine aktarılmıştır. Bir zamanlar kulübesinin bitişik olduğu kilisenin yeniden inşa edilmesi mümkün olmuştur; ben

---

1 Oldukça güzel bir kadın.
2 Büyüleyici bir dişi şeytan.

ziyaret ettiğimde, düşman saldırısında feci şekilde zarar görmüştü.

Yazıma son verirken bana yardımcı olan herkese, özellikle de sevgili dostum Isabel Garland Lord ve İngiliz kuzenim Amy C. Flagg'a teşekkür etmek istiyorum.

Dönemle ilgili bütün standart tarihlere ve kaynak kitaplara başvurdum: ama en çok aşağıdakilere borçluyum.

John of Gaunt's Register. Camden Third Series, 4 cilt, dönem: 1372-1383. Bu ciltler, Dük tarafından yayınlanmış gerçek Fransızca (bazen Latince) belgelerden oluşmaktadır.

Genesis of Lancaster -Sir James H. Ramsay (Oxford, 1913), 2 cilt.

John of Gaunt- Sydney Armitage-Smith (Londra, 1904). Nihai biyografi.

Chaucer's World - Edith Rickert (New York, 1948).

The Anonimalle Chronicle, 1333-1381, of St. Mary's Abbey, York - V. H. Galbraith (Manchester, İng., 1927).

Sir J. Froissart's Chronicles - Thomas Johnes (Londra, 1810).

Diğer tüm kronikleri veya Chaucer, Wyclif, kraliçeler, Kara Prens, IV. Henry, II. Richard vs. biyografilerini listelemek çok zor olur. Ama bazı kitapların isimlerini burada vermem gerektiğini düşünüyorum. *English Wayfaring Life in the Middle Ages* - J. J. Jusserand (New York, 1950); *The Waning of the Middle Ages* - J. Huizinga (Londra, 1924); Eileen Power'ın bütün canlı ve kapsamlı çalışmaları arasında özellikle *Medieval English Nunneries* (Cambridge, İng., 1922); G. G. Coulton'ın bütün muhteşem kitapları; *Life on the English Manor* - H. S. Bennett (Cambridge, İng., 1937); ve Sir Walter Besant'ın nefes kesici ve güzel *Mediaeval London* ciltleri (Londra, 1906).

1. Kısım

(1366-1367)

"Ah, Tanrım, nedir hissettiğim aşk değilse?
O adam nedir eğer bu aşk ise? Ve şayet bu aşksa o adam nedir, kimdir?
Aşk iyi ise kederim nereden geliyor?
Eğer o kötüyse, acaba ben neyim..."

Troilus and Criseyde

1

Nisan'ın zarif yeşil zamanında, Katherine iki rahibe ve bir kraliyet habercisiyle birlikte nihayet yolculuğuna başlıyordu.

Sheppey'deki küçük manastırdan çıkarlarken, güneş daha yükselmemişti ve Kent bölgesinin merkezine, batıya doğru ilerlerlerken atlar yamaçta hafif adımlarla yürüyordu. Alçak bulutlar arkalarındaki manastır kulesini gizliyor, Kuzey Denizi'nden yoğun sis yayılıyordu.

Prime için çan çalmaya başladığında, onun tanıdık sesi arasında Katherine başrahibenin kapısının sertçe çarptığını ve sisin içinde yaramaz bir genç rahibenin ona seslendiğini duydu: "*Adieu*, sevgili Katherine, *adieu*!"

"Hoşça kal, sevgili Barbara, Tanrı seninle olsun" diye cevap verdi Katherine, sesinin fazla neşeli çıkmamasını umarak. Hayatının beş yıldan uzun bir süresini geçirdiği bu manastırdan ayrılırken üzgün görünmeye kararlıydı ama kalbi onu dinlemiyordu. Bunun yerine, heyecanlı bir bekleyişle göğsünde gümbürdüyordu.

İyi yürekli Kraliçe onu Sheppey Manastırı'na gönderdiğinde henüz cılız bir çocuktu ve gelecek Ekim ayında Michaelmas'tan bir süre sonra on altı yaşını dolduracağından, artık evlilik çağına gelmiş bir genç kızdı. Manastırdan ve çoğu nazik olmasına rağmen etrafında emirler yağdırarak hayatını yöneten rahibelerden sıkılmıştı. Hayatlarını kumanda eden o çandan, gün boyunca her üç saatte bir dua etmekten ve akşam sekizde Compline'dan sonra yatağa girmekten bıkıp usanmıştı artık. Derslerden ve ruhsuz şarkılardan, kadınların kendi aralarında fısıldamalarından gına gelmişti.

İnsan ne kadar kurallara uymaya çalışsa da, bütün bunları arkasında bıraktığı için üzgün olmak imkânsızdı; özellikle de kanı damarlarında güçlü, sıcak bir şekilde akarken ve dünya önünde denenmemiş onca yenilikle -dans, müzik, eğlence ve elbette ki aşk- uzanırken.

Nihayet zaman gelmiş, Katherine umudunu neredeyse kaybetmiş ve

Kraliçe o küçük öksüzü tamamen unutmuş gibi görünürken, saraya çağrılmıştı. Belki Kraliçe unutmuştu ama en azında Philippa unutmamıştı. Katherine bütün o yıllar boyunca görmediği kardeşini düşününce aniden yerinde neşeyle sıçradı; ama altındaki yaşlı beyaz at bundan hiç hoşlanmadı. Çamurlu bir çukurun kenarında ayağ takıldı, kendini toparladı sonra uzun dudaklarını ileri uzatarak olduğu yerde durdu.

Bu hareketten Başrahibe Godeleva da rahatsız olmuştu; çünkü Katherine onun terkisinde oturuyordu.

"İçine ne girdi de aniden öyle sıçrayıverdin, Katherine?" diye sordu Godeleva, omzunun üzerinden öfkeyle bakarak dizginleri sallarken ve atı tekrar yürümeye zorlarken. "Bayard iki kişinin ağırlığını taşımaktan nefret eder ve sen de aptallık edecek bir çocuk değilsin. Sana daha iyi bir eğitim verdiğimizi sanıyordum." Dizginleri tekrar salladı.

"Bağışlayın, Rahibe Anne" dedi Katherine kızararak.

Diğer rahibe, Cicily, bağırarak yanlarına geldi. "Ah, sevgili, sevgili Rahibe Anne, sorun nedir?" Manastırın muhafızlarından ödünç alınmış yaşlı bir ata biniyordu ve biraz geride kalmıştı.

"Gördüğün gibi" dedi başrahibe soğuk bir sesle, topuklarını atın sağrısına bastırıp boynuna küçük beyaz eliyle bir şaplak indirirken, "Bayard sendeliyor."

Rahibe Cicily üzgün bir tavırla başıyla onayladı. "Rahibe Joanna bu sabah o örümceği öldürdüğünde, bunun kötü şans getireceğini biliyordum; Tanrım, Tanrım, ne yapacağız şimdi?" diye sordu, gözlerini iri iri açıp başrahibeye bakarak. Rahibe Cicily atlardan korkuyordu ve dahası, başrahibe aklını başından alacak kadar korkutan bu dış dünyaya yapacağı yolculukta kendisine refakatçi olarak onu seçtiğinden selenin üzerinde titriyordu. "Aziz Botolph'a dua etsek?" diye inledi, ellerini birleştirerek. Ama at yerinden kıpırdamadı bile.

Atını önde süren ve kendi kendine açık saçık bir şarkı söyleyen Kraliçe'nin habercisi Long Will Finch, aniden arkasındaki sessizliği fark etti. Kır renkli atını çevirdi ve sisin arasından görmeye çalışarak, olanları anlamak için geri döndü. "Tanrı aşkına..." diye mırıldandı sorunu gördüğünde, "bu kutsal yaşlı tavuklar manastırdan çıkmamalıydı. Bu tempoyla gidersek, Whitsun'a kadar Windsor'a ulaşmamız mümkün değil."

Atından indi, hançerinin yan tarafıyla Bayard'ın poposuna vurdu ve dizginleri öfkeyle çekip aldı. At önce homurdandı ama sonra ileri doğru atıldı ve Katherine düşmemek için başrahibenin şişman beline sarıldı.

"Bir kamçıya ihtiyacınız var, Rahibe Anne" dedi Long Will, çalılıktan ince bir dal koparıp Godeleva'ya verirken.

Başrahibe zarif bir şekilde başını eğerek teşekkür etti. Bir Sakson şövalyesinin kızı olarak soyuyla gurur duyuyordu ve böylesine önemsiz bir manastırdan geldikleri için kraliyet habercisinin onları küçümsemesi sinirine dokunmuştu.

Long Will başrahibeyi düşünmüyordu; onun gözü Katherine'deydi. Şimdi Swale'in üzerindeki sisten pırıldayan Güneş ışığı, Katherine'i ilk kez net bir şekilde göstermişti. *Güzel bir piliç*, diye düşündü, yeşil kukuletanın altındaki yüze çaktırmadan bakarak.

Koyu renk kirpiklerin gizlediği iri gri gözler dikkatini çekti; neredeyse bileği kadar kalın ve atın butlarına değecek kadar uzun iki parlak saç örgüsü de gözünden kaçmamıştı. Sonbahardaki meşe yaprağı kadar kızıl saçlar, geniş beyaz bir alnı çevreliyordu. Saray hanımlarının aksine, bu kızın alnını genişletmek için saçlarını arkaya çekiştirmesine gerek yoktu. Yüzüne boya sürmesi de gerekmeyecekti. Kızın teni süt gibi beyaz, yanakları al aldı ve cildinde hiç leke yoktu. Ağzı, sarayda hayranlık duyulan somurtkan dudaklardan daha genişti ve burun deliklerinin genişliğiyle yuvarlak çenesindeki hafif yarık da eklenirse, yansıttığı şehvet her erkeği zorda bırakırdı.

Biraz öğrendiğinde yatakta iyi bir kadın olacak, diye düşündü Long Will, yanında yürürken Katherine'e bakarak. Ama biraz fazla inceydi ve göğüsleri küçüktü. Bir de dişleri iyiyse... Eksik veya çürümüş dişler birçok güzelliği mahvedebilirdi. Long Will onu gülümsetmeye karar verdi.

"Güzel yeni şatoyu ziyaret ettiniz mi, küçükhanım?" diye sordu, Queenborough'un yüksek kulelerinin göğü deldiği kuzeyi işaret ederek.

"Kesinlikle hayır" diye araya girdi başrahibe. "Manastırımda kalan kızların hiçbirinin şatoya yaklaşmasına izin vermedim; çünkü manastırdan sadece üç mil uzakta olsa bile, orası ahlaksız erkeklerle, askerler ve işçilerle dolu."

"Elbette, Rahibe Anne" dedi Long Will sırıtarak, "kutsal sürünün korunması gerek ama Matmazel Roet'in daha dünyevi olduğunu, dolayısıyla o tarafa doğru bir gezinti yapmış olabileceğini düşündüm." Katherine'e bakarak göz kırptı ama kız kendisine öğretildiği gibi bakışlarını yere indirdi. Bu Will Finch'in cüretkâr bakışlarının, bir yıl kadar önce kendisini görmek için manastıra gelen genç silahtarı hatırlattığını düşündü. İnsanın içini ısıtıyor, mahcup ediyordu ve o kadar rahatsız edici olduğu da söylenemezdi. Daha önce konuştuğu diğer erkekler sadece yaşlı bekçi ve daha da yaşlı bir manastır rahibiydi, dolayısıyla gözlerinde böyle bakışlar yoktu.

"Yani geçen yıl binayı denetlemeye geldiğinde, Lancaster Dükü'nü görmediniz?" diye devam etti haberci. "Çok yazık. Kralın oğulları arasında en centilmeni ve en yakışıklısı olduğu düşünülüyor; tabii Galler Prensi Edward, Tanrı onu korusun, hariç."

Katherine, Lancaster Dükü ile ilgilenmiyordu ama sormak istediği bir soru vardı. Bu yüzden başrahibeye eğilerek fısıltıyla sordu: "Konuşmama izin verir misiniz, Rahibe Anne?" Sonra dönüp baktığında, başrahibenin yuvarlak yüzünün beyaz baş şeridinin altında ifadesiz olduğunu gördü. Godeleva başıyla onayladı; çünkü her ne kadar kraliyete ait olsa da bir hizmetkârla dedikodu yapmanın uygunsuzluğunun farkında olmasına rağmen, Windsor'da kendilerini bekleyen şeyleri de çok merak ediyordu.

Katherine, Long Will'e döndü. "Belki ablam Philippa de Roet'i tanırsınız. Kraliçenin nedimelerinden biri..."

"Aman Tanrım, elbette tanıyorum" dedi Long Will. "Bana Kraliçe'nin mührünü verip bu yolculuğa gönderen oydu."

"Şimdi nasıl biri?" diye sordu Katherine çekinerek.

"Ufak tefek, esmer ve bir hayli de şişman" dedi Long Will. "Ona La Picarde diyorlar. Kilerdeki hizmetkârları o yönetir. Kraliçenin diğer nedimeleri gibi de hafifmeşrep değildir."

"Gerçekten de Philippa'yı anlatıyorsunuz" dedi Katherine sonunda gülümseyerek. "Biz çocukken beni de hep hizaya getirirdi."

"Aslını isterseniz, ona pek benzemiyorsunuz" dedi Long Will, nihayet gülümsediğinde Katherine'in hayatında gördüğü en güzel kız olduğuna karar vererek. Dişleri küçük ve papatya yaprakları gibi bembeyazdı; gülümsemesi etkileyiciydi ve insanın içini eriten bir özlem hissettiriyordu. Harika bir evlilik yapamayacak olması çok üzücüydü. Kraliçenin kafasında hizmetkârlardan birinin veya bir silahtarın olduğu şüphesizdi. Long Will, kalbi ve yardımseverliğiyle tanınan Kraliçe Philippa için gerçekleştirdiği diğer birçok görevden biri olması dışında, Kent manastırına yaptığı bu ziyaretin içeriğiyle ilgili çok fazla şey bilmiyordu. Philippa daima öksüz çocuklarla, özellikle de Roet kızları gibi babaları kendi hemşerisi olanlarla yakından ilgilenirdi.

"Windsor'da kraliyetten çok insan var mı?" diye sordu Katherine. Onları Kral Edward ve Kraliçe Philippa gibi parıltılı giysiler içinde, prens oğulları ve prenses kızlarıyla hayal ediyordu; Sheppey'deki azizler gününde belli belirsiz isimleri nadiren duyuyor, manastır hizmetkârlarının dedikodularını dinliyordu.

"Çoğu Aziz George Günü ziyafeti ve turnuvaları için Windsor'da olacak," dedi Long Will, "ama hangilerinin geleceğini bilmiyorum. Hepsi oradan oraya o kadar dolaşıyor ki... Üstelik bir de şimdi şu savaş konuşmaları var."

"Savaş mı?" diye bir çığlık attı başrahibe. "Ama altı yıldır Fransa ile barıştaydık." *Kutsal Meryem; yine savaş olmasın,* diye düşündü, savaşın yönetim sorunlarını nasıl artırdığını kendi deneyimlerinden bildiği için. Öyle zamanlarda işçi bulmak zorlaşıyor, zaten zor idare edilen manastır daha da zora giriyordu. Kırk sekiz yılındaki korkunç Kara Ölüm'den bu yana, bütün işleri yapacak yeterince güçlü hizmetkârlar kalmamıştı. Rahibeler tarlalarda kendileri çalışmış -tabii, onlar da vebadan hayatta kalanlardı- Sheppey neredeyse yok olmanın eşiğine gelmişti. Godeleva o zamanlar acemiydi ve üstlerinin endişelerini anlayamayacak kadar gençti. Ama ayakta kalmayı başarmışlardı. Yeni bir hizmetkâr kuşağı yetişmişti ama onlar da eski zamanlardaki gibi nezaketten nasiplerini almamıştı; çünkü bunlar çağrılmayı beklemek yerine savaşa kendileri koşacak türden insanlardı. Brétigny Antlaşması'ndan önce bunlar yaşanmıştı ve eğer yine savaş başlar ve yaşlılarla kadınlar dışında iş yapacak kimse kalmazsa, yine aynı şeyler olacaktı.

"Duyduğum kadarıyla savaş Fransa'ya karşı değil, Castile'e karşı" diye cevap verdi Long Will. "Galler Prensi, Tanrı onu korusun, Bordeaux'daki konuyla özel olarak ilgileniyor." Aniden kadınlardan ve görevinden sıkılan Long Will, atını mahmuzlayıp hızlandırdı ve homurtuyla bir küfür savurarak rahibeleri arkada bıraktı. Savaş başlarsa, böyle gülünç ayak işlerine bakmayacaktı; kırlarda bakirelerle at sürmek ne de eğlenceliydi ama...

"Haydi, haydi, saygıdeğer hanımlar" diye seslendi sabırsızca, eyerinde arkaya dönerek. "Tekne bizi bekliyor."

Swale'i geçerken, Long Will'in sabrı daha da sınandı. Bayard yine inat etti ve yüzmeyi ya da tekneye binmeyi bir buçuk saat boyunca reddetti. Su korkusu at korkusuna ağır basan Rahibe Cicily'nin borda iskelesinde ayağı kaydı ve sırılsıklam olup cılız bacaklarına yapışmış siyah cüppesiyle ağlayıp sızlayarak sudan çıkarıldı. Long Will'in tuniğindeki kraliyet armasını gören tekneci ise, doğal olarak iki katı para istedi. Kraliçe de bütün Flamanlar gibi cimriydi ve yolculuk için verdiği kese, masrafları karşılamaya ancak yeterdi; bu yüzden haberci sert ve deneyimli bir dille tekneciyi ikna etmek zorunda kaldı.

Katherine, Swale'in diğer tarafında yosunlu bir kayanın üzerine oturup Bayard ile tekneci arasındaki sorunların çözümünü beklerken, var olduğunu bile bilmediği bir yığın küfrü hayallere dalarak dinledi. Sonunda ana karaya geldiği için mutluydu ve biraz da korkuyordu. Nisan güneşi sırtını ısıtıyor, kuşlar bir yabani vişne ağacının tepesinde şakıyor, Londra'ya uzanan yoldaki tepeden koyun melemelerine karışan çan seslerini duyuyordu.

Swale'in karşı tarafındaki Sheppey Adası'na baktı. Kendini bilmeye başladığından beri yıllarının neredeyse tamamını orada geçirmişti. Henüz tamamlanmamış şatonun surlarını görebiliyordu ama manastırın alçak çatısını veya şu anda rahibeleri duaya çağırmakta olan çan kulesini göremiyordu. Kraliçe'nin Sheppey'e gönderdiği dana etini ve şarabı taşıyan arabayla manastıra getirildiği beş yıl önce o çan sesini ilk duyduğu zamanı hatırladı. Kraliçe, Katherine'in masraflarını karşılamak için üç altın da göndermişti ve Başrahibe Godeleva çok sevinmişti.

Doğru, Katherine ne kraliyet ailesine dâhildi ne de yüklü çeyizi olan bir kızdı. Soylu da değildi. Sadece birçokları gibi anaç Kraliçe'nin kendini sorumlu hissettiği çocuklardan biriydi ama başrahibe bu beklenmedik kraliyet ilgisi karşısında memnun olmuştu; çünkü Sheppey daha önce hiç bu kadar onurlandırılmamıştı. Genellikle seçilen yerler, Barking veya Amesbury gibi büyük aristokratik kurumlardı.

Kraliçe'nin yakınlardaki bu manastırı düşünmüş olmasının nedeni, Thames'i korumak için kurulmuş eski bir Sakson kalesinin üzerine yeniden inşa edilen Queenborough Şatosu'ydu.

Katherine çok geçmeden büyüyüp uzamış, üç altın çoktan harcanmış, manastır onu kendi beslemeye başlamıştı ama geçen yıl ziyarete gelen genç silahtarın mesajı dışında, Kraliçe'den veya Katherine'in ablası Philippa'dan başka bir şey gelmemişti.

Katherine, kraliyet mensuplarının ne kadar nazik olurlarsa olsunlar unutkan olduklarını çabuk öğrenmişti ama Kraliçe vatanseverleri asla unutmayacağını belirtmişti; özellikle de Katherine'in babası gibi savaşta ölenleri.

Payn de Roet, Kraliçe'nin zengin, küçük Hollanda bölgesi Hainault'tan gelmişti ama Picardy'den bir Fransız kızla evlenmiş, o da doğumda ölmüştü. Onun ölümünden sonra, Payn iki küçük kızını büyükbabalarına bırakmış, Kraliçe'nin peşinden İngiltere'ye geçmişti. Payn bulunduğu konumun gerektirdiğinden daha gösterişli giyinen, yakışıklı bir adamdı ve bu yüzden, çok geçmeden Paon, yani tavus kuşu adını almıştı.

Kral Edward'ın gözüne girmiş, kraliyet yetkililerinden biri olmuş -Guienne'de kralın temsilciydi- sonra da 1360'daki barış antlaşmasından önce Fransa'ya karşı savaşta öylesine sivrilmişti ki Kral Edward, hak etmiş olan birçok askerle birlikte, onu savaş meydanında şövalye ilan etmişti.

Sir Payn şövalyeliğinin veya barışın tadını çıkaracak kadar uzun yaşamamıştı; çünkü Paris surlarının dışında bir Norman oku ciğerlerini delmiş ve Payn, Picardy'deki iki küçük kızının geleceği için dua ederek son nefesini vermişti.

Kral daha sonra İngiltere'ye döndüğünde, Kraliçe Philippa bunları duyunca üzülmüştü ve Bruges'a gidecek mektuplarla birlikte yol boyunca çeşitli görevleri yerine getirmesi için hemen bir haberci göndermişti.

Haberci, Picardy çiftliğine uğramış ve Sir Payn'ın ailesinin gerçekten de yardıma muhtaç durumda olduğunu görmüştü. O kış veba geri dönmüş, bütün ev halkını sarsmıştı. Büyükbaba, büyükanne ve bütün hizmetkârlar ölmüştü. Payn'ın iki küçük kızı dışında kimse hayatta kalmamıştı; küçük olan da salgına yakalanmıştı ama bünyesinde maraz kalmasına rağmen, mucizevi bir şekilde iyileşmişti. Bir komşuları onlara istemeden de olsa bakmıştı.

Bu küçük kızlardan biri on üç, diğeri on yaşındaydı. Babaları Kraliçe'nin himayesinde olduğundan, büyük olana Philippa, küçüğe de Katherine adı verilmişti. Onları kimsesiz kalmış hâlde bulan ve Kraliçe'nin iyi yürekliliğini bilen haberci, geri dönerken çocukları da İngiltere'ye getirmişti.

Kanal'ın diğer tarafına geçişleriyle sonuçlanan bu yolculuk hakkında, yağmurdan korunmak için Eltham'daki kraliyet sarayında kalışları ve sonunda Kraliçe tarafından kabul edilişleri dışında Katherine neredeyse hiçbir şey hatırlamıyordu; çünkü bütün bu süre boyunca ateşten yanıp durmuştu.

Katherine, altın renkli kumaşla çevrelenmiş, nazik, şişmanca bir yüz, kendisiyle önce Flaman sonra da Fransızca konuşan rahat bir ses hatırlıyordu; ama ablası Philippa onu Kraliçe'ye cevap vermesi konusunda sertçe ikaz etmesine rağmen Katherine bunu yapamamıştı ve başka bir şey de hatırlamıyordu.

Kraliçe, çocuğun sağlığına kavuşması için onu bitkiler konusunda becerikli bir şifacıya vermişti. Kraliçe, Woodstock'taki en sevdiği sarayına taşınıp Philippa'yı da maiyetine aldığında ve kendisine Katherine'in mucizevi bir şekilde iyileştiği bildirildiğinde, çocuğun Sheppey'e kabul edilmesi için gerekli yazışmalara başlamıştı.

Ne kadar mutsuz ve ev özlemiyle dolu olsa da bu nehri son kez geçiyorum, diye düşündü Katherine, Swale'in çamurlu sularına bakarak.

"*Viens,* Katherine; *dépêches-toi!*"[3] diye seslendi başrahibe, beyaz ata binmeye çalıştığı yoldan bakarak. Katherine ayağa fırladı. Başrahibe ancak törenlerde veya azarlama anlarında Fransızca konuşurdu. Koyu bir Kent aksanıyla konuştuğundan, Katherine manastıra yeni geldiği zaman onun söylediklerinden hiçbir şey anlamamıştı ama artık başrahibenin aksanını, rahibelerin daima kendi aralarında konuştuğu İngilizce kadar iyi anlıyordu.

Bayard'ı ve tekneciyi yola getirmiş olan Long Will, yolculuğa devam etmek için onları bekliyordu.

Katherine, Godeleva'nın arkasına bindi ve küçük grup tekrar hareket etti. Rahibe Cicily oflaya puflaya arkadan geliyordu ve belli aralıklarla manastırın koruyucusu St. Sexburga'ya sesleniyor, kendisini daha fazla rezillikten koruması için yalvarıyordu. Oysaki güneş giderek ısınıyor, çamurlu yol giderek kuruyor, yumuşak Kent havası nefis kokularla ve kuş sesleriyle doluyordu. Kendilerine doğru gelen bir koyun sürüsüyle karşılaştıklarında -bu çok iyi bir işaretti- Rahibe Cicily neşelendi ve değişen manzaranın tadını çıkarmaya başladı.

Long Will yine şarkı söylüyordu; vefakâr kadınlarla dolu duygusal bir türküydü ama ne yazık ki sözleri tam olarak anlaşılmıyordu. Başrahibe bile yolculuktan zevk almaya başlamıştı ve Katherine'e döndü. "Ah, çocuğum, Azize Meryem ve Tanrı beni bağışlasın. Böylesine iyi bir neden dışında asla manastırımdan çıkmazdım ama dışarıda olmak gerçekten güzelmiş."

"Ah, gerçekten öyle, Rahibe Anne!"

Bu insancıl itirafla irkilen Katherine, önündeki siyah örtülü küçük kafaya şefkatle baktı. Başrahibe biraz daha rahatlayınca kadınlığın erdemleriyle ilgili konuşmaya başladı. Rahibe Joanna'ya verdiği talimatla, başörtüsü güzelce kolalanmış, siyah cüppesi elden geçirilmiş, kaçınılmaz küf ve ter kokusunu bastırması için giysinin katları arasına tarçın sürülmüştü. Makamını gösteren gümüş yüzüğü, şişkin beyaz işaretparmağı üzerinde

---

3 Gel, Katherine çabuk ol!

yıldız gibi parlayana dek odun külüyle ovulmuştu ve altın iplikle işlenmiş en güzel tespihini yanına almıştı.

Godeleva genellikle herkes gibi Benedictine kurallarına uyardı; ama bazı pratik değişiklikler de söz konusuydu. Saraya yapılan bu yolculukta, Sheppey'e yüklü çeyizi olan bir kızla dönebilirdi ve dış dünyada yaşayanlar ne yazık ki görünüşe çok önem verirdi. Ebeveynler kızlarının yoksul manastırlarda yaşamasını istemezdi ve İngiltere'de Sheppey dışında yüz kırk kadar manastır olduğundan, rekabet bir hayli sıkıydı.

Başrahibe ona bakmak için eyerin üzerinde döndü ve Katherine'in Sheppey'e prestij kazandıracağını düşündü. Kız gerçekten çok güzeldi. Onu iyi beslemeleri dışında bu konuda manastırın bir iddiası olamazdı belki ama nazik davranışları ve görgü kuralları; işte bunlar Kraliçe'yi memnun edebilir, Katherine'in eğitimi karşısında şaşırabilirdi. Katherine elbette ki örgü örebiliyor, nakış işleyebiliyor, yemek yapabiliyordu; rahibelerle birlikte ilahi söyleyebiliyordu ve gerçekten de doğal, gür ve çok güzel bir sesi vardı. Ama daha da önemlisi, Katherine, onu yetiştiren ve diğer acemilere oranla iki kat daha hızlı öğrendiğini belirten manastır rahibi "Sir" Osbert sayesinde Fransızca ve İngilizce okuyabiliyordu. Ayrıca, başrahibe onaylamamasına rağmen, Katherine'e biraz astroloji ve abaküs kullanmayı da öğretmişti. Bu işe yaramaz bilgiler şeytan işiydi ve önceki yıl Katherine'in güzelliği iyice dikkat çeker hâle geldiğinde, Godeleva, "Sir" Osbert'ın onu eğitmek konusundaki hevesliliğinden endişe duymuştu. Ama sonra bu utanç verici düşüncelerinden dolayı tövbe etmişti; sonuçta, evet, rahip bir erkekti ama çok yaşlıydı ve zaman içinde başrahibe, onun Katherine'i eğitmek konusunda bu kadar hevesli olmasının sadece entelektüel ilgiden ve can sıkıntısından kaynaklandığını anlamıştı.

"Çeneni indir ve sırtını dikleştir kızım, sana öğrettiğimiz gibi" dedi başrahibe, üzengiye dolaşmış olan eteğini düzeltmeye çalışırken.

Katherine, Bayard'ın sarsıntılı yürüyüşü arasında elinden geldiğince emre uydu ve sonra tekrar hevesle öne eğildi. "Ah, bakın, Rahibe Anne, şurada bir kule, bir şato ve evler var. Orası Londra mı?"

Long Will bunu duyunca kahkahalara boğuldu. "Orası Londra filan değil. Sadece Rochester."

Katherine kızardı ve başka bir şey söylemedi; ama Rochester gerçekten de ona büyük bir şehir gibi görünmüştü. Yüksek kulenin dışında, kalın surların arasında göğü delen en azından yüz kadar baca vardı.

"Burada bu tür manzaralar çok sıradandır, küçükhanım" dedi Long Will, başrahibenin yanına dönerken. "Boğazım kurudu, midem gurulduyor ve eminim ki sizler de pek farklı durumda değilsiniz. Üç Taç'ta yemek yiyelim mi?"

Başrahibe başını iki yana salladı. "Hayır" dedi, dudaklarını büzerek. "Manastırın misafirhanesine gidelim. Rahibelerimden biri, Rahibe Alicia, keşişin kuzenidir."

Long Will ve Katherine hayal kırıklığına uğramışlardı; Long Will, biradan ve Üç Taç'taki garson kızdan hoşlandığı, Katherine de dinî yerlerden sıkıldığı ve bir hanın nasıl bir yer olduğunu görmek istediği için. Ama başrahibe hükmetmeye alışkındı. Will, şehir kapılarından manastıra uzanan yolda isteksizce rehberlik etti.

Sokaklarda çok fazla ilgi çekiyorlardı ve bunun nedeni rahibeler değildi; çünkü Canterbury'ye uzanan yoldaki bu durakta insanlar hacılar, din adamları ve benzeri insanlar görmeye alışkındı ama Will'in tuniğindeki kraliyet arması ve başrahibenin arkasındaki kızın güzel yüzü çok fazla dikkat çekiyordu. Katherine'in kukuletası arkasına düşmüş, güneşte parlayan saçları ve elma gibi kıpkırmızı yanakları ortaya çıkmıştı.

Rochester halkı, dar sokakta üç ata yol vermek için binalara doğru çekildiler ama yorumlarını gizlemediler. "Tanrı aşkına" diye bağırdı bir deri ustası, Will'e dostça bakarak, "bir rahibeye mi tecavüz ediyordun, uzun bacak?" "Daha da kötüsü" diye cevap verdi bir seyyar satıcı, "Kadınları ihanet suçundan asılmak üzere Londra Köprüsü'ne götürüyor, başka ne olabilir ki?" Bazıları bu yorumlara gülerken, bir fırıncı başını dükkân penceresinden dışarı uzattı. "O hâlde kemikleri üç kere sıyrılacak; çünkü akbabalar bakire etine bayılır."

"Bakire olabilirler" diye cevap verdi deri ustası, "ama kız bunun için fazla solgun. Umarım onu bir daha manastıra kapamazsınız, hanımefendi" dedi, Godeleva'ya doğru alaycı bir tavırla eğilerek. "Kendinize hastalıklı ve çarpık dişli başka bir acemi bulun. Bu güzel kız, şanslı bir adamın yatağını ısıtmalı."

"Hiçbiriniz umutlanmayın" diye bağırdı Long Will, sırıtarak. "Bu hanımın kocasını Kraliçe'nin kendisi seçti. Yol açın, yol açın!"

Başrahibe bu gevezeliklere aldırmadı bile. Sonuçta Sandwich'de geçen gençliğinde böyle konuşmaları çok duymuştu ve zihni o geceki düzenlemelerle meşguldü. Manastır onları kabul etmezse, Lilliechurch'deki manastırı denemek zorunda kalacaklardı. Ama Rahibe Cicily korkmuştu; ince burnu titriyordu, gözleri kızarmıştı ve bu yolculuğa çıktığı için bir kez daha pişman olmuştu.

Katherine korkmamıştı ama utanmıştı ve yüzünü gizlemek için kukuletasını başına geçirmişti. *Gerçekten solgun muyum?* diye düşündü. Bunu daha önce kimse söylememişti ve Sheppey'de ayna filan da yoktu. Daha yaşlı rahibeler ve manastıra uğrayan birkaç yolcudan, beyaz tenli kadınlarla ilgili şeyler duymuştu. Galler Prensi'nin karısı Kentli Joan gibi muhteşem güzellerden söz edildiğini duymuş ve hayran olmuştu. Bazıları John Gaunt'un Düşesi Blanche Lancaster'ın da en az o kadar güzel olduğunu söylüyordu. Ama o iki kadın sarışındı; ipek gibi saçları ve Bakire'nin cüppesi gibi masmavi gözleri vardı. Rahibe Sybilla öyle demişti. On yıl önce, henüz Sheppey'e katılmamışken, Smithfield'daki bir turnuvada bu iki güzel hanımı görmüştü. Rahibe Sybilla dünyevi şeyleri bir kenara atmadan önce birçok roman da okumuştu ve güzel kadın kahramanların daima sarı saçlı, mavi gözlü, gül dudaklı olduğunu söylemişti.

Katherine kendi saçlarının at kestanesi gibi kızıl renkli olduğunu görüyordu ama gözleri konusunda emin değildi, bu yüzden Adela de Northwode'a sormuştu. O da Katherine'in gözlerini dikkatle incelemiş ve "Tavşan tüyü gibi lekeli gri" demişti. "Ya da güneş doğmadan hemen önce çıkan hafif sis gibi. Ama çok büyükler" diye eklemişti nazikçe Katherine'in şaşırdığını görerek. "Koyun gözü gibi." Bu da pek güven verici değildi elbette. Daha sonraki soruları, Katherine'e küçük bir ağzı olmadığını göstermiş, o da daha fazla araştırmaktan vazgeçmişti.

Ama bugün tuhaf bir güç duygusu algılamış ve aynı şeyi önceki yıl genç silahtarla karşılaştığında da hissettiğini hatırlamıştı.

O gece Katherine'in silahtarı düşünecek çok zamanı oldu; çünkü rahibelerle birlikte manastırın kadın misafirhanesinde kaldılar ve Compline'a katıldıktan sonra hemen yataklarına girdiler. Çok geçmeden, tıpkı Sheppey'de olduğu gibi, içerisi kadın horultuları ve öksürüklerle dolmuştu. Dahası, binada yaşayan böcekler ve bitler yeni et kokusu almış, kendilerini Katherine'in zarif çıplak bedeninin tadına bırakmıştı; dolayısıyla, heyecan ve kaşıntılar arasında Katherine hiç uyuyamamıştı.

Yaklaşık bir yıl önce, Mayıs ayında, silahtar at sırtında manastırın kapısına gelerek Matmazel Roet'i sormuş, Katherine'e ablasından bir mesaj getirmişti. Bu, Katherine'in Sheppey'e geldiğinden beri Philippa'dan aldığı ilk mesajdı; ama genç silahtar Philippa'nın bu konuda üzgün olduğunu açıklamıştı. Kendisi manastır eğitimi almadığı ve yazamadığı için daha önce böyle bir fırsatı olmamıştı.

Katherine, ziyaretçisini başrahibenin loş odasında kabul etmişti ve çok şaşkın, çok keyifli olduğundan, pek fazla şey söyleyememişti.

Silahtarın adı Roger de Cheyne'di ve Lancaster Dükü'nün maiyetindeydi. Büyük Dük, o gece Queenborough'daydı ve inşaatı devam eden şatoyu denetliyordu. Roger, manastıra gelip Katherine'i görmek için izin almıştı. "Ablanız Philippa la Picarde" dedi genç adam mücevherli keçe şapkasını çıkarıp Katherine'e ilgili gözlerle bakarak, "size Tanrı'nın selamını gönderdi ve sağlığınızın iyi olmasını umuyor. Kendisi gayet iyi. Size sormamı istedi" dedi, başrahibeye doğru eğilip gülümseyerek, "Başrahibe ve siz, manastıra bir rahibe olarak katılmanız konusunda karar verdiniz mi?"

"Ah, hayır! Hayır!" diye bağırmıştı Katherine, yaşadığı dehşet karşısında görgü kurallarını unutarak.

Başrahibe kaşlarını çatmıştı. "Matmazel de Roet, elbette ki Kraliçe'nin istediği gibi hareket edecek..." Sonra duraksamış, Katherine'i çeyizi olmadan kabul etmesinin istenip istenmeyeceğini merak etmişti.

Silahtar, Katherine'in yüreğini hoplatan bir şekilde gülümsemişti. O kadar genç ve yakışıklıydı ki... Kız gibi bir teni vardı ve sakalları daha yeni terlemişti. Kısa kestane rengi bukleleri kulaklarının etrafında toplanıyordu ve mavi yünden gömleğine Lancaster Dükü'nün kırmızı gül rozeti altın iplikle işlenmişti. Belinde mücevherli bir hançer, ayağında sivri uçlu kırmızı ayakkabılar vardı ve zarafetine rağmen, boynu kalın kaslı ve omuzları genişti. Son derece masum olmasına rağmen, Katherine o zarif davranışların altındaki gizli canlılığı hissetmişti.

"Kraliçe adına konuşamam" demişti silahtar nazik bir sesle. "Sağlığı biraz kötü olduğu ve Woodstock'ta kaldığı için onu aylardır görmedim ama ablanız manastır ya da evlilik konusundaki seçiminize saygı duyacağını ve zamanla..." Böyle meselelerin genellikle ne kadar sürdüğünü bilerek duraksamıştı. "Tanrı ona sağlığını geri verdiğinde, dileklerinizi Majesteleri'ne ileteceğini belirtti."

"Ah" demişti Katherine hafif bir sesle. Demek manastırda kalmaya devam edecek ve daha önce olduğu gibi Kraliçe'nin keyfini bekleyecekti. Dudaklarını ısırarak dönmüş ve pencereden görünen denize bakmıştı.

Silahtar ona yaklaşarak çıplak koluna dokunmuştu. O kadar hafif ve hızlı bir dokunuştu ki başrahibe görmemişti. *"Ma belle"*[4] diye fısıldamıştı hızlı bir Fransızcayla "Cupid'in oklarının kalbinizi bal ateşiyle delişini henüz hissetmediniz mi?" Katherine aniden nefes alıp ürkek gözlerle bakınca daha güçlü bir sesle İngilizce devam etmişti: "O hâlde ablanıza evlenmek istediğinizi mi bildireyim?"

Katherine kıpkırmızı olarak başıyla onaylamıştı. Ne saraydaki flört âdetlerini, ne o ballı ateşten okları, ne de Cupid'i biliyordu. Ama silahtar kendisine dokunduğunda bütün vücudu ürpermişti ve konuşması ona çocukluğunun neredeyse unutulmuş aksanlarını hatırlatmıştı.

"Siz İngiliz değil misiniz, Sir Silahtar?" diye sormuştu telaşla.

Roger de Cheyne gülmüştü. "Büyükbabam buraya Fransa Kraliçesi Isabella ile Artois'ten geldiğinden beri İngiliz'im ve Oxfordshire'daki malikânemizde doğdum ama annemin hâlâ Fransa'da toprakları var ve dolayısıyla orada da çok uzun süre kaldım."

"Babanız?" diye sormuştu başrahibe. O da dış dünyadan haberlere ilgi duyuyordu sonuçta.

"Crécy'de kendi yurttaşları tarafından öldürüldü" demişti Roger neşeyle. "Babam elbette ki Kral Edward'ın maiyetindeydi ama diğer tarafta da akrabaları vardı. Sonuçta bu bir savaştı. Ben de o gün doğdum ve bu yüzden babamı hiç görmedim; huzur içinde yatsın."

Katherine o sırada hesap yapıyordu. İngilizlerin Crécy'deki zaferi Ağustos 1346'daydı, dolayısıyla silahtar yaklaşık on dokuz yaşındaydı ve Başak burcunda doğmuştu. Yani yüksek erdem ve asalet idealleri olan bir adamdı; o burca mensup olanlar, tıpkı St. Cuthbert gibi, genellikle kutsal düzenlere katılırdı.

Uzun kirpiklerinin arasından Roger'a endişeli bir bakış atmıştı. Rahipliğe eğilimi olan bir adama benzemiyordu ama sonuçta Katherine genç adamlar ve eğilimleri hakkında ne biliyordu ki? Başrahibenin ayağa kalktığına ve silahtara yüzüğünü öptürmek için elini uzattığına bakılırsa, bunu şimdi öğrenme şansı da olmayacaktı.

"Bu haberlerle gelmeniz büyük incelik, genç beyefendi" demişti başrahibe nazik bir şekilde. Bu genç de Cheyne ne kadar etkileyici olsa da ziyaretinin bir şey kazandırmadığını aniden anlamıştı. Görünüşe bakılırsa Katherine bir süre daha burada kalacaktı ve geleceği belirsizdi; ayrıca

---
4   Güzelim.

Godeleva, gençlerin kendisinin huzurunda birbirlerine heyecanla bakmalarından da hoşlanmamıştı. Manastırdaki yönetimi boyunca baştan çıkarmalar veya skandallar asla olmamıştı ve olmayacaktı da. Böylece başrahibe, Katherine'i diğerlerinin yanına göndermiş ve silahtarı göndermeden önce kendisine yemek ve bira verdirmişti.

Katherine onu bir daha görmemişti ama o gece koğuşta yatarken şatodan gelen borazan seslerini duymuş, erkeklerin şarkılarını ve kahkahalarını duyduğunu hayal etmişti. Lancaster Dükü ve maiyetindekiler eğleniyor, Roger de Cheyne de muhtemelen Katherine'in eyerine asılı olarak gördüğü lavtayı çalıyordu. O gece, Katherine uykudakileri rahatsız etmemek için yüzünü saçlarına gömerek ağlamıştı.

Azize Meryem, ne kadar çocukmuşum, diye düşündü şimdi Katherine, yabancı misafirhane koğuşunda yatarken. Çünkü artık salıverilmişti ve geçmişteki bütün hayal kırıklıkları önemsiz görünüyordu. *İyi davranacak, Philippa'yı ve Kraliçe'yi memnun edeceğim,* diye düşündü, ikisini de zihninde canlandırmakta zorlanarak. Evlenmesine izin verilecek olan adamı pek düşünmüyordu ama Roger de Cheyne gibi genç ve yakışıklı olmasını umuyordu.

2

Windsor'a ulaşmak için dört gün daha yolculuk yaptılar ve yoldaki maceralar ve talihsizlikler, sadece Katherine için ilginçti. İki rahibe yabancı yataklardan ve yiyeceklerden sıkılmaya başlamıştı. Orta yaşlı kemikleri ağrıyor, sürekli ata binmekten kaslarına kramp giriyordu. Dahası, Rahibe Cicily, Swale'e düştükten sonra soğuk almıştı ve güçlü hapşırıkları, atların nal sesi veya Long Will'in dozu daha da artan küfürleri kadar sürekli bir hâle gelmişti. Festival hazırlıklarının sürdüğü Windsor'a dönmek için sabırsızlanıyordu; şövalyelerin mızrak karşılaşmaları, nehir kıyısında boğa güreşleri ve horoz dövüşleri; bu arada Alison Egham yaşlı kocasını atlatmaya ve birahanede Will'e katılmaya söz vermişti. Ama Pazar günü olduğunda Sheppey grubu Southwark'tan daha ileri geçememişti ve onları hızlandırmak da mümkün görünmüyordu. Rahibe Cicily'nin atı topallıyor, başrahibenin atı inat ediyor ve kendisini rahatsız eden her şeye tepki gösteriyordu ki bunlara seyyar satıcılar, köpekler, çamur birikintileri, kazlar ve özellikle de tulum sesleri dâhildi. Ama yapılacak bir şey yoktu. Hacılar Yolu'nda bu çok olağandı; zira Canterbury yolcuları arasında amatör müzisyenler çoktu.

Tek başına olsa üç günden kısa süre içinde bitirebileceği bu yolculuğa, Long Will altı gün katlanmak zorunda kaldı. Grubun Southwark'tan Köprü'yü geçip Londra'ya girmesine izin vermediğinden bu, daha da fazla gecikme anlamına geliyordu.

Yorgun rahibelerin umurunda değildi. Başrahibe daha önce iki kez Londra'ya gelmişti; bir defasında küçük bir kızken ailesiyle, diğerinde de Westminster'daki St. Edward tapınağına hac için. Rahibe Cicily ise Sheppey'in güvenli sessizliğini ve oradaki rahibeleri özlüyordu.

Ama Katherine için işler farklıydı. Sonunda teknelerin, şarap yüklü Gaskon gemilerinin ve muhteşem boyalı özel mavnaların yoğun trafik oluşturduğu nehri geçerek Londra'ya gelmek; Beyaz Kule'nin parıltılı duvarlarını ve kulelerini, sancaklarla süslü Köprü'yü görmek; yüzden fazla kilise çanı arasında şehrin uğultusunu dinlemek... Ama daha yakına gidememek acı bir hayal kırıklığıydı. Yine de kişiliği gereği mantıklı ve eğitimi gereği itaatkâr olan Katherine, birkaç çekingen soruyla yetinmek zorunda kaldı.

Şu sol taraftaki güçlü ve çok yüksek kule neydi? "Ah, St. Paul Katedrali elbette" dedi başrahibe. Peki, ya şu su kıyısındaki büyük, gri, taş bina? Başrahibe bunu bilmiyordu; ama Long Will kıza cevap verdi: "Orası Baynard Şatosu'dur, küçükhanım; Earls Clare'e aittir. Neredeyse bütün soyluların şehirde evleri vardır; ama en güzeli Lancaster Dükü'nün evi Savoy'dur. Bakın..."

Atını döndürdü ve Katherine'in bakışlarını nehrin üst tarafına, şehir surlarının bir mil kadar ötesine yönlendirdi. "Görebiliyor musunuz?"

Katherine öğle güneşinde gözlerini kısarak baktı ve krem renkli devasa taş binayla kırmızı-altın renkli kuleleri seçti. Özel şapeli işaretleyen çok yüksek ve altın yaldızlı bir kule daha vardı ama Katherine detaylarını pek göremiyordu ve sonuçta Dük'ün sarayı ne kadar büyük olursa olsun, Katherine için sadece bir merak ve hayranlık kaynağı olmaktan ibaretti. Westminster yönünde daha fazlasını görebilmek için gözlerini zorladı ama nehrin kıvrımı yüzünden göremedi ve normalde ona çok anlayışlı yaklaşan Long Will, grubu tekrar hızlandırdı. Richmond yoluna sapmak için güneye döndüler ve yüksek meşe ağaçları nehrin kuzey kıyısını gözden gizledi.

"Evet" dedi Will, atı göz önünde tutmak için Bayard'ın yanında ilerlerken ve kendi düşüncelerini izlerken, "John Gaunt şanslı bir adam; yatak açısından yani. Kralın üçüncü oğlu ama babasından daha fazla toprağı ve şatosu olduğuna yemin edebilirim."

"O nasıl olabilir ki?" diye sordu başrahibe iç çekerek. Yağmur çiselemeye başlamıştı ve bu gece konaklamak istediği manastıra daha çok yolları vardı.

"Evlilik yatağıyla, hanımefendi" dedi Long Will gülerek, "ve ölüm döşekleriyle. Tanrı güzel yüzünü korusun, Lancaster Leydisi Blanche, ona krallıktaki en büyük mirası getirdi; babası ve ablası ölünce yani, huzur içinde yatsınlar. Beş yıl önce vebadan öldüler ve her şeyi Leydi Blanche aldı." Konuyla nezaketen ilgilenen Katherine daha soru soracaktı ki sırtı ağrımaya başlayan başrahibe sert bir sesle ona çok fazla konuşmamasını söyleyince Katherine sustu.

Long Will atını mahmuzladı ve öne fırladı. Sheen'deki kraliyet sarayının yakınlarından geçene kadar onları hızlı tempoda ilerletti. Sheen artık birkaç hizmetkâr dışında boştu; çünkü Kral Edward burayı nadiren kullanır, Westminster'da olmadığı zamanlarda Windsor, Woodstock veya Eltham'ı tercih ederdi. Ama Sheen geniş parıltılı hendeğinin ortasında kuğu gibi görünen küçük, güzel bir şatoydu ve Will için güzel bir eğlence kaynağıydı; zira kapıcının kızı iyi bir eş olacak kadar güzeldi ve hiç şüphesiz koca bulmak için Windsor'da olmalıydı.

Ertesi gün öğleden sonra, 20 Nisan Pazartesi günü, nihayet Windsor'a ulaştılar ve son bir saatlik mesafede yol o kadar zorluydu ki neredeyse hiç ilerlemiyorlardı. Long Will'in sesi sürekli bağırdığı için kısılmaya başlamıştı: "Yol açın! Kraliçe'nin habercisine yol açın!"

Bütün civar bölgelerden, hatta Northumberland, Devon ve Lincolnshire kadar uzak yerlerden bile insanlar Windsor'daki Aziz George Günü için gelmişti. Haftalar önce Kral'ın habercileri ülkenin dört bir yanında at koşturmuş, yaklaşan büyük turnuvayı haber vererek bütün cesur şövalyeleri katılmaya davet etmişti. Her türlü şövalye müsabakaları, mızrak karşılaşmaları yapılacaktı ve bütün katılımcılar için silahsız karşılaşmalar da olacaktı. Şövalyelerin çoğu, birkaç gün önce Windsor'a gelmişti ve şatoda ağırlanamayacak olan daha küçükleri, çok renkli çadırlarını duvarların dışındaki geniş alanda kurmuştu; birçoğu hanımlarını ve elbette ki silahtarlarını da getirmişti.

Ama sıradan halk da -özel olarak davet edilmeseler bile- gelebilirdi.

Bunlar için tarlalara dağılmış odun ateşlerinde beş yüz öküz pişiyordu, fıçılarla biralar hazırlanmıştı ve bin somun yulaf ekmeği fırınlanmıştı.

Long Will, Windsor sokaklarından büyük bir beceriyle geçerek şato kapılarına yaklaşırken, zengin tüccarların, dilencilerin, seyyar satıcıların, kırmızı kukuletalı pelerin giymiş fahişelerin, çocuklu saygın aile kadınlarının, hokkabazların arasından ilerliyorlardı.

Katherine gürültüden ve kalabalıktan biraz korkmuştu ve Rahibe Cicily her zamanki gibi gözyaşları içindeydi. Cüppesi kalabalığın arasından sabırsızca geçmeye çalışan bir şövalyenin atının üzengisine takılmış, siyah yün yırtılarak açılmıştı ve şimdi cılız bacağını gizlemeye çalışıyordu. Long Will bile biraz sıkıntılıydı. "Tanrı aşkına, hanımlar, sizi nerede ağırlayacaklarını bilmiyorum; çünkü şatoda tek bir boş yer bile kaldığından emin değilim" diyordu.

Ama başrahibe son derece rahattı. "Kapıların iç tarafında bekleyeceğiz" dedi hükümran bir tavırla, "siz Matmazel Roet'in ablasına gelişimizi haber verdiğinizde, eminim bizim için gerekli hazırlıkları yapacaktır."

Böylece aşağı kanada geçtiler ve gönderdiği bir mesaja sabırsızca cevap bekleyen siyah cüppeli bir görevlinin yanında, Nöbetçi Kulesi'nin bir köşesine toplandılar.

Long Will atından inip dizginleri bir seyise attıktan sonra gözden kayboldu.

Bu büyük taş döşeli avlu da en az sokaklar kadar kalabalıktı. Atlı şövalyelerle silahtarları sürekli olarak gelip gidiyor, hizmetkârlar binalar arasında koşturuyordu; soylu bir hanım yaldızlı ve süslemeli bir faytonla geldi ve yerlere kadar eğilen bir uşak tarafından karşılandıktan sonra sayısız kapılardan birinin arkasında gözden kayboldu. Aniden daha fazla hareketlilik oldu ve borazan sesleri duyuldu. Beyaz giysili iki çocuk kapıdan geçti; birinin elinde mücevherli bir piskoposluk tacı ve diğerinde bir piskopos asası vardı.

Arkalarında altın süslemeli cüppesiyle şişko, kırmızı yüzlü bir adam vardı ve büyük, gri bir atın üzerindeydi. Başrahibe Godeleva heyecanla haykırdı. Bayard'dan inerek Katherine'i yanına çekti. "Bu Lincoln Piskoposu" diye fısıldadı ve taş zeminde diz çöktü. Rahibe Cicily de yırtık eteğini çekiştirerek başrahibeyi taklit etti.

Avlunun birkaç yerinde daha eğilenler oldu. Piskopos John Buckingham belli belirsiz gülümsüyor, iki parmağıyla kutsama işaretleri yapıyordu. O sırada rahibeler dikkatini çekti ve irkilerek baktı. At sırtında onlara yaklaştı.

"Ne zaman geldiniz, Rahibe Anne?" diye sordu Godeleva'ya; başrahibenin makam yüzüğünü fark etmişti. "Siz de benim grubumdan mısınız?"

"Hayır, efendim" dedi Godeleva. "Biz Kent'teki Sheppey Manastırı'ndan geldik."

"Ah, güneyde" dedi Piskopos, ilgisini kaybederek. Kendi emrinde çalışıyor olsalardı, iki rahibenin böylesine dünyevi bir ortamda neden bulunduğunu sorgulamak zorunda kalacaktı ama böyle bir şey gerekmeyeceği için rahatlamıştı; çünkü açtı ve bir an önce yerleşmek istiyordu.

"İznimiz var, efendim" dedi Godeleva. "Buradaki kızı Kraliçe'nin emriyle getirdim."

"Ah!" Piskopos, başını yere kadar eğdiği için yeşil bir yünlü kukuleta olarak gördüğü Katherine'e baktı. Ama kirli ve yüzüksüz ellerini fark etmişti.

"Hiç şüphesiz Kraliçe'nin yardım ettiği kızlardan biri" dedi hafifçe gülerek. *"Benedicite"* diye mırıldanarak kendisini bekleyen grubuna doğru ilerledi.

Katherine kızardı. Piskoposun düşüncesiz ifadesinde yeterince gerçek payı vardı. *Ben yardım edilen bir kız değilim; babam bir şövalyeydi,* diye düşündü ayağa kalkarken. Hristiyanlık mütevazılığından nasibini almamış piskoposun arkasından öfkeyle baktı. Etrafında daha düşük seviyeli rahipler vardı ve diğerlerinden ayrı duran biri dışında hepsi ona dalkavukluk ediyordu. Bu rahibin üzerinde bilim cüppesi vardı ve başına dört köşeli şapka takmıştı. İri, kemerli burnunun üzerinden düşünceli bakan derin gözleri, Katherine'in bile fark ettiği belirgin bir ironiyle Lincoln Piskoposu'nun üzerine dikilmişti.

"Kim olduğunu merak ettim" dedi Godeleva'ya adamı gizlice işaret ederek. Ama başrahibe cevap veremeden arkalarındaki görevli araya girdi.

"O Üstat John Wyclif'tir; Kral'ın rahibi."

"Kutsal Bakire!" diye haykırdı başrahibe istavroz çıkararak. "Kutsal Papa'ya meydan okumaya cesaret eden rahip mi? Katherine, ona bakma! O adam kâfirdir. Azize Meryem; İncil'i İngilizce'ye çevirmeyi bile istediğini duydum. Bu, doğru mu, bayım?"

Adam güldü. "Ben de öyle duydum. Zavallı vaizleri, insanları şaşırtacak her türde sözler söylüyor."

"Deus misereatur![5] Bu gülünecek bir şey değil!" Başrahibe, adamın yüzüne çatık kaşlarla baktı. Katherine ve Rahibe Cicily'yi çekiştirerek ondan uzaklaştırdı ve Katherine'e bu dünyada kendini savunması gereken birçok tehlikeyi anlattı. Sonra beklemeye devam ettiler.

---

5   Lat. Acıması bol Tanrım!

Sonraki yarım saat, genç kız kendi görünüşüyle orada gördüğü saray hanımlarını karşılaştıracak zamanı buldu ve giderek daha rahatsız oldu. Sheppey'deki hizmetkâr, Katherine için elinden geleni yapmıştı ama üzerindeki kukuleta ve pelerin artık yolculuk yüzünden iyice kirlenmişti ve kızın kahverengi eteği artık kırış kırıştı. Zaman geçtikçe Katherine'ın cesareti zayıflamaya başladı. İnsanlar onlara bir bakış bile atmadan geçip gidiyordu ve içinden, Rahibe Cicily'nin sızlanmalarını tekrarlamaya başlamıştı.

"Ah, Rahibe Anne, bizi unuttular! Belki de hepsi sadece bir şaka veya hataydı! Buraya asla gelmememiz gerekiyordu! Sizce Sheppey'de daha güvende olmaz mıydık? Ah, Merhametli Kutsal Meryem ve nazik St. Sexburga, bizi terk etmeyin!"

"Şşş" dedi başrahibe sertçe. "İşte Long Will geliyor."

Long Will onlara doğru yürürken, arkasında küçük şişman bir kız, endişeli bir gülümsemeyle koşturuyordu. Üzerinde nakış bordürlü mavi bir cüppe vardı ve saçları yuvarlak yüzünün iki tarafında sıkı örgüler hâlinde sarkıyordu.

Başrahibeyi saygıyla selamladıktan sonra Katherine'e döndü. "*Est-ce vraiment toi, ma soeur?*"[6] dedi kararsızca.

Katherine eğildi, kollarını ablasının boynuna doladı ve gözyaşlarına boğuldu.

İki kız birbirlerine sarılmış hâlde boğuk Fransızca bir şeyler mırıldanırken, Long Will onlara gülümseyerek baktı, Rahibe Cicily anlayışla burnunu çekti ve başrahibenin kontrollü yüz ifadesi bile yumuşadı.

Philippa kardeşinden ayrılarak pratik sorunlara değindi. "Korkarım burada sizi uygun bir şekilde ağırlayamayacağız, Rahibe Anne" dedi özür dileyen bir tavırla, "ama Long Will sizi şehirdeki saygın yerlerden birine götürebilir. Tabii, Ankerwyck Manastırı'nı tercih etmezseniz?"

Godeleva kızardı. "Ama ben Kraliçe'yi göreceğimi umuyordum. Kraliçe'nin beni huzuruna kabul edeceği söylenmişti." Kendini kontrol etmeye çalışmasına rağmen sesi titriyordu; çünkü kızın teklifindeki baştan savmacılığı fark etmek kolaydı. Oysa kraliyet yardımını ve Katherine'in bakımıyla ilgili bir teşekkürü ummuştu. Yeni kızlar alma umudu ne olacaktı?

"Kraliçe, merhametli Hanımımız, hasta, Rahibe Anne" diye cevap verdi Philippa, saray ortamının imalarına alışık olduğu için başrahibenin sıkıntısını anlayarak. "Hastalığı ne yazık ki kötü ve kendisi yataktan kal-

---

6 O gerçekten sen misin, kız kardeşim?

kamıyor; sadece nedimelerinden ikisi yanında duruyor. Ben de onu bir haftadır görmedim; belki iyileşir iyileşmez..."

"Ama Katherine'i istetti" diye itiraz etti başrahibe. "Kızın bir haberciyle tek başına yolculuk yapmasına izin veremeyeceğimi bildiğinden eminim!"

Kraliçe'nin konuyu hiç düşünmemiş olduğunu bilen Philippa iç çekti; çünkü Katherine, Philippa'nın isteğiyle getirilmişti.

"Evet, benim küçük Pica'm, elbette ki kardeşini çağırtmalı ve onu evlendirmeliyiz" demişti Kraliçe nazikçe. "Will Finch'e gidip onu almasını söyle ve kendisine... bir bakalım..." Alnını buruşturarak düşünmüştü. "Bir kese altın verin; bu, masraflarını karşılamaya yeter." Philippa'nın omzunu sıvazlamış ve oyuncu bir tavırla eklemişti. "Ona da seninki gibi değerli bir silahtar bulup sizi birlikte evlendirelim mi, Pica?"

Ama o, Kraliçe'nin son sağlıklı günüydü. O zamandan beri baş ağrıları dinmemişti; bacakları yastık gibi şişmişti ve zihni sürekli bulanıktı. Ama Kraliçe'nin sadık nedimeleri bunun şişliklerden değil, daha sarsıcı bir nedenden kaynaklandığını düşünüyordu; *o lanet olasıca, hesapçı Alice yüzünden,* diye düşündü Philippa öfkeyle.

"O hâlde şehirde kalacağız" dedi başrahibe, tekrar sakinleşerek. "Kraliçe beni kabul edecek kadar iyileşene dek. Katherine..." Kıza baktı ve gözlerindeki endişeli soruları gizlemeyen bir gülümsemeyle duraksadı.

Katherine bu yaklaşım karşısında içinin ısındığını hissetti ve Sheppey'In yöneticisi olan bu kadının duygularını gizlememesine şaşırdı.

"Asla unutmayacağım, Rahibe Anne" dedi nazikçe, diz çöküp başrahibenin etli elini öperken. "Ne benim için yaptıklarınızı ne de Kraliçe ile görüşmek istediğinizi. Unutmayacağım."

Başrahibe mırıldanarak onu kutsadı. "Sen iyi bir kızsın" dedi başını çevirerek. "Öyle olmaya devam et." Bayard'a bindi, Rahibe Cicily kendi atına tırmandı ve Long Will omuz silkerek Bayard'ın dizginlerine uzandı. İki rahibeyi kapıya doğru götürdü.

"Eh" dedi Philippa, "şimdi acele etmeliyiz. Neredeyse akşam yemeği saati geldi. Kutsal Michael ve melekleri adına; önce seni temizleyip üzerine göre giysiler bulmalıyız. Umarım pasaklı biri değilsindir!" Kardeşini Yuvarlak Kule'den üst kattaki koğuşlara götüren Philippa, onu Kraliçe'nin süitine giden bir koridora sokarken Katherine'i baştan aşağı süzmüştü.

"Belki de öyleyimdir" dedi Katherine gülmeye çalışarak, "ama şafaktan beri yoldayız ve yanımda yedek giysim yoktu. Özür dilerim!"

Philippa sabırsızca dilini şaklattı. "Güzel bir gelinlik ödünç almalıyız; senin kadar uzun olan bir tek Matilda Radscroft var ve o da pek cömert sayılmaz ama onun için bir şey yapmayı önerirsen... Nakış biliyor musun?"

"Biraz" diye cevap verdi Katherine, ablasının arkasından taş basamakları tırmanırken. Philippa'nın kendisini sevdiğinin elbette ki farkındaydı ama duygusal anlar geçmişti. Yine de gayet düzenli olan hayatının bozulmasından hoşlanmasa da Philippa'nın ona karşı ablalık görevlerini yerine getireceğinin de farkındaydı.

Ama Katherine'in gözleri dolmuştu. Karnı açtı, yorgunluktan ölüyordu ve aniden Sheppey'i çok özlemeye başlamıştı.

Philippa alçak bir meşe kapıyı açıp Katherine'i içeri itti. Bu alçak tavanlı küçük odada, Kraliçe'nin nedimelerinden altısı kalıyordu. Kraliçe'ye en yakın olanlar -Matilda Fisher ve Elizabeth Pershore- şimdi hastalığı dolayısıyla sürekli Kraliçe'nin yanındaydı ve hanımlarıyla birlikte kanadın diğer tarafında uyuyorlardı. Diğerleri burada üç yatakta yatıyordu. Alice Perrers'ın ise nerede uyuduğuna dair çok az şüphe vardı; ama teoriye göre bu odada bir yatağı paylaşıyordu.

Ama Philippa ve Katherine içeri girdiğinde, Alice'i orada buldular. Kraliçenin nedimelerinin hepsi akşam yemeğine hazırlanıyordu. Ateşin yakınında dolaşıyor, birbirleri için mumlar tutuyorlardı. Sadece Alice Perrers diğerlerinden uzakta tek başına oturuyordu ve onların ihtiyaçlarını karşılayan hizmetkârlardan ikisi yanındaydı. Hizmetçilerden birinin elinde bir mum vardı ve diğeriyse, çıkık elmacık kemiklerine kırmızı boya süren ve siyah saçlarını inci bir ağ altında saklamaya çalışan Alice'e ayna tutuyordu.

Kedi gibi sivri yüzünü Philippa ve Katherine'e doğru çevirdi. Kurnaz bakışlı koyu renk gözleri irileşti ve her zamanki gibi okşayıcılığıyla ünlü sesiyle seslendi: "Ah, Pica, tatlım, demek kız kardeşin bu, ha?"

Philippa gerildi, huzursuzca hafif bir ses çıkardı ve Katherine'i ateşin diğer tarafına çekerek Alice'den olabildiğince uzaklaştırdı. Alice çınlayan zil sesi gibi kahkahalar atarken, parfümlü elindeki hayranlık uyandıran yeni yüzüğünü gösterdi. Ağır altın içine iki yakut yerleştirilmiş yüzük Saracen[7] yapımıydı ve Kral'ın annesi Fransa Kraliçesi Isabella'ya aitti.

Katherine şaşkındı ama Philippa'nın neden bu kadar kaba davrandığını düşünecek zamanı yoktu; çünkü diğer hanımlar etraflarına toplanmıştı.

---

7 Suriye ve Arabistan çöl kabilelerinin bir ferdi; Haçlı Seferleri zamanında Müslüman veya Arap kimse.

Çalışmaya alışkın, sağlam görünüşlü genç hanımlardı. Agnes de Saxilby dışında hiçbiri soylu değildi; çünkü Kraliçe kızlarını Flaman ev hanımı erdemlerine sahip olanlar ve yüksek pozisyonlarda bulunmayanlar arasından seçerdi. Aktif hizmet görüyorlardı. Büyük soylu erkeklerin eşlerinin hizmet etmemesi gerekirdi; Kraliçe için olsa bile. Bu yüzden, bunlar sıradan halktan kızlar veya eşlerdi ve Katherine'i içtenlikle karşılamışlardı.

"Ah, ne kadar kirli! Giysileri korkunç! Tanrı aşkına, bunları yakın!" Hanımlar Katherine'i çabucak soydular ve giysilerini ateşe attılar. Bu arada kız çırılçıplak ve titreyerek ayakta duruyor, Philippa'nın su ve havlu getirmesini beklerken ağlamamaya çalışıyordu. Philippa, güzel cildi ateş gibi kızarana kadar kız kardeşini ovaladı ve Katherine hassas, yuvarlak göğüslerini Philippa'nın kararlı ellerinden korumaya çalıştı. Johanna Cosin, Katherine'in saçlarının örgülerini çözerek taradı. Kendisine çok kısa gelmesine rağmen Philippa'nın entarilerinden birini ona giydirdiler ve kendini bu heyecana kaptırmış olan Matilda Radscroft, bir sandıktan en iyi üçüncü elbisesini çıkarıp Katherine'in başından geçirdi. Elbise kaba ve oldukça ucuz bir kadifeden yapılmış, kenarları tavşan kürkünden ince şeritlerle işlenmişti ve Katherine'in çok daha ince olan vücudunda bol duruyordu; ama rengi mordu ve o kumaşın üzerinde kızın boynu inci gibi bembeyaz parlıyor, hâlâ açık olan saçı dizlerine kadar dökülüyor, elbisenin mor ve ateşin altın ışıklarını yansıtıyordu.

"Bu kadar çok saç fileyle toplanmaz" diye homurdandı Philippa, "ısınmak için düzgün bir korsesi veya cüppesi de yok."

"Ama başka bir şeyi var; çok daha farklı bir şeyi" dedi Alice Perrers'ın köşeden gelen ve neşeyle çınlayan sesi, "siz hanımlar bunu göremeyecek kadar aptalsanız, erkeklerin kaçırmayacağını bilmelisiniz. Tanrı'ya şükür ki Kral uzağı göremiyor ve ben bütün görüş alanını kaplıyorum; kaplamaya da devam edeceğim."

Philippa gerilirken, diğer hanımların başları ona döndü. "Aşağılık fahişe" diye fısıldadı Johanna. Alice'e nefretle baktılar ama bir şey söylemeye cesaret edemediler. Bu kadınla açıkça tartışmaya girişenler, gizemli cezalarla karşılaşıyordu. Agnes de Saxilby, önceki ay kafasından geçenleri Alice'e açıkça söylemiş, ona fahişe ve cadı demişti; çünkü Kral'a asıl görevini ve Kraliçe'ye karşı sevgisini unutturmak için büyücü olması gerekirdi. Hiçbir şey söylemeyen Alice sadece gülümsemekle yetinmişti; ama ertesi gün zavallı Agnes, Kral tarafından babasının malikânesine ağır bir ödeme emri çıkarıldığını öğrenmişti.

Hanımlar Katherine ile işlerini bitirdikten ve kendi makyaj malzemeleriyle son rötuşları attıktan sonra kendisini canlandıracak bir kadeh şarap verdiler. Ardından hepsi akşam yemeği için Büyük Salon'a doğru merdivene yöneldiler. "Yakınımda kal" diye fısıldadı Philippa. "Seninle konuşulmadığı sürece de sakın konuşma."

Katherine'in bu uyarıların hiçbirine ihtiyacı yoktu; çünkü hepsini manastırdaki eğitimi sırasında öğrenmişti. Yine de çok gergin bir şekilde ve bu kadar uzun boylu olmamayı, böylece gölgelerin arasında dikkat çekmeden durabilmeyi dileyerek ablasının peşine takıldı.

Büyük Salon, taş duvarları ve vitraylı pencereleriyle, Sheppey'in tamamını içine alabilecek kadar büyüktü. Yüzden fazla mum ve meşaleden gelen ışıkla Katherine'in gözleri kamaşmış, ozanların müziğiyle büyülenmiş, ter, duman ve yiyeceklerden yayılan karışık ve tatlı kokular karşısında şaşırmıştı. Zemine kokulu bitkiler saçılmış, aralarına menekşeler karıştırılmıştı. Salon'un diğer ucunda, bir platformun üzerindeki yüksek bir masada her taraflarında mücevherler olan erkek ve kadınlar oturmuştu ve Katherine kibarca bakışlarını yere indirmeden önce ortada oturan Kral'ı gördü. *Çok yaşlı görünüyor,* diye düşündü, beyaz saçlar, seyrelmiş sakallar ve çökük omuzlar karşısında şaşırarak. Edward aslında kırk dört yaşındaydı ama ince yapılıydı ve seferlerle, sürekli ateşle geçen yıllar onu yıpratmıştı.

Kraliçe orada değildi. Saray nazırı Philippa'ya el salladı ve bütün hanımlar yan taraftaki masalardan birine yerleşti. Katherine, ablasının yanına oturdu.

Hizmetkârlar masanın boş tarafında koşturup duruyor, masaya bal likörü veya Gaskon şarabı, koyun butları, kızarmış kuğu ve yaban domuzu kelleleri yağdırıyordu. Katherine, Philippa'nın paylaştıkları kâseye servis yapmasını bekledi. Sheppey'de bu kadar çeşit asla olmazdı ve Katherine etlerin türünü bile anlayamamıştı; çünkü üzerleri kalın sos tabakalarıyla kaplıydı. Beyaz ekmek tahtasıyla oynuyor, Salon'da yankılanarak ozanların harplarını ve lavtalarını neredeyse bastıran kahkahaları ve yüksek sesli konuşmaları dinliyordu.

Aniden ablasıyla arasında bir baş belirdi ve bir ses duyuldu: "Ah, demek buradasın benim tatlı Pica'm. Ben de seni arıyordum."

Philippa başını kaldırıp baktı ve kızardı. Ciddi yüzü, neredeyse cilveli bir gülümsemeyle aydınlandı. "İyi akşamlar, efendim" dedi. "Bu gece Kral'a hizmet ediyor olmanızdan korkuyordum. Katherine, bu benim nişanlım, Bay Geoffrey Chaucer."

"Nişanlın mı?" dedi Katherine inanamayarak. "Bana söylememiştin; ah, Tanrı'nın selamı üzerinize olsun, efendim" diye ekledi aceleyle, hemen görgü kurallarını hatırlayarak.

Geoffrey gülümsedi, sıraya doğru eğildi ve iki kızın arasında durdu. "Belki de nişanlısı Pica için o kadar önemli değildir" dedi, şakacı bir ses tonuyla. "Siz de manastırdaki kız kardeşi olmalısınız." Bir hizmetkâra işaret etti ve kendisine bir kâseyle kadeh getirildi.

"Ona söylemeye fırsatım olmadı" diye itiraz etti Philippa. "Rahibelerle onu kabul ederken ve buraya gelmeden önce onu hazırlarken yapacak çok fazla şey vardı. Nasıl bir hâlde geldiğini tahmin bile edemezsin..."

"Öyle olduğuna eminim" dedi Geoffrey gülümseyerek. "Küçük bir çalıkuşu kadar meşgul olduğunu biliyorum." Philippa'nın elini okşadı ve ela gözleri sadece kendilerinin bildiği belli olan gizli bir şakayla parladı.

Katherine ondan hoşlanmıştı ama kendi adına âşık olabileceğini umduğu romantik bir figüre benzemiyordu. Kısa boyluydu -Philippa'dan pek uzun sayılmazdı- ve daha yirmi altı yaşında olmasına rağmen, tıknaz bir biçim kazanmaya başlamıştı. Kral'ın maiyetindeki diğerlerine göre daha ciddi giyinmişti; tuniği hafif kürklü gri yündendi ve kemeriyle hançeri basit gümüş rengiydi. Parmaklarında mürekkep lekeleri, uzun kolunda da irice bir leke vardı. Kahverengi sakalına ne losyon ne de parfüm sürmüştü ve saçları kulaklarının üzerinde gelişigüzel kesilmiş gibiydi. Ama dudaklarında tatlı bir mizah duygusu dolaşıyor, dikkatli bakışları sessiz bir keyifle parlıyordu. *İşte güvenilir, zeki ve nazik bir adam,* diye düşündü Katherine sezgilerine güvenerek.

"Siz yemiyor musunuz, küçükhanım?" diye sordu Geoffrey, ağzını bir peçeteye silerken Katherine'e dönerek. Şarabından büyük bir yudum aldı. "Kaz böreği harika olmuş."

"Yiyemem..." dedi Katherine, "hepsi o kadar baştan çıkarıcı ve tuhaf ki." Bakışları kraliyet masasına kaydı. Bu görüntüye alışkın olan Philippa, bütün bunların onun için nasıl bir rüya olduğunu anlamıyordu. İnsanların böylesine altınlara ve kadifelere, kürk ve süslere sarılmış olabileceğine nasıl olup da birinin inanamayacağını kafası almıyordu. Plantagenet ailesinin ondan fazla üyesi kahkahalarla konuşuyor, yemek yiyordu ve sanki Salon'un yan taraflarındaki daha düşük seviyeli insanlardan farkları yokmuş gibi davranıyordu.

Ama Geoffrey anlamıştı. "Evet, hepsi gerçek" dedi gülümseyerek. Kaşığını bıraktı. "Kral'ı görüyor musunuz?"

Katherine başıyla onayladı. Kral'ın başında altın tepeli bir taç vardı ve Kraliçe'nin boş tahtı yanında duruyordu. Kral masadan biraz uzaklaşmış, arkasında kalan, küçük başında incili file bulunan biriyle konuşuyordu. "Ah, bu Alice Perrers!" diye haykırdı Katherine. "Kraliçe'nin tahtının dirsekliğine oturmuş!"

"Şşş!" diye fısıldadı Philippa öfkeyle. "Seni küçük sersem!"

Geoffrey güldü. "Saray ortamında yüksek sesle söylemediğimiz bazı şeyler vardır. Bunları kendi aramızda fısıltıyla konuşuruz hayatım. Ama hükümdarlarla ilgili doğal merakınız giderilecek. Bakın, şimdi, öfkeli bakışlarını yanındaki lordun üzerinden alamayan şu şişman ve esmer hanımı görüyor musunuz?"

Katherine başıyla onayladı.

"Onlar Prenses Isabel ve kocası Lord Enguerrand de Coucy'dir. Kendisiyle geç yaşta evlendiğinden olsa gerek, kocasının sevgisinden pek emin olamıyor. Yakın zamanda bir kız, başka bir Philippa doğurdu. İyi yürekli Kraliçe'nin onuruna isimlendirilen bir sürü Philippa bulacaksınız; bizimkine 'Pica' dememizin nedeni bu." Geoffrey, nişanlısına gülümsedi.

"Evet" dedi Philippa, başıyla onaylayarak, "Kraliçe bana her seferinde Philippa la Picarde derdi ama kısalttı."

"Ve Kral'ın oğulları..." diye devam etti Geoffrey, "hangileri olduğunu biliyor musunuz?" Katherine başını iki yana sallayınca, Geoffrey devam etti. "Şimdi hepsi evde; sadece Galler Prensi şu anda Aquitaine'deki sarayında."

Prensleri Katherine'e işaret etti. Aralarındaki en küçüğü, on bir yaşında olan Woodstockli Thomas, dirseklerini masaya dayamış hâlde oturuyor, can sıkıntısıyla elindeki kadehe bakıyordu. O ve Isabel, annelerinin Flaman kanını belirgin şekilde yansıtıyordu. Galler Prensi Edward'dan sonra prenslerin en büyüğü olan Antwerpli Lionel da oradaydı. Lionel sarışın bir devdi ve Kraliçe'nin favorisiydi. Aptal denecek kadar iyi huylu biriydi ve İtalyan tüccar prenses Violante Visconti ile evliliği gündemdeydi.

Lionel, İrlanda'ya yaptığı son derece sıkıcı bir yolculuktan yeni dönmüştü ve orada merhum karısı Elizabeth de Burgh'dan kalan toprakları yönetmeye çalışmıştı. İrlandalılardan nefret ediyordu ve şimdi çok sarhoş olduğundan, ozanların müziğiyle onlar hakkında küfürlü bir şarkı söylüyordu. Katherine'e işaret ederek onu anlatırken, Chaucer eski efendisi hakkında şakacı bir sevgiyle konuşuyordu. Geoffrey, Clarence Dükü Lionel'ın maiyetine uşak olarak girmiş, ona sadakati sayesinde silahtarlığa yükselmişti. Ama Geoffrey, Kral'ın hizmetine geçtikten sonra çok rahatlamıştı; çünkü İrlanda'daki sürgünden o da hiç hoşlanmamıştı.

Langleyli Edmund, Cambridge Kontu, Lionel'ın yakınında oturuyordu ve ağabeyinden daha solgun ve daha ufak tefek görünüyordu. Edmund yirmi dört yaşında, güzel yüzlü bir gençti ve neredeyse sakalsız bir çenesi vardı. Sağ tarafında oturan Leydi Pembroke ile konuşurken sık sık gülüyor, arada bir babasına endişeli bakışlar atıyordu; ama Kral, Alice Perrers dışında pek kimseyle ilgilenmiyordu. Kral, başını Alice'e doğru eğmiş hâlde yakut süslü kadehini onunla paylaşıyor, onun fısıltılarını dinliyor, bazen bir şeyler fısıldayarak kahkahalara boğuluyordu.

"Sanırım artık kimin kim olduğunu anladım" dedi Katherine, Geoffrey'in anlattıklarını soluksuzca dinlerken. "Ama Kral'ın bir oğlu daha var. Lancaster Dükü hangisi?"

Chaucer bakışlarını tekrar o tarafa çevirdi ve başını iki yana salladı. "Henüz gelmedi ama sevgili Düşes burada; Tanrı onu korusun!"

Katherine, silahtarı dinlerken ses tonunun ciddileştiğini, renklendiğini, neşelendiğini fark etmişti; ama şimdi Lancaster Düşesi Blanche'a bakarken gözlerinde beliren ifade onu şaşırtmıştı. Katherine, güdüsel olarak ablasına bir bakış attı. Ama Philippa, Nedime Elizabeth Pershore ile lavanta suyu hazırlamanın yöntemleri hakkında konuşuyordu ve onları dinlemiyordu.

Katherine, Düşes'i daha ilgili bakışlarla süzdü ve güzellik konusunda neden o kadar büyük bir üne sahip olduğunu düşündü. En azından bu mesafeden, Leydi Blanche sessiz görünüyordu ve Yüksek Masa'daki diğer hareketli ve süslü hanımların yanında gölgede kalıyordu. Sarı örgüleri ince bir peçenin altında kısmen gizlenmiş, leylak gibi sakin ve tutkusuz oval yüzü diğerlerine dönmüştü ve deniz mavisi gözleri, nazik bir tefekkürle Salon'u inceliyordu.

Ama Katherine izlerken, Leydi Blanche, Pembroke Kontu'nun bir sözüne cevap verdi ve etkileyici bir tatlılıkla gülümseyerek, parıltılı başını hem mütevazı hem de zarif bir hareketle eğdi. Katherine aniden hayranlık duymuştu. *Sheppey'deki Kutsal Bakire resmini andırıyor,* diye düşündü.

"Evet" dedi Geoffrey, kızın yüzünü izlerken, "çok harika bir hanımdır. Kraliçe'den sonra ülkedeki en seçkin hanım."

"Acaba... çocukları var mı?" diye sordu Katherine çekinerek. Sanki bu yüce hanım, Katherine'in kendi içinde de belli belirsiz hissettiği karanlık bedensel hazları hissedemezmiş gibi görünüyordu.

Geoffrey yavaşça başıyla onayladı. "Üç çocuk doğurdu; altı yaşındaki Philippa, doğumda ölen bebek John ve şimdi iki yaşında olan Elizabeth."

Katherine bunu düşündü ve başka bir soru sordu. "Dük ve Düşes arasında gerçek bir sevgi var mı, sizce?" diye fısıldadı, saflığının ve cüretkârlığının farkında olmadan. Ama bu genç ve zeki adama her şeyi sorabileceğini hissediyordu.

Geoffrey'in yüzü gölgelendi ama sonra gülümsedi. "Evet, bence var. Ve küçükhanım, sarayda ve bir kraliyet evliliğinde sevginin ne kadar ender bir şey olduğunu asla tahmin edemezsiniz."

Katherine daha fazlasını soracaktı ama Salon'un kapısının dışından gelen bir gürültü dikkatini çekti ve borazanlar gürledi. Ardından, teşrifatçı bir sürü unvan sıraladı. "Lancaster Dükü, Richmond, Derby, Lincoln ve Leicester Kontu John geliyor!"

Salon'daki herkes, Kral ve Lionel dışında kraliyet masasında oturan herkes, ayağa kalktı. "Soylu Dük geldi" dedi Chaucer, duygusuz bir ses tonuyla. "Elbette ki bütün bu törenler ve sunumlarla."

Salon'a yedi-sekiz genç adam birlikte girdi ama kimse Dük'ü tanımakta zorlanmazdı.

Fransız leylakları ve leopar derileriyle süslenmiş kırmızı ve mavi renkli muhteşem bir tunik giymişti. Yakut gülüyle iliklenmiş altın bir kemer Lancaster'ın ince belini çevreliyordu ve geniş kaslı omuzlarının etrafında SSS altın yakalığı vardı. Geçen ay yirmi altı yaşını doldurmuş olan John Gaunt, Kral'ın oğulları arasında en gösterişlisiydi. Uzun boyluydu ama Lionel gibi hantal değildi ve ince yapılı olmasına rağmen Edmund gibi kıza benzemiyordu. John'un yüzü, uzun burnu, dar yanakları ve derin gözleri Plantagenet soyundan geldiğini belli ediyordu; ama Flaman kanıyla kabalaşmamıştı. Gözleri, babasınınkiler gibi parlak maviydi. Gür saçları, aslan derisi gibi kahverengimsi sarıydı. Sakalını kısa kesmiş, dolgun ve tutkulu dudakları vurgulanmıştı.

Diz çöken hizmetkârlar ve eğilen maiyet üyeleri arasında salonda ilerlerken, Katherine ondaki acımasız canlılığı ve gururu hissetti. *Kral'ın kendisinden daha kral,* diye düşündü ona hayranlıkla bakarken. Diğer birçokları da bunu düşünmüştü ama onun koşulsuz hayranlığını paylaşmıyorlardı. Kral'ın üçüncü oğluna böylesine güç kazandıran, Leydi Blanche'ın servetiydi ve bazıları onun kraliyet sorumluluklarını yerine getirmediğini, ağabeylerinden Galler Prensi ve Lionel'a karşı saygısız davrandığını düşünüyordu.

Oğlunun gelişi ilan edildiğinde Kral başını Alice Perrers'dan çevirdi ve kaşlarını biraz çatarak, Dük'ün kraliyet masasına gelip diz çöküşünü ve babasının elini hızlı bir hareketle öpüşünü izledi. Fısıldadığı bir şeyle Kral'ın yüzü asıldı ve yavaşça başıyla onaylayarak yumruğunu masaya vurdu.

Dük ayağa kalktı, elini ozanlara doğru uzattı ve enstrümanlar sustu. Omuzlarını geri atarak kraliyet masasına döndü ve Büyük Salon'da çınlayan bir sesle konuştu.

"Ağabeyimiz Galler Prensi'nden az önce bir haber geldi. Bu korkunç bir haber! Alçak Henry Trastamare, Castile tahtını ele geçirdi ve Paskalya Günü'nde taç giydi!"

Salon'da şaşkın mırıltılar dolaştı ve tiksinti yansıtan bir şekilde güçlendi.

Dük, heyecanın yatışmasını bekledikten sonra devam etti. "Saygıdeğer Hristiyan Kral Pedro, mutsuz hükümdar, bu utanmaz haine karşı yardımımızı istedi!"

Birçok şövalye öne atıldı ve heyecanlı haykırışlar yükseldi. Bunlardan hiçbir şey anlamayan ama yakışıklı Dük'e büyülenmiş gözlerle bakmaya devam eden Katherine, Chaucer'ın sesini duydu. "Heyhat! Zavallı İngiltere, işte yine başlıyoruz."

"Ne demek istiyorsunuz?" diye sordu Katherine ona dönerek.

Geoffrey omuz silkti. "Kral ve Dük, Fransa'nın desteklediği bir haksızlığa karşı harekete geçecek ve bir kez daha savaşacağız."

"Savaşmak istemiyor musunuz?" diye sordu Katherine, onaylamayan bir tavırla.

Geoffrey boğazını temizledi. "Ben de savaştım, yakalandım ve fidyeyle serbest bırakıldım. Artık şövalye ruhumu kanıtlamama gerek yok ve Kral'a daha iyi görevlerde hizmet edebileceğimi düşünüyorum."

"Görevler" diye tekrarladı Katherine dik bir tavırla bakarak. Philippa için biraz üzülmüştü. Bakışları Lancaster Dükü'ne geri döndü. Karısının yanına oturmuş, babası ve kardeşleriyle heyecanlı bir sohbete girişmişti. Artık söylenenler duyulmuyordu ama heyecan ve tiksinti ifadelerini gözlemlemek zor değildi. Mavi gözleri pırıl pırıl parlıyordu ve küçük Thomas bile can sıkıntısını üzerinden atarak Dük'e hevesli sorular sormaya başlamıştı.

Ne muhteşemler, diye düşündü Katherine. Leydi Blanche ve Dük, şimdi ona masal kahramanları gibi görünüyordu. Bütün bu güzel insanlar arasında en harika görünenler onlardı ve üzerlerinde büyüleyici bir ışık vardı.

"Ah, evet" dedi Chaucer onu izleyerek, "Plantagenetler öğle güneşi gibi göz kamaştırır. Ama Lancasterlar..." diye ekledi alçak sesle, Leydi Blanche'a bakarak, "işte onlar göz kamaştırmaz, pırıl pırıl yanar. Sanırım, hayatım" diye ekledi aniden kendine gelerek, "Salon'da biraz ilgi uyandırıyorsunuz."

Katherine son bir saattir kendinin pek farkında değildi. Şimdi Chaucer'ın bakışlarını izleyince kızardı. Dük'ün maiyetindeki birkaç kişi Salon'a girişinde ona eşlik ettikten sonra tam karşıdaki bir masaya oturmuşlardı. Genç adamlardan ikisi, Katherine'e ısrarcı gözlerle bakarak fısıltıyla konuşuyordu.

Kendisine kaşlarını çatarak bakan birinin sevimsiz olduğunu düşündü. Kutu gibi köşeli ve çirkin bir yüzü, kısa ve tozlu, koyun yünü gibi saçları vardı. Sakalı da aynıydı ve bu yüzden diğer erkekler gibi düzgün bir şekilde ortadan ayırmamış, diken diken bırakmıştı. Sağ yanağında mor bir yara izi vardı ve Katherine'in tiksintisini artırmıştı. Çatık kaşlarının altında küçük gözleri açık bir kasıtla bakıyordu ve onun hissettiği isteği Katherine bile fark etmişti.

"Görünüşe bakılırsa Sir Hugh Swynford sizi çok çekici buldu" dedi Chaucer, kasvetli bir tavırla. "Seçkin genç de Cheyne de öyle. Pica..." dedi nişanlısına dönerek, "kız kardeşinin bekâretini korumak için biraz önlem almamız gerekecek."

Katherine, Sir Hugh'un yanında oturan genç adamı şimdi tanımıştı; çünkü göz göze geldiklerinde gülümsemiş ve eliyle öpücük göndermişti.

"Bu geçen yıl bana senin mesajını getiren silahtar, Philippa," dedi Katherine neşeyle. Gülümsedi ve genç adama el salladı. "Bir hayli değişmiş, sakalları uzamış."

"Katherine!" diye çıkıştı Philippa sertçe. "Kendine hâkim ol! De Cheyne artık silahtar değil, şövalye oldu ve şövalyeler seni ilgilendirmez. Bu insanlardan, özellikle de Dük'ün maiyetindekilerden birine cesaret vermeye devam edersen, başın derde girer kızım. Onların peşinde olduğu tek şey vardır. Bunu da sana manastırda öğretmişlerdir eminim." Philippa sıkkın bir tavırla iç çekti; çünkü Katherine'in gelişinin kendisine daha önce düşünmediği sorunlar yaratabileceğini görüyordu. Kızın görünüşünün o kadar çekici olduğu aklına gelmemişti; çünkü bu yeni Katherine'i hâlâ o cılız, hastalıklı çocuk olarak görüyordu. Ama Alice Perrers'ın alaycı sesi bir uyarıydı ve şimdi Katherine, kötü giyimli küçük bir manastır kızından beklenebileceğinden çok daha fazla ilgi çekiyordu. Kendi nişanlısı Geoffrey bile, bütün yemek boyunca kızın gülünç sorularını cevaplamış ve sıcaklığını sergilemekten çekinmemişti.

Philippa'nın nişanlısıyla ilgili romantik beklentileri yoktu ve saraydaki aşk oyunlarına da alışkındı. Chaucer ile evliliği son derece uygundu. Bunu Kraliçe önermiş, çeşitli hizmetkâr ve silahtarlara her zaman yaptığı gibi bir avuç aday seçip Philippa'ya sunmuş, yıllık çeyiz ve himaye sözü vermişti.

Philippa, sadece bir şarap tüccarının oğlu olmasına rağmen adaylar arasından Geoffrey Chaucer'ı seçmişti. Ama çocukluğundan beri kraliyet ailesinin arasındaydı ve çoğu tarafından sevilirdi. Ayrıca, rahip olarak eğitim görmüştü, mantıklı biriydi ve evlenip bir aile kurmaya hazırdı. Kraliçe'nin huzurunda nişan yapılmıştı ve düğünün Whitsuntide'da olması planlanıyordu.

Her şey yolundaydı ve Philippa bundan hoşlanmış görünüyordu ama son birkaç haftadır Geoffrey'i daha yakından tanıyınca nişanlısı hakkında bazı beklenmedik şeyler öğrenmişti. Kitaplara çok fazla para ve zaman harcıyor, kendisi de şiir yazmaya çalışıyordu; Philippa onunla evlendikten sonra bu özellikleri düzeltmeye kararlıydı. Ayrıca Lancaster Düşesi'ne romantik bir ilgisi olduğunu keşfetmişti ve bunu gülünç bulduğundan, Philippa hiç sorun etmemişti. Bazı leydiler, mütevazı silahtarların ilgisinden hoşlanabilirdi ama Geoffrey ile ancak sayılı kelimeler konuşmuş olan Leydi Blanche öyle biri değildi. Ancak Geoffrey onun kullandığı tüm kelimeleri Kutsal Bakire'ye yazdığı bir şiire aktarmış sonra Düşes'e vermişti. Mantıklı bir kadın böyle bir şeyden endişelenmezdi ama Katherine'in öyle olmayacağı belliydi. İzleyebileceği tek bir yol vardı. Philippa son ekmek parçasına biraz bal sürüp ağzına attı ve ertesi gün ne kadar hasta olursa olsun Kraliçe'ye yaklaşarak Katherine'in evliliği hakkında konuşmaya karar verdi. Muhafızlardan Symkyn-at-Woode uygun olabilirdi. Yürekli biriydi, iki kez dul kalmıştı ve cilveli, heyecanlı bir genç eşi hizada tutacak kadar deneyimliydi.

Philippa'nın Katherine için planları boşa çıkacaktı. Kraliyet ailesinin üyeleri yerlerinden kalkıp süitlerine çekildikten kısa süre sonra, Salon'un karşı tarafındaki iki genç adam kendilerini tanıtmak için geldi. Geoffrey onları tanıştırdı. "Sir Hugh Swynford, Sir Roger de Cheyne; Matmazel de Roet."

"Daha önce de gördüğüm o güzel gözler, beni zalim oklarla yaraladı" dedi Roger nazik bir Fransızca ile. "Şimdi, o küçük manastır odasında olduğundan daha da güzel görünüyorlar. Sizi tekrar görebilmeyi çok istiyordum, benim güzel hanımım."

Katherine kolunda güçlü bir çimdik hissetti ve Philippa'nın uyaran öksürüğünü duydu. Bu yüzden, kızarmasına ve kalp atışları hızlanmasına rağmen bakışlarını yere indirdi ve cevap vermedi. Kırmızı dudakları ve sıcak bakışlı kahverengi gözleriyle Cheyne her zamankinden daha etkileyiciydi. Beceriksizce bir cilveyle kirpiklerinin arasından baktı. Bu, deneyimli Roger için yeterince baştan çıkarıcıydı ama Katherine'in bir bakış bile atmadığı Sır Hugh için son derece sinir bozucuydu.

Geoffrey biraz geri çekilmiş, bir kaşını kaldırarak onları izlemeye başlamıştı. Olanların onu eğlendirdiği kesindi. Ama Philippa bu uygunsuz davranışlardan hiç hoşlanmamıştı.

"Kardeşimle çok cömertçe konuşuyorsunuz, Sir Roger" dedi, buz gibi bir sesle. "Onunla alay etmemelisiniz; çok cahildir." Roger ise Philippa'yı hiç duymadan, Katherine'e bakmaya devam etti. Philippa nişanlısına azarlayan bir bakış attı.

Geoffrey onun imdadına yetişti. "Yakın zamanda evlendiniz sanırım, Sir Roger" dedi, eğilerek. "Leydi eşiniz nasıllar?"

"Ah" diye fısıldadı Katherine isteksizce. Parmaklarıyla kadife elbisesinin bir katını sıkıca tuttu ve yüzünü kızgın demir gibi yakan hayal kırıklığını hissetti.

"O gayet iyi" dedi Roger neşeli bir tavırla. "Hamile olduğu için bugünlerde malikâneden çıkmıyor" dedi, Katherine'e gülümseyerek. "Matmazel, benimle bahçede bir yürüyüşe çıkmaz mısınız? Birkaç hokkabaz ve görmekten hoşlanabileceğiniz yetenekli bir ayı var."

Philippa sert tepkisini göstermeye fırsat bulamadan, Katherine bakışlarını kaldırdı. "Hayır, teşekkür ederim, Sir Roger" dedi. "Yolculuk beni çok yordu. Günlerdir yoldaydım."

Aniden, sesinde hepsini şaşırtan olgun bir saygınlık tınlamıştı. Kolay fetihlere alışkın olan Roger neşeyle güldü ve eritici bakışları Katherine'i daha da yoğun bir ilgiyle süzdü. Geoffrey bunun iyi olduğunu düşündü. Güzel kır faresi sonuçta hiç de kolay değildi. Philippa rahatlayarak homurdandı. "O hâlde artık yataklarımıza gidelim. İzninizle saygıdeğer beyefendiler."

Ama yolu tıkayan Roger değildi. Diğer şövalye, Sir Swynford'du. "Matmazel" dedi olduğu yerde salınarak ve Katherine'e çatık kaşlarının altından bakarak. "Sizin avludan güvenle geçmenizi sağlayacağım."

Her kelime arasında duraksayarak konuşuyordu ve Roger hakkında hayal kırıklığına uğramış olmasına ve diğer şövalyeden tiksinmesine rağmen Katherine bir an gülecek gibi oldu. *Sarhoş olmalı,* diye düşündü, *bu koyun yünü saçlı, çatık kaşlı hödük.*

"Kesinlikle, Sir Hugh" dedi Geoffrey. "Hanımları hep birlikte merdivenlerine götürelim."

"Yürürken de şarkı söyleyelim" dedi Roger gülerek. *"Ma belle amie, que voit la rose..."*[8] diye başladı Katherine'in koluna girerken. Bu arada Hugh sessizce diğer tarafta yürüyordu.

Chaucer ve nişanlısı arkalarından geliyordu; çünkü şövalye unvanı Salon'da onlarınkinden yüksekti. "Bu çok ilginç" dedi Geoffrey Philippa'ya dönerek, ay ve meşale ışıklarıyla aydınlanan üçlünün avluda yürüyüşünü izlerken. "Küçük Katherine şeytani bir çekiciliğe sahip ve bu iki soylu şövalye onu yatağa atmak için yanıp tutuşuyor."

"Bu iğrenç" dedi Philippa. "Onu hemen evlendirmeliyiz. Symkyn Woode'u düşünüyordum, hani şu muhafız, bir eş istiyor ve..."

"Hiç sanmıyorum, aşkım" dedi Geoffrey. "Bence Symkyn'den daha yukarı bakabilir. Sir Hugh evli değil ve Katherine'i gözleriyle yiyor. Katherine dikkatli olursa ve..."

"Ah, hayır" dedi Philippa, "bu imkânsız! Hiç çeyizi yok ve Swynfordlar eski bir ailedir. Lincolnshire'da toprak sahibidirler. Katherine böyle bir şeyi aklından bile geçirmemeli."

Geoffrey kendi kendine gülümsedi. Philippa'nın şişman elini okşadı ve bir şey söylemedi ama itiraz eden sesindeki kıskançlığı fark etmişti. *Evet*, diye düşündü, *küçük kardeşi toprak sahibi bir şövalyeyi baştan çıkarırken, basit bir silahtar, bir tüccarın oğlu ve şair heveslisi olan bir adamla evlenmek zor olacak.* Bu elbette ki henüz olmamıştı ama iki şövalyeyle zarif bir şekilde yürüyen Katherine'e bakınca her şeyin mümkün olabileceğini düşündü. Güzelliği bir kenara, kendisini muhteşem bir yazgının beklediği belliydi. Yıldız haritasının neler anlattığını merak etti; belki de Venüs ve Neptün'ün bir açısı, ondan yayılan bu ender ve gizli niteliği açıklayabilirdi.

İnsana aynı anda hem ateşli bir seks ziyafetini hem de ruhsal konuları düşündürüyordu; tıpkı St. Paul'un vitraylı pencerelerindeki mistik gül gibi. Nefes kesecek kadar güzel, genç bir yaratıktı ama Geoffrey kendisi için umutlanamazdı. Onun kalbinde güzel Düşes ve yanında Philippa vardı; bu da ona son derece uygundu.

---

8 Güle bakan güzel bayan.

3

Windsor'daki iki gün boyunca, Hugh Swynford, Duk'un adamlarını eğlendiren bir sürü şey yaptı. Roger de Cheyne onun düştüğü komik durumları arkadaşlarıyla paylaşmakta gecikmemiş, Huysuz Saxon Koçu olarak tanınan Swynford'un sonunda avlanmadan veya savaşmaktan daha yumuşak bir tutkuya kapıldığını belirtmişti: Philippa la Picarde'ın manastırdan gelen kız kardeşine âşık olmuştu.

"Onun karşısında eli ayağı tutuluyor" diyordu Roger gülerek. "Boğazlanmış bir öküz gibi; av köpeği gibi onun izini sürüyor. Bu inanılmaz! Onu bu sabah ayinde gördünüz mü? Güzel de Roet boncuklarını saçtığında Swynford onları toplamak için atılınca Leydi Atherton'a takıldı ve kız onu hiç fark etmedi bile. Hepsini kendisi topladı. Ah, onu suçlayamam. Bakireyi ben de çekici buluyorum."

Onu dinleyenler gülüşüyordu ve Swynford'un Katherine'i baştan çıkarma olasılığı üzerine bahislere giriliyordu.

Katherine Sir Hugh'un neredeyse farkında bile değildi. Onu arada bir görüyordu ve kendisine çok fazla baktığını biliyordu; ancak başka genç adamlar da bakıyordu ve kendisine sunulan yeni heyecanlara öylesine kapılmıştı ki pek başka şey düşünemiyordu.

Sabahtan geceye kadar dinleyecek müzik ve izleyecek eğlenceler vardı. Her gün öğleden sonra aşağı koğuşta sahne kuruluyor, St. George'un oyunundan bir bölüm sahneleniyordu; bu arada Katherine şövalyenin büyüleyici maceralarını büyük bir ilgiyle izliyordu. St. George, insanın kanını donduran tehditler savuran korku verici bir Türkle savaşıyor, burun deliklerinden gerçek dumanlar yayılan yeşil bir ejderhayı öldürüyor, kırmızı kuyruğu ve müstehcen hareketleriyle kalabalığı büyüleyen Beelzebub'la[9] kapışıyor, sahte göğüsleri ve sarı bir ipek peruğu olan güzel bir çocuğun oynadığı gözü yaşlı bir genç kızı kurtarıyordu.

Oyunların yanı sıra, hokkabazlar ve cambazlar da ilginçti; Floransalı bir top cambazı aynı anda altı altın topu havada tutuyor ve bir yandan da kendi tuhaf dilinde bir aşk şarkısı söylüyordu. Katherine bunun muhteşem olduğunu düşünmüştü.

---

9   Şeytanın İbranice adlarından biri. Genellikle dev bir sinek ya da siyah bir keçi olarak tasvir edilir.

Ayrıca her gün şato duvarlarının dışında mızrak karşılaşmaları oluyordu. Hanımların locaları, karşılaşmaya katılan şövalyelerin akrabaları ve sevgilileriyle öylesine doluyordu ki Katherine için yer kalmıyordu. Onun hayal kırıklığını sezen Geoffrey, festivallerin son günü olan Cumartesi günkü büyük turnuvayı izlemesi için kendisini içeri sokmaya söz verdi.

Philippa kız kardeşini yakından izliyordu ve Kraliçe'nin nedimelerinden biri veya kendisi daima kızla birlikte kalıyordu; ama Philippa bile eğlencelerin genel havasıyla gevşemişti.

Her sabah saat altıda kiler hizmetkârlarıyla birlikte görevini yerine getiriyordu: Ekmek somunlarını hazırlıyor, Kraliçe'nin süitinde kullanılacak değerli baharatların günlük düzenlemelerini yapıyordu ama sonrasında, Kraliçe yatağından çıkmadığından, Philippa serbest kalıyordu. Katherine'in sosyal ortamlarda mütevazı davrandığını, Roger de Cheyne'in ilgisinde aşırıya kaçmadığını ve Hugh Swynford'un Katherine'le konuşmak için başka bir girişimde bulunmadığını fark etmişti. Bu yüzden korkularının yersiz olduğuna ve kızın Symkyn-at-Woode'la yapacağı evlilikle ilgilenmeden önce tatilin sona ermesini beklemeye karar vermişti.

Ancak Hugh, bekleyen bir fırsattı. Katherine'e kafasını takmıştı. Ancak şehvet krizlerini bir fahişe veya köylüyle geçiriyordu ve hayatının düzeni kesinlikle bozulmamıştı.

Ancak bu kız, güçlü bir erkek koruyucusu olmamasına rağmen bir şövalyenin kızıydı ve Kraliçe'yle bağlantısı vardı. Bir hana götürülemezdi ve açıkça ilgisiz davrandığından, Hugh ona nasıl yaklaşacağını bilemiyordu. Onu yalnız yakalamak için fırsat kolluyordu ama hiç bulamıyordu ve hayatında ilk kez kendine güvenmekte zorlanıyordu, çirkin biri olduğu için pişmanlık duyuyordu.

Çarşamba akşamı şansı döndü. Bütün öğleden sonra gösteriler olmuş; akşam duasından sonra batı tarafındaki burçlar batmakta olan güneşin ışıklarıyla yıkanmaya başlamıştı. Kraliçe'nin nedimeleri her zamanki gibi akşam yemeğine katılmak için aceleyle hazırlanıyordu.

Alice Perrers bu son gecelerde pek ortalıkta görünmeye bile gerek duymamıştı ve dedikodular genellikle onun etrafında dönüyordu. Katherine çabucak öğrenmişti ve Alice'in sevilmediğinin kesinlikle farkındaydı. Ancak bu umurunda bile değildi. Kraliyet ailesi hâlâ sadece Yüksek Masa'da görülebilecek parıltılı figürlerdi ve Kraliçe'nin sadece adı vardı. Katherine'in Matilda'dan ödünç aldığı mor tuvalet dışında giyecek bir şeyi ve takıları yoktu; bu yüzden Philippa ve Johanna Cosin'le paylaştığı yatakta oturuyor, heyecanlı kadın sohbetlerini dinliyordu. O sırada, dışarıdan gelen yabancı dilde bir şarkı duydu:

> *Hé dame de Vaillance!*
> *Vostre douce semblance,*
> *M'a pris sans defiance...*[10]

Katherine ayağa fırladı ve Philippa'ya gardıroba gitmesini söyledikten sonra taş merdivenlerden aşağı koşup avluya çıktı. Orada bekleyen Hugh onu gördü; fakat Katherine onu görmedi. Yumuşak havada derin bir nefes alan Katherine, şarkıyı izleyerek doğu tarafındaki binalara doğru ilerledi. Yan kapı açıktı ve Katherine içinden geçti. Bahçe menekşe ve biberiye kokuyor, tavus kuşu ve aslan biçiminde kesilmiş porsuk ağacı çalılarından bazıları başına kadar yükseliyordu. Bahçenin o bölümünde kimse yoktu. Şimdi daha hüzünlü bir tona geçmiş olan şarkı, su şırıltılarıyla birlikte havuzun yakınlarından geliyordu.

Katherine çiçekleri sevmişti ve kokulara karşı özellikle duyarlıydı. Bir nergis koparmak için durdu ve çiçeği burnuna bastırarak tatlı kokusunu derin derin içine çekti; o sırada bir kılıç tangırtısı duyarak çiçeği suçluluk duygusuyla yere attı ve kraliyet bahçelerine dokunmaya hakkı olmadığını düşündü.

Çalıların köşesinden dolaşan kişi Hugh'du. Üzerinde hâlâ zincir zırhı, belinde kılıcı ve ayağında mahmuzları vardı; çünkü bütün öğleden sonra mızrak karşılaşmalarına katılmıştı ve zırhını çıkarmaya fırsat bulamadan avluda Katherine'i görmüştü.

"İyi akşamlar, küçükhanım" dedi Hugh, Katherine'i korkutmaktan çok şaşırtan sert bir sesle.

"Özür dilerim" dedi Katherine. "Belki de burada olmamalıyım ama müzik çok güzeldi; bahçe de öyle." Yüzünde yavaşça samimi bir gülümseme belirirken, çenesindeki ve ağzının kenarındaki gamzeleri belirginleşti.

"Artık geri dönmeliyim" dedi Katherine gergin bir tavırla. İlk tanıştıkları gece olduğu gibi, şövalye yolunu tıkamıştı ve kalın çalı gibi çatık kaşlarının altından bakıyordu. Nefes nefese kalmış bir at gibiydi ve dev gövdesi titriyor gibi görünüyordu.

"Bana öyle bakmayın, Sir Hugh" diye güldü Katherine. "Ben cadı veya hayalet değilim."

---

10 Ve sen cesaretin kadını-Senin tatlı benzerin-Beni savunmasız teslim aldı.

"Cadı" diye tekrarladı şövalye ciddi bir sesle. "Evet, bu cadılık! Beni büyülediniz."

Katherine adamın dudaklarının titrediğini gördü, nefesinin sıklaştığını duydu ve daha tepki vermesine fırsat kalmadan, Hugh ona doğru bir hamle yaptı. Kolunu beline dolarken, diğer eliyle elbisesinin omzunu aşağı çekti. Yırtılan kadife kumaş kolunu ve bir göğsünü ortaya çıkardı. Katherine'in vücudunu öfkeyle göğsüne bastırdığında, zincir zırhın keskin bağlantı yerleri genç kızın etine gömüldü. Hugh güçlü kollarıyla onu neredeyse belini kıracak gibi arkaya doğru büktü. Katherine nefes almaya, bir yandan da dehşet içinde adamla mücadele etmeye çalışıyordu. Yumruklarını adamın yüzüne indiriyor, tırnaklarını savuruyordu; sonunda rastgele darbelerinden biri şövalyenin sol gözüne isabet etti. Hugh başını arkaya atıp bir an tutuşunu gevşettiğinde, Katherine uzun bir çığlık attı.

"Yapma Katherine, yapma..." dedi Hugh nefes nefese bir hâlde, kollarını yeniden sıkarken. "Seni istiyorum; sana sahip olmalıyım..." Katherine'i çalılığa doğru sürükleyerek toprak zemine yatırdı.

Tam o anda bir el Hugh'un omzunu yakaladı ve güçlü bir kol onu Katherine'in üzerinden çekip alarak dizlerinin üzerine yürüme yoluna fırlattı.

"Ulu Tanrım, Swynford" dedi bir ses. "Küçük aşk oyunlarını burada oynamak zorunda mısın?"

Katherine başını kaldırdı. Saç örgülerinden biri çözülmüştü ve saçları çıplak omzuyla üzerinde zincir zırh yüzünden kan lekeleri oluşmuş beyaz göğsünü kısmen örtmüştü.

Yürüme yolunda aralarında dev gibi cüssesiyle duran kişi Lancaster Düküʼydü; tiksintiyle kıvrılmış dudakları, alacakaranlıkta altın gibi parlayan sarı saçlarıyla kule gibi yükseliyordu. Öfkelendiğinde her zaman olduğu gibi, gözkapakları canlı mavi gözlerinin üzerine sarkmıştı. Yüzü kızarmış ve ter içinde kalmış şövalyeye bakarak buz gibi bir sesle konuştu. "Bu davranışınızdan hiç hoşlanmadım, bayım. Akşamın güzelliğini bozuyorsunuz. Sizin şehvetinizi paylaşmadığı açıkça belli olan bu hanımefendi kim?"

Katherine'e dönerek baştan aşağı süzdü. Korku içindeki bu genç kız, yaşlarla dolu solgun yüzünde iri iri açılmış güzel gözleriyle kendisine büyük bir minnetle bakıyordu. Düken kibirli dudakları gevşedi, iri cüssesiyle öne eğildi ve elini Katherine'e uzattı. Katherine kendisine uzatılan eli tutarak ayağa kalktığında, güdüsel olarak Dük'e yaklaştı ve neredeyse koluna yaslandı. "Lordum" diye fısıldadı, "teşekkür ederim." Dudakları korkudan bembeyaz kesilmişti ve kalbi deli gibi atıyordu; fakat saçlarını başının arkasına atıp yırtılmış giysisini göğsünün üzerine doğru çekti ve Dük'ün yanında sessizce durdu.

John Gaunt ondan etkilenmişti; hem koruyuculuğunu güdüsel olarak kabul ettiği hem de hıçkırıklarından ve yaşadığı dehşetten saygın bir şekilde sıyrılabildiği için. Henüz güzelliğini tam olarak göremiyordu; fakat kızın çekiciliğini hissetmişti. Giderek artan bir öfkeyle Hugh'a döndü. "Böyle aşağıladığınız bu hanımefendi kim?"

Dük'ün yerinde başka biri olsa, Hugh aynı ölçüde öfkeyle karşılık verirdi; oysa şimdi bakışlarını yere indirmişti ve suratı asılmıştı. "Kraliçe'nin nedimelerinden biri olan Philippa la Picarde'nin kız kardeşi. Onu aşağılamadım. Beni büyüledi. O bir cadı!"

"Aziz George'un mızrağı adına; bu nasıl bir saçmalık! Sorun sadece senin kendi uçkuruna düşkünlüğün. Bu zavallı çocuğu ciddi şekilde aşağıladın ve..."

"Hayır, Lordum" diye araya girdi Hugh. Küçük yeşilimsi gözlerini kaldırarak Katherine'e acınası bir aptallıkla baktı. "Onunla evlenmek istiyorum" dedi Hugh, tekrar bakışlarını indirerek. "Ne toprağı ne de çeyizi var ama ben onunla evlenmek istiyorum."

Katherine dehşetle yutkundu ve Dük'e daha da sokuldu; ama John Gaunt, şövalyesine şaşkınlıkla bakıyordu. "Bunu gerçekten istiyor musun, Hugh?" diye sordu ve Swynford başıyla onayladı.

Şimdi durum değişmişti. Bu kızın gerçekten hiçbir şeyi yoksa teklif inanılmazdı. Swynford soylu bir aileden geliyordu ve oldukça zengindi. Dük ve ailesindeki diğer herkes için evlilik sadece ticari bir anlaşma, barış zamanlarında yeni topraklar ve güç kazanmak için bir silahtan ibaretti. Birinin eşini sevmesi tamamen şansa bağlıydı ve Leydi Blanche son derece güzel olsa da sahip olduğu servet olmasa, Dük onunla asla evlenmezdi.

Tüm feodal lordlar gibi vasallarının evlilikleriyle, ölümleriyle ve çocuklarıyla ilgilenmesine rağmen kız kendisini bu kadar meraklandırmış olmasa, konuyu bu akşam daha fazla kesinlikle deşmezdi. Hemen hızlı kararlar verdi ve rahat ama emreden bir tavırla konuştu. "Pekâlâ Hugh, sen çadırına dön. Bunu yarın konuşabiliriz. Ve siz, küçükhanım, benimle birlikte Düşes'in yanına gelin. Sizi görmesini istiyorum."

Swynford eğildi, olduğu yerde döndü ve yürüme yolunda gözden kayboldu. Katherine şaşırmıştı ve hiçbir şey söyleyemiyordu. Dük'ün peşinden bahçe kapısına gitti ve Lancaster süitine girdi.

Leydi Blanche pencerenin kenarında bir minderde oturuyordu; kucağında zümrüt rengi ipek kumaşla süslediği açık mavi bir saten kumaş duruyordu. Krem rengi bir elbise giymişti ve henüz gece için üzerini değiştirmemiş olmasına rağmen altın sarısı saçları açıktı ve dışarıdaki karanlığın ortasında parıldıyordu.

İki küçük kızı Elizabeth ve Philippa, şöminenin kenarındaki bir İran halısının üzerinde oynuyor, yakındaki bir ozan da harpıyla "Chanson de Roland"ı çalıp söylüyordu.

Düşes'in baş hizmetçisi Audrey sessizce işini yapıyor, bir el leğenindeki suya parfüm katıyor ve çeşitli sandıklardaki giysileri bir gardıroptaki askılara asıyordu.

Dük yanında Katherine'le içeri girdiğinde, küçük kızlar oynamayı bırakıp babalarına baktılar. Ozan müziği susturarak taburesini bir köşeye çekti ve gönderilmesinin veya devam etmesinin emredilmesini bekledi.

Leydi Blanche zarif bir ağırlıkla yerinden kalkarak kocasına gülümsedi. "Sizi bu kadar erken beklemiyordum, lordum." Mavi bakışları nazikçe Dük'ün yüzüne dikildi. "Bordeaux'dan gelen haberciyle ilgilendiğinizi sanıyordum."

"Öyleydi" dedi John, "ve kötü haber getirmiş; ama sonra bahçede bana şarkı söylemesi için ozanlardan birini çağırdım ve bir süre oyalandım. Sonra da rahatsız oldum..." Omuz silkti ve hizmetçiyle iki küçük kızın kendisine merakla baktığını hissettiği için gerginleşen Katherine'i işaret etti.

"Rahatsız mı oldunuz?" diye tekrarladı Blanche. "Bu çocuktan mı?" Nazikçe gülümseyerek zarif beyaz ellerinden birini Katherine'e doğru uzattı ve hafifçe öne eğildi. "Ama ne oldu? Elbisesi yırtılmış ve üzerinde kan var. Audrey, biraz suyla şarap getir. Yaralı mısın, kızım?"

"Sayılmaz, Ekselansları" dedi Katherine yere kadar eğilerek. "Efendimiz Dük beni kurtardı."

"Neden kurtardı?" diye haykırdı Blanche, kolunu kızın omzuna atarak.

"Sert bir sevişmeden" dedi John aniden gülerek. "Ama sonuçta amacın kötü olmadığı ortaya çıktı. Saxon Koçu denen şu Lincolnshire şövalyesini bilirsiniz, Sir Hugh Swynford. Kendisi bu küçükhanımla evlenmek istiyor; ilginç bir fikir."

"Ah, hayır" diye haykırdı Katherine, Dük'e acınası bir şaşkınlıkla bakarak. "Bunda ciddi olmadığından eminim; ve ben... bunu yapamam... yapamam."

"Şşş, çocuğum" dedi Leydi Blanche, birinin son derece rahatsız ve bir an önce kaçmak ister gibi görünen Dük'le böyle konuşmasına şaşırarak.

Gerçekten de şimdi mumların parlak şekilde aydınlattığı kız aniden John'ın üzerinde sevimsiz bir etki bırakmıştı; ama John bunun nedenini bilmiyordu. Doğru, birçoğu onu güzel bulabilirdi ama kendi adına, kız biraz fazla renkli ve Blanche'ın yanında fazla basit görünüyordu. Kızın bronz saçlarından, çürümüş ağzının kırmızılığından, kirpiklerinin karalığından ve özellikle de kendisine yalvarırcasına bakan gözlerinden hoşlanmamıştı. Fazla iri, gri renkliydiler ve mum ışığında üzerlerinde altın rengi minik lekeler görünüyordu. John o gözlerden rahatsız olmuştu; çünkü içine anlaşılmaz bir şekilde öfke ve acı uyandırmışlardı. Bir an için, uzun zaman önce kendisine aynı şekilde bakan başka birini tanıdığını ve ihanete uğradığını hatırladı; sonra bu etki kayboldu ve yerinde sadece derin bir kırgınlık kaldı.

Katherine'e arkasını dönerek Blanche'la konuştu. "Sizinle sonra görüşürüz, leydim." Küçük kızlarının saçlarını okşadıktan sonra odadan çıktı ve masif meşe kapıyı arkasından çarparak kapadı.

"Lordum bazen acelecidir" dedi Blanche, kızın şaşkınlığını fark ederek. "Ve onu endişelendiren ciddi konular var." John'ın tepisel hareketlerine, bazen beliren karamsarlığına alışmıştı ve onlarla nasıl başa çıkacağını ya da geçene kadar beklemesi gerektiğini biliyordu. Şimdi yanında duran genç kızla ilgilenmeliydi ve bunun için Audrey'den su ve havlu getirmesini istedi. Sonra mor kumaşın parçasını, saçlarını Katherine'in omzundan kaldırdığında, göğsünün üzerindeki kırmızı çizikleri gördü. "Bana bunların nasıl olduğunu anlat, hayatım" dedi, kesikleri yıkayıp merhem sürerken.

* * *

Hugh arenanın yakınlarındaki çadırında otururken, silahtarı Ellis zırhını çıkarıyordu; ama Hugh etrafındakilerin veya onun farkında değildi. Kanı damarlarında sıcak kurşun gibi akıyordu ve arzuyla, utançla, şaşkınlıkla kıvranıyordu; hayatı boyunca yaşadığı hiçbir şey onu böyle bir işkenceye hazırlamamıştı.

Hugh Swynford safkan Saxon'du ve ataları arasında, 870 yılında Trent'e yelken açıp arkasında sadece ölüm ve yağma bırakarak yoluna devam eden tek bir Danimarkalı vardı. Swynford ailesinden bir kız da tecavüze uğrayanlardan biriydi ama görünüşe bakılırsa ateşli Danimarkalı'nın ilgisini çekmişti; çünkü kız onu Lincolnshire'daki ininden çıkararak güney Leicestershire'daki aile evine getirmişti. Adam birkaç yıl orada kalmış ve ailenin soyadını almıştı.

Swynford erkeklerinin hepsi savaşçıydı. Hugh'un ataları, klanlarındaki yetişkin erkeklerin hepsi ölene kadar Norman işgaline karşı direnmişti ve şimdi, üç yüz yıl sonra bile Hugh, Norman zarafetini veya duygusallığını kesinlikle reddediyordu. Doğrusunu söylemek gerekirse arada bir dinî ayinlere katılıyordu; fakat kalbinde, bir zamanlar Mayıs Gecesi'nde Beltane ateşinin etrafında dans ederek antik meşelere tapan ve kendilerini maviye boyayan vahşiler kadar pagandı; Hugh bu boyanın elde edildiği bitkileri hâlâ Lincolnshire'daki malikânesinin bahçesinde yetiştiriyordu.

Şövalye kurallarına tahammül edemeyen, utanması olmayan bir şövalyeydi; fakat gerçek savaşta kurnaz ve korku verici bir dövüşçüydü.

Swynford ailesinde Hugh'un tarafı uzun zaman önce Leicestershire'dan ayrılmış ve Gainsborough'nun güneyindeki Trent Nehri'nden Lincolnshire'a geçmişti; Hugh çocukken, babası Sir Thomas çok uzun zamandır istediği gibi, Ketel ve Danimarkalıların ilk yerleştiği yerde Kettlethorpe malikânesini satın almıştı. Bu alımı gerçekleştirmek için ikinci karısı Nichola'nın Bedfordshire'daki mülklerini satmış, Kettlethorpe'u saran yüksek ormanlıklardan, bataklıklardan ve sık sık ölümcül sellere yol açan büyük nehirden korkan zavallı kadının ağlamalarına aldırmamıştı. Leydi Nichola, içinde bir köpek hayaletinin dolaştığı söylenen karanlık taş malikâneden de korkuyordu. Ama en çok, kendisini acımasızca döven ve kısırlığı için sürekli aşağılayan kocasından korkuyordu. Bu yüzden sadece yalnız kaldığında ağlayıp sızlanıyordu.

Hugh, kendi evi veya mirası olarak kabul etmenin ötesinde, o ya da bu şekilde Kettlethorpe'u biraz düşünüyordu ve huzursuz bir gençti. On beş yaşındayken dünyayı dolaşmaya karar vermişti. Edward İskoçya'yı işgal etmeye karar verdiğinde Kral'ın emrinde orduya katılmış, orada o zamanlar sadece Richmond Kontu olan John Gaunt'la tanışmıştı. İki genç aynı yaştaydı ve Hugh, zarafeti ve karizması kendisininkine hiç benzemeyen genç Prens'e hem kıskançlık hem de hayranlıkla yaklaşmıştı.

On altı yaşındayken, daha fazla savaş isteyen Hugh, Poitiers'da Galler Prensi için savaşmıştı. Hugh savaş baltasıyla dört Fransız'ı öldürmüş, daha sonra Fransa Kralı Jean'ın yakalanışının kutlamalarına katılmıştı.

Daha sonrasında, saygınlığını kazanan ve Kettlethorpe'a dönen Hugh, kendisi yokken babasının felç geçirdiğini öğrenmişti. Sir Thomas nihayet ölene kadar evde kalmış, babasının ardından malikânenin efendisi olmuştu. Ancak, babası St. Peter ve St. Paul Kilisesi'nin sunağına yakın granit bir mezara gömülür gömülmez, Hugh oradan ayrılmak için yeni planlar yapmaya başlamıştı.

Üvey annesi Leydi Nichola'dan nefret ediyor, onun sürekli isteri krizi geçiren ve melankolik vizyonlar gören bir kadın olduğunu düşünüyordu; bu yüzden onu ve topraklarını kâhyaya teslim ederek oradan ayrılmıştı. Babasının en iyi zırhını giyip en iyi atına binmiş sonra da genç silahtarı Ellis de Thoresby -Trent'in diğer tarafındaki Nottingamshire'dan başka bir şövalyenin oğlu- ile birlikte yola çıkmıştı.

Sonunda Londra'ya gelerek Savoy Sarayı'na yerleşmişti. Hugh, Coleby'deki malikânesinden dolayı Lancaster Dükü'ne şövalye olarak hizmet borçluydu; ama malikânede yaşamak yerine Dük'ün maiyetine girmişti ve bu feodal lordun aynı zamanda İskoçya'da birlikte kılıç tokuşturduğu genç olmasından da mutluluk duymuştu.

Aradan geçen yıllar John Gaunt'un hayatında birçok değişikliğe yol açmış olsa da -Leydi Blanche'la evlenmiş ve ülkenin en zengin adamlarından biri olmuştu- Hugh'un kendi durumu ve hayatı pek değişmemişti. Savaş olduğunda savaşıyordu ve barış zamanlarında kavga edecek birilerini buluyor ya da avlanıyordu. Şahinle avlanma yöntemi onu sıkıyordu; çünkü karşı karşıya dövüşü ve tehlikeli rakipleri seviyordu. Mızrak atmada çok becerikliydi ve okçulukta Kral'ın astsubayları kadar yetenekliydi; fakat kılıç dövüşünde kesinlikle rakip tanımazdı.

Yorkshire'da bir kurdu çıplak elleriyle boğduğu ve yanağındaki yara izini bırakanın da o kurdun dişleri olduğu söyleniyordu; ancak kimse kesin olarak bilmiyordu. Şimdi Dük'ün maiyetinde iki yüzden fazla baron, şövalye ve silahtar vardı ve Hugh gibi nezaketsiz bir adam, denkleri arasında biraz merak yaratıyordu. Yine de ondan hoşlanmıyor ve pek yaklaşmıyorlardı.

Ama küçük de Roet ile evlenmek istediği öğrenildiğinde, sonunda herkesin ilgi odağı hâline gelmişti.

Katherine'in çılgınca itirazları ve gözyaşları, Hugh'un kararlılığı karşısında etkili olamadı ve diğer herkes, kızın inanılmayacak kadar şanslı olduğunu düşünüyordu.

Kraliçenin nedimeleri ve hatta Alice Perrers bile böyle düşünüyordu ki Philippa da günde üç öğün onu azarlıyordu.

"Tanrı aşkına, seni küçük aptal" diye bağırmıştı Philippa, "korkmuş bir tavşan gibi sızlanacağına, dizlerinin üzerine çöküp Kutsal Bakire'ye ve Saint Catherine'e şükretmelisin. Tanrım, kendi malikânene ve hizmetkârlarına sahip Leydi Katherine olacaksın ve görünüşe bakılırsa kocan sana tapacak!"

"Yapamam! Yapamam! Ondan nefret ediyorum" diye inliyordu Katherine.

"Saçmalık!" diye kestirip atmıştı Philippa, doğal kıskançlığıyla öfkesi daha da artarken. "Alışırsın. Ayrıca, çok fazla yanında olup da seni rahatsız edemez. Yakında Dük'le birlikte savaşmak için Castile'e gidiyor."

Bu pek rahatlatıcı değildi; ama hasta olduğunu bahane etmek, nedime süitinde gizlenmek ve Hugh'u görmekten kaçınmak dışında Katherine'in yapabileceği çok fazla şey yoktu.

Kızın evlilikle ilgili itirazlarını duyan Leydi Blanche, konuyu kocasına açmıştı ve kocasını beklenmedik bir şekilde öfkeli bir hâlde bulmuştu. "Elbette ki Swynford onu eş olarak seçmekle aptallık ediyor; çünkü toprakları kendisininkine bitişik olan şu Torksey kızıyla evlenebilirdi; ama görünüşe bakılırsa kıza kapılmış. Bu kadar istiyorsa, bırak küçük aptalı alsın."

"Kızdan hoşlanmıyor musun?" Blanche bu öfke patlaması karşısında şaşırmıştı. "Ben onun çok tatlı olduğunu düşünüyorum. Babasının cesur bir asker olduğunu hatırlıyorum. Ben çocukken bir defasında Bruges'dan bana küçük bir oymalı kutu getirmişti."

"Kızdan hoşlanmıyor filan değilim. Neden böyle bir şey olsun ki? Sadece savaşa girmek üzereyken böylesine önemsiz bir meseleyle zaman kaybetmek istemiyorum. Üstelik ne kadar çabuk evlenirlerse o kadar iyi olur; çünkü Swynford bu yaz Aquitaine'e yelken açacak. O gitmeden önce kız hamile kalabilir."

Blanche başıyla onayladı. Evlilik konusunda başkalarından daha duygusal değildi; fakat Katherine'e acıyordu ve kızın mutsuzluğunu azaltmak amacıyla, bir uşakla cömert hediyeler gönderdi.

Katherine'in isyanı sürerken, ne Philippa'nın rahatsızlığı ne de diğer kızların alaycılığı onu süitten çıkaramazken, doğal olarak başrahibeye yöneldi. Godeleva'nın diğer herkesin kendisini zorladığı bu korkunç kaderden kurtulmasına yardım edeceğinden kesinlikle emindi ve Hugh'u görmekten ölesiye korkmasına rağmen bir şekilde köye sızmaya ve başrahibeyi bulmaya karar verdi. Ama bu fırsat doğmadan önce, Long Will Finch, Godeleva'dan Katherine'e yazılmış bir mektupla süite geldi. Kısaca yazılmıştı ve Kraliçe hâlâ hasta olmasına rağmen Godeleva ve Rahibe Cicily'nin Sheppey'e dönmeye karar verdiğini; çünkü birlikte yolculuk edebilecekleri güvenli bir hacı grubu bulduklarını söylüyordu.

Katherine'in manastır eğitimine uygun, itaatkâr davrandığına inandığını ve Kraliçe'ye Sheppey'in ihtiyaçlarını hatırlatacağından emin olduğunu da söylemişti.

Mektubunu dualarla ve iyi dileklerle bitiriyordu.

"Demek gitti" dedi Katherine, Will Finch'e bakarak.

"Evet, küçükhanım" dedi haberci saygıyla alnına dokunarak. Hizmetçilerden biri ona bütün dedikoduları anlatmıştı. Dük'ün şövalyelerinden biri kendisiyle evlenmek isterken küçük de Roet'nin nasıl özel ilgi gördüğünü ve Dük'le Düşes'in kendilerinin konuyla bizzat yakından ilgilendiklerini açıklamıştı. "Duyduğuma göre daha şimdiden şansınız dönmüş" dedi Will Finch. "Size mutluluklar dilerim!"

Katherine ona hüzünlü gözlerle baktı ve hizmeti karşılığında bahşiş verdi. Leydi Blanche'in varlığı sayesinde, şimdi bir kese gümüşü ve Düşes'in eskilerinden uydurulmuş yeni bir elbisesi vardı. Yeşil brokardan yapılmıştı ve kürkle süslenmişti; ayrıca Blanche ona yünlü bir pelerin, gümüş bir kemer ve saç tokaları vermişti.

Bu eşyalar yatağının kenarında hiç dokunulmamış hâlde duruyordu. Düşes'in cömertliğine kayıtsız kalmak imkânsızdı; gerçekten de hediyeler olmasa Katherine'in durumundaki bir kız nasıl varlığını sürdürebilirdi ki? Oysa şimdi onları kullanmaktan çekiniyor, çünkü hepsini Hugh'un ilgisinin kanıtları olarak görüyordu.

Ama gidip süitte gizlenemezdi; çünkü orada hiç yalnız kalamıyordu ve Kraliçe'nin nedimeleri onunla sürekli dalga geçiyordu.

Turnuvanın son günü olduğu ve hasta Kraliçe'yle birkaç muhafız dışında herkes arenaya gittiği için Katherine şimdi tek başınaydı. Nedimeler teşvik etmesine ve Philippa emretmiş olmasına rağmen üç gün önce bu muhteşem gösteriyi hevesle bekleyen Katherine gitmeyecekti.

On beş yaşındaydı ve kendini analiz edebilecek durumda değildi. Bildiği tek şey, başlangıçta büyüleyici olan bu muhteşem yeni dünyanın aniden karmakarışık bir çaresizlik ve korku yumağına dönmüş olduğuydu ve ne tarafa bile koştuğunu bilmeden, gözden uzak durmak dışında yapabildiği bir şey yoktu. Hugh'la tekrar karşılaşmaktan çok korkuyordu ama bir yandan da bu mutsuzluğu destekleyen başka bir şey daha olduğunu hissediyordu. Dük'ü görmek için yanıp tutuşuyordu ve bu özlem, en az Hugh'un saplantısı kadar onu rahatsız ediyordu; çünkü Dük onun müdafisi filan olmamıştı; başlangıçta sempatisini göstermişti ve sonra aniden geri çekilmişti. Karısının yanında ona soğuk bir tavırla bakmış, açıklanamaz bir şekilde tiksinmişti.

Katherine pencereye yürüdü ve aşağıda, nehrin kenarında uzanan düzlüğe, turnuva alanına ve şövalyelerin kişisel sancaklarının dizildiği çadırlara baktı. Öğle saatiydi ve tam tepedeki güneş gümüşü zırhlardan yansıyordu; turnuva alanından kalkan büyük toz bulutu görüşü engelliyordu; fakat bin kişiden yükselen tezahüratları ve borazanları duyabiliyordu.

Odaya geri döndü ve kendini yatağa atarken yaralı göğsünü acıtınca yüzünü buruşturdu. Minik kesikler iyileşiyor olsa da acısı daha çok kalbinde gibiydi. *Belki Kutsal Bakire'ye dua edersem bana yardım eder*, diye düşündü; fakat iki gündür süitte saklandığı için ayini kaçırdığını hatırlayarak suçluluk duydu. Doğru; maiyettekilerin hepsi her gün ayine gitmiyordu ve Philippa'nın kendisi de sık sık atlıyordu ama manastırdan kalma alışkanlığı güçlüydü.

Katherine yatağın kenarında diz çökerek dua etmeye başladı. "*Ave Maria, gratia plena*"[11] ama fısıltıları boş süitte yankılanıyordu. Sonra meşe kapıdan gelen ağır tıkırtıyı duydu.

Üzerinde sadece iç çamaşırları bulunan Katherine yünlü pelerinini omuzlarına atarak gergin bir tavırla seslendi: "Girin."

Kapı açıldı ve Hugh Swynford kirişte durarak asık yüzle ona baktı. Öğleden sonraki karşılaşmalarda onun da adı olduğu için tam teçhizat kuşanmış, zırhını giymişti. Zincir zırhın üst kısmı tören geleneklerine uygun şekilde üç altın yaban domuzu başıyla süslenmişti. Ürkütücü ama daha öncekine oranla temiz görünüyordu; saçları taranmış, sakalı kesilerek düzeltilmişti.

Odanın içine doğru adım attığında, Katherine boğuk bir sesle inledi ve içi aniden öfkeyle doldu. *Kutsal Bakire,* diye düşündü, *ben sana dua ettim ve sen beni böyle mi ödüllendirdin?*

Pelerinini vücuduna doladı ve kaskatı bir şekilde arkasındaki duvara yaslandı; yüzü taştan oyulmuş bir heykel gibi sertleşmişti. "Evet, Sir Hugh" dedi. "Kesinlikle yalnız ve çaresizim. Bana tecavüz etmeye mi geldiniz?"

Hugh bakışlarını indirdi. İri ellerinden birini kapalı hâlde genç kıza doğru uzattı. "Katherine, seni görmem gerekiyordu... Be-ben... sana bunu getirdim."

Bakışlarını yerden kaldırmadan elini açtı. Nasırlı avucunda, deniz yeşili bir taşın etrafına oyulmuş som altından bir yüzük duruyordu.

"Al" dedi Hugh, kaba bir tavırla Katherine kıpırdamayınca. "Nişan yüzüğü."

"İstemiyorum," dedi Katherine. "*İstemiyorum!*" Kollarını sıkıca göğsünde kavuşturdu. "Sizinle evlenmek istemiyorum."

---

11 İsp. Çok iyiliksever Meryem Ana'mıza.

Şövalyenin eli tekrar yüzüğün üzerine kapandı; Katherine adamın boynundaki kasların seğirdiğini, yanağındaki yara izinin bembeyaz kesildiğini gördü; ama Hugh kontrollü bir şekilde konuştu.

"Her şey ayarlandı, küçükhanım. Ablanız razı, Lancaster Dükü razı; Kraliçe de öyle."

"Kraliçe mi?" diye tekrarladı Katherine zayıf bir sesle. "*Kraliçe*'yle mi görüştünüz?"

"Leydi Agnes aracılığıyla ona bir mesaj gönderdim. Kraliçe çok memnun oldu."

İşte o anda Katherine umudunu kaybetti. Kraliçe, her zaman için babası gibi onun da kaderini yönlendirmişti. Kraliçe'ye hayatını ve sadakatini borçluydu. İsyanın ne yararı olurdu ki? Hugh'un sözlerinden şüphe etmemesi gerektiğini de biliyordu. Ne kadar aptal ve kaba olursa olsun, aynı zamanda da son derece dürüsttü. Ve şimdi Katherine'in devam eden sessizliğine karşı öfkesi giderek artıyordu.

"Kraliçe hiç şüphesiz seninle evlenmek istediğim için benim aptalın teki olduğumu düşünüyor! Hepsi öyle düşünüyor. Arkamdan konuştuklarının farkındayım, o lanet olasıca züppe de Cheyne..." Pencereye ve turnuva alanından gelen gürültüye kaşlarını çatarak baktı. "Güzel kadınsı yüzüyle!" Yere tükürdü.

"Benimle evlenmeyi neden istiyorsunuz?" diye sordu Katherine sakince. "Size isteksiz bedenimden başka bir şey getiremem ki."

Hugh irkilerek ona döndü. Dük onları bahçede yakalayana kadar Hugh'un evliliği düşünmediği kesindi. O zaman ağzından çıkan sözler kendini bile şaşırtmıştı. Peki, asıl neden neydi; Dük'ün onu koruması altına alması mı, kızın kendisinden yayılan bir şey mi, güzelliğinin Hugh'un üzerinde giderek artan etkisi mi yoksa sadece elde edemediği bir avın peşinde koşma dürtüsü mü? Kıt aklı bu soruları cevaplamakta zorlanıyordu. Bildiği tek şey, ona duyduğu arzunun korkuyla karışık bir acı doğurduğuydu. Aşktan söz edeceği asla aklına gelmezdi; oysa şimdi Dük'e açıkladığı bahaneye sığınıyordu.

"Saint Anthony adına, bilmiyorum. Ya bana büyü yaptın ya da bir aşk iksiri içirdin."

Katherine yorgunluk ve çaresizlikten güldü. "Keşke o aşk iksirinden gerçekten olsaydı; o zaman ben de içerdim."

Genç kızın kahkahalarıyla Hugh'un yüz aydınlandı ve küçük gözleri yalvaran bakışlarla güzel yüze dikildi. "Yüzük, Katherine, yüzüğü tak" diye fısıldadı yüzüğü tekrar uzatırken, "ve benimle birlikte düğün yeminini et."

Katherine başını eğdi ve elini yavaşça uzattı. Ağır yüzüğü genç kızın orta parmağına geçirirken, şövalyenin kaba elleri titriyordu. "Ben, Hugh, Tanrı'nın şahitliğiyle Katherine'i nişanlım olarak kabul ediyorum." Zorlukla yutkunarak istavroz çıkardı.

Katherine yüzüğe ve ellerini tutan köşeli, iri, güçlü ellere baktı. Uzun bir nefes verdi. "Ben, Katherine, Tanrı'nın şahitliğiyle Hugh'u nişanlım olarak kabul ediyorum."

İşte oldu, diye düşündü Katherine. Hugh'a karşı tiksintisi azalmamıştı; fakat bu teslimiyetle tuhaf bir şekilde biraz huzur bulmuştu. Hugh nişan öpücüğü vermek için eğildi ve Katherine bir an buna izin verdikten sonra geri çekildi. Hugh onu bıraktığında, bu kendine hâkim, sakin kızı, bahçede kendisine karşı direnenden daha çekici ve nefes kesici bulmuştu.

"Katherine'im" dedi alçakgönüllülükle, "şimdi arenaya gelip karşılaşmamı izleyecek misin? Senin renklerini giymem gerekiyor."

Zihninde alaycı bir ses belirdi. *Ah, seni küçük aptal,* diyordu ses, *işte Sheppey'de geçirdiğin geceler boyunca hayalini kurduğun şey buydu. Bir peri masal gerçekleşti; bir şövalye, Kral'ın turnuvasında senin renklerini taşımak istiyor.*

"Korkarım size verecek bir şeyim yok, efendim" dedi Katherine kızararak, "ama... durun..." Leydi Blanche'ın brokar elbisesine baktı ve hemen karar vererek sol kol ağzına takılmış uzun yeşil ipek kumaşı söktü. "Bu yeterli olur mu?"

Hugh parlak şeridi aldı ve parmaklarını yakmış gibi tuttu. "Teşekkür ederim" diye mırıldandı. "Size layık olmaya çalışacağım. Sizi arenaya götürmesi için bir uşak göndereceğim." Zırhının içinde kaskatı bir hâlde döndü ve kapıyı arkasından kapadı.

Katherine pencerenin yanındaki koltuğa oturarak nişan yüzüğüne baktı. Bu, sahip olduğu ilk mücevherdi. Küçük elinde iri ve ağır duruyordu. Üzerine Hugh'un yaban domuzu başı amblemi işlenmişti ve daha önce kendisi taktığı için halkası fazlasıyla boldu. Tüm taşlar gibi berilin de tılsım güçleri vardı ve savaşta kişiye zafer ve korunma sağlardı. Hugh'un bundan vazgeçmesi onun için önemli bir fedakârlıktı; ama güvenebileceği başka tılsımları da vardı.

Katherine bunların hiçbirini bilmemesine rağmen bir yüzüğe sahip olmaktan mutlu olmuştu ve şimdi özellikle Hugh uzaktayken, neşesi de yerine gelmeye başlamıştı.

Yüzüğü sabitlemek için parmağının etrafına bir iplik doladı ve yavaş yavaş doğal iyimserliği geri döndü. Onurlu bir şekilde nişanlanmıştı, giyecek güzel giysileri vardı ve turnuvayı izleyebilecekti. O hâlde bu sevindirici gerçekleri saran şartlar tam olarak istediği gibi değil diye ağlamanın anlamı var mıydı? "*A bas la tristesse!*"[12] dedi Katherine yüksek sesle, bahçede duyduğu Fransızca şarkıyı mırıldanmaya çalışırken. "*Hé, Dame de Vaillance!*"[13]

Uzun yeşil tuvaletini üzerine geçirdiğinde, kemerini ince beline doladı ve Alice Perrers'ın yaptığı gibi, saçlarını iki gümüş tokayla yüzünün iki yanına topladı; Katherine el aynasında kendisine baktığında, hâlâ inkâr edilemez olan güzelliği değil, seçkin görünüşü karşısında şaşırdı. Yüksek alnı ve zarif kavisli kaşları, soylu hanımlarınkinden hiç farklı değildi. Dudaklarını büzdüğünde, fazlasıyla hayranlık duyulan iki kırmızı vişne yarısı gibi görünüyordu. *Onlara benziyorum,* diye düşündü gururla, *bir saray hanımefendisi.* Elleri dışında. Kış soğuklarından kızarmışlardı ve tırnakları kısa, tırtıklıydı; çünkü hâlâ bazen tırnaklarını kemiriyordu.

Alice Perrers'ın pencerenin yanında duran sandığında yüz boyalarının yanı sıra pomat ve kremleri de vardı. Katherine sandığı karıştırıp bir gül suyu kremi buldu ve nişan yüzüğünü utandırmamak için ellerine biraz sürdü.

Sheppey'deki küçük kızın görünüşündeki değişikliği Hugh'a borçlu olduğunu itiraf etmek zorundaydı ve gönderdiği uşak kapıyı vurduğunda, Katherine tahmin ettiğinden daha büyük bir hevesle arenaya doğru onu izledi.

4

Katherine ve rehberi arenaya ulaştıklarında, son karşılaşmadan önceki ara verilmişti. Sıralarda yer bulamayan seyirciler ortalıkta dolaşıyor, yiyecek ve içeceklerle oyalanıyor, karşılaşma gerçekleşirken bir şeyler görebilmek için tahtaların arasındaki çatlaklarda kendilerine yer bulmaya çalışıyordu.

---

12 Kahrolsun üzüntü.
13 Ey, yiğitliğin kadını.

Uşak, Hugh'dan aldığı emre uygun olarak Katherine'i yaldızlı bir kapıdan geçirip devasa Lancastrian locasına uzanan ahşap basamaklardan çıkardı ve bir uçta, locaya gölge sağlayan parlak renkli tentenin tam altında kırmızı minderli bir yer buldu.

Uşağın Katherine'i götürdüğü bankta, Lancastrian maiyetine dâhil iki hanım oturuyordu: Leydi de Houghton ve Dük'ün Pontefract Şatosu'nun başsorumlusu Sir Robert Swyllington'ın kardeş Dame Pernelle.

İki hanım da olgun yaşta ve kendi pozisyonlarının farkındaydılar. Katherine mahcup özürlerle yanlarına otururken, kadınlar soğuk ve şaşkın gözlerle ona baktılar.

"Bu da kim?" dedi Leydi de Houghton sesini alçaltmaya bile gerek duymadan arkadaşına dönerek. Dame Pernelle omuz silkti ve tentenin altı çok sıcak olduğu için nefes nefese oturan iki kadın, Katherine'e tepeden bakışlar atarak bekledi.

"Katherine de Roet, Kraliçe'nin nedimesi Philippa la Picarde'nin kız kardeşi. Ben... saraya yeni geldim, bayanlar" dedi Katherine gergin bir tavırla olabildiğince büzülerek.

"Ah..." dedi Dame Pernelle neşeli bir ses tonuyla. "Guienne habercisinin kızı, ah, evet, bir şeyler duymuştum." Kaşlarını kaldırdı ve Düşes'in oymalı bir altın koltukta oturduğu yere baktı.

"Haberci" kelimesine yapılan aşağılayıcı vurgunun farkında olan Katherine hemen karşılık verdi. "Babam Brétigny'de savaş alanında şövalye ilan edildi, leydim. Size rahatsızlık vermemek için sıranın diğer ucuna geçmemi ister misiniz?"

Kadınlar onun nezaketi karşısında homurdandılar ama rahatsız edici şekilde bakmaya devam ettiler. Bu küçük köylü kızı, kendileri gibi hanımlarla aynı sırayı paylaşmaya layık olduğunu mu sanıyordu yani? Dedikodular doğruysa ve Dük'ün şövalyelerinden biri ona gerçekten evlenme teklif etmişse bile bu henüz olmamıştı ve kız kraliyet hizmetkârlarına ayrılan alanda ablasıyla birlikte oturmalıydı. "Gereksiz fazlalık" dedi Dame Pernelle. Kendisini rahatsız eden diğer bir noktaysa, Katherine'in pelerininin üzerindeki kürkün kalitesinin, kendisininkinden daha yüksek olmasıydı; üstelik gururlu ve güzel beyaz boynunun birleştiği küçük çene ve çarpıcı profil de aynı ölçüde sinir bozucuydu.

Katherine'in kulakları kızardı ve dudaklarını ısırarak dümdüz karşıya baktı. Aniden, hanımları susturan ama rahatsızlıklarını daha da artıran bir yardım geldi. Uşağın getirdiği bir kadeh şarabı almak için koltuğunda dönmüş olan Düşes, Katherine'i görünce kıza gülümsedi ve rahatsız olduğunu fark ederek yüzüklerle dolu elini kaldırıp onu yanına çağırdı.

En yakındaki sıralarda oturan herkes davet edilenin kim olduğunu görmek için boyunlarını koparırcasına başlarını uzatırken kıpkırmızı kesilen Katherine, büyük bir minnetle daveti kabul etti ve etrafındaki dizlerin arasından dolaşarak locanın ön tarafındaki kadife kaplı platforma doğru ilerledi.

"Bu ilk turnuvan, değil mi, hayatım?" diye sordu Blanche nazikçe. "Burada oturursan her şeyi rahatça görebilirsin." Kendi koltuğuna yakın platformun köşesindeki bir minderi işaret etti.

Katherine'in kalbi minnetle eridi.

Düşes bugün son derece baş döndürücü görünüyordu; kocasının zevkine hitap edecek şekilde giyinmiş, mücevherlerini ve kürkünü kuşanmıştı. Gümüş yaldızlı saçları incilerle süslenmişti ve altın-elmas bir taç takmıştı. Yasemin kokuyordu ve Katherine bu kokuya bayılmıştı. Bu hayranlığı daha önce Sheppey'deki rahibelerin en genci ve en güzeli olan Dame Gisela için de biraz hissetmişti, fakat Dame Gisela fazlasıyla dindar ve dünyadan uzaktı. İngiltere'ye geldiğinden beri, Kutsal Bakire, St. Sexburga ve St. Catherine dışında Katherine'in özellikle sevdiği biri olmamıştı ve başrahibe de bunların yeterli olduğunu düşünmüştü.

Blanche kendisine hayranlık duyulmasına alışkındı; ancak son derece sıcakkanlı bir insandı ve kızdan hoşlanmıştı. Katherine'in çocuksu elindeki yaban domuzu armalı nişan yüzüğüne baktı, hediye ettiği elbisenin kol ağzından yırtılan parçayı fark etti ve neler olmuş olabileceğini anladı.

"Sana mutluluklar dilerim, hayatım" dedi kıza doğru eğilerek. Sonra hemen döndü ve iki borazancı birbirlerine doğru yaklaşırken, mavi gözlerini arenaya çevirdi. Babası bir zamanlar krallığın en gözde şövalyelerinden, ünlü Lancaster Dükü Henry olan Blanche o zamana dek sayısız turnuva izlemişti ve törenin her anına saygı duyardı. Mowbray Baronu John ve Gaskonyalı Sieur de Pavignac arasında gerçekleşecek olan turnuvanın ilanını ilgiyle dinledi.

Bu isimlerin Katherine için bir anlamı yoktu ve tören sırasında yapabildiği tek şey kendi etrafına bakınmaktı.

Windsor'daki arenalar çok büyüktü ve kazıkların çevrelediği alanın genişliği yüz elli metre kadardı; seyirciler için iki tarafta kalıcı localar yapılmıştı. Altın ve kırmızı şeritli, ipek tenteli kraliyet locası güney tarafın ortasındaydı; böylece güneş kraliyet ailesinin gözlerini rahatsız etmiyordu. Kral bugün oradaydı ve bu yüzden tenteye zambak ve leopar sancağı asılmıştı.

Lancastrian locası kraliyet locasına bitişikti ve Katherine, son derece neşeli görünen, kahkahalarla gülen, uşaklarından birinin getirdiği altın ve yakut kadehten sürekli içki içen Kral'ı rahatça görebiliyordu.

Geoffrey Chaucer oralarda değildi; çünkü Katherine'in daha sonra öğrendiği gibi, turnuvaya katılmamıştı. Kral'ın mimarı William Wykeham, Georffrey'i hızlı bir yolculuk için Londra'ya göndermişti; çünkü Üçüncü Henry'nin restore edilen şapelinin batı penceresinin vitraylı camlarının yarınki ayine kadar tamamlanması gerekiyordu.

Alice Perrers da ortalıkta yoktu. Kraliçe'nin koltuğuna kızı Prenses Isabel de Coucy oturmuştu ve etrafındaki lordlarla leydilerin hepsi en üst tabakadandı.

Kraliçe'nin nedimeleri bitişikteki bir locanın en arka sırasında toplanmıştı ve Philippa ayağa kalkıp el sallamasa Katherine onu asla göremezdi; Philippa'nın onu gördüğüne şaşırdığı ama bundan hoşlandığı belliydi.

Borazanlar bangırdarken ve bir teşrifatçı elindeki beyaz sopayı yere vururken kalabalıktan bir tezahürat yükseldiğinde, Katherine'in ilgisi aniden yeniden arenaya döndü; teşrifatçı bağırdı: "Tanrı ve Saint George adına, savaşmak için öne çıkın!" Arenanın iki tarafında silahtarlar çitleri açtı ve zırhları içindeki dev gibi iki savaşçı, arenada birbirlerine doğru hızla ilerlemeye başladı. Mızraklarını rakiplerinin kalkanlarına doğru hedeflemiş olan biniciler miğferli başlarını eğerek kendilerini çarpışmaya hazırlarken, nallar yerden büyük bir toz bulutu kaldırıyordu.

Ahşap ve metalin kulakları sağır eden bir gürültüyle çarpışması ve zırhlardan seken kıvılcımlardan sonra kalabalığın haykırışları hayal kırıklığıyla yatışmaya başladı. Çarpışma anında Mowbray Baronu'nun hamlesi çok fazla sola gitmiş, Gaskonyalı şövalyenin mızrağı böylece Mowbray'in kalkanını sıyırarak omzunu koruyan demir parçaya çarpmış ve onu eyerinden fırlatmıştı; bu arada altındaki aygır da şaha kalkmıştı. Baron şimdi çaresiz bir zırh yığını hâlinde yerde yatıyordu. Gaskonyalı şövalye vizörünü kaldırdı ve kraliyet locasına doğru kendinden memnun bir tavırla sırıttı.

"Aferin!" diye bağırdı Kral, mücevherli bir St. George madalyasını kazanan Gaskonyalı şövalyeye doğru atarken. "Soylu bir zafer!"

Ama arenanın etrafını doldurmuş olan köylüler, hizmetkârlar ve diğerlerinin davranışları o kadar da soylu değildi. İngiliz baronu eyerinden düşüren yabancıyı ve silahtarı tarafından yerden kaldırılan Mowbray'i yuhalıyorlardı.

"Mowbray'in şansı kötü gitti; atı kalitesiz çıktı" dedi Leydi Blanche yargılayan bir tavırla. "Hayvan korktu." Etrafındakilerden birçoğu aynı şeyi düşünüyor, bu tür karşılaşmalarda ve savaş alanlarında atların nasıl olması gerektiğini tartışıyorlardı. Katherine ilgiyle dinleyerek bir şeyler öğrenmeye çalıştı. Dük'ün nerede olduğunu merak ediyordu ve şimdi çadırda hazırlandığını duymuştu. Kendisi de son karşılaşmalarda yer alacaktı.

"Ona bunu yapmaması için yalvardım" dedi Blanche gülümseyerek, "ve Kral neredeyse yasakladı; çünkü Galler Prensi kendisine bu kadar ihtiyaç duyarken Dük'ün yaralanmaması gerek. Ama lordum dinlemedi bile. Silahlı karşılaşmaları çok seviyor." Gülümsüyor ve hüzünlü bir gururla konuşuyordu; fakat gözlerinden endişe okunuyordu.

"Çok mu tehlikeli, Leydim?" diye sordu Katherine çekinerek. "Mızrakların köreltilmiş olduğunu sanıyordum."

Blanche kıza baktı ve onun nişanlısı için endişeli olduğunu düşündü. "Öyle" dedi, "en azından bugünlerde. Ama karşılaşma bir savaş taklidi ve daima tehlike vardır; erkekler savaştığında bu daima geçerli sanırım. Bu..."

Parlak gümüşi zırh ve mavi ipek kumaşlar kuşanmış bir şövalye, Leydi Blanche'ın locasının önüne gelmişti. Turnuva ambleminde bir erkek geyik başı vardı ve selam vermek için vizörünü kaldırdığında, Roger de Cheyne'in yakışıklı yüzü ortaya çıktı. "Tanrı'nın selamıyla, leydim" diye seslendi. "Matmazel de Roet'in karşılaşmada bana şans getirmesini diliyorum."

Katherine kıpkırmızı kesildi. Evli olduğunu öğrendiğinden beri Roger'a aldırmamıştı ve o da herhangi bir girişimde bulunmamıştı. Bu davranışı sadece yaramazlıktan ve Hugh Swynford'la dalga geçme isteğinden kaynaklanıyordu; ama Katherine'e hayranlığını gizlemeye de gerek duymamıştı.

"Onun renklerini taşıyan bir şövalye var zaten, Sir Roger" dedi Blanche, Katherine'in ne yapacağını bilemediğini fark ederek.

"Biliyorum, leydim" dedi Roger neşeyle, "ama yine de ondan bana şans getirmesini diliyorum."

Bu kesinlikle uygundu. Blanche'ın kendisi de çeşitli zamanlarda değerli şövalyelere çiçekler ve eşarplar fırlatmıştı. Koltuğunun yanında duran süsen buketinden hemen bir tane çıkarıp "Al, çocuğum" dedi Katherine'e dönerek, "Ayağa kalk ve ona bunu ver."

Kalbi deli gibi atan Katherine, Düşes'in söylediğini yaptı ve zarif bir kavisle fırlattığı mavi çiçeği, Roger ağır eldivenli eliyle rahatça yakaladı. Çiçeği eyerinin ön tarafına sıkıştırdı.

"*Grand merci, ma toute belle damoiselle*"[14] diye seslendi kendi elini öpüp sivri vizörünü indirirken. Aygırı mahmuzladı ve diğer şövalyelere doğru rahatça ilerledi.

Kral'ın kendisi bu güzel oyunu onaylayan bakışlarla izledi. Seçkin bir tarz ve ruhla, zarif bir şekilde oynanmıştı. Bugünlerde şövalyelerin birçoğu bu tür bir zarafetten yoksundu, böyle oyunlara ilgi duymuyordu ve şövalye nezaketini atlıyordu. Aslında, yirmi yıl önce Garter Birliği'ni kurduğunda yapmaya çalıştığı şey, bu tür gelenekleri ve Kral Arthur'un Yuvarlak Masa döneminin görkemini geri getirmekti. Şövalyenin kim olduğunu sordu ve görevi bütün armaları tanımlamak olan yardımcısı, şövalyenin Lancaster Dükü'nün adamlarından biri olan genç Sir Cheyne olduğunu belirtti; ancak Kral'ın genç kızın kim olduğu konusundaki sorusuna cevap veremedi.

Katherine, etkileyici gülümsemesi ve mutlu bakışlarıyla onun kendi şövalyesi olmasını dilerken, evli bir adamın kalabalığın önünde bu şekilde davranmasını Düşes'in bile yadırgamadığını fark etti. Hepsi bir flört oyunuydu ve çok ciddiye alınmaması gerekiyordu.

Ne var ki Hugh Swynford ciddiye almıştı. Roger'ın alandaki ilerleyişini vahşi bir kararsızlıkla izlemiş, uzaktan neler olduğunu tam olarak anlayamamıştı ve şimdi bariyerin yanında Roger'ı bekliyordu. "Sana o çiçeği kim verdi?" Mızrağıyla, mavi çiçeği işaret etti.

Roger vizörünü kaldırarak sırıttı. "Kim olacak? Güzel de Roet; Venüs onu kutsasın!"

"O benim nişanlım!" Hugh gözlerini kıstı ve kendi miğferinin yanında rüzgârla sallanan yeşil kumaş parçasına baktı.

"Harika" dedi Roger neşeyle. "Çok güzel bir kız." Dudaklarını şaklatarak ilerlemeye devam ederken, mavi çiçek atının hareketleriyle sallanıyordu.

Hugh atını çevirdi ve silahtarını çağırdı. Ellis de Thoresby hemen miğferi ve kalkanı uzattı. On sekiz yaşında, efendisine sadık, gürbüz bir çocuktu. Ellis, Sherwood ormanının göbeğindeki Thoresby Hall'da doğmuştu ve yabancı şövalyelerin birçoğunun sergilediği sinir bozucu zarafet gösterileri karşısında en az Hugh kadar sabırsızdı.

"Henüz değil" dedi Hugh, miğferi ve kalkanı geri çevirerek. "Dük nerede?"

"Şurada, efendim" dedi Ellis, işaret ederek. "Ama şimdi miğferinizi takma zamanı" diye ekledi endişeyle, genel karşılaşmanın bir tarafında yirmi şö-

---

14 Çok teşekkürler; güzel, küçük hanımım.

valye dizilirken; her birinin silahtarı efendisinin atının dizginlerini tutuyordu.

Hugh cevap vermedi; atını mahmuzladı ve çadırların arasından geçerek içkisini bitirmekte olan Dük'ün yanına geldi. John turnuva kıyafeti içinde muhteşem görünüyordu. Miğferinin üzerinde altın bir aslan amblemi vardı ve aslanın etrafında Blanche'ın gümüşü eşarbı duruyordu. Oyma süslü zırhı ayna gibi parlıyordu ve kırmızı-gökmavisi iç giysisinin üzerinde altın zambaklar ve leoparlar yakıcı bir etki yaratıyordu. İri aygırı Palamon sabırsızlanıyordu ve iki silahtar süslü kırmızı dizginleri zorlukla tutuyordu. Hugh bağırarak oraya yaklaştı: "Dük'üm!"

John kadehini bir silahtara attı ve şövalyesine şaşkınlıkla baktı. "Sorun nedir, Swynford? Hazır değil misin daha? Karşılaşma başlamak üzere."

"Karşı tarafta dövüşmek için izin istiyorum, efendim."

"Ne?" diye haykırdı John yarı gülerek ve dev gibi miğferi saran kahverengi minderin çevrelediği öfkeli yüze bakarak. "Bu, nasıl bir saçmalık?"

"Bu karşılaşmada" diye haykırdı Hugh öfkeyle, "Roger de Cheyne'e karşı çarpışmak istiyorum."

Dük hem şaşırmış hem de rahatsız olmuştu. Arenanın diğer tarafında bekleyen yirmi rakip, büyük ölçüde keyfe keder bir seçim olmuştu. Kardeşi Dük Lionel onlara önderlik ediyordu ve aralarında Lancaster şövalyelerinin yanı sıra Fransızlar ve bir de İskoçyalı vardı. Ama bu düzenlemeler günler önce yapılmıştı ve ani bir değişiklik, turnuva kurallarına aykırıydı.

"Cheyne'le özel bir karşılaşma istiyorsan, neden daha önce ona meydan okumadın?" diye sordu John kaşlarını çatarak. Huzursuzlanan atını okşadı.

"O zaman bilmiyordum... Lordum ve bugün turnuva sona eriyor." Hugh'un bakışları Dük'ün yüzünden ayrıldı ve kendi miğferine dikildi. Efendisinin arkasından koşmuş olan Ellis de Thoresby, miğferi kucağında tutuyordu. John onun bakışlarını izlediğinde yeşil kumaşı gördü. "Bu Katherine de Roet'in rengi mi?" diye sordu birden anlayarak.

Hugh sert bir tavırla başıyla onayladı. "Ve de Cheyne onun verdiği çiçeği taşıyor."

"Ah" dedi Dük. Aniden öfkelendi. *Yine şu lanet kız,* diye düşündü. Tam bir baş belası ve sorun yaratıcı ve kesinlikle bu zavallı şövalyeyi baştan çıkardı. "Pekâlâ" dedi sabırsızca, bütün bu olaylardan kurtulma isteğiyle. "Durumu Dük Lionel'a açıkla ve kendi adamlarından birini senin yerine buraya göndermesini söyle; ama unutma" diye yükseltti sesini, tam Hugh teşekkür mırıldanarak dönerken, "bu *a l'outrance*[15] tarzında bir karşılaşma değil; Castile'de yeterince gerçek savaş olacak. Bugünkü sadece bir şövalye sporu!"

Hugh dudaklarını büzdü. Hiçbir şey söylemeden atını arenanın diğer ucuna dörtnala sürdü; bu arada Ellis de kendi atına atlayarak elinden geldiğince hızlı bir şekilde onun peşinden gitti.

Localarda seyirciler gecikmeden dolayı sabırsızlanmaya başlamıştı. Leydi Blanche'ın uzun parmakları bile kemerinin safir tokası üzerinde sinirli bir şekilde oynuyor, alanda altın aslanlı miğferi seçmeye çalışırken dudaklarından, kocasının koruyucusu St. John'a sessiz bir dua dökülüyordu.

Ama sonunda borazanlar çaldı, grup liderleri beyaz sopalarını sallayarak öne çıktı ve grup üyeleri de onları izledi. Kalabalıkta sessizlik hâkim olurken, herkes sunumu dinliyordu. İki tarafta en cesur yirmişer şövalyeyle, genel bir karşılaşma olacak ve bu karşılaşma St. George ve Kral'ın onuruna gerçekleştirilecekti. Ödül, kazanan taraftaki her şövalyeye verilecek altın bir madalyondu ve en değerli bulunan şövalye, Kral'ın en iyi şahinlerinden birini özel ödül olarak alacaktı.

Dövüş at sırtında mızrak karşılaşması olarak başlayacaktı; ama sonrasında kılıcın düz tarafı tek silah olarak kullanılmak kaydıyla yaya olarak da devam edebilirdi. Mızraklara körleştirmek için küre başlıklar takılmalıydı ve kılıçların hepsi ağır kurşun folyolara sarılmıştı. Miğferi düşen, silahını kaybeden veya vücudunun herhangi bir yeri arenanın etrafındaki kazıklara değen bir şövalye oyundan çekilmek zorundaydı.

Liderler kuralları okumayı bitirdi, sunucular "Dikkaa-a-a-t!" diye bağırdı ve iki tarafta kapılar açılırken, bariyerleri aşarak güvenli alana çekildiler.

Kırk at alanda, kendisinin oturduğu merkez locanın önünde çarpışmak üzere yeri sarsarak ileri atıldığında Katherine korkuyla bir çığlık attı. Şövalyelerin birçoğu insanın kanını donduran savaş çığlıklarıyla birbirlerinin üzerine çullanırken, uzun mızraklardan beyaz kıvılcımlar çıktı. Karşılaşmalarının şiddeti locaları sarstı, muazzam bir çelik gümbürtüsü koptu, tahta parçaları etrafa saçıldı ve atlar vahşice kişnedi.

"Ah, Kutsal Meryem!" diye fısıldadı Katherine, olduğu yerde büzülüp ellerini birbirine kenetlerken. "Birbirlerini öldürecekler!"

Şövalyelerden bazıları atlarından düşerken, birçoğunun miğferi başından

---

15 Ölümüne.

uçtu. Her yer kalkan ve kırık mızrak parçaları, zırhlı vücutlar ve zırhlı atlarla dolmuştu. Kimseyi tanıyamıyordu ama bir an sonra Düşes'in sessiz bir gururla şükrettiğini duydu: "Hâlâ eyerinin üzerinde ve miğferine dokunulmamış."

Sonra Katherine altın aslan armalı uzun boylu bir şövalyeyi seçti ve kalkanının üzerindeki amblemlerden, Dük olması gerektiğini anladı. Ağabeyi Edward'ın da sık sık giydiği gibi, siyah ve parıltılı zırhın içinde dev gibi görünen kardeşi Lionel'la çarpıştıklarında mızrakları kırılmıştı.

İkisi de yanlarına koşan silahtarlarından yeni mızraklar alan dükler, alanın iki ucuna çekildiler ve birkaç saniye için uzaktan birbirlerine baktılar. Aradaki mesafeyi atlarını hızla koşturarak aldılar ve kalkanlarının darbesiyle mızrakları yine parçalandı. Ancak Lionel'ın hem atının bir lifi hem de eyerinin kuşaklarından biri kopmuştu. Yeni bir at almak için arkaya çekilirken, John da arenanın yan tarafına yöneldi ve bekledi.

"Ah, bravo!" diye bağırdı Blanche. "Adil bir çatışma." Bu bir anlık aradan rahatlayarak derin bir nefes aldı ve alanın geri kalanını bakışlarıyla taradı. Müsabıkların sayısı şimdiden azalmıştı; şövalyelerden bazıları atlarından düşmüş, miğferlerini düşürmüş, silahlarını kaybetmişti ve yere düşen bazıları silahtarları tarafından sürüklenerek alandan çıkarılıyordu. Yaya dövüşenlerden bazıları kazıklara doğru gerilemiş ve diskalifiye olmuştu. Şimdi şövalyelerin sayısı bir düzine kadardı; ama o kargaşada hangi tarafın kazanmakta olduğunu söylemek zordu.

Aniden Blanche elini Katherine'in omzuna koydu. "Bak, çocuğum, iki şövalyen birbiriyle dövüşüyor! Dük'ün yakınında, bak!"

Katherine miğferleri gördü; birinin üzerinde yeşil kumaş vardı ve diğerinin erkek geyik amblemi belirgin şekilde görünüyordu; ama de Cheyne'e verdiği çiçek çoktan düşmüştü. İki adam da yayaydı ve görünüşe bakılırsa daha ilk çarpışmada atlarını kaybetmişlerdi. Kılıçlarla dövüşüyorlardı ve de Cheyne, karşısındaki daha kısa ve daha iri yapılı rakibinin öfkeli darbeleriyle adım adım geriliyordu.

Karşılaşmadan önce Dük, Roger'ı Hugh'un niyetiyle ilgili uyarmıştı ve Roger buna gülmüştü. "Demek küçük koçumuz burnundan soluyor? Saint Valentine, onu tatmin etmekten mutluluk duyacağım, lordum."

Ama şimdi Roger hiç de eğlenmiyordu. Bir leydinin gülümsemesi için kendini içinde bulduğu şey, hiç de şövalyeler arasında bir oyundan ibaret değildi. Kılıcın düz tarafıyla miğferinin üzerine darbeler yağıyor, arada bir Hugh'un göğüs zırhı veya kalkanı şiddetle üzerine iniyordu. Swynford kılıcını atalarının savaş baltası kullandığı gibi kullanıyordu. Vizörünün yarığı arasından, Roger onun ölümcül bir öfkeyle parlayan gözlerini görebiliyor, sert nefesini duyabiliyordu.

Roger elinden geldiğince darbeleri savuşturuyordu fakat kulaklarına ve burnuna kan hücum etmişti; sendeleyerek bir dizinin üzerine çökerken, çeliğin miğferine ve omuzlarına inen darbeleri iki katına çıktı. Ayağa kalkmaya ve umutsuzca saldırmaya çalıştı; ancak aynı anda boynunda yakıcı bir sıcaklık hissetti. Hugh'un kılıcındaki kurşun folyo düşmüştü.

Gözünü kan bürümüş olan Hugh bunun farkında değildi ve karşılaşmaların her birini ayrı ayrı izlemelerine rağmen hakemler de görmemişti; gören tek kişi Dük'tü.

Lionel henüz üçüncü çarpışmanın başlangıcı için işaret vermemişti ve John, huzursuz bir şekilde Swynford ile de Cheyne arasındaki karşılaşmayı izliyordu. Genç şövalyenin sendelediğini ve miğferiyle boyunluğu arasından fışkıran kırmızı sıvıyı görmüştü; hemen ardından kılıcın ucundaki kurşun folyonun çıktığını fark etmişti ve "Dur, Swynford!" diye bağırarak atını onlara doğru mahmuzlamıştı.

Ama Hugh onu duymadı. Bildiği tek şey, rakibinin sonunda zayıfladığıydı ve daha sert vurmaya başlamıştı.

Atlı bir adamın yaya dövüşen müsabıklardan birine değmemesi konusunda bir yasak olmasa, John onu mızrağıyla durdurabilirdi; bunun yerine, kendini eyerden aşağı atarak kılıcını çekerken koşmaya başladı. Sonra, kılıcını başının üzerine kaldırarak, iki şövalyenin arasına bir engel gibi indirdi. Hugh bir an için geriye doğru sendelerken, Roger da yüzüstü yere devrildi. Silahtarı endişeyle ona doğru koştu ve iki adam onun gevşek bedenini yerden kaldırdı.

Ama Hugh, terden yarı yarıya kör olmuş gözleriyle vizör yarığından çok az şey görebiliyordu. De Cheyne karşısında kazandığı bu zafer anında, yeni bir savaşın başladığının farkındaydı. Öfkeyle Dük'e döndü.

Bu karşılaşmayı fark eden seyircilerden bir uğultu ve "Lancaster atından indi; kiminle dövüşüyor? Neler oluyor?" şeklinde fısıltılar yükseliyordu.

Hakemlerden biri atını onlara doğru koşturdu ama sonra kararsızlıkla duraksadı. Kurallara göre, şövalyelerden biri rakiplerinden biriyle teke tek dövüşe girebilirdi; fakat bugünlerde böyle bir şey sıra dışıydı ve iki lider titiz bir şekilde birbirleriyle karşılaşmayı tercih etmişti.

Ama Blanche neler olduğunu biliyordu. Kaskatı bir vücutla ayağa kalktı ve bakışlarını arenadaki zırhlı figürlere odakladı. Katherine de anlamıştı. Roger ve Hugh arasındaki mücadeleyi izlerken nefesini tutmuştu ama pek gerçekçi gelmemişti; sanki bir tiyatro oyununda aktörler dövüşüyormuş gibiydi ve ikisi de onun için dövüştüğünden, kalbinde ilkel bir dişil heyecan duymuştu.

Ama Dük'ün bir şekilde Roger'ın yerini aldığını gördüğünde, tarafsızlığını kaybederek korkuya kapıldı. Hugh'un her saldırısında korkuyla inliyor, sanki darbeler kendi vücuduna iniyormuş gibi kasılıyor, dudakları isteksizce hareket ediyordu. "Lütfen kazansın, Kutsal Bakire, lütfen kazansın" diyordu ve kastettiği kişi Dük'tü.

Sadece üç dakika sürdü. Hugh'un çılgınca öfkesi dinmemişti; ama serinkanlılığı, formunun zirvesindeki güçlü vücudu ve bebekliğinden beri aldığı şövalye eğitimiyle maiyetteki en başarılı şövalye hâline gelmiş olan John Gaunt'la boy ölçüşmesi mümkün değildi. John öfkeli darbeleri savuştururken, Hugh'un kolu kalkana kadar bekledi ve sonra zırh eldivenli yumruğunu muazzam bir güçle indirdi. Hugh'un kılıcı döne döne savruldu.

Dük temkinli bir tavırla kendi kılıcını indirdi ve yere sapladı; aynı anda localardan güçlü tezahüratlar ve alkışlar yükseldi. Kral da ellerini ağzının iki yanına koyarak bağırdı: "Aferin, Lancaster! Aferin, dürüst oğlum!"

Ancak o zaman Hugh rakibinin kim olduğunu anladı. Vizörünü kaldırarak geriye doğru sendeledi. "Lordum, bundan onur duydum."

John ona buz gibi gözlerle baktı. "Onur filan duyma, Swynford, az önce kendini aşağıladın. Kılıcına bir bak..." Zırhlı ayakkabısının ucuyla, Hugh'un tozların içinde yatan kılıcının korumasız kenarını dürttü. "Adil olmayan bir dövüşte genç de Cheyne'i yaraladın."

Hugh'un yüzü mosmor kesildi. "Tanrı aşkına, efendim, bilmiyordum. Yemin ederim!"

"Hemen arenadan çık" dedi Dük. "Seninle sonra ilgileneceğim." Hugh döndü ve ağır adımlarla arenadan çıktı.

John, Hugh sorununu bir kenara attı ve tekrar atına binerek silahtarının uzattığı mızrağı kabul edip yerine yerleştirdikten sonra Lionel'la son çarpışması için hazırlandı. Bu çarpışmanın turnuvanın finali olduğunu anladı; çünkü arenada bir Fransız şövalyeyle, kendi adamlarından Sir Michael de la Pole dışında kimse kalmamıştı. Hakemi çağırdı. "Nasıl gitti? Sonuç nedir?" diye sordu.

"Sonuç yakın, Ekselansları. Siz o şövalyeyi yenene kadar Clarence Dükü öndeydi." Hakem, oradan uzaklaşan Hugh'u işaret etti. "Ancak, anladığım kadarıyla onun tarafı yine önde." Onlar konuşurken, Fransız şövalye Sir

Michael'ı becerikli bir şekilde diğer taraftaki kazıklara doğru geriletmişti ve İngiliz kılıcının kabzasını kaldırarak teslim olduğunu işaret etmişti.

"Tanrı aşkına, o hâlde durumu eşitlemeliyiz" diye bağırdı Dük ve mızrağını sallayarak Lionel'a işaret verdi.

O zamana kadar gürültüye devam eden kalabalık sakinleşti ve iki Plantagenet son çatışma için arenada karşılıklı yerlerini alırken sessizce izledi. Burada kaba bir çatışma değil, tekniğin tüm nüanslarının değerlendirileceği bir silah ustalığı söz konusuydu. Borazanlar öterken miğferli başlar eğilerek birbirini selamladı ve alanın iki ucundan aynı anda hareket başladı, mızraklar tam yatay şekilde uzatıldı, asla tereddüt etmeyecekleri konusunda güvenilir olan hayvanlar hızlarını artırdı ve mızrakların tüyler ürpertici çarpışması sonucunda John'ın ustaca bir yana kırma hareketiyle Lionel'ın miğferi başından uçtu.

"Muhteşem, muhteşem!" diye bağırdı Kral, oğullarıyla gurur duyarak.

John ve Lionel, atlarının sırtında Kral'ın locasına yaklaştı ve tekrar sahanın ortasına gelen hakemler St. George onuruna düzenlenen turnuvanın berabere sona erdiğini bildirirken, iki şövalye başlarını eğerek Kral'ı selamladı. Seyirciler hayal kırıklığına uğramıştı. Ancak, hakemler yine de ödüllerin verileceğini ve turnuvada en değerli bulunan şövalyeye ayrılmış özel ödülün de aynı yerde sunulacağını açıkladı.

"Lancaster! Lancaster!" diye bağırdı kalabalık. John kızardı. "En değerli şövalye Lancaster!"

İlk kez kalabalık tarafından böylesine takdir görüyordu ve bundan hiç beklenmedik şekilde hoşlanmıştı. Babası Kral elbette ki son derece popülerdi ve Galler Prensi Edward bir idoldü. Şimdi kardeşinin yanında sırıtarak oturan sarışın dev Lionel bile, İrlanda dışında daima halkın takdirini kazanan biriydi.

Ama John üçüncü oğuldu ve Edward'la Philippa'nın çocukları arasında en mütevazı olandı. Yakınlarına büyük bir sadakati vardı; fakat insanların yanında pek rahat değildi. Çoğu kimsenin, özellikle de sıradan halkın kendisini soğuk ve mesafeli bulduğunu biliyordu. Onların görüşlerine pek aldırmıyordu; ancak şimdi devam eden tezahüratlar bir şekilde içini ısıtmıştı.

Blanche'ın locasına yaklaştı ve başını kaldırarak ona gülümsedi. "Eh, sevgili leydim" dedi, "turnuvadan hoşlandınız mı?" Miğferi yüzünden darmadağınık olmuş saçları, yanaklarındaki toprak izleri ve sadece Blanche'a bakan parlak mavi gözlerindeki mutlu pırıltılarla çocuksu görünüyordu. Platformda Katherine'i fark etmemişti ve karısının etrafında kendisine hayranlıkla bakan diğer kadınları da umursamamıştı.

"Harikaydınız, Lordum" dedi Blanche, locadan ona doğru eğilerek. "Sizin adınızı haykırıyorlar. Sizi koruyan Kutsal St. John'a şükürler olsun."

Ah, evet, diye düşündü Katherine heyecanla Dük'e bakarak. Kalbi tuhaf bir acıyla ezilince, bakışlarını kaçırdı.

Blanche, Katherine'in başının hareketini yakaladı. "Genç de Cheyne iyi mi?" diye sordu, yorgun atının üzerinde locanın yanında sakince duran kocasına daha da yaklaşarak. "Neler olduğunu tam anlayamadım; fakat Sir Hugh..."

"...tehlikeli bir aptal" diye tamamladı John sert bir tavırla. "Onunla sonra ilgileneceğim. Ama bence bu o lanet olasıca kızın hatası."

"Şşş, Lordum" diye çıkıştı Blanche, Katherine'e bir bakış atarak. "Zavallı çocuğun hiçbir suçu yok."

Ancak o zaman John, karısının koltuğunun alt tarafında oturan kişiyi gördü. Kızın gri gözleri, arenanın üzerinden uzaktaki meşe ağaçlarına bakıyordu. Kısa, öfkeli bir bakışla, yeni elbiselerin onda yarattığı değişimi, uzun beyaz boynunu ve göğüslerinin arasındaki kadifemsi yarığı fark etti. Çenesindeki gamzeyi ve kırmızı dudaklarının şehvet uyandıran kıvrımını, yanağındaki minik siyah beni ve kızarmış yanaklarının aksine bembeyaz görünen masum alnını gördü. Kızarmış, bakımsız küçük ellere ve orta parmağında parlayan yüzüğe baktı. Kız kesinlikle baştan çıkarıcı bir köylü gibi rengarenk görünüyordu ve Dük'e göre burada, karısının yanında oturuyor olması tam anlamıyla bir kendini bilmezlikti.

"Görünüşe bakılırsa şövalyelerinizin yazgısıyla pek ilgilenmiyorsunuz, Matmazel de Roet" diye azarladı.

Katherine kıpkırmızı kesildi. Canını asıl yakan şey Dük'ün ses tonu değil, kendi vicdanıydı. Gerçekten de nişanlısını veya manastırda tanıdığı etkileyici genç adamı o kadar düşünmüyordu. Aniden kendini yapayalnız hissetmişti ve Dük'ün karısına bakarken gözlerinde beliren yumuşak ifadeye bakmaya dayanamamıştı. *Benim neyim var?* diye düşündü ve başını kendi tuhaf zarafetiyle çevirerek sakince konuştu. "Sir Hugh ve Sir Roger'la gerçekten ilgileniyorum, lordum. Bunu en iyi nasıl gösterebilirim?"

John sessizleşti. Kızın tavırları neredeyse aristokratlara has bir tarzı gösteriyordu; ancak sadece bir asker kızıydı. Üstelik çadırlara kendisinin gidip öğrenemeyeceği de bir gerçekti. Dük yakındaki silahtarlardan birini çağırdı; fakat genç adam zaten çadırlardan geldiği için bilgisi vardı.

Kan kaybından dolayı bayılmış olmasına rağmen Roger de Cheyne'in iyileşeceğini, yıldızların ona cömert davrandığını belirtti. Kral'ın adamlarından John Bray boynundan yaralanmıştı. Sir Hugh Swynford, Dük'ün darbesi sonucunda burkulmuş bir bilek ve elinde kırılmış bir-iki kemik dışında iyiydi. Doktorun müdahalesini kabul etmemişti ve hemen çadırına dönmüştü. Diğer müsabıklar arasında henüz herhangi bir ölüm yoktu; fakat Sir Gerald de Usflet kendini kaybetmiş gibi görünüyor, sürekli mızıldanıyordu ki miğferinin ciddi şekilde hasar görmesine bakılırsa muhtemelen başına ağır darbeler almış olmasından kaynaklanıyordu. Sir Mauburni ve Linieres bir leğen dolusu kan kusmuştu; fakat Sir John'ın hiç yarası yoktu ve Hainault şövalyelerinden biri atından düşerek iki bacağını birden kırmıştı.

John ve yakındakilerin hepsi silahtarı dikkatle dinledi. Az zararla güzel bir turnuva olmuştu ve görünüşe bakılırsa ölen de olmayacaktı; en azından bugün. Yaraların daha sonra yüksek ateşe ve kangrene neden olabildiğini herkes biliyordu; fakat sonuç bir adamın gücüne, doktorun becerisine ve astrolojik işaretleri doğru okuyabilmesine bağlıydı.

"Hoşça kalın, tatlı Leydim" dedi Dük Blanche'a. "Ziyafette görüşürüz." Katherine'e ve Düşes'in maiyetinden geri kalanlara aldırmadan, atını çadırlara doğru sürdü. Kuralları böylesine hiçe saydığı için Hugh'u gösterişli bir şekilde cezalandırması şarttı; fakat John'ın öfkesi geçmişti. Zavallı Swynford baştan çıkarılmıştı ve hiç şüphesiz kendine hâkim olamamıştı. Ayrıca böylesine güçlü ve korkusuz bir savaşçı turnuva ortamına uymasa da savaşta daima paha biçilmez bir değer demekti.

Ve şimdi John'ı en çok düşündüren şey savaştı. Castile'e karşı savaş. Bu küçük oyunları ve karşılaşmaları gerçekte olduğu gibi sadece oyun olarak bırakacak türden bir çatışma.

O sabah dört şövalye -Lord Delaware, Sir Neil Loring ve iki de Pommier- Prens Edward'dan resmî mektuplarla Bordeaux'dan geldi. Kral'ın henüz mektupları dinleyecek zamanı olmamıştı; ama John okumuştu. Kardeşi büyük bir yanlışın düzeltilmesi için yardım istiyordu. Bütün İngiltere, bütün Hristiyan dünyası, tahtını geri alması için Kral Pedro'ya yardım etmeli ve tahta zorla el koyan Henry Trastamare'e haddini bildirmeliydi. Kral Pedro ve genç kızları gizlice kaçmış ve kendilerini Bordeaux'da Edward'ın merhametine teslim edip İngiltere'nin uzun zamandan beri Castile'le müttefik olduğunu hatırlatarak yardım istemişlerdi. Adalete bağlı bu şövalyeler, böylesine umutsuzca bir kaçışın, kraliyet ailesindeki bütün cesur yüreklere dokunması ve herkesi silaha davet etmesi gerektiğini düşünüyordu. Prens kendi mektuplarında bu görüşü vurguluyordu ve John'ın kendi yüreğiyle cevap vermesi için mektuplara ihtiyacı yoktu.

Ağabeyleri gibi o da savaşta kendini göstermek için sabırsızlanıyordu. O zamana kadar askerî rolü çok önemsiz bir grafik çizmişti ve bu kendi hatası değildi; ama anılardan kurtulamıyordu.

On beş yaşındayken babasıyla birlikte Fransa'ya gittiğinde, ağabeyi Edward'ın dokuz yıl önce yaptığı gibi başka bir Crécy'de kendini gösterebileceğini ummuştu. Ama o Fransa seferi bir sürü komployla dolmuştu. Fransa Kralı Jean, Amiens surlarının arkasında saklanmıştı ve savaşmamıştı; hepsi bir hayal kırıklığı olmuştu. Kral Edward yine de genç John'a şövalye unvanı vermişti; fakat herhangi bir başarı ödülü yoktu ve Kral daha ziyade İskoçya'daki sorunlarla ilgileniyordu.

İngilizler aceleyle eve dönmüş, her zamanki gibi Berwick'i ele geçirme fırsatını kaçırmayan asi İskoçları bastırmaya hazırlanmıştı. John yine heyecanlanmıştı. Cesaretini ve yeni şövalyeliğini kanıtlaması için İskoçlar da yeterince iyi bir fırsattı. Ama yine hayal kırıklığına uğramıştı. Kuşatmaya hazır olmayan Berwick hemen teslim olmuş sonra da rezil İskoç Kralı Baliol ülkesini iki bin pound karşılığında Kral Edward'a teslim etmişti. İngilizler hiçbir direnişle karşılaşmadan Edinburgh'a girmiş, yollarına çıkan her şeyi yakıp yıkarak yağmalamışlardı.

O sırada İskoçya'da, Kral Arthur'un efsanevi dönemine dair hikâyelerle büyümüş, mükemmel bir şövalye olduğunu kanıtlamak için çabalayan bir gencin kalbine heyecan verecek hiçbir şey yoktu. Ama Edinburgh'da en azından biraz şövalyeliğini sergileme fırsatı bulmuştu. Babası Kral son hamle olarak Edinburgh'u yakmaya ve İskoçları ciddi şekilde cezalandırmaya kararlıydı. Ancak güzel Kontes Douglas kendini öfkeli fatihin önüne atmış ve şehri bağışlaması için yalvarmıştı.

Kral onu ilgiyle dinlemiş, sonra hıçkırıklar arasındaki güzeli yerden kaldırmış ve bu cesur teslimiyet davranışı için onu alnından öpmüştü. Genç John da askerleri ve meşaleleri kontrol etmeye gönderilmişti. O gün şehri bağışladıkları için kendilerine sevgi gösterileri yapılmıştı ve daha önce beyinsiz canavarlar olarak tanıdığı İskoçlara karşı beklemediği bir hayranlık duymaya başlamıştı.

İskoçya'dan ayrıldığı için üzülmüştü ve aynı yıl, daha sonra babası onun Fransa'ya dönüp Galler Prensi'ne katılmasına izin vermediği için hayal kırıklığına uğramıştı; çünkü Michaelmas'tan önce Londra'dan dehşet verici haberler gelmişti. Prens ve başarılı generali Sir John Chandos sadece Poitiers'da muhteşem bir zafer kazanmakla kalmamış, aynı zamanda Fransa Kralı'nı da yakalamıştı!

Bütün İngiltere gibi genç John da çok mutlu olmuştu. Genç fatihi karşılayanlar arasında o da vardı; ama kendi kıskançlığıyla başa çıkmak zorunda kalmıştı. Edward göz kamaştıran bir kahramandı, Edward'ın veliahdıydı, maiyetteki herkes ona tapıyordu, insanlar ona hayrandı; fakat kendini potansiyel açıdan büyük bir savaşçı gibi hisseden üçüncü bir oğul için geriye ne kalmıştı ki?

Lionel umursamıyordu. Eğlenceyi ve içmeyi seviyordu. Babasının kendisine verdiği görevleri başarıyla yerine getirmeye çalışıyordu ve onun ötesinde tutkuları yoktu. Ama John çok fazla önem veriyordu ve acı dolu saatler geçirmişti. İsyanı sadece kendi içindeydi ve hem kişisel hem de hanedanlığa has sadakat duygusuyla kısa süre içinde bastırmıştı. 1357 kışındayken, görkem ve başarı için tutuşan on yedi yaşın enerjisini başka alanlara akıtmıştı. Sanata, müziğe, okumaya karşı ilgi duymaya başlamış, eski zamanlarla ilgili romantik ve kışkırtıcı hikâyelere takılmıştı.

Ayrıca aşkla tanışmıştı. Annesinin nedimelerinden güzel Marie St. Hilaire, onu seksin zevkleriyle tanıştırmıştı. Bu ilişkisi bir yıldan uzun sürmüştü ve kadın hamile kalmıştı. Nedimelerinden yüksek bir ahlak standardı bekleyen Kraliçe durumdan hiç hoşlanmamıştı ve oğluna da kızmıştı. Kral ve John'ın ağabeyleriyse farklı tepki vermişlerdi. Babası en azından oğlunun gerçek bir Plantagenet olduğunu söylemiş, bu olaydan sonra Kral oğluna uygun bir eş aramaya karar vermişti.

Marie'ye iyi bakılmış ve Londra'da fazla tantanaya yol açmadan bebeğini taşıyıp doğurmuştu. Bebek kızdı ve Kral'ın oğluna seçtiği gelinin onuruna kendisine Blanche adı verilmişti.

Bu dönemde John on dokuz yaşındaydı ve Marie'den sıkılmıştı. Güzel Blanche Lancaster'a âşık olması uzun sürmemişti. Onu ilk olarak kızın babasının Savoy Sarayı'ndaki gül bahçesinde görmüştü ve beyaz elbisesi içinde, saçları dağınık hâlde lavta çalarken, John'a hikâyelerini okuduğu Elaine, Guenevere ve Melusine gibi kadınları hatırlatmıştı.

Evliliği ona şans ve daima istediği muazzam gücü getirmişti; ancak yirmi altı yaşında olmasına rağmen, hâlâ kendi adına büyük bir başarı kazanamamıştı.

Castile bunu sağlayacaktı. "Castile" kelimesi bile bir orkestra zilinin güçlü şekilde çarpışını hatırlatıyordu ve turnuvadan sonra çadırına doğru atını sürerken, bu baştan çıkarıcı kelimeyi tekrarlayıp duruyordu. Adaleti ve kralların ilahi hakkını savunmak için çıkacağı bu kutsal seferi düşündükçe, kalp atışları hızlanıyordu.

Geniş topraklarında herkesi silaha çağıracaktı. Neredeyse bir gecede kendi emrindekilerden bir ordu oluşturacak, seferin maliyetini kendi cebinden karşılayacaktı. Lancaster Dükü olmak bu demekti.

John'un gözleri parladı ve Palamon'u mahmuzlayarak hızlandırdı.

Çadırlardan birinin arkasından bir çocuk fırladı ve kirli küçük ellerini salladı. "Yüce Dük" diye sızlandı küçük kız, "bir sadaka, bir sadaka; ekmek parası." Darmadağınık kirli saçlarının arasından parlak gözleri ona bakıyor, küçük cılız bedenini zor örten kirli giysilerinin üzerinde bitler geziniyordu. Efendisinin dizlerinin baskısıyla at kızdan uzaklaşırken, John kıza cevap verdi: "Nehir kenarında bir sürü yiyecek var; ekmek, bira ve kızarmış öküz." Ziyafet alanındaki kalabalığı işaret etti.

Kız sinsice gülümseyerek başını iki yana salladı. "Bunu yapamayız, soylu efendim, kanun kaçağıyız; ormanda saklanıyoruz."

John omuz silkti ve diğer adamlarıyla birlikte arkasında atını süren genç silahtarı Piers Roos'a işaret etti. Piers belindeki keseyi açarak küçük kıza iki gümüş para attı. Kız paraları havada yakaladı ve susamuru gibi çevik hareketlerle çalıların arasına dalarak gözden kayboldu.

"Sanırım bugünlerde orman kaçaklarla dolu" dedi Piers arkadaşlarına gülerek. "Ziyafet alanına cesaret edebildikleri kadar yaklaşıyorlar. Şu çirkin kıza gelince; yaman bir evlatlığa benziyor."

John dinlemiyordu ama Piers'ın genç sesinden duyduğu son kelime zihninde şok etkisi yarattı. Evlatlık! Bu kelimede böylesine kargaşa yaratan şey neydi? Aniden kalbi gümbürdemeye başladı ve midesi ağzına geldi. Kendisine bakan gri gözler; gri kadın gözleri. De Roet denen kızın gözleri gibi sıkıntılı, uzağı gören gözler. Hayır; Isolda Neumann'ın gözleri gibi!

Eyerinde döndü ve arkasından gelen gençlerle sert bir sesle konuştu. "Siz çadırlarınıza gidin. Hepiniz. Beni yalnız bırakın. Biraz ormanda dolaşmak istiyorum."

Piers Roos irkilerek baktı; keşişler dışında Dük ya da başka biri genellikle yalnız kalmak istemezdi. Lordunun gergin yüzüne baktı ve turnuvada gözle görünmeyen bir yara alıp almadığını merak etti. "Miğferinizi ister misiniz, lordum?" diye sordu miğferi uzatarak. "Ormanda kanun kaçakları var; bir tehlikeyle karşılaşabilirsiniz."

"Hah!" dedi John, Palamon'un kasıklarını tekmelerken. "Bir avuç asi köylü bana ne yapabilir ki?" Atı mahmuzladı ve Windsor ormanının kenarındaki çalılara daldı.

Piers onu gözden kaybolana kadar izledikten sonra arkadaşlarına döndü. "Palamon turnuvadan sonra hâlâ nefes nefese" dedi, kaşlarını çatarak. "Ruh hâli ne kadar kötü olsa bile atını ihmal etmesi ona göre bir şey değil." Diğer gençler güldü ve görevlerinden azat edilmekten mutlu bir şekilde uşaklara seslenerek şarap getirmelerini isterken, eyerlerinden atladılar.

John'ın düşündüğü şey aygır değildi; ama yıllardır ilk kez böylesine acı veren, yetişkinliğin bile unutturamadığı anıları düşünürken, yorgun hayvanın hızını azaltmasına ve çalıların arasında, ağaçların altında tembel adımlarla yürümesine izin verdi.

* * *

Isolda Neumann, sekiz yıl boyunca John'ın üvey annesiydi; Ghent'teki St. Bavon Manastırı'nda doğduğu andan beri. Doğurduğu bebek kısa süre sonra ölmüş olan Isolda, John'ı kendi sütüyle beslemişti. John onun sadece sakin bakışlı gri gözlerini ve kendisine ninni söyleyen nazik sesini hatırlıyordu; bir de kadını dünyadaki her şeyden daha çok sevdiğini. Kral ve Kraliçe onun için sonsuz saygı gören ulaşılmaz ilahlardı ve nadiren evde olur, genellikle büyük işlerle ilgilenirlerdi. Üstelik onların ilgisini bekleyen sekiz çocuk daha vardı. Isolda'ysa sadece John'a aitti.

Saygın bir Flaman ailesinden gelen güzel bir duldu ve John'dan dört yaş büyük bir çocuğu daha vardı. Kraliçe Philippa'nın hizmetindeki herkes Flanders'tan İngiltere'ye geldiğinde, Pieter adındaki bu çocuk da doğal olarak onlarla birlikte gelmişti. Pieter'ın bir bacağı doğuştan çarpıktı ama onun dışında sağlıklı ve yaşına göre iri bir çocuktu. Sinsi bir çocuk olan, sık sık öfke krizlerine giren ve yalan söyleyen bu çocuk, hiç şüphesiz başından beri küçük John'ı kıskanmıştı. Belki de Isolda, John'ı daha çok sevdiğini gizleme gereği görmemiş, bu arada kendi oğlunu ihmal etmiş, seyisler ve diğer hizmetkârlarla birlikte ahırda yatması için yatağından çok erken atmıştı.

Nedeni ne olursa olsun, Pieter'ın bacağı gibi çarpık olan küçük kurnaz zihninde zaman içinde bir intikam planı belirmişti.

Londra'daki her iki evden birinin kapısına Kızılhaçlar çizildiği, gece gündüz salgın çanlarının çaldığı o ölümcül yaz mevsiminde, her şey burada, Windsor'da olmuştu; büyük şato duvarlarının arkasındaki çocukların hepsi güvende görünüyor, birlikte avlularda ve bahçelerde umursamaz bir neşeyle oynuyorlardı.

John, Pieter'ın zulmünün nasıl başladığını tam olarak hatırlayamıyordu; ama şatodaki çocuklardan birkaçıyla birlikte oynarken, Pieter her seferinde John'ın küçük hatalarını büyütüyor, çocuğun pek anlayamadığı kelimeler fısıldıyordu. John, kendisine atılan deri topu ya da başka bir oyunda elindeki sopayı düzgün tutamazsa, Pieter hemen topal bacağıyla ona yaklaşıyor, güya sempati görüntüsü altında John'ın kulağına beceriksizliğinin şaşırtıcı olmadığını, bir evlatlıktan fazlasının beklenemeyeceğini vurguluyordu.

Bunu o kadar hızlı yapıyordu ki sekiz yaşındaki çocuk sadece şaşırıyor sonra da oyuna olan ilgisini kaybediyordu.

Pieter bir gün öğleden sonra John'ın altı yaşındaki kardeşi Edmund ve dört yaşındaki kız kardeşi Mary ortada yokken, ikisinin yalnız kalmasını sabırla bekledi. Sıcak bir Ağustos günüydü ve kraliyet çocuklarının üç dadısı Norman kapısının altındaki gölgelikte dedikodu yapıyor, bu arada sorumlu oldukları çocuklar Yuvarlak Kule'nin bahçesinde oynuyordu. Topallığı yüzünden özel ayrıcalıkları olan Pieter, çocukların yakınında bir yerde uzanmış, John'ı izliyordu. Mary minik havuzda yüzen şakayık yapraklarını izliyordu; ama John'ın yanında fazlasıyla gurur duyduğu yeni şahini vardı ve onu Edmund'a gösteriyordu. Kraliyet kümesinde doğmuş bir kuzey kuşuydu ve Kral'ın şahincisi tarafından iyi eğitilmişti, dolayısıyla başı kapalı hâlde John'ın eldiveninin üzerinde sessizce duruyor, bazen de salıverildiğinde John'ın eldivenine bağlı olarak, ikiz zilleri hafifçe sallanarak yükseliyor ve adı çağrıldığında efendisine geri dönüyordu.

"Ah, tatlı soylu Ela" diye bağırmıştı John bir defasında, kuşun boynunu bir ot parçasıyla okşarken. "Birkaç yıl içinde, Edmund, belki babam sana da bir tane verir" diye ekledi kardeşinin yanında biraz çalımlanarak.

Pieter aniden şahine büyük bir taş attı ve hayvan ürkerek şiddetle çırpınmaya, büyük beyaz kanatlarıyla havayı dövmeye başladı.

John öfkeyle dadısının oğluna döndü. "Senin içine ne girdi be, sersem! Onu korkuttun."

Pieter omuz silkti. "Onu bana ver" dedi koyu Flaman aksanıyla, yumuşak deri ayakkabısını çıkarıp sol elini şahini almak için uzatırken; bu arada John'ı sinsice izliyordu. "Onu bana ver, ben başa çıkabilirim."

Öfkesinin yerini şaşkınlık alırken, John'ın ağzı açık kaldı. "Ah, Pieter, ona dokunamayacağını biliyorsun" dedi bütün ciddiyetiyle ve biraz acıyarak. "O bir kraliyet şahini. Kendine bir serçe şahini bulmak zorundasın."

Nihayet aradığı fırsatı bulmanın sevinciyle, dar fare yüzü parladı. Pieter, şahinlerle ilgili kanunların ülkede ne kadar katı olduğunu Prens ve diğer herkes gibi biliyordu: Daha küçük şahinlerin her biri farklı sınıflardan insanlara ayrılmıştı; soylu leydilerin, lordların ve kraliyet soyundan gelenlerin her biri farklı türde şahinler besleyebilirdi. Yüzünü John'ınkine yaklaştırdı ve annesiyle diğer dadıların duyabileceği bir sesle konuştu. "Benim de onun üzerinde en az senin kadar hakkım var; evlatlık!"

John başını o nefret dolu yüzden geri çekti -bu arada şahin yine kanatlarını çırptı- ve kalbinin güçlü bir şekilde atmaya başladığını hissetti. "Ne demek istiyorsun?" diye sordu, sesinin titremesini bastırmaya çalışarak.

"Kral'ın veya Kraliçe'nin oğlu olmadığını. Sen sadece bir Flaman kasabın piçisin. Kraliçe kendi bebeği doğumda öldüğünde seni yatağına aldı ve gerçeği Kral'a söylemekten korktu."

Pieter'ın sesi zihninde dönüp dururken ve kelimeler anlamını kaybederken, John için parlak Ağustos günü soldu ve kapkaranlık oldu. Çok fazla börek yediğinde olduğu gibi karnı şişti; ama durduğu yerde kıpırdamadan Pieter'a bakmaya ve uzanmış elindeki şahini dikkatle tutmaya devam etti.

"Yalan söylüyorsun" dedi sonunda ve bu kez sesinin titremesini engelleyemedi. Dudaklarını birbirine bastırdı. Havuzda Mary'yi ıslatmak için diz çökmüş olan Edmund, ağabeyinin sesindeki tuhaf tınıyı duyarak başını kaldırıp baktı; ancak kendisini ilgilendiren bir şey olmadığına karar vererek Mary'nin bacaklarına su atmayı sürdürdü.

Pieter başını iki yana salladı; fakat söylediği şeylerin yaratabileceği sonuçlardan ve karşısındaki çocuğun sararmış yüzünden korkarak geri adım attı. "Sen bir Flaman kasabın piçisin, bir evlatlıksın" diye tekrarladı daha zayıf bir sesle. Söylediklerine neredeyse kendi de inanmış, bu fikrin Whitsuntide'da dinlediği bir ozanın şarkısından doğduğunu bile unutmuştu.

"Bu hikâyeyi Kraliçe'ye, an-anneme... anlatacağım" dedi John başını dik tutarak. "Isolda'ya da."

"Hayır" dedi Pieter hemen, "bunun bir yararı olmaz. Kral'dan korktukları için bunu asla itiraf etmezler."

John bir an daha bekledi sonra gözlerinden yaşlar boşanırken tiz bir ses çıkardı ve bütün gücünü sağ yumruğuna vererek savurdu.

Diğer çocuk dört yaş daha büyük ve daha uzun boyluydu; fakat topallığı ve saldırının aniliği yüzünden hendeğin eğiminde geriye doğru savruldu ve üzerine atlayan John eline geçirdiği keskin bir taşı indirerek Pieter'ın boynunda derin bir yarık açtı. Pieter öyle bir sesle böğürdü ki dadılar ve Yuvarlak Kule'nin yakınındaki muhafızlar onlara doğru koştu. Pieter'ı kurtarıp, boynundaki yaradan fışkıran kanı bastırmaya çalıştılar.

John çok utanmıştı; babası Kral onu şövalye kurallarından ikisini çiğnediği için ciddi şekilde azarladı: Tanrı'nın sakatladığı birine vurmuş, bu arada kaçmaya çalışırken pençelerinden birini kaybeden kraliyet şahinini yaralamıştı. Ela gibi bir şahin en az yüz pound değerindeydi ve Kral Edward ceza olarak kuşu oğlundan aldı.

John kendisini çok mutlu eden şahini neredeyse özlemedi bile; çünkü zihni daha ziyade Pieter'ın ruhuna saçtığı zehirle meşguldü. Diğer çocuklarla oynamaktan vazgeçmişti; tek başına duruyordu, sessizleşmişti ve sürekli asık bir yüzle içine kapanmıştı. İştahı kesikti. Isolda bu değişimi hemen fark etmişti ve içini korku sarmıştı; çünkü dışarıda olduğu gibi şimdi surların içinde de salgın hastalığın etkileri görülüyordu. Ona yılan pekmezi içirmiş, St. John'ın madalyasıyla boynuna kurbağa taşı asmış, domuz idrarıyla yıkamış, yatağının üzerine "Abrakadabra" yazılı bir tılsım asmış ve onu gergin bir tavırla sorgulamıştı. Ama John ondan uzaklaşmıştı ve kendisini neyin rahatsız ettiğini söylemiyordu. Başka bir çocuğa -William- hamile olan annesini görmeye de gitmiyordu.

Lancaster Dükü John, ormanın loş ortamında amaçsızca atını sürerken, çocukluğunda kalan bu anıları ve on sekiz yıl önceki yaz mevsiminde kalan o acının geri döndüğünü düşünüyordu. Bildiği her şey sarsılmıştı; uzun zamandır artık gururlu bir Plantagenet olduğundan emin olamıyor, ağırlığını hissettirmekte zorlanıyor, ait olduğunu sandığı ailenin şefkatine kendini açamıyordu. Gerçekten bir kasabın oğlu, sıradan halktan biri ve en önemlisi, bir piç miydi? Belki de çocuğun hikâyesine o zaman bile tam olarak inanmamıştı; fakat şüphe bile yeterliydi. Pieter'ın kendisi, John'ın onu yaraladığı günün gecesinde ortadan kaybolmuştu. Annesinin kesesini ve Kraliçe'nin ona verdiği mücevherli takıları çalmış, şato kapısından çıkarak gözden kaybolmuştu. Isolda onun için üzülmemişti; çocuğun zihninde ve vücudunda ne kadar çarpık olduğunu biliyordu. Çok geçmeden, küçük Prens'teki değişimin oğluyla bir ilgisi olduğunu da anlamıştı.

Daha da kötüsü, Isolda salgına yakalanmıştı ve bunun nedeni, John için duyduğu endişe yüzünden, gizemli buharlar ve bitkilerle şifa dağıtmakla ünlü bir kadını bulmak için Windsor kasabasına gitmiş olmasıydı. Geri döndüğünde yanında getirdiği gizli iksiri John'a zorla içirmiş, etkilerini izleyebilmek için o gece yatağında birlikte uyumaları konusunda ısrar etmişti ve mırıldanmalarından ve sıkıntılı ağlamalarından sorunu anlamaya başlamıştı. Çocuğu göğsüne bastırmış, altın sarısı saçlarını öpüp okşamış, yumuşak sesle sorduğu sorularla ağzını aramış, sonunda da çocuk ağlayarak yarı uyanık hâlde Pieter'ın hikâyesini anlatırken dinlemişti.

Hemen ardından Isolda yataktan fırlamış ve John'ı güçlü kollarına alarak diğerlerinin uyuduğu odadan çıkarıp taş merdivenleri inmiş, geçitlerden geçerek özel şapele götürmüştü. İrkilen çocuğu sunak tırabzanının yanına bırakmıştı. Şapelin içi soğuktu ve tek ışık kaynağı, St. George ile Kutsal Bakire'nin heykellerini aydınlatan mumlardı.

"Bakın, küçük Lordum" diye fısıldamıştı Isolda, "nerede olduğunuzu görüyor musunuz?" Çocuk merakla bakarak başıyla onaylamıştı.

"O hâlde dinleyin ve daima hatırlayın. Pieter çok korkunç bir yalan söylemiş. Buna yemin ederim. Kutsal Azize Meryem, Aziz George ve Tanrı'nın Kutsal Bedeni tanıklarımdır. Siz Kral'ın oğlusunuz ve sekiz yıl önce Mart ayında Kraliçe'den doğdunuz. Annenizin karnından çıktığınız anda sizi kendi ellerimle aldım."

John şaşkınlıkla başını kaldırmış ve onun parlak gri gözlerine bakmıştı. Kendisine söylenenleri anlamıştı; fakat yerin tuhaflığı ve kadının sesindeki telaş, diğer her şeyi gölgede bırakmıştı.

"Pieter sizi incitmek istedi" demişti kadın, elini John'ın başının üzerine koyarak. "Gelecek yıllarda sadece kıskandıkları için size zarar vermek isteyen birçok kişi olacak ve bu insanlar bir sürü yalanlar söyleyecek. Onlara karşı çok güçlü olmak zorundasınız, sevgili lordum ve aynı zamanda da merhametli davranmalısınız; çünkü siz güçlüsünüz. Bunu hatırlayacak mısınız? Buna yemin eder misiniz?"

Çocuk ciddi bir tavırla başıyla onaylamıştı. Kadının beyaz yüzü karanlıkta parlamış, gözleri ona derin bir sevgiyle bakmıştı. Bebekken yaptığı gibi kollarını uzatmış, minderli sunak basamağında diz çöken kadın ona sımsıkı sarılmıştı.

"Ama sen daima benimle olacaksın" diye fısıldamıştı John. "Bana zarar vermelerini engelleyecek misin?"

"Evet" diye haykırmıştı Isolda. "Seni koruyacağım. Seni asla bırakmayacağım."

Orada öylece ne kadar süre durduklarını bilmiyordu; fakat bir daha Isolda'yı görmemişti.

Ağabeyleriyle birlikte John'ı yatağına yatırmış, ertesi gün de John kendisini aradığında, ona Isolda'nın hasta olduğunu söylemişlerdi. Üç gün sonra öldüğünde, hiçbir şekilde gizlenmemişti. En küçük çocuklar bile şatoda salgın olduğunu biliyordu; Isolda'nın yanı sıra iki şövalye, beş silahtar ve birçok muhafızla hizmetkâr da ölmüştü. Yanan cesetlerin kokusu şatoyu doldurmuş, her yer kilise çanlarının sesleriyle sarsılmıştı.

Castile veliahdıyla yapacağı evliliğin arifesinde Bordeaux'da ölen Prenses Joan dışında kraliyet ailesi kurtulmuştu; fakat salgın isterisi öylesine uzun süre Windsor'a hâkim olmuştu ki John, Isolda'ya ne olduğunu pek anlayamamış, kendisini asla bırakmayacağına dair verdiği sözü ve şapelde ona hissettirdiği güveni hiç unutamamıştı. İki sarsıntı da bir çocuk için çok fazlaydı. Korku, kayıp ve bir haksızlık duygusu yıllar boyunca kâbuslarını doldurmuştu. Bu kâbuslarda Isolda'yı ona en çok ihtiyaç duyduğu anda ölerek kendisini terk etmiş gibi algılıyordu ve kendisininkilere bakan gözler, bütün umutsuzca haykırışlarına rağmen karanlıkta dağılıp gidiyordu.

Palamon aniden sendeledi ve Dük, mücevherli dizginleri çekerek sabırsız bir ses çıkardı; sıkıntısı attan değil, kendisinden kaynaklanıyordu. Onu ziyafet için Windsor'da bekleyen onca insan varken, burada, ormanın ortasında dolaşarak ne yaptığını sanıyordu ki? Piers'ın rastgele bir kelimesi yüzünden neden çocukça bir anısı turnuvanın mutluluğunu ve Castile'in heyecanını bastırmıştı? *Nedeni şu de Roet kızı*, diye düşündü öfkeyle. Oysa güdüsel öfkesi şimdi daha serinkanlı bir bakış açısına dönüşünce nedeni kısmen anlamaya başlamıştı. Gri gözlerinin acıyla işlenmiş bir anıya gömülmüş olanlara benzemesinin suçlusu kız olamazdı. Sorun yaratan bir güzelliğe sahip olması da onun suçu değildi. Ama yine de kızdan hoşlanmıyordu.

Swynford şu kızla bir an önce evlense iyi olur, diye düşündü ve Palamon'u döndürerek ormanın dışına doğru sürdü.

5

Katherine ve Hugh, Londra'da ve olabildiğince çabuk evleneceklerdi. Hugh iki tarafta da danışılacak aileler olmadığını, düzenlenecek birleşmelerden veya çeyizlerden söz edilmediğini dolayısıyla beklemenin anlamı olmadığını söylüyordu. Kırık eli iyileşene kadar dövüşemeyecekti ve Dük'ün birlikleriyle birlikte Bordeaux'ya doğru yola çıkmadan önce Lincolnshire'ı ziyaret etmek istiyordu. Dolayısıyla bu, bir gelin yolculuğu için doğal bir zamanlamaydı.

Bu pratik iddialar elbette ki kimseyi kandırmaya yetmiyordu. Uşaklardan Katherine'e kadar herkes, şövalyenin korkunç bir kıskançlığın pençesinde olduğunu ve kızı herkesten uzak tutmaya çalıştığını biliyordu.

Katherine daha fazla itiraz etmeden yazgısının kaçınılmazlığını kabul etmişti ve Windsor'daki son günleri yol hazırlıklarıyla geçtiği için de kabullenişini anlamaya fırsatı olmamıştı. Kral ve konvoyu hemen Westminster'a doğru yola çıkacaktı ve 4 Mayıs'ta Parlamento toplanacaktı; bu arada Kraliçe, Woodstock'ın daha sağlıklı havasına dönmeye karar vermişti.

Katherine ne Dük'ü ne de Düşes'i bir daha gördü. Geniş ev halkı harekete hazırlanıyordu ve Blanche'ın Katherine dışında ilgilenmesi gereken bir sürü şey vardı. Savoy'da, Lancaster çiftinin altı yüz kişilik kraliyet maiyeti vardı: Baronlar, şövalyeler, silahtarlar ve hizmetkârların yanı sıra, Dük'ün silaha çağrısına cevap vererek bütün İngiltere'den toplanan adamlar vardı.

Hugh, Savoy'un yakınlarında, rahibi Lincolnshireli bir adam olan küçük bir kilisede, St. Clement Dane'de evlenmek istiyordu ve bu konuda elbette ki Katherine'e fikri sorulmamıştı. Hugh düzenlemelerle uğraşmak için birkaç gün öncesinden Londra'ya gitmiş, Ellis de Thoresby'ı Katherine'i koruması ve Philippa'yla birlikte Londra'ya gelişine rehberlik etmesi için Windsor'da bırakmıştı.

Kraliçe görece daha iyiydi. Philippa kız kardeşine eşlik edebilmek için izin almaya geldiğinde, Kraliçe kendisine izin verdikten sonra, nihayet Katherine'le tanışmak istediğini ifade etmişti. Böylece Katherine'in Windsor'daki son gününde, Philippa kız kardeşini Kraliçe'nin süitine götürmüştü.

Bu görüşmede Katherine acı ve hüzünlü bir hava sezmişti. Kraliçe'nin odası sessiz ve karanlıktı. Bir doktor ve en sevdiği iki nedimesi ateşin başında oyalanırken, Kraliçe'nin Hainaultlu Froissart adındaki genç sekreteri, tek bir mum ışığıyla aydınlatılmış yüksek bir masada oturuyor, parşömenlere bir şeyler karalıyordu.

Kraliçe dört direkli, altın brokarlı ve devekuşu tüyü amblemleriyle donatılmış dev gibi bir yatakta yatıyordu. Mavi kadife yatak örtüsünün üzerine Kraliçe'nin *"Ich wrude muche"*[16] sloganı işlenmişti. Gerçekten de bütün hayatı boyunca çok çalışmış, on iki çocuk doğurmuş, bebekliğinde hayatta kal-

---

16 Sessizliğe gömüldüm; sessizlik yemini ettim (Germen kökenli bir söz).

mayı başaran dokuzunu büyütmüştü; Kral'a yardım etmek için çalışmış, yeni ülkesindeki ilerlemeler için uğraşmıştı; ama artık kendi bedeninin yarattığı hapishanede hayatta kalmaya çalışmanın ötesinde bir şey yapamıyordu.

Katherine, Kraliçe'nin uzattığı şişmiş eli öpmek için uzandı. Parmakları sosis gibi şişmiş ve bembeyaz kesilmiş eli öperken, genç kız ürperdiğini belli etmemeye çalıştı. Örtünün altındaki dağ gibi vücuda baktı ve şişmiş yanakların arasında neredeyse gizlenmiş küçük yüz hatlarını gördü. Ama çökmüş kahverengi gözler kıza nazik bir ifadeyle bakarken, kadın gırtlaktan gelen boğuk bir Fransızcayla konuştu.

"Demek, *la petite*[17] Katherine de Roet, hemen kendine bir koca buldun! Cesur bir şövalye! Tanrı ruhunu korusun, baban seninle gurur duyardı."

"Evet, Majesteleri" diye fısıldadı Katherine. Daha fazlasını söyleyecekti ama Kraliçe kaba bir tavırla dönerek doktorunu çağırdı. "Maître Jacques, bu beni hâlâ rahatlatmadı." Kraliçe, doktorun fazla suyu boşaltmak için hem sülük hem de iğneler yerleştirdiği karnını işaret etti.

"Rahatlatacak Majesteleri, biraz zaman alacak" dedi doktor ve kıvırcık salata, gelincik ve çeşitli baharatlardan hazırlanmış sıvı bir sakinleştiriciye batırdığı yün parçasını zavallı kadının burun deliklerine doğru tuttu. Kraliçe yünü derin derin kokladı, iç çekti ve gözlerini kapadı. Katherine'i unutmuştu. Genç kız gitmeleri gerekip gerekmediğini merak ederek ablasına döndü; fakat Philippa başını iki yana salladı. Bugünlerde Kraliçe'nin bilincinin gidip geldiğini biliyordu ve elinden gelirse, Katherine'in Windsor'dan düğün hediyesi almadan ayrılmasına izin vermeyecekti.

Kardeşler, şöminenin başında oturmuş kırmızı bir kadife kumaşa minik boynuzlu at figürleri işleyen Matilda Fisher ve Elizabeth Pershore'un yanına çekildi. Ateşin çıtırtıları ve Kraliçe'nin sıkıntılı nefesleri dışında oda sessizdi.

Birden, Kraliçe'nin sesi tekrar duyuldu. "Froissart!"

Genç adam tüy kalemini bırakarak yatağın yanına koştu. "Bana yine 'Calais'i oku" diye emretti Kraliçe.

Froissart masasına döndü, tarih kayıtlarını karıştırdı ve Kraliçe'nin istediği bölümü buldu. Sonra yatağın yanında durarak on dokuz yıl öncesinin görkemini, Kral Edward'ın Calais'i kuşatıp alışını okudu. Calais, Edward'ın Fransa tahtı üzerindeki iddiasına açılan kapı olmuştu. Kraliçe haftalardır her gün bu pasajı okutmasına rağmen Froissart'ın taze genç

---

17 Küçük.

sesi, içindeki savaş tutkusunu hevesle canlandırdı.

Kraliçe onu dinlerken yüzü gevşemişti. Gençliğini ve Kral'ın sevgisini yeniden yaşıyordu. Ve hüküm giymiş altı savaş esirini kocasının gazabından kurtardığı anı da hatırlıyordu.

Burada her zaman yaptığı gibi yine Froissart'ın sözünü keserek bir dirseğinin üzerinde hafifçe doğruldu. "Evet, evet" dedi sahneyi canlı bir şekilde tekrar yaşarken. "Sir Walter Manny ve genç Edward suçluyor, zavallı esirler ağlayıp çığlıklar atıyordu; ama sevgili lordum onları dinlemiyordu. Celladı çağırırken yüzünde beliren o demir gibi ifadeyi hâlâ hatırlıyorum; adam elinde hazır bekleyen baltasıyla öne çıkmıştı ama onu durdurdum. Diz çökerek yaşamlarının bağışlanması için yalvardım. Sevgili lordum beni dinledi. O zaman beni dinledi."

"Harikaydı, Majesteleri, kesinlikle çok büyük bir merhamet örneğiydi!" dedi genç tarihçi sakinleştiren bir tavırla. "Tanrı bunu hatırlayacaktır ve siz..."

Kraliçe kendini tekrar yastıklara bıraktı. "Ah, o günlerde güçlüydüm" dedi daha sakin bir sesle. "Korkunç bir fırtınada Kanal'ı geçmiş, savaş ve teslimiyet sırasında Kral'ın yanında durmuştum; üstelik yine hamileydim. William'ı taşıyordum; küçük William'ım." İç çekti. Şişmiş parmakları, yatak örtüsüne iğnelenmiş olan altın tespihi okşadı.

"Bana daha önce söylediğiniz gibi, o kişi Leydi Margaret değil miydi, Majesteleri?" diye sordu Froissart.

"Hayır, hayır" dedi Kraliçe öfkeyle. "William olduğundan eminim. Ertesi yaz, Kara Ölüm yılında bu yatakta doğdu ve ikinci bir Paskalya'yı görecek kadar yaşayamadı. Ama hangi çocuk olduğu ne fark eder? Margaret da öldü; Kutsal Anamız küçük ruhlarını korusun. Öldüler. Öldüler. Öldüler. Çocuklarımın yarısı öldü."

Şöminenin başında oturan kadınlar istavroz çıkarırken, Katherine hem merak etti hem de kadına acıdı; çünkü Kraliçe'nin yanaklarından gözyaşları süzülüyordu. Geride bu kadar çok çocuğu kalmışken hâlâ bu kadar önemsiyor olabilir miydi? Beş oğlu, bir kızı vardı ve Kraliçe yaşlıydı; elli yaşının üzerindeydi. Ağlaması ne kadar tuhaftı.

"Ah, evet" dedi yataktan gelen hırıltılı ses bir an sonra. "O zaman beni dinlemişti. Kral yani. Daha sonra da bunun için bana teşekkür etmişti. Ah, söylesene..." Froissart'a baktı. "O..." Kraliçe kendini kontrol etti ve bulanık bakışları şöminenin yanında oturan kadınlara kaydı. "Hayır, hiçbiriniz söylemezdiniz, değil mi? Acıdığınız için. Ama sen, Philippa la Picarde, sen orada mısın?"

"Evet, Majesteleri" diye mırıldandı Philippa yatağa koşarken.

"Bana doğruyu söyle, Pica. Sen açık sözlüsündür ve dürüst bir yüreğin vardır. Kral'la birlikte o kadın da Westminster Pazarı'na gitti mi?"

Odadaki herkes, "o kadın"ın kim olduğunu biliyordu. Froissart bakışlarını indirerek arkasını döndü. Philippa'nın yüzü kızardı ama yine de alçak sesle cevap verdi. "Evet, Majesteleri, gitti."

Kraliçe yavaşça başıyla onayladı. "Biliyordum. Hayır" dedi, elindeki ilaçla üzerine eğilen doktora, "bırak beni. Bundan çok daha kötülerine dayandığımı düşünmüyor musun? Sorun onun yatağını paylaşması değil; bunun benim için şimdi ne önemi olabilir ki? Sorun, Kral'a karşı hiçbir yakınlığı, hiçbir sıcaklığı olmaması. O sadece açgözlü, kötü bir kadın ve Kral'ın kanını kurutacak. İngiltere'nin kanını kurutacak!"

"Majesteleri" dedi doktor elini Kraliçe'nin bileğine koyarken, "sizden bunları düşünmemenizi rica ediyorum. Bu konuda..." Susarak dudağını ısırdı.

"Yapabileceğim bir şey yok mu diyecektin? Haklısın, Maître Jacques." Kraliçe yine tespihine uzanarak gözlerini kapadı. Aniden tekrar açtı ve Philippa'ya baktı. "Kız kardeşin" dedi. "Buraya kız kardeşini getirmemiş miydin?" Philippa dönüp çağırdı ve Katherine yatağa yaklaştı.

"Yanıma gel, *ma fille*"[18] dedi Kraliçe. Katherine'e bakarak gülümsedi. "Tıpkı babana benziyorsun. Çok yakışıklı bir adamdı. Onu şeyde hatırlıyorum... sanırım geçit töreninde... yoksa turnuva mıydı? Gökmavisi ve altın renklerle sanırım. Bütün genç kızlar etrafında pervane olurdu. Uzun zaman önce Hainault'dan benimle birlikte geldi ve bana iyi hizmet etti; senin gibi, Froissart" diye ekledi şefkatli yüzünü sekreterine dönerek.

"Majesteleri" diye araya girdi Philippa endişeyle, Kraliçe'nin düşüncelerinin yine dağılmaya başladığını görerek. "Katherine yarın Windsor'dan ayrılıyor. Eğer Majesteleri izin verirse yakında evlenecek."

"Ah, evet" dedi Kraliçe. "Cesur babasının anısına küçük bir evlilik hediyesi almalı. Ne istersin, çocuğum?"

Philippa rahat bir nefes aldı. Katherine'i dürttü. "Bir kese iste" diye fısıldadı, "para."

Ama Katherine henüz paranın önemini kavrayamamıştı ve Düşes'in verdiği gümüşler de hâlâ elindeydi. Uzun zamandır Kraliçe'yle bu görüşmeyi bekliyordu ve düşündüğü tek şey, başrahibeye verdiği sözdü.

---
18 Kızım.

"Majesteleri çok nazik" dedi hemen kendini nasıl ifade edebileceğinden emin olamayarak. "Acaba, Sheppey'e yardım edebilir misiniz? Majesteleri'nin beş yıl önce beni yerleştirdiği küçük manastır. Bana çok iyi davrandılar ve yardıma ihtiyaçları var."

"Seni küçük aptal" diye tısladı Philippa.

Kraliçe irkildi. "Sheppey'in ödemeleri yapılmıyor mu? Senin bakımın karşılığında hiçbir şey göndermedim mi?"

"Oraya gittiğimden beri hayır, Majesteleri ve korkarım biraz çok yedim" dedi Katherine özür dileyen bir tavırla. "Manastır çok yoksul."

Kraliçe doğrulup oturdu ve eski gücünden kalan bir enerjiyle konuştu. "Minnetini ve sadakatini takdir ettim, çocuğum. Çok memnun oldum. Froissart, hemen bir emir yaz. Sheppey'e bir ton Gaskon şarabı göndereceğiz ve..." bir an tereddüt etti, "iki mark hediye. Ayrıca" diye ekledi, bir an düşündükten sonra, "d'Aubricourt'u da yanlarına gönderin. Kız yanında yüz pounda yakın çeyiz götürecek."

Froissart hemen yazmaya koyuldu.

"Ah, çok teşekkür ederim, Majesteleri!" diye haykırdı Katherine, bu cömert hediyelerin Sheppey'de yaratacağı mutluluğu düşünerek. Evde yaptıkları bira dışında hiçbir şey içemezken şimdi Gaskon şarabı içeceklerdi! İki markla kilisenin kötü durumdaki kulesini onarabilir, yeni gelenler için giysi alabilir, belki azizlerin heykellerinin hepsini yenileyebilirlerdi.

"Ve sana gelince hayatım" dedi Kraliçe, kızın bencillikten uzak tutumundan etkilenerek ve kişisel kesesiyle ilgili cimriliğini de hatırlayarak, "düğün gününde takacak yeni bir şeylerin olacak. Matilda" diye seslendi, "bana küçük kasayı getir."

Nedimelerden biri ayağa kalktı ve duvara dizilmiş büyük meşe sandıklardan birinden küçük, demir çerçeveli bir kutu çıkardı. Bu kutunun içinde Kraliçe'nin en iyi ikinci mücevherleri duruyordu; özellikle Hainault'dan yanında getirdikleri. Matilda kasayı yatağın üzerine koydu ve kemerinin altında taşıdığı bir anahtarla kilidi açtıktan sonra Kraliçe'nin görebilmesi için bir mumu yaklaştırdı. Kraliçe kasayı karıştırdı, kemer tokalarını, küpeleri ve üzerinde azizlerin resimleri olan küçük emaye tabletleri inceledi. Birkaç kez bir mücevher parçasını çıkarıp baktı; ama hayatının ilk dönemlerine ait bu hatıralardan ayrılmaya dayanamayarak tereddüt etti. Fiziksel rahatsızlığı artarken, dikkati de dağılıyordu. Yine perdelerin çekilmesini ve nedimeleriyle baş başa kalmayı istiyordu.

"İşte bu" dedi aceleyle küçük bir gümüş broş çıkararak; iç içe geçmiş yaprak ve sarmaşıklarla işlenmiş takının üzerinde bir yazı vardı. "Burada ne yazıyor? Unutmuşum. Okuman var mı?"

"Evet, Majesteleri" dedi Katherine gururla. Yazıya baktı. "Sanırım *'Foi vainquera'* yazıyor."

"Ah, evet" diye mırıldandı Kraliçe, "iyi bir deyiş. En iyisi. *İnanç fetheder.* Bu felsefeyle yaşa güzelim ve beni hatırla..."

Katherine şişmiş eli bir kez daha öpecekti; ama Kraliçe önce aniden inledi sonra bir çığlık attı. "Matilda, çabuk!" nedime yatağa koştu ve kalın brokar perdeleri çekti.

Kendi boş süitlerine döndüklerinde Philippa onu azarlamaya başladı. "Cidden, Katherine, şu küçük aptal takı yerine çok iyi bir hediye alabilirdin. Bu on peni bile etmez."

Katherine broşa baktı. Maiyette gördükleriyle karşılaştırıldığında gerçekten de etkileyicilikten çok uzak görünüyordu. Ne parıldıyordu ne de zarif bir şeydi ve slogan son derece sıradan, rahibelerin sürekli söylediği türden bir şeydi.

"Ama Sheppey'e yardım ettim" dedi kız morali bozularak, "söz verdiğim gibi."

"Ah, buna şüphe yok" dedi Philippa omuz silkerek. "Çok soylu bir davranış; fakat biraz kafanı kullansaydın ikisini de yapabilirdin. İnsan böyle büyük kişilere nasıl yaklaşacağını bilmeli. Kraliçe bana kendi düğünüm için *on* mark verdi. Geoffrey buna bayılacak." Bu düşünceden memnun olan ve kafasız kardeşini azarlayan Philippa, kendi sandığına döndü ve yarın Londra'ya taşınmak için hazırlanmaya başladı.

Ablası yatak örtülerini, peçeleri, havluları ve giysileri katlayıp sandığa koyarken, Katherine onun becerikli ellerini izliyordu. Kendisinin toplayacak bir şeyi yoktu ve bakışları pencereden dışarı, artık çadırların ve tentelerin kaldırılmış olduğu turnuva alanına kaydı. İç çekti. "Keşke Geoffrey gibi biriyle evlenebilseydim veya... veya... Tanrım, keşke hiç evlenmeseydim."

"Ne saçmalık!" Philippa bir çift kırmızı çorabı yuvarladı ve sandığın bir köşesine sıkıştırdı. "Baştan başlama yine! Evlenmek istiyordun. Manastırda kalmak yerine buraya bu yüzden geldin. Ve meleklerin şansına sahipsin."

"Sanırım" dedi Katherine parmağındaki nişan yüzüğüne bakarak. "Ama... ama... oh, Philippa, sen... sen hiç korkmuyor musun?" Yüzü kızardı ve başını eğdi.

"Neyden?" Philippa bakışlarını sandıktan kaldırarak kardeşini inceledi. "Ah, düğün gecesini mi kastediyorsun? Kötü olmadığını söylüyorlar. Agnes de Saxilby sadece gözlerini kapadığını ve başka bir şey düşündüğünü söylüyor. İnsan çabuk alışıyormuş."

Philippa, manastırda büyümüş olan kız kardeşinin belli konularda cahil olabileceğini düşündü; sarayda yaşayanların hiçbiri öyle değildi. Ayağa kalktı ve kolunu Katherine'in sarkmış omuzlarına attı. "Neler olduğunu biliyorsun, değil mi?" diye sordu daha nazik bir tavırla.

Katherine yüzünü buruşturdu. Manastırda kedileri ve köpekleri görmüştü; köyden inekler birer birer getirilirken ahırında böğüren manastır boğası Philo'yu da hatırlıyordu. Bütün gün bira içip gençlik günlerinde yatakta neler yaptığını anlatmaya bayılan aşçı Şişko Mab vardı bir de.

Dolayısıyla, Katherine tamamen cahil değildi; ama bilmediği çok şey vardı ve şimdi bilmemeyi istediğini fark ediyordu. "Evet" dedi aceleyle ve ablasının ilgisi karşısında minnet duymasına rağmen yataktan kalktı ve şöminedeki ateşi karıştırıyormuş gibi yaptı. Philippa anlamamıştı; onun için bilinmezliklere duyduğu korku, sağduyusu sayesinde yenilebilecek şeylerdi. Ne hayal gücü ne de güzelliğe ve tatmine olan umutsuz özlemi onu engelliyordu. Katherine'se gözlerinin önünde Hugh'un yüzünü görüyordu; şimdi biraz uzakta kalmıştı ama aynı tiksintiyi duyuyor ve bir ölçüde acıyordu. *Kutsal Anamız, iyi bir eş olmama yardım et,* diye düşündü; fakat kelimeler anlamsızdı.

Katherine ve Philippa, Nisan ayının son günü Ellis de Thoresby ve Philippa'nın sandıklarını taşıyan bir yük atıyla birlikte Londra'ya doğru yola çıktı. Arada bir yağmur yağmasına rağmen hava güzel ve yumuşaktı. Yol kenarında düğünçiçekleri, çuhaçiçekleri ve unutmabeniler açmıştı. Otlaklarda yeni doğmuş kuzular, beyaz ve sarı papatyalar arasında otlayan annelerinin peşinden koşturuyordu. Ağaçların tepelerindeki yuvalarında kavga eden kargaların gürültüsü, daha melodik kuş seslerini bastırıyordu; ama arada bir uzaklardan bir guguk kuşunun sesini duyuyorlardı.

Geçtikleri köylerin birçoğunda, delikanlılar işten kaytararak ertesi gün için çiçekli Mayıs direklerini[19] kuruyordu. Mayıs direklerinin sabit kaldığı daha büyük kasabalarda, yaldızlı çark renkli kurdelelerle süslenmiş hâlde meşe şaftın üzerine kurulmuştu ve çocuklar dans edip Mayıs şarkıları söylerken kurdeleleri örüyordu.

---

19 Mayıs kutlamalarında kızların etrafında dans ettiği çiçekli direkler. Ç.N.

Dünya ne kadar güzel, diye düşündü Katherine, kendisini bekleyenleri unutarak. Sheppey'de pek fazla güzellik ve eğlence yoktu. Sürekli olarak Kuzey Denizi rüzgârlarını alan bir tepenin üzerinde, ne manastırın ne de ona bağlı köyün mutlu bir ruhu olabilirdi.

Katherine'in keyfini yerine getiren diğer en önemli şey de ata binmekti. Philippa'nınki gibi o da sadece kiralıktı ama kısa boylu, kahverengi bir kısraktı ve ilk kez bu kadar güzel bir ata biniyordu. Hammersmith köyünden geçerken Westminster Sarayı'na giden bir ozan grubuna rastladıklarında, Katherine şarkıyı öğrenene kadar mırıldandı ve sonra güzel sesiyle o da katılmaktan kendini alamadı.

> *Çalılar ve ağaçlar öylesine yeşil*
> *Pırasa gibi yemyeşil*
> *Cennet'teki Babamız onları sular*
> *Kendi Cennet'indeki tatlı çiğiyle*
> *Güneş parlak, yıldızlar ışık verir*
> *Gün doğmadan biraz önce*
> *Tanrı hepinizi korusun, büyükler ve küçükler*
> *Size mutlu bir Mayıs ayı versin.*

Ozanlar güldüler ve genç kızın yüzü kadar güzel bir sesi olduğunu belirttiler. Philippa resmî bir tavırla, "Katherine, böylesine rahat davranmayı nereden öğrendiğini *anlayamıyorum*" diye mırıldandı ama sonra o da biraz gülümsedi ve ayaklarını üzengilere vurarak ritim tuttu. Ellis de Thoresby, ozanların arasında yol açmaya çalışmak dışında olanlarla ilgilenmedi. Soğukkanlı bir gençti ve bir silahtarın görevlerini fazlasıyla ciddiye alıyordu. Tamamen efendisine uyum sağlamıştı ve bir ayı avı veya horoz dövüşü hoşuna gitse bile ilgi alanları arasında şarkı söylemek yoktu.

Westminster Sarayı'ndan geçerken, büyük Manastır çanı Nones zamanını haber veriyordu; ama daha akşamüzeri olmamıştı ve yolculuğu iyi bir sürede tamamlamışlardı. Nihayet Londra'yı göreceği için heyecanlanan Katherine, herhangi bir köylü kız gibi kraliyet binalarına ağzı açık hâlde baktı; ama Windsor'dan sonra küçük ve sıradan olduklarını düşündü. Bir mil sonra nehrin kıvrımını dönerek Savoy'un beyaz duvarlarına ulaştıklarında Katherine, Lancaster sarayının Kral'ınkinden bile daha görkemli olduğunu gördü. Savoy güçlendirilmiş değildi ve yüz yıldan kısa bir süre önce yapılmıştı; pencereleri oldukça büyüktü ve çoğu camlıydı. Bir dizi avlularla doluydu ve köşelerde kuleler vardı. Strand ve nehir arasında üç hektarlık alana yayılıyordu. Kırmızı gül sembollü flamalar kulelerin tepesinde rüzgârla salınıyordu; ancak özel şapelin yüksek yaldızlı kulesinde Lancaster'ın kendi armasının bulunduğu bir sancak süzülüyordu; bu, Dük'ün evde olduğunu gösteriyordu.

"Sir Hugh bizimle burada buluşacak" diye mırıldandı Ellis, atını Savoy'un Strand kapısına yanaştırırken. "Ama erken geldik."

Nişanlısını görmek için hiç de acele etmeyen Katherine, büyük beyaz duvarın gölgesine çekildi ve yeni taş döşenmiş Strand'daki trafik akışını izledi.

Ürünlerini Chepes'teki pazarlarda satmış olan köylüler, boş arabalarını çekerek köylerine dönüyordu. Zengin giyimli şehir tüccarları, bazen yanlarında eşleriyle birlikte akşam yemeği için kasabaya koşturuyordu. İki atın çektiği muhteşem renkli bir savaş arabasının üzerinde, son derece şişman ve her yeri mücevherlerle dolu bir Benedictine başkeşişi duruyordu. Etrafta sakat dilenciler ve gürültücü gençler vardı. Bir sokak satıcısı elindeki zili çalarak mallarını tanıtıyordu. "Sıcak turtalar! Sıcak turtalar! Hanımlar ve beyler, sıcak turta alın!"

Katherine adamın tepsisindeki küçük etli böreklere özlemle bakarak Philippa'ya döndü. "Biraz alabilir miyiz? Çok acıktım. Param var."

Ama Philippa başını iki yana salladı. "Düşes'in verdiklerinden kalan paranı sakla; beni dinleseydin, Kraliçe'den çok daha fazlasını da alabilirdin. Sir Hugh geldiğinde hep birlikte yemek yiyeceğiz."

Katherine iç çekti. Sağlıklı genç midesi açlıktan gurulduyordu.

Hugh nihayet atını dörtnala koşturarak Strand'e gelip onlara yaklaştığında, Smithfield'da Katherine için bir hayvan almaya çalışırken at satıcısıyla giriştiği kavga yüzünden gergindi. Yaralı eli yüzünden de canı yanıyordu ve onları nazikçe karşılamadı ama Katherine'i gördüğünde gözleri parladı. "Demek geldiniz!" dedi sadece. "Gelin bakalım, hepiniz Chaucer'da kalacaksınız. Akşam yemeğimizi orada yiyeceğiz ve ben açlıktan ölüyorum." Katherine'in kısrağının kalçasına bir şaplak indirdi. At öne doğru atıldığında neredeyse kızı düşürüyordu. *Bu adam hödüğün teki*, diye düşündü Katherine öfkeyle. *Ondan nefret ediyorum. Tanrı yardımcım olsun.*

Hugh eyerinde öne eğildi ve sağlam eliyle kızın beline sıkıca sarıldı. Katherine eteğinin yeşil ipek kumaşı üzerinden adamın elinin sıcaklığını hissedebiliyordu. "Katherine" dedi kabaca, "şu kiliseyi görüyor musun?"

Katherine bacağını oynattı ve atını Hugh'unkinden uzaklaştırdı. Bir şey söylemedi ama yine de az ilerideki ahşap, küçük kilise binasına baktı.

"Burası Saint Clement's Dane" dedi Hugh. "Cumartesi günü orada evleneceğiz."

"Cumartesi!" diye haykırdı Katherine, beti benzi atarak. "Bu Cumartesi olmaz! Çok yakın. Evlenme ilanı ne olacak?"

Cumartesi, iki gün sonraydı. Sırtı ürperdi ve tekrar kiliseye baktı.

"Saint Mark Günü'nde her yerde ilan edildi zaten" dedi Hugh kaşlarını çatarak. "Rahip bir Lincolnlü ve yaşamını Swynford ailesine borçlu. Cumartesi günü için her şey ayarlandı... Katherine..." Yine elini genç kıza doğru uzattı ama taş gibi profilini görünce vazgeçerek elini indirdi. Ona nasıl kur yapacağını bilemiyordu; bildiği tek şey, Katherine'in yanındayken her zamankinden daha hırçın ve daha sakar hâle geldiğiydi. Onun yüzünden aklını başına toplayamıyordu bile. Kendisinden tiksiniyor olması Hugh'u çok üzüyordu ama aynı zamanda kıza duyduğu arzuyu güçlendiriyordu; ancak bir kez ona sahip olduğunda, kızın teslim olarak kendisine ısınacağına inanıyordu. Dedikodulara göre genç bakireler daima öyle davranırdı. Oysa Hugh daha önce bakireler bir yana, saygın kadınlarla bile birlikte olmamıştı.

Philippa ve Ellis arkalarından gelirken, sessizce atlarını sürdüler. Katherine zihninde çılgınca uygulaması imkânsız planlar kuruyordu. Bu gece herkes uykuya daldıktan sonra Chaucer'dan kaçabilirdi; sabah şehir kapıları açılana kadar bir yerlerde gizlenir, Epping ormanına sığınabilirdi. Orayı şimdi bile kuzeydeki koyu renk bir zümrüt denizi gibi görebiliyordu. Orada yiyebileceği küçük meyveler bulabilir ve belki nazik kanun kaçakları ona yardım ederdi. Önce bir bıçak bulmalı ve daha hızlı koşabilmek için elbisesinin eteğini dizlerine kadar kesip atmalıydı. Düşes'in hediyesine baktı ve bu düşünceleri bilse o nazik kadının ne kadar şaşıracağını düşündü.

"Leydi Blanche'ı... ve Dük'ü gördünüz mü?" diye sordu Katherine, Londra'nın dar sokaklarından Ludgate'a doğru ilerlerken.

"Hayır" dedi Hugh ve dudaklarını sıktı. Diğer şövalyelerle birlikte geniş Savoy'un bir köşesinde uyumasına rağmen lordunu ve leydisini görmemişti; çünkü Dük turnuvadaki davranışı yüzünden onu cezalandırıyordu. Bir uşakla Hugh'a haber göndermiş, Büyük Salon'da yemek yemesinin yasaklandığını, Ağustos ayında Kettlethorpe'taki malikânesinden dönene kadar kendisini beklemesini emretmişti. O zaman Hugh Plymouth'ta rapor verecek, Bordeaux'ya gitmeye hazır olacaktı. Ağır bir ceza değildi; fakat Hugh'un gururu incinmişti ve bunu Katherine'e açıklamaya hiç niyeti yoktu.

St. Paul'un yanından geçerlerken, Katherine adını o kadar çok duyduğu büyük katedrali hayranlıkla inceleyecek bir ruh hâli içinde değildi. Görmeyi uzun zamandır istediği Londra şimdi sıkışık, karanlık ve gürültülü görünüyor, etraftaki arabalar, sokak satıcıları ve yüz elliden fazla mahalle kilisesinin çanları onu boğuyordu. Kötü kokular ve giderek artan yorgunluğu keyfini daha da fazla kaçırıyordu. Thames caddesine saptılar ve Geoffrey'nin babası Üstat John Chaucer'ın büyük yarı ahşap bir evde oturduğu Vintry'ye girdiler. O gün bir Gaskon şarabı sevkiyatı gelmişti ve Chaucer malikânesinin önündeki sokak hâlâ fıçılarla doluydu.

Hugh atından indi ve Katherine'in inmesine yardım etti; Philippa'ya yardım etme işini silahtarına bıraktı. Gürültülü bir şekilde kapıyı vurdu. Philippa endişeli görünürken uzun bir süre cevap beklediler ve Hugh, Geoffrey'in kendi nişanlısını görmek konusunda bu kadar hevessiz olması konusunda alçak sesle bir yorum yaptı. Hugh, bu kez hançerinin kabzasını kullanarak kapıya tekrar vurdu. Yukarılarda bir yerde bir pencere açıldı ve bir kadın seslendi: "Şşş, Mesih aşkına, sessiz olun! Burada ağır hastalar var!"

Philippa alçak sesle inleyerek istavroz çıkardı ve hepsi bir an sessizce durdu. Sonunda kapı yavaşça açıldı ve Geoffrey dışarı çıktı. "Hayır, hasta olan ben değilim, hayatım" dedi yüz ifadesine cevap olarak Philippa'ya dönerken. Nişanlısının elini tuttu ve bırakmadan diğerlerine döndü. "Tanrı'nın selamı üzerinize olsun, Katherine, Sir Hugh ve Ellis de Thoresby. Sizi böyle kötü karşıladığım için özür dilerim; ancak bugün babam tuhaf bir hastalığa yakalandı. Zor nefes alıyor ve acıyla inliyor. Korkarım..." Geoffrey başını iki yana salladı. Parlak bakışlı küçük ela gözleri üzgündü. "Rahibe haber gönderdik." Kiliseye doğru işaret etti ve tam o anda rahip ciddi bir yüzle, elinde büyük gümüş bir haçla onlara doğru yürüdü.

Rahibin gözleri yarı kapalıydı ve dudakları sessiz bir duayla hareket ediyordu. Arkasında, dantelli kumaş örtülmüş bir yastıkta duran kutsal ekmek kutusunu taşıyan ufak tefek yardımcısı vardı. Geoffrey evin kapısını ardına kadar açarak kızlarla birlikte basamakların yanında diz çöktü. Hugh ve Ellis de pelerinlerini açarak diz çöktüler. Başlarını eğerek, Kutsal Beden'in aralarından geçişini ve ölmekte olan adama doğru üst kata çıkışını beklediler.

Katherine'in asi kalbi her nasılsa biraz yumuşamıştı. Bu kadar yakınından geçerken, üstü örtülü yastıktan doğaüstü bir ışık yayılıyormuş gibi gelmişti ona ve sanki bir ses kendisiyle konuşarak azarlamıştı onu. Kaçışla ilgili çılgınca planları aklına gelince suçluluk duydu ve birkaç pişmanlık kelimesi mırıldandı. Başını kaldırmadan ve sessizce dururken, diğerleri hemen gerekli hazırlıklara girişmişti.

Görünüşe bakılırsa Philippa, bu önemli saatlerde gelecekteki ailesine yardımcı olmak için burada kalacaktı; ancak Chaucer, Katherine'in bir arkadaşının evinde daha rahat edeceğini düşünmüştü. Ölüm kokan bir yer, bir geline uygun olamazdı. Billingsgate'teki Pessoner ailesi onu bekliyordu ve Geoffrey, Hugh'a evi tarif etti. Katherine sessizce ablasını öptü ve kısrağına bindi.

Guy le Pessoner zengin bir balık tüccarıydı ve güçlü meslek loncasında önemli bir konumdaydı. Yeni karo döşenmiş güzel evi Londra Köprüsü'nün girişindeydi ve balık boşaltımı için nehre açılan kendi iskelesi vardı. Bir bahçesi de vardı; ama güller ve zambaklar her yana yayılmış kokuyu engellemekte pek etkili olamıyordu. Pessoner ailesi bunu pek dert etmiyordu; mutlu ve neşeli insanlardı ve etrafın zambak ya da ringa kokmasına aldırmadan hayattan zevk alıyorlardı. Katherine, Hugh ve Ellis'i sıcak bir tavırla karşılayarak onları hemen ailenin hâlâ yemekte oturduğu Büyük Salon'a götürdüler.

Meşe servis masası biftek ve balık etiyle, güvercin turtalarıyla, zencefil ve tarçınlı tatlılarla doluydu. Tahta bir tabakta yumurta, beyaz ekmek ve bol miktarda bira vardı.

Kimse törensel bir servis beklemiyor, herkes kendi yiyeceğini alıyor, kemerlerine asılı bıçaklarıyla rosto parçaları kesiyor veya büyük bir kepçeyle ekmek sepetlerine et suyu boşaltıyordu. Katherine öylesine acıkmıştı ki başrahibenin kendisine öğrettiklerini unuttu ve çok geçmeden, diğerleri gibi o da tıka basa yemeye başladı. Salonda çok insan vardı; deri önlüklerindeki balık pulları pek temizlenmemiş işçiler, iki hizmetçi ve kalabalık Pessoner ailesi. Ringa varilleri gibi iri bir vücuda sahip olan Guy ve şişman, güçlü ve elma gibi kıpkırmızı bir kadın olan Dame Emma'dan doğan on bir çocuktan, şişman kollarını sallayarak annesinin geniş göğsünü hırsla emen bebeğe kadar, bütün aile hem sayı hem de cüsse olarak iriydi. Katherine daha önce hiç bu kadar şişman ve mutlu insanlar görmemişti. Ev sahibinin yanında oturan Hugh'un bile yüz hatlarının yumuşadığını ve arada bir Guy açık saçık bir şaka yaptığında Hugh'un kahkahalarla güldüğünü fark etti.

Katherine, en büyük kızları Hawise'in yanında oturuyordu ve herkes susuzluğunu bastırıp da Hawise'in artık daha fazla bira almak için kilere koşturması gerekmediğinde, Katherine'e ayıracak zaman bulabildi ve merakla ona döndü. Katherine, Cumartesi sabahı evleneceğini ve evet, orada oturan Sir Hugh'un nişanlısı olduğunu açıkladı.

"Öyle mi?" dedi Hawise şövalyeyi inceleyerek. "Hiç fena değil; üstelik genç de. Yaşlı biriyle evlenmek istemem; adam saman çöpü kadar kuru olur. Zengin mi peki?"

Katherine güldü. Görünüşe bakılırsa Pessoner'ler kafalarından geçeni pat diye söylüyordu. "Sa-sanırım. Tam olarak bilmiyorum" diye cevap verdi.

Hawise irkildi. Onun dâhil olduğu sınıfta bile bütün maddi konular görüşülmeden bir evlilik gerçekleşmezdi ve zenginlerle soylular arasında bunun daha da önemli olduğunu, konunun toprak ve servet birleşmelerine hatta imzalanacak evraklara kadar gittiğini biliyordu.

Hawise biraz daha sorguladığında Katherine'in hayatını saran yalnızlığı öğrendi ve ona daha da yakınlık duydu. Sadece iki yaş daha büyük olmasına rağmen içi Katherine'i koruma isteğiyle dolmuştu.

Aniden parmağıyla Katherine'in yanağını okşadı. "Ne kadar açık tenlisin" dedi, sesinde hiçbir kıskançlık yansıtmadan. "Bir peri kızı kadar parlak."

Kendisi ne parlak ne de açık tenliydi; iri kemikli, kumral saçlı, bol çilli bir kızdı ve ön dişlerinden biri eksikti. Ama onda sağlıklı bir hayvanın gücü ve kendisini son derece sevimli kılan eğlenceli ve renkli bir zihin seziliyordu.

Hugh, beceriksizce sözlerle Katherine'den ayrılıp Ellis'le birlikte geceyi geçirmek için Savoy'a döndüğünde, Katherine balıkçı dükkânının üzerinde kendisine sunduğu yatak için teşekkür etti ve çoktan uyumuş iki kız kardeşiyle Hawise'in yanında yatağa girdi. Kilise kapısında karşılaşana kadar bir daha Hugh'u görmeyecekti; çünkü düğünden önceki yirmi dört saat içinde bu mümkün görünmüyordu; Katherine kararlı bir şekilde onu unutmaya çalıştı.

Hawise düğünden söz etmeye başladı ama Katherine'in sessizleştiğini ve sık sık iç çektiğini görünce kız konuyu kapadı ve kendi sevgilisini anlatmaya başladı. Dokumacının çırağı Jack Maudelyn'le görüşüyordu ve Hawise onu gerçekten seviyordu ama nişanlı değillerdi. Pessoner ailesi Londra'da önemli insanlardı ve Üstat Guy kızını bir çırağa asla vermezdi. Dahası, dokumacıların güçlü bir loncası olmasına rağmen babası onları küçük görüyordu ve balık tüccarları, şarap üreticileri veya bakkallar kadar zengin olamayacaklarını düşünüyordu. "Ben Jack'ten hamile kalana kadar babamın razı olacağını hiç sanmıyorum" diye ekledi Hawise neşeyle, başını kaz tüyü yastığa bastırırken.

"Kutsal Azize Meryem!" diye haykırdı Katherine yatakta doğrulup oturarak. "Bunu yapamazsın, Hawise. Bu çok korkunç, ölümcül bir günah!"

Diğer kız güldü, kolunu Katherine'in zarif çıplak omuzlarına doladı ve onu tekrar yatağa çekti. "Manastırda büyüdüğünü her davranışınla belli ediyorsun, tatlım. O kadar büyük bir günah değil ve sonuçta evleniyorsun. Bu Londra'da çok sık olur. Daha uzun süre bakire kalmaya hiç niyetim yok. Gelecek Michaelmas'ta on sekiz yaşımda olacağım!"

Katherine sarsılmıştı ama hoşuna da gitmişti. Ölümcül bir günah olsa bile konulara farklı açılardan yaklaşılabilir miydi? Cumartesi günü yaşamak zorunda kalacağı sıkıntı, aslında mutlu ve hatta zevkli bir şey olarak görülebilir miydi? Ah ama Hawise sonuçta Jack'i seviyordu ve bu önemli bir farktı. Philippa bunun önemli olmadığını söylemişti; Leydi Agnes de Saxilby de öyle. Aşkın görevle bir ilgisi yoktu. Aniden, turnuvada karısına gülümserken gördüğü Dük'ün yüzü gözlerinin önünde belirdi. Gözlerini sımsıkı kapadı ve boynuna asılı tahta boncukları çekerken dua etmeye başladı.

Şafak sökmeden önce Hawise'in oyuncu tokatlarıyla uyandı. "Kalk, kalk bakalım küçükhanım, Mayıs'ı getirmemiz gerekiyor!"

Pessoner evindeki herkes hareketlenmişti. Hizmetkârlar büyük bir telaş içinde yerleri siliyor, bütün ay kalmak üzere sazları taze kokulu olanlarıyla değiştiriyorlardı. Dame Emma mutfakta ateşin başında duruyor, henüz Cuma olmasına ve acele etmesine gerek olmamasına rağmen ünlü yahnisini yapmak için kazanı karıştırıyordu. Gerçekten de en zevkli bayramlardan biriydi ve Londra sokaklarında Hawis'le beraber bir düzine erkek ve kızla çıplak ayak dolaşırken, ertesi gün evlenip birinin karısı olacağını unutmuş, diğerlerine katılarak gülüşmeye, dans etmeye ve şarkı söylemeye başlamıştı.

Her blokta diğer bölgelerden gelen yeni bir grup gençle karşılaşıyorlardı ve hepsi Bishopsgate'ten geçerek tarlalara ve ormana doluşuyordu. Şimdi dağılmış hâlde her yönde koşarak en en kalın alıçları bulmaya çalışıyor, elma, yaban çileği ve frenkinciri topluyorlardı.

Katherine ve Hawise bir çimenlikte oturup çançiçekleri ve çuhaçiçekleriyle bir çelenk örmeye başladılar. Tam o sırada biri Hawise'in kafasına bir öksotu topu attı. Top başından sekerek kucağındaki çiçeklerin arasına düştü ve genç kız başını kaldırarak güldü. "Bu Jack" dedi Katherine'e. "Ona ödetirim şimdi!" Annesinin aç kalmasınlar diye verdiği ağır ekmeği becerikli elleriyle öksotu topunun arasına sıkıştırdı ve en yakın kayın ağacının arkasında kızıl saçlı bir kafa göründüğünde, Hawise elindeki topu bir taş gibi fırlattı. Top Jack'in ağzına çarptı; genç adam alaycı bir öfkeyle hırlayarak Hawise'e doğru koştu, onu tutup sırtüstü çimenlere yatırdı ve merhamet için yalvarana kadar gıdıkladı.

Katherine bütün bu oyunu izlerken bir kenarda durmuş gülmekten katılıyordu. Jack nihayet bir öpücükle kurbanını serbest bırakırken, Katherine onun da Hawise gibi çilli, iri yarı bir genç olduğunu gördü.

Katherine'e gözleri parlayarak baktı ve onun çıplak bacaklı herhangi bir güzel kız olduğunu düşünerek kolunu beline doladı ve kalçasını çimdiklerken boynuna bir öpücük kondurdu. Katherine kıvranarak kendini kurtarmaya çalıştı ve bunu oyuncu bir itiraz olarak algılayan Jack, parmaklarını onun uzun, parlak saçlarına geçirdi.

"Hayır, hayır, Jack!" diye bağırdı Hawise. "Onu rahat bırak. O bizden biri değil. Manastırda büyümüş ve bir şövalyeyle nişanlı!"

Jack'in iri çenesi açıldı ve Katherine'in saçını hemen bırakarak korkuyla ağaçların arasına bakındı.

"Şövalyesi orada gizlenmiyor seni koca aptal!" diye güldü Hawise. "Gel de bize şu çelenk için yardım et, çabuk!" Güneş tam tepeye yükselmeden Mayıs ayını getirmek daha da iyi şans anlamına gelirdi. Çelenk bittiğinde, Katherine çoktan Jack'i bağışlamıştı bile. Üç genç birlikte şehre koştular, şarkı söyleyerek ve seke seke yürüyerek Köprü'den geçtiler ve bütün bahar selamlarının en eskisini mırıldandılar.

Yıllar sonra Katherine genç kızlığının bu son gününü düşündüğünde, daima altın gibi bir parıltıyla hatırlayacaktı.

Bahar bütün karanlık evleri ışığa boğuyor, çatı kirişlerinin ve direklerin hepsi yeşilliklerle süsleniyordu. Kızlar saçlarına çiçekten taçlar takmış, erkekler kulaklarının arkasına ve kemerlerinin altına çiçekler sıkıştırmıştı. Mayıs şarabı içip kekik ve menekşe parfümleri süründüler. Her yıl Cornhill'deki St. Andrew kilisesinin yanına dikilen Mayıs direğine giderek etrafında dans edip şarkı söylediler. Bu Mayıs direği o kadar ünlüydü ki kiliseye adını vermiş, halk arasında Direkli St. Andrew Kilisesi olarak anılır olmuştu; oysa ciddi din adamları bunu hoş karşılamıyor, Mayıs kutlamalarının pagan inancına dâhil olduğunu öne sürüyordu. Ama din adamlarının çoğu bunun zararsız olduğunu düşünüyor, Mayıs direğinin yanından geçenler gülümseyerek gençleri izliyor, hatta siyah cüppeli Benedictineler bile durup seyrediyordu.

"Ah, Katherine Mayıs Kraliçesi olmalı" diye haykırdı Hawise, "çünkü diğer kızlardan daha açık tenli ve parlak!" Ama kraliçe uzun zaman önce seçilmişti ve Mayıs direğinin yanındaki çiçekli tahtına çoktan kurulmuştu. Mayıs Kraliçesi'nin babası bir demirciydi ve kullandığı maden kızının saçlarında parlıyor gibiydi. Kızın yuvarlak gözleri unutmabenileri kadar maviydi; o kadar ki Katherine, Hawise'in kendisini en parlak kız olarak adlandırmakla nezaket gösterdiğinin farkındaydı. Yine de bu nezaket içini ısıtmıştı ve bu altın günün görkemine bir de gerçek bir dostun varlığını eklemişti.

Hastalıklı evde kalan Philippa'yı unutmuş değildi. Neler olduğunu öğrenmek için Vintry'ye uğradıklarında, Üstat John Chaucer'ın durumunun değişmediğini öğrendiler. Kendisine büyük saygıyla yaklaşılan Philippa mutfağın başına geçmişti ve Dame Chaucer hasta kocasıyla ilgileniyordu. Katherine, ablası böylesine sıkıntı içindeyken kendisi eğlendiği için suçluluk duydu. Ama Philippa'nın yardıma ihtiyacı yoktu ve Katherine'i düşünemeyecek kadar meşgul olduğu belliydi; dolayısıyla, Katherine özgürlüğünün tadını çıkarmaya devam etti ve günü, lonca binasının yakınlarındaki geniş meydanda yakılan bir ateşin etrafında dans ederek bitirdiler.

Katherine Cumartesi sabahı çok farklı uyandı. Güzel havanın yerini sürekli bir yağmur almıştı. Gürbüz omzuna dayanarak uyuduğu Hawise'den çok önce uyandı ve çatıyı izleyerek, su seslerini dinleyerek olduğu yerde yatmaya devam etti. Soğuk bir el kalbini sıkıştırıyormuş gibi geliyordu ve soğuk yayılıp bütün vücudunu dondurabilirmiş gibi kıpırdamaktan korkuyordu.

Nazik Pessoner ailesi şakalarla onu neşelendirmeye çalışıyordu. Kendisi için ağlayacak bir annesi ve onu giydirecek bir akrabası olmayan bu geline acıyorlardı. Hawise gerçekten de bu görevi üstlendi ve Katherine'e sevgiyle yaklaşıp ona parfümler sürdükten sonra, Pessoner hizmetkârlarının önceki gün yıkadığı Düşes'in yeşil tuvaletini giydirdi. Koyu kumral saçları iyice parlayana kadar taradı ve bekâret simgesi olarak saçlarını Katherine'in dizlerine kadar saldı. Kızın başına bahçe çiçeklerinden yapılmış bir gelin tacı yerleştirdi ve bunu yaparken yağmura küfretti. "Ama aldırma, hayatım, sonuçta en azından yaprakları temizlemiştir." Sessiz bir kabullenişle duran bu kıza bakarken içi eziliyordu ve dün nasıl kahkahalarla güldüğünü düşünmekten kendini alamıyordu. *Uğursuzluk,* diye düşündü Hawise, hüzünle, *yağmur her zaman kötü bir düğün işaretidir ve Mayıs'ta evlenmek daha da fazla uğursuzluk getirir. Kutsal Meryem, kızın bunu öğrenmesine izin verme, yoksa morali daha da bozulur.*

Pessoner'lerin mahalle kilisesi St. Magnus, Tierce çanını çalmayı yeni bitirmişti ki kapı vuruldu. Philippa, nişanlısı Geoffrey ile birlikte gelini St.

Clement'e götürmek için gelmişti.

"Hazır" dedi Hawise, Katherine'in tacını yağmurdan korumak için kukuletasını dikkatlice başına geçirirken ve pelerinin boyun kısmını Kraliçe'nin broşuyla tuttururken.

"Ve gördüğüm en güzel gelin" dedi Geoffrey, Katherine'in çenesinin altına nazikçe dokunarak. Ama bakışlarında her zamanki uyanıklıktan eser yoktu. Son iki geceyi, hâlâ ölüm döşeğinde olan babasının yanında geçirmişti. Hem kendisi hem de nişanlısı çok yorgundu. Aslında Philippa zihnini düğüne odaklamakta zorlanıyordu; çünkü Dame Agnus Chaucer da hastalanmış, kusmaya başlamıştı ve onların yokluğunda evle ilgilenmeye gelen komşu, kuş beyinlinin tekiydi.

St. Clement Dane'e ulaştıklarında, at sırtında kendilerini karşılayan Hugh ve Ellis'i gördüler. Katherine Hugh'un yüzüne baktı. Adamın gergin yüzünde tuhaf bir rahatlık gördü. Düğün tıraşı olmuş, inatçı sakalı yağla yumuşatılarak taranmış, saçları da düzeltilerek kısa kesilmişti. Yanağındaki yara izi mor bir parıltıyla belirginleşmişti ve dudakları titriyordu. Katherine her şeyi bir sis bulutunun içindeymiş gibi görüyordu. Hugh gerçek görünmüyor, kendisi gerçek görünmüyordu ve itaatkâr bir şekilde hareket ederek onun elini tutarken, sorulan sorulara uysal bir çocuk gibi cevap veriyordu.

Önce kilisenin verandasında, demir menteşeli kapının önünde durdular. Peder Oswald adında bir rahip vardı. Yeminler edildi. Geoffrey, Philippa, Ellis, Hawise ve Jack yaklaşarak, yağmurdan korunmak için verandaya sığındı. Rahip kapıyı açtı ve kiliseye girdiler. Nemli, rutubetli bir yerdi ve St. Clement sunağındaki mumların yağ kokusu her yanı sarmıştı. Sunakta iki ince mum yanıyordu. Kaba cam pencerelerden gri bir ışık süzülüyordu. Hugh ve Katherine sunak parmaklığının önünde diz çökerken, diğerleri geride kaldı. Arka odalardan birinden burnu akan küçük bir rahip yardımcısı geldi ve rahip düğünü başlatmak için döndü.

Katherine ana neften gelen bir gürültü, taş zeminde yankılanan ayak sesleri, metal tangırtıları ve kumaş hışırtıları duydu. Rahip bir an duraksayarak gergin bir tavırla yutkundu ve kilisenin arka tarafına baktıktan sonra aceleyle ayine devam etti. Katherine başını çevirmedi; merak duymuyordu. Bakışlarını yaldızlı kürsüye dikmişti ve dudakları mekanik bir şekilde hareket ediyordu.

Ama Hugh bakmak için döndü ve Katherine onun rahat bir nefes aldığını gördü. Nedenini merak etmişti. Ayin devam etti ve çift standart sözleri söyleyerek yemin etti. Bitmişti. Rahip ellerini iki yana açarak "*Be-*

nedicite" dedi. "Huzurlu ve mutlu olun, çocuklarım." Sonra görevlerini unutmuş ve kilisenin diğer tarafına ağzı açık hâlde bakakalmış olan yardımcısını sert bir tavırla dürtükledi.

Hugh'un gelini öpmesi gerekiyordu ama öpmedi. Rahip onları birleştirirken genç kızın elini tutmaya devam etti ve sonra tutuşunu sertleştirerek kızı döndürdü ve peşinden kilisenin orta kısmına doğru sürükledi.

Batı kapısının yanında duranlar Lancaster Dükü ve Düşesi'ydi. Kırmızı, altın renklerle ve mücevherlerle donanmış halde, başlarında dükalık taçlarıyla duruyorlardı; böyle giyinmelerinin nedeni, daha sonra bir kraliyet ziyafetine gidecek olmalarıydı. Kilisenin kasvetli ortamını bir çift meşale gibi aydınlatmışlardı.

"Büyük onur duyduk, lordum, leydim" diye geveledi Hugh, Katherine'i peşinden sürükleyerek. Katherine elini çekip onunkinden kurtardı ve eğilerek selam verdi.

Düşes gülümsedi. "Düğününüzde size mutluluklar dilemek istedik." Duymuş olması tamamen tesadüftü; sadece Ellis de Thoresby'yi tanıyan leydilerden biri dedikoduları arasında bundan söz etmiş, Düşes'in Katherine'e olan ilgisi tekrar canlanmıştı. Dük'ten kendisini kiliseye getirmesini istemişti; çünkü tören sadece birkaç dakika sürecekti ve Dük'ün bu kadar kolay kabul etmesi şaşırtıcı olsa da sonunda Hugh'u düğün hediyesi olarak bağışlamaya karar verdiğini düşünmüştü. Ancak Dük kesinlikle Hugh'a bakmıyordu ve selamına da karşılık vermemişti. Bunun yerine sabit bakışlarını Katherine'in yüzüne dikmişti.

"Gelinini öpmedin, Swynford" dedi Dük alaycı bir sesle. "Sanırım örneğe ihtiyacın var." Kendisine özgü çevik bir zarafetle eğildi ve Katherine'i kollarına alarak yavaşça, kasıtlı bir şekilde dudaklarından öptü. Katherine'in bütün vücudu alev alev yanarken, dudakları Dük'ünkilerin arasında açıldı. O anda Dük'ün vücudunun sertliğini hissetti ve bütün gücünü kaybederek iliklerine kadar eridi. Onun teslimiyetini hisseden Dük, düşmemesi için kollarını daha da sıkı doladı. Sonra genç kızı bırakarak güldü. "Dudakları bal tadında, Swynford. Dilediğin kadar içebileceğin için şanslısın." Bunları alaycı bir tavırla söylerken Hugh'la umursamaz bir kibirle konuşuyor, kızın dudakları kendisininkilere kenetlendiğinde hissettiği karmaşık duyguyu gizlemeye çalışıyordu; arzu ya da vücudunun bu kadar zarif olması karşısında duyduğu şaşkınlık değildi -gerçi bu iki düşünce de zihninden geçmişti- ama yepyeni bir koruma dürtüsüydü.

Hugh'un yüzü öfkeyle kızardı, çenesindeki kaslar gerildi ama bir şey söylemeye cesaret edemedi. Katherine'i yakaladığı gibi ona kaba bir öpücük verdi. Katherine fark etmemişti bile. Bütün zihnini kusmamaya, dizlerinin titremesini bastırmaya ve Dük kendisini bıraktığında gözlerini yakan yaşları gizlemeye odaklamıştı. Utancından Düşes'in yüzüne bakamıyordu. Ama Leydi Blanche kendisini rahatsız edecek bir şey görmemişti. Bir düğünde daima böyle öpüşmeler olurdu.

Artık çifti kutlamış olduklarına göre, Düşes bir an önce ziyafete gitmek için sabırsızlanıyordu; çünkü onlar gelene kadar başlamayacaktı. Uzun beyaz elini Katherine'e uzattı, yanağına bir öpücük kondurdu ve "Tanrı evlilik yatağını kutsasın, hayatım" dedi, "ve verimli kılsın. Bu yıl Lincolnshire'da tekrar görüşeceğiz; çünkü sevgili lordum Aquiatine'e yelken açtığında ben de Bolingbroke'a gitmeye niyetliyim." Zarif gülümsemesiyle Hugh ve Katherine'e baktıktan sonra sessizce ve saygılı bir şekilde kenarda duran diğer konuklara dönerken Dük'ün koluna girdi.

"Hoşça kalın" dedi Dük ve hafifçe eğilip topuklarının üzerinde dönerek taş zeminde şangırdayan altın mahmuzlarıyla uzaklaştı. Katherine'in evlilik yatağını düşünmek tuhaf bir şekilde onu rahatsız etmişti. Swynford'un yatağını düşünmek de midesini bulandırmıştı. Castile'de iyi savaşçılara ihtiyacı olmasaydı... Bu karmaşık düşünceleri zihninden attı ve Blanche'la birlikte dışarıda kendilerini bekleyen atlı muhafız grubuna katıldı.

Kilise verandasında herkes yeni çiftin etrafında toplandı ve tebriklerini sundu. Philippa kardeşine gösterilen saygı ve ilgiden memnun olmuştu. "Kraliçe'nin kendisi gelmiş gibi!" deyip duruyordu. "Gözlerime inanamadım!"

Hawise de böylesine yüce insanları bu kadar yakından gördüğü için çok heyecanlıydı. "Dük kadar güçlü ve adil başka bir adam var mı!" diye bağırdı Jack'e. Jack onun heyecanını paylaşmıyordu; sadece altın, mücevher ve tacın, her erkeği aptal bir kadının gözünde yakışıklı göstereceğini söylüyordu.

Hawise bunlara aldırmadan Katherine'e döndü. "Tanrım, keşke öylesine becerikli bir şekilde sizin yerinize beni öpseydi, Leydim!"

Leydim. Katherine yeni unvanını duyduğunda şaşırdı. Ben artık bir şövalyenin karısı ve Leydi Katherine Swynford'um. Bu benim kocam. Hugh'a kaçamak bir bakış attı; ama şövalye arkasını dönmüştü ve Ellis'le eyerindeki gevşek bir kolan konusunda tartışıyordu.

Lancaster çiftinin beklenmedik şekilde gelişiyle ilgili yorum yapmayan tek kişi Geoffrey'ydi. Her zamanki gibi algıları açık olan Geoffrey, Dük'ün öpücüğünde ve Katherine'in tepkisinde, neşeli bir şakadan fazlasını yakalamıştı ve bakışlarını, hiçbir şeyden haberi olmayan Leydi Blanche'ın güzel yüzüne sadık bir öfkeyle çevirmişti.

Kadın asla kötü bir şeyden şüphelenmemişti. Ay gibi uzak ve parlak kadın, böylesine iğrenç tutkuları tahayyül bile edemiyordu. Ama Geoffrey ona karşı uzun zamandır süren gizli hayranlığında, ilk kez Ay'la çiftleşmenin nasıl bir şey olacağını, ne kadar serin, tahmin edilir ve yüce bir deneyim olacağını düşünmüştü. Sonra gülümsedi ve böylesine aptalca fikirlere kapıldığı için kendini azarladı; çünkü o küçük kilisenin içindeyken tuhaf bir korku duymuştu; sanki Dük ve Katherine'in paylaştığı o öpücükle tehlikeli, çalkantılı bir olaylar dizisi, görünmez bir güç tarafından harekete geçirilmişti. O güce hiçbir insan hatta Dük ve Düşes bile karşı koyamazdı.

6

Katherine'in düğün gecesi, Waltham Manastırı yakınlarında, hacılara hizmet veren bir handa geçti. Hugh daha ileri gitmek niyetindeydi ama Katherine'in orada durup ünlü siyah haçı görme isteğini kıramadı. Şimdi yalnız kalacakları saati geciktirmeye istekli olan kendisiydi. Gerginlik kıza duyduğu arzuyu azaltmıştı ve yakında tamamen kendisine ait olacağını düşününce Hugh ürperiyordu. Yanında onun için aldığı güzel atın üzerinde otururken, doğaüstü bir güzelliğe sahipmiş gibi görünüyordu. At için şaşırtıcı bir minnetle teşekkür etmiş, kızın sesi daha önce Hugh'un hiç duymadığı şekilde yumuşamıştı. Bu, Hugh'un kalbinin titremesine neden olmuştu.

Hugh dindar filan değildi, daha önce asla bir sunağı ziyaret etmemişti fakat Waltham Manastırı ona ilginç gelmişti; çünkü bir Norman tapınağı değildi. Son Saxon kralı Harold'ın kemikleri oradaydı ve mucizevi siyah mermer haç buraya Danimarkalı bir derebeyi tarafından yerleştirilmişti.

Katherine'le birlikte manastırdaki diğer hacıların arasında yerlerini alırlarken, devasa tapınak Hugh'un içini hayranlıkla doldurmuş, kalın yuvarlak sütunlardaki bakır spiraller ona yılan gibi görünmüştü. İçinde kutsal bir duygu yoktu; daha ziyade batıl inançtan kaynaklanan bir korkuyla tüyleri ürpermişti. Hacı basamaklarını çıktıktan sonra siyah mermer haça bakarken, tuhaf bir şey oldu. Kınını kemerine bağlayan toka her nasılsa gevşemişti; dizini kırdığında, kılıcı büyük bir tangırtıyla taş zemine düştü ve basamaklardan tapınağın zeminine yuvarlanıp ucu batı kapısını gösterecek şekilde kaldı.

Diğer hacılar heyecanla mırıldanarak geri çekildi. Dediklerine göre bu bir işaretti ve Kutsal Haç şövalyeye kızgındı. Onun tapınmasını istemiyordu ve kılıcını, ucunu tapınağın çıkışını gösterecek şekilde fırlatıp atmıştı. Ne tür bir gizli günahı olabileceğini merak ederek Hugh'a yandan bakışlar atıyorlardı.

O sırada şişman bir rahip tapınağın arkasından telaşla koştu ve gerçekten de bir işaret, neredeyse bir mucize olduğunu ama yorumlarla ilgili dikkatli davranmaları gerektiğini söyledi. Ona göre Kutsal Haç, kılıcın hediye olarak kendisine verilmesini istiyordu ve ancak bu şekilde şövalye ilahi gazaptan kendini kurtarabilirdi.

Hugh basamakların tepesinde hiç kıpırdamadan durarak düşmüş olan kılıcına baktı. Kını büyük bir ustalığın eseri olan gümüş oymalarla süslüydü ve kılıcın kendisi en iyi Şam çeliğinden yapılmıştı; kabzasındaysa küçük zümrütler vardı. Bu kılıç babasınındı; ve Fransa'da ve o zamandan beri katıldığı tüm savaşlarda Hugh'un hayatını kurtarmıştı. Kendi erkekliğinin bir parçasının da kendisinden kopup düştüğünü hissederek kılıca korkuyla baktı ve başını iki yana salladı. "Kılıcımdan vazgeçmem."

İnsanlar yine heyecanla mırıldandı; böylesine bir itaatsizlik için cehennem ateşinin şövalyeyi cezalandıracağını söylüyorlardı. Yaşlı bir kadın, çatlak sesiyle bağırarak haçtan büyük bir beyaz elin uzandığını ve kılıcı şövalyenin belinden düşürdüğünü gördüğünü söyledi.

Rahip Hugh'un gergin yüzüne baktı ve sonunda gazaptan kurtulmanın başka bir yolu olabileceğini söyledi. Tapınağın süslere ihtiyacı vardı. Bromholme'daki bir mucize yaratıcının altından örülmüş yeni bir kumaşı vardı; ama burada öyle bir şey yoktu. Kılıcın yerine Kutsal Haç'ı memnun etmek için böyle bir hediye verilebilirdi.

Hugh bakışlarını rahibin yüzünden ayırıp ağır siyah haça çevirdi. Haçın parıltılı yüzeyine Kurtarıcı'nın minik bir figürü yerleştirilmişti; ama haçtan ne merhamet ne de bağışlama yayılıyordu. Atalarının taptığı taş ilahlar gibi, karanlık ve ürkütücü bir şekilde tepesinde yükseliyordu. Bu, evliliğiyle ilgili ne gibi bir işaret olabilirdi? Katherine'in diğer hacılardan uzaklaşmış olduğunu ve kukuletasının altında parlayan bembeyaz bir yüzle kendisini izlediğini gördü.

Kesesini açtı ve rahibin uzattığı avcuna dört mark bıraktı. Rahibin parmakları paraların üzerine kapandı. Bir dua mırıldanarak tekrar tapınağın arka tarafına yürüdü. İnsanlar yine mırıldanıyor, bazıları şövalyenin çok kolay kurtulduğunu söylüyordu; ama çoğu, böylesine büyük miktarda paranın haçı memnun edeceğine inanıyordu.

Hugh basamakları indi, kılıcını aldı ve arkasında koşturan Katherine'le kiliseden çıktı. Kılıç basamaklardan yuvarlandığında ve insanlar bunun bir işaret olduğunu haykırdığında, genç kız korkmuştu. Ama Hugh'un yüzündeki korkuyu gördüğünde, içi şüpheyle dolmuştu. Gücendirdiği Kutsal Bakire veya herhangi bir aziz olsa, Katherine bunu sorgulamazdı; ancak sıradan bir haçtan başka hiçbir izlenim uyandırmayan bu büyük siyah taş kendisine çirkin bir şey gibi görünmüştü. Acaba kılıcın düşmesinin nedeni, yaralı eli yüzünden Hugh'un tokayı düzgün takamaması olamaz mıydı? Ve o obur gözlerle bakan şişman rahip, yorumlarında biraz fazla kaçamaklı davranmamış mıydı? Yine de bunlar kâfirce düşüncelerdi ve belki de zihnini bu kadar kurcalamalarının nedeni, yaklaşan anı düşünmek istememesiydi.

Hugh üzerindeki paranın neredeyse tamamından vazgeçtiği ve herhangi bir manastır misafirhanesinde bedava kalmayı kabul etmediği için Pelikan adında köhne bir handa konakladılar.

Handa kendilerine verilen küçük ve sıkışık oda, hiç de bir geline uygun bir yer değildi. Kare yataktaki samanlar küflüydü ve eski, lekeli yorganlarla ve yatak örtüleriyle örtülmüştü. Aşağıdaki mutfak ateşinden duman yükseliyordu ve tozlu köşelerde siyah böcekler dolaşıyordu.

Hugh, Katherine'e yandan bir bakış attıktan sonra Ellis'ten bir testi sert bira getirmesini istedi. Sonra da sanki bahis üzerine içiyormuş gibi, kupa üstüne kupa dolusu bira içti. Biraz Katherine'e de verdi; ama Katherine sadece dudaklarını ıslattıktan sonra kupayı geri uzattı. Çok sessizleşmişti ve minik pencerenin yanında durarak manastıra doğru, alacakaranlığa bakıyordu. Bina diz çökmüş bir yaratığa benziyordu; çan kulesi başıydı, ikiz çıkıntılar kollarını ve bacaklarını oluşturuyordu ve ana nef devasa kuyruğu gibi duruyordu. Karanlığın içinde üzerine atılmaya hazır bekleyen bir canavar. Hugh kapıyı kilitleyen meşe kirişi yerine ittiğinde, Katherine başını ona doğru çevirdi. Hugh'un yüzü kıpkırmızıydı ve gürültülü bir şekilde nefes alıyordu. Katherine pencereye daha da sokularak pervazı sıkıca kavradı.

Hugh arkasından yaklaştı ve öfkeli bir güçle omuzlarını tuttu. "Katherine!" diye bağırdı, nefret ediyormuş gibi bir sesle. "Katherine..." Omuzları öylesine acımıştı ki neredeyse çığlık atacaktı ama yine de Hugh'un kendisine öfkeli olmadığını biliyordu ve korkusunun arasında ona acıyordu.

* * *

Katherine'in ağlayarak geçirdiği birkaç saatten sonra şafağın ilk sakin ışıklarında, hanın arkasındaki ağaçlarda şakıyan bülbüllerin sesi duyuldu. Yattığı yerden onların kaygısız şarkılarını dinledi ve önce bu sesler ona dayanılmaz bir alaycılık gibi geldi. Çürüklerle dolu, ağrılar içindeki vücudunu Hugh'dan olabildiğince uzağa kaydırdı. Hugh sırtüstü yatarak gürültülü şekilde horluyor, oda ekşi bira ve ter kokuyordu. Ama bülbülleri dinlerken gözyaşları dindi, yüreğinde huzur belirmeye başladı ve tuhaf bir güçle dolduğunu hissetti. Vücudu ne kadar hasar görmüş olursa olsun, kendisi izin vermediği sürece asla etkilenmeyeceğini fark etti. O hâlâ Katherine'di ve bu bilgiyi benliğinde, kimsenin şiddet kullanarak giremeyeceği gizli bir bölmede saklayabilirdi. Kendini aşılması imkânsız bir nefret ve tiksinti duvarıyla sarmaladı.

Bunu düşünürken, manastır çanı çalmaya başlayarak rahipleri Matins'e çağırdı. Büyük çanların sesi ve erkek seslerinin okuduğu ilahiler, bülbül seslerini bastırdı. Eli boynundaki boncuklara gitti ve dua etmeye başladı; ama boncuklar güçsüz parmaklarının arasından kaydı. *Lekesiz Cennet Kraliçesi bu gecenin bana ne getirdiğini nasıl anlayabilir; bakire bir şehit olan Azize Catherine benim ne yaşadığımı nasıl bilebilir? Kendi saflıkları içinde görkemli ve nazik olabilirler ama asla gerçekten anlayamazlar. Bu yüzden yalnızım. Başka kimseye ihtiyacım yok. Bütün olanlara tek başıma dayanabilirim.*

Hugh uykusunda kıpırdanarak mırıldandı. Katherine'i arıyormuş gibi koluyla uzandı. Kısık ve soğuk gözlerle bakarak, hareketsiz yattığı yerden şövalyeyi izledi. Uyurken daha genç görünüyordu ama dudaklarının köşeleri sanki acı çekiyormuş gibi gerilmişti. Aranan eli Katherine'in saçlarını buldu ve bir tutamını tutup yanağına çekerek yara izinin üzerine bastırdı.

Bu hareketi Katherine'i etkilemedi; çünkü Hugh onun için daha önce nefes nefese tepinen bir hayvan kadar yabancıydı. Ne var ki ondan bir daha asla korkmayacak, yaptığı hiçbir şey Katherine'i etkilemeyecekti. Görevlerini yerine getiren itaatkâr bir eş olacak, kaderin onu soktuğu bu zor durumu kabullenecekti; fakat özgür olacaktı. Kendisi hiçbir şey hissetmezken Hugh sevmeye, şehvet duymaya ve debelenmeye devam ettiği sürece, Katherine özgür kalacaktı.

Waltham Haçı'nın yakınındaki kirli bir hanın izbe odasında, evlilik hayatının ilk gününe başlarken, Katherine'in zihninden geçenler bunlardı.

* * *

Lincolnshire'a giderken Hugh, Katherine ve Ellis üç geceyi yolda geçirdi. Katherine ne mutlu ne de üzgündü. Hugh'a mesafeli ama yeterli ölçüde dostça davranıyor, geceleri isteklerine boyun eğiyor, kendi benliğinden hiçbir şeyi vermiyordu. Ellis'le, onunla olduğu gibi kibar bir mesafelilikle konuşurken Hugh kıskançlıktan kuduruyordu ve Katherine'in içindeki bütün sıcaklık, kendisine hediye edilen o küçük ata yöneliyordu. Windsor'da tattığı krema ve şeker kadar tatlı olduğunu söyleyerek kısrağa Doucette adını vermişti ve hiç bıkmadan boynunu okşuyor, ona sevgi sözcükleri fısıldıyordu. Hugh ata karşı da öfke duyuyordu; ancak Katherine'in öfkeleneceğinden korkarak bunu gizliyordu.

Duygularını kelimeye dökemiyordu ama karışık bir şekilde, onu zorladığında ve vücuduna sahip olduğunda Katherine'in anlaşılmaz bir şekilde kendisinden tamamen kaçtığını anlamıştı. Yine de daha sonra kendisine yaklaşacağını düşünüyor, sık sık kendine kızın ne kadar toy olduğunu hatırlatıyordu. Ama aslında düşündüğü kadar toy olmadığını bilmiyordu; çünkü ne Mayıs Günü'nde Londra'daki dansını görmüş ne de neşeli kahkahalarını duymuştu.

Çarşamba günü öğleden sonra Lincoln'ün birkaç mil güneyindeyken, Ermine yolundan ayrılarak Hugh'un Coleby'deki daha küçük malikânesini görmek için Ridge'e tırmandılar. Bu malikâne çok fazla ihmal edilmişti ve bina dökülmeye yüz tutmuştu. Hugh'un kâhyası, Edgar Pockface adında şişman bir ayyaş, on beş çocuğuyla bu izbe yerde yaşıyordu. Her yeri yaban otlarıyla dolmuş avluda at seslerini duyunca Edgar kapıya koştu ve malikânenin efendisinin karşısında şaşkın bir ifadeyle durdu. Hugh atından indi ve etrafa öfkeyle bakındı; bazı binaların çatılarının yarısı uçmuş, az miktardaki hayvan yemleri ıslak toprağa korumaya gerek duyulmadan bırakılmıştı.

"Tanrı aşkına, Edgar Pockface!" diye bağırdı. "Malikâneme böyle mi bakıyorsun sen?"

Edgar hizmetkârların pek iyi çalışmadığı, efendileri için düzenli olarak haftalık işlerini yapmadıkları, Sir Hugh veya herhangi bir vekili buraya çok uzun zamandır gelmediği için özgür adamlar olmadıklarını unuttukları konusunda bir şeyler mırıldandı.

Hugh elini kaldırdı ve karşısında duran aptal yüze güçlü bir tokat indirdi. "O zaman bu sana özgür olmadığını hatırlatır!"

Adam geriye doğru sendeledi ve temiz su kuyusunun yanındaki çamurlara yuvarlandı. Gevşeyen dişinden süzülen kanı tükürerek doğrulup oturdu ve sarhoş bir hâlde ağlandı.

Sonra malikânenin yönetimiyle ilgili bütün sorunları çözmüş gibi Hugh atına bindi ve Katherine'le Ellis'e kendisini izlemelerini işaret ederek yola geri döndü.

Katherine şaşırmıştı. Hugh'un hizmetkârlarını denetlemesi gerekmez miydi? Ne durumda olduğunu görmek için topraklarının geri kalanını dolaşması gerekmez miydi? Bu ayyaş kâhyadan kurtulup düzgün birini bulması ve düzgün bir iş gücü oluşturmasını istemesi gerekmez miydi? Bir süre sessizce atını sürdükten sonra Hugh'a döndü. "Coleby için yeni bir kâhya bulmayacak mısın, Hugh?"

Hugh omuz silkti. "Ah, Edgar şimdilik yeterli ve dersini aldı. Korku en iyi kâhyadır."

Katherine bundan şüpheliydi; ama daha fazla konuşmadı. Hugh'un derebeyleri arasında en ilgisizi olduğunu, çiftçilikle ilgili hiçbir şeyi umursamadığını ve birkaç ihtiyacını karşılamak için yeterli parayı sağlamaları dışında malikâneleriyle ilgilenmediğini bilmiyordu. Üç yıldır evine gitmemişti ve her şeyi Kettlethorpe'taki, güvenmek için yeterli nedenleri olduğunu söylediği kâhyasının kontrolüne bırakmıştı. Hugh, Dük'ün emrinde şövalye olarak hizmet ettiği sürece, kendisinin ve Ellis'in istekleri karşılanıyordu ve yakında savaş zamanı masraflarını da Dük karşılayacaktı.

Bunlara güvenerek düğünün masraflarını karşılamak ve Katherine'e bir at almak için Londra'daki bir tefeciden kredi almıştı. Ama Waltham'daki siyah haç için bağış yapmak zorunda bırakılınca cebinde çok az parası kalmıştı. Yine de bu, onu hiç rahatsız etmiyordu. Kâhyası Gibbon, Kettlethorpe'ta muhasebesini tutuyor olmalıydı ve Hugh'un kesesini yeniden dolduracaktı. Önemli olan tek şey buydu.

Katherine, Coleby'deki sorunları uzun süre düşünmedi; çünkü Kettlethorpe'ta her şeyin farklı olacağını düşünüyordu. Ama çiftçi damarı huzursuz olmuştu. Picardy'de çocukluğunu geçirdiği çiftliği çok az hatırlıyordu. Ama topraktan söz ederken büyükbabasının nasıl konuştuğunu, büyükannesinin hiç bitmeyen düzenli koşuşturmasını hatırlıyordu. Büyükbabasının bütün gün ve gece at sürerek tarladaki buğdayları ve sebze sıralarını nasıl incelediğini hatırlıyordu. Onları, o güneşle yıkanan verimli toprakları, Michaelmas'tan sonra ambarların dolduğu o mutlu zamanları ve tatlı saman kokusunu hatırlıyordu.

Dümdüz uzanan kıraç topraklara bakarken, geçmişine özlem duydu. Bataklıkların çirkin ve yalnızlık dolu olduğunu düşündü. Bütün gün yağmur çiselemişti; ama şimdi bulutlar alçakta duruyordu ve yağmur bıçak gibi düz ve soğuk bir şekilde yağıyordu. Sonunda Witham Nehri'nin karşı tarafındaki Wigford'a ulaştıklarında, Hugh Kettlethorpe'a kalan son on mili katetmek için acele ediyordu ve Katherine'in tepedeki katedrale hayranlıkla bakmasına izin vermeyecekti. Bulutların altında ve yağmurun arasında binayı belli belirsiz görebiliyordu; ancak bir Tanrı evi için harika bir yer olduğunu düşünmüştü. Üç büyük sivri kule, atındaki günahkâr dünyayla hiçbir bağlantısı yokmuş gibi gökyüzüne uzanıyordu.

Miller boyunca düzlüklerde ilerledikten sonra bir tepe ve bir kasaba görmek ne kadar rahatlatıcıydı. Yolculukla geçen bu günlerde uzak bir dünyaya gelmişlerdi sanki. Londra şimdi Fransa, Roma veya Cockaigne kadar uzak görünüyordu. Burada konuşulan dil de çok farklıydı; o kadar aksanlıydı ki Katherine zor anlıyordu. İnsanların mutsuzluğunu da seziyordu. Nadiren gülümsüyorlardı ve kasvetli renkler giymişlerdi. Bu yüzden Lincoln'ü görmek onu cesretlendirmiş, Kettlethorpe'un yakın olduğunu bilerek memnun olmuştu.

Ama değildi. On mil, otuz mil gibi geliyordu. Burada ve kuzeyde Trent boyunca uzanan vadide St. George Günü'nden beri yağmur yağıyordu ve dolunayda nehir yükselmişti; insan yüksekliğindeki günahkâr bir dalga taşmış ve toprağın büyük bölümünü sular altında bırakmıştı. Şimdi su yumuşak topraklarda göletler bırakarak çekilmiş olmasına rağmen yol yapış yapış kırmızı çamurla kaplıydı ve çamur o kadar derindi ki bazen atlar kayıyor ve sendeliyordu; nalları şişe mantarları gibi çamura batıp çıkıyordu. Fossdyke'ın yan tarafı boyunca ana yolu kullandıklarından ilerlemeleri çok zor değildi; çünkü bu yolu kullanan tüccarlar atlarının işini kolaylaştırmak için taşlar ve dallar döşemişlerdi. Ancak yol Drinsey Nook'ta kanaldan ayrıldığında, neredeyse geçilmez bir hâle dönüşmüştü.

Katherine'in küçük Doucette'i yorulmaya başlamıştı ve bir su birikintisinden geçerken nalı daha derin bir çukura takıldığında, kısrak korkuyla kişnedi ve yan tarafının üzerine devrildi. Katherine güdüsel olarak kendini attı ve Doucette'in yanına yaralanmadan düştü; fakat her yeri soğuk ve yapış yapış çamurla kaplanmış hâlde gözyaşlarını tutmaya çalışıyordu.

Öfkeyle bir küfür savuran Hugh önce onu ayağa kaldırdı sonra Ellis'in yardımıyla, debelenip duran hayvanı kaldırmaya çalıştı. Ama Katherine atıyla konuşup onu sakinleştirene kadar bunu başaramadılar. Katherine yaya devam edecekti; ama Hugh tekrar ata binmesini emretti ve yoldaki suyun neredeyse dizlerine kadar yükseldiğini gören Katherine itaat etti. Hugh, Doucette'in dizginini tutarak atı arkasından sürüklemeye başladı; Katherine de sırılsıklam bir hâlde hayvanın yelesine tutundu. İyice ıslanmış olan pelerini ve kukuletası artık yağmuru engellemiyordu. Deri ayakkabılarından birini çamurda kaybettiğini fark etti ama önemi yoktu; çünkü üzengideki çoraplı ayağı, ayakkabılı ayağından daha soğuk değildi.

Yol boyunca karşılaştıkları tek kişi, Hugh'un kabaca selamına cevap vermek yerine başını kaldırmadan şarkı söyleyerek yanlarından geçen bir keşişti.

Malikâneye yaklaşırlarken rüzgâr çıktı ve yağmur damlalarını yüzlerine çarpmaya başladı; fakat zemin biraz daha düzelmişti. Ama bir çift yüksek demir kapıya ulaştıklarında ve içindeki kulübeyi gördüklerinde çoktan karanlık basmıştı.

"Kettlethorpe" dedi Hugh. "Yakında kuruyup ısınacağız, Katherine."

Ama kapıyı açmaya gelen olmadı. Ellis tekmeledi, yumrukladı ve iki adam da bağırdı. Malikânenin kâhyasının kulübesi karanlıktı ve bacasından duman çıkmıyordu.

"Bu lanet olasıca aptalı şeytan alsın. Onun canına okuyacağım; sağır kulaklarını keseceğim!" Hugh kılıcını çekti ve eski asma kilide güçlü bir darbe indirdi. Kilidi tutan zincir neredeyse çürümüştü ve ikinci darbeyle koptu; asma kilit boşluğa savruldu. Ellis gıcırtılı kanatları iterek açtı ve "Bu yol uzun süredir kullanılmamış, Sir Hugh" dedi şaşkınlıkla. "Her tarafı otla kaplanmış."

Aslında yol filan yoktu; sadece iki sıra muhteşem karaağaç arasında yol olduğu tahmin edilen bir alan vardı. Ağaçların altında, Katherine'in eteğini parçalayan yabani otlar, çalılar, uzun çimenler ve dikenli bitkiler büyümüştü. Atlar isteksizce kıpırdandı ve daha kolay bir yol bulmaya çalıştı. Ellis, çektiği kılıcıyla çalıları biçerek onların önünde yürümeye başladı.

Bu yolculuğun sonu yok mu? diye düşündü Katherine ürpererek. Hugh'un bu yeni engel karşısında küfretmediğini, sürekli ileri bakarken sessizleştiğini de fark etmişti. Yüzünü göremiyordu ama huzursuzluğunu hissediyordu ve ona bakarken kendi rahatsızlığı da artıyordu.

Yaklaşık bir mil boyunca terk edilmiş yolda ilerlediler ve Katherine aniden sağ taraflarında bir kilise gördü: Karanlık gökyüzünü örten daha karanlık bir bina. Sol taraftaysa bir grup bina ve alçak, yuvarlak bir kule vardı. Hiçbir yerde ışık yoktu ve ağaçların hışırtısıyla yağmur dışında hiçbir ses duyulmuyordu.

Kiliseyle ana bina arasındaki çamurlu dış avluya girdiklerinde, Katherine küçük bir hendeğin donuk pırıltısını ve alçak bir taş bekçi kulübesi gördü; ahşap köprü kemere doğru çekilmişti.

"Hey, Kettlethorp!" diye bağırdı Hugh. "Gibbon le Bailey! Leydi Nichola! Açsanıza kapıyı!"

Ama sessizlik değişmedi. İç avludan yükselen derin bir ses kulaklarına kadar geldi.

"Yaşlı Ajax" diye bağırdı Hugh belirgin şekilde rahatlayarak. "İçeride biri var."

"İblis köpek değilse tabii" dedi Ellis gergin bir tavırla gülüp istavroz çıkarırken.

"Kes sesini, aptal! Swynford'ların zamanından beri o köpeğin görünmediğini biliyorsun. Açsanıza şunu be! Açın şu kapıyı!"

Bu sözler üzerine, kapının üzerindeki gözetleme deliğinde beyaz bir baş belirdi ve titrek, yaşlı bir ses duyuldu. "Böylesine tantana yapan da kim?"

"Toby Napper, Tanrı aşkına, sizin neyiniz var? Beni tanımıyor musunuz? Malikânenin efendisi ve yeni leydisi için ne kadar sıcak bir karşılama bu böyle!"

Beyaz baş gözde kayboldu, makara sesleri duyuldu ve asma köprü dar hendeğin üzerine çamurlara gömülene kadar indi. Atlar iç avluya geçtiler ve bir av köpeği onlara doğru koşarak havlamaya başladı. Ama Hugh'un sesini tanıdı ve Hugh ona güçlü bir tekme savurunca hayvan gölgelerin arasında gözden kayboldu.

Sonra Hugh, elinde titreyen lambasıyla duran kapıcıya döndü. "Seyisler hangi cehennemde? Evin hizmetkârları nerede?" Hugh yaşlı adamı omuzlarından yakaladı ve kendine getirmeye çalışır gibi sertçe sarstı.

"Benden başka kimse yok, lordum. Leydim onları gönderdi. Artık benimle leydim dışında malikânede kalan kimse yok. Bir de Gibbon."

"Evet, evet, Gibbon nerede peki? O neden burada değil?"

"Gibbon, ah, o ölüyor, efendim" dedi yaşlı adam. "Kemiklerini kemiren bir hastalığı var. Kemikleri yılan balığı gibi yumuşadı. Bütün gün öylece kıpırdamadan yatıyor. Genç bir adamdı ama şimdi benden daha yaşlı." Adam hırıltılı bir sesle güldü.

Hugh öfkeli bir tavırla adamın cılız omuzlarını bıraktı, lambayı elinden kaptı ve Büyük Salon'un kilitsiz kapısını ardına kadar savurarak açtı. İçerisi de dışarısı kadar karanlık ve nemliydi. Ana ocakta ateş yoktu ve ortalıkta kimse görünmüyordu. Yemek masaları, sıralar ve diğer eşyalar karşı duvarın dibine yığılmıştı. Çatının bir yerindeki delikten içeri yağmur akıyordu.

"Ellis!" diye bağırdı Hugh. "Hemen köye git ve hizmetkârlarımı geri getir. Tanrı aşkına, burada her ne dönüyorsa yemeğe ve ateşe ihtiyacımız var."

Silahtar dışarı koşup atına atladı ve dörtnala uzaklaştı. Hugh lambayı sert toprak zemine koydu. Başını Salon'un bir tarafından diğer tarafına yavaşça döndürürken, çocukluğunu, gençliğini, meşaleleri ve ocaklardaki ateşleri, kızarmış et kokusunu, ortalıkta koşturan hizmetkârları düşündü.

Katherine pencerelerden birinin dibine çöktü ve başını taşlara dayadı; o kadar üşümüş ve yorulmuştu ki düşünemiyordu bile. Dişleri takırdıyor, yarı kapalı gözlerinin önünde Salon su gibi bulanık görünüyordu.

Bitkinliği arasında kapıdan gelen bir hışırtı duydu ve gözlerini açtı. Kapıda duran bir kadın Hugh'a bakıyordu. Ufak tefek, sopa gibi incecik bir kadındı ve üzerinde dışarıdan esen rüzgârla salınan siyah bir elbise vardı. İncecik yüzü, başını çevreleyen saçları kadar beyazdı.

"Sen misin Hugh? Döndün mü?" Sesinde ne şaşkınlık, ne sevinç, ne de hoşnutsuzluk vardı. "Geleceğini biliyordum. Bana söylemişlerdi."

Kadın Salon'un kapısında belirdiği anda, Hugh geri sıçramıştı. Üvey annesine karşı duyduğu küçümseme ve yarattığı kargaşaya karşı öfkesi, kenarları kızarmış yaşlı gözler tarafından algılandı.

"Evet, Leydim" dedi Hugh bir an sonra. Ama kadına yaklaşmadı. "Eve döndüm; eşimle birlikte." Katherine'i işaret etti; Katherine pencereden uzaklaştı ve hafifçe eğilerek selam verdi. "Ama Kettlethorpe'un yeni leydisi olması gerektiği şekilde karşılanmadı."

Kadın üzgün bakışlarını Katherine'e çevirdi. "Eş mi?" dedi, inanamayan bir tavırla başını iki yana sallayarak. "Kettlethorpe'ta bir gelin, ha? Bana bunu söylememişlerdi."

"Size kim söylememişti, madam?" diye sordu Hugh, sert bir tavırla.

Leydi Nichola Swynford kemikli ellerinden birini doğuya doğru salladı. "Suda, nehirde, kuyuda yaşayanlar. Adları söylenmemesi gerekenler. Onlar bana bir sürü şey söyler."

"Tanrı aşkına" diye tısladı Hugh, istavroz çıkarırken Katherine'e yaklaşarak. "Azıcık aklı vardı; o da gitmiş."

Katherine

Kız başıyla onayladı ve pencerenin pervazına tekrar oturdu. Üstü başı çamur içindeki kocasına baktı; her zamanki gibi kaşları çatıktı ama üvey annesine bakarken şimdi yüzü daha da asılmıştı. Bacaklarını iki yana açmış hâlde lambanın yanında duruyor, sargılı eli kılıcının kabzasını tutuyordu. Salon'da huzursuz bir tavırla volta atmaya başlayan Leydi Nichola'yı izliyorlardı. Siyah cüppeli figür, çatıdan süzülen suya yaklaştığında durdu. Ellerini ileri doğru uzatarak avuçlarına su doldurdu ve sanki birini selamlıyormuş gibi alçak sesle bir şeyler mırıldandı.

Katherine tekrar gözlerini kapadı. Zihni rahatlatıcı bir şekilde boşaldı.

* * *

Sonraki günlerde Katherine'in daha önce sahip olduğunu bilmediği birçok yeteneğini keşfetme fırsatı oldu. Güçlü genç bedeni çok geçmeden kendine gelmişti ve yorgunluğunu üzerinden atmıştı; yine de moralinin düzelmesi ve şartların hayal ettiğinden çok daha farklı olduğunu kabullenmesi biraz zaman aldı. Ancak sağduyusu güçlüydü. Nasıl olursa olsun, burası onun yeni eviydi ve malikânenin hanımı oydu. Kendisine yüklenen sorumluluklardan hemen gurur duyacak kadar da gençti. Sheppey'deyken diğer kızlarla birlikte oynadığı yetişkin leydi oyunlarına benziyordu ama bu oyunda sağlam bir gerçekçilik vardı. O ilk günlerde sık sık Philippa'yı düşünüyor, ablasının düzenli yöntemlerinin bu malikâneyi nasıl adam edeceğini hayal ediyordu.

Kettlethorpe kilisesi, Lindsey'in güneybatı ucunda, Lincolnshire'ın ücra bir köşesindeydi. Batıda Trent Nehri, güneyde Nottinghamshire ve kuzeydoğusunda Fossdyke vardı. Malikâne köyünün yanı sıra Fenton ve Laughterton adlarında iki küçük köyün de dâhil olduğu üç bin hektarlık bir alandı. Saxon Wapentake'in bir parçasını oluşturuyordu ve Swynford'ların bu malikânenin haklarını borçlu olduğu Lincoln Piskoposu'na bağlıydı.

Asla kalabalık veya verimli bir malikâne olmamıştı; toprak sadece saman, keten, kenevir vs. ekmeye uygundu ve arazinin büyük bölümü, derebeylerinin zevki için bakir bir ormanla örtülüydü. Daha eski sahipleri, de la Croy gibi aileler, başka yerlerde büyük mülklere sahipti; yanlış yönetim yüzünden Nichola'nın çeyizi azalana ve Swynford'lara sadece Coleby ile Kettlethorpe kalana kadar, Hugh'un babası için de durum aynıydı.

Ancak Katherine, doğru şekilde yönetildiği takdirde bu ikisinin bile yeterince rahatlık sağlayacağını düşünüyordu. Hugh'un hâlâ Kettlethorpe'ta altmıştan fazla -erkek, kadın ve çocuk- hizmetkârı vardı; tarlalarda, hasat zamanlarında ve malikânenin iç işlerinde bu, yeterli bir iş gücüydü.

Elbette ki asıl sorun iki yönlüydü: Birincisi, Leydi Nichola'nın tuhaflıkları ve ikincisi de Gibbon'u etkisi altına almış olan ölümcül hastalık.

Katherine üç gün sonra kendini daha iyi hissetmiş, avlunun diğer ucundaki küçük kulübesinde yatan bu adamı görmek istemişti.

Sonunda yağmur dinmişti ve köylüleri kendi işlerinden zorla alıp malikâne mutfağına geri sokmayı başaran Hugh, Ellis'i de yanına alarak ciddi şekilde ihtiyaç duyulan yiyecek stoklarını artırmak için avlanmak amacıyla ormana dalmıştı. Kendisini bekleyen sayısız işi ertelediği için hiç de üzgün değildi. Malikânede bir maiyet toplanmalı, köylüler cezalandırılmalı, vakti geçen vergileri toplanmalı ve yeni bir kâhya bulunmalıydı. Ama hepsinden öte, kiler tazelenmeliydi; çünkü neredeyse tamamen boşalmıştı. Leydi Nichola koyun sütüyle ve haşlanmış sebzelerle yaşıyor, bataklıklarda ve tarlalarda dolaşmadığında bütün zamanını geçirdiği odasında yemeğini kendi yapıyordu. Gibbon, köyün hancısının dul karısı Margery Brewster'ın getirdiği yiyeceklerle yaşıyordu ve daha güçlü olduğu günlerde yatağını paylaştığı için hâlâ ona minnet duyuyordu; ancak artık handaki görevleri ve kendi çocukları yüzünden başkalarına yardım etmeye pek zamanı kalmıyordu. Kapıcı kulübesinde yaşlı Toby'nin nasıl yaşadığını kimse bilmiyordu ama yaşına rağmen kurnaz biri olduğundan, Lord'un özel güvercin kümesindeki hayvanlarının sayısının azaldığını fark eden veya Lord'un av sahasındaki tavşanların çığlığını duyan olmamıştı.

Katherine, kâhyayı ziyaret etmek için Hugh'dan izin almaya gerek duymadı. Acı verici konulardan söz edilmesinin ardından ret cevabıyla karşılanacağını çoktan öğrenmişti.

Hendeğin diğer tarafındaki ormanlık alanda uzun yayı gözden kaybolunca ya kadar bekledikten sonra bulunduğu yeri acele etmeden inceledi ve Düşes'in kendisine verdiği, yolculuk yüzünden kirlenmiş elbisesinden başka düzgün bir giysisi ve ev hanımı konumunu göstermek için başını örtebileceği bir eşarbı bile olmadığını gördü. Fark etmezdi; uzun saçlarını yüzünün iki yanında örgü yaptı. Cesaretini kaybetmemeye ve yeni hayatını sükûnetle karşılamaya hazırdı. Kendisine yardım edecek kimse olmadığından, kendine güvenmek zorundaydı ve evliliğinin ilk sabahında olduğu gibi, bu düşünce ona güç vermişti.

Önce kuledeki Leydi Nichola'yı ziyaret etmeye karar verdi. Malikâneye geldiğinden beri kayınvalidesini görmemişti; ancak bazen pencerelerden duman ve buhar yükseliyordu; üstelik iki kez, oradan gelen, pek de sevimli denemeyecek sesleri duymuştu.

Alçak savunma kulesi malikâne gibi yüz elli yıl önce Kral John'ın döneminde inşa edilmişti. Salon'a bitişikti fakat dışarıdaki bir merdiven dışında hiçbir bağlantı yoktu. Malikânenin planı basit ve eski modaydı. İki katlı Salon ve Katherine'in Hugh'la birlikte uyuduğu süit vardı. Süitin altında depolar, Salon'un doğu tarafında bir mutfak, üzerinde de hizmetkârların uyuduğu bölüm yer alıyordu. Bunlar ve kuleyle üst kattaki iki oda Kettlethorpe'u oluşturuyordu. Özel bir şapel, fazladan süitler, gardıroplar vs. yoktu. Doğanın gereklerine, avlunun açık bir köşesi cevap veriyordu.

Katherine'in daha önce hiç görmediği kadar ilkel bir yerdi; Sheppey'deki manastır ve büyükannesiyle büyükbabasının çiftlik evi bile buradan daha lükstü. Londra'daki Pessoner malikânesi ve elbette ki Windsor'daki büyük şato, tamamen farklı standartlar sunmuştu.

Kettlethorpe'taki mobilyalar da son derece sade ve bir şövalyenin evi için fazlasıyla az görünüyordu. Salon'daki keresteler, masa ayakları ve sıralar oymasızdı ve son derece kabaca yapılmıştı; süitse sadece kaztüyü bir yatak ve yatak örtüsü olarak da bit dolu bir ayı postuyla döşenmişti. Hugh'un köyden istediği birayı içmek zorunda kalmaları ve ortalıkta görülebilecek değerli bir eşya bulunmaması -bir aziz heykeli bile yoktu- onu çok şaşırtmıştı. Bu yoksulluğun nedenini öğrenmeyi çok istiyordu; ancak malikânenin durumundan dolayı utanç duyduğu belli olan ve bu utancını, üvey annesine karşı sergilediği öfke gösterileriyle kapatmaya çalışan Hugh'a sormaya cesaret edemiyordu. Dahası, kendisi hiç çeyiz getirmediği ve Hugh bunu hiç kafasına kakmadığı için, bu konuda daha da cesaretsizdi. Burada işleri düzeltmesi için Hugh'a yardım etmesi gerektiğini düşünüyordu.

Kalbi deli gibi atarak kulenin açıktaki basamaklarını tırmanırken, Leydi Nichola'nın mırıltıları havayı dolduruyordu. Hizmetçilerden biri, Leydi Nichola'nın su perisi hastalığına yakalandığını ve bunun korkunç bir büyü olduğunu söylemişti; hizmetkârlardan hiçbiri kadına yaklaşmıyordu. Katherine cesaretini toplamak için duraksadı ve avlu duvarına, hendeğe, kilise kulesine baktı. Henüz kiliseye gitmemişti ve Pazar günleri dışında da ayin yoktu. Bu malikânedeki diğer herkes gibi görevini boşlamış olan rahip evinde bile değildi ve birkaç gün önce sadece kendisinin bildiği bir işle uğraşmak için Lincoln'e gitmişti.

Çan sesleri olmadan yaşamak Katherine'e tuhaf geliyordu. Şimdi zamanı kendisi tahmin etmeyi öğrenmek zorundaydı. Ancak bunun da çok fazla önemi yoktu; çünkü herhangi bir şey için belirlenmiş saatler yoktu. Her şey rastgeleydi.

Merdiveni tırmanıp kulenin antika muhafız odasına girdi. Burada en son çelik sesleri yankılandığından beri kuşaklar geçmişti ve duvarlara açılmış mazgallarından bir kez bile bir ok vızıltısı duyulmamıştı. Bu malikâneye özenen başka bir lord da yoktu. İlk lord kuleyi inşa edip hendeği kazmıştı; çünkü o zamanlarda bu modaydı ve Kettlethorpe'u büyük ölçüde bir av kulübesi gibi kullanmıştı. Çabucak etrafına bakınan Katherine, odada sadece iki demir işli sandık olduğunu gördü. Taş zeminin ortasında, paslı bir ızgara duruyordu. Hugh'un babası Sir Thomas'ın zamanında bazen yargılanmayı bekleyen köylüler burada tutuluyordu; fakat hendekten buraya tüneller kazan sıçanlar dışında uzun zamandır boştu. Katherine, sandıkların üzerinde kapkalın bir toz tabakası gördü ve odanın köşelerinde kurumuş yapraklar birikmiş olduğunu fark etti.

Duvarın kalınlığına inşa edilmiş dar taş basamakları tırmanarak en üstteki odaya ulaştı. İğrenç bir geyik derisi kapıyı kapatıyordu. Mırıltılar durmuştu ve sanki içeride biri sessizce dışarıyı dinliyordu.

Katherine boğazını temizleyerek yumuşak bir tonda seslendi: "Leydi Swynford! Benim, Katherine, Hugh'un karısı. Girebilir miyim?"

Bir şey çabucak gizlenmiş gibi hışırtılı sesler duydu ve arkasından, keskin ve ince bir inilti yükseldi. Katherine'in kalp atışları hızlandıysa da tekrar seslendi. Yine cevap yoktu; ancak korku dolu nefesleri duymuştu.

Geyik derisini bir kenara iterek içeri girdi. "Ah, hayır!" diye bağırdı küçük siyah figürü gördüğünde. "Zavallı hanımım, benden korkmamalısınız!"

İçinde bir şey olduğu anlaşılan bir bezi göğsüne bastırmış olan Leydi Nichola, yatağın arkasına saklanmıştı. Koyu renk gözleri, dehşet yansıtan bir ifadeyle Katherine'e dikilmişti. Katherine yaklaştığında, yaşlı kadın neredeyse taşların içine girmek ister gibi duvara yaslandı. Göğsüne bastırdığı kumaş parçasından yine boğuk bir ses yükseldi.

"Hanımım, sizi incitmeyeceğim. Sizi ziyaret etmeye geldim, hepsi o kadar. Bakın, daha fazla yaklaşmıyorum. Buradan daha yakına gelmeyeceğim." Katherine'in sesinden acıma okunuyordu.

On yıl önce Kettlethorpe'a geldiğinden beri hiç nezaketle karşılanmamış olan Nichola, inanmayan gözlerle bakıyordu. "Onu benden alacaksın..." diye fısıldadı. "Onu benden alma... Kimseye zarar vermez."

Katherine başını iki yana salladı ve güven vermek için gülümsemeye çalıştı. Leydi Nichola'nın kırk yaşının üzerinde ve saçları beyaz tellerle dolu olmasına rağmen korkuyla gerilmiş küçük yüzü çocuksuydu.

Katherine söz verdiği gibi yerinden kıpırdamadı ve pençe gibi ellerin korudukları kumaş parçasını biraz gevşettiğini fark etti. Bez kıpırdandı.

"Orada ne var, Leydim?" diye sordu Katherine nazikçe. "Azize Meryem ve Kutsal Oğlu adına yemin ederim ki dokunmayacağım; istemediğiniz başka bir şey de yapmayacağım."

"Ama Hugh yapar... Onu benden alır ve babasının yaptığı gibi beni döver. Kısır olduğum için beni döver."

Katherine gerildi. "Hayır" dedi kararlı bir tavırla. "Sizi kimse dövmeyecek."

Leydi Nichola, iri iri açtığı gözlerini Katherine'in yüzünden ayırmadan yatağa yaklaştı. Elindeki kumaş parçasını yatağın üzerine koydu. Genç kız sessizce bekliyordu. Kumaş parçası kıpırdandı ve altından küçük, hırpani görünüşlü bir kedi yavrusu çıktı. Boynunda otlardan yapılmış bir tasma vardı ve ucuna kırmızı ekose yünden bir ip bağlanmıştı.

Katherine neredeyse gülecekti; çünkü çok daha şaşırtıcı bir şey bekliyordu; belki bir bebek -deli kadınlar bebek çalardı- veya bir yılan gibi bir büyücülük belirtisi. Ama Leydi Nichola kedi yavrusunu alıp öpücüklere boğarken ve küçük hayvan zayıf bir sesle miyavlarken, Katherine'in yüreği burkuldu.

"Ah, sevgili Leydim" dedi Katherine, "bir kedi yavrusu beslemek günah değil ki. Bu kadar korkmanıza gerek yok."

"Bunu bana onlar verdi" dedi Nichola, küçük yaratığı yatağın ayaklarından birine bağlarken başını okşayarak. "Nehirde boğulacaktı; çünkü onunla kendileri oynamak istiyordu; orada, sazların arasında. Ama almama izin verdiler. Bazen çok nazik davranırlar. Ama bana geleceğini söylemediler, Hugh'un karısı."

Aniden, Nichola'nın kızarmış gözlerindeki görmeyen bakışlar silindi ve yüzündeki genç, vahşi ifade kayboldu. Şimdi ağzının etrafında ve kaşlarının arasında derin çizgiler belirmişti. "Demek Kettlethorpe'un yeni bir hanımı var artık" dedi çok daha kısık bir sesle. "Buraya nasıl geldin?" Sakince yatağa oturdu.

Katherine bu değişime şaşırmıştı. Deliliğin aniden ortadan kaybolduğunu ve ölgün bir ruhun yorgunluğunun ortaya çıktığını görüyordu. Birkaç dakika boyunca Nichola'nın mantıklı sorularına cevap verirken, Katherine ona hayatından söz etti ve nasıl evlendiğini anlattı. Nichola zaman zaman başıyla onaylayarak üzgün bir tavırla dinledi. "Ben de güneyden gelmiştim" dedi, "bu iğrenç yere. Ama hep korkuyordum. O kadar korkmasam, benden böylesine nefret etmezdi. Çocuk doğuramasam bile. Bir defasında kolumu kırdı... Bak!" Giysi kollarından birini yukarı çekerek benekli teninin altındaki bir kemik yumrusunu işaret etti. "Ama çirkindim; lordumun dediğine göre, bir maymun gibiydim." Başını yana yatırarak Katherine'in yüzüne baktı. "Sen güzelsin; diğer hayat üzerimdeyken suda gördüğüm periler gibi. Ama burada solacaksın -benim gibi- ve çirkinleşip korkacaksın... Ama... Ama..." Birden ayağa fırladı ve melodik bir sesle haykırdı. "Senin için bir büyü yapacağım, Hugh'un karısı. Bitkilerim var; fındık otu, siğil otu ve gizli otlar. Kutsal Kuyu'dan suyum da var. Seni kurtaracak bir iksir yapacağım..."

Dumandan kararmış duvarın dibinde, üçayak üzerinde duran demir bir tencereye koştu, altındaki korları üfleyerek canlandırdı ve bir avuç kurumuş ot alıp tencereye atmaya başladı.

"Hayır, Leydim" dedi Katherine nazikçe, "iksir filan istemiyorum." Ama bunun yararsız olduğunu gördü. Mantıklı dakikalar bitmişti. Nichola onu duymuyordu bile. Yüzünde vahşi ama daha mutlu bir ifade belirmişti. Kedi yavrusunu yerden aldı ve yün tasmasını dikkatle çözerek, göğsüne bastırıp onunla konuşmaya başladı. "Ah, benim güzelim; benim tatlım; sen de iksiri karıştır..." Kedi yavrusunun patilerinden birini tutup kepçenin sapına dayadı.

Katherine başını çevirdi ve geyik postunu kaldırarak odadan çıktı. Artık Leydi Nichola'dan korkmuyor, ona fazlasıyla acıyordu. Basamakları inerek avluya ulaştı ve yüzünü güneşe kaldırarak, daha önceki umutlu ruh hâlini yeniden yakalamaya çalıştı. İri av köpeği Ajax, kulübesinden çıkarak yanına geldi, elbisesini kokladı ve sonra ahırlara doğru yürümeye başladı. Katherine hayvanı takip edip Doucette'in ahırına girdi. Küçük hayvan onu kişneyerek karşıladı; Katherine kollarını onun boynuna doladı. O anda içi karamsarlıkla doldu. *Kettlethorpe Leydisi'nin bir kedi yavrusundan başka sevecek bir şeyi yok; benim de öyle...* Ata baktı ve aniden korkunç bir öfke duydu.

Yandaki ahırda samanların altında uyuyan seyis çocuklardan birinin çıplak bacaklarını dürttü. "Hey, uyan bakalım seni tembel!" diye bağırdı. "Kalk!" Çocuk uykulu gözlerini yumruklarıyla ovalayarak ayağa fırladı.

"Adın ne senin?" diye sordu Katherine, onu baştan aşağı süzerken; saçları kirli, elleri kıpkırmızıydı ve yırtık pırtık önlüğü lekelerle doluydu.

"Wat... Yani Walter... Wat'ın oğluyum, Leydim" diye kekeledi çocuk, bu uzun boylu genç kızın neden öfkelendiğini pek anlamayarak. Kettlethorpe'un yeni hanımını duymuştu ama karşısında duran kişi çocuk denecek yaşta bir kızdı.

"Pekâlâ, Wat Watson!" diye bağırdı Katherine. "Neden atımı tımar etmedin? Neden otluk boş?"

Wat zorlukla yutkundu ve ilk soruya aldırmadan otluğun boş olduğunu çünkü hiç saman kalmadığını açıkladı.

"Hendeğin ötesindeki kırlıkta yemyeşil otlar var" diye tersledi Katherine. "Hemen gidip yemliği doldur sonra da Doucette'i tımar et, ona su ver ve eyerle. Daha sonra dolaşmaya çıkacağım."

"Emredersiniz, Leydim" dedi çocuk.

"Ve..." diye ekledi Katherine. "İşin bittiğinde bu pis ahırı temizle. Tanrı aşkına, buranın hâlinden utanmalısın!"

Çocuk ağzı bir karış açık hâlde bakakaldı. Daha sonra meyhanede hikâyeyi süsleyerek anlattı. Katherine'in kendisini bir tırmıkla dürttüğünü ve kükreyerek tuhaf Londra küfürleri savurduğunu, işini yapmadığı takdirde kulaklarını koparmakla tehdit ettiğini söyledi. Kimse bunlara inanmadı; çünkü Wat bir yalancı ve tembel olarak tanınıyordu. Ama rahat günlerinin geride kaldığını herkes anlamıştı ve meyhanedeki yüzler asılmıştı.

Öfkesi devam eden Katherine ahırdan çıktı, kemirgenlere karşı korunması için yüksek ayaklara yerleştirilmiş boş ambarı ve hizmetkârların ekmeklerini pişirdiği devasa fırını - bunun karşılığında malikâneye para ödüyorlardı- geçti. Fırının demir kapısı çıkmış, yerinde sadece bükülmüş menteşeler kalmıştı. Hiç şüphesiz, biri kapıyı başka amaçla kullanmış olmalıydı.

Kâhyanın yattığını bildiği derme çatma kulübeye geldi ve kapıyı vurdu. İçeriden sert bir erkek sesi cevap verdi. "Kim var orada?" Ve cevap kesin bir tavırla geldi. "Katherine Swynford. Kettlethorpe'un yeni hanımı."

"Girin o zaman!"

Kulübenin içindeki leş kokusu neredeyse onu bayıltacaktı. Karanlıkta gözlerini kırpıştırarak durdu ve mide bulantısını bastırmaya çalıştı. Bu salgının kokusu muydu? Burun deliklerinde hâlâ büyükannesi ve büyükbabası öldüğünde Picardy'yi saran kokunun anısı vardı. Ama bu adam aylardır burada yatıyordu ve salgın kurbanları o kadar uzun süre dayanamazdı. Yine de salgından daha kötüsü vardı! Zorlukla yutkunarak avluya geri döndü.

"Acaba burası murdar mıdır?" diye fısıldadı, konuştuğunu bile fark etmeden.

"Hayır, Leydim" dedi adam karanlığın içinden. "Cüzzamlı değilim. Öyle olsaydım, diğer cüzamlılarla birlikte olur ve onlara yardım ederdim. Burada kendi başıma yatmazdım."

Katherine'in midesi yine bulandı ve elini ağzına sıkıca bastırarak içeri döndü.

"Panjuru açın, Leydim" dedi adam. "Seçkin burunlar için havayı biraz yumuşatır."

Katherine panjuru ardına kadar açtı. Serin bahar esintisi odaya doldu. Yerdeki saman yığınlarının üzerinde yatan adama baktı. Bütün vücudu, Edward'ın döneminde erkeklerin giydiği gibi kırmızı bir tunikle örtülüydü; ama kolları görünüyordu. Keskin kemiklerin ve boğum boğum eklemlerin üzerinde eti torba gibi gevşek duruyordu. Fildişi kafatasında gözleri öylesine çöküktü ki mavilikleri zor görünüyordu. Sadece uzun, kıvırcık, kumral saçları ve matlaşmış sakalı, zamanında yakışıklı bir adam olduğunu gösteriyordu. Dudakları gerilerek güçlü beyaz dişlerini açığa çıkardı ve adam ışıktan acıyan gözlerini kapadı.

"Behold Gibbon, kâhyanız, Leydim" dedi. "Başımdan ve şu parmaklarımdan başka bir yerimi oynatamıyorum." Çenesini sıktı, alnındaki damarlar belirginleşti ve sol eli seğirdi.

"Sorun nedir, Gibbon?" diye sordu Katherine, sesinin titremesini bastırmaya çalışarak.

"Bilmiyorum. İki yıl önce bacaklarımdaki hâlsizlikle başladı. Çok titriyorlardı. Titreme bacaklarımdan kollarıma yayıldı ama şimdi titremiyorlar bile."

"Sülük kullandın mı?"

"Torksey'den bir berber sık sık kanımı alıyor; ancak işe yaramıyor. Hareket ettiğim dönemde, Aziz Hugh'un Lincoln'deki tapınağında mum dikmiştim. Onun da bir yararı olmadı. Sanırım bu, doğumuna yol açtığım piçlerimin günahının bedeli."

"Seninle ilgilenen kimse yok mu, Gibbon?"

"Ah, var, hatırladıklarında ilgileniyorlar. Bazen yaşlı Toby; köydeki Margery Brewster; Lincoln'de midesini kaliteli et ve şarapla doldurmakla meşgul olmadığında da rahip."

Katherine kaşlarını çatarak çenesini kaldırdı. "Bu malikânede yapılması gereken bir sürü değişiklik var!" diye bağırdı. "Sana düzgün şekilde bakılmasını sağlayacağım; bir hizmetkâr gece gündüz seninle ilgilenecek. O zaman iyileşirsin."

Adam, genç kıza ilgiyle baktı. Çökmüş gözlerinde zayıf bir gülümseme belirdi. "Bu kadar kararlı olmanız gençliğinizden kaynaklanıyor" dedi. *Genç ve çok güzel,* diye düşündü. *Her yanından isyankârlık akıyor, yanlışları dü-*

zeltmek için yanıp tutuşuyor ve yapılabileceğinden emin. Zırh ve kılıcını kuşanmış Aziz Michael gibi. Evet, diye düşündü, gözlerini tekrar kaparken; *bir zamanlar bir kadını Aziz Michael'la karşılaştırmazdım.* Vücudunun, boynunu çekiştiren ağırlığını hissetti. Yakında boynu da ölecekti; sonra da başı.

"Canın çok mu yanıyor?" diye sordu Katherine nazikçe. Yerde bir testi birayla bir parça ekmek vardı. Tahta bir bardağa bira doldurup adamın dudaklarına götürdü. Neredeyse tuniğini çıkarıp adamı temizleyecekti ama buna cesaret edemedi. Hugh dışında çıplak bir erkek görmemişti ve ona da bakmamıştı.

Adam biraya bakarak başını iki yana salladı. "Bu sabah Margery buradaydı. Beni doyurdu. Canım da acımıyor." Daha güçlü bir sesle ekledi. "Hugh nereye gitti? Avluda at sesleri duydum."

"Ormana avlanmaya gitti. Ete ihtiyacımız var." Katherine bunları neşeli söylemişti; adamın eleştirildiğini düşünmesini istemiyordu. Ona malikâneyle ilgili sormak istediği bir sürü soru vardı; fakat şimdi böylesine hasta bir adamı cehaletiyle rahatsız etmek istemiyordu. Ona kendisi hakkında sorular da sormak istiyordu; konuşma tarzı onu şaşırtmıştı. Adamın konuşmasında kaba bir tavır veya bir köylü aksanı yoktu; Windsor'daki herhangi bir şövalye gibi hatta açıkçası Hugh'dan bile iyi konuşuyordu. Burada kâhya olarak ne işi vardı ki?

Beyni dışında başka canlı bir yeri olmadığından, son aylarda Gibbon'ın algıları bir hayli açılmıştı ve Katherine'in düşüncelerini fark etmişti. "Hugh, benimle ilgili hiçbir şey anlatmadı, değil mi?" Hafif bir gülümsemeyle Katherine'e baktı. Biri onunla en son konuştuğundan beri uzun zaman geçmişti.

"Hayır" dedi Katherine. "Senden veya malikâneden hiç söz etmedi."

"Evet, hep öyleydi. Hugh topraklarıyla pek ilgilenmez; bunu ben yapardım. Para kazanmasını sağlar ve hizmetkârlarını yönetirdim. Kiraları, cezaları toplar, Kettlethorpe'un Lincoln Piskoposu'na borçlu olduğu parayı ve Coleby'nin masraflarını öderdim ama yine de para kazanırdık. Kısa süre içinde burayı döşeyecek ve malikâneyi Swynford'lara layık bir hâle getirecektik. Hatta Hugh bir gün evlenirse diye kuleyle hendek arasına güzel bir bahçe yaptırmayı düşünüyordum." Adamın yüzünde acı bir gülümseme belirdi. "Şimdi karısı oldu ama bahçe veya güzel mobilyalar yok. Malikâne ise... ne durumda olduğunu tahmin edebiliyorum."

"Merak ediyordum" dedi Katherine tereddüt ederek, "burada neden neredeyse hiç mobilya yok?"

"Babası öldükten sonra Hugh hepsini sattı. Mirasını almadan önce elbetteki lordlara vergilerini ödemek zorundaydı. Bunu biliyor olmalısınız" diye ekledi şaşırarak.

Katherine başını iki yana salladı. "Hiçbir şey bilmiyorum."

"Hugh hemen yeni bir kâhya bulmalı ve sizin de çeyiziniz için yardıma ihtiyacınız olacak."

"Çeyizim filan yok" dedi Katherine sakince. "Ama Hugh yine de benimle evlendi."

Gibbon sessizleşti. Bu ona çok kötü bir haber gibi gelmişti. Hugh'un bir eşle birlikte eve döndüğünü bildiğinden, getirmiş olabileceği çeyizi ve malikânenin toparlanmasına yardımcı olması için nasıl kullanılabileceğini biraz düşünmüştü. Kızın güzel ve zeki olduğunu görebiliyor, Ellis'in anlattıklarından maiyet bağlantılarını biliyordu; fakat çeyizi olmadığından haberi yoktu. Aslında, nihayet eve döndüğünde Hugh'un Torksey'in lordu Philip Darcy'nin kız kardeşi Leydi Matilda'ya kur yapmasının mantıklı olacağını düşünmüştü. Doğru, Matilda duldu, görünüşünde bir tuhaflık vardı ve dişlerinden çoğu eksikti ama çocukları olmuştu ve henüz doğurganlık yaşını geride bırakmamıştı. Ayrıca Hugh asla yatağa atacağı kadınlarla ilgili o kadar da seçici olmamıştı. Torksey'in toprakları verimliydi ve kuzeyde Kettlethorpe'a bitişikti; evlilik Swynford'un servetini ikiye katlayabilirdi.

"Toprağımın olmamasından hoşlanmadın" dedi Katherine kızararak. Adamın sessizliği onu o kadar rahatsız etmişti ki hastalığını aniden unutarak sert bir tavırla ekledi. "Bir kâhyanın efendisinin özel meseleleriyle bu kadar yakından ilgilenmesi, Lincolnshire'da gelenek midir?"

Gibbon bakışlarını tekrar ona çevirdi. "Ah, ama hanımefendi, ben de bir Swynford'um ve toprak sahibi olmam doğuştan yasak. Yine de evime hizmet etmeye çalışıyorum... ya da çalıştım."

Katherine'in yüzündeki ateş dindi ve adama inanamayan gözlerle baktı. "Bir Swynford mu?"

"Evet. Hugh ve ben üvey kardeşiz."

"Ama anlamıyorum..."

Adam alaycı bir tavırla güldü. "Çok basit. Ben bir piçim."

Katherine inlitisini bastıramadı. Piçlik, her zaman için ona en acınası durum gibi görünürdü!

Gibbon alaycı tavrıyla devam etti. "Sevgili babamız Sir Thomas'ın Grimsby'den Grantham'a kadar her yerde benim gibi çocukları vardı ama tek gerçek oğlu Hugh'du. Ama benim durumum özeldi; çünkü annem buradan iki mil ötedeki Fosse Manastırı'nda rahibeydi."

Katherine zorlukla yutkundu. "Ulu İsa!" diye mırıldandı.

"Beni doğurduktan iki gün sonra kendini Trent'e atarak boğulmuş; ancak ben bunu babam ölene kadar öğrenemedim. Beni Sempringham'daki Gilbertine'lere bırakmış ve piç olduğumu bilmediğimden, bir zamanlar onlara katılmayı düşünüyordum. Babam ölüm yatağında her şeyi açıkladığında, Gilbertine'ler dehşete kapıldı. Annemin kayıp ruhu ve babamın karanlık ruhu için dua ettiler; fakat beni dışarı attılar."

Bu kadar konuştuğu için Gibbon'ın boğaz kasları acımaya başladı ve iç çekti. "Sonra neler oldu, Gibbon?" diye sordu Katherine, elini adamın koluna koyarak.

"Hugh varisti ve kendisine yardım etmem için beni çağırdı. Doğumumla ilgili kimsenin benimle alay etmeyeceğine söz verdi. Çok cömertti ve ben de ona minnettardım." Dili uyuşmaya başlamıştı ve boğazı titriyordu; kendini sislerin içinde kaybedecek gibi hissediyordu.

"Evet, cömertmiş gerçekten" dedi Katherine, kocasıyla ilgili bu yeni bilgiyi zihninde tartarken. Cömertçe ama aynı zamanda da akıllıca; Hugh'un malikâneyi teslim edebileceği güvenilir birine ihtiyacı vardı sonuçta.

"Gibbon" dedi Katherine, "mümkün olduğunda bana yardım edip burada yapılması gerekenleri söyleyebilir misin?"

Gibbon dudaklarını sessizce oynatıp onayladı ve sonra yüzü gevşedi.

Katherine hemen güneşli avluya çıktı ve kapıyı kapadı. *Ulu Tanrım, artık evim burası*, diye düşündü. *Yakında Hugh ve Ellis, Aquitaine'e gidecek ve burada deli bir kadın, ölmek üzere olan bir adam ve bir grup asi hizmetkârla tek başıma kalacağım.* Aniden, sert, kurnaz, neşeli ve sıcak kalpli Hawise'i özlemle düşündü. *Burada olup bana yardım edebilseydi, Mayıs Günü'nde olduğu gibi gülerdik.*

Hawise, kilisenin verandasında Katherine'i öpüp vedalaşırken, "Senin için her şeyi yapacağımı unutma, Leydim" demişti. "Sadece bana haber vermen yeter." Katherine ne onu dinlemiş ne de cevap vermişti; sadece Doucette'e binmiş, zihninde hâlâ Lancaster Dükü'nün muhteşem öpücüğünün anısıyla atını sürmüştü.

"Seni küçük aptal!" dedi Katherine, boş avluda kendi kendine. "Ah, o adamdan nefret ediyorum. Beni aptal yerine koymaya kalktı."

Malikâneye doğru yürüdü ve Nichola'nın muhtemelen hâlâ kedisiyle ilgilendiği kulenin yanından geçti. Katherine alçak çit kapısını açarak bir zamanlar bahçe olan minyatür bir yarımadaya girdi. Kara parçası, hendeğin durgun ve pis sularına doğru çıkıntı yapıyordu. Dikenli çalılar kollarını çizerken, başının üzerinde sinekler uçuşuyordu. Duvarın altından yüzen bir su sıçanı gördü; hayvan karşı tarafta karaya çıkarak hızla ortadan kayboldu.

Sonra ormanın derinliklerinden gelen savaş çığlığı gibi bir ses duydu ve arkasından bir boru sesi geldi. *En azından,* diye düşündü Katherine, *bu akşam yemekte et olacak.*

7

Dük'ün talimatlarına uygun olarak Hugh ağustos ayının ortalarında Southampton'a gitmek için Kettlethorpe'tan yola çıktı. Hugh'un ve Ellis'in avdaki becerileri sayesinde, Hz. Meryem'in Göğe Yükseliş yortusunu geleneksel savurganlıkta kutlayabilmişlerdi. Bütün köye yetecek kadar geyik eti vardı ve Hugh, Sherwood Ormanı'nda bir yaban domuzu da avlamıştı.

Güneş pırıl pırıl parlıyor, ışıkları yeşilliklerin üzerinde dans ediyor, insanlar hasat örneklerini kutsama için küçük kiliseye getiriyordu: Yulaf, arpa, keten, fasulye ve bezelyeler örgü sepetler içinde geliyordu.

Gibbon'ın önerisiyle, Swynfordlar ziyafet gününün uygun şekilde kutlanması için özel çaba harcamıştı. Ayrılık hazırlıklarına devam eden Hugh, bunu asla düşünmezdi.

Haziran ayında Büyük Salon'da malikânenin maiyeti toplanmış, Hugh köylüleri sinir bozucu şekilde cezalandırmış, her şey son derece savsak bir şekilde devam ettiği için herkesin durumunu ayrı ayrı değerlendirmenin bir anlamı olmadığını söylemişti. Gecikmiş kiraları ve cezaları hemen toplamış, biraz daha zaman isteyenleri cezalandırmış, asilik edenleri kendi elleriyle kırbaçlamıştı. Tarlalarda çalışmaların hemen başlamasını emretmişti ve Gibbon araya girip köylülerin topyekün işe koşulmasının malikâneye yarar sağlamayacağını vurgulamasaydı, çalışabilecek bütün erkek, kadın ve çocukları kendi tarlalarından alıkoyacaktı.

Katherine, Gibbon için bir tahtırevan yaptırmıştı ve toplantıya katılabilmesi için Gibbon bu tahtırevanla Salon'a taşınmıştı. Tavsiye verebilecek gücü bulduğunda, ilk sinirli itirazlarından sonra Hugh genellikle onun sözüne uymuştu.

Dolayısıyla şimdi, Ağustos ayında malikâne biraz daha iyi durumdaydı. Köylüler arasından yeni subaylar atanmış, tarlaları ve meraları koruyacak yeni güçler oluşturulmuş, köydeki en kurnaz adam olan deri ustası Sim genel kâhyalığa getirilmişti. Sim soğuk bakışlı ve kaypak bir adamdı ama abaküsü iyi kullanıyordu ve şimdi emrine girmiş olan köylülerin baştan savma bahanelerini dinleyecek biri değildi. Daha önce asilerin başını çekmesine ve Lord'un mülklerine el koymaya kalkışmasına rağmen Sim artık Hugh'un çıkarlarını korumak için elinden geleni yapıyor, pozisyonundan ve kendisine verilen küçük maaştan mutluluk duyuyordu.

Gibbon bunu da önceden tahmin etmişti ve deri ustasının seçilmesini önermişti. Malikâne kâhyasının vücudu henüz hareketlenmemişti; fakat artık özellikle bu iş için görevlendirilmiş bir çocuk tarafından bakım gördüğünden ve sık sık Katherine ya da Sim kendisine danıştığından, zihni nihayet paslarını atmıştı ve kemik beyazı tenine biraz renk gelmişti.

Gibbon'ın yerine yeni bir kâhya bulunamamıştı ve açıkçası Hugh, başka birini nasıl arayacağını bilmiyor, böyle bir şeye para ayırmak da istemiyordu. Diğer yandan, bunu pek kabul etmese de Hugh'un yeni bir kâhya bulmak istememesinin başka bir nedeni daha vardı: Adam şehvet düşkünü olabilir ve kaçınılmaz bir şekilde Katherine'le çok fazla zaman geçirebilirdi.

Ziyafet gecesinde, Hugh ve Katherine yatağa girdiklerinde, biradan kafası bulanmış olan ve aniden karısını ne kadar özleyeceğini fark eden derebeyi, Katherine'i kaba bir tavırla kendisine çekerek göğüslerine yumulmuştu.

"Beni rahat bırak, Hugh" dedi Katherine sertçe, kocasını iterek uzaklaştırırken. "Midem bulanıyor ve yorgunum."

Katherine'in her zaman gergin bir hoşgörüyle kendisine teslim olduğunu ve işi bittiğinde rahat bir nefes aldığını hatırlayınca Hugh öfkelendi; ama Katherine bunu asla açıkça ifade etmezdi. "Tanrı aşkına!" diye bağırdı Hugh. "Beni itmeye nasıl cesaret edersin?!" Katherine gerilerek başını onun bira kokulu nefesinden başka tarafa çevirirken, Hugh genç kadının yanağına -çok sert olmasa da- bir tokat indirdi.

"Evet" dedi Katherine belirgin bir küçümsemeyle. Yatakta doğrulup oturdu ve uzun saçlarıyla çıplak vücudunu örtmeye çalıştı. "Babasına bak, oğlunu al. Ama kısır olduğum için beni bir kızılcık sopasıyla dövmene gerek olmayacak."

"Neden olmasınmış? Babam neden o lanet olasıca süprüntüyü dövm..." Birden karısının ne demek istediğini anladı. Yumruklarını açtı ve o da doğrulup oturarak karanlıkta Katherine'in yüzünü görmeye çalıştı. "Hamile misin, Katherine?"

"Öyle olduğunu sanıyorum" dedi Katherine soğuk bir tavırla. Danışacak kimsesi yoktu ve işaretlerle ilgili bilgisi azdı: ama Sheppey'deki aşçı Şişko Mab'in konuşmalarını dinlemesi, yeterince aydınlatıcı olmuş gibiydi.

"Ne zaman doğacağını düşünüyorsun?" Hugh'un sesi mutluluktan çatlıyordu. Bunu gerçekten çok istiyordu; sadece kendisine bir varis vereceği için değil, aynı zamanda doğum Katherine'i başka erkeklerin gözünde daha az çekici kılacağı ve kesinlikle kendisine karşı ilgisizliğini değiştireceği için.

"Mayıs ayında olmalı" dedi Katherine aynı soğuk sesle. Karnında yeni bir yaşamın başlamış olması kendisine imkânsız hatta gülünç geliyordu; özellikle de kendisini her zamanki kadar yalnız ve dokunulmamış hissettiği için. Çocuğun babasının Hugh olması yeterince mide bulandırıcıydı ama sağlıklı genç vücudundaki değişiklikleri ya da iştahsızlığını ve hâlsizliğini görmezden gelemezdi.

"Mayıs ayında mı?" dedi Hugh hevesle. "Hiç şüphesiz o zamana kadar dönmüş olurum. Castili alçağı yenmemiz o kadar uzun sürmez." Kırık elini denemek için, günde birçok kez tekrarladığı gibi esnetti. Yeterince iyileşmiş görünüyordu ve eskisi kadar güçlüydü.

"Umarım geri dönersin, Hugh." Katherine daha nazik konuşmasına rağmen mayıs ayında işlerin nasıl olacağını tahmin bile edemiyordu ve Hugh'un bir an önce gitmesini istiyordu. Yatakta yalnız kalmak ve bu çıplak, killi adamın ısrarcılığından özgürleşmek onun için bir nimet olacaktı.

"Malikânede bir ebe bulunmalı" dedi Hugh. "Bence rahibin karısı Molly olabilir. Gibbon'a sor. O lanet olasıca kaçık kaltak Nichola'yı da kendinden uzak tutmaya dikkat et; deli saçması hikâyeleriyle seni üzebilir ve çocuğun sağlığını bozabilir."

"Dikkat ederim, Hugh." Kocasının bu ilgisi Katherine'i biraz da olsa etkilemişti. Ve Hugh bu kez sarsakça bir nezaketle onu tekrar kendisine çekip dudaklarından öperken ve işi bittiğinde horlayarak uykuya dalarken, sert sakallarının batışına ve göğüslerine abanan başının ağırlığına dayandı.

Ertesi sabah, daha çimenlere çiğ düşmeden, kilise çanı çaldı ve bütük köylüler en çabuk şekilde malikânenin efendisinin huzuruna geldi. Hendeğin ötesindeki dış avluda toplanmışlardı ve Katherine elinde sert bira dolu bir kadehle aralarında duruyordu.

Hugh, Ellis'in bütün pas veya lekeleri temizleyerek parlattığı zırhını giymişti. Katherine de kocasının zincir zırhını örten keten jüponu onarmıştı. Jüponun süslemeli arması Hugh'un kimliğini vurguluyordu; deriye işlenmiş siyah şeritleri ve üç altın yaban domuzu başlı armasıyla gümüşi kalkanı da öyle. Savaş miğferi demirdendi ve arı kovanı şeklindeydi ama turnuvada giydiği tören miğferinden çok daha hafifti.

Koluna efendisinin arması işlenmiş Lincoln yeşili tüniğiyle, Ellis de arkasındaydı. Seyis Wat iki büyük aygırı, minik bakır zilleri ve koşumlarıyla onlara getiriyordu.

Hugh kapıdan ve asma köprüden geçerken, köylüler kibar bir şekilde kutladı; Sir Hugh'un güvenli bir şekilde geri dönmesi için St. George'a ve Kutsal Bakire'ye dualar edildi. İçten gelen bir çoşku olmasa ve iyi dilekleri Hugh'a duydukları kişisel bir ilgiden çok feodal geleneklerden kaynaklansa da, bu küçük gösteri önceki gün verilen ziyafetin onları mutlu ettiğini gösteriyordu; en azından artık açıkça isyankâr değillerdi.

Son kutsamasını sunmak için kapıya yaklaşan kilise rahibine yol açtılar. Hugh ve Ellis kutsamayı kabul etmek için diz çöktü. Rahip onları kutsal suyla takdis etti.

Hugh ayağa kalktı ve binektaşından eyere tırmanarak kaskatı bir şekilde oturup Katherine'e baktı. "Hoşça kal, leydim" dedi. Vahşi gözlerinde daha fazlasını söyleyecekmiş gibi bir bakış belirdi ama yapamadı. At sırtında en etkileyici hâliyle görünüyordu. Ellis'in taradığı koyun yünü gibi saçları, savaş zamanlarında gerektiği gibi düzgündü ve Katherine gülümseyerek ona kadehi uzattığında, Hugh alıp ciddi bir zarafetle içti. "Tanrı seni korusun, Katherine'im" dedi çok alçak sesle.

"Seni de Lordum ve kocacığım" dedi Katherine. "Ona iyi bak, Ellis" diye ekledi, baş döndürücü gülümsemesiyle Hugh'un silahtarına dönerek. Genç adam irkilerek eğildi. Efendisinin hanımına asla kişisel bir ilgisi yoktu çünkü onu, Sir Hugh'un sahip olduğu şeylerden biri olarak görüyordu; tıpkı atları ve malikânesi gibi. Hugh'un çeyizi olmayan bir bakireyi seçmesine bile şaşırmamıştı; çünkü herhangi bir şeye şaşırmak doğasında yoktu. Ama şimdi Katherine ona gülümserken, yavaş çalışan beyninde çok çeşitli izlenimler uyanmıştı. Öncelikle, Katherine'in güzelliği karşısında şaşırmıştı. Genç bir kraliçe gibi uzun boylu ve ince yapılı olan genç kadın, kürk kenarlı yeşil cüppesinin içinde karşısında duruyordu. Çenesi yukarıda duruyor, gözleri kapkara kirpiklerinin arasında kristal gibi parlıyordu. Gülümsemesiyse bir Nisan sabahı kadar parlak ve görkemliydi. Ama gülümseme olmalı mıydı? Savaşa giden lordu tarafından geride bırakılan bu genç ve deneyimsiz kızın ağlaması gerekmez miydi?

Kadınlar, diye düşündü Ellis, konuyu kendince bir karara bağlayarak, *anlaşılması zor yaratıklar.* Efendisinin malzemelerini eyere bağlayan kayışın gevşek tokasını kontrol etti ve sabırsız atını sakinleştirerek güneye doğru çatık kaşlarla baktı. Eğer bu toplanan fırtına bulutları değilse, karanlık çökmeden Grantham'a ulaşmaları gerekirdi.

Katherine Lincoln yoluna açılan patikada uzaklaşan iki ata el salladı. Köylüler onun tören boyunca kurallara uyduğunu görmüşlerdi ve eve koşup acısını tek başına yaşamak isteyebileceği düşüncesiyle, ondan saygıyla uzak duruyorlardı. Ama Katherine ne acı duyuyor ne de Hugh'un dönüşüyle ilgili en küçük bir şüphesi vardı. Hugh'un güvenliğiyle ilgili kesinliği, hem savaşı bilmemesinden hem de kocasının hizmet ettiği lorda duyduğu körlemesine güvenden kaynaklanıyordu. Lancaster Dükü yenilmez, güçlü ve her türlü talihsizliğin üzerinde olduğundan, elbette ki emrindeki adamlar da öyle olacaktı. Hugh kesinlikle geri dönecekti ve bu arada Katherine biraz rahat nefes alacaktı.

"Hava ısınıyor, leydim" dedi rahip, kırmızı Bordeaux şarabı rengindeki cüppesinin kenarıyla kızarmış yüzündeki terleri silerken. Kalın dudaklarını ıslattı ve malikâneye doğru baktı. "Birazdan Prime zamanı gelir."

Katherine onun ne demek istediğini anlamıştı. "İçeri gelin ve orucunuzu benimle birlikte bozun, Sir Robert. Hâlâ ziyafetten kalan biraz et olduğunu sanıyorum."

Köylülerin işlerine dönmesini bekleyen Kâhya Sim, alaycı bir şekilde güldü. Rahibin midesini boş bıraktığına veya herhangi bir zamanda oruç tuttuğuna kimse inanmıyordu. Robert de Northwoode açgözlü ve tembel bir adamdı; ama köylüler tarafından yine de seviliyordu. Ailenin ismini aldığı Northwood'a yakın Fenton köyünde yaşayan, azat edilmiş bir demircinin tek oğluydu ve mahalle kilisesinde yetişmişti.

Demirci oğlunun yükselişini gerçekleştirecek kadar para kazanabilmişti. Robert küçük bir pozisyona getirilmişti ve yaşlı rahip öldüğünde, Gibbon'ın önerisiyle, Hugh onu rahip atamıştı. Zaten başka hevesli adaylar da yoktu. Köylüler yoksul, vergileri toplamak zordu ve kilisenin ciddi şekilde onarıma ihtiyacı vardı.

Ama Robert memnun olmuştu. Rahibe Sir unvanı verilmesi ve kilisenin başsorumlusu olması uygun görülmüştü. Genç ve şehvet düşkünü olduğundan, çok geçmeden kendine bir eş seçmişti. İyi huylu, tıknaz bir kadın olan Molly ve dört küçük çocukları, şimdi rahat bir şekilde yaşıyordu. İncil yasası bir eş almasını yasaklamasına rağmen Molly'yi kimse hor görmemişti. Bir rahibin bekâr kalması beklenebilirdi; fakat bir köy rahibi kadar doğayla yaşayan birinden böyle bir şey beklenemezdi ve Lincoln Piskoposu da yoksul kiliselerdeki uygunsuzluklarla ilgilenme zahmetine girmiyordu.

Böylece Sir Robert, iyi denebilecek bir hayat sürüyordu. Molly ebelik yaparak fazladan para kazanıyordu ve Robert da kendi sofraları için bahçelerinde bir şeyler yetiştiriyordu. Av köpeği besliyor, yavruları Lincoln panayırlarında satıyor, cemaatini sıkıcı vaazlardan, katı günah konuşmalarından veya ruhsal yaşamlarıyla ilgili diğer eleştirilerden kurtarıyordu.

Salon'da Yüce Masa'da otururken, Katherine onun ağzını şapırdata şapırdata yemek yiyişini şaşkınlık ve neşeyle izliyordu. Yüzünü çevreleyen gür, siyah bukleleri dışında adam yumurta lekeleri, sökükler ve yamalarla dolu kırmızı bir cüppe giymiş pembe bir domuza benziyordu.

Katherine, malikânenin rahibinden ruhsal ve entelektüel rehberlik beklemişti çünkü manastırdaki Sir Osbert son derece eğitimli bir düşünce adamıydı. Ama çok geçmeden, Peder Robert'ın okuma yazması olmadığını ve kendisinin çekingen günah çıkarmalarını -adam her seferinde daha Katherine'in sözünü bitirmesine izin vermeden günahlarının affedildiğini söylüyordu- nadiren dinlediğini fark etmişti. Sir Robert'ın Lincolnshire aksanıyla konuştuğu Latince ise kesinlikle gülünçtü.

* * *

Ekim ayının son günü, Cadılar Bayramı'nda, Katherine her zamanki gibi Yüce Masa'da tek başına yemeğini yiyor, sıraların altındaki kırıntıların arasında kemik arayan av köpeği Ajax'ı tembelce izliyordu. Evin hizmetkârları kapı ve pencerelere cadıları ve canavarları uzak tutması için fındık dalları asmıştı ve hendeğin diğer tarafında, ellerinde yanık mumlarla ve aynı amaçla, evlerinin etrafında dönerek şarkı söyleyen köylüleri duyabiliyordu. Hanımlarının yemeğini servis yapmış olan hizmetkârlar, elma kesmek ve fal baktırmak için erkenden köye sıvışmıştı.

Katherine'in umutsuzluğu öyle bir noktaya gelmişti ki Kettlethorpe'taki monotonluğu bozacak herhangi bir cini veya tuhaf bir ziyaretçiyi hoş karşılayabilirdi. Tam o sırada Ajax aniden kemiklerini bırakarak gerildi ve hırladı.

Katherine koruyucu fındık dallarına korkuyla bakarak istavroz çıkardı ve bir erkek sesiyle yaşlı Toby'nin çekingen cevabını duydu. Bu arada Ajax kapıya yaklaşmış, hırlayıp havlıyordu.

Katherine köpekle konuşmaya çalışarak onu tasmasından yakaladı ve hevesli bir bekleyişle kapıyı açtı. Michaelmas'ın ertesinde uğrayan bir gezgin keşiş dışında, Kettlethorpe'a hiç ziyaretçi gelmemişti. Ama bu, üç gün boyunca Lincoln'deki eğlencelere katıldıktan sonra geri dönen Sir Robert'tı.

Katherine o kadar hayal kırıklığına uğramıştı ki yanaklarından yaşlar süzüldü ve bunun mide bulandıracak ölçüde çocuksu bir davranış olduğunu biliyordu. "Duman" dedi. "İçeride duman var." Gerçekten vardı. Nereden estiği belli olmayan bir hayalet rüzgâr, bütün ateşlerin dumanını açık çatı deliğinden salona göndermişti.

"Evet, berbat bir gece" dedi Rahip cüppesindeki çalı parçalarını ve çamuru silkelerken. Ürperdi. "Cadılar Bayramı'ndan hoşlanmıyorum; üzerinde düşünmemek daha iyi. Yarın Tüm Azizler Yortusu olmasa bugün geri dönmezdim. Söylendiğine göre köyde kutlama olacakmış."

"Öyle olmasını kesinlikle umarım; bunu çok isterim" dedi Katherine. Peder Robert'ın kilise görevleriyle ilgili anlayışı, inanılmayacak kadar esnekti. Bu da Hugh'u memnun ediyordu.

"Köyde George&Ejderha'daydım; nerede olduğunu biliyor musunuz? Köylülerin eskiden Yahudiye dediği tepedeki şatonun yakınındaki büyük han; ama bizim zamanımızda değil tabii ki... babalarımızın zamanında da değil..."

"Evet" diye mırıldandı Katherine. Rahip vücudunu boğazına kadar birayla doldurmuşken neredeyse hiç susmazdı. Marangozun düzgün şekilde onarmadığı çatıya tedirginlikle baktı. Masaların üzerinden gelen tıkırtılara bakılırsa yağmur başlamış olmalıydı.

"Hancı -adı Hambo o' Louth, arada bir uğradığımı bilir- bana dedi ki... Hambo yani... dedi ki; üç gün arkamda Lincoln'den gelen ve Grimsby'ye giden bir seyyar satıcı varmış. Hanımlar için kurdeleler, iplikler, ıvırzıvırlar satıyormuş. Londra'dan yola çıkmış ve üzerinde bir mektup varmış. Buradan biri uğrarsa diye Hambo'ya bırakmış."

"Mektup!" Katherine ayağa fırladı. "Kettlethorpe'a gelen bir mektup! Tanrım, Peder, hemen verin!"

Rahibin şişko parmakları sinir bozucu bir yavaşlıkla kesesini karıştırdı. Sonunda mühürlü bir parşömen parçası çıkardı. "Size mi gönderilmiş?" diye sordu şaşkın ve anlamayan gözlerle parşömenin üzerindeki yazılara bakarak. Bu, hayatında gördüğü ilk mektuptu zaten.

"Evet, evet" dedi Katherine mührü açarken. "Geoffrey'den gelmiş!"

Katherine çabucak okurken dudakları titredi ve gözleri bulutlandı. "Sir Hugh hakkında kötü bir haber değil umarım?" dedi rahip.

"Hayır" dedi Katherine, yavaşça. "Kötü haber değil. Kral'ın silahtarı Geoffrey Chaucer'dan geliyor; ablamla Lammastide'da evlenmişler. Londra'da, Vintry'de yaşıyorlarmış; ablam Kraliçe'nin hizmetindeki görevine dönene kadar orada kalacaklarmış."

Peder Robert etkilenmişti. Katherine Kral ve Kraliçe'den söz ederken çok rahat görünüyordu. Kalın dudaklarını büzdü ve Katherine'e yeni bir saygıyla baktı.

"Londra" dedi Katherine uzun bir iç çekerek. Bakışlarını boş salonda dolaştırdı. "Artık çok uzak görünüyor."

"Şey, öyle zaten" dedi rahip, isteksizce gitmek için kalkarken; Katherine'in mektuba daldığı ve zahmeti karşılığında ona içecek bir şey ikram etmeyeceği belliydi.

Rahip gittikten sonra Katherine mektubu tekrar okudu; özellikle de bir cümleyi. Geoffrey şöyle yazmıştı: "Philippa, şimdi sahip olduğun yüksek konumda şımarmamanı ve lükse fazla alışmamanı umuyor; ama ben kendi adıma, senin hayatın tadını çıkardığını umuyorum, sevgili baldızım."

Katherine bunu okuduğunda yüzünde acı bir gülümseme belirdi ve mektubu sandığının dibine sakladı.

* * *

Sonbahar ayları boyunca hamileliği ilerlerken, Katherine giderek daha uyuşuk olmaya başladı ve giderek daha fazla içine kapandı. Zihni düşüncelerle doluydu ve süreli olarak soğuk yüzünden her yeri uyuşuyordu. Malikâneye başlangıçta duyduğu ilki zayıflamıştı ve artık Gibbon'la konuşmak için bile zor enerji bulabiliyordu. Gibbon da bunun farkında olduğundan onu rahatsız etmiyor, ilişkisini saygılı bir uzaklıktan sürdürüyordu.

Leydi Nichola arkadaşlık edebilecek biri değildi. Havalar da artık kötüleştiğinden, daima kedisiyle birlikte kuledeki odasında kalıyor ve Katherine'in ender ziyaretlerinden kafası karışıyordu. Ayrıca genç kız, Hugh'un emirlerine uymayacak kadar aptal da değildi. Çocuğunu koruması gerektiğini biliyordu. İki hizmetçi sürekli uyarılarda bulunuyordu. Katherine doğruca ateşe bakmamalı, bir örümcek, fare veya kurbağa gördüğünde hemen gözlerini kapatıp dua okumalıydı. Yürürken ya da bir odaya girerken önce daima sağ ayağını atmalı, asla bacak bacak üstüne atarak uyumamalıydı. Doucette'e binmeye gelince; böylesine bir girişimin yaratabileceği tehlikeler bütün malikâne çalışanları ve Gibbon'ın kendisi tarafından sürekli hatırlatılıyordu.

Yapraklar döküldükten ve dondurucu Kasım yağmurları başladıktan sonra Katherine neredeyse sürekli odasında oturuyor, ya dumanı yükselen ateşin başında titriyor ya da ayı postunun altında büyük yatağa girerek büzülüyordu. Bu arada ormandaki aç kurtların ulumalarını duymamaya çalışıyordu. Bazen kendini kalkmaya zorlayarak bebeği için giysiler dikiyordu. Ama bebek hâlâ hayali gibi görünüyordu. Karnı büyümeye, göğüsleri şişmeye başlamasına rağmen içinde bebeğin varlığını hissetmiyordu.

"Hamileliğiniz daha da ilerlediğinde farklı olacak, Leydim" diyordu Milburga. Katherine bu kadını kişisel hizmetçisi olarak seçmişti; çünkü diğerlerinden biraz daha zeki ve kesinlikle daha temizdi. Ama Milburga otuz yaşının üzerinde bir duldu ve Katherine'e karşı tutumu, rahatsız edici bir şekilde yağcılıkla patronvari karışımıydı.

25 Kasım'daki St. Catherine Günü'nde, Katherine uykusundan ağlayarak uyandı ve rüyasında çocukluğunu gördüğünü hatırladı. Rüyasında yine küçük "Cat'rine" olmuştu ve başında defne yapraklarıyla, büyükanne ve büyükbabasının Picardy'deki çiftliklerinin mutfak masasındaki minderlerin üzerinde oturuyordu. Etrafında gülen yüzler, ona hediye -bez bebekler, parlak taşlar ve elmalar- uzatan eller vardı ve bir sürü ses *"Salut, salut la p'tite Cat'rine, on salut ton jour de fête!"*[20] diye şarkı söylüyordu.

Sonra rüyasında iri yarı yakışıklı babası onu minderden kucağına almış, kollarıyla sararak öpmüş, ağzına o gün özel olarak pişirilen zencefilli St. Catherine kurabiyesi tıkıştırmıştı. Katherine tam ağzı sulanarak kurabiyenin tadını çıkarırken, biri zorla çenesini açıp kurabiyeyi dudaklarının arasından alıvermişti ve Katherine ağlayarak uyanmıştı.

Gece, biraz kar yağmıştı. Rüzgâr, gevşek panjurların arasından süzülüyordu ve pelerininin asılı durduğu askının altındaki taş zeminde beyaz bir birikinti oluşmuştu.

Ateş sönmüş, yerinde küller kalmıştı. Katherine soğuk gri küllere baktı ve gözyaşları güçlü, hırslı hıçkırıklara dönüştü. Milburga sabah kahvaltısıyla dış merdivenden içeri daldığında bir çığlık attı: "Hanımım, sizi rahatsız eden ne?"

---

20 Selam, selam sana küçük Cat'rine, bayram günün kutlu olsun!

Genç kız yüzünü ellerine gömüp ağlamaya devam ederken, kadın ayı postlarını kaldırarak Katherine'i çabucak baştan aşağı inceledi. "Ağrınız var mı? Burası?... Burası?..." diye sordu. Katherine başını iki yana salladı. "Beni rahat bırak. Git buradan" dedi ve daha şiddetli ağlamaya başladı.

Milburga'nın solgun yüzü asıldı. "Ağlamayı hemen bırakın, Leydim! Çocuğa zarar vereceksiniz."

"Ah, çocuğun canı cehenneme!" diye bağırdı Katherine vahşice, yatakta geri çekilirken.

"Azize Meryem bizi korusun!" dedi Milburga gerileyerek. Pırıltısız gözleri ve solgun ağzı korkuyla açılmıştı. Kapıya doğru yürüdü ve şaşkın bir yüzle hanımına bakmaya devam etti.

Katherine bir anda ağzından çıkanı fark ederek korkuya kapıldı. "Ben bunu demek istemedim..." İçindeki küçük varlığı yatıştırmak istercesine ellerini karnına bastırdı. "Sir Robert'ı çağırın. Ona bir ayin yapması gerektiğini söyleyin. Bu benim azizimin günü... on altısı... bu... bu yüzden..."

Ama kendi çocukluğuna, özel kutlama ve festival günlerine duyduğu özlem için ağladığını bu şaşkın ve dehşete kapılmış kadına anlatmaya çalışmanın ne yararı vardı ki? Sadece Katherine olarak yaşadığı Sheppey'de bile, bu azizenin gününde rahibeler onun için bir kutlama havası yaratırdı. Burada kimsenin onu umursadığı yoktu.

Kuzey rüzgârı panjurların arasından şiddetle esiyor, bacadan aşağı ıslıklar çalıyordu. Ayı postunu omuzlarına örterek ıslak çarşafın üzerindeki tek ılık noktada büzüldü; ama orada uzun süre kalamayabilirdi çünkü rahibi karşılamak için temizlenip giyinmek zorundaydı ve zorlu asi ruhunu dizginlemesi gerekiyordu.

Hemen kiliseye koşması gereken Milburga, Leydilerinin dehşet verici davranışını diğer hizmetkârlara anlatmak için mutfağa uğradı. Aşçı, uşak ve hizmetçiler onun etrafına toplanarak anlattıklarını dinlerken dehşete kapıldılar. Büyük şöminenin başında kendi yerine tünemiş olan küçük Cob o'Fenton dışında hepsi hemen işlerini bırakmışlardı; o'Fenton ise ayak parmaklarıyla şöminenin kapak tutacağıyla oynarken, Trent'te balık tuttuğunu hayal ediyordu. Yağsız bir koyun kızartıyorlardı ve kokusu ateşte keskin bir şekilde yayılıyordu. Aslında malikânede yiyecek kıttı ve yemekler kötü hazırlanıyordu çünkü Yüce Masa'da kimse yoktu; Leydi Katherine odasından pek çıkmıyor, o da Leydi Nichola kadar tuhaf bir hâle gelerek kendi yalnızlığına gömülüyordu.

"İkisinin de lanetlendiği şüphesiz" dedi Milburga kasvetli bir keyifle başını iki yana sallayarak. "Yakında bataklıklardan gelen ulumaları duyarız."

"İsa bizi korusun!" diye haykırdı sütçü kız Betsy; çocuksu ağzı titriyordu. Hepsi istavroz çıkardı.

"Hayır" dedi aşçı, beyaz saçlı şişko başını iki yana sallayarak. "Kesinlikle hak etmiş olsalar da ben bunun Swynford laneti olduğuna filan inanmıyorum. İblis köpek, büyük günahlarından dolayı de la Croyların cezalandırılması için Şeytan tarafından gönderildi. Bizi ve malikâneyi bu yüzden Swynfordlara sattılar." Romatizmalı bacaklarını bir sıraya uzattı.

Diğerleri saygıyla dinliyordu. Will Cooke elli yaşının üzerindeydi ve de la Croyların zamanını iyi hatırlıyordu. O ve kendisinden önce babasıyla dedeleri, daima malikânede aşçılık yapmıştı; ama ne işlerinden ne de efendilerinden hoşlanmışlardı. Hugh'un yokluğuyla geçen yıllarda, gelininin köydeki kulübesine taşınmıştı ve mutlu bir şekilde kendini ahşap oymacılığına vermişti.

Hugh bütün köylülerin işlerinin başına dönmesini emrettiğinde en asi davranan o olmuştu ve Hugh onu öylesine kötü kırbaçlamıştı ki omuzlarından günlerce kan akmıştı. Will daha genç olsa saklanmak için Sherwood ormanına kaçardı; ama ağrıyan dizleri ve geleneklerin ağırlığı onu engelliyordu. Kettlethorpe lordları hep böyle olmuştu. Sir Hugh, istemeden yemeği yakan babasını kule zindanına atan de la Croylardan daha kötü değildi.

"Rahibi çağırırsanız" dedi Milburga'ya kaşlarını çatarak, "o şişko öküz sonrasında gelmişken yemeğini burada yer ve genç Leydimiz de aşağı inmek zorunda kalır. Kılı kırk yaran yabancı tarzı için ona lanet olsun!" En keskin bıçağını aldı ve eski kesme tahtasının üzerinde koyunu parçalamaya başladı.

Katherine'in güzelliği, gençliği, görevlerini yerine getirmekteki hızlılığı ve hamile kalmasıyla malikânede yarattığı olumlu hava, çok geçmeden kaybolmuştu. Sonuçta yabancı biriydi ve Lincolnshire'ı pek bilmemesi bir yana, aslında ezelden beri düşmanları olan başka bir ülkede doğmuştu. İngilizce'yi anlamakta zorlandıkları bir aksanla konuşuyordu. "Norman İngilizcesi" diyordu Will Cooke küçümseyerek. Üstelik soylu veya zengin de değildi. Yakınlardaki diğer malikânelerin hizmetkârlarına hava atabilecekleri bir leydi değildi. Dahası, tam bir baş belasıydı. O olmasa, malikânenin hizmetkârlarının hepsi köydeki kulübelere ve kendi yaşamlarına dönebilirdi; Sir Hugh'un kısa ziyaretinden önce olduğu gibi. Neredeyse umutsuz durumdaki Gibbon'a karşı çıkarak, aslında hepsi Katherine'e isyan edebilir, Hugh'un sonrasındaki memnuniyetsizliğine aldırmayabilirlerdi. Ama kuşaklar boyunca süregelen gelenekler onları bağlıyordu. Cehennem alevleri arasından sırıtarak izleyen Şeytan, feodal efendisine karşı gelen köylünün üzerine hemen çullanmaya hazırdı ve Katherine pek sevilmese de sonuçta hepsinin bir gün hizmet etmek zorunda kalacağı Swynford varisini karnında taşıyordu.

Kendi sıkıntılarına dalmış olan Katherine, onların hizmet etmekten memnun olmadığını biliyordu; fakat umursayacak durumda değildi. Hendekten yukarı süzülen soğuk rutubet iliklerine kadar işliyordu. Sık sık ürpererek öksürüyordu; geceleri boğazı o kadar ağrıyordu ki yutkunduğunda acıyla uyanıyordu.

Aralık ayının dördüncü pazar günü hava hiç beklenmedik bir şekilde açık ve güneşliydi. Katherine kendini bir parça daha iyi hissederek yataktan zorlukla kalktı ve kiliseye bakarak istavroz çıkardı. Ayin sırasında şapelde lordun yüksek locasında tek başına oturdu ve başını oymalı bir meşe rafa dayayarak rahibi belli belirsiz dinledi. Cemaatteki köylüleri göremiyordu ama verdikleri cevapları, aşağıda süren dedikoduları ve kıkırtıları duyabiliyordu. Küçük ve karanlık kilise, ter, sebze ve gübre kokularıyla leş gibiydi. Düşüncelerini ayine odaklamaya çalıştı; ama gözü sürekli rahibin ensesindeki pembe yağ katlarına ve konuşurken titreyen şişko boynuna takılıyordu.

O anda bebeğin hareketlerini hissetti ve korkuya kapıldı. Karnındaki bu titreme ve vurmalar onu dehşete sürüklemişti. Aniden, Sheppey'deyken bir yılan yumurtası yutmuş olan bir çocuğun hikâyesini hatırladı; yumurta içinde çatlamış, kaçmaya çalışan yılan yavrusu iç organlarını kemirmeye...

Katherine çığlığını bastırmaya çalışarak kilisenin yan kapısından dışarı fırladı. Büyük kapının altındaki ahşap sıraya oturdu ve soğuk havayı derin derin içine çekti. Margery Brewster'ın çocuklarından ikisi, kilise yolunun yanında buz tutmuş bir su birikintisinin üzerinde kayıyordu ve şimdi durup ona şaşkınlıkla bakmaya başlamışlardı. Katherine'in korkusu yatıştığında, içini bir utanç dalgası kapladı. Kiliseye geri dönüp saygısızlığı için İsa'nın Kutsal Bedeni'nden özür dilemeliydi. Yavaşça ayağa kalktı ve olduğu yerde döndüğünde şaşkınlıkla donup kaldı; buzlu patikadan bir at dörtnala yaklaşıyordu.

Çocuklar şaşkın yüzleriyle Katherine'den atlıya döndüler. Adam malikânenin asma köprüsünün önünde dizginleri çekerek durdu ve Katherine adamın üzerindeki Lancaster armalı tüniği görünce kalp atışlarının hızlandığını hissetti.

Avluyu koşarak geçip adamı heyecanla karşıladı. "Nereden geliyorsun? Savaştan haber mi var?"

Adam, Düşes'e hizmet etmek üzere evde bırakılmış olan silahtar Piers Roos'tu. Çilli, genç bir yüzü ve mutlu bakışları vardı. Başındaki kahverengi, kadife bereyi çıkardı ve Katherine'e kararsız bir şekilde sırıtarak baktı. "Leydi Swynford?"

Katherine başıyla onayladı. "Ne haber getirdin?"

"Sadece iyi haber. En azından, Castile'deki savaştan henüz bir haber alamadık. Ben Bolingbroke'dan geliyorum; Düşes Blanche'ın emriyle. Size selamlarını gönderdi."

"Ah..." Katherine'in küçük yüzü zevkle aydınlandı. Leydi Blanch'ın onu gerçekten hatırlayacağını hiç tahmin etmemişti ve Kettlethorpe'ta geçirdiği bu son aylarda, Londra'da ve Windsor'daki günleri bir hayal gibi geçmişe gömülmeye başlamıştı.

"Noel festivali için sizi Bolingbroke'a götürmemi istedi; eğer gelmek isterseniz."

Katherine'in aniden parlayan gözleri yeterli bir cevaptı ve Piers Roos, onun kendisinden de genç olduğunu, üstelik de ilk bakışta göründüğü gibi ciddi, sıkıcı bir kadın olmadığını anlayınca güldü.

"O hâlde isterseniz yarın gidebiliriz. Yolculuğumuz sadece bir gün sürecek."

"Ben... hızlı gidemem" diye kekeledi Katherine aniden hatırlayıp kızararak. "Ben... onlar... ata binmemem gerektiğini düşünüyor."

"Ne saçmalık" dedi Piers neşeyle hemen anlayarak. "Leydi Blanche sizden daha iri ve her gün ata biniyor."

"Leydi Blanche mı?" diye tekrarladı Katherine, genç silahtarın açıklamasının neden küçük ve sevimsiz bir şok gibi geldiğini merak ederek. "Ne zaman?"

"Ah, Mart ya da Nisan sanırım. Ebelik hakkında hiçbir şey bilmem." Açıkça güldü ve bir an sonra Katherine de ona katıldı.

Piers'ın davetinin yarattığı enerji, Katherine'e bütün sıkıntılarını unutturmuştu. Doucette'in hemen hazırlanmasını emretti ve ev halkının uyarılarına aldırmadı.

Ertesi gün boğazı iyileşmişti ve karnındaki hareketleri hissetmiyordu bile; Gibbon'la vedalaşmak için iç avluyu geçerken gülümseyerek bir şarkı mırıldanıyordu.

"Hoşçakalın leydim" dedi Gibbon üzgün bir tavırla ona bakarken. "Kettlethorpe'tan uzaklaşmak için acele eder gibisiniz."

"Sadece On İkinci Gece'ye kadar" dedi Katherine. "Sonra... geri döneceğim. Ve bir daha asla surat asmayacağım, söz veriyorum. Sana yine malikâne işlerinde yardım edeceğim."

"Tanrı sizi korusun" dedi Gibbon ve gözlerini kapalı. Hugh bundan hoşlanmayacaktı; ama Hugh bile Katherine'i Düşes'ten gelen bir daveti geri çevirmeye zorlayamazdı. *Onu ben de durduramazdım,* diye düşündü Gibbon iç çekerek. Yapamazdı; çünkü buna gücü yoktu, yapamazdı; çünkü Katherine daha çocuktu ve Gibbon, yalnızlığa ve can sıkıntısına dayanmanın ne kadar olgunluk gerektirdiğini iyi biliyordu. Katherine'in bebeğini tehlikeye attığı konusunda köylülerin söylediklerine Gibbon inanmıyordu; ama gece uzun saatler boyunca adlandıramadığı bir sürü endişe zihnini kaplarken, Hugh'un Torksey'deki soylu dul Darcy'yle evlenmesi gerektiğine o da köylüler kadar inanmaya başlamıştı.

8

Bolingbroke, Lincolnshire'ın doğu sahili boyunca uzanan kırların üzerindeydi. Yemyeşil kırlarda kurulmuş, koruyucu surlarla çevrilmiş küçük ve güzel bir şatoydu. Kış aylarında bile çimenler kırağı altında yeşil kalıyordu ve kırmızı-altın renklerle süslenmiş küçük kulelerle yüksek merkezi bina göze çok güzel görünüyordu. Burası Lancaster çiftinin en sevdiği kır şatosuydu; Blance genç kızlığının büyük bölümünü burada geçirmişti ve evliliklerinin ilk günlerinde John'la birlikte burada baş başa kalmışlardı.

Burası onun için mutlu anılarla doluydu ve lordunun yokluğunun yarattığı endişeye ek olarak hamileliğin zorluklarına dayanmasını kolaylaştıracağını bildiğinden, buranın sıcak ortamına dönmüştü. Bu kez Kutsal Walsingham Bakiresi'ne ettiği dualar karşılığını bulmalıydı. Bir erkek olacak ve daha önce doğurduğu erkek bebeğin aksine, bu yaşayacaktı.

Leydi Blanche, Büyük Salon'da Katherine'i karşıladığı ve kızın elini tutarak yanaklarından öptüğü andan itibaren, Noel tatilinin on iki günü boyunca Katherine Kettlethorpe'u unutmayı başardı. Düşes'in arkadaşlığında, Katherine, Blanche'ı saran sakin ve zarif auraya kaptırdı kendini.

Hamileliği yüzünden kilo almış ve hareketleri ağırlaşmış olan Düşes artık zambakları hatırlatmıyordu; ama hâlâ kendine has bir şekilde güzeldi ve Katherine ona güçlü bir hayranlık besliyordu.

Blanche, Savoy'da veya sarayda kalabalıktan sıkıldığını ve sükûnet istediğini gülümseyerek açıklamıştı ve burada pek fazla ziyaretçisi olmuyordu. Yakınlardaki Tattershall Şatosu'ndan gelen Cromwell çifti oraya Noel gecesi ulaşmışlardı ve Blanche'ın kuzeni Abbess Elstow da St. Stephen Günü'yle Yeni Yıl arasını orada geçirmişti; ama şatodaki grup öylesine birbirine yakındı ki Katherine keyif almasına rağmen neden davet edildiğini merak ediyordu.

Bunu Düşes'in nazik kalbine yormuştu ve elinden geldiğince karşılığını vermeye çalışıyordu. Düşes'in de genç kıza şefkati ve ilgisi günden güne artıyordu. Ama daveti düşünmesine neden olan asıl şey, kocasından aldığı mektuptaki bir cümleydi.

Dük, Britanya'ya ayak bastıktan kısa süre sonra ona yazmıştı; emrinde dört yüz piyade ve altı yüz okçu toplanıyordu ve kardeşiyle Bordeaux'da sürgünde olan Castilian kraliyla buluşmak için güneye yürüyeceklerdi. Mutlu, kendine güvenen bir tarzda yazmış, birçok haber iletmişti: Galler'in güzel prensesi Joan yine hamileydi ve doğum yakındı; Kral Pedro -Tanrı onu tahtından indirmesin- güzel kızlarıyla birlikte Bordeaux'da ona katılmıştı ve haksızlığa uğramış bu prenseslerin acı durumu, lanet olasıca alçak Trastamare'e karşı zafer kazanmaya kararlı bütün İngilizlerin sempatisini toplamıştı. Nihayet İngiltere'nin zambakları Castile'de yüzecek ve Merlin'in asırlık kehanetini gerçekleştirecekti.

Dük her zaman olduğu gibi Blanche'ı düşündüğünü göstermiş, Bolingbroke kâhyasının dış hendeğin üzerindeki köprüyü onarıp onarmadığını, taş ustaların Kral ve Kraliçe'nin kilisedeki taş portreleri üzerindeki çalışmalarında ne kadar ilerlediğini sormuştu; "çünkü çocuğumuz orada vaftiz edilecek sevgili Leydim ve ben de zamanında dönebilmeyi umuyorum."

Blanche mektubu okuduktan sonra parşömeni öpmüştü ve büyük yatağının yanındaki, Bakire Meryem'in mücevherlerle süslü bir heykelinin durduğu, sunakta diz çökerek dua etmişti.

Tekrar mektuba baktığında, son paragrafta bir soruyla karşılaşmıştı: "Şu küçük Swynford gelinini hiç gördün mü? Sersem şövalyesi burada ve -kendisi için zor ve ender bir şey olsa da- kızın hamile olduğunu bana açıkladı. Nezaket kuralları, malikânede tek başına nasıl olduğunu öğrenmeyi gerektiriyor."

Blanche bütün bunları veya Lordunun bu küçük gelinden adıyla söz etmesini önemsememişti; herhangi bir şüpheye kapılmamış, herhangi bir konuda fikir yürütmemiş, sadece sorgulamadan cömert bir şekilde bu emri yerine getirmişti. Katherine'in ziyaretinden aldığı zevk düşünülürse, bu davranışı için ödüllendirilmiş de sayılırdı.

Kızın hayranlığı onu etkiliyordu. Aralarında on yaş fark olmasına, Blanche'ın soyunun ve deneyiminin yarattığı uçuruma rağmen Katherine'in arkadaşlığı gerçekten zevkliydi. İki kadın birlikte oturup nakış işliyordu ve Blanche, kızın küçük çocuksu ellerinin kendi uzun beyaz parmaklarının becerisini taklit etmek için nasıl uğraştığını görüyordu. Bazen Blanche lavtasını alarak çalmaya başlıyor, birlikte basit aşk şarkıları veya Noel ilahileri söylüyorlardı. Ve şarkı söylerken Blanche kendisinin bazen detone olduğunun ve buna karşılık Katherine'in son derece güzel söylediğinin farkındaydı. Üstelik kız çekingenliğini üzerinden attığında ve şarkıları öğrendiğinde, notalar zarif boğazından tatlı bir bal gibi akmaya başlamıştı.

"Kettlethorpe'ta böyle müzik yapıyor musun?" diye sordu Blanche, bir akşam Adam de la Halle'un *"Fais mari de vostre amour"*[21] adlı rondosunu bitirdiklerinde.

"Hayır, Leydim" dedi Katherine yüzü asılarak. Hem gururu hem de orayı unutma isteği yüzünden, Düşes'in malikâneyle ilgili arada bir sorduğu kibarca sorulardan olabildiğince kaçınıyordu.

"Müzisyenleriniz beceriksiz mi?" diye sordu Düşes biraz şaşırarak. Katherine, buradakinden çok daha boş ve tatsız olan kendi Büyük Salon'unu düşündü ve gülmekten kendini alamadı. "Müzisyenlerimiz yok, leydim. Orası" diye ekledi hemen, "bildiğiniz malikânelere benzemiyor."

Düşes solgun kaşlarını kaldırdı ve Katherine'in isteksizliğini görerek daha fazla konuşmadı. Sınırsız bir zenginlikle doğmuş ve buranın, aralarında en sadesi kaldığı sayısız şatoda yaşamış olduğundan, Kettlethorpe gibi bir malikâneyi hayal edemeyeceği doğruydu. Cömertçe yardım ettiği yoksulların kulübelerini tanıyordu; ama toprak sahibi bir şövalyenin evinin böylesine kıt kanaat geçineceği ve rahatsız olacağı hiç aklına gelemezdi. Şimdi de gelmiyordu ama gök mavisi gözleri odaklandığında, Katherine'in giysilerinin hırpaniliğini ilk kez fark etmişti. Yine de Windsor'dayken Katherine'e hediye ettiği ve şimdi değiştirilmiş olan yeşil elbiseyi tanıyamamış veya hatırlamamıştı bile. Ne var ki Yeni Yıl'da kıza hediye vermeye karar vererek konuyu kafasından attı ve iki küçük

---

21 "Aşkınıza gerek yok, kocalar; çünkü dostum var." Adam de la Halle'in (1245-85) üç sesli rondosunun ilk satırı.

kızı, Lincoln'den gelen ve kızları avluda oyuncu bir şekilde kovalamış olan yeni bir grup aktörü haber vermek için geldiğinde, Blanche gülümseyerek onlara döndü. Küçük olan Elizabeth heyecanla haykırdı.

"Ejderha, anne! Her tarafı ateş içinde!" diye bağırdı kız, kırmızı ayakkabılarıyla dans ederek pencereyi işaret ederken. "Büyük ejderha! Hepimizi yiyecek!"

"O gerçek bir ejderha değil, anne" diye açıkladı Philippa. "Sadece kılık değiştirmiş bir adam. Korkmana gerek yok."

Katherine onu izlerken, küçük Philippa'nın ne kadar tatlı olduğunu düşündü. Altı buçuk yaşında, daha şimdiden Blanche'ın bir kopyası olarak iyi terbiye almış ve düşünceli bir kızdı. Asla itaatsizlik yapmıyor, öfke krizlerine girmiyordu. Annesi gibi o da sarışındı; ama Blanche kadar güzel olacağa benzemiyordu. Dar Plantagenet yüzünün iki yanında saçları omuzlarından aşağı dümdüz dökülüyordu ve teni, hiç şüphesiz sürekli geçirdiği safra krizleri yüzünden yeşilimsi görünüyordu.

Dindar bir çocuktu ve ilk Komünyon'una katılmıştı bile; İncil'i gayet iyi okuyabiliyordu ve oyun oynarken, daima azizlerden birinin hayatını sahneliyor gibiydi.

Henüz üç yaşında bile olmayan Elizabeth her açıdan ablasını gölgede bırakıyordu. İnatçı, talepkâr ve son derece şımarıktı; çünkü çok sevimliydi ve sevimliliğini kullanmayı biliyordu. Kırmızı yanakları ve bir gün kararak kumrala dönüşecek kızıl saçları vardı. Günahkâr büyük-büyükannesi Fransa Kraliçesi Isabella'ya benzediği söyleniyordu ve kesinlikle sarışın anne-babasına benzemiyordu.

Elizabeth çok geçmeden annesini ejderhayı görmeye zorlamaktan vazgeçti. Hayatı boyunca bir sürü aktör görmüş olan Blanche, sadece sakin bir şekilde gülümsedi ve oymalı koltuğundan hiç kıpırdamadan "Şu anda meşgulüm, canım" dedi. Hamileliği yüzünden her zamankinden daha iri ve daha üşengeçti.

Küçük kız bu kez dans ederek ve şarkı söyleyerek Katherine'e yaklaştı. "Ejderha, ejderha, gel de Lisbet'in ejderhasını gör!"

Katherine kesinlikle istekliydi. İzin istercesine Düşes'e baktıktan sonra çocuğun elini tuttu. Elizabeth, Katherine'i sürükleyerek taş merdivenlerden inmeye başladı; ama Philippa, terli eliyle Katherine'in elini tutarak ağırbaşlı bir şekilde onlarla geldi.

Avluya ulaştıklarında, her yer eğlenceyi görmeye gelmiş olan maiyet üyeleri ve köylülerle doluydu. Aktörler haykırarak Dük'ün çocuklarını selamladı ve "Selamlar, selamlar!" diye, maskelerinin altından boğuk seslerle şarkı söyleyerek üçlünün etrafında dönmeye başladı. Her biri bir hayvan kılığına girmiş bir sürü aktör vardı; keçiler, tavşanlar, geyikler, köpekler ve boğalar. Ama liderleri Misrule Lordu, sürekli öten zilli kostümü ve kırmızı-mavi boyalı yüzüyle soytarı kılığına girmişti.

Ejderha gerçekten de muhteşem görünüyor, taşların üzerinde gerçekçi bir şekilde kıvranıyor, boyalı kanvastan ağzını açıp kapıyor, kötü kokulu kükürt dumanları yayıyordu. Ejderha küçük tavşan başlı bir figürü alıp yermiş gibi ağzına götürürken ve soytarı sahte çığlıklar atarak bir tavuskuşu tüyüyle ejderhaya vururken, Katherine avludaki diğerleriyle birlikte kahkahalara boğuldu ve küçük Philippa bile gergin bir şekilde gülümsedi.

Ama aktörlerin oyunu giderek müstehcenleşmeye başladı. Soytarı, ejderha alev aldığı için iyi yürekli Hristiyanların onun üzerine *su dökmesi* gerektiğini söyledi ve en doğal hâliyle bunu yapmaya başladı. Katherine kendini gülmekten alamasa da Elizabeth ve Philippa'nın itirazlarına aldırmadan iki küçük çocuğu annelerinin yanına götürmek için sürükledi.

Blanche'ın kameriyesine geldiklerinde Katherine küçükleri kesin bir dille sakinleştirmiş ve kendi çocukluğundan kalma Fransızca bir çocuk şarkısı söylemeye başlamıştı; annesinin yanına bırakmak istediğindeyse, Elizabeth bütün gücüyle Katherine'in boynuna sarılmıştı.

"Çocuklarla aran gerçekten iyi, Katherine" dedi Düşes bunu görerek. Philippa da Katherine'in eteğini sımsıkı tutuyordu. "Ama hamileyken o ağır çocuğu kucağında taşımamalısın; Elizabeth, Leydi Swynford'un kucağından hemen in!"

"İnmeyeceğim işte" diye bağırdı çocuk Katherine'e daha sıkı sarılarak. Annesinin kaşlarını çattığını görünce daha da güçlü bağırdı. "Ben en çok onu seviyorum! En çok onu seviyorum işte!"

Bu sadece bebekçe bir yaramazlıktı; sesini yükselterek bitişikteki odadan Elizabeth'in dadısını çağıran Düşes bundan hiç rahatsız olmamıştı aslında. Ama Katherine çocukları bir şekilde Düşes'ten çalmış ve en sevgili dostunu istemeden kırmış gibi suçluluk duymuştu.

Elizabeth'i isyankâr ulumalarına aldırmadan dadısına teslim etti ve Philippa da annesinin yanında kalarak ciddi bir tavırla aktörleri anlatmaya başladı. Katherine nakışını alarak kameriyenin kuytu bir köşesine, gözden uzağa çekildi ve içini kaplayan huzursuzluk duygusunu bastırmaya çalıştı.

Elbette ki bu duygusu geçti. Kadınların hamileyken fazla hayalci ve duygusal olduğunu düşünerek Düşes'i herhangi bir şekilde etkilemesinin mümkün olamayacağına karar verdi. Ama Dük'ün kilisede kendisini öpüşünü hatırlayınca yanakları kıpkırmızı kesildi.

Şimdi burada Dük'ün karısı ve çocuklarıyla birlikteyken, o zaman ne kadar aptalca düşündüğünü daha iyi anlıyordu ve bir şekilde bu gerçeği kavrayarak Hugh ve Kettlethorpe'a karşı görevlerini daha nazikçe düşünmeye başlamıştı.

Düşes, Katherine'in kocasını özlediğini varsayarak bu konuda farkında olmadan ona yardım etmişti. Üstelik Katherine'i başkalarının yardımına muhtaç bir öksüzken kaliteli bir leydiye dönüştüren yazgıdan dem vurmuştu. "Kutsal Azize Catherine seni özellikle koruyor olmalı, hayatım."

"Evet, Leydim" dedi Katherine alçakgönüllülükle.

"Bir gün" diye devam etti Blanche, "Norfolk'taki Leydi Walshingam'a hacca gitmelisin; annelere karşı özellikle nazik ve merhametlidir." Bir an duraksadı ve gözleri tuhaf bir şekilde parladı. "Haziran ayında ona gittim; muazzam cömertliğiyle beni ödüllendirdi." Kucağına bakarak alçak sesle ekledi. "Ve bana sağlıklı bir oğul vereceğini biliyorum."

"Ah, sevgili Leydim" diye bir çığlık attı Katherine. Düşes'in elini tuttu ve onun beyaz yüzüne bakarak zarif eli kendi yanağına koydu. "Siz kendiniz zaten Cennet'in Kraliçesi gibisiniz; elbette ki sizi ödüllendirecekti!"

"Şşş, çocuğum." Blanche elini çevirerek nazikçe Katherine'in dudaklarına bastırdı. "Aptalca şeyler söylememelisin. Ama gerçekten ben de seni seviyorum; bebeklerimiz doğduktan sonra daha sık görüşmeliyiz. Senden ayrılmak beni üzecek."

Ertesi gün ayrılacakları için Katherine de üzüntüyle iç çekti. Düşes'in bir süre daha kalmasını isteyeceği yönündeki umudu da uzun zaman önce silinmişti. Blanche kızın artık sorumlulukları olduğu için malikâneye geri dönmekte sabırsızlandığını düşünüyordu ve elbette ki Swynford varisi kendi topraklarında doğmalıydı. Kanun böyleydi ve Düşes sorumluluklarını kendi isteklerinin önünde tutmakta asla tereddüt etmezdi. Bu yüzden, Katherine'in aksini düşüneceği aklının ucundan bile geçmemişti.

Katherine, Piers Roos'un rehberliğinde ve korumasında Kettlethorpe'a döndü; ama Düşes yolların at sırtında fazla buzlu olacağına karar vererek onu büyük dükalık faytonlarından biriyle gönderdi. Dört at tarafından çekilen araba, Blanche'ın kendi gelinlik faytonu gibi oymalar, yaldızlar ve boyalarla süslüydü. Katherine kadife bir kanepede oturuyor, yaysız tekerleklerin üzerinde araba atlayıp zıplamasına rağmen bu cömertliğin Bolingbroke'dan ayrılışıyla ilgili üzüntüsünü biraz hafiflettiğini hissediyordu. Uzun faytonun arkasındaki sandıklara yığılmış olan hediyeler de Blanche'ın cömertliğinin diğer kanıtlarıydı. Katherine'in artık iki elbisesi vardı ve bir üçüncünün yapılması için Flaman yününden kumaş verilmişti. Kaliteli kumaşlardan bebek giysilerine ek olarak bir lavta, İngilizce bir İncil ve fildişi bir haç da vardı.

Piers'a danıştıktan sonra Düşes sonunda Kettlethorpe'taki durumu kavramış, Katherine'e yardımcı olmak için elinden geleni yapmıştı.

Katherine uzun yolculuk boyunca minnet düşünceleriyle ve geleceğiyle ilgili bir sürü olumlu kararla doluydu. Elinden geldiğince Düşes gibi olacaktı; daima zarif, yardımsever ve dindar. Düşes'in rahibine yaptırdığı gibi Sir Robert'a her gün ayin yaptırabileceğinden şüpheliydi ama en azından her gün kendisi dua edebilirdi ve sonbaharda yaptığı gibi önemsiz rahatsızlıklar yüzünden Pazar ayinini atlamasına gerek yoktu. Artık ruhsal hayatında tembellik etmekten dolayı suçluluk duymak istemiyordu. Sheppey'deki rahibeler bunun ne kadar büyük bir günah olduğundan sıkça söz etmişlerdi.

Eve uzanan on beş saatlik yolculuğunda vicdanını tartmak için zaman bulabilmişti. Sallantılı araba yavaş yolculuk yapıyordu ve Lincoln'de atlarını dinlendirdikten sonra kar başlamış, tıpkı Mayıs ayında Hugh'la birlikte gelirken olduğu gibi Kettlethorpe'a olan yolculukları oldukça yorucu geçmişti. Ama karşılanışı daha iyi değildi. Malikâne kapkaranlıktı ve hizmetkârlar onu beklemediklerinden, mutfağın bitişiğindeki yataklarına gitmişlerdi. Piers onları yataklarından kaldırdığında hepsi asık yüzlü, antipatikti ve büyük, süslü faytonu hayretle izlerken, soyluların kendilerine tepeden bakmasına gücendiklerinden Katherine'e yardım etmekte isteksizdiler.

Katherine küf kokulu ve rutubetli süitine çekildi. Nemli çarşafların üzerine geceliğini giymeden uzandı. Gece mumunun alevi, doğudan eserek panjurdan içeri giren rüzgârla titreşerek söndü. Doğu rüzgârı aynı zamanda kuleden gelen sesleri de taşıyordu: Kesik kesik uluma şeklinde bir şarkı ve ara sıra soru sorarmış gibi bir sesin keskin şekilde yükselişi. Leydi Nichola kedisiyle, kar taneleriyle ya da hasta zihninin yarattığı bir hayaletle konuşuyordu; ne önemi vardı ki?

Hiçbir şey değişmemişti. Katherine ayı postunu kulaklarına kadar çekti ve dişlerini sıkarak sabır için dua etti.

Kış karı güçlenen güneşle eriyordu. Işık güneye doğru hareket ederken, ormana bakan pencereden süzülen güneş ışığıyla Katherine uyandı.

Artık her sabah hendeğin üzeri bir buz tabakasıyla kaplı olmuyordu ve meralar yeşermeye, yeni kuzular doğmaya, havayı zayıf ve ürkek melemeleriyle doldurmaya başlamışlardı.

Nisan ayının ilk günü hava bulutsuzdu ve gece hafif yağmur yağmıştı; hava iyileşiyordu. Yeni ekilmiş ekinlerin donma veya sel altında kalma tehlikesi azaldıkça köylülerin de yüz ifadeleri yumuşamaya başlamıştı. Sık sık tarlalarda, ahırlarda ve bira atelyesinde şarkı söylüyorlardı; hatta başlarıyla selamlarken Katherine'e gülümsüyorlardı da.

Bütün malikânede bahar atmosferi hâkimdi ve Katherine zamanının büyük bölümünü avluda bir bankta oturarak veya hayallere dalmış hâlde kümes hayvanlarının sesleri eşliğinde yürüyüş yaparak geçiriyordu. Sırtı ağrıdığı ve ayak bilekleri şiştiği için artık uzun yürüyüşlere çıkamıyordu; ama hasta veya mutsuz da değildi. Hayatını günlük olarak geçiriyor, yaklaşan doğumu bekliyordu; ama artık yüküne o kadar alışmıştı ki onsuz olmanın nasıl olduğunu bile hatırlayamıyordu.

Paskalya'dan önceki hafta gezgin bir Gri Keşiş malikâneye gelerek küçük eşeği ve kendisi için barınak istedi. Katherine onu zevkle ağırladı ve getirdiği haberleri dinledi. Birader Francis, bir vaaz göreviyle Yorkshire'da dolaşıyordu; ama Bolingbroke yakınlarındaki Boston kasabasından gelmişti. Katherine'e 3 Nisan'da, yani on bir gün önce, Düşes Blanche'ın sağlıklı, sarışın bir oğul doğurduğunu ve kendisine büyükbabasının adının -Henry- verildiğini açıkladı. "Bütün civar halkı çok sevindi" diye ekledi Keşiş. "Saint Botolph'taki kilisemizin çanının çatlayacağını sandım. Sokaklarda yakılan şenlik ateşleri yüzünden de iki ev yandı."

"Ah, çok sevindim!" dedi Katherine. "Çok sevindim!" Blanche için duyduğu mutlulukla gözleri doldu; ama incinmişti de. "Bütün civar halkı çok sevindi..." Ama kendisinin bundan haberi olmamış, endişeli bir şekilde arkadaşı için dua etmişti; oysa Düşes maiyetinden biriyle haber göndererek kendisini rahatlatabilirdi. Ama bunu neden yapacaktı ki? Düşes'in düşünmesi gereken haddinden fazla şey vardı ve sonunda bir erkek varisin doğumuyla konular daha da artmıştı; yalnızlık veya dünyadan uzak olmak hakkında ne bilebilirdi ki? Hiç şüphesiz Katherine'in haberi uzun zaman önce duyduğunu düşünmüş olmalıydı; tabii kendisini hiç düşünmüşse. Ama yine de Katherine kırgınlığını silemiyordu.

"Küçük Henry Lancaster'la ilgili bu haber" diye devam etti Keşiş, dedikodudan zevk alan bir adamın mutluluğuyla, "büyük bir mirasla doğdu;

ama İngiliz tahtı üzerinde hak iddia edemez tabii ki. Özellikle de yeni kuzeninin doğumundan beri."

"Ne kuzeni?" diye sordu Katherine, Keşiş'in kadehine yine bira doldururken.

"Ah, Richard elbette! Yortu Günü Galler Prensesi onu Bordeaux'da doğurdu." Keşiş, soran gözlerle Katherine'e baktı. "Açıkçası, Leydim, gerçekten de dünyadan habersiz yaşıyorsunuz; kendi malikânenizde, lordunuzdan uzak bir şekilde!"

Katherine onun sandığı kadar cahil ve dünyadan bihaber olmadığını neredeyse keşişe söyleyecekti; Düşes'i ziyaret ettiğini, Kraliçe'nin nedimesi olan ablasıyla sarayda bir süre yaşadığını vs. Ama adam onun yalan söylediğini veya hava attığını düşünebilir diye vazgeçti; ayrıca adam ona konuşma fırsatı vermeden gevezeliğini sürdürüyordu.

"Kral Edward öldüğünde, Tanrı onu korusun, görkemli Galler Prensi'miz tahta çıkacak ve onun arkasından iki oğlu daha var; küçük Edward -biraz hastalıklı bir çocuk- ve şimdi Richard da doğdu. Onlara bir şey olursa" elini kaldırarak mırıldandı, *"Christus prohibeat!"*[22] Dük Lionel var ve tekrar evleneceğini duydum. Ayrıca Lancaster Düküve küçük Henry Bolingbroke, yeni doğanlar olmasa bile sırada beşinciydiler." Başını iki yana salladı. "Hayır, Leydim, asla Lincolnshire doğumlu bir kralımız olmayacak; ne acı."

"Gerçekten öyle" dedi Katherine soğuk bir tavırla. Giderek yoruluyordu ve Lincolnshire'a olan ilgisi, bu küçük Henry'nin doğumunun yaratacağı yeni açıları değerlendirmesini gerektirecek kadar büyük değildi. Üstelik kalbi hâlâ kırıktı ve artık Lancasterlar hakkında başka bir şey duymak istemiyordu.

* * *

Nisan ayının son günü, Katherine erken uyanmıştı ve huzursuzdu. Güneş yükselmeden giyinip aşağı, avluya indi. Asma köprüyü indirmesi için Toby'yi uyandırdı ve ormanda yürüyerek çiçek toplamaya başladı. Onları Salon'a getirip köşelere ve pencere pervazlarına yerleştirdi. Sonra uzun meşe masanın balmumu ve diğer türde yağlarla lekeli olduğunu görünce, mutfaktan Milburga'yı çağırdı.

Hizmetçi, hanımını kararlı bir şekilde masayı silerken buldu ve Salon'a yerleştirilmiş çiçeklerle ağaç dallarını fark ederek bilgece başıyla onayla-

---

22 Lat. Yüce İsa uzak tutsun!

dı. "Evet, leydim, huzursuz olduğunuzu ve bir şeylerle oyalanmak istediğinizi görebiliyorum. Zamanınız yaklaşıyor olmalı."

Katherine irkilerek başını kaldırdı. "Hayır, kendimi iyi hissediyorum; uzun zamandır hissetmediğim kadar iyi. Ama yarın evin Mayıs'a hazır olmasını istiyorum." Bir yıl önce Londra'da Hawise'le geçirdiği Mayıs Günü'nü düşünürken sesi titredi.

"Molly'ye gidip kendisine ihtiyacınız olacağını söyleyeyim" dedi Milburga. Her zamanki gibi sesinde Katherine'e duyduğu küçümsemenin etkisi vardı.

"Saçmalık, bebeğin zamanı henüz gelmedi. Bir bez al ve şu masayı temizlememe yardım et." Katherine bebeğin ne zaman doğacağını kesin olarak bilmiyordu ama Milburga daima ona karşı çıkmaya hazırdı.

"Evet, Molly'yi uyarsam iyi olur" diye tekrarladı kadın, Katherine hiç konuşmamış gibi, "yoksa gün batımında ateşleri yakmaya ve Ket'in teknesini nehre indirmeye gidebilir."

Katherine dudaklarını ısırdı. O kibirli suratı tokatlamamak için kendini zor tutuyordu. Milburga, Katherine'in bu Aziz Walburga Günü'nde köylülerin gösterişli törenler yapmasını yasakladığını biliyordu. Gibbon da onu bu konuda uyarmıştı ve Druid zamanlarından kalma bu festivalin Ket adı verilen karanlık bir tanrıçaya kurban adamakla ilgisi olduğunu açıklamıştı. Bazılarıysa festivalin Danimarkalı Ketel onuruna verildiğini öne sürüyordu. Hangisi olursa olsun, bu festivalin kutlanması Katherine'in midesini bulandırıyordu.

Görünüşe bakılırsa köylüler Trent yakınlarında bulunan bir tepedeki antik taş dairesinde ateşler yakıyor, kalabalık hâlinde dans ettikten sonra nehre gidiyorlardı. Nehirde, yeni doğmuş üç kuzu, sunak dedikleri bir taşın üzerinde, çığlıklarına ve çırpınışlarına aldırılmadan katlediliyordu. Gibbon'ın açıkladığına göre bu törene *"Ket'in Teknesini Suya İndirme"* deniyordu ve bu pagan saçmalığına karşı çıkışı, festivalin ahlaksızlığının yanı sıra, kuzuların ve iki günlük çalışmanın -biri hazırlık, diğeri de gece boyunca içilen içkilerden ayılmakla geçen iki gün- boşa harcanmasından kaynaklanıyordu.

Ama Katherine paniğe kapılmış ve hazırlıkları durdurması için rahibe koşmuştu. "Ah, bunu yapamam, Leydim" demişti Sir Robert şaşırarak. "Burada bunu daima yaparız. Gelenektir. Ben de sık sık Ket'in Teknesinin Suya İndirilmesi törenine katılırım."

"Ama bu *kâfirlik*!"

Rahip omuz silkmiş ve şaşkın gözlerle bakmıştı.

Sonra Katherine ev halkını bir araya toplamış ve Mayıs Günü Ket törenini resmî olarak yasaklamıştı. Hizmetkârlar hiçbir şey söylememiş, sadece onu dinlemiş ve sessizce dağılmışlardı. Ama kâhyanın alaycı kahkahalarını ve Milburga'nın avludaki sızlanmalarını duymuştu.

"Size söylemiştim, Milburga, bu geceki şeyi yasakladım" dedi Katherine saygın bir şekilde konuşmaya çalışarak. "Bana itaat etmenizi bekliyorum."

Hizmetçinin dudakları titredi. "Yani, emin olmak için soruyorum, Leydim, Molly'ye haber vermeyeyim mi?"

"Kesinlikle hayır!"

O gece güneş battıktan bir saat sonra Katherine ilk sancılarıyla karşılaştığında ev halkı tarafından terk edilmiş hâlde tek başınaydı. Ona akşam yemeğini vermişlerdi ve kendisine karşı çıkacaklarını beklemeyen ve hâlâ huzursuz olan Katherine, süitine çekilerek lavtasıyla pencerenin yanına oturmuş, Bolingbroke'da söylediği bir şarkıyı hatırlamaya çalışarak rastgele notalara basmıştı.

Müzikten zevk alıyordu ve büyük ölçüde kendi kendine öğrenmiş olmasına rağmen iyi bir müzisyen olmuştu; o kadar ki başlangıçta sırtında artan ağrının keskinliğini fark etmedi bile. Ama ağrı giderek keskinleşti ve krampı yatıştırma düşüncesiyle ayağa kalktı. Gerçekten de ağrısı dindi. Pencereye yaslanarak hendeğin ötesindeki karanlık ormana tembelce baktı ve Hugh'u düşündü. Ocak ayında Düşes'in ordunun hedefine ulaşmakta olduğunu söylemesi dışında ondan hiç haber alamamıştı; fakat zaten beklemiyordu da. Karısına mektup yazdıracak birini bulsa bile kimle gönderecekti ki? Ama kocasının Mayıs ayında eve dönmesini umuyordu ve belki bu gerçekleşebilirdi. Hugh geri döndüğünde, Katherine ne sevineceğini ne de üzüleceğini fark etti; fakat bir ölçüde rahatlayacağını biliyordu.

Pencerenin taş pervazına sımsıkı tutunarak iç çekti ve gerildi; nefeslerinin sıklaştığını fark etti. Bacaklarındaki ve sırtındaki ağrı daha güçlü bir şekilde geri dönmüştü ve bu kez yatışmadan önce kasıklarına keskin bir acı yayıldı.

Kapıya koşarak merdivenin tepesinden seslendi: "Milburga!" Cevap gelmedi; Salon'da veya közlerin söndürüldüğü boş mutfakta hiç ışık yoktu. Sessiz avluya çıktı ve bir sancıyla daha kasılıp gevşerken yumruklarını sıktı. "Toby!" diye seslendi, malikânenin kapı kulübesinin penceresinin altına yaklaşarak. Köprü inik olmasına rağmen Toby orada değildi.

Zorlukla sendeleyerek Gibbon'ın kulübesine yöneldi ve kapıyı sertçe ardına kadar açtı.

"Tanrı aşkına, neler oluyor?" diye bağırdı adam karanlıkta. "Siz misiniz, Leydim? Panjuru açın." Bir an sonra Katherine panjuru açtı ve Gibbon onu zayıf ışıkta siluet olarak gördü: Kollarını karnına dolamış hâlde yere çömelmişti.

"Tanr..." diye fısıldadı hasta adam. "Zavallı kız, demek zamanınız geldi; ama Leydim, yatağınıza dönün ve ebeyi çağırtın. Ah, unuttum, Tanrı hepsinin belasını versin; Ket tepesine gittiler." Sararmış yüzü acıyla burkuldu. "Burada kimse yok mu?"

"Kim... kimse yok" diye kekeledi Katherine "ve köye ulaşabileceğimi sanmıyorum..."

"Yararı da olmazdı; orada kimse yoktur şimdi. Gidişlerini duydum; şarkı söyleyip gülüyorlardı..." Gibbon'ın alnındaki damarlar kabardı. "Bu işe yaramaz lanet olasıca vücudumu Şeytan als..."

"Ne yapacağım ben, Gibbon?" diye sordu Katherine.

"Yatağınıza dönün." Gibbon ona cesaret vermek için güçlü bir sesle konuştu. "Geri dönmeleri uzun sürmez. Gelişlerini duyduğumda seslenirim ve size birini gönderirim. Bir süre cesur olun, uzun sürmez." Ama önceki yıl gece boyunca köylülerin ayine devam ettiğini biliyordu.

"Evet" dedi Katherine. "Yatağıma döneyim. En iyisi bu!" Kendi adına düşünemiyordu ve Gibbon'ın kelimeleri onu rahatlatmıştı. "Sancılar o kadar kötü değil" diye ekledi gülümsemeye çalışarak. "Daha önce anlatılanlardan duyduğum kadar kötü değil."

Henüz değil, zavallı Leydim, diye düşündü Gibbon, bakışlarını o masum yüzden uzaklaştırarak. Katherine el yordamıyla kapıdan çıktı ve süitine çekilip kendini yatağına bıraktı. Gece ılıktı ama öyle olmasa bile yorgana ihtiyacı yoktu, çünkü çok geçmeden kasılıp duran vücudu ter içinde kalmıştı.

Gece yarısına doğru kulübesinde yatan Gibbon avluda tüyler ürpertici şekilde yankılanan ilk çığlığı duydu ve kapalı gözkapaklarından birkaç damla yaş süzüldü. Kuledeki odasında Leydi Nichola da çığlığı duymuştu ve merakla başını kaldırmıştı. Bir testiden çamurdan yapılmış bir kâseye su damlatıyordu ve düşen damlaları dikkatle sayıyordu.

Bu su damlası kendim için; bu su damlası da peri...
Sırasıyla peri, cin, su perisi, ah bu da alın teri

Kendi kendine Mayıs Günü ayini yapıyordu. Artık iyice büyümüş olan kedisi yatakta kıvrılmış, tembelce mırlıyordu.

Nichola o tuhaf sesi tekrar duyduğunda testiyi ocağa bıraktı ve kediye döndü. "Sence beni mi çağırıyorlar, tatlım? Kutsal Kuyu'da Yaşayan'ın sesi mi bu?"

Sonra başını iki yana salladı ve koyu renk gözlerinde endişeli bir bakış belirdi; çünkü içinde yaşadığı zihinsel sisin arasında bir insanın yardıma ihtiyacı olduğunu anlamıştı. Geceliğinin kırışıklarını düzeltip beyaz saçlarına küf lekeli bir eşarp örttü. Kıvrık bir saz alıp ateşte tutuşturdu. "Ne istediklerini öğrenmeliyim" dedi kediyi okşarken. "Uzun sürmez..."

Kulenin taş merdivenlerini indi ve dış merdivene ulaştığında sesi tekrar duydu. Leydinin süitinden geldiğini anlayınca şaşırdı. Kapıyı yavaşça açarak içeri girdi ve elindeki sazı kaldırarak karanlık odaya bakındı.

Sesler bir zamanlar kendi lorduyla birlikte uyuduğu yataktan geliyordu. Yatakta kıvranıp duran ve yine tüyler ürpertici bir çığlık atan şu şey neydi?

Yaklaştığında, terden parlayan bir yüzde vahşi bakışlı iki göz ve o yüzü çevreleyen darmadağınık saçlarla karşılaştı.

"Hugh'un gelini?" diye fısıldadı inanamayarak. Gözlerini kırpıştırarak yatağa eğildi ve kırmızı lekeleri görerek bir çığlık attı. "Sana ne oldu Hugh'un gelini?"

"Tanrı aşkına, Leydim!" diye bağırdı Katherine. "Bebeğim doğamayacak." Nichola'nın elini tutarak kemiklerini kıracasına sıktı ve o umutsuz tutuşun yarattığı acıyla Nichola'nın zihni biraz olsun netleşti.

Kendisi hiç doğum yapmamıştı ama uzun zaman önce babasının malikânesinde bir doğuma tanık olmuştu. Yatağa oturup Katherine'in ellerini tuttu ve kız delice çırpınarak ellerini çekiştirirken yüzünü bile buruşturmadı; ellerinin acısına aldırmadan yatıştırıcı sözler mırıldandı ve çarşafın köşesiyle kızın terli alnını sildi.

Katherine biraz sakinleşmişti ve şafağın ilk ışıkları süite süzülürken bitkin bir şekilde baygın düştü. Sonra kızın vücudu yeni bir mücadeleye girişti.

Güneş ormanın tepesine yükseldiğinde nihayet doğum gerçekleşti.

"Ah, ne oldu?" diye bağırdı Katherine tekrar konuşabildiğinde. "Yaşıyor mu? İyi mi?" Yattığı yerde doğrulmaya çalıştı ama nefes nefese geri yıkıldı.

"Bir kız; bir kız bebek" dedi Nichola, yavaşça yatağa bakarak. "İyi görünüyor, sanırım... ama... yapılması gereken bir şey olduğunu... hatırlıyorum..." Bitki ve otları kesmek için kullandığı küçük bıçağı sakladığı kuşağına uzandı. Çarşaftan kopardığı bir şeritle göbekbağını sıkıca bağladı ve tek bir hareketle kesti. Bebek bir çığlık kopararak ağlamaya başladı. Nichola ilk çığlığı duyduğunda irkildi. Başındaki keten eşarbı çıkarıp bebeğe sardı ve küçük kundağı göğsüne bastırdı.

"Ah, onu göreyim" diye fısıldadı Katherine kollarını uzatarak. "Onu bana verin..."

Nichola daha önce kararlı görünen yüzünde beliren kararsızlıkla bir adım geriledi. "Ne istiyorsun, Hugh'un gelini?" diye sordu melodili bir sesle başını iki yana sallayarak. "İstediğin nedir?"

"Bebeğimi görmek istiyorum. Onu buraya getirin, Leydim..." Her yeri uyuşan kız, bütün gece boyunca yanında kalıp onu rahatlatan tek kişi olan bu kadının neden başını iki yana sallayarak geri çekildiğini anlayamıyordu. İkisi de avludan gelen gürültüleri, erkek bağırışlarını ve nal seslerini duymuyordu.

Bebek sızlandığında Nichola çabucak eğilerek onun yüzünü öptü. "Ah, işte, hayatım" dedi, "güzelim benim, onları görmek istiyorsun, değil mi? Hemen nehre gidelim..."

Katherine baştan aşağı korkuyla ürperdi. "Leydim!" diye bağırdı. "Buraya gelin!" Nichola kapıya doğru bir adım daha geriledi. Katherine'e sinsice baktı. "Onu benden alacaksın ama o benim..."

"Tanrım! Tanr..." diye fısıldadı Katherine; yatakta doğruldu ve neredeyse yere atlayacaktı ama Nichola'nın kapıya yandan bir bakış attığını ve kundağı göğsüne daha sıkı bastırdığını görünce cesaret edemedi. Katherine çenesinin titremesini bastırmaya çalıştı. "Eğer sizinse, leydim" dedi zorlama bir sıcaklıkla; bir yandan da kadının bakışlarını yakalamaya çalışıyordu, "ona iyi bakmalısınız; üşüyebilir, biliyorsunuz, bu yüzden biraz onu bırakın ve ateşi canlandırın da onu ısıta..."

Nichola tereddütlü görünüyordu; bakışları Katherine'den karanlık şömineye kaydı ve tekrar başını iki yana salladı. "Hayır, sanmıyorum. Önce nehirdekiler onu görmek istiyor, bu yüzden acele etmeliyim..." Elini kapının tokmağına koydu. Katherine sendeleyerek yataktan kalktı ve çığlıklar arasında kadına doğru koştu. Nichola kapıya koşarken merdivenden gelen ayak seslerini duyarak tekrar haykırdı.

Kadın bebeğe sıkıca sarılarak kapının yanında yere çöktü. Kapıda duran adam onlara şaşkınlıkla baktı.

"Ah, durdurun onu! Durdurun onu!" diye hıçkırdı Katherine. "Bebeğimi çalıyor!" Adam hızla eğilip Nichola'nın elindeki kundağı kaptı; Nichola uzun bir iniltiyle daha da büzüldü. Adam bebeği yatağa bıraktıktan sonra yerde dizlerinin üzerine çökmüş ve nefes nefese kalmış olan kıza döndü. "Tanrı aşkına, Katherine!" diye bağırdı ve genç kızı kollarının arasına alıp yatakta bebeğin yanına yatırdı. Katherine zorlukla gözlerini araladı ve adamın güneşten bronzlaşmış yakışıklı yüzündeki endişeli bakışlı masmavi gözlerine baktı. "Lordum... Dük Lancaster..." diye fısıldadı. Ardından, o gözler, oda ve Nichola'nın iniltileri bir karanlığa gömüldü.

* * *

Katherine tekrar kendine geldiğinde ve boğuk kadın seslerini duyduğunda öğle saatlerini bir hayli geçmişti. Önce neler olduğunu hatırlayamadı ve ağır gözkapaklarının arasından güneş ışığında süzülen toz tanelerine rüyadaymış gibi baktı. Sonra yatakta biraz döndü ve eli düz karnına düştüğünde, hatırlayarak bir çığlıkla irkildi. "Bebeğim!"

Molly'nin nazik yuvarlak yüzü üzerine eğildi. "Burada, Leydim, kundaklanmış, sıcacık, mutlu bir şekilde küçük kızınız burada." Bebeği Katherine'in koluna bıraktı. "Şimdiye dek gördüğüm en tatlı ve en sağlıklı bebek" dedi Molly. Onun omzunun üzerinden Milburga'nın korku içinde bakan yüzü onaylarcasına öne eğildi.

Katherine bulanık bir zihinle minik başa, buruşuk burna ve pembe dudaklara baktı. "Onu göğsünüze yatırın" dedi Molly, yatak örtüsünü açarken, "biraz emerek süt getirsin." Katherine o küçük ağızdaki açlığı hissetti ve içini daha önce hiç tatmadığı bir mutluluk kapladı. İkisi birlikte altın bir banyoda yüzüyorlarmış gibi hissediyordu. Önceki gece yaşanan olaylar kötü bir rüya gibi geliyordu ona; bir daha ne korku ne de acı ona dokunabilirdi çünkü bu nefes alıp veren ve sadece kendisine ait olan minik bedendeki sevgi ikisine de yeterdi.

Bebek uykuya daldığında başını yanağına bastırarak yatırdı ve kendisi de uykuya daldı. Kadınlar korku içinde fısıldaşırken onu bir süre yalnız bıraktılar.

Dük'ün onlara ne yapacağını hiçbiri bilmiyordu. Malikâne hizmetkârları Ket ayini dönüşünde sendeleyerek asma köprüden geçerken, Dük korkunç bir öfkeyle avluya gelmişti. Onlara ne bağırmış ne de herhangi birine vurmuştu ama bakışları kılıç gibiydi ve etrafındakilere emirler yağdırırken ses tonu hepsini sarhoşluktan kurtarmıştı.

Ona itaat etmek için delice koştururken, olanları öğrendiklerinde kendileri de şaşırmışlardı. Hıçkırıklar arasında göğsünü yumruklayan Leydi Nichola, Dük'ün yanında getirdiği beş adamı tarafından kuledeki yatağına götürülmüştü.

Molly koşarak köyden malikâneye geldiğinde, genç hanımlarının nasıl zor bir durumda olduğunu görmüştü; zavallı kız doğum kanı kokuları ve kirli çarşaflar arasında baygın yatıyor, bebek incinmemiş olmasına rağmen yanında çıplak bir hâlde kıvranıyordu. Neyse ki Kutsal Bakire'ye şükür, ikisi de iyiydi!

Kadınlar, aşağıdaki silahlı adamların bağırışlarını ve Dük'ün adamları kendisini döverken Toby'nin acı çığlıklarını duydular. Doğum odasının sağladığı sığınaktan memnun bir şekilde ateşin başında toplandılar. Sonra merdivenden gelen ayak seslerini ve kapının vurulduğunu duydular. Molly'nin şişko yanakları kızardı; ama cesurca kapıya doğru yürüyüp açtı. Alçak sesle konuşarak eğildi. "Leydimiz uyuyor, Lordum; onu ve bebeği yıkadık."

John onu bir kenara iterek yatağa yaklaştı ve Katherine'e bakarak durdu. Yanında bebeğiyle savunmasız bir hâlde uyurken, Dük'e bir dağ lalesini hatırlattı ve küçük solgun dudaklarındaki mutlu gülümseme Dük'ün içini daha da burktu. Bir yıl önce onu öptüğünde hissettiği tuhaf koruma duygusunu tekrar hissetti; ama bu duyguya karışan başka bir arzu yoktu. Katherine ona çocuk gibi ve kendi kızları kadar saf görünüyordu. Uzun kirpikleri titreşti ve genç kızın gözleri aralandı. Artık ona Isolda'nın bakışlarını hatırlatmıyorlardı çünkü o bakışlarda telaş ya da yakarış yoktu; gözlerine dikilen bakışlarda sadece netlik ve rahatlık vardı.

Katherine onu bir rüyadaymış gibi görüyordu. O kadar iri yarı ve parıltılıydı ki. Güçlü omuzlarını ve göğsünü örten kadife tüniği ve masmavi gözleriyle, gerçekten de bir rüyaya benziyordu.

"Seni rahatsız etmek istemezdim, Katherine" dedi John nazikçe. "Nasıl olduğunu görmeye geldim; ve bebeği." Katherine'in elini tuttu; hâlâ bir ölçüde kaba, tırnaklarına kemirilmiş olduğunu fark ederek.

"Ben iyiyim, Lordum." Güvenen bir tavırla elini John'ınkinin eline bırakırken, bunu yaptığının farkında bile değildi. "Güzel, değil mi?" Burnunu bebeğin başına sürttü.

John gülümsedi; ama bebek onun gözünde diğerlerinden farksızdı. Üstelik, artık yeni doğmuş bebeklerin kırmızılığından arınan kendi oğlu kadar sevimli gelmemişti ona.

"Buraya nasıl geldiniz, Lordum?" diye sordu Katherine kaşlarını çatarak. "Bunun tuhaflığını ancak şimdi, kendime gelmeye başlayınca fark ettim."

"Lincoln'de işim vardı ve bir Mayıs sabahı ziyareti için sana uğramak istedim. Ancak... bu kadar şanslı olacağım aklıma gelmemişti." Ateşin başında korku içinde bekleşen kadınlara bakarak kaşlarını çattı. "Hugh'la ilgili habere sevineceğini düşündüm."

"Evet... Hugh nerede?" diye sordu Katherine.

"Hâlâ Castile'da, ordumla birlikte Burgos'ta ve iyi. Onu yakında geri göndereceğim. Ona ciddi şekilde ihtiyacın olduğunu görebiliyorum."

"Ama siz buradasınız" diye fısıldadı Katherine gülümseyerek.

"Uzun kalmayacağım; gemim beni Plymouth'ta bekliyor. Bir oğlum olduğu için geri döndüm."

"Ah, evet" dedi Katherine. "Biliyorum... unutmuştum... Leydi Blanche nasıl?"

"İyi sayılır" dedi John. Katherine'in tam olarak uyanmadığı hâlde nazik davranmaya çalıştığını görerek daha fazla konuşmadan pencereye döndü.

Blanche henüz kiliseye gitmemişti. Dük döndüğünde onu süt ateşi yüzünden çok hasta hâlde bulmuştu ve bacaklarından biri öylesine kızarıp şişmişti ki biri dokunduğunda bağırıyordu. Ama Dük'ün beklenmedik dönüşü için duyduğu mutluluk ona bir ölçüde iyi gelmişti.

Kendisi Bolingbroke'dan ayrılırken ve kendi şatosunu denetlemek için Lincoln'e gelirken Blanche biraz daha iyiydi. Oradaki yetkililerle yaptığı toplantılar biraz zaman almıştı ve sonunda, aklına aniden eserek bu güzel Mayıs Günü'nde Kettlethorpe'a gelip Katherine'i görmeye karar vermişti. Açıkçası, son aylarda onu hiç düşünmemişti; savaşlarla ve 3 Nisan Cumartesi günü Najera'da kazandığı zaferle geçen aylar boyunca.

Sir John Chandos'un ve İngiliz okçularının yardımıyla, Dük askerlerini Galler Prensi'nin yardımına göndermişti ve saldıyı neredeyse hemen durduran bir ok yağmuru başlatmışlardı. Castilianlar geri çekilmiş, dağılmış, kaçmışlardı ve taşmış olan Najerilla Nehri'ne püskürtülerek boğulmuşlardı; on iki bin adam! Akan sular şarap gibi kızarmıştı. Öğlen, savaş sona ermişti ve Kral Pedro minnetle ağlayarak kurtarıcılarının ellerini öpmüş, Galler Prensi ve Lancaster Dükü'nün huzurunda kanla yıkanmış toprağa diz çökmüştü.

Castilian cesetleri arasında lanet olasıca Trastamare'i bulamamaları üzücüydü; ama onun dışında zafer tamdı ve üstelik yaman savaşçı Sir Bertrand du Guesclin de yakalanmıştı. Daha sonra Castile'ın festival başkenti Burgos'ta uzun süren ziyafetler verilmişti. Oradayken, Bolingbroke'dan gelen bir haberci ona on gün sonra ulaşmış, John'ın aldığı haberle mutluluğu daha da artmıştı. Oğlu Henry, Najera'da zafer kazandıkları gün doğmuştu ve kesinlikle çok şanslı bir olaydı. Katedralde şükranlarını sunduktan sonra, oğlunu -ve Blanche'ı- görmek için hızlı bir yolculuğa çıkmıştı. Ama ne duyguları ne de babalık gururu böylesine uzun bir yolculukta harcanan zamanı tek başına haklı çıkarmaya yeterdi; çünkü Castile'da hâlâ çözülmesi gereken sıkıntılı konular vardı ve kardeşi ona ihtiyaç duyuyordu. Bu yüzden John, Westminster'daki Kral'a mektup götürüyordu ve daha da önemlisi, Savoy'da hazinesini tazelemesi gerekiyordu. Ne kadar görkemli olsa da sefer pahalıya patlamıştı.

Pencerenin yanında dururken zihni bu düşüncelerle doluydu ve aniden aklına eserek bu sabah buraya geldiği için neredeyse pişmanlık duyuyordu çünkü daha önce planladığı gibi hemen gidemeyecekti; zira bunu yaparsa Katherine'i çaresiz bir şekilde hizmetkârların ve Nichola adındaki şu deli kadının merhametine bırakacaktı. Ama ciddi şekilde acelesi vardı ve Hugh'u geri gönderene kadar Katherine'in güvenliğini sağlayacak en iyi planı yapmak için kafa patlatıyordu.

Yatağa döndüğünde Katherine'in uyanmış olduğunu ve bebeğin başına yumuşak bir öpücük kondurduğunu gördü. "Köylülerinin cezalandırılması gerekiyor, Katherine" dedi ona gülümseyerek. "Kâhyan, dün geceki sıra dışı törenlerini yasakladığınızı söyledi; ama yine de seni burada yalnız bırakmışlar."

"Bu, benim hatamdı, Lordum." Yaşadığı mutluluk arasında Katherine kimseye öfke duymuyordu. "Ebe benimle kalacaktı ama Milburga'nın onu getirmesine izin vermedim."

Konuşulanları dinleyen iki kadın birbirine baktı. "Hanımımız çok nazik" diye fısıldadı Molly. Milburga omuz silkti. İkisi de nefesini tuttu.

John sabırsızca başını iki yana salladı. "Bu köylülerin sana başkaldırmasına izin verilemez; malikânede hiç güçlü biri olmadığını açıkça görebiliyorum. Seni böyle bir kâhyanın -neredeyse ölü bir adam- korumasına bıraktığı için de Swynford'u bağışlamayacağım..." Castile'de kendini bir kez daha güçlü bir savaşçı olarak kanıtladığı için Hugh'u bağışlamış olsa da şimdi içi yine ona karşı korkunç bir öfkeyle dolmuştu.

"Zavallı Gibbon elinden geleni yapıyor" dedi Katherine. "Gevşek davranan bendim."

"Saçmalık! Daha yöneticilik sanatını öğrenemeyecek kadar gençsin ve yardıma ihtiyacın var! Ne yapılması gerektiğine karar verdim."

"Evet, Lordum" dedi Katherine alçakgönüllülükle. Daha yirmi yedi yaşında olmasına rağmen Dük, sarı saçlı başını arkaya atmış hâlde, sert gözleriyle kendisine bakarak karşısında sorgulanmaz bir otoriteyle duruyordu. Katherine'le, uzun zaman önce babasının onunla konuştuğu gibi konuşuyordu. Aralarında hiçbir gerginlik yoktu ve Katherine olduğunu da hatırlamıyordu. Dük onun efendisi ve kurtarıcısıydı.

"Adamlarımdan birini burada seni koruması için bırakacağım; Nirac de Bayonne adında bir Gaskon. Ve bir Gaskon için kesinlikle güvenilirdir." John aniden gülümsedi. Nirac; bilgiç dili, keskin zekâsı ve kendine has mizah anlayışıyla onu sık sık gülümsetirdi. Üstelik elinden çok iş gelirdi: Meyan kökü iksirleri veya baharatlı içkiler yapabilirdi; hançerle dövüşebilirdi; ayrıca Bayonne ve Cornwall arasında kaçakçılık yaptığı yıllardaki başarısıyla gemi kaptanlığını bile öğrenmişti. Gaskonya ve Aquitaine'in geri kalanı İngiltere'ye ait olmasına rağmen, Nirac kimseye bağlılık yemini etmemişti; ta ki Galler Prensi'nin subayları onu yakalayıp son Castilian Savaşı'nda hizmet etmek zorunda bırakana kadar. Aslında bu geçici ittifak, parası ödendiği anda sona erecekti; ama John, Najera'da onun hayatını kurtarınca işler değişmişti.

Bu, bir şövalyelik değildi. Dük sadece sağlam zırhıyla Nirac'la bir Castilian mızrağının arasına girmişti; ama ateşli küçük Gaskon derin bir minnet duymuştu ve sarsılmaz bir sadakatle kendini Dük'e adamıştı.

John kendisine hizmet edenlerle ilgili yargılarında çok kurnazdı ve Nirac'ın sadık bir şekilde emirlerine itaat edeceğini biliyordu. Ayrıca bugün yanında olan adamlar arasında Katherine'in yanında en çok güvende olacağı kişinin Nirac olacağının da farkındaydı; çünkü Nirac kadınlara pek düşkün değildi.

John pencereden dışarı, avluya baktı ve "Evet" dedi, "Nirac'ı yanında bırakacağım. Swynford eve dönene kadar işleri yolunda tutar. Ve Katherine..."

Katherine Dük'e bakarak bekledi.

"Bebeğinin de vaftiz edilmesi gerekiyor... hemen."

Katherine korkuyla yutkunarak bebeği göğsüne bastırdı. "Onun için bir tehlike mi var? Kadınlar onda bir şey göremediler; siz yanlış bir şey mi gördünüz, lordum?"

"Hayır, hayır... korkacak bir şey yok. Ama bebeği hemen vaftiz edeceğiz çünkü vaftiz babası ben olmak istiyorum."

"Ah, Lordum" diye fısıldadı Katherine mutlulukla kızararak. Mantıksız şüphelerle geçen hamilelik ayları boyunca gerçekten doğarsa bebeğin vaftiz ebeveyninin kim olacağını arada bir merak etmişti.

"Bu, çok büyük bir onur..." diye fısıldadı Katherine.

"Evet" dedi Dük, "ve hem senin hem de bebeğin güvenliğini garantileyecek." Aslında bu nedenle önermişti. Bir bebeğin ruhsal ebeveyni olmak, hafife alınacak bir konu değildi: Ortak ebeveynlikle, gerçek anne-babayı vaftiz ebeveyne bağlardı ve bebeğin hem dindar hem de maddi sorumluluğunu içerirdi. Bu durumda olduğu gibi vaftiz ebeveyn soylu bir kandan geliyorsa ve bölgedeki en güçlü soyluysa, bebek yüce bir auraya kavuşurdu.

Dünyada ve cennette böylesine onurlandırılan bir bebek sağlam bir şekilde korunurdu ve Katherine'in itaatsiz köylülerini bile korkuturdu.

Vaftiz töreni bir saat sonra küçük kilisede gerçekleşti. İçerisi kalabalıktı çünkü Dük adamlarına bütün köylüleri toplatmıştı ve birçoğunun tokatlanıp silkelenerek ayıltılması gerekmişti. Molly bebeği tutarak vaftiz annesi rolünü üstlenmişti; çünkü malikânede buna uygun başka biri yoktu. Vaftiz sorularında, John bebeği Molly'den aldı ve cevapları kendisi verdi; ama Sir Robert Latince formu hatırlamaya çalışırken, hatırlayamazken ve tekrar İngilizce'ye dönerken öfkesini zor tutabilmişti.

Bebek, Katherine'in isteğiyle Blanche Mary adıyla vaftiz edildi. Ve kutsal su bebeğin başına dökülerek şeytani ruhlar kovulurken, bebek ağladı.

Gergin bir şekilde yattığı yatağından nihayet kilise çanını duyduğunda, Katherine'in gözlerinden mutluluk gözyaşları döküldü. *Minik Blanche'ım,* diye düşündü, *sevgili Düşes'in ve Cennet'in Kutsal Kraliçesi'nin adını taşıyan Blanchette'im.* Artık vaftiz edilmemişleri tehdit eden bütün tehlikelerden korunacaktı. Bütün iyi periler hiç şüphesiz bu vaftiz töreninin yakınındaydı ve bebeğe şans getirmişlerdi; ama Dük'ün vaftiz babalığının yanında çok da fazla şansa gerek kalmamıştı. *Ne kadar iyi bir adam,* diye düşündü Katherine ve Leydi Blanche'a karşı duyduğu minneti ve alçakgönüllü hayranlığı ona da duyduğunu hissetti.

Dük, Molly'yi ve bebeği süite getirdiğinde, Katherine hafif bir çığlıkla onu karşıladı ve elini tutup çocuksu bir tavırla öptü.

Dük eğilerek onun alnına bir öpücük kondurdu. "İşte, Katherine, bebeğin artık bir Hristiyan ve seninle ruhsal kardeş olduk. Artık gitmeliyim. Umarım Bolingbroke'a bu gece ulaşabilirim."

Katherine başıyla onayladı. "Biliyorum, Lordum. Özür dilerim. Ve Hugh'u gördüğünüzde..."

"Evet" dedi Dük aniden tersleşerek, "ona her şeyi anlatıp geri göndereceğim. Bu arada Nirac burada seninle kalacak."

Küçük Gaskon kapıda duruyordu ve Lordunun çağrısına hemen karşılık verdi. *"Oc! Oc! Seigneur..."* dedikten sonra Katherine'in anlayamadığı hızlı kelimelerle devam etti. Adam, parlak yuvarlak gözleri, dik yürüyüşü ve başının üzerinde parlak bir ibik gibi duran mavi-siyah kuştüyleriyle bir karatavuğu hatırlatıyordu. Dük'ün mavi-gri üniformasını giymişti ve tünik ince vücuduna tam oturmuştu.

John güldü ve Katherine'e döndü. "Nirac d'oc dilini konuşur ama onun dışında İspanyolca, barbar Baskçası ve elbette ki Fransızca bilir."

"Ve İngilizce, *seigneur*... çok dil bilen, çok becerikli bir adamımdır."

"Gaskonların şeytanı bile utandıracak şeyler yaptığını her gün kanıtlarsın," dedi John, biraz sertçe, "ama burayı sana emanet ediyorum. Bu hanımı koruyacak..."

"Hayatımla, *seigneur*, onurumla, ruhumla, Pireneler'in Bakiresi'ne yemin ederim ki... ve Sant'Iago de Compostela'ya, İngiliz Saint Thomas'a ve..."

"Evet, yeter, seni küçük haylaz. Yeminlerinin sonunun gelmeyeceğinden eminim. Hizmetkârlara ve köylülere, efendileri geri dönene kadar seni benim adıma burada bıraktığımı bildirdim. Onların itaat etmesini nasıl sağlayacağını biliyor musun?"

Parlak boncuk gibi gözler ciddileşti ve Dük'ün yüzüne odaklandı. "*Oui, mon duc.*"[23] Başıyla onayladı. "Nirac de Bayonne nefes aldığı sürece, istekleriniz hemen yerine getirilecektir..." Dar kahverengi eli hançerinin kabzasına kaydı.

"*No, mon ami*"[24] dedi Dük hançere bakarak, "şiddetten uzak durmalısın. İngilizlerin malikâne kanunları vardır. Sizin vahşi dağ hayatınıza benzemez. Leydi Katherine sana gerekli talimatları verir."

Gaskon'un eli inerken, önce yataktaki solgun kıza sonra tekrar Dük'ün yüzüne bir şey okuyormuş gibi baktı. Yatağına yanına koşarak diz çöktü. "*Votre serviteur, belle dame*"[25] dedi. "Dük için sizi koruyacağım."

İkisi de bu kelimelere daha derin anlamlar yüklememiş, Nirac'ın durumu yanlış değerlendirdiğini düşünmemişti. Duyguların şiddet kadar basit ve yoğun olduğu ilkel bir güney ırkından geliyordu. Onun için sevgi ve nefret vardı; arası yoktu. Dük'ü seviyordu, bu yüzden Dük'ün emrine uyarak onun metresi olarak algıladığı bu kızı sevecekti; sonuçta, Dük neden vaftiz ve köylüler gibi böylesine önemsiz konularla zaman kaybedecekti ki? Belki de bebek Dük'ündü. Bu, durumu açıklıyordu; ilerleyen günlerde genç annenin neden kocasından söz etmediğini, bunun yerine bütün zamanını bebekle ilgilenerek geçirdiğini de.

---

23 Evet, sayın Dük'üm.
24 Hayır, dostum.
25 Hizmetinizdeyim, güzel bayan.

Ama Nirac, Dük'le konuşurken, Katherine dinledi. Katherine'i memnun etmeye hevesli olan Nirac, sık sık Dük'ün Najera Savaşı'ndaki cesaretini anlatan şarkılar söylüyordu. Sir John Chandos'un habercisi, savaştan sonra bir şarkı yazmıştı ve şöyle başlıyordu:

> *En autre part le noble duc*
> *De Lancastre, plein de vertus*
> *Si noblement se combattait*
> *Que chaqu'un s'en émerveillait...*[26]

Katherine şarkıyı dinlerken, Nirac'ın arkadaşlığından da zevk almıştı. Sık sık aralarında Fransızca konuşuyorlardı. Adam neşeli biriydi ve varlığıyla bile malikânedeki birçok işi kolaylaştırmıştı; ama köylüler ondan hiç hoşlanmıyordu. Yine de sonraki haftalarda Dük'ün ziyaretinden dolayı tam anlamıyla sinmiş hâlde hiç sızlanmadan görevlerini yerine getirdiler. Ama birahanede fısıltılı sohbetler oluyordu ve Katherine'e güvensizlikleri artmıştı; üstelik yüreklerine korku salan Dük şimdi bir de başlarına bu ikinci yabancıyı bırakmıştı. Leydi ve o havalı dövüş horozu, bütün saatlerini Salon'da kimsenin anlamadığı bir dilde konuşarak geçiriyordu. Malikâne halkı İngiliz efendilerinin geri dönmesini sabırsızlıkla bekliyordu.

Molly, diğerlerinin kötü niyetli sızlanmalarını duyduğu her seferinde hanımını koruyordu. Leydinin birçok açıdan nasıl merhamet gösterdiğini ve Leydi Nichola konusuna nasıl anlayışlı yaklaştığını hatırlatıyordu. Deli kadının zincirlerinin çözülmesini emretmiş, sadece kilitli bir kapı ardında kulede tutulmasını emretmişti ve Leydi Katherine her gün ona kendi eliyle süt ve ekmek götürüyor, bebeğini çalmaya kalkışmış olan kadınla nazik bir dille konuşuyordu. Ama Leydi Nichola asla cevap vermiyor, odanın bir köşesinde çömelmiş hâlde gece-gündüz duruyor, bir kâse suyun içinde küçük saman parçaları yüzdürüyordu ve kedisiyle bile ilgilenmiyordu. Leydi Katherine'in emriyle, Nichola'yı ayin sırasında kiliseye taşıyarak bağlıyorlar, böylece kötü ruhların onu bırakmasını umuyorlardı ve Leydi Katherine, böyle zamanlarda kimsenin yaşlı ve deli kadını rahatsız etmemesine özellikle dikkat ediyordu.

Ve yine Molly'nin vurguladığına göre, hiçbir kadın Leydi Katherine'den daha iyi anne olamazdı ki bu açıkça da görülüyordu.

---

26 O Lancasterli asil Dük-Çok değerli birisiydi-O kadar kahramanca savaşıyordu ki-Herkes ona hayran kalıyordu.

"Ne olmuş?" diye burun kıvırıyordu Milburga. "Dişi koyunlar ve inekler de onun kadarını yapıyor ve bebek kendi kendine büyüyor." En isteksiz gözlerde bile Katherine'in güzelliği inkâr edilemezdi. Kıvırcık koyu kumral saçları yeni bir enerjiyle parlıyordu ve sağlığı geri döndüğünde yine yanakları kızarmıştı. Ufak tefek bedenindeki bütün genç kızlık hatları silinmişti. Eski zarafetine geri dönmüştü; ama şimdi kolları ve göğüsleri daha yuvarlanmıştı ve özellikle göğüsleri, elbiselerinin ve geceliklerinin göğüs kısmını zorlayacak şekilde irileşmişti.

Kiliseye giderken veya köyde yürürken, erkekler daima ona yandan bakışlar atıyor, yanlarından geçtiğinde dudaklarını şapırdatarak kaba hareketler yapıyordu; ama bu yeni çekiciliğinin altında henüz uyanmamış, saf bir şey vardı ve Milburga bile Katherine'i hafifmeşreplikle suçlamak için bir bahane bulamıyordu.

Hanımının Gaskon'la geçirdiği saatler daima Salon'da veya avluda herkesin gözü önündeydi ve geceleri sadece süit kapısı kilitlenmekle kalmıyor, Katherine küçük hizmetçi Betsy'yi de yanında yatırarak bebeğe bakmasını istiyordu.

Bu onur aslında her şekilde Milburga'ya verilmeliydi ve tersi durum art niyetini daha da güçlendirmişti. Ama görünüşe bakılırsa Leydi malikânede dönen konuları pek fark etmiyor, bütün düşüncelerini bebeğe odaklıyor ve Gaskon'la şarkı söylerken veya konuşurken bile çocuğunu kollarında tutuyor, mızıldandığı her seferinde mutlulukla emziriyordu.

Haziran'ın yirmi dokuzu, St. Peter ve St. Paul onuruna verilen ziyafetlerle geçerdi ve Kettlethorpe halkı için yılın en önemli günüydü çünkü kiliselerine bağlılıklarını kutlarlardı. Bu günde, sabah ayininden sonra köylüler daima spor ve içkiyle eğlenir, Ket tepesinde ve kilisenin dört köşesinde ateşler yakarlardı. Bu yıl kutlamalarıyla ilgili biraz endişeliydiler; çünkü Mayıs Günü'ndeki davranışlarının talihsiz sonuçlarını unutmamışlardı. Üstelik Leydi Katherine'in veya Dük'ün başlarına diktiği nefret verici bekçi köpeği Nirac'ın tutumundan eminlerdi.

Festivalden bir hafta önce aralarından birini seçerek Katherine'e gönderdiler. O gün öğleden sonra Sim Tanner köyden malikâneye yürürken, soğuk bir yağmur dökülüyordu. Salon'un kapısında sırılsıklam bir hâlde durduğunda deri tüniği çamurla kaplıydı.

Katherine, Nirac ve sık sık ateşin yanında yatabilmesi ve ortamının değişmesi için oraya taşıttığı Gibbon'la birlikte Salon'daydı. Çiftlikle ilgili

Gibbon'a danışmaya geldiğini düşünerek Sim'i nazik bir şekilde karşıladıktan sonra alçak sandalyesine oturarak iğini eline aldı.

Nirac bir satranç setiyle kendi kendine oyalanıyordu. İşleri bittiğinde Katherine'e satranç oynamayı öğretmeyi umuyordu ki bu, Dük'ün silahtarlarından birinden öğrendiği bir oyundu. Nirac, Kettlethorpe'taki yaşamı çok sıkıcı buluyordu ve Sim'in gelişiyle hevesli bir şekilde başını kaldırmış, daha ilginç bir ziyaretçi olmadığını görünce hayal kırıklığıyla tekrar önüne dönmüştü.

Gibbon, ana şöminenin yanındaki bir geyik derisi yığınının üzerinde yatıyordu. Bu, zihninin net olduğu ve bacaklarındaki hafif karıncalanmaları hissedebildiği ender günlerden biriydi. Ama son aylarda konuşması yavaşlamıştı ve pek konuşmak istemiyordu. Sim'i karşılarken gözkapakları titreşti ve Katherine'e döndü. Onu izlemek, Gibbon'ın içinde kalan son zevkti ve daima hizmetkârların kendisini Katherine'e yakın oturtmasını isterdi.

Katherine henüz yün eğirmekte ustalaşmamıştı; fakat bebek doğduğundan beri lavtasını bir kenara bırakmıştı ve nakış çok daha yararlı bir sanattı. Kaba gri lifleri iğinde çevirirken, kaşları Gibbon'a sevimli gelen bir şekilde çatılıyordu. Bebek ayaklarının dibindeki bir örgü sepette yatıyor, Katherine sık sık düğümlenen veya kopan büyük yumağı bıraktığı her seferinde, bakışlarını sepete indiriyordu. *Bir erkeğe bu şekilde baksa,* diye düşünürdü Gibbon, *ne müthiş bir sevinç yaratır.* Ama onun asla Hugh olmayacağını biliyordu. İç çekti ve üvey kardeşine acıdı.

Üzerini kurutmak için ateşe elinden geldiğince yakın duran Sim, nihayet boğazını temizledi. "Güzel leydim, size bir şey sormak için geldim. Bütün köylüleriniz adına konuşuyorum."

"Aaaah!" diye bağırdı Nirac başını kaldırıp adama dönerek. "O lanet olasıcalar bu kez hanımdan ne istiyorlar?"

Sim'in gergin dudakları daha da gerildi ve bakışları önce Gaskon'a sonra Katherine'e kaydı. Katherine iğini bırakarak bekledi. "Gelecek Salı kilise günümüz, leydim" diye devam etti. "Büyük atalarımızdan ve uzun zaman öncesinden beri Kettlethorpe halkı bu günü özel bir şekilde kutlar."

"*Pardieu!*"[27] Nirac elini hançerinin sapına götürerek ayağa fırladı ve Katherine'in yanında durdu. "Bu değersiz hödüklerin yaptığı tek şey bu zaten; ziyafet çekip eğlenmek. Çalışmak akıllarına bile gelmiyor!" Bu

---

27 Tanrı aşkına!

aslında adil değildi; çünkü köylüler Mayıs Günü'nden beri hiç ara vermemişlerdi ama Nirac köylülerden tiksiniyordu ve tüm itaatsizliklerinin Katherine'in çıkarlarına ters düştüğünü düşünüyordu.

"Ona söyleyin, Leydim" dedi, Katherine'e doğru eğilerek. "İğrenç suratını buradan alıp gitsin ve görevinin başına dönsün."

"Sakin ol, Nirac!" dedi Katherine, kararlı bir tavırla. Kendisine Milburga gibi saygısızca davranan Sim'den o da hoşlanmıyordu; fakat Gibbon onun malikâneye iyi hizmet ettiğini söylüyordu. Solgun dudaklarında hafif bir gülümsemeyle kendisini izleyen Gibbon'a döndü. Katherine'in söze dökmediği sorusunu cevaplamaya çalışmadı; çünkü malikâneyi kendi başına yönetmeyi öğrenmesi gerektiğini düşünüyordu ve ayrıca bu kez nasıl bir tavsiye vereceğini kendisi de bilmiyordu. Adil olmak gerekirse, köylüler her zamanki gibi ziyafet günlerini hak etmişlerdi; ama önceki yıllarda olduğu gibi sarhoşluk, kavgalar ve muhtemelen ölümler olacaktı. Malikâne güçlü bir çift kolu kaybetmeyi göze alamazdı ama kutlamaya eşlik eden şehvet düşkünlüğünün de malikâneye uzun vadede yararı vardı. Tarlalarda ne kadar çok el çalışırsa o kadar iyiydi çünkü her biri Hugh için fazladan para kaynağı anlamına gelecekti. Diğer yandan, "malikânenin geleneği" lordunun bedava et sağlamasını gerektiriyordu ve bu kesinlikle malikânenin sıkışık maddi durumunu daha da zorlaştıracaktı. Köylülerin avlanması yasak olduğu ve Nirac'ın bu tür sporlarda deneyimi bulunmadığından, et getirecek kimse yoktu ve çok sayıda öküz ya da koyunun kesilmesi, Katherine'in kaynaklarını daha da zora sokardı.

Katherine bu pratik konular hakkında pek bilgi sahibi değildi ve Sim'in talebinin mantıklı olduğunu biliyordu; ne var ki küstah bakışlı patlak gözleri onu rahatsız ediyordu. "İzin vermeyi reddedersem, Mayıs Günü'nde yaptığınız gibi bana baş kaldıracak mısınız?"

Sim'in uzun yüzü kızardı ve daha cevap veremeden Nirac kedi gibi ayağa fırladı. "Size baş kaldıramazlar; çünkü o zaman bana cevap vermek zorunda kalırlar; bana, Nirac le Gascon'a! Kılıcım hazır. Bu sefilleri dilim dilim doğrar, kulaklarını ve parmaklarını keser..."

"*Chut! Nirac!*" diye bağırdı Katherine öfkelenerek.

Gaskon'un abartılarına alışmıştı; ama Sim bembeyaz kesilmişti ve konuşurken sesi kişneyen bir atınki gibi tizleşmişti: "Sen kılıcını ve hançerini sallarken, seni yağcı tavukkuşu, bizim ne yapacağımızı sanıyorsun? Bizim de yabalarımız, baltalarımız ve oraklarımız var; biz de kulak ve parmak kesebilir, etleri dilimleye..."

"Sim! Sim!" diye çıkıştı Gibbon, zorlukla. Onu kimse duymadı. Katherine olduğu yerde donup kalmış, Gaskon tehlikeli bir şekilde hareketsizleşmişti. "Beni tehdit mi ediyorsun sen?" dedi kısık sesle. "Seni sefil köylü! Benim Lancaster Dükü'nün emriyle ve onu temsil ederek burada olduğumu unuttun mu?"

Sim'in yüzü daha da gerildi ve burun delikleri irileşti. "O benim efendim değil!" diye bağırdı. "Senin Lancaster Düku'ne tükürüyorum!"

Tükürüğü ağzından çıktığı anda Sim pişman oldu; ama Nirac ona özür dileyecek zaman bırakmadan masanın üzerindeki bıçağı kaparak adama savurdu.

"Kutsal Tanrım, Nirac!" diye haykırdı Katherine kanlar taş duvara doğru savrulurken. "Onu öldüreceksin! Adam silahsız!" İkisi de onu duymadı. Nefes nefese bir hâlde, etraflarındaki tabureleri ve masayı devirerek boğuşuyorlardı. Katherine bebeği kaparak onlardan uzaklaştı. "İmdat!" diye bağırdı. "Tanrı aşkına, biri yardım etsin!"

Gibbon'ın boğazında bir şeyler düğümlendi ve sol eli seğirdi. Zeminin bir parçasıymış gibi adamlar üzerinden yuvarlanırken, tüniği Sim'in kanıyla sırılsıklam oldu.

Mutfaktaki hizmetkârlar gürültüleri ve hanımlarının çığlıklarını duymuşlardı. Ahşap paravanın arkasında toplanmış, korkuyla olanları izliyorlardı.

"Onları durdur, Will!" diye bağırdı Katherine. "Acele et!" Aşçı kıpırdamadı bile. Sim'in lanet olasıca Gaskon'u öldürmeye teşebbüs ettiğini ummak dışında, olan bitenleri anlayamamıştı bile.

Adamlar bir köşeye yuvarlanırken, Katherine boğuk homurtuyu duydu. Nirac rakibinin göğsüne oturarak bıçağını tekrar kaldırdı. Katherine bebeği büyük masanın ortasına koydu ve onlara doğru atılıp Nirac'ın saçlarını yakalayarak olanca gücüyle geri çekti. "*Halte!*" diye bağırdı, "*au nom du duc!*"[28]

Nirac'ın tutuşu gevşedi ve saçlarını kurtarmaya çalışarak başını iki yana salladı. Katherine adamın saçlarını daha fazla çekerek yüzünü kalkmaya ve kendisine bakmaya zorladı. "Onu öldürmemi istemiyor musunuz?" dedi adam nefes nefese. "Ama söylediklerini siz de duydunuz!"

"Sanırım onu öldürdün zaten. Kalk ayağa!" Nirac'ı, nefes nefese ve kan içinde bir hâlde yerde yatan Sim'den uzaklaştırdıktan sonra Katherine adamın yanına çömeldi ve elbisesinin kenarıyla yüzünü sildi. "Milburga, su ve keten getir; biri de rahibi çağırsın. Çabuk!"

---

28 Dur, Dük'ün adına!

"Hah!" dedi Nirac, saçlarını düzelterek bıçağını sazlara silerken, "bu domuzun rahibe ihtiyacı yok." Deneyimli bir gözle kurbanını inceledi. "Birkaç kesik ve bıçağım da kısa; sadece biraz kan kaybetti, başka bir şeyi yok. Ah, elimde hançerim olsaydı..."

Görünüşe bakılırsa Nirac haklıydı çünkü Sir Robert ve Molly telaşla Salon'a gelene kadar, Sim toparlanmaya başlamıştı. Rahibe veya Molly'nin sülüklerine bile ihtiyaç yoktu. Bıçak darbeleri, koldaki bir atardamar dışında hayati bir yere gelmemişti ve Katherine adamın yarasını sardığında onun kanaması da durmuştu.

Malikâne halkı etraflarına toplanmış, ağlayan bebeğini masanın üzerinden alıp yatıştırmak için yanına koşan Katherine'e yandan bakışlar atıyordu. Umursamaz bir tavırla taburesine ve satranç oyununa dönen Nirac'a bakmamışlardı. Will Cooke ve Toby, Sim'i ayağa kaldırdılar ve kapıdan çıkararak köydeki kulübesine götürdüler. Sim götürülürken başını kaldırmamış, tek kelime bile etmemişti.

"Tanrı bizi korusun, leydim, fakat burada neler oldu?" diye sordu rahip, bir sandalyeye oturup ıslak ayaklarını ateşe uzatırken. "Sim Tanner ne yaptı?"

"Bana hakaret etti!" dedi Nirac, "ve *mon seigneur le duc*..." Omuz silkti ve aşağılayıcı bir şekilde gülümsedi.

"Öyle mi?" dedi Sir Robert düşünceli bir tavırla. Katherine'in bebeğiyle ilgilendiğini görünce ve kendisine bir şey ikram etmeyeceğini anlayınca Milburga'nın Sim için getirdiği biradan kendine bir kadeh doldurdu.

Yağmur çatıyı daha sert dövmeye başlamıştı. Küçük Cob o'Fenton elinde mumlarla geldi. Ateşi besledi ve akşam yemeği için Yüce Masa'yı hazırlamaya başladı. *Ah, şu Nirac!* diye düşündü Katherine. Ona ve Dük'e hizmet etme anlayışı onu tehlikeli bir baş ağrısı hâline getiriyordu ama Katherine onu gerçekten sevmeye başlamıştı.

Bakışları Nirac'tan uzaklaşarak yemek bekleyerek oturan rahibe döndü. Kırmızı cüppesi sandalyeyi örtmüştü ve adamdan ekşi bir av köpeği kokusu yayılıyordu. Katherine, üç adamın sonuncusuna döndü ve Gibbon başını kaldırarak ona baktı; ama her zaman olduğu gibi, adamın çökük gözkapaklarının altında pek fazla ifade bulamadı. Katherine ona gülümsedi ve bu son aylarda durumunun kötüleştiğini düşünerek üzüldü. Cob'a, onun üzerindeki kan lekelerini temizlemesini ve geyik derilerini tazelemesini söylemeliydi. Tam yerinden kalkarken, yağmurun arasında alışılmadık sesler duydu.

"Lanet!" dedi. "Bu da ne olabilir ki?"

Ajax kulübesinden fırlayarak havlamaya başlamıştı ve şimdi asma köprüdeki nal seslerini hepsi duyabiliyordu. *Dük geri döndü,* diye düşündü Katherine ve içi mutlulukla doldu. Ama ön kapıya koşarken avludan gelen sesi duyunca sevinci hemen söndü.

"Hugh eve döndü!" diye seslendi Salon'dakilere. Kapıyı ardına kadar açarken dökülen gözyaşları belki de mutluluktandı!

Tanrı'ya şükür, diye düşündü Gibbon, *en azından artık Katherine gerçekten güvende olacak.*

2. Kısım

(1369)

"Utanç içinde tehlikeyle yüzleşmeye geldim.
Korktuğum için suçlanabilir miyim,
Acımı yatıştırma arzusuyla tutuşurken;
Ama aşamam ki ne yapsam dikenlerin üzerinden.
O ki buradan geçişimi yasakladı.
Onu zalim buldum; çünkü hiç acımadı.
Ve elinde koca bir yük vardı..."

Roman De La Rose

9

1369 yılı İngiltere için tam bir felaketti. John Wyclif'in gezgin Lollard vaizleri, din adamlarının -ve saray çevrelerinin- yozlaşmasının ve kötü ruhluluğunun Tanrı'nın gazabını çektiğini vurgulamaktan geri kalmıyorlardı. Mahşer'in Dört Atlısı bölgede başıboş dolaşarak kıtlık, savaş, salgın hastalık ve ölüm yayıyordu. Her türlü kötü işaret vardı. Gökyüzünde kocaman bir kuyrukluyıldız görülmüştü ve alevli kuyruğu tereddüde yer bırakmayacak şekilde Fransa'yı göstermişti. Güneyde toprak, bir uyarı gibi sarsılmıştı; Northumbria'da oduncunun biri bir meşe ağacını kestiğinde ağaç çığlık atmış ve insan kanı dökmüştü. Çok geçmeden bütün İngiltere ilk felaketi duymuştu. Genç Clarence Dükü Lionel, Kral'ın ikinci oğlu, kahkahaları, içki sofralarındaki sohbetleri ve turnuvalardaki başarılarıyla insanların kalplerini kazanan altın saçlı dev, İtalya'da ölmüştü. Milanlı varise Violante'yle evlenmek için yaptığı düğün yolculuğunda ölmüştü ve bazıları onun zehirlendiğinden söz ediyordu.

Lionel için yas dönemi daha tam olarak geçmeden, insanlar hayatlarını daha yakından etkileyen başka bir kötü haber duydular: Aquitaine'de isyan vardı. Hain ve sadakatsiz Guienne ve Gaskonlar, Galler Prensi'nin topladığı ocak vergisini ödemeyi reddetmişti; oysa Castilian seferinde savaşmaları karşılığında askerlik paralarını ödeyebilmesinin tek yolunun bu olduğunu biliyorlardı. Daha da kötüsü, Fransa'nın sinsi ve samimiyetsiz kralı Beşinci Charles, bu İngiliz meselelerine karışmaya cüret etmiş ve Brétigny Antlaşması'nın uygulanmasında yanlışlar bulmakta gecikmemişti. Galler Prensi ve daha sonra Kral Edward'ın kendisi ateşli karşı suçlamalarla cevap vermişti. 1369 yılının Nisan ayında, dokuz yıl süren huzursuz bir barış döneminden sonra Fransa'ya karşı tekrar savaş açılmıştı.

Bu felaketlerle dolu yaz bir süre Kettlethorpe'u pek de etkilemedi; ama Swynfordlar İngiltere'nin kırsal kesimde yaşayan halkıyla daha acil sorunları paylaşıyordu.

Son derece soğuk bir kış geçirmişlerdi ve geç gelen bahar donmuş hâldeki toprağı ısıttığında, haftalar süren yağmurlar olmuştu. Günbegün gökyüzü kapkaranlık oluyor, güneş hiç görünmüyordu. Haziran ayında metcezir olduğunda Trent taşmış, Newton'a kadar kanallara dolmuş, sonra azgın sular sırılsıklam topraklara yayılmış, geçtikleri her yerde yıkım ve ölüm yaratmıştı.

Kettlethorpe'ta Sir Robert ve Molly'nin küçük oğullarından biri nehirde balık tutarken boğulmuştu; diğer köylülerse daha yüksek bir yere inşa edilmiş olan kiliseye sığınmıştı.

Malikânenin etrafındaki hendek, bina geniş bir gölün ortasında yükseliyormuş gibi görünene ve güneydeki ağaçlar bu göldeki sazlarmış gibi kalana kadar sel sularıyla dolmuştu. Malikânenin Salon'unda ve avluda su iki gün boyunca diz boyu yükselmiş, malikâne hizmetkârları süitte veya kulenin muhafız odasında toplanarak soğuktan ve korkudan titremişti. Sonunda sel geri çekildiğinde, ardında berbat ve simsiyah çamurlar, boğulmuş koyunlar ve harap olmuş ekinler bırakmıştı.

Rahibin oğlunun boğulması ve bölgede oluşan yıkım dışında, sel Kettlethorpe'a başka bir trajedi daha getirmişti. Yükselen suların gürültüsü, Leydi Nichola'yı küçük Blanche'ın doğumundan sonra kapıldığı zihinsel uykudan uyandırmıştı. Son derece heyecanlı bir hâlde berbat durumdaki vücudunu pencereden geçirmeye çalışarak nehir perilerine seslenmişti. Sular penceresine doğru o kadar yükselmişti ki sonunda parlak bir denizden başka bir şey göremez olmuştu ve bu da onu tüyleri ürperten kahkahalara sürüklemişti. Sonrasında, aylar boyunca Katherine o kahkahaların yankılarını duyarken, zavallı kadının yanına gidip onu sakinleştirmeye çalışmak yerine duymamayı tercih ederek iki bebeğiyle birlikte süitte kaldığı ve onların güvenliğinden başka bir şey düşünmediği için pişmanlık duymuştu.

Delilere has bir kurnazlık ve güçle, Leydi Nichola kapısının sürgüsünü gevşetmeyi başarmıştı. Taşlara tutunarak kulenin çatısına tırmanmış ve zafer yansıtan uzun bir çığlık attıktan sonra kendini aşağıdaki sulara bırakmıştı. Cesedini ancak günler sonra bulup küçük kiliseye getirebilmişlerdi ve Rahip isteksiz bir şekilde cenaze töreni yapmıştı. Katherine öfkeli bir şekilde onu zorlamış, zavallı kadını delirterek intihara sürükleyenlerin su perileri olduğunu dolayısıyla lanetlenemeyeceğini öne sürmüştü. Bu teolojik görüşten pek de emin olamayan Sir Robert, sonunda teslim olmuştu ve Leydi Nichola kilise sunağının yanındaki taş levhalara, Gibbon'ın yanına yatırılmıştı.

Gibbon yavaş bir şekilde yaşamdan çekilmişti ve geçen Noel'de son derece sessiz bir şekilde ruhunu teslim etmişti. Katherine, onun için samimi ve derin bir şekilde yas tutmuştu; Hugh da öyle. Ruhunun kutsanması için özellikle Lincoln'deki katedrale gitmişlerdi; ama Katherine'in uzun süre yas tutacak zamanı olmamıştı. Küçük Blanche'ın yanı sıra şimdi bir de ikinci bebeği Thomas vardı ve bunlara ek olarak malikânenin işleriyle ilgilenmek ve Hugh'la uğraşmak zorundaydı.

Ağustos sonlarındaki kavurucu bir öğle üzerinde, Katherine avlunun kendisine ayrılan bölümünde, kapının gölgesinde bebekleriyle bir saman yığınının üzerinde oturuyor ve hendeğin diğer tarafındaki kilisenin çanını dinliyordu. Başka bir ölümü onurlandırmak için üç saat çalacaktı ve Gibbon'ın ya da Leydi Nichola'nın ölümünde olduğu gibi Katherine'in gözlerinden yaş akmasa da belirgin bir üzüntüyle oturuyor, kollarını vücuduna dolamış hâlde mırıldanıyordu: *"Requiescat in pace."*[29]

15 Ağustos'ta iyi yürekli Kraliçe Philippa, Windsor'da ölmüştü; zorlanan kalbi, her yanı şişmiş vücudunu daha fazla destekleyememişti. Sim, mahvolan ekinlerin yerine yenilerini ekmek için mısır tohumu almaya gittiği Lincoln'de bu haberi duymuştu. Geri döndüğünde Kraliçe'yle ilgili üzücü haberi ve Geoffrey Chaucer'ın bu haberi doğrulayan bir mektubunu getirmişti. Geoffrey, Londra'da bir salgın olduğunu, güneydeki salgınınsa sekiz yıldır hiç görülmemiş ölçüde büyük olduğunu yazmıştı. Geoffrey, sonunda hamile kalan kendi karısı Philippa için de endişeleniyordu ve Kraliçe'nin ölümüne çok üzülmüştü. Cenaze töreninden ve Kraliçe'nin Westminster Manastırı'na defnedilmesinden sonra Geoffrey, karısını Lincolnshire'daki Katherine'in yanına getirmeyi düşünmüştü; böylece tehlikeli Londra havasından uzak kalacaktı ve kendisi Kral'ın verdiği bir görevle Fransa'ya gidecekti.

Kardeşlerin birbirlerini en son görmelerinin üzerinden üç yıldan uzun bir süre geçmişti ve bu olasılık Katherine'in üzüntüsünü biraz hafifletmişti. Kraliçe'nin hediye ettiği ve bugün elbisesinin yakasına iliştirdiği küçük broşa baktı. *Foi vainquera*, diye düşündü broşun üzerindeki yazıya dokunarak ve bu son yıllarda ayakta kalmasını sağlayan şeyin gerçekten Kraliçe'nin inancı olup olmadığını merak etti. Kettlethorpe'ta bile, utanmaz Alice Perrers'ın Kral'ın metresi ve danışmanı olarak pozisyonundan nasıl gururla yararlandığını duymamak mümkün değildi.

---
29 Lat. Huzur içinde yatsın.

"Non, non, Blanchette!" diye bağırdı Katherine, kızının ahırlara yönelmesiyle düşüncelerinden sıyrılarak. "Hemen annenin yanına dön!" Bebek yaramaz bir şekilde güldü ve şişman bacaklarıyla daha hızlı koşmaya başladı. O küçük zihninden sürekli yeni fikirler geçerdi ve ahırlarla annesinin atı Doucette'e bayılırdı; ama Hugh'un aygırları tehlikeliydi. Katherine avluyu koşarak geçti ve bebeği kollarına alarak poposuna hafif bir şaplak indirdi. *"Méchante!"*[30] diye fısıldadı, yüzünü onun küçük ve şişman boynuna gömerek. Bazen bebeklerle Fransızca konuşuyordu; ama Hugh bundan hoşlanmıyordu. Blanchette suratını astı; ama sonra annesine daha yakın durmaya karar verdi. Katherine çocuğu kucağına alarak tekrar oturdu. Blanchette canlı, hareketli bir çocuktu. Kadife çiçeği renginde saçları ve annesininki gibi duman grisi gözleri vardı; ama tonu daha koyuydu. Sürekli yaramazlık peşindeydi ve Katherine doğduğu andan beri ona tapıyordu.

Küçük Tom'la işler farklıydı. Katherine oğlunun uyuduğu beşiğe baktı. Yaklaşık bir yıl önce Eylül ayında St. Matthew Günü'nde doğmuştu. O zaman da Katherine'e pek sorun yaratmamıştı, şimdi de yaratmıyordu. Nadiren gülümseyen ve Blanchette'in aksine asla kıkırdayıp çığlık atmayan bir bebekti. Kenevir rengi kıvırcık saçları vardı ve gerçekten de babasının kopyası gibiydi.

Hugh'u düşündüğünde Katherine iç çekti. Bu sabah ormana gidip geyik avlamak için şafakta uyandığında, bağırsakları ağrımış ve yine kanamıştı; tuvalet çukurunda bir saat geçirdikten sonra öylesine zayıf düşmüştü ki Ellis'in yardımıyla bile atına zorlukla binebilmişti. Hugh'un Castile'dan getirdiği bu kanlı basur sık sık iyileşmiş gibi görünüyor ama her seferinde, Katherine'in özenli bakımına ve Molly'nin önerdiği ilaçlara rağmen yeniden depreşiyordu. Sarımsak ve koç safrası denemişler, sürekli olarak kanını akıtmışlar, göbeğine kutsal su dökmüşlerdi; Torksey'deki St. Leonard manastırındaki sülük uzmanı rahibi bile çağırmışlardı. Bu rahip, Hugh'a özel bir ilaç yapmış, Kutsal Üçlü adına hastalığın çekilmesini emretmiş ve göbeğinin üzerinde taşıması için *"Emmanuel, Veronica"* yazılı bir kâğıt vermişti; ama krizleri ve akıntıları yine de belli aralıklarla geri dönen Hugh sıkıntılı zamanlar geçiriyordu.

Yas çanı bir an duraksadıktan sonra elli altı vuruşluk çalışına tekrar başladı; Kraliçe'nin yaşamının her yılı için bir kez çalıyordu. Katherine bir dua okuduktan sonra rahat bir şekilde samanların üzerine yerleşti ve

---

30 Yaramaz çocuk.

başını kapı kulübesinin duvarına dayadı. Blanchette'in uykuya daldığını görünce çocuğu yanına yatırdı. İnek ahırının yakınındaki gübre yığınının üzerinde sinekler uçuşuyor, birkaç tavuk yem arıyordu; ama onun dışında avlu sessizdi çünkü her zamanki işler Kraliçe'nin ölümüne duyulan saygı yüzünden askıya alınmıştı. Gün giderek ısınıyordu ve Katherine susamıştı; ama Blanchette'i rahatsız etmeye korkuyordu ve avludan geçip kuyuya yürüyemeyecek kadar uyku bastırmıştı. Süitin altındaki gizli bölmede tuttukları bira fıçısına uzanmaya da niyeti yoktu; çünkü ellerinde fazla kalmamıştı. Daha fazlasını ne zaman yapabileceklerini Tanrı bilirdi; çünkü sel arpa ekinlerini mahvetmişti ve yenileri yerlerine çok geç ekilmiş, ayın açıları da yanlış hesaplanmıştı.

Katherine yine iç çekti. Gündoğumundan beri ayaktaydı ve Kraliçe'nin anma ayinine katılmadan önce bir yandan bebeklerle uğraşmış, bir yandan zavallı Hugh'a yardım etmeye çalışmıştı. Tom'un beşiğini Blanchette'in uyuduğu yere yaklaştırdı ve kendisi de uyuyan çocuklarının yanına kıvrıldı.

* * *

Yarım saat sonra Chaucer çifti onu bu hâlde buldu. Kilisenin yanında atlarından inmiş, hayvanları kapıya bağlamış ve asma köprüden yürüyerek geçmişlerdi; çünkü malikâneyi gördüğünde Philippa bir yanlışlık olduğuna karar vermişti. Kraliyet şatolarına ve soyluların gösterişli evlerine alışkındı; yıllar süren ayrılıkları sırasında toprak sahibi bir Lord'la evlenen kardeşinin son derece görkemli bir ortamda yaşadığı konusunda da hiç şüphe duymamıştı.

"Yemin ederim ki burası Kettlethorpe Malikânesi olamaz" dedi avluya girdiklerinde kocasına dönerek. "Kâhyanın evi filan olmalı." Israrcı tiz sesi Katherine'in rüyalarına girdi ve Katherine uyuduğu yerde kıpırdanarak başını yavaşça kaldırdı. Philippa hareketi göz ucuyla görerek ona döndü.

"Kutsal Bakire Meryem... bu Katherine! Tanrı aşkına, burada bir *hayvan* gibi samanların üzerinde mi uyuyorsunuz?" Yaşadığı şaşkınlık bir an için Philippa'nın kızkardeşine duyduğu sevginin önüne geçmişti.

Hava çok sıcak olduğundan, Katherine kiliseden sonra keten eşarbını açmış ve dağınık saçlarını kaba bir kenevir fileyle toplamıştı. Islak buklelerinin arasına sıkışan saman taneleri, kızın yanaklarına yapışmıştı. Elbisesi mavi renkli kaliteli bir kumaştandı ama daha çok bir köylü elbisesine benziyordu; çünkü Katherine üzerine pozisyonunu gösteren kürklü üstlüğünü giymemişti ve daha da kötüsü, uzun eteğini kuşağının altına sıkıştırmıştı ve bu yüzden çorap giymediği açıkça görülüyordu. Çıplak beyaz ayak bilekleri, yumuşak deri ayakkabılarının üzerinden görünüyordu. Philippa çok şaşırmıştı.

Katherine, çok uzun süredir görmediği bu iki kişinin -ikisi de siyahlar giymiş hâlde yüzlerinde şaşkın ifadelerle kendisine bakan kısa boylu şişman bir çift- hâlâ rüyasının parçaları olduğunu düşünerek gözlerini kırpıştırdıktan sonra mutluluktan bir çığlık atarak ayağa fırladı ve ablasına koşup kollarını boynuna doladı. Philippa onun öpüşüne karşılık verdi; ama işaretleri iyi tanıyan Geoffrey karısının bir an sonra ne söyleyeceğini bildiğinden, Katherine'i yanaklarından öperken çabucak konuştu: "Tanrı aşkına, hayatım, her zamankinden daha güzel görünüyorsun. Bebekler bunlar mı? *La petite*[31] Blanche, uyan bakalım! Eniştan sana Londra'dan oyuncaklar getirdi. Ve şu güzel şişko oğlan! Bizim de onun gibi bir oğlumuz olacak, ha, Pica?" Karısının şişko yanağından bir makas aldı.

"Ulu Tanrım" dedi Philippa bebeklere bakarak. Ama onu kimse susturamazdı. "Katherine, sen bu malikâneyi böyle mi yönetiyorsun? Hizmetkârlarına nasıl bir örnek oluşturuyorsun? Ve..." Kaşlarını çatarak pislik içindeki avluya, küçük binaya ve alçak kuleye baktı; keskin gözleri, yıllarla aşınmış taşların arasındaki çürükleri, çatıdaki delikleri, genel ihmal havasını yakaladı ve daha zayıf bir şekilde sözlerini bitirdi: "Hiç böyle düşünmemiştim."

Kendisini çocukluğuna geri döndüren bu azar ve tembih havasını bile hoş karşılayan Katherine, ablasına gülümsedi. "Kettlethorpe küçük bir yer" dedi, "ama bu yaz iyi iş çıkardık. Daha yüksek bir bölge olan Coleby'deki mülklerimizin ürünleri olmasa, nereden yardım bulacağımızı bilemezdik. Hugh ormanda avlanıyor ama av bulmak zor; çünkü hayvanların hepsi sel suları yüzünden uzaklaştı."

"Ah, evet" dedi Geoffrey üzgün bir tavırla, "bütün İngiltere'de bir felaket havası var. Kuzeye gelirken kıtlık ve yangınlar gördük ama en azından burada salgın yok..."

Katherine ani bir korkuyla bebeklerine baktı. Tom hâlâ uyuyordu; ama Blanchette annesinin arkasına saklanmıştı ve kenardan başını uzatarak yabancılara bakıyordu. "Ben hiç duymadım" dedi Katherine ve istavroz çıkardı. "Güneyde işler o kadar mı kötü? Sen... kaybetmedin..." Konuklarının kadife ve siyah tilki kürkü şeritleriyle süslenmiş kaliteli siyah yün

---

31 Sen, küçük.

giysilerine bakarak duraksadı. Philippa'nın siyah örgüleri oniks ve gümüş bir bantla bağlanmıştı.

"Ah, hayır" dedi Philippa, "bunları Kraliçe için giydik. Tanrı onun nazik ruhunu kutsasın. Bu giysiler bize Kral'ın emriyle verildi." Belirgin bir memnuniyetle konuşmasına rağmen iç çekti. Kraliçe'ye kendini adamıştı ve artık yeni kalıcı evinin neresi olacağı konusunda bir fikri yoktu; çünkü Kral'ın verdiği görevler yüzünden Geoffrey uzakta olacaktı ve şimdi bile Dover'a dönüp Calais'teki Lancaster Dükü'ne rapor vermesi gerekiyordu.

Katherine'i çok seviyordu; ama Kettlethorpe'ta gördüklerinin ışığında, Geoffrey'nin onun için planladığı uzun süreli ziyaret konusunda şüpheliydi. Kraliçe ona yıllık yüz şiling maaş bırakmıştı ve Philippa hayal ettiği gibi lüks içinde yaşarken, gelirini uzun zamandır istedikleri bebeğin ihtiyaçlarını karşılamak amacıyla biriktirmek yerine, burada kalırsa harcamak zorunda kalabileceğini düşünüyordu.

"Bugün Kraliçe için anma töreni yaptık; çanı duyuyorsunuz" dedi Katherine, utangaç bir tavırla. "Çok uzakta olmamıza rağmen burada onun için yas tutmadığımızı düşünmenizi istemem."

Geoffrey'nin parlak ela gözleri kıza bakarak yumuşadı. İnsanların duygularını yakalamayı iyi bilen Geoffrey, onun sesindeki özlemi duydu ve Katherine'in sandığından daha mutsuz olduğunu ve dokunaklı bir cesaret sergilediğini düşündü. Her zamankinden daha güzel olduğu doğruydu; yanakları kırmızı ve beyaz papatyaları hatırlatıyor, gri gözleri yumuşak ve çekici bakıyordu; huş dalı gibi incecikti ama her yanından sağlık akıyordu. On sekiz yaşında, iki çocuklu bir kadın olmasına rağmen onda hâlâ bakireliği hatırlatan bir şeyler vardı.

Onu ilk kez üç yıl önce sarayda gördüğünde, *"le diable au corps"*[32] sahibi olduğunu söylediği ve bir erkeğin şehvetini tutuşturacak bir alev olduğu sonucuna vardığı düşünülürse, Katherine'i şimdi böyle bulmayı beklememişti. Katherine'in üzerinde belirgin bir talih işareti olduğunu düşünmüştü ve bu konuda yanıldığı açıktı. Yıldızlar onun için sadece binlerce kadının paylaştığı bir yazgıyı barındırıyordu; annelik, ev kadınlığı, mücadele ve -Hugh geri döndüğünde keşfettiği gibi- zor, huzursuz edici bir kocaya tahammül etme zorunluluğu.

Hugh avdan döndüğünde, Chaucer çifti Leydi Nichola'nın kuledeki eski odasına çoktan yerleşmişlerdi ve Salon'da akşam yemeği için bekliyorlardı.

---

32 Vücuduna şeytan girmiş anlamına gelen Fransızca bir deyim.

Hugh'un konuklarını nazikçe karşılamak için kendini zorladığı belliydi. Son bira fıçısını açması için Cob'u gönderdi. Küçük Cob artık on dokuz yaşındaydı ve seyislikten terfi ederek evin içinde hizmet etmeye başlamıştı; ama hâlâ ufak tefekti; aynı zamanda, mutfak görevlerinden nefret ettiği ve çiftlik işlerine bayıldığı için de asık suratlıydı. Bir testi birayı Salon'a getirirken birazını döktü ve Hugh çocuğun kaval kemiğine vahşi bir tekme indirdi.

Sonra Hugh ahşap kadehleri doldurdu, "Şerefe" dedi, içti ve adap kurallarına uygun olarak kadehi Philippa'ya verdi. Philippa içkiyi yudumlamadan önce çekingen bir tavırla "Şerefe" dedi. Bu Sakson gelenekleri sarayda pek görülmezdi; Philippa dudaklarını ısırdı. Bira kalitesizdi ve ayrıca kendisi şaraba alışkındı. Salgın olmasa burada olmayacağını düşünürken, kendini mutsuz hissetti; ama gidecek başka yeri yoktu ve sonuçta içinde bulunduğu durumda daha fazla yolculuk yapmaya cesaret edemezdi.

Kadeh Katherine'den Geoffrey'e geçip tekrar Hugh'a döndü. Hugh kocaman bir yudum alıp çoğunu sazların üzerine tükürdü. "Picardy'deki Dük'ten ne haberler?" diye sordu, sıkılmış dişleriyle bacanağına dönerek. "Savaş nasıl gidiyor?"

Geoffrey omuz silkti. "Sanırım yenişemediler. Soylu Dük kısa yolculuklara çıkıyor ve bazen akınlar düzenliyor ama o lanet olasıca Valois tilkisi sanki yeraltına saklandı ve ne ortalıkta görünüyor ne de savaşıyor; bu sinsiliği elbette ki Fransa'nın işine geliyor. Yapması gereken tek şey, Galler Prensi son Gaskon müttefiklerimizi de gücendirene kadar beklemek; sonra bütün Aquitaine'in bize karşı ayaklanacağını biliyor."

"*Prens*'ten böyle mi söz ediyorsun?" diye sordu Hugh kaşlarını çatarak.

"Sevgili Hugh, dürüst olalım. Aquitaine'de Edward'a 'Kara Prens' diyorlar ve bunun tek nedeni giydiği zırhın rengi değil. Castile'dan beri herkesin öfkesini çekiyor ve acımasızca öldürüp yağmalıyor. Muhteşem İngiliz maiyetini Bordeaux'da sürdürmelerini talep ederek ve bunun karşılığında onlara hiçbir önemli pozisyon vermeyerek, oradaki baronlarını tek tek kendinden soğutuyor. O Gaskonlar bizim kadar gururludur. Fransa Kralı'nın tatlı yatıştırıcılığını hoş karşılamalarına şaşılabilir mi?"

"Hah!" dedi Hugh. "Gaskonlar sadece ağzı bozuk ayak takımı; her sokak iti gibi, onlar da kırbaçlanmayı ve dayağı hak ediyor!"

Katherine, küçük Tom'u emzirmek için masanın arkasında bir köşeye çekilmişti; ama bunları duyunca başını kaldırıp kocasına baktı ve Nirac'ı düşünüp düşünmediğini merak etti.

Hugh'un iki yıl önceki dönüşünden sonra Nirac'la ilgili korku verici bir olay yaşanmıştı. Yaralı Sim, öfkesini lorduna açıklamakta ve şikâyet etmekte gecikmemiş, bu arada Katherine'i de karalamıştı. Hugh çıldırmış, onu Gaskon'un fahişesi olmakla suçlamıştı. Katherine'in kendi hizmetkârları hanımlarını isteksizce savunmuştu ve zavallı Gibbon'ın da yardımıyla, sonunda Hugh'u Katherine'in masum olduğuna ikna edebilmişlerdi. Ama Hugh, Nirac'ın ağzına şiddetli bir tokat indirmiş ve malikâneden kovmuştu. Nirac, Katherine'e Fransızca yumuşak bir şeyler söyledikten sonra başka kimseyle konuşmadan oradan ayrılmıştı. "Adieu, Madam, Dük'e itaat ettim ama cesur şövalyenizi asla *unutmayacağım*." Ve koyu renk gözleri bir kertenkeleninkiler gibi parlamıştı.

Geoffrey, Hugh'un yorumlarında İngilizlerin yabancılara gösterdiği normal küçümseme dışında bir şey görmemişti ve Hugh'un sinirliliğinin hastalığının yarattığı sıkıntılardan kaynaklandığını düşünerek ona acımıştı. Belki Galler Prensi'nin yeni şiddet eğilimi ve mantıksızlığı da Castile'da yakalandığı bir hastalıktan kaynaklanıyordu.

Geoffrey onu en son gördüğünden beri, Hugh belirgin şekilde yaşlanmıştı. Saçlarının ve sakallarının arasında beyaz teller vardı. Zayıflamıştı ve eski iri yarı görünümünü kaybetmişti. Yüksek yakalı, bol kollu mavi tuniği üzerinde gevşek duruyordu; burnunun iki yanından dudaklarına kadar derin çizgiler iniyordu; yanağındaki yara izi daha da morarmıştı. Otuz yaşının üzerinde olamazdı; ama artık genç bir adamın canlılığına ve enerjisine sahip olmadığı açıkça görülüyordu. *Zavallı Katherine,* diye düşündü Geoffrey, Hugh boğuk bir küfürle midesini tutarak iki büklüm bir hâlde avluya koşarken. Geoffrey, başka bir zaman olsa insan hastalıkları arasında en gülünçlerinden biri olan bu sıkıntı karşısında yapabileceği şakadan vazgeçti. "Bu krizler yüzünden mi Hugh, savaşta Dük'ün hizmetine girmedi?"

Katherine bebeğin ağzını silerek beşiğine bıraktı. "Hayır, bazen gayet iyi oluyor" dedi yavaşça, elbisesinin düğmelerini iliklerken. "Dük ona gelmemesini emretti. Savoy'dan yazarak Hugh'un malikânede kalmasını ve burayı iyi yönetmesini istedi." Katherine kızardı ve bakışlarını Geoffrey'nin sert ifadeli gözlerinden kaçırdı. Dük'ün mektubu aslında şöyle diyordu: "Uygun şekilde sorumluluklarını yerine getirmen ve eşine iyi bakman için sana Kettlethorpe'ta kalmanı emrediyorum." Hugh buna kırılmış ve öfkelenmişti. Kendini dışlanmış hissetmişti; ama bu konuda yaptığı tek yorum, "emekliye ayrıldım" demek olmuştu. Blanchette'in doğumunda Dük'ün yaptığı ziyaret hakkında da pek konuşmamış, sadece bebeğe verilen onur için teşekkür etmişti.

"Bütün bu süre boyunca Majesteleri Lancaster'dan bir haber almadık" dedi Katherine, "Dük'ün Blanchette'e gönderdiği hediye dışında." Duvarda Hugh'un zırhının altında asılı duran gümüş kaplamalı ayin kadehini gösterdi. Kadeh özellikle çocuk için hazırlanmış, Swynford arması yerleştirilmişti; ince oymalarla süslenmiş kapağının tutacağında Blanchette'in doğum taşı olan bir zümrüt vardı. "Duymayı da beklemiyorduk zaten..." diye ekledi aceleyle, Geoffrey'nin kendisinin kibirli olduğunu düşünmesinden korkarak.

"Elbette hayır" dedi Philippa. Kraliyet ailesinin yaşam tarzı olarak şatodan şatoya taşınmasının yarattığı zorunlulukları, kargaşayı ve hareketliliği Katherine'den daha iyi biliyordu; dahası, savaş ve kraliyet ailesinde yas vardı. "Dük'ün yardımlarına karşılık olması gerektiği şekilde minnet duyduğundan eminim, Katherine" dedi kadehe bakarak. Kendisi asla böyle bir hediye almamıştı ve bu yoksul salonun ıslak taşları arasında kesinlikle yerini bulamadığını düşünüyordu.

"Ben... biz... Habercimizle teşekkürlerimizi ilettik" dedi Katherine huzursuz bir tavırla. Dük'e bir mektup yazmayı denemişti; fakat ilahilerden kelimeler kopyalayarak yazmak için o kadar çaba ve zaman harcadığı mektubu göndermeye utanmıştı. Yazmak okumaktan çok farklıydı ve manastırdaki rahip ona bu sanatı pek öğretmemişti.

"Düşes Blanche, bu hafta Bolingbroke'a ulaşacak" dedi Philippa. "O da salgından kaçtı."

"Öyle mi?" Katherine kalbinde yarı tatlı yarı acı bir sızı hissetti. Yaklaşık üç yıl önce Noel'de Bolingbroke'da Düşes'le birlikte geçirdiği on iki günü, aralarındaki sempatiyi ve hissettiği mutluluğu düşündü. Leydi Blanche onu unutmuş olsa bile, kendisinin Düşes'e olan sevgisi azalmamıştı.

"Neden Bolingbroke'a gidip onu beklemiyorsun, Katherine?" diye önerdi Geoffrey. "Bu çok iyi olurdu."

Hugh Salon'a dönmüştü ve kramplarını hafifletmek için dizlerini göğsüne çekmiş hâlde yüksek sırtlıklı sandalyesinde oturuyordu. Donuk bakışları bacanağının yüzüne doğru kalktı ve kaşları çatıldı.

"Kesinlikle!" diye haykırdı Philippa, bunun avantajlarını hemen fark ederek. "Seni çok seviyordu ve seni gördüğünde eminim sevgisi yeniden canlanacaktır. Hoş, bu konuda Kraliçe'yle -Tanrı onun ruhunu kutsasın- görüştügünde gerçekten yeterince aptalca davrandın; ama yine de Lancasterlar seninle daima ilgilendiler ve eğer Hugh biraz Dük'ün gözünden düştüyse..."

"Hayır, düşmedi!" diye araya girdi Katherine sertçe, kocasının homurdandığını duyarak. "Bu ne aptalca bir laf!"

"Pica onu demek istemedi" dedi Geoffrey, her zamanki gibi karısının patavatsızlığını örtbas etme çabasıyla. "Hugh'un Castile'da savaşan en cesur şövalye olduğunu herkes biliyor ve Dük'ün onu özel bir gözle gördüğünden de eminiz. Ama bu kadar yakına gelmişken güzel Leydimizi beklemek için oraya gitmek çok nazik bir davranış olur. Hugh da Katherine'e eşlik edebilir."

"Hayır" dedi Hugh sertçe. "Kadınların kameriyelerinde pineklemek istemiyorum. Dük haber gönderene kadar burada kalıp işimi yapacağım. Gitmesini istiyorsanız, Katherine'e Ellis eşlik edebilir." Çenesini eline dayayarak bakışlarını boşluğa dikti.

Geoffrey, Hugh'un karısına hiç bakmamasını tuhaf bulmuştu. Sanki aşırı bir sınırlama veya utanç vardı; ama belki de bu Hugh'un ağır kişiliği veya bedensel rahatsızlıklarıyla açıklanabilirdi.

"Gitmek isterim" dedi Katherine tereddütle. Hugh'a beklentili bir gülümsemeyle baktı; ama kocası ilgilenmedi bile. "Birkaç günlüğüne. Blanchette'i de alırım; ama Tom sütten kesilene kadar olmaz. Hugh'un da biraz iyileşmesini beklemeliyim ve..."

"Ah, yeter artık Katherine!" dedi Philippa. "Düşes'in Bolingbroke'ta olduğunu bütün Lincolnshire öğrenmeden ve şato yalvarmaya gelenlerle dolmadan önce, gelecek Pazartesi gidiyorsun. Ben burayla ilgilenirim ve sen de rahat olabilirsin. Bebeğe gelince, köyde onu emzirebilecek bir kadın vardır mutlaka. Zaten artık biraz durma zamanın gelmiş; çünkü tırmık sapı gibi incelmişsin. Blanchette de gitmek için fazla küçük ve ayrıca, Düşes'i memnun etmek için bütün zamanını ayırmanı engeller. Aklını kullan, Katherine."

"Aklımı mı?" dedi Katherine biraz keyiflenerek. Philippa'nın gözlerindeki o hırslı pırıltıları hatırlamıştı ve malikâne hizmetkârlarının tepelerine binecek bu kararlı kadınla ne yapacaklarını merak ediyordu.

"Elbette ki aklını, güzel budala! Düşes daha önce sana güzel hediyeler verdi ve şimdi de hediyelere ihtiyacın var. Ayrıca, akıllı bir kadın, kocasının çıkarlarını korumayı bilir. Düşes'e Kettlethorpe'ta yardıma ihtiyacınız olduğunu, Hugh'un Dük'ün hizmetindeyken hastalık kaptığını açıkça söylemeli ve belki bir maaş bağlanmasını..."

"Maaş filan *istemiyorum*!" diye bağırdı Hugh öfkeyle. "Tekrar savaşana kadar!"

"Geoffrey Kral'dan maaş alıyor; yılda yirmi mark. Açıkça görüyorum ki siz ikinizin bir çift koyun kadar bile mantığınız yok."

Geoffrey güldü. "Koyun olun ya da olmayın, bence Pica'yı dinleyin. Ne konuştuğunu bilir."

Kocasının iltifatını kabul eden ve Swynford çiftinin daha fazla itirazda bulunmak yerine kendi tarzlarında şaşkın şaşkın baktığını gören Philippa devam etti. "Neyse ki Katherine hastalanmış ve iyileşmişti. Kraliçe'nin hekimbaşısı Maître Jacques, bu olduğunda Kara Ölüm'ün bir daha kolay kolay bulaşmadığını söylüyor."

"Öyle mi? Ben hastalandım mı?" dedi Katherine şaşırarak. "Picardy'yi kastediyorsun; büyükanne ve büyükbabamız salgından öldüğünde çok hastalandığımı hatırlıyorum ama çocukların salgına yakalanmadığını sanıyordum."

"Çoğu yakalanmadı; benim gibi. Ama sen iyice kararmıştın, burnun kanıyordu ve koltuk altında elma büyüklüğünde bir çıban vardı. Patladığı zamanı iyi hatırlıyorum; çünkü evde ikimiz yalnızdık, diğer herkes bizi bırakıp gitmişti."

"Evet" dedi Katherine. "Şimdi hatırlamaya başladım; patladığında çok rahatlamıştım. Bana süt içirmiştin; kendin de çocuk olmana rağmen bana bakmıştın. Ablam benim, bana karşı hep iyiydin." Katherine eğilip Philippa'yı öptü. "Ama ne kadar cesur olduğunu daha önce bilmiyordum."

"Saint Sebastian adına, ne yapmam gerektiğini bilmiyordum ki" dedi Philippa doğal bir tavırla. Katherine'in kolunu okşadı. "Bugün artık farklı! Londra'da kirli havayla kumar oynamadım. Burun deliklerimi şifalı bitkilerle tıkadım ve koruyucu taşlar taşıdım. Geoffrey de öyle."

Geoffrey ciddi bir tavırla başıyla onayladı. "Veba çanları çalmaya ve kapılara kırmızı işaretler konmaya başladığında çok az kişi cesur olabilir; Katherine, bize lavta çalıp şarkı söyler misin? Neşeli bir şeyler olsun."

"Uzun zamandır çalmadım" dedi Katherine. "Ya sen, Geoffrey, bize bunun yerine kitap okur musun? Eyer çantanda kitapların olduğundan eminim."

"Var tabii" dedi Philippa, "çantalar ağzına kadar kitap dolu. Yedek çamaşır veya kaliteli bir çift ayakkabı bile koyacak yer yok! Bir mürekkep hokkasıyla kuş tüyü kalemler de getirdi."

Katherine, Geoffrey'nin gözlerine gülümseyerek bakarken, ablasının onu kitaplarından ve yazılarından nasıl vazgeçirmeye çalıştığını hatırladı.

"'*Le Roman de la Rose*'u İngilizce'ye çevirmeye çalışıyordum" dedi Geoffrey, biraz utanarak. "Elbette ki Guillaume de Lorris'nin güzel mısraları kadar iyi değil; ama o güzel aşk hikâyesini dinlemek isterseniz..."

"Ah, lütfen!" dedi Katherine. Chaucerların getirdiği bez bebekle oynamaktan sıkılmış olan Blanchette'i aldı ve rahat bir şekilde kucağına yerleştirdi.

Philippa burnunu çekti ve Katherine'in ihmal ettiği iği alarak yün eğirmeye başladı.

Hugh homurdandı ve Ellis'i bulması gerektiğini söyleyerek yerinden kalkıp salondan çıktı.

Geoffrey kesesinden parşömenler çıkardı ve taburesini pencereden süzülen ışığa doğru çekti. "Rüya anlatımıyla başlıyor" dedi Katherine'e. "Bunun gibi...

> *Bunun içindir ki kendi adıma söylerim*
> *Çok önemlidir rüyalarım benim*
> *İyilik ve kötülüğü haber verir birçok kişiye*
> *İnsan uyumalıdır geceleri rüya görsün diye*
> *Doludur üstü kapalı birçok şeyle*
> *Rüyalar hepsini açıklar simgelerle."*

Evet, bu doğru, diye düşündü Katherine. Rüya gördüğü konularda birçok şey zihninde netleşirdi. Birkaç gece önce rüyasında bir tabut ve siyahlar giymiş hâlde yas tutan bir kalabalık görmüştü; ve kısa süre sonra Kraliçe'nin öldüğünü öğrenmişlerdi. Ama şiir ölümle değil, aşkla ilgiliydi ve Katherine, Geoffrey'nin tercüme ettiği mısraları ilgiyle dinliyordu. Hikâyede rüya gören kişinin yanı sıra Matmazel Tembellik, Sir Şenlik ve Leydi Nezaket vardı. Şiirle öyle güzel bir bahçeye girmişti ki "cennette bile böylesine güzel bir yer yoktu." Aşk Tanrısı, bu bahçenin efendisi, güllerden bir taç giyiyordu ve "Yakışıklı" adında genç bir şövalyesi vardı. Bu genç şövalyenin Aşk oklarını attığı iki yayı vardı. Beş iyi ok, beş kötü ok taşıyordu ve Geoffrey okların isimlerini okurken, Katherine daha da ilgiyle dinledi; çünkü bu romantik aşk ve anlamları hakkında bir şeyler öğrenebileceğini düşünmüştü.

Beş altın oka sırasıyla Güzellik, Sadelik, Açıklık, Arkadaşlık ve Güzelgörünüş deniyordu. *Bunlar gerçekten de güzel aşk yaraları açabilir mi?*

diye düşündü Katherine, hayal kırıklığına uğrayarak. Bu oklardan birinin kalbine saplandığını hiç hatırlamıyordu. Diğer beş siyah oksa, çarpık bir yaydan fırlatılıyordu: Gurur, Kibir, Utanç, Umutsuzluk ve Tutarsızlık. Bunlardan biriyle yaralandığını da hatırlamıyordu.

Ben bu tür aşkı anlamıyorum ve asla da anlayamayacağım, diye düşündü iç çekerek. Gül'ün aşkı sadece bir hayal olduğundan, böyle bir aşkın varlığına inanmak bile aptalcaydı. Bunu Geoffrey de okumaya başlarken söylemişti. Gerçek hayat bu Salon'daydı ve oldukça farklı özellikleri vardı; görevler ve dayanıklılık gibi kavramlar. Şiir, masal canavarlarıyla ve Windsor'da gördüğü sisli ormanlarla güzel bir şekilde işlenmiş bir duvar halısını hatırlatıyordu; oysa gerçek hayat, Philippa'nın eğirdiği kaba ve gri yün gibiydi. *Yine de*, diye düşündü aniden, tam olarak kavrayamadığı bir görüntüyü yakalayarak, *duvar halısı da gerçek. Ben onu gördüm.*

"Kaşlarını çatıyorsun, Katherine" dedi Geoffrey gülerek. Parşömenleri yuvarladı. "Romaunt seni yordu mu?"

"Hayır, Geoffrey, beni memnun etti. Ama böylesine güzel bir bahçeyi asla bulamayacak ya da rüya görenin özlemini çektiği o kırmızı gülü asla koparamayacak olmam üzücü."

"Belki de bu söylediklerin olur, Katherine" dedi Geoffrey.

"Ne olurmuş?" Philippa o sırada Salon'u zihninde yeniden düzenliyor, masaları kuzey duvarı yerine güney duvarına yaslıyor, daha kullanışlı meşale halkaları yerleştiriyordu. "Ne kırmızı gülü? Ah, anladım... şiir. Geoffrey, açıkçası bence Fransızca daha güzel, daha seçkin. Kraliçe'nin ozanı Pierre de Cambrai onu bize okurdu; İngilizce şiire uygun bir dil değil."

"Sanırım haklısın, hayatım" dedi Geoffrey. Kesesinin tokasını kapatıp ayağa kalktı ve bacaklarını esnetti. "İngilizcede kafiyeler çok yetersiz ve ben de bu konuda pek başarılı sayılmam."

Katherine nezaket gereği itiraz edecek gibi oldu ve açıkçası, şiir hoşuna gitmişti; ama görüşünün Geoffrey'yi Philippa'nınkinden daha derin etkilemeyeceğini fark etti. Bütün neşesine ve nezaketine rağmen Geoffrey'nin içinde, arkasında sadece kendisinin yaşadığı bir duvarın var olduğunu ve gülümseyerek uzaktan baktığı dış dünyadan pek fazla etkilenmediğini hissediyordu. Kendi kalbinde geliştirdiği kendine yetme becerisine benzeyen bu özelliğe hayranlık duymuştu. Katherine'inkini tehdit edebilecek sadece tek şey vardı. Küçük Tom'a ve koluna yaslanmış olan kıvırcık saçlara baktı. *Bu ikisini güvende tutabilirsem*, diye düşündü, *başka ne isterim ki?*

10

Katherine, Bolingbroke'a yola çıktığında Eylül'ün on biriydi. Tom düzgün şekilde sütten kesilene kadar gitmek istememişti. Sonra Blanchette'in kısa bir süre çocukça sızlanmaları olmuş, Katherine onunla ilgilenmek zorunda kalmıştı; ama çok geçmeden küçük kız her zamanki gibi sakinleşmişti ve böylece Katherine gözü arkada kalmadan onu Philippa'ya bırakabilmişti; ama yine de içi sızlıyordu. "Azize Meryem!" diye haykırmıştı Philippa, uyuyan çocuğa veda öpücüğü verirken kardeşinin gözyaşlarını görünce. "Gören de birkaç gün yerine bir yıllığına gidiyorsun sanır; bir çocuğun üzerine bu kadar düşmek iyi değildir."

Hugh da daha iyiydi; bağırsak sancıları ve akıntıları azalmıştı; ama kendisini rahatsız eden diğer sağlık sorunları henüz düzelmemişti. Katherine, Ellis'le birlikte Lincoln yolundan Bolingbroke'a giderken bunları düşünüyordu.

Küçük Tom'un doğumundan ve birkaç ay öncesinden beri, Hugh karısıyla yatağa girememişti ve kocasını bu kadar rahatsız eden bir durumun kendisi için rahatlama yaratması Katherine'in suçluluk duymasına neden oluyordu. Onun aceleci, özensiz ısrarcılığından özgür kalmışken, Hugh'un diğer ihtiyaçlarına daha hoşgörüyle yaklaşabiliyordu. Hugh içinse durum tersineydi. Katherine'le gerekmedikçe nadiren konuşuyordu ve Katherine onu kendisine bakarken yakaladığı zamanlarda, hemen başını çeviriyordu; ama her seferinde genç kadın kocasının gözlerinde öfke ve aşağılanma görüyordu.

Hugh'un gizli ilaçlar denediğini biliyordu. Ellis bir gün Nottinghamshire'daki Harby yakınlarında yaşayan bir cadıyı ziyaret ettiğini ağzından kaçırmıştı; Madam Grizel adındaki bu kadın, civar halkı tarafından çok rağbet görüyordu. Cadıyı ziyaret ettikten sonra Hugh yatağa girmeden önce kahverengi bir iksir içmeye başlamıştı ve geceleri yastığının altında kurutulmuş eriğe benzeyen, büzüşmüş, iki küçük nesne saklıyordu; ne var ki bu konuda asla konuşmamışlardı. Philippa, Katherine'in açıkça görülen doğurganlığı karşısında, Thomas'ın doğumundan beri bir yıl geçmesine rağmen yeni bir bebek işareti olmamasına çok şaşırmıştı. Katherine gülerek konuyu geçiştirmiş, Philippa'nın kendi ilk çocuğunu doğurmakta yeterince geç kaldığını ve dolayısıyla kendisiyle dalga geçmeye hakkı olmadığını söylemişti.

Ama bugün aklında sorunlu, sıkıntılı şeyler yoktu; yolculuğa çıkmak zevkliydi. Rüzgâr yüzüne çarparken ve Doucette dörtnala koşarken, bir şarkı mırıldanıyordu; bu arada Ellis onaylamayan bir tavırla, kendisinden beklendiği üzere üç adım arkasından geliyordu. "Leydim, biraz yavaşlayın!" diye seslendi sonunda. "İleride bir grup var!" Katherine, Doucette'in dizginlerini çekti. Bardney'den geçerek Bolingbroke'a uzanan bu dar yol pek fazla kullanılmazdı ve bir tenekeciyle, yeni koro sıraları üzerinde çalışmak için Lincoln Katedrali'ne giden iki marangoz dışında kimseyle karşılaşmamışlardı.

Yolun ilerisi ağzına kadar yünlerle dolu olan ve öküzler tarafından çekilen ağır arabalardan oluşan bir konvoy yüzünden tıkanmıştı. Her iki arabanın arasında bir öküz çobanı ileri geri koşturuyordu ve Ellis'in bağırarak yol açmalarını istemesine rağmen ne öküzler ne de çobanlar bunu umursuyordu.

Arabaların önünde iyi giyimli üç atlı vardı ve içlerinden biri Ellis'in bağırışlarını duyarak ve yanındaki genç kadını görerek, en yakındaki öküz çobanına bir emir verdi; çoban emri arkadakilere aktardı. Çok geçmeden, öküzler arabaları yolun kenarına çekti. "Atımı tarladan sürerek etraflarından dolaşabilirdim..." dedi Katherine, Ellis'e.

"Ah, hayır, leydim" dedi Ellis şaşırarak, "köylülere yol vermek de ne demek? Pozisyonunuzu asla unutmamalısınız."

Evet, diye düşündü Katherine, *sanırım bunu hatırlamalıyım; çünkü yine dış dünyadayım*. Boynunu ve sırtını dikleştirdi, saçlarını düzeltti ve üç atlıya yaklaşırken şişkin binici başlığını tekrar başına geçirdi.

Yaşlıca olanı bir tüccardı ve görünüşe bakılırsa önemli biriydi. Pahalı kadifeden dikilmiş paltosu lal taşı ve kırmızı renkteydi. Başında yüksek ve parlak bir kunduz şapka, kemerinde mücevherli bir hançer vardı ve demir grisi sakalları düzgün şekilde taranmıştı. "Tanrı sizi korusun, Leydim" dedi asık yüzle. "Yolunuzu kapadığımız için özür dileriz." Adam başını çevirdi ve atın dizginlerini şaklatarak yavaş ilerleyişine devam etti.

Katherine erkeklerin gözlerindeki ilgili bakışlara öylesine alışkındı ki ne diyeceğini bilemedi. Diğer iki biniciye bir bakış attı ve genç olanı, Katherine'i baştan aşağı süzdükten sonra, atını Doucette'e yaklaştırdı. "Uzağa mı gidiyorsunuz, leydim?" diye sordu ve sesindeki sıcaklık Katherine'e güven verdi. O da kadife giysiler giymiş, kunduz şapka takmıştı; ama çatallı sakalı kestane rengiydi.

"Bolingbroke'a gidiyoruz" dedi Ellis varlığını hissettirerek, "ve yolumuza devam etmeliyiz, bayım."

"Ah, biz de oraya gidiyoruz!" diye haykırdı ikinci tüccar. "Yanımızda kalsanız iyi olur; ormanlarda kanun kaçakları var."

"Ben hiç duymadım" dedi Ellis gergin bir tavırla, "ve Leydimi nasıl koruyacağımı da iyi biliyorum. Geçmemize izin verin."

"Dur, Ellis, bir süre onlarla yolculuk yapalım." Katherine çok uzun süredir Kettlethorpe dışından biriyle konuşmamıştı ve Ellis de öylesine sıkıcı bir yol arkadaşıydı ki biraz değişiklik istiyordu. "Siz de Düşes'i mi görmeye gidiyorsunuz?" diye sordu adamlara.

"Evet" dedi adamlardan genç olanı başıyla onaylayarak. Onun da pembe yüzü en yaşlı tüccarınki kadar asıldı. "Ondan yardım istemek için. Ama geç kaldık" diye ekledi, "o lanet olasıca Boston kasabası yüzünden. Şeytan alsın orayı!"

"Boston'dakiler ne yaptı ki?" dedi Katherine, üçüncü atlıya bir bakış atarken gülmemeye çalışarak; adam rahip giysileri giymişti ve siyah-mor kukuletasının altında gizlenmiş olan yüzü, diğerlerininki kadar asıktı.

"Ama biz Lincolnlüyüz! Suttonlar, Leydim!" diye haykırdı genç tüccar. "Bu yüzden, Boston'ın ne yaptığını sormamalısınız."

"Aslında, bayım, beni bağışlayın ama gerçekten bilmiyorum."

"Ne olacak, ticaretimizi çaldılar! Lanet olasıca piçler, söyledikleri türlü yalanlarla, ticaretimizi Lincoln'den alıp kendilerine ayırmak için Kral'ı ikna ettiler; daha doğrusu, muhtemelen ahlaksız danışmanlarına rüşvet verdiler."

"Ah, kesinlikle..." dedi Katherine. Hugh, Kral'ın Lincoln'deki ticareti Boston'a taşıdığından gerçekten söz etmişti ve bu, Lincoln için ciddi bir kayıp anlamına geliyordu. Daha önce bütün yünler, deriler ve tenekeler ihraç edilirken Lincoln'den geçiyordu; ama artık öyle olmayacaktı; Lincoln artık kuzeydoğunun en önemli ticaret merkezi değildi. Kraliyet emriyle, değer kaybetmişti. Bu yıl Kettlethorpe'ta kendilerini doyuracak kadar ürünü zorlukla yetiştirebileceklerini ve satacak fazlanın olmayacağını bilen Katherine, haber üzerinde pek düşünmemişti. Yine de asık yüzlü üç adama anlayışla baktı. "Düşes'in size yardımcı olabileceğini mi düşünüyorsunuz?"

Genç tüccar omuzlarını sarkıttı. "Deneyebiliriz. Dük dostumuzdur; kendisini iyi tanırız. Norfolk'ta onun adına malikâne yönetiyoruz ve sık sık Lincoln dışındaki evimizde yemek yer."

Katherine bunu ilgiyle düşündü. Dük'ün her adı geçtiğinde içi ısınıyor, güven duygusu tüm benliğini kaplıyordu; özellikle de Blanchette'in doğumundan beri. Ama aynı zamanda da ulaşılamayacak kadar uzak görünüyordu. Biraz, insanın Tanrı'yla ilgili duygularını hatırlatıyordu; her şeye gücü yeten, katı, uzak ama merhametli. Yine de kendi büyük işleriyle o kadar meşgul ki kimse onu rahatsız etmeye cesaret edemezdi.

Bu yüzden, bu Suttonların Dük'le yakın olduklarını söylemeleri onu şaşırtmıştı ve yün konvoyunun en başındaki arabaya doğru atlarını yavaşça sürerken kibarca sorular sordu. Hızlarının düşmesinden ve genç tüccarın gözlerindeki pırıltıdan hoşlanmayan aksi Ellis'e ise aldırdığı bile yoktu.

Suttonlar zengin burjuvalardı ve Lincoln'ün en önemli ailelerinden biriydiler. Yaşlı olan, Efendi John babalarıydı ve bu iki adam, Robert ve rahip Thomas, onun oğullarıydı. Efendi John, önceki yıl Lincoln valisiydi ve şimdi Parlamento üyesiydi. Katherine'in daha önce hiç karşılaşmadığı bir sınıfa; toprak sahiplerine, mevki sahiplerine ve zengin tüccarlara dâhillerdi. Kendilerinden, pozisyonlarından ve hayatlarından memnunlardı; ama soylu ya da şövalye değillerdi. Lancaster Dükü'nün yönetiminde yaşamlarını sürdürüyor ve veri ödüyorlardı ama onun dışında büyük ölçüde bağımsızdılar ve Katherine, Efendi Robert'ın Kral hakkındaki konuşma tarzına şaşırmıştı. "Vergiler, vergiler, vergiler... yaşlı zampara metresini memnun edebilsin, Fransa'yı yönetme arzusunu tatmin edebilsin diye. Sanki kendi ülkemizde yapacak yeterince işimiz yokmuş gibi. Önce yüne vergi; sonra yüne vergi; gaydacıların maaşını biz yüncülerden başka kim ödeyecek ki? Ama korkmaya gerek yok, biraz etrafından dolaşmanın bir yolunu bulamayacak kadar aptal değiliz, ha, ne dersin baba?" Atını yanında süren Efendi John'ı dürttü ve o da hoşnutsuzca homurdandı.

"O da ne demek?" diye sordu Katherine.

Robert Sutton, böylesine ilgili ve güzel bir dinleyici bulduğu için memnundu. Katherine'e göz kırparak güldü. "Vergiyi başka yerlere aktarmak, ne olacak! Yüne *ödediğimiz* fiyatı düşürüyoruz. Vergilerimiz mi yükseldi? O zaman da köylülere ödediğimiz fiyat düştükçe düşüyor."

"Hmm, anlıyorum" dedi Katherine düşünceli bir tavırla, "ama size satış yapmayı reddedemezler mi?"

"Satmalarının başka yolu yok ki! Biz yün tüccarları birleşiyoruz ve satılacak bütün yünler Lincoln'e gelmek zorunda; ne var ki şimdi bu avantajı kaybettik, lanet olsun! Tabii ki zarif Düşes, Kral'ı fikrini değiştirmeye ikna edemediği takdirde. Siz neden Bolingbroke'a gidiyorsunuz, Leydim?"

Sizinle aynı nedenden sanırım, diye düşündü Katherine aniden utanarak, *Düşes'ten bir şey istemek için.* Ama bu tam olarak doğru değildi.

"Saygı ve sevgilerimi sunmaya" dedi yavaşça. "Sir Hugh Swynford, kocam, Dük'ün adamıdır."

"Ah, öyle mi?" dedi Efendi Robert. "Swynford... Coleby ve Kettlethorpelu Swynford mu? Geniş meralarınız var mı? Sizin yünlerinizden çok fazla gördüğümü hatırlamıyorum."

"Nadiren fazlamız oluyor ve bu yıl hiç olmadı. Koyunlarımızın çoğu selde boğuldu. Zaten çok fazla koyunumuz da yoktu."

"Ah, evet, seller, ne yazık" dedi Robert, Katherine'e nazik gözlerle bakarak, "ama çiftliklerinizde daha fazla koyun yetiştirmeli ve gerekirse köylülerinizin topraklarının bir kısmına el koymalısınız. Emek harcamaya değecek tek ürün yündür! Size koyunlardan para kazanıp zengin olmanın birçok yolunu öğretebilir, tavsiyelerde bulunabilirim; hepimiz Lincoln'e döndüğümüzde, büyük bir zevkle bizzat malikânenize gelip size..."

"Robert!" dedi babası, son heceyi uyarı yansıtan bir tavırla uzatarak.

Atını kalçası Katherine'in bacağına sürünecek şekilde süren ve genç kadına açık bir hevesle bakarak konuşan Robert uzaklaştı ve çenesini kapadı. Geçen yıl bir deri tüccarının karısına şehvetli gözlerle baktığında talihsiz bir olay doğmuştu ve bir bohça deri kötü şekilde tabaklanıp çürüyerek ziyan olmuştu. Kimse bu olaya Robert'ın kendisinden daha fazla pişman olamazdı, bu yüzden boğazını temizleyerek konuştu. "Bakın, hava değişiyor gibi. Denizden sis geliyor."

Daha öğle yeni geçmişti ve güneş kara bulutların arkasında bir görünüp bir kayboluyordu. Şimdi sis dalgalar hâlinde süzülerek yaklaşmaya başlamıştı ve yüksek bölgelerde beyaz bulutlar şeklinde toplanıyordu. Tepelerde ağaçların üst kısmı limoni gri bir bulutun içine gömülmüştü.

"Bu görüntü hoşuma gitmedi," dedi genç rahip, ilk kez konuşarak. "Sis safran gibi sapsarı görünüyor ve daha önce gün ortasında bu kadar içerlek yerde sis görmemiştim." Kuşağında asılı gümüş tespihini alıp huzursuzca çekmeye başladı.

"Hayır, Thomas!" diye bağırdı kardeşi gülerek. "Çünkü sen dünyayı görmüş değilsin. Her şey seni şaşırtıyor, kardeşim." Katherine'e dönerek, "Oxford'dan yeni eve döndü ve orada da uzun burnunu Merton'ın dışına çıkarmadığına bahse girerim; böylesine içine kapanıktır."

Katherine gülümsedi; ama o da giderek rahatsız oluyordu. Hava basıktı ve fırtına işaretleri vardı. Tepelere tırmanarak yoğun sarı sise girmeye başladıklarında, görünmeyen ormandan gelen uzun bir baykuş ötüşü duydular.

"Günün bu saatinde işkence gören bir ruh değilse, bu ne olabilir ki?" dedi Thomas ve istavroz çıkardı. Diğerleri tek tek aynı şeyi yaptı. "Sadece sis aptal kuşun gece olduğunu sanmasına neden oldu" dedi Robert.

Sonrasında sessizce atlarını sürmeye devam ederlerken, pürdikkat yolu izliyorlardı; çünkü birkaç adım ötesinden fazlasını göremiyorlardı. Daha yükseklere tırmandıklarında sis açıldı; ama şimdi de sisin altlarında güneydoğuya ve Bolingbroke'un olması gereken yöne doğru beyaz yün topakları gibi uzandığını görüyorlardı. Tekrar inişe başladıklarında, hemen sisin içine geri daldılar. Arkalarındaki öküz çobanlarının bağırışları boğuk, belirsizdi ve her yönden geliyor gibiydi. Onun dışında etrafta Efendi John konuşana kadar ürkütücü bir sessizlik vardı. "Duman kokusu alıyorum" dedi. Süslü eldivenlerini çıkardı ve kalın parmaklarını gergin bir şekilde ovaladı.

Hepsi yoğun havayı kokladı. Evet, duman kokusu vardı; ama Katherine'in burnuna başka bir koku daha gelmişti, kendisine sevimsiz bir anıyı hatırlatan iğrenç bir koku.

"Sisten başka bir şeyin kokusunu almıyorum" dedi Robert. "Yolda kalabilmemiz mucize olacak."

Yine de sisin içinde ilerlemeye devam ettiler; iki taraflarında ağaçlar aniden belirip kayboluyordu. Hava ısınıyordu ve tuhaf koku giderek güçleniyordu; sonunda hepsi burun deliklerinin yandığını hissettiler. Sonra sisin rengi turuncuya çalmaya başladı ve alevlerin çıtırtısını duymalarının hemen ardından yolun ortasında bir kamp ateşiyle karşılaştılar. Ateş, sisin bir bölümünü dağıtıyordu. Etrafta kimseyi göremiyorlardı; Bolingbroke'a girdiklerini gösteren sadece küçük evler ve bir meyhane oldu. Ateşten pis kokular yayılıyordu; yağlı ve boğucu dumanı havaya doğru kıvrılarak yükseliyordu.

"Kükürt kokuyor" diye bağırdı John Sutton, öksürerek atını durdururken. "Burada bunu neden yakmışlar ki? Tanrı aşkına! Bu berbat koku yünlerime zarar verebilir."

"Aşağıda başka bir ateş var" dedi Katherine, "şato duvarının dibinde sanırım." O da öksürüyordu ve gözleri sulanmıştı. Atlar başlarını atarak hareketlendiler ve kendilerini bu rahatsızlıktan kurtarmak için hızlarını artırdılar. Köy sokaklarında kıpırdayan başka hiçbir şey yoktu ve ne yapacaklarını bilemediklerinden, atları kendi hâllerine bıraktılar. Yol şato duvarlarının ve kuru hendeğin etrafından dolaşıyordu. Hendeğin kenarına ulaştıklarında, büyük ahşap asma köprünün kalkık olduğunu gördüler. Hava burada daha temizdi. Atlar durdu ve biniciler önlerinde yükselen duvarlara bakarken, sis aniden dağılıverdi.

"Tanrım, bakın!" diye bağırdı Ellis, sesi çatlayarak. Binici kırbacıyla bir yeri işaret ediyordu.

"Tanrı bizi korusun" diye fısıldadı Katherine. Asma köprünün altında, bir metre yüksekliğinde kırmızı bir çarpı işareti vardı. Aynı kokuyu sekiz yıl önce Picardy'de algıladığını artık biliyordu.

"Bu şatoda salgın var!" diye haykırdı John Sutton sesi titreyerek. "Arabaları hemen döndürmeliyiz. Robert, acele et, durdur onları, buraya yaklaşmalarına izin verme!"

Oğlu bağırarak atını mahmuzladı ve sokakta dörtnala uzaklaşarak sisin içinde gözden kayboldu.

"Bu köyün etrafından dolaşmalıyız" diye mırıldandı Efendi John. "Leydim, başka bir yol biliyor musunuz? Ya sen, genç silahtar? Ah, son zamanlarda talihsizlik ve felaketten başka bir şeyle karşılaşmıyorum. Thomas, Saint Roch'a -aslında bütün azizlere- dua et; sonuçta Latince bildiğin için seni anlarlar."

Genç rahip irkildi ve bakışlarını asma köprünün üzerindeki kırmızı parıltılı işaretten ayırarak titreyen parmaklarıyla tespihine uzandı.

"Gelin, Leydi Katherine, gelin" diye fısıldadı Ellis. Doucette'in dizginini yakaladı. Kapının muhafız kulübesinde bir panjur açıldı ve miğferli bir erkek başı aşağı baktı.

"Siz kimsiniz? Orada ne diye oyalanıyorsunuz?" diye seslendi muhafız. "Bolingbroke'da Kara Ölüm'ün öpücüğü dışında size sunacak bir şeyimiz olmadığını görmüyor musunuz?"

"Kutsal Meryem, neler oldu?" diye bağırdı Katherine, yumruklarını sıkarak.

"Bildiğim kadarıyla şimdiye kadar on altı kişi öldü; Tanrı onları kutsasın; çünkü bir rahibin yapamayacağı kesin zira önce kendisi öldü! Beş gece önce... Arkasından keşiş gitti."

"Lanet olsun!" Arkasındaki iki Sutton'ın korkuyla inlediğini ve aniden hızla koşmaya başlayan atların nal seslerini duydu.

Ellis, Katherine'in omzunu tuttu; ama Katherine kolunu sertçe çekti. "Köy rahibi!" diye bağırdı, pencereye doğru. "Onu getirin!"

"Nasıl getirelim? Köylülerin geri kalanı gibi o da kaçıp saklandı!"

"Düşes ve çocukları nasıl?"

"Bilmiyorum, Leydim; çünkü dünden beri muhafız odasından bile çıkmadım ve kapıyı kilitledim." Penceredeki ses delice bir kahkahayla çatladı. "Veba bakiresine karşı kapıyı kilitledim; kızıl eşarbı ve süpürgesi buraya giremeyecek ve beni alamayacak!"

"Gelin, Leydim... gelin..." Ellis yine Katherine'in kolunu tutarken, yüzü köyü saran duman gibi sararmıştı.

"Hayır" dedi Katherine. Ama kalp atışları yavaştı. "Gidemem. İçeri giriyorum. Belki Philippa'nın dediği gibi hastalığa karşı güvendeyimdir; ama öyle olsun ya da olmasın, Düşes'i görmeliyim."

"Siz çıldırmışsınız, Leydim! Gitmenize izin verirsem Sir Hugh beni öldürür!"

Katherine, Ellis'in kendisini zorla sürükleyerek götürmek niyetinde olduğunu anlamıştı; çünkü kolunu sımsıkı tutuyordu ve Katherine eyerin üzerinde neredeyse dengesini kaybedip düşmek üzereydi. Bilinçli bir şekilde öfkeyle karşılık verdi.

"Sen bana dokunmaya nasıl cüret edersin, sersem!" dedi, kısık ama anlaşılır bir sesle. "Bana karşı çıkmaya nasıl cüret edersin?" Ve boştaki eliyle Ellis'in yüzüne sağlam bir tokat indirdi.

Ellis korkuyla yutkundu. Hemen Katherine'in kolunu bırakarak elini çekti. Zihni korku ve kararsızlıkla bulanmıştı.

Katherine bunu görerek aynı net sesle devam etti. "Benimle birlikte şatoya girmek zorunda değilsin, seni görevinden salıveriyorum. Ama yapman gereken şey şu: Hemen Revesby'deki manastıra git; hatırladığım kadarıyla en yakın yer orası. Hemen buraya bir rahip getir! Kutsal Üçlü adına, Ellis, koş!" Sesinde öyle bir güç, bakışlarında öyle bir hükümranlık vardı ki Ellis hemen başını eğdi. "Revesby yolu şu tarafta" dedi Katherine işaret ederek. "Sonra batıya döneceksin." Genç silahtar hemen dizginleri şaklatıp atı mahmuzladı.

"Muhafız! Hey, muhafız!" diye seslendi Katherine şatoya dönerek. Miğfer yine pencerede göründü. "Köprüyü indir ve girmeme izin ver!"

"Olmaz, leydim." Adam yine bir kahkaha patlattı. "Yerimden kıpırdamam." Pencereye biraz daha yaklaşırken ses tonu değişti. "Ne yani küçükhanım, buradaki eğlencemize katılmak mı istiyorsunuz? Tanrı aşkına, burada dansı Kara Ölüm yapıyor! Güney kapısı açık; çünkü bazıları oradan kaçtı."

Katherine, Doucette'i kuru hendeğin etrafından dolaştırıp güney kulesini geçerek bir asma köprüye yaklaştı. Attan inip kısrağı otlayabileceği şekilde bir çalıya bağladı. Eyer çantasını çözüp kollarına alarak asma köprüden geçti. Alçak meşe kapının üzerindeki tirizlerin arasında başka bir kırmızı çarpı işaret vardı ve altına bir yazı eklenmişti: "Tanrı bize acısın."

Açık kapıdan geçerek şatoya girdi. Kuyuya yakın kaldırım taşlarının üzerinde başka bir ateş yanıyordu. Mavi-gri giysiler içindeki yaşlı bir adam, tutuşmuş odunların üzerine avuç dolusu sülfür atıyordu. Hareket eden iki kişi daha vardı. Siyah cüppelerinin kukuletası başlarını ve yüzlerini örtüyordu; ellerinde kürekler vardı. Avlunun batı tarafındaki muhafız barakalarına doğru kaldırım taşları sökülmüş, uzun bir hendek kazılmıştı. Hendeğin yanında üstü kanlı kumaşlarla örtülmüş bir yığın vardı ve bu yığından yükselen koku, ateşten yayılanlarla karışıyordu.

Katherine yığına bakmamaya çalıştı ama elinde değildi. Adamlardan biri küçük bir zil aldı ve sallarken maskesinin altından mırıldanmaya başladı. Zili yere bıraktı ve kukuletalı iki adam, sessizce uzun siyah saçlı bir cesedi yığından alıp hendeğe attı; mavi lekeli bir bilek ve el, dev bir kartalın pençesi gibi bir an toprağın üzerinde kaldıktan sonra yavaşça düşerek gözden kayboldu.

Katherine taşıdığı çantayı bıraktı. Avlunun diğer ucundaki özel odalara doğru sendeleyerek koştu. Düşes'in süitine çıkan taş merdivenin dibine ulaştı. Üç yıl önce Noel'de iki küçük kızla birlikte aktörlerin oyunlarına güldüğü yer burasıydı. Duman dolu sessiz avluya baktı ve kukuletalı adamların yine yığınından bir ceset almakta olduğunu gördü.

Midesi bulandı ve gırtlağında acı bir sıvı hissetti. Tükürüp döndü ve aşınmış taş basamakları tırmanmaya başladı. İlk spirali dönerken, şatoyu saran sessizlik ani bir çan sesiyle bozuldu. Etrafını saran taş duvarlar yüzünden boğuk duyulmasına rağmen büyük şapel çanı olduğunu biliyordu ve merdivenin süslü kadife tırabzanına tutunarak yavaş vuruşları saydı. Çan ara vermeden önce on iki kez vurdu; demek bu kez bir çocuktu. Şatonun bir yerinde, uzun ve uzaktan gelen bir çığlık duyuldu.

Aniden, hemen yukarıdan karmakarışık gürültüler ve bir gayda sesi duyuldu. Şaşkınlıkla dinledi; gürültülerin arasında Nirac'ın kendisine öğrettiği *"Pourquoi me bat mon mari?"*[33] adlı halk şarkısının melodisini tanıdı. Bir sürü ses, gaydaların sesine ve zil seslerine karışıyordu.

---

33 Kocam beni neden dövüyor?

Katherine yavaşça basamakları tırmanırken, gürültü giderek yükseliyordu; çünkü Düşes'in süitinin önündeki büyük oturma odasından geliyordu ve kapı aralıktı. İçeride yarı çıplak bir düzine insan vardı ve hepsi çıldırmış gibi dans ediyordu. Kapının önünde donup kalarak onlara bakan Katherine'i hiçbiri fark etmedi. Sisin sıcaklığına rağmen ocakta bir ateş yanıyordu ve boyalı duvar süsleri bir sürü mumla aydınlatılmıştı. Duvarın dibine itilmiş olan masanın üzerinde kızarmış bir tavuskuşu leşi, bir geyik budu ve dev bir testi şarap vardı. Yerdeki sazların üzerine kekik, lavanta ve solmuş güller saçılmıştı. Şöminenin yanındaki şahin tüneğine, göz çukurlarından sarkacak ve dans edenleri seyredermiş gibi yavaşça sağa sola sallanacak şekilde bir insan kafatası bağlanmıştı. Dans edenler kollarını hızla havaya kaldırıyor, havaya tekmeler savuruyorlardı. Zilleri tutan ozan enstrümanı vurduğunda, bir adamla kadın birbirini yakalayarak sarılıyor, vücutları ileri geri hareket ederken öpüşüyordu; bu arada diğerleri sallanıyor, dönüyor ve müstehcen şeyler söylüyordu.

Bir kâbustaymış gibi zihni bulanan Katherine, bu insanların bazılarını tanımıştı; ama yüzleri sarhoşluktan kızarmış ve gevşemişti. Madam Pernelle Swyllington aralarındaydı; bu, Windsor'daki turnuva sırasında Katherine'in Lancaster locasında oturmasına karşı çıkan kadındı. Elbisesinin üstü yırtılmıştı ve iri göğüsleri çıplak bir hâlde sallanıyordu; saçlarını tutan tokalar gevşemişti ve dans ederken omuzlarına çarpıyordu. Düşes'in nedimelerinden Audrey, kenarları kürklü beyaz kadife tuvaletine şarap bulaşmış ve eteği beline kadar sıyrılmış hâlde -yine de o eteğe takılıp sendeliyordu- oradaydı. Düşes'in mücevherli saç bantlarından birinin altındaki geniş köylü yüzü hayvanca tutkularla vahşileşmişti. Audrey, Piers Roos'un elini tutuyordu ve ziller çarptığı anda ağzından salyalar saçarak kendini adamın göğsüne attı. Genç silahtarın üzerinde bir gömlekten başka bir şey yoktu ve diğerleri gibi o da sarhoştu; güzel çilli yüzü tuhaf bir maskeye dönüşmüş, gözleri çökmüştü. Mutfak uşaklarından biri de onlarla birlikte dans ediyordu. Aralarında bir de güzel, ufak tefek bir genç kadın vardı; elbisesine bakılırsa bir leydiydi ve kıkırdayıp hıçkırıyor, erkeklerin kendisini elleyip mıncıklamasına aldırmıyordu; Piers, uşak, ozanlar ya da Bolingbroke Şatosu'nun kâhyası Simon Simeon.

Katherine'i yaşadığı şaşkınlıktan çıkaran, uzun sakalı kırmızı bir kurdeleyle bağlanmış, iri erkekliği tuhaf otların altında saklanmış, gülhatmilerden örülmüş bir taç yerleştirilmiş kel kafasıyla Kâhyanın görüntüsü oldu.

"İsa ve Kutsal Annesi sizi bağışlasın!" diye bağırdı. "Siz aklınızı mı kaçırdınız, zavallılar?" Boğazında bir şeyler düğümlendi ve hıçkırıklara boğularak eski bir banka çöküp onlara acıyan gözlerle baktı.

Başlangıçta onu duymadılar. Fakat gaydacı nefeslenmek için duraksadığında şarap dolu bir kadehi almak için ona doğru dönen Kâhya Katherine'i gördü ve aptalca gözlerini kırpıştırdı.

"Sir Steward" diye bağırdı Katherine, "Leydi Blanche nerede?" Umutsuz sesi, hepsine saplanan bir ok etkisi yaptı. Dans etmeyi bırakıp geri çekilerek ani bir tehlikeyle karşılaşmış koyun sürüsü gibi birbirlerine sokuldular. Dame Pernelle ellerini çıplak göğüslerinin üzerinde birleştirerek bağırdı: "Sen de kimsin be kadın? Bizi rahat bırak! Git buradan!" Piers'ın kolu Audrey'nin belinden düştü. "Ama bu Leydi Swynford" dedi, "vay canına! Bunu ne kadar istiyordum! Gel de benimle dans et, güzelim, benim tatlı fahişem..." Burun delikleri şehvetli bir nefesle irileşirken, Audrey'yi bir kenara itti ve Katherine'i yakalamak için uzandı; ama yaşlı kâhya aralarına girerek titreyen kolunu bir engel gibi uzattı.

"Düşes nerede?" diye tekrarladı Katherine, Piers'a aldırmadan.

"İçeride" dedi Kâhya. Süiti işaret etti. "Yanından ayrılmadan, sıramızı beklerken istediğimizi yapmamıza izin verdi."

"Demek öldü..." diye fısıldadı Katherine.

Kâhya başını eğdi ve "Bilmiyoruz" diye mırıldandı.

Katherine oturduğu yerden fırladı ve onların yanından geçip süitin kapısına doğru koştu. Hepsi aptal aptal onu izliyordu. Piers diğerlerine doğru çekildi. Katherine kapıdan girerken hiçbiri ses çıkarmadı; ama kapıyı arkasından kapadığı anda bir kadın, "Bana şarap verin!" diye bağırdı ve gayda yeniden ötmeye, ziller yeniden vurmaya başladı.

Büyük süitin içi karanlık ve sessizdi. Üzeri gökmavisi saten örtülerle örtülü geniş kare yatağın iki yanında devasa boyutlarda iki mum yanıyordu. Düşes orada beyaz yastıkların üzerinde yatıyordu. Gözleri kapalıydı; ama vücudu seğiriyordu ve nefesi, nefes nefese kalmış bir köpeğinki gibiydi. Kolları göğsündeki bir haçın altında kavuşmuş, omuzlarından dirseklerine kadar beyaz teni beneklerle dolmuştu. Ağzının kenarından siyah kan süzülüyor, başının etrafına yayılmış saçlarına akıyordu.

Katherine ona ürpererek bakarken, morarmış dudaklar aralandı. "Su..." Katherine bir kadehe su doldurdu; Düşes içtikten sonra gözlerini açtı. Üzerine eğilen yüzü tanımayarak fısıldadı. "Peder Anselm nerede?

Ona gelmesini söyleyin... fazla zamanım kalm... hayır, Peder Anselm öldü. Önce o öldü..." Sesi kısıldı ve anlaşılmaz bir şeyler mırıldandı.

Katherine yatağın yanındaki sunağa diz çökerek nişteki mücevherli Kutsal Bakire heykeline baktı. Kendisi için korkmuyordu ve Düşes'in iyileşmesi için de dua etmiyordu; çünkü bu ancak Tanrı'nın gerçekleştirebileceği bir mucizeyle mümkün olabilirdi. Hastalığın içe döndüğünü görebiliyordu ve kan kusan birinin hayatta kalamayacağını biliyordu. Sadece, Ellis'in rahibi zamanında getirebilmesi için dua ediyordu. Mumlar yanarak santim santim erirken, Düşes ürpererek inledi ve bir kez çığlık attı. Katherine'in zihni aniden netleşti ve rahibe rehberlik etmek için şatonun dışına çıkması gerektiğini hatırladı; çünkü adam yabancıydı ve Ellis de güney kapısını bilmiyordu.

Oturma odasındakilerden yardım istemenin yararsız olacağını biliyordu. Dük'ün gardırobuna açılan merdivene süzülüp avluya indi.

Yakılmış olan ateşin ışığı dışında dışarısı artık karanlıktı. Kukuletalı adamlar gitmiş, hendeğin üstü toprakla örtülmüştü. Katherine avluda koşarak güney kapısından dışarı çıktı. Sis yerini yağmura bırakmıştı; önce şato duvarlarının dışında kimseyi göremedi. Sonra kilisenin yanında bir atın kıpırdandığını duydu ve oraya koşarak seslendi: "Ellis!"

Silahtar ve beyazlar giymiş uzun boylu bir Cistercian rahip, yağmurdan korunmak için kilise verandasına sığınmıştı ve gerçekten de şatoya nasıl gireceklerini bilemedikleri belliydi. Katherine silahtarla zaman kaybetmedi ve rahibe bir teşekkür mırıldanarak kolundan yakaladı. Birlikte şatonun içine koştular ve doğruca Düşes'in odasına çıktılar.

Düşes hâlâ hayattaydı. Katherine ve beyaz giysili rahip içeri girip yatağa yaklaşırken kıpırdandı ve rahibin cüppesiyle kendisine doğru uzattığı haçı görüp, "*Pax vobiscum*,[34] kızım" sözlerini duyduğunda, derin bir iç çekti ve eli rahibe doğru titredi. Rahip deri çantasını açıp kutsal son ayin malzemelerini masaya koyduktan sonra, Katherine'e dışarı çıkmasını işaret etti.

Genç kadın merdivenden aşağı inip Dük'ün gardırobu olarak kullanılan küçük odaya açılan merdiven sahanlığına ulaştı. Dük burada giyinirdi ve şatoda kaldığı sürece giysileri bu odada tutulurdu. Şimdi iki demir destekli sandık, mızraklarla dolu bir raf ve modası geçmiş bir zırh takımı dışında boştu. Hafif bir lavanta ve sandal ağacı kokusu odaya sinmişti ve hastalığın kokusundan eser yoktu.

---

34 Lat. Barış içinde kal.

Katherine başını ellerinin arasına alarak sandıklardan birinin üzerine oturup rahibin kendisini çağırmasını bekledi.

Düşes ertesi sabah Prime zamanı öldüğünde, bakır rengi güneş kurşuni bir gökyüzünde yükseliyordu. Katherine ve Cistercian rahip yatağın kenarında diz çökerek merhum için dua ederken, yanlarında biri daha vardı; sarhoşluğun etkisinden kurtulduktan sonra sessizce yanlarına süzülen ve ağır bir utançla başını eğerek dua eden yaşlı şato kâhyası Simon.

Ölmeden kısa süre önce Leydi Blanche'ın acıları hafiflemişti ve görünüşe bakılırsa onları tanımıştı. Kâhyayla konuşmaya çalışmıştı ve kelimeleri net olmasa da sevgili Lordu John'dan ve çocuklarından söz ettiğini anlamışlardı; Simon yanaklarından yaşlar süzülürken ona söz vermişti. Sonra Blanche'ın bakışları rahibin yüzünden kayıp Katherine'e odaklandığında yüzünde şaşkın bir ifade belirmişti. Önceki geceyle ilgili bir şey hatırlamıyordu; fakat kızın sevgisini hissetmiş, gözlerindeki kederi görmüştü. Elini kaldırıp Katherine'in saçlarına dokunmuştu. "Tanrı seni korusun, sevgili çocuğum" diye fısıldamış, soylu kadının gözleri derin bir şefkatle parlamıştı. "Benim için dua et, Katherine" diye eklemişti sonunda, kızın kulaklarıyla değil, kalbiyle duyabileceği kadar kısık bir sesle.

Sonra büyük oda yine sessizleşmiş, rahibin ilahisinden başka bir şey duyulmaz olmuştu. Leydi Blanche iç çekmiş, parmakları göğsünde duran haçın etrafında kenetlenmişti. *"In manus tuas... Domine..."*[35] demişti net, sakin, memnun bir sesle... ve ölmüştü.

* * *

Kara Ölüm, Düşes'i öldürdükten sonra biraz olsun hırsını almış gibiydi. 12 Eylül günü hava dondurucu derecede soğumuştu ve kötücül sarı sis yok olmuştu. Şatoda birkaç ölüm daha olmuştu; bir mutfak uşağı, bir süt hizmetçisi, iki muhafız ve baş şahincinin karısı. Ama bunların hepsi Düşes ölmeden önce hastalanmıştı ve başka hastalanan olmamıştı.

Oturma odasında çılgınca dansa kendini kaptıranlar arasında, Düşes'in nedimelerinden Audrey dışında hastalıktan ölen olmamıştı ve o da ertesi gün daha sarhoşluğun etkisinden bile kurtulamadan son nefesini vermişti.

Piers Roos'ta da korkutucu kara lekeler görülmüştü; fakat Tanrı ona acımış, kasıklarındaki çıban hızla büyümüş, sonunda da çürük bir erik gibi patlamıştı. Zehir nihayet akıp gittiğinde, Piers iyileşmişti; ama sonrasında aylar boyunca ter içinde ve zayıf bir şekilde yatacaktı.

---

35 Lat. Ellerindeyim... Tanrım!

O ağır keder ve giderek hafifleyen korku günlerinde, Katherine şatodan ayrılmamıştı. Ciddi şekilde yardıma ihtiyaçları vardı ve zavallı Simon omuzlarındaki sorumlulukların ağırlığıyla eziliyordu. Bolingbroke'dakilerden otuz kişi ölmüştü. Şato hizmetkârlarının çoğu paniğe kapılarak ormana kaçmıştı. Simon'ın emirlerini yerine getirecek çok az hizmetkâr kalmıştı ve kimse Düşes'le ilgili ne yapılması gerektiğini bilemiyordu; Windsor'daki Kral'a gönderilen haberci geri dönene kadar buna karar verilemezdi.

Leydi Blanche'ı aceleyle yapılan bir tabuta yerleştirip özel şapele bırakmışlardı. Orada iyi yürekli rahip onun ruhu için ayin yapmıştı ve ev halkından birçoğu dua etmeye gelmişti; hastalığın geçtiği kesinleştikten sonra Katherine her sabah Dük'ün kızları Philippa ve Elizabeth'i, mumlar yakıp annelerinin siyah kadife tabutunun yanında diz çökerek dua etmeleri için oraya getirmişti.

O karanlık dönemde çocuklar Kuzey Kulesi'nde güvendeydiler; Kutsal Meryem onları korumuş olmalıydı; çünkü kendileri bunu yapamazdı.

Bebek Henry mutlu bir şekilde kendi süitinde emekliyor, gümüş topuyla ve babasının kendisine gönderdiği fildişi şövalye takımıyla oynuyordu. Katherine onu ilk gördüğünde bütün çocuklar gibi geri çekilmişti ve dadısının eteğinin arkasına saklanmıştı; fakat çok geçmeden ona alışmış, Blanchette'le yaptığı gibi parmak oyunları oynadığında neşeli kahkahalar atmıştı.

Küçük kızlar kulenin üst odalarındaydı ve Katherine onları bulduğunda ikisi de sağlıklıydı; ama Philippa artık dokuz yaşındaydı ve karşılaştıkları korkunç şeyi anlayacak kadar büyümüştü. Uzun yüzü yaşlarla dolmuştu ve Katherine'in söylediği hiçbir şey acısını azaltamazdı. Ama Katherine'i hatırlamıştı ve onun yanında sessizce dururken biraz teselli bulmuş gibiydi.

Elizabeth beş yaşındaydı ve her zamankinden daha gürültücüydü. Hizmetkârlara sataşıyor, dadılara emirler yağdırıyor, ablasıyla uğraşıyordu. Küçük, esmer bir şeydi ve bir kedininki gibi parlayan yaprak yeşili gözleri vardı. Annesinin ölümü kendisine açıklandığında, bir süre yüksek sesle ulumuştu; ama bunun nedeni daha ziyade etrafındakilerin ağladığını görmesiydi; diğer yandan, şapeldeki tabutu ziyaret ettiklerinde önemli bir tatsızlık görememiş gibiydi. Güzel koktuğu, hikâyeler anlattığı ve Yorkshireli dadısınınkine benzemeyen tatlı bir sesi olduğu için Katherine'i sevmişti; ama hiç kimseyi derinden umursadığı söylenemezdi.

Katherine kendi çocuklarını özlüyordu; özellikle de yaşı Blanchette'e yakın olan ve bebeklere has oyunlarla içini burkan Henry'yi gördüğünde özlemi daha da depreşiyordu. Blanchette olmadığı için neredeyse Henry'ye kızacaktı.

Ama kendi bebekleri Kettlethorpe'ta sağlıklı ve güvendeydi; kendisini özlemediklerinden de emindi. Ellis eve dönerek Bolingbroke'da olanları anlatmıştı ve günler sonra Philippa'dan bir mesajla geri dönmüştü; Philippa mesajı ona o kadar çok tekrarlatmıştı ki Katherine, Ellis'in sesinde ablasının tonunu açıkça duyabilmişti.

"Ne olursa olsun, henüz eve dönmeyeceksiniz, Leydim" diye bildirmişti Ellis, ağır bir ciddiyetle. "Hepsi iyi ve öyle kalmak istiyorlar. Dame Philippa, sevdiklerinizi tehdit edebilecek bir hastalığın giysilerinizde saklanıp saklanmadığını bilmenin mümkün olmadığını söyledi. Kettlethorpe kilisesinde Düşes'in ruhu için ayinler düzenlediklerini ve orada her şeyin yolunda olduğunu bilmenizi, bu yüzden herhangi bir şeyle ilgili endişelenmenize gerek olmadığını söyledi. Ama hastalıkla ilgili bütün tehlike geçene kadar geri dönmemeliymişsiniz."

Artık indirilen asma köprünün yanında soğuk avluda duruyorlardı ve kendisine verilen emirlere uyan Ellis, ondan uzak kalmaya dikkat ediyordu.

"Sir Hugh ne dedi?" diye sordu Katherine yavaşca.

Ellis rahatsız göründü. Hugh, Düşes'in ölümü karşısındaki şaşkınlığı dışında pek bir şey söylememişti. Her zaman asık yüzlü bir adamdı; ama son zamanlarda Ellis bile onun daha da düşünceli ve içe kapanık olduğunu düşünüyordu.

"Size selamlarını gönderdi" dedi Ellis, "ve ne isterseniz yapabileceğinizi söyledi."

Katherine başıyla onayladı. Hugh son bir yıl içinde bu hâle gelmişti. Sanki her konuda kendini Katherine'den uzak tutuyor, ona emirler vermiyor, dikkatini çekmek için aptalca çabalar harcamıyordu; Katherine bunun, Hugh'un başına gelenlerden kaynaklandığını düşünüyordu. Ama Philippa'nın tavsiyesi mantıklıydı ve kendisine acı verse de aynı zamanda farklı bir sorumluluğu üstlenmek için serbest kalmıştı.

"O hâlde, Ellis" dedi, "sen şimdi Kettlethorpe'a dön ve onlara, Londra'da sevgili Leydi Blanche'ımız için düzenlenecek cenaze kortejine katılacağımı söyle; Kral bunu emretti. Belki son görevler için orada bir süre kalırım; Dük Fransa'dan döndükten sonra Leydi defnedilene kadar."

Ellis bunu düşündü ve uygun bir karar olduğu, Sir Hugh'un bundan rahatsızlık duymayacağı sonucuna vardı.

"Dük'ün İngiltere'ye ne zaman döneceğini biliyor musunuz, Leydim?"

Katherine başını iki yana salladı. "Picardy'nin iç kısımlarında, bir hayli uzakta savaştığı için bu kötü olayları henüz duymamış olabileceği söyleniyor. Duyduğunda neler hissedeceğini tahmin etmek bile istemiyorum" dedi Katherine, turnuvada Dük'ün karısına nasıl baktığını hatırlayarak. "Bir ay içinde hem annesini hem de karısını kaybetti" diye ekledi, daha çok kendi kendine konuşur gibi. Belki Kraliçe'yi pek fazla özlemezdi; çünkü yıllardır pek bir arada kalmamışlardı, fakat...

"Takdir-i İlahi" dedi Ellis, mesajını teslim ettiği için artık bir an önce gitmek istediğini belli edercesine. "İnsan annesini kaybetmeyi doğal karşılayabilir; eşe gelince... kısa süre içinde yenisi bulunabilir."

Ellis'in bu saf mantığa dayalı ama duygudan yoksun sözleri bir bomba etkisi yarattı ve Katherine aniden öfkeye kapıldı. "Seni aptal! Seni kalpsiz budala!" diye bağırdı, gri gözleri öfkeyle parlayarak. "Nasıl böyle konuşabilirsin! Leydi Blanche'ın yerini kimse dolduramaz! Dük'ün bunu yapmak isteyeceğini de hiç sanmıyorum!"

Ellis'in ağzı açık kaldı. "Kötü bir niyetim yoktu, ben sadece düşündüm ki..."

"Canın cehenneme! O zaman düşünmeyi bırak; çünkü sonunda düşünmekten delireceksin!"

Ellis ağzı açık hâlde olduğu yerde durarak Katherine'e bakmaya devam etti ve sonunda Katherine'in elmacık kemiklerindeki kızarıklık azaldı. "Her neyse, Ellis" dedi, "aşırı tepki verdiğim şüphesiz. Düşes'i doğru dürüst tanımazken, nasıl anlayacaksın ki? *Adieu*, evdekilere sevgilerimi götür. Yakında haber göndereceğim."

Katherine onun atına binerek asma köprüden geçişini sonra da köyden geçip Kettlethorpe yoluna çıkmak için sola dönüşünü izledi.

Ellis gözden kaybolduktan sonra Katherine avluda ağır adımlarla yürüyüp özel şapele girdi ve sunak parmaklığının önünde diz çöktü. Siyah ve gümüşi örtülerin altında, tabutun dış hatları zorlukla seçilebiliyordu. Yedi hayır çalışmasının anısına, tabutun yanında yedi ince mum yakılmıştı.

Katherine yüzünü ellerine gömerek tırabzana dayandı ve çok uzun süredir hiç yapmadığı bir şekilde hıçkırıklara boğuldu.

11

Kasım ayının ilk günleri boyunca, Leydi Blanche Lancaster'ın cenaze korteji İngiltere'de ağır bir şekilde ilerledi. Yolculuğun büyük bölümünde tabut geceleri, seksen yıl kadar önce aynı ölçüde sevilerek yası tutulan başka bir leydinin -Birinci Edward'ın yürüyüşün her aşaması boyunca anısına taş haçlar diktirdiği Eleanor Castile'in- cenazesini ağırlayan manastırlarda ve katedrallerde dinleniyordu;

Leydi Blanche'ın son yolculuğunu yaptığı bu Kasım ayına kadar, salgın çoktan geçmişti. Bazıları yeni kurbanlar aramak için salgının İskoçya'ya geçtiğini söylüyordu; bazılarıysa Galler sınırındaki vahşi dağlarda hâlâ beklediğine inanıyordu. Yine de artık İngiltere'yi tehdit etmiyordu. İnsanlar, Düşes'in samur örtülü olan ve gümüşi koşumları, başlarındaki siyah devekuşu tüyleriyle altı siyah atın çektiği cenaze arabasını görmek için yol kenarlarında toplanıyordu. Halk diz çöküyor, Kraliçe'den sonra en çok sevilen ikinci Leydiyi onlardan çalan bu felaket için gözyaşı döküyordu; ama siyah giysili Lordlar ve Leydilerle, ilahi söyleyen rahiplerle ve mütevazı hizmetkârlarla dolu bu grubun önemi yüzünden çoğu belli bir mesafede kalıyordu. Dehşet ve ölüm zamanlarında kişisel yas tutmak saygın bir şey değildi; bu yüzden, Düşes'e karşı görevlerini yerine getirdikten sonra artık kendi ölüleri için de ağlayabilirlerdi.

Cenaze arabasının arkasında, Kral'ın en küçük oğlu, on dört yaşındaki iri yarı esmer Thomas, asık suratı ve sarkık ağzıyla at sürüyor, ilk prenslik görevini yerine getirmenin mutluluğunu gizlemeye çalışıyordu. Lionel öldüğünden ve üç ağabeyi Fransa'da savaşta olduğundan, Kral'ın gönderebileceği uygun unvana sahip başka kimse yoktu.

Katherine, büyük Lancastrian hükümet yetkililerinin -hepsi haberciyle çağrıldıktan sonra aceleyle Bolingbroke'a koşan şansölye, konsey başkanı ve Dük'ün hazinecisi- arkasında, kortejin ortalarındaydı.

Düşes'in kortejiyle yolculuk yaptığı günler boyunca Katherine büyük ölçüde kendi başına kalmıştı. Yolculukta karşılaştıkları manzaralar dışında zihnini oyalayabileceği pek fazla şey yoktu. Tanıdığı biriyle yakın temasa girememişti; çünkü katı kurallar yolculuğun her aşamasında geçerliydi ve Dük'ün subayları tarafından dayatılıyordu. Dük'ün çocuklarını artık sadece uzaktan görüyordu; çünkü genç amcaları Thomas'ın arkasında dadılarıyla birlikte bir arabaya binmişlerdi ve Katherine'in çok önündeydiler.

Yolculuğun son gecesinde, Waltham'da konakladılar ve Düşes'in tabutu siyah haçlı tapınağa kondu; ama Katherine'in bu kez haça saygılarını sunmak gibi bir niyeti olmadığından kiliseye girmedi.

Ertesi gün öğleden sonra kortej Islington'dan sağa döndüğünde ve nerdeyse hedefine ulaşmak üzereyken, yolun ileri kısımlarından borazan sesleri yükseldi. Atlar durduruldu ve Kral'ın kendilerini karşılamaya geldiği haberi korteje yayıldı. Hepsi atlarından inip Savoy'a kadar yürüyerek devam etti.

Katherine olanları pek göremiyordu ve ancak Düşes Savoy'daki şapele yerleştirildikten ve kortej nihayet dağıldıktan sonra Kral'ı görebildi. Sade görünüşlü gümüş bir cenaze tacı giymişti ve beyaz saçları da gümüşi bir ışıkla parlıyordu; fakat seyrek sakallarında hâlâ biraz sarı tel kalmıştı. Yüzü iyice kırışmış, mavi gözleri kızarmıştı; zor attığı adımlarla şapele girerken, kısa süre önce Kraliçe için olduğu gibi, yine acı içinde olduğundan kimsenin şüphesi yoktu. Lordların ve Leydilerin önünde başını saygılı bir şekilde eğmiş ama ince kırmızı dudaklarına hafif bir gülümseme yayılmış olan Alice Perrers de Kral'ın hemen arkasındaydı. Yas tuvaleti incilerle süslenmiş, uzun uğraşlarla biçimlendirilmiş saçları tülbentle örtülmüştü ve vücudundan yayılan misk kokusu, şapeldeki tütsü kokusunu gölgede bırakıyordu.

Katherine bunu tiksintiyle izlerken, maiyettekilerin bu kadının rahatsız edici varlığını nasıl böylesine sakince karşıladıklarını merak etti.

Savoy Sarayı'nda kaldığı ilk gece onu şaşırtan daha birçok şey vardı. Kral ve refakatindekiler akşam yemeğine kalmıştı ve Katherine, Büyük Salon'un kenarında oturduğu yerden Yüce Masa'ya bakarken, üç yıl önce kraliyet ailesine bakarken duyduğu şaşkınlıkla karışık hayranlığı pek duymuyordu.

Yemek yeterince ciddi bir şekilde başlamış, Kral'ın rahibi Latince dua etmiş, yas tuttukları Leydi için yorumlarını eklemişti ve ölümlü yaşam çabucak biteceği ve geçici olduğu için herkesin kendi ruhsal durumunu düşünmesi gerektiği yönünde uyarılarla konuşmasını bitirmişti. Sonra Lancaster'ın ve Kral'ın habercileri borazanlarını çalmış, ozanlar yavaş bir melodi tutturmuşlardı. Ama bu görünüşteki sakinlik ve ciddiyet, sadece ilk şarap kadehleri boşalana kadar devam etti. Sonra Kral'ın yanında oturan Alice Perrers ona doğru eğildi, kulağına bir şeyler fısıldadı ve Kral'ın melankolik dudaklarında bir gülümseme belirdi. Kadın yere eğilerek yakutlarla süslü altın tasmalı, uzun sarı tüylü bir köpeği kucağına aldı. Köpeği masanın üzerinde dans ettirmeye başlayıp bir ekmek parçasıyla başına taç yaptı ve diz çökerek hizmet eden bir uşağın getirdiği kuğu kızartmasından aldığı bir kuş tüyünü taca ekledi. Kral yüksek sesle bir kahkaha patlattı ve kolunu Alice'in çıplak omzuna attı.

Dikkatli ozanlar hemen neşeli bir melodiye geçtiler ve Yüce Masa'da bir müstehcenlik dalgası yayıldı. Lordlardan biri açık saçık bir bilmece sordu ve etrafındakiler cevabı bulmaya çalıştı; her biri diğerinin tahminini daha açık saçık bir tahminle geride bırakmak için yarışıyordu. Katherine söylenenlerin hepsini duyamıyordu; fakat minderli sıralarda sallanan vücutlardaki rahatlığı görebiliyordu; Kral ve Alice'in aynı kadehten içtiğini, Prens Thomas'ın genç Pembroke Kontesi'ni sıkıştırdığını, göğüslerinin arasına şarap dökerken çıplak şişko kollarını kışkırtıcı bir şekilde okşadığını da.

Sonu gelmeyen yemek devam ediyordu ve her servis belli belirsiz bitiyordu. Tatlıcının ustalığı da ortama kurnazca uydurulmuştu; sarı saçlı bir bakirenin vücudu üzerinde orağıyla dikilen Kara Ölüm'dü. Ölüm'ün figürü meyanköküyle karartılmış şekerden yapılmıştı. Katherine bunun hem harika hem de korkunç olduğunu düşündü; ama Yüce Masa'dakiler bunu pek önemsemediler bile. Sadece Alice Perrers, dalgın bir tavırla Ölüm'ün meyanköklü cüppesinden bir parça alıp Kral'la konuşurken emdi.

Katherine'in başı ağrımaya başlamıştı ve midesi aşırı baharatlı ve süslü yemekler yüzünden bulanıyordu. Sonunda bir bahane uydurarak izin istedi ve soğuk karanlık geceye çıktı. Savoy öylesine büyük, öylesine binalarla, ara sokaklarla ve avlularla dolu bir yerdi ki başkâhyanın kendisine ayırdığı küçük süite dönüş yolunu hatırlayamadı.

Büyük Salon'dan gelen gürültü ve mutfakla Salon arasında mekik dokuyan hizmetkârlar dışında, duvarlara yerleştirilmiş meşalelerin loş ışığında, Savoy şimdi uyuyan bir şehre benziyordu. Katherine yön sorabileceği birini görene kadar birkaç yanlış dönüş yaptı ve birkaç karanlık avluya daldı. Sonra süitlerin bulunduğu bölüme doğru küçük bir evden, uzun boylu bir keşiş çıktı; cüppesinin gri olmasına ve belindeki haçın yanından sarkan uzun düğümlü kırbaca bakılırsa Franciscan olduğu belliydi. Başını siyah bir torbaya doğru eğmişti. Kayışların tokalarını ilikliyordu ve gölgelerle dolu avluda yanına gelene kadar Katherine'i fark etmemişti.

"Tanrı'nın selamı üzerinize olsun, iyi yürekli Peder" dedi Katherine. "Sizi rahatsız ettiğim için özür dilerim; fakat ana binanın yerini biliyor musunuz?" Bütün keşişler gibi kendisinden bağış isteyebileceğinden korkuyordu ve iki ay önce Bolingbroke'a gelirken Hugh'un kendisine verdiği harçlıktan sadece üç gümüş şiling kalmıştı. Ama etrafta dolaşırken yorgunluğu artmıştı ve dinlenmeye ihtiyacı vardı.

Keşiş ona keskin gözlerle baktı; ama kukuletasının altından yüzünü pek göremedi. "Evet, leydim, Savoy'u iyi bilirim" dedi sonunda. Birader William Appleton otuz yaşında, henüz genç biri olmasına rağmen üstat bir hekimdi ve Dük'ün gözünde önemli bir yeri vardı.

"Yolumu kaybettim Peder" dedi Katherine, özür dileyen bir tavırla. "Beaufort Kulesi'nde kalacağım; fakat yerini bulamıyorum."

"Ah" dedi Keşiş, "sanırım bugün cenaze kortejiyle Bolingbroke'dan geldiniz."

Katherine başıyla onayladı. Aniden gözleri doldu ve bu yolculuk ona hem aptalca hem de boşuna göründü. Burada ne arkadaşı ne de bir yeri vardı; Bolingbroke'daki korkunç günleri unutamıyordu ve diğerleri gibi kendini eğlenceye veremiyordu. Leydi Blanche'ın artık safça dualara da ihtiyacı yoktu; çünkü kendi şapelinde atalarının yanında uyuyordu ve altı rahip onun ruhu için dua ediyordu.

"Yorgunsunuz, Leydim" dedi Rahip daha nazik bir sesle. "Sizi Beaufort Kulesi'ne götüreyim."

Adam Katherine'i bir kemerin altından geçirip birkaç basamaktan indirdi ve dükalık şarap mahzenlerinin yanından uzanan tünel boyunca yürüttü. Sonra yine nehre doğru yukarı çıktılar ve Kırmızı Gül denen bir avluya girdiler; bu adın verilmesinin nedeni, avlunun yazları kıpkırmızı güllerle dolmasıydı.

"Şuradaki sizin kuleniz" dedi Keşiş, altın süslemelerle ve Beaufort'un yanı sıra Blanche'ın büyükannesinin anısına bir buçuk metrelik Artois armalarıyla süslenmiş muazzam bir yuvarlak binayı işaret ederek. "Sarayın en eski yeridir ve ne yazık ki Dük henüz bu binaları restore ettirmedi. Oymaları ve pencerelerin hepsinin camlı olduğunu fark ettiniz mi?" Adam beklenmedik bir şekilde uzun konuşuyordu; çünkü eğitimli gözleri Katherine'in başının sarkıklığını görmüş, sesindeki çatallığı fark etmişti ve meşale ışığında onu muayene etmek istiyordu. Salgın geçmiş gibi görünmesine rağmen Bolingbroke'u ne kadar şiddetli vurduğu biliniyordu ve hekim olarak dikkatli davranmak onun göreviydi.

"Evet, Peder" dedi Katherine, adamın umduğu gibi ışıkta yüzünü ona dönerek, "burada her şey harika."

Gerçekten de harika, diye düşündü Keşiş, karşısındaki oval ve güzel yüze, iri gri gözlere, usta bir heykeltıraş tarafından yapılmış gibi görünen muntazam alna ve buruna şaşkınlıkla bakarken. Saçları siyah kukuletanın altından koyu bakır renginde parlıyordu. Roma'ya yaptığı hac yolculuğunda gördüğü bir pagan Tanrıça'nın güzel yüzüne sahipti ve sade bir yaşam süren, dejenere keşişlere hiç benzemeyen bir adam olmasına rağmen sonuçta bir erkekti ve henüz güzelliğe karşı kayıtsız hâle gelmemişti.

"Ateşiniz var mı, Leydim?" diye sordu Keşiş, aniden Katherine'in yüzünü neden incelemek istediğini hatırlayarak. Ve elini uzatıp serin, kemikli parmaklarıyla genç kadının alnına dokundu.

"Hayır, Peder, yeterince iyiyim... en azından fiziksel olarak. Asıl sorunlu olan kalbim. Dük'ün ne zaman döneceğini biliyor musunuz?"

"Çok yakında, Plymouth'a ulaşmış bile. Tanrı ruhunu kutsasın, zavallı leydisiyle karşılaşmak onun için çok zor ve acı olacak."

"Sanırım Tanrı'nın onu kutsamasına gerek yok" dedi Katherine alçak sesle, "çünkü hiç günahı yoktu. Rehberliğiniz için çok teşekkürler, Peder." Katherine hafifçe gülümsedi ve Beaufort Kulesi'nin kapısına döndü; uyku mahmuru bir kapıcı kapıyı açtı.

Birader William mırıldanarak Benedicite'ı okudu ve çıplak topukları soğuk taşların üzerinde hiç ses çıkarmadan, düşünceli bir tavırla avluda yürümeye başladı.

Yorgun olmasına rağmen Katherine o gece uyuyamadı. Derbyshire şövalyesinin şişman kız kardeşiyle aynı yatağı paylaşıyordu ve sırtüstü yatarak kadının horultularını, pencerenin altından akan Thames'in şırıltılarını, bir mil uzaktaki Londra'dan gelen çan seslerini dinliyordu. Savoy'da Dış Avlu'daki kulede boyalı bir Flaman saati vardı. Bir gonga çekiçlerini indiren küçük cücelerle saati vuruyordu ve Katherine geçen her saati duyuyordu.

Saat dörtte kalktı ve sessizce giyindi. Geçitteki bir saman yığınının üzerinde bir uşak uyuyordu; Katherine onu uyandırmamaya dikkat etti. Şapelde Leydi Blanche'la yalnız kalırsa yüreğini hafifletebileceğini ve şimdi hissettiği keder ve korkunun, neden Bolingbroke'daki şatoda geçirdiği o zorlu günlerdekinden daha güçlü olduğunu anlayabileceğini düşünüyordu.

Yattıkları odanın ateşindeki közlerle bir mum yakıp taş basamaklardan inerek Kırmızı Gül Avlusu'na çıktı. Meşaleler söndürülmüştü. Henüz şafak sökmemişti ve Kasım gökleri buzlu yıldızlarla doluydu. Yavaş yürüyor, mumla önünü görmeye çalışıyordu ve bir ara sokaktan geçerek ana avluya uzanan yolu bulmuştu; bir köpek onu görünce havladı ve uykulu bir ses hayvanı susturdu. Binaların arasındaki başka bir kemerden geçerek Dük süitlerine, oradan da Dış Avlu'ya yöneldi. Muhafız barakalarını ve ahırları geçtikten sonra şapelin vitraylı camlarından süzülen ve dışarıdaki taşların üzerinde mavi, yeşil, kırmızı yamalar oluşturan ışıkları gördü.

Şapel kapısını açarak içeri girdi. Ana nef boştu. Nöbetteki rahipler, şapelin iç kısımlarında ilahi söyleyerek dua ediyordu. Katherine, sağ taraftaki gümüş bir Kutsal Bakire heykelinin önünde duran siyah tabuta yaklaşıp dizlerinin üzerine çömeldi.

O sırada kulağına tabutun gölgelediği yerden bir ses geldi. Daha yakından baktığında korkuyla yutkundu.

Siyahlar giymiş bir adam, kollarını tabuta doğru açmış hâlde karoların üzerinde yatıyordu. Omuzlarının sarsıldığını gördü ve sesi tekrar duydu. Açılmış kollarının arasındaki saçları gölgeli karoların üzerinde altın rengiyle parlıyordu.

Katherine ellerini bir sütuna dayayarak kalkmaya çalıştı; görmeye hakkı olmadığı bu sahneye tanık olmak istemiyordu; ama kasları yorgunluktan titremeye başlamıştı ve eteğinin ucuna basarak sendeledi. O anda adam başını kaldırdı ve şişmiş, kıpkırmızı olmuş gözleri öfkeyle baktı. "Bu saatte buraya gelmeye cüret eden de kim? Beni izlemeye nasıl cüret..." Birden durdu ve ayağa kalkarak sütuna yaklaştı. "Katherine?" dedi hayret dolu bir sesle.

Katherine dizlerinin üzerinde durduğu yerden sessizce ona baktı. Yavaşça gözleri doldu ve yanaklarından iki damla yaş süzüldü. Rahiplerin sesleri yükseldi ve kesildi.

"Katherine..." dedi Dük. "Burada ne işin var?"

"Bağışlayın beni Lordum" diye fısıldadı Katherine. "Onu ben de seviyordum..."

Dük'ün dudakları titredi ve sıkılı yumruklarını göğsüne bastırdı. "Tanrım... Tanrım... Beni böylece bırakıp gitti. Haberi duyduğumdan beri geçen haftalar boyunca inanmadım... inanmadım..." Dönüp tabuta baktı. "Git Katherine" dedi donuk bir sesle.

Katherine şapelden koşarak çıktı; ama kaldığı yere dönmek yerine avlularda dolaştı ve sonunda nehir kenarındaki teraslı bir bahçeye geldi. Nehirden gelen esinti yüzünden burası serindi ve pelerininin altında biraz titriyordu. Nehre doğru uzanan iskelenin kenarındaki bir çıkıntıya tünedi ve simsiyah bir görüntüyle yavaş yavaş akan suları izledi. Artık Leydi Blanche'ı veya salgının dehşetini düşünmüyordu; tabutun yanındaki karoların üzerinde yatan adam için dua ediyordu.

* * *

Düşes dört gün sonra nihayet defnedildi. Mermer mezarı, St. Paul Katedrali'ndeki yüksek sunağın yanına yerleştirildi ve iki rahip onun ruhu için dua etti. Cenaze kortejinin bir benzeri daha önce İngiltere'de görülmemişti ve Kraliçe Philippa'nınkini bile gölgede bırakmıştı; ama bu Dük'ü teselli eden bir şey değildi.

St. Paul Katedrali'nden döndüğünde, kimseyle konuşmadı ve doğruca özel süitine girerek Kral Arthur'un büyüleyici cenaze törenini resmeden İngiliz duvar halısı yüzünden Avalon adını verdiği küçük odaya kendini kilitledi.

John, Blanche'la paylaştığı büyük süite hiç girmedi ve bir zamanlar onun kollarında uyuduğu yatağa hiç uzanmadı; günler boyunca Avalon Odası'ndan hiç çıkmadı. Bu süreçte genç Flaman silahtarı Raulin d'Ypres dışında kimseyi kabul etmedi ve onun getirdiği yemeklere de neredeyse dokunmadı. Başka kimse onu göremiyordu.

Her sabah bitişikteki yüksek tavanlı odada endişeli bir grup adam toplanıyor, kabul edilip edilmeyeceklerini öğrenmek için silahtarı bekliyorlardı ve her gün Raulin geri döndüğünde, asık yüzlü bir şekilde onları geri çevirmek zorunda kalıyordu. Düşes'in cenaze töreninden sonraki Perşembe günü, Raulin kendisini bekleyen adamların yanına döndü ve "Majesteleri Dük sizi yine kabul etmeyecek, Lordlarım" dedi. "Sürekli oturup ateşe bakıyor ve bazen bir parşömene bir şeyler yazıyor. Ama bu sabah Taş Ustası Henry Yevele'i istedi."

"Tanrı aşkına!" diye bağırdı büyük Baron Michael de la Pole; sözünü sakınmayan, iri yarı, orta yaşlı bir Yorkshireliydi. "Demek Düşes'in kaymaktaşı anıtı için Yevele'e danışmak istiyor. Bunu yapabiliyorsa bize de birkaç dakikasını ayırabilir! Savaşı unuttu mu? Fransa'daki kardeşlerinin yüz yüze olduğu tehlikeleri unuttu mu?"

Dük'ün en yüksek yerel yetkilisi, şansölye ve hazinecisi, birbirlerine temkinli gözlerle baktılar. Görünüşe bakılırsa bugün de Dük işle uğraşmayacaktı ve yönetim konularının beklemesi gerekecekti. Omuz silkerek dışarı çıktılar.

De la Pole, savaş sanatının inceliklerini öğrettiği Dük'e sadıktı; ama bu abartılı yas sürecini anlamıyordu. Pencerenin yanında sinirli bir tavırla ayağını yere vuran ve kirli parmaklarını pervazda tıklatan Lord Leville Raby'ye katılmak için yaklaştı.

"Picardy'deki seferimizle ilgili Kral'a rapor bile vermedi" dedi de la Pole, çatık kaşlarının altından Avalon Odası'na bakarak.

"Rapor edecek bir şey yok ki" diye homurdandı Neville, "çünkü savaşa katılmadınız bile. Tanrı aşkına, neden Fransız alçakları savaşmaya zorlamadınız?" Gür kaşlarının altından de la Pole'a öfkeyle baktı. Lord Raby, sert bir kuzeyliydi ve asla sözünü sakınmazdı.

De la Pole'un yüzü asıldı; ama sakince cevap verdi. "Bizden sürekli gizlenirlerken bunu nasıl yapabilirdik ki? Yapabileceğimiz kadarını yaptık ve Calais'den Boulogne'a kadar bütün ülkeyi yaktık; ama şansımız yaver gitmedi ve bir de salgın vardı." Kamptaki çok sayıda ölümü düşünerek iç çekti. "Ama bir sonraki hamlemiz ne olacak? Galler Prensi, Aquitaine'de zor durumda; Edmund, güçlerini Dordogne'a kaydırıyor; o aptal Pembrokelu genç kimseyi dinlemiyor ve kendisinin Chandos'tan daha iyi bir asker olduğunu düşünüyor. Yeni bir saldırı planlamamız gerek; ama Dük orada tek başına oturup gözyaşı döküyor."

Lord Neville parmaklarıyla gürültülü bir şekilde burnunu sümkürdükten sonra parmaklarını giysi koluna sildi. "Evet" dedi öfkeyle, "ama onunla konuşmak istediğim şey kara değil, deniz savaşı." Neville, Filo Amirali olarak yeni atanmıştı ve elli yaşında kibirli bir adam olarak, yirmi dokuz yaşındaki bir adamın kararlarını beklemek zorunda kalmak onu rahatsız ediyordu; ama sonuçta feodal Lordu olduğu için yapabileceği bir şey yoktu. Odada bir hareketlilik oldu ve bir subay demir destekli büyük meşe kapıyı açtı. İki keşiş içeri girdi.

"Ah, bir de tanrısal grup geldi" dedi de la Pole alaycı bir tavırla. "Bakalım onlar ne yapacak."

İki keşişten biri gri bir balıkçıla, diğeri de şişko bir tavuğa benziyordu. Franciscan hekim Birader William Appleton, cüppesi en yumuşak Norfolk kamgarnından dikilmiş ve seçkin tuniğini gösterecek şekilde biçimlendirilmiş olan Carmelite Birader Walter Dysse'den bir baş daha uzundu. Franciscan Gri Keşiş yalınayak dolaşırken, Carmelite'ın yumuşak deri ayakkabıları ve koyun yününden çorapları vardı; ayrıca bir karpuzu andıran göbeğinin altından, altın ve kristal bir tespih sallanıyordu.

"Hayır, Biraderler" dedi genç silahtar, kızarmış bir yüzle onlara yaklaşırken; Dük'ün tutumunun kendisine yüklediği yeni öneme hâlâ alışamamıştı. "Majesteleri sizi de görmeyecek. Vücudunu ve ruhunu kendi başlarına bıraktığını çünkü onları umursamadığını söylüyor."

"*Christus misereatur!*" dedi Birader Walter, şişman beyaz ellerini ovuştururken. "Ulu Tanrım, bu bir melankoli krizi."

"Elinde değil" dedi hekim düşünceli bir tavırla. "Astroloji haritası, Satürn'den çok fazla etkilendiğini gösteriyor. Ama hastalığı yüzünden kanının akıtılması gerek ve yardımcı olabilecek başka ilaçlarım da var; tabii denememe izin verirse."

"Peki, Majesteleri Satürn'ün ne kadar süre etkisinde kalacak?" diye sordu Baron de la Pole, Gri Keşiş'e yaklaşarak. "Tanrım, umarım uzun sürmez!"

"Görüntü pek net değil; ama yakında Venüs yükselecek ve uğursuz Satürn'ü etkisiz hâle getirecek gibi görünüyor" diye cevap verdi Birader William.

"Venüs'ü Şeytan alsın!" diye bağırdı Baron. "Bana Venüs'ten söz etmeyin Peder; bizim ihtiyacımız olan şey Mars! Mars! Bakın hele, iki siyah horoz daha geliyor!" diye ekledi, büyük kapı tekrar açıldığında. Sarayda Kraliçe ve Düşes için tutulan yas Noel'e kadar sürecekti ve saray, kırmızıyı çok seven de la Pole'un içini kasvete boğan bir şekilde simsiyah giyinmiş insanlarla doluydu. Yeni gelen iki kişi Lancastrian değildi ve de la Pole, hâla pencerenin yanında bekleyen Lord Neville'e yaklaştı. İki adam da gerileyerek yeni gelenlere şüpheyle baktı. Bu iki soylu genç, Earl March ve Arundel varisi Richard Fitz Alan, Dük'ü pek sevmemeleriyle tanınırdı.

Edmund Mortimer, March Kontu, Kraliçe Isabella'nın hizmetinde çalışmış olan Roger Mortimer'ın torununun torunuydu; ama o şehvet düşkünü adama hiç benzemiyordu. Bu Mortimer, on sekiz yaşında, sakalsız yüzü sivilcelerle dolu, kamış gibi bir adamdı. Bir yabancı, soğuk bakışlı açık renk gözlerini görmese, onun önemsiz bir seyis olduğunu sanabilirdi; ama burada kimse onun önemsiz olduğunu düşünmüyordu. Galler'de ve İrlanda'da geniş toprakları olan güçlü bir konttu ve yakın zamanda Dük Lionel Clarence'ın tek çocuğu olan genç Philippa'yla evlenmiş, böylece Kral'ın torunu olmuştu.

"Buraya" diye açıkladı kulakları tırmalayan ince sesiyle, "Lancaster'ı görmeye geldim. Ona bir mesaj getirdim." Keşişlere ve sonra da iki barona baktı. Yanındaki Fitz Alan başıyla onayladı ve iri ellerini ateşe uzattı.

"Hiç şüphesiz öyle" dedi de la Pole, "ama kendisi rahatsız edilmek istemiyor."

"Tanrı aşkına, gerçekten de öyle!" diye homurdandı Lord Neville. Kendi aralarında ne kadar didişseler de yabancılarla karşılaştıklarında daima birlik olurlardı.

"Beni" diye devam etti Lord March kendinden emin bir tavırla, "Kral gönderdi. Dük'ü hemen Westminster'a çağırıyor; toplantı için. Bana hemen eşlik edecek. Geldiğimi nazikçe bildirin." March'ın sivilceli küçük yüzü kibirliydi ve iki baron sessizleşti. Kimse Kral'ın çağrısına itaatsizlik edemezdi; en sevdiği oğlu bile. Ama de la Pole, daha ılımlı bir haberci seçilebileceğini düşünüyordu. Hiç şüphesiz ki seçimi Alice Perrers yapmıştı.

İşine geldiği şekilde o ya da bu soyluyla oyun oynuyor, Kral da bu arada onun kaprislerini yerine getiriyordu.

Raulin, bu yeni görevle Avalon Odası'na girdi ve grup onun dönüşünü beklemeye başladı. Küçük Kont ateşin başındaki yaldızlı bir sandalyeye çökerek ürperdi; çünkü cılız bedeni daima üşüyordu. Şöminenin iki yanında yanan devasa Venedik kandillerine imrenerek baktı. Yakın zamanda sipariş ettiği iki mum için onu geri çevirmişlerdi; kendi şehir malikânesini istediğinde Savoy'un geri çevirdiği gibi. Kendisi on şatoya sahip olmasına rağmen John Gaunt'un otuzdan fazla şatosu olduğunu da biliyordu. Düşünceleri, Kontesin beklediği bebeğe döndü. En azından bu konuda Dük'ü geride bırakabilmişti. Cinsiyeti her ne olursa olsun, bu bebek, İngiltere tahtına Lancaster'dan veya onun soyundan herhangi birinden daha yakın olacaktı.

"Bu sersem silahtarın geri dönmesi ne kadar uzun sürdü" dedi, bir avuç üzüm yiyen ve çekirdeklerini bir çanağa tüküren Fitz Alan'a dönerek. "Ah şu Flaman... Neden Lancaster hep yabancıları kolluyor?" March bir üzüme uzandı; ama sonra vazgeçti. İki dişi çürüyordu ve şekerli bir şey yediğinde canı yanıyordu. "Saint Edmund adına!" diye başladı. "Dük unvanımı unutuyor; bu küstahlık!" Birden duraksadı; çünkü Raulin yavaşça kapıdan çıktı ve yanına gelip başını eğdi.

Silahtar bakışlarını Kontun başının arkasındaki duvar halısına dikmişti ve düz bir sesle konuşuyordu. "Lordum, Dük Kral'a sevgilerini ve saygılarını göndererek Majesteleri'nin kendisine karşı anlayışlı olmasını umduğunu belirtti. Şu anda gelmesinin mümkün olmadığını da ekledi."

Pencerenin kenarından olanları izleyen de la Pole, küçük Kontun yüz ifadesi karşısında gülmekten kendini alamadı. March sandalyeden kalktı ve olabildiğince dik durdu. "Yani bütün bu zamanı, bu küstah mesajı almak için mi beklediğimi söylüyorsun?" diye bağırdı silahtara. Silahtar ağzını kapadı ve ciddi bir şekilde duvara bakmaya devam etti. Dük'ün bu mesajı vermesi neredeyse hiç zaman almamıştı; asıl zaman, Raulin'i şaşırtan ama gizlemek zorunda olduğu başka bir şeye harcanmıştı.

"Eh, Lordum" diye bağırdı de la Pole neşeyle, "cevabınızı aldınız!" Lancaster'la ilgili kendi sıkıntısı gurura dönüşmüştü. Dük hiçbir şeyden, hatta babasının ünlü Plantagenet öfkesinden bile korkmuyordu ve de la Pole, bu sivilceli aptala veya benzeri başka bir lorda bağlı olmak yerine Dük'e bağlı olduğu için şükrediyordu.

Kont ve Fitz Alan, olabildiğince saygın bir şekilde oradan ayrılırken, Lord Neville konuştu. "Kral'ın, babasının ölümüne yol açan Mortimer piyonuna bu kadar paye vermesi tuhaf."

"Evet" dedi de la Pole sesini alçaltarak. "Ama Kral'ımız bugünlerde zaten çok tuhaf. Bize Crécy ve Poitiers'i kazandıran büyük şövalye, zayıf bir zamparaya dönüştü; İngiltere'yi kurtarmak oğullarına düştü." Neville'e dönerek eğildi. "Eh, burada daha fazla kalmanın bir anlamı olmadığını düşünüyorum. Size iyi günler."

Hepsi tek tek çıktı ve sonunda geride sadece silahtar kaldı. Raulin merdivende kimse kalmayana kadar bekledikten sonra avluya fırladı ve Dük'ün emrine uygun olarak Beaufort Kulesi'ne doğru koştu.

Kapıcı ona Leydi Swynford'un içeride olmadığını söyledi. Kısrağı eyerlenip getirilmişti ve bir süre önce ayrılmıştı.

"Nereye gitmiş olabileceğini bilmiyor musun?" diye sordu Raulin. Aradığı kadın hakkında hiçbir şey bilmiyordu ve keskin Flaman zekâsı, efendisinin sergilediği aciliyet karşısında afallamıştı.

"Belki" dedi kapıcı duraksayarak. Düşünceli bir tavırla burnunu karıştırdı. "Ama bedeli var."

Raulin kesesini açtı ve bir çeyreklik çıkardı. Kapıcı parayı ısırıp kontrol ettikten sonra çocuğa döndü. "Leydi Swynford, Billingsgate yolunu sordu; bir balıkçıyı, neydi adı, Fransızca bir şeydi... Poissoner... Pechoner... onu görmek istiyordu."

Kapıcının başka bilgi vermeyeceğini anlayan Raulin, pek olasılık görmese de şehrin yolunu tuttu. Ama Dük onun Leydi Swynford'u bulmadan dönmesini yasaklamıştı. Hemen şehre koşturdu ve Köprü'ye ulaşıp soruşturmaya başladı.

* * *

Katherine son günlerini giderek artan bir keyifsizlikle geçirmişti. Acısı ve korkusu sonunda azalmıştı ve St. Paul'deki yas tutan kalabalık arasında dururken sadece üzüntü duymuştu. O zamandan beri eve nasıl döneceğini planlıyordu; ama maddi zorluklar vardı. Yolculuğa yetecek kadar parası yoktu ve rehbersiz yola çıkmaya da cesaret edemiyordu. Yapılabilecek en akıllıca şey, Ellis'i kendisine göndermesi için Hugh'a haber yollamaktı. Ama bu da zaman alacaktı. O muazzam Savoy Sarayı'nda kendini ıssız bir ormanda kaybolmuş ve unutulmuş gibi hissediyordu. Dük'ün çocukları, Hertford Şatosu'nda bakılıyordu ve Bolingbroke'daki insanların çoğu cenazeden sonra dağılmıştı.

Billingsgate'e gidip Hawise'i görmeye aniden karar vermişti ve bunu düşündükten sonra hiç zaman kaybetmeden yola çıkmıştı.

Üç buçuk yıl sonra Pessoner ailesi daha gürültücü ve daha şişman olmaları dışında pek değişmemişlerdi. Ocaktan baharat kokulu bir duman yükseliyordu ve çocuklar ocağın başında elmalarla oynuyordu. Efendi Guy ortalıkta yoktu; çünkü evin bitişiğindeki depoda morina sayıyordu.

Büyük Salon duman ve balık kokuyordu. Hawise süt odasının kapısında duruyor, büyük bir yayığı sallıyordu. O sırada genç Pessonerlerden biri Katherine'i içeri aldı.

Hawise bir an ağzı açık hâlde bakakaldıktan sonra çilli kolları aşağı indi ve iri yüzü eksik dişli, mutlu bir sırıtışla aydınlandı. "Tanrı aşkına!" diye bağırdı. "Bu Kath... Leydi Swynford!" Hemen koşup Katherine'e sarıldı ve dudaklarına iştahlı bir öpücük kondurdu. "Otur şuraya, hayatım, otur... Seni gördüğüme çok sevindim! Bu sabah süt kepçesini düşürdüğümde, sevindirici bir ziyaretçimiz olacağını anlamıştım; fakat seni hiç düşünmemiştim, canım!" Katherine'i yanına çekerek oturttu ve dokunaklı bir şefkatle baktı. Katherine içinin ısındığını hissetti.

Madam Emma elinde ballı kek ve şekerli zencefil dolu bir tabakla yanlarına geldi. "Hoş geldin, hoş geldin, bunlardan bol bol ye; ben de bu arada bize bira getireyim. Pavurya da var" diye ekledi rahat bir tavırla.

Katherine bu sıcak atmosfere kendini bırakarak yemeğin hayatın en önemli şeyi olduğu yönündeki bu ev kadını inancına güldü. Bir genç kız hevesiyle Hawise'e döndü. "Hepsini anlat!" diye bağırdı. "Bu kadar uzun süredir neler yaptın?"

"Tamam ama önce sen" dedi Hawise, Katherine'in siyah elbisesine baktığında ciddileşerek. "Bu Düşes için, başka bir şey için değil, değil mi?"

"Hayır. Kettlethorpe'ta her şey yolunda ve herkes iyi. İki bebeğim var, Hawise!"

"Benim de bir," dedi Hawise, gülerek. Avluya koşup seslendi. "Jackie, Jackie, buraya gel küçük şeytan! Hiç durmadan şu yaşlı domuzla oynuyorsun; sonunda kendin de domuz olacaksın..." Çocuğunu Büyük Salon'a getirdi ve hafifçe kulağını çekiştirdikten sonra Katherine'e tanıtmadan önce silip temizledi.

Jackie iki yaşındaydı ve gerçek bir Pessoner olduğu belliydi; şişman, neşeli ve kumral saçlıydı. Ballı keklerden bir avuç kaptı ve sazların üzerine çökerek iştahla yemeye koyuldu.

"Al işte, Jack Maudelyn'in çocuğu olduğu her hâlinden belli" dedi Hawise, Katherine'in sormaya çekindiğini görerek, "ve nikahtan sonra oldu; ama zar zor. Babam, yaşlı keçi, çok uzun süre direndi."

"Jack hâlâ dokumacı çırağı mı?"

"Artık çırak değil; dokumacı da değil. Ganimetlerle bize servet kazandırmak için -umarım- asker olarak hizmete başladı. İyi bir okçu ve Sir Hugh Calverly'nin emrinde çalışıyor. Şimdi savaş başladığından, İngiltere için savaşıyorlar."

"Kesinlikle" dedi Katherine gülümseyerek. "demek kocan gitti ve sen de diğer birçokları gibi onun dönüşünü beklemek için ailenin yanına döndün."

"Senin de aynı değil mi, tatlım? Şövalyen savaşta değil mi?"

"Şimdi değil" dedi Katherine bakışlarını kaçırarak. Ama bu tavrının Hawise'i şaşırtıp güceneğini fark ederek kendini zorladı ve bira içip yan yana otururlarken, düğün günü St. Clement's Dane'de gözü yaşlı hâlde kendisine veda ettiğinden beri neler olduğunu kısaca anlattı.

Açıkçası anlatacak çok fazla şey yoktu; Bolingbroke'daki salgın zamanı ve sonrasında olanlar dışında, çok önemli bir şey olmamıştı. Ama Kettlethorpe'taki yıllarını anlatırken, Hawise'in kendisine sempatiyle baktığını fark etti ve Katherine sözlerini bitirdiğinde, "O kuzeyli geyikleri yola getirirken yanında başka kadın yok muydu?" diye sordu Hawise. Londra doğumlu Hawise, Lincolnshire halkı boynuzlu ve kuyrukluymuş gibi konuşuyordu.

"Şey, şimdi bir süredir Philippa da orada" dedi Katherine gülerek.

"Ciddi misin?" Hawise ona şüpheci bir bakış attı; ama kibarlığından daha fazla konuşmadı. Efendi Geoffrey ailesiyle birlikte Londra'da yaşarken Madam Philippa'yı biraz görmüştü ve Hawise, Philippa'nın yaşadığı evin hanımlığını kimseye bırakmayacağını anlamıştı. Şimdi Katherine geri döndüğünde işlerin nasıl olacağını merak ediyordu. İlk tanıştıklarında olduğu gibi, Katherine onun içinde sıcak duygular uyandırıyordu. Kendisi güzel olmadığından kıskançlık duymuyor, sadece hizmet etme arzusu taşıyordu ve Geoffrey dışında, hiç kimsenin Katherine kadar yalnız olmadığını hissediyordu.

Katherine'in Savoy'da onca lüks içinde yaşamaktan sıkıldığını anlamıştı ve pratikliğinin yanı sıra duyarlı biri de olduğundan, Kettlethorpe'a dönüşüyle ilgili bir sıkıntısı olduğunu algılamıştı. Konuyu zihninde değerlendirirken, kapının vurulduğunu duydu.

"Eminim şu ringa teknesinin sahibi babamı görmeye gelmiştir" dedi Madam Emma aceleyle kapıya koşarken.

Raulin d'Ypres kapı eşiğinde durarak gırtlaktan gelen bir sesle sordu: "Burada Leydi Swynford'u tanıyan var mı?"

Genç adamın siyah tüniğindeki Lancaster armasını fark eden Hawise, geri çekilerek Katherine'e baktı. Katherine şaşkınlıkla ayağa kalktı. "Leydi Swynford benim."

Silahtar eğildi. "Lütfen benimle birlikte Savoy'a gelin. Biri sizinle konuşmak istiyor, Leydim."

"Kim ki o?" diye sordu Katherine şaşırarak.

Silahtar önce Hawise'e, Madam Emma'ya, sonra oynayan çocuklara ve sonunda Katherine'in şaşkın yüzüne baktı. "Sizinle yalnız konuşabilir miyim, Leydim?"

Katherine kaşlarını çatarak Hawise'e döndü; o da sıkıntılı görünüyordu. Hawise saray halkının yöntemlerini bilmediğini kendine hatırlattı; ama bir kör bile bunda sıra dışı bir şey olduğunu hemen fark ederdi. "Seni ondan kurtarması için babamı çağırayım mı?" diye sordu Katherine'in kulağına fısıldayarak.

Katherine ciddi tavırlı silahtara tekrar baktı. Silahtar onun bakışlarını yakaladı ve sessiz bir şekilde gözleriyle göğsündeki Kırmızı Gül'ü işaret etti. *Ne kadar tuhaf*, diye düşündü Katherine, *bu ne anlama geliyor olabilir ki?* Sarayda şövalye unvanının altındaki adamların çoğu bu rozeti taşırdı. "Pekâlâ, buraya gel" dedi, boş süt odasına girerken. Silahtar arkasından gelirken ekledi. "Neler oluyor?"

"Majesteleri gelmenizi istiyor, Leydim" dedi Raulin çok alçak sesle.

Katherine başını kaldırdı ve gözbebekleri karanlığa alışırken gözlerinin griliğini neredeyse silercesine iri iri açıldı. "Dük mü?"

Raulin başıyla onayladı.

"Neden seni bana gizlice gönderdi ki?" Kalp atışlarını yavaşlatmak için ellerini sıkıca göğüslerine bastırdı ve süt masasına yaslanarak sakin kalmayı başardı.

"Çünkü cenazeden beri benden başka kimseyle görüşmedi; bunu istemiyor da, Leydim. Sizin dışınızda."

Katherine'in yüzüne yavaş yavaş renk gelmeye başladı ve iri iri açılmış gözleri silahtara sorarak, inanamayarak bakmaya devam etti. "Ama Leydim, acele etmeliyiz" dedi silahtar. "Sizi bulmaya gönderildiğimden beri çok zaman geçti."

Katherine hareket etti, Salon'a döndü ve Hawise'in ıslak pelerinini astığı askıya uzandı. "Be-ben... gitmeliyim" dedi endişeli gözlerle kendisine bakan Pessoner ailesine. "Ama... yakında görüşürüz."

"Kötü haber değildir umarım" dedi Hawise, hemen istavroz çıkararak. "Leydim, çok tuhaf görünüyorsunuz!"

"Kötü haber değil." Katherine hızlı bir nefes alıp Madam Emma'ya gülümsedi ve Hawise'i öptü; ama sanki onları gerçekten görmüyor gibiydi. Kapı Katherine'in ve silahtarın arkasından kapandığında Hawise kaşlarını çatarak annesine döndü. "Az evvel bizimle burada mutluydu. O sersem yabancı, Katherine'i böylesine şaşırtacak ne söylemiş olabilir? Sanki korkulu bir rüyaya dalmıştı ve uyanmaktan daha çok korkuyordu."

"Sakin ol, kızım" dedi Madam Emma, ateşte pişirdiği tavşan etine tarçın ve hindistancevizi eklerken. "Çok fazla endişeleniyorsun. Yayığına geri dön."

Hawise kendisine söyleneni yaptı; ama yayığı yavaşça sallarken, neşeli yüzü asıldı ve Londra sokaklarında duyduğu bir şarkıyı mırıldanmaya başladı.

> *Es, kuzey rüzgârı, es bana tatlı yerlerden*
> *Es, kuzey rüzgârı, es.*
> *Hey, rüzgâr ve yağmur yemyeşil ovalarda birleşir*
> *Es, es, es!*

12

Katherine ve Raulin, Savoy'a kadar sessizce atlarını sürdüler, büyük kemerin altından geçerek Dış Avlu'ya girdiler ve ahırlarda atlarından indiler. "Bu taraftan, Leydim" dedi Raulin ve onu nehir kenarına, teknelerin yanaştığı iskeleye doğru götürdü. Mavna yükleme binasıyla Dük çocuklarının kaldığı devasa kanadın arasındaki avlunun batı köşesinde, üzerinde büyük bir uçan şahin oyması bulunan alçak, ahşap bir bina vardı. Bu binada şahin kümesleri duruyordu ve şahincilerden biri, yabancıların veya koruduğu değerli hayvanları rahatsız edebilecek birinin girmesini engellemek için kapıda dikiliyordu.

Raulin şahinciye başıyla selam verdi, binanın yanından geçti ve aniden, taş bir su deposuyla binanın arasında kalan karanlık bir geçide girdi. Karşılarına çıkan küçük ahşap bir kapıyı açtı. "Ama kraliyet ailesinin süitleri İç Avlu'dadır" diye itiraz etti Katherine, kalın duvarların arasından uzanan dar, taş basamaklara gergin gözlerle bakarak.

"Bu geçit oraya açılıyor" dedi Raulin sabırla. "Majesteleri kimsenin sizi görmemesini istedi. Dedikodulara yol açabilir."

Katherine zorlukla yutkundu ve basamakları tırmanmaya başladı. Dar bir geçitten birinci kata çıktılar ve duvarın içindeki çok sayıda süit boyunca uzanan gizli bir tünelden geçerek başka bir ahşap kapıya geldiler. Bu kapı, bir duvar halısıyla gizlenmişti. Raulin halıyı kenara çektiğinde kendilerini Düşes'in gardırobunda buldular.

Başka bir duvar halısının arkasından karanlık süite girdiler; kapalı panjurların kenarlarından süzülen ince ışıklar, geniş yatağın siyah bir örtüyle örtülü olduğunu gösteriyordu. Düşes'in nedimelerinin oturmak için kullandığı başka birkaç odadan daha geçtikten sonra bir köşeden nehir yönüne dönerek dörtgen bir kuleye girdiler. Burası Avalon Süiti'ydi.

Raulin oymalı meşe kapıyı vurarak ismini söyledi. Bir ses "Girin!" dedi ve Raulin kapıyı tutup Katherine'in geçmesini bekledikten sonra uzaklaştı.

Katherine başını dik ve pelerinini vücuduna yakın tutarak sessizce içeri girdi. Dük altın rengi, minderli bir koltukta pencerenin yanında oturuyor, nehri izliyordu. Önce kıpırdamadı ve Katherine karoları örten ipek halının üzerinde ayakta durarak bekledi.

Yere kadar uzanan simsiyah bir tünik giymiş, kuşak ya da kemer takmamıştı ve Blanche'ın kendisine verdiği safir mühür yüzüğü dışında mücevheri yoktu. Gür sarı saçları kulaklarının altından kesilmişti ve yüzü tıraşlıydı. Çok daha genç göründüğünü fark ederek Katherine irkildi ve Dük nihayet başını yavaşça ona doğru çevirdiğinde, çenesinin köşeli ve kendisininki gibi yarık olduğunu gördü.

"Beni çağırtmışsınız, Lordum" dedi Katherine, Dük hiç ses çıkarmadan ona düşünceli gözlerle bakmaya devam edince. Teni Kettlethorpe'a geldiğinde dikkat çeken bronz tonunu kaybetmişti ve çıkık Plantagenet elmacık kemiklerinin üzerinde dar yanakları da uzun, yüksek kemerli burnu da gergin görünüyordu. Geniş ve dikkat çekici ağzı, babasınınki gibi köşelerinde inceliyordu ve gözkapakları, o canlı mavi gözbebeklerini göstermek için bir daha asla tam olarak kalkmayacakmış gibi görünüyordu.

Katherine, saray kurallarına uygun olarak eğildi ve Dük'ün elini tutup saygısını göstermek için öptü. Eğilirken pelerini gevşedi ve kukuletası arkaya düştü. Dük onun yağmurdan ıslanmış buklelerine dokundu. "Akik rengi" dedi, "öfkeyi yatıştıran taş. Acaba kederi de yok edebilir mi?.." Dük kısık sesle, sanki kendi kendine konuşuyor gibiydi. Eli tekrar kalçasına indi ve Katherine merak ederek başını kaldırdı. Saçlarına dokunuşunu vücudundaki bütün sinir uçlarına kadar hissetmişti.

Dük'ün bakışları yavaşça Katherine'in yüzüne kaydıktan sonra vücudunu takip ederek odanın zeminindeki krem-toprak rengi karolara kadar indi. "Seni çağırttım, Katherine; sana teşekkür edebilmek için. Bolingbroke'daki yaşlı Simon bana onun... onun için neler yaptığını anlattı. Sana minnetimi göstermeliyim."

Katherine'in yanakları kıpkırmızı oldu. Hemen yerden fırlayarak ayağa kalktı ve pelerinini vücuduna doğru çekti. "Lordum, size onu sevdiğimi söylemiştim. Ödül filan istemiyorum!"

"Şşş! İtiraz etme, Katherine. Çıkarcı veya açgözlü olmadığını biliyorum. Şu son günlerde seni çok düşündüm; sonuna kadar nasıl onun yanında kaldığını... ben... o öldüğü gün..." Dük devam edemedi ve ayağa kalkarak şömineye yaklaştı.

Öldüğü gün, diye düşündü, on iki Eylül; Fransızların onu kandırıp savaş formasyonuna çektikten sonra saf İngiliz düşmanlarına gülerek alaycı bir şekilde gecenin karanlığında kayboldukları gün. Bütün sefer, ganimet veya sonuç getirmeyen maliyetli bir soytarılıktan ibaret kalmıştı ve Dük'ün bunda hiçbir hatası yoktu; fakat burada, evinde, onun generalliğiyle ilgili neler söylediklerini biliyordu. Blanche bu aşağılamaları nasıl hafifleteceğini bilirdi. Sakin gülümsemesiyle, her şeyi önemsiz bir engel gibi gösterir, Tanrı'nın inayetine olan inancı insanları ikna etmesine yeterdi. Yine onun beyaz göğüslerine başını koyarak sakince ve huzurlu bir şekilde uyuyabilirdi. Son kez onun kollarında olduğundan beri beş ay geçmişti... ya da herhangi bir kadının kollarının sarışını tattığından beri. Titizlik ve sadakat onun güdüsel eğilimlerini kontrol altında tutardı ve diğerleri gibi kamp fahişeleriyle takılmazdı.

"Katherine" dedi aniden, "bu acımdan bir türlü kurtulamıyorum. Her geçen gün kötüleşiyor ve bundan kurtulup ağır sorumluluklarımı yerine getirmeliyim."

Katherine sessizce Dük'e baktı. Onu rahatlatmak için ne söylemesi gerektiğini bilemiyor, kendisinden ne istediğini anlayamıyordu; ama aralarında, daha önce olmayan bir yakınlığı hissediyordu.

"Pelerinini çıkarıp otur" dedi Dük hafifçe gülümseyerek. "Orada avcının kokusunu almış bir ceylan gibi duruyorsun. Benden korkmana gerek yok."

Katherine kızardı. "Biliyorum, lordum." Katherine odayı yürüyerek geçti ve karşı duvara çakılmış bir askıya pelerinini astı. Hiç hayal etmediği kadar güzel ve lüks bir odaydı. Sıva duvarlardan ikisine altın rengi yıldızlardan ve unutmabeniye benzer minik çiçeklerden oluşan bir desen işlenmişti. Şömine, bitki ve madalyon desenleri oyulmuş yeşil mermerdendi. Görkemli, yaldızlı mobilyalar İtalyan ustalığının izlerini taşıyor; sayvanlı yatak, inciler işlenmiş yakut rengi kadife örtüsüyle odanın bir bölümünü kaplıyor, kurşunlu pencere pervazlarında kehribar, yakut ve gökmavisi renkleri göz alıyordu. Doğu duvarında büyük Avalon halısı asılıydı. Orman görüntüsünün derinliklerinde Kutsal Avalon Adası solgun bir şekilde yükseliyor, bir sisin arasından göz kırpıyor, Kral Arthur ve kraliçesinin figürleri yattıkları yerde ayışığıyla yıkanıyordu. Druid cüppesi içindeki uzun boylu büyücü Merlin, ölmüş kraliyet çiftinin başında dikiliyor, bir peri şatosunun havada süzüldüğü uzak tepeleri işaret ediyordu.

"Evet, o halı benim de çok hoşuma gidiyor" dedi John, Katherine'in bakışlarını izleyerek. "Merlin'in şatosu bana İspanya'da, Najera zaferimizden sonra gördüğüm bir şatoyu hatırlatıyor." Dük'ün kasvetli görünüşü bir an için hafifledi. Castile'ı düşündüğü her seferinde zafer çığlıklarını, adamlarının neşeli tezahüratlarını duyuyor, kendisine zaferin hemen ertesinde oğlunun doğum haberini getiren habercinin yüzünü görüyordu.

"Castile'da mutlu muydunuz?" diye sordu Katherine. "Siz ve Galler Prensi, Castile Kralı'na yapılan büyük haksızlığı düzelttiniz."

"Ama ne yazık ki uzun sürmedi!" diye bağırdı Dük aniden öfkelenerek. "Geçen Mart ayında Montiel'de olanları bilmiyor musun? Kral Pedro, hiçbir hakkı olmayan tahtta oturan alçak kardeşi tarafından öldürüldü!"

"Zavallı Kral öldüğüne göre, taht kimin hakkı?" diye sordu Katherine biraz bekledikten sonra; öfkenin, acı düşüncelere boğulmaktan daha iyi olduğunu düşündü ve sonuçta, uzaktaki bu iki kralı düşünerek öfkelenmesinin Dük'e bir zararı olmazdı.

"Kralın kızı İnfanta Costanza" diye cevap verdi Dük daha sakin bir tavırla. "Gerçek Castile Kraliçesi o." Sürgün prensesleri Bordeaux'da gördüğü zamanları düşündü. Costanza şimdilerde on beş yaşında olması gereken siyah saçlı, cılız bir kızdı: İki yıl önce babasına yardımları karşılığında kendisine teşekkür eden kızın tavırları ve İspanyollara has heyecanı ona sevimli gelmişti. "Pedro zalim ve yalancı bir adamdı" dedi John. "Verdiği sözler çoğunlukla temelsizdi; ama bunun önemi yoktu çünkü aynı zamanda doğuştan hakkıyla Castile Kralı'ydı."

Son iki kelimesini Katherine'i şaşırtan bir ciddiyetle, sanki bir ilâhi veya duaymış gibi söylemişti; ama Dük'ün kendisinin bunun farkında olduğunu sanmıyordu ve görünüşe bakılırsa bir an için acısını unutmuştu. Dük iç çekerek başını çevirdi. "Merlin'in hanedanımla ilgili birçok kehaneti vardı" dedi huzursuzca. "Asırlar boyunca ağızdan ağza aktarılarak bugüne ulaştı; Blanche böyle şeyleri umursamazdı; çünkü sadece Kutsal Kitap'ta yazılı olanlara önem verirdi." Şöminenin yanındaki bir koltuğa çökerek alnını ellerine gömdü.

"Lordum" dedi Katherine yumuşak bir sesle, "üç yıl önce Windsor'daki Büyük Turnuva'da nasıl göründüğünü hatırlıyor musunuz; siz locaya yaklaştığınızda nasıl neşeli bir şekilde gülüyordu? Eminim sizi beklerken Cennet'ten de öyle bakacaktır."

Dük başını kaldırdı. "Ah, Katherine, karşındakini rahatlatmayı biliyorsun! Onun hakkında konuşmak istediğimi anlayan o kadar az kişi var ki. Bunun yerine bakışlarını kaçırıyor ve dikkatimi dağıtmak için aptalca şeylerden söz ediyorlar; oysa işte nihayet beni anlayan biri var."

Ayağa kalktı ve üzeri hiç bakmaya bile tenezzül etmediği belgelerle ve resmî başvurularla dolu masaya yürüdü. Mührü kırılmış bir parşömen rulosunu aldı ve mektubu açtı. "Dinle" dedi ve çok yavaşca okumaya başladı.

> *"Sarsılmışım çok derin bir yaranın acısıyla*
> *Mutluluğu ve neşeyi bir daha tanımamacasına*
> *Leydim gitmiş artık parlak ışığıyla*
> *Oysa sevmiştim ben onu kalbimin tüm saflığıyla*
> *Ölüm aldı onu benden... şimdi meleklerin arasında*
> *Heyhat, Ölüm, ne koca bir baş belasısın sen*
> *Gerçekte tutup beni almalıyken*
> *Gidip leydimi aldın, hani tatlı, güzel ve şen*
> *Öylesine güzel, öylesine saf ve öylesine özgür*
> *Kimsenin aksini söylemeyeceği kadar iyi yürekli*
> *Ansızın kapısını çaldın bir sabah erken.*

> *Bir an şüphem yok, sana dedim*
> *Onu tüm varlığım ve kalbimle sevdim*
> *Gelmez bir daha onun gibisi, ey kalem kaşlım*
> *Mutluluğum, tüm aşkım ve yaşamım*
> *Umutlarım, sağlığım ve neşe kaynağım*
> *Dünyadaki en büyük servetim, amacım*
> *Herkes bilsin ki tüm benliğimle onunum*
> *Ve öyle de kalacağım..."[36]*

Dük iç çekerek parşömeni kucağına koydu. "Şair bunu benim adıma ve doğrudan İngilizce yazdı. O kişi de eniştendir, Katherine."

"Geoffrey!" diye bir çığlık attı Katherine.

"Evet, daha önceleri onu kurnaz, çıkarcı ve pratik konularda becerikli biri sandığım için çok şaşırdım; Kral'ın hizmetinde çalışmaya uygun olabilirdi; ama böyle bir şey yazabileceği aklımın ucundan bile geçmemişti."

"Geoffrey bence çok duygusal biri" dedi Katherine ve bu mısraların sadece Dük'ün acısını değil, kendisininkini de bastırma çabasıyla yazılmış olabileceğini düşündü; çünkü Geoffrey'nin Leydi Blanche'a nasıl baktığını hatırlıyordu. "Yani geri mi döndü?" diye sordu, onu görmediğine şaşırarak.

"Hayır, görevi gereği Calais'te. Daha başka şiirler de yazdığını ve izin verirsem *'Düşes'in Kitabı'* adını vermek istediğini belirtmiş ki bunu memnuniyetle kabul ettim. Katherine, sana ve akrabalarına neden minnettar olduğumu şimdi daha iyi anlayabilirsin."

"Size hizmet etmek büyük bir mutluluk, lordum." Katherine başını kaldırarak ona gülümsedi. John bir an panjurlardan biri açılmış ve aniden öğle güneşi odaya dolmuş gibi hissetti. Daha önce Katherine'in bu kadar güzel olduğunu ve böylesine gülümsediğini hiç görmemişti; gri gözlerindeki pırıltıda büyük bir zarafet ve anlayış, kırmızı dudaklarının kalkışında, mükemmel dişlerinin beyazlığında ve şehvetli dudaklarının yanındaki gamzesinde baştan çıkarıcı bir görüntü vardı. Keskin bir nefes alışla Dük'ün burun delikleri iri iri açıldı ve düşünceleri allak bullak oldu. Neden bugün onu çağır-

---

[36] Bu şiirin orijinali klasik İngilizce olduğu ve ben de Shakespeare'in sonelerini tercüme ederken ustalığını konuşturan büyük üstat Can Yücel (huzur içinde uyusun) kadar becerikli olamadığım için, tercümesinde metnin orijinaline sadık kalmaktan ziyade ruhunu vermeye gayret ettim; beğendiyseniz ne mutlu, beğenmediyseniz yeteri kadar iyi olamadığım için affınıza sığınırım. (Ç.N)

dığını, neden Windsor'da ona o kadar öfkelendiğini, o gözlerin bir zamanlar kendisine acı ve ihaneti hatırlattığını unutmuştu? Neden şimdi onunla acısını paylaşıyor, bir kese altın fazlasıyla yetecekken bu sıcak yakınlığa izin veriyordu? Neden göğüslerinin ve ince belinin kıvrımını ortaya koyan o siyah elbisesiyle karşısında oturmasına izin veriyordu? Dük'ün bakışları, Katherine'in kemerinde asılı duran keseye kaydı. Üzerinde Swynford armasının bulunduğu deri bir yaması vardı. Üç küçük yaban domuzu başına bakarak öfkeyle konuştu. "Kendine ait bir arman yok mu, Katherine?"

Katherine'in nazik gülümsemesi silindi. Sorunun altında başka bir anlam olduğunu bilmesine rağmen ses tonunun aniden sertleşmesine şaşırmıştı. "Babamın arması yoktu" dedi yavaşça. "Guienne'in emrinde çalışıyordu, biliyorsunuz... ancak ölümünden kısa süre önce şövalye ilan edilmişti."

Dük genç kadının sesinin titrediğini fark etmişti ve içinde bir şeyleri kıpırdatmış olan tüm kadınlar arasında sadece onu koruma dürtüsüyle öfkesi kaybolmuştu. Katherine'in soylu doğmadığını gerçekten unutmuştu ve aralarındaki büyük uçurumu hatırlamak onu biraz rahatlatmıştı.

"Ama kendine ait arman olmalı" dedi John, daha yumuşak bir tavırla. "Gel, ne olabilir, bir bakalım." Başına geçtiği masayı işaret etti ve kuş tüyü kalemlerden birini alıp bir parşömeni düzeltti. "O Swynford yaban domuzlarıyla temsil edilemeyecek kadar güzel ve ender bir kadınsın" diye ekledi kararlı bir ciddiyetle. "Roet ailesindendin, değil mi?" Katherine başıyla onayladı. "Hmm, bu tekerlek anlamına gelir" dedi ve parşömenin üzerine bir tekerlek çizdi. İkisi de çizime baktılar. "Ama dur, sana ait olduğuna göre, bir *Catherine* tekerleği olmalı." Ve her zaman için kullanılan St. Catherine sembolüne uygun olarak tekerleğe küçük tırtıklı dişler ekledi.

Katherine onu izlerken, Dük bir kalkan çizdi, içine üç Catherine tekerleği yerleştirdi; çünkü üç sayısında daha iyi denge olduğunu hissetmişti ve Dük'ün güçlü bir sanat anlayışı vardı. Güçlü ve kendinden emin darbelerle çiziyor, küçük yaratımından zevk alıyordu ve bunun diğer soyluların armalarından daha fazla ismi yansıttığını düşünüyordu. Katherine için bu kişisel armayı hazırlarken, ona özel bir hediye verdiğini ve paradan çok daha kalıcı olacağını hissediyordu.

"Arka plan açık kırmızı olacak" dedi kalemiyle kalkana hafifçe dokunarak, "tekerlekler de sana uyan renkler olsun. Lancaster Hanedan Armacısı yarın bunu Arma Kayıtları'na ekler."

"Teşekkür ederim, Lordum" dedi Katherine gerçekten mutlu olarak.

Bir arma sahibi olmak ciddi bir statü yükselişiydi ve Dük bu konuyla bizzat ilgilenerek kendisine çok büyük bir onur vermişti. Küçük kalkana daha yakından bakmak için eğildiğinde, Katherine'in çiçek gibi kokusu John'ın burun deliklerine doldu. Dük, genç kadına yandan bir bakış attığında yüzü o kadar yakında duruyordu ki siyah ve uzun kirpiklerinin gözkapaklarından yanaklarına nasıl uzandığını görebiliyordu. Katherine biraz kıpırdandığında John onun yumuşak kokulu nefesini hissetti.

Dük parşömeni, kuş tüyü kalemi ve diğer birkaç şeyi sertçe masanın üzerinden iterek aniden ayağa fırladı. Katherine onu kızdırdığını düşünerek korkuyla döndü; Dük'ün gözlerine baktığında elleri terden buz kesti ve dizleri titremeye başladı.

"Tanrı..." diye fısıldadı John. "Tanrım!" Genç kadını yavaşça kendisine doğru çekti ve Katherine suyun içinde yürüyen biri gibi yavaş adımlarla yaklaştı; sonunda birbirlerine yaslandılar ve boğuk bir iniltiyle Katherine dudaklarını ona teslim etti.

Son ışık dışarıdaki Thames'ten silinirken ve uzaktan çan sesleri süzülürken, uzunca bir süre kendilerini bilmeden öylece durdular. Ateş söndü. Bir kütük ikiye bölündü ve alevler yeniden canlandı. Dük'ün kendisini kollarına aldığını ve kalp atışlarının birleştiğini hissetti. Katherine onun isteklerine ve kendi ihtiyacına karşı koyabilecek gücü kendinde bulamadı; ama Dük onu yakut rengi kadife yatak örtülerinin üzerine yatırırken elini adamın geniş göğsüne bastırdığında kendi alyansının keskin baskısını hissetti.

Çılgınca bir çırpınışla Dük'ten uzaklaşmaya çalıştı ve kendini yataktan dışarı attı. "Sevgili Lordum, yapamam. Yapamam!" Yatağın direklerinden birinin yanında yere diz çökerek yüzünü kollarına gömdü. John sessizce yattığı yerden onu izliyordu ve nefesi yavaşlamıştı. "Seni istiyorum, Katherine" dedi usulca, "ve senin de beni sevdiğini hissediyorum." Genç kadının adını yumuşak Fransızca okunuşuyla söylemişti; Katherine'in çocukluğundan beri hiç duymadığı ve kendisine acı verici bir özlemle çocukluğunu hatırlatan bir şekilde.

Katherine başını kaldırdı ve acıyla hıçkırdı. "Evet... sizi seviyorum... ama şu ana kadar anlamamıştım. Sanırım sizi Windsor'da beni, bana tecavüze kalkışan Hugh'dan kurtardığınızdan beri seviyorum. Ama sorun da bu... ben evliyim."

Ateş sessiz odada tısladı ve duvarın ardından, oradan geçen bir teknenin hareketlendirdiği suyun sesi duyuldu. John kıpırdanarak elini Katherine'in koluna koydu. "Seni zorlamayacağım, Katherine... bana kendin geleceksin."

"Yapamam" diye tekrarladı Katherine, John'ın yüzüne bakmaya cesaret edemeden. "Ulu Tanrım, yapamayacağımı biliyorsunuz. Evet, zinanın sarayda çok hafif bir şey olduğunu biliyorum; fakat ben basit biriyim ve bana göre öylesine büyük bir günah ki Tanrı kadar ben de kendimden nefret ederim."

"Ya benden?" diye sordu John yumuşak bir sesle.

"Kutsal Meryem, sizden asla nefret edemem... sevgili Lordum, bu sorularla bana işkence etmeyin ve lütfen gitmeme izin verin..." John'ın eli kolunda sıkılaşmıştı ve yüzü Katherine'inkine yaklaşmıştı. Katherine bütün gücünü toplayarak bağırdı. "İkimizin de neden siyah giydiğimizi unuttunuz mu?"

Dük aniden geri çekilerek yataktan fırladı. Ateşe yaklaştı ve bir çalı parçası alarak masadaki ve duvardaki gümüş şamdanları yaktı. Tekrar Katherine'e yaklaşarak ayağa kalkmasına yardım etti. "Ne düşüneceğimi bilmiyorum" dedi, "sadece... seni unutmam gerektiği dışında." Ellerini Katherine'in omuzlarından indirdi. John'ın mavi gözleri kısılmıştı ve sert bakıyordu; sesinde de soğuk bir kararlılık vardı. "Sarayda acımı unutmama yardım edebilecek hanımlar olduğunu bana hatırlattın; onların, Lancaster Dükü tarafından arzulanmaktan utanmayacaklarını da."

Katherine göğsüne bir mızrak saplanmış gibi hissetti; ama Dük kadar kararlı bir şekilde karşılık verdi. "Bundan şüphem yok, Majesteleri. Bana gelince... hemen Kettlethorpe'a dönmeliyim."

"Peki, ya izin vermeyi reddedersem; o zaman ne diyeceksin?"

"Böyle bir şeyin, Hristiyanlık âlemindeki en soylu şövalye olarak tanınan adama yakışmayacağını."

Belirsiz bir süre birbirlerinin gözlerinde kayboldular ve Katherine, bir kalkan gibi aralarında aniden beliren düşmanlığa sarıldı.

Önce Dük döndü ve ondan uzaklaşıp pencereye yürüyerek gece karanlığındaki Thames'e baktı. "Pekâlâ, Katherine, Lincolnshire'a dönüşünü ayarlayacağım. Beaufort Kulesi'nde onurlandırılacaksın ve beni minnetsizlikle suçlamak için hiçbir nedenin olmayacak."

Katherine bir şey söylemedi. John artık kendisine bakmazken, Katherine yüzünde acı bir ifadeyle, pencerenin yanındaki uzun boylu silüete, o geniş omuzlara, tavırlarındaki amansızlığa bakıyordu.

Askıya koşup pelerinini aldı ve hemen kapıdan çıkıp arkasından kapadı. Dük ne olduğunu anlamamıştı bile. "Katherine!" diye bağırarak döndüğünde kapalı kapıyla karşılaştı. Sonra bakışlarını kapıdan ayırmadan, pencerenin yanındaki koltuğa çöktü. Hâlâ acı yüklü olan bakışları kapıdan uzaklaşıp kısa bir süre için birbirlerinin kollarında yattıkları yakut rengi yatak örtülerine kaydı ve hayatı boyunca hiç tatmadığı türden bir tutkuyla nasıl sarsıldığını hatırladı. "İçimde kolayca söndürülemeyecek bir ateş yandı" dedi yüksek sesle. Ayağa kalkıp Chaucer'ın şiirini almak için masaya yürüdü. Şiire bakarken tuhaf, boğuk bir ses çıkardı. Sonra parşömeni dikkatle bir kenara bıraktı. Bir an sonra keskin ve sert hareketlerle, uzun süredir ihmal ettiği belgelerin mühürlerini kırıp açmaya başladı.

* * *

Katherine, Avalon Süiti'nin arkasındaki odalardan koşarak geçti ve bir nişte oturarak ziyaretçileri bekleyen Raulin'i görmedi bile. Delikanlı "Leydim!" diye seslendi; ama Katherine onu duymadı. Raulin şaşkın bir tavırla, arkasında kalakaldı.

Düşes'in soyunma odasından, merdivenden, şahin kümeslerinin yanından koşarak geçti ve ancak Dış Avlu'ya geldiğinde kendini yavaşlamaya zorlayarak kukuletasını yüzünün ortasına kadar çekti. Ahırlara gidip Doucette'in eyerlenmesini emretti. Kısrağın sırtına atladığı gibi büyük kapıdan geçerek Londra sokaklarına çıktı. Savoy artık onu rahatsız ediyordu ve hiçbir şey, Beaufort Kulesi'ne dönmesini sağlayamazdı. Güdüsel bir şekilde, bildiği tek sıcak, huzurlu şefkate doğru koşuyordu.

Hawise kapıyı açtığında karşısında Katherine'i bulunca mutlu bir şekilde haykırdı.

"Bu gece burada kalabilir miyim?" diye sordu Katherine fısıldayarak ve Hawise'e sarıldı. "Sadece bu gece. Şafakta eve dönmek için yola çıkmalıyım."

"Elbette, hayatım, benim yatağımda yatabilirsin. Çok daha uzun süre de olabilir. Anne, bana şarabı ver." Katherine kontrolsüz bir şekilde titremeye başlamıştı. Hawise güçlü, genç kolunu Katherine'in beline attı ve arkadaşının dudaklarına bir kadeh uzattı.

Pessoner ailesi onun etrafında toplandı ve nazikçe mırıldanmaya başladı. Efendi Guy, topuklarını ısıttığı şöminenin başından bağırdı. "Seni korkutan bir iblis görmüş gibisin, küçük hanım. Burada güvendesin çünkü taze ringa balığının kokusu onları uzaklaştırır!" dedi ve güldü.

"Şşş, boşboğaz" diye çıkıştı karısı. Kısık sesle ekledi: "Tanrı aşkına, hamilelik sancısı filan mı geçiriyor acaba, zavallı küçük kız?" Katherine'in gözlerindeki boş bakışları gören her kadın, onun hamile olduğunu sanabilirdi.

"Yatağa gel, hayatım" dedi Hawise tatlı sert bir otoriteyle. "Olduğun yere çökecek gibi bir hâlin var." Katherine'i balıkhanenin üzerindeki uyku bölümüne götürdü ve başlarını yataklarından uzatan iki çocuğu sertçe susturdu. Katherine'i soyup bir battaniyeye sardı ve küçük Jackie'nin diğer tarafında uyuduğu kendi yatağına yatırdı.

Katherine iç çekti ve titremesi kesildi. "Teşekkür ederim" diye fısıldadı. Hawise yatağa oturup mumu arkadaşına yakın bir yere koydu.

"Bana söyler misin, hayatım?" dedi, kurnaz gözleri Katherine'in allak bullak olmuş yüzünü ve titreyen çürümüş dudaklarını incelerken. "Sorun bir erkek mi?" dedi. "Evet... öyle olduğunu görebiliyorum... Sana kötü mü davrandı?" diye ekledi hemen.

"Hayır..." Katherine yüzünü yastığa gömdü. "Bilmiyorum, Kutsal Bakire, bana güç ver... onu seviyorum... eve dönmeliyim... bebeklerime, Hugh'a... ona bu kadar yakın kala..."

"Şşş, sus bakalım tatlım!" Hawise, Katherine'in kolunu okşadı. "Eve döneceksin. Henüz ayarlanmadı mı?"

"Hayır, yalnız gideceğim... düzenleme istemiyorum. Ondan hiçbir şey istemiyorum. Manastır misafirhanelerinde kalırım, bana yemek verirler... şafak söker sökmez gitmeliyim."

"Öyle de olacak ama yalnız değil; çünkü ben de seninle geleceğim."

Zihni bulanık; korku ve umutsuzca özlemle yanıp tutuşan Katherine başlangıçta anlayamadı sonra başını hafifçe kaldırıp Hawise'in yüzüne baktı. "Tanrı aşkına, sen de benimle mi geleceksin? Ciddi misin?"

"Bana kalırsa iyi bir hizmetkâra ihtiyacın var, Leydim" dedi Hawise göz kırparak.

"Ama param yok ki... en azından Kettlethorpe'a ulaşana kadar!"

"Ben de öyle tahmin etmiştim. Bizi oraya götürmeye yetecek kadar gümüşüm var; bana daha sonra ödersin. Dolayısıyla bu konuda burnu büyük davranmana gerek yok."

"Ama Jackie... onu götüremeyiz!"

"Jackie burada son derece mutlu olacak. Zaten büyükannesine benden daha düşkün. Ayrıca, Jack'im savaştan dönerse ben de seninle uzun süre kalamam zaten. Yine de yalnız yolculuk yapmana izin vermeyeceğim."

"Tanrı seni korusun!" diye fısıldadı Katherine.

"Artık uyu bakalım, küçükhanım. Seni Prime'dan önce uyandırırım ve birlikte yola çıkarız."

Bunu ona piç bir şövalye veya silahtar yapmış, diye düşündü Hawise odadan çıktığında, *Sir Hugh'dan göremeyeceği güzel sözler ve tatlı gülü-*

cüklerle onu etkilemiş. Zavallı küçük Leydi. Kimliğini bilmediği adama içten bir küfür savurdu ve annesiyle babasına kararını açıklamak için aşağı indi.

* * *

Kızlar yola çıkarken, Pessoner ailesinin bütün üyeleri ayaktaydı. Kızlarının da Katherine'le gideceğini duyduklarında önce itiraz eden iyi yürekli çift, sonunda razı gelmişti. Ve önceki gece Efendi Guy, caddenin diğer ucundaki ahırlardan bir at kiralayıp en iyi çırağı Jankin'e onu hazırlamasını sonra da kendisinin de Lincoln yönüne giden güvenilir bir refakatçi bulana kadar Leydi Swynford ve Hawise'e eşlik etmesini emretmişti. Dame Emma büyük bir çıkına bolca peynir, yeni pişmiş ekmek ve bir koyun budu koymuş, köşelerine portakallı kek de sıkıştırdıktan sonra Hawise'in kendi eşyalarını toplamasına yardım etmişti. "Leydi Swynford'un eşyaları?" diye sormuştu iyi yürekli kadın, Katherine'in pelerininden başka bir şeyi olmadan yanlarına geldiğini bilerek.

"Savoy'da bırakmış; önem taşımadığını ve fazla eşyası olmadığını söyledi. Bir an önce gitmek istediği için de birini gönderip aldırmayacak."

Dame Emma başını iki yana salladı. "Bu beni aşar. Pekâlâ, kızım. Sana ihtiyacı olduğunu görebiliyorum; çünkü sen ne yaptığını bilirsin ve ona iyi bakarsın. Tanrı yardımcınız olsun ve orada çok kalma."

Böylece Pessonerlar ikisini kapıdan neşeyle uğurluyordu. Küçük Jackie de diğerleri gibi annesine neşeyle el sallıyordu; çünkü Dame Emma ona bu sabah kahvaltıda zencefilli ekmek yiyeceğine söz vermişti.

Hawise, kiralık atın sırtına, Jankin'in terkisine binmişti ve Katherine de kiralık at ahırında iyice beslenip tımar edilmiş olan Doucette'in sırtında önlerinde yürüyordu. Jankin on beş yaşında çok iyi bir çocuktu ve elli kiloluk morina sandıklarını tartıya koyacak kadar güçlü, limandaki balıkçılarla başa çıkacak kadar kurnazdı; bu yolculuk fikri de çok hoşuna gitmişti. Köprü boyunca şehrin kapısına doğru ilerlerken Hawise'le sohbet ediyordu; fakat Katherine sessizce atını sürüyordu. Şimdi güvenli bir şekilde yola çıkmışken, Doucette'in nal seslerini çekiç vuruşları gibi hissediyordu kalbinde. *Onu bir daha göremezsem,* diye düşündü, *Kutsal Meryem, nasıl yaşarım?* Ama onu bu umutsuzca aceleye zorlayan şey de onu tekrar görme korkusuydu. Onu bir kez daha o kadar yakınında bulursa Avalon Süiti'ne geri döneceğinden, ona yalvaracağından korkuyordu; *yanıldım, hayatım, canım, sevgili Lordum, benim için senden başka hiçbir şeyin önemi yok, bağışla beni, beni kabul et...*

Londra'nın sokaklarında ilerlerken yüzünü buruşturarak dişlerini sıkıyor, elleriyle dizginleri çekiştiriyordu. Gece boyunca çok az uyumuştu ve rüyasında kendisini Avalon Süiti'nde onun kollarında yatarken, onunla öpüşürken görmüş, sesinin kırgın titreyişini tekrar duymuş, kendisini sevdiğini söyleyişini dinlemişti; her seferinde uyandığında gözlerinin önünde sadece onun soğuk bakışlarını bulmuş, Dük'ün aşktan değil, sadece arzudan söz ettiğini hatırlamıştı. Leydi Blanche'ın taze mezarı aralarında dururken aşktan söz edebildiği için utanmış, ona aşkını haykırdığı için kendinden tiksinmişti. *Ama söylediğim şey doğru, Tanrım bana yardım et,* diye düşündü Katherine ve içi öylesine acıyla sarsıldı ki Doucette'in dizginlerini aniden çekerek kısrağı yolun ortasında durdurup Londra'nın sur kulelerinin ötesinde Savoy'un bulunduğu yere baktı.

"Sorun nedir, Leydim?" diye sordu Hawise, Jankin'le birlikte yaklaşırlarken. Artık Katherine'in hizmetkârı olduğundan, başkalarının yanında olması gerektiği şekilde sesleniyordu.

Katherine irkildi. "Hiçbir şey" dedi gülümsemeye çalışarak. "Daha hızlı gidebilir miyiz? Öğle olmadan Waltham'ı geçmeliyiz." Çünkü Waltham'da tekrar konaklamaya dayanamazdı. Daha önce bu kuzey yolundan iki geçişinde de kendini mutsuz hissetmişti; ama asla şimdiki hisleriyle kıyaslanamazlardı.

"Elimizden geleni yaparız" dedi Hawise, "eğer bu yaşlı hayvan biraz kendini zorlarsa." Jankin küçük demir sopasıyla ata hafifçe vurdu ve at tırısa kalktı.

Hava soğuyordu ve güneş bir-iki kez göründükten sonra bulutların arkasına saklanmıştı. Atların nalları donmuş zeminde yankılanıyordu. Diğer yolcular -keşişler, seyyar satıcılar, tüccarlar, kalfalar ve dilenciler- giydikleri giysilerin içinde büzüşmüş hâlde yanlarından geçiyor, birbirlerini selamlıyorlardı.

Ware'e üç mil kala, kar taneleri süzülmeye ve giysilerinin üzerinde erimeye başladı. Karınları acıkmıştı ve kiralık at yorgunluktan tökezliyordu. Yol üzerindeki bir handa durdular. Atları bir kulübeye bıraktılar ve iki kadın hana girerken, Jankin küçük bir oğlanın hayvanları sulayıp beslemesini bekledi.

"Tanrı aşkına!" diye mırıldandı Hawise kaşlarını çatarak, "Hertfordshire'da hiç süpürgeleri yok mu?" Basık tavanlı ve dumanlı odanın zemini, etrafa saçılmış kemik parçaları, yumurta kabukları, saman taneleri, elma kabukları ve tavuk pislikleriyle doluydu. Testiler ve kupalarla dolu tezgâhın arkasında bir hancı kadın duruyor, iki arkadaşa çatık kaşlarla bakıyordu. Bir masada iki adam oturuyordu. İkisi de siyah sakallıydı; ama genç olanın sakalının bir bölümü, bir yara yüzünden açılmıştı. İkisinin de üzerinde koyun derisi tünikler ve yırtık, deri binici pantolonları vardı. Ayaklarına pis paçavralar geçirmişlerdi. Ağır meşe asaları duvara dayalıydı. Getirdikleri bir somun ekmekten lokmalar kesmek için uzun bir bıçağı sessizce birbirlerine aktarıp duruyorlardı. Önce Hawise'e, sonra Katherine'e, sonra da birbirlerine baktılar. Adamlardan biri dizindeki bir biti yakalayıp tırnaklarının arasında kırdı.

Hawise bohçasını masanın diğer ucuna koydu ve pelerinin köşesiyle masanın üzerini temizledi. "Sanırım akşam yemeğimizi burada yiyebiliriz, ha?" diye sordu şüpheli bir tavırla. "Ve biraz bira içeriz."

Hancı kadın omuz silkti ve gırtlaktan gelen bir sesle homurdandı.

"O dilsizdir" dedi adamlardan ikisi, sarı dişlerini göstererek sırıtırken. "Kötü konuştuğu için malikânenin Lordu dilini kestirdi; Lordun yaptığı tek şey bir gün ava çıktığında atıyla ekinlerini çiğnemek olmasına rağmen onun hakkında kötü konuşmuştu. O arada mısırların arasında oynayan bebeği de atın ayaklarının altında kalmıştı; ama bunda Lordun bir suçu yoktu."

"Kes sesini, seni aptal!" diye homurdandı diğer adam öfkeyle kapıdan giren Jankin'e huzursuz bir bakış atarak.

"O sadece bir çocuk" dedi arkadaşı. Jankin kızardı ve Efendi Guy'ın kendisine verdiği küçük hançerin kabzasını tuttu. Bohçasını açan Hawise'in yanına çöktü. Hancı kadın barın üzerinden eğilirken, iki adam dışarı çıkarılan yiyeceklere iştahla baktı.

"Yemeğimizi paylaşır mısınız?" dedi Katherine zayıf bir sesle. "Benim hiç yiyemeyeceğim kesin" diye fısıldadı Hawise'e. Hanın kokusu midesini bulandırmıştı ve bu çirkin, kötü insanlardan tiksinmişti.

"Neden olmasın?" dedi adamlardan yaralı yüzlü olanı, Hawise'in uzattığı koyun etine saldırırken. "Hepimiz Tanrı'nın gözünde eşit yaratılmadık mı? Biz açlıktan ölürken sizin yemenizi yasaklamadı mı?"

"Bu da nasıl bir tavır böyle?" dedi Hawise. "Eğer dilenciyseniz, en yakındaki manastırda da karınlarınızı doyurabilirdiniz."

"Hah!" dedi adam, sarı dişlerinin arasından tükürerek. "Küflü ekmek ve farelerin bile dokunmayacağı bir dilim peynir; rahiplerse şişko göbeklerini en güzel yiyeceklerle doldurur."

"Haydi, gitmeliyiz" dedi Katherine ayağa kalkarak. "Yiyeceklerin geri kalanını onlara bırak." İki adam dikkatle izlerken, Hawise neredeyse hiç dokunmadıkları ekşi biranın parasını hancı kadına ödedi. Üçlü atlarına binerken, adamlar ayakta onları izliyordu. Bakışları Doucette'e, oymalı kemikten üzengilere ve bakır süslü deri eyere takılmıştı.

Katherine atı mahmuzladı ve kiralık atın becerebileceği en yüksek hızla, kuzeye doğru tırısa kalktılar. "Bir grup serseri" dedi Hawise. "Bakışlarında hırsızlık vardı."

"Sizce arkamızdan gelip yolumuzu keserler mi?" diye sordu Jankin hevesle. Savaşmak için yanıp tutuşuyordu ve artık handaki huzursuzluk geride kalmışken, hayal kırıklığına uğradığını hissediyordu.

"Nasıl gelebilirler ki budala? Atları bile yok!"

"Bir kestirme biliyor olabilirler" dedi Jankin düşünerek. "Tarlaların arasından geçen bir kestirme; yeşilliklerin arasına saklanıp üzerimize atılabil..."

"Tanrım, Jankin, ne kadar hayalcisin!" Hawise, çocuğun başına hafif bir yumruk indirdi. "Leydimizi korkutmak mı istiyorsun?" Ama o da kaşlarını çatmıştı.

"Sanırım o adamlar kaçak köylüler ya da kanunsuzlar" dedi Katherine ürpererek. Doucette'i diğer ata yaklaştırdı.

Ağaçların yola daha yaklaştığı ormana girdiler. Durmuş olan kar tekrar tembel bir şekilde başlamıştı.

"Şuradaki çalılıkların arasında kıpırdayan bir şey var" diye haykırdı Jankin bir yeri işaret ederek. Üçü de heyecanlanarak baktı. "Başıboş bir köpek sadece" dedi Hawise ve atı tekrar mahmuzladı. Ormandan çıkmak üzereyken, arkalarından gelen gürültüyü duydular. Nal sesleri geliyordu. Oldukları yerde dönüp baktıklarında, başlarında miğferleriyle dört adamın atlarını dörtnala koşturduklarını ve kollarını sallayarak bağrıştıklarını gördüler.

"Yine ne var?" diye haykırdı Hawise. "Şimdi de bizi çiğneyip geçmek mi istiyorlar?" Jankin atı yolun kenarına çekerken, Katherine de Doucette'i o kadar sert döndürdü ki kısrak öfkeyle kişnedi. Ama adamlar, koşumların şangırtısı ve nal sesleri arasında hızla aralarına girip durdular. Her birinin üzerinde Lancaster armasını görünce Katherine buz gibi oldu.

"Hey! Askerler, bizden ne istiyorsunuz?" diye bağırdı Jankin güçlü bir sesle.

"Kutsal Meryem!" diye haykırdı Hawise. "Şu, geçen gün Leydimi almaya gelen silahtar." Ve içinde yeni bir korku belirdi. Katherine, arkasındaki meşe ağacından oyulmuş bir heykel gibi atının üzerinde kaskatı durdu ve bu adamların kafasında her ne varsa Jankin'in mızraklara, kılıçlara ve zırhlı adamlara karşı bir şey yapamayacağı açıktı.

"Leydi Swynford!" diye bağırdı Raulin, atını doğruca Katherine'e yaklaştırıp yüzündeki teri paltosunun koluna silerken. "Bizi iyi koşturdunuz!" Sinirli bir tavırla konuşuyordu. Bugün genç kadını Beaufort Kulesi'nde bulamadıktan sonra karşılaştığı zorlukların yanında, önceki gün Billingsgate'te onu arayışı hiç kalmıştı.

"Ne istiyorsun?" diye sordu Katherine armaları gördüğünde hissettiği mutluluk için kendine kızarak.

"Majesteleri size bir eskort sözü vermişti; ama beklemediniz. Size mektuplar da gönderdi."

"Mektuplar mı? Bana mı?" dedi Katherine.

"Size değil, Leydim. Eşiniz Sir Hugh'a ve Lincoln Şatosu'ndaki subaylara."

Hawise önce çatık kaşlarla silahtara sonra Katherine'e baktı ve *Majesteleri mi?* diye düşündü. *Lancaster Dükü mü? Bu da nesi?* Aniden gerçeği tahmin etti ve o kadar irkildi ki neredeyse attan düşüyordu.

"Bu adamlar" dedi Raulin, arkasındaki çavuşla iki askeri işaret ederek, "Lincoln'e kadar size eşlik etmeye geldiler."

"Aziz Christopher! Bunu duyduğuma çok sevindim!" diye bağırdı Hawise. Jankin'in yolda karşılarına çıkabilecek tehlikelere karşı fazla zayıf bir koruyucu olduğunu düşünmeye başlamıştı. Dostça bir tavırla çavuşa göz kırptı ve adam da aynı tavırla göz kırparak karşılık verdi.

"Evet, eskorta sevindik" dedi Katherine; ama kararsız kalbi yine ağırlaşmıştı. Dük sadece sözünü tutmuştu, o kadar. Başka ne olacaktı ki?

Raulin hemen işinin geri kalanını bitirdi; çünkü bütün yol boyunca Leydi Swynford'un arkasından koşturmaktan yorulmuştu.

Çavuşa talimatlarını tekrarladı, adamın Lincoln'e gidecek Dük mektuplarını güvenli bir şekilde eyer çantasına yerleştirmesini bekledi ve ciddi şekilde hayal kırıklığına uğrayan Jankin'i yanında Londra'ya götürmeyi kabul etti. Raulin, Hugh'a gönderilen mektubu Katherine'e teslim etti. "Bir şey daha var" dedi. "Majesteleri bunu size gönderdi." Ciddi bir tavırla, elinden daha küçük, üçgen bir parşömeni Katherine'e uzattı. Katherine parşömeni alıp çevirdiğinde, Dük'ün kendisi için çizdiği kalkanı ve kendi armasını gördü; üç Catherine tekerleği kırmızı zemin üzerine altın rengiyle çizilmiş hâlde karşısında duruyordu.

Bu ne anlama geliyor diye düşündü. Birlikte masaya eğildikleri ve Dük'ün onun için bunu çizdiği anı hatırlatmak amacını mı taşıyordu? Bağışlama anlamına mı geliyordu? Yoksa sadece Katherine'le ilgili düşüncelerden tamamen kurtulmak mı istemişti?

Katherine bunu bilmiyordu; fakat Raulin ve Jankin'e veda ettikten sonra gizlice armayı öpüp elbisesinin göğüslüğüne sıkıştıracak fırsatı bulabildi.

* * *

Wigford köyüne girip Witham'a geçtiklerinde güzel ve güneşli bir sabahtı. Stonebow kemerinin altından Lincoln'e girdiler.

"Şehri inşa etmek için daha dik bir tepe bulamamışlar mı?" diye güldü Hawise, şatoya ve manastıra doğru neredeyse dikey bir tırmanış sırasında. "Buradaki insanlar keçi gibi olmalı!" Yolculuk boyunca karşılaştıkları yerlere parlak gözlerle, ilgiyle bakmıştı. "Ne kadar hareketli bir yer" diye ekledi memnun bir tavırla. Bugün pazar vardı. Dar sokaklar tezgâhlarla doluydu ve çoğu kırmızı-yeşil giyinmiş kadınlar mallarını satıyordu.

"Siz bir de ticareti buradan almalarından önceki yoğunluğu görseydiniz" dedi Çavuş, daha önce Lincoln'e geldiğini belli ederek. "Birkaç yıl önce, Alman Okyanusu'ndan gelen denizcileri, Flanders ve Floransa'dan gelen tüccarlarıyla, burada gerçek bir Babil Kulesi vardı. Şimdi çok sessiz."

"Yine de bu kalabalık o ürkütücü yabancılardan daha iyi. Ah, müzik var!" diye haykırdı Hawise başını kaldırarak. Kümeslerin arasından tırmanmış, Danesgate'teki deri pazarını geçmişlerdi ve şimdi dericiler loncasının St. Clement Günü için hazırlık yaptığı açık bir alana gelmişlerdi.

Kemancılar ve darbukacılar hareketli bir müzik çalarken, hokkabaz demirini biraz fazla havaya fırlattı ve düşerken kaçırdı. Demir, kaldırım taşı döşeli zeminden sekerek hemen ilerideki balık pazarına daldı ve tezgâhının arkasında duran bir kadının yanına yuvarlandı.

Doucette ürkerek kişnedi ve Katherine hayvanı sakinleştirmeye çalışırken, tanıdık bir sesin hokkabazı azarladığını duydu. "Biraz dikkatli olsana, seni sakar budala! Neredeyse ayak parmağımı kırıyordun!"

Hokkabaz yüzünde aptalca bir ifadeyle demirini geri alırken, Katherine atının başının üzerinden eğildi ve "Philippa!" diye seslendi. Ardından, kadının eteklerine tutunmuş küçük bir vücudu görünce eyerden aşağı atladı. Blanchette'i kollarına aldı ve itirazla buruşan küçük yüzünü öpücük yağmuruna tuttu.

Çocuk ağlamaya başladı; ama Katherine ona sevgi sözcükleri söylerken, gülerek onu göğsüne bastırırken, küçük pembe dudakların titremesi kesildi. Blanchette kollarını annesinin boynuna doladı.

Philippa bir balık tezgâhının yanında duruyor, gözleri camlaşmış bir uskumruyu parmaklıyordu; bu arada Kettlethorpe'tan bir çocuk, içi bal petekleri, pırasa, taş kavanozlar ve deri ayakkabılarla dolu bir sepetle, onun arkasında bekliyordu. Philippa balığı sepete attıktan sonra Katherine'e yaklaştı. "Azize Meryem, *enfin te voila!*"[37] dedi sakince. "Ne zaman geri döneceğini merak etmeye başlamıştım. Daha geldiğin anda bu çocuğu yine şımartmaya başlama."

Katherine, Blanchette'i yere bıraktı ve yanlarından ayrıldığından beri ölüm, korku, acı ve umutsuz bir aşkla geçen haftaların evdekiler için hızla akan bir rutin olduğunu fark etti. "Ya küçük Tom, Philippa?" diye sordu. "O da iyi mi?"

"Elbette iyi. İkisi de şişmanladı ve söz dinliyorlar; bu konuyu çözümledim. Bütün bu insanlar seninle birlikte mi, Katherine?"

Philippa üç askeri işaret ederken, Hawise'i tanıyarak şaşırdı. "Hey, bu Pessonerların kızı!"

Katherine, neden Hawise'in bir süreliğine kendi hizmetine girdiğini ve Lancaster Dükü'nün eskort gönderdiğini kısaca açıklarken, Philippa onu dinleyerek başıyla onayladı ve Katherine'le diğerlerine şatoya kadar eşlik etmek için döndü. Katherine neşelenen kızını Doucette'in sırtına bindirdi ve kendisi hayvanın yanında yürümeye başladı.

"Bugün Hugh da köyde" dedi Philippa nefes nefese bir hâlde; tırmanış çok dikti ve artık hamileliğinin altıncı ayında olduğundan bir hayli kilo almıştı.

"Hugh nasıl?" diye sordu Katherine.

"Sağlığı daha iyi; ama huysuzluğu üzerinde ve malikâne işleri için ölesiye endişeleniyor. Michaelmas'ta, çalışanların parasını ödeyemedi henüz. İki kez Kettlethorpe için daha fazla zaman istemek amacıyla Kilise'ye gitti ve Dük'ün hazinecisi Coleby kiralarını toplamak için şatoya geldi." Philippa adamlarla Hawise'e bir bakış attıktan sonra sesini alçalttı. "Dük ya da Düşes'ten -Tanrı ruhunu kutsasın- önemli bir şey alabildin mi?"

Katherine başını iki yana salladı ve güzel yüzünde öylesine sert ve uyaran bir ifade belirdi ki Philippa'nın öfkeli itirazları söze dökülemedi. Bunun yerine sıkkın bir şekilde iç çekti ve "O hâlde ne yapılabileceğini bilmiyorum" dedi sonra. "Hugh, Danesgate'teki tefecilerden alabileceği kadar borç aldı. Dük'ün hazinecisi John de Stafford burada ve topraklarınızla mallarınıza el koymak konusunda tehditler savuran, sert ve art niyetli bir adam." Kendisinin elinden geldiğince yardım ettiğini ve bugün pazarda alışveriş yapmak

---

37 Nihayet, geldin.

için harcanan paranın kendi maaşından geldiğini açıklamadı; ama Katherine onun iç çektiğini duydu ve kolunu ablasının omuzlarına attı. "Üzgünüm, abla" dedi. "Buradaki çavuş Stafford'a bazı resmî mektuplar getirmek için geldi. Belki ben de gidip ondan zaman istemeliyim."

"Yardımı olabilir" dedi Philippa yine iç çekerek. "Hugh'dan hoşlanmadığını biliyorum. Dudaklarını ısır da daha kırmızı görünsün... ve..." Katherine'in dağılmış saçlarını düzeltti. "İşte."

Şato duvarlarının Doğu Kapısı'na ulaşmışlardı ve grup geçerken kapı muhafızı onlara bakmadı bile. Şato avlusunda belediye binası, hapishane, muhafız binası ve Lancaster Dükalık ofislerinin de dâhil olduğu bir düzine bina vardı; sürekli olarak her yerde insanlar gidip geliyordu.

Aceleyle koşturan bir memura yönlerini sordular ve atlarını antik iç kaleyle belediye binasının arasındaki alçak bir binaya yaklaştırdılar. Kapının üzerine Lancaster arması asılmıştı ve hırpani görünüşlü iki atın yanındaki bankta, Hugh'un silahtarı Ellis de Thoresby oturuyordu. Bolingbroke'daki vebaya rağmen orada kalacak cesareti gösterdiği için saygısını kazanmış olan Katherine'i sıcak bir tavırla karşıladı. Katherine'se gizlemesine rağmen onun hırpani görünüşüne şaşırmıştı. Güve delikleriyle dolu keçe bir şapkanın altındaki yağlı saçları omuzlarına yapışmıştı. Tüniğinin dirsekleri deliktı ve bir zamanlar sarı olan üstlüğünün neredeyse her yeri yamalar içindeydi. Şimdiye dek Lancaster maiyetinin seçkinliğine alışmış olan Katherine, kendi pejmürdeliklerinin farkına varınca çok sarsılmıştı.

Ellis onlara, Sir Hugh'un bir süredir içeride olduğunu ve Lancaster hazinecisine durumunu açıkladığını söyledi.

"Ben de giriyorum" dedi Katherine kararlı bir tavırla. Çavuş, elindeki mektuplarla onun peşinden gitti. Mektuplardan biri, şatonun muhafız komutanı Oliver de Barton'a gelmişti ve çavuş, adamları ve muhafız değişiklikleriyle ilgili bir şeydi; ama diğer mektubun içeriğini bilmiyordu.

Meşgul memurlarla dolu bir odadan geçerlerken, adamlar Katherine'i görünce elleriyle ağızlarını kapatarak tuhaf sesler çıkardılar. Sonunda önünde bir uşağın beklediği bir kapıya yaklaştılar. Uşak gelişlerini haber vermek için kapıyı açtığında, Katherine içeriden gelen öfkeli bir bağrışma duydu. "Coleby kirasını size ödemeyeceğim; çünkü henüz almadım ve size lanet olsun! Ekinler mahvolduğundan beri köylülerden bir şey alamadığımı siz de gayet iyi biliyorsunuz."

"Çok iyi biliyorum, Sir Hugh" diye araya girdi kuru bir ses, "ama benim bildiğim, Coleby malikânesinin çok kötü yönetildiği ve bu da benim sorunum değil. Benim görevim, Lancaster Dükalığı'na karşı feodal sorumluluklarınızı yerine getirmenizi sağlamak ki bunu da yapacağım; bunun için çeşitli yöntemlerimiz var..." Oturduğu koltukta sinirli bir tavırla döndü. "Eh, nedir, neler oluyor?" dedi uşağa ve kapıda duran Katherine'le çavuşa baktı.

"Hugh" dedi Katherine, kocasının yanına koşup elini koluna koyarken. Hugh'un gözlerindeki öfkenin bir an yumuşadığını gördü. Katherine'i öpecekmiş gibi yaptı; ama sonra geri çekildi. "Buraya nasıl geldin Katherine?"

"Pardon, siz kimsiniz?" Stafford'un küçük kurbağa gibi bir yüzü vardı ve Katherine'e onaylamayan bir tavırla, kibirli gözlerle bakıyordu.

Katherine en etkileyici gülümsemesiyle konuştu. "Ben Leydi Swynford'um, bayım. Bi-bize karşı çok sert olmayacağınızı düşünüyorum; çünkü biraz zaman verirseniz eminim Sir Hugh..."

"Hiç de zaman verecek filan değilim" dedi Stafford mürekkep lekeli küçük ellerini masaya vurarak. "Beni kandırmak için buraya bir kadın getirmeniz de sizin işinize yaramayacak, Sir Hugh. Yarın öğle saatine kadar kiraları istiyorum; o kadar. Ben de Majesteleri Lancaster Dükü'ne karşı görevlerimde yeterince gevşek davrandım zaten."

Bunları ağzı açık hâlde dinleyen çavuş, endişe içindeki Katherine'e mahcup bir sempatiyle baktı ve biraz da konuyu değiştirmek adına konuştu. "Buyurun, efendim, Majesteleri'nden size bir mektup; Savoy'dan gönderilmiş. Oradan Leydi Swynford'un eskortu olarak geldim, efendim."

Stafford parşömeni alarak mührü inceledi. Ona bu şekilde bir sürü belge gelmişti ve hepsini bir kenara iterek Swynford çiftini göndermeye hazırlandı; ama tam o anda büyük mührün yanındaki başka bir küçük mühür dikkatini çekti ve kaşlarını çatarak baktı. Bu mührü daha önce sadece iki kez görmüştü ve mektubun doğruca Dük'ten geldiğini gösteriyordu; zira kendi yüzüğündeki mührü taşıyordu. Aynı zamanda çavuşun sözleri de nihayet zihnine nüfuz etmişti: "Leydi Swynford'un eskortu... Savoy'dan..." Başını kaldırarak siyah kukuletalı uzun boylu kıza ve hiç hoşlanmadığı saldırgan tavırlı şövalyeye baktı. Yoksul bir adamdı ve kötü bir şövalye olmalıydı; çünkü Dük onu hizmete geri çağırmamıştı.

Stafford mühürleri kırarak parşömeni açtı ve okurken, yanakları yavaşça kızarmaya başladı. Boğazını temizledi ve tekrar okuduktan sonra Katherine'e döndü. "Bu emrin anlamını biliyor musunuz?" Katherine başını iki yana salladı ve kalp atışları hızlandı. Stafford'un kendisine inanmadığı açıktı; ama adam Hugh'a döndü ve yaptığı şeyden hoşlanmadığını açıkça gösteren bir şekilde dişlerini sıkarak konuştu. "Görünüşe bakılırsa Majesteleri sizi yaşadığınız utançtan kurtarmak için bunu göndermiş."

Parşömene baktı ve yazılan emri resmî bir Fransız aksanıyla okudu. "Biz, John, Kral'ın Oğlu, Lancaster Dükü; Sir Hugh Swynford'un sevgili eşi Leydi Katherine Swynford'a; rahmetli ve çok sevgili Düşes'imizin -Tanrı onu kutsasın- son günlerinde kendisine sunduğu hizmetine karşılık iyi niyetimizin ve asaletimizin gerektirdiği üzere, bir teşekkür olarak, Lincoln Bölgesi'ndeki Waddington ve Wellingore köylerimizin tüm gelirlerinin ve kazançlarının bu mektup uyarınca verilmesini, bunun Michaelmas ve Paskalya'da aynı şekilde tekrarlanmasını uygun gördük. Kasım'ın yirmi yedisinde, Savoy'da, şu şu şu kişilerin tanıklığında ve Kral Edward'ın hükümdarlığının kırk ikinci yılında imzalanmıştır."

Stafford başını kaldırıp Katherine'e baktı. Kadın çok şaşkın ve dahası, her an gözyaşlarına boğulacak gibi görünüyordu. Şövalyeyse Fransızca hukuk kelimelerine yabancı olduğu belli bir şekilde şaşırmış ve huzursuz olmuştu. "Bu ne anlama geliyor?" diye sordu dudaklarını ısırarak.

"Anlamı" dedi Stafford omuz silkerek, "eşinizin Dük'ün sözünü ettiği köylerden alacağı gelir, Coleby ve Kettlethorpe'un kiralarını rahatça ödeyecek ve bana kalırsa üstüne bir hayli de para kalacak. Anlamı bu!"

"Yaşasın!" diye bağırdı çavuş kapıdan. Stafford ona öfkeyle baktı.

Hugh da şaşkınlıkla Katherine'e baktı ve sonra bakışlarını yere indirdi. "Dük kesinlikle çok cömert" dedi.

"Bir dipnot var" dedi Stafford sinirli bir tavırla parmağını parşömenin üzerine vurarak. "Sir Hugh Swynford, şövalyelik hizmetleri nedeniyle evden ayrılmak zorunda kaldığı her seferinde, Dük'ün kendi adamları Coleby ve Kettlethorpe'a gidecek, Leydi Swynford'a malikânenin yönetiminde yardım edecek, masraflar da bu ofis tarafından karşılanacaktır."

Ah, bana kesinlikle çok etkili şekilde teşekkür etti, diye düşündü Katherine içi sızlayarak. O güçlü el cömert bir tavırla uzanmış ve bir çırpıda onları kurtarıvermişti. *Biz de tıpkı köylüler gibi küçük insanlarız ve gerçekte köylüden başka neyiz ki?* Hazineciye baktı. Ayrıldıklarında, Dük'ün kendisine duyduğu öfke, o soylu adamın şövalye ruhuna ve adalet anlayışına yenik düşmeseydi, şimdi mallarına el konur ve cezalandırılırlardı. Atlarını, sürülerini, mallarını ve topraklarını kaybederlerdi; muhtemelen hapse de atılırlardı ve olanlardan Dük'ün haberi bile olmazdı. Ama artık güvendeydiler.

"Yarın öğlen" dedi Stafford ayağa kalkarak, "bu emir uyarınca paranızı alacak ve Coleby kiralarını faiziyle birlikte ödeyebileceksiniz. Size iyi günler dilerim, Leydim ve Lordum!"

Swynfordlar yine memurlarla dolu odadan geçerek dışarı çıktılar. Çavuş onları tebrik ettikten sonra muhafız komutanıyla görüşmek için yanlarından ayrıldı. Dışarıdaki taş geçitte kimse yoktu ve Philippa'yla diğerlerinin beklediği avluya geçmeden önce, Hugh aniden durarak Katherine'e baktı. Eli kılıcının kabzasını kavramıştı ve köşeli yüzü bembeyaz kesilmişti. "Majesteleri Lancaster hangi hizmetleriniz için böylesine cömert bir ödül bahşetti acaba, Leydim?" diye sordu sesi çatlayarak.

Katherine gri gözlerini korkusuzca -ve acıyarak- onun gözlerine dikti, çünkü karşılıksız aşkın ve kıskançlığın ne olduğunu artık biliyordu. "Mektupta söylenenlerden başka bir şey değil, Hugh. Düşes Blanche'a hizmetlerim için." Kesesindeki tespihi çıkardı ve haçı öptü. "Azize Meryem'in, babamın ve annemin ruhları üzerine yemin ederim."

Hugh başını eğdi ve iç çekti. "Senden şüphe edemem." Karısına doğru eğildi. Katherine o aç dudaklar tarafından öpülürken içinden nasıl ürperdiğini hissettirmedi. Hugh, kendisi yanından ayrılmadan önce başına bela olan iktidarsızlık sorunundan kurtulmuş muydu? *Kutsal Bakire Ana*, diye düşündü, *buna dayanamam*. Ama durum böyleyse, dayanması gerektiğini biliyordu. Kocasının sert ellerinden kaçabilmek için tespihini kesesine koyarken özellikle oyalandı ve o sırada Dük'ün mektubunu görerek hatırladı. "İşte" dedi hemen, "bu senin için, Dük'ten. Yaşanan onca sıkıntı arasında unutmuşum. Okumamı ister misin?"

Hugh kızararak başıyla onayladı. Katherine mührü kırıp mektubu şöyle bir taradı. "Aquitaine'de şövalyelik hizmetine başlaman için resmî bir emir. Sir Robert Knolles'un emrine gireceksin; Dük'ün kendisi gelene kadar. Ah, bu harika!" diye haykırdı Katherine, Hugh'un yüzünün yıllardır olmadığı şekilde aydınlandığını görerek.

"Evet; çünkü başkaları savaşırken ben evde kalmaktan hiç memnun değildim, biliyorsun. Dük'ün beni artık istemediğini sanıyor, beni bilmediğim bir nedenden dolayı cezalandırdığını düşünüyordum. Ama ben onun kadar akıllı değilim ve ne yapmaya çalıştığını anlayamıyorum."

Ben de öyle, diye düşündü Katherine. Dük'ün gerçekte kendisine ve Hugh'a karşı neler hissettiğini bilmiyordu.

"Senden ayrılmakta hevesli olduğumu sanma, Katherine'im; ama sana uygun bir yardım sağlamakla beni rahatlattı. Sen Blanchette'i doğurduktan sonra Kettlethorpe'ta kalan Nirac gibi değil, neyse ki. Evet, bu cömertliğinde düşündüğü kişi kesinlikle vaftiz kızı; zavallı Leydisinin adını taşıyan vaftiz kızı. Düşündüğü kişi o."

"Kesinlikle öyle, Hugh" dedi Katherine nazikçe. *Bir daha asla Avalon Süiti'ni düşünmeyeceğim,* diye karar verdi. *Artık bitti. Bütün borçlar ödendi, her şey çözümlendi. Hiçbir şey olmamış gibi devam edebiliriz.*

"Gel, kocacığım" dedi gülümseyerek. "Philippa'ya vermemiz gereken çok güzel haberler var." Kol kola girerek güneşle aydınlanan avluya doğru yürüdüler.

3. Kısım

(1371)

"...Ah aşkım, ben ki sadık hizmetkârınızım
Size daima sadık kalacağım
Elimden geldiğince, Lordum, her şeyimi
Dahası, kalbimin şehvetini size vereceğim."

Troilus ve Criseyde

13

24 Haziran 1371 St. John Günü'nün şafağında, orta yaşlı üç adam, Bordeaux'daki St. Andrew Manastırı'nın -artık Dük'ün kraliyet sarayıydı- avlusunda güzel havanın tadını çıkarıyordu. Adamlardan ikisi Guienne'in büyük lordlarıydı; biri güçlü Buch Şefi Jean de Grailly, diğeriyse Saintogne ve Angoulême'de geniş topraklara sahip olan Sir Guichard d'Angle'di. İkisi de İngiliz efendilerine sarsılmaz bir sadakatle bağlıydı ve diğer soyluların birçoğu bunu yapmasa da Fransız kralının yaltaklanmalarına direnmişlerdi. Üçüncü adam, büyük bir İngiliz baronu Michael de la Pole'du ve on dokuz ay önce Savoy'da Lancaster Dükü'nü beklerken iyice sıkılmaya başladığından artık hareket tutkusu tatmin olabilmişti.

Brokar saten kumaşlara kuşanmış üç beyefendi, mermer bir bankın üzerinde oturuyor, yakınlardaki Médoc köyünden getirilmiş serin şaraplarını yudumluyorlardı. Bir uşak, içkileri bittiğinde tazelemek için yanlarında bekliyordu. Hava sıcaktı; ama şimdi hafif bir esinti gülleri ve yaseminleri kıpırdatıyor, avludaki küçük balık havuzunun suyunu dalgalandırıyordu.

"Bugün turnuva alanında iyi bir iş çıkardı!" dedi de la Pole hevesli bir tavırla. "Dük'ümüz Sieur de Puissances'a karşı büyük bir zafer kazandı; hâlâ inanamıyorum, adamı atından düşürdü, *pardieu*!" Baron, Yorkshire Fransızcası konuşuyordu; çünkü Guienne lordlarının İngilizcesi daha kötüydü.

"Aha" dedi şef, keyifli bir şekilde geğirip dilini damağında gezdirerek, "o da neredeyse kardeşi kadar iyi bir şövalye."

"Bence daha iyi, *çok daha iyi*" diye haykırdı de la Pole sinirlenerek. Bu eski bir tartışmaydı. Şef ve Sir Guichard, Galler Prensi'nin adamlarıydı ve geçen Ocak ayında Dük, Aquitaine'i hastalıklı Prens'ten almaya geldiğinde bağlılıklarını ona geçirmiş olmalarına rağmen de la Pole onu sürekli olarak küçümsediklerini düşünüyordu.

"Kutsal Meryem!" dedi şef. "Lancaster babasına bir mum bile sunamaz! Ya da kardeşi Edward; Mükemmel Nazik Şövalye!"

"Mükemmel Nazik Şövalye'nin canı cehenneme!" diye bağırdı Baron öfkeyle. "Limoges'a bir bakın! Bu mükemmel bir şövalyenin yapacağı hareket miydi? Prens tahtırevanında keyif çatarken, kadınlar ve çocuklar acımasızca katledildi; kan, çığlıklar, işkenceler arasında. Dük'ümüzün birkaç adamı dışında bütün köy! Bu ne biçim bir şövalye?"

Sir Guichard d'Angle iç çekerek araya girdi. "Prens'in içine bir iblis girmiş gibi; hastalığı onu yok ediyor."

"Ve soyunu da..." dedi Baron ciddi bir tavırla. Üç adam sessizdi ve hepsi Prens'in en büyük oğlu, küçük Edward'ın geçen kış buradaki ölümünü düşünüyordu. Yaşlı Kral ve hastalıklı Galler Prensi'nden sonra şimdi İngiltere tahtının varisi Richard'dı; dört kardeşten biri olan bu çocuk öylesine zayıf ve kırılgandı ki insan onun örümcek ağından yapıldığını sanırdı.

"Lancaster son derece hırslı!" dedi şef doğal düşünce zincirini izleyerek. "İçinde bitip tükenmeyen bir yönetme hırsı görüyorum; sahip olduğu güçten çok daha büyük bir güç için yanıp tutuşuyor ve içindeki ateşi zorlukla kontrol altında tutabiliyor..."

"Ama yine de tutabiliyor" dedi de la Pole. "Onu sizden çok daha iyi tanıyorum. Kardeşine ve yeğeni küçük Richard'a olan sadakati konusunda hayatım ve ruhum üzerine bahse girebilirim." Sesini alçalttı ve uşağa biraz daha uzakta durmasını işaret ederek elinin arkasından fısıldadı. "Bence peşinde olduğu şey İngiltere tahtı değil."

Sir Guichard yarı art niyetli, yarı keyifli bir şekilde kahkahalara boğuldu. "*Parbleu, mon Baron,*[38] bize yeni bir şey açıkladığınızı mı sanıyorsunuz? Bu fikri kafasına sokan bendim; ama bu kadar benimseyeceğini tahmin etmemiştim. Castile'ı oldukça çok düşündü."

"Infanta'ya resmî bir teklifte bulundu mu peki?" dedi de la Pole, Dük'ün kendisinden bir şeyler gizlemesi karşısında kırılarak.

"Sanırım henüz değil. Bir şey onu geri tutuyor gibi. Çok düşünen bir adam ve savaşmadığı zamanlarda hep düşüncelere dalıyor."

"Bir kadına ihtiyacı var" dedi şef geniş omuzlarını silkerek. Yaldızlı kadehini kaldırarak son şarap damlasını boğazına boşalttı. "Tek başına yaşamak sağlıklı değil; Cognac'da o Norman fahişe yatak odasını ziyaret ettiğinden beri aylar geçmiş olmalı."

---

[38] Tanrı aşkına, Baron'um.

"Ve o kadar çabuk dışarı çıkmıştı ki bir şeyler yaptıklarını düşünmek bile zor" dedi Sir Guichard gülerek. "Ama çok geçmeden yatağında bir kadın olacaktır. Sürgündeki ve meteliksiz Costanza onu uzun süre bekletmez; tabii Dük onu isterse. Bu, kadının umabileceği en iyi evlilik."

"Bence bu evlilik pek iyi olmaz" dedi Şef, başını iki yana sallayarak. "Castile'ın yükünü kesinlikle Fransa'ya aktarır. Castile Kraliçesi olarak hakkı tartışılmaz; ama taht zaten doluyken hükümdar olmak başka bir konu. Dük'ümüz bu işi başarmakta zorlanır. Dük'ün planlarını duyduğunda, alçak Kral'ın tahtını kurtarmak adına hiçbir şey yapmadan oturacağını mı sanıyorsunuz? Aquitaine'i şu hâliyle korumakta bile zorlanıyoruz; İngiltere kendini bir anda yeni bir savaşın içinde buluverir." Ayağa kalktı ve yaldızlı kemerini geniş göbeğinin altından düzeltti. "Ama biz ne düşünürsek düşünelim, Dük canının istediğini yapar. *C'est un véritable Plantagénet.*[39]"

* * *

Manastırın ikinci katında, John özel süitinin gardırobundaki bir taburede oturuyordu. Çıplaktı ve Raulin, sıcak gül suyuna batırılmış bir avuç pamukla, turnuvadan kalan ter ve kanını siliyordu. Nirac de Bayonne elinde bir jilet ve kâseyle yakınlarında duruyor, efendisinin sakal tıraşını yapmak için bekliyordu. Antreye açılan kapının yanında Dük'ün baş ozanı Hankyn, elinde lavtasıyla hafif bir halk şarkısı söylüyordu.

John yorgundu ve Sieur de Puissances'ı eyerinden indirmek için ağır mızrağını kaldırırken omzundaki bir kası incitmişti. Üstelik omzu Limoges'da aldığı kılıç yarasından da tam olarak iyileşememişti.

Nirac'ı çağırdı. Ufak tefek Gaskon hemen Dük'e yaklaştı ve bilinçli parmaklarıyla efendisinin sırtındaki uzun kaslara masaj yapmaya başladı. Bu arada mutlu bir şekilde ıslık çalıyordu ve elleri kızarmış omuz yarasına yaklaştığında bir kadınınkiler kadar nazikti. Raulin banyo taburesinin altındaki çarşafın üzerine diz çöktü ve Dük'ün ayaklarını deneyimli bir şekilde yıkamaya başladı.

John gözlerini kapayarak düşüncelerinin serbestçe akmasına izin verdi. Bugün Aquitaine üzerindeki yönetimi sona ermişti ve artık kardeşinin kendisine bıraktığı kaynar kazanın kapağının üzerinde oturmak zorunda değildi; artık aylardır yaptığının aksine, kardeşinin savaşlarında maliyetini kendisi ödeyerek savaşmak zorunda değildi. Yine Beşinci Charles'a

---

39 O tam bir Plantagenet.

karşı her zaman olduğu gibi mücadele durağanlaşmıştı. Zaferler ve yenilgiler olmuştu; Fransız kralı, John'ı tiksindiren bir şekilde savaşıyordu.

Ancak bekleyen cesurca ve zekice bir hamle vardı. Tanrı'nın kutsadığı ve John'ın ağzının sularını akıtacak kadar büyük bir ödül vaat eden görkemli bir şövalye görevi. Önceki gece rüyasında Burgos'taki katedralde -Najera ve oğlunun doğumu için şükranlarını sunduğu beyaz, parlak kireçtaşından yapılmış katedral- diz çöktüğünü görmüştü ve başpiskopos kendisini takdis ederken başına değen kutsal yağın, hemen ardından da uyanıkmış gibi canlı bir şekilde Castile'ın altın tacının ağırlığını hissetmişti.

"Gülümsüyorsunuz, Lordum" dedi Nirac, zevkle, bir havluya uzanırken. "Nirac'ın efendisini memnun etmeyi daima bildiği doğru."

"Gülümsememin nedeni, seni küçük maymun, sırtımı ovalaman değil, aklıma gelen bir düşünce" dedi John, Nirac'a karşı her zaman gösterdiği şefkatiyle. Bu yaklaşımı Raulin'i rahatsız ediyordu; çünkü Raulin onun ciddiyetsizliğini veya bu sıradan halktan adamın Dük'ün bu kadar yakınında olmasını onaylamıyordu. Raulin, Nirac ciğerlerindeki hastalık yüzünden Picardy'de kaldığında, Lorduyla İngiltere'de yalnızken geçirdiği aylarda çok mutluydu.

Yarın Guichard d'Angle'ı Infanta'ya göndereceğim, diye düşündü John, Nirac'ın tıraş edebilmesi için yüzünü kaldırırken. "Nirac, geçen ay Bayonne'dayken, Infanta Costanza'yı katedralde gördüğünü söylemiştin, değil mi? Castile Kraliçesi'ni?"

"*Si fait, mon duc,*[40] Hankyn kadar yakınımda duruyordu" dedi Nirac ozanı işaret ederek.

"Nasıl görünüyordu?" diye sordu John dalgın bir tavırla.

"Pejmürde görünüyordu; elbisesi eskiydi, ayakkabıları..."

"Giysilerini sormadım, sersem, kendisi nasıl görünüyordu?"

"Cılız" dedi Nirac, altın rengi sakalı ustaca hareketlerle keserken, "tahta gibi göğüsler, bembeyaz bir ten, siyah saçlar, gülümsemek ya da öpülmek için yaratılmamış bir ağızda öne çıkık üst dudaklar. İri, koyu renk, öfkeli Castilian gözleri. Babasını unutmamak için keçe gömlekler giydiği söyleniyor. Sanırım biraz deli olabilir. Kızkardeşi Isabella ondan çok daha güzel."

Dük kaşlarını çattı ve Nirac bir hata yaptığını anlayarak hemen ekledi: "Ama Infanta Costanza çok genç, on yedi yaşında bile değil ve onu çok net göremedim; çünkü katedral karanlıktı."

---

40 Hemen yapıldı, Dük'üm.

Bir süre odada lavtanın dışında hiçbir ses duyulmadı. John, Raulin'in kendisini giydirmesine izin verdi ve üzerine ipek beyaz gömlek, altına vücuduna tam oturan bir pantolon giydi. Topaz rengi kadife tüniğin yakasıyla kol ağızları, yaprak gibi kıvrımlarla süslenmişti ve düğme olarak inci kullanılmıştı. Giyinmesi bittiğinde, silahtar ve uşaklar geri çekilerek onun antreye geçmesini bekledi; orada birkaç soylu, dükalık tacı ve Aquitaine asasıyla gelmesini bekliyordu. Ama John başını iki yana salladı ve uzun sessizliği bozarak Raulin'e döndü. "Beni yalnız bırakın, hepiniz... Sadece Nirac kalsın."

John açık pencereye yürüdü ve Garonne'un kırmızı çatılarının üzerinde sökmek üzere olan şafağa baktı. Nehir alacakaranlıkta kurşuni bir renkle parlıyordu ve iki İngiliz gemisi eve dönmek için akıntı yönünde yol alıyordu.

John kısa bir süre gemileri izledikten sonra Nirac'a döndü. "Nirac!" Ufak tefek Gaskon, parlak kertenkele gözlerini efendisinin yüzüne dikmiş hâlde bekliyordu. "Kettlethorpe'taki Leydi Swynford'u hatırlıyor musun?" dedi John pencereden hafifçe dönerek.

"Kutsal Meryem! Onu nasıl unutabilirim? *Belle et gracieuse, la dame Cathérine.*"[41] Nirac bir an duraksadıktan sonra ekledi. "Ama o domuz şövalyesini de hiç unutmadım!"

John kaşlarını çattı ve Nirac'a, onu bu sözleri için azarlayacakmış gibi baktı. Ama bunun yerine yavaşça devam etti. "Swynford hakkında iyi raporlar geliyor; çok sıkı savaşmış ve iki kez yaralanmış."

"Ama iyileşiyor, *parbleu!*"[42] Nirac açıkça "Ne yazık ki" dememişti; ama ses tonu bunu ifade ediyordu çünkü Dük'ün uzun zaman önce unuttuğunu sandığı bir kadından söz etmesi onu şaşırtmıştı. Diğer yandan, Kettlethorpe'ta kendisini ciddi şekilde aşağılamış olan o Sakson şövalyesine karşı nefretini gizlemeye gerek görmüyordu.

"Swynford, dün Knolles'un dağılan adamlarıyla birlikte buraya, Bordeaux'ya geldi" dedi Dük. "Bacağındaki bir yara yüzünden yataktan kalkamıyor. Kanını akıtıp temizlemesi ve ilaç vermesi için Birader William'ı yanına gönderdim."

Böylesine hödük bir şövalye için Dük'ün kendi doktoru mu? diye düşündü Nirac, Dük'ün Aquitaine'de geçirdiği bu son aylarda Swynford'u hiç görmediğini bildiği için daha da şaşırarak. Şövalye, savaşın en zor, en tehlikeli olduğu kuzey bölgelerinde Knolles'un grubuna katılmıştı. Bunu

---
41 Güzel ve zarif Katherine Hanım.
42 Tanrı aşkına.

düşündüğünde Nirac'ın kafasında bir fikir belirdi; ama emin değildi. Çabucak Dük'e baktı; ama o mavi gözler hiçbir düşünceyi ele vermiyordu.

"Castile Kraliçesi'ne evlenme teklif edeceğim, sonrasında her şey hızlı bir şekilde ayarlanacak" dedi Dük aynı mesafeli sesle. Nirac'ın heyecanını bastırmak için elini kaldırdı. "Kraliyet kurallarına göre, düğün sırasında Düşes'imin yanında İngiliz leydilerinin bulunması gerek. Onları toplamak için haberciler ve eskortlar göndereceğim. Ve sen, Nirac, Kettlethorpe'a gidip Leydi Swynford'u getireceksin."

"Ah-ha!" dedi Gaskon yüzü biraz aydınlanarak. Ama hâlâ kararsızdı; çünkü Raulin, Leydi Swynford'la Savoy'da olanlardan hiç söz etmemişti ve Nirac, Dük'ün Kettlethorpe'a son gidişinin üzerinden dört yıl geçtiğini biliyordu. Ama efendisinin sonrasında söyledikleri kafasında hiçbir şüphe bırakmadı. Bir anda o yakışıklı yüzdeki sıkı otokontrol kayboldu ve John kendini tutamayarak tutkulu bir şekilde konuştu: "Evlenmeden önce onu tekrar görmeliyim."

Demek öyle, diye düşündü Nirac. Ama bu arzusunu kolayca tatmin edebilirdi; o hâlde neden kadının kocasıyla ilgili bu kadar sıkıntıya giriyordu ki? Dük'ün yüzündeki yumuşamış ifadeye bakarak bir soru sorabileceğine karar verdi. "*Mon duc*, o hâlde kendisi gelmeden önce Sir Hugh'u Bordeaux'dan göndermek istemez misiniz?" *Onu yine kuzeye savaşmaya gönderin*, diye düşündü, *olabildiğince tehlikeli bir yere.*

John'ın yüzü asıldı ve yarı öfkeli bir kahkaha patlattı. "Amacı kocasına eşlik etmek olmadığı sürece buraya gelmek isteyeceğini sanmıyorum."

"*Merde!* Yani erdemli bir kadın mı?" diye haykırdı Nirac şaşırarak. Dük'ün sessizliğini görünce Kettlethorpe'tayken durumu çok yanlış değerlendirdiğini nihayet anladı. "O kadında ruh ve güç var, *cette belle petite dame*;[43] oradayken bunu anlamıştım."

Bir zamanlar içinde Katherine'e karşı büyük bir duvar örmüş olan John, şimdi onun hakkında konuşmak, Nirac'ın Kettlethorpe'ta geçirdiği aylarla ilgili ona sorular sormak istiyordu. Ama buna direndi. Duyduğu özlemden, aksi için uğraşmasına rağmen onu unutamamasından utanıyordu ve maiyetindeki iki leydiyle ve bir Norman fahişesiyle şehvetini yatıştırmaya çalıştığında onlardan tiksinmiş ve tatmin olamamıştı.

Sadece yeni Düşes'ine hizmet görüntüsü altında buraya çağırttığında bile

---

43 O küçük güzel kadın.

kendisine itaat etmeyeceğini düşünmek onu öfkelendiriyordu; ama aralarında geçenler düşünülürse bu konuda haklı olacağı da şüphesizdi. Swynford'un otoritesine de başvurmalıydı. Hugh'un Katherine'i kendisinin çağırması sağlanmalı, bunun için de yaraları bahane gösterilmeliydi. Ayrıca Hugh'a bunu yaptırmanın sorun olacağını sanmıyordu; çünkü karısına verilen onur onu memnun edecek ve hiç şüphesiz o da karısını görmek isteyecekti.

Katherine geldiğindeyse... o zaman ne olacaktı?

John döndü ve penceredeki panjuru o kadar sert kapadı ki onu endişeyle izleyen Nirac olduğu yerde sıçradı.

Katherine geldiğinde ve John onu tekrar gördüğünde, iyileşeceğini tahmin ediyordu. Dünya üzerinde hiçbir kadın, Avalon Süiti'nde kendisinden kaçtığından beri Katherine'e yüklediği güzelliğe ve çekiciliğe sahip olamazdı. Hiç şüphesiz ki şimdiye kadar çirkinleşip zayıflamış -ya da şişmanlamış-, yaşlandıkça köylü kanı kendini daha da belli etmiş, Windsor'da onu ilk gördüğünde kendisini rahatsız eden canlılığı azalmış olacaktı. Kısacası, John onu gördüğünde kesinlikle iyileşecekti.

* * *

Ağustos'un onunda, Plymouth'a dört günlük mesafede *Grâce a Dieu*, Britanya'daki Finistére'in ötesinde kalan denizlere dalmıştı ve Biscayan rüzgârları küçük gemiyi İngiltere'ye geri gönderecek gibi görünüyordu. Geminin kaptanı, Bordeaux ile İngiltere limanları arasında yolculuk yaparken çok daha kötü hava şartlarıyla da karşılaşmıştı ve sağlam bir küfür savurduktan sonra yelkenin indirilmesini ve deniz demirinin atılmasını emretti. Dümencilere bir bakış attıktan sonra bir testi sert birayla, kıç tarafındaki yerine çekildi ve Kutsal Bakire kendilerini doğru yöne sokacak bir kuzey veya batı rüzgârı gönderene kadar fırtınanın geçmesini beklemeye başladı.

St. James bu yolculukla, Kutsal Bakire kadar ilgileniyor olmalıydı; çünkü Lancaster Dükü'nün emriyle Bordeaux'ya yola çıkan bu gemide, İspanya'daki St. James Compostela Tapınağı'nı ziyaret etmek isteyen on hacı vardı. Bu hacılar yüklerle birlikte ambara konmuştu ve sürekli olarak hepsini deniz tutuyordu; ama yolculuk ücretleri fazladan kazanç getirmişti ve Dük'ün Bordeaux'daki hazinecisinin memnun olacağı şüphesizdi.

Pupanın altındaki kamarada kalan kadınları da deniz tutmuştu. Prenses Isabel de Coucy en büyük yatakta yatarak inliyor, arada bir kıpkırmızı yüzünü kaldırıp diğer kadınlardan biri tarafından uzatılan gümüş bir leğene kusuyordu. Leydi Scrope ve Leydi Roos başka bir yatakta yan yana yatıyordu ve gemi bir dalganın üzerinden kaydığı her seferinde, Leydi Scrope yanında yatan arkadaşına tutunarak korkuyla fısıldıyordu: "Kutsal İsa, bizi kurtar; hepimiz boğulacağız!" Leydi Scrope, Lord de la Pole'un kız kardeşiydi; ama ağabeyinin aksine, son derece mızmız, ufak tefek bir kadındı.

Katherine'in yatağı filan yoktu; kendisine ve silahtarın karısına geniş kirişli zeminde iki döşek ayrılmıştı. Katherine fırtınadan biraz korkmuştu; fakat heyecanlanmıştı da ve bir an önce güverteye çıkarak kusmuk kokusundan ve sekiz kadının böylesine küçük bir odada gece-gündüz kalmasından kaynaklanan diğer kokulardan kurtulmak için can atıyordu; ne var ki Kaptan, değerli yolcuları güverteye çıkarak denize yuvarlanmasın diye kapıyı kilitlemişti.

Elinden pek fazla bir şey gelmediğinden, Katherine döşeğinde olabildiğince sessiz bir şekilde yatıyordu. Sevimsiz görüntülerden ve seslerden biraz olsun uzaklaşabilmek için başını çevirmişti ve geminin sallantısına olabildiğince karşı koymaya çalışıyordu. Plymouth'tan yola çıktıklarından beri onu deniz tutmamıştı ve şimdi de rahatsız değildi. Prenses Isabel'e karşı bu küçük üstünlüğü ona biraz gurur vermişti. Prenses, Plymouth Limanı'nda karşılaştıklarından beri etrafındaki herkese üstünlük taslamıştı.

Kral'ın kızı gençliğinde şımarık bir güzeldi ve kaprisleriyle, abartılı lüks düşkünlüğüyle tanınırdı. Şimdi kırk yaşındayken artık güzel filan değildi; ama kendini hâlâ güzel sanıyordu. Şişmanlamıştı, bıyıkları çıkmıştı ve annesi Kraliçe Philippa'nın halkına benzediği için esmerdi. Isabel'in saçları ceviz ve sirkeyle boyanmış olmasına rağmen beyaz tellerle dolmuştu ve yanaklarında benekler vardı. Prenses daha uyumlu davransa Katherine ona acıyabilirdi; çünkü Isabel'in bu yolculuk fırsatına hevesle atladığını zira kendisinden çok küçük olan kaçak kocası Lord Enguerrand Coucy'yi bulmak amacında olduğunu gemideki herkes biliyordu.

Isabel daha önce onu bulmayı iki kez denemişti; biri Flanders'ta, diğeri Hollanda'da. Ama kaçak Lord daima ondan hızlı davranmıştı. Şimdi Floransa'da yaşadığı yönünde söylentiler vardı ve Isabel, kamarada Leydi Roos'la konuştuğunda, niyetini açıkça ifade etmişti: "Bu korkunç yolculuğa kardeşim Lancaster'ı memnun etmek ve düğününe katılmak için çıktığıma göre, daha sonra İtalya'ya güvenli şekilde gidebilmem için bana eskort vermesini isteyeceğim." Leydi Roos'la konuşmasına rağmen kamaradaki hiç kimse onun sesini duymazdan gelememişti. Ama neyse ki kadın artık inlemekten başka bir şey yapamıyordu.

Fırtına kötüleşmişti; sesler de öyle. Geminin gürültüleri ve çatırtılarıyla denizcilerin bağrışları arasında, bazen ambardaki hacıların küfürlerini ve dualarını da duyuyordu. Diğer haberciler, Prenses'in silahtarları ve muhafızlarıyla birlikte Nirac da oradaydı. *Grâce a Dieu* silahlandırılmış bir gemiydi ve bunun nedeni sadece korsanların ve Fransız kadırgalarının yarattığı sürekli tehlike değil, aynı zamanda Kanal'da İngiliz gemilerine saldırıp duran Flamanlardı.

Muazzam bir dalga gemiye çarptı ve gemi Katherine'i duvara doğru savuran bir şiddetle sallandı. Leydi Scrope bir çığlık daha atarak St. Christopher, St. Botolph ve Kutsal Bakire'ye kendilerini kurtarmaları için dua etti; çünkü geminin batacağı şüphesizdi.

Katherine bunun mümkün olabileceğini düşündü. Tespihini sıkıca tutarak göğsüne bastırdı ve içinden dua ederken, düşünceleri eviyle ilgili karmaşık görüntülere kaydı; özellikle Nirac'ın, Hugh'un şaşırtıcı mektubunu getirdiği zamanı düşünüyordu. Kendisine, "Dük'ün emriyle" Bordeaux'ya gelmesi söylenmişti. Başlangıçta, Dük'ün düğün haberini alınca acıyla karışık bir şaşkınlığa kapılmıştı. Bu duygunun şiddeti onu derinden sarsmıştı; çünkü Kettlethorpe'ta çocukları ve Philippa'yla birlikte geçirdiği sakin günler boyunca Dük'ü sadece cömert bağışıyla hayatlarını kolaylaştıran feodal bir lord olarak görmeye başlamıştı. Hugh'un mektubunu aldığı günün ertesinde, Dük'ün düğün haberini kabullenmiş ve bir ölçüde rahatlamıştı. Çünkü Dük artık Castile Kraliçesi'yle evlenecekti ve aralarında bir daha asla bir şey olmayacaktı. Onu gördüğünde, zorlukla bulabildiği dengesini tekrar bozmasından korkmasına da gerek yoktu. Daha sonra Hugh için endişelenmişti. Nirac, Hugh'un yaralarıyla ilgili neredeyse hiçbir şey anlatmamıştı; dolayısıyla kısa kelimelerle yazılmış mektupta anlatılanlar dışında neler olup bittiğini bilmiyordu.

Ama gitmeyi reddetmesi gibi bir şey söz konusu bile olamazdı. Philippa, bunu hemen çözümlemişti. Hem kocasından hem de Dük'ten gelen emre uymak zorundaydı. Philippa'nın artık kendi çocuğu vardı ve o kadar uzun zamandır Kettlethorpe'taydı ki artık kendi evi gibi benimsemişti. Resmî işleri gereği hâlâ gelip gitmekte olan Chaucer, karısını orada bıraktığı için mutluydu.

Böylece Katherine, Nirac'la birlikte yola çıkmış, iki günlüğüne Londra'da Hawise'in yanında kalmış, o sırada kocası Jack Fransa'dan dönmüştü. İki kadın arasındaki dostluk ve sevgi, Hawise'in Kettlethorpe'ta geçirdiği aylarda daha da güçlenmişti ve Hawise, Katherine'den ayrılırken kendini tutamayarak ağlamıştı. "Ah, tatlım, bu yolculukta Tanrı seni korusun; senin için Azize

Catherine'e gece gündüz mum yakacağım. Dün gece bir rüya gördüm; ama yok, söylemeyeceğim... Keşke ben de seninle gelebilseydim, canım Leydim."

Ama Jack Maudelyn çok öfkelenmiş, karısına sızlanmayı bırakmasını ve Londra'da kendi ocağının başında kalmasını söylemiş sonra da alçak sesle lordların ve leydilerin kaprisleri hakkında homurdanmıştı. Jack beş yıl önceki Mayıs Günü'nde olduğu gibi neşeli biri değildi artık. Orduda geçen yıllar onu değiştirmiş, sertleştirmiş; memnuniyetsiz, huysuz, düzenli çalışmayı sevmeyen biri hâline getirmişti. Artık bir dokuma ustası olmasına rağmen tezgâhına ilgisi kalmamıştı; ama lonca ayrıcalıklarından hoşlanıyor ve halkın haklarından söz edip duruyordu. Hatta öfkeli bir şekilde "kraliyet haydutları ve tiranlar" hakkında ileri geri konuşuyor, bu hakları çiğnemeye kalktıkları takdirde kendilerine iyi bir ders verilmesi gerektiğini söylüyordu.

Jack baştan aşağı nefret doluydu. Katherine, Hawise için çok üzülmüştü ve Jack'in aralarındaki sevgiden rahatsız olup kıskanması onu çok mutsuz etmişti.

Küçük gemi bir kez daha titreyip sallandı. Rüzgâr daha da sertleşmişti. Kaptan bira testisini bıraktı ve yağmurun arasından bakıp bir kayalık gördüğünde soğukkanlılığını kaybetti. Fırtına onları Isle d'Ouessant'a sürüklemişti ve adalılarla bu kana susamış kayalıklar, dalgalardan kurtulanları öldürmek için bekliyordu. Adadan kaçabilseler bile gemi bu fırtınaya daha fazla dayanamazdı. Ek yerleri ayrılıyordu ve ambardaki terli, çıplak adamlar pompanın artık yükselen suyu boşaltamadığını söylüyordu.

Kaptan istavroz çıkardı ve Bakire'nin ana direğe kazınmış ahşap figürüne dokunduktan sonra güverteyi kaplamış olan yeşil suyun içinde yürüyerek kamaranın kapısını açtı ve uğuldayan rüzgârla şiddetli yağmurun eşliğinde içeri daldı. Kadınlar başlarını kaldırarak ona korkuyla bakarken, sallanan lambalardaki mumların alevi titredi ve güçlendi.

Konuşurken, Kaptan'ın sakallı yanakları da kadınlarınki kadar solgundu. "Soylu hanımlar, büyük bir tehlike içindeyiz. Bir mucize olmadığı takdirde bu fırtınayı atlatabileceğimizi sanmıyorum. Dua etmelisiniz."

Leydi Scrope bir çığlık attı. "Hangi azize?" diye haykırdı. "Hangi aziz yardım eder?"

Kaptan başını iki yana salladı. "Bilmiyorum. Biz denizciler, Denizin Kutsal Bakiresi'ne dua ederiz; ambarda St. James'e dua ediyorlar. Kendi azizleriniz ve azizeleriniz sizi koruyabilir. Ama bir mucize olmazsa sonumuz geldi demektir."

Kadınlar bir an daha ona baktılar ve Prenses Isabel aniden yatağından fırlayarak çılgın gibi bağırmaya başladı. "Beni kurtarırsan, yakut kemerimi ve altın kutumu sana bağışlayacağım, St. Thomas Becket; ve St. Peter'a yemin ederim ki eğer kurtulursam Roma'ya hacca gideceğim."

Diğerleri de korkulu seslerle bir sürü adakta bulundular.

Katherine diğerleriyle birlikte diz çöktü. Zihninde tutkulu kelimeler bir çığlık gibi dolaştı: *Ölmeme izin verme, ölmeme izin verme; çünkü daha hiç gerçekten yaşamadım!* Ruhu tehlikedeyken böylesine bir düşünce zihninden geçtiği için utandı ve ellerini kenetleyerek sessizce dua etti. *Azize Catherine, kurtar beni!* Ama düşüncelerini herhangi bir adağa odaklayamıyordu. Mumlar, evet; para, evet. Ama Azize Catherine'in sadece bunlar için kendisini kurtaracağını hiç sanmıyordu. O hâlde ne olabilirdi? Bu tehlike anında, kalbinin daima gizli tuttuğu karanlık bir köşesinde bir şeyi gördü ve yeminini etti.

Mucizeyi hangi azizin getirdiğini veya hepsinin birden mi yardım ettiğini söylemek mümkün değildi; ama Kaptan, Denizin Kutsal Kraliçesi'nin yardım ettiğini düşünüyordu. Ne olursa olsun, Britanya kıyılarının açıklarında şafak sökerken, denizcilerden biri gökyüzünde tuhaf bir ışık ve altında leylak şeklinde pembemsi bir bulut görmüştü. Bu, dualarının duyulduğunu gösteriyordu; çünkü rüzgâr hemen dinmişti ve Isle d'Ouessant'ın daha sakin bir kısmına sürüklenmişlerdi. Ama sızıntıları onarırken ve ambardaki suyu pompayla boşaltırken, dalgalar onları kıyının açıklarında tutmuştu. Kıyıda adalılar öfkeyle bekleşiyor, gemiye yumruklarını sallıyorlardı; ama güvertedeki toplar ve geminin kenarı boyunca dizilmiş okçular yüzünden yaklaşmaya cesaret edemiyorlardı.

Öğle saatlerinde kuzeyden yumuşak bir rüzgâr esmeye başlayınca *Grâce a Dieu*'nun büyük boyalı yelkenleri şişti ve gemi Bordeaux'ya doğru yolculuğuna devam etti.

Dört gün sonra öğle üzeri akıntısıyla, Gironde'a yaklaştı ve köy kilisesinin çanları festivalin başlangıcını haber verirken, Garonne'a girdi. Çizgili bir tentenin altında güvertede oturan İngiliz hanımlar için hava çok sıcaktı. Böylesine güçlü ve parlak bir güneşi hiç görmemişlerdi ve Prenses Isabel'in ısrarlı sesi bile kesilmişti. Ter içindeki bir kadın onu parşömenden yapılmış eğreti bir yelpazeyle yellerken, kendisi minderli bir sandalyede oturuyordu. Leydi Scrope ve Leydi Roos, kendi yanaklarının da minik esintide serinleyebilmesi için olabildiğince Prenses'e yakın oturuyorlardı.

Bordeaux'ya inişi beklerken, hanımların hepsi en güzel giysilerini giymişti ki bu giysiler iklim için fazla sıcak kaçan kürklerden ve kadifelerden yapılmıştı. Katherine'in üzerinde tilki kürkü kenarlı kayısı rengi bir üstlükle, koyu Lincoln yeşili bir elbise vardı. Saçlarını iki taraftan saran başlığı altın iplikle örülmüştü ve parlak bronz saçlarıyla uyumluydu. Diğer hiçbir rengin, koyu yeşil ve altın rengi kadar üzerinde iyi durmadığını biliyordu ve bu giysilere sahip olduğu için mutluydu; ama güzelliğinin daima sorgulandığının da farkındaydı.

Yirmi yaşında bir kadın olarak artık gençliğinin son hatları da olgunlaşmaya başlamıştı ve büyük bir zarafetle hareket ediyordu. Güzelliği, Geoffrey Chaucer'ın Windsor'da onu ilk görüşünde hissettiğinden daha canlı bir hâle gelmişti. Prenses Isabel'in öfkesini ve kıskançlığını çeken buydu. Kadın, çenesini eline dayayarak güvertenin kenarında duran ve beyaz evlere, yaldızlı haçlara ve kırmızı çatılara bakan Katherine'i izleyerek Leydi Roos'la fısıldaşıyordu.

"Bu kadın de Roet'nin gerçek kızı olamaz! Bence Venedikli veya Türk bir fahişenin piçi olmalı. Baksanıza kalçalarını nasıl sallıyor!"

"Bence de" dedi Leydi Roos, Prenses'i memnun etmeye çalışarak, "ve dişleri de İngiliz kadınlarına hiç uymuyor; fazla küçük ve beyaz."

"Fare dişli!" dedi Prenses, dudaklarını birkaçı eksik olan kendi dişlerinin üzerine sarkıtarak. "Demek istediğim bu değil! Ama yüzsüzlüğü! Kardeşim Lancaster'a, bu kadının nedime olarak çok yanlış bir tercih olduğunu söyleyeceğim; hatta buraya gelebilmek için bir hikâye uydurduğuna inanıyorum. Yaralı koca masalına da inanmadım! Hayatta çok şey gördüm ve planlar peşinde koşan bir kadını hemen tanırım." Prenses'in şüphelerini ifade edişi, sancak tarafına koşan denizcilerin ve okçuların sesleriyle kesildi. Direğin tepesindeki gözcü Lancaster flamasını çıkarıp direğe çekti.

Prenses sandalyesinden kalktı ve geminin kenarına yaklaştı. "Hey, bu John! Beni karşılamaya gelmiş!" dedi mutlu bir şekilde, sekiz kürekli kadırganın gelişini izlerken. Kardeşi pruvada duruyor, parlak saçları güneş ışığında rüzgârla savruluyordu.

Kadırga nehirde belirdiğinde Katherine de birkaç dakika önce bunu fark etmişti ve göğsü aniden sıkışarak nefesi kesilmişti. İlk dürtüsü kaçmaktı; kamaraya! Ama kendini tuttu ve durduğu yerden kıpırdamadı. Er ya da geç bununla yüzleşmesi gerekecekti ve Lancaster Dükü'nün kendisine aldırmadığı düşüncesiyle, bunu başarabilirdi.

Kadırga yaklaştı ve Dük, de la Pole ve Roos'la birlikte gemiye tırmandı. Dük güverteye zarif bir hareketle atladıktan sonra etrafında toplanan denizcilere ve okçulara gülümseyerek baktı. Onu yukarıdan izleyen Katherine, Nirac'ın adamların arasından fırlayarak Dük'ün önünde diz çöktüğünü ve efendisinin elini öptüğünü gördü. Dük, Katherine'in duyamadığı bir şeyler söyledi ve Nirac başıyla onayladıktan sonra diğerleriyle birlikte çekildi. Dük pupa güvertesine geçti ve sandalyesinde oturmaya devam eden ablasına yaklaşıp onu yanaklarından öptü; bu arada diğer leydiler de etraflarında toplanmıştı. Diğer beyefendiler de geldiğinde hareketlilik biraz daha devam etti. De la Pole, kızkardeşi Leydi Scrope'u ve Lord Roos da karısını karşıladı. Bu arada Katherine hâlâ bir kenarda duruyordu.

Dük, öyle bir niyeti yokmuş gibi yavaşça döndü ve Katherine'i gördü. Gülüşerek konuşan leydilerin başlarının üzerinden, ciddi bakışları uzun süre birbirine kenetlendi. Katherine, onun yaklaşmak istediğini hissetti, dudakları sarktı; ama yerinden kıpırdamadı. Bir an sonra Dük ona doğru yürüdü ve Katherine hiç konuşmadan reverans yaptı.

"Anladığım kadarıyla yolculuk pek keyifli geçmemiş, Leydi Swynford" dedi Dük sakince. Ama Katherine'in bakışları genç adamın yüzüne doğru kalkarken, bronz tenli boğazına takıldı ve nabzının delice bir hızla attığını gördü.

"Çok da kötü değildi, Majesteleri" dedi Katherine sesindeki sakinlikten hoşlanarak. Arkalarındaki sessizliği fark ederek döndüğünde, Prenses'in dikkatli bakışlarıyla karşılaştı ve bunun üzerine sesini yükselterek ekledi: "Kocam nasıl? Ondan haber alabildiniz mi, Lordum?"

"Sanırım daha iyi" dedi John, bir an sonra, "ama hâlâ yataktan kalkamıyor."

Katherine yine bakışlarına karşılık verdiğinde, John'ın yanaklarındaki rengin karardığını gördü. "Hugh'u görmek ve onunla ilgilenmek için sabırsızlanıyorum" dedi. "Gemiden indikten sonra Nirac beni hemen Hugh'un kaldığı yere götürebilir mi?"

John'ın gözlerinin etrafındaki kaslar gerildi; ama cevap vermeden önce otoriter bir ses ona seslendi: "John, buraya gel! Sana anlatacak çok şeyim var; daha bu lanet olasıca gemide karşılaştığımız tehlikeyi duymadın. Majesteleri Kral, babamız özel mesaj gönderdi. Bizi bu korkunç sıcakta daha ne kadar terleteceksin?"

"Evet, Nirac sizi götürebilir, Leydi Swynford" dedi John ve ablasına dönerek güldü. "Emirlerin, tatlı Isabel, beni mutlu çocukluk günlerime geri götürdü. Açıkçası, çok da değişmemişsin ablacığım."

"Başkaları da öyle söylüyor" dedi Isabel başıyla onaylayarak. "Lord Percy daha geçen gün sanki yirm... birkaç yaş daha genç göründüğümü söyledi... St. Thomas adına, bu tantana da nedir?" Aniden susarak döndü ve güverteye baktı. Geminin her tarafından bağrışlar yükseliyordu. Sesler başlangıçta karmakarışıktı; ama sonunda kırk erkeğin söylediği güzel bir ilahiye dönüştü.

"Denizlerin Bakiresi'ne övgü ilahisi" dedi John. "Güvenle limana ulaşıldığında bütün ülkelerin gemilerinde bu şarkı söylenir; burası da, gördüğünüz gibi, Bordeaux."

Burası Bordeaux, diye düşündü Katherine ve kelimeler, adamların söylediği Latince ilahiye karıştı. "Sana şükürler olsun, Kutsal Bakire, bizi tehlikelerden koruduğun için; bizi denizden kurtaracak merhameti gösterdiğin için..." Nehirdeki vahşi renklere bakarak ürperdi; beyaz ve kırmızı evler, mor gölgeler, parlak sarılar, yemyeşil ekinler, turkuaz bir gökyüzü... Alıştığı güvenli şeylerden ve serin, sisli kuzey topraklarından ne kadar uzakta olduğunu düşündü. Güvertede hemen arkasında duran adama tekrar bakmamak için düşüncelerini gözlerinin önünde uzanan şehre odakladı.

14

Hugh, katedralin arkasındaki ara sokakta bulunan bir şaraphanenin üst katında, iki odalı bir yerde kalıyordu. Nirac, Katherine'i iskeleden kasabanın içine doğru götürürken, küçük bir eşek genç kadının eşyalarını taşıyordu. Dük'ten tamamen uzak durmayı başarmıştı; hatta Nirac'a, Dük'ün onu kocasının yanına götürme görevini ve iznini verdiğini de kendisi açıklamıştı.

Nirac bu emri tuhaf bir omuz silkmeyle ve gülümsemeyle karşılamıştı. *"Comme vous voulez, ma belle dame"*[44] demişti ve Katherine, İngiltere'de çok yakından tanımaya başladığı bu sadık ve eğlenceli Gaskon'un kendi topraklarında biraz değişmiş olduğunu düşünmüştü. Şafağın ilk ışıklarında dünyaya boş duvarlarını gösteren ve gerçek kimliğini gözlerden gizleyen bir kasaba gibi, adamın da aniden kötü ve sinsi birine dönüştüğünü düşünerek kendini eğlendirmişti.

Şaraphanenin üzerindeki taş merdiveni tırmanırlarken, Hugh'un uzun zaman önce Kettlethorpe'ta Nirac'a karşı sergilediği düşmanca tutumu

---
44 Nasıl isterseniz, güzel hanımım.

hatırladı ve Gaskon'un hâlâ bu konuda öfkeli olup olmadığını merak etti; fakat sonra bunun fark etmeyeceğine karar verdi. Nirac'ın hayatındaki en güçlü şey, Dük'e duyduğu hayranlık ve sadakatti; dolayısıyla bu gerçek, diğer duygularını kontrol altında tutacaktı.

"Burası olduğundan emin misin?" diye sordu Katherine şüpheyle, daracık bir merdiven sahanlığında durduklarında kaba görünüşlü ahşap bir kapıyı tıklatırken. İçeriden hiç ses gelmedi.

"*La cabaretiére*[45] öyle tarif etti, hanımefendi" dedi Nirac, daha önce dükkâncıya sorduğunu hatırlatarak.

Katherine tekrar vurduktan sonra menteşeleri üzerinde yamuk duran kapıyı iterek seslendi. "Hugh!"

Hugh dar bir yatakta uyuyordu. Sıcağı dışarıda bırakmak için odanın tek penceresinin panjuru kapatılmıştı ve loş ışıkta Hugh gözlerini kırpıştırarak karısına baktı. Sonra dirseğinin üzerinde doğrularak kararsız bir tavırla konuştu. "Gerçekten sen misin, Katherine? Ama daha çok erken... Ellis bir süre önce seni karşılamaya gitti. Geminin nehre girdiğini duyduk. Arkandaki kim, Ellis mi?"

"Hayır, Hugh" dedi Katherine nazikçe, yatağa yaklaşıp kocasının elini tutarken. "Nirac, Dük'ün habercisi. Aceleyle yanına koştuğum için Ellis'i göremedim korkarım."

Hugh sıcak ve kuru eliyle karısının elini tuttu. Tıraşsız yüzü darmadağınık saçlarının arasından berbat görünüyordu ve sesi sağlığının ne kadar kötü olduğunu belli ediyordu. Yatağın başucundaki bir taburenin üzerinde yırtılmış kumaş şeritlerinden bir yığın, bir kan leğeni ve küçük bir kil kadeh duruyordu. Ekşi kokulu odanın içinde sinekler uçuşuyordu ve Hugh'un üzerinde yattığı, terden nemlenmiş çarşaflar iyice kırışmıştı. Katherine ona doğru eğilip yanağına bir öpücük kondurdu. "Ah, hayatım, sana bakmak için buraya gelmem iyi oldu. Dük daha iyi olduğunu söyledi, bu doğru mu?" Saman bir yastığın üzerine kaldırılmış olan sargılı bacağa baktı.

"Elbette daha iyi!" diye haykırdı Nirac, yatağın yanına gelip eğilerek. "Majesteleri'nin başhekimi onunla bizzat ilgileniyor ve o, dünyanın en iyi ilaçlarını yapar!" Küçük koyu renk gözleriyle mutlu mutlu bakarak Katherine'e gülümsedi ve Katherine, o gözleri daha önce sinsi gösteren şeyin ne olduğunu merak etti.

---
45 Kabare işleten hanım.

"Ah, demek sensin, yağcı hergele! Seni tamamen unutmuştum." Hugh'un donuk bakışları Gaskon'dan Katherine'in yüzüne kaydı. "Evet, daha iyiyim, yaranın iltihaplanması neredeyse durdu. Bağırsaklarımın durumu kötü olmasa şimdiye ayakta olurdum; ama bu sorun beni zayıflatıyor."

"Hay lanet!" dedi Katherine. "Yine mi aynı hastalık? Ama geçecek; daha önce geçmişti."

Hugh başıyla onayladı. "Evet." Hastalığının içe odaklı uyuşukluğundan sıyrılmaya çabaladı; fakat açıkçası Katherine'in güzelliği onu korkutmuştu. Gelmesini çok istemesine rağmen her zaman öfkeyle yatıştırdığı eski cesaretsizliği ve aşağılık kompleksi tekrar geri dönmüştü. "Demek buradasın" dedi Hugh sertçe. "Umarım aşağıdaki kadından bize yemek ve şarap getirmeye üşenmezsin. Yoksa Dük'le randevun başını döndürüp seni daha kibirli mi yaptı?"

Nirac dişlerinin arasından tısladı; ama Katherine cevap verirken onu duymadı. "Ben buraya sana bakmaya geldim, Hugh. Haydi, benimle bu şekilde konuşma" dedi gülümseyerek. "Evle, çocuklarla ilgili haberleri merak etmiyor musun?"

"Ben artık gitmeliyim, hanımefendi" dedi Nirac, yumuşak bir sesle ve hızlı bir Fransızca'yla ekledi: "Size mutluluklar dilerim!" Katherine uzun yolculuk sırasında kendisiyle ilgilendiği için teşekkür etme fırsatı bulamadan, ufak tefek Gaskon ortadan kayboldu.

Günün geri kalanında Katherine kocasıyla ilgilendi. Kaliteli yeşil elbisesini çıkarıp Kettlethorpe'ta her gün giydiği kızıl bir önlük giydi; sonra da iki küçük odayı temizleyip düzenledi. Hugh'un yatağını hazırladı, onu yıkadı ve bacağını tekrar sardı; kızarıp şişmiş olan ve sarı iltihap akıtan yaranın görünüşü karşısında mide bulantısını gizlemeye çalıştı. Ama Hugh yaranın ciddi şekilde iyileştiğini söyledi ve Ellis de boşa giden görevinden döndükten sonra bunu doğruladı.

"İki hafta önceki hâlini görmeliydiniz, Leydim" dedi dürüst yüzünü buruşturarak, "bacak kararmıştı ve kasıklara kadar kırmızı lekeler vardı."

Hugh ciddi bir tavırla onayladı. "Bacağımı kesmek zorunda kalmamamız Tanrı'nın merhameti. İlaçlarıyla beni Birader William kurtardı, Tanrı onu korusun!"

Katherine ürperdi ve bir yandan kocasına acırken, bir yandan da bütün huysuzluğuna rağmen aslında gerçekten kendisine ihtiyacı olduğuna karar verdi.

Zamanla Hugh daha nazik oldu ve ilk şaşkınlığı geçti. Beş yıllık evliliğin getirdiği rutine geri dönmüşlerdi. Akşam yemeklerini yedikten ve rahatça oturup Gaskon şarabını yudumlamaya başladıktan sonra Ellis arkasını onlara dönerek pencerenin yanına oturdu ve efendisinin eşyalarının üzerindeki tokalarla oynamaya başladı. Katherine yatağa kıvrılarak çocuklardan söz etmeye, küçük Blanchette'in ne kadar güzelleştiğini ve artık üç şarkı söyleyebildiğini anlatmaya başladı. Hugh gururlu bir şekilde gülümserken, Tom'un artık rahatça konuşabildiğini, tek başına ata binebildiğini ve boyunun neredeyse ablasınınkine yaklaştığını öğrendiğinde daha ilgili göründü.

Evden beş yüz mil uzaktaki bu yabancı şehirde, neredeyse Kettlethorpe'da gibiydiler; ama elbette ki sıcak, sarımsak ve yasemin kokusuna ek olarak uzaktan gelen boğuk sesli şarkılar, Bask topraklarında olduklarını açıkça hatırlatıyordu.

Katherine evle ilgili bir sürü şey anlattı; özellikle de çiftlikte yetişen yeni sürülerden ve Lincolnlü tüccar Sutton ailesinin tavsiyeleriyle, nasıl yardımcı olduklarından söz etti. Philippa'nın bebeğinin doğumunu da anlattı ve ebeliğin büyük bölümünü kendisinin yaptığını, Molly'nin sadece yardım ettiğini de gururla ekledi. "Ama Philippa pek zorlanmadı; bebek yağlı bir domuzcuk gibi dışarı fırlayıverdi" diye güldü. "Benim Blanchette'i doğururken yaşadığım sıkıntılara hiç benzemiyordu."

"Evet ama senin de ablanla benzerliğin, bir tarla beygiriyle Arap atı arasındaki benzerlik kadar, Katherine" dedi Hugh, karısına bakmadan elini tutmaya çalışırken. Katherine'i kendisine doğru çekti ve keyifli yüzünü sert sakallarına dayadı. Katherine geri çekilmemek için kendini zorladı ve Savoy'dan döndükten sonra Kettlethorpe'tayken kendisine zorla sahip olduğu üç şiddetli ve mutsuz geceyi düşündü.

O geceleri Hugh da düşünüyordu ve kendisini bir kez daha yarı yolda bırakan fiziksel eksikliğine lanetler yağdırıyor, sarhoşluğun etkisi olmasa içini felç edici bir şüphenin kaplayacağını biliyordu; ve korku... Sonra karısından ve asla gerçekten sahip olamadığını bildiği o güzel vücuttan nefret edecekti.

"Gitmeden önce seni hamile bıraktığımı sanmıştım" dedi aniden karısını bırakırken.

Katherine belirsiz bir şekilde rahatlayarak doğrulup oturdu. "Hayır" dedi neşeli bir tavırla, "böyle bir şey olmadı ve hiç şüphesiz nedeni benim dönemim olmamasıydı. Hugh, bana katıldığın savaşı ve bu yarayı nasıl aldığını anlat." Sargılı bacağa dokundu. "Sen bir sürü tehlikeli şey yapmışken, ben burada sana Kettlethorpe'taki aptalca şeyleri anlatıyorum."

Katherine, kocasını bildiği ve kendini daima güvende hissettiği bir konuya özellikle sürüklemişti; onun hayranlık dolu soruları altında, Hugh daha rahat, daha kolay konuşmaya başladı, yüzü yumuşadı ve bir Poitevin şövalyesiyle karşı karşıya gelişini ve adamın nasıl af dilediğini anlatırken, gerçekten güldü.

Birader William Appleton kapıyı açıp yalın ayaklarıyla içeri girdiğinde onları bu hâlde buldu. "*Deo gratias!*"[46] diye haykırdı keşiş, yatağın ayak ucunda durup hastasını kibar bir şaşkınlıkla incelerken, "İşte iyileşme diye buna derim! Bir eş, gerçekten de Tanrı'nın bir nimetidir. *Benedicite*, Leydi Swynford." Elini genç kadının başına koydu. "Yolculuk nasıldı?" İlaç ve aletlerle dolu çuvalını bir kenara bırakarak Katherine'e gülümsedi.

"Şiddetli bir fırtınaya yakalandık ve gerçekten çok korktum" dedi Katherine, aceleyle keşişe bir kadeh şarap doldururken, "ama Kutsal Meryem ve azizler bir mucize yaratarak bizi kurtardı. Bu gerçekten muhteşem ve insana kendi acizliğini hatırlatan bir deneyimdi." Genç kadının sesinin titrediğini fark eden Birader William, ona nazikçe baktı ve tenin zevkleri için yaratılmış gibi görünmesine rağmen aslında derin bir ruhsallığa sahip olduğunu düşündü. Zamanının büyük bölümünü hastalarla geçiren bu adam, Katherine'in zihin ve beden sağlığından mutlu olmuştu. "Evet, Cennet bizi tehlikelerden koruduğunda gerçekten insan acizliğini anlıyor" dedi başıyla onaylayarak, "ve Tanrı'nın bize her türlü kurtuluş şansını gönderdiğinden emin olabiliyoruz. Kocanızı nasıl buldunuz?"

"Size çok minnettar, Peder, bacağını ve belki de hayatını kurtardığınızı söylüyor."

"Bak, bak... Biraz becerikliyimdir ama her şeyi ben yapmadım. Yıldızları çok uygun konumdaydı." Keşiş konuşurken, bir yandan da becerikli ellerle Hugh'un bacağındaki sargıyı açtı ve küçük bir şişeden yeşil bir merhem alıp yaraya sürdü. "Bu su terelerinden yapılmıştır" diye açıkladı renk karşısında şaşıran Katherine'e. "Yabani Basklar dağlarda bunu kullanır ve cahil olmalarına rağmen böyle basit şeyleri bilirler. Dük'ün birçok adamının yaralarını bununla iyileştirdim."

"Sizce ne zaman ayağa kalkabilirim, Peder?" diye sordu Hugh, Keşiş yaralı teni itip çekiştirirken dişlerini sıkarak.

---

46 İsp. Tanrı'ya şükür!

"Şimdilerde biraz topallayarak yürüyebilirsiniz; çünkü görünüşe bakılıra dizanteri azalıyor... Size bıraktığım bütün bağırsak ilaçlarını kullandınız mı?" Taburenin üzerindeki kil kupaya bakarak başını iki yana salladı. "Leydim, her yemekten önce bunu içmesine dikkat edin. Kâfurlu haşhaş suyu, bağırsaklarını tek başına iyileştirebilir."

"Buna kesinlikle dikkat edeceğim, Peder" dedi Katherine gülümseyerek. Adamın siyah bir karışım doldurması için kupayı uzattı.

"Dük'ün düğününe kadar sizi güçlü bir şekilde ayağa kaldırmalıyız, Sir Hugh" dedi Birader William, çuvalının dibinden bir bıçak çıkarıp Katherine'e kanama leğenini tutmasını işaret ederken.

Hugh kolunu uzattı ve gururlu bir tavırla konuştu. "Katherine düğünde nedimelerden biri olacak."

"Biliyorum" dedi Keşiş hafifçe gülerek, "bunu bana defalarca söylediniz." Hugh'un ateşler içinde Bordeaux'ya getirildiği ilk günlerdeki sayıklamaları sırasında, Keşiş bunu ve daha birçok şeyi öğrenmişti ve bütün bunlara ek olarak Hugh'un günah çıkarmasını da dinlemişti. Dolayısıyla bu adam hakkında bilmediği çok az şey vardı; yavaş çalışan beyni, huysuzluğu ve asabiyeti, başkalarıyla uyum yakalamakta zorlanması, batıl inançlardan kaynaklanan korkuları ve hepsinden öte, bu güzel kadına duyduğu acı, aşağılayıcı, gülünç aşkı.

Zavallı ruhlar, diye düşündü Keşiş, kanayan kesiğe kan taşı basıp sararken. Ama hiç şüphesiz evlilikleri devam edecek, birçok karı kocadan daha kötü olmayacaklardı; ta ki bütün tutkular ölene ve yaş ya da felsefe bir uyum getirene kadar.

"İnfanta Costanza'yı gördünüz mü?" diye sordu Katherine, küçük leğendeki kanı bir kavanoza boşaltırken. "Güzel mi?"

"Olmadığını söylüyorlar" diye cevap verdi Keşiş. "Lord Dük'ün ondan Castile Kraliçesi diye söz edilmesini istediğini unutmayın ve hayır, güzel olmadığını sanıyorum."

Katherine'in hareketli yüzünde belli belirsiz, tuhaf bir titreme yakalar gibi oldu ve kadınlar konusundaki derin gözlemlerine dayanarak bunun kibirden kaynaklandığını düşündü ve bu, hoşuna gitti çünkü Katherine bu zaaftan arınmış gibi görünüyordu; yine de Keşiş daha fazla konuşmadı. Onlara iyi dileklerini belirttikten sonra Dük'ün diğer yaralı ve hasta adamlarını ziyaret etmek için çıktı; Hugh'la ilgili içi rahattı.

* * *

Katherine o gece Hugh'un yatağının yanında yere serilen bir saman şiltenin üzerinde uyudu ve Ellis de her zamanki gibi dış kapıya yakın bir döşekte yattı. Şafağın ilk yumuşak ışıkları vururken, Katherine kalktı ve kalabalık toplanmadan ilk ayine katılmak için hazırlandı. Komünyonun tanıdık rahatlığını, İsa'nın tatlı bedeninin kendi vücuduna girerek güç verdiğini hissetmeyi özlüyordu ve katedralde bir St. Catherine sunağı da bulmayı umuyordu. Özelikle kendi azizesinin önünde diz çöküp gemide yaşadığı korkulu anlardan sonra şükretmeye ihtiyacı vardı.

Katherine kendisine nereye gittiğini söylerken, Hugh uykulu bir hâlde homurdandı ve Katherine kocasının önceki geceden beri toparlandığını, ateşinin düştüğünü ve nefeslerinin düzeldiğini fark etti.

Yeşil-altın rengi elbisesini giyerek ve üzerine ipek bir kukuletalı pelerin geçirerek aşağı inip şaraphanenin yanından caddeye çıktı. İngiltere'de hava asla bu kadar sıcak olmazdı; ama sabahın taze havası ona kendini iyi hissettirdi ve bir blok ötedeki katedrale doğru hızlı adımlarla yürüdü.

Erken olmasına rağmen birçok kişi ayaktaydı. Katedralin yanındaki küçük alanda bir düzine eşek, tezgâhlarda satılmak üzere getirilen tarım ürünleriyle dolu arabaları çekiyor, bir grup aktör, daha sonra oynayacakları oyun için bir sahne hazırlıyordu.

Katedralin büyük batı kapıları ardına kadar açılmıştı ve içeriden org sesi geliyordu. Köylüler ve kırsal kesimden gelenler, Bakire'nin sunağına koymak için baharatlar, kökler ve meyvelerle içeri doluşuyordu. Katedralin basamaklarında iki sakat dilenci, kesik kol veya bacaklarını sallayarak Katherine'e yalvardı: *"Ayez pitié, belle dame, l'aumône, pour l'amour de Dieu..."*[47] Katherine kesesini açtı ve ikisine gümüş paralar verdikten sonra önüne uzanan şapkaya baktı; şapkayı tutan eli izlediğinde, yüzünün şekli tanınmayacak ölçüde bozulmuş başka bir dilenciyle karşılaştı. Şapkanın içine biraz daha gümüş para atarken, adam "Tanrı sizi korusun!" diye mırıldandı ve uzaklaştı.

Dilencilerin görünüşü onu sarsmıştı ve katedrale girmeden önce toparlanmak için durdu. Yaşlı bir Bordeaux sakini, üzerinde beyaz önlük ve başında ince uzun bir şapkayla merdivende dolanıyor, basamaklara çiçek sepetleri diziyordu. Katherine kadına doğru yürürken, kendisine tanıdık gelmeyen çiçeklerin güzelliğini fark etti; şakayıklar, yaseminler, iri kırmızı güller ve devasa zambaklar... Hepsi tuhaf biçimli ve bildiği diğer tüm çiçeklerden daha güçlü kokuluydu.

---

47 Acıyın, güzel bayan, Tanrı aşkına bir sadaka!

Bir demet yasemin almak için eğildiğinde, biraz uzakta basamaklardan birinde uzun boylu bir hacının asasına dayanarak durduğunu gördü. Çiçekleri alıp parasını ödedikten sonra, yaseminleri yanağına bastırıp güzel kokusunu koklarken, yine katedrale doğru döndü. Hacı da dönerek basamakları tırmandı. Elinde midye kabuğu dolu bir torba vardı ve ağzını bir çuval bezi parçasıyla örtmüştü. Büyük yuvarlak şapkasını alnına kadar çektiği için yüzünün çok küçük bir kısmı görünüyordu. Katherine, onun da St. James Compostela'ya gideceklerden biri olduğunu düşünerek ilgisiz bir bakış attıktan sonra katedralin verandasına girdi ve bir an duraksayarak karanlık ana nefe bakıp mum satıcısının yerini buldu.

O anda kolunda bir el hissedip şaşkınlıkla döndü ve az önce gördüğü hacıyla karşılaştı. Adam başını biraz kaldırıp gözlerini göstererek konuştu. "Katherine! Seninle konuşmalıyım."

"Ulu Tanrı...! Lordum!" diye haykırdı Katherine. O kadar şaşırmıştı ki elindeki buketi yere düşürdü.

"Şşş!" dedi adam sert bir tavırla. "Benimle gel, rahat konuşabileceğimiz bir yer biliyorum."

Katherine eğilip çiçekleri alırken, kendini toparlamak ve direncini güçlendirmek için zaman kazanmak adına yavaş davranıyordu.

"Emrediyorum" dedi adam; ama sonra hemen ses tonunu değiştirerek ekledi, "hayır, rica ediyorum, sana yalvarıyorum, Katherine."

Katherine başını eğdi ve adamı birkaç adım arkasından takip ederek yürümeye başladı. Merdivenden indiler ve yolun ilerisindeki *Auberge des Moulins*[48] adındaki küçük bir hana doğru yürüdüler. Adam torbasından bir anahtar çıkarıp pembe sıvalı duvardaki alçak bir kapıyı açtı ve genç kadına girmesini işaret etti. Birkaç çiçekle otun yerleştirildiği oda, şarap lekeli masa ve banklarla döşenmişti.

"Burada kimse bizi rahatsız etmez" dedi adam, şapkasını çıkarıp pelerinini gevşetirken. "Hancıya bolca para verdim. Tanrım, Katherine..." diye ekledi çarpık bir gülümsemeyle, "Aquitaine'in hâkimini ne hâllere soktuğuna bir baksana... Çuval bezlerine sarınmış hâlde dolaşıyorum, gözden uzak bir yer bulabilmek için hancılara rüşvet veriyorum... Zampara bir çavuş gibi... Bununla gurur duyuyor olmalısın."

"Bana söylemek istediğiniz şey nedir, Lordum?" Katherine dizlerinin

---

48 Değirmenler Hanı.

titrediğini gizlemek için masaya dayandı; ama gri gözleri kendinden emin bir tavırla Dük'ün gözlerine dikildi. Bakışlarında uyarı vardı; ama diğer yandan, çuval bezlerine sarınmış hâlde Dük'ün hiç de o kadar yakışıklı görünmediğini düşünüyordu.

"Sana söylemek istediğim şey nedir?" Dük dudağını ısırdı. Prime'dan beri katedralin önünde bekliyor, Katherine'in ayine geleceğini biliyor ve yalnız gelmesi için dua ediyordu. Ama o lanet olasıca silahtar Ellis de Thoresby yanında gelseydi yine de Katherine'le görüşebilirdi. Dün onu gemide gördüğünden beri Katherine'i bir daha kafasından atamamıştı.

Aniden hırslı bir şekilde Katherine'e döndü. "Seni seviyorum, Katherine. Seni istiyorum, seni arzuluyorum ama seni seviyorum! Sensiz yaşayamayacağımı hissediyorum. Sana söylemek istediğim şey bu!"

Sanki etraflarındaki duvarlar erimişti. Nereden estiği belli olmayan ani bir rüzgâr Katherine'i yakalayıp bir boşluğa fırlatmıştı; hayır, rüzgâr değil, alevden bir nehir! İçi bir anda dönüp duran acı verici bir mutlulukla dolmuştu.

Dük kendini banklardan birine atıp Katherine'in soğuk ellerini tuttu ve beyaz yüzüne baktı. "Aşkım" dedi yumuşak bir sesle ve mütevazı bir tavırla, "benimle konuşamaz mısın?"

"Ne diyebilirim ki Lordum?" Katherine'in bakışları, Dük'ün ayağının dibindeki bir çalılığın içinde görünen mavi bir çiçeğe dikilmişti ve o alevli nehrin içini yakıp kavurduğunu hissediyordu.

"Beni sevdiğini söyleyebilirsin, Katherine... bunu bir defa söylemiştin."

"Evet" dedi Katherine sonunda yavaşça, "o zamandan beri hiçbir şey değişmedi. Hiçbir şey. Ve ben hâlâ Hugh'un karısıyım... sizi... sizi ne kadar sevsem de..."

Dük kendini tutamayarak keskin bir şekilde iç çekti ve başını Katherine'in ellerine gömerek öpücüklere boğdu. "Canım! Tatlım!" diye bağırdı sevinçle. Ellerini Katherine'in beline koyarak onu yanına çekti. Katherine gerildi ve başını iki yana salladı. "Hayır. Avalon Süiti'nden bu yana değişen bir şey var; o zaman yeni ölmüş bir eşin yasını tutuyordunuz, şimdiyse yakında sizin olacak bir başkasıyla nişanlısınız."

"Onun aşkla bir ilgisi yok! Bizimle bir ilgisi yok! İngiltere ve Castile için tekrar evlenmem gerektiğini biliyorsun."

"Evet" dedi Katherine soğuk bir tavırla. "Biliyorum."

"Katherine, Katherine... Bana gel... Kemiklerimde, iliklerimde, tüm benliğimde sen varsın... ve kalbim senden başkasının değil!"

Katherine başını kaldırıp Dük'ün gözlerine baktı ve yanaklarından yaşlar süzüldü. "Metresiniz olamam, Lordum. Size olan aşkım için Hugh'u utandırabilirdim ama bunu yapamam; çünkü gizli bir yemin ettim."

"Yemin mi?" dedi Dük. Ellerini Katherine'in belinden indirdi. "Ne yemini, Katherine?"

"Gemide" dedi Katherine, her kelime ağzından zorlukla çıkarken, "Azize Catherine hayatımı kurtardı; çünkü bir yemin ettim..." Durup yutkundu ve Dük'ün arkasında güneşle aydınlanan duvara baktı. Sesini alçaltıp fısıltıyla devam etti. "Düşüncelerimle, hareketlerimle, çocuklarımın babası olan kocama iyi ve sadık bir eş olacağıma dair."

Bahçenin dışında katedral çanları tekrar çalmaya başladı ve insanlar hareketlenirken, gürültü artarken, hanın içinden bir sarhoşun kahkahaları yükseldi. Sonunda John mantıklı ve nazik bir şekilde karşılık verdi. "Benim budala Katherine'im... bütün geminin bu yemin yüzünden kurtulduğunu mu sanıyorsun?"

"Bilmiyorum" dedi Katherine yine fısıltıyla. "Sadece, o yemini ettiğimi ve ölene dek tutacağımı biliyorum."

Ölene dek! Dük'ün zihninde onu ikna edebileceği bir sürü söz dolaşırken, bu iki kelime kulaklarında çınlıyordu. Tartışmaları Katherine'i etkileyebilirdi; azizlerin, mucizelerin ve yeminlerin sadece ikiyüzlü rahipler tarafından basit köylüleri etkilemek için yaratılmış aptalca batıl inançlar olduğuna onu inandırabilirdi... Ama bunların hiçbirini söyleyemezdi çünkü onu seviyordu; zira kendisi bu tür şeylere pek inanmasa da İncil'de bir emir vardı ve en ileri görüşlü rahiplerin bile zinayı yasaklayacağını biliyordu. Dahası, yakın zamanda benimsemeye başladığı bu yeni anlayış, çocukluğundaki öğretiler kadar güçlü değildi. Sırıtan iblisler, şeytanlar ve korkunç işkenceler, günah işleyenleri bekliyordu ve kendisi bunları umursamıyordu; ama Katherine'i tehlikeye atamazdı. Yavaşça başını çevirdi ve sustu.

"Şimdi benden yine nefret edeceksiniz!" diye haykırdı Katherine, hıçkırıklara boğulurken. Artık bedenindeki hareketsizliği sürdüremiyordu ama şimdi Dük'ü geri çevirmişken, bir daha kendisine tutkuyla bakmamasına dayanamayacağını biliyordu. "Sevgili Lordum, benden nefret ederseniz kalbim kırılacak ve geçen sefer de öfkeli bir şekilde ayrılmıştık..."

Dük başını iki yana salladı. "Seni seviyorum, Katherine... ve sen yakınımdayken, senin dileklerin benim için emirdir." Dük duraksadı ve bu sözleri daha önce hiç bu kadar hissederek söylemediğini fark etti.

Blanche'la birlikteyken herhangi bir testle veya vicdan muhakemesiyle karşılaşmamıştı. "Ama kendimi tanıyorum..." diye bağırdı aniden. "Böylesine evcil kalamam..." Katherine'e doğru hızlı bir adım attı; ama kendini tutarak durdu. "Git, Katherine... Git!" dedi ve aniden gözleri doldu.

Katherine bahçeden fırlayıp katedrale koştu. Ayin yeni başlamıştı; insanların arasından kendine yol açarak bir günah çıkarma kabinine girdi, çabucak konuşarak günah çıkardı ve ilgisizce dinleyen rahip, pek fazla bir şey anlamadan bağışlandığını söyledi. Sonra koroya koştu ve Yüce Sunak'a olabildiğince yaklaşıp karo zeminde diz çöktü. Ayinde söylenenleri duymuyordu; ama dilinde Kutsal Ekmeği hissettiğinde hüzünlü bir huzur içini kapladı ve Haç'ın etrafında merhametli bir parıltı gördüğünü sandı.

* * *

Katherine ayindeyken, çuval bezine sarınmış hacı kılığındaki John Gaunt, başını eğerek Bordeaux sokaklarından geçip sarayın manastırına gitti.

Bordeaux halkı bugün neşeliydi; kadınlar kırmızı şallara bürünmüş, saçlarına tarak ve çiçekler takmıştı. Sokaklarda insanlar dans ediyor, festival müziği ılık havayı sarıyordu. Ama John hiçbir şey görüp duymuyordu.

Dışarı çıkarkenki gibi yan kapıdan değil, ana kapıdan geçerek manastıra girdi ve hacı şapkasını şaşkın kapı bekçisinin yüzüne savurdu. "Bağışlayın beni, Majesteleri" diye geveledi adam, Dük'ü tanıdığında, "siz olduğunuzu anlayamadım..." John, bir düzine hizmetkârın altın rengi ipek peçeteler, gümüş tuzluklar, kaşıklar, tabaklar vs. ile koşturarak akşam yemeği için masaları hazırladıkları Büyük Salon'a girdi.

Salon bir avluya açılıyordu ve bir grup, serin sundurmalara yerleşmişti. En fazla bir metre boyunda Arap bir cüce kendisini izleyenleri eğlendiriyor, Prenses Isabel gülmekten yerlere yatıyordu. Bütün lordlar ve leydiler kendilerini eğlenceye öylesine kaptırmıştı ki; yanında bir papağanla bir maymun olan cüce, iki hayvanı evlendireceğini söyleyerek onları minyatür bir yatağa yatırdığında ve maymunu kocalık görevini yerine getirmeye zorladığında, herkes gülmekten kırılırken, kimse Dük'ü yanlarından geçip süitine çıkan merdivenlere yönelene kadar fark etmedi. O sırada Isabel ayağa fırladı. "Bu Lancaster olabilir mi? Ne sıra dışı bir giysi o üstündeki?"

"Oydu, Majesteleri" dedi Michael de la Pole. "Sanırım özel olarak günah çıkarmaya gitmiş."

"Saçmalık! Kardeşim şu maymundan daha dindar değildir. Bence çok tuhaf davranıyor; dün de bunu gözlemledim. Şimdi de dışarı çıkıyor ve o yokken Edmund geliyor... hoş, kimsenin Edmund'ı taktığı yok tabii ki..."

Prenses'in söylev çekmek konusundaki ısrarcılığını bilen ve kardeşlerinin kişilikleriyle ilgili görüşleriyle ilgilenmeyen Baron, aceleyle çekilmek için bir bahane uydurarak izin istedi; çünkü Dük'le konuşmak istiyordu.

Dük'ü süitinde silahtarları tarafından giydirilirken buldu; bu sırada ufak tefek Gaskon, Nirac, etrafında dolaşıp duruyordu. Cambridge Kontu Edmund Langley, yatağın üzerindeki mücevherli yatak örtüsüne yayılmış, incir yiyordu ve kardeşini her zamanki gibi yüzünde ilgisiz bir ifadeyle izliyordu. Edmund, büyük bir askerî kuvvetle Calais'ten yola çıkmış ve karadan yolculuk yaparak bir saat önce gelmişti.

"Selamlar, Baron" dedi Edmund, iri bir inciri ısırırken de la Pole'a dönerek. "Tanrı aşkına, burası ne kadar sıcak! İngiltere'deyken bunu hep unutuyorum."

De la Pole eğildi, selama karşılık verdi ve "Lordlarım, umarım rahatsız etmiyorum" dedi. "Düğünle ilgili bazı düzenlemeler var, Lordum, hemen ilgilenmeniz gerekiyor."

John başını çevirdi ve Baron onun gözlerindeki acılı bakışları görünce şaşırdı; hayallere asla sığınmayan Baron, bunun umutsuzluk olduğunu düşündü. Kötü bir haber miydi? Ama ne olabilirdi ki? Cambridge Kontu getirmediyse tabii. Edmund'a bir bakış atınca bu düşüncesi silindi. Kont'un duyarlılığının güçlü olduğu söylenemezdi; fakat kesinlikle kötü haber getirmiş birine de benzemiyordu. Ağzı bir koyununki gibi yavaşça hareket ediyordu ve gözlerinde gayet keyifli bir bakış vardı.

Edmund, otuz yıllık hayatının büyük bölümünü ağabeylerinin emirlerine itaat ederek ve onlara hayranlık duyarak geçirmişti; ama kendisine yaşça çok yakın olan bu ağabeyi onun için diğerlerinden çok daha değerliydi.

"Hemen sizinle ilgileneceğim, Baron" dedi Dük düz bir sesle. "Edmund bana, Majesteleri babamızın Castile Kraliçesi'nin kız kardeşi Isabella'nın kendisiyle evlenmesini onayladığını bildirdi."

"Bu doğru" dedi Edmund, incirini yutup parmaklarını yalarken. "Artık kendime bir eş alma zamanım geldi; dediklerine göre Infanta Bella gayet güzel bir kızmış, on beş yaşındaymış ve güzel bir vücudu varmış." Mutlu bir şekilde güldü. "Bana uygun düşeceğinden eminim."

"Onunla evliliğin, Castile tahtı üzerindeki hakkımızı kesinlikle garantileyecektir" dedi John sert bir tavırla.

Kardeşi hemen kararlı bir tavırla başıyla onayladı. "Elbette, elbette."

"O hâlde çifte düğün mü olacak, Lordum?" diye sordu de la Pole, şaşırarak. Dük'ün düğününe kalan kısa süreyi -sadece bir ay- ve bu sürede yapılması gereken hazırlıkları düşünüyordu. Hâlâ imzalanması gereken sözleşmeler vardı. Bayonne'dan gelen sürgündeki bazı Castilianlar, şimdi bile Dük'le görüşmek için bekliyordu ve düğün töreninin yeri hakkında resmî karar henüz verilmemişti.

"Çifte düğün değil" dedi John, Nirac'ın saf gül suyu dökmesi için ellerini gümüş bir leğene uzatırken. "Edmund, Infanta'yla daha sonra evlenebilir... Baylar" dedi, kardeşine, silahtarlarına, Nirac'a ve sonunda Baron'a bakarak, "Castilianları kabul etmeden ve seninle görüşmeden önce, Michael... yemek istiyorum ve henüz dua etmedim bile. Raulin, Birader Walter nerede?"

"Şapelde bekliyor, Majesteleri" dedi Flaman silahtar, Dük'ün altınsafir kemerindeki son tokayı ilikleyerek belinde ayarlarken.

Dük, başıyla onayladı ve özel şapele uzanan dar geçitten geçmek için süitten çıktı.

Nirac odadan süzülerek görülüp duyulmadan efendisini izledi. Hacı giysilerini getiren oydu ve Dük'ün o sabah nereye gittiğini sadece o biliyordu; bu son saatte yalnız kalamamalarına ve dolayısıyla neler olduğunu bilememesine rağmen Nirac efendisinin gözlerindeki bakışlara Baron'dan daha çok şaşırmıştı. Dük'ün gerçek dileklerini hemen öğrenmeye kararlıydı.

Rahiplerin zamanında özel şapel revire bitişikti. Yatalak rahiplerin ayinlere katılabilmesi için sunağın sağ tarafındaki duvara kare bir gözetleme deliği konmuştu. Şimdi Mahşer Günü'nü temsil eden bir tablo deliği kapatıyordu; fakat sesler rahatlıkla duyulabiliyordu. Nirac kendini revirdeki duvara dayayarak dinledi.

Beklediği gibi, Dük, Carmelite keşiş Birader Walter Dysse'la konuşuyordu. Başlangıçta Dük'ün sesi alçaktı ve Nirac çok az şey duyabiliyordu; ama duraksadığı her seferinde Keşiş'in sesini rahatlıkla duyuyordu: "Ten günahları... şehvet düşünceleri... böylesine acı ama insani şeyleri Tanrı kolayca bağışlar... gerçek tövbekârlık..."

"Ama ben tövbekâr değilim!" Dük'ün sesi aniden tutkulu bir öfkeyle yükseldi. "Bu kadını bütün varlığımla seviyorum; o benim hayatım! Senin ne dediğin umurumda bile değil, Peder, bu konuda Tanrı'dan da korkmuyorum..."

"O hâlde neden günah çıkarmanızı bana dinletiyorsunuz, Lordum?"

dedi adam mantıklı bir tavırla. "Sonuçta ruhsal bir danışmanlık istemiyorsanız?.. Ama Tanrı'nın öfkeli olmadığını hissediyorum... gelin, bağışlanmanızı sağlayacağım..."

"Sen dünyevi bir insansın Peder, seni sırdaşım olarak yanımda taşımam kesinlikle rahatlatıcı kişiliğinden kaynaklanıyor." Dük'ün sesinde alaycılık vardı. "Bu kadını kaçırdığımı, baştan çıkardığımı, zinaya zorladığımı söylesem ne derdin?"

Bir duraksama oldu. Keşiş koltuğunda huzursuzca kıpırdanırken, Nirac onun giysilerinin hışırtısını duydu ve etli beyaz ellerin nasıl ovalandığını, Birader Walter'ın küçük ağzının nasıl büzüldüğünü hayal etti. "Birkaç tembih... ve tövbeyle elbette... Lordum."

"Peki, ya kalbimde cinayet olduğunu, yolumda duran o aptal sığırın ölmesini istediğimi söylersem? Hâlâ birkaç tövbe ve tembih yeter mi?"

Daha uzun bir duraksama oldu. Nirac duvara sımsıkı yapışmış, duymak için kulaklarını iyice kabartmıştı. Dük sertçe devam etti. "Hayır, bunu yapamam! Bir yol bulmak için vicdanınızı zorlamanıza gerek yok. Kocası benim emrimde çalışan sadık bir adam ve hastalıklı... yaralı... Ondan bu kadar nefret etmeme rağmen iyileşmesine yardımcı oldum; ama Tanrım, neden geberip gitmiyor?"

Nirac sessizce geri çekildi. Artık kullanılmayan revirde tek başına, keyiften güldü. "*Ah, Sainte Vierge! Je te remercie de ta grande bonté!*"[49] diye fısıldadı ve haça bakarak istavroz çıkardı.

* * *

Öğleden sonra Dük; İngiliz, Aquitainian ve Castilian soylularıyla Büyük Salon'da yemek yerken, Nirac katedralin arkasındaki sokaktan süzülüverdi. Küçük Arap cüce elinde papağan kafesiyle yanında koşturuyor, zincirli maymun da yerde sekerek onları takip ediyordu.

Geçtikleri her yerde insanlar maymuna gülerek toplanıyor, cüceyi itekleyip numaralarını sergilemeye teşvik ediyordu; ama Nirac, Swynfordların kaldığı yerin altındaki avluya gelene kadar durmadı. Orada Nirac, cüceye beklemesini söyledi ve taş basamakları tırmanarak birinci kata çıktı.

Çalınan kapıya cevap veren Katherine oldu. Nirac'ı yerinde durmakta zorlanır hâlde sırıtarak kapıda görünce Katherine'in solgun yüzü aydınlandı.

"*Morbleu;*[50] fakat burası karanlık ve çok kasvetli!" diye haykırdı Nirac,

---

49 Ah, kutsal Meryem! Bu büyük iyiliğin için sana minnettarım.
50 Tanrı'nın ölümü adına.

yatağından kalkmış, üzerinde yemek kalıntıları olan bir masanın arkasında sandalyesinde oturan Hugh'a doğru eğilerek. Ellis panayırdan onlar için bir şeyler almaya gitmişti. "İnsan böyle bir festivalde neşeli olmalıdır" dedi Nirac, Ellis'in yokluğundan memnun olarak. "Sizi eğlendirecek bir şey getirdim, *pour vous distraire.*[51]"

"Çok naziksin, Nirac" dedi Katherine gülümseyerek. "Burası gerçekten de biraz kasvetli; ancak Hugh çok daha iyi ve inanıyorum ki yakında dışarı çıkabilecek."

"Ah, *bon*[52]!" Nirac şimdi ne Hugh'a ne de Katherine'e bakıyor, hızlı gözleri odaları tarıyordu; şarap testisine bir bakış attı sonra yatağın yanındaki ilaç kadehini gördü. "İyi yürekli Birader William size iyi ilaçlar hazırlıyor, değil mi?" dedi. "Size kendinizi daha iyi hissettirdiler mi, Sir Hugh?"

Hugh dostça bir tavırla homurdandı. Nirac'tan hoşlanmıyordu; fakat Katherine'in burada sıkıldığını tahmin edebiliyordu ve küçük soytarı onu eğlendiriyorsa... Ayrıca haftalardır ilk kez bacağı ağrımıyordu ve karnında sancılar yoktu. "Gri Keşiş işini kesinlikle biliyor" dedi Hugh, "ve Leydim de ilaçlarımı almama dikkat ediyor." Siyah kâfurlu haşhaş suyunun bulunduğu kil kadehe baktı. Nirac başıyla onayladıktan sonra çabucak Katherine'e döndü. "Peki, size ne getirdiğimi merak etmiyor musunuz?"

"Yeni bir şarkı mı?" dedi Katherine gülümseyerek. Nirac'ın hediye vermeyi sevdiğini bilirdi. "Yoksa kendin oyduğun komik bir biblo mu?"

"*Nenni, belle dame!*[53] Onlar sizi pek fazla güldürmez. Pencereye gelin."

Odadaki tek pencere avluya bakıyordu ve Katherine pencereden eğildiğinde bir çığlık attı. "Ah, bu da ne? Bir cüce! Gerçek mi? Ve yeşil bir kuşla, yerde zıplayan küçük bir yaratık! Ah, Hugh, hiç böyle tuhaf bir manzara görmemişsindir!"

"Ama görebilir, Leydim. Pencereye yaklaşmasına yardım edelim; orada oturup izleyebilir."

Hugh da meraklanmıştı ve Katherine bacağını desteklerken, Nirac da sandalyeyi itti; Hugh'u izleyebileceği bir yere getirdiler. "Ama siz, Leydim, onları yakından görmeli ve cücenin aptalca şakalarını duymalısınız. Siz aşağı inin; ben Sir Hugh'un yanında kalırım."

Katherine tereddüt etti. "Git" dedi Hugh. "Git, Katherine. Ona numa-

---

51 Sizi oyalamak için
52 Güzel.
53 Hayır, güzel bayan!

ralarını sergilemesini söyle. Bir defasında Castile'da fıstıklarla hokkabazlık yapan bir maymun görmüştüm. Maymununa bunu yaptırmasını söyle."

Katherine aşağı inip avluya çıktı; cücenin etrafında küçük bir kalabalık toplanmış, cüce de avluda deri bir top gibi oradan oraya hoplayıp zıplamaya başlamıştı.

Hugh görebilmek ve daha iyi duyabilmek için pervazın üzerinden eğildiğinde, maymun cüceyi taklit ederek ayaklarını ve minik ellerini sallamaya başlamıştı. Hugh yürekten bir kahkaha patlattı.

Nirac'ın işi sadece bir dakika sürdü. Gaskon bir bahane mırıldanarak -Hugh ilgilenmedi bile- yatak odasına geçti, tüniğinin altından çıkardığı gümüş şişeden gri-beyaz bir tozu hâlâ yarısına kadar Birader William'ın ilacıyla dolu olan kadehe boşalttı. Simyacı Antimoine, tozun rahipler için olduğunu söylemişti; ama alıcı rahip olmasa bile Nirac'ın isteklerine cevap verecekti. Nirac kadehe dokunmadan ve bir gözünü Hugh'un sırtından ayırmadan, yanında getirdiği küçük bir sopayla ilacı karıştırmaya başladı. Toz, siyah karışımın içinde eridi. Sopayla boş şişeyi tekrar tüniğinin altına tıktıktan sonra pencereye doğru yürüdü ve Hugh'un omzunun üzerinden bağırdı. "Ah, ne manzara, *mordieu*![54] Maymun ve papağan evleniyor; baksanıza! Prenses Isabel bu numarayı izlerken yerlere yattı." Nirac'ın sesi titriyordu ve aniden kısa bir titreme bütün vücudunu sarıp kayboldu. Hugh bir şey fark etmedi.

Cüce gösterisini tamamladığında, Katherine kahkahalardan kızarmış bir yüzle geri döndü. "Ah, Nirac, bize böyle bir şey getirmen ne büyük incelik!"

Hugh hâlâ hafifçe gülümseyerek başıyla onayladı. "Evet, teşekkürler" dedi. "Gerçekten çok naziksin. Şu gümüşleri cüceye ver" dedi ve tüniğinin altından birkaç bozukluk çıkardı.

Nirac parayı almadan önce bir an tereddüt etti. "Majesteleri'nin yanına dönmeliyim" dedi Katherine'e bakarak. "Majesteleri bensiz yapamaz. Daima beni arar, bana ihtiyaç duyar."

"Kesinlikle" dedi Katherine. Ama mutlu ifadesi silinmiş, birkaç dakikalığına unuttuğu acısı geri dönmüştü.

"*Le bon Dieu vous bénisse*"[55] dedi Nirac Katherine'e bakmayı sürdürerek. Bu ciddiyeti genç kadını biraz şaşırtmıştı; fakat ruh hâli çok çabuk

---

54 Tanrı'nın ölümü adına.
55 Yüce Tanrı sizi kutsasın!

değişen Gaskon sırıttı, yerlere kadar eğilerek selam verdi ve her zamanki hareketliliğiyle kapıdan çıktı.

"Tuhaf bir küçük adam" dedi Katherine, masanın üzerindeki şarap lekelerini bir bezle silerken. "Bana karşı daima nazik ve güler yüzlü oldu; ama onu gördüğüm her seferinde, hakkında bir şey bilmediğimi hissediyorum."

"Ah, bu Gaskonlar!" dedi Hugh. "Onlarda bilmeye değecek bir şey yoktur. Lanet olasıca piç; beklemeli ve yatağa uzanmama yardım etmeliydi. Giderek yoruluyorum."

"Ellis birazdan döner" dedi Katherine, sakinleştirici bir tavırla, "ya da belki omzuma yaslanırsan ben uzanmana yardım edebilirim. Ah, Ellis geldi işte."

Genç silahtar içeri girdi ve omzundaki sepeti savurarak masanın üzerine bıraktı. O da iyi zaman geçirmiş, kasabanın dış kısımlarında bir grup silahtarla oyun oynamıştı ve sonra da hayatında gördüğü en harika boğa güreşini izlemişti. İngiltere'deki gibi küçük bir spor değildi; üç boğa yaralanmış, dört adamın kanı akmıştı. Ellis çok heyecanlı bir şekilde gördüklerini anlatıyor, Hugh ilgili bir tavırla sorular soruyordu; bu arada Katherine de sepeti boşaltıyordu. Ellis onlara şeftali, incir ve sarımsağa yatırılmış bir somun beyaz ekmek getirmişti. Daha sonra Katherine akşam yemeği için şaraphanenin mutfağından sıcak domuz sosisi alacak ve testiyi tekrar dolduracaktı. Bugünün sona ermesine az kalmıştı; ertesi gün de çabucak geçecekti. Bu sabah hanın avlusunda yaşananları unutacaktı; arıların kovanlarına giren saldırgan yabancılara yaptığı gibi, üzerine balmumu dökerek mühürleyecekti. Bunları düşünürken, içi kasvetle doldu ve dudakları zihninin kontrol edemediği bir yerden gelen kelimeleri kaçırdı. "Sevgili aşkım" diye fısıldadı ve kırışmış, solmaya başlamış ama hâlâ kokusunu koruyan yasemin demetini koyduğu sürahiye eğilerek yüzünü onlara gömdü.

Hugh yatağa yattıktan ve Katherine yarasını sardıktan sonra o ve Ellis hâlâ boğa güreşi hakkında konuşuyorlardı; Najera'dan sonra Burgos'ta gördükleri güreşten söz ettiler. Bir de Angers'de iki ayı ve iki boğa bir arenada birbirlerini parçalamaları için serbest bırakılmış; pençeler, boynuzlar, dişler ve toynaklar arasında ortalık kan gölüne dönmüştü.

Katherine akşam yemeğini hazırladı. Bir-iki gün içinde kendine bir hizmetçi bulmayı düşünüyordu; fakat bu aralar kendisine düşünme fırsatı verecek boş zamanların pek iyi gelmeyeceğini hissediyordu.

Katedralden son ayinin duaları yükselirken, hepsi bir an dinledi ve Katherine kocasına döndü. "Yemeğimiz hazır, Hugh; yiyebilecek misin? Bak Ellis bize ne güzel meyveler getirmiş; İngiltere'de böyleleri yok."

"Evet" dedi Hugh. "İştahım var. Bana şarap ver, hayatım. Sert bir bira kadar iyi değil; ama iş görür."

Katherine ona şarap koymak için uzandı; ama sonra durdu. "İlacın, Hugh" dedi gülümseyerek. "Önce ilacını içmelisin."

Kil kadehi kocasına uzattı. Hugh homurdanarak aldı; ama içindekinin neredeyse tamamını içti. "Hah!" dedi yüzünü buruşturarak. "İğrenç şey. Daha fazlasını istemiyorum."

"Ah, haydi" dedi Katherine, Blanchette'e yapacağı gibi, "o kadar da kötü değil." Kadehi alıp tembelce bakarken, diğer birçok kadın gibi, kan ve katliamdan hoşlanan erkeklerin nasıl olup da böyle küçük şeylerden tiksindiğini merak etti. Kokladı ve kâfurun kokusunun o kadar da kötü olmadığını düşündü. Sadece meraktan deneyecekti; ama içinde az kaldığını gördüğünden ve Birader William'ın daha fazlasıyla ne zaman döneceğini bilmediklerinden kadehi bıraktı. Ellis'le birlikte sofrayı hazırladılar.

Katherine mumları söndürdükten ve şiltesine uzandıktan kısa süre sonra Hugh'un ağır şekilde homurdandığını duydu; ardından keskin bir çığlık geldi. Katherine irkilerek doğruldu ve karanlıkta el yordamıyla kocasına doğru yürüdü. "Neler oluyor Hugh, sorun nedir?"

"Bir rüya gördüm..." diye mırıldandı Hugh boğuk bir sesle. "Hayalet köpek benim peşimdeydi... Kettlethorpe'ta... hayalet köpek... ateş kırmızısı gözleriyle... Kettlethorpe yakınlarında... onu duydum..."

Katherine elini kocasının alnına koydu; ateşi vardı. "Hugh, hayatım, sadece bir kâbustu ve hayalet köpek Swynfordların peşinde değil, hatırlamıyor musun? O eski zamanlarda..."

Hugh homurdandı. "Ulu Tanrım, korkunç canım yanıyor... yine mide sancılarım..."

Katherine, Ellis'e seslendi ve silahtar uyandığında, ona gidip mutfak ateşinden ışık almasını söyledi. Hugh yattığı yerde kıvranarak homurdandı. Ellis geri döndüğünde ve bir mum yaktığında, Katherine kocasının yanaklarının çökmüş, dudaklarına sümük bulaşmış, yüzünün sararmış olduğunu gördü. Sonra Hugh kusmaya ve öksürmeye başladı. Katherine, Ellis'le birlikte onu sakinleştirmeye çalışıyordu.

"Ne olmuş olabilir, Leydim?" diye sordu silahtar fısıldayarak.

"Bilmiyorum" diye fısıldadı Katherine. "Yine akıntısı olmalı; ama hiç bu kadar kötüsünü görmemiştim. Tanrım, Ellis, Gri Keşiş'i bulmalıyız."

Silahtar hemen aşağı indi ve koşarak avludan çıktı. Şiddetli ve kanlı kusmalar biraz azalmıştı ve Hugh bitkin bir hâlde yatıyordu. Katherine onun terini silerek yatıştırıcı bir şekilde mırıldandı; ama kendi kalbi deli gibi atıyordu. Bağırsaklarını gevşeten şey meyve olabilir miydi? Hugh çok fazla incir ve şeftali yemişti. *Ah, Kutsal Meryem,* diye düşündü, *meyve yemesine izin vermemeliydim.* Kolunu kocasının başının altına koydu ve biraz kaldırdı. "Hugh, hayatım, Birader William'ın ilacını bitir; sana iyi gelecektir. Keşke daha fazlası olsaydı." Kadehi kocasının dudaklarına götürdü ve Hugh mekanik bir şekilde biraz daha içtikten sonra kendini tekrar yatağa bırakarak "Su!" diye bağırdı. Bulaşık sürahisinde biraz vardı; şarapla birleştirerek güçlendirdi ve kil kadehe koyup verdi.

Aniden Hugh irkildi ve karısına çılgın gibi gözlerle baktı. "Duymuyor musun?" diye bağırdı. "Trent'in karşı tarafındaki ormanda. Dinle! Yaklaşıyor. Kokumu aldı; ölümün kokusunu aldı!"

"Hugh, kocacığım..." Katherine kollarını Hugh'un boynuna dolayarak onu yatırmaya çalıştı; bu arada Hugh kıvranıp dönüyor, yaralı bacağına veya Katherine'e aldırmıyordu.

Bir an sonra dudaklarından korkunç bir çığlık yayıldı ve spazmlarla ikiye katlanarak tekrar kusmaya başladı. Gri Keşiş yanında Ellis'le döndüğünde, yatağın yanında durarak başını iki yana salladı. "Tanrı ona acısın!" diye mırıldandı üzgün bir tavırla. Hugh'un nabzını yokladı; şimdiden zayıflamaya ve teklemeye başlamıştı. Bileği buz gibiydi. Hekim, son dua için kaybedecek zaman olmadığını anlamıştı.

Katherine diğer odada diz çökerken, keşiş ölmekte olan adam için dua etmeye başladı. Katherine'se dua edemiyor hatta düşünemiyordu. Sadece, olanlara inanamadan öylece duruyordu.

Keşiş onu çağırdı ve birlikte yatağın yanında durdular. Hugh'un göz kapakları titredi. "Kanlı bir mücadele; hayalet köpek boğaya karşı ve boğayı gırtlağından yakaladı." Gözleri iri iri açıldı ve Katherine'e baktı. "Çok kanlı bir mücadele, Katherine..." dedi. "Tanrı acısın..."

Katherine eğildi ve Hugh'un beyaz alnını öptü. Şövalye birkaç dakika sessiz kalırken, Ellis yatağın diğer yanında çökmüş bütün vücudu sarsılarak ağlıyordu.

Sonunda Hugh'un bedeni uzun bir ürpertiyle titredi ve nefesi durdu.

Keşiş istavroz çıkardı; Katherine de ona bakarak aynısını yaptı. Hiçbir şey hissedemiyor, olanlara inanamıyordu.

Birader William derin bir iç çekti. "Zavallı adam. Ama anlayamıyorum, iyileştiğini sanıyordum... Ama bu dizanteri... Bağırsağında çürümüş ve patlamış olan bir nokta vardı sanırım. Bu bazen olur." Döndü ve uzun ince elini Katherine'in koluna koydu. "Sevgili Leydim, sizin için çok zor bir şey bu. Gelip oturun. Şarap içmelisiniz."

Kireç gibi bembeyaz kesilmiş bir yüzle, Katherine keşişin kendisini bir sandalyeye sürüklemesine izin verdi.

15

Birader William geceyi Swynfordların kaldığı yerde geçirdi. Cesedi gömülmek için hazırlayan kocakarıları çağırdıktan sonra Katherine ve Ellis'le ilgilendi. Katherine'e kendisini rahatça uyutacak bir ilaç verdi; fakat bir türlü konuşmayı ve sızlanmayı bırakamayan genç silahtarı çeşitli ve gerekli görevlerle meşgul etti.

Gri Keşiş, yurt dışında ölen bir İngiliz şövalyenin ardından yaşanan üzüntülü dönemlere alışkındı. Sabah cenaze töreni için hazırlık yapmaya başladı, geçici tabutla ilgilendi ve eve dönecek bir gemiye yüklenmesini sağladı; sonra belki de önce Dük'e haber verilmesi gerektiğine karar verdi. Majesteleri'nin bir süredir Sir Hugh'un sağlığıyla hiç ilgilenmediği kesindi ve son zamanlarda asabi olduğunu da duyduğundan, keşiş onu rahatsız etmek konusunda tereddütlüydü. Yine de zavallı Leydi Swynford'un ve şimdi belirsiz olan durumunun düşünülmesi gerekiyordu.

Katherine'i afyonun etkisinde uyur ve Ellis'i bir köşeye çökerek kendini içkiye vermiş hâlde bırakarak Keşiş sarayın yolunu tuttu.

* * *

Dük Konsey'deydi. Aquitaine'in yaldızlı tahtında huzursuzca oturuyordu. Her zamanki gibi dikkatli değildi ve kardeşinin kendisine hayranlık duymasının nedenlerinden biri olan görkemli duruşundan da eser yoktu. Bacak bacak üstüne atmış, parmaklarıyla kırmızı kadife dirsekliğin gevşek bir ipliğiyle oynuyor ve konsüllerin tekliflerini veya sıkıntılarını dalgın bir tavırla dinliyordu.

Sir Guichard d'Angle, Bayonne'a yaptığı en son yolculuğu anlatarak onlara oradaki Castilian sarayından, İngiltere'nin evlilik konusundaki hevesinin farkında olduklarından ama gülünç bir gurur ve açgözlülükle davrandıklarından söz etti. "Duyan da, Majesteleri'nin Kutsal Roma İmparatoru'nun kızıyla evlenmeye kalktığını sanır! Ayrıca Kraliçe için bir anlaşma daha istiyorlar. Nedimelerinden on ikisini ve bir o kadar da kral nedimini yanında götürebileceği konusunda ısrar ediyorlar. Dahası törenden sonrasına kadar Bordeaux'ya yaklaşmasına izin vermiyorlar."

Şef de Buch, dirseğinin dibinde duran şarap kadehini eline alıp çevirirken bir kahkaha patlattı. "Şu tantanaya bak, *mon vieux*"[56] dedi Sir Guichard'a dönerek, "ağız kalabalığından başka bir şey değil. Castilianlar da en az Yahudiler kadar sıkı pazarlık ediyor sanırım."

"O hâlde" diye araya girdi de la Pole öfkeli bir şekilde, "onlara hadlerini bildirecek biri lazım."

Dük öne eğildi. "Hayır" dedi öfkeli bir sesle emrederek. "Onlara istediklerini verin. Evlilik de Roquefort'ta gerçekleşecek."

De la Pole kaşlarını çatarak sustu. Diğer İngiliz soylular da bir şey demedi. Çıkarları bu düğüne bağlıydı; uzun süredir artık bıkkınlık veren bu konunun bir sonuca ulaşmasını bekliyorlardı; çünkü böylece çok daha endişe verici bir konuya eğilebileceklerdi; büyük Fransız yetkili du Guesclin'in kuzeyde sürekli yarattığı sıkıntılar.

Omuz silken Şef, güçlü gagasını kadehine gömdü. Sir Guichard, Dük'e dönerek eğildi ve küçük bir masaya yaydıkları parşömenle bekleyen görevlileri çağırdı. "O hâlde bir mektup hazırlayalım, Lordum."

Tam bu iş devam ederken, kapıdan bir gürültü koptu. Kapıdaki muhafız tantanayı bastırmaya çalışırken, güçlü bir ses bağırdı: "Ama bu çoook önemli, *le duc* kabul edecektir!"

John kaşlarını çattı ve kapıya doğru baktı. "Ulu Tanrım, Nirac!" diye bağırdı öfkeyle. "Nedir bu?"

Ufak tefek Gaskon kapıdan geçti ve efendisinin yanına koştu. Tahtın önündeki basamaklarda diz çökerek çok kısık bir sesle konuştu. "Birader William Appleton burada; size söylemesi gereken bir şey var."

"Tanrı aşkına, seni küçük aptal, bana bunu söylemek için mi buraya daldın?" John, Nirac'ın hiç gözlerini kırpmadan kendisine baktığını gö-

---

56 Sevgili dostum.

rünce ciddi bir şey olduğunu anladı. Gaskon anlamlı ve yavaş bir hareketle kaşlarını kaldırarak başının hafif bir hareketiyle kapıyı işaret etti.

"Özür dilerim, baylar" dedi John yerinden kalkarken. "İlgilenmem gereken bir mesele var."

"Ama Majesteleri" dedi Sir Thomas Felton, "kuzeyde ciddi bir sorun var... Bertrand du Guesclin..."

"Birazdan dönerim, Sir Thomas; fakat görünüşe bakılırsa burada tam yetkili olmadığımı unutuyorsunuz. Aquitaine'in yönetimi artık sizin ellerinizde; sizin ve şefin. Benden çok daha iyi bir iş çıkaracağınızdan eminim." Soğuk bir tavırla iki adama dönerek başıyla onayladı ve peşinden koşturan Nirac'la birlikte hızlı adımlarla Konsey salonundan çıktı. Adamlar ayağa kalktılar ve Dük yanlarından geçerken eğilerek selamladılar; sonra da konuları görüşmeye devam etmek için tekrar yerlerine oturdular.

"*Mauvaise humeur*"[57] dedi şef gülerek. "Dük de zavallı Galler Prensi gibi giderek asabileşiyor. *Nom de Dieu*;[58] ah, şu Plantagenetler! Daha fazla gülmeli, hayatın tadını çıkarmalılar. Bu adamın ihtiyacı olan şey" şişman yanaklarını kapıya doğru salladı, "bir kadın!"

"Öyle deyip duruyorsunuz" diye gürledi de la Pole. "Sonuçta biriyle evleniyor, değil mi?"

"Ben sıcakkanlı bir piliçten söz ediyorum" dedi Şef hiç istifini bozmadan, "ölmüş babasının intikamını almaktan başka bir şey düşünmeyen sapsarı bir kemik torbasından değil. Ona bir kadın bulabilirim; tanıdığım bir dansöz var. Yuvarlak kalçalı, yastık göğüslü, dut gibi ıslak dudaklı." Bu özellikleri parmaklarıyla sayan Şef devam edebilirdi; fakat İngiliz soylu sabırsızca homurdandı ve Sir Guichard gülümseyerek araya girdi.

"Şef, hiç şüphesiz kadın çok güzel ama kararlı bir erkek için bütün kediler geceleri gridir. Ayrıca Costanza gururlu bir kadın; *mon Dieu*, hem de nasıl! Üstelik de kıskançtır, bundan eminim. Castilianlar şimdi Dük'ün çapkınlık yaptığını öğrenirse, düğün suya düşebilir."

"Düğünün canı cehenneme!" diye bağırdı Sir Thomas Felton. "Asıl sorun şu ki du Guesclin'le ilgili ne yapacağız?"

* * *

John özel süitinin bitişiğindeki oturma odasında şöminenin başında oturuyordu ve Gri Keşiş'in sakin ve üzgün bir sesle anlattığı inanılmaz şey-

---

57 Asabı bozuk.
58 Tanrı adına.

leri dinliyordu. "Ve Lordum, zavallı şövalye öldü. Tanrı ruhunu kutsasın!"

"Ne?" dedi Dük neredeyse fısıldarcasına. "Ne dedin sen?"

"Dedim ki Lordum, Sir Hugh Swynford şiddetli bir dizanteri krizi geçirdi ve öldü."

"Ama bu olamaz... iyileşiyordu! Olamaz!"

Dük bunu öyle tuhaf bir sesle söyledi ve öyle şiddetli arkasını döndü ki Birader William bu hareketi öfke olarak algıladı ve mütevazı bir tavırla, "Majesteleri, beni bağışlayın" dedi, "elimden geleni yaptım. Tanrı'nın bana bahşettiği bütün beceriyi kullandım. Ne var ki şövalyenin yaşamasını O istemedi."

Nirac, kollarını göğsünde kavuşturmuş, kapının yanında fark edilmeden duruyordu ve Keşiş görmese de o efendisinin yüzünü görebiliyordu. Şaşkınlığın yerini hayranlığa bıraktığını ve sonra mavi gözlerin iri iri açıldığını gördü. Dük titreyen bir sesle yavaşça tekrarladı: "Şövalyenin yaşamasını O istemedi."

"Cenaze düzenlemeleri, Majesteleri" dedi Keşiş, Dük'ün boğuk konuşmasına ve sırtını dönmesine şaşırarak. "Hepsini ben halledebilirim; fakat geride kalan dulu için melankolik bir durum söz konusu; ve silahtarı için. Belki kâhyanızı veya diğer hizmetkârlarınızdan birini onlara yönlendirmek isteyebileceğinizi düşündüm."

"Dul" dedi Dük. "Evet, dulu, öyle dedin, Peder. Onunla kendim ilgileneceğim" dedi ve Dük dönerken, Gri Keşiş, Nirac'ın gördüğü şeyi gördü: Saf bir mutluluk; genç, hevesli, mutlu bir yüz!

Birader William kaşlarını çatarak geri çekildi. "Lordum, onunla sizin ne işiniz olabilir ki? Büyük bir acısı var, korumasız kaldı ve gerçekten erdemli bir kadın..."

"Biliyorum. Ve asla da unutmayacağım. Ama bilmediğin şeyler var, Peder." Dük, Gri Keşiş'i şaşırtan bir yumuşaklıkla gülümsedi. "Tanrı dualarımı duydu ve beni kutsadı. Hayır, iyi yürekli Peder, o kadar hüzünlü bakma, günah çıkarmamı dinlemiyorsun. Sen üzerine düşen her şeyi yaptın. Bu konuyu kafandan at artık. İşte, şunu al." Kemerindeki keseyi açtı ve Keşiş'in isteksiz eline bir düzine altın para bıraktı. "Yoksullara, hastalara, dilencilere ya da kime istersen onlara dağıt. Şimdi beni yalnız bırak!"

* * *

Sonraki üç gün boyunca saray çevresi hükümdarın davranışlarına şaşıp kaldı; ama genç lordlar ve leydiler çok keyifliydi. Görünüşe bakılırsa Dük son aylarda gösterdiği tüm kederi üzerinden fırlatıp atmıştı.

Her gün kendisine katılmak isteyenlerle birlikte nehir kıyısında şahiniyle ava çıkıyor, büyük beyaz şahini Oriana bir yaban ördeği veya balıkçıl getirdiği her seferinde zafer tutkusuyla haykırıyordu. Her gün o ya da bu şövalyeyle, mızrak ya da başka türde silah antrenmanı yapıyordu. Geceleriyse Büyük Salon'da dans ve müzik vardı.

Prenses Isabel, bu açıklanamaz değişiklikten rahatsız olmuştu; ama homurtularına pek aldıran yoktu. Kendisine açıklanan her fikre katılma eğiliminde olan en küçük kardeşi Edmund bile, "Ah, John'la ilgili mızmızlık etme" diyordu. "Bana kalırsa evlenmeden önce son bir kez eğlenmek istedi ve açıkçası, bence bunun zamanı gelmişti."

Maiyettekiler arasında, sadece Şef de Buch bu değişikliklerin nedenini biliyordu; çünkü Dük ona belli bir konuda danışmıştı. Şef elbette ki kesinlikle onaylamış, kendi kendine gülmüştü; ama istendiği gibi konuyu kendine saklamıştı.

Hugh'un ölümünden sonraki dördüncü günde, Dük, Prenses Isabel'e haber göndererek bir süre ortalıkta olmayacağını ve Edmund'un Büyük Salon'da evsahipliği yapacağını bildirdi.

Şafakta, Dük ve Nirac gizlice saraydan çıktılar ve üzerlerindeki süssüz, armasız koyu gri pelerinlere sarınarak uzaklaştılar; John en güçlü ve en sevdiği savaş atı Palamon'a biniyor olmasına rağmen hayvanın koşumları yeterince sadeydi. Sokaklardan sessizce geçip katedralin arkasında Swynfordların kaldığı yere geldiler; avluda bir domuz ve birkaç tavuktan başka hiçbir şey yoktu.

Yukarıda Katherine boş yatakta oturuyor, o gün daha erken saatte Dük'ten aldığı mesaja bakıyordu. Mesajı Nirac getirmiş ve cevabını beklemişti. "Vesper saatinde burada olacağım ve Dük'ümü kabul edeceğim" demişti Katherine. "Ama hepsinin bu olduğunu kendisine söyle. Bir veda olmalı."

Nirac eğilerek yanından ayrıldıktan sonra yatağın üzerine oturmuş, günlerdir yaptığı gibi yiyeceği ve içeceği unutarak düşüncelere dalmıştı. Sanki gerçek Katherine Keşiş'in verdiği afyonun etkisinde uyumaya devam ederken, vücudunda başka biri yaşıyor gibiydi. Baştan aşağı siyahlarla örtülmüş vücudu cenaze törenine katılmıştı ve tabutun eve nakledilmesinden önce katedralin mezarlığına konmasını izlemişti. Hatta elleri ağır Swynford alyansını çıkarıp tabutun içine koyarken, gözleri dolmuştu. Daha sonra, sarhoşluktan uyuyakalan Ellis'le ilgilenmişti. Ama bunları yaparken aklında hiçbir özel düşünce belirmemişti.

Dük'ün mesajı bile Katherine'i uyandıramamıştı; ama içinde bir yerlerde bir ürperti olmuştu. Bolingbroke'daki sarı veba salgını sırasında zor duyulan sesler ve zor görülen görüntüler gibi, hayat ona boğuk bir şekilde ulaşıyordu.

Avludan atların gürültüsü yükseldiğinde Ellis, Hugh'un zırhını parlatıyor, paslarını temizliyordu. Daha az sarhoş olduğu zamanlarda bu iş onu biraz rahatlatıyordu. "Küçük Tom bunu giyecek" diyordu Ellis. "Kısa sürede büyüyecek ve babasının yerini alması gerekecek"

Katherine başıyla onaylıyordu; ama çocukları da diğer her şey kadar uzak geliyordu.

Avludaki sesleri artınca Ellis pencereden dışarı baktı. "İki atlı yukarı geliyor" dedi, Hugh'un zırhını bırakırken. "Ne istiyor olabilirler ki?" Kapıyı açtı ve Katherine ayağa kalktı.

Uzun boylu bir adam içeri girerek kukuletasını açtı.

"Lordum Dük!" dedi Ellis hemen diz çökerek. Kan çanağına dönmüş gözleri kararsızlıkla kısıldı. Nirac merdiven sahanlığında durdu.

"Senin için geldim, Katherine" dedi John sakince, Ellis'e aldırmadan başının üzerinden genç kadına bakarak.

"Hayır, Lordum..." diye fısıldadı Katherine; ama etrafını saran boğucu peçe biraz dağılmış, nefesleri sıklaşmıştı. Ellis zorlukla ayağa kalkıp durdu ve olduğu yerde sallanarak bir Leydisine, bir Dük'e baktı.

"Evet, sevgili Leydim. Benimle geliyorsun. Artık aramıza girebilecek hiçbir şey yok." John kollarını kaldırarak ona doğru bir adım attı; ama Katherine yatağın yanında sessizce ve hareketsizce durmaya devam ediyordu.

"Sakın ona dokunmaya cüret etme!" diye bağırdı Ellis zihni netleşerek. "Leydime dokunmaya kalkma!" Aniden öne atılarak iri yumruğunu savurdu; ama hamlesi John'ın omzunu zararsızca sıyırıp geçti. Dük yana çekildi ve hızlı bir hareketle yumruğunu Ellis'in çenesine indirdi. Silahtar geriye savruldu ve dengesini korumaya çalışırken sırtüstü yere devrildi. Katherine bir çığlık attı ve silahtarın yanına koşmak için döndü; ama John yine hızla hareket ederek onu durdurdu. Genç kadını güçlü kollarının arasına aldı ve hareket edemeyeceği şekilde sıkıca tuttu. Mutlu bir şekilde gülerek Katherine'i dudaklarından öptü; başlangıçta tepki veren Katherine'in direnci kısa sürede söndü. Genç kadını kollarının arasından bırakmadan aşağı indirdi, Palamon'un sırtına tırmanıp Katherine'i eyerin önüne aldı ve pelerinyle örttü. At hızla ileri doğru atıldı.

Baştan aşağı zırhlı bir adamı taşıyacak şekilde yapılmış olan eyer ikisini de kolayca taşıdı ve Katherine daha fazla direnmedi. Başını John'ın göğsüne koydu ve kalp atışlarını dinleyerek gözlerini kapadı.

At yavaşlamadan önce miller boyunca hızla yol aldı. Göğsüne dayanmış olan başa bakan John, Katherine'in ağırlığını kolunda hafifçe aktardı ve nazikçe güldü. "Uyuyor musun, Katherine?"

"Hayır, Lordum" dedi Katherine başını kaldırıp karanlıkta onun yüzüne bakarak. "Sanırım mutluyum. Çok tuhaf."

John eğilip genç kadını öptü. "Mutlu olacaksın. Daima!"

Yüzüne tuz yüklü bir deniz rüzgârı çarparken, aynı zamanda Palamon'un yavaşlayıp yürümeye başladığını, dev gibi toynaklarının çamurda boğuk şekilde takırdadığını duydu. Eyerin üzerinde doğruldu ve bir martının tiz çığlığını duydu. "Denize yakın mıyız, Lordum?"

"Evet" dedi John. "Les Landes'teyiz, Katherine. Şefin şatosuna gidiyoruz; Château la Teste. Nerede olduğunu biliyor musun?"

"Hayır" dedi Katherine sakince. "Sadece gittiğimiz yer her neresiyse dönüşü olmayacağını biliyorum."

John ona sıkıca sarıldı ve sessizce yola devam ettiler.

Les Landes, Fransa'nın en tuhaf ve en tenha bölgesiydi. Kumlu arazilerinde doğru dürüst bir şey yetişmiyordu ve tuzlu bataklıklarında da sazlıklardan başka bir şey yoktu. Hava sisliydi ve okyanusun sürekli dalgaları kumulları ileri geri itip duruyordu.

Bu bataklıklarda beyaz taşların işaretlediği tek bir yol vardı. Asırlar önce ataları Arcachon Körfezi'nde gözden uzak bir şato inşa etmiş olan Şef de Buch bu yolu koruyordu. Bordeaux'dan otuz mil uzaklıktaydı; ama deniz baronlarından oluşan bir kabile için yeterince iyi bir yerdi.

Şatoya yaklaşırlarken, Şef'in maiyetindekilerden ikisi, ellerinde meşalelerle at sırtında gelerek onları karşıladı ve yolun geri kalanında rehberlik etti. Yüksek kemerlerin arasından geçerek devasa duvarların içine girdiler ve yuvarlak bir kulenin önünde durdular. Katherine o kadar uyuşmuş ve üşümüştü ki hareket etmekte zorlanıyordu. John kolunu onun beline doladı ve spiral merdiveni tırmanarak Salon'a çıktılar.

Ortalıkta hiç hizmetkâr görünmemesine rağmen Şef'in uşakları Dük'ten alınan emirlere uymuştu. Şöminede muazzam bir ateş yanıyordu ve demir meşale halkalarına bir düzine parfümlü mum yerleştirilmişti. Taş duvarlara ipek duvar halıları asılmıştı ve zemine gül yaprakları serpilmişti. Damasko örtülü tek bir küçük masaysa yaseminlerle sarılıydı.

Katherine'i nazikçe izleyen John, bu güzel kokuları derin derin içine çekişini gördü ve gülümsedi. Burada, bu nemli eski şatoda Katherine için bir güzellik yaratmıştı ve mutluluklarını güçlendirecek hiçbir şeyi atlamamıştı.

"Siyah elbiseni çıkar, Katherine" dedi "ve kendini tazele, aşkım. Burada ihtiyacın olan her şeyi bolca bulabilirsin." Onu Salon'a bitişik küçük bir odaya götürdü. Burada da ateş yanıyordu ve Bordeaux'dan arabayla getirilmiş olan yatağın üzerine ipek örtüler, yastıklar konmuş, duvara devekuşu tüyleri ve minik mücevherlerle süslenmiş altın rengi bir tafta asılmıştı.

İçeri girdiklerinde onları şişman bir nedime karşıladı ve Katherine'e ılık su dolu bir leğen uzatarak saygılı bir şekilde bekledi. Dük hevesli bir kahkaha patlatırken, "Acele et!" diyerek çıktı.

Genç kadın yıkanırken, nedime ona gardıroptan çıkardığı bir elbiseyi getirdi. "Şef bunu giymenizi istedi" dedi. Aslında bu elbisenin Katherine için yapılmasını Dük emretmişti; fakat kadın hayatı boyunca La Teste'den hiç çıkmamıştı ve Şefinden başka efendi tanımıyordu.

Elbise krem rengiydi ve sadece düşük dekolteli yakasının kenarı altın-yeşil şeritlerle süslenmişti. Yakanın iki tarafının birleştiği tam orta noktada, bir kalbin ortasına iç içe geçmiş yapraklarla işlenmiş J ve K harfleri vardı. Katherine ona baktığında gözleri yaşlarla doldu. Elbiseyi başından aşağı geçirdi ve kadın düğmelerini ilikledikten sonra Katherine'in saçlarını çözerek taramaya başladı.

Katherine'in saçları yeniden örülmeye başlandığında John geri döndü. "Hayır!" diye bağırdı. "Örme, hayatım. Açık bırak!"

"Gelin gibi mi?" diye fısıldadı Katherine yarı gülümseyerek.

John ona yaklaştı ve parlak saçlarından bir tutam alıp dudaklarına götürdü. Nedime kadın gerilerken, John ona hafif bir hareket yaptı; kadın döndü ve merdivende gözden kayboldu.

Salon'daki ateşe yakın duran masada birlikte yemeklerini yediler. Aslında Nirac yanlarında kalıp hizmet edecekti; fakat Şef'in kilerinden çıkarılan güzel bir şarabı kadehlerine doldururken Katherine aniden midesinin bulandığını hissetti. Ufak tefek Gaskon geri çekildiğinde Katherine, John'a doğru eğildi. "Lordum, yalnız kalamaz mıyız? Size ben hizmet edebilirim."

"Elbette" dedi John hiç düşünmeden ve Nirac'ı gönderdi. Fakat John biraz şaşırmıştı. Kendilerine hizmet etmesi için seçtiği kişinin, Katherine'i bütün utancından kurtaracak, tanıdık biri olmasına dikkat etmişti. "Nirac'tan hoşlanmıyor değilsin, değil mi?" diye sordu, yalnız kaldıklarında.

Katherine başını iki yana salladı, ürpermesine neyin neden olduğunu bilemeden. "Bir kapris, sevgili Lordum" dedi. "Kadınlar kaprislidir..." Aniden John'a nazik ve baştan çıkarıcı bir gülümsemeyle baktı. "Kaprislerime karşı nazik ve anlayışlı olacak mısınız?"

Beyaz elbisesi içinde karşısında otururken, Katherine güzellik kelimesine yeni bir tanım getiriyor gibiydi. Saçları neredeyse yere kadar uzanıyordu ve bir zamanlar John'ın kendisini karşılaştırdığı akikler gibi parlıyordu. Kırmızı dudakları aralanmıştı ve gri gözleri aşkla bakıyordu. John titredi ve yerinden kalkıp Katherine'in yanına giderek diz çöktü.

"Her zaman nazik ve anlayışlı olmayacağım, Katherine" dedi, onun yüzüne bakarak. "Ama annemin ruhu üzerine yemin ederim ki ölene dek seni seveceğim."

Katherine ona doğru eğildi ve kollarını açarak Dük'ün başını göğüslerine doğru bastırdı. Şatonun dışında bir martı haykırdı ve denizin kokusu pencereden süzülerek yaseminlere karıştı.

John başını geri çekti ve korku veya tereddüt olmadan birbirlerinin gözlerine derin bir aşkla baktılar.

* * *

Şef'in Les Landes'teki şatosunda üç gün kaldılar ve bu süre boyunca, Salon'dan ve yatak odasından hiç çıkmadılar.

Birleşmelerinin coşkusu ikisini de kaplamıştı. Katherine yaşadıklarını daha önce ancak rüyasında görebileceğini düşünüyordu ve birbirlerinin kollarından uzak kaldıkları anlarda bile, John'ı kendi vücudunun bir parçası gibi hissediyordu.

John daha önce aşkı tatmıştı; ama böylesini ilk kez yaşıyordu. Blanche'la yaşadığı o zarif ve şefkatli anlar şimdi ne kadar uzakta kalmış gibi görünüyordu! Onunla evliliğinde saygınlık ve sessizlik vardı; Blanche daima anaç bir kadındı ve John ona daima minnet duymuştu.

Ama şimdi minnet ya da saygınlık yoktu. Bu deniz kokulu odada, hiç utanma duygusu duymadan çırılçıplak bir araya gelmiş, vücutlarının güzelliğini gururla ve cömertçe birbirlerine sunan bir kadın ve bir erkek vardı.

Üçüncü akşam ateşin başında minderlerin üzerine oturdular ve tek bir kadehten şaraplarını yudumladılar. Olmadık şeylere gülüyor, âşıkların daima yaptığı gibi küçük kelimeler fısıldıyorlardı.

John kolunu uzatarak ocağın yanına kırmızı bir kadife kurdeleyle asılmış lavtayı aldı ve Katherine'e döndü. "Dinle, sevgilim. Sanırım şimdi sana söylemek istediğim şarkıyı buldum..."

John'ın rahatsız olmadan çalabilmesi için Katherine biraz geri çekildi ve güçlü ama zarif parmaklar tellerin üzerinde dolaşırken, birbirlerine gülümseyerek baktılar. "Sen, Katherine'im, benim için bütün güzel şeyleri ifade ediyorsun," dedi John alçak sesle, "ve ben de şunları söylüyorum...

> *Sen ki iyiliğin mercanı, doğruluğun yakutu*
> *Sen ki berrak bir kristal, senin gibi güzeli yoktu.*
> *Sen... sen ki cömert bir zambak, yiğit bir menekşe*
> *Tatlı bir kadife çiçeği, yanımda kal Leydim, sadakatle.*
> *Senin aşkın için erir biterim*
> *En korkutucu işe cüret ederim.*
> *Senin aşkın için dualarım daim*
> *Aşkın için uykumda titrerim*
> *Bütün gece uyanık kalsam derim yanında*
> *Senin aşkın için geceleri sabah ederim*
> *Başkalarının sevgilileri için yaptıklarını*
> *Senin için yapacaklarımın yanında hiç bilirim."*

Bu eski İngilizce mısraları o anda aklına gelen bir melodiyle söyledi ve nakaratı tekrarlarken Katherine de ona katıldı.

Düetleri o kadar güzeldi ki Salon'un kapısının önünde nefes nefese duran Şef de Buch, hayretle arkasındaki Nirac'a döndü. "*Nom de Vierge!*[59] Bu Dük olabilir mi? Birlikte melekler gibi şarkı söylüyorlar! Yani bu kadar mı mutlular?"

Nirac omuz silkti ve her zamanki dobralığıyla cevap verdi. "Öyle oldukları şüphesiz, Şef. Üç gündür onları ilk kez görüyorum. Nedime kadın onlara hizmet ediyor."

Şef çalı gibi kaşlarını kaldırarak güldü. "*Oh la belle,* ha?" dedi Nirac'a göz kırparak. "İnsan böyle zamanlarda diğer her şeyi unutuverir." Yumruğuyla kapıyı vurdu; ama şarkının son mısralarını coşkuyla söylediklerinden onu duymadılar ve Şef kapıyı açtı. Doğuştan bir özgürlükçü olmasına rağmen Şef onları gördüğünde neşeli selamı boğazında kaldı.

Minderlerin üzerinde ikisi ışıkla yıkanıyor gibi görünüyordu. Kız yarı çıplaktı; ama kolları öylesine güzel ve göğüsleri uzun kızıl saçlarının arasında

---

59 Bakire Meryem adına!

öylesine pürüzsüz bir mermer gibi duruyordu ki... ve Dük'ün yüzündeki ifade öylesine hayranlık doluydu ki... Şef'in aklına müstehcen şeyler gelmek yerine, içi sadece acı bir geçmiş özlemiyle doldu. Otuz yıl önce kendisi de neredeyse bunun gibi bir an yaşamıştı fakat çok kısa sürmüştü; çünkü kadın ölmüştü.

"Bağışlayın, Lordum... Leydim..." diye kekeledi, geri çekilirken. Dük öfkeli bir şekilde karşılık vermedi. Bunun yerine kolunu kıza dolayıp öylesine nazik ve koruyucu bir tavırla kendisine çekti ki Şef zorlukla yutkundu.

"Ne oldu, sevgili de Grailly?" dedi John. "Harika konukseverliğin için teşekkürlerimizi duymaya mı geldin?" Gülümsedi ve başını eğerek bir an için yanağını Katherine'in saçlarına dayadı. "Sanırım, Katherine'ciğim, Chaeau la Teste varken cennete ihtiyacımız yok."

Genç kadın parlak gözlerini kaldırdı ve sevgilisinin kollarına daha çok sokuldu.

Şef boğazını temizledi. "Şey, Lordum, bana gelmemi söylediğiniz için geldim. Perşembe akşamı. Bordeaux'da sizi bekleyen çok acil konular var." Genç kadının yüzünü buruşturduğunu gördü ve huzursuz bir tavırla ekledi. "Sizinle biraz yalnız konuşabilir miyim, Lordum?"

Dük reddecekti; fakat Katherine beyaz elbisesini vücuduna sıkıca sardı ve onun kollarından kayarak Şef'e gururlu bir tavırla gülümsedikten sonra yatak odasına çekildi.

"İnanılmaz bir güzel, Leydi Swynford, *mon duc*" dedi Şef, Katherine gittikten sonra kendini toparlamaya çalışarak. "Bu keyifli ilişkiniz için sizi kutlarım! Sizi uzaklaştırmak zorunda kalacağım için çok üzgünüm."

Dük ona tuhaf bir tavırla baktı. "O benim ruhum. Hayatım. Ondan başka hiçbir şey istemiyorum."

"*Doux Jésus!*"[60] diye mırıldandı Şef. Şarap testisine yaklaştı ve bir kadeh doldurarak aceleyle içti. "Castilian temsilciler imzalanmış sözleşmeler ve yüzükle geri döndü, Majesteleri. Artık resmî olarak Castile Kraliçesi'nin nişanlısısınız. Emrettiğiniz gibi, düğün Roquefort kilisesinde St. Matthew Ziyafeti'nden sonra gerçekleşecek."

Dük bir şey söylemedi. Dudakları gerilmişti. Gözleri sert bakıyordu; az önce Katherine'inki kadar genç ve parlak görünen yüzü aniden bütün yaşını sergilemişti.

"Dün" diye devam etti şef, "John Holland Kent, düğün hediyeleri ve

---

[60] Yumuşak huylu İsa adına!

babanız Majesteleri Kral'la Galler Prensi'nin mektuplarıyla İngiltere'den geldi. Onları size getirdim ve..." diye ekledi, "yerinizi gizlemekte çok zorlandım. Sonunda onlara gizli bir yemini yerine getirdiğinizi söyledim. St. Venus'e edilmiş bir yemin, *pardieu*!" Gülerek bacağına bir şaplak indirdi; ama Dük'ün gözlerindeki bakışı görünce susup ciddileşti.

Şef kesesini açıp iki katlanmış parşömen çıkardı; ikisi de kırmızı kurdeleyle bağlanmış, üzerlerine kraliyet mührü vurulmuştu. Parşömenleri Dük'e uzattı; ama Dük almadan önce sessizce bakmakla yetindi.

Adam aşktan sarhoş olmuş, diye düşündü Şef huzursuzca. "Mantıklı olun, Lordum. İnsan, küçük zevklerin hayatın gerçekten önemli konularını engellemesine izin vermemelidir. Bunu daha önce yaptığınızı da hiç görmedim. John Holland, İngiltere'de herkesin evliliğinizle ilgili çok heyecanlı olduğunu söyledi. Halk bu ittifaka çok sevinmiş."

"Halkın canı cehenneme; onları neden umursayayım ki? Düğünün de canı cehenneme" dedi Dük. Yatak odasının kapısına doğru baktı. "Costanza'yı düşünmek midemi bulandırıyor!"

Şef şoka girmişti. Şarabının kalanını bitirirken, Guichard d'Angle veya de la Pole gibi kurnaz ve etkili konuşan birinin, bu tehlikeli zihin yapısıyla daha kolay başa çıkabileceğini düşündü.

"Costanza sadece bir amaç uğruna kullanılan araçtan ibaret, *mon duc*" dedi sonunda. "O, Castile demek. Kral olacaksınız." *Aha, tuşe!* diye düşündü Şef mavi gözlerin titrediğini görünce. Rahatlayarak geğirdi ve oturduğu yere yerleşerek devam etti. "Evlendiğinizde ve İngiltere'ye döndüğünüzde, istediğiniz her şeyi yapabilirsiniz. Leydi Swynford'un sizden ayrılmasına gerek yok. Sonuçta evleneceğiniz biri değildi ki."

Dük olduğu yerde çöktü. Kendini bir sandalyeye attı ve yere saçılmış yasemin yapraklarına baktı. "İki konuda haklısın, Şef" dedi, bir an sessiz kaldıktan sonra. "Onunla asla evlenemem ve benden asla ayrılmamalı."

"Ah, *bon*, her şey yoluna girecektir" dedi Şef gülerek. Masanın üzerinde dokunulmadan duran üzüm doldurulmuş bir kuzu budunu koparıp harika aşçısının âşıklar için neler hazırlayıp gönderdiğini öğrenmek istedi. "O hâlde yarın şafakta Bordeaux'ya yola çıkabiliriz, ha? Konsey saat dokuzda sizi bekliyor olacak."

"Hayır" dedi Dük. "Yarın Bordeaux'ya gitmeyeceğim. İki hafta gitmeyeceğim."

Şef, elindeki kuzu budunu ağzına götürürken olduğu yerde ve ağzı açık hâlde kalakaldı. "Ha?!"

"İki hafta daha Katherine ve ben yalnız kalacağız. Onu Pirenelere götürüyorum."

"*Pitié de Dieu!*[61] Bunu yapamazsınız!" diye kekeledi Şef. "İnsanlar ne der! Üstelik zaman yok, düğün hazırlıkları... Bu saçmalık!"

John sandalyeden kalktı ve Şef'e kaşlarını kaldırarak baktı. "Sen kiminle konuştuğunu unuttun mu, de Grailly?"

Şef kızardı ve özürler geveledi. *Ah, şu İngilizler,* diye düşünüyordu, *hepsi deli! Duygusal aptallar, Tanrı onlara acısın. Şimdi bu fahişeyle ortalıkta koşturamazsın, seni sersem! Hem politik hem de kişisel açıdan son derece tehlikeli!*

Ama Şef bir şey yapamayacağını anladı. Dük ona detaylıca talimatlarını verdi ve işini bitirdikten sonra özlem dolu bir sesle "Katherine!" diye seslendi.

* * *

Âşıklar ertesi gün öğlen şatodan ayrılarak güneye yöneldiklerinde dikkat çekmeyecek bir hacı çift gibi giyinmişlerdi; John daha önce Katherine'i katedralde bulduğunda giydiği cüppeyi giymiş, Katherine de üzerine şatodaki bir sandıkta buldukları yeşil bir cüppeyi geçirmişti. Yeşil gerçek aşkın rengiydi ve onu bulduklarına çok mutlu olmuşlardı. Yolculukta Şef'in adamlarından ikisi onlara eşlik ediyordu; biri çoban, diğeri de demirci kılığındaydı ve ikisi de geçmeleri gereken araziyi iyi tanıyan güçlü adamlardı. Ancak bu yolculuğun amacını veya eşlik ettikleri çiftin kimliklerini sorgulamayacak kadar da aptaldılar.

Nirac efendisine eşlik etmemişti; oysa planı duyduğunda yapmayı umduğu şey buydu. Katherine'in en küçük ricası John için bir emir olmasaydı bile, kendisi Nirac'a eskisinden daha az sempati duyuyordu. Ufak tefek Gaskon etkileyiciliğini ve küstah gülümsemesini kaybetmiş, son derece sessiz bir şekilde Bordeaux'ya dönme emrini almıştı. Gözleri kan çanağıydı ve teni sapsarıydı; John nazikçe sormuştu. "Ateşin mi var, Nirac? İyi görünmüyorsun. Ben dönene kadar dinlen. İşte" ona bir altın para uzatmıştı, "hizmetlerin için küçük bir teşekkür!"

"Hizmetlerim için, *mon duc*" diye tekrarlamıştı Nirac tuhaf bir ses tonuyla. Dük ona bakmıştı ve "Size *ne şekilde* hizmet ettiğimi bilmiyorsunuz bile" sözlerini duymasına rağmen kapris olarak algılayarak umursamazdan gelmişti.

---

61 Tanrı'nın merhameti adına!

Şatonun avlusundan çıktıklarında Katherine, John'ın bindiği Palamon'un arkasına oturmuştu. Hayatının en güzel üç gününü geçirdiği kuleye veda etmek için döndüğünde, avluda toplanmış seyislerden uzakta Nirac'ı duvara yaslanmış hâlde gördü.

Nirac'ın küçük maymunsu yüzü ağlıyormuş gibi büzülmüştü ve kayıtsız tavırlı Dük'e bakıyordu; ama Gaskon, Katherine'in kendisine baktığını hissettiğinde, bakışları ona döndü ve genç kadın Nirac'ın acıklı kıskançlığını hissederek anlayışla el salladı. Nirac karşılık vermedi; ama bu kadar mesafeden emin olamasa da Katherine sanki o gözlerde aniden beliren bir nefret pırıltısı görür gibi oldu.

Bu Katherine'i sadece bir an rahatsız etti ve sonra Nirac'ı unuttu. Kollarını John'ın beline sıkıca sardı ve yanağını omzuna yasladı. Sert çuval bezinin altından, teninin sıcaklığını hissetti ve eril bergamot kokusunu duydu.

John onun bir elini tutup kemerinden dudaklarına götürdü ve avucunu öptükten sonra dönüp gülümsedi. "Mutlu musun, hayatım?"

"Hem de çok, Lordum."

"Hayır, Katherine, bunlar..." Böyle birlikte geçirecekleri zamana bir sınır veya tanım koymak istemiyordu ve Katherine de böyle bir şey istememişti. Sadece birbirlerinden ve aşklarından söz ediyorlardı. "Bu yolculukta 'Lordun' değilim; Compostela'ya hacca çıkmış olan diğer birçokları gibi saygın bir çiftiz: Katherine ve John. Başka bir şey değiliz."

Katherine neşeli bir tavırla güldü. "Esnaf mıyız, John? Yoksa hancı mı? Aşçı? Bordeaux'da belki? Hayır, ikimiz de Gaskon aksanıyla konuşmuyoruz. O zaman daha kuzeyde bir yer... Benim vatanım Picardy veya seninki, Ghent olabilir."

"Ah, hayır!" diye bağırdı John irkilerek. "Biz *İngiliz*'iz, Katherine!"

"Elbette" dedi Katherine. Ne var ki İngiltere'nin kendisi için unutmak istediği bir sürü mutsuz anıyla dolu bir ülke olmasından utanç duyuyordu.

"Bak!" dedi John, onun düşündüklerini hemen anlayarak. "Şurada havalanan iki balıkçılı görüyor musun? Bu bataklıklar böyle yabani balıkçıllarla kaynıyor. Ah, keşke Oriana yanımda olsaydı! Ne avlanırdık! Daha önce hiç şahinle avlandın mı? Sana öğreteceğim, sevgilim."

Ne zaman, diye düşündü Katherine. *Nerede?* Bu ve diğer birçok şeyi düşünmeye bile cesaret edemiyordu.

"Üstelik dağları daha görmeden bile" diye devam etti John, devrilmiş kütüklerin ve bataklıkların etrafına yayılan küçük tepeler arasında rehberlerini izlerken. "Onları sana göstermek için sabırsızlanıyorum."

Katherine'i Pirenelere neden götürmek istediğini kendisi de bilmiyordu. Belki de kendisine ait olmayan ve kimsenin onu tanımayacağı yerlerde Katherine'le yalnız kalmak istiyordu. Belki de içgüdüsel olarak, aşkları için daha doğal bir güzellik arıyordu.

İkinci gün Les Landes'i geçerken Pireneleri gördüklerinde, gümüşi pırıltılı mor gölgelerden oluşan ve güney göklerini delercesine uzanan dağların manzarası karşısında Katherine'in nutku tutuldu. Gözleri dolmuştu. Bu dağlardan harika bir müzik gibi kendilerine ulaşan mistik yüceliği John'la birlikte hissetti ve derelerin, kayalıkların, çamların arasından geçerek Bask topraklarında sürekli tırmanırken, aşkları derinleşti. Artık fiziksel açlıkla başları dönmüyor, kendilerinden daha yüce bir ruhun güven verici sükûnetini hissediyorlardı.

Charlamagne'ın büyük şövalyesinin altı yüz yıl önce öldürüldüğü Pas de Roland'a yakın olan Roncevalles'ı geçtiler. Burada yolculara ve hacılara hizmet vermek amacıyla büyük bir manastır kurulmuştu. Ama meraklı rahiplere ve yolculara yakalanmamak için manastırdan uzak durdular ve birkaç mil ötedeki minik bir dağ hanında konakladılar.

Bu han, kaçakçıların buluşma yeriydi ve her türde konuk ağırlamaya alışkındı. Kara gözlü hancı kadın hiç soru sormadan, John'ın bozuk Baskçasına omuz silkerek karşılık verdi ve kendisine verilen gümüş parayı ısırarak kontrol etti. Sonra da onları deponun üzerindeki küçük, temiz bir odaya götürdü. Şef'in iki adamı, kayalıktaki birçok kayadan birinde kalacaktı.

John ve Katherine'in handa geçirdiği günler son derece zevkliydi. Tatlı kokulu bir saman şiltesinin üzerinde uyudular. Keçi derisi tulumlardan dökülen sert şaraptan içip alabalık ve bol kırmızıbiberli lezzetli yemekler yediler. Dağların arasında dolaştılar ve bir şelalenin yanında, küçük bir otlak vadisi buldular. Katherine kendini tutamayarak rengârenk yabani çiçekler topladı. John yanında kadife gibi yeşilliklerin üzerine uzanırken, Katherine çiçeklerden bir taç yaptı. Bazen birlikte şarkı söylediler ve John ona gençliğinde öğrendiği şiirleri okuyup aşk şarkıları söyledi.

Kendilerininmiş gibi benimsedikleri bu gizli vadide, vahşi dağ ruhları tarafından ele geçirildiğini düşünerek dağlıların uzun zaman önce terk ettiği bir şapel harabesi vardı. Şapel duvarlarından ikisi yıkılmıştı; ama doğu duvarının bir bölümüne yaslanan sunak hâlâ ayaktaydı. Üzerinde, tuhaf şekiller vardı ve taş bir haç duruyordu.

Vadinin bütün özelliklerini taşıyor gibi görünen bu şapeli çok sevmişlerdi. Hatta kendi hayallerinin sihrini yansıtırcasına birkaç yaban keçisi de yanlarına gelmişti. Her gün güneş üzerlerine parlıyor, her gece yıldızlar onları kutsuyordu.

Yaklaşık bir hafta geçtiğinde bir gece Katherine bir değişiklik hissetti. John'da tuhaf bir huzursuzluk vardı ve ona her zamankinden daha şiddetli bir tutkuyla sarılıyordu. Birkaç kez konuşmaya başlamış ama sonra kendini tutmuştu; Katherine korkuyordu.

Sonunda Katherine derin bir uykuya daldı. Uyandığında, pencereden güneşin ilk ışıkları süzülüyordu. Bir çığlık atarak doğruldu; çünkü John yanında değildi. Bekleyip seslendi; ama cevap gelmedi. Titreyen parmaklarla giyinip boş handa aşağı koştu ve dışarı fırladı.

Palamon ahırdaydı. Katherine onunla konuşurken nazikçe kişnedi. John'ın nereye gittiğini tahmin ederek kayalık tepeye tırmandı ve ağaçların altından geçip kütüklerin üzerinden atlayarak vadilerine koştu. Önce onu bulamadı; ama sonra yukarı baktığında güneyde, vadinin üzerinde uzanan küçük bir tepenin zirvesinde duran uzun boylu adamı gördü.

Adımlarını yavaşlattı ve sessizce John'ın yanına tırmandı. Zirvede Katherine yanına gelirken, John kıpırdamadı; Katherine kendisini duymadığını sandı. John başını kaldırmış, kumral saçlarını rüzgâra bırakmıştı ve uzaktaki düzlüklere ciddi bir tavırla bakıyordu.

John'ın gerçekten kendisinden uzaklaştığını gördüğünde kalbi deli gibi atmaya başladı.

Ama gitmek için döndüğünde, John ona bakmadan ve bakışlarını ufuk çizgisinden ayırmadan konuştu. "Şurası Castile" dedi. "Altın rengi ışığın tepelerin üzerine düştüğü yerin arkasında."

Castile! Bu kelime bir tıslama gibi çıkmıştı. "Oradan nefret ediyorum! Nefret ediyorum!" diye bağırdı Katherine. Titreyen boğuk ses kendisine ait değildi, durdurmaya çalışıyordu ve yapamıyordu. "Oradan nefret ediyorum! Ondan nefret ediyorum! O Castilian kadından nefret ediyorum! Söylesene Kral olacak Lord Dük'üm, Castilian kadın ne zaman gelinin olacak?"

John'ın burun delikleri öfkeyle açıldı ve olduğu yerde dönüp şiddetli bir tutuşla Katherine'i kendine çekti. "Benimle böyle konuşmaya nasıl cesaret edersin! Sen... unuttun mu... Katherine?"

"Unutmak? Bütün bunların yapmacık ve rol olduğunu nasıl unutabilirim ki? Kraliyet soyundan olduğunu veya krallıkla ilgili hayallerin olduğunu unutabilir miyim? Ama onlardan nefret ettiğimi söylemeye hakkım var! Ben düşes veya kraliçe değilim; ama sevgilin olarak dengindim. Bu yüzden de hissettiklerimi söylemeye hakkım var!"

John'ın gözlerindeki öfke pırıltıları kayboldu. Başını eğerek Katherine'den uzaklaştı. "Haklısın sevgilim, aşkta eşitiz. Ama nefret etmek için bir nedenin yok; çünkü benden asla ayrılmayacaksın. Düşünüyordum ve ne yapılması gerektiğine karar verdim. Hemen İngiltere'ye dönecek ve Savoy'da beni bekleyeceksin..."

"Ve bütün dünyanın gözü önünde metresin mi olacağım? Kral'ın Alice Perrers'ı gibi mi? Yeni Düşes'in Kraliçe Costanza ne olacak? Sence bu fikirden hoşlanacak mı?"

John gerildi ve soğuk bir tavırla konuştu. "Saray ortamlarını bilmiyorsun. Bu çok görülen bir durumdur. Mantıklı ol! Sonuçta, bu iki hafta boyunca hiç vicdanımız sızlamadan aşkımızı yaşamadık mı?"

"Bu iki hafta boyunca Lordum, kimseyi kırıp aşağılamadık. İkimiz de hâlâ özgürüz." Katherine'in sesi çatlıyordu. John'a acıyla baktı ve koşarak tepeden aşağı indi; vadiye ulaştığında, içinde beliren ani bir dürtüyle şapel harabelerine koştu ve elleriyle sunağı yakalayarak diz çöktü.

John'ın yanına gelerek diz çöktüğünü ve bir an sonra elinin koluna değdiğini hissetti. "Yüzüme bak" dedi yavaşça.

Katherine yavaşça başını kaldırıp ona baktı. John'ın gözlerinde yaşlar vardı ve kibirli dudakları titriyordu. Katherine'in sağ elini tuttu ve ciddi bir sesle konuştu. "Bu kutsal topraklarda ben, John; aşkım, Katherine, seni incittim ve buna karşılık, Baba, Oğul ve Kutsal Ruh adına, sana bu yüzüğü veriyorum." Blanche'ın kendisine verdiği safir yüzüğü parmağından çıkardı ve Katherine'in orta parmağına taktı. Katherine yüzüğe bakarken bütün vücudu hıçkırıklarla sarsılmaya başladı.

İkisi de küçük taş haça doğru döndüler ve çatısız şapelde ettikleri dualar, şelalenin şırıltısına karıştı.

* * *

18 Eylül'de, St. Matthew Ziyafeti'nden üç gün önce, Katherine Bordeaux'daki bir Benedictine manastırının konuk odalarından birinde tek başına oturuyordu. Seyahat sandığı buraya getirilmişti ve yine siyah yas giysilerini giymiş, saçlarını örerek siyah kadife kurdelelerle bağlamış ve üzerine ince bir peçe örtmüştü. Katherine pencerenin yanında sessizce oturarak limana baktı. Yüzü bembeyazdı. Geceleri ağlamaktan gözleri şişmiş olmasına rağmen artık yaş akmıyordu.

Geleceğini bildiği çağrıyı bekliyordu ve ertesi gün oradaki gemilerden hangisiyle yola çıkacağını merak ediyordu.

Ufak tefek bir rahibe kapıyı vurdu, içeri girdi ve kızararak önemli bir ziyaretçisi olduğunu bildirdi; Dük'ün kendi hekimi Franciscan Keşiş Birader William. Kendisini salonda bekliyordu.

Katherine gülümseyerek teşekkür edip ayağa kalktı. Rahibe ona hayranlıkla baktı. Başrahibe bu mutsuz görünüşlü ve kendisi hakkında hiçbir bilgi vermeyen dul hakkında bir şeyler biliyorsa da manastırda bu konuda tek demekti.

Mutfaktaki kadınlardan biri, Leydinin mutsuz olmak için yeterince nedeni olduğunu söylemişti; sonuçta evden bu kadar uzakta kocası ölmüştü. Ama rahibeler tatmin olmamıştı; çünkü Leydi Swynford'u saran bir gizem olduğunu düşünüyorlardı. Oturup çalışırken veya avluda yürüyüş yaparken onun hakkında konuşuyor, onu da en az bütün Bordeaux'yu heyecanlandıran konu kadar ilginç buluyorlardı. Kraliyet düğününe üç gün kalmıştı. Dük ve yeni Düşes, Roquefort'taki düğünden döndüklerinde, manastırın önündeki sokakta geçit töreni olacaktı; güneş kadar parlak, aslan kadar güçlü olduğu söylenen yakışıklı Dük'ü ve Castilian gelini -on yedi yaşında olmasına rağmen bir kraliçe- pencerelerden görebileceklerdi.

"Düğüne kalmayacak olmanız çok yazık, hanımefendi" dedi rahibe, Katherine'e salona kadar eşlik ederken. "Elli borazancı ve hokkabaz gelecekmiş."

Leydi Swynford cevap vermedi.

Birader William rahibelerden biriyle sohbet ediyordu ve Katherine'in geldiğini görünce eğilerek selam verdi. Siyah kukuletasının altında bakışları sertti ve daha önce yaptığı gibi gülümsemiyordu.

Rahibeler yanlarından çekildi. Katherine bir tabureye çökerek eteğinin katlarını sıkıca tuttu; ama başını Keşiş'e doğru kaldırarak konuşmasını bekledi.

Adam kendisine baktığında, Katherine'in gri gözlerinin altındaki halkaları ve dudaklarındaki gerginliği gördüğünde, bakışları sadece bir parça yumuşadı. Sonra başını iki yana salladı. "Sizin gibi bir kadına, taşıdığım türde bir mesajla günün birinde geleceğimi hiç düşünmemiştim. Dük sizi özel süitinde bekliyor; ancak kendisine gelen diğerlerinden biri gibi kabul edecek, çünkü şu anda büyük bir gizlilik gerekiyor." Birader William susarak kaşlarını çattı.

"Biliyorum" dedi Katherine. Yanakları kızardı. Bakışları bir an Keşiş'in gri cüppesinin belindeki düğümlü kuşağa takıldı sonra çıplak ayaklarına indi.

"Taktığınız yüzüğü çıkarmanız" diye devam etti Keşiş soğuk bir küçümsemeyle, "akıllıca olur. Sarayda benim gibi birçokları o yüzüğü hatırlayacaktır."

Katherine safir mühür yüzüğünü çıkarıp elbisesinin göğsüne sıkıştırdı.

"Dük birkaç dakika yalnız kalmanızı sağlayacak; ama şüphe çekmemesi için olabildiğince kısa sürmesi gerekiyor. Bu yüzden, Majesteleri'nin yaptığı düzenlemeleri size açıklamak zorundayım; çünkü sizin de bu konudaki rızanızı istiyor."

Katherine zorlukla yutkundu. "Yarın kendisinin seçtiği gemiyle yola çıkıyorum."

"Evet. Karaya çıktığınızda taşıdığınız resmî mektuplarla Savoy'a gideceksiniz. Bu mektuplar uyarınca size elli mark verilecek ve Majesteleri'nin iki küçük kızı Leydi Philippa ve Leydi Elizabeth'in Sürekli Mürebbiyesi olacaksınız. Bayan Chaucer'a haber gönderebilir, Lincolnshire'daki iki çocuğunuzla birlikte Savoy'da size katılmasını isteyebilirsiniz. Dük dönene kadar Savoy'da kalacaksınız." Keşiş bir an duraksadıktan sonra acı bir vurguyla devam etti. "Anladığım kadarıyla, daha sonraki yakınlığınız uygun şekilde ödüllendirilecek."

"Birader William!" Katherine ayağa fırladı. "Benimle bu şekilde konuşmaya hakkınız yok! Ben bu düzenlemeleri reddetmiştim! Reddettim! Ama şimdi... şimdi..." Kandan morartana kadar dudaklarını ısırdı. "Beni yargılamaya hakkınız yok! Aşk veya bir kadının kalbi hakkında siz ne biliyorsunuz ki? Gururum olmadığını mı sanıyorsunuz? Acı çekmediğimi, üzülmediğimi, utanmadığımı mı sanıyorsunuz?"

Keşiş uzun bir iç çekti. "Sakin ol, çocuğum" dedi, "sakin ol! Seni yargılamıyorum, bu Tanrı'ya kalmış bir şey. Kalbinin derinliklerindeki sırları sadece O bilebilir. Ben sadece suçluluk dolu bir aşk görüyorum. Suçluluk" diye tekrarladı kendi kendine konuşur gibi ve keskin hekim gözleriyle, Katherine'e ısrarla baktı. "Nirac de Bayonne hasta" dedi.

"Nirac..." diye haykırdı Katherine şaşkınlıkla. Tepkisinin masumluğu ve lekesizliği Keşiş'in dikkatli gözlerinden kaçmamıştı. "Şimdi neden ondan söz ediyorsunuz ki? Ah, hasta olduğuna üzüldüm. Zavallı! Dük ona nazik davranırsa kısa sürede iyileşeceğinden eminim."

Görünüşe bakılırsa çok yanılmışım, diye düşündü Keşiş, *derinden rahatlayarak. En azından bu kız hiçbir şey bilmiyor, tabii bilinecek bir şey varsa...* Nirac iki kriz geçirmişti ve Gri Keşiş onunla ilgilenmesi için çağrıldığında bu krizlerin iğrenç bir Bask simyacısından alınan ilaçlardan kaynaklandığını hemen keşfetmişti. Bu krizler sırasında Nirac tuhaf şeyler söylemiş, Katherine ve Hugh Swynford'un isimlerini anmıştı; ama bu sayıklamalar hezeyanlı bir zihnin yaratabileceğinden fazlası değildi. Keşiş içinde beliren korkunç şüphelerden dolayı şimdi utanç duyuyordu.

Birlikte saraya doğru yürürlerken, Katherine'le daha nazik konuşuyordu.

Süite ulaşmak için saray avlularından geçmeleri gerekiyordu. Ana avluda lordlar ve leydiler bekleşiyor, bazıları yaldızlı bir deri topu birbirlerine fırlatıyor, bazıları mücevher süslü fildişi bir zarla barbut atıyordu. Prenses Isabel mavi kadife bir sandalyede, bir dut ağacının altında oturuyordu ve şekerli gül yaprağı yerken Leydi Roos'la dedikodu yapıyordu. Kardeşi Edmund Langley ablasının yanındaki sandalyede oturuyor, Prenses'in süs köpeğinin burnunu devekuşu tüyüyle gıdıklıyordu.

Prenses'in keskin gözleri çok az şeyi kaçırırdı. Katherine'in siyah cüppeli figürünü daha Büyük Merdiven'den yaklaşırken gördü ve hemen seslendi. "Leydi Swynford!"

Genç kadın irkildi ve gergin bir tavırla Gri Keşiş'e baktı. "Yanına gitmelisin" dedi Birader William sempatiyle; Dük'ün ablasından o da hoşlanmıyordu.

Katherine yavaş adımlarla yürüyüp Prenses'e yaklaştı. "Duyduğuma göre şövalyeniz ölmüş" dedi Prenses. "Öyle olduğunu görüyorum" dedi Katherine'in siyah giysilerine bakarak. "Tanrı ruhunu kutsasın! Çok yazık. Ne kadar oldu?"

"Bir ay, Majesteleri" dedi Katherine. Köpekle oynamaktan sıkılan Edmund başını kaldırıp baktı ve Katherine'i gördüğü anda ağzı açık kaldı. Hemen ayağa fırlayıp devekuşu tüyünü sallayarak bağırdı. "Peki, o zamandan beri siz neredeydiniz, güzel Leydim? Böylesine güzel bir dulun teselli edilmesi gerekir." Edmund ona tiksindirici bir tavırla baktı ve Katherine ağabeyinin karikatürü gibi duran bu adamın zayıf, aptalca yüzüne dayanamayarak bakışlarını kaçırdı.

"Sessiz ol, Edmund" dedi Prenses köpekle konuşur gibi. "Şimdi nereye gidiyorsunuz?" diye sordu Katherine'e keskin bir sesle. Aslında teknede gördükten sonra Leydi Swynford'u unutmuştu ve şimdi merakını gidermekten başka amacı yoktu.

"Evime dönmek için Majesteleri'nden izin almaya, hanımefendi. Yarın yola çıkacağım."

"Ah" dedi Isabel tatmin olarak, "demek geldiğiniz Kuzey Bölgesi'ne geri dönüyorsunuz. Komik isimli bir köydü, içinde çaydanlık[62*] kelimesi mi geçiyordu? Neydi?"

"Kettlethorpe, Majesteleri" dedi Katherine. Isabel kardeşiyle birlikte alaycı bir tavırla gülerken bekledi. "Artık gidebilir miyim?"

Isabel başıyla onayladı ve ağzına bir avuç gül yaprağı daha attı. Katherine reverans yaparak selam verdi ve kendisini bekleyen Keşiş'in yanına döndü; Birader William onun davranışlarını izlerken, aklından geçen şüphelerle -kocası öleli dört gün olmuşken kendini içine attığı skandal denebilecek entrikalarla- bu kadını bağdaştırmanın çok zor olduğuna karar vermişti. Bahçedeki iki Plantagenet'in önünde dururken, onlardan çok daha soylu ve çok daha kaliteli bir hamurdan yaratılmış gibi görünüyordu. Ama tenin günahlarına karşı zayıftı ve Keşiş, teninin güzelliği için onu suçlamaması gerektiğini düşünüyordu.

Kalabalık oturma odasına girdiler ve Birader William onu kâhyayla tanıştırdı; Leydi Swynford, sırası geldiğinde içeri alınacaktı. Katherine Castilian elçilerden biriyle, kucağında gelini için hediye olarak Dük'ün satın almasını sağlamayı umduğu mücevherli şeylerle dolu bir sepetle bekleyen Floransalı bir demircinin arasına oturdu.

Gri Keşiş, ciddi bir tavırla, Katherine'e eğildi. "Artık gitmem gerekiyor. İsa ve Kutsal Annesi sana güç versin. *Benedicite.*"

Katherine başıyla onayladı.

Önündekiler Kabul Salonu'na girerken, Katherine başını eğik tuttu; Perigueux'dan gelen bir manastır başrahibesi, Dordogne'dan gelen endişeli bir şövalyeyle eşi, demirci ve Flanders'dan mektuplar getiren bir haberci. Sonunda kâhya Katherine'in adını söyledi ve mavi-gri giysili bir uşak genç kadını almaya geldi. Tanımadığı bir silahtar Katherine'i kapıda karşıladı ve içeri girmesi için kapıyı açtı.

Dük, alçak bir platformun üzerinde yükseltilmiş yaldızlı bir koltukta oturuyordu. Başında mücevherlerle süslü bir taç vardı. Kenarları ermin kürklü kırmızı kadife bir pelerin giymişti ve altın Lancaster yakasının üzerinde yüzü yorgun görünüyordu.

Önce birbirlerine baktılar ve bakışlarını kaçırdıklarında, Dük soğuk bir sesle emretti: "Bu hanımla yalnız görüşeceğim." Silahtar ve bir masada

---

[62] İngilizce'de "kettle" kelimesi çaydanlık anlamına gelir. Ç.N.

oturan yazman, sessizce çekildiler.

Katherine odanın ortasında durmaya devam etti. Sonunda John elini uzattı. "Gel yanıma, Katherine."

Katherine platforma yaklaştı ve Dük'ün elini öptü; fakat Dük onu yavaşça tutup ayağa kaldırdı ve dudaklarından öptü.

"Birader William sana mesajımı iletti mi?"

"Evet, Lordum."

"Yine reddetmeyeceksin, hayatım. Orada olacağını ve beni bekleyeceğini bilmeliyim."

"Tekrar reddedemem" dedi Katherine boğuk bir sesle, "çünkü sanırım hamileyim."

"Tanrı...!" diye haykırdı John gözleri parlayarak. "Çocuğum! Oğlum! Bana bir oğul ver, Katherine! Bir Plantagenet kral!"

"Bir piç" dedi Katherine, başını çevirerek.

"Ama benim oğlum! Bundan asla zarar görmeyecek! Katherine, artık beni terk edemezsin! Tüm dünyayı önüne sereceğim, her şeyi, sana bırakacağım, zorluk ya da endişe nedir bilmeyeceksin! Lancaster Dükü tarafından sevilmenin ne demek olduğunu anlayacaksın!"

"Ve karşılığında, Lordum, size lekesiz adımı veriyorum..."

"Hayır, sevgilim, buna gerek yok. Kimsenin bilmesi gerekmiyor. Lekesiz adını korumak için gereken her şeyi yapacağım. Kızlarımın mürebbiyesi olman son derece uygun; çünkü seni çok seviyorlar. Ve maiyetimdekilerle ilgilendiğimi, kocanın bana hizmet ederken öldüğünü ve senin..." bir an duraksadı, "...Düşes Blanche'la yakın arkadaş olduğunu herkes biliyor."

Katherine ona üzgün gözlerle bakarken, erkeklerin sadece görmek istedikleri şeyleri gördüklerini ve aşklarını veya meyvesini gizlemenin o kadar kolay olmayacağını düşünüyordu. Dünyalarını bir sürü yalanla, kaçamak cevapla ve gizlilikle öreceklerini John anlamıyordu. Bu konuda birbirlerine benziyorlardı; ikisi de gururluydu.

"Ben o kadar uzağı göremiyorum, Lordum" dedi Katherine iç çekerek, "ama siz dönene kadar söylediğiniz gibi yapacağım ve çocuklarınızla elimden geldiğince iyi ilgileneceğim." Ve benimkilerle, diye ekledi sessizce; Bordeaux'da yalnız geçirdiği bu son günlerde, kendi çocuklarını büyük bir özlem ve acıyla düşünmüş, onlara olan sevgisinin asla değişmeyeceği konusunda kendilerine garanti vermesi gerektiğini hissetmişti;

bütün benliğini saran bir aşk veya karnında büyüyen yeni bir bebek bile bunu değiştiremezdi.

Pencerenin dışından borazan sesleri yükseldiğinde ikisi de irkildi.

"Borazancılar düğün marşınızın provasını yapıyor" dedi Katherine, ağzından soğuk taşlar gibi dökülen kelimelerle. "*Adieu*, Lordum."

"Katherine!" diye bağırdı John. Katherine'i tutup kendine çekti. "Dikkatli olmalısın; bu yolculukta güvende olacaksın! Seni elimizdeki en iyi kaptanla, en sağlam gemiyle gönderiyorum. Katedralde gece-gündüz güvenliğin için dua eden iki rahip olacak. Ah, Katherine, beni seviyor musun?"

Katherine'in bakışlarındaki sertlik silindi, kollarını John'ın boynuna doladı ve dudaklarına nazik bir öpücük kondurdu. "Ah, John, seni seviyorum" dedi hıçkırıkla karışık bir kahkahayla. "Bence sormana gerek yok!"

4. Kısım

(1376-1377)

*"İlk kez orada gördüm karanlık aldatmacalarını
Cinayetin ve tüm karşı entrikaların;
Zalim öfke, bir köz parçası gibi kıpkırmızı
Yankesiciler ve yanında solgun, sinsi cüret..."*

Şövalye Hikâyesi

16

1376 yılında St. George günü öğleden sonra Warwickshire'da Nisan ayı kendini belli ediyordu. Kuzular geniş meralardan meliyor, güneşin sisli altın rengi ışığı surların kumtaşı gövdesini bir ardıç kuşunun göğsüne benzetiyordu. Festival için temizlenip süslenmiş olan bütün Kenilworth Şatosu, bir kez daha Dük'ün gelişini bekliyordu.

Katherine, eski ana kalenin yakınındaki İç Avlu'da taş bir bankta oturuyor, avluda koşturan çocukların mutlu seslerini dalgın bir şekilde dinliyordu. Bu bankta otururken Mortimer Kulesi girişini görebiliyordu ve borazanlar gümbürdeyip Dük'ün maiyetinin ilk üyesinin dörtnala yaklaştığını haber verdiğinde hazır olacaktı. Bu kez onu en son iki ay önce görmüştü.

Kendisi için yaptırılan elbiseler arasından Dük'ün en sevdiğini giymişti; kehribar rengi bir tüniğin üzerine, kenarları ermin kürküyle işlenmiş kayısı rengi kadife bir üstlük. Altın kuşağını süsleyen mineli plakalara kendi arması işlenmişti; Üç Catherine Tekerleği. İnce topaz süslü bir ağ yüksek alnını çevreliyordu, kaşları alınmıştı ve dudaklarına Dük'ün sevdiği kırmızı macun sürülmüştü. Kızıl saçlarına, Dük'ün üç yıl önce Fransa'da yaptığı Büyük Yürüyüş sırasında karşılaştığı terk edilmiş bir şatoda konakladığında keşfettiği, Arabistan'dan getirilen pahalı parfümler sıkılmıştı.

O yürüyüş gözüpek bir cesaret gösterisi olmuştu. Zayıflayan ve sonunda açlıktan ölmeye başlayan askerlerini, Fransa'nın bir başından diğer başına, kuzeyden Bordeaux'ya kadar düşman topraklarında yürümeye zorlamıştı. Kendini de tekrar tekrar tehlikeye sokmuş, adamlarıyla birlikte o zorluklara katlanmıştı. Fransızlar bile bu yürüyüşü bir zafer olarak algılamış, ağabeyi Kara Prens'in başarıları kadar büyük olduğunu düşünmüştü; ama sonunda kazanç değil, kayıp getirmişti. Üzerinde yürüdüğü topraklar, ayaklar altında çiğnenen çimenler gibi eğilmiş, geçtikten sonra da hemen ayağa dikilmişti.

John hüsrana uğramış; bütün Fransa'yı ve sonrasında da Castile'ı fethetme hayali bir kez daha ertelenmiş hâlde nihayet İngiltere'ye döndüğünde, kendini öfkeli ve şaşkın İngiliz halkının hedefi hâlinde bulmuştu. Her yerde huzursuzluk ve memnuniyetsizlik vardı. Halk başka bir Crécy ya da Poitiers zaferi bekliyordu; ama artık zaman değişmişti. Fransa tahtında yeni ve daha kurnaz bir kral oturuyordu ve İngiltere'nin bir zamanlar büyük olan kralı şimdi bunamış, politikaları istikrarsızlaşmış, Alice Perrers'ın açgözlü kaprislerine boyun eğer hâle gelmişti ve umursadığı tek şey o kadını mutlu etmekti.

Ancak Dük'ün önceki yıl Brüksel'de yaptığı görüşmeler sonucunda Fransa'yla yeni bir ateşkes yapılmıştı. John'ın Brüksel'de geçirdiği ayları düşünmek Katherine'i incitiyordu; ama bu artık fazlasıyla alıştığı bir acıydı.

John, Düşes'i de yanında Flanders'a götürmüştü ve Costanza doğduğu yer olan Ghent'te, nihayet bir erkek evlat doğurmuştu.

Ama bebek yaşamamıştı! Katherine, Kenilworth avlusunda otururken istavroz çıkardı ve *Miserere, Domine*,[63] diye düşündü, bebeğin ölüm haberini ilk duyduğunda yaptığı gibi; çünkü hissettiği ateşli mutluluk yüzünden utanç duyuyordu.

Benim oğullarım yaşıyor, diye düşündü Katherine. Güney Kanadı'ndaki Çocuk Odası'nın pencerelerine baktı. Minik ve temiz camların arkasından bir gölge geçtiğinde Katherine gülümsedi. Bu Hawise ya da dadılardan biri olmalıydı; beşiğindeki Harry'yle ilgileniyor, belki yemeğini yerken küçük John'ın dikkatini dağıtmak için bir oyuncak arıyorlardı; zira yemek yerken hep sorun çıkarırdı. İkisi de sağlıklı, gürbüz çocuklardı ve babalarının sarı saçlarıyla mavi gözlerini almışlardı.

Tiz bir sesin söylediği neşeli bir şarkı, avludaki sessizliği bozdu. "Korkak kediler! Korkak kediler! Korkak korkak krema, kendine sakın hardal arama... Yaptığım şeyi yapmamalısınız, yapamazsınız!" Bu elbette ki Elizabeth'ti. Katherine bir sorunla karşılaşmaya hazırlanarak ayağa kalktı ve kemerin altından geçerek Ana Avlu'ya yürüdü. Dük'ün şimdi on iki yaşında olan ve kadınlığa yaklaşan küçük kızı Elizabeth'in umursamaz davranışlarının hâlâ sınırlanması gerekiyordu; çünkü küçük çocukları gerçekten tehlikeye atabiliyordu.

Bu kez Elizabeth dükalık ahırının çatısında tek ayak üzerinde zıplıyor,

---

63   Lat. Tanrım bize acı.

bir eliyle rüzgârgülüne tutunuyordu. Tom, Blanchette ve üç küçük Deyncourt, tepelerinde kendileriyle alay eden ablalarına ulaşmaya çalışırken, kaygan taşların üzerinde görenin yüreğine dehşet salacak pozisyonlarda duruyorlardı. Blanchette annesini gördüğünde bir pencere pervazına asılı kalmış halde ağlıyordu ve parmakları kayıyordu.

"Elizabeth!" diye seslendi Katherine sert bir sesle ahırın çatısına bakarak. "Hemen in oradan aşağı!" Blanchette'i kurtarmak için koşup bir binektaşının üzerine çıktı ve kollarını çocuğa doğru uzattı; Blanchette minnettar bir şekilde kendini annesinin kollarına bıraktı. "Seni küçük yaramaz" diye azarladı Katherine onu öperken. "Leydi Elizabeth'in yaptığı her şeyi yapamayacağını ve yapmaman gerektiğini ne zaman öğreneceksin?" Blanchette'i bıraktı ve Deyncourtları indirdi. Ama kendi oğlu Thomas yardım istemiyordu. Asık yüzle annesine döndü. "Beni rahat bırakın, Leydim" dedi. "Çatıya çıkmayacağım ama kendim istediğim zaman inerim." Sekiz yaşındaki Tom, doğduğundan beri olduğu gibiydi. Asla açıkça itaatsizlik etmezdi; fakat Katherine'e sık sık babası Hugh'u hatırlatan dikbaşlı ve somurtkan bir çocuktu.

"Pekâlâ, Bess" dedi Katherine çatıdaki elebaşına dönerek, "sana aşağı inmeni söylemiştim..."

"İnemiyorum," dedi çocuk. Küçük yüzü sararmıştı ve rüzgârgülüne o kadar sıkı tutunuyordu ki tepesindeki horoz şiddetli bir rüzgâra kapılmış gibi sarsılıyordu.

"O hâlde birkaç dakika daha cesur ol ve sıkı tutun" diye seslendi Katherine daha nazikçe. Ellerini çırparak seslendi: "Seyis! Buraya gel!" Bir seyis elinde bir merdivenle ahırdan dışarı koştu ve çok geçmeden Elizabeth güvenli bir şekilde aşağı indirildi; ama hâlâ isyankârdı. "Ben korkmadım, sadece sizinle dalga geçiyordum, Leydim."

Katherine tartışarak zaman harcamadı; Elizabeth birine üstünlüğünü kanıtlayana kadar hiç usanmadan konuşabilirdi. "Onu dövün!" diye tavsiye etmişti şatonun muhafız komutanının karısı Dame Marjorie Deyncourt. "Ona çok fazla yüz veriyorsunuz." Deyncourtlar çocuklarını en az ayine katıldıkları kadar düzenli bir şekilde dövüyordu. Katherine beş yıl önce Dük'ün iki kızıyla ilgilenme sorumluluğunu üzerine aldığında, Elizabeth'le başa çıkabilmek için sürekli yöntem değiştirmek zorunda kalmıştı -Philippa için asla böyle bir şeye gerek olmamıştı- ama Katherine zamanla nazikliğin ve olabildiğince az cezanın, bu çocukla başa çıkmak için daha etkili olduğunu keşfetmişti. John da çocuklarını nadiren cezalandırırdı ve bu küçük kız babasının kucağına tırmanarak, koyu renk buklelerini sallayarak ve kırmızı dudaklarını büzerek onu kandırmayı başarırdı.

"Yürü Bess, nedimelerinden birini bul" dedi Katherine sert bir tavırla. "Ona seni yıkamasını söyle; babanı bu hâlde karşılayamazsın. Sonra da çağrılana kadar süitinden çıkma."

Elizabeth omuz silktiyse de ayaklarını sürüyerek şatonun içine yöneldi. Leydi Swynford'u tanıyor ve seviyordu; ancak son zamanlarda babasıyla bu kadın arasındaki durum, başlangıçta ilgisizce kabullenmiş olsa da onu şaşırtmaya başlamıştı. John ve Harry Beaufort adındaki iki küçük çocuğun üvey kardeşleri olduğunu biliyordu ve babasının Leydi Swynford'u sevdiğine kıskanç gözlerle birçok kez tanık olmuştu; ne var ki kimse ona bu konuları açıklamamış, her şey özellikle sessizliğe gömülmüştü. Önceki hafta hizmetkârlar dedikodu yaparken, Leydi Swynford'la ilgili bir tuhaflık olduğunu keşfetmişti; hizmetçiler fısıltıyla bir şeyler söylemiş sonra da çamaşırcı Nan bir çığlık atmıştı. "Ah, zavallı Düşes için kalbim kanıyor, gerçekten bu korkunç bir utanç!"

Ama Elizabeth, babasının İspanyol karısından asla hoşlanmamıştı ve Philippa'yla birlikte onunla tanışmak için Hertford'a götürüldüklerinde kadını daha ilk gördüğünde nefret etmişti. Düşes'in neredeyse siyah parlak gözleri, balık gibi soğuk ve nemli kemikli eli onu tiksindirmişti. Üstelik tek kelime İngilizce bilmiyordu. Elizabeth ve Philippa'yı asık yüzle baştan aşağı süzmüş sonra da yanında duran Castilian leydilerle İspanyolca konuşmuştu. Elizabeth, üvey kardeşlerinden bir diğeri olan Catalina'yla oynaması için gönderilmişti. Catalina, Leydi Swynford'un oğlu John Beaufort gibi dört yaşındaydı; fakat ondan üç ay küçüktü. Bu gerçek, hizmetkârların fısıltılarının ardında yatan nedenlerden biriydi.

Katherine, son zamanlarda Elizabeth'in kendisine karşı tutumunda bir değişiklik seziyordu ve bir şeyleri anlamaya başladığının farkındaydı. *Evet, anlamaya başlıyor ve belki de bana tamamen isyan edecek,* diye düşünüyordu. Ama yapılabilecek bir şey yoktu. Plantagenetlerin hep dediği gibi, her şey nasılsa öyleydi; Katherine geçen Yeni Yıl günü kendisine hediye ettiği elmas broşun altın kenarına bu yazının yazılmasını önerdiğinde, John katıla katıla gülmüştü. Bugün kayısı rengi kadife elbisesinin üzerinde bu broş takılıydı ve Kraliçe'nin hediye ettiği, üzerinde *"Foi vainquera"* yazılı küçük gümüş broşu uzun zaman önce bir yerlere saklamıştı.

Katherine, İç Avlu'ya doğru yürürken, Blanchette de neşeyle yanında sekiyordu. Diğer çocuklar yarınki oyunlar için hazırlanan St. George maketini izlemeye surların dışına koşmuşlardı. Ama Blanchette daha dokuz yaşında olmasına rağmen yanında küçük bir kopyası gibi durduğu annesiyle kalmıştı. *O benden çok daha güzel olacak,* diye düşündü Katherine, bakır gibi parlayan ipek buklelere hayranlıkla bakarken. Küçük kızın gözleri de griydi; ama Katherine'inkilerden daha koyuydu; saçlarıysa daha açık tondaydı. Yuvarlak gözleri annesine güvenen bir ifadeyle bakıyordu ve Katherine kendini tutamayarak onu tekrar öptü.

Sevilmeyen bir babadan olmasına, acı ve yalnızlık içinde doğmasına, John'dan olan çocukları kendisi için çok daha değerli olmasına rağmen Blanchette'in yine de bütün çocukları arasında en tatlısı olması ne kadar tuhaftı. Acaba ilk çocukta her zaman bir farklılık mı oluyordu? Ama John, Philippa'ya diğerlerinden daha az düşkündü. O hâlde nedeni Blanchette'in kız olması, Katherine'in onda kendi çocukluğunu görmesi miydi, yoksa o sabah hiç beklenmedik bir şekilde gelmesi yüzünden Blanchette'in ona John'ın kendi çocuğu gibi görünmesi miydi? Kalbin gizemli simyasını sorgulamanın anlamı yoktu ve her ne kadar acı çekmesine neden olan bir durumda olsa da maddi açıdan sağlam bir şekilde tazmin edildiği de şüphesizdi. Ailesinde bundan yarar görmeyen tek bir kişi bile yoktu ve John, vaftiz kızına son derece cömertçe davranmıştı.

Önceki yıl Katherine'e Blanchette adına bazı toprakların kontrolünü bırakmış, Kenilworth'taki muhafız komutanının kuzeni Sir Robert Deyncourt'u varisi atamış ve bu varisin evliliğinin tüm masraflarını karşılayıp ona ayrıca tatmin edici bir aylık bağlamıştı. Sadece toprakların yönetiminden kaynaklanan gelir bile Blanchette'e büyük bir çeyiz yaratacaktı. Ama Katherine, Blanchette'in evliliğini düşünmek için daha önlerinde yıllar olduğunu düşünerek rahatlıyordu.

"İşte Leydi Philippa geliyor" dedi, bankta annesinin yanına oturup büyük mutfakların kapısında bulduğu kedilerin arasından aldığı bir kedi yavrusuyla oynarken. Katherine başını kaldırıp dükalık çocuklarından büyüğüne baktı ve onu gördüğünde sık sık hissettiği gibi, içi acıma duygusuyla doldu. Philippa artık on altı yaşında, evlilik çağına gelmiş bir kızdı ve Dük, Flanders, Hainault ve hatta Milano maiyetleriyle sıkı pazarlıklara girişmişti.

Ancak Philippa'yı evlilik yatağında düşünmek zordu. Solgun, sessiz, dindar ve cinsellikten uzak kişiliğiyle, insan onu gördüğünde aklına ancak bir manastır rahibesi geliyordu.

"İyi günler, Leydi Katherine" dedi kız reverans yaparak ve her zamanki gibi fısıldar gibi konuşarak. Mortimer Kapı Kulesi'ne gergin gözlerle baktı. "Henüz babamdan bir haber yok mu?"

"Hayır" dedi Katherine bankta kıza yer açarken. "Sana gönderdiği yeni kırmızı elbiseyi giymek istemedin mi?" Philippa'nın üzerine, vücudunun olumsuz özelliklerini, düz göğsünü ve kalın belini olduğu gibi gözler önüne seren bir elbise giymişti.

"Be-ben... hayır" dedi kız, sarkık kuşağını gergin parmaklarla dürterken. "Kırmızı renk içinde kendimi rahat hissetmiyorum. Sizce bana kızar mı?"

Katherine güven veren bir tavırla gülümsedi; çünkü Philippa'nın babasına duyduğu korkunun hayranlığıyla eşdeğer olduğunu biliyordu. Ne var ki Dük memnun olmayacaktı ve onun Philippa'yı gözyaşlarına boğarak uzun saatler boyunca süitine kapanmasına yol açacak sinirli tavırlarından yine Katherine korumak zorunda kalacaktı.

Katherine, Philippa'nın geri dönüp üstünü değiştirmesi için ısrar edebilirdi; fakat bu içinden gelmedi. Kırmızı elbisesi, günlük giysisinden daha çirkindi ve onu komik gösteriyordu.

"Siz o kadar güzelsiniz ki Leydi Katherine..." dedi Philippa imrenerek. "Size asla kızmaz."

"Ama kızıyor!" dedi Katherine gülerek. "Bazen. Öfkesi geçene kadar beklemek gerekiyor ki bu da uzun sürmüyor."

Philippa küçük çantasından üzerine nakış işlediği küçük, kare bir şapel sunak bezi çıkardı. Miyop olduğundan ciddi yüzünü altın ipliğe doğru eğerken, sesinde en küçük bir hınç yoktu. "Evet, çünkü sizi seviyor."

Katherine irkildi. Yirmi beş yaşında olmasına rağmen böyle zamanlarda hâlâ kızarıyordu. Philippa daha önce hiç böyle açık konuşmamıştı; ama on altı yaşında bir kızın durumun içeriğini anlaması elbette ki kaçınılmazdı. Yine de konu kasıtlı bir şekilde görmezden gelinmişti.

Başlangıçta, John, Costanza'yı Fransa'dan geri getirdiğinde ve sonrasındaki birkaç yıl boyunca âşıklar son derece gizli hareket etmişti. Küçük John'ın doğumu sırasında Katherine Lincolnshire'a, daha doğrusu Lincoln'e, Pottergate'teki bir eve gittiğinden -Hugh'un anısına ihanet olacağı ve kendisini iki kat utandıracağı için Kettlethorpe'a değil- bu durum kimsenin dikkatini çekmemişti. Bir süre için, Hugh'un yurt dışındaki ölüm tarihi belirsiz bırakılmış olduğundan, herkes çocuğun Hugh'dan olduğunu düşünmüştü.

Ancak Harry doğduğunda böyle bir örtbas planı mümkün olmamıştı. Leydi Swynford'un kocası olmadığını herkes biliyordu ve Dük yeni oğlunu gayet sıcak karşılamış, bütün sahtelikleri bir kenara atmış ve küçük oğullarına bölgesel unvanlarından birini bağışlamıştı; Beaufort unvanını seçmesinin nedeni, bu toprakların uzun zaman önce Fransa'ya kaptırılan Champagne'de bulunması ve yasal varislerinin haklarına karşı çıkılmayacak olmasıydı.

İlişkilerinin gizlenmesi artık mümkün olmadığında Katherine memnun olmuş, çocuklarıyla zamanının büyük bölümünü geçirdiği iki şatoda -Kenilworth ve Leicester- rahatlamıştı; zira hizmetkârların hepsi ona aynı şekilde saygılı bir itaatkârlıkla hizmet etmeyi sürdürmüştü. Kendi saygınlığı açık saygısızlıkları bastırmaya yetmeseydi, Dük bunun olmasını sağlardı. Ancak bazen içinde yaşadığı kabuğun delindiği zamanlar oluyordu ve Philippa'nın sakin sözleri onu huzursuz etmişti.

Önce genç kıza sonra kedi yavrusuyla birlikte mutfaklara doğru uzaklaşmış olan Blanchette'e baktı; başını dik tutarak gergin bir tavırla ve kalın bir sesle konuştu. "Sence bir sakıncası var mı, Philippa?"

"Neyin, Leydi Swynford?" Genç kız bir an yumuşak ama şaşkın bir tavırla baktı. "Ah, babamın sizi sevmesinin mi? Hayır! Çünkü sizi ben de çok seviyorum; hem de Bolingbroke'a gelerek annemi son yolculuğuna uğurladığınızdan beri; Tanrı ruhunu kutsasın." İstavroz çıkardı ve yüzünü iyice yaklaştırarak nakışına bir ilmek daha attı. "Ve babamız bizi sizin sorumluluğunuza verdiğinden beri ikimize de çok iyi davrandınız. Ne var ki..." Dudaklarını ıslattı, Katherine'e mutsuz gözlerle baktı ve bakışlarını kaçırdı.

"Sorun nedir, Philippa?"

"İçinde yaşadığınız bu ölümcül günah; babam ve siz!" diye fısıldadı kız. "Sizin için korkuyorum. Ruhlarınız için... dua ediyorum."

Katherine bir an sessiz kaldıktan sonra elini uzattı ve kızın açık renk saçlarına nazikçe dokundu. Banktan kalkıp meraya açılan kapıya doğru yürüdükten sonra yeni çiçeklerin ekildiği ve bir çim labirentin bulunduğu bahçeye yöneldi. Bahçe nergislerle, zambaklarla ve menekşelerle capcanlıydı; böyle huzursuz anlarda, Philippa'nın şapelde aradığı gibi, rahatlığı güdüsel olarak burada arardı. Elini demir kapı sürgüsüne koydu ve birden mutlu bir çığlık attı. Bahar havasında borazanlar ve güney yolundan gelen nal sesleri net bir şekilde duyulmuştu.

Arsız bir kız gibi çılgınca girişe doğru koşmaya başladı; ama sonra kendini tutarak Salon'a çıkan Büyük Merdiven'in ilk basamağında Philippa'nın yanında sakince durdu.

Kemerin altından önce Lancaster Habercisi geçerek borazanı ve Lancaster armalı flamasıyla onları selamladı. Avlu bağırıp çağıran atlılarla, seyislerle, uşaklarla doldu.

Dük'ün yanında otuzdan fazla adam vardı. O kargaşada Katherine sadece rahipleri görebildi; belli belirsiz tanıdık gelen siyah cüppeli, uzun boylu bir rahip ve arsız bir ev kedisi gibi şişman Carmelite rahip Walter Dysse. Gri Keşiş Birader William'dan yine iz yoktu. Hâlâ Dük'ün başhekimi olmasına rağmen Katherine, Birader William'ın kendisinden özellikle uzak durduğunu biliyordu. Dük'le birlikte geçirdiği yıllar boyunca birkaç kez karşılaşmışlardı ve her seferinde keşiş, genç kadına hüzünlü gözlerle bakmıştı. Bir defasında Katherine'in gidişinden kısa süre sonra Bordeaux'da ölen Nirac'tan söz etmişti; ama Katherine'in artık Nirac'la ilgilenmediğini gördükten ve geleneksel taziye sözlerini dinledikten sonra aceleyle yanından uzaklaşmıştı.

Gri Keşiş'in gelmediğini görünce içinde doğan rahatlama, beklentili titreyişi arasında çabucak silindi.

Dük'ün en sevdiği av köpekleri Garland ve Echo, kemerin altından koşarak geldiler, Katherine'in üstüne atlayarak selamladılar ve Katherine onların dar gri başlarını okşadı.

Sonunda, baş şahincisi Arnold'a birkaç emir vermek için Palamon'u durdurduğunda Dük'ü görebildi.

Uzun süre ayrılıktan sonra John'ı gördüğü her seferinde vücudu alev alev yanıyordu ve kendini eriyor gibi hissediyordu. Katherine onun daha çekici, her zamankinden daha etkileyici göründüğünü düşündü ve Dük'ün çevresine karşı giderek artan kayıtsızlığı için onu daha da çok sevdi; çünkü bu, baş başa geçirdikleri zamanları daha da değerli kılıyordu. Dük artık otuz altı yaşında olmasına rağmen kilo filan almamıştı; hoş, hangi gerçek Plantagenet tıknaz olabilirdi ki? Öncekine oranla daha kısa kestirdiği saçları güneşte açılarak altın rengini biraz kaybetmişti; fakat her zamanki gibi gürdü ve Flaman silahtar Raulin d'Ypres dizginleri tutarken, John gençliğindeki kadar rahat bir hareketle Palamon'un sırtından indi.

Merdivene doğru yürüdü ve Katherine'le Philippa reverans yaptı. Daha üst basamaklarda, Kenilworth'un muhafız komutanı John Deyncourt yerlere kadar eğilerek selam verdi. "Tanrı'nın selamı üzerinize olsun, Majesteleri."

Dük bir an kızına bakarak gülümsedikten sonra elbisesini incelerken hafifçe kaşlarını çattı. Sonra Katherine'e döndü ve sadece kendilerinin anlayabileceği şekilde selamladı. "Çok iyi görünüyorsunuz, Leydim" dedi nazikçe ve Katherine'in elini tutarak dudaklarına götürdü.

"Artık iyiyim, burada olduğun için..." diye fısıldadı Katherine.

"Ya ufaklıklar?" diye sordu John.

"Çok iyiler. Bebek sen en son gördüğünden beri çok büyüdü; artık on kelime söyleyebiliyor."

"Tanrı aşkına! Demek öyle! Henry!" Dük gülerek omzunun üzerinden seslendi. "Yemin ederim asla yeni kardeşin kadar hızlı olamadın. Baksana, on aylık ömrünün her ayı için bir kelime söylüyormuş. Gel de Leydi Swynford'u selamla!"

Bugün Dük varisi dokuz yaşındaki Henry Bolingbroke'u da yanında getirmişti; doğal tavırlı, ciddi, düşünceli, yaşına göre biraz yavaş zihinli ama şövalye sporlarıyla ilgilenebilecek kadar iri yapılı bir çocuktu. Saçları ve gözleri kızıl-kahverengi tonlardaydı ve burnu çillerle doluydu. Yakışıklı babası ve güzel annesinden çok, ilk Lancaster Dükü ve adaşı olan büyükbabasına benziyordu; ama karakterini ebeveynlerinden almıştı. Blanche gibi nazik bir saygınlığı vardı; John'dansa hırsını ve genellikle kontrol edebildiği patlayıcı öfkesini almıştı. İkisiyle de gurur duyuyordu ve sosyal statüsünün farkındaydı.

Çocuk itaatkâr bir tavırla önünde eğilerek selam verirken, Katherine ona gülümsedi. Henry'yi çok ender görürdü çünkü çocuk kendi silahtarları, öğretmenleri ve danışmanlarıyla Savoy'un ayrı bir kanadında yaşıyordu; fakat babası hatırına onu seviyordu ve Henry de çoğu çocuk gibi Katherine'e samimi bir ilgiyle karşılık veriyordu.

Dük basamakları tırmanarak Salon'a yöneldi. Salon henüz kısmen inşa edilmişti; fakat boyut açısından görkemini, vitraylı camlarıyla tarzının seçkinliğini gösterecek kadar tamamlanmıştı ve oymalı taş duvarlarıyla, İngiltere'deki en muhteşem salonlardan biri olarak ün yapmaya başlamıştı bile. Kenilworth'a geldiğinde genellikle Dük'ün ilk işi, son ziyaretten bu yana taş ustalarının yaptığı çalışmayı incelemek olurdu; fakat bugün Sainteowe Kulesi'ndeki cumba bitmiş ve Salon'daki bir pencereye Roman de la Rose'dan bir bahçe görüntüsünü resmeden vitraylar yerleştirilmiş olmasına rağmen bu değişikliklere şöyle bir bakış attı ve Katherine, onu rahatsız eden bir şeyler olduğunu hemen anladı.

Ama sorgulamaması gerektiğini biliyordu. Sonuçta bu gece geç saate kadar baş başa kalamayacaklardı; zamanı geldiğinde, Dük kendi Beyaz Süit'inden çıkacak, gizli merdivenden tırmanarak Katherine'in süitine ve yatağına gelecekti. O zamana kadar beklemeli ve ev sahibesi olarak Dük'ün refakatindeki herkese karşı görevini yerine getirmeliydi. Kâhyanın hepsinin kalacak yerlerini ayarlayıp ayarlamadığını öğrenmeliydi ve bu kadar kişiyi doyuracak yemekler için yeterli miktarda baharat olmadığını zaten biliyordu.

John, hemen yanında Raulin'le birlikte Beyaz Süit'e çekildi. Konuklar Salon'da içki içerken, Katherine baharat sandığını açmak için anahtarları almak üzere yukarı çıktı. Süitte, Hawise'in yatağa doğru bir söğüt dalı sallayarak heyecanlı bir şekilde bir şeyler mırıldandığını gördü.

"Kutsal azizler adına!" diye haykırdı Katherine gülerek. "Sen ne halt ediyorsun?" Bu sevgili hizmetçisine ve arkadaşına büyük bir sevgiyle baktı. Küçük John doğmadan önce hizmetine girdiğinden beri, zamanının oldukça büyük bölümünü Hawise'le birlikte geçiriyordu. Artık Katherine'in hayatta kalabilmek için hizmetçisinin parasını kabul etmek zorunda kaldığı günler elbette ki geride kalmıştı. Hawise'in şimdiki maaşı, Pessoner ailesinin balıkhaneden bir yılda kazandığına eşitti ve balıkçı babası hem buna şaşırmış hem de kızının talihiyle gurur duymuştu; özellikle de Jack Maudelyn şaşırtıcı bir tavırla döndükten; evli bir erkek olarak sorumluluklarını ihmal etmeye başladıktan ve Lollard vaizlerinin peşine takılıp Kent'e giderek rahiplere ve piskoposlara karşı kâfirce sözlerle dolu bir hâlde geri geldikten sonra. Açıkçası Jack, Tanrı'nın zengin ve yoksul, lord ve köylü hakkındaki planlarını anlatmaktan da geri kalmıyordu ve Hawise'in babası bundan iyice rahatsız olmaya başlamıştı.

Hawise güçlü koluyla ağaç dalını yatağın üzerine doğru sallamaya devam etti ve sonunda sihirli kelimeleri bitirdikten sonra eksik dişlerinin arasından bir ıslık çalarak Katherine'e döndü ve kaşlarını çatarak baktı. "Lord Dük'üm geri döndüğünden, tekrar hamile kalmaman için yatağı hazırlıyorum. İki piç sana yeter de artar bile, tatlım; üstelik Harry'den sonra o kadar kötü olmuştun ki seni kaybedeceğimi sanmıştım."

"Ah, Hawise..." Katherine gülmekten kızardı. "Sanırım Tanrı'nın gönderdiklerini kabul etmekten başka seçeneğim yok." Eğildi ve gümüş çerçeveli bir aynada kendine bakarak dudaklarına biraz daha kırmızı macun sürdü ve çenesinde gördüğünü sandığı bir kızarıklığa kaşlarını çatarak baktı.

"Endişelenmene gerek yok" dedi Hawise. "Çocuk doğurmak görünüşüne zarar vermedi, bunu kabul etmeliyim; belin hâlâ gelincik gibi incecik." Böyle konuşmasının nedeni, sevgili hanımı ve arkadaşı Katherine'i aynaya kaşlarını çatarak bakarken ve ahlaksız saray kadınları gibi dudaklarına macun sürerken görmekten hoşlanmamasıydı. Üstelik hanımında başka küçük değişiklikler de vardı. *Tanrı o adamı bildiği gibi yapsın,* diye düşündü Hawise, daha önce birçok kez olduğu gibi. *Madem onunla evlenemedi, neden kendi hâline bırakmadı ki? Birçokları oynasa da Katherine bu oyun için fazla saygın. Eğer Dük ondan sıkılırsa bu Katherine'i öldürür.* Yine de Dük hiç sıkılacakmış gibi görünmüyordu.

"Korkarım Dük'ü endişelendiren bir şey var" dedi Katherine Hawise'e bacanın yanındaki gizlenme yerinden anahtar tomarını getirmesini işaret ederken. "Belki de Galler Prensi'nin durumu kötüleşmiştir ve yazı geçiremeyebilir? Ama bu yeni bir şey değil ki."

"Hayır, bence gelecek haftaki Parlamento'yla ilgili bir şeydir" dedi Hawise. Kocasını görmek için Paskalya Bayramı'nda Londra'ya gitmişti ve çok öfkeli konuşmalar duymuştu. "Halk çok isyankâr! Majesteleri'nin onlarla başa çıkabileceği şüphesiz; ama halk ve Majesteleri ne yazık ki aynı açıdan bakamıyorlar!" Gerçekten de Jack'i Dük hakkında söylediği nefret dolu sözlerle ilgili uyarmıştı; ama Katherine'e bundan söz etmemişti.

Katherine başıyla onaylarken biraz rahatlamıştı. Ulusal meselelerle pek ilgilenmiyordu. Sonuçta güç ve para hırsıyla İngiltere'nin canına okuyan -en azından, öyle olduğu söyleniyordu- Alice Perrers gibi değildi. Katherine'in tek arzusu, maiyetin tantanasından uzakta, çocuklarıyla halkın gözü önünde olmadan sakince yaşamak ve şatoya geldiğinde John'ı, erkek işleri yüzünden sık sık uzakta olan kocasını karşılayan saygın bir kadın gibi karşılamaktı.

Bu elbette ki hayatının büyük bir bölümüne aldırış etmemek anlamına geliyordu. Ayrıca, Costanza'ya ve Hertford Şatosu'ndaki diğer çocuğa da -Catalina; İngilizce'de Katherine anlamına geliyordu- aldırmaması demek oluyordu. Düşes Costanza, 1372 yılında çocuğa çok sevilen bir İspanyol azizenin adını vermek istediğinde, Katherine Swynford'un varlığından haberi bile yoktu. John, Katherine'e bunu gülerek anlatmıştı. Karısının bilmeden kızlarına metresinin adını vermesi ona çok komik gelmişti ve bu kabaca gülüşünün bir nedeni, Costanza'nın kız doğurmasına öfkelenmesiydi; çünkü Castile tahtı için henüz uygun bir varis yoktu. Katherine diğer kadına biraz acımıştı; özellikle de Düşes'i hiç görmediği için.

Hiç şüphesiz, Costanza artık Katherine'in varlığını biliyordu; ama Düşes'in ne kadarını bildiğini kestirmek mümkün değildi çünkü daima etrafındakilerle İspanyolca konuşuyordu ve İngiliz hizmetkârlarıyla tek kelime bile etmiyordu.

Dük, Katherine'in ablasını yeni Düşes'in İngiliz nedimelerinden biri olarak atamıştı ve yıllık on pound maaş belirlemişti. Philippa çok sevinmiş, bu atamayı Kettlethorpe'ta geçirdiği sıkıcı yılların ödülü olarak görmüştü. Elbette ki bu şansı, Katherine'in Dük'le tuhaf bağlantısına borçluydu; ama bunu nadiren dile getiriyordu. Fırsatları değerlendirmesini iyi bilen Philippa, Katherine'in ailesinin tamamının yararlandığı şeyleri düşündüğünde, durumun ahlaki değerlerle dengelendiğine karar vermişti. Ve sık sık Hugh'un böylesine uygun bir zamanda ölmesinden dolayı Tanrı'ya şükrediyordu. "Yoksa Mahşer Günü'ne kadar o beş paralık adamla evli kalacaktın Katherine ve hepimiz Kettlethorpe'da pinekliyor olacaktık."

Philippa'nın tutumu başlangıçta Katherine'i incitmişti; bu tutumun aşkını ucuzlattığını düşünmüş ve bir süre Hugh'un adının anılması onu biraz üzmüştü; ama bu daha çok endişeyle karışık acıma gibiydi. Ne var ki bu sadece başlangıçtaydı; şimdi Hugh'u düşündüğünde, koca bir boşluktan başka bir şey algılamıyordu.

Katherine giyinme taburesinden kalktı ve anahtarları kuşağına iliştirirken Hawise'e gülümsedi. "Konuklarımızla ilgilenmeliyim. Majesteleri'nin yanında kimleri getirdiğini bile bilmiyorum."

Büyük Salon'da toplanmış olan grup, Dük'ün maiyetindekilerden veya yakın dostlarından oluşuyordu ve çoğu elbette ki erkekti. Katherine buna alışkındı. Fakat genç şövalyelerden bazıları yanlarında eşlerini de getirmişti ve Kral'ın danışmanlarından Lord Latimer de -tilki gibi uzun burunlu, sinsi bakışlı bir adam- Londra'dan kendi eşini getirmişti. Bu öylesine ender görülen bir onurdu ki Leydi Latimer'ın zoraki kibarlığı karşısında Katherine, kocasının Dük'ten gerçekten özel bir iyiliği ihtiyacı olduğunu düşündü. Üstelik toplantının yüzeyinin altındaki gerginliği de giderek daha çok fark ediyordu.

Lord Michael de la Pole her zamanki gibi içtendi ve Katherine'i her zamanki gibi babacan bir tavırla yanağından makas alarak selamlamıştı; fakat kuzey tarafındaki şöminenin başına çekildiğinde ve Lord Neville Raby'yle fısıldaşmaya başladığında, kaşları çatıldı. İki baron da Latimer'a yandan bakışlar atıyor, siyah cüppeli uzun boylu rahibe bakarken kaşları daha da çatılıyor, sanki onun orada ne işi olduğunu merak ediyorlardı.

Katherine de merak ediyordu; çünkü rahip, kâfir Lollardların lideri John Wyclif'di. Wyclif onun selamına hafifçe eğilerek karşılık vermiş, Roman de la Rose penceresine yaklaşmak için -şimdi açık bir ilgiyle inceliyorduonu oracıkta bırakıvermişti. Katherine de yeni pencereye dönerek aşk tanrısını ve yakut rengi gülü saran zümrüt yeşili ışığa hayranlıkla baktı.

"Şimdi Aşk Bahçesi'ni öncekinden daha iyi anlayabiliyor musun, baldız?" dedi bir ses kulağına eğilerek.

Katherine olduğu yerde dönerken "Geoffrey!" diye bağırdı ve büyük bir neşeyle adamın elini tuttu. "Seni görmemiştim... geleceğini de bilmiyordum! Senin Aldgate'de olduğunu sanıyordum."

"Öyleydim; ama Majesteleri beni St. George festivaline davet etme inceliğini gösterince geldim. Günahkâr kitaplarım, yazılarım ve yün hesaplarımla uğraşmaktan sıkılmıştım."

Her zamanki gibi ela gözleri alaycı pırıltılarla doluydu. Katherine'in onu en son gördüğünden beri geçen aylarda Geoffrey daha tıknaz olmuştu ve sakalında beyaz teller vardı. Her zengin burjuvanınki gibi giysisi bol kürklüydü ve boynunda kendisine Kral'ın hediye ettiği altın bir zincir asılıydı; fakat hâlâ parmaklarında mürekkep lekeleri vardı ve zincirin ucunda eski görünüşlü bir kalem kılıfı asılıydı.

"Hayır, Geoffrey" dedi Katherine. "Sen asla yalnız başına sıkılmazsın; bundan hoşlanıyorsun."

Birbirlerine bakarak gülümsediler. Philippa bazen Düşes Costanza'nın yanındaki görevlerini bırakarak kocasını Aldgate'teki evlerinde ziyaret edip temizliğiyle ilgilense ve onu bekârlık alışkanlıklarından uzak tutmaya çalışsa da bu ziyaretler büyük ölçüde zorunluluk duygusundan kaynaklanıyordu ve Chaucer çifti artık ayrı kalmaktan memnundu. Küçük oğulları annesinin yanındaydı ve Geoffrey tek başına yaşıyordu.

"Eh, işler nasıl gidiyor bakalım?" diye sordu Katherine. "Seni yün işinde göreceğim hiç aklıma gelmezdi."

"Yünü asla küçümseme, hayatım" dedi Geoffrey neşeyle. "O, İngiliz tacının en önemli mücevheri. Londra'daki limandan yüne aç dünyaya yelken açan gemileri Tanrı korusun! Yün olmasa krallığımız iflas ederdi. Eğer..." diye ekledi, aniden kaşlarını çatıp Latimer'a bakarak, "çoktan etmediyse tabii."

"Lord Latimer'la ilgili sorun nedir?" diye sordu Katherine kısık sesle. "Bugün buradaki huzursuzluğu hissediyorum ve Dük de çok sıkıntılı görünüyor."

Eh, nasıl görünmesin ki? diye düşündü Chaucer. Ateşle oynamak tehlikeliydi. Üç yıldır ilk kez toplanan bu Parlamento'da, halk temsilcilerinin taht grubuna saldırmaya ne kadar eğilimli olduğunu kestirmek zordu; fakat Kral'ın istediği yeni vergiyi uysal bir şekilde ödemeyecekleri de kesindi. Londra'dan gelenlerin hiçbirinin bundan şüphesi yoktu. Yaşlı Kral'a doğrudan saldıramazlardı; ama artık iyice popülerliğini kaybettiği için Dük'ü hedef alabilirlerdi. Yine de, Kral'ın başdanışmanı, özel hazinesinin sorumlusu ve Dük'ün dostu olan Latimer'e de yönelebilirlerdi. Hiç şüphesiz Latimer, birçokları gibi kendi kesesini doldurmak için taca ihanet edecek utanmaz bir fırsatçıydı; ancak onun için bundan çok daha kötüleri söyleniyordu.

"Şey, Latimer birçok söylentinin konusu. Yüksek yerlerde oturan hangi adam öyle değil ki?" dedi Geoffrey, konunun hiç önemi yokmuş gibi omuz silkerek. Dük'ü, Katherine'i halk önündeki hayatında yaşanan kargaşadan uzak tutmak isteyeceğini bilecek kadar iyi tanıyordu. Açıkçası Geoffrey, adamın Katherine'e gösterdiği bu şefkatli koruyuculuğun, karmaşık kişiliğindeki en hayranlık uyandıran özelliklerden biri olduğunu düşünüyordu.

Sainteowe kapısındaki bir hareketlilik ve taçlı bir baş, Dük'ün içeri girdiğini gösterdi. Latimer'ı sorarken kaşları çatık olan Katherine, bir anda aydınlanan bir yüzle onu karşılamaya gitti.

Geoffrey pencere kenarındaki minderli bir koltuğa yerleşti ve kalabalığı izlemeye koyuldu. Kadife, kürk ve yeni mücevherler kuşanmış Dük'ün yanına otururken onu izledi. Onu Windsor'da ilk kez gördüğünde ve sadece ender görülecek bir güzelliğe sahip olması sayesinde hayatta çok yükseleceğini tahmin ettiğinde yanılmamıştı. Kettlethorpe'ta geçirdiği zorlu yıllar, sadece geçici bir adım olmuştu. Ne var ki Lancaster'la ilişkisi de, pek Geoffrey'nin düşündüğü tarzda bir şey değildi. Asıl sorun, Lancaster'ın bu yassak ilişkiyi fazla göz önünde yaşamasıydı. Troilus ve Criseyde gibi kendilerini sürekli izleyen bir dünyadan uzakta bunu yapsalar, çok daha uygun olurdu. Zihninde Criseyde hikâyesini canlandırırken, Katherine'i neredeyse Truvalı güzel dul gibi görebiliyordu.

Hayır, diye düşündü Geoffrey kendi kendine gülümseyerek, *zihnim saçmalıyor.* Wyclif'le sohbete girişen ve aşkla ilgili konulardan uzak olduğu anlaşılan Dük'e baktı. Bu ikisini -büyük Dük ile öğretileri bütün İngiltere'yi etkisi altına alan büyük reformcuyu- birbirine bağlayan bağ, kesinlikle yumuşak değildi. Bu bağ, kınamaydı. Amaçları farklı olsa da ikisi de bu ülkenin kanını kurutan şişko rahipler ve daha şişko piskoposlar hakkında iyi şeyler düşünmüyorlardı.

Çarpıcı komünsel mülkiyet teorilerine, Papa'ya karşı saldırılarına, günah çıkarma, azizler veya hac gibi konulardaki reddedişine kendini adamış olan Wyclif, muhafazakârlığı asla tartışılmayan Lancaster için tuhaf bir arkadaş gibi görünüyordu.

Ama ikisi de birbirlerine saygı duyuyor gibiydiler ve çok sayıdaki düşmanları tarafından ortaya atılan iftiraları dinlemek bile anlamsızdı. *Şöhretin evi*, diye düşündü Chaucer, *çelik değil, eriyen buz üzerine kuruludur ve her söylentide sallanır; şöhretin tanrıçasıysa en az kız kardeşi talih kadar sahte ve kaprislidir.*

Geoffrey'nin eli boynunda asılı duran kalem kılıfına gitti ve Dük'le Wyclif'i unutarak Salon'u taradı. Üzerine yazı yazabileceği bir şey bulamayınca sessizce Kuzey kapısından çıkarak muhafız komutanının ofisine yöneldi. Orada Dük'ün yarınki toplantısı için çalışan bir yazman bulabileceğini umuyordu.

Geoffrey ihtiyacı olan şeyleri ödünç aldıktan sonra yazmanın yanındaki tabureye çöktü ve yazmaya koyuldu.

"Büyük ses... Şöhretin Evi'nde akıp duruyor bir dolu kehanetlerle, hem güzel konuşmalar hem de neşeli kahkahalar; ama sonuçta karışmış gerçek ve sahtelikle."

Yazmaya devam etti. Haftalardır kafasında olan mısralar, nihayet şekillenmeye başlamıştı.

* * *

O gece konukların hepsi çekildiğinde, Katherine ipek çarşafların arasında uzanmış hâlde Lordunun gelmesini bekliyordu. Hawise'in tatlı bitkilerle ovaladığı vücudu pırıl pırıl parlıyor, teni kehribar kokuyordu ve her zamanki gibi kendini formda hissetmekten mutluluk duyuyordu. Vücudunun tepkilerinin nasıl arttığını ve tutkusunun nasıl John'ınkine eşit hâle geldiğini düşündü; ancak alçak gönüllülük ve iffet, bazen onu bunları gizlemeye zorluyordu. *Ama bedensel aşk nasıl günah olabilir ki?* diye düşündü. *Eğer aşk içtense?* Bunu ona gösteren yüzlerce aşk hikâyesi vardı ve günah çıkardığı hiçbir rahip ona öğüt vermeye kalkmadığından, kendisi de artık herhangi bir şekilde bunun günah olduğunu düşünmüyordu. Carmelite Keşiş Birader Walter Dysse arada bir onun günah çıkarmalarını dinliyordu; Dük'ünkileri de öyle. Ve Katherine, ayine sadece çocuklarına ve şato sakinlerine örnek oluşturmak için gidiyordu.

John gelmeden önce Nisan şafağında oda iyice serinlemişti. Dük tek kelime etmeden yatağa girdi ve aç bir şekilde onu kollarına aldı; ama daha sonra Katherine'in göğsüne başını koyarak uykuya dalmadı. Minik elmaslar gibi parlayan yıldızların resmedildiği yatak tavanına bakarak sırtüstü uzandı.

Katherine elini nazikçe John'ın alnına koydu; çünkü bazen saçlarını okşamayı severdi ama Dük başını çevirdi.

"Sorun nedir, hayatım?" diye sordu Katherine fısıldayarak. "Kutsal Bakire korusun, yoksa benden memnun değil misin?"

"Hayır, hayır, sevgilim..." John, Katherine'i sıkıca kendine çekti ve genç kadın yüzünü onun boynuna gömdü; ama John hâlâ tavana bakıyordu. İçini kemiren öfke korku gibi görünmesin diye konuşamıyordu.

Londra'da söylenenleri kendisine çıtlatan Flaman silahtarı Raulin olmuştu. John onu dinlerken başlangıçta etkilenmemiş, söylentileri gülünç bulmuştu. Yozlaşma, ahlaksızlık, sadakatsizlik, ölmekte olan ağabeyi Prens'e ve varis küçük Richard'a karşı komplolar; bunlar asla yüzüne söylemeye cesaret edemeyecekleri şeylerdi. Ama Raulin devam etmişti. "Fısıldadıkları bir şey daha var, Majesteleri, ah, şey, aslında o kadar saçma ki sözünü etmeye bile değmez."

Ama John ona konuşmasını emretmişti; çünkü haklarında bildiği her şeye dayanarak Parlamento üzerine gelmeye kalktığı takdirde, silahlı olmasının daha iyi olacağını biliyordu.

"Bazıları siz Majesteleri'nin gerçek kral soyundan olmadığınızı, beşiğinizde değiştirildiğinizi söylüyor."

"Hah! Saçmalığa bak!" demişti John gülerek. "Diğer icatları bence daha iyi! Bu konuda başka neler söylüyorlar bakalım?"

"Duyduğum sadece bu" demişti Raulin. "Kimse inanmıyor."

John omuz silkmiş, başka konudan konuşmuştu; fakat karnına bir top güllesi çarpmış gibi hissetmişti ve otuz yıl önce bu kelimeyi ilk kez duyan çocuk gibi, bütün vücudu titremişti. Başkalarıyla paylaşımlarında, Katherine'i görmekten aldığı zevkin altında, bu utanç verici korkuyu mantığıyla bastırmaya çalışmıştı hep. Castile ve Leon'un Kralı, Lancaster Dükü, İngiltere'nin en güçlü adamı, aslı astarı olmayan bir söylentiden sinemez, mızıldanan bir bebek gibi davranamazdı. Önceki gece rüyasında Isolda'yı görmüştü ve kendi çocukluğuna dönerek ondan teselli bulmaya çalışmıştı; ama Isolda'nın gri gözleri ona küçümseyerek bakmış ve dişlerini sıkarak konuşmuştu: "Pieter'ın yalan söylediğini iddia ettiğimde bir de bana inandın mı, benim aptal Lordum? O yalan söylemedi. Sen şişirilmiş bir balon gibi boşsun; içinde kraliyet kanı yok!"

"Sevgilim, sorun nedir?" diye sordu Katherine hafif bir çığlık atarak; John'ın kolundaki kas seğirmiş, genç kadının kalçasına koyduğu elini yumruk yapmıştı.

"Hiçbir şey, Katherine, hiçbir şey" dedi John, "sadece düşmanlarımla başa çıkmak zorundayım! Lanet olasıca rahipler ve Londra'daki soytarılar... Hepsini ezeceğim! Ta ki merhamet dilenene kadar! Ve hiç merhamet göstermeyeceğim!"

Katherine korkmuştu; çünkü onu daha önce hiç böyle konuşurken görmemişti. "Ama senin gibi büyük adamların" dedi çekingen bir tavırla, "daima düşmanı olur ve sen daima onların üzerinde oldun; adil ve güçlü."

"Adil ve güçlü..." diye tekrarladı John acı bir gülüşle. "Benim için böyle söylemiyorlar, yok, hayır. Hakkımda ne düşündüklerini biliyor musun, Katherine? Babama ve ağabeyime hiç sadakatim olmadığını düşünüyorlar. İngiltere tahtını ele geçirmek için onlara karşı komplo kurduğumu düşünüyorlar. Tanrı o aptalları lanetlesin!"

John susarak karanlığa çatık kaşlarla baktı. Babası ve ağabeyi; ülkenin iki idolü. Şimdi ikisi de zayıf, hastalıklı, ölüm döşeğinde ve birbirine düşmüş hâlde. Galler Prensi, krallığı oğlu küçük Richard'a saklamak ve İngiliz halkının tehlikeli huzursuzluğunu bastırmak amacıyla, bu Parlamento'nun toplanmasını istemişti ve Kral'ı saran yozlaşmışlığa saldırırken, Avam Kamarası'nı arkasına alacağının açıkça bilinmesini sağlamıştı. Prens, hasta yatağında John'dan bu konuda destek istemişti. Alice Perrers'ın kaprislerini yerine getirmekle daha çok ilgilenen Kral'sa, kendisini rahatsızlıktan kurtarması ve taç üzerindeki ilahi hakkını savunması için çocukça bir inançla John'a sığınmıştı. *Aracı! Günah keçisi!* diye düşündü John dişlerini sıkarak. *İkisine de itaat etmek, ikisinin de isteklerini yerine getirmek için başımı eğdim ve şimdi yaşadığım onca sıkıntı karşılığında bana hain diyorlar!*

Ama bu haksızlık, içinde utanç verici bir korku değil, sadece küçümseyici bir öfke yaratmıştı ve bunda şimdi yanında yatan kadının koşulsuz aşkı yardımcı olmuştu. Daha önce tarihte benzeri defalarca görülmüş, temelsiz bir söylenti için korkmanın ne anlamı vardı ki? Raulin'in de dediği gibi, hiç şüphesiz bunu bilen çok az kişi vardı ve kimse de inanmıyordu.

Derin bir nefes aldı ve Katherine'e dönerek onu öptü. "St. John adına, aşkım..." dedi, sadece Katherine'le konuşurken kullandığı nazik bir ses tonuyla, "bir hayaletle boğuşuyordum. Aptallığı keseceğim."

Katherine bundan hiçbir şey anlamamıştı; sadece John'ın keyifsizliğinin sona erdiğini ve kendisinin yanındayken rahatladığını görmüştü.

Ama John kollarında uyurken, sanki huzursuzluğu Katherine'e geçmiş gibiydi ve genç kadın sevgilisinin hayatında bilmediği çok şey olduğunu fark ediyordu.

17

St. George Günü, Kenilworth'ta mutlu bir şekilde kutlandı. Dük de son derece neşeli ve etkileyiciydi.

Şövalyelerle mızrak dövüşüne girdi ve Henry'yle Tom Swynford büyükler gibi zırhlar içinde ve midilli sırtında karşılaştıklarında onlara cesaret verdi. Gece Büyük Salon'daki bütün hanımlarla ve Elizabeth'le dans ederek kızını kahkahalar arasında oradan oraya savurup döndürdü. Philippa'ya karşı da nazikti; ne ciddi tavırları için dalga geçti, ne de kırmızı elbisesini giymediği için azarladı. Blanchette'i de unutmadı. Vaftiz kızının en çok istediği şeyi yapmış, ona ahşap ve fildişinden yapılmış küçük bir lavta getirmişti. Blanchette müziği seviyordu ve dükalık çocuklarına eğitim veren ozandan lavta çalmayı öğreniyordu.

John ve Katherine, iki gün ve iki gece daha, kısa ama mutlu bir şekilde zaman geçirdiler; sonunda cuma sabahı atlar bir kez daha kalenin önünde toplandı ve ağır arabalar Ana Avlu'da dizildi.

Sabah saat altıda, Lancaster Habercisi borazanından uzun bir veda notası çaldı. Merdivende duran Katherine, hepsine veda etti; babasıyla birlikte Londra'ya dönen küçük Henry Bolingbroke'a, gri atının sırtındaki Geoffrey'ye, Lord Neville ve Lord de la Pole'a; eşinin tahtırevanının yanında ayakta dururken sabah soğuğu yüzünden uzun burnu kızarmış olan Lord Latimer'a. Ve bu yolculukta kendini eğlenceden uzak tutan Rahip John Wyclif'e.

Herkes hazır olduktan sonra Dük yanında başı eğik, elinde altın yolculuk kadehi hazır hâlde bekleyen Katherine'e döndü.

"Tanrı seni korusun, aşkım" dedi çok alçak sesle. Sonra kadehi alıp ballı içkiyi içti. "Bu kez uzun sürmeyecek; Kutsal Bakire'ye yemin ederim" diye ekledi, Katherine'in gözlerindeki yaşlara cevap vererek. "Ayrı kaldığımızda seni nasıl özlediğimi biliyorsun."

Katherine bakışlarını kaçırdı. "Hertford'da konaklayacak mısın?" Bu soru içini kemiriyordu ve daha önce söze dökmeye cesaret edememişti.

"Hayır, Katherine" dedi John nazikçe, "Parlamento'ya hazırlanmak için doğruca Londra'ya gidiyorum, biliyorsun. Kraliçe Costanza'nın bir araya gelmek için benden daha hevesli olmadığını bilmelisin."

Katherine, onun nezaket yüzünden yalan söyleyip söylemediğini bilmiyordu; fakat Düşes hakkında konuşurken John'ın sesinin soğukluğunu fark edince kalp atışları hızlandı ve sevgilisine minnetle baktı. Yine de başı gururlu bir şekilde dikti; çünkü bu kadar insanın önünde kemik bekleyen bir köpek gibi görünmeye niyeti yoktu.

John onu dudaklarından sertçe öptükten sonra Palamon'un sırtına tırmandı ve hayvanı tırısa kaldırarak kemerin altından geçti.

* * *

Nisan'ın yirmi dokuzunda, Tierce'dan kısa süre önce Manastır çanları çalarken, Kral, Westminster Sarayı'ndaki Boyalı Salon'da Parlamento oturumunu açtı. Kendisi üstü tenteli tahta otururken, oğulları daha aşağıda kalan platformlarda unvan sıralamasına göre dizilmişti. Galler Prensi'yse, sancak taşıyıcısı ve silahtarı tarafından kısmen gizlenmiş hâlde bir kanepede yatıyordu. Gerçekten şaşırtıcı bir manzaraydı. Karnı annesininki gibi şişmiş, teni sarkmıştı ve irin sızan yaralarla kaplıydı. Kral'a ya da kardeşi Lancaster'a bakarken, çökük gözleri bazen eski ateşli canlılığıyla parlıyordu.

Kral Edward önce tahtta dik bir şekilde oturarak eski yıllarından kalma sakin bir saygınlıkla Parlamento'ya baktı; ama bir süre sonra olduğu yerde çöktü. Boğum boğum parmakları asasından kayıyordu ve kırış kırış yüzü yaşlı, yorgun bir av köpeğininki gibi hüzünlü görünüyordu. Ama platformun köşesindeki sarmal merdivene baktığında yüz ifadesi değişiyordu; çünkü Alice'in merdivende görünmeden durduğunu biliyordu.

Lancaster Dükü de şato ve aslan armalı bir tahtta oturuyordu; sonuçta krallığından uzakta olsa da Castile ve Leon'un yasal hükümdarı değil miydi? Yanında Edmund Langley oturuyordu ve lordların arasındaki dostlarını gördüğünde başını hafifçe eğerek selam veriyor, bir yandan da altın bir bıçakla tırnak aralarını temizliyordu.

Kral'ın sol tarafında en küçük oğlu Thomas Woodstock, Flaman ataları gibi tıknaz ve esmer vücuduyla oturuyor, Maccabees Savaşı'nı resmeden kanlı bir duvar halısına kaşlarını çatarak bakıyordu. Henüz Thomas'ın yaşı gelmemişti ve babası ya da ağabeyleri ona asla danışmazdı. Buna içerliyordu; ama zaman öldürerek veya genç ve zengin karısı Eleanor de Bohun'la kavga ederek bekliyordu.

Sabah gerçekten de cansızdı. Oturum, Knyvett'in beklenen konuşmasıyla açıldı ve o da üç saat boyunca Kral'ın yeni vergisinin neden ödenmesi gerektiği hakkında konuşup durdu. Acilen paraya ihtiyaç vardı; çünkü ülkenin güvenliği, olası işgale karşı savunması ve Fransa'ya karşı olası bir savaş hazırlığı ancak bu şekilde garantilenebilirdi. Ayrıca -burada Dük'e baktı- Castile da artık söz konusuydu.

Parlamento'daki herkes konuşmayı mantıklı buldu, kimse herhangi bir sürprizle karşılaşmadı ve kraliyet platformlarında oturanlarla minderli sıralardaki lordlar esnemelerini bastırmakta bir hayli zorlandı.

Avam Kamarası'ysa tedirgin edici bir şekilde sessizdi. Sonunda kendi aralarında görüşmek için çekilme izni istediler. O ana kadar neredeyse içi geçmek üzere olan Kral neşeyle doğrulup oturdu. "O hâlde her şey kararlaştırıldı. Bir sorun çıkmayacağını biliyordum. Halk beni sever ve sözüme uyar." Ayağa kalkıp merdivene doğru baktı. Alice'le birlikte özel bir salonda yiyeceği yemeğini istedi ve merdivene doğru yürüdü. En büyük iki oğlu birbirine bakarken, John bir işaretine karşılık vererek ağabeyinin kanepesine yaklaştı.

"Bırak gitsin" diye fısıldadı Prens. "Şimdi ona ihtiyaç yok." Zorlukla yutkunarak kendini tekrar minderlere bıraktı. Silahtarı şaraplı bezle şakaklarını sildi ve bir an sonra Prens tekrar konuştu. "Bana da ihtiyaç yok. Tanrı aşkına, ne hâle geldim; işe yaramaz, leş kokulu, çürümüş bir et yığını! John, sana güvenmeliyim. Sadakatini biliyorum; ne söylerlerse söylesinler. Onlarla uzlaş; onları dinle. Oğlum için bu krallığı koru!" Aniden yanaklarından yaşlar boşaldı ve vücudu şiddetle sarsıldı.

John kanepenin yanına çömeldi. Ağabeyinin şişmiş elini sessizce öperken, kendi gözleri de nemliydi.

Sonunda, aylardır olduğu gibi Prens bayıldı. Onu üzgün bir tavırla aldılar ve nehrin karşı tarafındaki Kennington'a bir mavnayla taşıdılar; Prenses Joan ve küçük oğulları Richard onu orada bekliyordu.

Çok geçmeden, Avam Kamarası cesaretlenmeye başladı. Bir delege, belli lord ve piskoposların, toplantı yerinde kendilerine katılmasını istedi. Dük bunu kabul etti ve isimleri söylenecekleri duymak için ilgiyle bekledi; sayılan on iki isim arasından ikisinin en büyük düşmanları olduğunu öğrenmek onu hiç şaşırtmadı: March Kontu ve Londra Piskoposu Courtenay.

Henüz yirmi beş yaşında ve ufak tefek olan Kont, Düşes Blanche'ın ölümünden sonra Lancaster'ın kendisine yaşattığı aşağılanmayı hâlâ bağışlamamıştı. Her yıl kıskançlığı artmıştı ve şimdi korkuyla da destekleniyordu. March'ın iki yaşındaki oğlu Roger Mortimer, İngiltere tahtının varisleri arasındaydı ve Richard'dan sonra geliyordu; tabii lanet olasıca ahlaksız Lancaster, İngiltere'de bir kanundan yararlanarak tahta kendi çıkmaya kalkışmazsa. Roger'ın iddiası, annesinin tarafından geliyordu. Bu korku, March'ın nefretini daha da güçlendirmişti ve adının söylendiğini duyan Kont, Dük'e sinsice bir gülümsemeyle baktı; ama Lancaster sadece omuz silkerek karşılık verdi. March, hareket etmekten çok konuşan bir adamdı.

Courtenay daha zorluydu. Londra Piskoposu olarak Canterbury'den sonra en güçlü din adamıydı ve Dük'ün Piskoposluk servetiyle ilgili görüşlerinin yanı sıra, Wyclif'le yakınlığının uzun zaman önce Courtenay'ın nefretini çektiği biliniyordu.

Avam Kamarası'nın tahta karşı saldırılarına destek olarak bu iki lordu seçmesi, yaklaşan zorlukların boyutlarını bir ölçüde gösteriyordu; fakat henüz yeterince ürkütücü değildi. Lord Henry Percy Northumberland'ın seçilmesiyse, kesinlikle ürkütücüydü.

Tahtında kaskatı kesilen Dük, Avam Kamarası üyelerine katılmak için salondan çıkan on iki düşman piskopos ve lordu asık yüzle izledi.

Geride kalan lordlar huzursuz tavırlarla tekrar yerlerine yerleştiler. Michael de la Pole, arkadaşlarının yanından ayrılarak Dük'e yaklaştı ve uzun bir dostluğun aşinalığıyla konuştu. "Tanrı aşkına, Majesteleri, Percy'ye ne oldu böyle? Düşmana katılmış! Daha bir ay önce size ve Kral'a duyduğu tutkulu sevgiyi anlatıyordu!"

Dük güldü. "Kendisi ve vahşi sınır haydutları dışında kime sevgisi var ki onun? Gururdan kabarmış ve hiç şüphesiz, March onu boş vaatlerle daha da şişirmiş."

Dük iç çekti ve de la Pole ona sempatiyle baktı. "Önünüzde zorlu bir savaş var ve açıkçası şu anda size hiç imrenmiyorum."

* * *

İlerleyen günlerde Avam Kamarası'nın saldırısı son derece netleşti. İlk darbe, sözcüleri olarak Peter de la Mare'in seçilmesiydi. De la Mare, Kont March'ın yardımcısıydı. Son derece korkusuz, açık sözlü bir gençti ve hiç zaman yitirmeden, şansölyenin vergi talebine karşılık verdi: "Şimdiye kadar verilen paralar ne oldu? Halk" diye devam etti de la Mare, "yüksek yerlerdeki dehşet verici ziyan ve yozlaşmışlık karşısında öfkeli ve suçluların cezasını çekmesini istiyor." Ve sustu.

Salon'da uzun bir sessizlik oldu. Herkes Dük'e bakıyordu. Sonunda Dük başını eğerek konuştu. "Eğer bu doğruysa insanlar haklı. İsimlerini verecekleriniz kimler ve onları neyle suçluyorsunuz?" Ve mükemmel bir nezaketle gülümsedi.

Önce en küçük balıklar tavaya düşecekti: Bir gümrük memuru ve Londralı tüccarlar John Peachey ile Richard Lyons; ikisi de haraç toplamaktan, tekelcilikten ve sahtekârlıktan suçlanıyordu. Bu adamlar kısaca yargılandı, suçlu bulundu ve hapse gönderildi.

Sonra Dük ve dostlarının tahmin ettiği gibi, Avam Kamarası, Lord Latimer'a yöneldi. Onu bir düzine iddiayla suçladılar, Kral'ın özel hazinesinden zimmetine yirmi bin mark geçirdiğini ve Britanya'ya ihanet ettiğini öne sürdüler.

Burada John bir an için sükûnetini kaybetti ve öfkeyle konuştu; çünkü Latimer, kişilik açısından ne kadar itici biri olsa da onun dostuydu ve zimmete para geçirmekten gerçekten suçlu olsa bile vatana ihanet iddiası fazlasıyla ağırdı ve Dük bu düşüncelerini dile getirmekten çekinmedi. Ancak Latimer diğer suçlardan hüküm giydi ve dudaklarını ısıran Dük, onu daha fazla kurtarma çabasına girişmezken, sinsi gözlerine bakmaktan da kaçındı.

Avam Kamarası açıkça coşkuluydu: Tarihte ilk kez taca hizmet eden birine hüküm giydirmeyi başarmışlardı!

John o sabah ayine katılmıştı ve yaklaşan duruşmalarda adaletin kendisine rehberlik etmesi, ağabeyinin kendisinden beklediği gibi halkla uzlaşabilmesi için dua etmişti. İsyan, iç savaş -salgın zamanındaki kötü kükürt kokusu gibi- Boyalı Salon'u doldurmuş, hatta bütün İngiltere'yi sarmıştı. Prens, bu sorunu çözmenin en iyi yolunun uzlaşmak olduğunu düşünüyordu ve haklı olabilirdi.

Lord Latimer'ın hüküm giymesi bekleniyordu; ama bir sonraki isim kesinlikle beklenmiyordu.

De la Mare sıradaki ismi okuduğunda, lordların sıralarından endişe dolu nidalar yükseldi: "Lord Neville Raby!"

"Neler oluyor?! Nedir bu?" diye bağırdı Neville, mosmor bir suratla ayağa fırlarken. Yaban domuzlarını hatırlatan küçük gözleri öfkeyle Sözcü'ye döndü ve sonra ezeli düşmanı Percy Northumberland'e baktı. İri göğüs kafesini şişirerek Avam Kamarası'ndakilere doğru yürüdü ve yumruğunu sallayarak bağırdı: "Sizi aşağılık hayvanlar, haydutlar, sahtekârlar! Beni, bu ülkenin en önemli isimlerinden birini sorgulamaya nasıl cesaret edersiniz!"

Seksen kadar yüz ona meydan okuyan bir tavırla baktı. Olduğu yerde dönüp Salon'un ortasından geçerek tahta yürüdü. "Bu canavarca, kendini bilmez harekete izin veremezsiniz, Majesteleri!"

Dük'ün burun delikleri iri iri açıldı ve derin bir nefes aldı. Latimer'dan sorumlu değildi; ama Neville, kendi maiyetinde yıllardır hizmet eden biriydi. Diğer sınır lordları gibi sert, şiddetli bir savaş adamıydı; ama Lancaster ailesine daima sadık kalmıştı. Dük bir an tereddüt ettikten sonra sakince konuştu. "Söyleyeceklerini dinlemek zorundayız, Lord Neville."

Sözcü eğildi ve Neville'in öfkeli itirazlarına aldırmadan sesini yükselterek suçlamalarını saydı. Avam Kamarası'nın yasadışı ticari eylemleriyle ilgili iddiaları önemsizdi ve bir yün alışverişinde çuval başına iki mark aldığı yönündeki iddiayı, Neville öfkeyle reddetti; ancak masumiyetini uzun süre korumayı başaramadı. Bir sonraki iddialarına göre; dört yıl önce Britanya'ya hizmet etmesi için yetersiz sayıda adam bulmuş sonra da bu adamların gönderilmeyi beklerkenki uçarı davranışlarına göz yummuştu. Neville, küçümseyen bir tavırla, bu iddialara cevap vermeyi kesinlikle reddetti.

İddialarının kanıtlandığını düşünen Avam Kamarası üyeleri, Neville'in bütün unvanlarının elinden alınmasını ve ağır bir cezaya çarptırılmasını istedi.

Bu gülünç, diye düşündü John, *Neville'e saldırmalarının nedeni, sadece beni aşağılamak istemeleri. Yeterince dürüst olmadığı kanıtlansa bile Avam Kamarası'ndaki adamlar arasında, şu on iki lord arasında, hangisi benzer şeyler yapmadı ki?* Ama dişlerini sıkarak sükûnetini korudu. Asık yüzle, bir sonraki iddiayı bekledi. Son ve en ağır saldırılarının hedefini öğrendiğindeyse rahatladı: Alice Perrers.

Alice'le ilgili söyledikleri doğruydu. Kadın inanılmayacak kadar açgözlü ve ahlaksızdı; üstelik Kral'ın üzerinde çok kötü bir etkisi vardı. Yargıçlara rüşvet veriyor, imzaları ve mühürleri taklit ediyor, tahta ait hazineden para ve mücevher alıyordu. Dahası, evli olduğu keşfedilmişti; dolayısıyla açıkça zina yapıyordu ve Kral'ı böylesine etkisi altına alabilmesi ancak cadılıkla açıklanabilirdi. Bir Dominic keşişi ona, karşısındaki kişiyi köleleştiren büyülü yüzükler vermişti.

Hayır, cadılıkla ilgisi bile yok, diye düşündü John, bu suçlamaları dinlerken. Alice'in bu hâkimiyeti sağlayabilmesinin tek nedeni, yaşlı bir adamın kemiklerine yansıttığı sıcaklık ve şehvetti. Kral'ı ölüm korkusu sarmıştı. Yaptıkları tek şey cehennem ateşinden söz etmek olan rahiplerden kaçması şaşılacak bir şey olabilir miydi? Ya da kendisine güzel hikâyeler anlatan ve geçmiş yıllardaki savaşlarını ilgiyle dinleyen bir Alice'e tutunması garip karşılanabilir miydi? Kadın kötü biri olsa da Avam Kamarası'nın isteğine uyarak onun İngiltere topraklarına girmesini yasaklamak, yaşlı bir adama gösterilecek çok sert bir davranış olurdu. *Çünkü artık Alice olmadan yaşayabileceğini sanmıyorum,* diye düşündü John üzgün bir tavırla, *en azından uzun süre.* Ve içinde sık sık kabaran özlemle Katherine'i de düşündü; yabancıların sevgilisini ondan ayırmaya kalkışması ne kadar acı ve zalimce bir şey olurdu.

Ama Katherine ve Perrers arasındaki benzerlik, bir gülle ısırgan otu arasındaki benzerlik kadardı ve ikisini aynı kefeye koymak bile utanç vericiydi.

Avam Kamarası'nın isteğini kabul etti ve Alice salona çağrıldı. Ağırbaşlı bir kıyafet ve ciddi bir tavırla önlerine geldiğinde, kedi gibi yüzünü bir peçenin ardına gizlemiş, başını uysal bir tavırla eğmişti; ama Dük'e şehvetle yandan bakışlar atmaktan geri kalmıyordu.

Dük, onun cezasını hafifleterek sadece saraya girmesini yasaklamıştı ve aforoz ve tüm mallarına el konulması tehdidiyle, Alice'e bir daha Kral'a asla yaklaşmayacağına dair yemin ettirildi. Sonra emre itaat etmesini garantilemek için iki silahlı muhafızla gönderildi.

"Ve şimdi, Tanrı aşkına" dedi Lord de la Pole, Avam Kamarası'nın Alice'le uğraşmayı bitirdikleri gün Dük'e dönerek, "bence biz bu yahninin dışında kaldık. Şu keskin dişli genç de la Mare nihayet doydu ve bir lokma daha yiyebileceğini sanmıyorum. Sizinle gurur duydum, Lordum. En derin dileklerinizi ve sadakatinizi bu şekilde sınamalarına izin vermek kesinlikle kolay bir şey değildi. Ama bence yapılması gerekiyordu. Üstelik iddialarından bazıları haklıydı ve eğer sonuçta halkın sevgisini kazanmak varsa bazen kraliyet ayrıcalıklarından vazgeçmek akıllıca olabilir."

"Evet, ağabeyim de aynı şekilde düşünüyor" dedi John, adamın şefkatli gözlerine bakıp gülümseyerek. "Ama artık bunlarla yetinmeleri gerek. Bunu istemek çok mu fazla?"

Baron cevap veremeden, Boyalı Salon'a dalan bir haberci konuşmalarını böldü ve Dük'ün önünde diz çökerek telaşla konuştu. Dük derin bir üzüntüyle başını iki yana salladı. Ayağa kalktı ve uğultuyu kesmek için elini kaldırdı. "Lordlar ve baylar" dedi, "toplanmamız gerek. Galler

Prensi, Kennington'dan haber gönderdi. Bu kez ne yazık ki hastalığıyla ilgili bir umut yok."

Edward Woodstock, Kara Prens, Haziran'ın sekizinde kırk altı yaşındayken öldü. Babası Kral ve kardeşi Dük, yatağının yanında diz çöktüler ve Prens, karısı Joan'la dokuz yaşındaki oğlu Richard'ı onlara emanet etti. Kral ve Dük, yeminlerini mühürlemek için Bangor Piskoposu'nun uzattığı İncil'i öptü.

Sonra yaşlı Kral yüksek sesle ağlayarak göğsünü yumrukladı ve Prenses Joan onu dışarı çıkardı.

Dük ve piskopos, son nefesine kadar Prens'in yanında kaldılar ve daha önce acıyla büzülmüş olan ama sonunda aniden gevşeyerek huzur bulan alnına, John bir öpücük kondurdu. Bangor Piskoposu, savaşçı prensin boğum boğum ellerini göğsünde birleştirirken, John oturma odasına geçti. Kral oturduğu yerde ağlıyordu ve korku dolu bakışlarını duvardaki haça dikmişti.

Prenses Joan küçük oğlunun yanında kalın bir halının üzerinde diz çökmüştü ve oğlunu kendine yakın tutuyor, annelere has bir şefkatle yatıştırmaya çalışıyordu. Richard'ın vücudu gergindi ve babasının acı dolu son çığlıklarını duyduğu için kız gibi yüzü dehşetle gerilmişti.

"Artık bitti" dedi John istavroz çıkarırken. "Huzur içinde uyusun." Ve Prenses hıçkırıklara boğuldu.

John, bir dizini yere koyarak çocuğun önünde çömeldi. Buz gibi küçük eli eline aldı ve alnına koydu. "Ben, Castile ve Leon Kralı, Lancaster Dükü John, artık İngiltere tahtının varisi olan sana bağlılığımı sunuyorum." Çocuğun yuvarlak gözleri iri iri açıldı ve amcasının eğilmiş başına baktı. Bu iri yarı, muhteşem adam, ona daima Kral Arthur kadar tanrısal ve masalımsı görünmüştü.

Richard annesine dönerek fısıldadı. "Amcam Dük Lancaster neden önümde diz çöküyor?"

"Çünkü sen İngiltere Kralı olacaksın, Dickon..." Prenses, oturduğu koltukta çökmüş olan yaşlı adama baktı. "Bir gün." Sonra yaşlı gözlerindeki yalvaran bakışları kayınbiraderinin yüzüne dikti. "Tanrı bize acısın, John" dedi, "ve sen de bize acımalısın. Sevgili lordum artık ölmüşken, bizi senden başka kim koruyabilir?"

"Sizi koruyacağıma söz verdim ve Richard -kutsal doğum hakkıyla- kendi oğlumdan önce gelecek."

"Sana inanıyorum" dedi kadın uzun bir an sonra.

Bir zamanlar İngiltere'nin en güzel kadını olan Joan Kent'in güzelliğinden pek bir şey kalmamıştı. Kırk sekiz yıllık hayatı, artık kendini belli ediyordu. Şişmanlamıştı ve altın sarısı saçları sürekli boyanıyordu. Ama bir zamanlar Galler Prensi'nin zor kalbini çalan dişil etkileyiciliği hâlâ yerindeydi. Kocası için duyduğu acıya ve oğlunun geleceği için hissettiği korkuya rağmen John'a gülümsedi ve yüzüklerle dolu şişkin elini omzuna değdirdi.

"İsa ve Kutsal Meryem hepimize rehberlik etsin" dedi. Bakışları asık yüzlü Dük'ten yaşlı Kral'a sonra da yanında titreyen çocuğa kaydı.

* * *

Katherine için yaz ayları yavaş ve özlem dolu geçti. Londra'dan sadece üç günlük mesafedeki Kenilworth izole bir yer değildi. Savoy'dan haberciler gelip gidiyordu ve Katherine, Dük'ten aldığı kısa mektuplarla biraz olsun rahatlıyordu; fakat onu hiç görememişti. Dük'ün kendisini sevdiğini biliyordu; ama şu anda hayatının belli bir yönüne kendini adadığının da farkındaydı ve Londra'dan gelen haberler, şimdi omuzlarında olan muazzam baskıyı hissettiriyordu.

Parlamento Temmuz ortasına kadar toplanmaya devam etti. Galler Prensi'nin üzücü ölümünden kaynaklanan bir sürü iş ve düzenleme vardı. Üstelik Kral hastaydı, Havering-at-Bower'daki yatağına götürülmüştü ve söylentilere bakılırsa, ölen oğlundan çok saraya girmesi yasaklanan Alice için üzülüyordu. Dük şu anda İngiltere'nin naibiydi.

Katherine mantıklı olmaya çalışıyordu. Bebekleriyle oyalanıyor, daha büyük çocukların derslerine ve oyunlarına eğiliyor, Philippa ve diğer kadınlarla birlikte nakışla zaman geçiriyordu ve sık sık av köpekleri, yaylar ve Dük'ün korucularıyla birlikte geyik avlamaya çıkıyordu. Dük'ün eğitmenliğinde Katherine oldukça iyi ok kullanmaya başlamıştı ve Philippa da takipten zevk alıyordu.

Aylar geçerken, Katherine sadece mektup alıp yazmak için yaşıyor gibiydi. Artık yazmak konusunda ustalaşmış, yaşlı keşişten aldıkları dersler sırasında çocuklara katılmıştı. John'a mektuplar yazarak çocuklardan, ona olan aşkından ve özleminden söz ediyor; ama asla sitem etmiyordu.

Ne var ki tüy kalemi eline aldığı her seferinde ve diğer zamanlarda, Hertford'u ziyaret edecek zamanı bulup bulamadığını merak ediyordu; çünkü sonuçta orası Londra'ya yarım günlük mesafedeydi. Üstelik Dük'ün bunu yapmak zorunda olduğunu da bildiğinden, içi hiç görmediği bu kadına karşı öfkeli bir kıskançlıkla doluyordu. Costanza, ne kadar yabancı ve soğuk olursa olsun, Dük onu ne kadar az severse sevsin, sonuçta onun yatağını, adını, unvanını paylaşıyordu.

Bu düşünceler Katherine'i iyice boğmaya başladığında, kendini çılgınca bir şeylerle meşgul ederek bunlarla savaşıyordu; başladığı bir nakışı parçalayıp yeni birine başlıyor, aniden kendini kaybederek küçük Beaufortların dadılarının yüreklerine dehşet salıyor sonra da bebekleri alıp kendi sütine götürerek saatler boyunca onlara sarılmış hâlde oturuyordu.

Bu ateşli krizlere tutulduğunu gördüklerinde Katherine'le birlikte acı çeken iki kişi daha vardı. Onu en çok seven iki kişi: Hawise ve Blanchette. Hawise, hanımının kalbinden geçenleri tam anlamıyla anladığı için acı çekiyordu; ama çocuğunki daha ziyade güdüseldi; yine de iki sonuç da aynıydı: Dük'e karşı kırgınlık ve öfke. Hawise bunu ifade etmiyor, böyle bir şeyin Katherine'i daha da üzeceğini biliyordu ve Blanchette de annesinin sevdiği bu büyük, güçlü karakterden nefret ettiğinin henüz farkında değildi. Ama bu yaz, küçük kız ilk kez nedensizce ağlama krizlerine girmeye başlamıştı ve sık sık tek başına şatonun veya arazinin ücra yerlerine gidiyor, annesinin korkulu sesini duyana kadar dışarı çıkmıyor, kendisini bulmasına izin verdiğinde de Katherine'e sımsıkı sarılarak hıçkırıklara boğuluyordu.

Sonunda, Eylül başında, Savoy'dan bir haberci geldi ve mutlu bir haber getirdi. Dük, Katherine'i ve maiyetinden bazılarını Londra'ya çağırmıştı.

Dük, Katherine'e yazarken daima Fransızca yazardı. Londra'dan henüz ayrılamayacağını fakat mürebbiyeleri olarak kızlarını Düşes Blanche'ın St. Paul'deki mezarını ziyarete getirmesinin kesinlikle uygun olacağını bildirmişti. Swynford çocuklarını ve iki Beaufort bebeği dadılarıyla birlikte Kenilworth'ta bırakacaktı; çünkü Londra'nın havası Warwickshire'deki gibi, küçükler için sağlıklı değildi; mektubu, sadece kendilerinin anlayacağı gizemli bir sözle bitirmişti:

"*Il te faudra de vert vestir*"[64] diye yazmıştı ve Katherine gülerek bu sözleri tamamladı: "*C'est la livrée aux amoureux.*"[65] Pirenelere doğru yola çıktıklarında yeşil elbisesini giydiği zaman Château la Teste'de bunu ilk kez birbirlerine söyledikleri zamanı düşündü.

"Evet, yine son derece neşeli ve sevgi dolu olacaksın" dedi Hawise, kolları Katherine'in beyaz ipek giysileriyle dolu hâlde süite gelip mektuba bir bakış atarak. "Eh, ne zaman geliyormuş?"

---

64 Yeşiller giymelisin.
65 Bu, âşıkların kıyafeti.

"Gelmiyor ki. Biz Savoy'a gidiyoruz."

"Ha? Bu yeni bir şey işte!" Hawise'in kaşları saç diplerine kadar kalktı. "Senin Londra'ya gitmen dedikoduya yol açmayacak mı?"

Katherine'in yüzü sertleşti. "Sevgili Düşes'imin anısına saygılarımı sunmama kim ne diyebilir ki?"

Ah, evet, ondan *korkmana gerek yok,* diye düşündü Hawise, *ya öbür Düşes?* "Orada karşılaşmak zorunda kalacağın bazı rahatsızlıklar olabilir, hayatım."

Katherine başını dimdik kaldırdı. "Bu riske gireceğim. Ulu Tanrım, Hawise..." Ani bir tutkuyla arkadaşına döndü. "Ondan ne kadar süre ayrı kaldığımın farkında değil misin?"

* * *

Katherine, Dük'ün iki kızı, Hawise ve çok sayıda hizmetkâr, dört gün sonra Londra'ya doğru yola çıktı.

Blanchette annesi giderken deli gibi ağlamıştı; fakat Tom veda etme gereği bile duymamış, Deyncourt çocuklarından biriyle tavşan yakalamaya gitmişti.

Katherine yol boyunca ilerleyerek Avon'un karşı tarafına geçerken, bir süre Blanchette için endişelendi. Nehir köprüsünün yanında bir han vardı ve önünde sallanan tabelada Dük'ün arması göze çarpıyordu. Tabelaya bakarken, bin kez bile görse bu armayı görmekten asla bıkmayacağını, her seferinde içinin mutlulukla ve heyecanla dolacağını düşündü. Ve Blanchette'i unuttu.

Başlangıçta Savoy'a varışları tatsızdı. Sarayın ne kadar büyük, nasıl insanlarla ve tantanayla dolu olduğunu unutmuştu. Sarayda yaşayan yetkili ve hizmetkârların sayısı inanılmayacak kadar çoktu. Dük'ün maiyetinin büyük bölümü de Savoy'da kalıyordu. Katherine'e şahin kümeslerinin yakınında ve dükalık süitine yakın bir süit verildi; fakat hâlâ kendini ona, yedi yıl önce Beaufort Kulesi'nde kaldığı zamanki kadar uzak hissediyordu.

Hawise, inci süslü yeşil saten elbisesini giymesine yardım etti ve Katherine iki saat boyunca bir uşağın gelerek kendisine Dük'ten haber getirmesini bekledi; nihayet biri geldiğinde, Dük'ün Avalon Süiti'nde beklediğini bildirdi.

Katherine'in iyi hatırladığı oymalı meşe masada oturmuş, çatık kaşlarla Wyclif'e özel bir mektup yazıyordu; bu mektubu yardımcılarından birine yazdırmak istememişti. Ama Katherine'i görünce tüy kalemini bir kenara fırlatıp ayağa fırladı. Kollarını iki yana açtı ve Katherine mutlulukla bir çığlık atarak sevgilisine koştu.

Dük onu biraz kendinden uzaklaştırarak baştan aşağı süzdü. "Demek istediğim gibi yeşil giydin, hayatım. Ben de öyle." Kendi brokarlı cüppesinin kol ağızlarını işaret etti. "Aşkın rengine hakkını tam anlamıyla vereceğiz, değil mi Katherine?" Elini Katherine'in göğsüne koyarak iştahla dudaklarından öptü.

John sevgilisini kucağına alıp kırmızı kadife örtülü yatağa taşıdı.

Kendini zevkin sarhoşluğuna bırakmadan önce Katherine, uzun zaman önce John'ın kendisini bu yatağa yatırdığı, korku ve öfke yüzünden onu geri çevirdiği zamanı hatırladı. O şekilde davranması ne kadar tuhaftı; zira şimdi nedenini bile hatırlayamıyordu. Ama Hugh yüzündendi, değil mi? Cevap, onun gözünde abaküsteki bir problem kadar anlamsızdı. Ne var ki Hugh'un ötesinde, o günlerde her şeyi katı ahlak değerlerine dayanarak yapıyordu. Oysa şimdi o kızın neler hissettiğini bile hatırlamıyordu.

Vücutları yakın olduğunda sık sık birbirlerinin düşüncelerini yakalarlardı ve Katherine'in gözlerindeki hafif bulutları gören John, "Evet, sevgilim," dedi, "o zaman benden kaçıp gittiğinde, burada böyle yatacağımız hiç aklıma bile gelmemişti." Alçak sesle güldü. "Benim kutsallık ve ahlak budalası sevgilimin nasıl sevişebildiğini de tahmin etmemiştim; ama içinde Venüs'ün işaretini gizlediğini kanıtladı."

Katherine yanakları kızarırken yapmacık bir öfkeyle John'dan uzaklaştı; fakat konuşurken sesi titriyordu. "Beni azarlıyor musunuz, Lordum? Daha çekingen olmamı mı tercih edersiniz? Belki de arzularınızı sert bakışlarla dizginlemeli ve oruç gününde olduğumuzu, dolayısıyla bugün sevişmememiz gerektiğini hatırlatmalıyım!"

Bu sözler üzerine John yine nazikçe güldü. "Soğuk ve çekingen bir kadına duyduğum aşk bu kadar uzun ömürlü olabilir miydi sence?" Göğsünü iten zarif elleri tutup iki yana açarak yatağa mıhladı ve Katherine'in güzel yüzüne alaycı bir tavırla baktıktan sonra büyük bir tutkuyla dudaklarını aralayarak başını eğdi.

* * *

Düşes Blanche'ın Anma Ayini, 12 Eylül'de düzenlenecekti. Savoy'da bir hafta baş döndürücü bir şekilde akıp geçmişti. Lordlarının verdiği işareti algılayan maiyet mensupları, Katherine'in gerçek pozisyonunu anlamazdan gelmişti; fakat herkesin âşıkları onayladığı da belliydi. Katherine'in güzelliğini ve Dük'ün ilgisini kıskanan birkaç leydi dışında, herkes genç kadına saygıyla yaklaşıyordu.

Mutlu bir haftaydı. Bir gün ünlü bahçelerde *fetê champêtre*[66] düzenlediler. Masalara kekik serpildi ve gül çardaklarının altına sade kır yiyecekleri kondu; daha sonra lordlar ve leydiler, içtikleri biradan kızarmış ve neşelenmiş hâlde, kadife giysilerini yukarı sıyırıp saman dansı yapmaya başladılar.

Başka bir sabah, Dük mavnalarının çıkarılmasını emretti. Süslenmiş ve resimli halılarla örtülmüş yedi tekne, Thames boyunca Deptford'a doğru ilerlemeye başladı. Dük iki kızı ve maiyetinden yarım düzine beyefendiyle, büyük kraliyet mavnasına bindi; Katherine de ona katıldı. Yanındaki bir minderin üzerinde otururken, John'ın uzun saten tüniğinin katının altında elini gizleyerek Londra sahillerini izledi.

Kendilerini izleyen kuğu sürüsü gibi, akıntıyla yavaş yavaş sürüklendiler. Dört kürekçi neredeyse suya bile dokunmuyor, sadece dümenci onları trafiğin, tarım ve balıkçı teknelerinin arasından geçirirken hızlı hareket ediyordu.

Güneş sudan yansıyor, tüniğin altından kendi elini tutan ılık el güven veriyordu. Bugün John rahattı ve etraflarını saran manzarayla ilgili bilgisini Katherine'le paylaşmaktan zevk alıyordu. Venedik'ten gelen, baharat yüklü bir kadırgayı ve değerli yünlerle dolu hâlde Calais'e giden bir İngiliz gemisini işaret etti. İçinde oturduğu kayığı ağırlığı yüzünden suya bir hayli batırmış olan sarhoş ve şişman bir rahibi gördüklerinde katıla katıla güldüler; iri gövdesi suya değdiği her seferinde adam yüksek sesle ve öfkeyle haykırıyordu.

Bu, Katherine'in son mutlu günüydü.

O akşam Savoy'a döndüklerinde, şapelin çanları Vespers saatini haber veriyordu. Mavnadan indiler ve Dük'ün peşinden Dış Avlu'ya gittiler. Katherine yeni bir grup at ve yolcunun geldiğini gördü; ama yabancı olmaları gerektiğini fark etti çünkü giysilerinde bir tuhaflık vardı ve yabancı dilde konuşuyorlardı. Bu onu biraz üzmüştü; çünkü yeni ve önemli konukların gelişi eğlenceleri uzatacak, dolayısıyla John'la yalnız kalacağı saatleri geciktirecekti.

Dük'ün arkasından yürürken, aniden irkilerek durduğunu ve öfkeli bir sesle "Tanrı aşkına!" diye bağırdığını duydu. Dük yeni ziyaretçilere doğru hızlı adımlarla yürüdü.

---

[66] Kır bayramı.

Kayıkhanenin yanında kararsızca dururken, aniden bir el kolunu tuttu ve olduğu yerde döndüğünde ablasıyla karşılaştı.

"Philippa!" diye haykırdı, beyaz eşarbın altındaki şişman yüze bakarak. "Burada ne işin var?"

"Ne olacak? Doğal olarak görevimi yapıyorum!" dedi Philippa omuz silkerek. "Ama o kadar zaman uzak kaldıktan sonra daha sıcak bir karşılama beklerdim."

Katherine eğilip ablasını yanaklarından öptü. "Şaşırdım sadece. Seni Hertford'da... şeyin yanında..." Birden şaşalayarak yeni gelenlere baktı. Bütün vücudu ürperdi.

"Ah, anlıyorum" dedi Philippa başıyla onaylayarak. "Düşes burada. Kocasını ziyarete geldi. Bu fikre, gece gördüğü bir rüyadan kapıldı. Öldürülen babası Kral Pedro ona göründü ve buraya gelmesini söyledi. Bizimle İngilizce konuşan leydilerinden öğrenebildiğim bu. Tanrım, Katherine" diye ekledi, kızın eline hafifçe vurarak, "kolalanmış keten gibi bembeyaz oldun. Elinden geleni yapmak zorundasın. Beni süitine götür. Umarım seninle kalabilirim?"

"Düşes nerede uyuyacak?" diye sordu Katherine çok alçak sesle.

"Elbette ki dükalık süitinde. Buraya geldiğinde hep öyle yapar."

Katherine döndü ve sessizce ablasını süitine götürdü. Hawise hanımını ve arkadaşını beklerken ateşi canlandırıyordu. Hawise ve Philippa uzun ve sıcak bir tanışıklığın getirdiği bir tavırla birbirlerini rahatça selamladılar.

"Bu Leydim için kolay olmayacak" dedi Hawise, Thames'e bakmak için pencereye yaklaşmış olan Katherine'i işaret ederek.

"Hah! Buna aldırmaması gerek." Philippa, sincap kürkü kenarlı üstlüğünü bir askıya astı ve Katherine'in aynasında saçlarını düzeltmek için eğildi. "Düşes'in yatak keyfi için gelmediğine garanti verebilirim."

"Sen bunu nereden biliyorsun?" Hawise, Katherine'in sırtının gerildiğini fark etti.

"Çünkü" dedi Philippa, "bunu yapmaz; zira yatağa girmekten hoşlandığını hiç sanmıyorum. Geçen kış Ghent'i doğurduğundan beri kadının organları zayıf düştü."

Katherine yavaşça dönerken, nemli gözlerinde karanlık bakışlar vardı. "Eğer bu doğruysa benden daha çok nefret eder; ben olsam ederdim."

"Ne saçmalık!" Philippa'nın böyle fikir yürütmelerle uğraşacak hâli yoktu. "Seni aklından bile geçirmediğini söyleyebilirim. Dük'ün bir metresi varsa ne olmuş? Hangi büyük soylunun yok ki?"

Katherine yüzünü buruşturdu ve tırnaklarını avuçlarına gömdü. Pencereye dönerek yanağını taş pervaza dayadı.

"Böyle söylememeliydin" dedi Hawise, bir toka bulmak için Katherine'in küçük takı kutusunu karıştırmakta olan Philippa'ya çatık kaşlarla bakarak.

"Neden olmasın? Bu gerçek. Tanrı aşkına, Hawise, hanımının eşyalarını daha düzenli tutamaz mısın? Bu kutu karmakarışık. Ah, işte akşam yemeği borusu! Acele etmelisin, Katherine."

"Ben aşağı inmeyeceğim" dedi Katherine boğuk bir sesle.

Ama Philippa bunu dinlemedi bile. Katherine'e her zamanki katı abla tarzıyla baktı. Hayal gücünden yoksun olsa da sağduyusu kesinlikle güçlüydü. Katherine buradaydı, Düşes buradaydı ve er ya da geç karşılaşacaklardı; bir an önce olması daha iyiydi.

Hawise, Katherine'e kayısı rengi kadife tuvaletini giydirdi ve genç kadın Philippa'yla birlikte aşağı inip İç Avlu'yu geçerek Büyük Salon'a gitti. Orada mabeyinci onları ayırdı ve statülerine göre yerlerine yerleştirdi. Philippa, hizmetkârlarla birlikte kapının yanındaki uzun masaya geçti; haberciler, silahtarlar, nedimeler, keşişler, düşük seviyede devlet memurları ve eşleriyle birlikte yiyecekti. Katherine'se, artık her zamanki yerine oturamayacağından, pencerelerin altındaki masada şövalyelerle leydilerin arasına oturtuldu. Hemen yerine yerleşti; ama bakışlarını masadan kaldırmaya cesaret edemiyordu. Ne var ki çok geçmeden yanında oturan şövalye Sir Esmon Appleby'ı fark etmek zorunda kaldı. Adam ayağını Katherine'inkine sürttü, tuza uzanırken koluna dokundu ve göğüs dekoltesine yandan bakışlar attı. Bankta ondan uzaklaşmaya çalıştı; ama onunla Dük'ün özel harcamalarından sorumlu yaşlı memurun arasında sıkışmış olduğundan, bu zordu.

Sir Esmon elini, Katherine'in kadife kumaşın altında örtülü dizine koydu ve şarap kokulu nefesiyle fısıldadı: "Bu gece böylesine resmi davranmaya gerek yok, hayatım. Gördüğün gibi Majesteleri meşgul!"

"Beni rahat bırakın!" dedi Katherine öfkeden titreyerek.

"Hayır, tatlım" dedi Şövalye, elini yukarı, Katherine'in kalçasına doğru kaydırırken, "erdemli bakire gibi davranma bana! Sana çok çeşitli şehvet numaraları öğretebilirim; eminim onlar Majesteleri'nin aklına bile gelmemiştir!"

Katherine masanın üzerinde duran et bıçağını aldı ve bacağını mıncıklayan eli biçiverdi.

"Tanrı...!" diye haykırdı Şövalye, ayağa fırlayıp kanlı eline bakarken. Yanındaki kadın kahkahalara boğuldu; hatta Sir Esmon elini peçeteye silmeye çalışarak masanın uzak ucuna öfkeyle yürürken, yaşlı memur bile gülmekten ağzındaki şarabı tükürdü.

Katherine oturduğu yerde utançtan kaskatı kesildi ve bakışlarını hiç dokunmadığı yemeğinden kaldıramadı. Sonunda başını kaldırıp Yüksek Masa'ya, Dük'ün yanında şimdiye dek boş duran altın yaldızlı, yüksek sırtlıklı sandalyeye baktı.

Yüce Meryem, diye düşündü. Philippa'nın süitteki açıklamasının onda yarattığı keder, bütün benliğini sarmıştı.

Düşes ufak tefek ve gençti. Söylendiği gibi çirkin filan da değildi.

Ağrıyan dişiyle oynamaktan kendini alamayan biri gibi, Katherine gözlerini kısarak Düşes'e baktı. *Genç. Benden dört yaş küçük!* Costanza daha yirmi bir yaşındaydı. Katherine bunu biliyordu; ama yine de Düşes'i orta yaşlı, şişman, çirkin biri gibi hayal etmişti. Ufak tefek olduğu aklına bile gelmemişti.

Düşes ciddi bir gri tuvalet giymişti. Katherine, kadının üzerinde tacı ve boynundaki uzun parıltılı gerdanlık dışında hiçbir takı göremiyordu; bu, Philippa'nın daima boynunda taşıdığını ve içinde St. James'in parmaklarından birinin bulunduğunu söylediği gerdanlık olmalıydı.

Katherine, Costanza'nın altın tacın altında kalan siyah buklelerine ve kara gözlerine baktı. Bu mesafeden bile iri ve parlak oldukları kolayca görülebiliyordu ve küçük başını Dük'e doğru eğdiğinde, uzun dar yüzünde düşünceli bir yoğunlukla bakıyorlardı.

Acıyla onları izleyen Katherine, birbirleriyle pek konuşmadıklarını fark etti. O çok iyi tanıdığı yakışıklı yüz, can sıkıntısını gizlemek için takındığı çatık kaşlı bir maske gibiydi. Ama Dük'te daha önce hiç görmediği başka bir özellik gözünden kaçmamıştı: Saygı. Dük ve Düşes, aynı gümüş tepsiden yiyor, aynı kâseden içiyordu; ama Katherine, John'ın her yudumda ve lokmada önce Costanza'nın yiyip içmesine izin vererek geri durduğunu ve vücudunun, başının, ellerinin her hareketinin biat ettiğini fark etti.

Tanrı aşkına, bana hiç bakmayacak mı? Parmakları yumuşak beyaz ekmekten bir parça kopardı ve kil gibi yoğurdu.

"Siz bir şey yemiyor musunuz, Leydim?" diye sordu sol tarafında oturan yaşlı memur. Katherine'e merakla bakıyordu.

"Hayır, bayım... sa-sanırım ateşim var." Katherine şarap kadehini alıp bir yudumda boşalttı. Yoğun alkollü içki midesini yaktı. Kızarmış kekliğin göğsünden bir parça et kopardı, tatlı biber sosuna batırdı ve tadını bile algılamadan yuttu. Yemek sürdükçe sürüyordu.

Katherine yerinden kalkmasına izin verilecek zamanı bekliyordu. Görünüşe bakılırsa Dük onu aklına bile getirmiyor, ne dün geceki tatlı saatleri ne de bugün mavnada paylaştıklarını hatırlıyordu. Şarabından biraz daha içti ve içindeki acı, yerini nefret duygusuna bırakmaya başladı. *Ah, Katherine, bir zamanlar ondan kaçmıştın; ama şimdi nereye kaçabilirsin? Seni seviyormuş gibi davranırken, bütün İngiltere'de ondan nasıl saklanabilirsin? Soğuk! Zalim! Kalpsiz!* Kendi içindeki duygu karmaşasına o kadar kapılmıştı ki teşrifatçının duyurusunu işitmedi.

Ancak etrafındaki insanların uğultusu sayesinde yankısını algılayabildi. Dük, daha önce Castile Kraliçesi'nin huzuruna çıkmamış olanların tek tek gelip isimleriyle kendilerini tanıtmasını emretmişti.

Bir de bu mu? diye düşündü Katherine. *Beni aşağılamak, karısına saygımı sunduğumu görmek istiyor.* Ve öfkeyle kendini dizginledi. Lordlar ve leydileri tek tek mabeyinci tarafından çağrıldı.

Sonunda "Leydi Katherine Swynford" adını duydu. Kaskatı bir hâlde Salon'un ortasına yürürken, yanakları kıpkırmızı kesilmişti. Orada burada yükselen fısıltıları duydu ve kendisine sinsice bakan gözleri gördü.

Düşes'in sandalyesine ulaşıp yerlere kadar eğilerek reverans yaptı ve kendisine uzatılan soğuk ele dokundu; ama öpmedi. Costanza hızlı bir İspanyolca ile bir şeyler söylerken bakışlarını kaldırdı ve Dük'ün *"Si"* diye cevap verdiğini duydu.

Kadınlar birbirlerine baktılar. Dolgun dudaklı, dar ve fildişi yüzü bir kız çocuğununki gibiydi ve güzel olmasa da çekiciydi. Ancak bu kadar yakından bakınca insan sadece sertliği algılıyordu. O kara gözlerde soğuk, zalim, fanatik pırıltılar vardı. Katherine'i, kendisine rehin olarak önerilen bir eşyayı inceleyen tefecinin eleştiren bakışlarıyla süzdü ve sonra tekrar Dük'le konuştu.

Dük, Katherine'e doğru eğildi. "Majesteleri, gerçekten dindar olup olmadığınızı öğrenmek istiyor, Leydi Swynford. Kızlarımla ilgilendiğiniz için dinî görevlerinizi ihmal etmemenizin önemli olduğunu düşünüyor."

Katherine ona baktı ve John'ın sert bakışlarının ardında bir yaramazlık ve sırdaşlık gördü.

Acısı dindi.

"Leydi Philippa ve Leydi Elizabeth'e karşı görevlerimi ihmal etmemeye çalıştım" dedi sakince.

Castilian Kraliçe bunun altında yatan anlamı anlamıştı ve itiraf ettiğinden daha fazla İngilizce biliyordu. Omuz silkti, Katherine'e uzun ve sorgulayan bir bakış attı sonra elini havaya doğru kibirle sallayarak çekilebileceğini belli ederken teşrifatçı başka bir isim söyledi.

Katherine, Salon'dan çıkarak doğruca avluya indi. *Tanrım, keşke onu görmeseydim,* diye düşündü, *ama John onu sevmiyor, bunu biliyorum. Ne kadar genç olsa da... bir kraliçe olsa da... John'ın sevdiği benim ve karısına karşı kimsenin görebileceği bir yanlış yapmıyor ve görünüşe bakılırsa bu da kadının umurunda değil. Üstelik John'a asla bir oğul doğuramaz. Ne var ki... Kutsal Meryem, keşke onu görmeseydim.*

Tek başına yattığı yatakta, Katherine'in düşünceleri gece boyunca bu şekilde akıp gitti.

18

Düşes Costanza, o gece Dük'e hemen Canterbury'ye hacca gitmek istediğini açıkladı. Londra'ya bu yüzden gelmişti. Babası Kral Pedro rüyasında onu ziyaret ederek bu emri vermişti ve Dük'e söylemesi gereken bir mesaj bildirmişti.

"Sizi kınıyor, Lordum" dedi Costanza süitte yalnız kaldıklarında. Castilian nedimeleri gece için çekilmiş, gitmeden önce ona kahverengi geceliğini giydirmişlerdi. İri kara gözlerini kocasının yüzüne dikerken, neredeyse tıslarcasına ve İspanyolca konuşuyordu. "Babamı yanımda durup inlerken, hainin onda açtığı yüzlerce yaradan kanı boşalırken gördüm. Sesini duydum. 'İntikam!' diye bağırdı. 'Lancaster intikamımı ne zaman alacak?'"

"Evet" dedi John kasvetli bir tavırla, "geceleri haykırmasına şaşmamak gerek. Ama iki kez denedim ve başarılı olamadım. Yıldızlar bize karşıydı. Bir ordu olmadan Castile'ı fethedemem ve kısa süre içinde böyle bir ordu kurmam da mümkün değil."

"*Por Dios,*[67] tekrar denemelisin!"

"Benimle böyle konuşmamalısınız, Leydim. Gökyüzünün altında Castile'dan daha çok istediğim bir şey yok!"

"O Swynford denen kadın seni durdurmayacak mı?" dedi Costanza

---
67 İsp. Tanrı aşkına.

tersçe. Gururlu, soğuk yüzünde yalvaran bir ifade belirmişti.

"Hayır" dedi John irkilerek, "elbette hayır!"

"Yemin et!" diye bağırdı Costanza. Kahverengi geceliğinin altından gerdanlığını çekip çıkardı. "Santiago'nun kutsal parmağı adına şimdi yemin et!" Kapağı açıp John'un burnuna doğru uzattı.

John küçük beyaz kemiklere, mumyalanmış et kalıntılarına ve kalın, tırtıklı tırnağa baktı. "Amacımda bunun yardımına ihtiyacım yok."

Costanza ayağını yere vurdu. "O kâfiri mi dinliyordun; neydi adı, Wyclif? Benim ülkemde olsaydık onu yakardık!" Titreyen eliyle kutuyu yine John'un yüzüne uzattı. "Yemin et! Sana emrediyorum!" Dudakları titriyordu ve elmacık kemikleri kıpkırmızı kesilmişti.

"*Bueno, bueno, dona*"[68] dedi John, kutuyu alırken ve Costanza kendisini çatık kaşlarla izlerken, eğilip küçük kemikleri öptü.

"St. James adına yemin ederim" dedi John istavroz çıkararak. "Ama henüz zamanı gelmedi. Ülke savaştan bitap düştü ve Castile'a ne kadar ihtiyaç duyulduğunu anlamak zorundalar. Onların..." daha kısık sesle ve İngilizce ekledi, "...liderleri olarak bana güvenlerini güçlendirmeliyim. Diğer yandan, görebildiğim kadarıyla, insanlar yol göstermem için bana yönelmeye başlıyorlar. Dün şehirde benim adımla tezahürat yaptıklarını söylüyorlar."

Ama karısı dinlemiyordu. Costanza kutuyu kapatıp yine geceliğinin altına attı. "Şimdi Canterbury'ye gideceğim" dedi daha sakince. "Bunu babam emretti. Bu nefret verici İngiltere'de olduğuma göre, bir İngiliz azizin de yardımı gerekiyor sanırım. St. Thomas'ın vücudumdaki hastalıktan beni kurtarıp kurtarmayacağını görmeliyim, böylece Castile için oğullar doğurabilirim."

Dük başını eğerek iç çekti. "Tanrı dileğini yerine getirsin, Leydim." *Ama,* diye düşündü içinden, *onunla yakında tekrar yatmam Tanrı'nın isteğiyse, sabırla boyun eğeceğim.*

Elini Costanza uzatarak kadının unvanına uygun olan ve kendisinin özellikle istediği bir seremoniyle, onu Kraliyet Yatağı'na uzanan basamaklara sürükledi. Mücevherli kırmızı brokar perdeleri kenara çekti. Costanza ona teşekkür etti ve gözlerini kapatarak dua mırıldanmaya başladı. Beyaz saten yastığın üzerinde dar yüzü sapsarı görünüyordu ve John onun kokusundan rahatsız olmuştu. Costanza'nın özel riyazeti, temizlik

---

68 Güzel, güzel, hanım.

lüksünü de içeriyordu. Pozisyonunun gerektirdiği gösterişinin altında, kutsal bir azize gibi yaşamaya çalışıyor, bedeni küçümsüyordu.

Evliliklerinin ilk yıllarında o kadar da sevimsiz değildi. Yatağa sadece eş olmanın ve hanedanlık görevlerinin sorumluluğuyla gelse de daima nedimelerinin kendisini temizlemesine izin veriyordu ve ayaklarının küçüklüğüyle, uzun siyah saçlarının gürlüğüyle gurur duyuyordu. Daha sakin, daha nazikti ve kısa sürede sona ermesine rağmen John'a şefkatle yaklaştığı anlar olmuş, bir defasında aşktan söz etmiş ve bu da John'ı utandırmıştı. Ama bu sadece bir kez olmuştu. Küçük oğulları Ghent'in doğup kısa zamanda ölmesinden hemen sonra böyle olmuş; dinî uygulamaları, tuhaf rüyaları ve Castile'la ilgili bıkkınlık verici nostaljisi dışında hiçbir şeye aldırmamaya başlamıştı.

John büyük yatağın kendisine ait tarafına geçtiğinde, aralarındaki boşluğun genişliğine sevindi.

Sonra karanlıkta kadının fısıldadığını duydu: "Padre, Padre... Padre mio..."[69] John onun Tanrı'yla değil, yardım dilediği babasının hayaletiyle konuştuğunu anlayarak ürperdi.

Ama Costanza'da delilik belirtileri yoktu. Üç hafta önce Düşes'i muayene etmesi için Hertford'a gönderdiğinde, Birader William böyle demişti. "Rahimdeki bozukluklar bazen kadınlarda böyle tuhaf davranışlara yol açabilir" demişti Gri Keşiş. "Majesteleri'ne yardımcı olacak bir ilaç verdim; ama Akrep burcu Satürn'den etkileniyor. Üstelik onu etkileyen tek şey de bu değil" diye eklemişti Keşiş, belirgin bir şeyi kastederken kaşlarını çatarak.

"Majesteleri, benim... benim... Leydi Swynford'la ilişkimden hiçbir şekilde etkilenmiyor!" diye cevap vermişti John öfkeyle. "Ne bundan acı çekti ne de umursadı."

"Belki haklısınız, Lordum. Ama Tanrı umursuyor; ve şimdi içinde yaşadığınız zina günahı, onun doğurduğu daha kötü bir suçun leş kokulu meyvesinden başka bir şey değil."

"Neymiş o, Keşiş?" diye bağırmıştı John. "Saçma sapan suçlamalar yönelten düşmanlarıma mı katılıyorsun sen de? Yoksa yobaz zihnin aşkı böylesine bir iğrençlik olarak mı görüyor? Konuşsana be adam!"

"Konuşamam, Lordum" demişti Keşiş, bir süre sessiz kaldıktan sonra.

---

[69] İsp. Baba, Baba... Benim babam

"Sadece, Kutsal Lord'umuzun niyetin de eylem kadar kötü olduğunu öğrettiğini hatırlatabilirim."

"Ne niyeti? Ne eylemi? Bir Benedictine gibi konuşuyorsun! Sen sadece sülüklerinle ilgilensen iyi olur."

"Bazen dua ediyor musunuz, Lordum; Nirac de Bayonne'un ruhunun kurtulması için?" diye sormuştu Birader William asık yüzle.

Şimdiye kadar Costanza'nın davranışları kendisine Birader William'ı her hatırlattığında, John bu konuşmaları zihninden atmış, bütün din adamları gibi Keşiş'in de karanlık, küçük gizemleri ve uyarılarıyla, kendini büyük göstermeye çalıştığını düşünmüştü. Bu amaçla Bayonne'a para gönderildiğine göre, St. Exupére kilisesinde Nirac için ayin düzenlendiğinden emin olduğunu söylemişti. Keşişin suçlayıcı bakışlarından rahatsız olarak eklemişti: "Küçük şarlatanın aklını kaybetmesi veya büyücülükle ilgilenmeye başlaması benim hatam değildi! Beni bıktırıyorsun, Birader William!"

"Evet" demişti Keşiş, "çünkü vicdanınız köstebek kadar kör ve öküz derisi kadar da sert. Kendi ruhunuz için de endişelenmelisiniz, Lordum!"

Dünya üzerindeki başka hiçbir din adamı böyle konuştuğu anda cezasız kalmazdı ve John uğradığı haksızlıkla içinde kabaran öfkeyi ancak bu Keşiş'e karşı uzun süredir beslediği takdir ve güvenden kaynaklanan bir güçle kontrol edilebilmişti. Ama Katherine gelmeden önce Keşiş'i Savoy'dan göndermişti. Onu, mabeyincinin çok sayıda akciğer sorunu bildirdiği uzak kuzeydeki Pontefract Şatosu'na yollamıştı.

Katherine'i düşünerek gerindi ve karanlıkta gülümsedi. Yarın gece burada yine onunla birlikte yatacaktı; çünkü Costanza, Canterbury'ye gitmek için yola çıkacaktı. Hayır, yarın gece olmazdı; çünkü Blanche'ın anısına saygı duymak, oruç tutup yasta kalmak zorundaydı; sevgili karısının her ölüm yıldönümünde yaptığı gibi. O zaman bir sonraki gece. Katherine'e yoğun bir arzu duyuyor, onu daha şimdiden bu yatakta yanında hayal ediyordu.

* * *

Castilian Düşes ertesi sabah kendi maiyetinden altı kişi ve birkaç İngiliz hizmetkârıyla birlikte Savoy'dan ayrıldı. Çuval bezinden bir cüppe giymiş, başını külle ovalamıştı ve Kutsal Lord'un kullandığı mütevazı bir hayvan olduğundan, at yerine eşeğe binmişti.

Katherine kendi süitinin penceresinden yola çıkan hac grubunu izledikten sonra gözleri mutluluktan yaşarmış hâlde ablasına döndü. "Kutsal

İsa; demek yine gitti! Tanrı'ya şükür, Anma Töreni için kalmadı."

"Düşes kendisinden başka kimsenin geçmişiyle ilgilenmiyor" dedi Philippa. "Şimdi on beş günlük iznim olduğuna göre" diye ekledi, "bence Geoffrey ile Aldgate'e dönebilirim. Oranın ciddi şekilde benim bakımıma ihtiyaç duyduğundan eminim. Son defasında bir bira testisini günlerce ortada bırakmış ve bitlenmişti."

"Geoffrey bizimle St. Paul'de mi buluşacak?" diye sordu Katherine cevabı bilmesine rağmen. Bütün insanlar arasında Blanche'ın anısına asla saygısında kusur etmeyecek belki de tek kişi oydu. Katherine de Blanche'ı insanın azizleri düşündüğü gibi sevgi ve saygıyla anıyordu. Onu cennetin altın kapılarından zarif ve güzel bir yüzle gülümserken görebiliyordu; Blanche'ın o zamandan beri Cennet'e yükseldiğinden şüphesi yoktu. Yedi yıl önce Bolingbroke'da karşılaştığı o manzaranın dehşeti, artık rahiplerin cehennemin acılarını göstermek için kullandığı resimler gibi solmuştu. İnsan rahatsız olarak bir bakış attıktan sonra sayfayı çevirebilirdi.

O sabah, daha sonra Lancaster konvoyu, Dük'ün önderliğinde Savoy'dan St. Paul Katedrali'ne doğru yola çıktı. Herkes siyah giymişti ve yayaydı. Katherine, Philippa'yla Elizabeth'in arasında, babasını iki adım arayla takip eden Henry'nin arkasındaydı.

Konvoy hazırlanırken, Katherine ve John aceleyle birkaç kelime konuşmuşlardı. John ona doğru eğilerek fısıldamıştı. "Sevgilim, yarın gece yine birlikte olacağız." Hemen ardından, Katherine yüzündeki mutlu ifadeyi gizlemek için peçesini aşağı çekmişti.

Köprüden geçip Ludgate'ten şehre girerken, Londralılar saygıyla yol açtılar. Dük yanlarından geçerken erkekler yerlere kadar eğiliyor, kadınlar reverans yapıyordu. Kalabalıktan bağırışlar yükseliyordu: "Lancaster!" veya "Düşes Blanche; Tanrı tatlı ruhunu korusun!"

Ave Maria'nın köşesine geldiklerinde, alkolden biraz kalınlaşmış bir kadın sesi duydular. "Tanrı aşkına; fakat Dük son derece yakışıklı ve kralvari bir hergeleymiş; başımıza hiç de kötü bir hükümdar olmayacağı şüphesiz!"

Etrafındakiler onu susturdu; ama John hâlinden memnundu. Londra halkının kendisine daha önce hiç olmadığı kadar sıcak yaklaştığını hissediyor, halkla başa çıkmak için ılımlı davranmak gerektiği konusunda zavallı ağabeyinin haklı olduğunu düşünüyordu. "Yüce Parlamento" diye bağırıyordu şimdi insanlar. Alice'inden mahrum kalan yaşlı Kral'ın sızlanmaları dışında, yapılan fedakârlık o kadar da büyük olmamıştı üstelik.

Hapse atılan tüccarlar hiç şüphesiz biraz cezayı hak etmişti; Lord Latimer ve Neville de öyle. Avam Kamarası'nın Kral'a atadığı yeni Danışma Kurulu'nu hazmetmek John için daha zordu ve çok fazla yüce gönüllülük sergilenmişti; küçük Richard'ın hatırına, Kont March gibi düşmanlarla uzlaşıp birlikte çalışmak bile mümkün olabilirdi.

St. Paul'ün muazzam ana nefine doğru yürürken, yumuşak ruh hâli daha da derinleşti. Maiyeti içeri doluşurken, Blanche'ın mermer lahdinin yanında diz çöktü. Soylular koroya yakın yerleşirken, diğerleri de arka sıralara oturdu. Philippa, Elizabeth ve Henry, annelerinin lahdinin diğer tarafındaki mor minderlerin üzerinde diz çöktü.

Siyah giysili rahipler ayini başlattı. *"Introibo ad altare Dei; ad Deum qui laetificat juventutem meam..."*[70]

İlahiler ve cemaatin verdiği karşılıklar devam ederken, John'ın zihninde üç kelime yankılanıyordu: *Laetificat juventutem meam;* gençliğimin neşesi. Blanche'ın lahdinin üstündeki heykeline baktı; yüzü dışında her yeri siyah kadife kumaşla kaplanmıştı. Dünya üzerinde geçirdiği her bir yıl için birer tane olmak üzere, yirmi sekiz mum, kaymaktaşından profilini aydınlatıyordu. Gençliğimin neşesi; evet! Ama şimdiki mutluluğum için beni suçlamazdın, Blanche; çünkü karşıma çıkan bu yeni aşkta sana ait hiçbir şeyi kaybetmediğini biliyorsun.

Mumların alevi gözlerinin önünde titreşirken, benliğini bağışlayan, sıcak, yumuşak bir huzur kapladı. Philippa'nın sessizce ağladığını duydu, Elizabeth ve Henry'nin mezara korku ve hayranlık dolu gözlerle baktığını gördü; onlara uzanıp konuşmamak için kendini zor tuttu: *Mutlu olun. O bizim mutlu olmamızı istiyor.*

Bu duygusu, bundan sonra her şeyin yolunda gideceği yönündeki inancıyla birlikte güçlendi. Düşmanları yok olacak, savaşta başarı kazanılacak ve barış gelecekti. Castile önünde boyun eğecek, bütün İngiltere bir zamanlar Edward için yaptığı gibi adını saygıyla haykırırken, güçlü ve parıltılı çeliğe kuşanmış yeni bir ordu kuracaktı.

"Requiescat in pace..."[71]

Ayin bitmişti. John kendini temizlenmiş hissediyordu ve uzun zaman önce babası kendisini şövalye ilan ederken hissettiği o coşkuyu duyuyordu.

Ana nefe yaklaşırken, devasa kilisedeki herkes ayağa kalkıp onu takip etti.

---

70 Papazın seramoniyle insanların adına okuduğu dua.
71 Lat. Huzur içinde yatsın.

John verandaya çıktı ve güneş ışığında gözlerini kırpıştırırken, hâlâ zevk içindeydi ve neden karşısında bu kadar büyük bir kalabalık olduğunu anlayamıyordu. Yine "Lancaster" adını duydu ve kendisini onurlandırmaya geldiklerini düşünerek başını dimdik tutarak onlara gülümsedi. Ama kendisine bakan yüzlerde sıcaklık göremeyince bir terslik olduğunu anladı. Şaşkın hatta endişeli görünüyorlardı; ama en önemlisi, o yüzlerde kötücül bir merak vardı.

"Yol açın, yol açın!" diye bağırdı Lancaster'ın habercisi, kiliseden çıkıp borazanını öttürerek. "Castile Kralı, Lancaster Dükü John'a ve maiyetine yol açın!"

Kalabalık kıpırdamadı bile. Birkaç mırıltı oldu ve kalabalığın içinden bir adam bağırdı. "Kulağa güzel gelen unvanlar, haberci! Ama söylesene, bir Flaman kasabın oğlu olan John Gaunt'a neden yol açalım ki?"

John olduğu yere mıhlandı. Gökyüzü karardı ve karşısındaki çatılar su gibi dalgalandı. Beyni uğulduyordu.

Katherine ve kızlar verandaya çıktıklarında adamın bağırışını duymuşlardı; fakat Katherine de diğerleri gibi sadece şaşırmıştı. Sonra kalabalığın temkinli bir tavırla kimi izlediğini gördü; büyük bir avcı hayvan sürüsü gibi liderlerinin bir sonraki hamlesini bekliyorlardı. Bu arada Dük hiçbir şey yapmıyor, sanki bir büyücü kendisini taşa çevirmiş gibi olduğu yerde kıpırdamadan duruyordu.

Maiyettekiler kiliseden çıkmaya başlarken, Katherine güdüsel olarak John'a yaklaştı.

"Evet" diye bağırdı aynı ses, "John Gaunt başına yıldırım yemiş gibi görünüyor! Daha şuradaki kapının üzerine asılan pankartı okumadı bile. Oradan geçen iyi yürekli rahip bize okudu, Lordum ve böylece gerçek doğumunuzla ilgili sırrı öğrenebildik!"

İyice afallayan Katherine, kalabalığın baktığı yere baktı ve kilise verandasının yakınındaki bir girintide duran iki Benedictine rahibi gördü. İkisi de kaşlarını çatmıştı. Katherine bakarken, rahipler kilisenin yan tarafındaki bir kapıdan girerek gözden kayboldu.

Kalabalıktan uğultular yükseldi; kimi rahiplerin ortadan kayboluşuna gülüyor, kimi neşeli ve heyecanlı çığlıklar atıyordu. Ama bir huzursuzluk vardı. Dük hiç hareket etmeden dururken, bir an sonra ne yapacağı belli değilmiş gibi görünüyordu. Gözlerini, sanki batı yönünde, gökyüzünde tuhaf işaretler belirmiş gibi, kalabalığın üzerine dikmişti.

Kalabalığın içindeki sözcü bir kez daha bağırdı; ama bu kez sesi daha kararsızdı. "Pankartı okumayacak mısınız, Lordum? Arkanızdaki Paul kapısının üzerinde. Başını böylesine dik tutan soylu bir lord hakkında tuhaf şeyler söylüyor."

Katherine'in kalbi deli gibi atmaya başladı. Seste tanıdık bir şeyler yakalamıştı ve ayaklarının üzerinde yükselerek kalabalığa baktı. Geniş, kızıl yüzü ve dokumacılar loncasının rozetini taşıyan bir şapkanın altındaki kumral saçları gördü. *Tanrım*, diye düşündü, *bu Jack Maudelyn!* Hawise'in kocasına bakarken bir an onu susturmayı düşündü; ama daha ne yapacağına karar veremeden, Lord de la Pole haykırarak kilisenin verandasına fırladı. "Tanrı aşkına, bu da nedir? Bu kalabalık ne?" Çatık kaşlarının altından kurnaz gözleri manzarayı inceledi ve kılıcını çekerek bağırdı: "Ey Lancasterlar! Ey Lancasterlar! Lordunuzun yanına gelin!"

Kilisenin içinden gelen bağırışlar cevap verdi. Büyük kapılar aniden ardına kadar açıldı. Dük'ün şövalyeleri ve silahtarları, elleri kılıçlarının kabzalarında dışarı fırladılar.

Kalabalık bir an tereddüt edip karşı duvara doğru geriledikten sonra mantarı açılmış bir şişeden dökülen içki gibi tökezleyerek, sendeleyerek kilise kapılarından dışarı dökülüp Pater Noster'a kaçtı.

"Peşlerinden gidelim mi, Majesteleri?" diye bağırdı genç bir şövalye hevesle.

Dük cevap vermedi. Maiyeti etrafını sararken, basamağın üzerinden kıpırdamamıştı bile.

De la Pole kılıcını kınına soktu. "Hayır" dedi şövalyeye dönerek. "Bu yas sabahında böyle bir şey uygun olmaz. Bunun önemsiz bir provokasyon olduğu belli. Bir zararı olmadı..." Ama ilk kez doğruca Dük'e baktığında şaşırdı. "Ah, Lordum, yaralanmadınız ya?"

Dük'ün yüzü kilisenin taşları gibi gri bir renk almıştı ve teni ter damlalarıyla dolmuştu. Dudakları yaşlı bir adamınki gibi incecik kalmıştı.

Katherine de sevgilisinin yüzüne baktı ve ağlayarak yanına koştu. "Hayatım, neden böyle görünüyorsun? Adam saçma sapan sözler söyledi sadece."

John, Katherine'i yana itti ve kilise kapısına doğru yürüyerek adamlarının açtığı yarığı kapadı. Kapının üzerine, demir bir çiviyle büyük bir parşömen asılmıştı. İngilizce kelimeleri yazan elin becerisine bakılırsa manastırlara has bir kültürü akla getiriyordu. Dük ellerini arkasında birleştirerek yavaşça okudu.

Ey İngiltere halkı, tahtımızı ele geçirmek için sinsice komplo kuran biri tarafından nasıl kandırıldığınızı bilin. Lancaster Dükü bir İngiliz değil, bir Flaman'dır. Edward ve Philippa'nın çocuğu da değildir ve beşiğindeyken değiştirilmiştir. Bir defasında Ghent'teyken, Majesteleri Kraliçe bir oğul dünyaya getirmişti; ama bebek ölmüştü. Kral'dan korktuğundan, Kraliçe aynı yaşta başka bir bebek bulunması için birini gönderdi. Bulunan bebek, bir kasabın oğluydu ve onu şimdi John Gaunt adıyla tanıyorsunuz. Söylendiğine göre, Kraliçe bu sırrı ölmeden önce Winchester Piskoposu'na açıkladı.

Dük mücevherli kınında duran hançerini çekti. Kabzası zambak ve leopar oymalarıyla süslenmiş, tam tepesine Lancaster'ın yakut gülü yerleştirilmişti. Hançeri parşömene sapladı ve orada bıraktı.

Sonra şaşkın maiyetine döndü; ama ne onları, ne Katherine'i, ne de çocuklarını görüyordu. Yüzünde ancak onunla birlikte cephede savaşan adamlarının gördüğü bir ifade belirmiş, dudakları korkunç bir gülümsemeyle gerilmişti. "Edward'ın gerçek oğlu olup olmadığımı öğrenecekler."

* * *

O gece Savoy huzursuz mırıltılarla doluydu. Mutfaklarda ve kilerlerde uşaklar, kışlalarda askerler fısıldaşıyordu. Memurlar ve şapel rahipleri hiç durmadan konuşuyordu; Dük'ün silahtarları, şövalyeler ve maiyete önderlik eden lordlar da öyle. Dük, Kral'ı görmek için Havering-at-Bower'a gitmişti. Yas giysilerini çıkarmış ve en hızlı atının eyerlenmesini emretmişti. Peşinde Şeytan'ın uşakları varmış gibi atını dörtnala koşturarak Essex'in yolunu tutmuştu. Adamlarından hiçbirinin kendisine eşlik etmesini istemediği gibi, kimseyle de konuşmamıştı: Tek başına çıkıp gitmişti. Daha önce hiç benzeri görülmemiş olan bu durum karşısında, o gece Lord de la Pole, Büyük Salon'da kaşlarını çatarak konuşmuştu. "Lanet olsun! Kafasından geçenleri kim tahmin edebilir ki? Büyülenmiş gibi davranıyor!" Yirmi yıldır Dük'e hizmet eden ve her seferinde yanında olan Sir Robert Knolles'la konuşuyordu.

Sir Robert beyaz bıyıklarını çiğnedi ve keyifsizce bağırdı. "Elbette ki onuruna yapılan bu hakaretin intikamını alacak. Onu kim suçlayabilir ki?"

"Bu saçmalık" diye cevap verdi de la Pole. "Bir kasabın oğlu olduğu veya tahtı ele geçirmek için komplolar kurduğu yönündeki bu saçmalıktan daha ağır hakaretler fısıldandı."

"Fısıldandı, evet" dedi yaşlı şövalye, "ama bu yazıya döküldü."

De la Pole cevap veremedi. Okuma yazması çok az olduğu için yazı kendisinde de hayranlık uyandırıyordu; ama sıradan halk için yazı, kutsal bir şeydi.

"Tanrım!" diye bağırdı de la Pole, elini öfkeyle masaya vurarak. "Bugün onu gören hiç kimse bir Plantegenet olduğundan şüphe edemezdi! Limoges katliamında Prens Edward'ın yüzünde beliren ifadeyi hatırlıyor musunuz? Öfkelendiklerinde içlerinde hiçbir şekilde merhamet kalmıyor."

"Ama o savaştı" dedi Sir Robert. "Majesteleri'nin bütün Londra'yı katledeceğini hiç sanmıyorum."

"Hayır; Dük, ağabeyinden de daha keskin bir zekâya sahiptir. İntikam almak için daha ince planlar yapacaktır. Ama" diye ekledi kaşlarını çatarak, "ne olacağını tahmin bile edemiyorum."

Yüksek Masa'da eski yerinde oturan Katherine, bu sohbeti duymuştu ve zaten sıkıntılı olan yüreği daha da ağırlaşmıştı. Dük'ün kendisini maiyetindekilerden ayrı tutmaması da onu incitmişti. Yazıyı okumuştu. Yaşadığı şokun kaynağı yazının saçma sapan içeriği değil, buna neden olan nefretti. John'ı herkesten daha iyi tanıdığından, bir kararsızlık veya korku hissetmişti. Kenilworth'ta birlikte geçirdikleri gece söylediği sözleri hatırlamıştı: "Bir hayaletle boğuşuyordum."

Mutsuzluğu arttı ve daha sonra Hawise'e de öfke duydu. Katherine, süitinin kapısını kapadığı ve yalnız kaldıkları anda nedimesine döndü. "Lord'uma o hakaretleri yağdıran, orospu çocuğu kocan Jack'di!" diye bağırdı. "Senin bunu bildiğinden eminim. Seni sadakatsiz fahişe, kendi kocan ona öfkeyle iğrenç yalanlar ve hakaretler yağdırırken, Dük'ün ödediği maaşı almaya utanmıyor musun?"

Hawise'in ağzı açık kaldı. "Yapma, tatlım, yapma" diye inledi. "Jack'in bugünkü olayla ilgisi olduğunu sen şimdi söyleyene kadar bilmiyordum. Tanrı şahidimdir ki seni ondan veya kendi çocuğumdan daha çok seviyorum. Jack'in Dük'ten bu kadar nefret etmesinin bir nedeni de bu!"

Katherine döndü ve kollarını Hawise'in kalın boynuna doladı. "Biliyorum. Biliyorum. Bağışla beni" dedi ağlayarak. "Ama onu orada... basamakta tek başına dururken görseydin... Onu korumak istedim... ama yapamadım."

"Şşş, canım, şşş" dedi Hawise, Katherine'in ıslak yanağını okşarken. Katherine'in bebeklerini yatıştırmak için kullandığı sesi çıkardı. *Jack'i gördüğümde canına okuyacağım*, diye düşündü, fakat Jack artık onun ne dediğine aldırmıyordu bile. Leydisine hizmet etmek için onu terk ettiğinden beri Jack, Kentli bir kadınla yaşamaya başlamıştı.

"Sonuçta o kadar da kötü değil, hayatım" dedi. "Jack hiç şüphesiz sarhoştu ve gerçekten zarar vermek istediğini sanmıyorum. Dük kimin bağırdığını bilmiyor muydu?"

Katherine başını iki yana salladı. "Onu orada sadece ben tanıdım. Senin de gördüğün gibi, Dük şaşkındı. Ah, Hawise..." Gözlerini kapayarak uzun ve titrek bir nefes alırken, nedimesinin kalın parmakları broşuyla kuşağını çözmeye başladı.

"Uyu şimdi" dedi Hawise, "saat çok geç oldu. Sabah ola, hayır ola! Dük yarın buraya, yanına dönecek. Buna adım gibi eminim."

Ama Dük dönmedi.

* * *

Dük bütün sonbahar boyunca Havering Şatosu'nda, onu neşeyle karşılayan, yanından hiç ayrılmayan ve sevgili oğluna minnetini sunan yaşlı Kral'ın yanında kaldı. Dük, Alice Perrers'ı hatırladı. Kral'ın kendi askerlerinden birini gönderip kadını sürgüne gönderildiği kuzeydeki yerinden getirtti ve Havering avlusunda kendisi karşıladı.

Mücevherler, brokar giysiler ve misk kokuları arasında, Alice arabadan zafer edasıyla indiğinde, peşinde hoplayıp zıplayan ve sürekli havlayan üç küçük köpek vardı. Ağır makyajlı yüzünü Dük'e doğru kaldırdı.

"Bu, Majesteleri" dedi Alice reverans yaparken yandan bir gülümsemeyle, "Westminster'da Avam Kamarası'na boyun eğerek beni uzaklaştırdığınız zamandan çok farklı. Bunu isteyerek yapmadığınızı düşünüyordum." Mırıltılı sesi John'ın hoşuna gitmiş, Alice de onun elini hafifçe sıkmıştı.

Ama Dük elini çekti. "Dame Alice, o zamandan bu yana çok şey değişti ve artık kimseye boyun eğmiyorum." Son derece ürkütücü bir tavırla bakınca Alice zorlukla yutkundu ve başıyla onayladı.

"Lordum, ne isterseniz yaparım. Kendi tarzımda biraz nüfuzum var; ama sizden bir iyilik daha is-is-istiyorum."

Dük başını eğerek bekledi.

Alice keskin bir nefes aldı ve yeşil gözleri kısıldı. "Peter de la Mare'in başını istiyorum" dedi Dük'ü yakından izleyerek. "Benim hakkımda söylediği şeyler hoşuma gitmedi, Lordum."

Dük güldü ve Alice elinde olmadan geri adım attı.

"Avam Kamarası'nın Sözcüsü, şu anda Nottingham Şatosu'nun zindanında zincire vurulmuş hâlde" dedi. "Başka konularla ilgilendikten sonra ona ne yapılacağına karar vereceğim. Şimdi Kral'ın yanına gidebilirsiniz."

* * *

Lancaster Dükü, Parlamento'nun baharda aldığı kararları günbegün ve tek tek tersine çevirdi. Avam Kamarası'nın atadığı konseyi dağıttı. Lord Latimer ve Neville hapisten çıkarıldı ve maiyetteki yerlerine geri döndü. Avam Kamarası'nın cezaya çarptırdığı tüccarlar serbest bırakıldı.

Yaşlı Kral, oğlunun kendisine verdiği bütün kâğıtları imzalıyor, Alice ve John'ın iyi anlaştığını görmekten mutluluk duyuyordu ve kraliyet ayrıcalıklarını aşağılamaya kalkan bir grup asinin cezalandırılmasına yardım ettiği için de seviniyordu.

Dük, babasıyla birlikte Havering Şatosu'nda kalıyordu; ama ilk birkaç günkü çılgınlıktan sonra zihni yine eski soğukkanlılığını kazanmaya başlamıştı. Amacı, becerikli beyni tarafından yönetilen bir savaş gemisine dönüşmüştü ve soğuk öfkesiyle sürekli ilerlemeye devam ediyordu.

Kral'ın otoritesine sahipti ve Kral'ın adamları arkasındaydı; kendi eşit güçteki Lancaster feodalitesi de bunu destekliyordu. Maiyetindeki kilit adamları Havering'e çağırdı ve Havering'le Savoy arasında haberciler dörtnala mekik dokumaya başladı. Onları giderek daha uzak yerlerdeki maiyetlerine gönderir olmuştu. Kuzeydeki Dunstanburgh'dan güneydeki Pevensey'e, doğudaki Norfolk malikânelerinden Galler'deki Monmouth Şatosu'na kadar, uşaklar ve seyisler sürekli hazır durumdaydılar.

Ama artık onlara ihtiyaç yoktu. Avam Kamarası uzun zaman önce dağılmıştı. Üyeleri İngiltere'deki evlerine dönmüştü. Sözcüleri zindana atılmış, onları destekleyen lordlarla piskoposlar tek tek kazanan tarafa geçmeye başlamıştı; Kont March ve Londra Piskoposu Courtenay hariç.

Dük şimdilik piskoposu kendi hâline bırakıyordu. Courtenay'la daha sonra ilgilenecekti ve kafasında özel bir silah vardı. Ama March için uygun bir ceza vermek istiyorsa özellikle bir müttefik şarttı. Dük, güçlü sınır Lordu Percy Northumberland'ı Havering'e çağırdı ve bir saatlik gizli görüşmede, kendi çıkarlarının nerede yattığını, March'ın vaatlerinin ne kadar boş olduğunu açıkça gösterdi.

Ardından, korkuya kapılmış olan Kont March'a dışarıdan hizmet etmesi için ülkeden ayrılması emredildi. Bunu reddetti. Gemide veya Calais'de herhangi bir suikast girişimi, şimdi Nottingham zindanlarında çürüyen yardımcısının durumu kadar mümkün görünüyordu. Bunun yerine, İngiltere'nin mareşalliğinden çekildi ve ülkenin diğer ucuna kaçarak kendini Ludlow Şatosu'na kapadı.

Dük, Percy'nin sadakatini terk edilen mareşal asasıyla ödüllendirdi.

Katherine

Çok geçmeden, bu önlemlerin sadece ilk adımlar olduğu anlaşıldı.

Ekim sonunda Dük, Winchester Piskoposu William Wykeham'a saldırdı. Onu yeni Lancaster Danışma Kurulu'nun huzuruna çağırarak rüşvet almak ve kamu fonlarını soymakla suçladı.

Bir sabah, elli dört yaşındaki piskopos Kral'ın, Dük'ün ve kurul üyelerinin huzuruna çıkıp suçlamaları öfkeden çok şaşkınlıkla dinledi. Daima maiyette değer verilen biri olmuş; Kral'ın kişisel din adamı, mimarı, Kraliçe'nin günah dinleyicisi ve şansölye olarak çalışmıştı. Şimdiye kadar hiç düşmanı olmamıştı.

Şimdi kraliyet üyelerinin ve danışma kurulunun karşısında huzursuzca duruyordu.

"Anlayamıyorum, Majesteleri" diye başladı, Kral'a yaptığı savunmasına. Ancak eski hamisinin kırışık göz kapaklarının kapalı ve başının eğik olduğunu görünce Dük'e döndü. "Majesteleri, bu suçlamalar... çok abartılı! On yıl önceki konular..."

"Ama doğru mu, Piskopos?"

"Kutsal Bakire adına, bunca zamandan sonra nasıl hatırlamamı bekliyorsunuz? Bu imkânsız, Lordum!"

"Belki de gelirlerinin ve mülklerinin yükü omuzlarından kaldırılırsa zihnin açılır" dedi Dük. "Bildiğim kadarıyla, din adamları kutsal yoksulluğa çok değer veriyor." John, sade görünüşlü cüppeler içinde bir rahibin -John Wyclif'in- durduğu köşeye bir bakış attı ve birbirlerine sinsice gülümsediler.

Piskoposun ağzı açık kalmıştı. Yağlı boynu titredi ve tiz bir sesle haykırdı: "Majesteleri, bana neden zulmediyorsunuz? Daha birçok piskopos var; daha önce bana daima iyi davranmıştınız..."

Dük'ün kaşları hafifçe kalktı. Ellerini kucağında birleştirdi ve mücevherli başlığının altında terleyen yüze baktı.

"Bu mümkün değil!" diye bağırdı Piskopos aniden durumu kavrayarak, "o kendini bilmez çocuk değiştirme hikâyesiyle bir ilgim olduğuna inanıyor olamazsınız!"

"Parşömende, Kraliçe Philippa'nın doğumumla ilgili bu sırrı ölüm döşeğinde sana açıkladığı belirtiliyordu." Dük alçak sesle konuşuyor, kurul üyeleri söylenenleri duyabilmek için kulak kabartıyordu ve Piskopos şaşkınlıktan iri iri açılmış gözlerle bakıyordu.

"Kutsal Meryem, ben değildim. Buna inanmalısınız, Majesteleri! Ben değildim!"

Dük omuz silkti. "Yine de hafızanın zayıf olduğunu itiraf ettin." Konseye döndü. "Duruşma devam edecek."

Devam etti ve çok geçmeden sona erdi. Winchester Piskoposu lüks malikânelerinden atıldı ve altın dolu hazinesine el kondu. Tek bir hamlede, bütün dünyevi değerleri -Dük'ün bile dokunamayacağı piskoposluk makamı dâhil- elinden alındı; çünkü hepsi St. Peter aracılığıyla Tanrı'dan gelmişti.

Dük'ün maiyeti çok keyifliydi. Hepsi Lordlarının gücüyle ilgili böbürleniyordu. Silahları ellerinden alınan piskoposlara açıktan açığa gülüyorlardı. Hanlarda, salonlarda ve sokaklarda Avam Kamarası'yla alay ediyor, Dük'e başkaldırmaları için onları kışkırtan ve şimdi zindanda çürüyen Peter de la Mare'i aşağılıyorlardı.

Lancaster şövalyeleri arasında sadece de la Pole'un çekinceleri vardı. Düşüncelerini Dük'e açıklamıştı ve sıkıntıları yüzünden Havering'den gönderilmişti. Bir Kasım sabahı Savoy'daki süitinde silahtarının kendine bir av kıyafeti hazırlamasını beklerken, uşağı, Birader William Appleton'ın geldiğini bildirdi ve yalınayak keşiş içeri girdi.

"Hoşgeldiniz, Keşiş" diye haykırdı Baron neşeyle. "Sizi gördüğüme çok sevindim. Pontefract nasıldı? Yeni mi döndünüz?"

"Bir süre önce" dedi Franciscan. "Gri Keşiş kardeşlerimle birlikte kalıyordum. Majesteleri hakkında tuhaf şeyler duydum."

"O kadar da tuhaf değil!" dedi Baron, hemen Dük'ünü savunmaya geçerek. "Her soylu şövalye gibi, sadece onurunu koruyor!"

"Duyduğuma göre" dedi Keşiş, "son Parlamento toplantısında alınan kararların hiçbiri ayakta kalamamış, Sözcü zindana atılmış ve Kont March kovulmuş."

"Öyle" dedi de la Pole.

"Winchester Piskoposu'nun evsiz kaldığını ve kapı kapı ekmek dilenir hâle geldiğini de duydum."

"Bir keşiş gibi, sevgili Birader, bir keşiş gibi!" dedi de la Pole gülerek. "Bunun şişko Piskoposa bir zararı olmaz! Ve unutmayın" dedi Baron, öne eğilerek, "Piskoposun el konan bütün mülk ve toprakları küçük Prens Richard'a verildi. Bunun, çocuğa karşı girişildiği iddia edilen komplo söylentilerini durdurması gerek."

"Bu söylentileri sadece bir mucize durdurabilir. Dük'ün davranışları halkı korkutuyor."

Baron iç çekti ve bir tabureye oturarak silahtarın deri av çizmelerini giydirmesi için bacaklarını uzattı. "Artık umurunda değil. Sadece intikam almak istiyor."

"Daha yetmedi mi?" dedi Keşiş sert bir tavırla.

"Sorun o parşömen. Onu oraya kimin koyduğunu ya da kimin yazdığını bilmiyor. Bu yüzden körlemesine saldırıyor. Sırada Piskopos Courtenay var. Winchester'dan biraz daha zorlu olduğu şüphesiz ve bu yüzden Dük, Wyclif'i kullanıyor."

Keşiş başıyla onayladı. Wyclif'in Londra'da nasıl vaazlar verdiğini duymuştu; kilise reformundan söz ediyor, halkın kendi vergilerinin azaltılabilmesi için kilise üzerinden vergi konması gerektiğini öne sürüyordu.

"Dürüst bir adam, şu Wyclif" dedi Keşiş düşünceli bir tavırla, "ve öğretileri sanırım Kutsal Gerçekler'e dayanıyor; ama Avam Kamarası'nı tehlikeli bir şekilde doldurabilir ve..."

"Lancaster da dürüst bir adam!" diye araya girdi Baron. "Ama bütün ailesi gibi o da bazen asabileşiyor. Üstelik bence hâlâ sabırlı davranıyor. Dikkat ederseniz, Birader, hiç kan dökülmedi! Kral'ın metresinin de la Mare'i öldürme talebini bile reddetti."

"Kan dökülmedi..." Keşiş hafifçe gülümsedi. "Siz şövalyelerin anladığı tek şey kan zaten. Bundan daha kötü acılar da vardır. Ama sözünü ettiğim şey bu değil." Efendisinin mızrağının ucunu parlatmakla meşgul olan silahtara baktı. Baron işareti anladı ve silahtarı dışarı gönderdi.

Birader William bir tabureye oturarak açıkladı. "Söylediğimiz bütün bu şeyleri herkes biliyor. Her şeyin kilisenin kapısındaki parşömenle ilgili olduğunu ben de biliyorum. Ayrıca, sanırım kimin yazdığını da biliyorum."

"Tanrı aşkına..." dedi Baron ağzı açık hâlde oturduğu yerde çökerken. "Gerçekten biliyor musunuz? Majesteleri hanlarda konuşulanların dinlenmesi ve belli edilmeden soruşturma yapılması için şehrin her yanına casuslar gönderdi; ama bir yararı olmadı."

Keşiş tereddüt etti. Bu bilgi ona herhangi bir günah çıkarma sırasında gelmemişti; çünkü öyle olsaydı Dük'le ilgili diğer konularda olduğu gibi dudakları mühürlü kalırdı. Kuzeyden Londra'ya dönüşünden kısa süre sonra, St. Bartholomew Benedictine Manastırı'nda hasta bir rahibi muayene etmesi için çağrılmıştı; sülüklerle ilgili ünü öylesine büyüktü ki rahipler bile bazen onu çağırıyordu.

Manastırın revirinden çıkarken, kütüphanede birilerinin sarhoş sesleriyle kahkahalar attığını ve birinin meleyen keçi gibi sesler çıkararak güldüğünü duymuştu. Bu manastırın kurallarında gevşek davrandığını düşünerek aceleyle kapının önünden geçip gidecekti; ama aynı ses başka bir şey söylemişti: "Ve bu da Paul kapısına asılacak ki kesinlikle beşikte değiştirilme hikâyesinden daha etkili olacak!"

Biri "Şşt!" demişti ve keskin bir sessizlik olmuştu.

Keşiş kütüphaneye girmişti. İki siyah cüppeli rahip, içtikleri bira yüzünden kızarmış yüzleriyle, ona şaşkın şaşkın bakmışlardı. Üçüncü adam bir masanın arkasındaki yüksek taburede oturuyordu ve elinde bir tüy kalem, önünde de bir parşömen vardı. Cüppesine ve başının yarı kazınmış olmasına bakılırsa, yazmandı. Sivilce dolu yüzü aniden peynir gibi bembeyaz kesilmişti; ama küçük gözleri tehditkâr bir fareninkiler gibi Keşiş'in yüzüne dikilmişti.

"Burada yazılarınızı yazarken bir hayli eğleniyorsunuz sanırım?" demişti Keşiş, memnun bir tavırla ve yazmanın önündeki parşömendeki kelimeleri görebilmek için masaya yaklaşmıştı. "Neşeli konularla mı uğraşıyorsunuz, sayın yazman?"

Rahiplerden biri şaşırarak araya girmişti. "Yazman bizden biri değil; sadece manastırda kalıyor. Flanders'dan yeni geldi."

"Hayır, ben bir İngiliz'im... Norwich" demişti yazman telaşla. "Johan Norvich. Sadece Flanders'da bir süre kaldım."

"Johan?" demişti Rahip şaşkınlıkla. "Biz sana Peter diyord..."

"Johan... Peter... ikisi de." Yazman taburesinden kalkmış, Keşiş de parşömenin iki kelime, "Şunu bilin...", dışında boş olduğunu görerek hayal kırıklığına uğramıştı.

"Saint Bart'ta Gri Keşişlerin ortalıkta dolaşarak bizleri sorgulaması gelenek midir?" diye sormuştu yazman rahiplere dönerek.

Gri Keşiş kibar bir söz söyledikten sonra yanlarından ayrılmıştı; fakat o zamandan beri bu konuyu düşünüp durmuştu. Amirine danışmış, bu konuda dua etmiş, Baron'un sadakatini ve kurnazlığını bilerek şimdi ona gelmişti.

Baron'a duyduklarını aktardı ve ekledi: "Kanıt yok. Yanıldığımı söylediler ve iki kelime yazılmış parşömen ortadan kayboldu. Bu da çok düşündürücü. Bu yazman nereden geldiğini söylerse söylesin, Flaman aksanıyla konuşuyordu. Ve daha önce bir insanın gözlerinde böylesine bir saf kötülük görmemiştim. Dük'e karşı neden böylesine büyük bir kini olabilir? Genç rahipler sadece aptal ve bu adam onları kandırmış."

"Yazmana rüşvet verilmiş olabilir mi?" diye önerdi de la Pole. "March tarafından? Ya da Courtenay?"

"Belki! Parmaklarında altın yüzükler vardı; fakat asıl konu şu ki... bu hikâyeyi Dük'e anlatmalı mıyım?"

Baron bunu düşündü. "Henüz değil! Kanıt yok ve Dük daha fazla şiddete yönelebilir. Öfkesi neredeyse dinmek üzere... eğer başka şeyler de olmazsa. Yazman ve Benedictine rahipler bu kez oyunlarından vazgeçebilirler; çünkü onları duyduğunuzu tahmin ediyor olmalılar."

Keşiş düşünceli bir tavırla başıyla onaylayarak ve rahatlayarak ayağa kalktı. İstemeden duyduğu hikâyeleri başkalarına anlatmak kişiliğine tersti ve gelişmeleri görmeye karar vermişti. Son defasında olumsuz bir havada ayrıldıklarından, belki Dük onu görmek istemeyebilirdi de.

Bu ona bir şeyi hatırlattı. "Leydi Swynford nasıl? Majesteleri'nin bu operasyonlarında o nasıl bir rol oynadı?"

"Hiç dâhil olmadı" dedi Baron. "Olaylar başladığından beri Leydi Swynford'u gördüğünü bile sanmıyorum." Yüzü yumuşadı. "Zavallı kız, günlerdir Savoy'da kalıp Dük'ün yolunu gözledikten sonra Leydi Philippa ve Leydi Elizabeth'i alarak Kenilworth'a döndü. Ama görünüşe bakılırsa Dük onu gerçekten çok seviyor."

"Günahlarla dolu bir aşk" dedi Keşiş, asık yüzle cüppesini düzeltirken. "Tanrı bunun için onları cezalandıracak."

19

Katherine, Noel'i çocuklarla birlikte Kenilworth'ta geçirmişti. Dük ise Noel'i Prenses Joan'la birlikte Thames'in karşı tarafındaki Kennington'da kalan yeğeni küçük Richard ile Havering'deki babası arasında gidip gelerek kutlamıştı.

Ama Kenilworth'taki maiyetini tamamen unutmamıştı. Şubat ayında Dük herkese gecikmiş Yeni Yıl hediyeleri gönderdi; Katherine için gümüş kaplamalı bir kemer vardı; ama beraberinde gelen mesaj fazlasıyla resmîydi; Lüksemburg Dükü evlilik anlaşmaları için Philippa'yı görmek istediğinden, Katherine'in Leydi Philippa'yı alarak Savoy'a dönmesi emredilmişti.

Başkasına yazdırılmış resmî bir yazıydı ve Katherine'e özel bir mesaj yoktu. Mesajı ve hediyeleri, Katherine'in tanımadığı, Robert Beyvill adında yeni ve genç bir silahtarla göndermişti ve o da Savoy'a kadar hanımlara eşlik edecekti.

Katherine Kenilworth'taki güzel yeni Salon'da ev halkıyla birlikte otururken mektubu almıştı. Okurken duygularını gizlemiş, düşüncelerini kendine saklamıştı: *Ulu Tanrım, demek artık beni sevmiyor veya yazamıyor. Gitmeyeceğim; reddedeceğim.* Bunu düşünürken bile kalbi karşı çıkmaya başlamıştı. Şu anda Dük'ün davranışlarını yönlendiren iblis her neyse, Katherine aşkının hâlâ yüreğinde olduğunu biliyordu. Gururunun aralarına girmesine izin vermemeliydi; çünkü ne kadar soğuk bir tavırla da olsa sonuçta yine kendisini çağırmıştı. Londra'ya gidecekti.

Ve bunların altında acı bir kavrayış vardı. Boyun eğmekten başka seçeneği var mıydı ki? Kaldığı bu şato, yediği ekmek, giydiği giysiler Dük'ündü ve Dük'ün hazinesi tarafından karşılanıyordu. Maiyetindeki yüzlercesi, çocukları, yanında saygıyla bekleyen bu genç silahtar gibi, Katherine'in de itaat etmekten başka çaresi yoktu.

Aniden Kettlethorpe'u düşündü. Orası, dulluk haklarıyla tamamen kendisine aitti. Şimdi Dük'ün istekleriyle orada burada kaldığı bu güzel şatolarla karşılaştırıldığında son derece ilkel, yetersiz ve küçüktü; ama Lincolnshire, dünyada tam anlamıyla tanıdığı tek yerdi.

Küçük Swynfordlara baktı; Blanchette'in altın bukleleri nakış işlediği kumaşa doğru eğilmişti ve Philippa da ona yardım ediyordu. Bu arada Tom ocakta bir okla oynuyordu; ikisi de iyi yetişmişti, iyi giyiniyordu ve çoğu soylu çocuktan daha iyi eğitim almıştı. Üstelik ikisi de annelerinin durumundan büyük yarar görüyordu. Genç silahtara döndü. "O hâlde Londra'ya gitmek için hazırlanmalıyız, değil mi? Adın nedir?"

"Robert Beyvill, Leydim. Ama bana genellikle Robin derler."

"Robin" dedi Katherine aniden gülümseyerek. Adının gence uyduğunu düşünmüştü. Keskin gözleri, kıvırcık kahverengi saçları vardı ve tüniği parlak kırmızıydı. Uzun boylu ve mutlu görünüşlüydü. Hepsi birleştiğinde, Raulin d'Ypres veya Ellis'ten çok daha sevimli bir silahtar ortaya çıkmıştı.

Katherine aniden ayağa kalktı ve Robin'e bir kadeh şarap doldurdu. Daha önce Hugh'un eski silahtarını hiç düşünmemişti. Bir defasında Pottergate'te Dük'ün kendisi için kiraladığı bir eve yürürken onunla şans eseri karşılaşmıştı. Ellis tam önünde durmuş, her yerinden Sakson özellikleri akan yüzünde büyük bir nefretle ve tiksintiyle bakmıştı. "Fahişe!" diye bağırmıştı ve Katherine'in yüzüne tükürmüştü. Katherine bu olanları Dük'e anlatmamıştı; fakat Ellis de Thoresby'nin Nottingham'daki evine gönderilmesini sağlamıştı.

"Leydi Philippa ve ben uzun süre uzakta kalmayacağız" dedi Katherine yerine otururken ev halkına dönerek. Yatıştırıcı bir tavırla konuşuyordu; çünkü Londra'nın güzelliklerine bayılan Elizabeth'in herhangi bir şeyde dışarıda bırakıldığında öfkeleneceğini biliyordu. Ama Elizabeth'in öfke krizlerinden de kötüsü, Blanchette başını kaldırıp annesine bakarken yüzünde beliren ifadeydi. Bakışlarındaki mesaj belliydi: *Demek beni yine bırakıyorsun; Dük için.*

"Buraya gel, hayatım" dedi Katherine ona. "*Havelock Dane*'i söyleyelim mi? Lavtanla bize çalar mısın?" Bu, Blanchette'in en sevdiği şarkıydı ve her seferinde Katherine'e bu şarkıyı söylemesi için bıktırırcasına yalvarırdı.

Ama Blanchette başını iki yana salladı ve tekrar nakışına eğildi. "Hayır, teşekkür ederim, anne" dedi donuk bir sesle.

* * *

Katherine, Philippa ve silahtar Robin Beyvill, Şubat'ın on beşinde Londra'ya doğru yola çıktığında, her zamanki gibi muhafızlar, hizmetkârlar ve yük arabaları beraberlerindeydi. Hawise ve Philippa'nın nedimeleri, hanımlarının sandıklarıyla birlikte bir arabaya doluşmuştu.

Robin iki hanıma Londra'da olanları anlatmıştı; fakat Philippa beyaz kısrağının üzerinde onu dinlemiyordu bile: Kutsal Bakire'ye dua etmekle meşguldü. Öncelikle, Lüksemburg'la yapılacak evlilik görüşmelerinin bir sonuca ulaşmamasını diliyordu; ikincisi, babasına daima itaat edebilmek istiyordu. Ama Katherine silahtarın anlattıklarını ilgiyle dinliyordu ve Dük'ün faaliyetleriyle ilgili o zamana dek bildiğinden çok daha fazlasını öğrenmişti. Robin, dört yıldır hizmet ettiği efendisine eleştiriden uzak bir hayranlık duyuyordu; ama ancak yakın zamanda Dük'ün kişisel silahtarları arasına yükselebilmişti.

Donmuş çamurlu yollarda ilerlerken konuşmak için bolca zamanları olmuştu ve Robin'in kendisini ulaşılmaz hanım olarak gördüğünü anladığında Katherine'in ona ilgisi daha da artmıştı.

Ancak aşka tutulmuş bir silahtarın yapması gerektiği gibi iç çekip homurdanmak yerine, başka türde işaretler sergiliyordu. Attan inmesine yardım ederken eli titriyor, Katherine ona baktığında kızarıyordu ve elbisesinin gövde kısmında taşıdığı gülhatmi çiçeği düştüğünde, delikanlının çiçeği gizlice yerden alıp ona bir öpücük kondurduğunu ve olduğu gibi kesesine tıktığını görmüştü.

Bu hayranlık Katherine'in yaralı kalbini ısıtmıştı ve hiçbir sakınca göremiyordu; sonuçta çocuk daha yirmi, Katherine'se yirmi altı yaşındaydı. Onun yanında rahatlamış, arkadaşlığından zevk almaya başlamıştı ve bunun bir nedeni de belki de Robin'in soylu olmamasıydı. Babası Suffolk'ta zengin bir adamdı ve geniş topraklara, yeni tamamlanmış bir malikâneye sahipti.

Robin, şimdi Westminster Parlamentosu'na üye olan babası Richard'ın Avam Kamarası'nın yeni üyelerinden biri olduğunu belirtmekten gurur duymuştu. "Çünkü" diye devam etti Robin gülerek, "Dük bu yeni Parlamento'nun kendi destekçileriyle dolu olması gerektiğini ve böylece geçen bahardaki gibi sorunlar yaşamayacağını düşündü."

Katherine, tanıdığı iki lordun -Latimer ve Neville- başının derde girdiği ama şimdi serbest bırakıldıkları dışında geçen baharda olanlar hakkında pek bir şey bilmiyordu. Kimse onunla ulusal meseleler hakkında konuşmuyordu; ama parşömenle ilgili olaydan beri biraz daha farkındalığını artırmaya başlamıştı.

Gece konaklayacakları Woburn Manastırı'na doğru ilerlerken, Robin'in söylediklerini düşündü. "Yani şimdi Majesteleri'yle ilgili her şey yolunda gidiyor, öyle mi?" dedi. "Artık savaşacağı düşmanları kalmadı mı?"

"Tanrım, Leydim, hiç öyle demezdim!" Robin yine güldükten sonra ciddileşerek eyerinde sertçe döndü. "Daha sırada piskoposlar var! Bütün altınlarını kaybedene kadar Şeytan'ın çatalı şişko kıçlarına batsın!"

"Robin!" diye haykırdı Katherine.

Philippa dalgın bakışlarını yoldan kaldırarak onlara döndü. "Bir Lollard mısınız, Sir Silahtar?" diye sordu gergin bir tavırla; uzun yüzünde Lancasterlara has bir kibir ifadesi vardı. Philippa, ancak din konularında babasının görüşlerinden uzaklaşmaya cesaret edebiliyordu.

"Affınıza sığınırım, Leydim" dedi Robin, Philippa'ya, "fazla kaba konuştum." Ama bakışlarını kızdan ayırmamıştı ve Katherine'e döndüğünde hevesle açıkladı. "Ben de Wyclif gibi düşünüyorum; ve Dük'ümüz gibi. Suffolk'ta evimize gelen 'yoksul vaizler' var; hepsi iyi yürekli, dürüst insanlar, Leydim."

"Anlıyorum" dedi Katherine. Wyclif'in ne kendisiyle ne de vaizleriyle ilgileniyordu. "Şimdi Dük'le piskoposların arası nasıl?"

"Majesteleri'ne arsızca karşı çıkıyorlar!" diye bağırdı Robin, kahverengi gözleri öfkeyle parlayarak. "Piskoposlar Meclisi geçen Perşembe günü Wyclif'i St. Paul'de duruşmaya çağırdı. Bu, Courtenay'ın marifeti."

Katherine, Robin'in öfkesi için bir neden göremiyordu. Piskoposlar elbette ki güçlüydü ve bunu herkes biliyordu; ama Dük herkesin üzerindeydi; Robin'in anlattığı her şey bunu kanıtlıyordu ve Wyclif'in yaşadığı bir zorluk ona pek önemli görünmüyordu. Parşömenle ilgili karşısına dikilen kalabalığı gördüğünde Dük için gerçekten korkmuştu ve Londra'ya yaklaşırlarken, sevgilisinin yüreğinden neler geçtiğini gerçekten merak ediyordu. Duyduğu acı kıskançlık bu kez Costanza'ya değil, saraydaki komplocu leydilere yönelmişti ve görünüşe bakılırsa son zamanlarda Alice Perrers'la çok sık görüşüyordu; Prenses Joan'la da öyle.

* * *

John, Katherine'i ihmal ettiğinin farkında değildi. Onu arzuladığı ve özlediği zamanlar oluyordu; fakat bu duyguları bir kenara atıyordu ve kendisini saran takıntıdan başka bir şey düşünemiyordu. Güç gösterisi, vahşi Saksonların yaptığı en güçlü biradan daha sarhoş ediciydi ve o ana kadar yaptığı şeyler, sadece daha fazla savaş için ruhunu kamçılamıştı.

Bu acı, gizli bir köz gibi göğsünü yakıyordu ve bazen geceleri boğazında bir şeyler düğümleniyordu; o kadar ki sakinleşmeye çalışırken öksürüp ter döküyordu. Kraliyet Yatağı'nda tek başına yatarken, utanç verici bir huzursuzlukla oradan oraya dönüyor, yumruklarını sıkıyor, zor nefes alıp veriyor, sonunda bitkin bir hâlde kendini bırakıyordu. Sonra aklına büyücülüğe dair şeyler geliyor, yerinden kalkıp süitin köşesinde duran Blanche'ın sunağında dua ediyordu.

Sabahları olanları zor hatırlıyordu ve her seferinde düşmanlarını yenmek için daha güçlü bir hırsla uyanıyordu.

18 Şubat Çarşamba günü, sıkıntılı, kötü bir geceden sonra yatağından kalktı ve öfkeli bir tavırla, gelip kendisini giydirmeleri için silahtarlarına seslendi. Başı ağrıyordu ve geç kalktığı için sinirliydi. Parlamento o gün sabah sekizde açılacaktı ve hemen Westminster'a gitmesi gerekiyordu. Yeni topladığı Avam Kamarası olması gerektiği şekilde davranıyordu; ama sürekli olarak rehberliğe ihtiyaç duyuyordu.

Savoy'dan ayrılırken, mabeyincisini çağırdı ve ona, bugün Kenilworth'tan gelecek olan Leydi Philippa'yla Leydi Swynford için Monmouth Kanadı'nı hazırlamasını emretti. Mabeyinci şaşırmıştı. Leydi Swynford daha önce Monmouth Kanadı'nda kalmamıştı ve Savoy'un diğer tarafındaydı. Dük, adamın gözlerindeki şaşkın pırıltıları fark edince Katherine'e karşı hissettiklerinin kafasını karıştırdığını anladı. Ama geceleri yaşadığı aşağılayıcı krizleri kimsenin görmesine izin vermeye niyetli değildi ve aşka ayıracak zamanı da yoktu.

Hemen atına atladı ve peşinde iki silahtarıyla, doludizgin Westminster'a yöneldi.

Günlük toplantıdan sonra akşam yemeğini birçok lordla birlikte Salon'da yedi. Percy Northumberland sağ tarafında oturuyordu. Wyclif'in ertesi gün St. Paul'de yapılacak duruşması ve Piskopos Courtenay'ın gösterisi hakkında konuşuyorlardı.

"Ancak" dedi Dük, kaliteli şarabından zevksiz bir yudum alırken, "ılımlı davranmalıyız, Percy. Wyclif için en iyi avukat kendisi olmalı."

Northumberland sinirli bir tavırla omuzlarını sarkıttı ve silahtarı olarak kendisine hizmet eden oğlunun uzattığı tabaktaki dumanı tüten mersinbalığından bir parça aldı. Baron parçayı ağzına tıktı, acıyla yüzünü buruşturdu ve balığı yere tükürdü.

"Lanet olasıca! Dilim yandı!" Genç Percy'nin kulağını sertçe yakaladı.

On üç yaşındaki oğlu da kendisi gibi asabiydi. "Benim hatam değildi, baba, üstelik domuz gibi tıkınıyorsun!" diye bağırdı çocuk, tabağı yere fırlatırken.

Baba ve oğul öfkeyle birbirlerine baktılar. Tüniklerindeki mavi Percy aslanları her an birbirlerine saldırmaya hazır gibi görünüyordu. Sonra Baron varisini omzundan yakaladı ve kirli zemine doğru itti. "Seni kendini bilmez serseri!" diye bağırdı, poposunu tokatlarken. Dük'e döndü. "Hiç böyle bir şey gördünüz mü? Kendi babasına itaatsizliğe cüret ediyor!"

"Aslını isterseniz, oğlunuz İskoçya'yı hizada tutmakta yararlı olacak bir kişilik sergiliyor" dedi Dük, kendi oğlu Henry'nin mükemmel terbiyesini düşünürken.

"Evet, İskoçlar" dedi Northumberland, yanan ağzını şarapla serinletirken. "Ama önce Londra'yı hizaya sokmalıyız."

"Şehrin özgürlükleriyle oynayamazsınız" dedi Dük kesin bir tavırla. Bunu daha önce de konuşmuşlardı. İngiltere'nin yeni Mareşal'i olarak Percy, sürekli olarak şehri istediği gibi yönetememekten şikâyet ediyordu.

"Kümes hayvanları!" diye bağırdı Percy. "O sıradan doğumlu tüccarlar... özgürlüklere ne hakları var ki? Bırakın da onların iğne-iplikleriyle vali ilgilensin; bunun için çok uygun biri."

"Valiliği kaldırıp kendinizi şehrin tek yöneticisi ilan ederseniz, sizce Londralılar itaat eder mi?"

"Buna mecburlar! Yasayı, Parlamento'ya, onları temsil eden Avam

Kamarası'na dayatın. Bunu yapacak kadar size hayranlar!"

Dük bakışlarını kaçırdı. Lordun güçlü sesi kulaklarını tırmalıyordu. Bütün sabah kendisini rahatsız eden baş ağrısı tekrar başlamıştı. Uykusunun geldiğini hissederek yerinden kalktı.

O gün öğleden sonra geç saatlerde Londra kilisesinin çanları Vespers için haber verirken, Dük ve Lord Percy, Aldersgate'teki Percy malikânesine yöneldiler. Burası St. Paul'ün birkaç yüz metre ötesindeydi ve karargâh olarak kullanılmasına karar verilmişti.

Westminster'dan şehre giderken, Dük, adamlarından bazılarını ve Birader William Appleton'ı almak için Savoy'a uğramıştı. Artık Dük'ün gözündeki eski yerine yükselmiş olan Franciscan, Wyclif'in savunucularından biri olacaktı. Diğer üçü; bir Carmelite, bir Dominican ve bir Austin, onlarla Percy'nin "hanında" buluşacaklardı.

Dük ve Percy, takipçileriyle birlikte Pater Noster'dan geçerek St. Paul'e yaklaşırken, yağmur serpiştirmeye başladı. Küçük dinî binalar gece olduğundan kapanmıştı ve sokaklar neredeyse ıssızdı; çünkü halk evlerinde ateşlerin başına çekilmişti.

West Chepe'de geniş pazar alanını geçtiler. Bütün tezgâhlar kapanmıştı ve sessizliği sadece ahırlardaki sığırlar bozuyordu. St. Martin'e saptılar ve Demirciler Salonu'nun yakınında, sokağın daraldığı yerde, Gri Keşiş aniden gölgelerin arasında duran üç kişiyi gördü. İrkilerek üzengilerinin üzerinde dikildi ve Dük'ün omzunun üzerinden baktı. İki siyah cüppeli rahiple koyu renk rahip cüppesi giymiş daha kısa boylu üçüncü adamın görüneceği kadar ışık vardı. Atlıların yaklaştığını gördüklerinde üçü duraksadı ve bir an şaşkınlıkla tereddüt etti. Birader William, üçüncü adamın kol ağzına soktuğu beyaz bir şeyin pırıltısını seçebildi.

"Lordum!" diye bağırdı Gri Keşiş. "O adamı yakalamalıyız!" Katırını mahmuzladı ve şaşkın Dük'ün yanından hızla geçti. İki rahip oldukları yerde bocaladı ve cüppelerinin eteklerini toplayarak, bacaklarının elverdiğince hızlı bir şekilde Aldersgate yönünde koşmaya başladı. Üçüncü rahip arkalarında çılgınca topallıyor, başını oraya buraya çevirerek sığınacak bir yer arıyordu.

Tam ara sokaklardan birine dalmak üzereyken, Keşiş ona yetişti ve uzun kolunu uzatarak adamın cüppesini sıkıca yakaladı.

Karşı koyan adam tam kendini kurtarmak üzereyken, Dük atını dörtnala koşturarak yetişti ve eyerden eğilerek adamın bileğini tuttu. "Neler oluyor, Birader William?" diye bağırdı Dük, adamın bileğini daha sıkı kavrarken. "Bu küçük soytarıyla ne tür bir oyun oynuyoruz? Bu kadar spor meraklısı olduğunu hiç bilmezdim."

Keşiş katırından yere atlamıştı ve adamın yakasına yapışmıştı. Beyaz bir parşömen rulosunu çıkardı ve loş ışıkta hemen taradı.

"Bu adam, Lordum, St. Paul'ün kapısındaki yazıyı yazan adamdır" diye bağırdı.

Dük şaşırdı, elini gevşetti ve aniden kendini kurtarmayı başaran adam tam kaçacakken, diğerleri yetişerek etrafını sardı. Adam tam ortalarında durarak kukuletasını başına geçirdi.

"Bağlayın" dedi Dük ölümcül bir sükûnetle. Bir silahtar öne atılarak adamın bileklerini deri bir kayışla arkasından bağladı.

"Onu benim yerime götürün!" dedi Lord Percy. "Bu serseriyle orada ilgileneceğiz."

Adam aniden dile geldi. "Bunu yapamazsınız!" diye bağırdı. "Bana dokunmaya hakkınız yok! Haklarımı biliyorum. Şehrin korumasına sığınıyorum!"

Demirciler Salonu'nun ötesindeki evlerden birkaç baş temkinli tavırlarla dışarı uzandı.

"Kes sesini!" diye gürledi Percy. "Götürün onu!"

Adamı tutup Percy'nin evinin kapısına götürdüler. Dük ve Percy arkalarındaydı. Avlu kapısı arkalarından kapandıktan sonra adamı evin içine sürükleyip Salon'un zemine attılar. Adam yavaş hareketlerle önce dizlerinin üzerinde doğruldu, sonra ayağa kalktı. Olduğu yerde sallanıyordu; çenesini göğsüne gömmüştü ve bağlı ellerini arkasında açıp kapıyordu.

İki lordun da adamları etrafını sararak meraklı gözlerle ona bakarken, daha fazla cezalandırmak için heveslilerdi; ama zaten adamın uzun burnundan kan süzülüyordu ve kel başının tepesinde kestane büyüklüğünde bir şişlik vardı.

"Onu zindana atmadan önce burada kırbaçlayalım" dedi Percy zevkle. "Bu arada, suçu ne?" Bir metre kadar ötede durduğu yerden adamı baştan aşağı süzen Dük'e döndü.

Dük cevap vermeden elini Keşiş'e uzattı ve Birader William büyük parşömen parçasını ona verdi.

"Bana bir ışık getirin" diye emretti Dük. Bir uşak meşalelerden birini kapıp koşarak yanına geldi. Mırıltılar ve hareketlilik azaldığında Salon sessizleşti ve Dük yazılanları okudu. Sonunda başını kaldırıp diğerlerine baktı. "Bu kez, görünüşe bakılırsa, ben -John Gaunt- soylu doğmadığımdan ve dolayısıyla onursuz olduğumdan gizlice Fransa Kralı Charles'la İngiltere'yi kendisine satmak için anlaşma yapmışım."

Hayret nidaları yükselirken, Percy'nin yüzü daha da kızardı; ama kimse yerinden kıpırdamadı. Dük meşaleyi uşağın elinden aldı ve mahkûma doğru eğildi.

"Yüzünü göreyim!"

Adamın dizleri titremeye başladı, omuzlarını kaldırarak başını göğsüne daha da bastırdı ve yırtılan ipek gibi bir nefes sesi çıkardı.

Dük adamın çenesinin altına bir yumruk atarak başını kaldırmasını sağladı ve meşale ışığında yüzüne baktı. Aniden uzanıp adamın ince boğazını yakaladı. Adem elmasının üzerinde beyaz bir yara izi vardı.

"Demek *sensin*, Pieter Neumann" dedi Dük sakince. Meşaleyi uşağa geri verdi. "Otuz yıl önce Windsor'da bir çocuğun bıraktığı yara izini hâlâ taşıyorsun."

"Ne demek istediğinizi bilmiyorum, Majesteleri. Benim adım Johan; Johan Prenting. Norvich'ten. Bu yara izini Fransa'da aldım ve İngiltere için orada iyi savaştım, Majesteleri. Parşömende ne yazdığını bilmiyorum; St. Bart'taki rahipler yazdı. Benim kötü bir niyetim..."

"Yalan söylüyor, Lordum" diye araya girdi Birader William. "Çünkü parşömene yazarken onu kendim gördüm."

"Yalan söylüyor" dedi Dük. "O daima yalan söylerdi zaten. Hep yalan söyledi. Hep yalan..." diye tekrarladı; ama Keşiş bu tekrarlar sırasında Dük'ün sesinin titrediğini fark etmişti. Bu, onu şaşırttı. Dük ne konuda şüphe etmiş olabilirdi ve bu ikisi arasındaki daha önceki bağlantı neydi?

"Onu asalım!" diye bağırdı Lord Percy sonunda durumu kavrayarak. "Onu avluya götürün!" Adamlarından dördü öne çıktı.

"Durun!" dedi Dük elini kaldırarak. "Onu gözden uzak bir yere götürüp zindana atın. Önce onunla yalnız konuşacağım."

Percy'nin adamları mahkûmu mutfaklardan geçirerek kilere indirdiler ve karanlık zindana sürüklediler. Burada el ve ayak bilekleri geçirildiğinde mahkûmu mıhlayan tahta bir işkence aleti vardı. Adamı işkence aletine yerleştirdiler.

Dük peşlerindeydi. Esir homurdanıp lanetler yağdırırken ve duruşunu rahatlatmaya çalışırken, ifadesiz bir yüzle izliyordu. "Şu halkaya bir meşale bırakıp gidin" dedi Dük. Percy'nin adamları emre uydu. Demir kapıyı kapatan Dük, duvara yaslandı.

"Şimdi acı çekiyorsun, Pieter Neumann" dedi, "ama eğer bana gerçekleri söylemezsen, ölmeden önce bundan çok daha fazla acı çekeceksin. Annenin kesesini çalıp Windsor Şatosu'ndan kaçtığın günden beri nerelerdeydin?"

Pieter'ın bakışları paslı zincirlere ve işkence aletlerine kaydı. "Flanders'da" dedi asık yüzle.

"Tam olarak... nerede?"

"Sizin doğduğunuz St. Bavon manastırında, Majesteleri. Bana yazı yazmayı oradaki rahipler öğretti." Manastırdan söz ettiğinde Dük'ün yüzünde beliren hafif değişikliği fark edince içinde sinsice bir umut yükseldi. Çenesini işkence aletinin üst kısmına dayayarak bekledi.

"Seni Londra'ya getiren nedir?"

Pieter hızlı düşündü. Manastır kilisesinden altın bir şamdan çaldıktan sonra Flanders'dan kaçmış, Norfolk'tan bir balıkçı teknesine binmiş ve yetenekleri için daha geniş alanlar bulabileceğini bilerek buraya gelmişti. Hayal kırıklığına uğradığı söylenemezdi. "İngiltere'yi tekrar görmek için sabırsızlanıyordum" dedi, "zavallı annemin öldüğü ülke. Sizi de sevip büyüten annem, Isolda, Lordum..." diye ekledi zayıf bir iniltiyle.

Dük'ün nefesleri hızlandı ve adama doğru eğilerek bağırdı. "Bu yazıları yazman için sana kim para ödedi? Kim*?!*" Adamın zayıf omzunu tuttu ve kemiklerini çatırdatana kadar sıktı.

Adam acıyla inleyerek kıvrandı. "Courtenay" diye inledi sonunda.

Dük doğruldu. "Tanrım" dedi. "Londra Piskoposu bile bu kadar alçalabilir mi?"

"Beni serbest bırakırsanız, Lordum, başka bir yazı daha yazabilirim" diye fısıldadı Pieter. "Kesinlikle değiştirilmiş filan olmadığınızı ve..." Aniden sesi kesildi ve umutsuzca bağırdı. "Ah! Majesteleri, merhamet edin, hayır, hayır, yapmayın!" Meşale ışığında, Dük'ün gözlerinde beliren ölümcül pırıltıları açıkça görmüştü.

John kollarını göğsünde kavuşturdu ve ıslak taş duvara dayandı. "Orada savunmasız bir kümes hayvanı gibi çaresizce dururken, Kral'ın oğlunun seni öldüreceğini mi sanıyorsun, zavallı Pieter? Hayır, öyle ölmeyeceksin sen; ama nasıl öleceğine de henüz karar vermedim." Sakince gülümseyerek döndü.

"Majesteleri, sevgili Lordum, beni burada böyle bırakmayın. Ellerim ve ayaklarımın üzerinde emekleyip ayaklarınızı öper, sizi..."

Dük demir kapıyı açtı ve zindandan çıkarak kapıyı gürültüyle arkasından kapatıp sürgüyü çekti. Şarap fıçılarının arasından geçerek mutfağa tırmanan basamaklara ulaştı. Oradan Pieter'ın isterik çığlıklarını artık duymuyordu.

* * *

Katherine ve yol arkadaşları, o gün öğleden sonra Savoy'a geldi. Mabeyinci onları Dış Avlu'da karşıladı ve Majesteleri'nin bu gece burada olmayacağını, şehirde Lord Northumberland ile birlikte kaldığını açıkladı. İki leydi için de herhangi bir mesaj bırakmamıştı ve Majesteleri'nin ertesi gün döneceğinden de şüpheliydi; çünkü St. Paul'deki duruşmadan sonra akşam yemeğini şehirde yiyeceğini biliyordu.

Philippa belirgin bir şekilde rahatladı. Demek şimdilik evlilik konuşmaları olmayacaktı.

Ama Katherine mabeyincinin ardından Monmouth Kanadı'na giderken, zor adım atıyordu. Eğer Savoy'dan kendisini bu kadar uzaklaştırarak ilişkilerinin bundan böyle nasıl olması gerektiği yönünde bir işaret veriyorsa, neden Dük onu buraya çağırmıştı ki?

O gece bir daha süitinden çıkmadı ve yatağa sırtüstü uzanıp bakışlarını gölgelere dikti.

Ertesi gün Hawise'e haber göndererek Robin'i silahtar koğuşundan almasını emretti ve genç adam geldiğinde, Katherine ona bugün katedraldeki duruşmaya katılmayı planladığını söyleyerek kendisine eşlik etmesini istedi. Ne şartlar altında olursa olsun John'ı tekrar görmesi gerektiğini hissediyordu ve o zaman belki aralarındaki sorunun ne olduğunu anlayabileceğini düşünüyordu.

Robin mutlulukla kabul etti. Katherine'e herhangi bir yere giderken eşlik etme fikri karşısında gözleri parlamıştı; ama özellikle böylesine heyecan vaat eden bir olay daha da sevindiriciydi.

Hawise hoşnutsuzca homurdandı. "Çok genç ve deneyimsizsin, evlat. St. Paul'de bugün büyük bir kalabalık olacak. Leydiyi orada koruyabilir misin?"

"Bunu kesinlikle yapabilirim, seni yaşlı kuşkucu" dedi Robin, Hawise'in çenesinin altına parmağıyla dokunarak. "Gerekirse" dedi Katherine'e özlem dolu bir bakış atarak, "onun için hayatımı bile seve seve verebileceğimi biliyorsun."

"Hah!" dedi Hawise gülümsemekten kendini alamayarak. "Lafla peynir gemisi yürümez. Hayır, Leydim, o elbiseyi giymemelisiniz!"

Onları pek dinlemeyen Katherine, yolculuk sandığından muhteşem kayısı rengi kadife elbisesini çıkarmıştı ve ermin şeritlerini düzeltiyordu.

Şaşırarak başını kaldırıp baktı ve kızardı. Kendini güzel göstermeye çalışırken güdülerini izliyordu; ama Hawise'in haklı olduğunun farkındaydı.

"Eski gri yünlünüz ve sade kırmızı üstlüğünüz" dedi Hawise, giysileri sandıktan alıp silkelerken. "Fark edilmek istemiyorsanız, en iyi seçeneğiniz bunlar." Dük'ün saray kapısının üzerinde asılı olan büyük armasının üzerine konan bir kuzgun yüzünden içinde beliren kötü hislerden söz etmedi. Hanımının sıkıntısını ve hareket isteğini anlıyordu; ama huzursuzdu. Katherine'i yanağına kocaman ve hızlı bir öpücük kondurup gönderdikten sonra istavroz çıkardı ve aniden içinden gelerek dua etmek için sarayın şapeline yöneldi.

* * *

Katherine ve Robin, St. Paul'e erken gelmişti; ama daha şimdiden tıklım tıklımdı. Vali, şehir meclisi ve meclis üyelerinin eşleri ön sıraları doldurmuştu; etraflarında büyük loncaların üyeleri ayakta duruyordu: Şarapçılar, demirciler, kumaşçılar, bakkallar... Hepsi rozetlerinden tanınıyordu.

Ana nef, huzursuz bir kalabalıkla ağzına kadar doluydu. Deri giysili çıraklar, hancılar, memurlar ve çok sayıda rahip de vardı. Metal göğüs zırhları ve uzun sadaklarıyla profesyonel okçular ve hatta yolculukları arasında merkez limana uğramış olan gür sakallı denizciler bile gelmişti. Tabii fahişeler ve dilenciler de geri kalmamıştı. İngiltere'deki en büyük nef, St. Paul'deydi; ama piskoposlarının Lancaster Dükü'ne meydan okuyuşunu izlemek isteyen bütün Londralıları almaya yetmezdi. Pencere pervazlarına, sütun kenarlarına tüneyenler vardı ve insanlar gelmeye devam ediyordu.

Robin, Katherine'i duruşmayı rahatça izleyebileceği kadar önlerde bir yere getirene kadar onu bunu dürttü, itti, kandırdı ve tehdit etti. Bütün piskoposlar, daima barış adamı olduğu için şimdi huzursuz görünen, nazik ve yaşlı Canterbury Başpiskoposu Sudbury'nin etrafında toplanmıştı. Robin iki eliyle Katherine'in belini tuttu ve bu özgürlükten dolayı biraz kızararak onu iki demir çubuk arasındaki yüksek bir yere kaldırdı.

Katherine önce Blanche'ın lahdine baktı ve onun bölümünü örten taş tavanla demir parmaklıkları görebildi; ama güzel kaymak taşı yüzünü göremedi. Ama Blanche'ın yakınında olmak onu yine de biraz rahatlatmıştı.

Uzun bir süre beklerken, kalabalık giderek huzursuzlaşıyordu. Ayaklar yere vuruluyor, sabırsız ıslıklar yükseliyordu ve sonunda St. Paul'ün kulesindeki büyük çan çalmaya başladı.

Katherine öne eğildi ve Londra Piskoposu William Courtenay'ı gördü.

Piskopos, asasını bir kol boyu mesafede tutmuştu ve fethettiği insanların önünde eğilmesini bekleyen bir Romalı general gibi duruyordu.

Sonra büyük kapıdan gelen bağırışları duydu. Diğer bin kadar başla birlikte o da dönerek ana nefe baktı. Üzerinde mavi aslanlar bulunan zırhıyla, tıknaz bir adam gördü. Beyaz asasını sallayarak bağırdı. "Çekilin yoldan, sizi sersemler!" Kollarını hızla savurdu ve Katherine onun, adamın birinin başını yumrukladığını gördü.

"O kim?" diye sordu Katherine.

Robin parmak uçlarında yükselerek cevap verdi. "Percy; elindeki de mareşallik asası. İnsanlar ona yol açmadı."

Londra Piskoposu koro basamaklarından indi ve öfkeyle Percy'ye seslendi: "Tanrı'nın Evi'ne bu nasıl bir giriş? Hemen asanı indir yoksa St. Paul adına, seni dışarı atarım!"

Katherine cevabı duyamadı; çünkü Percy'nin arkasında John'ı görmüştü. Dük, batı penceresindeki vitraylı camdan süzülen kehribar rengi güneş ışığının altında ayakta duruyordu. Kol ağızlarındaki kırmızı ve mavi kadife, göğsündeki üç ermin şerit, üstlüğündeki zambaklar ve leoparlar, tacının altını, sapsarı renkle parlıyordu ama sanki yüzündeki parıltı hepsini bastırır gibiydi. Katherine alçakgönüllülükle ezilirken, böyle bir adamın kendisini sevmesini beklemeye cüret ettiği için utanç duydu.

Ama sonra Dük öne çıktı, Percy'nin yanından geçti ve hızlı adımlarla koro basamaklarına yaklaştı. Katherine söylenenleri duyamıyordu; fakat Piskoposa bağırarak bir şeyler söylediğini gördü. Piskopos da bağırarak karşılık verdi ve birbirlerine öfkelerini kustular.

Dük, mırıldanan insanların arasına daldı ve Wyclif'le dört keşişi öne çıkardı. Rahip bakışlarını yerden kaldırmadan yürürken, kalabalık saygıyla geri çekildi; birçoğu onun vaazlarını dinlemişti ve birçoğu ona hayranlık duyuyordu. Korktukları kişi Wyclif değildi.

Wyclif duruşma yerine geçtikten sonra kalabalık tekrar öne çıktı. Görebilmek için birbirlerinin omuzlarına tırmanıyorlardı. Katherine'in görüşü engelleniyordu ama neler olup bittiğini anlıyordu çünkü öndekiler arkadakilere sesleniyor, mırıltılar kilisede rüzgâr gibi yayılıyordu. "Dük, Wyclif için oturabileceği bir şey istedi! Piskopos izin vermiyor!" "Şimdi Percy yumruğunu Piskoposun yüzüne sallıyor." "Başpiskopos onları sakinleştirmeye çalışıyor; ama kimse onu dinlemiyor." "Tanrı aşkına, Lancaster..."

"Ah, neler oluyor?" diye haykırdı Katherine sıkıntıyla. Her taraftan yükselen "Lancaster" mırıltılarından başka bir şey duyamıyordu.

"Bilemiyorum" diye bağırdı Robin. "Leydim, sizi buradan çıkarmalıyım..." Ama Katherine'i kalabalığın arasından geçirmesinin mümkün olduğunu sanmıyordu.

Deri giysili iri yarı biri bağırdı. "Dük, Piskoposumuzu tehdit edi... Tanrım, kılıcını çekti... Lancaster onu..."

"Öldürecek! Öldürecek! Öldürecek!" Bir kâbusun mantıksız tekrarlamaları gibi, bin ses kelimeyi tekrarladı. Kalabalık yaslanırken ön taraftaki ahşap duvarlarından biri çatırdadı ve bir kadın çığlık attı.

"Çabuk!" diye bağırdı Robin. "Şu kapıyı deneyelim." Katherine'i yerinden aldı ve sol koluyla sıkıca sararak duvar boyunca küçük bir kapıya doğru sürükledi. Açık olduğunu gördüğünde alnından bir ter damlası süzüldü. Katherine'i kapıdan itti. Avlulara çıkmışlardı. Oradan büyük bir kapı öne avluya açılıyordu ve çok geçmeden Watling Caddesi'ne çıktılar.

Katherine silahtarına sorgusuzca itaat etmişti; çünkü kalabalığın gürültüsünden o kadar korkmuştu ki ne düşüneceğini bilememişti. Ama dışarı çıktıklarında Robin'in kolunu sıkıca tutarak bağırdı. "Ona ne olacak? Tanrım, onu böyle bırakıp gidemeyiz!"

"Dük'ümüze bir zarar gelmez" diye bağırdı Robin, alnını giysisinin koluna silerken. "Sizi güvenli bir yere götürmeliyim; orada kalmak delilik olurdu ve bir yararı da olm..."

"Evet, evet" dedi Katherine, "beni Billingsgate'teki Pessonerlere götür. Acele et, Robin, çabuk, böylece geri dönebilirsin..."

Robin hemen başıyla onayladı ve birlikte sokaklardan Köprü'ye doğru koşup balıkçının Thames sokağındaki evine geldiler.

"Leydi Katherine!" diye bağırdı Dame Emma, çılgınca vurulan kapıya cevap verdiğinde.

"Burada kalmama izin verin" dedi Katherine nefes nefese bir hâlde. "Robin, sen hemen geri dön ve olanları izleyip bana anlat..." Parlak ateşin yanında bir yere çökerek soluklanmaya çalıştı.

Dame Emma yalnızdı. Çocuklar balıkhanede çalışıyordu ve hizmetkârların hepsi bira mayası hazırlıyordu. Katherine'i rahat bir yere yerleştirdikten sonra Dame Emma kurutulmuş adaçayı almak için kilere gitti; çünkü böyle stresli durumlarda çok iyi gelirdi. İçecek yeterince soğuduğunda içmesi için Katherine'e getirdi; Katherine, Hawise'in bu içeceği hazırlamayı kimden öğrendiğini hemen anlamıştı.

"Tanrım, Leydim, neler oluyor?" dedi sonunda sıcak bir gülümsemeyle. "St. Paul'de bir terslik mi var?" diye ekledi ve gülümsemesi silindi; çünkü kocası Guy ve Jack Maudelyn de duruşmayı izlemek için oraya gitmişti.

Katherine çabucak açıkladı ve Dame Emma başını iki yana salladı. "En azından birilerinin başı ezilecek ve kemikleri kırılacak. Şehir aylardır kızgın bir kazan gibi kaynıyor. Artık son noktasına ulaştı. Umarım iyi yürekli kocam aklını kullanır; ama Hawise'in kocası Jack için pek umudum yok."

Katherine cevap vermedi; ellerini ovuşturuyor, Robin'in dönüşünü umarak bakışlarını pencereden ayıramıyordu. Çayını yudumlarken, alçak tavanlı rahat odada dolaştı ve Dame Emma'nın yanına oturdu. Kadının itirazlarına rağmen fındık kırıp ayıklamasına yardım etti. Dame Emma o beyaz yumuşak ellerin bir zamanlar nasıl kaba ve kırmızı olduğunu düşündü ve hem kendi yüreğine hem de Hawise'in yüreğine dokunan o on beş yaşında, korku içindeki taze gelini hatırladı.

"Leydi Katherine, kızım nasıl?" diye sordu aniden. "Size iyi hizmet ediyor mu?"

"Ah, Dame Emma, ne kadar iyi olduğunu anlatamam! O benim kardeşim, dostum ve ben gerçekten... gerçekten..." Endişeyle gölgelenmiş olsa da gözleri minnetle parladı.

Kadın yünün altındaki narin omzu okşadı ve Hawise'in bu güzel kadını neden bu kadar sevdiğini anladığını düşündü; ama Hawise'in babası anlamıyordu. Jack'in dolduruşlarına gelen Guy, son zamanlarda Hawise'in evine, ailesinin yanına dönmesinin ve Dük'ün metresine hizmet etmekten vazgeçmesinin daha iyi olacağını söylemeye başlamıştı. Üstelik kendisi de iyice zenginleşmeye başladığından, artık Hawise'in aldığı maaştan veya diğer avantajlardan da etkilenmiyordu. Ama Katherine'in nüfuzu olmasa, on yaşındaki Jackie için yaptıkları şeyi yapamayacaklarını da kabul ediyordu. Çocuk Kentli bir şövalyenin evinde uşak olarak çalışmaya başlamıştı ve bir kontun oğlunu bile kıskandıracak kadar giysisi vardı.

Katherine kuruyemişleri bir kenara bırakıp yine pencereye yaklaştı. "Robin geliyor; şu anda St. Magnus kilisesini geçti!" Kapıyı açarak dışarı fırladı.

Bir araya geldiklerinde Katherine dönerek Dame Emma'ya seslendi. "Dük'ün yanında herkes iyimiş! Tanrı'ya ve Kutsal Meryem'e şükürler olsun! Olanları... olanları anlat, Robin."

Genç silahtar güldü ve birkaç fındık alıp ağzına atarak güçlü dişleriyle kırdı. "Geri döndüğümde, Majesteleri ve Lord Percy, yanlarında, Wyclif'le birlikte çoktan kiliseden çıkmıştı. Percy'nin silahtarlarından biriyle konuştum, her şeyin çok güzel bir şaka olduğunu düşündüğünü söyledi. O kargaşa ve bağırışlar arasında, bir sürü piskopos oraya buraya koştururken, kalabalık şaşırmış ve ahşap duvar devrilip hepsini korkutunca herkes ana nefe geri koşmuş."

"Sonra?" dedi Katherine.

"Dük ve Lord Percy, rahip kapısından çıkıp atlarına binerek Cornhill'e yola çıkmışlar. Orada Sir John d'Ypres'le birlikte yemek yiyecekler. Percy'nin silahtarı lordların son derece keyifli olduğunu ve duruşmada yaşananlara çok güldüklerini söyledi."

"Tanrı aşkına" dedi Dame Emma, kaşlarını çatarak. "Bunun sonu iyi olmayacak."

Evet, öyle, diye düşündü Katherine. Ocağın yanındaki üç bacaklı küçük bir tabureye çöktü ve alnını soğuk eline dayadı. Gözlerini kapadığında, St. Paul'ün büyük penceresinin altında duran John'ı gördü. Onun bir tanrı olduğunu düşünmüştü. Şimdi, asla bundan daha az tanrı olamazdı. Asabiliğinde daima kibir vardı; ama hiç böyle olmamıştı. Blanche'ın sessiz mezarının başındaki öfkeli bağırışları ve kılıç şakırtısını düşüdü.

Alevler canlanırken, Katherine onların içinde farklı görüntüler gördü. İlk kez aşkla bir araya geldiklerinde, Les Landes'de yüzünün nasıl nazik olduğunu hatırladı; sonunda Kenilworth'a geldiğinde bebekleriyle oynarken nasıl güldüğünü gördü. Ama bu kişisel şeylerin dışında, şefkatini ne kadar sık gösterdiğini düşündü. Üç yıl önce Leicester'da güney kapısındaki bir sokaktan geçerlerken, yaşlı ve deli bir adam kapının gölgesinden fırlayıvermişti. Dük'ün pelerinini tutan yakut broşu kaparken, kirli tırnaklarıyla John'ın yanağını yaralamıştı. Adam, Dük'ün kendi köylülerinden biriydi; ama John yine de ona acıyarak yaklaşmış, muhafızlar adamı tutuklamak istediğinde onları engellemiş, yaşlı adamı Leicester Şatosu'ndaki bir odaya götürmüş sonra da ölene kadar Dük'ün adına bakılmasını ve doyurulmasını istemişti.

Oysa şimdi John'ın içinde nefretten başka bir şey yok gibiydi.

Silahtar ve Dame Emma, ocağın başında oturan düşünceli kadına baktılar. Robin, onu biraz olsun gülümsetebilmek için gri eteğin bir katını çekiştirip duran o küçük eli öpmeye can atıyordu.

Ama Dame Emma'nın aklına gelen şey daha uygulanabilirdi. "Sir Silahtar" dedi, "evin erkekleri dışarıda olduğundan, lütfen kilere gidip şarap testisinin arkasına bakın. Testiyi kenara çekip geçen Noel'de oraya bıraktığım bir şişe şeftali brendisine ulaşmanız gerek. Onu alıp buraya getirin; moral bozukluğuna birebirdir."

Robin avluya çıkıp kilere yöneldiğinde Dame Emma bir rafa uzandı ve oymalı iki gümüş kadeh alarak parlatmaya başladı; alkollü içkiyi asla sıradan bardaklarda sunmayı sevmezdi. Dame Emma tam elindeki bezi toz gümüş cilasına batırırken, dışarıda ayak sesleri duydu ve bir an sonra kapı gürültüyle vuruldu. Heyecanlı bağırışlar arasında Jack Maudelyn'in sesini tanımıştı.

Dame Emma yerinden fırladı ve Katherine'in oturduğu odasının kapısını kapadı. "Burada kalın" diye fısıldadı ve sürgüyü çekti. Damadı içeri daldı.

"Çekil yolumdan, anne" diye bağırdı sabırsızca yürüyerek. "Miğferimi, oklarımı ve yayımı istiyorum; Efendi Guy da mızrağıyla kılıcını istiyor." Pessonerlerin silahlarını sakladığı geçidin kapısını açtı ve duvardaki askılarından heyecanla indirmeye başladı.

"Hayır, o kadar ateşli değil, evlat!" diye bağırdı Dame Emma onu kolundan yakalayarak. "Nedir bütün bu tantana? Efendi Guy nerede?"

"Geliyor." Sadağından bir avuç ok alırken, Jack kadını bir kenara itti. "Uzun yayım nerede? Kaz tüylü oklarım nerede? Şeytan alsın; burayı kim karıştırdı? Bu mızrak da odun kadar kör; neyse fark etmez, yine de işe yarar..." Miğferini başına geçirip sadağını omzuna attı.

"Hangi işe yarayacak, Jack Maudelyn?" diye bağırdı Dame Emma büyük bir güçle.

"Neye olacak, Dük'ün kara kalbini delmeye; tabii Tanrı bana bu onuru bahşederse!" Miğferinin deri kayışlarını bağlamaya çalışıyordu ve Katherine'in kapının arkasından gelen sesini duymamıştı; ama Dame Emma, ateşi karıştıracakmış gibi ocağa koştu. Parmağını dudaklarına bastırarak kararlı bir tavırla başını iki yana salladı.

Katherine yerinden kalkıyordu ama tekrar tabureye çöktü. Kadın geçide dönerek sertçe konuştu. "Bu aptalca konuşmalarla ne söylemeye çalışıyorsun, seni gidi haylaz?"

Jack uzun yayını aldı, mızrağını omuzladı ve kendini haklı gören bir tavırla bağırdı. "Elbette ki John Gaunt ve o orospu çocuğu Percy'nin bir daha asla güneşi göremeyeceğini söylüyorum! Sonunda Londra halkı ayaklandı! Herkes Percy'nin evine yürüyor; sonra da Lancaster'ın peşinden Savoy'a gideceğiz!"

"Jack! Jack!" diye bağırdı Dame Emma, "bu korkunç şeyi yapamazsınız ve yapmaya kalkışırsanız Dük'ün kendi muhafızları..."

Jack küçümseyen bir tavırla kadının sözünü kesti. "Dük'ün kendi muhafızları iki bin kişinin önünde duramaz! Kes şu saçmalıkları, moruk karı, ben gidiyorum. Efendi Guy'a hemen peşimden gelmesini söyle..." Ve mutfaktan hızla geçip evin ön kapısını şiddetle çarparak çıktı.

Katherine ayağa kalktı. Yüzü bembeyaz kesilmişti. "Hemen Robin'i çağırın, çabuk!"

Kadın itaat etti.

Silahtar testiyi getiriyordu; fakat korku içindeki sesi duyunca avludan koşarak geldi ve mutfağa daldı. Katherine odanın ortasında duruyordu ve görünüşü o kadar tuhaftı ki Robin endişeyle haykırdı. Katherine onu sakinleştirmek için başını sertçe iki yana salladı ve gergin bir tavırla konuştu.

"Dinle: İki bin kişilik bir grup, Dük'ün peşinden gidiyor. Onu öldürecekler ama onun Savoy'da olduğunu sanıyorlar. Sen nerede olduğunu biliyor musun?"

Robin'in ağzı açık kaldı; ama Katherine bağırmış olsa, şimdi konuştuğu kontrollü ses tonundan daha güçlü bir etki yapamazdı. "Sir John d'Ypres'in evindeler, Cornhill'de" diye fısıldadı. "Ama Leydim, siz bunu nereden..."

"Önemi yok. Acele et, Robin, onu uyar, Tanrım..." Katherine sesini aniden yükseltti. "Ama nereye gidebilir? Ona şehrin batı tarafından çıkmasını söyle..."

"Böyle bir şeyden kaçmaz ki Leydim" dedi Robin nefes nefese. "Dük bunu yapmaz."

Katherine başıyla onaylarken dudaklarını ısırdı ve umutsuzca konuya konsantre olmaya çalışarak kaşlarını çattı. "O zaman ona küçük Richard'ın da tehlikede olduğunu, nehri geçip Kennington'a gitmesi ve çocuğu koruması gerektiğini söyle. Gitmesini sağla!"

Robin elini sürgüye koyarak döndüğünde, Dame Emma elinde büyük bir bıçakla geldi. "Şunu çıkarsan iyi olur" dedi ve dikiş yerlerinden keserek Robin'in omzundaki Dük armasını söktü.

Silahtar homurdanarak dışarı fırladı. Kapı açıldığında, kadınlar uzaktan gelen uğultuları duydu. "Ludgate'te olmalılar" diye fısıldadı Dame Emma. "Tanrım, bunlar çıldırmış... Sen de öyle Guy le Pessoner!" diye bağırdı, mosmor bir yüzle sokaktan koşturarak gelen kocasını görünce.

"Hayır, yapma!" diye bağırdı Dame Emma, silah bölümüne uzanacağını anladığı kocasını tutup ateşin başına oturmaya zorlarken. "Dışarı çıkıp o haydutlara katılmayacaksın!" Yumruklarını beline koymuş hâlde, kocasına iri iri açılmış gözlerinden öfkeli alevler saçarak baktı. "Seni koca aptal, ne oldu sana böyle, ha? Oraya gidip birilerini öldürecekmiş!" Ateş maşasını alıp kocasının yüzüne savurdu.

"Emma, dur" diye kekeledi Balıkçı. "Bize ne yaptıklarını bilmiyorsun. Londra'nın özgürlüklerini alıp bizi burada köleleştirmeyi amaçlıyorlar. Westminster'da hazır bekleyen bir yasa var; o lanet olasıca Mareşali başımıza getirecekler. Daha şimdiden hiç hakkı olmadığı hâlde birini tutukladı ve zindana attı. Zavallıyı kurtardık ve onu bağladıkları işkence aletini yaktık. Percy'yi aradı..."

"Ve onu buldunuz mu? Hayır, burada kalacaksın!" Dame Emma, maşayı kocasının göbeğine doğru iterek onu oturmaya zorladı.

"Henüz değil; diğer hainle birlikte Savoy'da olduğunu... Kutsal Meryem, bu da kim?" Heyecanlı Balıkçı, öfkeli karısının arkasında bir kilise heykeli gibi duran Katherine'i daha yeni fark etmişti.

Katherine, Dame Emma'nın etrafından dolaşıp öne çıktı ve Balıkçı'ya tepeden baktı. "Lancaster Dükü size şimdiye kadar ne yaptı ki Efendi Guy, ona böyle zarar vermek istiyorsunuz?" diye sordu.

Balıkçı bakışlarını yere indirdi. "Leydi Swynford'un burada ne işi var?" diye geveledi, deri ayakkabılı ayaklarını birbirine kenetleyerek.

"Senin gibi haydutlardan korunmak için buraya kaçtı" diye bağırdı Dame Emma. "Onu kovacak mısın?"

Efendi Guy başını eğdi ve zorlukla yutkundu. "Hayır" dedi sonunda ve iç çekti. "Şu demiri indir, Emma. Artık sakinleşiyorum. Ama bize haksızlık yapıldı; büyük bir haksızlık. Bu haksızlıkları kabul etmemizi mi istiyorsun?" Bir bira testisini almak için ocağa uzandı ve karısı maşayı bırakarak ona bir kadeh getirdi. Efendi Guy birasını içtikten sonra Katherine'e baktı. "Ah, zavallı kızım, senin hakkında kötü düşüncelerim oldu, birçok kez... ama şimdi sana acıyorum. Sakinleşiyorum, bu şüphesiz ama orada... kalabalığın sakinleşeceğini hiç sanmıyorum. Ta ki senin..." Kullanacağı kelime "oynaş"tı; ama Katherine'in yüzündeki ifadeyi görünce vazgeçti. "Lordunu ele geçirene kadar" diye bitirdi, bakışlarını kadehine indirerek.

Katherine ürperdi; ama iğneleyici bir sükûnetle konuştu. "Onu ele geçiremeyecekler, Efendi Guy. Çünkü Tanrı'nın adil olduğunu söylerler ve Dük'ün de en az sizin kadar haksızlığa uğradığını biliyorsunuz."

"Bunlar cesur sözler, hayatım" dedi Balıkçı. "En azından bu dünyada sen onun adına konuşuyorsun."

"Ve onun umurunda bile değil..." diye fısıldadı Katherine arkasını dönerken.

20

Katherine isyan gecesi Balıkçı'nın evinde kaldı. Birkaç saat uyuduktan sonra St. Magnus'un çanları Prime'ı haber verirken panikle yerinden fırladı ve mutfağa koştu. Pessonerler onu nazikçe karşıladı ve son olayları anlattı.

Sonuçta çok fazla zarar verilmemişti. Efendi Guy, Dük ve Percy'nin kaçmayı başardığını açıklarken, Emma çaktırmadan Katherine'e özel bir işaret verdi; çünkü kocasına Katherine'in Dük'ü uyardığını söylememişti.

Görünüşe bakılırsa Piskopos Courtenay sonunda ortaya çıkmış ve huzursuzluğu çok ileri götürdüklerini ve bu cemaatten utandığını söyleyerek isyanın elebaşlarını yatıştırmıştı. Böylece hepsi tek tek evlerine dönmüş, sadece gördükleri her yerde Dük'ün armasını ters çevirmekle ve çamur atıp kirletmekle yetinmişlerdi.

"Dük'ün herhangi bir zarar görmediğine de sevindim" dedi Guy balık pullarıyla kaplanmış deri önlüğünü kuşanırken. "Sonuçta iyi bir iş çıktı; özellikle de Percy'nin evinde haksızca tutulan mahkûmu serbest bırakmamız çok iyi oldu. Mareşal bir daha aynı numaraları deneyemez."

"O mahkûm kimdi?" diye sordu Dame Emma, bir tabak kurutulmuş yumurtayı sessizce oturan Katherine'e doğru iterken.

"Norwich'ten gelen biri. Ben onu görmedim. Söylendiğine göre Dük'ten ölesiye korkuyormuş. Serbest bırakılır bırakılmaz, St. Paul'e sığınmış."

Dame Emma iç çekti. "Ve sen, sersem, bunun Londra'nın sorunlarını sona erdireceğini mi sanıyorsun? Şiddetin ancak şiddet doğurduğunu o aptal kafan almıyor mu? Bu gece olanlardan sonra Dük'ün gülümseyip teşekkür edeceğini mi sanıyorsun?"

Balıkçı dudaklarını büzdü ve inatçı bir tavırla konuştu. "Özgürlüklerimize dokunmamalıydı. Avam Kamarası'nı karşısına almamalıydı."

Dame Emma yine iç çekti. "Farkındaysan halkın şu günlerde sarayda hiç dostu yok." Katherine'in omzunu sıvazladı. "Siz yemiyor musunuz, Leydim?"

"Hayır" dedi Katherine yerinden kalkarken, "beni bağışlayın ama yiyemiyorum. Savoy'a dönemliyim. Leydi Philippa ve Hawise herhangi bir zarar görmediği için Tanrı'ya şükürler olsun! Dün gece onları unutmuştum."

Evet, zavallı kızım, dün gece tehlikede olan tek bir adam dışında her şeyi unuttun, diye düşündü Emma. "Yalnız gidemezsiniz. Onu sen götür Guy, senin yanında güvende olur."

Balıkçı, iskelede kendisini bekleyen bir ringa sevkıyatı olduğunu, çıraklarının gevşek çalıştığını ve Lonca'ya teslim edilmesi gereken bir de morina yükü olduğunu söyleyerek homurdandı; ama sonunda önlüğünü çıkarıp atına atladı ve Katherine'i arkasına aldı. İyi yürekli bir adamdı ve Katherine'in yüzüne hayrandı; ama Hawise'in bu kadına bağlılığının talihsizlik ve hatta tehlikeli bir durum olduğu konusundaki kanaati giderek güçleniyordu. Dük'e yönelen ölümcül nefret, etrafındaki yakınlarına sıçrayabilirdi ve aslında sıçramıştı da. Kendisi korkak olmasa da Guy önceki gece, kızı yüzünden Dük'le olan bağlantısı hakkında söylenenlerden hoşlanmamıştı.

Bir süre sessizce yol aldıktan sonra omzunun üzerinden Katherine'e sordu. "Burada ne kadar kalmayı düşünüyorsunuz, Leydim?" Hawise'i kanunen Leydi Swynford'un yanındaki işinden ayrılmaya zorlayamayacağını ve kızının bunu asla yapmayacağını bildiğinden, en azından buradan uzak kalmalarının daha iyi olacağını düşünüyordu.

"Uzun süre değil" dedi Katherine Balıkçı'yı şaşırtan bir soğuklukla. "Bu sorunu en kısa sürede çözeceğim, Efendi Guy."

"Peki, Kenilworth'a mı, yoksa Leicester'a mı gideceksiniz?"

"Hayır" dedi Katherine, "ikisi de değil. Lincolnshire'a, evime döneceğim."

"St. Simon ve St. Jude!" Guy genç kadına bakabilmek için şişman boynunu zorlayarak döndü. "Dük buna izin verecek mi? Küçük leydilerin mürebbiyesi olarak onunla anlaşmalı değil misiniz? Ve... ve... diğer türde bağlarınız yok mu?"

"Dük'ün beni burada zorla tutacağını sanmıyorum" dedi Katherine gergin bir tavırla. "Kutsal Bakire adına, ben köle değilim ki isteğim dışında beni burada tutsun!"

"Harika!" diye bağırdı Guy, isyanın en azından Katherine'i dikkatli olmaya zorlayacak kadar korkuttuğuna sevinerek. "Bu mantıklı bir plan."

Katherine cevap vermedi.

Küçük St. Clement kilisesinin önünden geçiyorlardı. Katherine, daha önce hiç fark etmeden kilisenin önünden sayısız kez geçmişti; bugün bir bakış attığındaysa, on bir yıl geriye döndü. Verandada bir rahiple saçları dağınık bir şövalye, yanlarında da başına bahçe çiçeklerinden taç takmış bir kız gördü. Kız ve şövalye yan yana dururken, rahip konuşuyordu. "Bugünden itibaren hep sevgiyle... ölene dek..."

Başını çevirdi ve yola baktı; Savoy'a gelene kadar da bakışlarını yoldan ayırmadı. Sonunda Efendi Guy şaşkınlıkla haykırdı; "Tanrım, bakın burada ne yapmışlar!"

Katherine başını kaldırıp sarayın kapısına baktı. Dük'ün bir metrelik boyalı kalkanını yerinden sökmüş, ters çevirerek tekrar çakmışlardı.

"İşte hainlere yapılacak şey budur!" dedi Efendi Guy ve aniden güldü. "Şu leoparlar başları aşağıda, ayakları yukarıda dururken çok komik görünüyorlar." Ve kahkahaları güçlendi.

"Tanrı aşkına; kesin şunu!" diye bağırdı Katherine adamın kolunu sarsarak. "Ona ne yaptıklarını göremiyor musunuz? Kim böylesine ağır yalanlar... ve nefret karşısında kendini tutabilir ki? Onun bir hain olmadığını biliyorsunuz. Tanrı hepinizin belasını versin!" Ve attan aşağı atladı.

Balıkçının ağzı açık kalmıştı. Mızraklarını uzatarak yolu tıkayan iki muhafız, Katherine'i bir süre sorguladılar; ama sonra geçmesine izin verdiler ve Katherine Dış Avlu'da gözden kayboldu. Guy omuz silkti ve umursamaz bir tavırla atını geri döndürerek şehrin yolunu tuttu.

* * *

O gün öğleden sonra başka bir yerde huzur bulamayan Katherine, Savoy'un bahçelerinde yürüyüşe çıktı. Hava soğuktu ve çiçek çalıları gri sisin içine gömülmüştü. Gri yünlüsünün üzerine sincap kürklü bir pelerin sarmıştı. Terk edilmiş tuğla patikalarda yürürken ve yeni verdiği kararı düşünürken üşümüyordu da zaten.

Yarın buradan ayrılacaktı. Hawise ve Kenilworth'tan gelen hizmetkârlarla birlikte hemen geri dönecekti. Oradan çocuklarını alıp çabucak Lincolnshire'a, Kettlethorpe'a geçecekti.

John, iki bebeklerini Kenilworth'un lüksünden uzaklaştırdığı için bir süre rahatsız olabilirdi; fakat artık ne onlarla ne de kendisiyle eskisi kadar ilgilenmediğine göre, itirazları sadece formalite icabı olacaktı. Philippa ve Elizabeth'e karşı görevlerini yerine getirmemekle de suçlayamazdı. Yeni bir mürebbiye atanana kadar, Savoy'daki Leydi Dacre, Philippa'yla ilgilenmekten memnunluk duyardı; *ama muhtemelen benden kurtulduğu için daha çok memnun olur,* diye düşündü Katherine. Dük ortalıkta olmadığında hanımların çoğunun kendisine küçümseyerek yaklaştığının gayet farkındaydı. John'ın sevgisi ve koruması altındayken, bunlara kolaylıkla aldırmamıştı.

Ama artık işler değişmişti.

Buzlu çalıların arasında ileri geri yürürken, zihninden sert ve pratik düşünceler geçiyordu. Eğer Dük izin verirse Katherine kendisine verilmiş olan toprakları ve gelirleri elinde tutacaktı çünkü bunu çocuklarına borçluydu; zira Kettlethorpe'u onlar için yaşanabilir hâle getirmesi gerekiyordu. Ama başka bir şeye ihtiyacı yoktu. Yine savunmasız ve yalnız kalacaktı; ama en azından bu istenmeyen aşkı kalbinden söküp atacaktı.

Aniden Pirenelerdeki şapel harabelerinde Dük'ün kendisine verdiği yüzüğe baktı. Nişan yüzüğü. Şeffaf safir taşa baktı; bu taş, sadakati temsil ederdi.

Dişlerini sıkarak yüzüğü parmağından çıkardı ve nehir kıyısına doğru yürüdü. Mermer iskelede durarak yüzüğü nehre doğru uzattı ve siyah sulara baktı.

"Hayır... bunu yapamam" dedi bir an sonra nehre arkasını dönerek. Yüzüğü üzerinde kendi armasının bulunduğu kırmızı kesesine attı: Catherine Tekerleklerine yerleştirilmiş Swynford yaban domuzları; bu armayı Dük onun için kendisi yapmıştı.

Yani kendi başıma bir hiç miyim? diye düşündü acıyla. *Onun anılarından uzakta yaşayamaz mıyım?*

Taş banka oturdu ve Lambethmoor tepeciklerine baktı. Sis yoğunlaşmıştı ve nehrin aşağı kısmında, soluk limon sarısı ışık Londra üzerinde gözden kaybolmak üzereydi. Kiliselerin çanları tek tek Vespers'ı haber vermeye başladı. Oturduğu yerde huzursuzca kıpırdandı. Çanların tanıdık çağrısı onu rahatsız ediyordu. Pazar gününden beri ayine katılmamış, haftalardır Kutsal Ayin'e gitmemişti; çünkü artık hiçbiri onu rahatlatmıyordu. Ruhsal şeyler içinde boş ve soğuk bir hâle gelmişti.

Çanların sesi kesilirken, nehirden yaklaşan kürek sesleri duyuldu ve sonunda iskeleye yakın bir yerde sisin içinden bir mavna çıktı. Katherine kendisine bakılmasını istemeyerek basamaklara yöneldi; ama hevesli bir ses ona seslendi: "Leydi Swynford, siz misiniz?"

Döndüğünde, Robin'in eski şapkasını ve tüniğini tanıdı. Silahtar, mavnanın pruvasından el sallıyordu. Katherine basamaklardan indi ve kürekçilerin tekneyi iskeleye yanaştırmasını bekledi. "Demek geri döndün" dedi

Katherine sakince. "Dün geceki işi çok iyi becerdiğini duydum, Robin."

Delikanlı iskeleye atladı. "Beni sizin için gönderdiler, Leydim. Hemen benimle birlikte Kennington'a gelmeniz gerekiyor."

"Hayır..." dedi Katherine ciddi bir yüzle. Kukuletasının gölgesinde yüzü inci gibi sert parlıyordu ve gözleri sisten daha soğuktu.

Robin, sorumlu olduğu en değerli varlık olarak gördüğü güler yüzlü kızın, bir yabancının gözleriyle bakan sert bir kadına dönüşmesinden hem rahatsız olmuş hem de buna şaşırmıştı. "Ama Leydim" diye kekeledi. "Bu, bir emir... Kennington Sarayı'na çağrıldınız."

"Majesteleri çok nazik" dedi Katherine. "Ona, bir nedeni olduğunda nezaketini göstermekten asla geri kalmadığını bildiğimi ama kendisini uyarmak için seni gönderirken, en düşük seviyedeki uşağının yapacağından daha fazlasını yapmadığımı söyle lütfen!"

Robin gözlerini kırpıştırdı ve deri ayakkabısının ucuna bakarak mutsuz bir tavırla konuştu. "Sizi çağıran Majesteleri değil."

Çanlar susmuştu ve iskele artık sessizdi. "Kim çağırdı o hâlde?" diye sordu Katherine.

"Prenses Joan, Leydim; Prens Richard'ın adına hemen gelmenizi emretti."

"Ne için?" dedi Katherine kendinden daha az emin bir tavırla. "Ben Prenses'le hiç karşılaşmadım bile; neden beni çağırtsın ki? Robin, Majesteleri de Kennington'da değil mi?"

"Evet, öyleydi. Sanırım Percy'yle birlikte bir süite kapandı. Dün gece nehri geçtiğimizden beri onu hiç görmedim. Leydim, size yalvarıyorum, acele edin. Prenses çok endişeliydi."

İngiltere'de kraliçe olmadığından, Prenses Joan en yüksek hükümdardı ve kesinlikle emrine itaat edilmeliydi. Katherine, Robin'in kendisini bekleyen mavnaya bindirmesine isteksizce izin verdi. Kürekçiler işe koyuldu ve tekneyi akıntıya ters yönde sürmeye başladılar. Westminster'ı geçip Lambeth kıyısına yanaşarak Kennington iskelesinde indiler.

Galler Prensi'nin öldüğü küçük kır sarayına uzanan teraslı patikayı yürümeye başladılar. Robin, Katherine'i bir avludan geçirip Prenses Joan'ın kameriyesine çıkardı. Bir nedime Katherine'i orada karşıladıktan sonra yalnız bıraktı.

Oda bir mücevher kutusunu andırıyordu; duvarlara boyalı ipekler asılmış, yere parlak çiçek desenli bir İran halısı serilmişti. Mobilyalar altın kaplamaydı ve kristallerle süslü bir altın kafeste iki beyaz kuş ötüşüyordu.

Katherine kuşlara bakarken, Prenses aceleyle içeri girdi ve son derece sıcak bir tavırla yaklaştı. "Hoş geldiniz, Leydi Swynford, ben de sizi bekliyordum!" Uzattığı şişman eli o kadar çok elmasla süslüydü ki Katherine reverans yaparken öpecek yer bulmakta zorlandı.

"Emrettiğiniz gibi geldim, Majesteleri" dedi Katherine mesafeli bir tavırla. Yerinde doğrularak bekledi.

"Pelerininizi çıkarın da oturun, hayatım" dedi Prenses, kendisi de üstü tenteli bir koltuğa yerleşirken. Katherine söyleneni yaparken, kendisinden ne istendiğini merak ediyordu ve tahmin edebildiği için gururu daha da incinmişti.

Prenses, büyük ve gösterişli bir gül gibiydi. Katherine boyalı saçları, allıklı yanaklardaki aşırı şişkinliği, seyrek kirpiklerdeki kömür karasını fark etti ve Sheppey Manastırı'ndaki rahibelerin bu güzel Kent kızına nasıl hayranlık duyduğunu hatırladı.

Prenses boğazını temizledi ve Katherine'e doğru eğildi. "Hayatım, hiç beklediğim gibi değilsiniz" dedi. "Nedenini görebiliyorum, evet. Sizi çağırdığıma sevindim." *Kız soylu ve iyi yetiştirilmiş biri gibi görünüyor,* diye düşündü Joan şaşırarak, *üstelik de çok güzel.* Keskin hatlı çenesi, kişiliğinin gücünü gösteriyordu. Lancaster'ın metresini görünce rahatlamıştı; çünkü söylentilere göre küçük Swynford zıpçıktı bir fahişeydi ve Dük'ü Düşes'ten uzak tutmak için kara büyüden yararlanıyordu.

Joan, birçok kişinin kalbini kazanmasını sağlayan gülümsemesini sergiledi. "Sizden bir şey isteyeceğim, Leydi Swynford; son derece hassas bir konu."

"Belki de sizi sıkıntıdan kurtarabilirim, Majesteleri; çünkü yarın Dük'ün hizmetinden ayrılmaya karar verdim. Lincolnshire'daki malikâneme dönüp orada yaşayacağım ve bir daha geri gelmeyeceğim" dedi Katherine. "Bu yeterince uzak mı?"

Prenses'in gözleri turkuvaz tabaklar gibi iri iri açıldı. "Kutsal Meryem!" diye haykırdı. "Buraya sizi Dük'ten ayrılmanızı istemek için çağırdığımı mı sandınız? Ulu Tanrım, çocuğum, tam aksine!"

"Ne?" dedi Katherine şaşkınlıkla. "Şaka yapıyorsunuz." Prenses oturduğu yerde sarsıla sarsıla gülmeye başlamıştı.

"Hayır, dinleyin" dedi Joan gözlerini pembe kadife kol ağzına silerken. "Beni bağışlayın, gülmeli miyim yoksa ağlamalı mıyım bilemiyorum; çünkü çok korkuyorum. Bana öfkeli gözlerle bakmayın, lütfen. Yardımınıza ihtiyacım var." Prenses ayağa kalktı ve Katherine'e yaklaşıp çenesini eliyle kavrayarak nazikçe yüzüne baktı. "Lancaster'ı gerçekten seviyor musunuz?" Katherine kızarak bakışlarını kaçırdı. "Evet, sevdiğinizi görüyorum."

"Ama o artık beni sevmiyor" dedi Katherine zayıf bir sesle. "Aylardır beni aklına bile getirmedi; bunun birçok işaretini gördüm. Artık bitti."

Prenses iç çekti ve oymalı şömine çerçevesine yaklaşarak yaprak motiflerini parmağıyla okşadı. "Sanırım yanılıyorsunuz" dedi, "ve bunun iki nedeni var. Ağabeyiyle on beş yıl evli kaldım ve birçok açıdan birbirlerinin kopyaları olduklarını söyleyebilirim. Edward asla beni sevmekten vazgeçmedi ve her seferinde bana döndü; ama şiddetli krizler geçirmeye başladığında..."

Başını iki yana salladı. Elini indirdi ve tekrar yerine oturdu. "Diğer nedeniyse şu: Üç hafta önce burada Noel'i Richard'la kutladık. Elbette ki John da Richard'ı onurlandırmak için birçoklarıyla birlikte geldi ve o gece geç saatte hepimiz süitlerimize çekildiğimizde, sevgili Lordumun acısı ve küçük oğlumun geleciyle ilgili duyduğum korku yüzünden uyku tutmadı. O sırada benimkinin yanındaki Kraliyet Süiti'nden tuhaf bir ses duydum; John orada yatıyordu. Sanki biriyle savaşıyor, çığlık atıyordu. Aradaki kapıyı açarak korkuyla dinledim. Muhafıza haber verecektim ama sonra bir kâbus gördüğünü anladım. Nefes nefese bir hâlde isminizi haykırdı. 'Katherine! Katherine!' Öyle çılgınca haykırıyordu ki duysanız içiniz burkulurdu. Ona gidip uyandırdığımda bana kızdı ve dışarı çıkmamı emretti. Bir daha bu konuda konuşmadık."

Katherine'in göğsündeki ağırlık biraz olsun hafiflemişti. Hafifçe gülümseyerek konuştu. "Sadece rüyalarında da olsa beni hâlâ düşündüğünü bilmek güzel! Peki, ama benden istediğiniz nedir?"

Prenses koltuğun dirsekliklerini şiddetle tuttu ve "Ona gidin!" diye bağırırken hıçkırıklara boğuldu. "Ona gidin ve nasıl olursa olsun sizi dinlemesini sağlayın. Planladığı bu korkunç şeylerden onu vazgeçirin! Tanrı aşkına! Bence çıldırmış!"

Katherine yerinden fırladı ve ağlamakta olan Prenses'e koşarak yanında diz çöktü. "Majesteleri, o delirmiş filan değil, delirmediğini biliyorum... ama beni asla dinlemez. Bana planlarından asla söz etmedi."

Prenses hâlâ ağlayarak yalvarıyordu. "Ona gidin! Sir Simon Burley -Richard'ın muhafızı- ona yalvardı. Yaşlı başpiskoposu bile buraya çağırdım. John onu görmek istemedi bile. Ne yapmayı planladığını biliyor musunuz?" Ürperdi ve yaşlarla dolmuş gözleri acıyla kısıldı. "Kendi adamları ve Percy'ninkilerle bir ordu toparlamayı planlıyor. Bu orduyla Londra'ya yürüyecek! Bir iç savaş! Sevgili Lordumun cüret ettiğinden bile çok daha kötüsü! Geride Richard için İngiltere diye bir ülke kalmayacak!"

Katherine halının üzerine çöküp kaldı. Kalp atışları hızlanmıştı ve zihni hızla akıp giden düşüncelerle dolmuştu.

"Ve bu iş orduyla da bitmiyor" diye haykırdı Prenses. "Bu gece tapınağa saldırmayı, St. Paul'e sığınan bir mahkûmu yakalamayı ve sunağın önüne sürükleyip orada asmayı planlıyor."

"Tanrım, hayır!" diye inledi Katherine korkuyla. Bu davranış, Prenses'in anlattıklarının hepsi arasında en kötüsüydü. Tapınağa sığınma hakkı, Tanrı'nın en kutsal yasasıydı ve bunu çiğnemek, lanetlenmek anlamına gelirdi.

"Evet" dedi Prenses inleyerek. "O zaman herkes ona karşı olacak. John öldürülecek. Dün gece kurtuldu, Katherine; ama böyle bir şeyden sonra onu kimse kurtaramaz. Büyükbabasının Berkeley Şatosu'nda öldürüldüğü gibi, John da öldürülecek ve binlercesi de onunla gidecek."

"Bu mahkûm" dedi Katherine. "Kimdir?" Şaşkınlığı arasında bir pırıltı yakalamıştı. Bir sezgi.

"Percy'nin dediğine göre, Dük hakkındaki o parşömenleri yazan bir serseri." Prenses bitkin bir tavırla konuşuyordu. Oğlunun ve İngiltere'nin geleceği söz konusuyken, bunun gerçekten de aptalca bir soru olduğunu düşünmüştü.

Ama Katherine'in sezgisi daha da güçlendi. Her nasılsa, John'ın mantıksız davranışlarının anahtarı, bu mahkûmun elindeydi. İnsanların öfkesini böylesine üzerine çekmesine neden olan bütün bu şeyler, St. Paul'deki parşömeni okuduğu gün başlamıştı. Aniden, gururlu kırgınlığı ve öfkesi silindi ve Dük'e duyduğu aşk bütün gücüyle geri döndü. Prenses Joan'ın haklı olduğunu, John'ın bu iblisi yenmesini sağlayacak şeyin sadece kendi aşkı olduğunu anlamıştı.

Kapı açıldı ve bir çocuk içeri girdi. Bukle bukle saçlı ve çok güzel yüzlü bir çocuktu; öyle ki çok renkli tüniği ve kraliyet armalı üstlüğü olmasa, kolayca kız sanılabilirdi.

"Dickon!" dedi Prenses elini uzatarak. "Yanıma gel canım. Bu hanım, Leydi Swynford" dedi çocuk dizinin dibine geldiğinde. "O İngiltere'nin tek umudu." Yalvaran gözlerle Katherine'e döndüğünde, bu güzel kraliyet çocuğunu görünce genç kadının tereddütlerinin sona ermesini umuyordu.

Katherine düşüncelerinden sıyrılarak reverans yaptı. Richard nazik bir şekilde ona doğru eğildi. "Anne, John amcam gidiyor; merdivende. Onun gitmesini istemediğini sanıyordum..."

"Ulu Tanrım!" diye bağırdı Prenses yerinden fırlayarak. "Kesinlikle gitmemeli. Buradan ayrılırsa, Katherine... Onu durdurmalısın! Ben yapamayacağımı biliyorum!"

"Belki!" diye fısıldadı Katherine. Gözlerini kapadı. Zihninde hiçbir dua biçimlenmedi; hiçbir azizden ve hatta Kutsal Meryem'den bile yardım isteyemedi; ama içinde yeni ve sakin bir güç doğmuştu.

Prenses kapıya koştu. Birlikte dışarı çıktılar ve merdivenden inip avluya ulaştılar.

Miğferini ve zırhını giymiş olan Dük, elini kılıcının kabzasına koymuş, nehir kapısının yanında durarak Percy'ye son emirlerini veriyordu. "Şafağa kadar birlikte bin kadar adam toplayacağız; şimdilik bu kadarı yeter. Savoy..." Katherine kendisine yaklaşırken, John susup ona döndü.

"Lordum..."

Dük kendini yeni planlarına o kadar kaptırmıştı ki başlangıçta onu tanımamış gibi baktı. Kalkık siperliğinin altında yüzü sertti ve buz mavisi gözlerinde korkutucu bakışlar vardı.

Katherine ona yumuşak bir ifadeyle baktı; fakat büyük bir kararlılık ve güçle konuştu. "Lordum, sizinle hemen yalnız konuşmalıyım. Hemen."

"Katrine!" dedi John şaşırarak. "Burada ne işin var? Sen Savoy'da... hayır, Billingsgate'teydin... Robin Beyvill'in kendisini gönderdiğini söylediğini hatırlıyorum. Gerek yoktu; çünkü Kennington'da herhangi bir ciddi tehlike söz konusu değildi. Onlarla Londra'da karşılaşsaydım, bana dokunmaya bile cesaret edemezlerdi."

"Sevgili Lordum" dedi Katherine, John'ın yüzüne kararlılıkla bakmaya devam ederek, "sizinle yalnız konuşmak istiyorum."

"Ne bıktırıcı bir saçmalık!" Kılıcının kabzasını tutan zırh eldivenli elini sertçe çekti. "Ben Savoy'a gidiyorum. Adamlarım toplanıyor ve bu gece yapmam gereken başka bir işim var."

Percy kaşlarını çatarak gerilemişti. Prenses'le çocuk ise saray kapısının önünde durmuş, izliyorlardı. Bu arada bütün uşaklar ve maiyet üyeleri açıkça bakıyor, Dük'ü geciktirmeye cüret eden bu kadının kim olduğunu merak ediyorlardı.

Katherine başını gururlu bir tavırla kaldırdı ve kaşlarını çattı. "Bütün bunlar, siz benimle konuşana kadar beklemek zorunda kalacak. Size emrediyorum, Lordum!"

"Emretmek mi?"

"Evet" dedi Katherine gözünü bile kırpmadan. "Bana verdiğiniz bu nedene dayanarak." Kesesinden safir yüzüğü çıkardı ve avucuna koyup John'a doğru uzattı. "Sizinle ancak ben böyle konuşabilirim ve ilk kez sizden bir şey istiyorum, Lordum."

John önce yüzüğe sonra Katherine'e baktı.

Öfkeyle Percy'ye döndü. "Siz devam edin. Ben birazdan yetişirim. Şimdi, Katherine, benden istediğin nedir?"

Prenses ilk savaşın kazanıldığını gördü ve aceleyle yanlarına koştu. "Kraliyet Süiti'nde şömine yanıyor, Lordum. Leydi Swynford'la orada konuşabilirsiniz. Size yiyecek ve içecek göndereceğim; çünkü bütün gün hiçbir şey yemediniz." Dük'ün yüzünün karardığını görünce Edward'a karşı sık sık kullanmak zorunda kaldığı numaraya başvurdu. "Yemek, bu gece yapmayı planladığınız şey için zihninizi netleştirir ve daha güçlü olmanızı sağlar."

John kaşlarını çattı; ama tek kelime etmeden merdivene yürüdü. Kadınlar onu takip ederken, Prenses, Katherine'i biraz geri çekti. "Tanrı yardımcın olsun, kızım" diye fısıldadı, "ve St. Venüs de. Onu bu amaçtan vazgeçirmek için her yardıma ihtiyacın var. Ona bolca içki içir ve St. Peter adına, keşke sana ipek geceliklerimden birini giydirecek zamanım olsaydı; fakat zaten üzerine olmazdı. Neyse, ona aşkı düşündürecek numaraları biliyorsundur. Ona kur yap, kandır, ağla..."

"Majesteleri" diye fısıldadı Katherine, "elimden geleni yapacağım." *Ama ne sizin, ne kendim, ne de İngiltere için,* diye düşündü. *Sadece kendi ruhunu yok etmek üzere olduğu için.*

Kraliyet Süiti'ne girdiğinde Dük sertçe ona döndü. "Bana ne söyleyeceksin, Katherine? Fazla zamanım yok."

"Biraz dinlenmenize yetecek kadar zamanınız vardır, Lordum. Ve karşımda baştan aşağı zırhlar içinde duran bir adamla konuşamam; bu çok korkutucu bir görüntü." Kalbi deli gibi atmasına rağmen cilveli bir gülümsemeyle baktı.

John homurdandı ve ağabeyinin eskiden kullandığı geniş meşe koltuğa oturdu. Katherine ona yaklaştı ve miğferinin tokasını çözerek başından çıkardı. "Ve bunlarla yiyemezsiniz" dedi, zırhlı eldivenlerini tutan kayışları çözerken. "İşte Robin şarabı getirdi; zırhınızın geri kalanını çıkarmasına izin verir misiniz? Gitme zamanınız geldiğinde tekrar çabucak giyebilirsiniz."

Genç silahtar içeri girdiğinde, elinde Prenses'in kilerinde bulabildiği en sert şarapla dolu bir testi vardı; bir uşak içinde yılanbalığı jölesi, beyaz ekmek ve buharı tüten bir istiridye turtası olan bir tepsiyle peşinden geldi.

Katherine, Robin'e işaret etti; çünkü John hâlâ konuşmuyordu.

Oturduğunda hissettiği büyük bir yorgunlukla boğuşuyordu. Percy'nin evinde ve burada geçirdiği iki gecedir gözünü bile kırpmamıştı. Başı dönüyordu ve amacını bulandırdığı için miğferini çıkarırken Katherine'in dokunuşuna ne kadar güçlü karşılık verdiğini kabul etmemeye çalışıyordu.

Robin zırhın diğer kısımlarını çıkarırken ve kılıcıyla birlikte Galler Prensi'nin siyah zırhının hâlâ asılı olduğu duvar askılarına asarken, John ses etmedi. Sonra Katherine'in getirdiği şarap kadehini aldı ve çabucak içti.

Umduğu gibi, şarap zihnini netleştirmişti. "Senin Kennington'da ne işin var?" diye sordu kaşlarını çatarak. "Beni görmek için neden Savoy'da beklemedin?"

Katherine hızlı düşünmek zorundaydı. Robin ve uşak gitmişti; şimdi Katherine bir tabak hazırlıyordu. John'a asla yalan söylememişti ve söylemeye de niyeti yoktu; fakat kelimelerini çok dikkatli seçmesi gerektiğini biliyordu.

"Sizi Savoy'da görmek o kadar kolay değil, Lordum" dedi, John'ın rahatça yiyebilmesi için masanın bir köşesini çekerken, "son zamanlarda ben de sizi hiç göremedim zaten." Hiçbir şekilde sitem etmeden gülümsedi ve bir tabureyi yakına çekerek oturdu. "Çok yorgun görünüyorsunuz... Yemek yer misiniz lütfen? Bu istiridyeler gayet iyi kızarmış."

John itiraz edecek, sadece kendisini geciktirmek için istiridyeler hakkında gevezelik ediyorsa hemen kalkacağını söyleyecekti; ama bunun yerine, kendini de şaşırtan bir şekilde, başka bir şey söyledi.

"Sana verdiğim yüzüğü neden takmıyorsun, Katherine?" Avludan içeri girerlerken Katherine yüzüğü yine kesesine atmıştı.

O da şaşırmıştı; ama rahat bir şekilde cevap verdi. "Çünkü anlamını kaybettiğini düşünüyordum."

John'ın yanakları kızardı. "Ah, böyle bir şeyi nasıl düşünürsün, canım!" Bu soru Katherine'i hazırlıksız yakalamıştı; ama John onun kırgınlığını fark etmişti. Katherine'i görsün ya da görmesin, daima onun oralarda bir yerde olduğunu biliyordu; nadiren taktığı ama şövalyelik hayatının daima en değerli parçası olan mücevherli Yüksek Şövalye rozeti gibi. "Sadece ilgilenmem gereken meseleler vardı" dedi sertçe, "ama bu meselelerin kadınlarla bir ilgisi yok."

"Evet" dedi Katherine kadehi doldururken, "buna inanıyorum, Lordum."

Katherine testiyi masaya bırakırken kasıtlı olarak yine John'ın omzuna süründü ve John onun teninin ılık kokusunu algıladı. Kendine hâkim olamadan kolu beline dolanmak ve Katherine'i kendine çekmek için kalktı; ama dokunmasına fırsat kalmadan Katherine uzaklaşıp yerine oturdu.

John kolunu indirdi. İçkisini içti ve istiridyeleri büyük bir iştahla yuttu; çünkü açlıktan ölüyordu ve bu, haftalardır gerçekten tat alabildiği ilk yemekti. Yemeğini yerken, başka bir şey hissetti; gerginliği azalmaya, kendini daha dinlenmiş hissetmeye başlamıştı. Bu rahatlığın bir şekilde, yanında sessizce oturup ateşe bakan Katherine'den kaynaklandığını fark edince rahatsız oldu. Ne kadar güzel olduğunu unutmuştu ve bunu şimdi de düşünmek istemiyordu.

Altın saplı sofra bıçağını aldı ve ekmek somunundan bir parça kesti. Zihnini yine amacına döndürdü. Hertford ve Hatfield'dan gelen muhafızları Savoy'da toplanıyordu. Habercileri şafakta gönderdiğinden, şimdi orada olmaları gerekirdi. Bütün İngiltere'deki kuvvetlerini toplaması bir ay sürecekti; ama yapacağı ilk hamleyi desteklemeye yetecek kadar adamı zaten vardı.

Pieter Neumann... Ekmeği elinden fırlattı ve parmakları bıçağın kabzasını sıkı sıkı kavradı. Bu kez Pieter'ı kendi elleriyle ve hiçbir şekilde merhamet göstermeden öldürecekti.

Ama bunu düşünürken midesi bulandı ve boğazında bir şeyler düğümlendi.

Bu sabah haberci Pieter'ın Londra halkı tarafından kurtarıldığı ve katedrale sığındığı haberini getirdiğinde böyle hissetmemişti. O zaman içi öylesine şiddetli bir öfkeyle dolmuştu ki bir süre bütün kontrolünü kaybetmiş, öfkeyle titreyip bağırmıştı ve etrafındakilerin yüzlerindeki korkuyu görmüştü; Joan, Sir Simon ve hatta kendisi de en az Dük kadar öfkeli olan Percy.

Ekmeği fırlatıp bıçağı tutarken, Katherine ona dönmüştü ve duygularını gizlemekte zorlanmıştı. John'ın kendi varlığını unuttuğunun farkındaydı; teni küf rengini almıştı ve zor nefes alıp veriyordu. Bıçağa bakarken göz bebekleri öylesine irileşmişti ki mavisi neredeyse görünmüyordu.

Katherine bu görüntüyü tanımıştı. Bir yerlerde, böyle korkuyla bakan bir çocuk görmüştü. Anıyı zihninde araştırıp bulduğunda, son derece yersiz göründüğü için reddetti. Küçük oğlu John'ı hatırlamıştı. Geçen yaz Kenilworth'ta sığır otlağında yürüyüşe çıkmıştı ve oyuncu bir dana üzerine koşup onu yere devirmişti. Çocuk dananın kurtadam olduğuna inanmış, bir şekilde hizmetçilerden birinin ona anlattığı korkunç bir hikâyeyle bağdaştırmıştı.

Katherine çocuğu sakinleştirmişti ve birlikte danayı sevip beslemişlerdi. Sonra yaşadığı korkuya gülmesini sağlamıştı; ama bir ay sonra çocuk bir kâbustan çığlık çığlığa uyanmıştı. Rüyasında dana sivri dişleri ve kıpkırmızı gözleriyle onu kovalıyordu. Küçük John, hâlâ ne zaman bir dana görse korkuyla titrer ve bembeyaz kesilirdi.

Elbette ki otuz altı yaşındaki Lancaster Dükü'yle dört yaşındaki bir çocuğu karşılaştırmak aptalcaydı; ama ikisinde de aynı korku biçimini yakalamaktan kendini alamamıştı.

Dük kıpırdanarak bıçağı bıraktı ve dudaklarını damasko peçeteye sildi. "Be-ben... gitmek zorundayım" dedi titrek bir sesle. Ayağa kalkarak zırhına baktı.

Katherine de ayağa kalktı ve John'ın elini tuttu. "Neden gitmek zorundasın, John?" Sevgilisinin direnen yüzüne ciddi gözlerle baktı. "St. Paul'de saklanan adamı öldürmek için mi? Tanrı'nın evinde cinayet işlemek için mi? Bunun için mi gitmek zorundasın?"

John elini sertçe çekerek Katherine'in tutuşundan kurtardı. "Bunu sen nereden biliyorsun?! Öyle olsa bile beni sorgulamaya hakkın yok! Katrine, bunu daha önce asla yapmadın... çekil yolumdan!" Katherine, zırh ve kapıyla John'ın arasına girecek şekilde gerilemişti.

Gri gözleri John'a şefkatle bakıyordu; ama ses tonu, çocuklarıyla konuşurken olduğu gibi soğuk ve sorgulayıcıydı. "Nedir, sevgilim? Bu kadar korktuğun şey nedir?"

John zorlukla yutkundu ve Katherine'e bir tokat atmak için elini kaldırdı.

"Hayır, sevgilim" dedi Katherine. "Bana vurmak sana bir yarar sağlamaz. Bütün bu aylar boyunca önüne gelene vurup durmadın mı? Bu, seni rahatlatıp sakinleştirdi mi? Öyle olmadığını sen de biliyorsun. Bence seni rahatlatacak şey, içini dökmek olabilir. Seni seviyorum, John, güven bana."

John dinlerken ona bakıyordu; ama sonra bakışlarını kaçırdı. "Daha hiçbir erkek ya da kadın bana korkak diyemedi" diye fısıldadı. "Oysa şimdi sen, beni sevdiğini söylerken..."

"Ulu Tanrım, canım, hayatım, sen korkak filan değilsin. Adamlarına savaşta nasıl cesaretle önderlik ettiğini, binlerce kez hayatını nasıl riske attığını çok iyi biliyorum; ama yine de korktuğun bir şey var."

John'ın öfkeli gücü tükenmişti. İri omuzları sarktı ve cansız bir sesle konuştu. "Büyü... büyücülük... O adam bu gece ölmeli; çünkü bana korkunç bir büyü yaptı." İstavroz çıkardı ve dönüp pencerenin yanındaki minderli kanepeye yürüyerek oturdu. Yüzünü ellerine gömdü.

Katherine de istavroz çıkardı; ama pek inançlı değildi. Elbette ki büyücüler ve korkunç büyüler olduğuna inanıyordu; fakat burada cevabın bu olduğunu sanmıyordu. John'a yaklaştı ve yanına oturdu. "Korktuğun bu adam kim?" diye sordu nazikçe.

"O değil... o lanet olasıca sakat ahmaktan korkmuyorum..." diye geveledi John, az önce söylediklerileyle çeliştiğini fark etmeden.

"O zaman nedir?" diye ısrar etti Katherine. "Seni bu kadar üzen şey ne?"

"Katrine, Tanrı aşkına! Neden benimle bu kadar uğraşıyorsun? Bana neler yaptıklarını, beni öldürmek istediklerini, armalarımı ters çevirdiklerini, yalan söyleyip bana çamur attıklarını, onurumdan şüphe ettiklerini biliyorsun..."

"Evet" dedi Katherine tereddüt ederek. Ama bundan daha derin bir şeyin varlığını algılamaya başlamıştı; John'ın kendisinin göremediği bir şey. "Sana korkunç şeyler yaptılar; ama bunları yaptılar çünkü senden korkuyorlar, onları sen korkuttun. Bunu göremiyor musun?"

John cevap vermedi. Katherine onun yumruklarını sıkıp açtığını ve sonunda parmaklarının gevşediğini gördü. Avuçları mızrak ve kılıç tutmaktan nasırlanmıştı; ama parmakları uzun ve duyarlıydı; ruhu şiirle dolu olan baş ozanı Hankyn gibi. Ve John'ın dokunuşu bazen bir kadınınki kadar yumuşak olabiliyordu. Ama şimdi Katherine bu ellerin titrediğini görüyor, kollarını boynuna dolayıp bebeklerine yaptığı gibi onu öperek rahatlatmak istiyordu; ancak bunun John'ı öfkeyle uzaklaştıracağını biliyordu çünkü kötü zamanlanmış dokunuşlara Tom veya John erkeksi gururlarıyla, böyle tepki veriyorlardı. Yine hüzünlü bir sesle konuştu:

"Sen İngiltere'nin en güçlü, en kudretli adamısın. Merhametli olamaz mısın?"

John başını çevirdi ve Katherine'e tuhaf gözlerle baktı. "Bunu Isolda söylemişti! Şapelde birlikte yemin ettiğimizde. Ama o yeminini tutmadı!"

Kutsal Bakire, sarhoş oldu, diye düşündü Katherine, bunun sarhoşluktan daha kötü olabileceğinden korkarak. "Isolda mı?" dedi şaşkınlığını belli etmemeye çalışarak.

"Isolda Neumann... beni büyüten annem." Bunu söyledikten sonra iç çekti ve şaşkınlık yansıtan bir sesle ekledi; "Bütün bu yıllar boyunca adını bile anmamıştım." Testiye ve kristal kadehe uzanarak altın rengi şarap masaya sıçrayana kadar doldurdu ve bir seferde içti.

Katherine şaşırmıştı. Cevaba giderek daha çok yaklaştığını hissediyordu; fakat bu sütanne meselesi, şapeldeki yeminler neyin nesiydi ve neden daha önce kadının adını hiç anmamıştı? John'ın sakinleşen ruh hâlini bozmaktan korkarak daha fazla sormaktan çekiniyordu.

Avludaki saat uzun zaman önce on biri vurmuştu; ama John duymamıştı bile. Dışarısı zifiri karanlık olmuştu ve şarap etkisini gösterene kadar burada kalırsa, onu dinlenmeye ikna edebilirdi ve buna feci şekilde ihtiyacı olduğunu görebiliyordu.

Prens'in öldüğü Kraliyet Yatağı'na kaşlarını çatarak baktı; yas örtüsü hâlâ üzerindeydi. O anda John tekrar konuştu.

"Bana kim olduğunu sorduğun adam... öldüreceğim adam.. Pieter Neumann... Isolda'nın oğlu."

"Ah" dedi Katherine daha da şaşırarak. Hâlâ bir şey anlayamamıştı. İlk bakışta olasılık gibi görünen fikre sarıldı. "Ve bir şekilde annesini mi incitti? Sen de onu çok sevdiğin için Pieter'ı bağışlayamadın mı?" Konuşurken sesi çok zayıf çıktığı için sustu.

"Evet" dedi John beklenmedik bir çabuklukla. "Evet, öyle oldu." Katherine onun gerçeklerden kaçtığını anladı. Prenses, tapınaktaki adam için ne demişti? Parşömenleri yazan adam. St. Paul'ün kapısına asılan yazıyı yazan adam; John'ın beşiğinde değiştirildiği yönündeki o saçma sapan yalanı yayan adam.

John aniden ayağa kalktı ve olduğu yerde sallanarak masaya tutundu. "Geç kaldım" dedi, "gitmem gerek. Bakışlarını sevmedim... Ka-Katrine... Gözlerini sevmedim. Yalan söyleyen gri gözler... yeminleri bozar... beni asla terk etmeyeceğini söylemişti; ama gitti... başka bir şeye de yemin etmişti... Pieter'ın yalan söylediğine yemin etmişti..." Bir ağırlıktan kurtulmak istercesine başını öne arkaya salladı ve sendeleyerek birkaç adım attı.

Katherine ona koşup kollarını vücuduna doladı. "Gel, aşkım, dinlenmelisin."

John yine tökezledi ve Katherine koltuk altına girerek onu yatağa götürdü. Devekuşu tüyleri doldurulmuş siyah yatak örtüsünün üzerine yüzükoyun devrildi.

Katherine daha önce John'ı hiç zilzurna sarhoş görmemişti; çünkü asla aşırı içmezdi. Fakat Hugh'la çok fazla deneyim kazanmıştı ve şimdi John'ın ya çok kötü hastalanacağını ya da sızıp horultulu bir uykuya dalacağını düşünüyordu. Ama yanılıyordu.

Bir şamdan alıp yatağa getirirken ve kendisi de John'ın yanına uzanarak kürklü pelerini ikisinin de üzerine çekerken, John sırtüstü döndü ve mantıksız, kopuk cümlelerle konuşmaya başladı.

Katherine ona doğru eğildi ve söylemek istediklerini anlayabilmek için kulak kabarttı. Başlangıçta, kendisinin orada olduğunu unuttuğunu ve bunların sadece sarhoş sayıklamaları olduğunu sandı; ancak John gözlerini açtı ve Katherine'e onu tanıyan gözlerle baktı. Yine de konuşması yavaş ve boğuk olduğundan Katherine söylenenleri zor anlıyordu.

Windsor'daki St. George Şapeli'nde edilen yeminler; bozulan yeminler. Bunu tekrar tekrar söylüyordu. Isolda ona ihanet etmişti.

"Nasıl, hayatım?" diye sordu Katherine sonunda fısıldayarak. "Sana nasıl ihanet etti?" John sessizleştiği ve başını çevirip yatak perdelerinin siyah katlarına üzgün gözlerle baktığı için Katherine bir an konuşmakla hata ettiğini düşündü.

Ama bir süre sonra John yine konuştu. "O gece gitti... oysa beni hiç terk etmeyeceğine yemin etmişti. O öldü" diye ekledi daha zayıf bir sesle. "Vebadan öldü."

Katherine gergin bir tavırla bekliyordu. Şimdi mantıklı konuşmanın, ölümünün Isolda'nın hatası olmadığını vurgulamanın anlamı yoktu.

"Bu konuda yalan söyledi..." dedi John. Aniden dirseğinin üzerinde doğruldu ve Katherine'in beyaz yüzüne korkunç bir sükûnetle ve mesafeli bir şekilde baktı. "Belki, Pieter'ın Windsor'da söylediklerini inkâr ederken de yalan söylüyordu."

"Pieter'ın söyledikleri" diye tekrarladı Katherine. "Pieter ne söylemişti?"

"Benim değiştirildiğimi" diye mırıldandı John. Dudaklarını gererek dişlerini gösterdi ve sırtüstü yastığa devrildi.

"Tanr..." diye fısıldadı Katherine. "Tanrım! Şimdi anlıyorum..."

Katherine dizlerinin üzerinde doğruldu ve John'a yaklaşarak haykırdı. "Ve o zaman sen ona inandın; bir kasabın oğlu olduğuna inandın mı? İçinden bir parça buna şimdi de inanıyor! Bu yüzden İngiltere'ye kendini kanıtlamak istiyorsun... ve kendine! John, yüzüme bak!"

John'ı omuzlarından tutarak sarstı. "Uyan ve beni dinle! Buna inanan kişi, içindeki o korkmuş aptal çocuk. Tıpkı kendi oğlunun oyuncu bir dananın kurtadam olduğuna inandığı gibi!"

John, Katherine'in mum ışığında parlayan gri gözlerine baktı. Katherine ona ulaşmak için umutsuzca çabalıyordu; nihayet John'ın zihnindeki sis biraz olsun dağılmıştı.

"Isolda sana gerçeği söyledi!" diye bağırdı Katherine. "Ah, John, Kral'ın bütün oğulları arasında ona en çok benzeyen sensin. O kadar ki onu yakından tanıyanlar, gençliğinin ikizi gibi olduğunu söylüyorlar. Doğumunla ilgili nasıl şüphe duyabilirsin?"

John dudaklarını ıslattı ve sertçe, kısa bir kahkaha patlattı. "Şüphe duyduğumu bilmiyordum ki... bu geceye kadar." Eli Katherine'in eteğinin bir katını yakaladı ve gözleri kapandı.

Katherine sevgilisinin yanına uzandı ve John'ın başını göğsüne dayadı. John farkında değildi; ama birlikte uyuduklarında genellikle yattıkları pozisyonu bulana kadar kıpırdandı. Sonra da nefesleri sakinleşti.

* * *

Dük neredeyse bütün gün uyudu ve saatler boyunca yattığı yerde hiç kıpırdamadı.

Saray çanları sabah ayinini haber vermeye başladığında, Kraliyet Süiti'nin kapısı vuruldu. Kolunu John'ın başının altından dikkatle çeken Katherine, aceleyle kapıya koştu.

Kapıyı açarken parmağını dudaklarına götürdü.

Prenses iri iri açılmış gözlerle ve endişeli bir tavırla dışarıda bekliyordu. "Her şey yolunda mı?" diye fısıldadı Katherine'in darmadağın hâlini fark ederek; gri elbisesi buruşup kırışmış, kızıl saçları omuzlarına dökülmüştü ve kızın yüzü solgun görünüyordu.

Katherine süitten çıktı. "Umarım öyle, Majesteleri" dedi. "Şu anda uyuyor."

"Tanrı'ya şükür!" dedi Prenses. Ayine gideceğinden bileğinde altın tespihi vardı; bileğini dudaklarına götürüp haçı öptü. "Zavallı kızım" dedi Katherine'in eline dokunarak. Plantagenetlerin sevişirken nasıl yorucu olduklarını bildiğinden, şişkin dudakları sempatiyle titriyordu. "Kameriyeme gel. Adaçayı hazırlandı; sana iyi gelir."

"Hayır" dedi Katherine hafifçe gülümseyerek. "Öyle bir şey olmadı, Majesteleri. Omuzlarında tuhaf ve acı verici bir yük vardı. Tanrı'ya şükür, sanırım ondan kurtuldu." Elini kapıya dayadı. "Uyanırsa diye ona yakın kalmalıyım."

Katherine'i kollarının arasına alıp bir abla gibi şefkatle sarılan Prenses, aniden kendini tutamayarak yanağına bir öpücük kondurdu. "Ah, hayatım, eğer onu bu delice intikam tutkusundan vazgeçirebildiysen, Tanrı da benim gibi seni kutsasın!" Şapele doğru tekrar yürümeye başladığında, John'ın metresiyle ilgili söylenenlerin hepsinin yanlış ve Castile Kraliçesi'nin Katherine yerine o Hertford Şatosu'ndaki esmer yabancının olmasının büyük bir talihsizlik olduğunu düşünüyordu.

O gün dışarıda yaşam bütün hızıyla akarken ve haberciler Savoy'la Kennington arasında mekik dokurken, Katherine Kraliyet Süiti'nden hiç çıkmadı ve John'ın uyuyuşunu izledi. Robin'in getirip kapıya bıraktığı yiyecek ve içeceklerden biraz aldı. Arada bir John'ı rahatsız etmemek için yatağın ucuna kıvrılarak biraz dinlendi. Bütün bu süre boyunca John'ı derinden sarsan bu gizli şeyi düşünüp durdu. Yaşamının ilk yıllarının nasıl iki katlı bir temele yerleştiğini artık görebiliyordu: Isolda'nın sevgisi ve kraliyet doğumunun kutsal ayrıcalığı. Çocuk gözünde, bu ikisi aniden elinden alınıverdiğinde ayağının dibinde bir mayın patlamış gibi benliğinin bir kısmı parçalanmıştı.

Ama o da babası ve Norman kraliyet soyunun çoğu üyesi gibi güçlü ve dayanıklıydı; üstelik annesinden de sağlam Flaman sağduyusunu almıştı. Böylece zaman geçtikçe dünyasını yeniden kurmuş, onu bir zamanlar ölesiye korkutan bu şoku unutmuştu; ta ki o parşömen konuyu geri getirene ve bütün İngiltere olayı öğrenene kadar. O zamandan beri bu üstü örtülmüş korku içini kemiriyordu ve bir çocuğun yapacağı gibi körlemesine bir öfkeyle onunla savaşıyordu. Ve artık bir çocuk değil, yetişkin bir erkek olduğundan; vitraylı cam gibi dünyası birçok renk ve biçimle boyandığından, ruhunun derinliklerinde büyük bir mücadele yaşamıştı. Doğasında merhametli biri olduğu için ağabeylerinin aksine, savaştayken bile asla mantıksızca öldürmemişti ve Edward'ın bütün oğulları arasında en duyarlısı oydu.

Katherine bütün gün bunu ve daha birçok şeyi düşündü. Bütün kötülükler arasında, özellikle yalanın korku verici gücünü düşündü. Kendi çocuklarını; onların hayatını doğru şekilde yönlendirebildiği, yaralarını kolayca sarabildiği ve hem zihinlerini hem de bedenlerini geliştirirken onları bütün tehlikelerden koruduğu konusunda kendine olan inancını düşündü.

Ama şimdi kendinden o kadar emin değildi. Küçük John'ın danayla ilgili kavram kargaşası küçük bir şeydi ve zamanla geçecekti; ama bir çocuğu başka ne türde gizli iblisler rahatsız edebilirdi?

Sonra Kenilworth'taki son gününde nakışından başını kaldırdığında Blanchette'in nasıl baktığını hatırlayınca yüreği ezildi. İlk ve en sevgili çocuğunun o eski mutlu güvenini kaybettiğini ve acı, kıskanç bir kişiliğe bürünmeye başladığını inkâr etmenin anlamı yoktu.

Ama ne yapabilirim ki? diye düşündü Katherine umutsuzca. Yatakta hiç hareket etmeden yatan John'a baktı. Önceki gece ruhunu bütün çıplaklığıyla gözlerinin önüne serecek kadar kendisine güvendiği için John'a olan aşkının derinliği on kat artmıştı. Ama daha dün kırgın bir gururla boğuşuyor, hatta John'dan nefret ediyordu. O hâlde kesin olan ne vardı ki? Duyguların rüzgârında kıpırdamayacak, titremeyecek, sarsılmayacak ne vardı?

Kutsallık, diyordu din adamları. *İbadet. Dua. Azizlerin yardımı. Tanrı'nın inayeti.*

Katherine yerinden kalktı ve Galler Prensi'nin zırhının arkasında kalan sunağa yürüdü. Dua masasının üzerinde süslü ve yaldızlı bir triptik[72] asılıydı. Orta kısımda Calvary'nin bir görüntüsü, iki yanındaki parçalardaysa işkence gören lanetli ruhlar resmedilmişti. Bunlar son derece detaylıydı: Çıplak vücutlar turuncu alevlerin arasında kıvranıyor, kopmuş kol ve bacaklardan ya da çıkarılmış gözlerden yakut rengi kanlar fışkırıyordu. Çarmıha gerilmiş İsa'nın yüzünde sadece acı vardı ve panellerin üzerine "Tövbe Et!" diye yazılmıştı.

Triptiğe tiksintiyle baktı. Burada sarsılmazlıkla, değişmezlikle, sebatla ilgili bir mesaj yoktu. Burada sadece uyarı ve daha fazla korku vardı. İsyanı artarken kendi kendine düşündü: *Azizlerden, Kutsal Meryem'den ve İsa'dan nasıl bir rehberlik alıyoruz? Onlar veya St. John neden Lordumu korumuyor?*

Denizde fırtınaya yakalandıklarında St. Catherine'e ettiği yemin? Onu gerçekten o azize mi kurtarmıştı? Ve şimdi bu yeminin göksel rehberlikle bir ilgisi yokmuş gibi geliyordu ona. Hugh'a sadakat zorunluluğu, ne kadar acı olursa olsun, kendi özgüveninden, dürüstlüğünden, özdeğerinden kaynaklanmıştı. *Çünkü*, diye düşündü Katherine, *bizim ötemizde veya üzerimizde başka bir şey olmadığına inanıyorum.*

O anda -ve bir an için korkarak- zihninde Birader William'ın sesini duyar gibi oldu: "Kâfir!" Sonra acı verici sorularını unutarak yatağa koştu; çünkü John kıpırdanmış ve "Katherine!" diye mırıldanmıştı.

"Sevgilim" diye fısıldadı Katherine ona doğru eğilerek.

John'ın gözleri Aquitaine'in gökyüzü kadar berraktı ve Katherine onun uzun süredir öyle gülümsediğini görmemişti. John kollarını uzattı ve Katherine'i kendisine çekerek dudaklarına iştahlı bir öpücük kondurdu. Sonra doğrulup oturdu ve esneyip gerindi. "Tanrım, ne uyumuşum..." Perdesi çekili pencereye baktı. "Hâlâ gece mi?"

"Hayır, yine gece!" dedi Katherine gülümseyerek. "Bütün gün uyudun."

"Tanrım! Gerçekten mi?" Saçlarını alnından arkaya attı ve umursa-

---
72 Üç parçalı tablo.

mazca gerindi. Dilini ağzının içinde dolaştırdı. "Kupkuru. Sanırım dün gece sarhoş olmuşum; ve hatırladığım kadarıyla bir sürü şey saçmaladım." Kaşlarını kaldırdı ve yarı güler gibi bir ifadeyle Katherine'e baktı.

"Yani hatırlamıyor musun?" dedi Katherine.

"Hayır. Sadece yanımda olduğunu ve bana tüm şefkatini sunduğunu hatırlıyorum. Ve seni sevdiğimi, aşkım." Katherine'in yanağından bir makas aldı ve sırıttı. "Bunu yakında kanıtlayacağım ama bu kasvetli yatakta değil. Tanrım, ne iğrenç bir oda! Hemen Savoy'a dönmeliyiz."

Yataktan kalkıp gardıroba yürüdü. Katherine onun ıslık çaldığını ve yüzüne su çarptığını duydu. "Yiyecek iste, hayatım" diye seslendi John. "Açlıktan ölüyorum."

Katherine küçük zili alıp çaldı. Dışarıda daima hazır bekleyen uşağa emir verildiği için bir duraksama oldu.

Kapı açıldığında içeri ilk giren Prenses'ti ve yanında baş danışmanı Sir Simon Burley vardı. "Dük uyandı mı?"

Katherine başıyla onayladı ve gardırobu işaret etti. John, yüzü ve boynu hâlâ ıslak hâlde çıkıp yanlarına geldi. "İyi akşamlar, Joan" dedi yengesine. "Konuk olarak yaşlı Morpheus'u mu getirdin?" Burley'e döndü. "Ve siz, Sir Simon, yüzünüzden anladığım kadarıyla, kötü haber getirdiniz. Karnımı doyurana kadar bekleyemez mi?"

"Lordum, elbette bekleyebilir. Ancak Londralılardan bir elçinin Sheen'e, Majesteleri Kral'a şehre karşı savaşınızı sona erdirmenizi rica etmeye gittiğini bilmelisiniz. Askerlerinizin Savoy'da toplandığını biliyorlar. İnsanlar korkudan ölüyor."

"Öyle de olmalı" dedi John sakin bir kararlılıkla, "ve bazı tazminatlar gerekecek."

Prenses ve Burley birbirlerine baktılar. İkisi de dünkü o korkunç öfkeyi, savaş tehditlerini, St. Paul'e yapılacak saldırıyı vs. hatırlıyordu.

"O tazminatlar ne olacak, Lordum?" diye sordu Prenses endişeyle.

"Tanrım, Joan! Buna Sheen'e gittikten ve önerecekleri şeyi dinledikten sonra karar vereceğim. Zavallı babamızın ne yapacağını bilemeyeceği ortada. Tatlı yengeciğim, aşçılarının hepsi Thames'te boğuldu mu? Yoksa şu sandalyenin bacaklarından birini ateşte kızartayım mı?"

Prenses güldü ve yanlarında bekleyen uşağa emir verdi.

"Lordum" dedi güzel yüzünde rahatlamış bir ifadeyle John'a dönerek, "yine eski John gibi konuşuyorsunuz. Uyku size gerçekten iyi gelmiş." John her zamanki gibi sabırsız, katı ve kibirliydi; fakat vahşi mantıksızlığı gitmişti. Joan, gözlerinde en derin minnet pırıltılarıyla Katherine'e döndü.

21

Ne Katherine ne de Dük bir daha Kennington Sarayı'ndaki geceden söz ettiler. Yine de ilişkileri üzerinde hemen etkisi olmuştu. John'ın ona duyduğu ihtiyaç derinleşmişti, ona endişelerini daha rahat açabiliyordu ve Katherine'i yanından hiç ayırmıyor, gerek başkalarının yanında, gerekse yalnız kaldıklarında daima sevgisini ifade ediyordu.

Katherine gizliliği sürdürüyordu; fakat Dük'ün maiyetindekiler ve dışarıdan birçok kişi arasında, yeni statüsü fark edilmeye başlamıştı. Savoy'da, artık Monmouth Kanadı'nda kalmıyordu; daha önceki ziyaretlerinde kaldığı küçük odaya da yerleştirilmemişti. Kraliyet Süiti'nin bitişiğindeki Düşes'in küçük yatak odası ona ayrılmıştı; ama geceleri John'la birlikte Avalon Süiti'nin yakut renkli kadife yatağında uyuyordu. Salon'daki Yüksek Masa'da yeri Dük'ün koltuğunun bir yanına kaydırılmıştı ve saray kurallarına uygun olarak Düşes'in yerinin boş bırakılması gerekse de John sevgilisi için en az kendisininki kadar muhteşem bir sandalye yaptırmış; sandalyeye altın kaplamalı oymalar, topaz rengi kadife minderler yerleştirilmiş, baş koyma kısmına Catherine Tekerlekleri armasının kabartması yapılmıştı.

Elbette ki bu gelişmeler, birçok kişide kıskançlık uyandırmıştı; fakat hepsi düşüncelerini gizli tutuyordu. Bunun nedeni sadece Dük'ten korkmaları değildi; aynı zamanda Prenses Joan da duruma karşı hoşgörüsünü açıkça belli etmişti ve Leydi Swynford'a son derece dostça davranıyordu.

Dük'ün yakın arkadaşlarından -Michael de la Pole gibi- Prenses, Dük'ün yeni tavırlarını Katherine'in etkisine bağlamaktan çekinmemişti. De la Pole bundan biraz şüpheliydi; ama gülümsemiş, güzel bir kadının yumuşatıcı etkisi hakkında belli belirsiz bir yorum yapmıştı. Ama nedeni ne olursa olsun, Baron dostu ve Lordunun normal hâline dönmesine ve isyanlardan sonraki duruma adil yaklaşmasına sevinmişti.

Dük, korku içindeki Londralı elçiyi Sheen'de kabul etmiş, özürlerini ve mazeretlerini dinledikten sonra sadece yeterli bir ceza vermişti: Şehrin ileri gelenleri onun armasını taşıyarak St. Paul'e yürüyecekti ve isyanın isimsiz provokatörleri aforoz edilecekti. Bu emirler hemen yerine getirildiğinde, şehrin özgürlüklerine yönelik yasanın sessizce ortadan kaldırılmasını sağladı. Halk, hâlâ Nottingham'da mahkûm olan Peter de la Mare'in adilce yargılanmasını istediğinde, bu da kabul edildi. İlerleyen haftalarda Avam Kamarası'nın Sözcüsü serbest bırakıldı ve zafer edasıyla, Londra'ya geri döndü.

Ne var ki William Wykeham'a karşı Dük'ün düşmanlığı biraz daha uzun sürdü; çünkü din adamlarına bir ders vermek için Piskoposun durumundan ibret çıkarmaya kararlıydı.

Dük'ün uzlaşmayacağını anlayan Piskopos Wykeham, eski zenginliğini yeniden kazanmak için başka bir yöntem düşündü ve Alice Perrers'a büyük bir rüşvet vaat ederek, hem kadını hem de onun sayesinde Kral'ı, uğradığı haksızlıkla ilgili ikna etti. Kral Edward, Wykeham'ın mallarının ve servetinin iade edilmesi için bir kararı hemen imzaladı.

John bunu duyduğunda öfkelendi; ama omuz silkti ve konuyu şimdilik rafa kaldırdı. Bu, Kral'ın sağlığının açıkça kötüleştiği ve şişko Piskoposun cezalandırılmasından daha önemli konuların düşünülmesi gerektiği Haziran ayında oldu.

Katherine bu önlemleri duymak istemişti ve yavaş yavaş, herhangi bir net politikayı zorlaştıran çelişkili tutkuları ve çalkantıları anlamaya başlıyordu. Ama Pieter Neumann'ın yazgısıyla özellikle yakından ilgileniyordu. Ne var ki John, sadece bu konuda onunla konuşmuyordu. Katherine, sevgilisinin gizli yarasının, her ne kadar hızla iyileşse de geride hassas bir iz bırakacağını görebiliyordu ve bu yüzden Pieter'ın adını anmaktan çekiniyordu; ama ona ne yapıldığını öğrenmeyi de çok istiyordu.

Nihayet Paskalya'dan önceki perşembe günü ayak yıkama töreninde bunu öğrendi. Bu özel günde, bütün Hristiyanlık âleminde, saraylarda, manastırlarda ve malikânelerde, Kutsal İsa'yı taklit ederek alçakgönüllülük uygulaması yapılırdı ve Savoy'da ayinden hemen sonra Dış Avlu'ya ricacılar dolmaya başlamıştı. Ricacıların sayısını onlarla görüşecek Lordun yaşına uydurmak gelenekti; ama Dük, kendi otuz yedi yaşını üç Lancaster çocuğuyla birleştirmiş, böylece çocuklarıyla birlikte toplamda fazladan kırk kişiyle daha görüşmeyi mümkün kılmıştı.

Tören Büyük Salon'da gerçekleşirken, Katherine tahtın bir tarafında hem gururla hem de korku içinde dikilen, sıralarda oturan ve büyük Lancaster Dükü onların kirli ayaklarını yıkarken gergin bir şekilde titreyen yoksulları izliyordu.

Dük, üzerine sade görünüşlü, süssüz, kırmızı bir tünik geçirmişti. İki silahtar yanlarında gümüş leğenlere doldurulmuş ılık gül suyuyla bekliyordu ve Robin de bir havlu tutuyordu. Dük yoksullara gülümsüyor, hızlı ve titiz bir şekilde işini yapıyordu. Her ayakta istavroz çıkarıyor sonra ayak parmaklarını öperken alçakgönüllülük sözlerini mırıldanıyordu.

Ayakları yıkananlar yerlerinden kalktıktan sonra sıra maddi ödüllere geliyordu. Mutfakların yanında hazırlanmış bir masanın üzerine konan et ve ekmekleri yoksulların çuvallara doldurmalarına izin veriliyordu. Kapıdaysa, Dük'ün yardım görevlisi gümüş paralar dağıtıyordu.

Ciddi bir törendi; fakat Katherine dükalık çocuklarının kendilerine düşen kırk Londralı yoksula karşı hizmetlerini yerine getirişini izlerken yüz ifadesini ciddi tutmakta zorlanıyordu.

Elizabeth, Paskalya için Kenilworth'tan getirilmişti ve gelişine izin verildiği için çok heyecanlıydı; fakat bu törene öfkeyle karşı çıkmıştı. "Bunu yapmayacağım!" diye bağırmıştı Katherine'e. "Ayakları leş gibi kokuyor ve üstelik bitleriyle keneleri sürekli üstüme sıçrıyor!"

Ama elbette ki yıllık geleneğe karşı çıkmaya cesaret edememişti. Yine de işini pek titiz yaptığı söylenemezdi. Bir eliyle burnunu tutarken, diğeriyle önüne uzatılan ayağı aceleyle ıslatıyordu ve daha Philippa bir çift ayağı tam olarak yıkayıp kurulayamadan, kendisine düşen tüm rıcacıları bitirmişti.

Katherine genç kızın yüz ifadesine bakarken, bu hizmetten sadece Philippa'nın gerçekten zevk aldığını düşündü. Açıkça görülen çağrısını izleyemeyecek olması çok acıydı. Ama en azından Lüksemburg'dan yapılan evlilik teklifi reddedilmişti ve dolayısıyla son zamanlarda Philippa mutluydu.

Katherine, Dük'ün oğluna döndü. Küçük Henry, on yaşındaki bir çocuğun yapabileceği kadar babasının hareketlerini taklit ediyordu. Henry havluyu suya batırıyor, Dük'ün soğukkanlı saygınlığıyla önündeki ayakları ovalıyor, istavroz çıkarıyor ve öpüyordu. Ama babasının zarif etkileyiciliğine asla sahip değildi.

· Tören sona erdiğinde ve yoksullar kendi aralarında konuşup gülüşmeye başladığında Dük, Katherine'e yaklaştı. "Şahin kümeslerini ziyaret edelim mi, tatlım? Buradan çok daha iyi kokar ve senin ufaklığın nasıl olduğuna bir bakmalıyız."

Katherine memnuniyetle kabul etti. Şahin yetiştirmek onun için bir tutku hâline gelmişti ve Dük'ün yeni kuşu eğitmesini izlemeye hevesliydi; böylece yine Moorfields'da şahinle avlanmaya çıkabilirlerdi.

Dük'ün başşahincisi Arnold onları kapıda karşılarken parmağını dudaklarına koydu ve Oriana'nın şaşırtıcı bir rahatsızlığı olduğunu açıkladı. Büyük beyaz kuzey şahini günlerdir tüneğinden kıpırdamamıştı, çiğ et yemeyi reddediyordu ve hatta Arnold'un ona getirdiği yeni doğmuş minik tavşanlar bile ilgisini çekmemişti.

Şahinci, her cinsten elli kadar şahinin kanatlarını çırptığı ve gümüş ayak zillerini çınlattığı karanlık kümeslere bir bakış attı. "Ses duyunca huzursuzlaşıyorlar" dedi Arnold. "Sizinki gayet iyi durumda, Leydim" diye ekledi Katherine'e dönerek. "Artık yeme gayet cesurca uçuyor... ama Oriana..." Dük'e dönerek başını iki yana salladı.

Ciddi şekilde endişelenen John -çünkü bütün İngiltere'de, bu kraliyet şahininin bir eşi daha yoktu ve ona duyduğu sevgi bir yana, kuşun değeri en azından iki yüz marktı- ilaçlarıyla ilgili sorular sordu ve tam o sırada Birader William yanına geldi.

Gri Keşiş katırının sırtında Dış Avlu'ya girmişti ve Dük'ün kümeslerin kapısında durduğunu görünce yere atlayıp yanına gelmişti. "Lordum" dedi, siyah kukuletasının altından Dük'e ciddi gözlerle bakarak, "iş bitti. Gemi pazartesi günü Pevensey'den yola çıktı." Katherine'e soğuk bir bakış attı.

John uzun ve titrek bir nefes aldı. "Kadırgalara mı zincirlendi?" diye sordu çok kısık sesle.

"Evet, Lordum. Bir daha başınıza dert olmayacak."

"Ya Benedictine rahipler?"

"Başrahipleri tarafından ağır şekilde cezalandırıldılar."

John bir kez daha iç çekti ve sanki bir şeylerin yankısını dinliyormuş gibi, gözlerinde boş bir bakış belirdi. "Güzel" dedi sonunda. "İyi iş çıkardın. Teşekkür ederim." Ellerini bir kez birbirine vurduktan sonra indirerek Katherine'e döndü. "Sen burada bekle, hayatım. Ben Oriana'yı görmeliyim ama sen de gelirsen kuşları rahatsız ederiz."

Arnold'la birlikte kümeslere girdi ve Gri Keşiş gidecekmiş gibi döndü; ama Katherine ona yaklaştı. "Birader William, size yalvarıyorum!"

Keşiş duraksayarak onu baştan aşağı süzdü. Katherine'in üzerinde zümrüt rengi yeni bir brokar tuvalet vardı; ermin kürkleriyle o kadar cömertçe donatılmıştı ki kraliyet seviyesini hissettiriyordu ve saçlarını saran altın file, bir soylu kadınınki gibi mücevherlerle süslüydü. *"Leydi Mede"* diye düşündü Keşiş öfkeyle. *"Burada fazlasıyla kibir var."* Long Will'in *"İskele Sabancısı"*'nda Mede olarak isimlendirdiği karakter, Alice

Perrers'dı; ahlaksız saray fahişesi. Oysa burada işlediği suçlarla yükselen başka biri daha vardı.

"İstediğiniz nedir, Leydi Swynford?" dedi Keşiş, soyadını özellikle vurgulayarak.

Keşişin bakışlarında, çileci bir keşişin yasak aşkı küçümsemesinden daha derin bir suçlama vardı. Katherine ondan korkuyordu; fakat ısrarla devam etti. "Dük'le sözünü ettiğiniz şu adam, kadırgalardan birine yerleştirilen, Pieter Neumann mı? Bunu bilmeye hakkım var" dedi ve ekledi ters bir tavırla, "Lord'umun iyiliği için. Evet, beni değersiz ve ahlaksız biri olarak düşündüğünüzü biliyorum; ama Kutsal Meryem adına, aşkım ona asla zarar vermedi ve hatta bazen yardımı bile oldu." Son kelimelerini söylerken, sesi kırgınlıkla titremişti.

Hiçbir kötülükten iyilik çıkmayacağını ve aşkının Dük'e hiçbir zarar vermediğini düşündüğü için aptal olduğunu söylemek için ağzını açacakken, Keşiş bundan vazgeçti. Katherine'in bakışlarındaki masumiyet onu engellemişti ve bu baştan çıkarıcı kötücül güzelliğin altında hâlâ biraz iyilik kaldığını düşündürmüştü. Bir an sonra ters bir tavırla konuştu. "Pieter Neumann'dı, evet. Kıbrıs'a giden bir gemiye yerleştirildi; orada sürgünde kalacak. Tabii yolculuktan sağ çıkarsa."

"Ama tapınağa sığınmıştı..."

"Ve izin verilen kırk gün boyunca da orada kaldı" diye cevap verdi Keşiş, Katherine'in bu konuda sandığından daha fazlasını bildiğini anlayarak. "Her şey tapınağın kurallarına uygun olarak yapıldı. Duruşmasına ben de katıldım ve ceza uygulanırken tanıklık ettim."

"Piskopos Courtenay onu kurtarmaya çalışmadı mı?" diye sordu Katherine.

"Hayır" dedi Keşiş şaşırarak. "Courtenay artık bundan utanıyor ve bence haklı da."

"Peki, Dük, Pieter'ı görmedi mi?"

Keşiş tereddüt etti; ama yine de cevap verdi. "Hayır. Sanırım kendine güvenemedi."

"Tanrı'ya şükür!" dedi Katherine. "Demek Lordum bu sorunundan gerçekten kurtuldu."

Katherine daha ziyade kendi kendine konuşuyordu; ama Birader William yumuşamıştı. Katherine'e yaklaştı ve Hugh'un öldüğü geceden beri kullanmadığı, şefkatli bir ses tonuyla konuştu. "Çocuğum" dedi, "çok geç olmadan sen de kurtar kendini. Buna gücün olduğunu biliyorum."

"Kendimi kurtarmak mı?" Katherine'in yüzü sertleşti ve geri adım atarak Keşiş'ten uzaklaştı.

"Dük'ten vazgeç... ve bu kirli aşktan da! Tahmin ettiğinden çok daha kirli..." Gözleri uyaran bir şekilde bakıyordu; ama sonra kendini geri çekti.

"Size göre dünyevi aşkların hepsi kirli" dedi Katherine. "Sanırım beni cehennemle tehdit ediyorsunuz. Öyle olabilir ama ben inanmıyorum. Ben artık sadece kendime ve aşkıma inanıyorum."

Keşiş başını iki yana salladı ve Katherine'e üzgün gözlerle baktı. "Aptalca konuşuyorsunuz, Leydi Swynford. Felaketler sizi daha iyi eğitir. Burada cehennem alevlerinden söz etmiyorum; bu yaşamdaki felaketlerden söz ediyorum!" diye tekrarladı daha keskin bir sesle ve aniden boynundaki haçı tuttu.

Yüzünün yarısı kukuletasının altında gizlenmiş hâlde yere baktı.

Katı Lenten oruçları[73] sırasında bazen olduğu gibi, son zamanlarda tuhaf rüyalar görmeye başlamıştı; bu rüyalar öylesine canlıydı ki Birader William onların kutsal vizyonlar olduğunu düşünüyordu. Ama dün gece gördüğü rüya Şeytan'dan gelmiş olmalıydı; çünkü mantıksız bir dehşetle, öfkeyle bakan sakallı yüzlerle, duman kokularıyla ve kanla doluydu. Şimdi "felaket" derken, rüyasında üzerine eğilen Katherine'in yaşlarla dolu yüzünü hatırlamıştı; bu korkuda birbirlerine bağlıydılar.

"*Christe eleison*"[74] diye fısıldadı Keşiş, rüyasının anısından rahatsız olarak. Ayrıca rüyasında Katherine'i görmekten de hoşlanmamıştı; çünkü Şeytan uykusuna bir kadın yüzünü soktuğundan beri uzun zaman geçmişti.

"*Benedicite*" diye mırıldandı aniden ve arkasını dönüp hızlı adımlarla şapele doğru yürüdü.

Katherine, kümeslerin önünde Dük'ün dışarı çıkmasını bekledi ve Birader William'ın içinde yarattığı huzursuzluk çok geçmeden kayboldu. Şimdi eski, yosunlu kayıkhaneye doğru yürüyordu. Taşlar arasındaki aralıklardan menekşeler ve sarıpapatyalar büyümüştü; geçerken o küçük çiçeklere dokundu. Su kapısının aralığından, masmavi gökyüzünün altında safir bir taş gibi uzanan Thames'i görebiliyordu. Katherine iskeleye indi ve derin bir nefes aldı. Hava, yeni tırpanlanmış toprak ve tomurcuk açan yeşillik kokuyordu.

---

73 Büyük Perhiz.
74 Lat. Yüce İsa.

Küreklerin kulağa son derece melodik gelen sesi, gençlerle dolu bir tekneden Katherine'e geldi. Kırmızı tünikli bir genç flütünü çalarken, diğerleri mutlu bir şekilde şarkı söylüyordu:

> *Oh, Lenten kasabaya geliyor sevgiyle-Selam de! Selam ver!*
> *Çiçekler açarken kuşların sesiyle-Selam de! Selam ver!*

Nehirde akıntıyla sürüklenerek işitme mesafesinden çıktılar; fakat Katherine gülümseyerek arkalarından bakmaya devam etti.

Oriana'yı incelemesini bitiren Dük iskelede yanına geldiğinde, Katherine topladığı bir kucak dolusu menekşeyi nehre atıyor, bir çocuk gibi mor lekelerin suyun akıntısıyla sürüklenişini izliyordu ve bir yandan da az önce duyduğu şarkıyı mırıldanıyordu. "Oh, Lenten kasabaya geliyor sevgiyle, selam de, selam ver!"

Dük güldü ve Katherine'in eğik başının tepesine bir öpücük kondurdu. "Tatlım" dedi, "yaşını ve kaç çocuğun olduğunu unuttun mu?"

Katherine güldü ve basamaktan kalktığında, yaşlı kayıkhaneci dışında kendilerini görebilecek kimse olmadığını fark etti. Kollarını John'ın boynuna doladı ve onu istekle öptü. "Birçok çocuk, Lordum, ama henüz yetmedi" diye fısıldadı John'ın kulağına.

Dük bu sözlerin anlamını anlarken yüzünde şaşkın bir ifade belirdi. "Bu doğru mu, Katherine?" John gözlerini kıstı ve endişeli bir tavırla baktı.

"Memnun olmadın mı?" diye sordu Katherine, yüzündeki gülümseme silinirken.

"Elbette ki oldum, bunu sen de biliyorsun. Ama son defasında çok hastalandın, sevgilim; iki gece uyumadım ve sunağın tırabzanındaki mindere yaslanıp uyuyakalana kadar dua ettim."

"Ah, canım benim..." diye fısıldadı Katherine, yanağını John'ın omzuna dayarken; daha önce böyle bir şeyden haberi olmamıştı. Hawise nihayet onu ateşten kurtarıp bilincini yerine getirdiğinde John, Kenilworth'taydı ve ateşkes anlaşmasını görüşmek için Brüksel'e gidiyordu; Costanza ile birlikte.

"Hayır. Bu kez her şey yolunda gidecek" dedi Katherine. "Ben doğurgan bir kadınım ve sana gürbüz bir oğul daha doğuracağım." Sesindeki zafer tınısını bastıramamıştı; çünkü artık terazi belirgin bir şekilde diğer tarafa kaymıştı ve bir daha aynı sözleri duymayacağını düşünüyordu: "Ne, yine mi bir Beaufort piçi? Artık yetmedi mi?"

John da Costanza'yı düşünüyordu ve içindeki tiksintiyi kontrol etmesi gerektiğini biliyordu. Lent sırasında onu Hertford'da ziyaret etmesi gerekmemişti ve Costanza'nın da onu umursadığı yok gibiydi. Ama Paskalya'da kendisini çağırttığına bakılırsa Canterbury'ye hac yolculuğu başarıyla sonuçlanmış olmalıydı. Costanza'nın yine Castile için bir varis doğurmayı umduğu şüphesizdi.

Omzuna güvenle yaslanmış güzel yanağa baktı ve Katherine'in elini tutarak biraz sert bir tonla konuştu. "Tanrı'ya şükür, Katherine, nişan yüzüğünü tekrar takmışsın."

John ona, kendisi için duyduğu acıyı ve bunu nasıl telafi edeceğini anlatmaya başladı; Nottinghamshire'daki malikânelerinden birini Katherine'e verecek, usta bir demirciye ender bulunan Doğu incilerinden bir gerdanlık yaptıracaktı. Ama Katherine onu susturdu. "Hayır, canım, biliyorum. Kendini böyle paralamana gerek yok. Bak, işte bu yüzden broşuma sizin sloganınızı yazdırdım." Katherine broşunu işaret etti. "Her şey nasılsa öyle!"

"Bu pek rahatlatıcı değil" dedi John alçak sesle. Katherine'i göğsüne bastırdı ve birlikte iskelede durarak Thames'in akışını izlediler.

* * *

Haziran'ın yirmi birinde, Richmond'daki Sheen sarayında, yaşlı Kral son nefesini verdi. Altmış beş yaşındaydı ve hükümdarlığının elli birinci yılındaydı; tebasındakilerin çoğu, ikisinin de haddinden fazla sürdüğünü düşünüyordu. Crécy ve Poitiers zaferleri çok uzak bir geçmişte kalmıştı. Birçokları, o zaferlerin arkalarından gelen ve hâlâ kesilmeyen savaşların gölgesinde kaldıklarını düşünüyordu. Daha Kral'ın öldüğü hafta, Fransızlar Sussex kıyısına geçiyordu.

Ama İngiltere'ye neye mal olursa olsun Fransa'yı yönetme hırsıyla yanıp tutuştuğu, abartılı bir lüks içinde yaşadığı ve zevk peşinde koştuğu için Kral'ı en ağır şekilde eleştirenler bile, onun ölümü karşısında şaşırmıştı.

Kral felç geçirdiğinde Alice Perrers'la yalnızdı. Alice onun yatağında oturuyordu ve birlikte barbut oynuyorlardı. Alice onu çok büyük bahislerle, -Canterbury Başpiskoposunun asası, Gaskonya bölgesi, taht- eğlendirirken, Kral aniden güçlü bir çığlık atmış ve boğazından gurultular yükselmeye başlamıştı. İri iri açılan gözleri kıpkırmızı kesilmiş, bir dudağı yukarı kıvrılmış, sanki yüzünün yarısı taşlaşmıştı.

Alice bir çığlık atarak yataktan fırlamıştı. Kral yastıkların üzerine devrilmişti. Alice'in dehşetle bakan gözlerinin önünde, Kral hırıltılı bir şekilde soluklanmaya çalışmıştı. Alice onun öleceğini ve uzun süredir elinde tuttuğu gücün sona erdiğini anlamıştı. Hemen eğilip Kral'ın hissizleşmiş parmaklarından ağır mücevherlerle süslü üç yüzüğü çekip almıştı.

Yüzükleri elbisesinin göğüs kısmına sıkıştırmış, titreyerek gerilemiş sonra da arkasını dönüp süitten kaçmıştı ve sadece bir uşağa rahip getirmesini söylemek için duraksamıştı. Sonra saraydan nehre kaçmış, bir tekneye atlamış, batı kıyısında bir hancıya rüşvet vererek atını almış ve bir şövalyenin kendisine çeşitli yardımları için borçlu olduğu Bedfordshire'a kaçmıştı.

Yaşlı Kral çok geçmeden tek başına ölürken, yanında sadece korku içindeki uşağın bulduğu bir keşiş vardı. Oğulları ve artık İngiltere Kralı olan küçük Richard'ın Sheen'e ulaşması saatler sürmüştü.

İngiltere Kral için yas tutmuş, insanlar siyahlar giymişti ve her yerde cenaze ayinleri yapılmıştı. Edward'ın cenaze korteji ve Kraliçe Philippa'nın yanına gömülmesi, gerçekten üzgün bir havada gerçekleşmişti. Ama her yerde gözler, Temmuz'un on altısında taç giyecek olan güzel bir çocuğa umutla ve mutlulukla dikilmişti.

Yaşı ileri olanların ülkenin bir çocuk tarafından yönetilmesinin talihsizlik olduğunu söylemelerine kimsenin aldırdığı yoktu; halkın büyük bölümü aksi görüşteydi. Bordeaux'lu Richard onlardan biriydi. Babasını sevmişlerdi ve Joan Kent'i de kendileri kadar İngiliz görüyorlardı.

Öfke yatışmıştı. Piskoposlar, Wyclif'e ve Lancaster Dükü'ne karşı kinlerini gizliyorlar, Lollard vaizleri vaazlarında yoksullara yapılan haksızlıklardan söz etmekten vazgeçerek dinsel metinlere odaklanıyorlar, Eşaya'da[75] geçen bir kehaneti vurguluyorlardı: "Onlara küçük bir çocuk önderlik edecek!" Büyük soylular kıskanç çabalarını kesmişlerdi ve Londralı tüccarlar taç giyme festivalinde büyük bir miktarda para harcamayı planlıyorlardı.

15 Temmuz'daki St. Swithin Ziyafeti'nde, Westminster'daki törenden bir gün önce, Richard'ın korteji o zamana dek hiç görülmemiş bir görkemle şehir sokaklarında dolaştı.

Katherine, ayrıcalıklı leydiler için West Chepe'de dikilen bir terastan izlemişti korteji. Prenses Joan, eltilerinden ikisiyle birlikte -Edmund'un gösteriş budalası ve boş kafalı karısı Isabella ve Thomas Woodstock'ın karısı Eleanor de Bohun- bir platformda oturuyordu. Eleanor çenesini tutamayan,

---

75 Yüzyıllar öncesinden Hz. İsa'nın geleceğini insanlara haber veren Yeşaya'nın adı. Eski Ahit'in bir bölümü onun adını taşır.

burnu büyük bir kadındı ve Katherine onun kortej sıralamasıyla ilgili sızlanmalarını, Philippa, Elizabeth ve Blanchette'le birlikte oturduğu yerden bile duyabiliyordu. Swynford çocukları bu sıra dışı kutlama için Kenilworth'tan getirilmişti ve Dük, küçük Tom'a bir ayrıcalık tanıyarak Richard'ın yaşındaki soylu çocukların arasına onun da katılmasına izin vermişti.

Blanchette annesinin yanında sessizce oturuyordu. Meraklı gözleri, yürüyen adamlardan yaşıtı olan ve altın rengi kostümler giymiş dört kızın üzerine tünediği büyük bir kanvas kuleye döndü; aslında duruşları çok tehlikliydi; çünkü her an düşebilirlerdi.

Avam Kamarası mensupları Pater Noster'ın köşesinde gözden kaybolduklarında ve beyefendi sınıfındaki erkeklerin geçişi başladığında, Blanchette öne eğildi ve Katherine'in Kenilworth'tan son ayrılışından beri başlayan kekemeliğiyle konuştu. "İ-i-işte Ge-Geoffrey Eniştel!"

"Evet, o, hayatım" dedi Katherine. Geoffrey, kendisini bir Cistercian rahibi karikatürü gibi gösteren beyaz bir cüppe giymişti. Katherine onu aylardır görmemişti; çünkü Kral'ın işleriyle ilgilenmek için hep Fransa'daydı. Onun grubu leydilerin terasının önünden geçerken, Geoffrey başını kaldırıp onlara el salladı ve karısını aradığı belli bir şekilde sıraları bakışlarıyla taradı; ama Philippa Chaucer orada değildi.

Lancaster Düşesi yarın taç giyme törenine katılacaktı ve şu anda nedimeleriyle birlikte Hertford'dan geliyordu ki aralarında Philippa da vardı; ama böyle geçit törenleri zaten asla Philippa'nın ilgisini çekmezdi.

Beyefendilerin arkasından şövalyeler ve şövalyelerin sancaktarları geldi; yine sırasıyla şehir meclisi üyeleri ve yeni vali; zengin tüccar, Nicholas Brembre. Atının üzerinde herhangi bir şövalye kadar becerikli görünen Brembre, Prenses Joan'ın yakınındaki bir onur koltuğunda, gümüşi minderlerin üzerinde oturan eşi Idonia'nın da aralarında bulunduğu hanımları selamladı.

"Neredeyse bir beyefendi gibi görünüyor" dedi Elizabeth şaşkın bir sesle, "ama çok terli ve şişman."

"Şşş, Bess" dedi Katherine azarlayan bir tavırla. "Böyle bir sıcakta beyefendiler de terler."

"Babam terlemez" dedi Elizabeth kibirli bir tavırla. "Üstelik asla şişmanlamadı."

Katherine gülmemek için dudaklarını ısırdı; çünkü Elizabeth kesinlikle haklıydı. Daha düşük seviyedeki kontlar ve baronlardan sonra Richard'ın amcaları Dük'ün önderliğinde Chepe Cross'un köşesinde göründü. Gümüş süslü krem rengi kadife tüniğinin içinde ve kar beyazı bir atın sırtında, John bir başmelek gibi parlıyordu. Diğer yandan kardeşleri Edmund ve Thomas, Katherine'e bir çift karikatür gibi görünmüştü.

John'ı istediği kadar hayranlıkla izleme veya selamına uygun şekilde karşılık verme fırsatını bulamadı; çünkü aniden borazanlar ve davullar gürüldemeye başlamış, küçük Kral görünmüştü. Leydiler teraslarında ayağa kalkarak bir ağızdan bağırdılar: "Çok yaşa Richard!"

Kanvas şato kulesindeki küçük kızlar aşağı eğildiler ve aniden, Kral'ın geçeceği yola atılan altın florinler ve konfetiler havayı doldurdu. Kulenin içinde gizlenen biri bir ipi çekti ve kanvastan yapılmış bir meleğin sallanan kolu, önünden geçmekte olan Richard'ın başına doğru bir taç uzattı.

Çocuk şaşırarak başını kaldırdı ve kahkahalarla güldü.

On yaşındaki Richard son derece sağlıklı görünüyordu. Omuzları, üzerine giydirdikleri beyaz ve süslü pelerinin altında fazlasıyla dar ve zayıf kalıyordu; ama atının üzerinde sağlam bir şekilde oturuyor, hayvan geride kaldığı her seferinde altın şövalyelik mahmuzlarını sağrılarına gömüyordu.

"Tanrım, bir kız çocuğuna benziyor" diye haykırdı Elizabeth kendini tutamayarak. "Ama artık Kral olduğuna göre, böyle muhallebi çocuğu gibi görünmekten vazgeçer!" Richard'dan pek hoşlanmıyordu; çünkü onun gözünde Richard oyunlarda pek iyi değildi, sadece küçük boya kutularıyla oyalanmayı veya okumayı sever, kendisiyle dalga geçildiğinde de annesinin eteğine sarılırdı.

"Yarın Tanrı'nın yağıyla kutsanıp taç giyecek" dedi Philippa kız kardeşine kaşlarını çatarak. "Majesteleri hakkında böyle konuşmamalısın."

Elizabeth sessizleşti ve Katherine bütün dikkatini Richard'ı yaya takip eden çocuklara verebildi. Tom'u hepsinin arasında seçerek Blanchette'e gösterdi; çünkü Dük geçerken kızın içine kapandığının ve geçidi izlemeyi bıraktığının farkındaydı. "Bak, hayatım" dedi kızının elini tutarak, "Tom bütün o genç lordların yanında nasıl cesurca yürüyor." *Ve Hugh'a ne kadar benziyor,* diye düşündü içi sızlayarak. Darmadağınık saçları, köşeli Sakson hatları ve dik yürüyüşü... Bunların hepsini Hugh'dan almıştı; kalçasında sallanan domuz başı oymalı hançeri de öyle. Dük ona çok daha güzel görünen bir hançer vermişti; ama Tom kararlı bir şekilde babasınınkini tercih etmişti.

"Da-daha k-kü-küçük olmasına rağmen L-Lord Henry'den da-daha uzun" dedi Blanchette. Katherine, küçük kızın elini hafifçe sıktı ve başıyla onayladı; ama iç çekti. Blanchette'in kardeşiyle gurur duyması normaldi;

ama söylediği diğer her şey gibi bu vurgusu da Dük'e ve onunla ilgili her şeye duyduğu nefreti gösteriyordu. *Eh, buna alışması gerekecek,* diye düşündü Katherine aniden öfkelenerek.

İki Holland, kortejin arka tarafından atlarını koşturarak gelirken, kılıçlarını sallayarak halka geri durmalarını, şarap pınarlarına koşmadan önce Kral'ın katedrali geçmesini beklemelerini söylüyorlardı. Bu iki genç, Prenses Joan'ın önceki evliliğinden olan çocuklarıydı ve Joan kadar sevilmelerine rağmen kimse onlarla pek ilgilenmiyordu; genç John Holland'ı işaret ederek heyecanla konuşan Elizabeth dışında. "İşte yakışıklı bir erkek diye buna derim! Bu, Jack Holland. Geçen gün Westminster'dayken düşürdüğüm eldiveni aldı. Yorgancı Nan" diye ekledi hayranlıkla, "onun Londra'daki diğer tüm erkeklerden daha fazla oynaşı olduğunu söylüyor."

"Elizabeth, iğrençsin!" diye bağırdı Philippa. "Hizmetkârlarla bu şekilde dedikodu yapmaya daha ne kadar devam edecek, Leydi Katherine? Onun zevklerini geliştirmenin bir yolunu bulmalısınız."

Katherine cevap veremeden, Elizabeth siyah saçlarını savurarak araya girdi. "Açıkçası, ben burada oynaşlardan söz ederken beni azarlaması gereken Leydim değil."

Katherine kıpkırmızı kesildi ve Blanchette'in ağzının açık kaldığını gördü.

"Şu anda kabalığını tartışmamızın yeri ve zamanı değil, Elizabeth" dedi Katherine sert bir sesle, "ama görüşlerin ne olursa olsun, baban seni bana emanet etti."

Elizabeth öfkeden kızardı; ama başını eğdi ve elbisesindeki gevşemiş bir inci tanesiyle oynamaya başladı.

Philippa elini Katherine'in dizine koydu, başını iki yana salladı ve nazikçe konuştu. "Kardeşim adına özür dilerim." Gözleri Katherine'in yüzüne üzgün bir şefkatle baktı.

"Tanrı aşkına, hiç yoktan tantanaya bak!" diye bağırdı Elizabeth aniden gülerek. "Ben bir şey kastetmedim ki!" Katherine'e dönerek cilveli bir tavırla konuştu: "Bugün surat asmak için fazla güzel bir gün. Ah, Leydim, lütfen, şu şekerlemelerden biraz alamaz mıyız?" Elizabeth'in neşeli gözleri, kalabalığın arasından geçmekte olan bir satıcıyı görmüştü.

Katherine kesesinden sessizce biraz gümüş para çıkardı ve uşağa verip satıcının arkasından gönderdi. Elizabeth kesinlikle küstahlık yapmıştı; ama Katherine, basit bir gerçeği ifade ettiği için cezalandırılmayı hak ettiğini de düşünmüyordu.

Peki, ya Blanchette? Daha on yaşındayken "oynaş" kelimesinin anlamını bilebilir miydi? Yoksa sadece Elizabeth'in annesine nasıl saldırdığını gördüğü için mi afallamıştı?

Katherine yanındaki küçük başa şefkatle baktı ve yuvarlak çenenin titrediğini görünce içi burkuldu. "İşte, hayatım" dedi Katherine neşeyle, uşağın uzattığı tabaktan bir şekerleme alırken, "bunu seversin. Günün onuruna küçük bir taç gibi yapılmış, bak."

"Be-ben yi-yiyemem, anne" dedi Blanchette. "Mi-midem bulanıyor." Eliyle ağzını kapadı. Katherine yerinden fırladı ve çocuğu alarak aşağıdaki bir sokak mazgalına koşturdu.

Zavallım benim, diye düşündü Katherine, elini terlemiş alnına dayarken. Nedeni sıcak ve heyecandı. Savoy'a döndüklerinde Hawise ona pelin ilacı vermeliydi ve Katherine bir şekilde çocukla ilgilenip ona masal anlatmak ya da şarkı söylemek için zaman yaratacaktı.

* * *

Dük'ün nüfuzu bile, Katherine'e Manastır'daki taç giyme törenini rahat bir şekilde izleme ayrıcalığı getirememişti. Günlerdir İngiltere'nin Yüksek Naibi olarak miras iddialarıyla ilgileniyordu ve bu yüzden onur anlayışı, kimseye ayrıcalık tanımamasını gerektiriyordu. Katherine, isimsiz şövalyelerin eşleri ve dullarıyla birlikte ana nefe sıkışmıştı.

Bugün yaptığı gibi bol üstlükler giydiğinde hamileliği henüz belli olmuyordu; fakat saatler boyunca ayakta durmak veya diz çökmek zordu ve törene katılmak istemiyordu ama Dük onun orada olmasını, bu önemli günü kendisiyle paylaşmasını istemişti.

Ancak Katherine'in isteksizliğinin arkasında yatan başka bir neden daha vardı. Prenses Joan'ınkinin yanında, en az onunki kadar görkemli bir koltukta, Lancaster Düşesi oturuyordu ve Castile krallığı üzerindeki hakkından dolayı elinde aslan başlı küçük bir asa vardı.

Düşes önceki gece Savoy'a gelmişti ve Katherine son birkaç gündür çocuklarıyla birlikte Monmouth Kanadı'ndaydı. John geceyi Richard'la Westminster Sarayı'nda geçirmiş, böylece Katherine onun Costanza'nın yanında olduğunu düşünerek kıskançlık krizlerine girmemişti. Her seferinde bu duyguları geride bıraktığını sanıyordu. John'ın karısıyla aralarında sevgi olmadığını ve birleşmelerinin sadece görev duygusundan kaynaklandığını biliyordu. Yine de...

Bugün taç giyme giysileri içinde, kırmızı mücevherlerin parıltısı ve erminlerin arasında, Düşes güzel bir kadındı. Üstelik bu mesafeden, diğer kraliyet eşlerini -özellikle de saç diye taşıdığı turuncu bir kütlenin altında muazzam bir mavi dağa benzeyen Prenses'i- gölgede bırakan ağır bir görkem yansıtıyordu. Katherine gözlerini kapayarak ağrıyan sırtını bir sütuna yasladı.

Dışarıda borazanlar ve davullar gümbürderken, Westminster Sarayı'ndan gelen küçük kraliyet korteji kuzey kapısından manastıra girdi. Dük'ün elinde büyük merhamet kılıcı Curtana vardı ve arkasında, oğlu Richard'ın varisi olan Kont March kraliyet kılıcını taşıyordu. March ve Dük arasındaki düşmanlık, diğerleri gibi şimdilik kesilmişti ve John; gergin, nefret dolu Kont'la uzlaşabilmek için çaba harcamıştı. Kont Warwick, üçüncü kılıçla arkalarındaydı; Edmund Langley ve Thomas Woodstock da küreyle asayı taşıyordu.

Richard'ın çıplak başının üzerinde, Cinque Ports baronları antik haklarıyla, dört gümüş direk tarafından desteklenen altın örtüsünü taşıyordu. Arkalarından, Canterbury Başpiskoposu Sudbury, kırışıklarla dolu yüzünde duygusal bir ifadeyle geliyordu ve onun arkasında piskoposlar, başrahipler, rahipler ve keşişler vardı.

Manastıra girerlerken ve Richard koroyla Yüksek Sunak arasındaki bir platforma çıkarılırken, din adamları ilahilerine başladılar. *"Firmetur Manus Tua..."*[76]

Taşların güzelliğiyle sarılmış manastır muhteşem bir sesle ve melodiyle dolarken, görkemli kilise orgunun sesi en yüce duyguları çağrıştırırken ve etrafındakiler ağlarken, Katherine'in de gözleri dolmuştu.

Neler olup bittiğini pek göremiyordu; ancak aniden, gergin bir havada sessizleşen kilisenin içinde taç giyme yeminini tekrarlayan çocuğun heyecandan titreyen sesini duydu ve başpiskopos halka dönerek Prens Richard'ı Kral olarak kabul edip etmediklerini sorduğunda, o da bin kişiyle birlikte sevinçle haykırdı: "Kabul ediyoruz!"

Tören devam etti. Kutsal yağla kutsanıp tören pelerini giydirilirken, kraliyet emanetleri teslim edildi ve sonunda Kral tacını giyip tahta oturdu. Başpiskopos taht ayinini yaptı ve Richard'ın tebaasından ilki, Lancaster Dükü, bağlılığını sunmak için çocuğun önünde diz çöktü.

Katherine, John'ın eğik başını biraz görebiliyordu; çünkü herkes diz çökmüştü. Richard'ın amcasına tatlı bir tavırla gülümsediğini gördü.

"Ah, küçük Kralımız tıpkı Kutsal Bakire'nin meleklerinden birine benziyor" diye fısıldadı arkalardan bir ses, "ve İngiltere'ye cenneti getirecek...

---
76   Lat. Senin sağlam ellerine teslim oldum.

Tanrı'nın izniyle de barışı."

Richard'ın hükümdarlığı parlak vaatlerle başlamıştı. Ancak bazı batıl inançlılar, iki olayı olumsuz işaret olarak yorumlayabilirdi.

Ayin ve bağlılık yeminleri bittiğinde, küçük çocuk iyice yorulmuş ve sararmıştı. Manastırdan çıkmak için platformdan indi. Kuzey Verandası'na doğru yürürken biraz sallanıyordu. Eski öğretmeni Sir Simon Burley onu izliyordu. Çocuğu kucağına aldı ve onunla birlikte, Richard'ın ziyafete de katlanması gereken Salon'a doğru koştu. Burley onu kucağına aldığında, ayağındaki kırmızı kadife terliklerden biri düştü ve muhtemelen serserinin biri tarafından alınmış olmalıydı; çünkü bir daha terliği gören olmadı.

Richard, krallığının bir parçasını çok çabuk kaybetmişti.

Ve Westminster Salonu'ndaki ziyafette, çocuk tacın ağırlığı yüzünden başının feci şekilde ağrıdığını söylemişti. Kuzeni Henry onun karşında, babasının yerinde oturuyordu; çünkü Dük ve diğer lordlar atlarıyla Büyük Salon'da dolaşarak düzeni sağlıyordu.

"Şuna bir baksana, Henry" dedi Richard taca dokunarak. "Bir demir miğferden daha ağır!"

Henry küçük ellerini merakla uzatırken, Kont March öfkeyle araya girdi ve tacı Richard'ın elinden aldı. "Ben sizin için tutarım, Majesteleri" dedi, "böylece yemeğinizi rahatça yiyebilirsiniz."

Henry omuz silkti ve yemeğine döndü. Bu taçla ilgili sızlanma kendisine gülünç gelmişti ve Richard zaten daima bir şeylerden dolayı sızlanırdı. Henry, Tom Mowbray'i bir güreş karşılaşmasına ikna edip edemeyeceğini düşünüyordu ve sonra bunu yapamayacağını hatırladı.

Richard, ziyafetten sonra Tom'u Nottingham Kontu yapacaktı ve daha bir sürü yeni kont da vardı. Lord Percy, Northumberland'e, Thomas Woodstock da nihayet kendi unvanını alarak Buckingham'a döneceklerdi. Yaşlı Kral en küçük oğlunu pek umursamazdı ve onun için pek bir şey yapmamış, hatta unvan bile vermemişti. *Ama buna şaşmamak gerek,* diye düşündü Henry, *sonuçta Tom Amca aptalın teki.*

Henry tavus kuşunu çiğnedi, biraz şarap içti ve esnedi. Bu berbat bir ziyafetti; masanın altında oynayabileceği köpekler ya da etrafında az sonra uykuya dalacakmış gibi görünen Richard'dan başka konuşacak kimse yoktu. Can sıkıntısından, Henry hoşlanmadığı insanları saymaya başladı. Listenin en başında Thomas amcası ve Eleanor yengesi geliyordu. Richard'ın mükemmel biri olduğunu düşündüğü Robert de Vere de öyle. Robert iğrenç biriydi ve başka şeyler de vardı; ama Richard bebeğin teki olduğu için anlamıyordu.

Listenin sonuna da belki üvey annesi Düşes'i ekleyebilirdi. Ama açıkçası Düşes'le ilgili o ya da bu şekilde bir duygusu yoktu aslında; hayatında hiç görmediği Catalina hakkında da.

Bu düşünce doğal olarak onu Leydi Swynford'a ve son zamanlarda sık sık görmeye başladığı iki çocuğa getirdi. Evet, onlardan hoşlanıyordu. Blanchette güzeldi ve tatlı bir kızdı; Tom Swynford diğer çoğu çocuktan daha iyi güreşiyordu. Leydi Swynford'un kendisine gelince... Henry aniden belirsiz bir şekilde onu annesi gibi gördüğünü anladı.

Sonra düşüncelerle geçen bu süreyi unuttu. Ozanlar ve hokkabazlar gelmişti.

Büyük Salon'un diğer ucundaki duvar halılarıyla süslü bir bölümde, Prenses Joan kraliyet hanımlarıyla ve birkaç özel seçilmiş kişiyle yemek yiyordu. Çok geçmeden Castilian Düşes'yle sohbet etmekten sıkılmıştı; çünkü kadın dikkatini sohbete vermeden kibarca kısa cevaplar veriyordu ve sadece yemeğini tırtıklayıp biraz şarap içiyordu; oysa gırtlağına çok düşkün olan Prenses'in gözünde bunlar rahatsız edici özelliklerdi.

Bu yüzden, Düşes nihayet başını kaldırıp iri iri açılmış siyah gözleriyle kendisine bakınca Joan çok şaşırdı. "*La Sweenford*" dedi Düşes, "*es vero que*[77]; yani hamile... yine?"

Bütün deneyimine rağmen Joan bunu nasıl karşılayacağını bilemedi ve sezgileri Katherine'i koruması gerektiğini söyledi. "Neden, benim bu konuda bir bilgim yok, Düşes" dedi. Oysa biliyordu.

Costanza, Prenses'e kurnaz gözlerle baktı. Ermin pelerininin altında, ince omzunu silkti. "Ben ilgilenmemek piçler" dedi, "ancak..." Doğru kelimeyi bulmaya çalışarak duraksadı ve utanan ama aynı zamanda da meraklanan Prenses, Fransızca konuşmasının daha rahat olabileceğini önerdi.

Costanza'nın gözleri parladı. Tahtta oturan lanet olasıca Trastamare'yi destekleyenler, o hain Fransızlardı. Asla Fransızca konuşmazdı.

Soğuk bir tavırla devam etti. "La Sweenford... onu... Dük'ü... yumuşatmak. Dük unutmak... Castile!"

Ve bu kesinlikle çok iyi bir şey, diye düşündü Prenses. Costanza'nın karanlık bakışları Salon'a dönüp Richard'ın altın saçlı başına odaklandı-

---

77 İsp. Acaba doğru mu?

ğından, bu sohbetten rahatsız olmaya başlamıştı. Joan'ın yeni nüfuzundan yararlanarak Castile'la ilgili meselelere karışmaya niyeti yoktu; Fransızların Sussex'teki varlıkları yeterice endişe vericiydi zaten. Bu yüzden Costanza'nın asıl imasını görmezden geldi ve sıcak bir gülümsemeyle karşılık verdi: "Ah, Dük'ün herhangi bir şekilde yumuşadığına inanmıyorum. Tam aksine, bence son zamanlarda çok akıllıca ve bilgece davranmaya başladı. Önce kendi ülkemizdeki sorunları çözmeliyiz, siz ne dersiniz?"

Costanza, Joan'ın umduğu gibi bir müttefik olmadığını nihayet anlamıştı; parlak gözlerinde soğuk bakışlar belirdi. Dudakları titredi ve tutkulu bir şekilde İspanyolca mırıldandı: "Neden Tanrı bir oğul doğurmama izin vermiyor?" Göğsünde asılı duran kutuyu sıkı sıkı tuttu.

Zavallı kadın, diye düşündü Joan, sevilmeyen bir eşin kıskançlığı gibi doğal bir şeyden kaynaklanmasa bile, kadının yaşadığı ruhsal acıyı anlamıştı.

Joan ahlak yargılarına çok fazla aldıran biri değildi ve açıkçası, kendi gençliği sorgulanabilir aşk kaçamaklarıyla doluydu. Ne var ki Costanza gerçekten aldırsın ya da aldırmasın, John'ın Katherine'le ilişkisinin onu giderek daha fazla haksızlığa uğrattığını ve muhtemelen Düşes'in gururu yüzünden gerçek kederini göstermediğini düşündü. Joan'ın Katherine'e duyduğu yüzeysel yakınlık biraz zayıfladı.

Richard'ın güvenliği için daima uyanık davrandığından, John'ın ilişkisi onu aniden endişelendirmeye başladı. Alice Perrers yüzünden yaşlı Kral'ın prestiji nasıl da sarsılmış, Avam Kamarası ona saygılarını kaybetmiş ve tahta karşı nasıl ayaklanmışlardı.

Açıkçası, John'ın Leydi Swynford'la ilgili daha gizli hareket etmesi akıllıca olacaktı. Elbette ki kadını hayatından çıkarmasına gerek yoktu. Sadece onu kuzeydeki şatolarından birine gönderebilirdi; örneğin Knaresborough, Pickering veya daha da iyisi, İskoç sınırındaki Dunstanburgh! Orada insanlar onu unuturdu ve John gizlice onu ziyaret etmeyi sürdürebilirdi.

Joan bir-iki gün içinde, hepsi bugünkü taç giyme töreninin yorgunluğunu üzerlerinden attıktan sonra bu konuyla nazikçe ilgilenmeye karar verdi ve John'ın bu tavsiyenin içinde yatan bilgeliği göreceğinden şüphesi yoktu.

Ama tamamen hayal kırıklığına uğrayacağını elbette ki bilmiyordu.

5. Kısım

(1381)

"Öne çıkın, hacılar, öne çıkın! Uyanın o derin uykunuzdan!
Ülkenizi tanıyın, başınız dik; hepsi için sunun Tanrı'ya şükran
Çıkın yollara ve bırakın ruhunuz size yol göstersin,
Açıklayacağınız, paylaşacağınız gerçeklerle, korku içinizden silinsin."

Ballade de Bon Conseil

22

1380 yılının Noel'inde Leicester'da yumuşak bir kar yağıyordu. Şatoda, St. Mary-in-the-Meadows Manastırı'nda ve şehrin her yerindeki diğer kurum ve otellerde toplanmış olan yüzlerce konuk, saf beyaz kar tanelerinin, Henry Bolingbroke'un Mary de Bohun'la evliliği konusunda güzel bir işaret olduğunu düşünüyordu.

Bolingbroke'u terk ettiğinden beri Dük'ün tüm kır şatoları arasında en sevdikleri Kenilworth ve Leicester'dı; üstelik Leicester, Lancaster varisinin düğünü için çok daha uygundu.

Düşes Blanche burada doğmuştu ve babası soylu Dük Henry, en değerli dinî emaneti olarak gördüğü İsa'nın şehitlik tacından bir dikenin bulunduğu bir tapınak inşa ettirmiş - Newarke Kilisesi- ve hayata veda ettikten sonra da buraya gömülmüştü.

Hem Noel hem de düğün için düzenlenen bu ortak kutlama, Leicester'ı büyük bir heyecana boğmuştu. Her gece aktörler ayı, şeytan ve orman perisi kılığında şatoya geliyor, Büyük Salon'da gösterilerini sergiliyordu ve taze bir yaban domuzu kafası ziyafet masasına taşınıyor, kendi kutlama şarkısıyla karşılanıyordu.

Salonlar ve kiliseler, çeşitli ağaç dalları ve çiçeklerle süslüydü. Her ocakta iri bir kütük yanıyordu. Mutfaklar böreklerle, yahnilerle ve tatlılarla dolup taşıyordu.

Bu Noel, aynı zamanda bir ışık ve müzik ziyafetiydi. Kokulu mumlar bütün gece yanıyordu ve Leicester sokakları, karlara gül rengi alevlerini yansıtan meşalelerle donatılmıştı. Gençler avlularda, rahipler kiliselerde şarkı söylüyor, şatonun galerisinde Dük'ün ozanları hiç durmadan Noel şarkıları çalıyordu.

Düğün gecesi, şatonun Salon'unda muhteşem bir ziyafet verildi. Soytarı kıyafeti giyip minik ziller taşıyan ve kral olduğunu, kendisine itaat edilmesi gerektiğini göstermek için başına kartondan bir taç geçirmiş olan Lord Kötü İdare'nin şakaları karşısında, Katherine'in gülmekten karnına ağrılar girmişti. Lord Kötü İdare çoğunluk tarafından seçilmişti ve aslında Robin Beyvill'di; ne var ki maske taktığı için bu çabucak unutulmuştu. Robin'in hızlı çalışan beyni bir sürü doğaçlama espriyi peş peşe sıralıyordu ve bir tavus kuşu tüyünü kılıç niyetine alıp Dük'ün en yaşlı av köpeği Jüpiter'i büyük bir ağırbaşlılık ve ciddiyetle şövalye ilan ettiğinde, küçük gelin bile kahkahalara boğulmuştu.

Katherine, Dük'ün yanında oturuyordu; fakat her zamanki onur yerlerinde değillerdi çünkü o iki sandalye gelin ve damatla, Richard'a bırakılmıştı.

Kral ve maiyetinden birçoğu -sevgili Robert de Vere dâhil- kuzeninin düğünü için Leicester'a gelmişti; ama annesi Prenses Joan onlara katılmamıştı. Joan arada bir Katherine'e kibar mesajlar gönderiyordu; ancak taç giyme töreninden beri hiç karşılaşmamışlardı. Bu düğün davetini Joan, eklemlerinin ağrıdığını ve şişmiş bacak damarlarının yürümesine izin vermediğini belirterek reddetmişti. Bu mesafelilik, bir süre Katherine'i üzmüştü ve sonra belli bir meydan okumayla kabullenmişti. Dük, Prenses'in Katherine'i kuzeydeki şatolarından birine gizleme önerisinden ona söz etmişti ve bu fikri geri çevirdiğini söylerken nazik bir şekilde düşüncelerini ifade etmişti: "Görünüşe bakılırsa Joan aşkın ne olduğunu unutmuş, hayatım; yoksa asla böyle bir şey önermezdi."

Aslında Joan'ın müdahalesi John'ın tavrını tersine etkilemişti ve son üç buçuk yıldır Katherine'i gizlemek bir yana, çıktığı her yolculukta onu da İngiltere'nin her yerine götürmüştü. Yorkshire şatoları, Pickering, Knaresborough, Pontefract, Newcastle-under-Lyme ve Tutbury'nin yanı sıra Kenilworth ve Leicester'daki mabeyinciler ve diğer tüm hizmetkârlar, Leydi Swynford'u Düşes olarak kabullenmeye başlamışlardı.

Üstelik bu süre boyunca şatoların sakinleri Castilian Düşes'i de görmemişlerdi zaten. Kadın Hertford'dan hiç çıkmıyordu. Söylentilere göre hastalanmış, biraz aklını kaçırmıştı. Bir daha hamile kalamayacağı kesindi; oysa Leydi Swynford için durum tam tersiydi. Beaufort çocuklarının sayısı dörde çıkmıştı ve sonuncusu, bir yaşındaki kızlarıydı. Dük, bütün bu çocuklara yasal evlilikten doğmuşlar gibi büyük bir sevgi ve ilgiyle yaklaşıyordu.

Üç küçük Beaufort erkekler, John, Harry ve Thomas, şimdi anne babalarının dizlerinin dibinde tabürelerde oturuyor, büyüklerin şakalarına şaşkınlıkla bakıyordu ve Dük adaşının kıvırcık sarı saçlarını okşarken, hâlinden memnun bir koca gibi Katherine'le şakalaşıyordu.

Gerçi Dük ve Katherine'le ilgilenen pek kimse de yoktu; çünkü herkes Lord Kötü İdare'ye, düğün çiftine ve Kral'a odaklanmıştı; ancak, Geoffrey Chaucer, baldızını büyük bir ilgiyle izliyordu.

Geoffrey biraz fazla yiyip içmişti. Masadan kalktı, kemerini gevşetti ve üzerine biraz fazla dar oturan inci grisi üstlüğünün alt düğmelerini açtı. Taç giyme töreninden beri bu kıyafetini giymemişti ve din adamlarınınkini hatırlatan cüppesiyle çok daha rahat ediyordu; ama bu gece böyle giyinmesi gerekmişti.

Vay canına! diye düşündü Geoffrey, başı hafifçe dönerek arkasına yaslanırken, *küçük Katherine, ateşli Plantagenet leoparını gerçekten ve tam anlamıyla ehlileştirmiş! Dokuz yıldır birlikteler ve Dük'ün tutumuna bakılırsa, Katherine'e tutkusu her zamanki kadar güçlü. O tatlı ateşin böylesine parlak bir şekilde yanması için çok uzun bir süre,* diye düşündü Geoffrey biraz kıskanarak. Ama Katherine'i her zaman için sıra dışı bir kadın olarak görmüştü. Altı çocuk doğurmuştu, otuz yaşlarında olmalıydı; ama güzelliği asla azalmamıştı. Ama değişiklikler de vardı. Her şeyden önce, artık kendinden daha eminidi ve eski bakire kız saflığı neredeyse silinmişti. Elbisesi Edmund'un karısı Isabella'nınki kadar düşük dekolteliydi ve Katherine, daha önce hiç yapmadığı şekilde, Dük'ün omzuna açıktan açığa yaslanıyordu. Yine de gri gözleri kristal gibi berrak, yüksek alnı bir genç kızınki kadar pürüzsüzdü ve yeni moda bohem başlığı, ona farklı bir hava katıyordu.

Geoffrey, yavaş yavaş alkolün etkisine girmeye başlamış olan karısına yandan bir bakış attı: Philippa zor nefes alıyordu ve camlaşmış gözleri, önündeki gümüş tabağa sanki sarhoş olmasının sorumlusu oymuş gibi bakıyordu. Katherine sayesinde o da diğer tüm soylu hanımlar kadar güzel giyinmişti; ama başlığı bir kulağının üzerine kaymıştı ve mavi peçesinin ucu sosun içinde geziyordu.

Philippa sabah çok aksi olacaktı. *Ah, her neyse, sonuçta bu gece Noel ve üstelik de düğünü kutluyoruz,* diye düşündü Geoffrey.

Düğünlerle ve çöpçatanlıklarla dolu bir yıl olmuştu. Yaptığı her şeyde tereddütsüz hareket eden Dük, zihnini ailevi konulara odaklamış, çocuklarından ikisini mutlulukları açısından olmasa da, zenginlikleri açısından en avantajlı şekillerde evlendirmişti. Hoş, kimse evlilikten mutluluk beklemiyordu ve bir zamanlar farklı olsa da Dük de artık diğerleri gibi düşünüyordu. Şimdi bile, Geoffrey şişman ve kırk yaşında olmasına rağmen Düşes Blanche'ı hatırladığında hâlâ kalp atışları hızlanıyordu.

Dük, Henry için başka bir İngiliz varisi seçmişti; ama bu iki çocuğun evliliği herhangi bir mutluluk vaat etmiyordu. Henry on üç, karısı on iki yaşındaydı. Yüksek Masa'daki bütün o parıltıların altında, çocukların heyecandan ve korkudan titrediğini görmek zor değildi. Ama kız yarın annesinin yanına geri dönecekti. Dük'ün zamanla yeni Lancaster varislerini dünyaya getirecek üreme potansiyelini erkenden tüketmeye niyeti yoktu; ama daha az akıllı birçok baba çocuklarını yaşlarına aldırmadan yatağa atardı ve sonuçları olduğu gibi kabul ederdi.

"Nasıl davranacağını bile bilmeyen bir dişi tilki" dedi Philippa aniden düşüncelerini titizlikle ifade ederek. "Bana çatık kaşlarla bakıyor."

"Kim?" diye sordu Geoffrey etrafına bakınıp gülmemeye çalışırken; çünkü başlığının düşmesiyle, karısının saygınlığı ciddi şekilde zarar görmüştü.

Philippa kaşığını kaldırdı ve karga burunlu Buckingham Kontesi'ni işaret etti. "Şu işte. Gelinin ablası."

"Saçmalık!" dedi Geoffrey yatıştırıcı bir tavırla. "Sadece bu düğünden hoşlanmadı ve bu yüzden herkese çatık kaşlarla bakıyor."

Eleanor de Bohun'un öfkeli gözlerinin Philippa'nın hâline tiksintiyle baktığı doğru olmakla birlikte, balık dudakları her zaman kibirli bir ifade taşırdı zaten. Thomas Woodstock'ın karısı daima kocasıyla hemfikirdi ve kız kardeşini rahibe olsun diye gönderdikleri manastırdan çekip aldığı için Dük'e öfke duyuyordu. Mary'nin dünyevi hayata geri dönmesi ve Henry'yle evlenmesi, onu muazzam Bohun servetine tekrar ortak etmişti ve dolayısıyla Eleanor'un hissesi yarıya inmişti.

Eleanor'u düğüne getiren tek şey, daha kötüsü olmasın diye gelişmeleri izlemekti ve kibar davranmak için herhangi bir çaba harcamıyordu.

"Bana öfkeyle bakıyor" dedi Philippa ısrarla, "çünkü Katherine'e kabalık etmeye cesareti yok. Ah, gardıropta diğer leydilerle konuşurken duydum onu; benim bu kadar yüksekte oturmaya hakkım olmadığını söylüyordu. Benim bir şeyler karalayan bir yün saymanıyla evlenmiş bir kiler hizmetçisi olduğumu söyledi."

"Leydi Eleanor pek haksız sayılmaz" diye mırıldandı Geoffrey; ama karısını daha da öfkelendirmemek için yüksek sesle konuşmadı çünkü aniden peçesindeki sos lekelerini fark etmişti ve telaşla temizlemeye başlamıştı.

Geoffrey bacak bacak üstüne attı ve Leydi Eleanor'un aşağılamasını düşündü. Hiç şüphesiz bir şeyler karalayan bir yün saymanıydı; ama aynı zamanda da Kral'ın gizli hizmetinde çok yolculuklar yapmıştı. Barış görüşmeleri, kraliyet evlilik görüşmeleri, Fransa'da, Flanders'da, İtalya'da... bütün bunlarda büyük deneyim kazanmıştı. Genel olarak saygınlığı keyifli olsa da artık bunların olmaması da üzücü değildi.

Şiirlerinden birinde Ün'ün güvenilmezliğinden söz etmişti; o şiirine Kenilworth'ta başlamış ama asla bitirmemişti. Kutlamaya hazırlandığı kraliyet "aşk ilişkisi" gerçekleşmediği için tamamlamadan bırakmıştı. Küçük Fransa Prensesi Marie, Richard'la nişanlanamadan ölmüştü.

Ama şimdi kutlanacak bir sürü şey vardı. Yeni evlenmiş çifte tekrar baktı. Beyaz kadife giysilerinin içinde şişman ve ciddi görünen Henry, ekmekten bir at oyarak yanındaki endişeli gelinini eğlendirmeye çalışıyordu. Ve Geoffrey, Kutsal Roma İmparatoru'nun kız kardeşi Anne Bohemia'yla nişanı yakında halka açıklanacak olan Richard'a baktı.

Richard daha on dört yaşını doldurmamasına rağmen pembe ve beyaz papatyalarla dolu altın bir kıra benziyordu. Kendisinden bir yaş büyük olan müstakbel Alman gelininin şişmanca ve esmer olduğu biliniyordu. Aşkın gerçek güzelliklerini veya yetişkin çiftlerin doğrudan zevklerini bu hanedanlık evlilikleri yapan çocuklara uyarlamak çok zordu.

Geoffrey'nin bakışları, Dük'ün en küçük kızı Leydi Elizabeth'e kaydı. Onun evliliği daha da az ilham vericiydi. Kenilworth'ta geçen yaz Elizabeth on altı yaşını doldurduğunda, sekiz yaşındaki kocası John Hastings sayesinde Pembroke Kontesi olmuştu; ancak çocuk aniden kızamık çıkarmış ve iyi bakılması için annesine iade edilmişti.

Elizabeth'in yıllar boyunca küçük kocasının erkeklik gücünü kazanmasını bekleyeceği konusunda ciddi şüpheler vardı. Şu anda yanakları kızarmış, kara gözleri şaraptan parlaklaşmış hâlde bakarken, John Holland'a doğru eğilmişti ve dudaklarını büzerek onunla dalga geçiyordu. Kral'ın üvey kardeşi Joseph filan değildi ve çapkın biri olarak büyük ün yapmıştı. Dük'ün vahşi genç kızını dizginlememesi çok şaşırtıcıydı; fakat sonuçta cilveleşen çift tepeleme dolu bir salata tepsisinin arkasında onun görüş alanının dışındaydı ve hiç kimse, hâlinden memnun bir babadan daha kolay aldatılamazdı.

Geriye Leydi Philippa kalıyordu. Her zamanki gibi görgü kurallarına uygun hareket eden Philippa, Edmund amcasının yaptığı bir espriye sakince gülümsüyordu. Kumral saçları eski modaya uyularak başının iki yanında örgü yapılmıştı. Annesinin ender güzelliğini değilse de kesinlikle nazik saygınlığını almıştı.

Philippa'nın birçok kısa ömürlü aşk ilişkisi olmuştu. Avrupa'dan bir prens eş aranmıştı; ama uygun biri bulunamamıştı. Bu yüzden, yirmi bir yaşında olmasına rağmen Philippa henüz evlenmemişti ve Katherine'in söylediğine bakılırsa, hâlâ bakire olduğu için çok memnundu.

Kraliyet eşleşmelerinin şiirsel methiyeleri genellikle olumlu sonuçlar getirse de Geoffrey artık onları haklı çıkarmak için şövalyemsi bir çaba harcamaktan sıkıldığını düşünüyordu ve gözleri kapanmaya başlamıştı. St. Valentine maiyetin yanı sıra sıradan halkla da ilgileniyordu ve azizin bütün insanlar üzerindeki etkisi yeterince mizahiydi. Ama aşk ilişkilerini kontrol eden herhangi bir aziz, Venüs veya Cupid değil, sadece Madam Tabiat'tı. Âşık kuşların bir araya gelişi, en az cesur şövalyelerin ve güzel leydilerinki kadar görkemli aşk görüntüleri ortaya koyabilirdi. *Şahin, kaz, guguk kuşu, kumru ve kartallar,* diye düşündü, bu fikirden bir hayli eğlenerek, *birçoklarına aşkı öğretebilir.*

Tıngırdayan zillerle dolu bir sopa omzuna değdiğinde irkildi.

Lord Kötü İdare yakınında durmuş, kırmızı lekeli yarım maskesinin altından ona bakıyordu.

"Hey, Dan Chaucer!" diye bağırdı Robin. "Herkes eğlenirken uyuklamak suçtur! Ceza olarak bize bir şiir okumanızı istiyoruz. Haydi, bize aşktan söz edin, üstat! Bize aşkı anlatın!"

Geoffrey gülerek ayağa kalktı. Kemeri kılıcıyla birlikte büyük bir gürültüyle düştü ve üstlüğünün bir düğmesi daha açıldı. "Korkarım hazırlıksız yakalandım, Majesteleri" dedi Robin'e göz kırparak. "Bağışlayın."

"Ah, evet, anlaşıldı" diye bağırdı genç silahtar, asasını tehditkâr bir tavırla sallayarak. "Ama bize aşkı anlatın dedim!"

Kral ayağa kalkarken gençler konuşmayı bıraktılar ve ozanları susturarak beklentiyle izlemeye başladılar. Richard bütün sanatlar gibi şiire de büyük ilgi duyardı ve Fransızca tercih etmesine rağmen Üstat Geoffrey'nin İngilizce tercümelerinden birkaç tanesini büyük zevkle okumuştu.

Katherine de ayağa kalktı ve Robin'in dalga geçtiği kişinin Geoffrey olduğunu görünce Salon'da birkaç adım yaklaşarak ona cesaret vermek istedi.

Geoffrey eğilerek selam verdi, ciddi bir tavırla bir kolunu kaldırdı ve şiirini okumaya başladı.

"Aşktan kaçmışım, olunca bu kadar şişman
Zindanda kalacaksam kilo vermem o zaman
Özgür kaldığıma göre artık, lokmaları sıralarım anbean..."

Ve yerine oturdu.

Salon alaycı mırıltılarla doldu. "Utanç verici, utanç verici" diye bağırdı Richard, çocuksu kahkahalarının arasında. "Lord Kötü İdare, onun böyle cezasız kalmasına izin veremezsiniz! Ne tür bir ceza uygun görüyorsunuz?"

Robin düşünürken asasını salladı. "St. Venüs adına, karısını öpmesini emrediyorum!"

Philippa bu sözler karşısında yükselen bağırışlara homurdandı; ama Geoffrey hiç duraksamadan tekrar ayağa kalktı ve karısının çenesini iki eliyle tutarak dudaklarını iştahlı bir şekilde öptü. "Bu hiç de ceza sayılmaz" diye bağırdı ve Philippa'nın homurtuları kesildi.

Ve o sırada, Robin'in normalde sağduyusunu elden bırakmayan zihni bulandı. Bu kısa iktidar süresi, onu şaraptan daha çok sarhoş etmişti. Noel kurallarına göre kimse ona karşı gelemezdi ve bunun bilinciyle keyifle haykırdı: "Şimdi her erkek yüreğinin sahibi olan kadını öpecek!"

Olduğu yerde döndü ve daha ne yaptığını bile fark edemeden aralarındaki birkaç adım mesafeyi aşarak Katherine'i belinden yakaladı ve hevesli bir şekilde dudaklarından öptü.

O sırada herkes kahkahalar, kıkırtılar ve cilveli çığlıklar arasında Robin'in emrini yerine getirmekle meşgul olduğundan, bunu çok az kişi görmüştü.

Katherine o kadar şaşırmıştı ki bir an kıpırdayamadı. Robin'i daima çocuk olarak görmüş, ona nasıl hayranlıkla baktığını sadece arada bir fark etmişti; ama bu kesinlikle çocuksu bir öpücük değildi. Ateşli, arzu dolu bir erkeğin öpücüğüydü ve nihayet Katherine başını geri çektiğinde, Robin ona fısıldadı: "Üç yıl boyunca bu anı bekledim, hayatımın aşkı. Bana nazik davranmazsan ölürüm!" Ve Katherine'i tekrar öptü.

"Tanrım! Robin! Sen delirmişsin" diye fısıldadı Katherine, Robin'in yaldızlı zillerle kaplı göğsünü iterek. Robin onu sıkıca tutup kendine çekti ve yanağına bir sürü aşk kelimesi fısıldadı. Katherine çocuğu sertçe itti ve tam o anda arkalarında bir ses duydular.

"İşte güzel bir Noel aktörlüğü örneği! Rollerinizi gayet iyi oynuyorsunuz." Ses taş gibiydi ve konuşan kişinin gözleri mavi alevler saçıyordu.

Robin'in kolu gevşedi.

Katherine geri çekilirken neşeyle haykırdı. "Kesinlikle, Lordum, neden olmasın? Kral Kötü İdare'ye itaat edilmelidir ve görünüşe bakılırsa şu anda kendini çok iyi hissediyor; çünkü az önce bana bu salondaki bütün hanımları öpeceğini söyledi."

"Hayır!" diye bağırdı Robin, tüm dikkatini bir kenara bırakıp maskesinin altından Katherine'e bakmaya devam ederek. "Ben sadece..."

"Leydi Isabella" diye bağırdı Katherine, Edmund'un zihni alkolden iyice bulanmış karısını tutup Robin'e doğru iterken. "İşte aşkınızdan ölen bir kral, Leydim!"

Isabelle güldü ve şehvetli Castilian gözlerini Robin'in maskesine dikti. Nazikçe hıçkırdı ve genç silahtarın koluna yapıştı.

"Lordum" dedi Katherine John'a dönerek. "Dansa katılmayacak mıyız?" Leicester'da dans için özel bir salon inşa edilmişti. Kral ve gelini, çoktan dansa başlamışlardı bile.

"Hayır, Leydim" dedi Dük. "İçimden dans etmek gelmiyor."

"Yorgunsunuz, Lordum, süitimize gidip biraz dinlenelim."

"Dinlenmeye de ihtiyacım yok." Dük, Katherine'e bakmamıştı ve burun deliklerinin köşeleri bembeyazdı. Topuklarının üzerinde hızla döndü ve ozanların galerisinden geçerek adamlarının yemek yediği muhafız salonuna doğru yürüdü.

Katherine büyük bir korkuyla arkasından koştu. Sakin geçen bu üç yılda, gözlerinin öyle görünebildiğini unutmuştu...

"Lordum" diye haykırdı umutsuzca, "bir çocuğun gülünç bir Noel öpücüğüne bu kadar kızmış olamazsınız. Size hiç yakışmıyor."

Başlangıçta, Katherine onun sözlerine aldırmayacağını sandı; ama sonunda John bir meşalenin dibinde durarak sevgilisine döndü. "Gülünç, evet! Ama şarap aynı zamanda gerçeğin kapısını açar. Senin ne kadar az direndiğini fark ettim ki hiç şüphesiz, bunun nedeni o öpücüklere alışkın olman."

Katherine'in gözleri de en az John'ınkiler kadar alev saçarak parladı; ama Robin'in güvenliğinin kendi kontrolüne bağlı olduğunu biliyordu. "Bu aşırı tepkinizin aşkınızın kanıtı olduğuna inanmalıyım" dedi sesi titreyerek. "Benimle bu kadar uzun zaman birlikte olduktan sonra hâlâ güvenemiyorsanız, o zaman bütün hayatımız sahte demektir."

John'ın yumruğu yavaşça açıldı. Katherine'in sesindeki kırgınlık yüreğine işlemişti; ama aynı zamanda onu başka bir erkeğin kollarında gördüğünde yaşadığı şokla da sağırlaşmıştı. Bu yeni bir acıydı; çünkü Katherine daha önce asla, ne bir sözü ne de hareketiyle, ona kıskanma nedeni yaratmamıştı. Erkeklerin ona nasıl hayranlıkla baktığını daima fark etmişti; ama Katherine'in aşkından her zaman o kadar emindi ki bunlar onu asla rahatsız etmemişti.

"Eğer öpücüklerinden hoşlanmadıysan, neden onu korumak için öyle saçmalıklar sıraladın ve Isabella'yı kollarına ittin?" diye bağırdı John. "Ve neden o lanet olasıca suratına bir tokat indirmedin?"

Neden mi? diye düşündü Katherine. Çünkü Robin'den hoşlanıyordu ve aşk bu dünyada o kadar ender bir şeydi ki insan bulabildiği her yerde fırsatı değerlendirmeliydi. Ama bu düşünceleri John'a söyleyemezdi; bu yüzden, gerçeği kısmen açıkladı.

"Sizin adınıza korktuğum için öyle konuştum, Lordum. Yapacağınız şey..."

"Onurumu korumana ihtiyacım olduğunu mu sanıyorsun?" diye bağırdı John yeni bir öfkeyle. "Silahtar olarak aldığım bu aptal genci bir şövalye düellosuna davet edeceğimi mi sandın? Ah, Katherine, şimdi gerçekten bir köylü kanı taşıdığını gösteriyorsun; belki de sizi birbirinize çeken şey budur!"

"Öyle mi, Majesteleri?" dedi Katherine, John'ın gözlerine dik dik bakarak. Bir an sonra devam etti. "Muhafızlarınızı üzerine salacağınızı sandım; ancak, elbette ki soylu şövalye ruhunuz, Robin... ve benim gibi düşük seviyelilere merhamet göstermenizi sağlamış olabilir."

Geçitte Dük'ün sert nefeslerinden başka ses duyulmuyordu. Dans salonundan hafif bir şekilde müzik ve ayak sesleri geliyor, Büyük Salon'dan gelen gürültü arka planda ona karışıyordu. Meşale alevleri bir esintiyle titreyerek canlandı.

Katherine'in bakışları Dük'ün gözlerine dikilmişti.

Sonunda Dük iç çekti ve başını eğdi. "Özür dilerim, Katherine" dedi sesi titreyerek, "ama seni o gencin kollarında görünce..." Ellerini uzatarak Katherine'in omuzlarını yakaladı ve zarif bedenini sertçe kendine çekti. Sonra başını eğip vahşice öptü. "Onun öpücükleri de benimkiler kadar tatlı mıydı? Onun için de dudaklarını böyle araladın mı?"

Parmaklarını canını yakana kadar Katherine'nin omuzlarına gömdü. Katherine sinirli bir şekilde güldü. "Bütün hayatımın sen olduğunu biliyorsun; bunu biliyorsun..."

"Ulu Tanrım, bu kadar zamandan sonra seni hâlâ bu kadar seviyorum" dedi John dişlerini sıkarak. "Seni şimdi Bordeaux'da olduğundan çok daha fazla arzuluyorum... Bana aşk iksirleri filan mı veriyorsun, Katherine?"

"Hayır, buna ihtiyacım var mı?" diye fısıldadı Katherine. Birbirlerine bakarak dururken, zamanla yarışıyormuş gibi hızlı nefes alıp veriyorlardı.

John kolunu Katherine'in beline doladı. "Gel" dedi, genç kadını süit merdivenine doğru sürüklerken.

"Hayır," diye haykırdı Katherine, "çok uzun süredir ortalıkta değiliz. Ne düşünecekler? Kral'a böyle davranamazsın!"

John güldü. "Kral da her erkek gibi aşkı beklemek zorunda."

* * *

Kısmen boşalmış Salon'da, uşaklar masaları temizliyor ve mumları yeniliyorlardı. Geoffrey hâlâ ateşin başında oturuyor, ısınıyordu. Philippa, ellerini karnında birleştirmiş hâlde bir sandalyede uyuyakalmıştı ve hafifçe horluyordu. Şövalyelerden ve silahtarlardan bazıları da duvarlara yaslanmış hâlde uyuyor, diğerleriyse barbut atıyordu.

Katherine, Robin ve Dük arasında olanları Geoffrey görmüştü ve anlamı konusunda kurnazca bir tahminde bulunmuştu. Ama başka bir şeyi daha görmüştü; Robin annesini öptüğünde Blanchette'in yüzünde beliren ifadeyi.

Güzel yeğenini seviyordu; ama Blanchette, kızın moralsizliğine endişeyle yaklaşan Katherine'i olduğu kadar kendisini de şaşırtıyordu. Blanchette'in sarı bukleleri ve gamzeleri, küçük zarif vücudu, ciddi bakışlı gri gözlerinin yoğunluğunu dengeliyordu. On dört yaşındaki kızlar genellikle havai olurdu; ama Blanchette'in düşünceli sessizliği, kekelemesi ve gece geç saatlerde yaşıtlarına katılmak istememesi, ergenlikle ilgili genel tuhaflıklardan farklı görünüyordu. Ziyafet boyunca Blanchette, Pembroke Kontu'nun kuzeni olan Sir Ralph Hastings adında iri yapılı, cesur bir şövalyenin yanında oturmuştu. Sir Ralph, Pontefract yakınlarında bir sürü toprağa sahipti ve Dük'ün en becerikli şövalyelerinden biriydi; aynı zamanda da duldu. Yakın zamanda Blanchette'le ilgilenmiş, bu konuda Katherine'e yaklaşmıştı ve Katherine de ablasıyla eniştesine danışmıştı.

"Harika bir evlilik olur!" demişti Philippa. "Azize Meryem! Ne şans! Soylu bir aileye girer; Leydi Elizabeth'in kuzeni olur! Konuyu hızlandır, Katherine; Sir Ralph fikrini değiştirmeden! Blanchette gibi asık suratlı bir kızı herkes istemez; üstelik doğru dürüst bir çeyizi de yok."

"Deyncourt'tan geliri var, bunu Dük bağışladı" demişti Katherine yavaşça, "ve bir gün Kettlethorpe'un da sahiplerinden biri olacak. Ama Sir Ralph'tan nefret ettiğini söylüyor."

"Saçmalık!" diye bağırmıştı Philippa. "Sen ya da Majesteleri ne yapmasını söylesenİz, söylediğiniz her şeyden nefret ediyor o! Bu onun için çok büyük bir şans; kendisinden büyük, deneyimli bir erkek, onun moral bozukluklarını giderir. Ona çok fazla yüz veriyorsun."

"Belki..." Katherine'in alnı endişeli bir kaş çatıklığıyla kırışmıştı. "Lordum da öyle düşünüyor. Ama çocuğu zorlamaya içim elvermiyor..."

Blanchette yine de bu ziyafette, Sir Ralph'ın yanında oturmaya ve kadehini paylaşmaya zorlanmıştı. Aslında Sir Ralph yakışıklı bir adamdı; gür saçları ve kahverengi sakalları vardı. Blanchette başını eğerek onun yanında oturmuş sonra nihayet Robin herkesi eğlendirmeye başladığında başını kaldırmıştı. Sonra Katherine'i öptüğü anda melankolik bakışlı gözleri Robin'e odaklanmıştı ve Geoffrey, kızın sarardığını görmüştü. Arkasından Blanchette hemen masadan kalkmış ve hızlı adımlarla avluya çıkmış, bir daha da Salon'a dönmemişti.

Bunun nedeni, kızın Robin'e karşı özel duygular beslemesi miydi, yoksa annesinin onuruna leke sürüldüğünü hissederek rahatsız olması mıydı?

Blanchette'in ne hissettiğini kestirmek zordu. Fakat Geoffrey'ye göre, kızda Philippa ve diğer birçoklarının inandığı gibi bir keyifsizlik değil, çok daha trajik bir şeyler vardı.

* * *

Ziyafetin ertesi sabahı, John ve Katherine, şato sakinlerinin çoğu gibi yataktaydılar. Kış güneşi soğuk parlaklığıyla doğmuştu ve Katherine uyanmadan önce, Leicester halkı donmuş gölde kızak kaymak ve paten yapmak için hazırlanmıştı. Buzda tatilin keyfini çıkaranların neşeli çığlıklarını dinledi ve brokar yatak perdelerinden süzülen turuncu ışığı görünce Leicester ormanında geyik avlamak için güzel bir gün olacağını düşünerek esnedi. Büyük yatak sıcak ve rahattı. John'ın çenesinin kenarına bir öpücük kondurdu ve kaslarının sertliğinden zevk alarak sarıldı.

John gözlerini açmadan gülümsedi ve Katherine'in kalçasına nazik bir çimdik attı; ama aslında bir süredir uyanıktı ve düşünüyordu.

"Sevgilim" dedi, "Robin Beyvill'in gitmesi gerek. Yine sana baktığını görerek öfkeye kapılmak istemiyorum ve başka bir nedeni daha var."

Katherine gözlerini kırpıştırdı. Robin'i çoktan unutmuştu bile. "Evet" dedi, düşünceli bir tavırla, "buradan giderse daha iyi olur ama utanç içinde değil, John. Sana iyi hizmet etti."

"Hayır, utanç içinde değil. Ama bugün gidecek. İskoç sınırındaki Liddel şatoma. Orada her zamanki gibi sorun çıkaran İskoçları eğiterek sakinleşebilir. Tanrı onları korusun!"

John güldü. Sınır'da sorun yaratan şiddet eğilimli halka karşı hâlâ şefkat duyuyordu; bu sempatisi ilk kez çocukken babasıyla birlikte oraları ziyaret ettiğinde başlamıştı ve şimdi yine geri dönmüştü. Kimse yapamazken, o İskoçlarla barış yapabiliyordu. En son İskoç düşmanlıklarını kasıtlı olarak kışkırtan Percy'nin bunu yapamayacağı kesindi. *Lanet olasıca Percy,* diye düşündü. Kont Northumberland yine İngiltere'nin güvenliğini -ve ihtiyaçlarını- düşünmeden dağ eteklerinde fırtınalar estiriyordu. Sonunda Castile'ı almak için yeni bir fırsat doğmuştu ve Fransa üzerinde son bir zafer kazanılabilirdi. Bu, kuzeydeki antik düşmanlıkları hortlatmak için uygun bir zaman değildi.

İnanılmayacak kadar talihli iki ölüm, İngiltere'ye saldırma fırsatı vermişti. Geçen yıl Castilian zorba Trastamare ölmüş, tahtı dejenere oğlu Juan'a bırakmıştı. Ve şimdi, uzun zamandır İngilizlerin başına dert olan korkak Beşinci Charles da gitmişti. Onun yerine geçen varisi Charles, on iki yaşında bir çocuktu ve sağlık sorunları vardı. Dolayısıyla hem İspanya hem de Fransa, lidersiz kalarak kendini kargaşanın ortasında bulmuştu. Üstelik Portekiz de İngiltere'nin müttefiki olarak yükselmişti.

"Evet" dedi John ciddi bir tavırla, "bu kez başaracağız. Biliyorum."

Katherine içten içe gerildi. John'ın ne demek istediğini anlamak için sormasına gerek yoktu. Bugünlerde planlarını Katherine'le açıkça paylaşıyordu ve Katherine, kendi kişisel korkularıyla onun güvenini sadece bir kez sarsmıştı.

O zaman, "Peki, sonunda krallığınıza girdiğinizde bana ne olacak, Lordum?" diye sormuştu.

John bu soruya şaşkınlıkla karşılık vermişti. "Ne olacağını sanıyorsun ki, Katherine? Castile'daki sorunlar çözüldükten sonra sen de benimle geleceksin. Burgos yakınlarındaki Arlanzon'da küçük bir şato var; seni oraya yerleştireceğim."

Katherine daha fazla konuşmamış, bu olasılığın kendisi için yarattığı yürek sızlamalarını unutmaya çalışmıştı.

Costanza şimdi kocasının ülkesinde metelisksiz bir yabancı olarak yaşarken gösterdiği tahammülü, Castile Kraliçesi olarak taç giydiğinde de gösterecek miydi? Üstelik daha şimdiden bazı değişiklikler vardı. Philippa, Düşes'in Trastamare'in ölüm haberini duyduğunda katıla katıla güldüğünü söylemişti. Hertford'da üç günlük bir festival düzenlemiş, şapel çanı şafaktan alacakaranlığa kadar çalmış, mücevherlerle süslü Bakire heykeli bütün sokaklarda taşınarak gezdirilirken, İspanyolca şükran ilahileri söylenmişti. Dük onun çağrısı üzerine Hertford'a gitmiş, bir hafta orada kalmıştı ve Katherine o hafta neler olduğunu düşünmek bile istemiyordu.

"Tanrı'ya şükür, sevgilim" dedi Katherine sonunda iç çekerek. "En azından yakında İngiltere'den ayrılmayacaksın. Böyle bir şeye dayanamam."

John kaşlarını çattı. Katherine'in vurgusu derin endişe uyandıran bir konuyla ilgiliydi. Yeni seferde öncüler Edmund ve Thomas olacaktı. Ama kendisi yerel meseleleri yoluna koymak için bir süre evde kalmak ve hem İskoçya hem de Galler'deki huzursuzlukları bastırmak zorundaydı. Richard'ın konseyi, Prenses Joan ve kendi yargıları, bu politikada birleşmişti; ama konu içini kemiriyordu ve Edmund'un Portekiz'deki diplomasisine pek güveni yoktu.

"Uzun vadede daha akıllıca davranmak zorunda olmasaydım" dedi, "burada kalmazdım."

"Hayır" dedi Katherine gülerek. "Bana olan aşkının seni asla burada tutamayacağını biliyorum; tutmamalı da zaten" diye ekledi pişmanlık duyarak. "Bağışla beni!"

John dönüp ona baktı; kalın siyah kirpiklerin arasındaki parlak gözler, küçük ve biçimli burun, yarık çenenin üzerindeki şehvetli kırmızı dudaklar, kırmızı yanaklar, kızıl saçlar ve iri göğüslerinin beyaz kıvrımlarındaki mavi ince damarlar.

"Kutsal İsa, Katrine" dedi John, yarı öfkeli, yarı hüzünlü bir tavırla, "umarım beni burada tutan sen olmazsın."

Ama aksini düşünenler vardı; Costanza gibi. John bunu öfkeyle ve haklı bir şekilde inkâr etmişti. Hiçbir kadın, hatta Katherine bile, John'ı hedefinden vazgeçiremezdi. Castile tahtı giderek daha fazla yaklaşırken, aynı zamanda daha ulaşılmaz görünüyordu. Ama son yıllarda sabrın değerini ve dikkatli planlamanın önemini öğrenmişti. Bir ordu için para gerekiyordu ve sadece sınırlarda değil, İngiltere'nin kendi topraklarında doğacak küçük ve rastgele isyanların kesin bir tavırla bastırılması şarttı; ondan sonra da sıra Castile'a gelecekti.

Katherine onun derin nefesini duydu ve Pirenelerin tepesindeyken kendisine gösterdiği o düzlükleri düşündüğünü anladı. O uzaktaki toprakların neden John'ın en büyük hayali olduğunu, artık daha iyi biliyordu.

İngiltere'deki en büyük soylu veya uygulamadaki hükümdarı olmanın ona neden yetmediğine artık şaşırmıyordu. İngiltere'nin iki katı büyüklüğünde bir ülkenin yasal kralı olabilecekken, neden yetecekti ki? Bu, Richard'ın tahtını ele geçirmek için komplo kurduğu iddialarına tam bir yanıt olacaktı! Ve bir şey daha: Beşikte değiştirilme hikâyesinin hayaleti gömülmüş, düşmanları bile konuyu unutmuştu ve John bu konuya da sadece hakkında yayılan dedikodulardan biri olarak bakıyordu. Ama yarası hâlâ oradaydı.

Castile Kralı, bütün bu söylentilerin üzerine çıkabilirdi.

"Kalkmalıyız, tembel" dedi John ani bir enerjiyle ermin yatak örtüsünü iterek. "Zili çal." Richard ve diğer konuklar gitmeden önce iki gün daha eğlence vardı. Bugün öğleden sonra geyik avı. Yarın şövalye karşılaşmaları ve boğa güreşleri. Ne yazık ki mevsim bir turnuva düzenlemeyi imkânsızlaştırmıştı.

Katherine perdelerin arasından kolunu uzatarak Hawise ve bir uşağı süite çağıracak zili aldı. Zili eline aldığında aklına Robin geldi; çünkü genellikle çağrıya silahtar cevap verirdi. "John, Robin'i göndermek için bir neden daha olduğunu söylemiştin?"

"Lollard" dedi John, bir bacağını yataktan dışarı uzatırken.

"Ama" diye itiraz etti Katherine, "sen asla Lollardlara karşı olmamıştın!" Maiyetin yarısı, Prenses Joan ve sonunda, yakın zamanda John'ın kendisi, Wyclif'in doktrinlerinin çoğunu kabul etmişti.

"Lollardlar artık fazla ileri gidiyor" dedi John sinirle. "Vaizleri insanları fişekliyor. Ve zavallı yaşlı Wyclif'i artık eskisi kadar savunamadığımı biliyorsun. Sanırım zihni artık eskisi gibi değil. Ama düşmanlarının ona zarar vermesine de göz yumamam. Lutterworth'ta korku verici yeni fikirlerini huzurlu bir şekilde yayabilir; ama yakınımda aktif Lollardlar istemiyorum."

Süit uşağı içeri girdi ve perdeleri çekti; bu arada bir başkası mangallardan birini yakıyordu. Bir silahtar, efendisine gümüş bir kupada bira getirdi. Bir diğeri, giymesi için John'ın kırmızı kadife sabahlığını uzattı.

Hawise, hanımının yanına gelmekte biraz gecikmişti. Bebek Joan diş çıkarıyordu ve Hawise dadıyla birlikte erken saatlerden beri ayaktaydı ve küçük diş etlerini karanfil şurubuyla ovuyordu. Süit erkeklerle doluyken Katherine yataktan çıplak hâlde kalkamamıştı ve sıcak yatak örtülerinin altında Hawise'in sabahlığını getirmesini beklerken, kısa bir süre Wyclif'i ve reformcunun John'ı nasıl hayal kırıklığına uğrattığını düşündü.

Wyclif piskoposlarla ve yozlaşmış din adamlarıyla karşı karşıya geldiğinde, yardım etmeye değer görünmüştü. Wyclif'in Papa'ya karşı çıkması, özellikle de '78'de kafa karıştırıcı bir şekilde iki papa olmasından dolayı şimdi, birçok kişinin takdirini kazanmıştı.

Ama Wyclif'in Kilise'nin ruhsal öğretilerine karşı çıkması tamamen farklı bir konuydu. John, Wyclif'in halka vermek istediği İngilizce İncil fikrine sıcak yaklaşmıştı; çünkü bunun bir zararı yoktu ve Dük öğrenime, eğitime inanıyordu. Siyah cüppeli ateşli hekimin azizlerin putperest kökenleriyle ilgili iddialarına, hacılığın saçmalığı ve günah çıkarmaların anlamsızlığıyla ilgili tartışmalarına karşı sabırlı olmuştu.

Ne var ki son zamanlarda Wyclif ayinlerin kutsallığına saldırmış, kutsanmış ekmek ve şarabın asla Kutsal Vücut ve Kan'a dönüşmediğini, sadece sembol olduklarını iddia etme cüretini göstermişti. Ayinler yerine bir kurbağaya tapınmanın daha iyi olduğunu; çünkü en azından kurbağanın bir yaşamı olduğunu öne sürmüştü. İşte bu noktada, John'ın sabrı taşmıştı.

Belki de, diye düşündü Katherine, *Birader William'in John'ın Wyclif'e karşı tiksintisiyle bir ilgisi var. Gri Keşiş'in kendisi artık reformcuya karşı en küçük bir sempati duymuyor. Bana gelince, ikisi de umurumda değil.* Katherine artık dinin sıkıcı, anlamsız, boş olduğunu düşünüyordu.

John gerçekten de bir erkek olarak dindardı. Babası ve annesinin inandığı şeylere inanıyordu ve bu yüzden, sonunda Wyclif onu endişelendirmeye başlamıştı. Ancak anlaşmazlıklarına rağmen Wyclif'i korumaya devam etmesinde şaşılacak bir şey yoktu; çünkü kişiliği böyleydi.

Düşmanları da her zamanki gibi yanlış anlıyordu. Bunu, en güçlü özelliği olan sadakat olarak yorumlamıyorlardı. Merhamet gösterdiğinde, bunu korkaklık olarak adlandırıyorlardı. *Ama sonuçta bu kasvetli düşüncelere dalmanın ne anlamı var ki?* diye düşündü Katherine. *Bugün geyik avlayacağız ve bu gece dans edeceğiz; Lordum ve ben.* Vücutlarının birbirlerine nasıl uyduğunu düşünerek gülümsedi; o kadar iyi ve uyumlu dans ediyorlardı ki en düşmanca gözler bile hayranlık duymaya zorlanıyordu.

"Günaydın, Leydim" dedi Hawise, geniş yüzünü perdelerin arasından uzatarak. "Son derece neşeli görünüyorsunuz. Lordum da öyle..." Güzel yapılmış beyaz saçlı başıyla, Dük'ün şarkı söylediğini duyabildikleri gardırobu işaret etti.

Amour et ma dame aussi
Votre beauté m'a ravie![78]

---

78 Hem aşkım hem hanımım-Güzelliğiniz beni büyüledi!

Bu arada silahtarları kokulu otlara batırılmış süngerlerle vücudunu yıkıyorlardı. "Majesteleri'nin keyifli olduğunu duyabiliyorum. Dün gece Salon'da hiç de öyle görünmüyordu!" Katherine'e bir sabahlık giydirdi ve ayaklarına süslü terlikler geçirdi.

"Sen bunu nereden biliyorsun?" diye sordu Katherine irkilerek.

"Biz sıradan insanların bile etrafta gözleri var, hayatım. O aptal Robin'in dün gece sizi nasıl ateşli bir şekilde öptüğünü ve Dük'ün nasıl öfkelendiğini bütün şato biliyor. Bazıları sizi mızrak sapıyla dövdüğünü, bazıları sabah gölde Robin'in cesedini bulacağımızı düşündü; fakat ben hiç endişelenmedim. Bugünlerde Majesteleri'ne her şeyi yaptırabiliyorsunuz."

İki kadın Katherine'in gardırobuna girdiler. İçerisi bir mangalla ısınıyordu ve her yer Katherine'in amber parfümü ve duman kokusuyla doluydu. Hawise'in hoşuna gitmese de taş hela kalın bir duvar halısıyla örtülmüştü. Katherine'in burnunun fazla hassas olduğunu düşünüyordu. Hela kokusunun en iyi güve önleyici olduğu bilinirdi ve o olmadan, Katherine'in kürk ve yünlü giysileri ciddi tehlikede demekti.

Katherine bir tabureye oturdu ve Hawise onun darmadağınık olmuş uzun saçlarını taradı.

"Robin bugün Cumberland'e gidiyor" dedi Katherine, ellerini sıcak kremli suyla dolu bir leğene batırırken. Hâlâ her kış ellerinin derisi çatlayıp pütür pütür oluyordu.

"Ah, buna şaşırmadım. Aptal herif! Kendini kaybetti; ama bunda şaşılacak bir şey yok. Çok uzun süredir senin için yanıp tutuşuyordu." Yalnız kaldıklarında Hawise, arkadaşıyla daima samimi bir şekilde konuşurdu.

"Bilmiyordum; en azından, üzerinde pek düşünmemiştim" dedi Katherine, hüzünlü bir tavırla. "Genç silahtarların yarısı birileri için yanıp tutuşuyor; bu saray ortamında normal bir şey."

"Gerçek şu ki Dük dışında hiçbir şeyi gözün görmüyor senin" dedi Hawise gülerek. Parlaklıklarını artırmak için Katherine'in saçlarını ipek bir bezle tutam tutam ovalamaya başladı. "Ama Robin'in gönderilmesine çok üzülecek biri var."

"Kimmiş?" diye sordu Katherine, aldırmaz bir tavırla ellerini havluya kurularken.

"Blanchette, kim olacak? Hayır, aklına bile gelmedi, değil mi? Zavallı kız yastığının altında onun giysisinden bir düğmeyi saklıyor ve başka işaretler de gördüm."

"Kutsal Meryem!" diye çığlık attı Katherine, acımayla karışık bir öfkeyle. "Ah, bu çocuk! Onunla ne yapacağım? Ama ciddi olamaz, bunun için çok genç ve Robin de ona özel bir ilgi göstermedi, değil mi?"

"Hayır. Robin'in gözleri senden başka hiçbir kadını görmüyor."

Katherine iç çekti. O hâlde bu, Blanchette'in son zamanlardaki düşmanca tavırlarının açıklamalarından biri olmalıydı. Son zamanlarda sessizliğiyle, Katherine'in ricalarını yerine getirmeyi inatla reddetmesiyle onu ciddi şekilde incitmişti; ama Katherine Sir Ralph'la nişanlanması konusunda belirgin şekilde hoşgörülü davranmıştı. Hatta Dük bu konuda rahatsız olmuştu. Blanchette'in bir daha böyle bir fırsat bulması zordu ve Sir Ralph, uzun süre oyalanabilecek bir adam değildi.

"Robin kabul etse bile, Blanchette için uygun bir eş olamaz" dedi Katherine yavaşça. "Ondan çok daha yukarılarda birini aramalı. Tanrı aşkına, bu kızın nesi olduğunu bilmiyorum. Onun için yaptığımız hiçbir şeyi takdir edemiyor!"

Hawise sessizleşirken, Katherine'in saçlarını örmeye başladı. Artık hiç gülümsemeyen bu çocukla ilgili Katherine'in endişelerine sempati duyuyordu. Hawise, Katherine'in saçlarını daha sonra giyeceği başlığa hazırladı ve düşünceli bir tavırla konuştu. "Kettlethorpe ziyareti sırasında, uzun zamandır hiç görmediğim kadar neşeli görünüyordu."

"Kettlethorpe!" diye tekrarladı Katherine tiksintiyle. Aynayı bıraktı ve kaşlarını çatarak o sevimsiz anıyı düşündü.

Bir yıl önce kasım ayında, bebek Joan'ın doğumundan sonra loğusa dönemi bittiğinde, Lincoln'de işi olan Dük Kettlethorpe'a uğramaları ve Katherine'in şatosunun nasıl gittiğini görmeleri gerektiğine karar vermişti. Tom ve Blanchette'i de yanlarına almışlardı; böylece Swynford çocukları doğdukları yeri görebilecekti. Bunun üzerine, son derece rahatsız geçen üç gün boyunca Kettlethorpe'ta kalmışlardı.

Dük, şatonun uygun şekilde yönetilebilmesi ve bakımlı kalabilmesi için Lincolnshireli William de Spaigne'in yönetiminde bir kâhya atamıştı. Fakat Katherine için Kettlethorpe tam bir yalnızlık ve ilkellik anlamına geliyordu. O kadar küçük, karanlık, kasvetli ve rutubetliydi ki! Artık hayatının bir parçası olarak gördüğü lüks orada hiçbir şekilde yoktu ve Kasım soğuğu iliklerini dondurmuştu. Çok ender hasta olan biri olmasına rağmen orada hemen şiddetli bir soğuk algınlığına yakalanmış, burnu akmaya ve öksürük krizlerine tutulmaya başlamıştı.

Malikânenin Salon'unda bir ziyafet vermişlerdi. Kâhyanın ve yeni idarecinin gözetiminde, köylüler içeri doluşmuş, ona sadakatlerini sunmak istemişlerdi ve bu arada küçük Tom gururlu bir gülümsemeyle annesinin koltuğunun yanında dikilmiş, gelecekteki hizmetkârlarını izlemişti.

Ama Katherine, onların zayıf ruhlu bir grup cahil olduğunu düşünmüş, bir zamanlar onlardan nasıl korktuğuna şaşırmıştı. Milburga, eklemleri ağrıyan yaşlı bir kadın olmuştu; aşçı Will kısmi felç yüzünden titriyordu ve malikâne mutfaklarından atılmıştı. Sadece Rahip Sir Robert, şişko göbeği, dağınıklığı, pisliği ve açgözlülüğüyle aynı kalmıştı; ama karısı Molly ölmüştü.

Son gelişinden beri daha bir sürü ölüm olmuş, bir bağırsak hastalığı Laughterton'ın yarısını götürmüştü. Üç kişi de kaçmıştı. Sabancının ikiz oğulları, Sherwood ormanında gözden kaybolmuştu. Cob o'Fenton babasının ölümünden sonra miras vergisini ödemeyi reddederek kaçmıştı; ama yakalanıp geri getirilmişti. Mallarına el konmuş, sol yanağına kaçak olduğunu belli etmek için bir "K" harfi damgalanmıştı ve şimdi bile köyde bu, ibret olarak görülüyordu.

Kâhya, hizmetkârlar ve köylüler arasındaki huzursuzluğun şaşırtıcı boyutlarda olduğunu söylemişti. Ayrıca, hırsızlık ve kaçak avlanma olayları da olmuştu. Leydi Swynford'un kendi arazisinden bir tavşan ve hatta iri bir karaca alınmıştı. Sürülerden koyunlar çalınmıştı. Suçlulardan ikisi, kulübelerindeki kızarmış koyun eti kokusundan yakalanarak asılmıştı.

Kâhya, Katherine'i köyün koruluğuna götürmüştü. Orada bir darağacı kurulmuştu ve kaçak Cob orada işkence aletine vurularak cezalandırılmıştı. Cob eski günlerden bu yana pek değişmemişti.

Hâlâ ufak tefekti; ama otuzlarında olmalıydı. Katherine'e asık yüzle bakmış, yanağındaki K harfi kızarmıştı.

Katherine bakışlarını kaçırmış, darağacını gördüğünde tiksinti duymuştu. İplerde iki yarı çıplak ceset, yarı yarıya çürümüş hâlde hâlâ asılıydı. Katherine kaçamak bir bakış attığında, Sim Tanner'ın uzun kafatasını ve çenesini tanıdı. Boğuk bir sesle inledi. "Evet, Leydim" dedi kâhya. "Kâhyalığını elinden aldıktan sonra Sim hırsızlığa başladı. Hiç şüphesiz küçük lükslere alışmıştı ve onlardan vazgeçmeye niyeti yoktu."

Demek çok uzun zaman önce Nirac'ın hançerinden kurtulan Sim'in sonu böyle olmuştu. Trent'in üzerinden yoğun bir sis yükselirken, Katherine'in dişleri titremeye başlamıştı ve görece sıcak olan Salon'a geri koşmuştu. Daha sonra Cob'un salıverilmesini istemiş, kendi topraklarının iade edilmesini emretmişti; çünkü gördüğü şeylerden sonra midesi ağzına gelmişti.

Kettlethorpe'tan nasıl da nefret ediyordu ve oraya tekrar gitmek nasıl çıldırtıcı bir deneyim olmuştu.

Ama şimdi Blanchette için durumun farklı olduğunu hatırlıyordu. Kız çocukluğunun anılarını ziyaret etmişti; tepeleri, değirmeni, bir zamanlar köyün çocuklarıyla oynadığı küçük göleti. Sanki içinde görünmez bir kapı kalkmış gibi, Blanchette babasıyla ilgili utangaç sorular sormuştu. Zırhı burada, Salon'da mı asılıydı? En sevdiği atının ismi neydi? "Babam Aquitaine'e giderken onu en son gördüğümde ve binektaşının üzerinde beni öptüğünde kaç yaşımdaydım?" diye sormuştu.

Katherine, Blanchette'in muhtemelen üç yaşında olması gerektiğini söylemiş ve hâlâ hatırlamasına şaşırmıştı.

"Ha-ha-hatırlıyorum" demişti Blanchette hüzünlü bir gülümsemeyle. "Ta-Tanrı babamın cesur ruhunu kutsasın!"

Kendi hastalığından başı dönen ve bütün bu anılarla rahatsız olan Katherine, pek fazla dikkat etmemişti. İki çocuğu da Hugh'un görkemli bir savaşta aldığı yaralar yüzünden öldüğünü sanıyordu; çünkü onlara detayları anlatılmamıştı. Ama dizanterinin de bir tür savaş yarasından kaynaklandığı doğruydu. Bunda bir yalan yoktu.

"Evet, şimdi hatırlıyorum" dedi Katherine, düşüncelerini bitirirken Hawise'e dönerek. "Blanchette o lanet yerden ayrılırken ağlamıştı. Ama ben bunun biraz yanlış olduğunu düşünüyorum. Sonuçta Dük'ün ona verdiği bu yeni hayatında mutlu olmak için her türlü şeyi var. Kesinlikle Dük'ün istediği gibi onu daha sıkı ele alacağım."

Katherine'in yüzü aydınlandı ve Hawise'in kaldırdığı altın boynuzlu başlığa bakarak elini salladı. "Bırak, şimdilik kalsın..." dedi gülümseyerek. "Duyan da o küçük yaramaz kızdan başka çocuğum olmadığını sanır. O aptalca şeyle küçükleri korkutmayacağım ve şimdi onların odasına gidiyorum. Joan'ın diş etleri nasıl?"

"Çok acı verdiğine eminim; çünkü çok fazla gürültü koparıyor" dedi Hawise ciddi bir tavırla. "Ağabeylerinden çok daha fazla bağırıyor."

Katherine güldü ve iki kadın birlikte çocukların odasına gittiler. John ve Harry uzun süre önce şatonun diğer çocuklarıyla birlikte oynamak için kara çıkmışlardı; ama en küçük iki bebeği, ateşin dibindeki bir ayı postunun üzerinde oturuyordu.

Adını, doğduğu St. Thomas Günü'nden alan Thomas -ama üvey ağabeyi Tom Swynford'dan ayrılabilmesi için ona Tamkin diyorlardı- Dük'ün kendisine verdiği gümüş satranç taşlarıyla oynuyordu. Joan kemik bir diş kaşıma aletini keyifle ısırıyordu. İki çocuk da annelerini gördüklerinde neşeyle haykırdılar. Tamkin ayağa fırladı ve bebek kollarını uzattı.

Katherine onlarla birlikte ayı postunun üzerine oturdu ve ikisini de öptükten sonra Joan'ı kucağına aldı. Joan hemen annesinin gerdanlığını yakaladı ve iri yakut taşın tamamını ağzına sokmayı başardı.

"Hayır, seni açgözlü" dedi Katherine, kolye ucunu geri çekerken. "Şşş" dedi, küçük pembe ağız gürültülü bir itirazla açılınca. Katherine parmağını kızarmış diş etlerine koydu ve nazikçe ovaladı. Joan keyifle güldü ve sakinleşti.

Joan komik bir bebekti. Kumral saçları bir çalı gibi uzamıştı ve yuvarlak gözleri morumsu siyahtı. Katherine'in çocukları arasında esmer tenli ve kara gözlü olan bir tek oydu ki aslında teyzesi Philippa Chaucer'a çok benziyordu. Yoksa o da esmer ve Flaman Philippa gibi mi olacaktı?

"Biliyor musun, tatlım" dedi Katherine gülümseyerek ve düğme gibi burnu hafifçe sıkarak, "büyükannen bir kraliçeydi."

Bebek, rahatlatıcı parmağın ağzından çekilmesine itiraz ettiğini gösteren bir şekilde mızıldandı ve Katherine diş kaşıyıcıyı tekrar ağzına soktu.

"Benim de!" diye bağırdı Tamkin, satranç setindeki kraliçeyi –veziri- sallayarak. "Ve büyükbabam da bir kraldı. Hawise söyledi." Kral taşını Katherine'in dizine koydu ve diliyle at nalı gibi sesler çıkardı. "Büyüdüğümde, ben de kral olacağım."

"Hayır, Tamkin..." dedi Katherine yumuşak bir sesle. "Asla!" Küçük oğluna baktı. Diğer oğulları gibi gerçek bir Plantagenet'ti. Hepsinin dalgalı saçları, uzun biçimli burunları, düz ve çıkık elmacık kemikleri, mavi gözleri vardı; ama hiçbirininki babalarınınki gibi masmavi değildi.

"O zaman ne olacağım?" Tamkin yüzükoyun döndü ve küçük piyonları, ayı postunda açtığı bir mağaraya sokmaya başladı.

"Bir şövalye, hayatım; şövalye olabilirsin ki bence harika bir şövalye olursun." Neşeyle konuşuyordu ve bir an için bunu gerçekten hissetmişti; ama sonra içini bir korku kapladı.

John'a bir şey olursa, Beaufort çocuklarına ne olacaktı? İstavroz çıkardı ve ateşe baktı. Bu arada bebek kucağında uyku mahmuru bir şekilde mırıldanıyor, Hawise'le dadılar işlerine koşturuyordu ve oyunundan sıkılmış olan Tamkin, av köpeği yavrularını bulmaya gitmişti.

Dük'ün güçlü korumasına rağmen gelecekleri nasıl olacaktı? Erkekler zamanla babaları tarafından şövalye ilan edilebilirlerdi ve daha yükseğini hayal edemeseler de onlara verdiği şeylerle iyi birer hayat kurabilirlerdi. Bebek Joan'a gelince...

Onu uygun biriyle evlendirmek için muazzam bir çeyiz gerekecekti. Değerli soyluların çok azı evlendikleri kadının bir piç olmasını görmezden gelirdi.

Ama olur da John onların geleceğini göremezse, o zaman hepsini kim koruyacaktı? Çocuksu ve benmerkezci Richard ya da Prenses bunu yapmazdı. Buckingham Kontu'nun yapmayacağı da kesindi. Edmund bir süre nazik davranabilirdi; ama onun da hangi kararı uzun ömürlü oluyordu ki? Umursamazca üzerinde yürüdüğü ve granit kadar sağlam olduğunu düşündüğü zemin, gerçekte tehlikeli bir bataklıktı.

Kucağındaki bebeğe ve köpek yavrularına yalvarmayı öğretmeye çalışan Tamkin'e baktı. İki prens gibi yetiştirilen ama öyle olmayan daha büyük oğullarını düşündü. Yasal isimleri, belirli bir mirasları yoktu ve kendisinden başka sağlam bir geleceğe sahip olmadıkları da açıktı. *Kutsal Meryem,* diye düşündü, *onlar için tek başıma ne yapabilirim ki?*

Panik duygusunu bastırdı ve zihnini pratik düşünmeye zorladı. Kendisine ait az miktardaki serveti düşündü. Dük arada bir ona mülk vermiş, Katherine aşkı karşılığında ödeme alma fikrinden hoşlanmayarak bunları ancak isteksizce kabul etmişti. Bunların getirdiği özel gelire güvenemezdi; çünkü içinde yaşadığı lüksle kıyaslandığında, önemsiz cep harçlıkları olarak kalırdı.

Elbette ki Swynford malikâneleri onundu; ama onlardan da nefret ediyordu. Ayrıca zaman içinde Tom'a ait olacaklardı. Kendi payına yılda yüz mark düşüyordu; fakat Elizabeth evlendiği ve Philippa da yaşını aştığı için kısa süre sonra bu da kesilecekti. Boston'da evleri vardı ve onlardan küçük kiralar alıyordu. Ayrıca biri Deyncourt'ta Blanchette için olmak üzere iki arazisi ve Dük'ün Nottingham malikânelerinden biraz geliri vardı; mücevherleri dışında hepsi buydu.

Bununla asla geçinemeyiz, diye düşündü Katherine korkuyla. Küçük çiftçi statüsünde bile kalamayız. Ve en azından yeni bir geliri ve John'ın ona yarı şakayla önerdiği "varisle evliliği" kabul edebileceğine karar verdi.

"Bu uygun olur, Katrine. Sana gösterdiği küstahlık için iyi bir karşılık olur."

Hugh'un silahtarı Ellis de Thoresby, üç ay önce bir sarhoş kavgasında öldürülmüş, iki yaşındaki oğlunu ardında bırakmıştı. John, bu çocuğa bakması karşılığında yıllık olarak bir hayli cömert bir maaş önermiş, Katherine sertçe geri çevirmişti. Lincoln sokaklarında yüzüne tükürdüğünden beri Ellis'i ne görmüş ne de adını duymuştu. Onu hatırlatacak bir şey istemiyordu.

Ah, ama pratik davranmalıyım, diye düşündü Katherine. Yumuşak bir aptal gibi davrandım. Çocuklarının geleceğini garanti altına almaya çalıştığı için kimse onu suçlayamazdı ve doğru zaman geldiğinde, John'la bu konuyu konuşacaktı. Ama zamanlamayı çok doğru yapmalıydı; çünkü cömert bir adam olmasına rağmen böyle şeyleri kendi düşünmeyi tercih ederdi ve bir gün tüm çocuklarının geleceğini nasıl garanti altına almayı planladığı sorgulanıyormuş gibi hissederse, John'ın öfkeleneceğini biliyordu. Aslında Katherine'in içinde endişelerden başka bir şey de yoktu. Sonuçta John'ın aşkı devam ettiği sürece, çocuklar için gerçek bir tehlike söz konusu olamazdı.

Katherine bebeği alıp beşiğine koyduktan sonra soğuk esintinin kaynağını bulmak için etrafına bakındı ve Tamkin'in pencereyi açarak dışarı sarktığını gördü.

"Tam" diye seslendi, "ne yapıyorsun sen? Pencereyi hemen kapa!"

Çocuk onu duymadı; çünkü dışarıda çok fazla gürültü vardı. Çocuk odasının pencereleri caddeye bakıyordu. Etrafına insanların toplandığı bir adamın onlara yaptığı gösteriyi izliyordu.

Katherine oğluna yaklaşırken, Hawise kucağında bir yığın altbeziyle geldi.

"Sadece Noel aktörleri" dedi Katherine, sinirle pencereyi kaparken.

"Hayır" dedi Hawise çocuğun omzunun üzerinden bakarak. "Şu Lollard vaiz John Ball'un, Leicester'a geldiğini duydum. Prime'dan beri gevezelik ediyor. Görünüşünden hiç hoşlanmadım."

"Neden ki?" diye sordu Katherine şaşırarak. "Vaaz vermenin neresi kötü?"

"Bir şarkı söylüyorlar, anne" dedi Tamkin. "Tekrar tekrar. Ve yumruklarını sallıyorlar."

"Evet" dedi Hawise asık yüzle. "Ne dediklerini biliyor musun?"

Katherine daha meraklı bir şekilde tekrar pencereden dışarı baktı. Vaizin siyah sakallarının altında ateş gibi kıpkırmızı bir yüzü olduğunu ve yuvarlak başının üzerinden uzun siyah saçlarının döküldüğünü gördü; bu arada kollarını şiddetle sallıyor, arada bir göğsüne vuruyor, gökyüzünü ve sonra da şatoyu işaret ediyordu. Bazen kollarını iki yana açarak duruyor, o anda kalabalık ayaklarını aynı anda yere vurarak, bir örsü döven demirci çekici gibi ritmik bir sesle şarkı söylüyordu.

"Ne diyorlar?" diye sordu Katherine pencereyi ardına kadar açarken. Boğuk vuruşlar arasında nihayet kelimeler duyuldu:

Havva, Âdem'in altına uzandığında
Efendi kimdi dersin o anda?

"Ne saçmalık!" dedi Katherine; ama sonra kendini toparladı. "Bununla ne demek istiyorlar?"

"Bela demek istiyorlar" dedi Hawise. "Bu son vergiler halkı çok öfkelendirdi ve John Ball da onları öfkeli tutmak için elinden geleni yapıyor; bütün ülkede."

"Oh" dedi Katherine, pencereden dönerken omuz silkerek. "Yeni vergilerin halkı zorladığı şüphesiz; ama savaşların bedelinin ödenmesi gerek, Hawise. Neden bu kadar nefret dolular ki?"

"Yoksulluğun pençesindeyken ve açlıktan ölürken, nefret etmek kolaydır."

"Ama öyle olmuyor!" dedi Katherine gözlerini iri iri açarak. "Leicester'da ya da Dük'ün diğer bölgelerinde hiç kimse açlıktan ölmüyor. Mutfaklar sık sık günde üç yüz kişiyi doyuruyor."

"Herkes dilenci olmak istemez, hayatım" dedi Hawise gülerek. "Ve çok az kişi köle olarak yaşamak ister."

"Dük hak ettiklerinde kölelerinin birçoğunu azat etti" diye karşı çıktı Katherine. "Daha Noel arifesinde, Lord Henry'nin evliliğinin onuruna, on kişiyi azat etti."

"Bu doğru" dedi Hawise. "Ama hâlâ on bin köle var. Bana öyle bakma, kendi düşüncelerimi söylemiyorum. John Ball'un dışarıda anlattığı şey bu!"

"Peki, ne yapabilirler?" dedi Katherine, pencereye doğru çatık kaşlarla bakarak.

"Ah, hiçbir şey yapacak değiller" dedi Hawise omuz silkerek. "Konuşmaktan başka bir şey yaptıkları yok. İngiltere böyle şeylerle dolu... Yakında bu rüzgâr da geçip gider."

23

Lancaster maiyeti, Mayıs kutlamalarını Savoy'da yaptı. Bahar başları fırtınalı olmuştu; fakat Nisan ayının sonlarında, gündüzleri sıcak güneş ve geceleri hafif yağmurlar, bütün ülkeyi yeşilliğe boğmuştu. Savoy'daki hizmetkârlar arabalar dolusu çuhaçiçeği ve menekşeyi Tyburn yakınlarındaki kırlıklardan toplamış, yüzlerce odayı bu çiçeklerden yapılmış çelenklerle süslemişti. Kalın gül dallarını kesip meşale halkalarına ve kapı üstlerine yerleştirmişti. Mutfaklar ve Büyük Salon yeni bitkiler ve kokulu otlarla doluydu. Her köşe tertemizdi. Pencere pervazları kurşuna yerleştirilmiş elmaslar gibi parlıyordu; krem ve bej karolu zeminler pırıl pırıl cilalanmış, ipek halılar ve duvar halıları yıkanıp ovulmuş, iyice parlatılmıştı.

Mayıs Günü oyunları yapılıyordu; genç lordlar ve leydiler labirentte saklambaç veya körebe oynuyordu. Geceleri nehir kıyısında ateşler yakılıyor, Dük'ün süslenmiş ve meşalelerle aydınlatılmış mavnaları nehirde yarışırken, izleyenler bahis oynuyordu.

Bugünlerde kimse melankoliye kapılamazdı ve Dük kafasını kurcalayan sorunları zihninden atmış, kendini tam anlamıyla Katherine'e vermişti.

12 Mayıs'ta yine İskoçya'ya doğru yola çıkacaktı. Onun daha önceki İskoç sorunlarıyla başa çıkışından çok memnun kalmış olan Kraliyet Konseyi, yine kuzeye gidip barışın uzatılmasını ve yeni düşmanlıkların kesilmesini sağlamak için görüşmelere başlamasını istemişti. Percy'nin sorumlu olduğu ateşli İskoçların sakinleştirilmesi gerekiyordu. Lord Northumberland, Sınır meselelerinin kendi endişesi olduğunu düşünüyor, Westminster'ın müdahalesinden rahatsızlık duyuyordu. Ancak biraz kibarlık, övgü ve kesin tavırlılık, Sınır lordunu daha önce olduğu gibi yine sakinleştirebilirdi.

Her şey, doğanın kendi neşesinden doğan iyimserliğe dayanıyordu.

Parlamento nihayet bir ödenek kararlaştırmış ve en son vergiler kaldırılmıştı; ama biraz sorunlar olmuştu. İlk vergi toplayıcılar, tembellik veya sahtekârlık yüzünden, kişi başına alınan ortalama bir şilini teslim etmemişti. Mart ayında sistem katılaştırılmıştı ve yeni vergi toplayıcılar görevlendirilmişti. Eski Canterbury Başpiskoposu olan Şansölye Sudbury, bu gevşeklik yüzünden azarlanmıştı ve yeni hazineci Robert Hales, vergilerin toplanması konusunda baş yetkili kılınmıştı.

Halk biraz homurdanabilirdi -vergilerin daima homurtulara yol açtığı bir gerçekti- ama bu verginin adil şekilde dağıtılması, güçlünün zayıfa yardımının sağlanması için demokratik bir çaba harcanmıştı. Emekçiler ve hizmetkârlar arasında bir şilinin büyük bir para olduğu gerçekti; çünkü maaşları yılda on dört şiline bile zor ulaşıyordu. Diğer yandan, Fransa ve Castile'daki görkemli zafer olasılıkları, kesinlikle halkı ülkeleri için fedakârlık yapmaya teşvik etmeliydi. Ayrıca bu yeni vergi, ilk kez on beş yaşının üzerindeki kimseye istisna tanımamıştı ve bir baron ya da piskopos bile vergi ödemek zorundaydı.

Bundan daha adil ne olabilir, diye düşünüyordu Kraliyet Konseyi ve Parlamento.

John Ball'un Leicester'daki vaazlarını duyduğundan beri Katherine biraz huzursuzdu; ama sonunda Dük ona Ball'un Başpiskopos Sudbury tarafından Kent'te zindana atıldığını söyleyince biraz rahatlamıştı.

"Endişelenmeye gerek yok, sevgilim" demişti Dük neşeli bir tavırla. "O geveze ahmak zindana atılınca insanlar sakinleşecektir. Sonuçta öfkelenmek için gerçek bir nedenleri yok ki!"

Katherine ona inanmıştı; ama tereddütlü bir tavırla karşılık vermişti. "Ama hainler mantıklı değildir. Kettlethorpe'taki kâhyam, Cob o'Fenton'ın yine kaçtığını yazmış! Oysa ben onu işkence aletinden kurtarmış ve topraklarını iade etmiştim."

John omuz silkti. "Onu yakalayacakları şüphesiz, Katherine. Ne zaman yumuşak davranacağını bilmek zordur. Bazı köylüler sana daha fazla minnet duyardı."

Katherine bunu kabul etmiş ve üzerinde düşünmekten vazgeçmişti. Her güzel günün tadının çıkarılması gerekirdi; özellikle de yakında John'dan ayrılacakken. Ama John'ın yaklaşan İskoçya yolculuğu için Katherine pek fazla korku duymuyordu ve bir-iki aydan fazla süreceğini de sanmıyordu. Katherine onu çocuklarla birlikte Kenilworth'ta bekleyecekti ve Kenilworth'ta yazlar çok güzel oluyordu.

Pazar günü Dük'le birlikte Savoy'dan yola çıkacak, Dük onu ve ev halkını Kenilworth'a bıraktıktan sonra kuzeye devam edecekti. Ama önce ilgilenilmesi gereken küçük ve özel bir meseleleri vardı.

Sir Ralph Hastings, Dük'le birlikte İskoçya'ya gidecekti ve önce Blanchette'le nişanının gerçekleştirilmesi gerekiyordu. Katherine'in Leicester'daki kararından sonra nişan ertelenmişti; çünkü Sir Ralph o dönemde Pontefract'taydı fakat artık Savoy'a gelmişti ve kızı almaya hazırdı.

Mayıs ayının sekizi, Çarşamba günüydü. Dük ve Katherine gül bahçesinde oturuyor, çimenlikte gösteri yapan hokkabazları ve aktörleri izliyorlardı.

Sir Ralph süslü kemerin altından geçerek bahçeye girdi ve Dük'ün koltuğuna yaklaşıp diz çökerek elini öptü. "Tanrı'nın selamıyla, Lordum" dedi ve Katherine'e dönerek eğildi. "Düşündüğümden bir gün önce geldim; ama aşk güçlü bir teşvik kaynağıdır!" Güldü ve menekşe rengi brokarlı giysisinin içinde salındı. Sir Ralph varlıklı bir adamdı ve Richard'ın maiyetindeki herhangi biri kadar iyi giyiniyordu. Blanchette'in kendisiyle ilgili isteksiz olması, Sir Ralph'ın gözünde, kızın mütevazılığından kaynaklanıyordu; çünkü etkileyiciliğinden ve çekiciliğinden emindi. Otuz beş yaşında olmasına rağmen çok daha genç görünüyordu. Mükemmel bir biniciydi ve çok iyi mızrak kullanıyordu. On iki yıl boyunca kısır bir kadınla evli kalmış, sonunda kadının akciğer sorunları yüzünden ayrılmışlardı.

Katherine, Blanchette'in davranışlarıyla ilgili bir bahanesi olamayacağını düşünerek Sir Ralph'a gülümsedi.

"Onu getireyim" dedi Katherine yerinden kalkarak. "Açıkçası, Sir Ralph, ona karşı sabırlı olmalısınız. Ona nazikçe kur yapın. Bazen çok inatçı olduğunu itiraf etmeliyim."

Şövalye hafifçe öne eğildi; ama güvenli bir tavırla konuştu. "Ah, benim olduğunda kısa süre içinde onu yumuşatırım. Utangaç olması çok normal."

"Belki normal" dedi Dük gülümseyerek. "Ama yeterince nazlandı. Yarın nişanı gerçekleştireceğiz ve Mayıs kutlamaları için mükemmel bir final olacak. Arkasından da mızrak karşılaşmaları olur. Blanchette günün Mayıs Kraliçesi olacak."

Katherine, Blanchette'i aramak için uzaklaşmadan önce John'a sevgiyle baktı.

Genç kız, Monmouth Kanadı'ndaki bir süitteydi ve nadiren oradan çıkıyordu. Orada kendi başına bir sürü önemsiz şeyle uğraşıyordu. İpek veya kadife kumaşlarla giydirdiği tahta kuklaları vardı ve böyle oyuncaklarla oynama yaşını çok geride bırakmış olmasına rağmen kendi kendine oyunlar oynuyordu. Lavta çalıyor, kendi içinden gelen melodileri söylüyordu; ama kapıya biri geldiği anda hemen susuveriyordu.

Bir de kuşları vardı. Blanchette neredeyse her gün uşağını pazara gönderiyordu. Uşak ona, avcılar tarafından ağla yakalanmış ve satışa sunulmuş ötücü kuşlardan alıp getiriyordu. Blanchette bunları bir gece kafeste tutuyor, bu arada Hristiyan ruhlarmış gibi konuşuyordu. Şafakta penceresinden onları serbest bırakıyor ve gözden kaybolana kadar el sallıyordu.

Zaman geçirmek için zararsız bir uğraş olabilirdi; ama Katherine kızın kapısında dururken, içeride basit bir şarkı ve bir kuş ötüşü duydu. Elini sürgüye koyduğunda, o anda zihnine dolan bir anıyla Katherine'in boğazında bir şeyler düğümlendi; Kettlethorpe'taki kulede yaşayan Leydi Nichola. Hayır, çocuk ona kesinlikle benzemiyordu. Katherine kendini toparlayarak kapıyı itti; ama kilitli olduğunu gördü.

"İçeri girmeme izin ver!" diye seslendi sertçe. "Benim, annen." Bir an sonra kapı yavaşça aralandı ve Blanchette ellerini göğüslerinin arasında birleştirerek, yolu tıkamak istercesine dikildi. Bakır sarısı saçları sırtından aşağı gevşek bir şekilde dökülüyordu. Üzerinde güvercin grisi bir sabahlık vardı. Dük veya Katherine'in kendisine verdiği pahalı takıları asla takmıyordu. Annesinden hâlâ kısaydı; ama vücudunun kıvrımlarında artık kadınlığın çizgileri görülüyordu. Yine de yüzü henüz bebeksi yuvarlaklığını kaybetmemişti ve burnunun üzerinde hâlâ az sayıda çil vardı.

"Haydi, kızım" dedi Katherine daha nazikçe, "neden her seferinde sana zarar verecekmişim gibi davranıyorsun? Seni seviyorum ve iyiliğinden başka bir şey düşünmüyorum. Böyle davrandığında çok inciniyorum."

Kız, ciddi bakışlarını Katherine'in yüzünden kaldırmadan ve kıpırdamadan durmaya devam etti.

Yeşil, minik bir kuş, kapısı açık olmasına rağmen tahta bir kafesin içinde hoplaya zıplaya ötüyordu. Lavta pencerenin önündeki koltukta, bir tüy kalem ucunda mürekkeple ve hemen yanında bir parşömenle masanın üzerinde duruyordu. Katherine, yazılarını biraz övmenin Blanchette'in hoşuna gideceğini düşünerek onlara yaklaştı. Çocuksu mısraları bir bakışta okudu:

> *Şarkı söylediğimde iç çekerim*
> *Çünkü gördüğüm şey sadece acı*
> *Robin gitti şimdi*
> *Ve beni düşünmez artık.*

Blanchette boğuk bir çığlık atarak koştu ve parşömeni aldı. Titreyen elleriyle kırıştırırken, gözleri öfkeyle parladı. Annesine dönerek zorlukla yutkundu. "Be-benden n-ne is-istiyorsunuz, Le-Leydim?"

Katherine koltuğa oturdu ve başını iki yana salladı. "Elimde olmayan şeyler için beni suçlamamalısın, hayatım" dedi sakince. "Bütün acıların geçeceğine ve bugün hissettiklerini bir yıl sonra hissetmeyeceğine inanmalısın. Senin için neyin en iyisi olduğunu bildiğime de."

Kız bir şey söylemedi. Dudakları gerilmiş bir hâlde, bakışlarını annesinin yalvaran yüzünden kuşa kaydırdı. Parmakları kırıştırılmış parşömeni iyice ezdi ve zemin karolarının üzerine fırlattı.

Katherine'in çocukları arasında en tatlısı, en nazığiydi. *Tanrım*, diye düşündü Katherine, *neden şimdi böyle davranıyor? Sanırım onu çok şımarttım.* İç çekti ve kararlı bir tavırla konuştu. "Blanchette, Sir Ralph burada.

Bahçede Dük'ün yanında seni bekliyor. Yarın nişanınız gerçekleşecek."

Blanchette bakışlarını kaldırdı. "Be-ben... iste-istemiyorum," dedi, dişlerini sıkarak. "Ka-kaçacağım. Beni as-asla bulamayacaksınız..." Birden, sesi hiç olmadığı kadar güçlü çıktı ve kekelemesi kesildi. "Onun söylediklerini asla yapmayacağım... Babamın ruhu üzerine yemin ederim!" İstavroz çıkardı ve yüzü sapsarı kesildi.

"Bu çok aptalca!" diye bağırdı Katherine. "Önemli olan Dük'ün değil, benim ne söylediğim..."

Ama sözünü tamamlayamadan zorlukla yutkundu; çünkü Blanchette kollarını havaya kaldırarak bağırmaya başlamıştı. "Yalan söylüyorsun! Senden nefret ediyorum! Sen onun kölesisin; sen ve ona doğurduğun o piçler!" Olduğu yerde vahşice döndü ve sendeleyen adımlarla yürüyüp kendini yatağa attı.

"Tanrım" diye fısıldadı Katherine. Pencere pervazına oturdu. Bütün vücudunu karanlık bir dalga yalayıp geçti ve sonunda geride büyük bir öfke bırakarak silindi. Yerinden kalkıp yatağın yanında durdu. Blanchette yüzünü kollarına gömmüştü ve omuzları sarsılmasına rağmen sesi çıkmıyordu.

"Bu kadarı, Blanchette, çok fazla!" dedi Katherine buz gibi bir sesle. "Seni bağışlamayı başarıp başaramayacağımı Tanrı bilir."

Blanchette ürperdi. Yüzünü yavaşça çevirip annesine baktı ve hayatında ilk kez annesinin yüzünde öfke görünce korkuyla inledi. "Anne..."

Katherine uzaklaştı. *Evet*, diye düşündü, *sabrımın bir sınırı var. Kaprislerine tahammül ettim, John'a ve bana karşı sergilediği nefrete katlandım, bebeklerimi kıskanmasına sesimi çıkarmadım. Robin onu sevmediği için de beni suçladı ve şimdi de benimle bu şekilde konuşuyor.*

"Bana böyle kötü niyetle ve tehditler savurarak konuştuğun için Blanchette" dedi, "gece gündüz başına nöbetçi dikeceğim. Kendi nedimelerimden biri burada seninle kalacak ve kapının önünde de bir muhafız bekleyecek. Yarın öğlen de Sir Ralph'la nişanlanacaksın ve sonrasında, seni evlenene kadar kalman için bir manastıra göndereceğim. Hak ettiğin gibi seni dövmediğim için şükretmelisin."

Küçük zili alarak çaldı.

"Anne..." diye fısıldadı Blanchette tekrar. Yataktan kalktı. Gözleri korkuyla kararmıştı. "Be-ben... ö-öy-öyle de-demek is-is..."

Katherine buz gibi bir sesle cevap verdi: "Beni yine sık sık yaptığın gibi yumuşatacağını sanma. Sana karşı çok uzun süredir yumuşak davrandım."

Blanchette bir adım geriledi. Başını iyi yana salladı, bakışları yeşil kuştan pencereye kaydı, sonra tekrar annesinin yüzüne baktı; ama Katherine ona bakmıyordu.

Katherine, Blanchette'in odasına kapatılması için gereken tüm önlemleri tek tek aldı. Bir hizmetçi çağırdı. Mab adındaki suskun bir kızdı ve Katherine ona süitten bir an bile çıkmamasını emretti. Kapının önüne bir muhafız dikti ve ona da hizmetçi çağırdığı takdirde içeri girmesini söyledi. Çıkarken kapıyı dışarıdan kendisi sürgüledi. Sonra bahçeye döndü ve Sir Ralph'a Blanchette'i yarın nişanda göreceğini ama kızın şu anda müsait olmadığını bildirdi. Şövalye memnun olmamıştı.

Avalon Süiti'nde, Katherine yattığı yerde oradan oraya dönerken, sonunda John dayanamayarak neler olduğunu sordu. Katherine onu rahatlattı ve öptü. Ama Blanchette'le arasında geçenleri anlatmadı; çünkü onu elinden geldiğince rahatsız etmemeye çalışırdı. John onu kollarına alarak sımsıkı sarıldı ve Katherine, sevgilisinin tanıdık rahatlığıyla bir süre sonra uykuya daldı; ama uykusu sinir bozukluklarıyla doluydu.

* * *

Blanchette nişan gününün sabahı boyunca süitinde oynadığı kuklalardan biriymiş gibi hareket etmişti. Hizmetçi kızın ve Hawise'in kendisine yeşil saten elbisesini giydirmesine ve mücevherlerle donatmasına izin vermişti. Kendisine söylendiğinde kollarını kaldırıp indirmişti. Saçlarına çiçekler yerleştirmiş, zambaklarla taç yapmışlardı. Hiç konuşmuyor, ne yaptıklarını biliyor gibi de görünmüyordu; fakat Hawise hayranlıkla geri çekilip "Tanrım, hayatım, en az annenin gelin günündeki kadar güzel oldun!" dediğinde, Blanchette'in gözlerinde tuhaf bir bakış belirmişti. Hawise ifadenin korku mu, tiksinti mi, acı mı olduğunu anlayamamıştı; ama biraz tepki gördüğüne sevinmişti çünkü kız haşhaş suyu içmiş gibi donuk bakıyordu ve yanakları kıpkırmızıydı.

Blanchette giyindiğinde Hawise, kızından katı bir tavırla uzak duran Katherine'i almaya gitti.

"Hazır, Leydim" dedi Hawise, "ama korkarım bir hastalığı var. Her yanı ateş gibi yanıyor ve Blanchette için bile tuhaf görünüyor."

"Hah!" dedi Katherine. "Yanlış davranışlarından başka bir sorunu yok ve nihayet itaat etmeye başladı. Kendi bildiğini okumak istediğinde ilk kez hastalık numarasına başvurmuyor."

Hawise bunun doğru olduğunu biliyordu; ancak hâlâ huzursuzdu ve tereddütlü bir tavırla konuştu. "Dış Avlu'da da bir hastalık olduğunu duydum."

Nişan için bahçeye inmeden önce hazırlanırken aynada kendi yüzünü incelemekte olan Katherine, başını kaldırıp nefesini tuttu. "Veba olamaz!" diye fısıldadı korkuyla.

"Hayır, hayır" dedi Hawise istavroz çıkararak. "St. Roch bizi korusun! Çocuklar arasında pembe lekeli ve ateşli bir şey."

"Ah, hiç şüphesiz kızamık olmalı" dedi Katherine aynaya dönerek. "Blanchette uzun zaman önce geçirdi ve öyle olmasa bile hastalık kapabileceği biriyle bir araya gelmedi. Hawise, bugün sesin yaşlı bir kuzgununki gibi çıkıyor."

"Diş ağrısı" dedi Hawise yüzünü asarak. "Bütün kutsal sözleri söyledim, St. Apollonia'ya dua ettim; ama kesilmedi. Tanrı yardımcım olsun; berberin çekmesi gerekecek." Bu, Hawise'in genel evhamlılığını kışkırtacak kadar acı verici bir düşünceydi; ama Katherine'e hastalıkla ilgili bildiği her şeyi de anlatmamıştı. Kızamık olabilirdi; ama daha önce gördüğü vakalara benzemiyordu. O gece uşak çocuklarından biri, baş ağrısından çığlıklar atarak ve kerevit gibi kıpkırmızı kesilerek ölmüştü. Blanchette'e hizmet eden uşağın da bu sabah ateşten yatağa düştüğü söyleniyordu.

Dış Avlu'da şapel çanı çalmaya başladı ve on ikiyi vurdu.

Katherine yerinden fırlayarak aceleyle Monmouth Kanadı'na koşturdu.

Blanchette bekliyordu. Annesine bir bakış attıktan sonra pencereye döndü. "Gel" dedi Katherine, sert bir tavırla ve kızın elini tuttu. Teni gerçekten de kuru ve şömine taşları gibi sıcaktı.

Avlulardan ve kemerlerin altından geçerek bahçelere geldiler. Toplanmış lordlar ve leydiler arasında Sir Ralph ve Carmelite Rahip Walter Dysse, gül çalılarının yakınındaki portatif bir sunakta bekliyordu. Dük, altın ve inci süslü tüniği, Castile ve Garter Birliği zincirlerini kuşanmış hâlde, bütün görkemiyle yanlarında duruyordu.

Tanrım, ne kadar yakışıklı, diye düşündü Katherine, Blanchette'in elini bırakmadan onlara doğru ilerlerken. Kız uykudaymış gibi yürüyordu; ama Katherine küçük eli Sir Ralph'a uzattığında, Blanchette boğuk bir çığlık attı ve kendini kurtararak geri sıçradı. Yeşil elbisesinin uzun eteğini iki yandan tutarak kemerin altından çılgın gibi koşup uzaklaştı.

"Tanrım, nedir bu?" diye bağırdı Dük, Sir Ralph kıpkırmızı bir yüzle Blanchette'in arkasından bakarken.

"Bunun için dayak yiyecek" diye bağırdı Katherine öfkeden titreyerek. "Hayır, Lordum" dedi, John'a dönerek, "lütfen onunla benim ilgilenmeme izin verin..." Öfkeli olmasına rağmen hâlâ Blanchette'i iki erkeğin de gözlerinde gördüğü pırıltılardan korumak istiyordu.

Dük bir an tereddüt ettikten sonra omuz silkti. Ozanlara işaret verdi ve resmî bir nezaketle Sir Ralph'a döndü. "Size bu utanç verici davranışı unutturabilecek birkaç gösterim var."

Şövalye dudaklarını ısırarak sessizce eğilirken, Katherine aceleyle kemerin altından geçti ve Blanchette'i duvarın iç tarafında, bir porsuk ağacının arkasında buldu. Kız ellerinin ve dizlerinin üzerinde yerde duruyor ve şiddetle kusuyordu.

Katherine ona bakarken, öfkesi yerini korkuya bıraktı.

"Ah, zavallı çocuğum" diye haykırdı ona koşarak.

Blanchette annesine tanımayan gözlerle baktı. "Canım yanıyor..." diye homurdandı, elini başına koyarken. Parmakları zambaklara dokundu ve hepsini söküp çıkardı. "Beyaz kuğular" dedi, zambakları havaya atarken. "Onları da diğerleri gibi serbest bırakmalıyım."

Ulu Tanrım, diye düşündü Katherine dehşete kapılarak. Ama Blanchette'i kaldırmak için dokunduğunda, bunun ateşten kaynaklandığını anladı. Kızın yüzü ocak gibi ısı yayıyordu; yüzü, boynu ve hatta göğsü kıpkırmızıydı ve vücudunu saran titreme yüzünden dişleri takırdamaya başlamıştı.

Katherine tekrar tekrar bağırarak yardım istedi. Ozanlar müzik çaldığı ve davetliler dans ettiği için bahçedekilerin hiçbiri onu duymadı. Ama Savoy'un muhafız çavuşu Roger Leach, Beaufort Kulesi'ndeki tembel hamallardan birini azarlıyordu ve Katherine'in sesini duyup koşarak geldi. Katherine'in hareketlerine karşılık olarak kızı kucağına aldı ve Monmouth Kanadı'na taşıdı.

"Buna kırmızı hastalık diyorlar, Leydim" dedi iri yarı asker. İniltiler arasında zayıf bir şekilde çırpınan Blanchette'i yatağına yatırdı. İki hafta önce askerin kendi çocuklarından biri de bu hastalığa yakalanmıştı. "Genellikle bir süre başları korkunç şekilde ağrıyor."

Katherine başlığını pencerenin yanındaki koltuğa fırlattı ve gümüş rengi uzun kollarını sıvadı. Bir kâse suya bir peçete daldırıp Blanchette'in alnına dayadı. "Hemen Hawise'i çağır!" diye bağırdı çavuşa dönerek. "Sonra da Birader William Appleton'ı; nerede olduğunu bilmiyorum ama bul onu!"

Çavuş eğilerek uzaklaştı. Katherine yatağa oturdu ve sayıklayan kızını sakinleştirmeye çalıştı.

* * *

Dük Pazar günü İskoçya'ya gitmek için yola çıkarken, Blanchette daha iyiydi. Ateşi düşmemişti; ama artık bağırıp çağırmıyor ve pek fazla sayıklamıyordu. Vücudu minik kırmızı lekelerle kaplanmıştı ve daha az acı çekiyor gibi görünüyordu. Birader William kanını akıtmış, yün giysilere sararak terletmişti. Ona afyon vermişti. Hâlâ tehlikeyi atlatamamış olsa da Blanchette'in iyileşmesi umudunun yüksek olduğunu belirtmişti.

Katherine, Blanchette'i yalnız bırakamıyordu; bu yüzden Hawise ve Beaufort çocukları, Kenilworth'a onsuz gidecekti.

Gri Keşiş, Katherine'in küçük çocuklarıyla vedalaşmasına izin vermemişti. Söylediğine göre bu hastalık nefesten bulaşıyordu ve nefes öylesine belirsizdi ki içinde neler olabileceğini kestirmek mümkün değildi. Bu yüzden Blanchette'in süitinde kükürtlü mum yanıyordu. Ama yaşı ileri insanlar için tehlike daha azdı; çünkü nefesleri daha güçlüydü ve vücutları daha dirençliydi.

Pazar sabahı Katherine, John'la vedalaşırken, şapelden çıktıklarında karşılaştıkları fırtına devam ediyordu. Gökyüzü mordu ve kara bulutların arasından şimşekler çakıyor, gök gürültüleri sarayı sarsıyordu. Hızla yağan yağmur, yola çıkmaya hazırlanan konvoydakileri sırılsıklam bırakmıştı. Şövalyeler ve askerler Dış Avlu'da at sırtında bekliyordu ve Hawise'le Beaufort çocuklarını taşıyan arabalar ve yük arabaları dizilmişti.

Katherine, Sir Ralph'tan özür diledi ve şövalye nazik bir şekilde kabul etti; fakat İskoçya'dan döndükten sonra bir ara Blanchette'i tekrar göreceğinin şüphesiz olduğunu belirttiğinde, hevesinin söndüğü açıkça anlaşılmıştı. Katherine ona yolculuk kadehini üzüntüyle uzattıktan sonra arabada bekleyen çocuklarına dönüp el salladı. Küçük çocuklar da el sallayarak karşılık verdiler ve Hawise, Joan'ı kaldırarak annesine öpücük göndertti. Katherine gülümsemeye çalıştı. John'ın peşinden, Avalon Süiti'nin altındaki küçük bir antreye yürüdü.

John baştan aşağı zırhını giymişti ve dışarıdaki silahtarı miğferini hazır tutuyordu. Katherine kollarını ona uzattı ve hüzünlü gözlerle baktı. Yanaklarından yaşlar süzülüyordu.

"Hayatım" dedi John onu öperken, "ağlamamalısın. Blanchette yakında iyileşecek ve sen de Kenilworth'a gelip benimle buluşacaksın. Her şey planladığımız gibi olacak." Katherine'e gülümsedi.

"Evet" dedi Katherine; fakat yine gök gürleyince yerinde sıçrayarak ürperdi. "Bu kötü işaret" diye fısıldadı. "Pazar günü gök gürültüleri! 'Ton-

nerre de dimanche est tonnerre de diable!"[79] İstavroz çıkardı. "John, tehlike var, hissediyorum. Yüreğimde gökyüzü gibi bir karanlık var. John, şimdi ayrılmak zorunda mıyız?"

John da istavroz çıkardı; ama sinirlenmişti. Gitmek için sabırsızlanıyordu ve dilekleriyle uyumlu olmadığında işaretlere pek inanmamayı tercih ediyordu. "Fırtına yakında dinecek, Katherine. Çoktan çekilmeye başladı bile. Bu karanlık hislerinin nedeni, hasta çocuğunla ilgilendiğinden moralinin bozulması olmalı. Haydi, gülümse biraz hayatım; İskoçya'ya beraberimde asık bir yüzün anısını götürmek istemiyorum!"

Katherine söyleneni yapmaya çalıştı; ama başaramadı. John'ın zihninde çoktan kendisinden uzaklaştığını gördü ve bunun doğal olduğunu biliyordu. Adamları dışarıda yola çıkış işaretini bekliyordu, önlerinde günlerce sürecek zor bir yolculuk vardı ve fırtına yüzünden gecikmişlerdi bile.

John eğilerek onu tekrar öptü; ama Katherine'in içindeki duygu paniğe dönüştü. "John" diye haykırdı, "korkuyorum. Aşkımızı tehdit eden bir şey var. Bunu biliyorum!" Kollarını John'ın boynuna dolayarak yüzünü zırhın sert çeliğine bastırdı.

John onu hiç bu kadar heyecanlı ve mantıksız görmemişti. Katherine hıçkırıklarla sarsılırken saçlarını okşadı ve yatıştırmaya çalıştı. Ama Katherine ağlamaya devam edince ellerini tutup boynundan çekti. "Hoşça kal, aşkım. Tanrı seni korusun!" Katherine'in kendisini durdurmasına fırsat vermeden, hızlı adımlarla oradan çıktı.

Silahtarları John'ın binmesi için atını tutarken, Katherine pencereden izledi. Yağmur durmuştu. Monmouth Kulesi'nin üzerinde gökyüzü pırıl pırıldı ve John dönüp el sallarken miğferi parıldıyordu.

Katherine pencereden eğildi ve gümüşi eşarbını yavaşça salladı.

John atını mahmuzladı ve asma köprüyü geçti. Konvoy arkasında ikişerli sıraya girerek kemerin altından geçti. Yük konvoyu ve arabalar da en arkaya dizildi.

Katherine, seyisler işlerinin başına dönene ve Dış Avlu boşalana kadar gidişlerini izledi. Köpekler bile mutfaklara geri dönmüştü. Dörtte üçü boşalmış olan Savoy Sarayı sessizliğe gömüldü. Lordu geri dönene kadar, sarayın bu suskunluğu devam edecekti.

Lord ise, kır yolunda tırısta ilerlerken aniden atının dizginlerini çeke-

---

[79] Pazar gökgürültüsü, şeytanın gökgürültüsü demek.

rek durdu ve geri dönüp tüm şatolarından daha fazla evi gibi hissettiği bu beyaz saraya baktı. Fırtınadan sonra açan güneşin altında pırıl pırıl parlıyordu. Katherine'in keyifsizliğini düşünerek sıcak bir tavırla gülümsedi ve Savoy'un büyük bir fildişi heykel gibi güzelliğini sergilediğini düşündü. Dizginleri sertçe çekerek aygırını mahmuzladı ve kuzeye yöneldi. Sezgileri, Dük'e bunun Savoy'u son görüşü olduğunu filan söylemiyordu.

Mayıs ayının geri kalanı ve haziranın ilk haftası boyunca Katherine, bir adadaymış gibi tam bir münzevi hayat sürdü. Monmouth Kanadı'na taşındı ve Blanchette'in hastalığının sürdüğü günlerde çocuğuyla birlikte aynı süitte kaldı. Blanchette'in bakımında kendisine yardım eden Mab'dan, yiyecek getiren uşaklardan ve her gün hastasını kontrol etmeye gelen Birader William'dan başka kimseyi görmedi.

Blanchette zamanla iyileşti, ateşi düştü ve kızarıklığı geçti; ancak peş peşe gelen komplikasyonlar onu bitkin düşürmüştü. Bazı günler boğazı o kadar şişmişti ki yutkunması mümkün olmamıştı ve bu düzeldiğinde, bu kez de şiddetli kulak ağrılarına tutulmuştu; sonunda zarları patlayarak kulak içindeki iltihap yastıkların üzerine akmıştı.

Bu süreçte kız çocukluğuna geri dönmüş, her şey için annesine sığınmış, Katherine odadan çıktığında ağlayıp huysuzlanmış, sürekli ona seslenmişti. Aralarındaki çatışma artık hiç yaşanmamış gibiydi ve Katherine bütün sevgisini kızına döküyordu. Blanchette'in nişan günü hastalanması tesadüften başka bir şey değildi; fakat Katherine suçluluk duygusundan kurtulamıyordu ve Blanchette'in nişanından önceki gün sergilediği küstahlığın da ateşin başlangıcından kaynaklandığını düşünerek ona öfkelendiği için kendine kızıyordu.

Kız nihayet iyileştiğinde, Katherine bu çocuğuna duyduğu güçlü sevginin, şimdi birlikte atlattıkları krizle daha da derinleştiğini biliyordu. Blanchette, artık neredeyse kaybedilmek üzereyken, kişinin felaketten kendi başına kurtardığı çok değerli bir şey gibiydi.

Haziran'ın dokuzunda, hastalığının başlangıcından bir ay sonra Birader William nihayet Blanchette'in iyileştiğini duyurdu.

Franciscan Keşiş alacakaranlıkta hastasını kontrol etmeye geldiğinde, genç kızı pencerenin yanındaki koltukta annesiyle birlikte otururken bulmuştu. Blanchette başını annesinin omzuna yaslamış, bembeyaz bir yüzle etrafı seyrediyordu ve güzel saçları tutamlar hâlinde döküldüğü için sanki erimiş, küçülmüş gibi görünüyordu. Katherine, sonunda güçlenmesi için kızının saçlarını kararlı bir şekilde kısacık kesmişti.

Sabahlığının içinde büzülerek annesine sokulmuş hâlde otururken, beş yaşında bir çocuk gibi görünüyordu ve Gri Keşiş elinde olmadan içinin eridiğini hissetmişti. Leydi Swynford kendisinden yardım istediğinde, bir hekim olarak karşılık vermişti. Aslında geri çeviremezdi de çünkü Dük'ün maiyetinde çalışıyordu; ne var ki derin bir gönülsüzlüğü aşması gerekmişti.

Şahin kümeslerinin önünde konuştuklarından beri Katherine'den tamamen uzak durmuştu. Kendi sağlığının bozuk olduğunu öne sürüp giderek Gri Keşişlerin manastırında daha fazla zamanın geçiriyor, Dük'ün maiyetinin bakımını iki dünyevi hekime bırakıyordu. Felaketle bağdaştırdığı rüyadan beri bir daha rüyalarında Katherine'i görmemişti ve hem onu hem de Dük'le devam eden ilişkisini unutmaya çalışıyordu. Blanchette'le ilgili olarak sadece görevini yapmıştı ve kızın hastalığı süresince Katherine'e soğuk ve mesafeli bir tavırla yaklaşmıştı; ama şimdi, annenin kararlılığı karşısında hayranlık duymaktan kendini alamamıştı. Bu gece Katherine'in de kızı kadar solgun olduğunu görmüştü ve Blanchette'in dilini kontrol edip nabzını sayarken, her zamankinden daha sıcak bir sesle konuşuyordu.

"Leydi Swynford, eğer dikkatli olmazsanız siz de hasta olacaksınız. Size maydanoz suyu kaynatacağım" dedi, Blanchette'in süitine bakınırken, "ve bu sarayda sağlıksız miasmalar[80] var. Artık kızınız iyileştiğine göre, taşınsanız iyi olur."

Katherine, adamın nazik ses tonundan memnun olarak başını kaldırıp baktı. "Kenilworth'a mı?" dedi. "Ama henüz bunun için yeterince iyileştiğini sanmıyorum?"

"Hayır" dedi Keşiş kaşlarını çatarak. "Başka bir süite taşınmanızdan söz ediyorum. Daha havadar ve ışıklı bir yere."

Katherine düşünceli bir tavırla başıyla onayladı. "O hâlde Kraliyet Kanadı'na geçelim. Oradaki süitler çok daha rahat ve geniş." *Ve yine Avalon Süiti'nde uyuyabilirim,* diye düşündü. Bir sürü zevkli gece geçirdiği ve John'ı kendine daha yakın hissettiği o yakut renkli kadife yatakta.

Ama Keşiş'in gerildiğini hemen fark etmişti. "Savoy'da daha birçok süit var."

Blanchette de kıpırdandı ve zayıf bir sesle konuştu; "Ah, anne, buradan çıkmayalım."

---

80 Havaya yayılan ufak zararlı maddecikler veya mikroplar.

"Hayatım, bu sana iyi gelir" dedi Katherine. "Bakabileceğin çok güzel duvar halıları var ve sana onlarla ilgili hikâyeler anlatabilirim. Thames'teki tekneleri izlersin ve üstelik bir de Dük'ün küçük, fildişi aziz koleksiyonu var; onlarla oynayabilirsin."

Blanchette derin bir nefes aldı ve Katherine, kız hastalandığından beri Dük'ün adını ilk kez andığını fark etti; ama kızının kendisine yönelttiği yenilenmiş sevgisi içinde bütün kırgınlığı kaybolmuştu. Blanchette mırıldandığında, Katherine kendini daha iyi hissetti: "Nasıl istersen, anneciğim."

Birader William kaşlarını çattı; ama söyleyebileceği bir şey yoktu. Dük'ün süiti kesinlikle saraydaki en rahat yerdi.

"Lütfen kalın ve akşam yemeğinizi bizimle birlikte yiyin" dedi Katherine nazikçe. "Siz de solgun görünüyorsunuz, iyi yürekli peder. Umarım yeni hastalıklarınız yoktur."

"Her zamankinden farklı değil" dedi Gri Keşiş. "Ateşim filan yok. Ama evet, yorgunum." Aniden oturdu. "Biraz şarap alayım." Aylardır midesinde sıkıntı vardı; ama ilaçlarla uğraşmak yerine, daha katı oruç tutmuş ve aldırmamayı tercih etmişti.

Katherine'in küçük zilinin sesine, daha önce hiç görmediği, eksik dişli, sivilce suratlı, kafatasında yara kabukları olan bir uşak cevap verdi. Pantolonunun iplerini bağlamamıştı ve mavi-beyaz üniformasında yağ lekeleri vardı.

"Piers nerede?" diye sordu Katherine, kılıksız hizmetkârı eleştiren gözlerle süzerek.

"Piers'ın karın ağrısı tuttu" diye cevap verdi çocuk tavana bakarak. "Bu yüzden onun yerine ben geldim. Benim adım Perkin. Dileğiniz nedir, Leydim?"

Katherine biraz rahatsız olmuştu. Son zamanlarda, artık Blanchette'e tüm dikkatini vermesi gerekmediğinden, uşaklar arasında belli belirsiz bir huzursuzluk fark etmişti ve hiçbiri küstahlık ölçüsünde davranmasa da alıştığı sorunsuz hizmette aksaklıklar olmaya başlamıştı. Savoy'da çok az personel kalmıştı; çünkü hizmetkârların büyük bölümünün Dük'e hizmet etmesi gerekiyordu ve maiyettekiler de doğal olarak onlarla birlikte şatodan şatoya geziyordu. Katherine'in kendi hizmetkârları, Hawise ve küçük Beaufortlarla birlikte Kenilworth'a gitmişti ve Savoy'da ailesinden kalan kimse yoktu.

Elizabeth, kayınvalidesi Pembroke Kontesi'ni ziyarete gitmişti; Leydi Philippa, Barking Manastırı'nda üç aylık bir dinlenmeye çekilmişti;

Henry zamanını, küçük karısının de Bohun şatosundaki ailesiyle, Kral'ın Windsor'daki sarayı arasında bölüyordu; Tom Swynford ise, resmî olarak Henry'nin maiyetine katılmıştı.

Dolayısıyla Savoy'un gündelik bakım personeli, Katherine ve Blanchette'in ihtiyaçlarını ancak karşılıyordu; fakat görünüşe bakılırsa beklenmedik ölçüde gevşemişlerdi.

Perkin'e et ve şarap siparişi verirken, mabeyinciyi hizmetkârlarla ilgili sorgulamaya karar verdi. Çocuğu dikkatli gözlerle izleyen Birader William araya girerek Katherine'in düşüncelerini böldü: "Burada olduğuma göre, Piers'ın karın ağrısına bir baksam iyi olur. Nerede kalıyor?"

Perkin'in bakışları Gri Keşiş'e döndü. "Buna gerek yok, saygıdeğer Keşiş" dedi. "Sıradan sancılar sadece."

"O şu anda nerede?" diye sordu Keşiş, sert bakışlarını çocuğun kızaran yüzüne dikerek.

"Nereden bileyim?" dedi çocuk yüzünü asarak. "Mutfak geçidinde yatıyor olabilir; belki döşeğini kilere götürmüştür. Belki de..."

"Yani kendi işine bakmak için Savoy'u olduğu gibi bıraktı mı?" diye sordu Keşiş, soğuk bir sesle.

Çocuk cevap veremedi; fakat daha fazla soru olmayacağını görünce çabucak ortadan kayboldu.

"Bununla neyi kastettiniz?" diye sordu Katherine. "Uşaklar izin almadan şato koğuşlarından ayrılamazlar."

"Şu anda izin almadan yapılan bir sürü şey var" dedi Keşiş. "Kent'te isyanlar var."

"Ne tür isyanlar?" diye sordu Katherine bir an sonra. "Yine vergiler mi?"

"O ve başka sorunlar. John Ball adında bir rahip, köylüleri bir sürü şeyle doldurdu."

"Ama o zindanda!" diye bağırdı Katherine. "Lordum bana, bunu açıklamıştı ve artık Avam Kamarası'nın sakinleştiğini söylemişti."

Keşiş bacak bacak üstüne attı ve başını koltuğun arkalığına yaslayarak sabırlı bir tavırla konuştu. "Zindandaydı, doğru. Ama Kentliler onu serbest bıraktı. Kent'te şiddet eylemleri oldu ve şimdi Essex'e de sıçradı."

Katherine, Leicester'da gördüğü vaizi ve kalabalığın söylediği şarkıyı düşündü. Yine içini bir endişe kapladı ama kişisel bir tehlike sezmiyordu; çünkü Kent'teki isyanlar, Fransa'daki savaş kadar uzaktı. Ve Tanrı'ya şükür, yetmiş altıda Londra halkının Percy ve Dük'e karşı öfkeyle ayaklandığı zaman gibi de değildi. Ayrıca halk arasında daima huzursuzluklar olacağını artık öğrenmişti.

"Peki, halkın istediği nedir?" diye sordu Katherine. "Daha doğrusu" diye düzeltti; çünkü insan yüreğinin isteyebileceği şeylerin ne kadar imkânsız olabileceğini biliyordu, "mantık ölçüleri dâhilinde, isyanlarla elde etmeyi umdukları şey nedir?"

Keşiş başını hafifçe kaldırarak Katherine'e baktı. Hafifçe gülümsedi. "İnsanların eşit olmasını istiyorlar. Özgürlük istiyorlar. Mantık ölçüleri dâhilinde bunu almayı umamayacaklarını söylediğinizde haklısınız; özellikle de şiddet kullanarak."

"O hâlde çıldırmışlar!"

"Hayır, çıldırmış filan değiller. Cahil, umutsuz ve bastırılmışlar. Başarısız savaşların bedelini ödemekten bıktılar. Kölelikten bıktılar. Emekleri karşılığında aldıkları düşük ve adaletsiz maaşlardan bıktılar. Malikânelerdeki lordlar, baronlar ve keşişler dana, koyun ve domuz eti yerken, kendileri kara ekmek yemekten bıktılar. Bu, doğal ve bence zamanla bir değişiklik olacaktır."

Kırk dokuzdaki Kara Ölüm nüfusu yarıya indirdiğinden ve dolayısıyla iş gücü azaldığından beri, zaten bir sürü değişiklik oldu, diye düşündü Keşiş. Eski feodal sistem zamanla kendi ağırlığı altında eziliyordu; ama yıkımını hızlandıracak patlamalar henüz yaşanmamıştı. Wyclif'in reformları iyi sonuçlar doğurmuştu; ama o da sonunda kendini kaybetmiş ve Şeytan onu kâfirliğe sürüklemişti. Bu fanatik Rahip John Ball vaazlarının birçoğunda gerçekleri konuşuyordu; fakat nefret ve sınıf savaşları, tehlikeli, iki tarafı keskin silahlardı.

Katherine Keşiş'in söylediklerini, daha önce bu konularda hiç göstermediği bir ilgi ve dikkatle düşündü. Halkın tarafından açıkladığı şeylerin tam olarak adil olmadığını belirtme ihtiyacı duydu.

"Ama Birader William" dedi sonunda, "köylülerin, kendilerinin ve atalarının doğdukları malikânelerde çok daha iyi şartlarda yaşadıkları da bir gerçek değil mi?" Kettlethorpe'u düşününce bir an duraksadı; birçok açıdan engellenemeyecek sorunlar vardı ve kâhya elinden geleni yapıyordu. Dük'ün malikâneleriyse belirgin şekilde lüks doluydu.

"İyi bir malikâne lordu, köylülerine iyi bakar" diye devam etti Katherine. "Onlara ziyafetler verir ve yardımlar yapar. Sorunlu zamanlarda onları korur, doyurur ve kendileri nasıl yapabileceklerini bilmediklerinde, onlara adalet dağıtır. Onun çocukları gibidirler."

Keşiş beklenmedik bir şekilde güldü. "Kölelik için, Babil kadar eski ve birçokları tarafından haklı çıkarılmış bir argüman bu. Ama özgürlüğü avantajlara tercih eden birçokları da var." Sonra kendi kendine konuşur gibi ekledi. "Bu konuda Tanrı'nın kanununun ne olduğunu bilmiyorum."

Tahta haçını alıp ona baktı. "Sadece Kutsal Efendimiz'in bir marangoz olduğunu ve bir zenginin cennete girmesinin, bir devenin iğne deliğinden geçmesinden daha zor olduğunu söylediğini, Kutsal St. Francis'in de bize yoksulluğu önerdiğini biliyorum; ben de bu yemini izlemeye çalışıyorum."

İç çekti. Yeminlerini asla bozmadığı doğruydu. Dük'ün kendisine verdiği yıllık ödeneklerin hiçbirini kendine saklamamış, yardım amaçlı kullanmış ya da ait olduğu sistemin manastırlarına vermişti. Yine de kendisi de belki şu şişko Carmelite Walter Dysse kadar Lancaster feodalitesinin bir asalağı olabilir miydi? Ya da Dük'ün sırtından geçinen yüzlerce maiyet üyesi gibi? Ya da... Başını hafifçe kaldırarak Katherine'e baktı. *Tanrı bana onu kurtarmanın yolunu göstere,* diye düşündü elinde olmadan. *Ve elbette ki Dük'ü de... belli bir lanetten.* Ama Dük'ün yazgısı onu o kadar ilgilendirmiyordu. Peki, neden? *Domine libera nos a malo;*[81] önce Katherine'i düşünmesinin nedeni, o lanetli dişil güzelliği olamazdı, değil mi?

Birader William'ın koltuğu karoların üzerinde gıcırdadı. Başını iki yana sallayarak ayağa kalktı. "Yemeğin gelmesi uzun sürdü. Bekleyemeyeceğim. Bir-iki gün içinde geri dönerim. Daha erken ihtiyacınız olursa haber gönderin. *Benedicite.*" Ve hızlı adımlarla süitten çıktı.

Katherine, Keşiş'in ani davranışlarına alışmıştı ve kendini Savoy'da çok yalnız hissetmesine ve onunla konuşmaktan zevk almasına rağmen Birader William'ı durdurmaya kalkışmadı. Onun eleştirilerini uzun zaman önce kabullenmişti; ama Birader William'a ve hekimliğine hiç tereddütsüz güveniyordu; Bordeaux'da Hugh'un ölüm döşeğinin yanındayken olduğu gibi.

Zavallı Hugh, diye düşündü Katherine biraz acıyarak. Çok uzun zaman geçmişti ve yanağındaki yara izi dışında artık Hugh'un yüzünü bile hatırlayamıyordu.

Blanchette ateşten sayıkladığı günlerde babasından söz etmişti. Görünüşe bakılırsa, Kettlethorpe'ta ona veda ettiği anı hatırlıyor, muhte-

---

81 Lat. Tanrım bizleri kötülükten koru.

melen Hugh'un ona söylediği sözleri tekrarlıyordu: "Ben dönene kadar iyi bir kız olursan, sana Fransa'dan bir hediye getiririm." Blanchette'in heyecanlı sesini dinlerken Katherine'in gözleri dolmuştu ve Hugh'u hiç olmadığı kadar şefkatle düşünmüştü. Küçük kızına sıcak davrandığı doğruydu ama Katherine o dönemde bunu pek fark etmemişti; çünkü John'a duyduğu aşktan başka bir şey düşünebilecek durumda değildi.

Blanchette'i tekrar yatağa yatırmasına yardım etmesi için Mab'ı çağırdı ve serin gül suyuyla kızı yıkarken, dün aldığı mektubu mutlulukla düşündü. Geçen hafta Knaresborough'dan gönderilmişti. John, hemen sınıra hareket edeceğini, Hawise'in ve bebeklerin güvenli bir şekilde Kenilworth'a bırakıldığını ve herkesin iyi olduğunu yazmıştı. Katherine'i özlediğini, bir-iki ay içinde de dönmeyi umduğunu belirtmişti. Katherine mektubu elbisesinin göğüs kısmında, kalbine yakın bir yerde taşıyordu.

Bunu düşünürken ve çabucak uykuya dalan Blanchette'e şarkı söylerken, yemek getirmesi için gönderdiği uşağın sıra dışı pespayeliğini bir süre için unuttu; ama sonra açlığını hatırladı ve içi öfke doldu.

Katherine zili tekrar çaldı ve bir an sonra uykulu bir uşak yanına geldi. "Bana hemen mabeyinciyi çağır!" diye emretti Katherine. Çocuk eğildi ve koşarak çıktı. Birkaç dakika sonra geri döndüğünde yanında mabeyinci değil, muhafız çavuşu Roger Leach vardı.

Katherine kaşlarını kaldırarak bakınca iri yarı asker açıkladı. "Mabeyinci Dış Avlu'ya gitti, Leydim. Hemen yanınıza gelecek; fakat geceyi geçirmek için bir grup aktör şatoya geldi."

"Mabeyinci ne zamandan beri burada barınak arayan serserilerle kişisel olarak ilgileniyor ve onları benim çağrımdan daha önemli görüyor?"

Çavuş huzursuz gözlerle baktı. Miğferini geri iterek deri yüzünden terleyen başını kaşıdı. "Şey, sorun şu ki Leydim, mabeyinci neler olduğunu kendisinin duymasının iyi olacağını düşündü. Uşaklardan bazıları bu aktörlerle o kadar yakından ilgileniyor ki işlerini aksatıyor."

"İşler hep aksıyor zaten" dedi Katherine. "Şarap ve yemek isteyeli iki saat oldu; ama hâlâ gelmedi. Uşakların derdi ne, Çavuş?"

"Şey, Leydim" diye inledi Leach gururu incinerek. Sadece Savoy'da kalan muhafızlardan doğrudan sorumlu olmasına rağmen aynı zamanda yaşlı mabeyinciye ve aşçıbaşıya da hizmetkârları hizada tutmaları için yardım ediyordu. "Gençler arasındaki yaz tembelliğinden başka bir şey değil. Birkaç disiplin cezası onları yola getirecektir."

Katherine ona düşünceli bir tavırla baktı. "Aşağı inip şu şarkıları ben de dinlemek istiyorum."

"O hâlde ben de sizinle geleyim, Leydim" dedi Çavuş, miğferini tekrar başına geçirip omuzlarını dikleştirerek. "Bu aktörlerin içeri alınmaması gerekiyordu; bu kapıcının suçu."

Katherine, bu sözlerden sonra Çavuş'un inkâr etmesine rağmen biraz rahatsız olduğunu anladı. Dilencilerden piskoposlara kadar her türde yolcu, sık sık gece kalmak için gelirdi ve kapıcı bir grup aktörü kabul ettiği için suçlanamazdı.

Blanchette'i Mab'a teslim ederek Dış Avlu'ya çıktı ve otuz kadar hizmetkârın şapelle ahırlar arasında toplanmış olduğunu gördü. Son derece sessiz bir şekilde, harpları ve gaydalarıyla bir kuyunun etrafında toplanarak şarkı söyleyen beş kadar müzisyeni dinliyorlardı. Adamlardan biri kuyunun taşının üzerinde duruyordu ve görünüşe bakılırsa liderleriydi. Katherine merakla ona bakarken, asi vaiz John Ball olup olamayacağını düşünmüştü; ancak kesinlikle o olmadığı belliydi. Bu, bol bir mavi-kırmızı ozan tüniği giymiş genç ve güzel yüzlü bir çocuktu ve söylediği şarkı Âdem ile Havva'yı anlatmıyordu. Daha ziyade ninniye benziyordu.

Çocuk flüt sesi gibi bir sesle söylüyor, arkadaşları ona eşlik ediyordu:

> *Jack Milner değirmenini ayağa kaldırmak için yardım istedi.*
> *Çünkü kendisi küçük, küçük, küçük ezilmişti.*
> *Kral'ın cennetteki oğlu hepsinin bedelini ödedi.*
> *Güçle ve adaletle, beceri ve iradeyle*
> *Haklı güçlüyü yendi, değirmen geri geldi.*
> *Ama güç adaletten önce giderse, değirmen altüst edilirdi.*

"Bu saçmalık" dedi Çavuş tiksintiyle. "Hiçbir anlamı yok."

O konuşurken, kalabalık Katherine'i fark etti. Başlar ona dönerken, mırıltılar yükseldi. Her zamanki hizmetkârı Piers'ı, Perkin'i ve diğerlerini gördü. Göz ucuyla ona bakarken, her biri tek tek mutfaklara ve ahırlara doğru yürümeye başladılar.

Kuyunun dibindeki şarkı söyleyen genç Katherine'e bakarak hafifçe eğildi ve keyifli bir sesle bağırdı: "Sizin için şarkı söyleyelim mi, güzel Leydim? Bir sürü aşk şarkısı biliyoruz. Yoksa başka türde gösteriler, hokkabazlıklar mı tercih edersiniz? İngiltere'de bizden daha fazla numara bilen başka aktörler yoktur."

"Hayır, bu gece olmaz, teşekkürler" dedi Katherine. Yakışıklı, sıcakkanlı bir gençti ve Katherine söyledikleri şarkının kötücül bir anlamı olduğunu sanmıyordu. Ozanlar birçok konuda şarkı söylerdi ve bu şarkının içinde kendisinin algılayamadığı bir politik mesaj varsa da bir şarkının zararı olamazdı.

Mabeyincinin kendisiyle hemfikir olduğunu gördü. O da kayıkhanenin gölgesinden dinliyordu ve Katherine'le Çavuş'a katılmak için aceleyle yanlarına gelmişti.

Katherine mabeyinciyle hizmetkârların sorumsuzluğu hakkında sertçe konuştu ve adam beyaz sakalını mutsuzlukla çekiştirirken kekeleyerek özür diledi.

Katherine, Blanchette'in yanına döndü ve Piers hemen, gecikmiş yemekle süite daldı. Karın ağrısı ve kendi yerine gelen Perkin'in aptallığı için özür diledi. Her zamanki becerikli tavırlarıyla, Katherine'in yemeğini bitirmesini bekledi ve Katherine gereksiz yere huzursuz olduğunu düşündü. Yine de Çavuş'u bir kez daha çağırdı.

"Bu aktörlerle ilgili bilgi toplayabilir misiniz?" diye sordu.

"Topladım, Leydim" dedi Çavuş. Genç liderleriyle birlikte bira içmişti ve onun nazik, neşeli bir genç olduğunu gözlemlemişti. Hatta şimdi bile uşakların salonunda herkesin bildiği ve anladığı eski moda şarkılar söylüyordu.

"İyi çocuklar" dedi Çavuş güvenli bir tavırla. "Hiçbir kötü niyetleri yok. Canterbury'den gelmişler. Orada hac sırasında Prenses Joan için çalmışlar ve şimdi de bir lordun düğün ziyafetinde çalmak için Norfolk'a gidiyorlarmış."

"Ama duyduğuma göre Kent'te isyanlar varmış, Çavuş" dedi Katherine kararsızca.

"Evet, Leydim, ben de duydum" dedi Çavuş yatıştırıcı bir tavırla. "Ne olacak ki? Ben ve adamlarım buradayken, Savoy'da hiçbir tehlike yok. Kent'teki o serseriler asla Londra'ya gelmezler ve gelseler bile, buraya gelmezler. Neden gelsinler ki?"

Doğru ya, neden gelsinler ki? diye düşündü Katherine. Çavuşun gözlerindeki pırıltıya bakarak onun aptalca ve kadınca davrandığını düşündüğünü ve daha önceki endişelerininse silinmiş olduğunu gördü.

"Pekâlâ" dedi gülümseyerek. "Daha iyi bir koruyucu isteyemeyeceğimi biliyorum. Majesteleri sık sık bana sizin cesaretinizi anlatır."

Çavuş mahcup bir tavırla kızardı. Basit bir adamdı ve emrinde Najera kadar eski savaşlarda savaştığı Dük'e tutkuyla bağlıydı. Göğsünü şişirerek konuştu. "Teşekkür ederim, Leydim. Kızınız şimdi nasıl?" Blanchette'in uyuduğu yatağa baktı.

"Çok daha iyi! Gelecek hafta Kenilworth'a gitmek için yola çıkabileceğimizi umuyorum."

"Evet, diğer küçükleri görmek için sabırsızlanıyor olmalısınız. Çok iyi bir annesiniz, Leydim. Daha dün bunu karıma da söylüyordum." Ama sonra karısının, Leydi Swynford'un anneliğinin son derece sıra dışı durumuyla ilgili alaycılığını hatırlayarak sustu. "Eğer sakıncası yoksa artık görevimin başına dönmek istiyorum."

Katherine pencerenin yanında birkaç dakika daha oturdu. Süit serin ve karanlıktı. Uzun haziran alacakaranlığı nihayet kaybolmuştu ve yatağın yanında sadece gece mumu gümüş şamdanında yanıyordu.

İyi bir anne mi? diye düşündü Katherine. Çavuşun açık sözlü iltifatı ona dokunmuştu.

Yatağa yürüdü ve perdeleri çekerek Blanchette'e baktı. Kısa kesilmiş saçlarının altında yüzü savunmasız görünüyordu ve çocuksu elleri çarşafların üzerinde açılmıştı.

Blanchette kıpırdandı ve bir şeyler mırıldandı; parmakları çarşafı huzursuzca kavradı. Katherine onun yanına uzandı ve kız iç çekerek sessizleşti. Katherine onu kendine çektiğinde, Blanchette çok uzun zaman önce yaptığı gibi, bütün vücudu gevşemiş bir şekilde kendisini annesinin kollarına teslim ederek başını göğsüne dayadı. Katherine'in içini sıcak bir mutluluk kapladı ve yanağını yumuşak bir şekilde kızının başına dayadı.

Aniden Blanchette irkildi ve inleyerek doğrulup iri iri açılmış gözlerle oturdu.

"Sorun nedir, hayatım?" diye haykırdı Katherine. Kızın gözleri boşluğa bakıyordu ve Katherine sorusunu tekrarladı. Kulak zarları patladığından beri, Blanchette pek iyi duyamıyordu.

Blanchette ateşten çatlamış dudaklarını yaladı ve korkuyla, hafif bir kahkaha attı. "Kâbusmuş..." diye mırıldandı. "Korkunç bir rüya! Boğuluyordum ve sen..." Annesinin endişeli yüzüne bakarak gerildi ve biraz uzaklaştı. "Kutsal Meryem, bir rüyadan korkmak ne kadar gülünç!" dedi Blanchette boğuk bir sesle. İstavroz çıkardı ve sonra bu tanıdık korunma hareketi aniden daha derin bir anlam kazanmış gibi konuştu. "Anne, hâlâ dua ediyor musun?"

"Neden sordun hayatım? Elbette ediyorum" dedi Katherine şaşırarak. "İyileşmen için dua ettim, bu sabah ayine katıldım..."

"Ama eskiden olduğu gibi değil. Ben küçükken, Kettlethorpe'ta... O zaman farklı olduğunu hatırlıyorum. Ve haklısın: Dualar işe yaramıyor. İsa'nın, Meryem'in veya azizlerin bizim başımıza gelenlerle ilgilendiklerini hiç sanmıyorum; tabii onlar da gerçekten varsa."

"Blanchette!" diye bağırdı Katherine, çocuğun sesinde kendi düşüncelerini duymaktan dolayı ürkerek. "Bunlar hastalıklı düşünceler..."

Bir süre konuşmaya devam etti. Tanrı'nın her şeye gücünün yettiğini ve azizlerin koruyuculuğunu anlattı. Kendi kulaklarına sığ gelen kanıtlar gösterdi ve hastalığından önceki içedönük ifadenin Blanchette'in yüzüne geri döndüğünü gördü. Ama sonunda kız nazikçe konuştu. "Evet, anne, biliyorum." İç çekti ve yatağın diğer tarafına doğru çekildi. "Çok yorgunum. Daha fazla dinleyemeyeceğim."

24

Ertesi gün, 10 Haziran Pazartesi, Katherine ve Blanchette, Kraliyet Kanadı'na geçtiler. Blanchette daha önce bu kanada hiç gelmemişti ve itirazlarına rağmen Katherine onun Avalon Süiti'ne girmesine yardım ederken, Blanchette hayranlığını gizleyemedi. Daha en başında bile çok güzel bir kule odasıydı; ama her yıl Dük burayı biraz daha geliştirmiş, muazzam miktarda para dökmüştü. Cenevre'den gemiyle getirtilen gül kırmızısı mermer çerçeve geçen ay şömineye yerleştirilmişti ve şahin, gül, şato ve devekuşu tüylerinin Dük'ün amblemleriyle iç içe geçerek kabartma hâlinde işlenmesi için bir taş ustasının iki yıl çalışması gerekmişti.

Thames tarafındaki pencere büyütülmüş ve derinleştirilmişti. Üst yarısında St. Ursula'nın on bir bin bakireyle hayatını gösteren bir resim vardı. Köşedeki sunak fildişi ve altından yapılmış, beyaz satenle minderlenmişti ve Castile'dan getirilmişti. Kırmızı kadife yatak, perdeleri dışında değiştirilmemişti; ama yeni bir şey eklenmişti: Dük, inci desenlerinin arasına minik altın Catherine Tekerleklerinin eklenmesini istemişti ve bu, Katherine'i çok mutlu etmişti. Ve yatağın yanında hâlâ büyük Avalon halısı duruyordu.

Katherine bu halıya her baktığında, on iki yıl önce bu odaya ilk adım attığında John'ın söylediği bir şeyi hatırlıyordu: "O şatoya baktığımda, Castile'da gördüğüm şatoyu hatırlıyorum."

O zamanlar bunun John için anlamını neredeyse hiç bilmiyordu.

Blanchette'in dikkatini dağıtmaya çalışırken, Katherine ona halıdan biraz söz etti; ama kız pek fazla ilgilenmemişti ve pencerenin yanında oturarak nehri izlemeyi tercih etmişti. Yine de Katherine'in umduğu gibi, azizlerin parmak büyüklüğündeki fildişi bibloları onun çok hoşuna gitmişti. St. Agnes, St. Cecilia, St. Bartholomev... Üstelik hepsi son derece gerçekçi görünüyordu. Şehitliğinin sembolleri olarak elinde kerpeten ve büyük bir diş tutan St. Apollonia şişmiş çenesi ve kıvrık ağzıyla, o kadar gerçekçi görünüyordu ki Blanchette ona bakarken kendini tutamayarak güldü.

"Ah, tatlım" dedi Katherine gülümseyerek, "diş ağrısı çekmiş olsaydın böyle gülmezdin. Bence hiç gülünecek bir konu değil."

"Sen çektin mi, anne?" dedi kız Apollonia'yı bırakırken.

"Hayır, ben şanslıydım. Bütün dişlerim hâlâ ağzımda. Fakat Dük..." dedi; ancak tereddüt etti. Ama Tanrı'ya şükür, artık Blanchette'le konuşurken bir zamanlar olduğu gibi, onu rahatsız eden konulardan uzak durmaya çalışmasına gerek yoktu. "Dük bazen diş ağrılarından çok çekiyor. Hawise de öyle, bildiğin gibi."

"Zavallılar" dedi Blanchette dalgın bir tavırla. Kuzey topraklarının azizi Columba'nın elinde kumru olan biblosunu eline aldı. Kumrunun minik başına dokundu ve annesine döndü. "Yeşil kuşuma ne oldu?"

"Gayet iyi. Onu kendim besledim. Onu getirtiriz; böylece odana asabilirsin."

Kızın gri gözlerinde düşünceli bakışlar belirdi. "Kafesin kapısını açık bırakmıştım... hastalandığım gün. Kaçmadı mı?"

"Hayır" dedi Katherine gülümseyerek. "Ama kapıyı kapamıştım. İstersen kuşu kendin serbest bırakabilirsin."

"Belki de kafesinde mutludur" dedi Blanchette. Kargaların gökyüzünde daireler çizdiği nehrin karşı tarafındaki ağaçlara baktı. "Belki de orada korkar."

"Belki" dedi Katherine. İçi mutlulukla doldu. Blanchette her açıdan daha iyiydi; sadece iyileşmekle kalmamış, aynı zamanda uzun zamandır süren tuhaf karanlık isyanları da sona ermişti. Sonunda kız bazı düşüncelerini dile getiriyordu ve kekemeliği neredeyse tamamen düzelmişti. Katherine, bir süre sonra Robin Beyvill ve Sir Ralph hakkında açıkça konuşabileceğine, kızın gerçekte neler hissettiğini anlayabileceğine karar verdi.

Blanchette'in yüzü aniden kızardı, bakışlarını indirdi ve düzgün bir sıraya dizdiği aziz biblolarıyla ilgilenirken konuştu. "Bana çok iyi davrandın, anne."

Katherine nefesini tutarken, kollarını uzatıp ona sarılmamak için kendini zor tuttu; ama bu yeni hassas dengeyi zorlamaması gerektiğini biliyordu. Sadece kızının yanağına küçük bir öpücük kondurmakla yetindi. "Neden davranmayayım ki?" dedi neşeyle.

Salı ve çarşamba günü birlikte çok mutlu zaman geçirdiler. Haziran havasını içeri alacak şekilde açık bıraktıkları pencerenin önünde oturarak uzun saatler boyunca oyun oynayıp şarkı söylediler. Blanchette lavtasını çalarken, Katherine ona mandolinle eşlik etti. Katherine ona eski, *"Hé, Dame de Vaillance!"*[82] şarkısını öğretti ve birlikte çalıp söylediler. Birbirlerine bilmeceler sordular ve yenilerini icat etmeye çalıştılar. Katherine çocuğunu daha da neşeli olmaya teşvik ederken, kendisi de neşelendi. Onu endişelendiren tek şey, Blanchette'in işitme yetisindeki sorundu; ama onun da zamanla iyileşeceği belliydi.

Piers onlara lezzetli yiyecekler getirdi, Mab daima yanlarında bekledi, mabeyinci her şeyin düzgün gittiğini bildirdi ve onların dışında da kimseyle görüşmediler. İkisi de birbirlerinin arkadaşlığından hoşlanmıştı ve daha önce aralarında geçen acı verici anlaşmazlıkları unutmuşlardı.

Blanchette belirgin bir şekilde gücünü geri kazanmıştı. Artık yardıma ihtiyaç duymadan süitin içinde yürüyebiliyor, iyi yiyordu ve zayıflamış yanaklarına biraz renk gelmişti. Ertesi hafta kesinlikle Kenilworth'a yola çıkacaklardı ve John'ın geri dönmesi de uzun sürmeyecekti.

Çarşamba akşamı avludaki saat yediyi vururken, Avalon Süiti'ndeki akşam yemeklerini bitiriyorlardı. Blanchette, aşçıbaşının kendisi için özel olarak yaptığı kurabiyeleri yerken, Katherine de kadehinde kalan lezzetli şarabın son yudumlarını içiyordu. Kullandıkları kadehler kendilerinindi ve son derece güzellerdi.

"Birader William geçen pazar gününden beri gelmedi" dedi Katherine dalgın bir tavırla. "Belki bu gece gelir; ama neyse ki artık onun üstün becerisine pek ihtiyacın kalmadı." Kadehini indirdi ve hâlinden memnun bir tavırla iç çekerek masayı itti.

"Umarım gelir" dedi Blanchette, bir kurabiye daha alırken. "Ondan hoşlanıyorum. Çirkin ve asık suratlı görünüyor ama elleri çok nazik. Hastalığımda benimle ilgilenirken şefkatli bir baba gibiydi. Kendi çocukları olmaması çok acı, değil mi?"

---

82 Ey, Cesaretin Kadını.

Katherine, Gri Keşiş'i baba rolünde düşündü. Din adamlarının geri kalanı ne tür gizli bir ebeveyn ilişkisine girmiş olursa olsun, Birader William'ın asla gizli bir baba olmadığı kesindi. Yine de babalık ona çok yakışırdı. "Son derece dürüst bir adam" dedi Katherine. O sırada kapı vuruldu. Keşiş'in gelmiş olabileceğini düşünerek, "Girin!" diye seslendi.

Bir uşak geldi ve antrede bir işadamının Leydi Swynford'la görüşmek istediğini bildirdi. Guy le Pessoner adında bir adam.

"Efendi Guy!" diye haykırdı Katherine neşeyle. "Elbette, hemen gönderin." Blanchette'e döndü. "Hawise'in babası."

Balıkçı oflaya puflaya geldi ve terli geniş yüzünü kahverengi yünlü giysisinin koluna sildi. Eğilerek Katherine'i selamladıktan sonra Blanchette'e bir bakış attı. "Vay canına! Hava ne kadar sıcak..."

Katherine gülümsedi ve bir koltuğu işaret etti. "Sizi görmek ne büyük bir mutluluk!"

Efendi Guy'ın büyük göbeği bir süre sonra hızlı hızlı inip kalkmayı bıraktı. Şişman kırmızı ellerini dizlerine koydu. "Hawise nerede, Leydim?" diye sordu, aniden.

"Kenilworth'ta, küçük Beaufort çocuklarımla birlikte. Bir ay kadar önce kuzeye giden Dük'le birlikte gitti."

"Ah..." dedi Balıkçı. "Emma'ya bunu söylemiştim; ama yine de gelmemi istedi."

"Neden?" diye sordu Katherine. "Bir sorun mu var?"

"Hayır, sorun diyemeyiz" dedi Guy omuz silkerek. "Daha ziyade yaşlı bir kadının kaprisleri." Efendi Guy kaşlarını çattı.

Bu son iki gündür, hiç şüphesiz isyan daha da ciddileşmişti. Kentli asiler Blackheath'e kadar gelmişlerdi ve Essexli erkekler kuzeyden Londra'ya yaklaşıyordu. Dame Emma, hemen gidip Hawise'in olası bir tehlikeden uzak olduğundan emin olması için Guy'ı dürtükleyip durmuştu. Dük'ün gittiğini ama Leydi Swynford'un Savoy'da kaldığını duymuşlardı.

"Dame Emma'yı rahatsız eden ne?" diye sordu Katherine.

"Bu asiler nehri geçerek Londra'ya girerlerse, kötü şeyler olabileceğinden korkuyor. Ona bunun saçmalık olduğunu söyledim. Kral onları sakinleştirecektir. İstedikleri tek şey, sıkıntılarını Kral'a anlatabilmek. Ayrıca, şehre giremezler. Asma köprü kalkık ve bütün kapılar kapalı." Duraksadı. Doğru, kapılar kapalıydı ve asma köprü kalkıktı; fakat asilere sempati duyan meclis üyeleri vardı: John Horn ve Londra köprüsünden sorumlu başka bir balıkçı olan Walter Sibley. İkisine de güvenilemezdi. İşlerine yarayacağını düşünürlerse, her türlü şeyi yapabilirlerdi.

"Hepsini Şeytan alsın!" dedi Efendi Guy öfkeyle. Kendi ateşli günleri geride kalmıştı. İstediği tek şey, verimli işiyle huzurlu bir hayat sürmekti. Ama Londra'da değişim isteyen çok kişi vardı; Jack gibi.

"Bütün bunlar hakkında hiçbir şey bilmiyorum, Efendi Guy" dedi Katherine. "Sadece Kent'te isyanlar olduğunu biliyorum. Kral'ın Windsor'da olduğunu sanıyordum."

"Şu anda Prenses Joan, bir sürü lord ve Vali Walworth'la birlikte Kule'de. Yaşlı başpiskopos ve hazineci Hales de yanlarında. Bu akıllıca; çünkü asiler bu vergi toplayıcıları en yakındaki ağaçlara asardı."

Katherine bunu şaşkınlıkla düşündü; ama içinde korku yoktu. Demek Kral, İngiltere'nin en güçlü kalesi olan Londra Kulesi'ndeydi. Bunun nedeni sağduyu muydu, yoksa köylülerle daha kolay pazarlık edebilmek için mi böyle bir karar vermişti?

"Kral henüz asilerle konuşmadı mı?" diye sordu Katherine.

"Hayır. Bu sabah Kule'den Rotherhithe'e gitti; ama karaya çıkmadı. Tekrar Kule'ye döndüler. Söylentilere göre, kıyıda bekleyen büyük kalabalığı görünce lordlardan bazıları çok korkmuş."

"Zavallı çocuk" dedi Katherine, geçen Noel'de Leicester'da gördüğü o hassas çocuğu düşünerek. "Böyle kararlar vermek için çok genç."

Blanchette ilgiyle dinliyordu. Öne eğildi ve keskin bir gözlem yeteneğiyle konuştu. "Kral çok genç filan değil, anne. Büyüklerinden daha doğru düşünebiliyor."

"İkiniz de on dört yaşında olduğunuz için böyle düşünebilirsin; ne harika bir yaş!" dedi Katherine gülümseyerek. Tekrar Efendi Guy'a döndü. "Söylediklerinizden anladığım kadarıyla, bu asiler Kral'a sadık, öyle mi?"

"Ah, evet, öyle!" Balıkçı başıyla onayladı. "Blackheath'te St. George'unkiyle birlikte onun bayrağını da sallıyorlar."

"O hâlde onlardan gelecek ciddi bir tehlike olamaz" dedi Katherine.

Ayağa kalktı ve bir kadehe bira doldurarak Efendi Guy'a uzattı. "Daha önce ikram etmediğim için bağışlayın; ancak haberlerinizle ilgilenirken unuttum. Bu arada, Hawise'in kocası nasıl?"

Balıkçı birasını bitirdi. "Sersem!" diye bağırdı. "Ondan bıktım artık. Hâlâ Dük'e karşı öfkeli elbette! Fakat bu kez asıl Flamanlara karşı. Flaman dokumacılar işini bozdu. Elinden gelse, eminim hepsinin gırtlağını keser.

Jack o kadar kana susamış bir adam ki Hawise'in ondan uzak durmasının iyi olduğunu düşünmeye başladım." Oturduğu yerde kıpırdandı, yüksek sesle geğirdi ve "Şey, Leydim, artık gitsem iyi olur" dedi. "Oyalanırsam Ludgate'ten geçmek benim için bile kolay olmayacak."

Dame Emma'nın mesajındaki aciliyeti tam anlamıyla iletmediğini bildiğinden, tereddüt etti. "Hawise ya da Leydi Swynford oradaysa, henüz mümkünken hemen kuzeye doğru hareket etmelerini söyle." Ama karısının aşırı evhamlı olduğunu düşünüyordu ve söylentiler doğruysa, Londra'dan çıkmak için hiçbir yol güvenli olamazdı. Her yerde gizli ayaklanmalar vardı. Ayrıca halk, kadınlara karşı savaşmıyordu ve herhangi bir sorun olursa bu ikisi böylesine yüksek duvarlarla çevrili bir sarayda daha güvende olurdu. Yine de bir uyarıda bulunmak zorunda olduğunu hissetti. "Muhafızlarınıza tetikte olmalarını söyleyin ve su kapılarını kesinlikle indirin. O zaman rahat edersiniz. Her şeyin kısa sürede sonuca ulaşacağına inanıyorum."

Katherine geldiği için adama teşekkür etti ve Dame Emma'ya sevgilerini gönderdi. Balıkçı gittikten sonra Çavuş Leach'i çağırdı ve Efendi Guy'ın tavsiyesini ona tekrarladı.

"Korkmanıza gerek yok, Leydim" dedi Çavuş. Biraz hareket olasılığı onu memnun etmişti; ama açıkçası bunun olacağını da pek sanmıyordu. Duyduğuna göre kazmalar, sopalar ve oraklarla silahlanmış bir avuç çiftçi, başlarındaki asi bir rahiple ve Wat adında bir kiremitçiyle ne yapabilirlerdi ki?

Kiremitçi bize kiremit fırlatabilir, diye düşündü Leach kendi kendine sırıtarak. *Köylüler de sabanlarını sallayabilirler; aslında bu hayli yararlı olabilir.*

Mutlu bir şekilde adamlarını uyarmaya gitti. Anayolda demir kapı indirilmeli, su kapılarındaki güvenlik kontrol edilmeliydi. Silah deposundan fazladan silah dağıttırdı: Gürzler, savaş baltaları, kılıçlar, göğüs zırhları ve kalkanlar; okçuların desteğe ihtiyacı olursa diye, uşakları da toplayarak silahları nasıl kullanacaklarını anlattı.

Silah deposuna yakın üç varil barut vardı ve kapının üzerine küçük bir bakır top yerleştirilmişti; fakat Çavuş ona da pek güvenmiyordu. Ateşli silahlar güvenilmez aletlerdi ve onun gözünde değersizdi. Bu silahların hiçbiri, bir İngiliz okçuyla boy ölçüşemezdi ve adamları Fransız savaşlarında deneyim kazanmış gazilerdi.

Alacakaranlık çöktüğünde, Çavuş akşam havası kadar sakin bir zihinle muhafız koğuşunda uykuya daldı.

Efendi Guy'ın verdiği bilgileri yeniden gözden geçirdikten sonra Katherine de kendini güvende hissetmişti. Blackheath, Kent'ten yedi mil uzaklıktaydı ve sabaha kadar Kral ve danışmanlarının, Başpiskopos Sudbury veya valinin bir hareket planına kesinlikle karar vereceği ve isyancıları sakinleştireceği belliydi.

Pencereden dışarı baktı; ama herhangi bir huzursuzluk işareti göremedi. Su her zamanki gibi yumuşak bir şekilde aşağıdaki taş duvarı dövüyor, Westminster tarafındaki gökyüzü lavanta ve safran renkleriyle boyanıyordu.

Derin bir nefes alarak mis gibi kokuyu içine çekti ve Blanchette'e dönerek "*Romaunt*"tan birkaç mısra okudu.

Sanırım hissediyorum şafağın kıyısında
Alıyorum gülün tatlı kokusunu burnumda!

Blanchette doğrulup oturdu ve gözleri parladı. Bir an için düşündükten sonra gururla başka bir söz ekledi; çünkü yalnız geçen son yıllarında en büyük zevki aşk romanları okumak olmuştu.

Daima mutlu ol yapabildiğince
Ama ziyan etme kendini müsrifçe
Mayıs Günü gibi taze çiçekler tak başına
Güller çevrelesin yüzünü zarifçe

Birbirlerine baktılar ve kahkahalara boğuldular.

"Ah, ne kadar neşeli bir ikiliyiz!" diye haykırdı Katherine, başını iki yana sallayarak. "Kabahat bende. Chevalier de la Tour Landry'nin kızlarına yaptığı gibi sana sağlam ahlak değerleri öğretmeliydim. Yazıklar olsun bana!"

"Ah, evet, anne" dedi Blanchette, Katherine'e sevgiyle parlayan gözlerle bakarak. "Bunu yapmaman gerçekten yaramazlık."

"Neyse, artık yatma saati, tatlım" dedi Katherine, Blanchette'in yanağından bir makas alırken. "Senin uykun geldi; benim de öyle. Biliyor musun, bence yarın hava güzel olacak. Belki gücünü biraz zorlayıp birlikte bahçelere çıkabiliriz."

"Evet, bunu çok isterim" dedi Blanchette hevesle.

Katherine kızı yatağa yatırdıktan ve üstünü örttükten sonra birbirlerini sıcak bir şekilde öperek iyi geceler dilediler.

* * *

Nehrin karşı tarafında, Blackheath'te, asilerin sayısı her saat artmış, sonunda orada on bin umutsuz adam toplanmıştı. Ancak John Ball bir ağaç kütüğüne tırmanıp onlara bağırdığı zaman sessizleştiler. Gün ışığında ve sonrasında meşale ışığında, kızıl kahverengi cüppesinin içindeki ince vücudunu görebiliyorlardı. Tanrı'dan yardım istemek için kollarını gökyüzüne kaldırmıştı ve birçoğu, gözlerindeki vahşi pırıltıları görebiliyordu.

Onlara nihayet zamanın geldiğini bildirdi. "John Ball zili çaldı!" diye bağırdı heyecanlı bir sesle.

Bütün İngiltere hazırdı. "Dostlar" üyeleri haftalardır yolculuk yapıyordu ve malikânelerde fısıldıyor, salonlarda ve köy meydanlarında "Jack Milner" şarkısını söylüyorlardı ve onlara sempati duyan herkes mesajı anlamıştı.

John Ball onlara büyük vaazını verdi ve burada, Blackheath'te, Tanrı'nın Âdem ile Havva'nın günlerinde bütün insanları eşit yarattığını, o zamanlar zengin lordlar ya da piskoposlar olmadığını haykırdı; ve doğal olarak kölelik de yoktu.

Okyanus dalgaları gibi, sloganları bütün kalabalığa yayıldı: "Havva, Âdem'in altına uzandığında, efendi kimdi dersin o anda?"

Vaiz, kalabalık şarkıyı bitirene kadar bekledi ve sonra onları bir hareketle susturdu. "Yoksul dostlarım" diye bağırdı kaba ve çatlak bir sesle, "İngiltere'de işler düzelemez ve düzelmeyecek de; ta ki her şey ortak olana kadar. Artık lordlar ve vasallar olmayacak! Bizi nasıl da kullandılar! Onlar kürklü kadifeler içinde, sıcak malikânelerinde, şişkin göbekleriyle otururken, biz rüzgârda ve yağmurda titriyoruz. Yoksul dostlarım, bunu artık değiştireceğiz!"

Bunu hepsi daha önce defalarca duymuşlardı; ama asla umut beslemeye cesaret edememişlerdi. Şimdi vaizin sesi titrerken, liderleri Wat, Maidstonelu kiremitçi, kütüğün üzerine tırmandı ve onlara son talimatlarını verdi.

Wat güçlü, iri yarı, her tarafı kıllı bir adamdı ve intikam için yanıp tutuşuyordu -bazıları kızının bir vergi toplayıcı tarafından tecavüze uğradığını söylüyordu- fakat hepsinin benliğini saran körlemesine nefreti serbest bırakmak için herhangi bir nedene de gerek yoktu aslında. İnsanların savaşta daima öldürdüğü gibi, düşmanlarını öldüreceklerdi ve bu kez lordlarına yeni topraklar kazandırmaktan daha soylu, daha haklı bir amaçları vardı.

Kral'a, intikam için kendilerine teslim edilmesini istedikleri adamların bir listesini göndermişlerdi. Hainler, küçük Kral'ı aldatıyorlardı.

Kelle vergisini getiren ve John Ball'u hapse attıran başpiskopos-şansölye

Simon Sudbury'nin başını istemişlerdi; İngiltere'nin hazinecisi ve sinsi, para koparıcı hukukçuların yetiştiği, nefret edilen St. John Tapınakçıları'nın başrahibi Robert Hales'in başını da. Nefret etmek için haklı nedenleri olduğunu söyledikleri on iki kişinin daha ölümünü istemişlerdi; ve John Gaunt'un başını da. Muazzam güç ve topraklara sahip olan ama sinsice hâlâ kral olma hayalleri kuran kötü yürekli Dük'ten çok korkuyorlardı. Onun bir canavar olduğunu düşünüyorlardı. Başka bir Richard'a karşı komplo kurmuş ve bütün İngiltere'yi sefalete boğmuş olan ilk John gibi.

Wat, Kral'dan istedikleri adamların isimlerini saydı ve her isimde, kalabalık civardaki kulübelerin kapılarını sarsana kadar bağırdı. Tozları, ateş ve meşale dumanları gibi havalandırana kadar ayaklarını yere vurdular.

Ama John Gaunt'un adı anıldığında, herkesten keskin bir çığlık yükseldi. "Tanrı şahidimizdir ki John adında bir kralımız olmayacak!" "İngiliz topraklarında bir daha John adında bir kral olmayacak!" "Önce o haini öldüreceğiz ve sonra da şatosunu üzerine yıkacağız!"

Sakinleşip tekrar dinlemeye başladıklarında Wat onlara, amaçlarını destekleyen başka bir temel taşından daha söz etti. Yakında, bu kez kendilerini görüşmek için bekleyen Kral Richard'a yeni bir cevapları olacaktı. Bu sabah Kral'ın mavnası geri döndüğünde ve bir selam bile vermeden Kral Kule'ye gittiğinde, ciddi şekilde hayal kırıklığına uğramışlardı.

"Ama intikamımız saygın olmalı!" diye bağırdı Wat. "Yağmalama, talan olmayacak! Bizler hırsız değiliz, unutmayın! Bizler, haçlı seferine çıkan bir şövalye gibi, korkunç bir yanlışı düzeltmek isteyen dürüst insanlarız!"

Ayaklarını yere vurarak bağırdılar ve St. George kolyelerini salladılar. Wat, kütüğün üzerinden uzanarak Kral'ın sancağını aldı ve herkesin zambaklarla leoparları görebileceği bir yüksekliğe kaldırdı. "Bizler sadığız!" diye bağırdı. "Kralımız, Tanrı ruhunu kutsasın, prens babası gibi gerçek liderimizdir!"

Wat sancağı indirdi ve ellerini ağzının iki yanına koyarak bağırdı: "Kime bağlısınız?"

Tek bir güçlü sesle cevap verdiler:

"Kral Richard'a ve halka!"

Wat başıyla onayladı ve kütüğün üzerinden indi. Vaize bir bakış attı; adam başını yukarı kaldırmış, yıldızlara bakıyordu ve dua ederken yanaklarından yaşlar süzülüyordu.

"İsa'nın merhameti. Umarım meclis üyeleri yakında Köprü'yü açar" diye mırıldandı Wat.

Köylü ordusunun o gün yiyeceği yoktu ve Londra'ya girene kadar da olmayacaktı. Böylesine karmaşık ve vahşi bir kalabalığı kontrol altında tutmak inanılmayacak kadar zordu. Burada sadece öfkeli çiftçiler ve yoksullar değil, kanun kaçakları ve zindan kuşları da vardı.

Wat konuşurken, bir ses duyuldu. "Amiralliğe, baylar!" Diğerleri karşılık verdi: "Evet! Amiralliği yakalım ve Lambeth'e yürüyelim! Şehirliler bu kıyıda neler yapacağımızı görsün; o zaman şartlarımızı kabul etmekte direnmezler!"

Kalabalık dalgalanırken, bir düzinesi koparak batı yoluna doğru koşmaya başladı. Diğerleri meşalelerini sallayarak onları takip etti; bazılarının ellerinde paslı eski kılıçlar, sopalar, kazmalar vardı; orada burada bir okçu göze çarpıyordu; ama yayları çarpık ve eski, oklarıysa neredeyse tüysüzdü.

Kalabalık Southwark'a doğru uzanırken, Wat huzursuzca izledi. "İstediğimizden daha fazla zarar verecekler" diye homurdandı dudaklarını ısırarak. "Bu davamıza da zarar verecek."

John Ball irkildi. Kiremitçinin sözlerini duyarak başını indirdi ve neler olduğuna baktı.

"Hiç de değil" diye fısıldadı. "Davamıza hiçbir şey zarar veremez; çünkü bu Tanrı'nın davası. Ekinlerimizi boğan yabani otları temizleyecekler. Kutsal İsa'nın sözlerine kulak ver, Kiremitçi! 'Buraya barış değil, kılıç göndermeye geldim.' Bizi doğru yola yönlendirecektir."

Wat'ın endişeleri yatıştı ve John Ball'un sergilediği güvenden etkilendi; ama Wat bir eylem adamıydı ve zihni hemen daha pratik konulara kaymıştı. "Ya Jack Strawe ne olacak?" diye sordu. "Sence adamları Aldgate'ten şehre girebilmiş midir?"

Uzun süre üzerinde çalıştıkları ve nihayet uygulamaya koydukları plan buydu. Essex'i ayağa kaldıran adam Londra'ya doğu kapısından yaklaşacak, güneyden gelen ordu da Köprü'den geçecekti.

"Henüz girmedilerse bile, yakında girerler" diye cevap verdi Vaiz sakin bir özgüvenle. "Amaçlarımızın hepsine ulaşacağız!"

* * *

13 Haziran Perşembe sabahı Katherine aniden ve hiç nedensiz, şafakta uyandı. Uzaktan gelen çan seslerini bir süre dinledi ve kiliselerin Kutsal Ayin için erken harekete geçtiğini düşündü. Bugün kendisi de kesinlikle ayine katılacaktı. Çok uzun süredir ibadeti boşlamıştı.

Ama bir süre sonra çanların ritminin alışılmadık şekilde şiddetli ve gürültülü olduğunu fark etti. Yatakta doğrulup oturdu ve kadife perdeleri geri çekti. Daha şimdiden gri ışık mobilyaların üzerinde şekiller oluşturmaya başlamıştı. Pencereye baktı ve gökyüzünün kızıllığı karşısında biraz şaşırdı. Bu gün doğumuysa, sandığından daha geç bir saat olmalıydı.

Geçitteki bir şiltenin üzerinde uyuyan Mab'ı çağırmak için zile uzandı; ama sonra fikrini değiştirerek yataktan kalktı ve sabahlığına sarınarak yalınayak yürüyüp pencereden dışarı merakla baktı.

Gözlerini kırpıştırıp tekrar baktı.

Nehrin aşağı tarafında, Southwark'ta, gökyüzü korkunç görünüyordu ve yerden yoğun bir duman yükseliyordu. Daha yakında, Lambethmoor'un güney tarafında, yüksek alevler görünüyordu.

"Tanrım!" diye fısıldadı. "Surrey kıyısında yangın var!" Pencereyi açıp başıyla omuzlarını dışarı sarkıttı. Hâlâ uyku mahmuruydu ve neler olduğunu tam kavrayamamıştı. *Lambeth Sarayı veya Kennington yanıyor olabilir mi?* diye düşündü. Güneyde böylesine büyük bir yangına yol açabilecek başka bir şey yoktu. Nehrin aşağı tarafına tekrar baktı ve tuğla kızılı gökyüzüne yükselen kıvılcımları gördü.

Pencereyi kapatıp ne yapacağını bilemez hâlde geri döndü ve tanıdık, güzel odaya bakındı. Ayakları üşümüştü. Ürpererek yatağa yürüdü ve brokar terliklerini ayağına geçirdi. *Neyse ki yangın nehrin karşı tarafında,* diye düşündü. *Adamlarımızdan bir kısmını yardıma göndermeliyim.*

Aniden kapı vurulunca yerinde sıçradı. Kapıyı açtığında, Birader William hızla içeri daldı.

Olduğu yerde dönerken Katherine'in sabahlığı açılmıştı ve Keşiş hemen bakışlarını beyaz tenden kaçırdı. "Çabuk giyinin, Leydi Swynford. Çocuğu da giydirin. Tehlike var."

Katherine sabahlığını sıkıca vücuduna sardı. "Neler oluyor?" diye sordu fısıldayarak. "Dışarıda yangın var."

Keşiş pencereye baktı ve keyifsiz bir ses tonuyla konuştu. "Yangından çok daha fazlası var. Köylü ordusu Londra'ya akıyor. Acele edin; çene çalarak kaybedecek zaman yok!"

Katherine adamın gözlerine baktı ve yüzünün de cüppesi kadar gri olduğunu gördü. Nefesi de sanki koşmuş gibi nefes nefeseydi. Hiç sorgulamadan Keşiş'e itaat etti ve gardıropta giyinirken elinden geldiğince hızlı davrandı. *Mab nerede?* diye düşündü ve kadını unuttu. Sezgilerini izleyerek üzerine olabildiğince sade görünüşlü bir elbise geçirdi.

"Acele edin!" diye seslendi Birader William, Katherine saçlarını toplarken. Katherine'in kalp atışları hızlandı ve saçlarını bir ağa tıkıştırıp beyaz bir eşarpla bağladı. Örgü bir kuşağı beline sarıp armalı kesesini de ona astıktan sonra Blanchette'i kaldırmak için yatağa koştu.

"Biliyorum, hayatım" diye cevap verdi kızın uykulu itirazlarına. "Ama Birader William burada. Giyinmemiz gerektiğini söylüyor."

Katherine yokken, Keşiş mermer şöminenin yanında durmuş, Londra'daki kalabalığın Savoy'un kapılarına ulaştığını belli eden ilk sesleri dinliyordu. Onlarla arasını çok fazla açmayı başaramadığını biliyordu.

Londra'daki çırakların ve asilerin ayaklanmaya başladığını görmüştü. Aldgate açılmıştı ve Essexli adamlar sokaklara doluşarak duvarların içindeki partizanlara katılmıştı. O kalabalıkta ve kargaşada kimse Gri Keşiş'i fark etmemişti; o sırada çığlıklar atan bir Flaman'ı yatağından sürüklemiş, neşeli haykırışlar arasında öldürmüşlerdi ve Keşiş, kalabalığın içinde başka bağrışlar duymuştu: "Önce Savoy'a; oraya Kentlilerden önce ulaşmak, Londralıların hakkıdır."

Keşiş, hemen katırını mahmuzlayıp döverek Savoy'un yolunu tutmuştu.

Katherine birkaç dakika içinde Blanchette'le geri döndü. Kız gri içliğini giymişti; çünkü gündüz kıyafetleri hastalığı sırasında kaldırılmıştı. İki kadının da teni solgundu; ama Keşiş, küçük hastasının en son gördüğünden beri ne kadar iyileşmiş olduğunu daha ilk bakışta anladı: Yavaş olsa bile, yardımsız yürüyebiliyordu.

"Güzel" dedi Keşiş. İkisi de deri ayakkabı giymiş, üzerlerine yeterince sade görünen yün elbiseler geçirmişlerdi. "Kukuletalı pelerinler giyin" dedi Katherine'e. "Mücevherlerinizi kesenize koyun. Paranız var mı?"

"Yeteri kadar var..." diye cevap verdi Katherine. "Birader William, bu... bu... neler oluyor?"

Keşiş elini kaldırdı. "Şşş!"

Dış Avlu'dan bağrışmalar ve gürültüler geliyordu. Sesler giderek yükselip yaklaşıyordu.

"Sanki boğa böğürmesi gibi" dedi Blanchette başını eğerek. "Yakınlarda boğalar mı var, Birader?"

Katherine'in sırtı ürperdi. Beş yıl önce Pessonerlerin evinin önünde dururken de bu gürültüleri duymuştu.

"Ulu Tanrım" diye fısıldadı. "Ne yapabiliriz?"

"Çavuş ve adamları kapıyı tutacaktır" dedi Keşiş. *En azından bir süre için,* diye düşündü. Ama Çavuş'un elindeki adam sayısının asilere yeterli olmayacağını da biliyordu. "Sizi mavnayla götürmek için bolca zamanımız var; nehrin yukarı kısmına, Westminster'a. Korkacak bir şey yok" dedi kendisine şaşkın gözlerle bakan Blanchette'e.

"Özel merdiven" diye bağırdı Katherine hızla düşünerek, "oradan daha çabuk gideriz."

Küçük sandığından rastgele mücevherler alıp kesesine tıkıştırdı ve Blanchette'le kendisi için iki pelerin kaptı. Keşiş kolunu titreyen genç kızın omzuna attı ve geçitten Düşes Blanche'ın eski gardırobuna geçerek boş şahin kümeslerinin arkasına açılan gizli kapıya ulaştılar. Kayıkhanenin yakınlarında Dış Avlu'ya çıktıklarında, şaşkınlıkla yerlerinde donakaldılar.

Büyük demir kapı yavaşça kalkıyordu. Roger Leach muhafızlarıyla birlikte kapının iç tarafında duruyor, kılıcını kaldırmış hâlde öfkeyle bağırıyordu. Okçuları oklarını hazırlamıştı ve ateş emrini bekliyordu. Ama hedef alacak zaman bulamadılar. Kalabalık büyük bir hızla ve öfkeyle kapıdan içeri doluşarak üzerlerine çullandı.

Okçular işe yaramayan yaylarını bir kenara atarak, gürz ve kılıçlarla yakın dövüşe girdiler.

Çavuş elinden geleni yapıyor, oraya buraya emirler yağdırırken bir yandan da savaşıyordu; ama karşısındakiler yoksul köylüler değil, silahlanmış Londralılardı. Savoy uşaklarına yardım etmeleri için bağırdı; ama çok azı karşılık verdi ve onlar da çok geçmeden etkisiz hâle getirildi.

Diğer hizmetkârlar koğuşlarından çıkmamış, çömeldikleri yerden dışarıdaki gürültüleri dinleyerek bekliyorlardı. Kapıyı kaldıran kapıcı ve yardımcıları gibi, onlar da heyecanla gülüşerek şarkı söylüyordu.

Gri Keşiş ve iki kadın, şahin kümeslerinin duvarına dayanmış hâlde korku içinde duruyordu. Kalabalık onları fark etmemişti. Bağrışlar arasında İç Avlu'daki şapele yöneldiler ve başlarının üzerinden kapının duvarına sıçrayan kanlar göründü. Çavuşun elindeki kılıç düştü ve başka bir çelik parıltısıyla, Leach'in miğferi başından yuvarlandı. Çavuşun vücudu bir mızrağın ucunda havaya kalktı ve kaldırım taşlarının üzerine düştükten sonra kalabalığın ayakları altında çiğnendi.

Muhafızlardan üçü, Londralılardan bazılarıyla savaşıyordu; ama kalabalık -şimdi sayıları bine yaklaşmıştı- onlara aldırmadan geçerek Büyük Salon'a ve Hazine Odası'na doluştu.

"*Christus!*" diye haykırdı Keşiş, iki kadını kollarından yakalarken. "Geri çekilin! Merdivene geri çekilmeliyiz!" Artık mavnayla kaçma umutları kalmamıştı. Su kapıları kapalıydı ve yardım edecek kimse yoktu. Kadınları küçük gizli kapıya doğru itti ve kemere doğru nefes nefese ilerlerken, deri miğferli ve göğüs zırhlı bir adam kalabalıktan biraz uzaklaştı.

Bu, Savoy'u iyi bilen ve asilerin hepsinden daha fazla kişisel garazı olan Jack Maudelyn'di. Keskin gözleri Keşiş'i görmüş ve hemen tanımıştı. Jack mızrağını sallayarak avluya koştu. "Hey!" diye bağırdı, sarı dişleri bir kurt sırıtışıyla ortaya çıkarken ve çilli yüzü şeytani bir maske gibi büzülürken. "İşte Lancaster'ın altınlarıyla oynayan ve zenginlerin kıçını yalayan şu Keşiş! Ama sana doğru yolu göstereceğim!" Mızrağını kaldırdı.

Silahsız Keşiş olduğu yerde kaskatı kesilirken, Katherine onun arkasında paniğe kapılmış hâlde kapının sürgüsünü açmaya çalışıyordu.

"Nedir o!" diye bağırdı Jack, Birader William'ın arkasında hareket eden gölgeleri fark ederek. Dokumacı, Keşiş'i şiddetle bir kenara itti ve kemerin içine bakarak bağırdı. "Vay canına! Bu, John Gaunt'un orospusu! Buraya koşun millet!" diye bağırdı avluya dönerek. "İşte güzel bir eğlence! Buraya, yanıma gelin!" Ama bağrışı bir homurtuyla kesildi.

Keşişin iri kemikli yumruğu aniden uzanmış ve dokumacının yüzünün ortasına inmişti. Jack sendeledi ve mızrağıyla öne doğru atıldı. Mızrağın sivri ucu Keşiş'in göğsüne doğru savruldu, cüppesinin kumaşını parçaladı ve göğüs kafesine derinlemesine gömüldü. Keşiş'in yumruğu tekrar kalktı ve dokumacının çenesinin sol köşesine indi. Jack geriye doğru savruldu ve bir dişini tükürerek yere yıkıldı. Cüppesini bir eliyle yaralı göğsüne bastırırken, Keşiş Jack'in mızrağını aldı.

Londralılar ve Essexliler hâlâ kapıdan içeri doluşmaya devam ediyordu. Kimse Jack'in bağrışlarını duymamıştı. Keşiş döndü ve Katherine'in nihayet kapıyı açmayı başardığı kemere koştu. Kapıyı kapatıp arkalarından kilitlediler ve merdivenden Avalon Süiti'ne geri döndüler. Katherine sezgilerini izleyerek onları en güvenli olduğunu düşündüğü yere götürdü. Keşiş ve Blanchette onu izledi.

Birader William, Katherine'in Kabul Odası'na açılan meşe kapıların büyük demir barlarını geçirmesine yardım etti. Blanchette'in uyuduğu kameriyeye açılan küçük kapıyı kilitlediler ve dev gibi bir masayı kapıya dayadılar.

"Artık güvendeyiz. Buraya giremezler" diye fısıldadı Katherine aptal aptal bakarak. Ne dediğinin farkında değildi ve neler olduğunu da anlamamıştı. Kemerin gölgesinden, Jack'in iri gövdesini ve yere yuvarlandığını görmüştü; ama Çavuş'un ve adamlarının öldüğünü bilmiyordu

-olanları sadece Gri Keşiş görmüştü- ve dışarıdaki kalabalıkta kaç kişi olduğundan haberi yoktu.

Blanchette bir sandalyeye çöktü ve başı dönerek ürperdi. Katherine bir gümüş testiden bira doldurarak ona verdikten sonra Keşiş'e dönerek irkildi. "Tanrım, Birader! Yaralanmışsınız!"

Keşiş yutkundu. Ellerini göğsüne bastırarak öne eğildi ve gri cüppesine kızıl bir sıvı yayıldı. "Evet" dedi boğuk bir sesle. "Evet."

Katherine yanına koşup onu yatağa çekti. Keşiş hiç direnmeden uzandı. "Kanı durdurmalıyız" dedi. "Temiz bir bez." Gardıropta havlular vardı; ama şimdi Katherine'in onlara ulaşması mümkün değildi. Keşiş'in altındaki çarşafın bir köşesini çekerek yaraya bastırdı.

"Bir süre idare eder" dedi Keşiş. Sonra gözleri iri iri açılarak Katherine'e baktı. Rüyasında gördüğü güzel, acıyan, korku içindeki yüz kendisine bakıyordu.

Bir an başı döndü ve sonra gözlerini kapadı. "Felaket..." diye fısıldadı. "Uzun zaman önce gördüğüm o kötü yıldızlı gün geldi. Öleceğim" dedi emin bir tavırla. "Ama önemi yok."

Göğsü acıyla kasıldı. Keşiş bir dirseğinin üzerinde doğrulmaya çalıştı ve Katherine'e tekrar baktı. "Ama önce, sonunda gerçeği duyacaksınız!"

"Birader... İyi yürekli Keşiş! Lütfen sakince yatın" dedi Katherine, adamı nazikçe yatağa bastırırken. "Ölmeyeceksiniz. Yaranız o kadar derin değil."

Keşiş, Katherine'in yumuşak elinin altında sakince tekrar uzandı ve dudakları kendiliğinden kıpırdanarak "*Miserere*"[83] diye fısıldadı.

Katherine irkilerek "Tanrım!" diye bağırdı. "Kutsal İsa!" Dışarıdaki gürültü aniden artmıştı; ama sanki uzaktan geliyordu. Bağrışlar ve çığlıklar vardı. "Ah, sevgili Lordum buraya geldi!" diye bağırdı. "Aşkım! Bizi korumaya geldi!" Umutsuzluğunun gücünü odaklayıp Dük'ü çağırabilirmiş gibi, Avalon halısına bakarak ellerini birleştirdi.

Keşiş koluyla sert bir hareket yaptı. İçine yine güç dolmuştu. Katherine'i kenara iterek yataktan kalktı. Haçını sıkı sıkı tuttu ve Katherine'e bağırdı. "Şimdi bile, seni utanmaz kadın, sevgilini mi çağırıyorsun? Aptal! Aptal! Bu felaketin nedeninin senin ve onun günahı olduğunu hâlâ anlamıyor musun?"

"Hayır, Birader..." diye mırıldandı Katherine. Böyle bir tehlike anında günah suçlamalarıyla karşılaşması mantıksız değil miydi?

"Manastırlarda sizin hakkınızda neler yazdıklarını biliyor musun?"

---

[83] Lat. Acımak.

diye bağırdı Keşiş. "Büyülerinle Dük'ü şehvete sürüklediğinden bahsediyorlar! İnsanların nefretini bu yüzden çekiyor!"

"Bu yalan!" Katherine öfkeden kızarmıştı ve sesi boğuk çıkıyordu. Keşiş gibi o da kalabalığın gürültüsünü unutmuştu. Oturduğu yerde gerilen Blanchette'i de unutmuştu. "Benimle böyle konuşmaya nasıl cüret edersiniz! Ben ona asla zarar vermedim. Onu seviyorum!"

Keşiş ağzının kenarlarından kan süzülürken, zorlukla nefes aldı; ama Katherine hiç konuşmamış gibi devam etti:

"Evet, bu Benedictine rahipler senin şehvet düşkünlüğünden söz ediyor. Ama cinayetten de söz edebileceklerini bilmiyorlar!"

Keşişin uzun bedeni şiddetle ürperdi. Haçı kaldırdı ve kadının şaşkın, beyaz yüzüne hırsla baktı.

"Katherine Swynford, senin kocan öldürüldü! Evet! Tanrı'nın gözü önünde, Hugh Swynford'u Bordeaux'da sen ve Dük öldürdünüz; onu öldüren zehri de sen verdin!"

"Siz çıldırmışsınız" diye fısıldadı Katherine adama korkuyla bakarak. "Birader William, yaranız yüzünden aklınızı kaçırmışsınız!"

Arkalarındaki sandalyeden boğuk bir inilti yükseldi; ama ikisi de duymadı.

"Hayır, çıldırmadım ama ölüyorum" dedi Keşiş ciddi bir tavırla. "Günah çıkarma konusundaki yeminimi bozduğum için Tanrı beni bağışlasın; ama ruhumdaki bu kötü sırla ölmeyeceğim ve seni tövbe etme fırsatından mahrum etmeyeceğim."

Katherine ondan yavaşça uzaklaştı ve omuzları yatak direğine yaslandı. "Anlamıyorum" diye fısıldadı. "Hugh dizanteriden öldü. Siz de oradaydınız."

"Evet, ne de aptaldım. Sir Hugh'un kadehine zehri koyan, Nirac de Bayonne'du ve bunu ölüm döşeğinde bana itiraf etti. Ama kocana zehri içmesi için veren sendin."

"Kadeh..." dedi Katherine. Eline baktı ve Hugh'un ağzına uzattığı küçük kil kadehi gördü. Tekrar Keşiş'e baktı. "Ama bilmiyordum! Tanrı aşkına, yemin ederim, bilmiyordum!"

"Bilmiyordun! Kendisi için en ağır suçu işlemiş olan zavallı maşasını farkında bile olmadan bir kenara iten Dük de bilmiyordu. Ama bu haçı eline alıp öperek kocanın ölümünü istemediğine yemin edebilir misin? Ya da bu olduğunda içten içe sevinmediğine? *Yapabilir misin?*"

Katherine kıpırdamadı.

Keşişin vücudu, arkasındaki pencereden süzülen güneş ışığında bir leke gibi görünüyordu. Haçı titreyen eliyle Katherine'e doğru uzattı. Tanrı'nın yargısını resmeden bir duvar halısı gibi Katherine'in üzerinde dikilirken yine şiddetle ürperdi. Haç elinden yuvarlanarak yere düştü.

Keşiş öne doğru sendeledi ve fildişi sunağa ulaştı. Kırmızı kanı, beyaz saten minderin üzerine yayıldı. Ellerini birleştirdi ve yüzünü İsa'yla Vaftizci Yahya'nın altın figürlerine kaldırarak dua okudu. *"Ostende nobis, Domine, misericordiam tuam..."*[84]

Katherine yatağın dibinde yavaşça dizlerinin üzerine çöktü. Bakışlarını Keşiş'in başının tepesindeki beyaz, kel kısımdan ayıramıyordu ve dudakları kendisi farkında olmadan Keşiş'in duasını tekrarlıyordu.

Blanchette sandalyede büzülmüş, yüzünü göğsüne gömmüştü. Hiç kıpırdamıyor, çıt çıkarmıyordu; ama zihninin derinliklerinde bir ses yankılanıp duruyordu: "Cinayet... cinayet... cinayet..." Ve bazen kelime değişiyordu: "Babanı öldüren, zehri veren kişi annendi... annendi... annendi..."

* * *

Dış Avlu'ya Kentli asiler başlarında Kiremitçi Wat'la gelmişlerdi; ama yorgun düşen Rahip John Ball, gücünü yeniden toplamak için dost bir meclis üyesinin evinde kalmıştı. Wat kalkmış kapıyı, binaların arasında dolaşan adamları ve ele geçirilmiş Büyük Salon'u gördü.

Ama umurumda değildi. Yardım edecek ne kadar çok kişi olursa, intikam ve yıkım o kadar çabuk gerçekleşirdi. Dük'ü kaçırdıklarını artık biliyordu ama ellerinden geldiğince intikamlarını alacak, mallarına zarar vereceklerdi; diğer hainlere yaptıkları gibi.

Buraya gelirken zindanlara uğramışlardı. Tapınağı yakmış, mürekkep lekelerinin halkın tüm haklarına tecavüz ettiği bütün kayıtları yok etmişlerdi. Wat'ın kuvvetlerinden bir bölümü şimdi orada bekliyor, Eşitsizlik Tapınağı'ndan geriye hiçbir şey kalmamasını garantiliyordu.

Burada, Savoy'da, Wat kendisinden öncekilerin pek bir şey başaramadığını görüyordu. Essexli köylüler ünlü kilerlere dalmış, şaraplarla kendilerine ziyafet çekmişlerdi. Bu yüzden şimdi şarkı söyleyerek aptal aptal ortalıkta dolaşıyor, hayatlarında ilk kez ucuz biradan başka bir şey içmenin tadını çıkarıyorlardı.

Wat hemen kontrolü ele geçirdi. Londralılardan bazıları hâlâ Hazine Odası'nın kapısını açmaya uğraşıyordu. Wat ve adamları güçlerini koç-

---

[84] Lat. Bizlere lütfunu göster, ey acıması bol Tanrım.

başına ekleyerek sonunda menteşeleri yerinden çıkardılar ve Lancaster hazinesine ulaştılar. Altın ve gümüş dolu sandıkları dışarı sürükleyip açılmamış hâlde Büyük Salon'a yığdılar. Taçları, mücevherli zincirleri, elmas kakmalı kılıç kınlarını alıp avluya yığıp sonra da büyük kaldırım taşlarının altında mücevherleri toza çevirdiler.

"Hırsız değiliz!" diye kükredi Wat, tüniğinin altına gümüş bir kadeh tıkmaya çalışan bir çocuğu görerek. Hiç tereddüt etmeden çocuğu kılıcının tek hamlesiyle öldürdü ve kadehi Büyük Salon'un ortasında duran büyük yığına attı. Bazıları bahçelere koşarak çiçekleri, gül çalılarını ezip kırmaya başladı. Burası lanetli bir yerdi ve hiçbir parçası ayakta kalmayacaktı.

Wat bir meşale alıp Salon'u ateşe verdiğinde herkes neşeyle haykırdı. Başlangıçta yavaş yanıyordu; bunun üzerine yakındaki ve uzaktaki tüm odalardan buldukları mobilyaları da getirip ateşe attılar. Biri Monmouth Kanadı'nı ateşe verirken, diğeri yanan meşalesini Beaufort Kulesi'nin içine attı.

Dük'ün kişisel süitine yöneldiler. Dış Avlu'ya ve kapıya daha yakın olduğu için orayı en sona bırakmışlardı. Arkalarında alevler devasa kapıları yalıyor, taş duvarları karartıyordu.

Wat, toplanan hazinenin yanışını görmek için Büyük Salon'da kaldı.

Büyük Kraliyet Merdiveni'ni tutuşturan, sarı yüzlü bir Londralıydı. Kolundaki meslek rozetine bakılırsa bir dokumacıydı ve burnu ezilmiş, çenesi yerinden çıkmış, sol kulağının altı komik bir şekilde kesilmişti ve bu yüzden öfkeli sözlerinin çok azını anlayabiliyorlardı; yine de yolu biliyor gibi göründüğünden, onu memnuniyetle izlediler.

Bu gruba, hırpani görünüşlü deri tüniğiyle kısa boylu bir adam da katıldı; saçları ter ve toz-topraktan matlaşmıştı. Yanağına damgayla kazınmış bir K harfi, yüzüne bulaşmış çamurun altında kısmen gizlenmişti. Kuzeyden gelerek Essexli adamlara katılan bir kanun kaçağıydı.

Kabul Süiti'ne geldiler ve mobilyaları parçalayıp gümüş şamdanlarla meşale halkalarını pencereden dışarı fırlattılar. Dük'ün, bazı üstlüklerinin askılara asılı olduğu gardırobunu buldular. Jack Maudelyn birini kaptı; altın rengi bir kumaştan yapılmıştı ve üzerine Dük'ün armaları yerleştirilmişti. İçine katlanmış giysileri doldurup Kabul Süiti'ndeki Dük tahtına yerleştirdiler ve başına da taç olarak gümüş bir leğen koydular. Üzerine ok attılar, tükürdüler ve işediler. "İşte John adındaki muhteşem kral!" diye bağırdılar. Dokumacı kuklanın etrafında dans ederek gülerken, kuzeyden gelen ufak tefek kanun kaçağı da heyecanlı bir kahkaha patlattı.

Bundan sıkıldıklarında, pelerini parçalara ayırdılar ve tuvalet deliğinden aşağı, Thames'in dalgalarına yolladılar.

Jack hâlâ onları teşvik ediyordu. Odaları boş bir süite dalarak mobilyaları parçaladılar; ama dokumacı hâlâ tatmin olmamıştı ve önünden geçtikleri kapalı kapıdan girmeleri gerektiğini işaret ediyordu.

Kapıya vurmaya başladılar; ama kapı bir türlü kırılmadı. Dokumacı diğerlerini çağırdı ve birlikte Düşes'in kameriyesine girerek yatağın baş kısmının yanındaki küçük bir kapıya yüklendiler.

Avalon Süiti'nin içinde, Keşiş kapının dışındaki gürültüleri ve bağrışları dinleyerek dua ediyordu; ama Katherine, yatağın perdelerine tutunarak ayağa kalktı. Küçük kapının kırılmak üzere olduğunu anlamıştı ve kapıya dayadıkları masa titriyordu.

Blanchette'e yaklaşarak kolunu onun omuzlarına sardı. "Korkma, hayatım" diye fısıldadı. Blanchette irkilerek geri çekildi. Annesinin kolunun altından çıktı ve gözlerinde Katherine'e acıyla çığlık attıracak bakışlarla geriye sıçradı.

Masa sallanıp devrildi. Küçük kapı aniden hızla içeri doğru savruldu ve kızıl sakallı, iri yarı bir Kentli köylü sopasını sallayarak içeri daldı; ama iki kadınla dua eden bir kKeşiş görünce afallayarak duraksadı. "Tanrı aşkına!" diye mırıldandı. Diğer adamlar, Jack ve kanun kaçağının önderliğinde yanından geçtiler.

Keşiş ayağa kalktı ve dokumacıdan aldığı mızrağı kaparak şömineye doğru geriledi.

"Öldürün! Öldürün!" diye bağırdı Jack hepsinin anladığı bir sesle. Kılıcıyla öne doğru koştu. Keşiş onun hamlesini mızrağıyla zayıf bir şekilde karşılarken silahını elinden düşürdü. Jack kılıcı tekrar kaldırdı ve Keşiş hareketsizce durdu. Dokumacının arkasına baktı.

"Tanrı sana acısın, Katherine!" diye bağırdı.

Kılıç, kedi tıslaması gibi bir ses çıkararak aşağı indi ve boğuk bir sesle Keşiş'in gövdesine çarptı. Etrafa, şöminenin mermerine ve Blanchette'in eteğine kan sıçradı. Keşiş bir kez inledi, karoların üzerine devrildi ve hareketsiz kaldı.

Jack kılıcı tekrar kaldırdı; bu Lancaster Keşişi'nin başını bir mızrağa takıp Londra'ya götürecek, diğer hainlere ibret olsun diye sergileyecekti. Adamlar sessizce geri çekilerek izlediler; ama tam o anda kanun kaçağı öne fırladı ve Jack'in kolunu tuttu. "Burada olmaz" dedi. "Onların önünde olmaz." Çenesiyle Katherine ve Blanchette'i işaret etti. İkisi de şöminenin yanındaki duvarın dibinde hareket etmeden duruyorlardı.

Jack kendisini tutan eli öfkeyle silkip iri yarı köylü Keşiş'in ayaklarını tuttu; kanun kaçağı da büyük kapının sürgüsünü geri çekti. Birlikte Birader William'ın cesedini dışarı sürüklediler.

Katherine sürükledikleri şeye bakmıyordu; bakışlarını ufak tefek kanun kaçağına dikmişti. *Bu, Cob o'Fenton,* diye düşündü, *kaçak kölem. Jack Maudelyn daha önce davranmazsa, ikimizi de öldürecek.* Cob'u orada görmek Katherine'e tuhaf gelmişti. Hatta gülünçtü; içinden kahkahalarla gülmek geliyordu. Kahkahalar boğazına yükseldi ve Katherine ağzını tutarak öne eğilip kustu.

Adamlar iki kadına yandan bakışlar attılar; ama onlara zarar vermediler. Odanın içinde koşturmaya başlayarak işe koyuldular ve diğer tüm binalarda kullandıkları yöntemi kullanarak mobilyaları talan etmeye, devirmeye başladılar. Aziz bibloları, lavtayı, mandolini ve oyun setlerini bularak nehre fırlattılar. Önlerine çıkan her şeyi baltalarla parçaladılar.

Bazıları sandal ağacından sandalyeleri parçalarken, diğerleri yaldızlı masaya girişti. Fildişi sunak onları biraz daha fazla uğraştırdı; ama sonunda parçalamayı başardılar ve halıları, yakut rengi kadife yatak örtüleri ve yatağın ahşap kısımlarıyla birlikte odanın ortasına yığdılar. Avalon halısını indirdiler ve daha kolay yanması için şeritlere böldüler.

Çok geçmeden, sakallı Kentli köylü, Cob'la birlikte geri döndü; Jack, Birader William'ın cesediyle birlikte dışarıda kalmıştı. Kentli adam Keşiş'in kullanmaya çalıştığı mızrağı aldı ve pencere pervazlarını parçalayarak eğlenmeye başladı. Bunu yaparken, "Bir, iki, üç, dört..." diye sayıyordu; ama ondan sonra saymasını bilmediği için baştan başladı.

Parçalayacağı iki pervaz kalmıştı ki geçitten liderlerinin sesini duydular ve Wat Tiler içeri girerek bağırdı: "Haydi çocuklar, neden bu kadar uzun sürüyor?"

Jack Maudelyn içeri girdi ve Kiremitçi'nin arkasında durarak kırık çenesiyle bir şeyler mırıldanıp Katherine'i işaret etti.

"Kadınlar?" dedi Kiremitçi kaşlarını çatarak. "Burada ne işleri var? Kim bunlar?" *Giysilerine bakılırsa hizmetkâr değiller,* diye düşündü. Soylu hanımlar da değiller.

Jack onların kim olduğunu anlatmaya çalışırken, sesi giderek yükseldi. "Öldürün..." diye geveledi tekrar, kılıcını kaldırarak.

"Hayır, dokumacı. Sen iyice keçileri kaçırdın!" Wat onu sertçe itti. "Bu kırık çenenin söylediği tek kelimeyi bile anlamıyorum."

"Kimsiniz siz?" diye sordu Katherine'e dönerek. Yangın arkalarındaki binalara hızla yayılıyordu. Buradaki işlerini bitirip Westminster'a gitmeleri gerekiyordu ve sonrasında Kule'nin yanındaki kamplarına döneceklerdi. Kral'dan kesinlikle bir haber geldiğini tahmin ediyorlardı.

Katherine cevap veremiyordu. Dili ağzında şişmiş, hissizleşmişti. Kiremitçinin vücudu, bir saat önce Keşiş'in engellediği gibi, güneşi engelliyordu. Katherine yerdeki mobilya parçalarına, Avalon halısının şeritlerine, yatak örtülerine baktı.

Cob kim olduğumuzu söyler, diye düşündü. *Ve her şey sona erer*. Ama ufak tefek adam hiç konuşmuyordu. Katherine'e yandan bir bakış attı ve şöminenin üzerindeki oymalı armaları koparma işine geri döndü.

"O hâlde sen söyle!" Kiremitçi, Blanchette'e döndü ve irkilerek geri çekildi. Kısa saçlı kız o kadar tuhaf görünüyordu ki Kiremitçi neredeyse istavroz çıkaracaktı.

Blanchette eteğinin ucunu tutup kaldırmış, parmaklarıyla Keşiş'in kanının bıraktığı lekelerle oynuyor ve gülümsüyordu. Dinleyeni şaşırtacağını bildiği bir sırrı saklayan sinsi biri gibi gülümsüyordu!

"Sen kimsin, çocuk?" diye bağırdı Wat. Ama sesi daha nazikti.

Blanchette başını kaldırdı ve Kiremitçi'nin arkasındaki parçalanmış pencereye baktı.

"Ben kim miyim?" dedi Blanchette tatlı, sorgulayan bir sesle. "Ah, hayır, bayım, bunu size söylememeliyim!"

Gözleri görmeyen bakışlarla, izlemek için kendisine dönen diğer adamların yüzlerinde tek tek dolaştı. "Ama kim olacağımı söyleyebilirim..." Yavaşça üç kez başıyla onayladı ve gırtlaktan gelen bir sesle hafifçe güldü.

Wat zorlukla yutkundu. Arkasındaki adamlar hiç kıpırdamıyor, şaşkınlıktan açılmış ağızlarla kızı izliyorlardı ve hepsi huzursuz olmuştu.

"Bir orospu olacağım, bayım" diye bağırdı Blanchette güçlü bir sesle, "tıpkı annem gibi! Katil bir orospu! Tıpkı annem gibi!"

İki eliyle, eteğinin reverans yapacakmış gibi toplayıp kaldırdı. Adamlar ona şaşkınlıkla bakıyordu. Beklenmedik bir hızla olduğu yerde döndü ve odadan dışarı koştu. Keşişin geçitteki başsız cesedine takılarak tökezledi; ama sonra ışık hızıyla Büyük Merdiven'e yöneldi.

"Durdurun onu!" diye bağırdı Katherine, kollarını öne doğru uzatıp kızının peşinden koşarak. "Blanchette!"

Jack Maudelyn elini uzatıp Katherine'i saçlarından yakaladı. O kadar sert çekti ki Katherine yere yuvarlandı ve başı zemin karolarına çarptı. Gözlerinin arkasında binlerce ışık patladı ve ardından her yer karanlığa gömüldü.

Kiremitçi, ayaklarının dibinde yatan ve zor nefes alıp veren kadına baktı. Sonra kızın kaçtığı kapıya dönüp baktı. Ardından bakışları dokumacının çarpık yüzüne döndü. Sonunda hiçbir şey anlamayarak omuz silkti.

"Tanrım, bu lanet olasıca yerde herkesin çıldırdığına yemin edebilirim" dedi. "Pekâlâ, haydi çocuklar. Bitirin şu işi. Meşale nerede? Biri de şu kadını dışarı çıkarsın. Her kimse, burada kalıp kızarmasını istemiyorum."

25

Savoy'un kapısının karşısındaki açık alan, Westminster Manastırı'na ait olan bir bahçenin parçasıydı. Kiremitçi Wat'ın adamlarından ikisi Katherine'i oraya taşıyıp küçük bir çayın kıyısındaki çimenlere bıraktılar ve Savoy'un yanışını izleyen yandaşlarına katılmaya koştular; kimi Westminster'a yönelmişti ve manastır zindanlarına dalabileceklerini umuyorlardı. Bazılarıysa şehre geri dönmüştü.

Cob o'Fenton, Katherine'i Savoy'dan çıkaran adamları takip etmişti ve onu çimenlerin üzerine yatırırlarken uzaktan izliyordu. Onlar kaçtıktan sonra Cob yolun kenarında kararsız bir hâlde durdu. Katherine'in eteğinin çimenlerin üzerinde daha koyu bir yeşil leke gibi göründüğü yere baktıktan sonra uzakta kaybolan asilere bir bakış attı.

Kettlethorpe Leydisi o açık alanda ölüyordu. *Pekâlâ, bırak ölsün o zaman!* diye düşündü Cob aniden canlanarak.

Onu işkence aletinden kurtaran ve mülklerini iade eden Katherine'se ne olacaktı? Sonuçta Cob'un babasının ölümünden dolayı aşırı vergi almaya çalışan yine Katherine'in kâhyası değil miydi? Adam, Cob'un sahip olduğu ve çok sevdiği tek öküzünü istemişti; o öküz, karısı doğum yaparken öldüğünden beri tek arkadaşı olmuştu. Üstelik başka cezalar ve vergiler de vardı; sonu gelmiyordu ki.

"Hah!" dedi Cob ve yere tükürdü. Yanağındaki K damgasına dokundu;

kaçak, yasa dışı, kanunsuz köle. Evet! Kendi malikânesinin efendisinden bir yıl daha kaçmayı başarabilirse kanunen özgür kalacaktı. Ama Katherine onu hâlâ yakalayabilirdi. Cob, Katherine'e doğru baktı. Katherine onu malikâneye geri sürükleyebilirdi ve bu kez cezası işkence aletinden veya damgadan çok daha kötü olurdu. Cob'un sulanmış gözleri anayola doğru baktı ve parmağının ucunda kaşıntı yapan bir bit ısırığını kemirdi. O anda aniden sıçrayarak başını Savoy'a çevirdi.

Duvarların arkasından güçlü bir patlama duyulmuştu. Dük'ün sancağının hâlâ dalgalandığı Monmouth Kulesi'nin tepesi yüksekliğinde büyük bir alev şeridi gökyüzüne sıçramıştı. Dış Avlu'nun tamamı henüz alev almamıştı.

Cob yoldan koşarak uzaklaştı ve Savoy bir patlamayla daha sarsılırken elleriyle kulaklarını kapadı; ardından bir patlama daha geldi. Monmouth Kulesi'nin gövdesinde, siyah bir yıldırım gibi zikzak bir çatlak belirdi. Kule dans ediyormuş gibi sallandı ve ortadan bükülerek büyük beyaz bir toz bulutu ve uçuşan molozlar arasında paramparça hâlde olduğu yere çöktü. Savoy'un anayola bakan duvarının yarısı, yıkılan kulenin altında kalmıştı ve açılan boşluk bir anda alevlerle dolmuştu.

Cob kırlık alana geri koştu ve dizlerinin üzerine çöktü. Ateşlerin çatırtısı arasında boğuk çığlıklar, şeytani ulumalar duyuyordu ve bunun ahırlarda korku içinde kişneyen atların sesinden farklı olduğunu biliyordu.

Çığlık atanlar, otuz kadar Essexli adamdı. Wat'ın gözünden kaçarak kilerlere ve şarap fıçılarına dönmüşler, bir tünelden Dış Avlu'ya çıkmışlardı ve yangın çok fazla büyümeden ulaşabileceklerinden eminlerdi. Ama Wat'ın adamları Büyük Salon'a üç varil barut koymuştu ve yıkılan kule, bu isyancıları aşağıdaki kilerlere hapsetmişti. Ateşin onlara ulaşması uzun sürecekti; ama kesinlikle çıkış yolları yoktu.

"Tanrı onlara acısın" diye fısıldadı Cob istavroz çıkararak. Ayağa kalkıp kırlara koştu. Katherine'i unutmuştu; ama aniden yoluna çıktı.

Cob durdu ve yün giysisinin üzerine kıvılcımlar düşmüş olduğunu gördü; hepsi yuvarlak dumanlı delikler açarak aşağı, tenine doğru yakıyordu. Cob uzandı ve onları silkeledi. Katherine sırtüstü döndüğünde, yüzü Cob'a Lincoln Katedrali'nde gördüğü mermer heykelleri hatırlattı. Ama nefes alıyordu; göğüsleri yukarı aşağı hareket ediyordu.

Hâlâ dumanı tüten bir kıvılcımı silkelediğinde, Cob onun kuşağına asılı olan kesesindeki armasını gördü. Cob'un kararsız yüreğinde tuhaf duygular uyandı. Swynford armasına baktı; üç sarı yabandomuzu başı.

Bu arma ev anlamına geliyordu. Malikâne kapısına, birahane tabelasının üzerine asılmıştı. Babasının Sir Hugh Swynford'a ve ondan da önce Sir Thomas'a sadakatle ettiği bağlılık yeminini anlamına geliyordu. Toprağın sıcak kokusu ve küçük kulübesindeki öküz, Trent'in üzerinden yükselen sis; kutsal günlerde kilisede yanan mumlar demekti. Birahanedeki diğer köylü arkadaşlarının homurtuları ve kendisinin Swynfordlara hizmet ettiği eski taş malikâne demekti. Şu anda çimenlerin üzerinde sırtüstü ve çaresizce yatan bu kadına, bir zamanlar bağlılık yeminini etmişti.

Cob korkuyla omzunun üzerinden baktı ve yangının onlara yaklaştığını, Dış Avlu'daki binaların tutuştuğunu gördü. Sıcaklık dalgalar hâlinde anayoldan onlara geliyor, kıvılcımlar kırlık alanın üzerine giderek daha yoğun bir şekilde yağıyordu.

"Leydim!" diye bağırdı Cob, Katherine'in yanaklarını tokatlayıp onu sarsarak. "Leydim, Tanrı aşkına, uyanın!"

Katherine hâlâ bilinçsiz hâlde yatıyordu ve başı arkasına düşmüştü. Uzun boylu bir kadındı; Cob'sa ufak tefek ve çelimsizdi. Onu taşıması mümkün değildi. Kadını ayaklarından tutarak çaya doğru sürükledikten sonra elleriyle yüzüne su çarptı ve bağırmaya devam etti: "Leydim, uyanın! Uyanın be, ne olur!" diye yalvardı. "Leydim, buradan gitmemiz gerek ama hâlâ uyanmadınız. Bunun farkında mısınız? Benim de kalıp sizinle yanacağımı sanmıyorsunuz ya? Kettlethorpe'dan bu kadar uzaktayız, Leydim. Üstelik özgürlüğümü kazandım. Farkında mısınız?"

Katherine kıpırdamadı. Cob umutsuzca onu çekiştirmeye devam etti ve küçük çayın içine sürükledi. Katherine'in başını suyun üzerinde tuttu ve nihayet kadının gözleri açıldığında Cob neredeyse sevinçten ağlayacaktı. "Soğuk" diye fısıldadı Katherine. "Bu kadar soğuk olan ne?" Ellerini akan suya soktu, kaldırdı ve ıslaklıklarına baktı.

"Ayağa kalkın, Leydim! Kalkın! Acele etmemiz gerek yoksa soğuk yerine sıcak demeye başlayacaksınız." Kadını koltuk altlarından tutup çekiştirdi ve Katherine yavaşca ayağa kalktı; çayın suyu üzerinden süzülür hâlde kıyıda sallanarak dururken Cob ona destek oluyordu. Katherine adamın matlaşmış saçlarına ve yanağındaki K harfine baktı ama onu pek hatırlayamadı; sadece Kettlethorpe'dan biri olduğunu biliyordu. Döndü ve anayolun üzerinden yükselen alevlere baktı. Şaşırtıcı bir görüntüydü.

"Gelin! Yürüyebilir misiniz?" diye bağırdı Cob, Katherine'i kırlık alanda sürükleyerek. Katherine büyük ölçüde ona yaslanarak adım attı. Cob ıslak elbisesinin kadının bacaklarına sarıldığını ve yürümesini engellediğini gördü. Bıçağını çekip eteği tam diz altından kesti. Katherine onu şaşkınlıkla izledi ve açık saçlarının ıslak ağırlığından rahatsız olarak suyunu sıkıp örmeye başladı.

"Buna zamanımız yok!" diye bağırdı Cob. "Acele edin!"

Alevler artık sarayın kapısından dışarı taşıyordu ve demir kapının alt parmaklıkları kızarmaya başlamıştı. Rüzgâr onlara doğru esiyor, dumanla birlikte kıvılcımları, korları taşıyordu.

"Nereye gidiyoruz?" diye sordu Katherine, elinden geldiğince acele ederken. Gözlerindeki yanma hissi geçiyordu ama başı ağrıyordu.

"Şehre" dedi Cob; ama Katherine'le ne yapacağı konusunda en ufak bir fikri yoktu. Yangının ulaşamayacağı bir yere geldiklerinde onu herhangi bir manastıra bırakabilirdi; ama Londra'yı pek tanımıyordu.

"Ah" dedi Katherine. "Şehirde iyi dostlarım var. Billingsgate'teki Pessoner ailesi. Efendi Guy daha dün gelip beni asilerle ilgili uyardı. Pessonerlere mi gidiyoruz?"

"Nasıl isterseniz" dedi Cob rahatlayarak.

Katherine'i St. Clement's Dane'e kadar sürükledi. Anayol üzerindeki tapınak yanıyordu. Bunu unutmuştu. "Sanırım şuraya gitmemiz gerek." Holborn'a doğru uzanan tepeyi işaret etti ve Fickett tarlasından geçen patikaya daldı. "Burada yol kapalı."

"Yine mi yangın?" dedi Katherine, üzerinden duman tüten tapınak binasına bakarak. "Ne tuhaf!" Güneşli yeşil tarlalar, ateşler, küçük kilise... hepsi tuhaf bir duvar halısının parçaları gibi görünüyordu.

Cob hızlarını düşürdü, terli yüzünü koluna sildi ve Katherine'e merakla baktı. "Bu sabahla ilgili hiçbir şey hatırlamıyorsunuz, değil mi?"

"Şey" dedi Katherine, "uyandığımda ve pencereden dışarı baktığımda, Surrey tarafında yangın vardı. Korkmuştum; ama bu şafaktaydı." Durdu ve kaşlarını çatarak güneşe baktı. Dumanın içinde yüksekte ve biraz batıya doğru parlıyordu. *Ama şimdi öğle üzeri*, diye düşündü şaşkınlıkla. *Sabaha ne oldu?* Zihnindeki boşluğu doldurmaya çalıştı; ama sonra vazgeçti. "Köylü ordusu hâlâ Blackheath'te Kral'ı mı bekliyor?" diye sordu.

Cob omuz silkti ve cevap vermedi. Başa alınan bir darbe sık sık belli bir süre için hafıza kaybına neden olabilirdi. *Zavallı kadın*, diye düşündü ve Leydi Blanchette'e ne olduğunu merak etti. Kız annesine korkunç sözler söylemişti; ama sonuçta Gri Keşiş'in üzerine sıçrayan kanı yüzünden aklını kaçırmıştı ve muhtemelen ne dediğini bilmiyordu. Ama Cob etrafa bakınmasına rağmen Leydi Swynford'u dışarı taşırlarken kızdan bir iz görememişti. Muhtemelen o çılgınlığı arasında kız Savoy'un bir yerinde kapana kısılmış olmalıydı ve belki de duyduğu çığlıklardan biri onundu. *Tanrı ruhunu kutsasın,* diye düşündü. On yıl kadar önce Kettlethorpe'tayken tatlı, küçük, güzel bir kızdı.

Katherine'le birlikte tarladan kuzeye doğru ilerlediler ve Holborn caddesine ulaştılar. Yüz kadar asi dört sıra hâlinde ilerliyor ve "Jack Milner" şarkısını söylüyordu.

Cob'un Essex kampındayken tanıdığı başka bir kanun kaçağı onu görerek seslendi. "Hey, seni küçük Lincoln horozu! Bir kadınla ne işin var? Şimdi eğlence zamanı değil!"

"Ah, bu doğru" diye seslendi Cob sırıtarak. "Bu zavallı hizmetçi kaybolmuş ve ben de onu şehre götürüyorum. Sonra size katılacağım. Nereye gidiyorsunuz?"

Asilerden birkaçı aynı anda cevap verdi. Robert Hales'in mülklerinin hepsini yakacaklardı; Clerkenwell'deki manastırı, Highbury'deki malikânesi. Ama hazinecinin kendisi Kule'de Kral tarafından korunuyordu.

Bu konuşmalar geçerken Katherine yol kenarında bekledi ve hiçbir şey anlamadan dinledi; sadece yanındaki adamın kendisi için hizmetçi dediğini duymuştu ve çıplak bacakları, sade görünüşlü ve eteği kesilmiş yeşil elbisesi ve omuzlarında kuruyan dağınık saçlarıyla muhtemelen öyle görünüyor olmalıydı. *Başlığım nerede?* diye düşündü. *Bugün başlık takmadım mı?* Başı acıyla zonkluyordu ve elini şişmiş bir noktaya koydu. *Her nasılsa başımdan yaralanmışım,* diye düşündü.

Asiler Clerkenwell'e doğru döndüler ve Katherine yine Cob'la birlikte yürümeye başladı. Açık ve korumasız olan Newgate'ten şehre girdiler. Mezbahaların yanından geçerek West Chepe'de kavşağın ortasında olup bitenleri izleyen büyük bir kalabalıkla karşılaştılar.

Kırk kadar Flaman, iki güzel ödülle birlikte ele geçirilmişti; Parlamento'nun yargısından kurtulmayı başaran ahlaksız tüccar Richard Lyons ve kalabalığın St. Martin Tapınağı'ndan sürüklediği bir muhbir. Hepsi kollarından bağlanarak Chepe'e kadar uzanan bir sıra hâlinde dizilmişti ve tek tek sürüklenerek bloğun yanında diz çöktürülüyordu. Orada bir adam elinde baltayla bekliyor ve gayet hızlı çalışıyordu. Ana kanalizasyon hattına daha şimdiden bir düzine kafa yuvarlanmıştı ve kanalizasyondaki lağım suyu kırmızı akıyordu. Binaların çatılarında akbabalar ve çaylaklar tünemiş, kalabalık kadar dikkatli gözlerle izliyordu.

Cob geri çekildi. "Buradan çıkmalıyız" diye fısıldadı Katherine'in kolunu tutarak. Genç kadını bir ara sokağa itti ve oradan Watling sokağına ulaştılar. Burası neredeyse boştu. Barışçıl vatandaşların hepsi evlerine kapanıp kapılarını kilitlemişti.

"Leydim" diye bağırdı Cob, "gitmek istediğiniz bu Billingsgate neresi?"

Katherine durarak etrafına bakındı. Bir han tabelasının üzerindeki çapraz anahtarlar, sokağın köşesindeki fırın, küçük kilise... hepsi ona tanıdık geliyordu. Buradan daha önce biriyle koşarak, bir şeyden kaçarak geçmişti; büyük bir kalabalıktan kaçmışlardı. St. Paul'deki isyan. Dük tehlikedeydi. Tehlike. O uzak geçmişteki gün şimdiye dönmüştü.

"Billingsgate nerede?" diye tekrarladı Cob ve telaşı Katherine'i korkuttu.

"İşte!" diye bağırdı Katherine nehri işaret ederek. "Yine isyan var. Chepe'deki o kalabalık. Dük'ü uyarın! Onu uyarmalıyız; Pesonnerlere git, Dame Emma yardım eder!" Bir zamanlar Robin'in elini tuttuğu gibi Cob'un elini tuttu ve koşmaya başladı; köşeden dönüp Bread sokağına saptı.

Şaraphanenin önünden geçerken St. Martin'in basamaklarında hâlâ kanı akan üç ceset gördüler. "Ulu Tanrım!" dedi Katherine korkuyla. "Neden bütün dünya kan ve ateş kokuyor? Neden?"

Cob bir şey söylemedi. Sadece Katherine'i acele etmeye zorladı. Bir daha sorunla karşılaşmadılar. Billingsgate'te St. Magnus Kilisesi'nin binasını görünce "İşte şurası" dedi Katherine rahat bir nefes alarak. Hemen kapıyı vurdu. Cevap gelmedi.

Katherine meşe kapıya yaslanıp elini başına dayadı. Cob uzanıp kapıyı tekrar vurdu.

Kapının üzerindeki ahşap delik açıldı ve kırışık yüzlü, korku dolu bakışlı birinin yüzü belirdi. "Ne var?" dedi yaşlı adam çatlak sesiyle. "Burada kimse yok. Gidin buradan!"

"Dame Emma!" diye bağırdı Katherine. "Dame Emma nerede? Ona Leydi Swynford'un burada olduğunu söyleyin. Ona ihtiyacım var."

"Hanım burada değil; efendi Guy da öyle" dedi adam. "Defolun buradan!" Ve deliği kapamaya başladı.

"Dur!" Cob bıçağını çerçeveyle deliğin arasına sıkıştırdı. "Hayır, orada öyle inleyip durma, sana zarar verecek değilim. Ama kapıyı açıp bizi içeri almalısın!"

"Hayır, bunu yapmayacağım ve siz de beni zorlayamazsınız; kapı demir destekli" dedi adam.

Cob düşünürken okkalı bir küfür savurdu. Katherine neredeyse bayılacak gibi görünüyordu; ama Cob'un en büyük endişesi bu değildi. Bu zengin evde, yeni yeri Kule'ye yakın olduğu söylenen asi kampındakinden çok daha rahat ederlerdi. Yarın hiç şüphesiz içindeki intikam ve isyan ateşi yeniden canlanırdı; ama şimdilik, kanlar içindeki sokaklarda dolaşmaktan usanmıştı.

Birden aklına bir fikir geldi. "Dur, ihtiyar!" diye bağırdı, uzaklaşan ayak seslerini duyduğunda. "Bekle!" Katherine'in kesesini çekip kuşağından aldı ve açtığında içindeki mücevherlerle altınları görünce nefesi kesildi. Bir altın para çıkarıp kapının deliğinden salladı; ama bir el uzandığında hemen geri çekti. "Bizi içeri alırsan bunu sana veririm!" diye bağırdı Cob. "Daha sonra alıp size iade ederim" diye fısıldadı Katherine'e.

"Hayır" dedi Katherine zayıf bir sesle. "Önemi yok."

Önemi yok mu? diye düşündü Cob. *Bir altın paranın önemi yok mu?* Bir altın para neredeyse yedi şilin demekti. Özgür bir adamın yarım yıllık maaşı! İçerideki sürgülerin yavaşça çekildiğini duyduklarında, Cob bu sabah kalabalıkla birlikte Savoy'a daldığından beri hissetmediği bir öfkeyle Katherine'e baktı. Tereddüt etti ama keseyi Katherine'in gevşek eline bıraktı ve Katherine'in parmakları refleksle keseyi kavradı.

Kapı açıldı. Cob kapıyı daha da itti ve Katherine'i çekiştirerek içeri girdi. Sonra kapıyı kapatıp demir sürgüyü çekti. "İşte, al bakalım" dedi, altın parayı yaşlı adamın titreyen eline bırakırken.

Yaşlı adamın adı Elias'dı ve genellikle gece vardiyasında balıkhanede çalışıyordu. Bugün öğleden sonra eve göz kulak olması için burada tek başına bırakılmıştı; çünkü Efendi Guy, vali Walworth'un emriyle Balıkçılar Salonu'nda bir toplantıya gitmişti. Valinin kendisi de balıkçıydı ve Kral onu, her an daha da ciddileşen isyanla ilgili meslektaşlarına danışması için göndermişti.

"Dame Emma nerede?" diye sordu Katherine, ocağın başına çökerken. Mutfaktaki ocak sönüktü ve her zaman sıcak görünen alçak tavanlı oda, şimdi kasvetli ve boş görünüyordu.

Yaşlı adam altın parayı dişlerinin arasında sıkıştırdıktan sonra kirli tüniğinin gizli bir cebine attı. "Gitti" dedi iki yabancıya şüpheyle bakarak.

"Ama nereye? Geri dönmeyecek mi?" diye tekrarladı Katherine. Dame Emma baş ağrısını, şaşkınlığını ve korkusunu geçirirdi. Benliğinin derinliklerinde, bir kış mağarasında uyanan bir ayı gibi kıpırdanan bir korku vardı.

Yaşlı adam cevap vermedi.

Sonunda tehlikenin boyutlarını anlayan Efendi Guy, şafakta Kentli asiler Köprü'yü geçerken Dame Emma ve hizmetkârları toplayıp St. Helen Manastırı'na götürmüştü; ama yaşlı adam bunu bu tuhaf görünüşlü kadına anlatmaya gerek duymuyordu. Elias kollarını göğsünde kavuşturdu ve alçak sesle homurdandı. Bu arada Cob evde bulduğu şeylerle geri döndü.

"Yeseniz iyi olur, Leydim" dedi Cob, koca bir etli turtayı bölüp Katherine'e uzatırken. Katherine başını iki yana salladığında Cob bira kupasını uzattı. "O zaman için!"

Katherine iştahla içti. Cob kupayı aldı ve aniden güldü. "İşte içimi ısıtan bir manzara" dedi, "Kettlethorpe Leydisi, kölesiyle aynı kupadan içiyor; evet, bu evdekileri kesinlikle aptallaştıracak bir görüntü!"

Katherine başını kaldırdı. "Cob..." diye fısıldadı ona şaşkınlıkla bakarak. Cob, Kettlethorpe'taki kaçak; şimdi onu tanımıştı. Bugün ona rehberlik eden, kendisi için şaşırtıcı yalanlar söyleyen adam, bir silahtar değildi. Kendi asi köylüsüydü. Oysa daha kısa bir süre önce adamın kendisini öldüreceğini sanmıştı. Rüyasında, Avalon Süiti'ndeki şöminenin üzerinden armaları söktüğünü görmüştü. Bir soru sorulduğunda, Cob ona tuhaf bir şekilde yandan bir bakış atmıştı. Soru neydi? "Kimsiniz o hâlde?" Bunu kim sormuştu? Rüyasında başkaları da vardı; başka adamlar... ve Blanchette. Ama Blanchette, Düşes'in kameriyesinde uyuyordu. Hayır, Monmouth Kanadı'nda...

"Cob?" dedi. "Blanchette'in nerede olduğunu biliyor musun?"

"Hayır, Leydim" diye cevap verdi adam istavroz çıkararak. "Ama şimdi dinlenmelisiniz. İhtiyar!" Sönük ocağın başındaki bir tabureye tünemiş olan Elias'a döndü. "Leydim nerede dinlenebilir?"

Yaşlı adam kıkırdadı. "Yerde uyusun."

"Nereye gideceğimi biliyorum" dedi Katherine onu duymadan. *Cob neden istavroz çıkardı?* diye düşünüyordu. İçindeki bir duvarın arkasında, bir korku denizi dalgalar hâlinde kabararak duvarı dövüyordu; ama duvar hâlâ dayanıyordu.

"Balıkhanenin üzerindeki oda" dedi Cob'a dönerek. "Burada kaldığımda hep orada uyurum. Evet, gidip bir süre uzanmalıyım." Ayağa kalkarken başı döndü ve merdivene doğru yürümeye çalıştı.

"Oraya çıkamazsın, kadın!" diye bağırdı Elias, ayağa fırlayıp yumruğunu savurarak Katherine'in arkasından giderken.

"Kes şunu! Kes şunu, ihtiyar keçi!" dedi Cob. "İstediği yere gider!" Yaşlı adamı itti ve bıçağını işaret etti. "Boğazım hâlâ kuru. Daha fazla bira yok mu? Henüz altın parayı hak etmedin, yarısını bile!" Sırıttı ve Elias'ın cılız göğsünü itti. "Şu domuz jambonunu alacağım ve eminim beyaz ekmeğin nerede olduğunu da biliyorsundur. Sonunda beyaz ekmek yiyebileceğim!"

Cob mutfakta rahatına bakarken Katherine odayı buldu. İki büyük yatak düzgün bir şekilde yapılmıştı. Bir zamanlar Hawise'le paylaştığı yatağa uzandı. Dinlenmek için uzandığı her seferinde, özlem duaları Dük'e yönelirdi. Şimdi bir an için onun yüzünü gördü; ama uzakta, çok uzaktaydı; minik görünüyor, uyaran bir ifadeyle bakıyordu. Sonra bir haçı tehditkâr tavırla uzatan bir el John'ın yüzünü engelledi. Katherine'in başı yine acıyla zonklamaya başladı ve hafifçe inleyerek gözlerini kapadı.

* * *

Efendi Guy eve döndüğünde neredeyse güneş batmak üzereydi ve isyanla ilgili ciddi konular onu o kadar üzmüştü ki mutfağındaki hırpani görünüşlü ufak tefek adama aldırmadığı gibi, Elias'ın geveledi̇ği bahaneleri de duymadı.

Ama Cob'un anlattıklarından Leydi Swynford'un üst katta uyuduğunu, Savoy'un yanışından sonra buraya sığındığını anladığında, Efendi Guy öfkeli bir çığlıkla elini masaya vurdu. "Lanet olsun; neden her seferinde buraya gelmek zorunda ki?" Ama Cob devam edip Savoy'da olanları, buraya gelirken Londra sokaklarında karşılaştıkları tehlikeleri anlattığında, Efendi Guy şişman başını iki yana sallayarak araya girdi. "Evet, evet, bugün her yerde iğrenç şeyler yaşandığını biliyorum. Bırakalım da uyusun, uyusun. Ama ben şu anda onunla ilgilenemem. Seninle de" dedi Cob'a. "Biraz dinlen, sonra da git. Burada asilerden hiçbirini istemiyorum."

Parmaklarını bira kupasına vuran Efendi Guy, karamsar düşüncelere daldı. Bugün olanlar belliydi; ama yarının neler getireceğini kimse bilmiyordu.

Bugün Balıkçılar Salonu'nda toplandıklarında, önce Vali Walworth meslektaşlarına bütün sadık vatandaşların uyarılması gerektiğini söyledi ve Köprü'yü açtıktan sonra asilere katılan meclis üyelerinin boş sandalyelerine kaşlarını çatarak baktı. Kiremitçi Wat'ın herkesin uslu davranacağı ve şiddet eylemleri olmayacağı yönünde daha önce verdiği sözler boşa çıkmıştı ve asiler şimdi Kule'nin etrafında tehditkâr bir şekilde kamp kurmuş, Kral'ı kuşatma altına almıştı ve şiddetli, ani bir karşı saldırı planlanıyordu.

Kral'ın Kule içindeki kuvvetlerine, Sir Robert Knolles'un maiyetindekilerden oluşan dev bir grup da katılacaktı ve şu anda hepsi Kule tepesinin yan tarafındaki hanında toplanmıştı. Bu arada şehirlerini bu asilerden kurtarmak isteyen bütün Londralılar, aynı anda silahlanıp saldırmalıydı. Balıkçılar bunu iyi bir plan olarak değerlendirmişti ve Walworth Kule'ye dönerken diğer loncaları uyaracak adamları organize etmeye başlamışlardı.

Ama daha başladığı andan itibaren her şey ters gitmişti. Kral'ın bir habercisi Balıkçılar Salonu'na nefes nefese bir hâlde gelip resmî bir mesaj iletmişti. Asilere karşı bir saldırı olmayacak, önce uzlaşmaya çalışılacaktı. Haberci Kral'ın Konseyi'nde bulunmuştu ve karara birinci elden tanıktı. Balıkçılara, Kral'ın sabah yedide asi ordusunun kendisiyle Mile End'de buluşacağı haberi gönderilmişti; burası, şehrin iki mil güneyindeki bir kırlık alandı. Bu, başpiskoposa ve hazineciye, tekneyle nehirden kaçma fırsatı verecekti; çünkü bu arada vahşi kalabalık Kral'le hesaplaşmaya gidecekti.

"Tanrı aşkına, umarım işe yarar" diye mırıldandı Efendi Guy kendi kendine. Pessonerlerin evi Kule'den pek uzak olmadığından, asi ordusunun ulumaları şimdi bile duyulabiliyordu. Kaleye sığınan kraliyet grubunun panik yüzünden kararsız kaldığı belliydi; sonuçta o şeytani ulumalar bir gemiyi döven öfkeli dalgalar gibi etraflarında devam ederken kimin sinirleri sağlam kalabilirdi ki?

İngiltere'nin çıldırdığı kesin, diye düşündü Efendi Guy kaşlarını çatarak. Yine de bu gece beklemekten ve biraz uyumaktan başka yapabileceği bir şey yoktu.

Efendi Guy yatağa gitmeden önce evinin güvenliğini kontrol etti ve bir bankta kıvrılıp uyuyan Cob'u hatırladı. "Çık buradan, hemen!" diye bağırdı adamı sarsarak.

Cob itiraz etmedi; çünkü balıkçı baştan aşağı silahlıydı ve Cob artık dinlenmişti ve karnı doymuştu. Nankörlük edemezdi. "Evet, hemen gidiyorum, teşekkür ederim, efendim." Esneyip eğildi ve itaatkâr bir şekilde kapıdan çıktı. Efendi Guy kapıyı onun arkasından kilitledi.

Cob uykusunu St. Magnus Kilisesi'nin verandasındaki bir bankın üzerinde tamamladı ve Prime için çan çalarken uyandı. 14 Haziran Cuma günüydü ve sıcak bir gün olacağı belliydi. Cob, kendisini Londra'ya getiren büyük davaya olan ilgisinin yeniden canlandığını hissetmişti. Ceplerine doldurduğu domuz jambonuyla nefis beyaz ekmeği kemirdi ve Leydi Swynford'un uyuduğu balıkçının evine baktı. Kadından kurtulduğuna kesinlikle memnundu ve dün onunla ilgilenmek için neden o kadar zahmete girdiğini merak ediyordu. Kadının kesesi mücevherler ve altınla doluydu! *Onun da onun gibilerin de canı cehenneme!* diye düşündü Cob. Efendi Guy gelmeden önce yukarı çıkıp keseyi çalmadığı için pişmandı.

"Havva Âdem'in altına uzandığında, o zaman altınlar ve mücevherler kimindi?" diye şarkı söyledi, parmaklarıyla saçlarını sıvazlarken. Saçlarının arasındaki bir keneyi yakalayarak öldürdü. Sonra, St. Catherine tepesinin arkasındaki asi kampına katılmak için Kule'ye doğru koşturdu.

Cob burada kendini vahşi bir heyecana kaptırdı. Liderleri Kiremitçi Wat, Jack Strawe ve Rahip John Ball at sırtındaydı ve sayıları şimdi neredeyse seksen bin adama ulaşmış kuvvetlerinin arasında dörtnala koşturuyorlardı. "Mile End! Mile End!" diye bağırıyorlardı. Kral onlarla Mile End'de buluşacak ve planlarını bizzat dinleyecekti. "Kral'la buluşmak için Mile End'e gidiyoruz!"

Cob kalabalıkla birlikte yürümeye başladı ve sonunda Kral'ın kendilerini beklediği kırlık alana ulaştılar.

Richard parlak örtülü beyaz atının üzerinde solgun bir yüzle ve kaskatı hâlde oturuyordu. Uzun saçları en az tacı kadar sarıydı ve Cob'la diğerlerinin gözünde, Richard'ın kraliyet güzelliği bir hale gibi etrafını sarıyordu. "Tanrı Kral'ımızı korusun!" diye bağırdılar. "Senden başka Kral istemiyoruz, ey Richard!" Hepsi başlarını eğdi ve birçoğu alçakgönüllülükle diz çöktü.

Kral onlara kararsız bir tavırla gülümsedi ve el salladı. Kiremitçi Wat, görüşme için ona yaklaştı.

Kral'ın arkasında bir düzine soylu toplanmıştı ve bunlar, Kule'de yanında olanlardı: Lord Warwick, Lord Salisbury ve Sir Robert Knolles. Üçü de sert savaşçılardı ve savaşta cesaretlerini kanıtlamışlardı; fakat bu aşağılık kölelerin ve köylülerin oluşturduğu saldırgan güruh onların deneyimlerine öylesine yabancıydı ki ne yapacaklarını bilemiyor, kendi aralarında tartışıyorlardı.

Kral'ın gözdelerinden Oxford Kontu Robert de Vere, diğerlerinden uzakta duruyordu ve kalkık kaşlarının altından olanları izliyordu. Zarif tırnaklarından biriyle minik bir çamur lekesini kırmızı kadife pelerininden temizledi ve Wat onlara yaklaşırken de Vere bileğinden sarkan kokulu bir baharat topunu kokladı.

Kral'ın amcası, Buckingham Kontu Thomas da oradaydı; siyah gözleri öfkeyle parlıyordu ama o bile dilini tutup kılıcını kınında tutacak kadar sağduyuluydu. Önce barışçıl yoldan neler yapılabileceğini görmek istiyordu.

Sudbury'nin ve Hales'in tekneyle kaçma girişimleri daha boşa çıkmış, kötü zamanlanmış ve kötü uygulanmıştı. Başpiskopos, St. Catherine tepesindeki asi muhafızlar tarafından tanınmıştı ve zar zor Kule'nin güvenliğine geri dönebilmişti. Ama uzun sürmemişti. Kral görüşme için kaleden çıkarken Buckingham, hiçbirini Richard'a bildirmeden kesin emirler vermişti. Buckingham, İngiltere'nin ve tacın güvenliğinin iki beceriksiz adam tarafından daha fazla tehlikeye atılmasına izin vermeyecekti.

Wat'ı nazikçe selamlarken küçük Kral hiçbir şekilde korkusunu belli etmedi; daha önce danışmanları ona nasıl davranması gerektiğini detaylıca anlatmışlardı. Wat, kölelikten vazgeçilmesini ve bütün asiler için genel af çıkarılmasını istedi; bunlar, Kiremitçi'nin ilk talepleriydi ve Kral, "Evet, yapılacak!" diye bağırdı, güzel, çocuksu sesiyle. "Kararnameler hazırlanacak ve onları yarın alacaksınız."

Ama John Ball ve Wat'ın tüm istekleri bu kadar değildi. Sonuçta özel maiyetlerin terkini, sözleşme özgürlüğünü, din adamlarının maaşlarının iptal edilmesini, hektar başına toprak kirasını kapsamıyordu ama Wat bir defada çok fazla bastırmamanın daha iyi olacağını düşünüyordu. Bu diğer meseleler bekleyebilirdi; çünkü görkemli hedeflerinin büyük bölümüne böylesine rahat bir şekilde ulaşmışlardı. Richard'ın elini tuttu ve hevesle öptü. Sonra atına atlayıp üzengilerin üzerinde ayağa kalkarak kalabalığa seslendi. "Kral artık kölelik olmayacağına söz verdi!"

Kalabalıktan zafer yansıtan çığlıklar yükseldi ve Kral'la ilgili iyi dilekler dile getirildi. Cob başlangıçta neler olup bittiğini anlamadı ve kısa boylu olduğu için olanları da göremedi. Hertfordshire'dan gelen komşusunun kolunu çekiştirerek sordu: "Neler oluyor? Wat ne diyor?"

"Özgür olduğumuzu söyledi! Söylediği şey bu!" diye bağırdı adam, Cob'un kolunu coşkuyla sallayarak. "Kral kabul etti!"

"Özgür mü?" diye fısıldadı Cob yutkunarak. Sırtı ürperdi. Artık ormanda veya şehirde saklanması gerekmeyecekti. Artık abartılı cezalar, aptalca bedava işler olmayacaktı. Kettlethorpe'a dönebilecek ve canının istediğini yapabilecekti. Öküzünü elinde tutabilecek, çalışması karşılığında para kazanabilecekti. Özgür bir adam olacaktı!

"Bunun olacağına hiç inanamamıştım" diye fısıldadı. Yumruklarını gözlerine bastırdı ve boğazından bir hıçkırık yükseldi. Etrafındaki herkes zıplıyor, gülüyor, ağlıyordu. Bu yüzden Wat'ın diğer söylediklerini duymak zordu; ama uzun boylu komşusu duyduklarını aktarıyordu.

"Kararnameleri, özgür olduğumuzu kanıtlayan parşömenleri almak biraz zaman alacak. Wat, St. Catherine tepesinde beklememizin iyi olacağını söylüyor."

Cob başıyla onayladı; çünkü konuşamıyordu.

Diğerleriyle birlikte acele etmeden şehre geri döndüler. Güneş üzerlerine parlıyordu ve ayaklarının altındaki toprak kahverengi ve ılıktı. Sular kırlık alanların arasından neşeyle akıyordu. İlk heyecanları dinmişti ve şimdi herkes birbirine gözleri parlayarak sessizce bakıyordu. Bazıları çimenlerin üzerine yayılmış, geride bıraktıkları karılarını ve çocuklarını düşünüyor, geri döndüklerinde özgür ve güvenli hayatlarının nasıl olacağını hayal ediyorlardı. Kral öyle olacağını söylemişti.

Cob sonunda kampa ulaşırken askerî müziği duydu ve izlemek için doğruldu. Kule tepesinden kapıya bir grup gelmişti. John Ball katırının sırtında en önde, Kiremitçi Wat ve Jack Strawe at sırtında onun arkasındaydılar ve arkalarında gururla gülümseyen yedi kişi daha vardı. Mızraklarının ucunda kanları süzülen birer baş taşıyorlardı. Müziğin ritmine uyarak geldiler ve başları herkesin görebileceği şekilde kaldırdılar.

Cob kalabalığın arasından kendine yol açarak öne geldi ve diğerleriyle birlikte ağzı açık hâlde hayretle baktı. İlk baş, Canterbury Başpiskoposu Sudbury'ye aitti.

"Onu nasıl ele geçirmişler?" diye bağırdı Cob şaşırarak. Aynı soruyu tekrarlayan başkaları da vardı.

Arkalarındaki bir Kentli cevap verdi. "Bir saat önce içeri daldığımızda yaşlı sıçanı Kule'nin şapelinde bulduk. Hales de oradaydı."

Hazinecinin başı da kesilmişti ve hâlâ kanı akıyordu. "Lanet olasıca herif postunu pahalıya sattı" dedi Kentli. "Bizi bir hayli uğraştırdı!"

Dört baş daha geçerken Cob gerilerek gözlerini kıstı. "Şunu tanıyorum" dedi yedinciyi işaret ederek. "Dün Savoy'da görmüştüm."

"Evet" dedi Kentli gülerek. "John Gaunt'un kendi Gri Keşişi ve başhekimi olduğunu söylüyorlar. Kırık çeneli bir dokumacı başını kesmiş ve vermek istememiş; ama Wat onu tanımış ve Dük'ü ele geçiremediğimiz için keşişini sergilememiz gerektiğini söylemiş."

Cob içinden Gri Keşiş'e biraz acıdı; ama yumurta kırmadan omlet yapılamazdı. Yanağındaki damgaya dokundu ve yumuşak bir şekilde ıslık çalmaya başladı.

O cuma gecesi asi kampında mutlu bir havada geçti. Kral'dan ilk özgürlük belgeleri gelmeye başladı ve kendininkini alanlar hemen evin yolunu tuttu.

John Ball, geceyi St. Catherine tepesine konmuş bir haçın önünde diz çökerek geçirdi ve kazandıkları zafer için Tanrı'ya şükretti.

Kral ve maiyetindekiler de gecenin büyük bölümünü duayla geçirdiler; ama onlarınki şükran duası değildi.

Richard, kendisi Mile End'deyken Kule'de neler olduğunu öğrenince dehşetle bağırmış, yaşlı başpiskopos için ağlamış, asilerin hakkında kötü sözler söylediğini duyduğu ama zarar görmeyen annesi için korkmuştu. Prenses Joan, St. Paul yakınlarındaki kraliyet gardırobuna koşmuştu ve burada Richard'la soylular ona katılmıştı.

Asilerin bir kısmının belgelerini alır almaz eve döndüğü doğruydu; fakat yeteri kadarı dönmemişti. Binlercesi hâlâ Londra sokaklarında dolaşarak yağmalıyor, canlarının istediğince kan döküyorlardı. Kiremitçi Wat'tan gelen bir haberci, hâlâ görüşülmesi gereken birçok konu ve tanınacak başka ayrıcalıklar olduğunu belirtiyordu.

Ertesi sabah, cumartesi günü, Richard ve grubu başka bir toplantı için gardırobun sıkışık Salon'una doluştular.

"Korkarım, Majesteleri bu lanet olasıca haydutlarla tekrar görüşmek zorunda kalacak" dedi Lord Salisbury. "Yoksa şehri onlardan asla kurtaramayız. Ama zaman kazanmak için onları oyalamalıyız."

Prenses Joan şarap kadehini bir kenara atarak Richard'ı endişeyle göğsüne bastırdı. "Oğlumun bir kez daha o serserilerin karşısına çıkmasına izin vermeyeceğim. Bunu istemeye nasıl cüret edersiniz, Lordum? Ne kadar solgun olduğunu ve nasıl titrediğini görmüyor musunuz? Tanrım, Kral'ınızı öldürecek misiniz?"

"Hayır, anne" dedi Richard annesinin kollarından kendini kurtararak. "Elbette ki bıkkınım ve midem bulanıyor ama onlardan korkmak için bir neden yok. Beni seviyorlar" dedi gururlu bir gülümsemeyle.

"Tanrı aşkına!" diye bağırdı Thomas Woodstock, kıllı eliyle kılıcının kabzasını kavrarken. "Hepsini öldürecek kadar güçlüyüz ve onlarla işimiz bitti!"

Richard nefret ettiği amcasına tiksintiyle baktı ve en büyük amcası John burada olsaydı, işlerin bu kadar kötü gitmeyebileceğini düşündü. Ama ayaklanmadan önce Edmund'un Portekiz'e gitmiş olması da aynı ölçüde büyük bir şanstı; çünkü Edmund da sersemin tekiydi.

"Açık savaş riskine girebiliriz" dedi Sir Robert Knolles kaşlarını çatarak. "Ama daha fazla adam toplayabilmek için bir-iki gün beklemek daha güvenli olur. Bu çok hızlı oldu..." Başını iki yana salladı.

"Kutsal Meryem, ne kadar hızlı!" diye bağırdı Prenses yine ağlamaya başlayarak. "Daha iki gün oldu ve Tanrım, ne zaman başladığını bile hatırlamakta zorlanıyorum."

Perşembe sabahı hissettiği korkuyu hatırlayarak ellerini ovaladı. Kule'nin penceresinden baktığında ve Savoy'u alevler içinde gördüğünde... her yerde yangınlar vardı: Southwark'ta, Clerkenwell'de, Highbury'de...

"Evet, Majesteleri" dedi Salisbury, Kral'a dönerek. "Bugün öğleden sonra asilerle tekrar görüşmelisiniz. Onlara bu kez Smithfield'a gelmelerini söyleyeceğiz; orası daha yakın."

* * *

O gün öğleden sonra Wat adamlarını yeni toplantı yerine götürdü. Her şeyin net düşünmeye bağlı olduğunu bildiği bu son günlerde ılımlı davranmaya dikkat etmişti; ama artık tam bir zafer kazanılmak üzereyken rahat bir şekilde kutlama yapıyor, adamlarının şehirdeki bir kilerde bulup getirdiği lezzetli şaraplardan kadeh kadeh içiyordu.

Bütün hırsızlıkları engellemek veya bu kadar çok adamı dizginlemek mümkün değildi. Ayrıca Flamanlar ya da Lombardlar önemli değildi. Şarapları bir yana, kafalarını vücutlarının üzerinde tutmaya devam edebilirlerse kendilerini şanslı saymalıydılar.

Wat, Kral'la bu ikinci görüşmesi için iyi hazırlanmıştı. Kafası kesilen tüccarlardan birine ait olan kırmızı-mavi çizgili gösterişli bir tünik giymiş, başına ermin kürklü, altın rengi bir kadife şapka geçirmişti. Bunlar, sadece lordların giymesine izin verilen şeylerdi ve kemerindeki mücevherli kında bir soylu hançeri vardı. Artık tüm insanlar eşit ve özgür olacağına göre bir Kiremitçi Kral'ını ve kendi liderliğini onurlandırmak için istediği gibi giyinebilirdi.

Wat ve John Ball, kuvvetlerinin başına geçerek asi kampından çıktılar; ama Jack Strawe bir handa kalmış ve ortaya çıkmamıştı. Wat kanla kaplı yollardan geçerek Aldersgate'ten Smithfield'a yöneldi.

"Herkes için güzel günler geliyor!" diye bağırdı Wat, yanında sessizce katırını süren John Ball'a dönerek.

"Evet, Tanrı'nın istediği gibi" dedi Rahip ciddi bir tavırla. "Wat, sarhoş görünüyorsun. Kral'ın karşısında davranışlarına dikkat et."

Wat sırıttı. "Kral ve ben iyi dostuz. Birbirimizi anlıyoruz. Kral bugün beni lord ilan edecek. Lord Wat olacağım. Lord Walter Maidenstone."

Rahip başını iki yana salladı ve bir şey söylemedi.

Genellikle at pazarlarının ve turnuva alanlarının kurulduğu Smithfield'a geldiklerinde, köylüler batı tarafı boyunca sıra sıra dizildiler.

Cob ön taraflardaydı. Küçük bir elma ağacına tırmandı; çünkü bu kez her şeyi izlemeye ve Kral'ı rahatça görmeye kararlıydı. Bu, Kettlethorpe'taki birahanede anlatmaya değer bir şey olacaktı. Şansı yaver giderse bu güzel haberi eve ilk o götürebilirdi. "Artık özgürsünüz, dostlar, hepiniz. Ve Kral'ın bunu iki kez söyleyişini kendi gözlerimle izledim!" Henüz kuzey bölgelerinden kimse belgesini almamıştı; ama Cob, Kral'ın sözünü doğrulamak için yazıya ihtiyaç olduğunu sanmıyordu. Dün gece neredeyse eve dönmek için yola çıkacaktı; ama Wat daha fazla özgürlük kazanacaklarını açıkladığında, bugünkü toplantıyı izlemeye karar vermişti. Oyun ve orman kanunları iptal edilecek böylece herkes istediği yerde avlanabilecekti; bütün kanun kaçakları bağışlanacak ve daha bir insanın hayal bile edemediği birçok harika şey gerçekleşecekti.

Cob bir-iki kez Leydi Swynford'u düşünmüş, nasıl olduğunu ve ona karşı kırgınlığını ortadan kaldıran harika haberi duyup duymadığını merak etmişti. Cob özgür olsaydı, kendi toprağında çalışarak Leydi Swynford'a kira ödemekten mutluluk duyardı. Cob ağacın gövdesine daha sıkı sarıldı ve kalkan tozları görüp nal seslerini duyunca Kral'ın geldiğini anladı.

Richard yanında altmış adam getirmişti ve şövalyelerle lordlar parlak zırhlarının içinde göz kamaştırıyordu. St. Bartholomew duvarlarına kadar geldikten ve borazanlar çalındıktan sonra Kral zaman kaybetmeden alanın ortasına geldi; yanında Vali Walworth ve bir silahtar da vardı. Vali, Wat'ı çağırdı; Wat hevesle onlara yaklaştı ve atından inip Richard'ın önünde diz çöktükten sonra çocuğun elini iri işçi elinin arasına alarak heyecanla sıktı.

Alanın kenarında bekleşen lordlar bu küstahlığı öfkeli gözlerle izlerken Vali'nin keskin kılıcını tutan eli daha da sıkıldı.

"Kardeşim" diye bağırdı Wat, Kral'a sırtarak, "neşelen, evlat, burada sana kırk bin vatandaş getirdim; çünkü sen ve ben silah arkadaşı olacağız."

Richard solgun elini Kiremitçi'nin terli avucundan çekti ve çocuksu bir hevesle konuştu. "Neden hepiniz kendi evlerinize dönmüyorsunuz?"

Wat hafifçe sallanarak geri çekildi. "Tanrı aşkına, hepimiz belgelerimizi almadan nasıl gidebiliriz ki? Bunu elbette ki görüyorsunuz, değil mi Kralım? Üstelik almamız gereken başka ayrıcalıklar da var!"

"Neymiş onlar?" diye sordu Richard sakince.

Kiremitçi durduğu yerde dikildi ve parmaklarıyla tek tek sayarak John Ball'la defalarca prova ettikleri talepleri sıraladı.

Bitirdiğinde, Richard küçük başını eğdi ve hızlı konuştu. "Bunların hepsini alacaksınız. Kabul edildi."

Wat heyecanla bir nefes aldı; ama huzursuzluk yüzünden kafası karıştı. Kral'ın yüzünde gülümseme yoktu ve parlak mavi Plantagenet gözleri kısılmıştı. Wat'ın tahmin ettiği gibi dostça bakmıyordu.

"Artık size evlerinize dönmenizi emrediyorum!" dedi Richard sert bir tavırla.

"Tabii, tabii, döneceğiz" dedi Wat. Ama rahatsız olmuştu. Dostluk, eşitlik duygusu kaybolmuştu ve tekrar yakalamaya çalışıyordu. Kral'la aynı seviyede olabilmek için tekrar atına bindi. "Boğazım kurudu, Kralım" diye bağırdı. "Birlikte şarap içmeye ne dersiniz? Anlaşmamızı mühürlemek için kadeh tokuşturalım mı?"

Richard'ın zarif yüzü kıpkırmızı kesildi. Silahtarına işaret etti; silahtar koşup yakındaki bir kuyudan su alıp Wat'a getirdi ve küçümseyen gözlerle bakarak uzattı.

"Su mu? Hah!" dedi Kiremitçi, Kral'ın kendisinden uzaklaştığını görerek. Wat Silahtar'a öfkeyle baktı, ağzını suyla doldurdu ve kaba bir gürültüyle, toprağa tükürdü.

"Tanrım!" diye bağırdı Ssilahtar. "Şu bütün Kent'teki en büyük serseri ve soyguncunun Majesteleri'ne saygısını nasıl gösterdiğine bir bakın hele!"

Wat irkildi ve eli hançerine gitti. "Sen ne dedin bana?"

"Serseri ve soyguncu!" diye bağırdı Silahtar.

Wat hançerini çekti ve atını mahmuzlayarak saldırdı; görünüşe bakılırsa hedefi Kral değil, onun arkasında kaçmakta olan Silahtar'dı.

Vali bu fırsatı bekliyordu. Atını mahmuzlarken bağırdı: "Demek Kral'ına karşı silah çekmeye cüret ettin, ha?" Ve kılıcı Wat'ın omzuna derinlemesine gömüldü. Kiremitçi sendelerken hançerini Vali'ye doğru körlemesine savurdu; ama silahın ucu zırha sürtünerek ıskaladı.

Richard'ın atı şaha kalktı ve çocuk onu kontrol altına alarak Wat'tan uzaklaştı. Wat yerde çırpınıyor, Silahtar ve Walworth kılıçlarını öfkeyle indirmeye devam ediyordu.

"Neler oluyor?" diye sesler yükseldi asilerden. "Wat düştü; neler oluyor?" Ve başka biri kılıcı görerek haykırdı: "Kral, Wat'ı şövalye ilan ediyor!"

Cob ağaçtaki yerinden olanları farklı görüyordu. Sonunda hepsi gördü; Wat'ın korkuya kapılan atı alanda bir koşu tutturdu ve Kiremitçi'nin kanlar içindeki, ölmek üzere olan bedenini beraberinde sürükledi.

"Christus! Christus!" diye bağırdı John Ball acı bir sesle. "Wat'ı öldürdüler!"

Asi ordusundaki herkes ağzı açık hâlde kalakalmıştı. Smithfield'ın diğer tarafındaki lordlar beyaz yüzlerle mırıldanarak geri çekilmişti. Richard, alanın ortasında atının sırtında oturuyordu. Asilerin tarafında bir hareketlilik oldu. Orada burada bir okçu, kararsızca yayına ok takıyordu; ama kimse kıpırdamıyordu. Bir işaret bekliyorlardı; ama hiçbir işaret gelmiyordu.

Richard güneşte parlayan ok uçlarına baktı; yaylar ona nişan almıştı. Başını arkaya attı ve altın şövalye mahmuzlarını atının sağrılarına gömdü. Hayvan doğruca asilerin üzerine doğru dörtnala koştu ve Richard dizginleri çekip atı şaha kaldırarak bağırdı. "Artık istediğiniz gibi lideriniz ben olacağım!"

Yaylar gevşedi. Asiler birbirlerine, Wat'ın cesedine ve önlerinde konuşan taçlı gence baktılar.

"Evet!" diye bağırdılar. "Liderimiz küçük Kral'ımız! Richard! Richard! Seni izliyoruz, Richard!"

Essexli bir adam öne çıktı, diz çöktü ve Richard'ın ayağını öptü. Kral ona bakarak gülümsedi.

Vali atını dörtnala koşturarak arkadan yaklaştı ve alçak sesle konuştu. "Onları Clerkenwell'e yönlendirin, Majesteleri ve orada tutun. Kısa sürede desteklerle geleceğim." Atını mahmuzlayarak şehre yöneldi.

"Beni takip edin, iyi yürekli halkım!" diye seslendi Richard. "Artık Kral'ınızı takip edin!"

Köylü ordusu ona güvenle baktı. Onlara özgürlüklerini vermemiş miydi? Dostları olduğunu göstermemiş miydi? Richard atını döndürdü ve hazinecinin manastırının dumanı tüten harabelerinin önünden geçerek açık tarlalara yöneldi.

Walworth ve Sir Robert Knolles daha sonra askerlerle ve aceleyle toplanan halkla geldiğinde, Vali de Wat'ın mızrağa geçirilmiş başını taşıyordu. Asiler Wat'ın başına korkuyla baktılar ve Kral'a dönerek merhamet için yalvardılar. Kral, St. George'un kendisini hatırlatan bir tavırla gülümseyerek onları bağışladı ve bağlılıklarını kabul etti.

Köylülerin büyük isyanı sona ermişti.

Hızla dağıldılar ve gitmelerine izin verildi. Çoğu son derece mutluydu; çünkü belgelerini almışlardı ve Kral özgür olduklarını söylemişti. Wat'ın, Kral'a karşı hançer çektiğini anladıklarında, ölümünün kaçınılmaz olduğunu görmüşlerdi. Geride kalanlardan bazıları dönüp baktıklarında ve Kral'ın Vali William Walworth'u şövalye ilan ettiğini gördüklerinde, bunu hiç uygunsuz bulmadılar.

John Ball, bugün Tanrı'nın isteklerinin yerine gelmediğini, amacın tam olarak elde edilemediğini, birliğin devam etmesi gerektiğini haykırarak Midlands'e doğru ilerlerken ona katılanların sayısı çok azdı.

Cob, o gece Londra'dan ayrıldı. Henüz belgelerini almamış olsalar da eve dönen kuzeylilere katılmıştı; sonuçta Kral'ın adamları beklemelerinin bir anlamı olmadığını, yakında bütün ülkede köleliğin bittiğinin açıklanacağını söylemişlerdi.

Böylece Cob ve arkadaşları Kuzey yolundan Waltham'a doğru yürümeye ve bu arada şarkı söylemeye başlamışlardı.

26

Asilerin çoğunun evlerine dönmeye başladığı gece güzel hava değişti ve pazar sabahı Londra yapış yapış bir yağmurla uyandı. Katherine gözlerini açtığında, balıkhanenin üzerindeki oda karanlık ve nemliydi. Kuştüyü yatakta bir süre yatarak etrafına bakındı ve nerede olduğunu merak etti. Önce açlığını ve zayıflığını hissederken başının arkasında bir noktanın ağrıdığını fark etti. Uzun süredir bilincinin tam olarak yerinde olmadığını biliyordu ama sokaklarda Cob o'Fenton'la dolaştığını, burada yattığını ve arada bir uyanıp su içtiğini hatırlıyordu; yine de zamanının çoğunu uyuyarak geçirmişti. Korkunç rüyalar görmüştü; canavar gibi yüzler... Çenesi bir tarafa sarkmış olan Jack Maudelyn; mızrağıyla Avalon'un pencere pervazlarını parçalarken "Biir, ikii, üüüç..." diye sayan kızıl sakallı bir adam. Karşılarında iri yarı bir adam sürekli "Siz kimsiniz?" diye bağırıyordu.

Katherine zihnindeki dehşeti atmak için başını iki yana salladı; ama rüyaların anıları silinmedi. Şimdi Birader William'ın öfkeli yüzünü görüyor, "Tanrı sana acısın, Katherine!" diye bağırdığını duyuyordu. Kana bulanmış gri sabahlığı içinde Blanchette'i görüyor, yüzünde tuhaf bir gülümsemeyle "Kimsiniz?" diye soran adamla konuştuğunu hatırlıyordu.

Katherine ürperdi ve başı dönerek doğrulup oturdu. Görüşü yavaşça netleşti ve Pessoner giysilerinin durduğu sandığın üzerindeki halkada asılı duran küçük tahta haçı gördü. Birader William'ın haçıyla aynı büyüklükte olan haça baktı. Bakmaya devam ederken haç giderek büyüdü ve sonunda arkasındaki pencere kadar genişleyip bütün ışığı engelledi.

"Hayır" diye fısıldadı Katherine, yatağa geri çekilerek, "Tanrım, HAYIR!" Düşen bir ağırlığı itiyormuş gibi ellerini öne doğru uzattı. Nefesleri sıklaştı. Bir an sonra yataktan kalktı ve üzerindeki yeşil elbiseye baktı. Eteği dizlerinin altından kesilmişti ve üzerinde siyah, yanmış delikler vardı. Perşembe sabahı Birader William bizi uyarmaya geldiğinde gardıropta giydiğim elbise buydu; bizi uyarmaya, beni ve Blanchette'i. Eteği kaldırıp iç çamaşırlarına baktı; onun da üzerinde siyah delikler ve deliklerin hemen altında, teninde kırmızı yanıklar vardı.

"Tanrı bana acısın" dedi Katherine yüksek sesle, "çünkü hiçbiri rüya değildi." Tırnaklarını terli avuçlarına acıtacak ölçüde batırarak kapıya doğru sendeledi.

Tehlike geçtiğinden, bir saat önce, Efendi Guy karısını St. Helen Manastırı'ndan geri getirmişti ve şimdi kadın ocağın başında ayakta durarak hizmetçilere emirler yağdırıyor, evi tekrar düzene sokuyordu.

Katherine tırabzana tutunarak merdivenden indiğinde, Dame Emma ona döndü. "Ulu Meryem!" diye bağırdı Emma ona koşarak. "Guy sizin uyuduğunuzu söyledi... hayatım, hayatım!" Katherine'in elbisesini ve dağınık saçlarını görünce başını iki yana salladı.

"Blanchette..." dedi Katherine zayıf bir sesle. "Blanchette'i bulmalıyım. Savoy'da benden kaçtı... bugün günlerden ne?"

"Pazar" dedi Dame Emma. "Ama bu hâlde hiçbir yere gidemezsiniz, Leydim. Oturun!" diye bağırdı sertçe, Katherine ayakta sallanınca. "Tanrı bizi korusun. Neler oldu?"

"Aslında haddinden fazlası oldu" dedi Balıkçı. Artık isyan sona erdiğinden, o da iyice rahatlamıştı. "Zavallı kız günlerdir orada öylece yatıyor."

Karısının gözleri iri iri açılınca kendini savunurcasına konuştu. "Yaşlı Elias onunla ilgilendi; ona su götürdü."

Dame Emma bir sürü endişeli soru sorduktan sonra daha pratik konulara döndü. Katherine'i ocağın yanına oturttu ve başına bir yastık verdi. Yüzüne tekrar renk gelene kadar yudum yudum şarap içirdi.

Katherine kendisine söylenenlerin hepsini yaptı ve zihnini bir an önce gücünü geri kazanmaya odakladı. Öğlende baş dönmesi geçmişti ve artık hazırdı.

"Ödünç alabileceğim bir atınız var mı?" diye sordu Dame Emma'ya. "Blanchette'i bulmalıyım. O kadar çok zaman kaybettim ki Tanrı yardımcım olsun." Öyle kendinden emin bir tavırla konuşuyordu ki Dame Emma itiraz edemedi.

Emma kocasının atının hazırlanmasını emretti. Katherine'e Hawise'in eski kırmızı elbiselerinden birini giydirdi; ama Katherine'i sokaklarda tek başına bırakmaya kesinlikle razı değildi. Londra'daki isyan sona ermişti ama hâlâ ortalıkta terör estiren asiler vardı ve Kral'ın adamları devriye dolaşıyor, düzeni yeniden kurmaya çalışıyorlardı. Bu arada Jack Strawe'i ve af hakkından feragat eden diğer liderlerden birkaçını arıyorlardı. Efendi Guy, son günlerdeki olaylardan bitkin düşmüş hâlde yatağa girdi; ama Dame Emma, bir atla Katherine'e eşlik etmeye karar verdi. Davranışının altında yatan neden sadece nezaket değil, aynı zamanda da güçlü bir meraktı.

Üç gün boyunca St. Helen'de dünyadan uzak kaldığından, yangınlar ve kesilen başlarla ilgili sadece abartılı söylentiler duymuştu ve çok fazla abartıldıklarından emindi. Katherine'in çocuğu için endişelenmesini elbette ki anlıyordu; fakat bu şüphelerin ve endişelerin yakında ortadan kalkacağına inanıyordu. Küçük kız muhtemelen Savoy'da gizlenecek güvenli bir yer bulmuş olmalıydı.

Katherine, Dame Emma'nın kendisine eşlik etmesine ses çıkarmadı; kadının balıkhaneden çekip aldığı silahlı korumaya da itiraz etmedi. Londra sokaklarından geçerken tek kelime bile etmedi.

Dame Emma'nın neşeli konuşmaları çok geçmeden kesildi; çünkü şişman ve güzel yüzünde dehşet ifadesi belirmişti. Tapınağın kalıntılarının yanından geçerken gözleri iyice iri iri açıldı. Anayolda ilerlerken Savoy önlerinde daima beyaz kuleleri ve sancaklarıyla görkemli bir rüya gibi dikilirdi; ama şimdi hiçbir şey yoktu. Boş gökyüzünü kesen tek bir şekil bile yoktu; kararmış duvar yıkıntılarının arasındaki muazzam genişlikte bir moloz yığını!

"Böyle bir şey olamaz" diye fısıldadı Dame Emma istavroz çıkararak. "Bu büyücülük. Tanrı bizi korusun. O muhteşem saraydan geriye hiçbir şey kalmadı mı?" Katherine'e korkulu gözlerle yandan bir bakış attı. "Leydim, bu kadarını hiç tahmin etmemiştim."

Katherine cevap vermedi. Atlar huzursuzca kişnedi, gerilledi ve sonunda kalıntıların arasından bir yol buldu; havada boğucu bir koku vardı ve dumana yanık et kokusu da karışıyordu.

Katherine atından indi ve dizginleri Koruma'ya verdi. Kalıntılara doğru yürümeye başladığında, Dame Emma da arkasındaydı. Katherine'in perşembe günü yattığı tarlalarda küçük bir grup duruyordu. Savoy'un kalıntılarına bakarak aralarında mırıldanıyorlardı. Kadınlar yaklaşırken bir adam ortak bir heyecanla onları karşıladı. "Bu inanılmaz bir şey, değil mi?" diye bağırdı. "Şurada bir grup asi sıkışıp kalmış ve söylediklerine bakılırsa cuma akşamına kadar bağırıp durmuşlar. Artık John Gaunt'un Savoy'unun hayaletlerle dolacağı kesin; güneş battıktan sonra buralara asla yaklaşmam, asla."

Katherine grubun yanından geçti ve daha önce kapının durduğu yerdeki moloz yığınlarına yürüdü. Dış Avlu'dan kalan ve hâlâ sıcak olan yığınların üzerine tırmandı.

"Leydi Katherine" diye seslendi Dame Emma nefes nefese bir hâlde. "Geri dönün, burada bulabileceğiniz bir şey yok. Tehlikeden başka bir şey yok. Üzerinize bir duvar devrilebilir."

Katherine hiç aldırmadan, sendeleyerek yürümeye devam etti ve kararmış kirişlerin, taşların arasından geçerek şahin kümeslerine yaklaştı. Artık geride sadece bir yığın odun külü kalmıştı. Thames tarafındaki duvar parçasına baktı. Yukarılarda bir yerde, daha önce Avalon Süiti'nin içinde kalan şöminenin izlerini gördü; ama büyük gül rengi mermer çerçevesi aşağıdaki kaldırım taşlarına düşerek parçalanmıştı.

Daha önce o şöminenin yanında dururken Birader William'ın öldürülmesini izlemişlerdi; kendisi ve Blanchette. Kız asilerin lideriyle o zaman konuşmuş, sonra da odadan fırlayıp merdivene koşmuştu. Katherine, Kraliyet Süiti'ne çıkan Büyük Merdiven'e bakmak için döndü. Daha önce merdivenin durduğu yerden hâlâ duman yükseliyordu.

"Tatlım..." dedi Dame Emma, elini Katherine'in koluna koyarak, "haydi gidelim buradan. Burada kalıntılardan başka bir şey yok. Küçük kız güvenli bir yere koşmuştur; onu buluruz."

"Güvenli?" diye tekrarladı Katherine. "Hayır. Yanımdan koşarak kaçarken güvenliği düşünmüyordu ve benim... benim... Tanrım!" diye fısıldadı. "Dame Emma, gidin buradan. Beni biraz yalnız bırakın. Yalnız bırakın." Yanmış bir taş yığınının yanında dizlerinin üzerine çöktü ve bakışlarını Avalon Süiti'nin daha önce pencereleri olan boş yarıklara kaldırdı.

Dame Emma itaat etti. O kadar şaşkındı ki ayakkabılarının kararmasına ve kaliteli elbisesinin yırtılmasına bile aldırmadı. Kapının yıkılmış taşlarına doğru geriledi. Yağmura bile aldırmadan beklemeye başladı. Uzaktan, sadece Leydi Katherine'in diz çöktüğünü görebiliyordu ve Dame Emma'nın gözleri bir bebeğinkiler gibi kısılarak yaşlarla doldu.

Yağmur pelerinine işleyip şişman omuzlarını ıslatırken ürperdi ve Leydi

Katherine'in bu berbat yerden ayrılmaya hazır olup olmadığını görmek için başını kaldırdı. Katherine yerini değiştirmişti ve şimdi Dış Avlu'da başını eğmiş hâlde ağır adımlarla yürüyordu. Dame Emma izlerken uzun boylu, kırmızı elbiseli siluetin eğilip yerden bir şey aldığını sonra da göğsüne bastırarak öylece durduğunu gördü. Bir süre sonra Dame Emma'ya doğru yürüdü.

Katherine avucundaki şeyi gösterdi. "Bakın..." dedi zayıf bir sesle, "şunu görüyor musunuz, Dame Emma?"

Yarı erimiş gümüşi bir şeydi. Kadın kararsızca sordu: "Bir toka mı?"

"Sanırım" dedi Katherine sakince. "Blanchette'in sabahlığının tokası olabilir."

Kadın korkuyla yutkundu ve başını iki yana salladı. "Hayır, toka değil" diye inledi. "Öyle olsa bile... bir anlamı yok."

"Şahin kümeslerinin külleri arasındaydı" dedi Katherine. "Kuşları severdi; belki de oraya kaçmıştı." Acaba kilerlerde zilzurna sarhoş olan adamların yanına da kaçmış olabilir miydi? "Bir orospu olacağım, bayım... tıpkı annem gibi... katil bir orospu..." Katherine artık perşembe günü olanların hepsini hatırlıyordu.

"Blanchette, Avalon Süiti'nden kaçtığında şoktaydı" dedi Katherine duygusuz bir sesle. "Asıl sorun Gri Keşiş'in kanının üzerine sıçraması değildi; daha önce söylediklerini duyduğu için yaşadığı dehşetti."

"Dehşetli şeyleri düşünmeyin" dedi Dame Emma. "Haydi, gidelim buradan. Bunun bir yararı yok."

"Ama üzerinde düşünmeliyim" dedi Katherine. Gözleri yağmur yüklü gökyüzü gibi karanlıktı. "Artık gerçeklerden saklanamam. Dostum, iyi yürekli kadınım, nasıl bir günah işlediğimi bilmiyorsunuz. Ben de tam olarak bilmiyordum; fakat Gri Keşiş biliyordu ve Tanrı, cezamın ilk adımı olarak benden masum çocuğumu aldı."

"Hayır, hayır" dedi Dame Emma, Katherine'in bedbaht görünüşüne dayanamayarak. Bu hâlinin son günlerde olan dehşet verici olaylardan kaynaklandığını düşünüyordu; ama Katherine'i bir an önce kuru ve rahat bir yere götürmeye kararlıydı.

Katherine daha fazla konuşmadı ve itiraz etmeden Dame Emma'yla birlikte yürüdü. Anayolda bekleyen atına bindi. St. Clement's Dane Kilisesi'ne geldiklerinde, Katherine dizginleri çekerek atı durdurdu. "Hugh Swynford'la burada evlenmiştim" dedi.

"Ah, evet, unutmuştum" diye cevap verdi Dame Emma. "Çok uzun zaman önceydi."

"Evet, ben de öyle olduğunu sanıyordum. Ama şimdi dünmüş gibi geliyor." Attan aşağı atladı. "Dame Emma, sizi yağmurda yeterince beklettim. Lütfen beni burada bırakıp evinize gidin. Hayır, korumaya ihtiyacım yok; Tanrım, şu anda herhangi bir tehlikeye aldıracağımı mı sanıyorsunuz?"

"Ama ayinler bitti; burada kimse yok" dedi kadın küçük, boş kiliseyi işaret ederek.

Katherine ona hafifçe gülümsedi. Dame Emma isteksizce uzaklaşırken Katherine kilisenin verandasına döndü.

Sunak tırabzanının yanına çöktü ve bakışlarını tapınağın üzerindeki yakut ışığa odakladı. Hareketsizce durarak yanında onunla birlikte diz çöken bir adamı düşündü; hiç düşünmeden zorlama yeminler ettiği adam. Onun varlığını yanında hissedene kadar bekledi. O zamanlar midesini bulandıran kabalığı, sertliği hissetti; ama aynı zamanda, o zaman olduğu gibi, tahammül ve acıma yüklü bir küçümsemeyle karşılık verdiği o güçlü aşkı da hissetti. Hugh'un sevgisi Blanchette'in içinde doğmuştu; ama yine çiçek açma şansı olmamıştı.

Evliliğinin anılarını yeniden yaşayan Katherine, kilisenin arka tarafındaki hışırtıları ve altın mahmuzların takırtısını duydu; rahibin tereddüt ederek durduğunu ve şaşkın gözlerle kendisine baktığını gördü. Sıraların arasında yürüyerek Dük'ün kollarına sokulmuş, dudaklarını, vücudunu, sadakatini, az önce evlendiği ve sadakat yemini ettiği kocasının gözleri önünde ona sunmuştu; ve Tanrı'nın huzurunda!

Bu küçük kilisede iki uzun yol başlamıştı: Biri, Bordeaux'daki hırpani bir odada, kendisi olmasa asla gerçekleşmeyecek bir ölümle sona ermişti; diğeriyse, Avalon Süiti'nde ateş, kan ve delilikle bitmişti. Oysa ikisi de aynı yol değil miydi?

Kuledeki çan Vespers'ı haber vermeye başladığında, Katherine yerinden kalkarak deri bir perdeyi kenara itti. İpi çekerek çanı çalan rahibin kendisiydi ve Katherine'e şaşkın gözlerle baktı.

"Peder" dedi Katherine. "On beş yıl önce burada hizmet eden rahip siz miydiniz? Lincolnshire'dan mı gelmiştiniz?"

"Evet, kızım." Çelimsiz, fare suratlı, endişeli bakışlı, beyaz saçları büyük ölçüde seyrelmiş bir adamdı. "Neden sordun?"

"Günah çıkarmak istiyorum."

Peder Oswald kıpkırmızı kesildi. Sıra dışı, beklenmedik şeylerden hoşlanmazdı ve pazar günü olduğunu, kendisinin cemaatine dâhil olmadığını ve sonuçta Vespers zamanı olduğunu söyleyerek Katherine'i geri çevirmeye çalıştı.

Katherine bekleyeceğini söyledi ve adama öyle trajik bir ifadeyle baktı ki Rahip daha da şaşırdı. Sonunda Katherine tuhaf bir sesle ekledi: "Ben bir Swynford'um, Peder; Katherine Swynford. Sir Hugh Swynford'un dulu; evet, bunun sizin için bir anlamı olduğunu görebiliyorum." Adam irkilmişti ve kızarmış yüzünü kaşımaya başlamıştı. Düğünü iyi hatırlıyordu. Lancaster Dük ve Düşesi'nin gelişini de iyi hatırlıyordu; çünkü o zamandan beri sık sık bununla övünmüştü.

Ama Vespers'dan sonra kadının acı dolu sesiyle anlattıklarını dinlediğinde çok şaşırdı. Aslında pek dinlememişti; çünkü anlatılan dehşet verici sırları paylaşmak istemiyordu. Kocası Sir Hugh'un öldürülmesi kasıtlı olmasa bile Tanrı'nın gözünde cinayetti; Gri Keşiş böyle demişti; kendisi de öldürülmüş olan Birader William Appleton. Lancaster Dükü'yle süren on yıllık yasak ilişki, bu cinayetin nedeniydi. Ve deliren, belki şimdi ölmüş olabilecek bir çocuktan söz ediliyordu.

"Yeter, kızım!" dedi Rahip sesi titreyerek. "Ben seni bağışlayamam; bunu hiçbir rahip yapamaz..."

"Biliyorum" dedi Katherine. "Endişelendiğim kendi ruhum değil. Çocuğumunki. Peder, merhametli Tanrı, her neredeyse Blanchette'i kurtaracak bir kefaretimi kabul edemez mi?"

"Kefaret mi? Ne kefareti?" diye kekeledi Rahip, sadece Katherine'den kurtulmayı dileyerek. Diğer yandan, bu kadının Dük tarafından korunduğunu da kavramaya başlamıştı; her şeye gücü yeten ve baş belası bir rahipten, bir sinekmiş gibi kolayca kurtulabilecek olan Dük. Dük'ün büyük, görkemli sarayıysa asiler tarafından yakılıp yıkılmıştı ve ondan nefret eden sıradan halk, intikamına bir rahibi de ekleyebilirdi.

"Gerçekten tövbe et; kötü yaşamından vazgeç; yıktıklarını onar; aklını başına topla..." diye geveledi çabucak. "Kızım, sana başka bir şey söyleyemem; kendi rahibine git. Git! Git!" Ve günah çıkarma kabininin kapağını kapadı.

Katherine zorlukla yürüyerek kiliseden çıktı. Ludgate'ten geçerek Fleet sokağına indi ve St. Paul'ün önünde durarak katedralin kulesine baktı. Bir süre sonra içeri girdi ve Leydi Chapel'in yanında iki mumun yandığı küçük sunağa doğru yürüdü.

Katherine, mezarın yanında diz çöktü ve Leydi Blanche'la konuşurken heykel cüppenin bir köşesine uzanıp dokundu. *Sevgili Leydim; eğer size kar-*

şı da yanlış yaptıysam bağışlayın ama bilin ki size karşı yanlış yapmayı asla istemedim ve onu sevmenin ne demek olduğunu benim gibi siz de biliyordunuz. Bağışlayın; adaşınız olan çocuğumu kurtarmam için bana yol gösterin.

Güzel yüz, loş ortamda parladı, havada süzülerek yükseldi. Bir ruh. Bu; uzun yıllar boyunca ruhu inkâr etmiş, kendi kendine yetmeyi tercih etmiş, kendi arzularından başka bir şeyi yaşamamış birini nasıl teselli edebilirdi?

Katedralin dışında gri ışık zayıfladı ve yağmur daha da şiddetlendi. Arada bir koro sıralarının arasından biri geçiyor, üzerinde kırmızı elbisesi olan ve Lancaster Düşesi'nin mezarının başında ağlayan bu kadına merakla bakıyordu. Sonunda Paul'ün çanı tekrar çalmaya başlayarak Compline'ı haber verdiğinde, Katherine başını kaldırıp yine Blanche'la konuşmaya başladı. *Leydim, sizden yardım istememin de kötü bir davranış olduğunu artık anladım.* Ve kramp girmiş dizlerini zorlayarak ayağa kalktı.

O anda, kaymaktaşından yüz mum ışığında aydınlanmış gibi geldi ona ve Katherine zihninde yumuşak bir ses duyduğunu sandı. "Walsingham." O anda, Bolingbroke'da birlikte geçirdikleri Noel'de Lancaster varisi Henry'ye hamileyken kendisiyle konuşan Leydi Blanche'ın yüzünü hatırladı; ve o zaman ne dediğini: "Bir gün, özellikle annelere karşı nazik ve merhametli olan Leydi Walsingham'ı ziyaret etmelisin..."

Uzun yıllar önce bu sözleri duyduğunda Katherine, Blanchette'e hamileydi ve kesinlikle, Blanchette'in hatırına Leydi Blanche nihayet Katherine'e bir cevap vermişti.

* * *

Katherine, bir sonraki cumartesi gününe kadar Pessoner çiftinin yanında kaldı ve her gün Blanchette'i aradı. Efendi Guy, adamlarından ikisini göndererek sokaklarda çığırtkanlık yaptırdı: Kısa kesilmiş bakır rengi saçlı, koyu gri gözlü, vaftiz adı Blanche olan on dört yaşında genç bir bakireyle ilgili haber getiren kişiye ödül verilecekti. Bu arada Katherine'in kendisi de çocuğun sığınabileceği manastırları dolaşıyordu. Bütün Londra'yı, Southwark'ı ve Westminster'ı taradılar; ama kimse kızı görmemişti. Katherine kimseye amacını söylemeden başka ziyaretler de yaptı; sahil şeridi boyunca genelevleri dolaştı. Kadın satıcıları, sadece delirmiş kızını arayan bir anne olduğunu anladıklarında Katherine'e nazik davrandılar; ama kimse Blanchette'i ne görmüş ne de duymuştu.

Katherine'in Walsingham'a yola çıkışından önceki Cuma akşamı, Pessonerler beklenmedik bir ziyaretçiyle karşılaştılar.

Dame Emma vurulan kapıyı açtığında, Katherine üst kattaki odadaydı. "Hey, Efendi Geoffrey, hoş geldiniz! Guy" diye seslendi kadın omzunun üzerinden, "Efendi Geoffrey Chaucer bizi görmeye gelmiş!"

Geoffrey onları kibar bir şekilde selamlayarak içeri girdi, bir kupa birayı kabul etti ve sonra endişeli bir sesle sordu. "Leydi Swynford'un burada olduğu doğru mu?"

"Evet, burada, zavallı" dedi Balıkçı, kendi birasını bırakırken. Londra'da önemli ve Efendi Guy'ın gözünde son derece saygın biri olan bu adamla keyifli bir sohbete hazırlandı. "Ah, Leydi Katherine burada ve geçen hafta isyanda korkunç şeyler yaşadı. Savoy yakılırken oradaydı ve... kızı delirdi... ya da..." dedi Balıkçı başını iki yana sallayarak, "daha büyük olasılıkla öldü. Emma ve ben, çocuğun Savoy'dan çıkamadığını düşünmeye başladık; çünkü hiçbir yerde ondan iz yok. Eğer çıktıysa bile delirdiği ve hastalıktan yeni kalktığı için yine pek fazla şansı olmamıştır. Tanrım!" dedi Chaucer'ın yüzündeki ifadeyi görünce, "küçük kızın yeğeniniz olduğunu unuttum!"

"Evet" dedi Geoffrey ciddi bir tavırla, "ve bugün çığırtkanlarınızı sokakta duyup birini sorgulayana kadar bunların hiçbirinden haberim yoktu."

Geoffrey isyandan önceki gece bir yolculuktan dönmüştü ve Jack Strawe'le Essexli adamları kapıdan geçtiğinde, Aldgate'teki odasına yeni yerleşmişti. Orada hiç rahatsız olmadan oturmuş, kitap okuyup yazmış, üç gün boyunca politik olaylara karışmadan hayatına huzurlu bir şekilde devam etmişti. Ama dışarı çıktığında karşılaştığı yıkım onu şaşırtmıştı ve Katherine'le Blanchette'in Savoy'da olduğunu öğrenince daha da şaşırmıştı.

"Leydi Swynford nerede? Onu görmek isterim" dedi.

"Onu biraz değişmiş bulacaksınız." Dame Emma ellerini eteğine silerek yanlarına geldi. "Saçlarını kesti ve oruç tutuyor. Görünüşe bakılırsa çocuğunun kaybolması ve Gri Keşiş'in ölümüyle ilgili kendini suçluyor." Kadın gözlerini öfkeyle kıstı. "Ama gerçekte Gri Keşiş'i öldüren o lanet olasıca Jack Maudelyn'di; bu kadarını öğrenebildim. Şeytanın asıl piyonu Jack; ama Beelzebub yakında onu alacak ve bu çok iyi olacak."

"Kadın! Kadın!" dedi Efendi Guy başını iki yana sallayarak. "Sözünü ettiğin adam Hawise'in kocası; ne olursa olsun ona lanet okumamalısın." Chaucer'a cevap vermek için döndü. "Jack bütün o günler boyunca kırık çenesiyle dolaştı ve şimdi başı karpuz gibi şişti. Bu yüzden nefes alamıyor. St. Bart'taki rahipler boğazına bir çubuk soktular; ama günü çıkarabileceğini bile sanmıyorlar."

"Ruhu cehenneme gitsin" dedi Dame Emma öfkeyle. "Leydi Katherine'in başını o hâle getiren de oymuş."

"Tanrım, bunlar inanılmaz şeyler!" diye haykırdı Geoffrey dehşete kapılarak. "Dük bunları duyduğunda ne yapacağını tahmin bile edemiyorum. Katherine neden onunla buluşmak için kuzeye gitmedi?"

Dame Emma başını iki yana salladı. "Sanırım planı bu değil. Size söylüyorum, o çok değişti. Lanetli perşembe günü bizim bildiğimizden çok daha fazlasını yaşadı. Yarın hacca gidiyor; ama nereye gittiğini söylemedi."

Duyduğu her yeni şeyde Geoffrey'nin endişeleri biraz daha artıyordu ve Katherine sonunda mutfağa geldiğinde dehşetini gizleyemedi. En alçakgönüllü dulların giydiği gibi siyah örgülü bir elbise giymişti. İnce beyaz ayakları çıplak ve kirliydi; boynunda tahta bir haç vardı ve alnına bolca kül sürmüştü. Tıraşlı başını siyah bir bezle örtmüştü. Hâlâ güzeldi; ama gözlerinin altında koyu renk halkalar vardı ve siyah kirpikleri yorgun göz kapakları için fazla ağır gibi görünüyordu.

"Katherine, Tanrı aşkına, bütün bunlar ne anlama geliyor?" dedi Geoffrey, onu yanaklarından öperken.

"Geoffrey" dedi Katherine hafifçe gülümseyerek, "seni gördüğüme sevindim. Bana yardım edeceğini biliyorum."

"Elbette ama..." Ne diyeceğini bilemeyerek sustu. Katherine asla dindar biri olmamıştı. Dük'le birlikte geçirdiği yıllarda dans edip gülen neşeli biri olmuştu ve etrafına ateşli bir aşk aurası yaymıştı; dindarlık konularında daima çok farklı düşünceleri olmuştu. Bu giysileri ve haç konuşmaları, kesinlikle geçici bir krizdi ve eğer Geoffrey onun fikrini değiştiremezse Dük kesinlikle bunu yapabilirdi.

"Sana nasıl yardım edebilirim?" diye sordu Geoffrey ona ciddi bir tavırla bakarak.

Katherine onun yüzündeki onaylamayan ifadeyi algıladı ve anlamaya çalıştı. Eski Katherine'le şimdiki arasındaki duvar öylesine büyük ve kalındı ki Geoffrey'nin şimdi kendisini gördüğünde ne kadar şaşırdığını tahmin etmek zor değildi.

"Benimle birlikte dışarı gel, Geoffrey" dedi Katherine. "Seninle baş başa konuşmam ve bir şey göstermem gerek."

Güzel bir haziran akşamı Thames sokağına çıktılar ve Katherine, Köprü'ye doğru döndü.

"İsyan sırasında ablan da tehlikede kaldı" dedi Geoffrey, yan yana yürürlerken Katherine konuşmayınca. "O çarşamba günü sorun başladığında, Philippa, Düşes'le birlikte Hertford'daydı; ama zamanında uyarıldılar ve kuzeye kaçtılar. Tehlikeli bir yolculuktan sonra Yorkshire'a ulaştıklarını ancak bugün öğrenebildim. Bu süreçte Dük'e yöneltilen haksızca ve mantıksız nefretin..."

"Mantıksız mı?" dedi Katherine duraksayarak. "Haksızca mı? Bir zamanlar ben de öyle sanıyordum. Ama artık hepsinin büyük günahımız için Tanrı'nın cezalandırması olduğunu biliyorum."

"Tanrım, Katherine, bu ne kadar saçma bir söz! Tensel günahınız sizi suçlayan birçok rahibinkinden büyük değildi ve üstelik sizinki gerçekten aşktan doğdu."

Katherine ona uzun, üzgün bir bakış attı ve Londra köprüsüne doğru yürümeye başladı. Köprü'den geçip etrafında mızraklar bulunan küçük bir kuleye geldiler. Mızraklara takılmış başların üzerinde akbabalar dönüyordu.

Geoffrey'nin adımları yavaşladı; itiraz etmek istedi ama Katherine onu sürüklemeye devam etti ve sonunda kurumuş etin şeritler hâlinde sarktığı gözsüz bir kafatasının yanına geldiler. Bu kafatasının altındaki mızrağa bir parşömen iliştirilmişti ve Geoffrey'nin şaşkın gözlerini görünce Katherine onu teşvik etti. "Oku."

Geoffrey eğildi ve parşömene baktı ve aniden geri çekilerek istavroz çıkardı. "Birader William!" diye fısıldadı. "Ah, Tanrı zavallı ruhunu kutsasın!"

"Evet" dedi Katherine, "Birader William! Beni korumak için Savoy'a geldiğinde, ruhumu kurtarmaya çalışırken öldü."

Geoffrey yutkunurken sırtından aşağı bir damla ter süzüldü. Çürüyen kafatasından uzaklaşarak Köprü'nün taş direğine yaslandı ve aşağıdaki sarı sulara baktı. "Ama Katherine" dedi sonunda, "onun için ayin yaptırabilirsin. Bu senin hatan değildi ki..."

Katherine derin bir nefes aldı ve demir çan gibi çınlayan bir sesle cevap verdi. "Onun için ayin yaptırabilirim. Blanchette için de. Öldürülen kocam Hugh için de. Evet, *öldürüldü*, Geoffrey. Ne oldu? Sararıp uzaklaşıyor musun? Dük'le benim bunca yıldır içinde yaşadığımız günahın hâlâ küçük olduğunu mu düşünüyorsun?"

"Şşş, Tanrı aşkına, Katherine" diye inledi Geoffrey ona bakarken. Köprü'den gelip geçen insanlara kısa bir bakış attı. "Gel buraya, kimsenin bizi duymayacağı bir yerde konuşalım." Katherine'i kuytu bir yere çekti ve gözlerine inanılmaz bir acımayla baktı. "Şimdi anlat bana" dedi sakince.

* * *

Sabah Katherine yaya hâlde yola çıkarak Walsingham'a yöneldiğinde, Geoffrey de Katherine'in Dük'e yazdığı bir mektupla Londra'dan ayrıldı. Geoffrey isteksiz bir haberciydi; Kral'ın hizmetindeyken tamamladığı yüzlerce görevin hiçbiri bunun kadar zor değildi. Katherine'in ne yazdığını biliyordu ve Savoy'un veya Hertford'un yıkılmasının ya da henüz bildirilmeyen başka bir felaketin Dük'ü bu mektup kadar sarsacağını sanmıyordu.

Geoffrey beyaz atının üzerinde hızla kuzeye giderken İngiltere'nin güzelliğine hayran olmaktan kendini alamıyordu; meşe ve kayınlarla süslenmiş kırlıklar, yemyeşil ovalar, mis kokulu çiçekler... Yol boyunca meyhanelerde veya hanlarda konaklayarak dinlendiğinde, insanların tuhaflıklarını görüyor ve zihni anlatmak istediği hikâyelerle doluyordu.

Katherine'in anlattıkları ve acı dolu tövbekârlığı, onu inanılmayacak ölçüde sarsmıştı. *"Troilus ve Criseyde"*de yazdığı pagan zevkleri ve ahlaksızlığı düşünüyordu. Bu aşk hikâyesini sarayda okumuşlardı, Richard çok sevmişti ve York Düşesi dinlerken ağlamıştı. Katherine'in kendisi de bir kısmını duymuştu; ama Criseyde'ye nasıl model oluşturduğunu asla anlamamıştı.

Bu yolculuğunda Katherine'in umutsuz mektubunu taşırken Geoffrey yanında vicdanını da götürüyordu. Yazdığı eserlerin zevkle okunduğunu ve birçok kişiyi etkilediğini biliyordu. Dünyevi aşktan öyle rahatça söz ederken kilisenin öğretilerine aldırmazlık ettiğini gözden kaçırmıştı. Şeytanın insanı kasıklarından yakalayıp cehennem fırınına attığını söylememişti.

Acaba bunun nedeni, daha önce trajedinin kendisine kişisel olarak dokunmaması ve doğasında karamsarlıktan ve ağır suçlamalardan hep kaçma eğiliminde olması mıydı?

Troilus'u bir kenara atmalıydı ve eğer gelecekte üzerinde tekrar çalışacaksa sadece "Paganizmin eski lanetli kurallarına göre" yazdığını açıkça belirtmeli, gençleri gözlerini Tanrı'nın yolundan ayırmamaları konusunda uyarmalıydı. Katherine'i itaatkâr küçük Criseyde'yle bir tuttuğunda ona ne kadar haksızlık ettiğini de şimdi daha iyi anlıyordu.

27

20 Haziran Cumartesi gecesi Katherine Walsingham'a hac yolculuğuna çıkarken ve Geoffrey de kuzeye yönelirken Dük, sınırın İskoç

tarafında, Berwick-upon-Tweed'in duvarlarının önünde bekliyordu.

Aceleyle dikilmiş bir çadırın toprak zemininde öfkeyle volta atarken en sadık şövalyelerinden ikisi, Lord Michael de la Pole ve Sir Walter Ursewyk, onu endişeyle izliyordu; ama ikisi de konuşmaya cesaret edemiyordu. İki şövalye çadırın uzak bir köşesine çekilmişti ve deneyimli, bilge adamlar olmalarına rağmen Dük'ün karşılaştığı bu yeni aşağılanmayı kesinlikle inanılmaz bulmuşlardı.

"Buna inanamıyorum" diye fısıldadı Ursewyk, de la Pole'a. "Kendi ülkesine girişi yasaklandı; hem de bu dönemde. Ve Percy'nin bile böylesine haince bir yüreği olması!"

"Tanrı bunun için Percy'nin canını alsın!" diye hırladı Baron yumruklarını sıkarak. "O orospu çocuğunu bir elime geçirirsem..."

Üç saat önce, Dük ve adamları olabildiğince hızlı bir şekilde İskoçya'dan buraya geldiklerinde, isyan sırasında gerçekte neler olduğunu öğrenmek için sabırsızlanıyorlardı. Dük, İskoç elçilerle görüşme yaparken gelen korku içindeki haberci, bütün İngiltere'nin Dük'e karşı ayaklandığına inandığını, tüm şatolarının köylülerin eline geçtiğini duyduğunu ve ailesinin kaderinin bilinmediğini söylemişti. Haberci, Kule'de gizlenen Kral'ın amcasını reddetmeye zorlandığını, onu hain olarak ilan ettiğini ve tamamen köylülerin tarafına geçtiğini açıklamıştı.

De la Pole, Dük'e hiç o zamanki kadar hayranlık duymamıştı. John bu felaket haberini duyduğunda, İskoçlarla ateşkes görüşmeleri en hassas noktasındaydı; ama Dük'ün yakışıklı yüzünde herhangi bir kararsızlık veya korku belirtisi görünmemişti. İngiltere'nin iç savaşının İskoçlara saldırmaları için altın bir fırsat sunduğunu asla hissettirmemişti. İskoçlar avantajlı bir üç yıllık antlaşma imzalayana kadar kişisel endişelerini bastırmış sonra aceleyle dönerek İngiltere'ye doğru yola çıkmıştı.

Ve şimdi İngiltere onu kabul etmiyordu. En azından Percy, Northumberland Lordu, onun sınırı geçmesine izin vermiyordu. Berwick'in kapıları kapalıydı. Percy'nin güçleri Tweed boyunca dizilmiş, Cheviot tepelerinde mevzilenmişti ve Berwick'in Muhafız Komutanı Sir Matthew Redmayne'le, bu davranışın Kral'ın emriyle gerçekleştiğini bildirmişti.

Son saatlerde şehrin duvarları önündeki bu çadıra tıkılıp kalmışlardı ve soğuk yağmur boyalı çadır bezini dövüyordu. Bu arada Dük, zincire vurulmuş öfkeli bir ayı gibi, bir aşağı bir yukarı yürüyordu. Aniden topuklarının üzerinde dönerek arkadaşlarına baktı. "Michael" diye bağırdı, de la Pole'a. "Burada adamlarımdan kaçı kaldı?"

De la Pole kır düşmüş bıyıklarını ısırdı ve umutsuz bir sesle karşılık verdi. "Artık yüz adam bile değil, Lordum." Northumberland'in haberi duyulduğunda, Dük'ün küçük grubundan birçoğu gitmişti. "Savaşamayız, Lordum" dedi adam. "Percy'nin arkasında yüz bin adam var." *Ve bizim bagaj konvoyumuz da onda,* diye ekledi içinden. Dük'ün ana malzemeleri, İskoçya'ya girmelerinden önce Bamborough'da güvendikleri Percy'nin gözetimine bırakılmıştı.

"Neden yüz kişi geride kaldı ki?" dedi Dük dişlerini sıkarak. "Sen neden benimle kalıyorsun, de la Pole? Ya sen, Ursewyk? Mahvolmuş bir lidere, bütün İngiliz halkının öldürmek istediği, Kral'ın bile karşısına aldığı bir sürgüne bağlı kalmak size bir şey kazandırmaz ki. Siz de diğerleri gibi gidip Percy'ye katılsanıza..."

"Lordum..." dedi de la Pole alçak sesle. Ayağa kalktı ve Dük'ün soğuk elini tutup öptü. "Ursewyk ve benim bağlılığımız çıkarcılıktan değil; Marmion'un veya Le Scrope'un da. İyi tanıdığınız diğer birçoklarının da. Ayrıca, Lordum, bu emri Kral'ın verdiğine de inanmıyorum ben. Bence her şey Percy'nin art niyetli müdahalesi. Gücünüzü kıskandığını siz de iyi bilirsiniz."

"Tanrım, görünüşe bakılırsa bence bunun için hiçbir nedeni yok. Halkım bana ihanet etmiş, Kral'ım beni gözden çıkarmış ve... aileme ne oldu? Katherine'e?" diye ekledi kısık sesle.

John kendini açılır kapanır bir kamp sandalyesine attı ve dirseklerini tahta masaya, başını sıkılmış yumruklarına dayadı.

İki arkadaşı birbirlerine baktılar. Bu şaşırtıcı gelişmeye bir cevap bulabilmek için ikisi de kafa patlatmıştı; ama cevabı ilk bulan yine bilge de la Pole oldu.

"Kral'a yazın, Lordum" dedi bir an sonra. "Ona gerçek niyetini sorun. Bu sorunla başa çıkmanın tek yolu bu."

John başını kaldırdı. "Percy'nin habercimin güvenli bir şekilde geçmesine izin vereceğine inanacak kadar aptal mısın? Percy onuruma sadakatini gösterdi mi?"

"Hayır, ben buna güvenmezdim" dedi de la Pole. "Ama bence Percy beni durdurmaya cesaret edemez, Lordum; çünkü Kral'ın bana güvendiğini bilir."

Dük şaşkın gözlerle baktı. "Hey, haklı olabilirsin, bu riske girmeye değer. Bunu benim düşünmem gerekirdi; ne var ki işin doğrusu, yanımdan ayrılmana izin vermekten nefret ediyorum, Michael." Yıllardır dostu ve danışmanı olan yaşlıca adama derin bir sevgiyle baktı ve Baron'un deneyimli, kırışıklarla dolu yüzü aynı ölçüde yoğun duygularla kızardı.

John kalem, mürekkep ve parşömen isteyerek mektubunu yazdı ve okuması için sessizce de la Pole'a verdi. Kısa mesajdaki anlamı algıladığında yaşlı savaşçının gözleri doldu. Dük, bu onursuzca sürgün kararı gerçekten Kral'a aitse itaat edeceğini; ama artık tüm hayatının kendisi için anlamını kaybedeceğini ifade etmişti. Ya da Kral'ın ona ihtiyacı varsa ama kötü niyetli danışmanları amcasına karşı içine korku saldıysa John yanına sadece tek bir silahtar alarak geri dönecekti. Ancak Kral ne karar verirse versin, İngiltere'de kalan ve Lancaster için değerli olan herkese merhametli davranılmasını diliyordu.

Baron mektubu mahcup bir homurtuyla iade etti. Ne yapacağı kestirilemez, deneyimsiz bir genç olsa bile Kral hiç şüphesiz bu mektuptaki sarsılmaz sadakati görecekti; ama diğer amcası Thomas Buckingham kulağına zehir döküyorsa Richard'ın bu sadakatin ne kadar sert sınandığını algılayabileceği şüpheliydi. Ne var ki Dük'ün elinde karşılaştığı tüm haksızlıkları düzeltmesini, ülkesine zaferle dönmesini sağlayacak ve istediği takdirde kendisini doğruca tahta götürecek bir şey vardı.

"Majesteleri" dedi Baron, Dük'e eğilip kısık sesle konuşarak, "İskoçlar sizi seviyor; Kral babanıza saygı duyuyorlardı ama sizi siz olduğunuz için seviyorlar. Tek sözünüzle, Carrick ve Douglas kontları İskoçlardan oluşan bir orduyla sizi destekler ve onları İngiltere'nin kalbine, Londra'ya götürebilirsiniz. Kaprisli yeğeninize katlanmanız bile gerekmez."

Dük mühür yüzüğünü yavaşça sıcak balmumuna batırdı ve başını kaldırarak dostunun dikkatli gözlerine baktı. "Bana sık sık hain dedikleri için şimdi gerçekten bir hain olmam gerektiğini mi söylüyorsun, Michael?" dedi sonunda, yüzünde çarpık bir gülümsemeyle. "Evet, sadece şaka yaptığını veya beni sınadığını görebiliyorum ve sadece buna cüret ettiğin için bile kızmalıydım sana aslında. Ama şimdi oyunlara veya öfkeye ayıracak zamanım da enerjim de yok." John iç çekti ve Kral'a yazdığı alçak gönüllü mektuba baktı. "İskoçların dostum olduğu doğru... ve şimdi ülkelerinden ayrılmama izin verilmediğine göre, dostluklarını kanıtlamalıyım. Ama şunu bil ki Michael, bugüne dek hiçbir yeminimi bozmadım. Richard'a iki kez bağlılık yemini ettim; bir kez babasının ölüm döşeğinde, bir kez de taç giyme töreninde. Ölene dek ona hizmet etmek için elimden geleni yapacağım."

"Evet, biliyorum" dedi Baron hoşnutsuzca. "Ama bunu söylediğini duymak istedim; çünkü Şeytan sana, herhangi bir adamı kolayca yoldan çıkarabilecek bir fırsat gönderdi." Sesinin titrediğini gizlemeye çalışırken aceleyle bir kadeh şaraba uzandı ve tek seferde içip bitirdi. "Lordum" diye devam etti farklı bir ses tonuyla, "silahtarım kurnaz bir çocuktur. Yorkshire'a, Pontefract'a veya Knaresborough'a ulaştığımızda, gerçekte olup bitenlerle ilgili daha fazla bilgim olacak ve onu size haber vermek için geri göndereceğim. Percy'ye görünmeden bir şekilde size ulaşmayı başarır o."

John başıyla onaylarken sert yüzünde bir ürperti dolaştı. "Zor bir bekleyiş olacak" dedi. Ayağa kalktı ve çadırın kapısına yürüdü; brandayı geri çekerek karanlık geceye baktı. Bir an sonra Baron'u yanına çağırdı. "İçimde bir his var" diye mırıldandı Dük, "kötü bir his." Brandayı tutan eli seğirdi.

"Çocuklarınız olamaz!" diye haykırdı Baron.

"Hayır, çocuklarım değil. Elbette ki onları çok seviyorum ama onlar değil. Başka biri; Tanrı beni bağışlasın ama... benim için çok daha değerli olan biri."

Baron hareketsizdi. Dük'ü rahatlatmak için söyleyecek bir şey bulamıyordu ve Dük'ün kimi kastettiğini biliyordu; ama böyle bir zamanda bütün hayatı mahvolmuş olabilecekken Dük'ün Düşes'i bile olmayan bir kadını bu kadar düşünmesi ona tuhaf gelmişti. Bu, Michael'ın Dük'le ilgili hiç anlamadığı bir şeydi.

"Güneye ulaştığımda en hızlı şekilde Leydi Swynford'la ilgili araştırma yapacağım, Lordum" dedi sakince.

* * *

De la Pole görevinde başarılı oldu. Kral'a ulaştığında, Richard en sevdiği amcasının mektubunu gözyaşları içinde okudu ve Baron'un tahmin ettiği gibi, öfkeyle bağırarak sınırın kapatılmasının tamamen Percy'nin marifeti olduğunu, kraliyet emri filan bulunmadığını açıkladı. Görünüşe bakılırsa İskoç meseleleriyle uğraşma görevi kendisi yerine Dük'e verildiği için öfkelenerek söylentileri abartmıştı ve Kral'ın niyetini yanlış anlamıştı.

En hızlı kraliyet habercileri, Kral'ın yazılı belgeleriyle hemen yola çıkarıldı ve de la Pole da onların peşinden gitti.

Dük, kendisine tam bir şövalye nezaketiyle davranan İskoç ev sahipleriyle Edinburgh'da beklerken gergin günler geçirmişti. Richard'ın gönderdiği kraliyet habercileri geldiğinde ve Dük'ün mağduriyetinin sadece

Percy'den kaynaklandığı öğrenildiğinde, ondan özellikle nefret eden İskoç kontlar çok sevindiler. Douglas Kontu, Percy'nin hemen cezalandırılması için Dük'e emrindeki sekiz yüz silahlı adamı büyük bir mutlulukla sundu ve Dük onuru adına ama sadece sınıra kadar onları kabul etti.

"İngiltere'ye girdiğimizde, sevgili dostum" dedi İskoç Kont'a, "artık Kral'ın gerçek düşüncesini bildiğime göre, o sefil Northumberland Lordu'yla başa çıkmak için yardıma ihtiyacım olmayacak." Dük'ün sesi son derece sert, bakışları buz gibi soğuktu ve Douglas Kontu onun bu şövalye tutumunu takdir etti; ama böylesine iyi bir savaş bahanesini kaybetmek açıkçası pek hoşuna gitmemişti.

Bu kez Dük geldiğinde Berwick'in şehir kapıları kapalı değildi ve kendi maiyetinden Lordu Neville onu, bütün Westmoreland kuvvetleriyle karşılarken daha önce onun girmesine izin vermeyen Sir Matthew Redmayne de tir tir titreyerek bekliyordu.

Dük kapılardan geçip İngiliz topraklarına girdiği anda, miğferinin vizörünü kaldırdı ve Percy'nin emrindeki mahcup muhafız komutanına baktı. "Efendin nerede?" diye bağırdı, Sir Matthew'un özürlerini tamamlamasına fırsat vermeden.

"Ba-Bamborough Şatosu'nda, Majesteleri" diye kekeledi adam. "Sizi karşılamak için muhteşem bir ziyafet hazırlatıyor."

"Ne kadar nazik!" dedi Dük. "Sen, Redmayne, hemen Northumberland'e koş ve ona buraya gelmesini emrettiğimi söyle. Ona, nehrin diğer tarafındaki Tweed kıyısında beklediğimi söyle. Onunla teke tek... konuşacağım."

Sir Matthew zorlukla yutkunarak kızardı. "Ama... Majesteleri..."

Dük'ün dolgun dudaklarında hafif bir gülümseme belirdi ve bakışları muhafız komutanının gözlerine birer hançer gibi dikildi. "Olur da" dedi Dük gülümsemeye devam ederek, "mesajım yeterince açık anlaşılmazsa ona bunu da ilet!" Ağır deri eldivenini sağ elinden çıkarıp Sir Matthew'un ayaklarının dibindeki çamurlara fırlattı. Eldiven düştüğünde, Dük'ün amblemi, İngiltere ve Castile'ın kraliyet armaları yukarıda kalmıştı.

Böylesine kötü bir mesaj iletmenin bedelini kendisinin ödeyeceğini çok iyi bilen mutsuz Komutan, bir şeyler geveleyerek eğildi ve iki parmağıyla eldiveni aldı; atına atlayarak Bamborough'a doğru hızla uzaklaştı.

Lord Neville bacağına bir şaplak indirdi ve kahkahalara boğuldu. "Ah, bravo, Lordum! Bravo!" dedi, zincirli zırhının altında göbeği sallanırken. "Tanrım, bu manzara gerçekten görülmeye değer olacak. Percy şövalye karşılaşmalarında ancak bir boğa kadar becerikildir. Ülkenin en iyi silahşörü karşısında nasıl madara olacağını görmek için sabırsızlanıyorum."

Dük cevap vermedi. Güçlü, yeni, siyah aygırı Morel'i mahmuzladı ve şehrin içinden dörtnala geçerek peşinde maiyetiyle birlikte köprüden Tweed kıyısına ulaştı. Oraya geldiğinde, silahtarları çadırını kurma ve ona yiyecek getirme işine girişirken yirmi mil uzaktaki Bamborough'dan gelecek olan Percy'yi beklemeye başladı.

O gün öğleden sonra Michael de la Pole, Dük'ü orada buldu; ama henüz Percy'den iz yoktu.

Baron kuzeye dönüş yolculuğunu geciktirmişti. Kraliyet belgelerini taşıyan habercilerin Dük'ün krizini çözeceğini bildiğinden, de la Pole, Lancaster'ın kişisel meseleleriyle ilgilenme fırsatı bulabilmişti.

Lancaster sancağını Tween köprüsünün yakınlarında kurulmuş çadırın üzerinde dalgalanırken gördüğünde, çoktan kampa girmişti ve heyecanlı maiyet mensuplarından Dük'ün Percy'ye meydan okuduğunu öğrenmişti. Baron çadıra yürüdü ve bekleyen genç bir silahtara geldiğini bildirdi. Hemen bunun üzerine Dük'ün neşeli sesi duyuldu: "Hoş geldin, de la Pole! İçeri gel!"

Baron çadıra girdiğinde, Dük, Ovid'in *Metamorfozlar*'ının en güzel cildini okuyordu. Kitabı masanın üzerine fırlatarak neşeyle bağırdı. "Tanrım, seni gördüğüme çok sevindim, Michael! Görevini başarmana da çok memnun oldum!" Dostunun elini sıcak bir tavırla sıkarak gülümsedi. "Ama senin yerine görmeyi tercih edeceğim tek kişi, sabırsızlıkla beklediğim Percy olabilirdi."

"Ah, bunu duydum" dedi Baron neşesizce. Bir kamp sandalyesine oturdu ve Dük'e hüzünlü gözlerle baktı. "Başka birini ölümcül bir düelloya davet etmiş bir adam için oldukça iyi ve neşeli görünüyorsunuz."

"Neden olmasın ki? Gölgelerle savaşmaktan bıktım artık! Değerli bir düşmanla karşılaşmak için sabırsızlanıyorum. Tanrı aşkına, atılan çamurlar, fısıldanan yalanlar yüzünden nasıl sıkıntı çektiğimi sen biliyorsun; babamın görkemli günlerinde böyle şeyler asla olamazdı. Ah, ne yazık ki artık zaman değişti."

"Öyle" dedi Baron düşünceli bir tavırla. "Zaman gerçekten değişti. Bunun kanıtlarını kendi gözlerimle gördüm. Halkın böylesine cüretkârlıklara girişmesi..." Başını iki yana salladı.

John'ın gözlerindeki neşeli pırıltılar silindi ve iç çekti. "Pekâlâ, anlat bana, Michael. Silahtarın Edinburgh'da beni bulduğunda ve Katherine'le çocukların Kenilworth'ta güvende olduğunu söylediğinde çok rahatladım."

Baron zorlukla yutkundu ve onun yüz ifadesini okuyan John sert bir sesle konuştu. "Sorun nedir? Çıkar ağzındaki baklayı be adam!"

"Bana Yorkshire'da yanlış bilgi verildi" diye cevap verdi Baron. "Ah, Beaufortlar Kenilworth'ta güvende, onları kendim gördüm. Ama Leydi Swynford orada değildi."

"Nerede o zaman?" John'ın sesi gerginidi.

"Kimse bilmiyor, Lordum. Sarayda sordum, Lancaster çocuklarına, Henry'ye, Leydi Philippa ve Leydi Elizabeth'e sordum; hepsi güvende ve iyi; ama hiç çizik bile almadan atlattıkları tehlikeli zamanları hayal bile edemezsiniz, Tanrı'ya çok şükür."

"Evet, evet. Güvende olduklarını biliyorum, bunu zaten duydum. Ama Tanrı aşkına, Katherine nerede? Onu Savoy'da bırakmıştım; fakat diğerleri gibi onun da uyarılmış olması gere..." John duraksadı. "Savoy ne durumda, Michael?" diye sordu tedirgin bir tavırla.

Baron başını eğdi ve pantolonundaki gevşemiş bir ipliği parmağına doladı. "Geride hiçbir şey kalmamış, Lordum. Tek bir şey bile. Asilerin çıkardığı yangında her şey kül olmuş."

John gözlerini kapadı ve yerinden kalkarak Baron'dan uzaklaştı. Tonnerre de dimanche est tonnerre de diable. İskoçya'ya doğru yola çıkmak için yanından ayrıldığı sabah Katherine'in yüzünün nasıl göründüğünü hatırlıyordu. Boynundan zorla çözmek zorunda kaldığı kolları ve dudaklarına değen ılık dudakları hatırlıyordu. Berwick duvarlarının önünde hissettiği duyguyu ve Baron'un yanlış mesajıyla nasıl rahatladığını düşündü. *Canım*, diye düşündü, *Katherine'im... Hayır!* Yükselen korkusunu dizginledi.

"Onun hakkında tehlikedeymiş gibi konuşmak gülünç!" diye bağırdı aniden. "Onu koruyacak bir sürü muhafız vardı; Roger Leach, İngiltere'deki en iyi çavuştur. Bütün saray hizmetkârlarla doluydu ve hepsinden öte, Katherine'e ya da bana ait olan herhangi bir şeye zarar gelmesine asla izin vermeyecek Birader William oradaydı!"

Baron kızardı ve ipliği daha sert çekiştirmeye başladı. Savoy'daki muhafızlara neler olduğunu Londra'da herkes biliyordu ve kendisi de Birader William'ın mızrağa geçirilerek Londra köprüsüne dikilmiş başını görmüştü. "Bu doğru" dedi. "Leydi Swynford için endişelenmeye gerek yok. Bir şekilde oradan kurtulduğu şüphesiz. Savoy, gerçekten yıkılan tek yer, Lordum" dedi biraz neşeli görünmeye çalışarak. "Hertford'daki hasar kolayca onarılabilir. Diğer malikânelerinizdeki hizmetkârların tamamı da sadık kalmış."

"Pontefract'taki şu solucan hariç" dedi John. "Oraya gittiğimde onunla bizzat ilgileneceğim ve Düşes'i kabul etmediğine pişman olacak."

Baron başını kaldırdı ve John'ın yüzüne düşünceli gözlerle baktı. Düşes Costanza'yla ilgili haber, silahtarıyla Dük'e gönderebildiği tek kesin bilgiydi; çünkü Michael, güneye giderken Düşes'i Yorkshire'da kendisi görmüştü. Zavallı kadın korkunç bir zaman geçirmiş, peşinde kendisini kovalayan asilerle, önce Hertford'dan kaçmış, Dük'ün Pontefract'taki büyük şatosuna ulaştığındaysa korku içindeki kâhya onu içeri almak istememişti ve Düşes bunun üzerine gece boyunca Knaresborough Şatosu'na kaçmak zorunda kalmıştı.

"Düşes sizi Knaresborough'da bekliyor, Lordum" dedi Baron. "Güvenliğiniz için gece gündüz dua ediyor."

"Tahmin ederim" dedi Dük donuk bir sesle. "Costanza dua etmekte çok beceriklidir."

Baron, hiç beklenmedik şekilde Dük'e sinirlendi. Bir kadına çılgıncasına âşık olmak onun asla yaşamadığı bir şeydi ama adalet diye de bir şey vardı; Dük'ün, karısına resmî bir ilgiden fazlasını beslememesi ona adil görünmüyordu. Üstelik Costanza yaşlı filan da değildi. Leydi Swynford'dan daha gençti ve o kadar güzel olmasa da Baron'un gözünde çekici bir kadındı. Dahası, Dük'e Castile'ı ve çok büyük bir unvanı getirmişti. Eğer Leydi Swynford'un başına gerçekten bir şey gelmişse -Baron gizlice istavroz çıkardı- gerçekten nimet sayılabilirdi. Dük'ün metresiyle açıktan açığa sürdürdüğü ilişkisinin yarattığı skandal, popülerliğini kaybetmesinde en önemli etkenlerden biriydi.

"Lordum" diye devam etti Baron, "zavallı Düşes yaşadığı zorluklardan dolayı çok sarsılmıştı; açıkçası, asiler ona taş bile atmışlar. Onun ya da küçük Catalina'nın yaralanmaması bir mucize."

John kaşlarını çattı ve başıyla onayladı. "Sant' Iago de Compostela'ya şükürler olsun!" Ama hissetmeden konuşuyordu. *Bu, küçük kızını bile çok fazla umursamıyor,* diye düşündü Baron, *ama diğer çocuklarına çok düşkün; özellikle de Leydi Swynford'un doğurduklarına.*

Bir süre sessizce oturduktan sonra Baron bir kez daha denedi. "Lordum, birkaç gün sonra Düşes'i gördüğünüzde, bu kadar zor zamanlar geçirmiş eşinizi sıcak bir şekilde karşılayıp rahatlatmayacak mısınız?"

John başını aniden ona çevirdi. "Tanrı aşkına, de la Pole, bu sözler senden geliyorsa... Castile Kraliçesi'ne karşı görevlerimi yerine getirmediğimi mi ima ediyorsun? Davranışlarımı mı eleştiriyorsun?"

"Hayır, Lordum" dedi Baron soğukkanlı bir tavırla. "Davranışlarınız daima tutarlı ve doğru. Ben sadece, dikkatinizi başka yere verdiğiniz için fark etmemiş olabilirsiniz diye, şefkatinizi daha fazla hak edebileceğini söylüyorum."

Dük'ün bakışları karşısında Baron bile yüzünü ekşitti ve Baron'dan -ve Katherine'den- başka hiç kimse, ünlü Plantagenet öfkesi karşısında bu kadar cesur davranamazdı; ancak Dük cevap veremeden, iki adam da irkilerek kulak kabarttı. Uzaktan, yaklaşan bir habercinin borazanı duyuluyordu.

"Percy, nihayet!" diye bağırdı Dük öfkeli yüzü aydınlanarak. Silahtarlarını çağırdı ve iki silahtar çadıra dalarak lordlarına zırhını giydirmeye başladılar; bu arada bir diğeri, mızrağın ucuna bir kez daha kontrol ediyordu. Alandaysa, siyah aygır Moral çoktan savaş koşumlarına vurulmuştu ve çadıra doğru getiriliyordu.

Baron dışarı çıktı ve elini gözlerine siper ederek Northumberland'in habercisiyle, mavi Percy aslanının göze çarptığı miğferini başına geçirmiş olan birine eşlik eden dört zırhlı atlıya baktı. De la Pole kaşlarını çattı ve gözlerini kırpıştırdı. Lord Neville onun yanına geldi.

İki adam da yaklaşan Northumberland adamlarına baktı. "Şeytan aniden Percy'yi küçülttü mü?" diye sordu Neville. "Bana çok küçük göründü."

"Evet" diye cevap verdi Baron, "ben de aynı şeyi düşünüyordum."

Döndüler ve sessizce atlarına bindiler; o sırada Dük çadırdan çıktı. Neville ve de la Pole liderleri kadar ağır zırhlı değillerdi; ama yine de silahtarlarının yardımına ihtiyaç duymuşlardı. John ise hâlâ gençliğindeki kas gücünü koruyordu ve altın-kadife eyere yardımsız tırmandı. Morel'i mahmuzlayarak acelesiz bir tırısa kaldırdı ve gelenlere doğru yaklaştı. Baronları ve şövalyeleri de arkasındaydı.

"Eh, Percy" diye bağırdı Dük, mavi aslanlı giysilerinin içindeki kısa boylu figüre bakarak, "bana yönelttiğin hakaretlerin hesabını vermek için gel de savaş bakalım!" Mızrağının yan tarafıyla, diğerinin koluna sertçe vurdu. Percy vizörünü kaldırdı ve kırmızı yüzü ortaya çıktı; fakat bu Northumberland Kontu değil, onun oğluydu!

"Tanrı ve St. John adına!" diye bağırdı Dük şaşkınlıkla. "Bu da ne demek, evlat? Baban nerede?"

Çocuğun yaban domuzlarınınkine benzer sarı gözleri huzursuzca bakıyordu. "Babam meydan okumanıza cevap veremedi, Lordum" dedi. "Sağ omzu rahatsız olduğu ve kıpırdatamadığı için ne kılıç ne de mızrak tutabiliyor."

Dük'ün adamları konuşulanları dinlemek için kulak kabartırken bir sessizlik oldu. "Görünüşe bakılırsa" dedi Lord Neville yüksek sesle, "Northumberland Kontu yüreksizin tekiymiş; en azından bunu tahmin etmezdim!"

"Hayır!" diye bağırdı çocuk. "Bu doğru değil!"

John eyerinde oturarak çocuğa baktı. "Yani bana yönelttiği hakaretler için Kont'un özürlerini sen mi getirdin?"

"Hayır!" diye bağırdı çocuk tekrar. "Özür filan dilemiyor. Kimin haklı olduğunu görmek için gelecek ay sizinle Kral'ın huzurunda karşılaşmak istiyor. Ben meydan okumanıza karşılık vermek için geldim; onun yerine savaşacağım!"

"Tanrım..." diye fısıldadı Dük. "On altı yaşında bile olmayan bir çocukla savaşmam" dedi, Morel'in dizginlerini çekerek atı döndürürken.

De la Pole, Dük'e sempatiyle baktı. *Yıldızı düşük olmalı, diye düşündü, yoksa zavallı Lancaster'ın sürekli uğradığı hayal kırıklıkları başka türlü açıklanamaz.*

Ama genç Percy gitmeye niyetli değildi. Öfkeyle atını mahmuzlayarak Dük'e yetişti. "Ama ben savaşacağım! Savaşacağım!" diye bağırdı. "Babamın yerine savaşma hakkımı talep ediyorum. Bu, şövalyeliğin kanunudur."

"Percy, şövalyelik hakkında ne biliyor ki, genç it?" dedi Lord Neville küçümseyen bir gülüşle.

"Ah, hakkı olduğu doğru!" dedi Dük, yavaşça atının dizginlerini çekerken. Omuz silkti. "Öyle olsun. Kendi tarafına geç bakalım, Percy..."

Lancaster ve Northumberland habercileri açık alana koştular ve borazanlarını öttürerek karşılaşmanın başladığını haber verdiler. Dük, beyaz sopalar kalkıp inene ve habercilerin komutunu duyana kadar sabırsızca bekledi.

Mızraklar doğrultulduğunda iki at birbirlerine doğru hızla koşmaya başladı. Yan yana geçerlerken Dük çocuğun vahşi hamlesini rahatça savuşturdu ve rakibinin savunmasız bıraktığı sol yanını umursamadı. İkinci geçişte çocuğun mızrağını parçaladı ve kendi mızrağının ucu da kırılmasına rağmen Morel'i döndürdü ve mızrağının arka tarafını çocuğun koltuk altına çarparak onu eyerden yere fırlattı.

Dük'ün adamlarından çılgınca çığlıklar yükseldi; ama John vizörünü kaldırdı ve kaşlarını çatarak başını iki yana salladı. "Yeter!" diye bağırdı sert bir tavırla. "Bu utanç verici karşılaşmada kutlanacak bir şey yok."

Atından inip çocuğa yaklaştı. Silahtar, çocuğun miğferinin kayışlarını çözüyordu. Miğfer çıktığında çocuğun gözleri öfkeden yaşlarla dolmuştu.

"Cesurca hareket ettin, genç Percy" dedi Dük. "Babana bunu anlatabilirsin. Şimdi geri dön ve ona, benden kaçtığı için daha sonra Kral'ın huzurunda kesinlikle karşılaşacağımızı bildir; tabii başka bir rahatsızlık Kont'un yolculuk yapmasını da önlemezse!"

Çocuk titreyerek bağırdı ve isyan etti; ama John olduğu yerde döndü ve onun bağrışlarına kulak asmadı. Percy'nin mahcup olan adamları küçük liderlerinin arkasından sessizce uzaklaşırken John da çadırına döndü.

* * *

Dük ve maiyeti o gece güneye doğru yola çıktı ve on altı Temmuz'da Newcastle-upon-Tyne'a ulaştı. Newcastle oldukça zengin bir kasabaydı ama üzerinden dumanlar yükseliyordu; çünkü halk burada civar tepelerden çıkardığı kömürü yakıyordu. Dük adamlarının başına geçerek Tyne'a bakan eski Norman şatosuna doğru yürüdü. Siyah Kapı'dan girdi ve kaledeki süitinde sadece zırhını çıkarıp yıkanacak kadar oyalandıktan sonra taş merdivenden küçük, güzel şapele indi.

Burada Meryem'e bir mum dikti ve dua etmek için diz çöktü. Bu kilisede St. Catherine'in bir figürü olmadığından, daha önce ettiği yemini yenileyemezdi; ama dualarının sonunda tekrarladı. "Katherine'imi güvenli ve iyi durumda bulursam, Kutsal Azize'nin seçeceği bir yerde, St. Catherine için bir şapel yaptırmaya yemin ediyorum." Boynundaki haçı öpüp ayağa kalktı.

Şapelden çıkarken güneş kan kırmızısı bir renkteydi ve batıdaki ufuk çizgisinin üzerinde alçalıyordu. Aniden ürperen John başını çevirdi ve şato avlusuna baktığında, dışarıdaki merdivende uzun bir yolculuktan geldiği belli olan atından inen tanıdık bir siluet gördü. Tırabzanın üzerinden eğildi ve tekrar baktıktan sonra şaşkınlıkla bağırdı. "Hey, sen! Kahverengi pelerinli! Buraya bak!"

Adam basamakta durdu ve sesin kaynağını bulmak için etrafına bakındı. Sonunda başını kaldırdığında, Dük'ü görerek el salladı. Bu gerçekten de Geoffrey Chaucer'dı ve John'ın kalp atışları hızlandı. "Yukarı, yanıma gel!" diye seslendi. Geoffrey başıyla onaylayarak kaleye daldı ve bir kule kapısından dışarı çıktı.

Dük titreyen elini uzattı ve Geoffrey diz çökerek öptü. "Majesteleri" dedi hafifçe gülümseyerek, "sizi bulmakta bir hayli zorlandım."

"Öyle mi?" dedi John, dilinin ucuna gelen soruyu sormaktan korkarak.

"Evet, Lordum. İki hafta önce siz, şey, İskoçya'da beklerken Northumberland'e geçmeye çalıştım ama geri çevrildim. Nihayet güneye doğru yola çıktığınız haberi gelene kadar, Knaresborough'da bekledim."

"Knaresborough" diye tekrarladı John ve hayal kırıklığını gizleyemedi. "Açıkçası" dedi. "Sanırım eşin orada, Düşes'in maiyetinde."

"Öyle. Ve Philippa'yla biraz zaman geçirdim; fakat kuzeye gelme nedenim bu değildi. Lordum..." dedi Geoffrey, yavaşça beline asılı keseye dokunarak, "size Leydi Katherine'den bir mektup getirdim."

Dük'ün nefes alırken çıkardığı ses, yırtılan bir ipeğinki gibiydi. Geoffrey'yi omuzlarından tuttu. "Yani o iyi mi?"

Geoffrey başıyla onayladı ama bakışlarını kaçırdı; çünkü karşısındaki mavi gözlerde aniden beliren mutluluk pırıltılarına dayanamamıştı.

"Tanrı'ya şükür!" diye fısıldadı Dük. "Tanrı'ya şükür! Tanrı'ya ve Kutsal Azize Catherine'e şükür!" Geoffrey'nin elini tuttu. "Ah, Chaucer, bu haber için cömertçe ödüllendirileceksin. Ne istersen söyle. Şu son birkaç güne kadar onun benim için bu kadar değerli olduğunu hiç fark edememiştim. Korku ve acı içinde onu... özledim..." Devam edemedi. "Ama şimdi nerede?"

"Bilmiyorum, Lordum" dedi Geoffrey zemindeki taşlara bakarak. Kesesini çözdü ve yuvarlanmış parşömeni çıkardı. "Bunu okurken yalnız olmanız daha iyi" dedi. "Benimle görüşmek isterseniz diye dışarıdaki küçük odada bekleyeceğim."

Geoffrey kulede gözden kaybolduğunda Dük'ün yüzündeki mutluluk ifadesi silindi. Katherine'in mektubundaki mührü kırıp okudu.

Geoffrey, Newcastle'ın çanı çalana ve gökyüzü ametist rengini alana kadar bekledi. Sonunda adını duydu ve Dük'ün yanına döndü.

Akşam ışığında Dük'ün yüzü kül gibi görünüyordu ve konuşurken sesi boğuktu. "Bu mektupta yazılı olanları biliyor musun?"

"Evet, Lordum. Ama başka kimse bilmiyor ve bilmeyecek."

"Benden bu şekilde vazgeçemez. Bunu yapamaz! Buna inanmıyorum! Veda ediyor! Bir daha asla görüşmememiz gerektiğini söylüyor! Bu soğukluk, bu inanılmaz emirler! O bana karşı daima yumuşak ve sıcaktı! Birçok kez kollarımda yattı! Çocuklarımı doğurdu!" Boğuk sesi kısıldı ve bir an sonra çatladı. "Blanchette'ten söz ediyor. Duyan da Blanchette'ten başka çocuğu olmadığını sanır!"

"Bence bunun nedeni, Lordum" dedi Geoffrey, "ölmüş olabilecek bu küçük kız için duyduğu korku. Diğer çocuklarını unutmadı; ama onlar şu anda iyi ve annelerine ihtiyaçları yok."

"Ama benim var!" diye bağırdı Dük. "Bunu hiç düşünmüyor!"

Bu olaydan başından beri hoşlanmayan ve bir parçası olmak istemeyen Geoffrey, kendini devam etmeye zorladı. "Sizi sevdiği için sizden vazgeçiyor. Birader William ölmeden önce bunu ona söylemiş. Katherine inanıyor. Ve ben, Lordum, ben de inanmaya başladım. Bu kadar günah ve bir cinayet, sonunda ikinizi de ezecek."

John döndü ve gecenin gölgelerine baktı. Demek yıllar boyunca Gri Keşiş'in ima ettiği tuhaf günahlar, Swynford'un öldürülmesiyle ilgiliydi. Nirac, o küçük sıçan, gerçekten de korkunç ve sinsice bir cinayet işlemişti; zehirle, bir korkağın silahını kullanarak. Mide bulandırıcıydı. Ama üzerinden çok uzun zaman geçmişti ve Nirac, bu suçunu Gri Keşiş'e açıklamıştı. Küçük Gaskon'un ruhu tehlikede değildi. Tehlikede olan, Katherine'in ve kendisinin ruhlarıydı; en azından Katherine öyle olduğuna inanıyordu.

"Tanrım" dedi Dük mektubu elinde ezerken. "Eğer yazgı lanetlenmemizi istiyorsa lanetlenelim. Ama ben Katherine'imden vazgeçmeyeceğim. O nerede, Chaucer?"

"Hacca gitti, Lordum."

"Ha-hacca mı? Nereye?"

"Bilmiyorum, onurum üzerine yemin ederim. Söylemedi. Onu bulmanızı istemiyor."

"O zaman Tanrı bana yardım etsin; Roma'ya gitmiş olabilir. Hatta Kudüs'e!"

Geoffrey sessizdi. Katherine'in olabilecek en uzun ve en zorlu haccı seçmiş olabileceğini o da düşünmüştü. Mutsuz bir tavırla boğazını temizledi; çünkü henüz Katherine'in acı verici mesajının hepsini iletmemişti. "Majesteleri, size söylememi istediği bir şey daha var. Mektupta belirtilmiyor; çünkü bir türlü yazamadı." Dük'e yazdığı mektubu kendisine verdikten sonra Katherine'in kontrolünü nasıl kaybettiğini, yaşlarla dolu yüzünü nasıl ellerine gömdüğünü hatırlayarak duraksadı.

"Nedir o?" diye sordu Dük.

"Ona duyduğunuz aşk adına, Lordum, Düşes'ten kendisini bağışlamasını istemenizi rica etti. Evet, biliyorum, Lordum" dedi Chaucer, Dük'ün yüzündeki ifadeyi görünce, "ama söylediği buydu. Uzun süredir sizin için işler çok kötü gidiyor ve bunun cinayet ve zina için dünyevi cezalar olduğunu düşünüyor. Cinayet geri döndürülemez ama zinaya son verilebilir. İkinizin de Düşes'e haksızlık ettiğinizi söyledi. Katherine'i seven Hugh Swynford'un haksızlığa uğradığı gibi onun da haksızlığa uğradığına; çünkü Düşes'in kendi tarzında sizi sevdiğine inanıyor."

"Tanrım! Şimdi yalan söylediğini biliyorum! Tanrı aşkına, Chaucer, sonuçta sen bir hikâyecisin!"

Geoffrey hemen geri çekildi; çünkü Dük ona vuracakmış gibi dönmüştü.

"Mektubunu ben uydurmadım, Lordum" diye bağırdı Geoffrey.

"Onun mektubu?" Dük'in sesi öfkeden titriyordu. Parşömeni ellerinin arasında ezip tırabzanın üzerinden hırsla attı. "Yazgımda, Katherine'in bana böyle davrandığını görmek de mi vardı? Ahlak hakkında nutuklar çekip bir serseriymişim gibi hayatından atışını görmek? Swynford'un ona duyduğu aşkı bana savunman için seni mi gönderdi? Tanrı aşkına, bunu düşünmek için artık çok geç. Ben onun çocuğuyla ilgilendiğini sanırken o güneyde ne yapıyordu? Belki de bu süreçte Robin Beyvill gibi yakışıklı bir genç buldu. Onun yüzünden bu kadar kolay benden vazgeçebildi!"

"Lordum, Lordum" diye fısıldadı Chaucer. Gerilemeye devam ederken avuçları terlemeye başlamıştı. "Ona korkunç bir haksızlık yapıyorsunuz."

"Haksızlık. Haksızlık!" diye bağırdı Dük. "Bütün bu haksızlık zırvaları! Beni asla terk etmeyeceğine yemin etmişti; yeminini bozdu! Tıpkı Isolda gibi! Yalan söyledi! Bütün bu yıllar boyunca beni yalanlarıyla kandırdı! Beni asla sevmediğini artık açıkça görebiliyorum. Ah!" dedi alaycı bir gülüşle, "Katherine Swynford'un benden saklanmasına hiç gerek yok; çünkü bunu asla bağışlamayacağım ve onu bulmaya çalışmayacağım!"

* * *

Ertesi sabah Dük ve maiyetindekiler Newcastle'dan ayrıldılar. Chaucer konvoyun en arkasında ve Dük'ten uzakta kalıyor, Katherine'in mesajını getirdiği için bağışlanmasının çok uzun zaman alacağını biliyordu; tabii bağışlanırsa. Geoffrey'nin hiçbir kötü niyeti yoktu. Öfke de duymuyordu. Lancaster gibi bir adamın, aşkına ve gururuna inen bir darbeye öfkeyle karşılık vermesi doğaldı. Fakat Geoffrey böylesine bir gazap beklemiyordu ve Isolda'dan söz edilmesinin ardında yatan nedeni düşünüyordu. Dük'ün etrafında daha önce bu isimden söz edildiğini hiç duymamıştı. Katherine'i çok sevdiği şüphesizdi ve bu şiddetli tepkisi de bunu kanıtlıyordu. Bu iki zavallı âşık, kendilerini nasıl bir şeyin içine sokmuşlardı?

Yorkshire'ın kalbine ve Dük'ün topraklarına ulaştıklarında, sonunda

Knaresborough'a yöneldiler ve Nidd nehrinin üzerinde duran şatoyu gördüler. Chaucer başını kaldırıp baktığında, aralarında Düşes ve Philippa'yı da seçtiği sekiz kadının kendilerine yaklaştığını gördü. Düşes altın işlemeli saten elbisesini giymişti ve altın rengi bir peçenin üzerinde mücevherli tacı vardı.

Dük ve maiyeti nehri geçtiler ve hepsi çimenlik kıyıya ulaştığında, Düşes yavaşça öne çıktı; koyu renk gözlerinde çekingen bakışlar vardı ve yüzü hafifçe kızarmıştı. Dük atından inerken Düşes titreyerek bekledi; ama Dük yaklaşırken kadın kendini çimenlerin üzerine attı ve sarsıla sarsıla ağlamaya başladı.

Dük eğilerek onu kaldırdı, ellerini tuttu ve öpücüklere boğdu. "*Mi corazon...*"[85] diye bağırdı kadın ve İspanyolca devam etti, "o kadar korktum ki. Sizi bir daha göremeyeceğimi sandım!"

Dük'ün bakışlarında tuhaf pırıltılar belirdi ve dudakları seğirdi. Eğilip Düşes'in alnına bir öpücük kondurdu. "Eh, artık birlikteyiz ve her şey yoluna girecek" diye cevap verdi İspanyolca. "Catalina nerede?"

"Şatoda. Onu orada tuttum, Lordum. Bazen onu görmek istemiyorsunuz diye."

Dük başını eğdi. Zengin süslemeli tüniğinin altında, geniş omuzları sarktı. "Onu görmek için sabırsızlanıyorum."

"Birkaç gün burada kalabiliriz, değil mi?" dedi kadın çekingen bir tavırla. "Ama... şimdi nereye gidebiliriz ki? Hertford yıkıldı, ah, Santiago, korkunçtu! Ne kadar korktuğumuzu tahmin bile edemezsiniz."

"*Pobrecita*"[86] dedi Dük. "Zavallı Costanza..." Kadının elini tutup koluna soktu ve birlikte şatoya doğru yürüdüler.

Chaucer da atından indi ve kendi karısına yaklaştı. "Merhaba, Pica" dedi, Philippa'nın yanağından bir makas alırken. "İşte yine buradayım. Güneydeyken birbirimizi bu kadar sık göremiyorduk."

Philippa başıyla onayladı ve hafifçe gülümsedi. "Majesteleri'ne Katherine'in o aptal mektubunu verdin mi?" diye sordu. Philippa mektupta neler yazılı olduğunu elbette ki bilmiyordu; sadece kardeşinin hacca çıktığını ve nereye gittiğini kimseye söylemediğini biliyordu.

"Evet. Ve Dük çok öfkelendi."

"Şaşılacak bir şey yok!" dedi Philippa. "O kızda bir koyundaki kadar bile kafa yok. Bunu hep söyledim. Bu korkunç davranışıyla Dük'ü kaybe-

---

85 İsp. Kalbim.
86 İsp. Zavallı küçük dostum.

decek ve o zaman bize ne olacak? Savoy'da korkmuşsa ne olmuş? Şuna bir bak" dedi başıyla Düşes'i işaret ederek, "o da korktu ama daha yumuşak, daha nazik biri oldu. Dük'ü memnun etmek için çaba harcıyor. Her sabah banyo yapıyor, kokular sürüyor ve ipek giysiler kuşanıyor. Sana söylüyorum, Geoffrey, babası Castilian Kral'ı öldürüldüğünden beri Düşes çok değişti. Dük'ü artık daha çok düşünüyor. Katherine hareketlerine dikkat etse iyi olacak yoksa Dük'ü kaybedecek."

"Evet, Pica, kaybedebilir" dedi Geoffrey, Philippa'yı daima ürküten sakin ses tonuyla. "Bence buna alışsan iyi olur. Hepimiz Dük'ün gözünden düştük."

28

Yirmi üç Haziran'da Dük hâlâ İskoçya'dayken Katherine, iki gün önce ağrıyan ayaklarıyla yorgun ve topallayarak girdiği Waltham Manastırı'ndaki hacılar hanında kalıyordu. Katherine'in burada iki gün dinlenmesinin nedeni lüks değil, Waltham'ın tövbesinin bir parçası olmasıydı. Manastırda saatler boyunca Hugh'un ruhu için dua ederken ve bağışlanmasını dilerken, kılıcının siyah haçın önünde yuvarlandığı yerde diz çökmüştü. Düğün gecesini geçirdikleri Pelikan hanına gitti ve hissettiği aşağılanmayı ve nefreti hatırlamaya çalıştı. *Nefretten de kötüsü, bu,* diye düşünüyordu şimdi Katherine, *Hugh'un özsaygısına ve erkekliğine karşı içimde gelişen gizli bir tiksinti ve küçümsemeydi.*

Acıma, suçluluk ve ceza; Katherine gündüzleri bunlarla boğuşuyor, geceleri rüyaları kanla doluyordu.

Handa başka hacı yoktu; haziran ayı genellikle ülkenin dört bir yanındaki tapınaklara yolculuk yapmak için ideal olmasına rağmen isyanlar ve sonrasında gelen tehlikeler, halkı açık yollardan uzak durmak zorunda bırakmıştı.

Bunun yerine handa, evine dönen çok sayıda köylü kalıyordu. Bütün yolcuların günde bir peniye bira ve kara ekmek alabildiği alçak tavanlı, loş salonda, Katherine bir sürü endişeli konuşmalar duyuyordu.

Pazar sabahı ayinden sonra orucunu açtığında, Walsingham'a doğru tekrar yola çıkmak niyetindeyken yakındaki masalarda süren konuşmalar özellikle dikkatini çekti. Tekrar tekrar Kral'dan söz edildiğini duyuyordu: çünkü bir duyuru yapılmıştı. Kral bugün buraya, Waltham'a geliyordu.

"Neden geliyor?" diye bağırdı bir demirci. "Neden olacak, elbette ki geri kalan özgürlük belgelerini dağıtmak için" diye cevap verdi bir başkası. Londra'da Kral'ın adamlarının bazı asileri cezalandırdığı biliniyordu: Jack Strawe yakalanmış, işkence görmüş ve başı vurulmuştu; ancak ihanet suçunu itiraf ettiği için bunun normal olduğu söyleniyordu. Jack Strawe'in sonu, özgürlük kararını ve Kral'ın çıkardığı genel affı değiştiremezdi.

"Hayır" diye bağırdı demirci, "Waltham'daki bu Kutsal Haç adına, küçük Kral'ımızın nasıl gerçek dostumuz olduğunu kanıtladığını unutmamalıyız. Bize bizzat söz verdi: Onun sözü, Tanrı'nın sözü kadar kutsaldır."

Katherine bir süre daha dikkatini vermeden dinledi. Artık asilere ilgisi kalmamıştı; ama buraya geldiğinde içlerinden birini sorgulamıştı. Aralarında Savoy'un yakılışında yer alan var mıydı? Hepsi olumsuz cevap vermişti; ama Suffolklu bir genç kundaklama olayına katıldığını gururla açıklamıştı ve dediğine göre, gerçekten görülesi bir manzaraydı.

"Kısa saçlı, on dört yaşlarında, üzerinde gri sabahlık olan bir genç kız gördün mü?" diye sordu Katherine, daha önce de birçok kez sorduğu gibi.

Ama Suffolklu genç olumsuz cevap vermişti. Ne var ki o kadar çok insan ortalıkta dolaşıyordu ki birini diğerinden ayırmak imkânsızdı. Hakkında soruşturma yaptığı kız hiç şüphesiz hizmetkârlardan biri olmalıydı, değil mi? Saray ateşe verilmeden önce hepsinin kaçtığı kesindi.

Katherine ona sabrı için teşekkür etmişti.

Aniden Kral'ın adı anılınca içinde belirsiz bir umut doğmuştu. Richard, Blanchette hakkında bir şeyler duymuş olabilir miydi? Doğru, kızı daha önce sadece bir kez Leicester Şatosu'nda görmüştü; ama böyle bir olasılık vardı.

Köylüler handan Waltham ormanına doğru ilerlediğinde, Katherine de onlara katıldı. Ormanın kenarındaki açıklıkta uzun bir süre kraliyet borazancılarının sesini duymak için beklediler. Ama Richard nihayet geldiğinde, amacıyla ilgili şüphelere veya umut dolu kendini kandırmacalara yer kalmadı. Dört bin askerin arasında, bir intikam meleği gibi at koşturuyordu. Kendisini bekleyen köylüleri gördüğünde, amcası Buchkingham Kontu Thomas'a dönerek bağırdı. "İşte bir hain yuvası daha!" Adamlarına emretti: "Onları yakalayın! Yakalayın onları!"

Muhafızlar mızrakları ve savaş baltalarıyla alanın etrafını sardılar. Şaşkın köylüler direnemedi bile. Zırhlı adamlar -şafaktan beri bu işi yapıyorlardı- onları yakaladılar, ayak bileklerine kalın deri halkalar geçirdiler ve Kral'ın yakınındaki ezilmiş çimenlerin üzerine fırlattılar.

Köylü kadınlara ve Katherine'e zarar verilmemişti; fakat sertçe yoldan itilmişlerdi. Çaresiz asiler kadar aptallaşmış durumdaki Katherine, askerlerin arasından kendine yol açarak ilerlemeye çalıştı. Richard'la bir şekilde konuşmak istiyordu. O sırada, o gün daha önce yakalanmış olan asileri gördü ve Cob o'Fenton gözüne ilişti. Cob'un bilekleri bağlanmıştı ve belinde, kendisini bir askerin eyerine bağlayan bir ip vardı. Miller boyunca atın arkasından sürüklenmiş, bazen yürümüş, çoğu zaman sürünerek sürüklenmişti. Giysileri yırtılıp parçalanarak üzerinden sıyrılmıştı ve kirli, çürükler ve kanlar içindeki küçük vücudu neredeyse çıplaktı.

"Cob!" diye bağırdı Katherine ona yaklaşmaya çalışarak. Fakat zırhlı adamlardan biri onu geri itti ve çenesini kapamasını söyledikten sonra hacı cüppesine duyduğu saygıyla ekledi: "Kral'ın konuştuğunu görmüyor musun?"

Katherine, Kral'ın söylediklerini duymamıştı; ama yaldızlı vizörünü kaldırdığından, onun pembemsi beyaz yüzündeki zalimce gülümsemeyi görebiliyordu ve yeni tutsaklardan birinin, demircinin, yattığı yerden bağırdığını duydu. "Ama Majesteleri, hepimize Mile End'de özgürlük sözü vermiştiniz! Hatırlamıyor musunuz? Hepimizin özgür kalacağına söz vermiştiniz. Bakın, işte bana verdikleri belge!" Adam elindeki parşömeni Richard'a doğru salladı. Richard güldü ve dönüp amcasına bir şeyler söyledi; Thomas da gülmeye başladı. Richard atını geri çevirdi ve üzengilerin üzerinde ayağa kalkarak bağırdı: "Ne de aptalsınız! Ne de hain haydutlarsınız!" Sesinde zafer tınısı vardı. "Kral'ınızı korkuttuğunuzu mu sandınız? Bir süre işler umduğunuz gibi gitti, değil mi? Ama o günler geride kaldı!"

Richard atını mahmuzladı ve bağlanmış olan demircinin yanına yaklaşıp eğilerek parşömeni elinden aldı. Richard mücevherli hançerini çekerek parşömeni paramparça etti ve parçaları omzunun üzerinden fırlatıp attı. "İşte belgelerinizin ne işe yaradığını gördünüz!" diye bağırdı. Yine atını mahmuzladı ve diz çökmüş adamların önünde bir aşağı bir yukarı dolaştı. "Hepiniz kölesiniz ve mahşer gününe kadar da köle kalacaksınız! Artık kalın kafalarınız bunu aldı mı?" Başını arkaya atarak bağırdı: "Bazılarınız kendi malikânelerinize döneceksiniz ve lordlarınız sizlere uygun cezayı verecek. Ama bana açıkça meydan okumaya cesaret edenleriniz, bugün yağlanacak ve uygun şekilde cezalandırılacak!"

Kral'ın sözleri ölümcül sessizlikte yankılandı; ama konuşmasını bitirdiğinde, köylülerden uzun ve acı nidalar yükseldi. Katherine, Cob'un yüzünü ellerine bastırdığını ve kendisini tutan ipe doğru eğildiğini gördü.

Yüreği ağzına geldi ve alnından ter damlaları süzüldü. Kendisini unutan muhafızların arasından hızla geçerek Kral'ın önündeki açık alana koştu.

"Majesteleri!" diye bağırdı. "Efendimiz! Lütfedin!"

Richard üzerinde hacı giysileri ve elinde hacı sopasıyla kendisine yaklaşan bu yoksul görünüşlü kadına şaşkınlıkla baktı.

"Ne var, kadın?" Silahtarları ellerini kılıçlarının kabzalarına atarak yaklaştı.

"Majesteleri" dedi Katherine, "şu ipe bağlı olan köleyi istiyorum." Cob'u işaret etti. "O benimdir!"

"St. Jude adına, bu kadın deli" dedi Buckingham Kontu, küçümseyen bir tavırla. Uşağına şarap getirmesi için işaret verdi. "Kurtul şundan, Richard. Burası çok sıcak ve yapacak çok işimiz var."

"Beni tanımadınız mı, Majesteleri?" dedi Katherine çok alçak sesle, bakışlarını Kral'ın yüzünden ayırmadan. "Daha geçen Noel'de Leicester Şatosu'nda birlikte yemek yiyip şarap içmiştik." Richard'ın gözlerindeki sabırsızlığı gördü. Katherine kesesini açtı, çabucak içini karıştırdı ve Dük'ün safir mühür yüzüğünü çıkardı. "Bunu hatırladınız mı, Lordum?" Üzerindeki Lancaster armasını sadece Richard'ın görebileceği şekilde uzattı.

Richard bir an yüzüğe baktı ve gözleri iri iri açıldı. "Christus!" diye bağırdı, bir bulmacanın cevabını bulmuş bir çocuk gibi sevinçle. "Bu Leydi Swy..."

"Majesteleri, Tanrı aşkına, adımı söylemeyin!" diye fısıldadı Katherine telaşla. "Kimse bilmemeli; tövbe yolculuğundayım."

Richard'ın neşesi söndü. Bir tövbe yolculuğuna müdahale etmek yasak olmasa ve bunu yapan kişiye uğursuzluk getirmese, Katherine'i sorgulardı; ama bunun yerine eyerden eğilerek fısıldadı. "Şu çıplak esiri mi istiyorsunuz? Gerçekten size mi ait, Leydim?"

"Evet" dedi Katherine, "Kettlethorpe'tan bir kaçak. Onunla kendim ilgileneceğim."

"Ben onu gerdirecektim" dedi Richard gözleri parlayarak. "Umarım aynı şeyi yaparsınız. Adamlarım onu ormanda yakaladığında inanılmayacak küfürler yağdırdı. Ama onu alabilirsiniz."

"Çok merhametlisiniz, Majesteleri" diye fısıldadı Katherine. "Durun, Lordum, size yalvarıyorum. Bir kızım var, Blanchette, sizin yaşınızda. Onu Leicester'dan hatırlıyor musunuz?"

"Sanırım" diye cevap verdi Richard şaşkınlıkla ve ilgisini kaybederek. "Ufak tefek bir kızdı."

"O zamandan beri onu hiç gördünüz mü?"

"Hayır, Leydim. Görmedim... ama bu ne tuhaf bir soru."

"Beni bağışlayın." Katherine reverans yaptı ve çocuğun altın eldivenini öptü. "Tanrı cömertliğinizi ödüllendirsin, Majesteleri."

Richard nazikçe gülümsedi.

Kral, Cob'un ipinin eyerden çözülüp hacı kadına teslim edilmesini emrettiğinde, muhafızlardan şaşkın mırıltılar yükseldi ve Buckingham itiraz etti; ama sırları seven Richard, bunun bir tövbe yemininin parçası olduğu dışında bir şey açıklamadı. Lancaster'la pek fazla bir araya gelmeyen ve onun işlerine pek aldırmayan Buckingham daha önce Katherine'i hiç görmediğinden, hiçbir şey anlamadı.

Sendeleyerek yürüyen sersemlemiş hâldeki tutsağı açık alandan uzaklaştırırken Katherine'i kimse engellemedi ve Richard'la ordusu, yakalanan asileri cezalandırma işine odaklanırken herkes onları unuttu.

Katherine, Cob'u gözden uzak bir yere götürdü ve ormanın içinde, çalıların arasında yağmurdan oluşmuş bir gölet buldu. Göletin yosunlu bir kıyısı vardı ve hemen kenarında gür huş yaprakları güzel bir barınak oluşturmuştu. Katherine, şimdi direnmekte olan Cob'un ipini nazikçe çekti ve yumuşak alanı işaret etti. "Şuraya oturup dinlen, Cob."

Adamın beyaz kirpikli gözleri Katherine'e donuk bir nefretle baktı. Yine de göletin kenarına çöktü ve şişmiş morumsu siyah ellerini suya soktu. Bileklerini bağlayan deri o kadar derine gömülmüştü ki eti şişmişti. Dirseklerini kıyıya dayadı ve yüzünü göletin içine eğerek diliyle suyu iştahla içmeye başladı.

Katherine kesesini tekrar açtı. İçinde sahip olduğu her şey; perşembe günü Savoy'dan aldığı birkaç parça mücevher, altın paralardan kalan bozukluklar, bir tarak, bir havlu, bir kadeh ve kemik saplı bir bıçak vardı.

Bıçağı çıkarıp Cob'un yanına diz çöktü. "Kollarını kıpırdatma... Kutsal Meryem, umarım bu bıçak yeterince keskindir."

Cob bıçağı görünce korkuyla geri sıçradı. Titreyen bacaklarının üzerinde doğrulmaya çalıştı; ama belindeki ipin sallanan ucu bir çalıya dolanarak onu yere yıktı.

"Ah, Cob, Cob, zavallı adam" dedi Katherine. "Sana zarar vereceğimi nasıl düşünürsün? Sadece ipini kesmek istiyorum."

Cob dudaklarını ısırırken yabani bir hayvan gibi ormana tedirgin bakışlar attı ve ellerini cılız göğsüne doğru korkuyla çekti.

"Yüzüme bak, Cob" dedi Katherine. Adam bakışlarını yavaşça Katherine'in üzgün yüzüne kaldırdı. Katherine gülümsedi, adamın bağlı ellerini tuttu ve kendine doğru yavaşça çekti. Cob sessiz duruyordu; ama her an yerinden fırlamaya hazırdı. Katherine bıçağın ucunu iki bileğin arasına dikkatle soktu ve yukarı doğru ileri geri hareket ettirerek deri ipi kesti. Sonunda ip koptu ve Katherine parçaları yere attı. "Ellerini tekrar kullanabildiğinde" dedi, "seni şu ipten de kurtarmamız için bana yardım etmen gerekecek."

Cob zorlukla yutkunarak kesilmiş deri ipe baktı. Sonra yüzünü buruşturdu ve serbest kalan ellerinin acısı yüzünden dişleri takırdamaya başladı. "Bana ne yapmayı düşünüyorsunuz?" diye sordu. "Sizden yine kaçarım, yine..." Neredeyse dökeceği tehditleri zor tuttu. Hiç şüphesiz, ormanda gizlenen adamları olmasa kadın bu kadar sakin olamazdı; belki de Kral'ın adamları onları izlemiş olabilirdi. Evet, buydu. Kral'a başka neler fısıldamıştı acaba? Tanrı aşkına, Kral'ın sözlerine inanmakla hepsi birden nasıl da aldanmışlardı: KÖLESİNİZ VE KÖLE KALACAKSINIZ! Artık her şey açıktı. Swynford'un kölesi. *Bu kadının* kölesi. Her zaman olduğu gibi. Bir defasında kaçtığı için damgalanmıştı ve bu kez sonu gelecekti; Kettlethorpe yeşili bir ipin ucunda onu sallandıracaklardı. Tıpkı Sim gibi. Tabii eğer... Cob, Katherine'in havluyu suya sokarken çimenlerin üzerine bıraktığı bıçağa baktı. Hâlâ işe yaramaz olduklarından parmaklarını esnetmeye çalıştı.

Katherine ıslak havluyla gelerek bir güvercin leşi gibi cılız ve kemikli olan küçük gövdesindeki kan ve çamuru temizlemeye başladı. Cob kamburunu çıkararak öne eğildi. Katherine onun yaralarını elinden geldiğince temizledi. "Ah, Cob, Cob, hiçbir şey yemedin mi? Waltham'da karnını doyurmalıyız."

"Yemek!" diye bağırdı Cob, Katherine'in ellerinin altından çekilerek. "Evet, rahipler bize ekmek verdi ve ormandaki yemişlerden beslendim. Hâlâ özgürken karnım toktu!"

Katherine çimenlerin üzerine oturarak arkaya kaykıldı ve adamın çıplak küçük vücuduna, yanağındaki K harfine baktı. Cob umutsuzca ellerini kıpırdatmaya çalıştı.

"Sen özgürsün, Cob o'Fenton" dedi Katherine alçak ama net bir sesle. "Şu andan itibaren özgür bir adamsın."

Cob irkildi. Elleri durdu. Önce kadının yüzüne sonra çalıların arasındaki gölgelere baktı. Sessizlikte sadece kuşların sesi duyuluyordu. Cob yerden kalkmadan hızlı hareketlerle, ayaklarıyla kendini geri iterken bağırdı. "Benimle oyun mu oynuyorsunuz, Leydim? Bu da başka bir numara mı? Benimle eğleniyor musunuz? Evet, Kral'ın adamlarını çağırırsanız, hep sinin buralarda olduğundan eminim, beni hemen bağlarlar ve siz de iyi gülersiniz. Ama buna gerek yok, bakın, ip burada, haydi!" Parmaklarını kullanamadığı beceriksiz elleriyle belindeki ipi çekiştirdi.

"Bana inanmamana şaşmamak gerek" dedi Katherine üzgün bir tavırla. "Ama Cob, Savoy yandığı gün benim için yaptıklarından sonra seni böylesine zalimce kandıracağımı mı sanıyorsun? Sana teşekkür etmek istiyordum ve Kral'ın seni azat etmesine sevinmiştim. Ama öyle olmadığına göre, özgürlüğünü sana ben veriyorum, Cob."

"Bu doğru olsa bile" diye bağırdı Cob sesi titreyerek, "kim inanır ki? Eve, Kettlethorpe'a dönsem, kâhyanız bana ne yapar?"

"Evet" dedi Katherine iç çekerek yerinden kalkarken, "biliyorum. Ama mührümü taşıyan bir belgen olursa kâhya sana hiçbir şey yapamaz."

"Bir belge daha mı?" diye fısıldadı Cob. "O da Kral'ınki gibi sahte mi olacak?"

"Sahte olmayacak, Cob. Haç üzerine yemin ederim." Boynunda sallanan küçük haçı öptü.

Cob'un inanması için saatler geçmesi gerekti ama Katherine'in pelerinine sarınarak Waltham'a geri döndü; Katherine ona yemek ve bira ısmarlayıp çıplaklığını kapaması için uzun yünlü bir tünik aldı. Hancıya nereden bir hukukçu bulabileceğini sordu ve Lea nehrinin üzerindeki köprüye yakın bir evde oturan eğitimli bir memurun adresini aldı.

Memur evdeydi ve Katherine'le Cob içeri girdiğinde, adam masasının başında bir toprak bağışının kopyasını çıkarıyordu. Adam Katherine'in parası olduğunu anladığında, bir yığından yeni bir parşömen çıkardı ve bir İncil'i Katherine'e doğru uzattı. "İncil'i öperek bu kölenin size ait olduğuna yemin eder misiniz?"

"Evet, ediyorum" dedi Katherine, Cob onun arkasında gölgelere saklanırken.

"Ona ne yapmak niyetindesiniz?"

"Onu azat etmek istiyorum."

Memur kalın kaşlarını kaldırdı. "Bu da asilerden biri değil mi? Sizi korkutup tehdit mi etti? Kral buralarda artık düzeni geri getirirken korkmanıza gerek yok."

"Biliyorum" dedi Katherine. "Onu azat etmek istiyorum."

"Ama neden? Bunu azat belgesine yazmak zorundayım."

"Bana cesurca ve sadakatle hizmet ettiği için; üstelik de kendi görev ve sorumluluklarının ötesine geçerek" dedi Katherine sakince.

Memur omuz silkti ve belli bilgileri sorarak hızla belgeyi hazırladı. Katherine kendi bilgilerini isteksizce verdi; ama memur onun adını zaten duymamıştı. Yazıyı bitirdikten sonra Katherine'in adını yazışını izledi ve kırmızı mumu ısıtarak bekledi. Katherine safir mühür yüzüğünü balmumuna bastırdı ve adamın Lancaster mührünü tanımamasını umdu; ama bu mühür, kâhyasının belgeye saygı duyup itaat etmesini sağlayacaktı.

Ama memur bir şey merak etmedi ve zaten meşguldü. Kendi mührünü Katherine'inkinin yanına bastırdı, parasını istedi ve parşömeni Cob'a uzattı. "Tanrı'nın ve malikânenin efendisinin emriyle, artık köle değilsin. İngiltere'nin özgür insanı, sana selam olsun!" Memur toprak bağış belgesini çekip yine onunla uğraşmaya başladı.

Boğuk bir ses çıkaran Cob yerinden kıpırdayamadı. Katherine kolunu omzuna atarak onu evden çıkardı. "İşte, işte" dedi gülümseyerek. "Hey, Cob, seni budala, özgürlük belgeni yere düşürdün, bu belgeye böyle davranmamalısın!" Katherine eğilip belgeyi yerden aldı ve aniden irkilerek geri çekilirken, "Ah, hayır, bunu yapma!" diye haykırdı. Küçük adam kendini onun önünde yola atmış, Katherine'in çamurlu ayaklarını öpüyordu.

"Leydim, Leydim" dedi hıçkırıklar arasında. "Size ölene kadar hizmet edeceğim. Sizi asla terk etmeyeceğim. Londra'dayken sizi öldürmeyi, sizi soymayı düşünmüştüm; hem de özgürlüğümü satın almak için memura verdiğiniz bu para için. Ah, Leydim, sizin için ne yapabilirim?" Yaşlarla dolu yüzünü kaldırıp tapınırcasına Katherine'e baktı.

"Benim için dua et, Cob" dedi Katherine. "Benim için yapabileceğin tek şey bu."

* * *

Cob ve Katherine, o gün öğleden sonra kuzey yolundaki kavşakta ayrıldılar. Cob onunla gitmek için yalvarsa da Katherine izin vermedi: Tövbe yolculuğu tek başına yapılmalıydı ve Cob'un evini ne kadar özlediğini açıkça görebiliyordu. Cob sürekli Kettlethorpe'tan, öküzünden ve küçük kulübesinden söz ediyordu; ve Newton'daki bir kızdan. Özgür bir adamın kızıydı ve artık kendisi de özgür olduğuna göre onunla evlenebilirdi. O gün İngiltere'de yeni tüniği, ayakkabıları ve kırmızı kukuletalı peleriniyle Cob'dan daha mutlu bir adam yoktu. Katherine ona güzel bir av bıçağı vermiş, yolculuğu için cebine para koymuş ve azat belgesini göğsüne sıkıştırmıştı.

Onun mutluluğu, Katherine'in ağır yüreğini bir süre için olsun hafifletmişti; ama nihayet ayrıldıklarında ve Katherine tekrar hac yolculuğuna döndüğünde, Essex tepelerine çöken gece kadar derin bir karanlık ruhunu esir almıştı. Cob'un Kettlethorpe'la ilgili sözlerini yine hoşnutsuzca dinlemiş, duyduğu sözler, geçmişinden bütün anılarla birlikte bir tiksintiyi beraberinde getirmişti. Sheppey Manastırı'ndan ayrılıp Windsor'a yola çıktığından beri her anısı ahlaksızlıkla lekelenmişti. Kendinden, sahip olduğu fiziksel güzellikten, tanımayı reddettiği günahkâr düşüncelerden nefret ediyordu. Geçmişi kötü, geleceği boş ve tehditkârdı.

Walsingham'a ulaşmaktan başka bir amacı yoktu; oraya gittiğinde Merhametli Leydi ona Blanchette'i nerede bulacağını, hatalarını nasıl düzelteceğini söyleyecekti.

Geceyi geçireceği hana doğru topallarken yeni bir acı benliğini kapladı. Yaz Ortası Gecesi'ydi ve İngiltere'nin ilk zamanlarından beri yapıldığı gibi, gece her tepenin üzerinde bir kamp ateşi yakılmıştı; bunun nedeni, perileri ve cinleri sakinleştirmek, bir zamanlar kurban isteyen korku verici Druid Güneş Tanrısını onurlandırmaktı.

Geçen yıl bu geceyi Savoy'da John'la birlikte geçirmişti. Avalon Kulesi'nden Londra'yı saran kamp ateşlerini birlikte izlemişler, neşeli bir şekilde şarap içerek John'ın kendi azizinin gününü kutlamışlardı. Atlarını hazırlatarak kırlarda gezmeye çıkmış, sonunda bir çayın kıyısında bir huş koruluğuna gelmişlerdi.

Kahkahalar arasında atlarından inmişlerdi. Katherine o gecenin coşkusuyla aşklarının sonsuza dek sürmesini, John'ın onu asla terk etmemesini dilemişti.

Savoy'da Dük'ü büyük bir grup beklemesine rağmen John gerçekten de o gece ondan ayrılmamıştı. Tutkularının ateşiyle birlikte huşların altına uzanmış, sevişirken bir bülbülün şarkısını dinlemişlerdi.

Vücudu özlem acısıyla kendisine ihanet ederken Walsingham yolunda ağır adımlarla ilerledi. *Aşkım, aşkım, dayanamıyorum.* O anda Birader William'ın sesiyle cevap geldi: *"Dignum et justum est."*[87] Bu et ve sadece ona yönelmelisin.

Katherine sopasını sıkıca kavrayarak yola devam etti. "Bu et ve sadece ona yönelmelisin..." Bu, öylesine nefret uyandırıcı günahlarla kendini kirlettiği için asla tövbe edemeyeceğini kendisine hatırlatan Kutsal Ayin'in girişiydi. Günah hep büyümüş ve artmıştı. Söğüt ağacının altındaki o pa-

---
87 Lat. O mağrur ve adil.

gan gecesinde, zinadan ve şehvetten başka bir şey düşünmemişti. John'ı gerçekten yanında tutmuştu; sonraki günler boyunca da. Oysa Düşes onu azizinin gününün kutlaması için Hertford Şatosu'nda bekliyordu.

Katherine, Düşes'i düşürdüğü bu durum için Hawise'le birlikte gülmüştü. *Tanrı beni bağışlasın,* diye düşündü Katherine; çünkü John, Costanza'nın yanına gitmediği için hâlâ memnundu. Yola uzanan bir kayaya takıldı ve ayak bileğini saran acıyla kasıldı.

* * *

Gündüzler ve geceler, uzun gri bir şerit gibiydi. Ayak bileği şişti ve ayağı yürümesine izin vermeyecek ölçüde iltihaplandı. Rahibelerin kendisine iyi davrandığı bir manastırda konakladı. Bir süre sonra ayak bileği ve ayağı iyileşince rahibelere son mücevher parçasını verdi; bu, zümrüt kakmalı bir tokaydı. Walsingham'da edeceği dualarda kendilerini de hatırlamasını rica ederek onu tekrar yolcu ettiler.

Katherine kavurucu bir günde nihayet tapınağın bir mil güneyindeki Houghton-in-the-Dale'e ulaştı ve bütün hacılar gibi küçük taş şapelde durdu. Birkaç gün önce Londra'dan yola çıkmış gürültücü bir grupla karşılaştı; oysa Katherine haftalardır yoldaydı. Genç tüccarlardan ve eşlerinden oluşan neşeli bir gruptu ve adamlardan birinin gaydasını çalışına, elden ele dolaşan şarap kadehine ve gürültülü kahkahalarına bakılırsa bu hac yolculuğu bir yaz partisi için sadece dinî bir bahaneydi.

Ama öylesine ziyaret edilse bile hac kuralları ayakkabıları şapelin dışında bırakmayı ve son bir mili yalınayak yürümeyi gerektiriyordu. Londralı kadınlar şapeli doldururken birçokları acıyla haykırıp gülüşüyor, sıcak tuğlaların üzerinde yürüyen kediler gibi yürüyorlardı.

Çıkaracak ayakkabısı olmayan Katherine onlardan uzaklaştı ve içeri girip dua etme sırası gelene kadar küçük Stiffkey nehrinin üzerindeki bir resifte bekledi. Yolculuğunun sonuna o kadar yaklaşmıştı ki buna inanamıyor, önünde uzanan Kutsal Manzara'yı veya belli yerde karşılaşacağı mucizeyi düşünmeye cesaret edemiyordu.

Yanından geçerlerken Katherine'e merakla bakıyorlardı ve adamlardan biri -omuz rozetine bakılırsa bir bakkaldı- yüksek sesle diğerlerine seslendi. "Bunun nasıl bir soytarılık olduğunu hepiniz göreceksiniz. Acele et, Allison, şu eğilip bükülmeleri bitirelim artık. Tanrım, istediğim şey Bakire'nin sütü değil, sağlam bir Norfolk birası!"

"Şşş, Andrew!" diye bağırdı karısı öfkeyle. "Burası Lollard konuşmaları için uygun bir yer değil!"

Andrew homurdandı ve yürümeye devam etti.

Katherine bunları duyduğunda içinde bir şeyler ezildi: Bir şüphe, bir korku, bir an belirip kayboldu. Şapelde dua ettiğinde içini büyük bir umut kapladı. Baş ağrısı geçti ve nehrin yanındaki kutsal mesafeyi hızlı adımlarla aştı. Teni artık güneşin altında kızarmıyordu ve ayakları bir keşişinki kadar sertleşip nasır bağlamıştı. Bit ısırıklarını veya yünlü elbisesinin altında vücudunu kaplayan teri hissetmiyordu; gevşeyen dişlerinde ve damağında yayılan, bu hac yolculuğuna başladığından beri kendisine yeme izni verdiği tek şey olan sert ekmeği bile ısırmasını zorlaştıran acıyı artık duymuyordu. Bacaklarında kötü kokulu küçük yaralar oluşmuştu; fakat onlarla ilgilenmiyordu bile. Bütün bu sorunlar, kararlılığını kanıtlaması için Tanrı tarafından gönderilmişti ve Kutsal Leydi'nin yardımını garantileyecekti.

Walsingham'a yaklaşırken diğer tövbekâr hacılar da yolda ona katıldı; çoğu çuval bezi giymiş, başlarına geniş şapkalar geçirmiş, alınlarına kül sürmüşlerdi. Katherine gibi onlar da bakışlarını yerden kaldırmıyor, yolda dizilmiş tezgâhlara ve satıcılara aldırmıyorlardı.

"Walsingham madalyalarıma bir göz atın; hepsi Kutsal Leydi tarafından bizzat kutsandı!" Tespihler, hediyelik eşyalar, zencefilli ekmekten Bakire heykelleri veya Kutsal Süt'ün konduğu kadehlerin teneke replikaları satılıyordu.

Kasabanın kendisi hacı hanlarıyla ve lokantalarla doluydu; Katherine manastır kapısına ulaştığında, aralarında birçok sakatın ve hastanın bulunduğu uzun bir kuyruğa girdi. Muhteşem bir şövalye heykelinin altında, küçük bir manastır kapısı vardı ve kuyruktakiler, tapınaktan sorumlu manastırdan gelen bir Austin gözlemcisinin dikkatli bakışları altında tek tek içeri giriyordu.

Katherine'in kalp atışları hızlanmıştı ve bu kutsal yere girmeden önce geri durarak düşünmek ve dua etmek istiyordu; ama bunu yapamadı. Hacılar hızlı adımlarla ilerlerken iki tarafta gözlemciler duruyordu ve yeni hacılar kapıdan bastırıyordu. Küçük bir şapele sokuldular ve diz çöküp öküz bacağı büyüklüğünde bir kemiği öptüler. Bu, hacıların bir kutuya bozukluk atışını izleyen görevlinin söylediğine göre, St. Petros'un parmak kemiğiydi.

Şapelden çıktılar ve sazlarla, renkli çiçeklerle süslü bir kulübeye yöneldiler. Burada yerde yan yana iki kutsal kuyu vardı. Sorumlu rahip insanlara geri durmalarını işaret ediyordu; çünkü kuyuların arasındaki boşlukta bir çocuk yatıyordu.

Katherine

Çocuk dört yaşlarında bir oğlandı; ama başı yetişkin bir adamınki kadar büyüktü, dili gevşek ağzından dışarı sarkmıştı ve şişmiş gözleri ölü bir koyununki gibi boş bakıyordu. Annesi yanında diz çökmüş, çocuğun ellerinin kuyulara değebilmesi için kollarını iki yana açmıştı. Rahip çocuğun üzerinde istavroz çıkarırken kadının dudakları umutsuzca bir duayla kıpırdanıyordu. Hacılar nefeslerini tutarak izlediler.

Çocuk ellerini sudan çekmeye çalıştıktan sonra acı çeken bir hayvan gibi uzun bir inilti çıkardı.

Anne bir çığlık attı ve çocuğu kollarına aldı. "Bir mucize!" diye bağırdı, çocuğu kollarında sallarken. "Kesinlikle bir mucize! Aylardır hiç ses çıkarmamıştı. Kutsal Leydi onu iyileştirdi!"

İnsanlar korkuyla ve saygıyla diz çökerken rahip elini çocuğun başının üzerine koyarak gülümsedi. Katherine'in yanaklarından yaşlar süzüldü, başını çevirdi ve annenin umutlu yüzüne bakamadı. Kutsal kuyuların arasında diz çökme sırası kendisine geldiğinde, doğru dürüst dua edemedi. Gözlerinin önünde Blanchette'in güvenle ve hayranlıkla bakan gözlerinden başka bir şey yoktu.

Walsingham Leydisi tapınağı kiliseye bitişikti. Penceresi olmayan küçük bir şapeldi ve gerek de yoktu; çünkü duvarlarda dört yüz mum yanıyordu. Normal bir kadından daha büyük olan Kutsal Bakire heykeli elmaslarla, yakutlarla, incilerle ve diğer değerli taşlarla donatılmış hâlde bu mumlarla parlıyordu.

Katherine, tapınağın önünde sırasını uzun süre beklemişti -çoğu hacı gruplar hâlinde girmesine rağmen isteyenler tek başlarına dua edebilirdi- ama nihayet baş döndürücü görüntünün önünde diz çökmeden önce, beyaz cüppeli bir rahip yanına gelerek Cennet'in Kraliçesi'ne ne bağış yapmak istediğini sordu.

Katherine kesesini açtı ve Dük'ün kendisine verdiği nişan yüzüğünü çıkardı. "Bunu, peder" diye fısıldadı.

Adam yüzüğü alarak, altın ve safirlere keskin gözlerle baktı. "Görkemli Leydi bunu kabul edecektir, kızım."

Katherine heykelin altın yüzüklü ayağını öperken adam geri çekildi. Katherine başını kaldırdı ve mavi tütsü dumanının arasında, elmas süslü bir tacın altında duran boyalı ahşap yüze baktı.

Orada diz çökerek beklediği saniyelerde, Katherine daha önce hissetmediği bir güçle dua etti; umutsuzca, çaresizce, yardım dileyerek. Ve sonunda yalvardı: "Çocuğumu bana geri ver! Bana bağışlanmanın yolunu göster. Leydim, Leydim, sen ki her şeyi bağışlarsın, bana Hugh'un cinayetinin nasıl bağışlanacağını söyle. Bana çocuğumun yerini söyle!"

Ama cevap yoktu. Beyaz ve kırmızı boyalı yüz, yukarı bakan yuvarlak gözler her zaman olduğu gibi ilgisiz, boş ve... ahşaptı.

Katherine durduğu yerden kalkmadı; ama rahip onun omzuna dokundu. "Sırada bekleyen başkaları da var, kızım."

Katherine ona o kadar çılgınca ve umutsuzca baktı ki adam şaşaladı. "Haydi, haydi, bu eşsiz röliği[88] mi inceliyorsun? Hristiyanlık âlemindeki diğer hepsinden daha çok mucize yaratır!"

Katherine başını eğdi ve adam onun kesesine bakarak bekledi. "Birkaç meteliğim kaldı sadece, peder" dedi Katherine boğuk bir sesle. "Ve bu..." Dört gümüş peniyle, Kraliçe'nin Windsor'dayken kendisine verdiği gümüş broşu uzattı.

"Ah?" dedi Rahip duygusuz bir sesle. "Eh, zaten bağış yaptığına göre..." Penileri aldı; ama broşa aldırmadı. Bakire'nin ayaklarının altındaki elmas kakmalı küçük bir kapıyı açarak altın ve fildişi bir haçın ortasına konmuş kristal bir şişe çıkardı. Şişenin içinde beyazımsı bir toz vardı.

Katherine şişeye baktı. Söylentiye göre, Bakire bir hacının duasına cevap vermek istediğinde, Kutsal Süt kristalin içinde hareketlenirdi. Katherine büyük bir dikkatle bakışlarını şişeye dikti; sonunda görüşü acıyla bulanmaya, vücudu titremeye başladı; ama rölikten hiçbir hareket gelmedi.

Rahip şişeyi yerine koyup kapıyı tekrar kilitledi ve aceleyle tapınağın diğer tarafındaki çıkış kapısına yürüyüp açarak Katherine'in çıkması için bekledi.

Katherine başka bir tünelden ve kapıdan geçerek parlak güneş ışığı altındaki sokağa çıktı. Eline bir şey battı ve aşağı baktığında Kraliçe'nin broşunu gördü. "*Foi vainquera*" yazısı gözüne ilişti; bir yalan. İnanç hiçbir şeyi çözmüyordu. Leydi ne duymuş ne de cevap vermişti. Mucize diye bir şey yoktu. Elini indirdi ve broş pis kanalizasyon sularının içine düştü.

Katherine'in arkasından geçen bir adam broşun düştüğünü gördü, eline aldı ve manastır duvarlarının dışına doğru körlemesine yürüyen Katherine'in peşinden koşturdu.

"İyi yürekli hacı" dedi adam, "bu takıyı düşürdünüz."

---

88 Din büyüklerinden, azizlerden kalan kutsal eşyalar, emanetler.

"Bırakın kalsın" dedi Katherine bakmaya bile gerek duymadan boğuk bir sesle. "İstemiyorum."

Adam Katherine'in solgun yüzüne baktı, broşu yüzüne yaklaştırdı ve minik yazıyı okudu. Kendisi de çok fazla acı çektiğinden ve kalbi şefkatle dolduğundan, bu zavallı kadını tövbe tapınağına sürükleyen önemli bir şeyler olduğunu tahmin etti. Broşu kesesine attı ve Katherine'i uzaktan takip etti. Yanlarından geçerken insanlar istavroz çıkarıyordu; ama bazıları uzanıp şans getirmesi için kendisine dokunuyorlardı çünkü adam kamburdu.

Katherine, Siyah Aslan Hanı'nın kenarındaki bahçede bankların dizildiği pazar meydanına geldi. Her yer tapınağı ziyaret etmiş olan ve şimdi kutlama yapan hacılarla doluydu. Garson kızlar sert bira dolu kupalarla ve etli börek tabaklarıyla hana girip çıkıyordu. Londralı tüccarların grubu -şimdi her birinin boynunda Walsingham madalyası vardı- bir masada toplanmış, avaz avaz seslerle sohbet ediyorlardı.

Katherine'in boğazı kupkuruydu ve midesi gurulduyordu. Mucizevi Walsingham Leydisi'nden iyilik istemeyi düşünürken dün Vespers'dan beri boğazından bir şey girmemişti. *Artık ekmek için dilenmek zorundayım*, diye düşündü. Londralıların önündeki yemeklere baktı ve midesi bulandı. Ağzı ve başı zonkluyordu. Gözleri karardı ve bir banka çökerek gözlerini kapadı.

Kambur adam biraz uzakta durdu ve Katherine'i şefkatle izledi.

Arka taraftan gelen sesler yükseliyordu. Hacıların hevesli sorularına, kibar Londra İngilizcesi'yle bağıra çağıra cevap veriyorlardı. İki ay önce Londra'daki isyanda olanları anlatıyorlardı ve Norfolklu bir adam, orada Londralılardan çok daha zor zamanlar geçirdikleri konusunda ısrar ediyordu.

"Ama artık hepsi geride kaldı" diye bağırdı Andrew adındaki bakkal, "çünkü John Ball yakalandı."

"Evet" dedi kibirli bir ses, "ben de oradaydım. Kral'ın adamlarının onu yakalayıp bağırsaklarını söktüğünü ve kendi iç organlarının yanışını izlettiğini, kendi gözlerimle gördüm. Sonra da onu öyle ustaca gerdiler ki ölümü uzun zaman aldı."

Kahkahalar yükseldi ve sonunda Andrew bağırarak kahkahaları bastırdı. "Bayat haber, dostum; sen asıl Dük Lancaster'a ne olduğunu duydun mu?"

Katherine irkilerek gözlerini açtı. Bankın kenarını sıkı sıkı tuttu.

"John Gaunt metresini şutlamış! Onu Fransa'ya göndermiş; bazıları da kuzey zindanlarına attığını söylüyor. Kral emretmiş."

"Hayır... ama..." dedi bir kadın gülerek. "O kadından zaten sıkıldığını ve başka birini bulduğunu cümle âlem biliyordu."

"O hâlde yeni fahişesini teşhir etmeye yanaşmaz; çünkü bir Benedictine'in bana söylediğine göre, Dük halkın önünde günahlarını kabul etmiş, metresinin büyücü ve orospu olduğunu söylemiş sonra da Düşes'in kendisini bağışlaması için Yorkshire'da önünde ellerinin ve dizlerinin üzerinde sürünmüş."

Katherine banktan kalkarak koşmaya başladı. Kambur da peşindeydi.

Kasabanın kuzeyinden denize doğru koştu ve Stiffkey nehrinin sahilini izledi; sonunda bir değirmen göledine ulaştı. Burada bir söğüt ağacının gölgesinde durdu. Suların denize akarken hareket ettirdiği değirmen çarkı yavaş yavaş dönüyordu. Katherine göletin kenarına geldi. Suyun kahverengi derinliklerine bakarken ellerini göğsünde birleştirdi ve durduğu yerde hafifçe sallandı.

O sırada birinin kolunu tuttuğunu hissetti ve nazik bir ses duydu: "Hayır, kardeşim. Yolu bu değil."

Katherine başını çevirdi ve ıslak gözleri, kamburun nazik, sakin bakışlı kahverengi gözlerine dikildi. "İsa adına, bırak beni!" diye bağırdı hıçkırarak. "Beni rahat bırak!"

Adam, Katherine'in kolunu daha sıkı tuttu. "İsa'nın adını mı anıyorsunuz?" dedi nazikçe. "Ama bize ne söz verdiğini bilmiyorsunuz. Fırtınalarla karşılaşmayacaksınız demedi; sıkıntı çekmeyeceksiniz demedi; üzülmeyeceksiniz demedi. *Yenilmeyeceksiniz, üstesinden geleceksiniz,* dedi."

Hafif bir rüzgâr söğüt dallarının arasından süzülerek değirmen çarkını çeviren suyun şırıltısına karıştı. Katherine adama bakarken sırtı ürperdi. Onu net göremiyordu; adamın kahverengi gözleri, göletin kendisini çağıran karanlık derinliklerinin bir parçasıydı sadece. "Bu benim için söylenmedi" diye fısıldadı. "Baba, Oğul ve Kutsal Ruh beni unuttu."

"Hiç de değil. Hiç de değil" dedi adam gülümseyerek. "Çünkü *sizi güvende tutacağım* da dedi. Siz de O'nun gözünde en az diğer çocukları kadar değerlisiniz."

Katherine'nin bakışları netleşti ve kendini toparladı. Şimdi kendisiyle konuşan adamı görebiliyordu.

Başı omuzlarına gömülmüş, kambur, bükük, çarpık vücutlu bir adamdı. Yara izleriyle dolu büyük morumsu bir burnu olan bir adam. Korkuyla sarsılırken istavroz çıkardı. Kötü bir iblis; kendini suya atmaya hazırlanırken cehennemin derinliklerinden çağırmış olmalıydı. "Nesin sen?" dedi Katherine korkuyla.

Adam bu davranışlara alışkın olduğundan iç çekti ve nazikçe, sabırla cevapladı. "Sadece Norwich'ten basit bir din adamıyım, sevgili kızım ve adım Peder Clement."

Katherine'in korkusu yatıştı. Adamın sesi bir kilise çanı kadar etkileyiciydi ve bakışlarında belirgin bir güç vardı. Üzerinde yıpranmış ama temiz bir rahip cüppesi vardı ve kuşağından bir haç sarkıyordu.

Katherine kararsız bir adımla göletten geriledi ve titremeye başladı.

"Eminim" dedi adam, "uzun bir süredir bir şey yemedin." Kesesini açtı, içinden yağlı arpa ekmeği dilimleri ve temiz bir peçeteye sarılmış bir parça peynir çıkardı. "Şuraya otur." Bir yabani hardal çalısının kenarındaki üstü düz bir taşı işaret etti. "Hardal yemeğe lezzet katar." Güldü. "Ah, Leydi Julian'dan başka kimsenin gülmediği aptalca şakalar yapıyorum."

Katherine ona şaşkın gözlerle baktı; bir an sonra oturdu ve yiyeceği aldı.

Adam onun yemeye çalışırken yüzünü buruşturduğunu gördü ve ekmeği yumuşatmak için göletten su getirdi. Hemen peyniri minik dilimlere böldü. Katherine yavaşça yerken adam kesesinden bir söğüt flüt çıkardı ve sığırcık sesini o kadar güzel taklit etti ki üç sığırcık önüne konarak karşılık verdi.

Midesi doldukça Katherine'in fiziksel zayıflığı geçti; ama umutsuzluğu geçmemişti. Beyaz peçeteyi katladı ve Peder Clement'e iade etti. "Teşekkür ederim" dedi zayıf bir sesle.

"Şimdi ne yapacaksınız?" diye sordu adam, peçeteyi ve flüdünü kesesine atarken. Şişkin burnunun üzerinde ve çirkin yüzünün ortasında gözleri, Katherine'in daha önce hiçbir insanın gözlerinde görmediği bir ifadeyle bakıyordu. Arzu barındırmayan bir sevgi; nazik bir mutluluk ve neşe.

"Bilmiyorum..." dedi Katherine. "Benim için hiçbir şey kalmadı... Hayır..." diye fısıldadı, adamın gözlerindeki soruyu görünce. "Gölete bir daha yaklaşmayacağım. Ama burada, Walsingham'da bir cevap bulamadım; herhangi bir mucize gerçekleşmedi." Adamın içindeki bir şey kendisini zorladığından, Katherine konuşmaya devam ediyordu; ama daha ziyade kendi kendine konuşuyor gibiydi. "Korkunç günahlarım henüz bağışlanmadı... Aşkım şimdi benden tiksiniyor ve çocuğum..."

Peder Clement sessizliğini korudu. İri başını kambur omuzlarına doğru eğdi ve bekledi.

"Manastır" dedi Katherine bir süre sonra. "Başka bir şey yok. O'nun intikamından kendimi korumamı ancak yaşam boyu sürecek bir ibadet sağlayabilir. Shebbey'e geri döneceğim; çocukluğumu geçirdiğim manastıra. Yıllar boyunca oraya bir sürü hediye verdim. Beni acemi olarak alabilirler."

Peder Clement başıyla onayladı. Tahmin ettiği gibiydi. "Bu manastıra katılmadan önce" dedi, "benimle birlikte Leydi Julian'a gelin. Onunla bir süre konuşun."

"Bu Leydi Julian kim?"

"Norwich'te kutsanmış bir hanımefendi."

"Onunla neden konuşayım ki?"

"Çünkü Tanrı'nın sevgisi sayesinde, bence size yardım edebilir; daha önce birçoklarına yardım etti. Bana da ettiği gibi."

"Tanrı sadece gazaptır, sevgiyi bilmez" dedi Katherine. "Ama siz istediğinize göre, gideceğim. Ne olacağı umurumda bile değil."

29

Ertesi gün Katherine ve Peder Clement, adamın katırıyla Norwich yolundayken alacakaranlıkta, Katherine, Leydi Julian hakkında bir şeyler öğrenmişti: fakat dinlerken umudu veya ilgisi yoktu.

Julian'ın hayatının ilk dönemleriyle ilgili rahip bir şey söylememişti ama acılarla ve kederle dolu olduğunu biliyordu. Katherine'e otuz yaşındayken Julian'ın korkunç bir hastalığa yakalandığını ve o zaman büyük bir işkenceyle ölüme yaklaşırken Tanrı'nın ona on altı ayrı vahiy hâlinde bir vizyon gösterdiğini anlatmıştı. Bu "görüntüler" onun hastalığını iyileştirmiş ve içini öylesine bir mistik mutlulukla doldurmuştu ki hayatının geri kalanını başkalarına yardım etmeye adamıştı. Küçük St. Julian Kilisesi'nin bitişiğindeki küçük bir hücrede yaşamaya başlamıştı ve burada halk onu ziyaret edebiliyordu.

Sekiz yıldır oradaydı ve hücresinden hiç çıkmamıştı.

"Bu çok acı" diye mırıldandı Katherine, "ama belki de bu sayede başkalarının acılarını paylaşabiliyor."

"Hiç de acı değil!" diye bağırdı Peder Clement içten bir kahkaha atarak. "Julian kesinlikle çok mutlu bir azize. Tanrı onun ruhunu okşuyor. Kimse Dame Julian kadar çok gülmemiştir."

Katherine şaşırmıştı ve güvensizdi. Gülen bir aziz ya da azizeyi hiç duymamıştı; dünyanın günahlarıyla böylesine hevesli bir şekilde ilgilenen birini de. Dame Julian azizlerin hayatını sürüyor gibi görünse de zaman zaman ziyaretçi kabul edebiliyordu ve Peder Clement onun sık sık vizyonlarının anılarını yazdığını ve başka öğretiler de aldığını görmüştü.

Görüntüler, vizyonlar, diye düşündü Katherine. Bir kadının vizyonlarını dinlemenin ne yararı olabilir ki? Boş yıllar bir kış denizi gibi Katherine'in önünde sonsuz miller hâlinde uzanıyordu ve onları yaşamaya hiç istekli değildi. Ama değirmenin yanındayken hissettiği çılgınca dürtü geçmişti.

Çocuklarını kendini öldüren bir annenin utancıyla yaşamaya mahkûm edemezdi; fakat küçük Beaufortlar asla bilinmeyecekti. Yine de herkesin onun öldüğünü düşünmesi daha iyiydi. O zaman Beaufortlar babalarının önünde daha az utanırlardı. Hawise onlarla ilgilenir, büyük şato personelleri onlarla ilgilenirdi ve Dük anneleriyle ilgili ne düşünürse düşünsün, hiç şüphesiz onlara bakardı. Tom Swynford neredeyse yetişkindi ve Lord Henry'yle iyi anlaşacağı belliydi. Ona ihtiyacı olan sadece tek bir çocuğu vardı; Blanchette. Ve o da gitmişti.

Ölene dek Sheppey'de gizlenebilirim, diye düşündü Katherine. Zaten uzun sürmez. Vücudunun katlanmak zorunda kaldığı giderek artan acılar, görüşünün bulanıklaşması ve giderek zayıf düşmesi, ona ölümün yaklaştığını hissettiriyordu.

Peder Clement'in küçük kilisesinin yükseldiği Wensum nehrinin üzerindeki tepeye ulaşmalarından bir süre önce, peder sessizleşmişti. Katherine'i saran fiziksel ve ruhsal hastalığın ne boyutlarda olduğunu düşünüyordu ve artık kendisinin ona ulaşamayacağını biliyordu.

Peder Clement'in rehberliğinde, Katherine kilisenin arkasındaki karanlık avluya isteksizce girdi. Gökyüzü karanlıktı ve yağmur çiselemeye başlamıştı. Yuvarlak Sakson kilisesinin güney tarafında, kilise duvarına bitişik olan kutu gibi müştemilatın köşesini gördü. Kilise tarafında, ahşap panjurlu bir penceresi vardı. Rahip panjura tıklattı ve etkileyici sesiyle seslendi: "Dame Julian, burada size ihtiyacı olan biri var."

Panjur hemen açıldı. "Beni arayan her kimse, hoş gelmiş."

Peder Clement, Katherine'i ince siyah bir kumaşla örtülü pencereye doğru nazikçe itti. "Onunla konuşun" dedi.

Katherine'in konuşmak gibi bir niyeti yoktu. Bir kilise avlusunda, tanımadığı, ufak tefek bir kamburla birlikte durması ve kendisine, kederini ortaya koymasının ve sesi Dame Emma'nınki kadar sıradan, yüzünü bile göremediği, belirgin bir Doğu Anglian aksanıyla konuşan bir kadından yardım istemesinin söylenmesi, son derece aşağılayıcı bir şey gibi görünüyordu.

"Adım Katherine" dedi. "Söyleyecek başka bir şeyim yok."

"Yakına gel, Katherine." Perdenin arkasındaki ses, bir çocukla konuşur gibi sakinleştirici bir tonla konuşuyordu. "Bana elini ver." Siyah kumaşın bir köşesi kalktı; karanlıkta beyaz bir el dışarı uzandı. Katherine isteksizce itaat etti. Ama el kendisininkini sıkıca tuttuğu anda, burnuna bir koku geldi. Hayatında hiç karşılaşmadığı türden çok hafif bir parfümdü; baharatlar, çiçekler, tütsüler, bitkiler gibiydi; ama bunların hiçbirine de benzemiyordu. El Katherine'in elini tutarken genç kadın bu kokuyu algıladı ve kolunda ılık bir karıncalanma hissetti. Sonra eli gevşedi ve perde indi.

"Katherine" dedi ses, "sen hastasın. Bana tekrar gelmeden önce dinlenmeli ve taze koyun kanı içmelisin, bu gece, hemen. Sonra da günlerce..."

"Tanrı aşkına, Leydim!" diye bağırdı Katherine öfkeyle. "Aylardır ağzıma et sürmedim. Bu da tövbemin bir parçası!"

"Sevgili İsa seni bağışladı mı, Katherine?" Seste bir gülümseme tınısı vardı ve Katherine'in şaşkın kırgınlığı artmıştı. Kendisine ihanet eden günahkâr etten uzak durulması gerektiğini herkes bilirdi.

Ama sesin tonu aniden değişti, daha kısık, mütevazı ve aynı zamanda da güçlü hâle geldi. Julian konuşurken Katherine onun aksanının farkında değildi. "Bana, Tanrı'nın bize nimetlerini bağışlarken ruhumuzun bedenimize, bedenimizin de ruhumuza, ikisinin de birbirine karşılıklı olarak yardım ettiği gösterildi. Tanrı bedene hizmet etmeyi küçümsemez."

Bir an için Katherine yüreğinde derin bir huşu duydu. "Bu, bana biraz tuhaf geldi" dedi, siyah perdeye. "İğrenç bedenimizin Tanrı için herhangi bir değeri olabileceğine inanamam."

"Bu gece daha farklı düşün" dedi ses nazikçe. "Peder Clement?"

Geride duran rahip pencereye yaklaştı. Julian onunla bir süre konuştu.

Katherine'e kilisenin karşısındaki sokakta bulunan misafirhanede bir oda verildi. Peder Clement'in yaşlı hizmetçisi, altmış yaşındaki parlak gözlü ve Peder Clement'e açıkça hayranlık duyan bir kadın, Katherine'i yatağa yatırdı.

Katherine'e mezbahadan taze kan getirdiler ve bir koyun ciğeri çiğ olarak yumurtayla çırpılıp kaynatıldıktan sonra, çiğnemek zorunda kalmaması için, püre hâline getirilmiş karahindiba yaprağıyla birlikte ona verildi. Onu yemesi için teşvik ettiler. Katherine birinci gün bunun tövbe yolculuğundan daha zor olduğunu düşündü; ama itiraz edemeyecek veya Dame Julian'ın, Katherine'in kanatılmaması gerektiğini, bir taraftan kan verirken diğer taraftan alınmasının mantıksız olduğunu söylemesine şaşamayacak kadar zayıf ve bitkindi.

Peder Clement, Katherine'e bunu söylerken göz kırptı ve Katherine böylesine çirkin ve bozuk görünüşlü bir adamın nasıl olup da daima mutlu ve neşeli göründüğüne şaşırarak hafifçe gülümsedi. Cemaati için çaba harcarken yoruluyor gibi görünmüyordu ve daima acelesizce hareket ediyordu. Asla azarlamıyor, sorgulamıyor, yargılamıyor, sömürmüyordu. Küçük misafirhanesi her ne kadar lüksten yoksun olsa da tertemizdi.

Dört gün içinde Katherine gücünü geri kazandı, acıları azaldı ve bacaklarındaki yaraların akıntısı geçti. Peder Clement'e ne kadar yük olduğuyla ilgili endişelenmeye başlamıştı; fakat adam ona gülmüş, Leydi Julian'ın Katherine'in yemesini tavsiye ettiği tuhaf şeylerin civardan istenmesi gerektiğini ama yeşilliklerin kendi bahçesinden geldiğini açıklamıştı.

"Şimdiki kadar yoksul olacağım asla aklımın ucundan bile geçmemişti" dedi Katherine, uzun bir iç çekerek. Ama şimdi hepsi geride kalmış bir rüya gibiydi; bütün o görkem ve lüks. Suçluluk dolu bir rüya.

Rahip ona şefkatle baktı. "Yoksul mu? Belki de hep yoksuldunuz. Çünkü ruhumuz asla kendi sevyesinin altındaki şeylerle dinlenemez."

"Ah, gördünüz mü?" diye bağırdı Katherine aniden. "Nihayet bir rahip gibi konuşmaya başladınız. Birader William da böyle derdi -Tanrı onu kutsasın- benim yüzümden öldürüldü. O ve diğer birçokları."

Rahip bunu duymamış gibi davrandı. "Leydi Julian sizi bekliyor" dedi sakince. "Bugün onu görmek için yeterince iyi olduğunuzu düşünüyor."

Katherine iyileşmekle geçirdiği günlerde kadını çok düşünmüştü ve onunla tekrar konuşmak için sabırsızlandığını fark etmek onu şaşırtmıştı. O gün öğleden sonra küçük kilise avlusuna geri döndü ve hücre penceresine vurdu. Siyah perdenin diğer tarafından gelen ses ona kilidi açılmış kapıdan girmesini söyledi.

Katherine gergin, şaşkın, meraklı bir şekilde Julian'ın hücresine girdi. Oldukça küçük, ortadan kaliteli mavi bir yün örtüyle bölünmüş bir yerdi. İki pencere vardı; biri avluya bakan pencere, diğeri de tahta bir sunağın üzerinde, kiliseye açılan dar bir pencere. Julian buradan sunağı görüyor ve ayine katılıyordu. Küçük bir şömine, bir masa ve iki tahta sandalye vardı. Zemin ılık tuğladandı. Yüzeyi pürüzlü duvarlar beyaza boyanmıştı.

Katherine kapıyı kapadıktan bir an sonra Julian mavi perdenin arkasından geldi. Ne şişman ne de zayıf, sade görünüşlü, ufak tefek bir kadındı ve beyaz başlığının altından görünen saçlarında aklar vardı. Yumuşak bir keten elbise giymişti. Kırklı yaşlarına yaklaşan bir kadındı ve o kadar sıradan görünüyordu ki insan herhangi bir pazar meydanında onun gibi yüzlercesini görebilirdi. Ama Katherine'in elini tutup gülümserken hücre tanımlanamaz bir kokuyla dolmuştu ve parmaklarının dokunuşunda Katherine tuhaf bir karıncalanma hissetmişti; sanki göğsüne saplanmış demir bir kazık parçalanmış, hafif ve temiz havayı yeniden solumasına izin vermişti.

"Demek Peder Clement'in getirdiği Katherine sensin" dedi Julian rahatlatıcı sesiyle. Bir sandalyeye oturdu ve Katherine'e de diğerine oturmasını işaret etti. "Ağrıların geçti mi? Çiğneyebiliyor musun? O güzel dişlerini kaybetmen çok yazık olur. Söyle bana..." Katherine'in fiziksel durumuyla ilgili birkaç soru sordu ve Katherine hepsini biraz eğlenerek, biraz da hayal kırıklığına uğrayarak cevapladı. Peder Clement'in çok emin olduğu bir ruhsal rehberlik için gelmişti ve Leydi Julian bağırsak gevşeticilerden söz ediyordu. Ama tuhaf bir özgürlük duygusu da vardı.

"Bu hastalığın" dedi Julian, "bir defasında ben de yakalanmıştım; çok fazla oruç tuttuğum zaman. Ve çok büyük sıkıntım ve ağrılarım vardı; o kadar ki peder son günah çıkarmam için başımda bekliyordu." Sunağında asılı duran haça baktı. "Ama Tanrı beni kurtardı."

"Vizyonlarla..." dedi Katherine iç çekerek. "Peder Clement bana anlattı."

"Evet. On altı görüntü ama neden bana bahşedildiğini bilmiyorum. Tanrı bana, beni diğer ruhlarından daha çok sevdiğini filan göstermedi. Eminim görüntüleri almayan, hatta Kutsal Kilise'nin öğretilerine inanmayan ama benden daha çok sevilen ruhlar olduğundan eminim."

"Tanrı'yı sevmek çok zor" dedi Katherine kısık sesle, "özellikle de O bizi sevmediğinde."

"Ah, Katherine, Katherine..." Leydi Julian gülümseyerek başını iki yana salladı. "Sevgi, Tanrı'nın tek *anlamıdır*! Aldığım görüntülerde, Tanrı'nın bizi yaratırken büyük bir sevgiyle yaklaştığını ve yaratıldığımız anda bizim de O'nu sevdiğimizi gördüm."

Katherine'in içinde tuhaf, korkuyla karışık bir heyecan yayan şey Julian'ın sözleri değildi; çünkü zaten kadının söylediklerini duymuyordu. Katherine'in Sheppey'in kulesinin tepesine ilk tırmanışında ve adanın millerce uzağındaki diğer köyleri ve masmavi denizin arkasında uzanan hayal bile edilemeyecek manzaraları gördüğünde hissettiği gibi bir duyguydu bu.

Beyaz saçların altındaki geniş yüze inanamayan gözlerle baktı; çünkü aniden, parıltılı bir sisten yaratılmış gibi inanılmayacak kadar güzel görünmüştü ona.

"Leydim" diye fısıldadı Katherine, "bu vizyonların size bahşedilmesinin nedeni, günahlar hakkında bir şey bilmemeniz, hayatınız boyunca hiç günah işlememeniz olabilir; en azından benimki gibi günahlar. Cinayet, zina..."

Julian çabucak ayağa kalktı ve elini Katherine'in omzuna koydu. O dokunuşla, yumuşak bir gül kokusu Katherine'i sardı ve devam edemedi.

"Ben her türde günahı bilirim" dedi Julian sakince. "Günah, en keskin, en dehşetli kırbaçtır. Günah kirlidir, bir hastalıktır ve doğaya karşı canavarca bir şeydir. Ama on üçüncü vizyonda ne gördüğümü dinle." Katherine'den uzaklaştı. Sesinde yumuşak bir güç tınısı belirdi.

"Derin bir keder içinde kendi günahlarımı düşünüyordum. Ve O'nu gördüm. Güzel yüzünde bir acımayla bana döndü ve dedi ki: *Bütün bu acıların nedeninin günah olduğu doğru; ama her şey yoluna girecek, her şey yoluna girecek ve her şeyin yoluna girdiğini kendin göreceksin.* Bu sözleri bana nazikçe söyledi ve hiçbir suçlama yoktu. Sonra dedi ki: *Kendini çok fazla suçlama; yaşadığın sıkıntıların ve kederinin sadece kendi hatalarından kaynaklandığını düşünme. Çünkü böylesine kederli olmana izin vermeyeceğim.* O zaman, günahlarım için Tanrı'yı suçlamanın büyük bir isyan olduğunu anladım: çünkü O beni bunlar için suçlamıyordu.

"Bu sözlerle, Tanrı'da gizlenen büyük ve muhteşem bir gizemi gördüm; bu gizemi bize cennetinde açıklayacak. Günahlar yüzünden neden acı çektiğini o zaman gerçekten anlayacağız. Çünkü kendi sıkıntılarımızın, başka hiçbir şeyden değil, kendi adımıza sevgiyi becerememekten kaynaklandığını bana gösterdi."

Julian, Katherine'e bakarak gülümsedi. "Anlıyor musun?"

"Hayır, Leydim" dedi Katherine yavaşça, "böylesine rahatlık olabileceğine inanamam."

Julian oturdu ve basitçe, sakince tekrar konuştu.

* * *

Katherine o gün Julian'ın hücresinden çıktığında, yanında ne kadar kaldığını bilmiyordu ve kendisine anlatılan şeyleri net bir şekilde hatırlamıyordu; fakat o an için soruları bırakmıştı. Küçük avluda yürürken güzellikle aydınlanmış gibi görünüyordu. Bir porsuk ağacının karanlığında durduğunda, baktığı her şeyde kutsal bir anlam gördüğünü fark etti: Ağacın etrafındaki mavi çiçekler, bir mezartaşının üzerindeki yosunlar, çimenlerin arasında bir ekmek kırıntısını taşımaya çabalayan bir karınca; bunların hepsi sanki parıldıyor gibiydi ve onlara bakarken Katherine sanki kristalmiş gibi hepsinin arkasını görüyordu.

Bir elmas gibi beyaz ışıkla parlıyor gibi görünen siyah bir çakmaktaşını aldığında, Leydi Julian'ın sözlerinden bir kısmını hatırladı. "Aynı zamanda, Tanrı bana kendi sevgisinin ruhsal görüntüsünü de gösterdi. Avucumun içindeki küçük, fındık gibi bir şeydi ve onun ne olabileceğini düşündüm. O cevap verdi: *O hep hayatta kaldı ve kalacak, çünkü Tanrı onu sevdi.*"

Taşı elinde tuttuğu o anda, Katherine bunu ve Julian'ın neden şu sözleri söylediğini anladı: "Bundan sonra, Tanrı'yı her şeyin içinde gördüm ve asla küçücük değildi. Hiçbir şey rastgele olmaz; insanın gözünde rastgele veya tesadüf gibi görünmesi, biz insanların körlüğünden kaynaklanır."

Bu sözler Katherine'in zihninde yankılanırken çakmaktaşında, çimenlerde, porsuk ağacında, mezar taşlarında ve yosunlarda mutluluğu gördü. Misafirhanedeki odasına dönerken ağır bacaklarını zorlukla hareket ettirebiliyordu. Yatağa uzandı ve deliksiz bir uykuya daldı. Hiç rüya görmedi.

Katherine her gün Julian'ın hücresine gidip dinliyor, her gün daha önce varlığını bile bilmediği bir sevgiyle geri dönüyordu; ama avludaki o anın yüceliği bir daha geri dönmemişti.

Bazen tartışıyor, bazen inanmayan bir tavırla bağırıyor, şüphelerini gizleyemiyordu ve bir defasında Julian iç çekmiş, ona üzgün ve alçakgönüllü bir tavırla bakarak konuşmuştu: "Bütün bunlar bana üç şekilde gösterildi, Katherine; fiziksel görüntüyle, anlayabileceğim sözlerle ve ruhsal görüntülerle. Ama ruhsal görüntüleri sana ben o kadar açıkça gösteremem. Tanrı'nın kendi İyiliğinde sana bunları daha ruhsal bir şekilde göstereceğine inanıyorum."

Alçak gönüllülük. Katherine o günlerde, alçak gönüllülükten ne kadar uzaklaştığını gerçekten anlamaya başladı. Duanın anlamını asla anlamadığını ilk kez fark ediyordu. Duaları daima öfkeli emirler ve pazarlıklar şeklinde olmuştu; çünkü ardında yatan şey korkuydu.

Leydi Julian için dua, birleşmeydi. "Tanrı'yla bir ruh olarak dua et!" Bu, şükrandı. Ödül beklemeden şükretmek. On dördüncü görüntüde, Julian sevgi dolu sözleri duymuştu: *Ben üzerine bastığın toprağım.* Bu sözlerle, bütün zayıflıklarının ve bütün şüphelerinin ötesine geçmeyi başarmıştı.

Her zaman ilk eğilimi kendini suçlamak olan Katherine, o zaman daha önceki dualarının yanlışlığını anlamıştı; çünkü Julian sabırla tekrarlamıştı: *"Kendini çok fazla suçlama. Kimsenin gerçek anlamda merhamet dilemediğinden eminim; merhamet, önce ona verilmelidir."*

Ve bir gün Katherine dinlerken içindeki acıyı her şeyiyle Leydi Julian'a anlatmaktan kendini alamadı. Ne dediğini bilmiyor, sadece kendisine çok büyük acılar veren isimleri söyleyen kendi sesini duyuyordu; Hugh, Blanchette ve John. Son adı söylediğinde, yüzünü ellerine gömerek hıçkırıklara boğuldu.

Ayrılık mektubunu yazdığında ciddi olmasına ve hayatını tövbeyle geçirmeyi gerçekten istemesine rağmen John'ın gitmesine izin vereceğine gerçekten inanmadığını şimdi anlıyordu. Çektiği acılar ve John'ın nişan yüzüğünü tapınağa bırakması karşılığında Walsingham'da bir mucizeyle karşılaşacağına daima inanmıştı. Bir şekilde Blanchette'in kendisine döneceğinden, günahlarının bağışlanacağından emindi. Ve...

"Eski hayatının tekrar başlayacağından?" diye sordu Julian gülümseyerek. "Her şeyin mucizevi bir şekilde herkesin ve Tanrı'nın gözünde adil ve temiz olacağından mı?"

"Evet. Evet. Öyle düşündüğümü şimdi fark ediyorum. Tanrı'nın bana bu kadar öfkeli olması şaşırtıcı mı?"

"Aslında Katherine, bütün görüntülerde, Tanrı'dan asla öfke görmedim; ne kısa ne de uzun vadede. Öfke sadece insanda var; O sadece bizi bağışlıyor."

Katherine kendini tutamayarak bağırdı ve Tanrı'da hiç öfke yoksa neden günahlardan bu kadar korktuğunu sordu.

Julian sabırla cevap verdi. "Çünkü günah olarak bildiğimiz şeylerle uğraştığımız sürece Tanrı'nın kutsal koruyuculuğunu asla açıkça göremeyiz. Bu bizi ikilemde bırakır. Çünkü hepimiz O'nun içindeyiz ve O da bizim içimizde. O ruhumuzda varlığını sürdürür."

Katherine, kendini kapatmayı düşündüğü manastırdan, Sheppey'den söz etti. "...ya da sizinki gibi bir yaşam sürebilirim, Leydim. Belki doğru dua ederek bir gün ben de O'nu sizin gibi tanıyabilir ve başkalarına yardım edebilirim."

İlk kez, Julian'ın yüzünde bir sertlik belirdi ve ilk kez kendini vizyonlardan ayrı tutarak konuştu. "Ben buraya geldiğimde, kendimden başka düşünecek kimsem yoktu."

Katherine bunun anlamını o zaman anlamamıştı; Julian'ın bir an sonra söylediği şeyin nedenini de: "Kendi ruhumuzu tam olarak anlayana kadar, Tanrı'yı asla tanıyamayabiliriz."

O gece, Leydi Julian'ın ne demek istediğini anladı. Katherine aniden derin bir uykudan uyandı ve küçük misafirhane odasında bir ışık varmış gibi geldi ona. Bu ışık huzurdu. Onu sarıyor, tenine, kemiklerine işliyordu; öyle ki sonunda ona, bütün varlığı ışıktan yapılmış gibi geldi. Şaşkınlıklar, ikilemler, mücadeleler... hepsi o ışığın içinde eriyip gitti. Onların yerine kesinlik ve kendinden eminlik geldi; cevap son derece basit, son derece doğru ve kaçınılmaz, aynı zamanda da son derece zordu.

Zor olacaktı; ama artık öyle hissetmiyordu çünkü ışık ona güç veriyordu ve kalbinde, Leydi Julian'ın ona söylediği, Tanrı'nın da kendisine söylediği sözler tekrarlanıyordu: *Hayatım, bana gelmene çok sevindim: Bütün kederinde seninle birlikte oldum; şimdi seni sevgimle taşıyorum.*

* * *

Katherine ertesi sabah Peder Clement'i aradı. Bahçesindeki bir dut ağacının altında oturuyor, cemaatten beş çocuk önünde oynuyordu. Onlara, gelecek haftaki Kutsal Meryem'in Doğumu oyununda oynayacakları rolleri öğretiyordu. Sırayla her biri için rollerini oynuyordu; iri burnundan hırıldıyor, bir ayı taklidi yapıyor, bir karganın kanatlarını taklit ederek ellerini iki yanında sallıyordu. Çocuklar kahkahalara boğularak ona Bo-Bo diye sesleniyorlardı. Onu çirkin bulmuyorlardı; artık Katherine'in gözünde de çirkin görünmüyordu. Artık ne pederin vücudundaki kusurları görüyor, ne de Leydi Julian'ın aksanını duyuyordu.

Katherine yaklaşırken peder çocukları susturdu ve mutlu gözlerle genç kadına baktı.

Katherine hacı giysilerini yıkamış, pederin hizmetçisinden temiz bir beyaz eşarpla üstlük ödünç almıştı. Saçları iyice uzadığından, bronz bukleleri eşarbın altından şakaklarına dökülüyordu. Parıltılı, yenilenmiş görünüyor ve tenine sürdüğü lavanta kokusu buram buram yayılıyordu. Hastalığı neredeyse tamamen geçmişti ve peder onun ne kadar güzel bir kadın olduğunu görüyordu.

Katherine mor dutların altında durdu ve çocuklara uzun uzun baktı. "Peder" dedi, "artık Lincolnshire'a geri dönüyorum. Ait olduğum yere."

"Aha?" dedi peder, başını yana yatırarak. "Bu, Norwich yolundayken bana asla ama asla yapmayacağını söylediğin şey değil miydi?"

"Öyleydi" dedi Katherine. "Ama yanılıyordum. Peder, bu gece günah çıkarmamı dinler misiniz? Yarın umarım ayinde..." Sesi kısıldı, derin bir nefes aldı ve pederin şefkatli gözlerine bakarak gülümsedi.

* * *

Ertesi sabah küçük kilisede, Peder Clement'in ellerinden, Katherine nihayet bir kez daha Kutsal Komünyon'u aldı. Julian hücresinin dar kilise penceresinde diz çökmüş, Katherine'in yüzünü izliyordu ve Tanrı'nın bir kez daha yaralı bir ruhu tedavi etmek için kendisini kanal olarak kullandığını biliyordu. Kendisine o sözleri söylediğinde Tanrı'nın ne demek istediğini bir kez daha anlıyordu: *Sevdiğin Benim; zevk aldığın Benim; hizmet ettiğin Benim. Özlemini çektiğin Benim, çünkü Ben her şeyim.*

Şimdi hissettiği coşku zayıflayacak, dünyanın şüpheleri ve korkuları geri dönecekti; ama her neyle karşılaşırsa karşılaşsın, Katherine bir daha asla böylesine yenik ve küskün olmayacaktı. Julian bunu biliyordu.

* * *

O sabah daha sonra Katherine Norfolk yoluna çıktı ve Lincolnshire'a yöneldi. Peder Clement'in katırına binmişti. Rahip ve Leydi Julian, yolculuğu sırasında yiyecek ve barınak sağlayabilmesi için ona borç para vermişti. Bu para ve katır, Katherine Kettlethorpe'a ulaştıktan sonra iade edilecekti.

Ayrılırken Katherine onlara duyduğu minneti dile getirmeye çalıştı; ama izin vermediler. Bunun yerine, o minik kokulu hücrede, Leydi Julian onu yanaklarından öptü ve doğru beslenip dinlenmesi konusunda tavsiyede bulundu.

Misafirhanenin önündeki basamaklarda dururken Peder Clement de aynı ölçüde sıcaktı. Fıkralar anlatıp şakalar yaptı ve ayrılığın zorluğunu azalttı; Katherine'in izlemesi gereken en iyi yolu tarif etti ve katır Absalom inatçılık ettiğinde ne yapması gerektiğini anlattı.

Katherine tam ayağını üzengiye dayayıp binmeye hazırlandığında, peder aynı etkileyici sesiyle konuştu. "Burada, bir zamanlar sana ait olan bir şey var; geri almak ister misin?" Avucunu açtığında, Katherine Kraliçe'nin hediye ettiği gümüş broşu gördü.

"Ama onu atmıştım" dedi sesi çatlayarak, "Walsingham'da."

"Biliyorum. Attığın yerden aldım. Bu sana ait."

Katherine kızardı. Walsingham'daki o günden kalan acısı geçmişti; fakat hâlâ utanç duyuyordu. "Atmamın nedeni, üzerinde yazan yazıydı."

Peder ona soran gözlerle bakarak başıyla onayladı ve başını kamburuna yasladı. "Ben de öyle düşünmüştüm."

Katherine yaşadığı acıları ve değirmen göletinin başındaki hâlini düşünerek broşa baktı. Misafirhanenin karşısındaki küçük kiliseye, avluya ve Leydi Julian'ın hücresine döndü.

Uzanıp broşu alırken Julian'ın bir gün inançla ilgili söylediği bir sözü hatırladı: "Doğru bir anlayıştan başka bir şey yok; gerçek inanç ve gerçek güven; biz Tanrı'nın içindeyiz, Tanrı da bizim içimizde." Artık kanıta gerek yoktu; kederin hayatına girmeyeceğine dair vaatler yoktu. Sadece ama sadece, *Varlığımıza* tam bir güven vardı.

Broşu siyah cüppesinin boynuna taktı ve ufak tefek kambur rahibe, morumsu burnuna, biçimsiz başının tepesindeki kızıl saçlara, uzun maymunumsu kollara ve mutlu bakışlı kahverengi gözlere baktı.

"O gün değirmen göletinin başındayken Dame Julian'ın vizyonlarıyla ilgili söylediklerinizi hatırlıyorum" dedi. "O zaman duyduğumda bilmiyordum; ama o zamandan beri üzerinde çok düşündüm."

"Ben de" dedi peder gülerek, "ne dediğimi hatırlamıyorum. Bu sık sık olur. Korkarım biraz fazla konuşuyorum. Bu, bir din adamının zaafıdır."

Katherine başını iki yana sallarken saf şefkati hissetmenin ne kadar tuhaf olduğunu ve buraya gelip tamamen koşulsuz sevgiyle karşılaşana kadar böyle bir şeyin varlığını asla bilmediğini düşündü. "Söylediğiniz şey şuydu; Leydi Julian da aynı sözleri tekrarladı: 'Fırtınalarla karşılaşmayacaksınız demedi; sıkıntı çekmeyeceksiniz demedi; üzülmeyeceksiniz demedi. *Yenilmeyeceksiniz, üstesinden geleceksiniz*, dedi.' Peder Clement, bence bütün öğretiler arasında en güzeli bu."

* * *

Parıltılı güç, o gün Katherine'in yüreğinden ayrılmadı ve katır sırtında Norfolk yolu boyunca ilerledi. Michaelmas zamanıydı. Serin hava odun ve duman kokuyor, ziyafet için birçok tuğla ocakta kaz kızartılıyordu. Ağaçların yaprakları altın rengine ya da kızıla dönüşmüştü ve huşlarla dev meşelerin altında domuzlar açgözlü bir şekilde dolanıyordu.

Ertesi gün Breckland'e girdi. Bu geniş arazide yaşayan tavşanlar ve sülünler öylesine evcildi ki katır geniş yeşil kırların arasından uzanan yolda ilerlerken hiçbiri kaçıp saklanmıyordu.

Geceyi geçirmeyi planladığı Acre Şatosu'na yaklaşırken Katherine, Walsingham sapağına geldi. Bir süredir batı yolunda yalnızdı; ama kavşakta bir grup hacıyla karşılaştı ve hepsi onu nazikçe selamladı. Geniş şapkalarına iliştirilmiş parlak, teneke W harfleri vardı ve boyunlarından kurşun madalyalar sarkıyordu; çünkü tapınağı ziyaret etmişlerdi ve eve dönüyorlardı. Katherine'in oraya gittiğini sanarak göreceği muhteşem şeyleri anlatıyorlardı.

"Bu dünya üzerinde böyle bir mucize daha yoktur!" diye bağırdı ufak tefek esmer bir kadın gözleri parlayarak. "Kafirler O'nu Nasıra'dan kaçmaya zorladığında Leydi evini Norfolk'ta kurmuş ve herkese yardım etmiş. Bak, Hacı!" diye bağırdı kadın. Üzerindeki gri çuval bezi elbisesinin kolunu sıyırarak altındaki yaralı kolunu gösterdi. "Gördün mü?" diye bağırdı tekrar, kuş pençesi gibi parmaklarını oynatarak. "Sütten kesilip hastalandığımdan beri bu parmaklar kıpırdamıyordu; ama Leydi'nin önünde diz çöküp Kutsal Süt'e baktım ve mucize oldu. Elime tekrar can geldi."

"Kutsandığınız şüphesiz" dedi Katherine.

Hacılar güneye doğru devam ederken Katherine katırı sopasıyla dürttü ve Acre Şatosu'na yöneldi; ama Norwich'den beri hissettiği huzur kaybolmuştu. Bu kavşağı ve Walsingham'a ulaştığı gün şafakta buradan geçişini hatırlıyordu. Kendisi için bir mucize olacağından nasıl da emindi! O kadın, Leydi'nin herkese yardım ettiğini söylemişti; ama yardım filan yoktu. *Peder Clement olmasa, başıma neler gelirdi!* diye düşündü.

Ama aniden rahibin kahkahasını ve Dame Julian'ın daha ilk gün küçük hücresinde kendisine söylediklerini duydu: "Katherine, Katherine... Hiçbir şey rastgele olmaz; insanın gözünde rastgele veya tesadüf gibi görünmesi, biz insanların körlüğünden kaynaklanır."

Körlük! Bir kez daha, bir panjur açılmış gibiydi. Çünkü sonuçta Walsingham'da gerçekten bir mucize olmuştu! Kutsal Leydi, son derece basit ama aynı zamanda da son derece görkemli bir mucizeyle cevap vermişti. Peder Clement'in o gün Norwich'deki bir cemaat üyesi için Walsingham'a gelmesi rastlantı mıydı? Katherine'in Kraliçe'den aldığı broşu attığını görmesi ve onu anlayıp takip etmesi sonra da ruhunu ve bedenini iyileştirmesi için Julian'a götürmesi?

Tanrı'nın sözünü tutması için gök gürültülerine ve alevli mucizelere gerek yoktu; cevap son derece doğrudandı. Tıpkı bir okyanusta sonsuz sayıda damla olması gibi, O'nun da sevgisini göstermesinin sonsuz sayıda farklı yöntemi vardı; ama sonuçta bütün damlalar birdi.

Katherine katırı günbatımı boyunca sessiz tepelerden geçirdi ve kalbindeki derin şükran duygusunu hissetti. Üç kez, üç farklı şekilde, ışık ona gelmişti: Avluda, misafirhanede ve şimdi de bu Norfolk yolunda.

* * *

Dördüncü gün, Katherine koruluktan çıkarak yüksek tepeyi aşıp Lincoln'e yöneldi. Uzaktaki tepede çatıları ve katedralin yüksek üçlü kulelerini daha şimdiden görebiliyordu.

Coleby'de yoldan ayrıldı ve küçük malikânesini görmek için kapılara yaklaştı. Dokuz yıldır buraya gelmemişti. Kettlethorpe'taki kâhyası onu tanımıyordu ve Leydi Swynford olduğunu söylediğinde dalga geçti.

"Sen delirmişsin kadın! Leydi Swynford buraya katır sırtında yalınayak gelmez! Leydi Swynford, Dük Lancaster'ın sevgilisi ve bütün vücudu altınlarla doludur; gerçi Lincoln'de Dük'ün ondan sıkıldığını duydum ama öyle olsa bile bu seni ilgilendirmez. Burada dilencilere yer yok. Lincoln'de bir han seni kabul eder."

Katherine yoluna gitti. Çok geçmeden bulutlar alçaldı ve yağmur yağmaya başladı. Soğuk bir ekim yağmuru, onu iliklerine kadar ıslattı. Tanıdık Wigford köyüne girdi. Sol tarafında, ana caddenin ortasında, güzel bir taş malikâne vardı ve kapının üzerinde Dük'ün armasını taşıyan bir kalkan duruyordu. Katherine bu evi tanıyordu; çünkü burada John'la birlikte iki yıl önce Kettlethorpe'u ziyaret ettiklerinde yemek yemişlerdi. İlk kez, Düşes'in öldüğü veba döneminde Bolingbroke yolunda karşılaştığı zengin yün tüccarları Suttonlara aitti.

Lancaster armasına baktı. Kendi armaları olmayan Suttonlar, feodal efendilerinin armasını gururla kullanıyorlardı. Korkusunu bastırmakta zorlanarak tereddüt etti. Bunu yarın da yapabilirdi. Hâlâ cebinde birkaç peni vardı ve geceyi kasabada geçirebilirdi. Yapılması gereken tüm aşağılayıcı şeylere girişmeden önce, sadece bir gece daha... Ayrıca, Colby'deki adam gibi Suttonlar da onu tanımayabilirdi; ama böyle düşünerek kendini kandırdığını biliyordu.

Katherine katırdan indi ve dizgini demire bağladı. Elbette ki Suttonlar onu tanırdı: Birçok kez bir araya gelmişlerdi. Suttonlar, Lincoln'ün en önde gelen vatandaşlarıydı. Vali ve Parlamento üyesi olmuşlardı. Thomas, şimdi Lincoln Katedrali Şansölyesi'ydi. Kasabada olup biten her şeyden haberleri vardı ve sorması gereken sorulara en iyi onlar cevap verebilirdi.

Kapıyı vurdu. Kapıyı Katherine'in görünüşü karşısında hayretini gizleyemeyen bir uşak açtı ve kendisine iki peni verene kadar genç kadını içeri almak istemedi. Adam, Efendi John'ın iş için Calais'e gittiğini, Efendi Thomas'ın piskoposluk sarayında olduğunu ve Efendi Robert'ın evde olduğunu söyledi. Ama Robert meşguldü. Yün tüccarlarıyla toplantı yapıyordu.

"Ona lütfen Leydi Swynford'un geldiğini ve bekleyeceğimi söyle." Katherine, kapının yanındaki bir banka oturdu.

Uzun bir süre bekledi. Sonunda Robert Sutton geldiğinde ve Katherine'in oturduğu köşeye yürüdüğünde, Katherine onun mahcup olduğunu ve kendisini nasıl karşılayacağını bilemediğini fark etti. Koyu kahverengi sakallı yüzü kızarmıştı. Katherine'in üzerindeki cüppeye, çıplak ayaklarına, kısa saçlarını gizleyen ıslak başörtüsüne baktı ve bakışlarını kaçırdı. Boynundaki altın zinciri ve sincap kürkü işlenmiş kadife tüniğinin bir katını çekiştirdi. "Bu sürpriz oldu, Leydim..."

Dük'ün kadını yurt dışına gönderdiğini ve Fransa'daki bir manastıra kapadığını duyduğundan, adam gerçekten şaşırmıştı. Son on dakikayı yüncülerle değil, tek başına, kadını kabul etmesinin doğru olup olmayacağını düşünerek geçirmişti.

Katherine derin bir nefes alarak ellerini birleştirdi. Adamı son gördüğünde, gözlerinin gizli bir arzuyla nasıl nemlendiğini hatırladı. Şimdi bu yakışıklı yüz temkinliydi ve kırmızı ayakkabısını sabırsızca yere vuruyordu. *Pekâlâ, demek böyle olacak,* diye düşündü Katherine. *Bundan böyle.*

"Efendi Robert, çok fazla zamanınızı almayacağım. Sadece sormak istediğim birkaç soru var. Uzun süredir hac yolculuğundaydım ve neler olup bittiğini bilmiyorum."

Adam yine kızardı ve boğazını temizledi.

Katherine'in Dük'ün kendisini terk ettiğini bilip bilmediğini merak ediyordu; Katherine bunu anladı ve hızlı konuştu. "Dük ve ben ayrıldık; bu ortak kararımızdı."

Adam ona inanmadı; ama huzursuzca homurdandı. Yine de kadının yumuşak sesi ve saygınlığı onu yumuşatmıştı. Katherine konuşurken adam imrenerek hayranlık duyduğu güzelliği görmeye başladı. Ama şimdilerde Katherine otuz yaşında olmalıydı ve terk edilmiş bir metresti; ayrıca, eğer istediği paraysa...

"Efendi Robert" dedi Katherine sakince, "çocuklarımla ilgili herhangi bir şey duydunuz mu?"

"Hangileri?" diye sordu adam şaşırarak.

"Beaufortlar" diye cevap verdi Katherine.

Adam yutkundu. "Şey, bildiğim kadarıyla iyiler; Kenilworth'ta." Aslında karısı, Dük ve Leydi Swynford'la ilgili haberler Lincoln'e sızdığından beri dedikodu yapıp duruyordu. Leydi Swynford'un düşüşünden zevk alarak karşılaştığı tüm yolculara duyduklarını anlatıyordu.

"Kettlethorpe'taki malikânem ne durumda?" diye sordu Katherine. "Yünlerimizin sizin deponuzdan geçtiğini biliyorum."

"Malikâne iyi gidiyor, sanırım" dedi adam kaşlarını çatarak. "En azından, yünler standartlara uygun. Tanrı aşkına, Leydim" dedi sonunda, "geri dönüp Kettlethorpe'ta yaşamayı düşünmüyorsunuz ya?"

"Ah, kesinlikle öyle düşünüyorum" dedi Katherine hafifçe gülümseyerek. "İnsanlarımın bana ihtiyacı varken kendi malikânemden başka nereye gidebilirim ki? Dünyada üzerlerinde başka birinin hak iddia edemeyeceği çocuklarımı başka nereye götürebilirim?"

Yün tüccarı iyice şaşalamıştı. "Satmak istediğinizden eminim." *Ve sonra da yüzüne bir peçe takıp,* diye düşündü, *kimsenin seni tanımadığı bir yere gideceksin.*

"Swynford mülklerini satmaya asla niyetim yok" dedi Katherine. "Onlar kocamındı ve hepsi Swynford çocuklarına... çocuklarıma ait."

Sutton ona baktı. "Duyduğum kadarıyla Leydi Blanchette, büyük bir şövalyeyle nişanlanmış ve Dük ona büyük bir çeyiz vermiş. Kettlethorpe'a ihtiyacı yok ki."

Katherine cevap veremedi. *"Blanchette'in nerede olduğunu bilmiyorum ve Tanrı'dan başka bilen de yok. Ama sevdiği ve ondan aldığım evi, daima onu bekliyor olacak"* diyemedi.

"Yine de" dedi Katherine, "ben Kettlethorpe'ta yaşayacağım. Ve şimdi, Efendi Robert, sizden bütün alçak gönüllülüğümle tek bir şey istiyorum."

Adam gerildi ve kadife kaplı kollarını geniş göğsünde kavuşturdu. "Nedir o, Leydi Swynford?"

"Benim adıma Dük'e yazacaksınız. Size saygı duyar. Benden mektup kabul etmeyecektir. Ama adaletin sesini dinleyeceğini biliyorum. Ona ne yapmayı teklif ettiğimi bildirir ve adıma, Beaufort çocuklarını buraya göndermesini rica eder misiniz? Ona bu bittiğinde, kendisini bir daha asla rahatsız etmeyeceğimi de söyleyin."

Robert Sutton bir süre tereddüt etti. Katherine'in planındaki sorunları vurguladı. Kâhyasının parasını Dük ödüyordu ve hiç şüphesiz bu ödeme geri çekilecekti. Malikâneyi kendisinin yönetebileceğine inanmak hata olurdu; çünkü kölelerin sorunlu olduğu biliniyordu; isyan belirtileri burada bile görülmüştü. Ancak en şiddetli bastırma önlemleri alınarak köleler dizginlenebilmişti. Hiç şüphesiz kendisi bunların hiçbirini anlamıyordu;

çünkü uzun zamandır hac yolculuğundaydı fakat Sutton bunlardan emindi. Katherine cevap vermedi; sadece Kettlethorpe'u kendisinin yönetmeye çalışacağını açıklamakla yetindi.

Bu kez Sutton, giderek artan bir mahcubiyetle, buradaki zor durumunu açıkladı. Lincoln'deki kadınlar, böylesine kötü ün yapmış bir kadının, üstelik de piçleriyle birlikte geri dönmesinden hoşlanmayacaklardı. Dahası, piskopos dar görüşlü, bağnaz bir adamdı ve skandallardan korkardı.

O konuşurken Katherine giderek solgunlaştı ve gri gözleri karardı. Ama sadece Kettlethorpe'un yeterince gözden uzak olduğunu ve kimseye sorun olmamaya çalışacağını söyledi.

Sutton, sonunda onun istediğini yapmayı kabul etti. Bir yazman çağırıp Dük'e mektup yazdırdı. İşini bitirdiğinde Katherine'e karşı içinde daha sıcak duygular uyanmıştı. Üstelik kadının cesaretine hayranlık duymamak da elde değildi. Ayrıca onun durumundaki bir kadın, bir dosta, gizli bir koruyucuya hayır demezdi. Evet, Kettlethorpe'un gözden uzak olduğu doğru ve şanslı bir durumdu; ama arada bir ziyaret edilemeyecek kadar da uzak değildi. İnce ve çıplak ayak bileklerine, iri ve dik göğüslerin cüppenin altındaki siluetine, güçlü yüz hatlarına ve insanda şehvet uyandıran kırmızı dudaklara yandan bakışlar attı.

Yazman gittikten sonra Sutton, Salon'a baktı ve orada masayı hazırlayan birkaç hizmetkârdan başka kimse göremedi. Islak ve sıcak elini Katherine'in çıplak koluna koyarak hafifçe sıktı. Sakalını Katherine'in yanağına sürerek kulağına eğilip fısıldadı: "Robert de Sutton'a güvenebilirsin, tatlım. Başarmana yardım edeceğim."

"Nezaketiniz için teşekkürler" dedi Katherine adamdan uzaklaşırken. "Artık gitmeliyim, Efendi Robert. Evime dönmeliyim."

"Ama önce dinlenmelisiniz! Hayır, akşam yemeğini bizimle yiyin; yani uşak size şarap getirsin" dedi, Leydi Swynford'un akşam yemeğini kendileriyle birlikte yiyeceğini öğrenirse karısının ne diyeceğini düşünerek.

Katherine her şeyi geri çevirdi. Aç değildi, yağmur hafiflemişti ve eve dönmeliydi. Doğal bir tavırla konuşuyordu; ne soğuk ne de davetkârdı.

Kutsal Meryem, bu iş zor olacak, diye düşündü Katherine, Absalom'un sırtında Witham köprüsünden geçerken. Batıya dönerek Fossdyke'dan Kettlethorpe'a yöneldi. Sutton'ın iyi niyetine iş nedenleriyle ihtiyacı vardı ve onlardan Dük konusunda aracı olarak yararlanabilirdi. Ayrıca Efendi Robert'a daima sempati duymuştu. Ama bekleyeceği belli olan ödüllerden adamı mahrum ederken iyi niyetini sürdürmesini sağlamak mümkün olacak mıydı?

Zor. Ruhsal uyanışların yarattığı enerji ve moral, kaçınılmaz bir şekilde azalmıştı. Hâlâ parlıyordu; ama sinir bozucu olayları, endişeleri ve kırgınlıklarıyla bir dış yaşam peçesinin altından görünüyordu. Artık sadece "Katherine" değildi ve dünyanın ona verdiği çeşitli etiketlere yeniden uyum sağlaması gerekiyordu.

Drinsey Nook'ta kuzeye döndü ve ileride uzanan kara ormanı gördü. Hugh burada avlanırdı ve Katherine birçok mutsuz yıl boyunca o nemli, kasvetli, karanlık süitten bu ormana bakmıştı. Çok geçmeden kış gelecek ve kurtların ulumaları tekrar duyulacaktı. Malikâne yolunu belirleyen demir kapılardan geçti. Ağaçların iki yanda uzandığı millerce uzunluktaki yol hiç değişmemişti; malikâne arazisinde otlayan sürüleri gördü, bir çobanın bağrışını ve köpeğinin havlayışını duydu.

Sağ tarafta ileride derme çatma bir ambar ve Nichola, Gibbon ve Hugh'un yattığı küçük kilise duruyordu. Sol tarafta, Blanchette'in doğduğu, John'ın sabah gelerek bebeği Leydi Nichola'dan kurtardığı malikâne duruyordu.

Köprü kalkık, malikâne karanlıktı. Onu ne zaman sıcak bir tavırla karşılamıştı ki? Katırı eski binektaşına yaklaştırdı ve aşağı atladı. Elini kapının bir köşesine koyarak durdu ve kiliseye, sıra sıra kulübelere baktı.

Kapıcıyı çağırmalısın, diye düşündü. Ama bunu yapmadı. Orada uzun süre durdu ve sonunda, sırtında inanılmaz ağırlıkta bir odun yükü taşıyan küçük bir çocuk çıkageldi. Binektaşının üzerinde duran siyah giysili kadını görünce irkildi ve istavroz çıkardı. "Korkma, evlat" dedi Katherine. "Ben Leydi Katherine Swynford'um. Burası benim evim."

Çocuk bir çığlık attı, odunlarını sırtından indirdi ve köye doğru koşmaya başlayarak Katherine'in duymadığı bir şeyler haykırdı. *Bu yük, böyle bir çocuk için aşırı ağır,* diye düşündü Katherine odunlara bakarak. Yağmur sisi değiştirmişti. Trent'ten beyaz sis bulutları geliyordu. Parmakları, elinin altındaki soğuk taşı sımsıkı tuttu. Binektaşından indi ve kapının penceresine doğru yürüdü. "Kapıcı!" diye seslendi. "Hey! Kapıcı!"

Kapının kulübesinde bir hareketlilik oldu ve bir erkek sesi cevap verdi; ama köyden gelen ayak sesleri arasında ne dediği anlaşılmadı. Sarı saçları rüzgârda dalgalanan ufak tefek bir adam ona doğru koşuyordu ve arkasından diğerleri geliyordu. "Hoş geldiniz, Leydim. Hoş geldiniz! Bir gün geri döneceğinizi, sabırlı olmaları gerektiğini onlara söyledim! Geleceğinizi biliyordum!"

"Cob" diye fısıldadı Katherine. "Evet, geri döndüm..."

"Her gün bunun için dua ediyorlardı." Başıyla arkasındaki grubu işaret etti. Katherine köylülerin yüzlerini ayrı ayrı göremiyordu; ama beklentili olduklarını hissediyordu.

"Onlara benim için yaptıklarınızı, Londra'da neler yaşadığınızı ve hacı yolculuğunuzu anlattığımda... Leydim, ah, hepsi sizi bekledi. Burada işler çok kötü; özgür olduğum için bana göre sorun yok" dedi Cob gururla, "ama özgür olmayanlar... Kâhya çoğunlukla sarhoş ve çok zalim."

Katherine başını kaldırdı ve Cob'un omzunun üzerinden arkasında sessizce bekleyen insanlara baktı. "Eve döndüğüme sevinmeniz için elimden geleni yapacağım" dedi.

6. Kısım

(1387-1396)

"Ve kıştan sonra, güneş ve yeşillikler gelir."
Troilus ve Criseyde

30

Lincoln'ün yüksek tepesinde mart ayının sert rüzgârı hiç durmadan esiyordu. Kemikleri donduruyor, burunları kızartıyor, saygın piskopos ve tapınılası vali John Sutton'ın yanı sıra, kilisenin muhteşem Galilee verandasında sadaka bekleyen dilencileri de öksürüğe ve hapşırığa boğuyordu.

Rüzgâr olsun ya da olmasın -halk buna alışmıştı- herkes sokaklardaydı, çılgınca bir hevesle sancakları asıyor, evlerin önünü yeşillerle ve türlü renklerle donatıyordu. Yirmi altı Mart 1387'ydi ve Kral Richard'la Kraliçe Anne, o gece Lincoln'e geliyordu; Richard'ın hükümdarlığı başladığından beri Lincoln ilk kez böylesine onurlandırılıyordu. Heyecan inanılmazdı. Bu ziyaretin görünüşteki nedeni, Kral ve Kraliçe'nin ertesi gün Lincoln Katedrali Kardeşliği'ne kabul edilecek olmasıydı; ama asıl nedeni, birçoklarının bildiği gibi, Richard'ın bütün ülkede bir iyi niyet turuna çıkmasıydı. Popülerliğini kaybettiğini hissediyordu ve gerek lordlarla gerekse halkla ciddi sorunlar yaşıyordu. Amcası Thomas Woodstock -şimdi Gloucester Dükü olmuştu- ile de sorunları vardı. Lancaster Dükü John ise uzun zamandır Castile'daydı ve bir yıldır Düşes Costanza, kızları ve Düşes Blanche'dan doğan iki kızıyla birlikte orada yaşıyordu.

Richard'ın gelişi Katherine'i de etkilemişti. Geri dönüşünden beri geçen altı yılda, Kettlethorpe'dan nadiren çıkmıştı ve bunu yapmayı şimdi de istemiyordu; ama Kral emretmişti.

Bu rüzgârlı öğle üzerinde, Pottergate'teki evinin güzel Salon'unda Katherine ateşin başında dikiş dikiyordu. Kucağı, safir rengi kadife kumaşlarla doluydu ve Kral'ı karşılamak için giyeceği üstlüğün altın dikişlerini bitiriyordu. Ablası Philippa minderler arasında bir koltukta oturuyor, kaliteli bir peçeyi işliyordu. Hawise, mutfak tarafında balın içinde badem döverek kurabiye hazırlığı yapıyor, bu arada hizmetkârları dikkatle izliyordu. Küçük Joan, ocağın önünde kedisiyle oynuyordu. Bir süre Hawise'in badem döverken çıkardığı gürültüden ve ateşin çıtırtısından başka ses duyulmadı. Dışarıda rüzgâr uğulduyordu; fakat içeridekiler sıcacık bir evde oturuyordu.

Bu, Dük'ün on beş yıl önce John Beaufort burada gizlice doğduğunda Katherine için aldığı evdi. Üç yıl önce büyük oğulları John ve Harry'nin kış aylarını Lincoln'de geçirmesinin yararlı olacağını düşünmüştü; çünkü yeni kurulan Cantilupe Chantry'de rahipler günlük dersler veriyordu. Böylece Katherine evi yeniden kiralamıştı. Öfkeli vatandaşlar memnuniyetsizliklerini duvarlarla çevrili malikâne bahçesine girerek, yağmalayarak ve hizmetkârları döverek göstermişlerdi.

Bu, çeşitli sevimsiz olayın sonucuydu ve Katherine hepsinde sabır göstermişti. Aslında bu yıllar boyunca yükü tahmin ettiğinden ağır olmuştu. Dük'ten ayrılışı herkes tarafından öğrenilmesine rağmen onu yermeye devam etmişlerdi. Lincoln halkını harekete geçiren şey sadece ahlaki sorunlar değil, Dük'ün şatodaki kâhyasıyla kasaba arasındaki kavgalar yüzünden doğan düşmanlıklardı.

Katherine kendini bunlardan uzak tutmuş, mülklerini akıllıca yönetmeye çalışmış ve küçük Beaufortlar için en iyi şeyi yapmıştı. Ancak Pottergate evinde sergilenen barbarlık başka bir meseleydi; çünkü çocukları tehlikeye atmıştı. Bunun üzerine Katherine, Kral'a bir mektup yazmıştı. Richard hemen cesurca karşılık vermiş, suçlamaların soruşturulması için bir grup göndermiş ve saldırganları cezalandırmıştı. Sonrasında Katherine'i rahat bırakmışlardı. Aslında tamamen yalnız bırakmışlardı. Lincoln halkı onunla sokakta karşılaştığında görmezden geliyordu.

Kral'ın ona yardım etmesinin nedeni, olayın üç yıl önce olması, Richard'ın onunla Waltham'da karşılaştığında küçük gizemi yüzünden meraklanması veya Katherine'i özellikle düşünmesinin düşmanlarını rahatsız edeceği sonucuna varması olabilirdi; kimse Richard'ın neyi nasıl düşündüğünü bilemezdi. Ama ne olursa olsun, kraliyet grubu geldiğinde yarın Katherine'in piskoposluk sarayında kendileriyle birlikte yemek yemesini emretmişti.

Katherine'in Büyük Salon'undaki üç kadın, sadece kraliyet ziyaretini düşünüyordu. "Ah... Katherine!" dedi Philippa iç çekerek. "Eğer seni Kraliçe'yle tanıştırırsa... o zaman buradaki pozisyonun daha iyi olabilir."

Katherine iğnesini bırakıp ablasına derin bir hüzünle baktı. Philippa her geçen gün biraz daha zayıflıyordu. Bazen göğsündeki şişlik yüzünden çok fazla acı çekiyordu. Kırmızı yüzü çökmüş, gözkapakları morarmış, her zamanki becerikliliğinin yerini kararsızlık ve tereddütler almıştı. "Ama

Kral bunu yapmaz, biliyorsun, Pica" dedi Katherine nazikçe. "Önemi yok ve en azından onu göreceğim. Sana ondan söz ederim."

Philippa yine iç çekti. "Anne, Anne, Kraliçe Anne" dedi öfkeyle. "Çirkin olduğunu söylüyorlar. Şişman Alman yanakları ve kalın bir boynu varmış. Ama söylendiğine göre Kral ona tapıyormuş. Bu tuhaf; ve beş yıldır hiç çocukları olmadı. Elbette ki Richard..." Devam edemedi.

Kedisiyle oynayan Joan aniden başını kaldırıp Katherine'e baktı. "Anne, neden Sir Thomas, Kral'dan nefret ediyor?" diye sordu.

Çocuklar tehlikeli bir şey söylediğinde annelerin her zaman yaptığı gibi, Katherine güldü. "Ah, etmediğinden eminim. Bu fikir de nereden geldi aklına?" Hemen eğildi ve kedinin boynuna mavi bir kadife şerit doladı. "İşte, Mimi'ye bak, güzel olmadı mı?"

Ama Joan bebek değildi ve dikkati kolayca dağıtılamazdı. Sekiz yaşında, zeki ve pratik bir kızdı. Yuvarlak hatlı, kırmızı yanaklı, Philippa teyzesine çok benzeyen bir kızdı; ama ondan daha güzeldi ve annesinin dolgun dudaklarını almıştı. "Thomas, Kral'dan nefret ediyor" diye üsteledi. "Geçen yıl buradayken bunu söylediğini duydum. Kral'ın kız gibi, yumuşak göbekli ve yalancı olduğunu söyledi."

"Joan!" diye bağırdı annesiyle teyzesi aynı anda. Çocuk, genellikle aksi olan teyzesine aldırmadı; fakat annesinin ender görülen öfkesini kışkırtmaya da niyeti yoktu. Başını öne eğdi ve kedisini kucağına aldı.

Daima adil davranan Katherine, onun siyah buklelerini okşadı. "Her ne duyduysan, canım, unut. Kral'la ilgili böyle şeyler söylemenin tehlikeli ve kaba olduğunu anlayacak yaştasın. Gel, sana bir iğne vereyim ve güzel güzel dikiş dik."

Neşelenen çocuğa kadife üstlüğünün bir köşesini uzattı ve biraz altın iplik verdi. Katherine kendi dikişine dönerken Tom'la ilgili söylenenlerin doğru olabileceğini düşündü; ama en büyük oğlunu çok ender görüyordu ve neler düşündüğünden pek haberi yoktu.

Thomas Swynford artık neredeyse on dokuz yaşındaydı ve bir şövalyeydi. Hâlâ Henry Bolingbroke'a hizmet ediyordu ve hissettiği duyguları sadece lordu bilirdi. Katherine eve döndüğünden beri Tom Kettlethorpe'a sadece iki kez gelmiş, mirasının yönetiminden memnun kalmış, üvey kardeşlerine pek aldırmamış ve yine çekip gitmişti. Katherine, oğlunun kendisini sevdiğini ama ününden de çok fazla utandığını biliyordu. Hugh'dan daha uzundu; fakat aynı koyun yünü gibi saçlara ve aynı gizlilik eğilimine sahipti. Aralarında sadece tek bir kavga olmuştu. Tom, Kettlethorpe'a döndüğünde ve Katherine'in köleleri azat ettiğini gördüğünde öfkelenmişti. Katherine onunla tartışmaması veya idealist nedenler öne sürmemesi gerektiğini biliyordu; bunun yerine, bir malikânede özgür, sadık kiracılar çalıştığında daha verimli sonuç alındığını kanıtlamıştı. Tom hesapları hoşnutsuz gözlerle inceledikten sonra sonunda bu gerçeği kabul etmişti.

Evet, diye düşündü Katherine, *Tom gerçekten iyi bir çocuk.* Çocuklarının hiçbiri onu gerçekten endişelendirmemişti. Sadece... Yıllardır hiçbir haber alınamamıştı. Mantık, Blanchette'in Savoy'da öldüğünü söylüyordu; ama sızı, boşluk ve soru hâlâ oradaydı.

Kilisenin çanı Vespers'ı haber vermeye başladı. "Çocuklar birazdan gelir" dedi Katherine memnun bir tavırla.

"Evet." Hawise başını mutfaktan uzattı. "Ve kurabiyeleri saklasam iyi olur; çocuklar Tanrı'nın tabağından bile şekerleme çalar" dedi Katherine'e dönerek. "Leydim, dikişinizi bir kenara bırakın. Gözlerinizi kızartmamalısınız; sizi ziyarete kimin geleceğini biliyorsunuz..."

"Ah, Hawise" diye itiraz etti Katherine, şefkatle karışık bir sinirlilikle gülerek, "her zaman pireyi deve yapıyorsun."

Hawise isyankâr bir tavırla homurdandı. Daha şişman, daha kırmızıydı ve neredeyse dişsiz kalmıştı; yine de Hawise her zamanki gibi sarsılmaz bir kayaydı. Tabii bazen kaya kadar inatçı da olabiliyordu.

"Umarım onu bekletmezsiniz!" dedi ellerini önlüğüne silerek Katherine'e yaklaşırken.

"Tanrım, Katherine bile böylesine aptal olamaz!" dedi Philippa aniden enerji bularak. "Özellikle de bu fırsatı kaçırmak istemiyorsa." Philippa ve Hawise, bir konuda hemfikirdiler. Philippa iki yıl önce kardeşiyle yaşamaya başladığından beri bu kararlı kadınlar birbirlerine saygı duymayı öğrenmişti.

"Her nedense ikiniz de burada işleri onun yönettiğini düşünüyorsunuz" dedi Katherine kendini savunarak. İkisi de itiraz etmek için ağızlarını açacakken Joan'ı işaret ederek başını iki yana salladı. "Lütfen..."

Hawise omuz silkti ve Katherine'in elindeki üstlüğü aldı. "Son dikişleri ben hallederim, hayatım, o başörtüsünü de takmayacaksınız! Saçlarınızı gizliyor. Size gümüş filenizi getireceğim."

"Tanrı'ya şükür, Hawise mantıklı biri" dedi Philippa minderlere yaslanırken. "Ben gittikten sonra onun yanında kalacağını bilmek beni rahatlatıyor."

"Yapma, canım; bu aptalca" dedi Katherine hemen. "Hekimin bıraktığı şu şarabı içersen, kendini daha iyi hissedeceksin."

Philippa başını iki yana salladı ve gözlerini kapadı.

Katherine derin bir iç çekti. *Yakında Geoffrey'yi çağırmam gerekecek*, diye düşündü. Geoffrey, Kent'te yaşıyordu ve politikaya atılmıştı. Philippa'yla ikisi ayrıyken daha mutluydular; fakat ayrılıkları her zamanki gibi dostçaydı ve karısının durumunu öğrendiğinde derinden sarsılacağı şüphesizdi.

Katherine eğirme çubuğunu aldı ve dalgın bir tavırla yün eğirirken başka bir konuyu düşünmeye başladı. *Robert Sutton'la ilgili ne yapacağım; en iyisi nedir?* Yün tüccarının bugün öğleden sonra kendisini neden ziyaret etmek istediği konusunda bir şüphesi yoktu. Görüştükleri son defasında adam iki ay önce ölmüş olan karısından söz ederken Katherine onu susturmayı başarmasaydı, neler olacağı belliydi. Bu yıllar boyunca Tanrı ona yardım etmişti. Başlangıçta Robert'la utanç verici bir dönem geçirdikten ve adamın bütün aşk umutlarını suya düşürdükten sonra dostça bir iş ilişkisini korumuşlardı. Ancak adamın açısından tam olarak dostça olduğu söylenemezdi; çünkü Katherine, Robert'ın kendisine sırılsıklam âşık olduğunu biliyordu.

Katherine yün eğirirken düşünmeye devam etti. Evlilik; Lincoln'ün en önemli vatandaşlarından biriyle onurlu bir evlilik. Yalnız başına sürdürdüğü mücadele sona erecek, zenginliğe ve güvenliğe kavuşacaktı. Ve çocuklar; onlara bir yararı olur muydu? Hawise ve Philippa "Elbette" diyordu; ama Katherine o kadar emin değildi. Robert sahiplenici bir adamdı ve Katherine onun çocuklardan rahatsız olduğunu fark etmişti. Yine de rahatsızlığını kendisi hayal etmiş de olabilirdi. Katherine kendi içinde bu konuyla ilgili sürekli çatışma yaşıyordu.

Kalbi, adamı sevmediğini, onun kollarında yatma fikrinin kendisini hasta ettiğini haykırıyordu. Mantık, otuz altı yaşında olduğuna göre artık gençliğindeki tutkularını bitirmesi, uzak geçmişte kalmış bir hayale sadakati sürdürmesinin aptalca olduğunu söylüyordu.

Gündüzleri, sadece çocuklarında onun özelliklerini gördüğü zaman Dük'ü düşünüyordu. Genç John, altın sarısı saçları ve kibirli davranışlarıyla ona çok benziyordu. Ama Harry'nin gırtlaktan gelen bir sesi vardı, bazen alaycı ve bazen insanın içini eritecek kadar okşayıcı konuşuyordu. Joan dışında hepsi, onun mavi gözlerini almıştı.

Ama geceleri, bazen onu rüyasında görüyordu. Bu rüyalarda aralarında aşk ve gerçekte olduğundan daha güçlü bir şefkat oluyordu. Bu rüyalardan uyandığında bütün vücudu acı verici bir özlemle titriyordu.

Bu yıllar boyunca onunla asla doğrudan iletişimi olmamıştı; fakat tahmin ettiği gibi adil davranmıştı. Yasal belgeler olmuştu: Kendisine verdiği mülkleri elinde tutmasını sağlayacak belgelere ek olarak, hayatı boyunca yılda iki yüz mark almıştı: "Kızlarım Philippa Lancaster ve Pembroke Kontesi Elizabeth'e sunduğu iyi hizmetler karşılığında." Beaufort çocuklarından hiç söz edilmemişti; ama Katherine, bu cömert paranın onlar için harcanmasının beklendiğini biliyordu.

Son olarak, kulağa oldukça korkutucu gelen Latince bir belge olmuş, Dük'ün Lincoln'deki alıcısı Katherine için tercüme etmişti. Bu, Katherine veya Dük'ün ya da varislerinin birbirleri üzerindeki hak iddialarını ortadan kaldırıyordu. Adamın dediğine göre, sadece karşılıklı korunma sağlayan bir belgeydi ve Majesteleri, her zamanki cömertliğiyle, son bir hediye olarak Kettlethorpe'a en kaliteli Gaskon şarabından iki yüz fıçı göndermişti.

Ve on yıllık tutku dolu aşk böyle sona ermişti. Fırlatılıp atılmış bir metres ve piçlerine rahat bir hayat sağlanmıştı; diğer taraftan, tövbekâr zinacı karısına dönmüştü. Kutsal kitap kadar eski ve yaygın bir hikâye. Lincoln Piskoposu bir vaazında bunu belirtmekten geri kalmamış, Âdem ve Lilith'ten dem vurmuştu. Leydi Julian'ın ve Norfolk'ta geçirdiği günlerin anısı olmasa bu sürekli saldırılara ve zalimce aşağılamalara asla dayanamazdı.

Ama Robert Sutton'la ilgili sorunuyla ilgili bir cevap alamamıştı. Duasından sonra ulaştığı o sakin kararlılık, bu konuda onu yalnız bırakmıştı.

O gün öğleden sonra yün tüccarının ziyaretini beklerken Katherine üç oğlunu yanında tutuyordu. Üçü de sokağa çıkıp Kral'ın gelişi için süren hazırlıkları görmek istese de Katherine onlardan bir süre kalmalarını istemişti ve bunun bir nedeni koruma sağlamaları, bir nedeni de Robert'ın onlara nasıl davranacağını yakından gözlemlemek istemesiydi.

John hemen anlamıştı. Katherine beklediği ziyaretçiden söz ettiği anda, annesini kardeşlerinden uzaklaştırmış ve ellerini omuzlarına koyarak Katherine'in yüzüne bakmıştı. "Rızanı mı söyleyeceksin, anne?" diye sormuştu. Neredeyse on beş yaşındaydı, Katherine'den daha uzun boyluydu, geniş omuzlu ve erkeksi görünüşlüydü. Ama Katherine onun okul giysilerini bırakıp zırh giymeyi ne kadar istediğini, şövalyeliği ve cesurca şeyleri nasıl özlediğini, üvey ağabeyleri Henry Bolingbroke ve Tom Swynford'un sürdüğü hayata imrendiğini biliyordu.

Katherine

"Johnny... bilmiyorum" dedi Katherine iç çekerek. "Ne yapayım?"

"Hayat senin için kolaylaşır!" dedi John yavaşça. Yeni çıkmaya başlayan altın rengi sakallarının altında yanakları kızardı. "Seni daha fazla koruyamam." Zorlukla yutkundu. "Ama koruyacağım! Beklersen göreceksin. Bir şekilde şövalyeliğimi kazanacağım. Anne, diğerlerini yenebilirim. Windsor'da yapılacak St. George Günü'ndeki turnuvaya katılmama, zırh giymeme izin ver; kimse benim..." Sıradan olduğunu anlamazdı. Bunu söylemiyordu ama ikisi de biliyordu.

"Göreceğiz, hayatım" dedi Katherine gülümsemeye çalışarak. John'ın hayalleri gerçek dışıydı; fakat en azından iyi bir şövalyenin silahtarı, kraliyet kanını onurlandıran biri olabilir ve dostsuz pozisyonundan yararlanılmasını önleyebilirdi.

Ve diğer iki oğlu. Ateşin yanında yüzükoyun yayılarak her zamanki gibi kitabını okuyan Harry'ye baktı. Sarı buklelerinde mürekkep lekesi vardı; ellerinde mürekkep lekeleri ve çakı kesikleri göze çarpıyordu. Harry, yaşından beklenmeyecek bir zekâya sahip, gerçek bir araştırmacıydı. Hiç tatmin olmayacakmış gibi bilgi yutuyor ve hepsini kafasında tutuyordu. Cambridge'e gitmeye ve en azından düşük seviyede eğitim almaya kararlıydı; din adamları arasında daha fazla ilerlerse, hem büyük nüfuz hem de para sahibi olabilirdi. Bir piç, onlar olmadan Kilise'de yükselemezdi. Piçlik. Oğulları yaşları ilerledikçe kendilerini hedeflerinden uzak tutan engellerin farkına varırken isimsiz olmadıklarını, babalarının onlara özel bir rozet bağışladığını, kendi armaları olduğunu kaç kez vurgulamak zorunda kalmıştı. Onlara İngiltere'nin fatihi William Normandy'nin kraliyet soyundan gelmediğini hatırlatmıştı. Bu tartışmalar çocukları yatıştırmış gibiydi. En azından, onu sızlanmalarıyla üzmekten vazgeçmişlerdi. Ama ona karşı daima düşünceli davranmış, kendi tarzlarında çok sevmişlerdi.

Tamkin hâlâ bu konuda huysuzlanmak için çok küçüktü. Zaten neşeli bir çocuktu ve on yaşında, spor ve oyunla dolu bir dünyada yaşıyordu. Sağlıklı bir çocuk olan Tamkin, şu anda kitabının üzerine kurutulmuş meşe palamutları atarak Harry'yi kızdırıyordu. Bu bir kavgayla bitti. Koltuklar ters dönerken; bağrışlar, tekmeler ve yumruklar arasında iki çocuk yerde yuvarlanırken, Robert Sutton içeri girdi.

"Tanrım, Leydim!" diye bağırdı adam kargaşanın ortasında. "Burası tımarhane gibi! Oğullarınız size pek saygı göstermiyorlar galiba."

Tamkin ve Harry hemen ayrıldılar. Nefes nefese, kıpkırmızı yüzlerle dikildiler. "Annemize saygısızlık etmek istemedik, Efendi Robert" dedi Harry, yırtılmış tüniğini düzeltmeye çalışırken ve yün tüccarına soğuk gözlerle bakarken.

Katherine'in dikkatli yüzüne bakan Robert, ses tonunu değiştirdi. "Güzel, güzel. Bundan eminim. Çocuklar çocuktur, değil mi? Size bir şey getirdim." Bakışları, annesinin yanında gergin ve sessiz bir şekilde duran John'a döndü. "Hepsi avluda sizi bekliyor."

"Ah, ne o? Ne?" diye bağırdı Tamkin yerinde zıplayarak.

"Gidip kendiniz görün" dedi adam.

John ve Harry ona düşünceli gözlerle baktı; ama yine de heyecanlı kardeşlerinin peşinden gittiler.

"En iyi dişi av köpeğim Tiffany yavruladı" dedi Sutton, Katherine'in karşısına otururken. "Her birine birer yavru getirdim. Lincolnshire'daki en keskin burunlara sahipler."

"Çok düşüncelisiniz, Efendi Robert" dedi Katherine samimi bir minnetle. Çocukların safkan av köpeği yoktu ve Kettlethorpe'taki kırmalarla idare ediyorlardı.

"Joan'a da Fez sahilinden gelen sarı bir kuş getirdim. Ama sıcak tutmalı ve iyi bakmalı."

"Teşekkürler. Çok sevinecek" dedi Katherine.

Robert normalde algıları güçlü olan bir adam değildi; fakat Katherine'e duyduğu ilgi, onu orta yaşta gözlemci yapmıştı. Katherine'in güzel gri gözlerinde bir bulut sezinledi ve dudağının gergin olduğunu fark etti. Şişkin ellerini kadife kaplı dizlerine koyarak öne eğildi. "O hâlde, seni rahatsız eden nedir, hayatım?"

İyi biri, diye düşündü Katherine. *Nazik. Çocuklar kıskansa da, bunu aşacaklardır. Evet diyeceğim ama önce ona karşı her konuda açık ve dürüst olmalıyım.*

"Sorun şu ki" dedi, kendini konuşmaya zorlayarak. "Bir zamanlar bir çocuğum vardı. Kuşları çok severdi. Blanchette..."

"O küçük kızıl saçlı kızı hatırlıyorum" dedi Robert. "Ölmesi çok acı oldu; Tanrı ruhunu kutsasın." *Piçlerden birinin veya daha fazlasının ölmemesi çok acı,* diye düşündü. *Her neyse, insan elindekilerle yetinmeyi bilmeli.*

Katherine konuşmadan bakışlarını ateşe dikince adam daha neşeli bir tavırla konuştu. "Geçmişi unutmalısın. Böyle moral bozmak iyi değildir."

"Hayır, elbette." Katherine döndü ve adama baktı. "Moral bozmak iyi değildir ve geçmişi unutmaya çalışıyorum."

"Ben sana unutturacağım!" dedi Robert. "Katherine, ne söylemeye geldiğimi biliyorsun. Çocuk değiliz. Bayan Sutton olacaksın. Tanrım, gelecek yıl vali karısı olacaksın; babam çekildiğinde ve ben tekrar seçildiğimde. Bu şehirde başın dik dolaşacaksın; hepsine lanet olsun. Bir Sutton hakkında konuşmaya cesaret edemezler. Bu konuda iki kez düşünmediğimi söyleyemem ve babamla kardeşim, şey, onlara ne diyorsam onu yapacaklar. Biz Suttonlar birbirimizi destekleriz ve bana meteliksiz gelmediğini kabul etmek zorundalar. Hayır, onlara Beaufortların bakıldığını ve mülkün olduğunu gösterdim. Başlarına geçtiğimde, malikânelerinin hepsinin nasıl zenginleştiğini kendin göreceksin. Bir kadın için sen de çok akıllıca ve becerikli davrandın. Bildiğin gibi, köleleri azat etmene karşıydım; ama sonuç hiç de fena olmadı, tabii kiralarını ödedikleri sürece. Ama malikânelerden daha fazlasını da kazanabilirsin. Kettlethorpe'da denemek istediğim yeni bir o'Cotswold türü var. Fossdyke yakınlarındaki otlağın onlara uygun düşeceğini düşünüyorum ve..." Karşısındaki kadın olduğundan, bunun belki de en etkili kur yapma tarzı olmadığını fark etti ve boğazını temizleyerek devam etti. "Şey, uzun zamandır seni yatağımda istediğimi biliyorsun ve eğer başka türlü gelmeyeceksen, seninle evlenmek istiyorum."

Katherine güldü.

Tüccar, bu güzel sesin verdiği zevkle doğal bir sinirlilik arasında gidip geldi.

"O kadar komik olan nedir?" diye sordu. "Sadece Bayan Sutton olacaksın, biliyorum, bir Leydi olmayacaksın ama..."

"Hayır, hayır, Efendi Robert" dedi Katherine elini adamın dizine koyarak, "öyle bir düşüncem yok. Ben sıradan bir aileden geldim ve Bayan Sutton olmaktan mutluluk duyacağım..."

"Yani?" diye bağırdı adam. Katherine'in ayaklarının dibine yuvarlandı ve kolunu beline dolayarak dudakların iştahla öptü.

Hiç fena değil, diye düşündü Katherine. Öpüşürlerken nabızları biraz hızlanmıştı. *Evet, onu sevmeyi öğrenebilirim; en azından yeterince. Deneyeceğim.*

* * *

Ertesi gün kraliyet grubunun katedrale gelişi, Lincoln'ün bütün büyüklük umutlarını haklı çıkardı ve aynı zamanda, Richard'ın abartılı lüks eğilimiyle ilgili giderek artan dedikoduları da kanıtladı; ancak bugün kimse bununla ilgilenmiyordu.

Vali John Sutton, kırmızı cüppesi içinde ilk gelendi; arkasından meclis üyeleri, lonca üyeleri ve Kilise'nin ileri gelenleri sancaklarıyla geldiler.

Yaşı ilerlemiş olan piskopos her zamanki kadar kibirli ve asık yüzlü görünüyordu. Bunlar Lincoln'de tanıdık manzaralardı ve herkes alışmıştı; fakat Kral ve Kraliçe'yle maiyetleri başka bir konuydu. Böylesine altın, saf gümüş, sokaklardaki çamurlarda sürünen metrelerce ermin ve parıltılı mücevherleri kimse hayal bile etmemişti.

Robert Sutton'ın nüfuzu sayesinde, Katherine grubun törenin yapılacağı binaya doğru ilerleyişini, kilisenin ana nefindeki bir banktan izliyordu.

Tanıdık kişiler önünden geçerken içi tahmin ettiğinden daha büyük bir sızıyla burkuldu. Dük'ün yanında sık sık gördüğü Michael de la Pole, şimdi Richard'ın danışmanıydı ve Suffolk Kontu, İngiltere Şansölyesi olmuştu; ama bazı sorunlar vardı. Katherine sorunların derinliğini bilmiyordu; ancak yakın zamanda şansölyelikten atılmıştı ve Parlamento'da mahcup edilmişti. Yaşlanmış görünüyordu, omuzları sarkmıştı ve saçları üzerindeki erminler kadar beyazdı.

Ve Kuzey'in ateşli savaşçısı Lord Neville: Sadece yaşlı değil, aynı zamanda hasta görünüyordu ve adımlarını sürüyor, büyük ölçüde yakışıklı oğlu Ralph'in koluna dayanıyordu.

Arkasından, kalçalarını sergileyen taytlar ve yarım metre uzunluğunda burunları olan kadife ayakkabılar giymiş hokkabazlarla aktörler geldi; Richard'ın çağdaşları ve dostları. Kraliçe Anne'le birlikte gelen Bohemian lordlar ve leydiler de vardı. Bir zamanlarda Oxford Lordu ve şimdi İrlanda Dükalığı'na yükselen Richard'ın sevgili dostu genç de Vere.

De Vere'ın yakışıklı yüzüne bakarken Katherine'in midesi bulandı. Kettlethorpe'da bile, de Vere'ın üç yıl önce Dük'e karşı giriştiği inanılmayacak kadar aptalca komploları duymuştu; John'ı zehirlemek için planlar yaptığını, de Vere'ın günah keçisi olan deli bir Carmelite keşişinin ağır işkencelere maruz kaldığını duymuştu. Evet, o sakalsız yanakların, altın rengi buklelerin, menekşe rengi kadifeler içindeki o ince uzun vücudun arkasında her türde sapıklık mevcuttu.

On yıl önce başlayan ve şimdi Edward'ın döneminde bilinenlerden çok daha şiddetli hâle gelen kavgaların, Richard'ın halkının çoğunun gözünde -sıradan halk ve soylular dâhil olmak üzere- böylesine nefret toplamasının nedeni, de Vere'ın kendi planlarını gerçekleştirmek için onun üzerinde yarattığı etki değil miydi?

Belki de Kraliçe Anne, Kral'ı kurtarabilirdi; birçoklarının umudu buydu.

Kraliyet çifti bir aradan sonra kendi başlarına göründü. Katherine ve kalabalıktaki herkes diz çöktü.

Richard şişmanlamıştı. Yanakları ve mücevherlerle dolu tüniğin altındaki hatları yusyuvarlaktı. Altındaki altınların görünmesine izin vermeyen mücevherler o kadar çoktu ki göğsündeki beyaz rozet bile incidendi. Kraliçe Anne de aynı şekilde süslüydü ve başındaki yüksek başlık yüzünden ilk bakışta kocasından daha uzun boylu görünüyordu. Kesinlikle güzel bir kadın değildi. Kutsal Roma İmparatoru'nun bu kızı sıradan bir elbise içinde herhangi bir sağlıklı köylü kızı sanılabilirdi; ama yüzü nazikti ve Richard'a bir şey fısıldarken küçük gözleri parlıyordu.

O kadar gençler ki, diye düşündü Katherine, *ikisi de daha yirmi yaşında ve kişilikleri henüz tam olarak oturmuş değil. Belki de bu köylü görünüşlü genç kadın, Plantagenet çiçeğini ehlileştirmeyi başarabilir.*

Kraliyet çifti ana nefte gözden kaybolduğunda, Katherine ayağa kalktı ve uyuşmuş bacaklarını esnetirken Richard'ın maiyetinden bazılarının törene gitmediğini ve geri döndüğünü fark etti.

Katherine eve dönmeli ve ziyafet için hazırlanmalıydı. Ayrıca, zavallı Philippa'ya herkesin tam olarak ne giydiğini ve Kraliçe'nin nasıl göründüğünü anlatmalıydı. Philippa acıları olmasına rağmen daha mutluydu. Hawise de mutluydu; çünkü ikisi de Katherine'in Efendi Robert'ın evlenme teklifini kabul etmesine çok sevinmişti ama pazar günü ilk ilanlar asılana kadar her şey gizli tutulacaktı.

Galilee girişine doğru yürüdü ve Piskoposun Gözü denen vitraylı pencereden süzülen renkli ışıkların altında duraksadı. Bu katedrali daima sevmişti ve batı tarafındaki kayısı rengi duvarı, zengin kabartmalarıyla İngiltere'deki en güzel katedral olduğunu düşünüyordu. Katedralin öylesine görkemli bir saygınlığı vardı ki kendine has bir şekilde insanın içinde huşu uyandırıyordu. Ama piskoposun kaba vaazından sonra kendini burada asla hoş karşılanmış hissetmeyecekti; çünkü hademelerin ve rahiplerin bile kendisine alaycı gözlerle baktığını hissediyordu.

Yine de bugün o kadar çok yabancı vardı ki göze battığını sanmıyordu. Piskoposun Gözü'ne bakarken, biri adını söyledi. Katherine döndü ve Michael de la Pole'la karşılaştı.

"Ah, Tanrı'nın selamı üzerinize olsun, Lordum" dedi Katherine kararsızca. Ayrıldıklarından beri Dük'ün yakın dostlarıyla hiç karşılaşmamıştı.

"Leydi Swynford..." dedi yaşlı Kont gülümseyerek. "Her zamanki gibi güzelsiniz." İç çekti ve Katherine o yaşlı gözlerin tedirgin olduğunu fark etti. "Bir şeylerin değişmediğini görmek güzel."

"Ah, Lordum" diye itiraz etti Katherine, "oysa ki değiştim."

De la Pole başını iki yana salladı. "Burada kibarlık etmiyorum, Leydim; hatırlarsanız, güzel konuşmak benim becerilerim arasında yer almaz. Altı, evet altı yıl önce Leicester Şatosu'nda olduğunuzdan daha yaşlı görünmüyorsunuz. Yine de başka bir hayat, başka bir dünya gibi geliyor."

"Öyleydi" dedi Katherine. "Benim için."

Bu kadınla uzun dostluğu süresince de la Pole Dük'ün ona duyduğu tutkuyu asla anlayamamıştı; ancak şimdi aniden anlamıştı ve bunun bir nedeni belki de kendisinin de acı çekmiş olmasıydı.

"Leydim" dedi hüzünle gülümseyerek, "yaşın getirdiği bazı engellerim var. Uşağımın gidip bana şarap alabileceği iyi bir han biliyor musunuz? Dolu tutmadığım takdirde midem ağrıyor da."

Katherine başıyla onayladı. "Lordum, eğer arzu ederseniz, evim birkaç adım ötede, size şarap ikram edebilir miyim?"

"Kesinlikle! Bir saatlik sükûnet beni kendime getirir; kesinlikle. Ama Leydim" dedi, gözleri alaycı bir ışıkla parladı, "zimmete para geçirmekle, korkaklıkla suçlanarak utanç içinde makamından atılan bir adamı evinize kabul etmek istediğinizden emin misiniz?"

"Bunu bana mı soruyorsunuz?" dedi Katherine. Bir an birbirlerine gülümseyerek ve derin bir anlayışla baktıktan sonra dönüp birlikte katedralden çıktılar ve Katherine'in evine yürüdüler.

Hawise ve Philippa, Suffolk Kontu'nu karşılarında görünce aceleyle koşturmaya başladılar ve küçük Joan da heyecan ve hayranlıkla de la Pole'a baktı. Ama erkekler bugünkü özgürlüklerinin tadını çıkarıyorlardı.

Katherine, ateşin başında de la Pole'a kendisi şarap servisi yaptıktan sonra minderli iki koltuğa rahatça yerleştiler. De la Pole derin bir iç çekti. "Bu çok güzel! Sessizlik. Kral'ın etrafında olmak için insanın genç ve güçlü olması gerekiyor."

Philippa ve Hawise, kibar bir şekilde çekildiler ve Joan'ı da yanlarında götürdüler. Güneş ışığının Katherine'in sade görünüşlü ama iyi cilalanmış mobilyalarının üzerinde parıldadığı bu güzel odada, iki eski dost baş başa kalmıştı. Katherine, de la Pole'un konuşmayı tercih etmeyebileceğini düşünerek nakışına geri döndü.

De la Pole onu bir süre izlerken eski hayatını düşünüp düşünmediğini ve Lincoln'de işlerin nasıl gittiğini merak ediyordu. Evet, Katherine değişmişti; yüz hatları değil ama yaydığı hava değişmişti. Daha önce onda bir yoğunluk, hareketlilik ve heyecan vardı; oysa şimdi çok huzurlu ve dingin görünüyordu.

"Leydi Swynford" dedi aniden, "Dük'ü hiç düşünüyor musunuz?"

Katherine'in iğnesi durdu, titredi ve kırmızı yünüyle birlikte kanvasın arasından yere düştü. "Düşünsem bunun bir yararı olmazdı, değil mi?"

"Hayır, o zamanlar çok uzak geçmişte kaldı ve sanırım siz de unuttunuz; ama onun sizi düşündüğünden hiç şüphem yok."

Katherine başını kaldırdı. Gri gözleri bulutlandı. "Yanıldığınızdan eminim, Lordum. Tabii benden nefret ettiği için düşünmesi hariç."

"Nefret mi?" dedi de la Pole şaşkınlıkla. "Ah, siz ortadan kaybolduğunuzda bir süre kuzeyde çok öfkeliydi ve bu bence doğaldı; ama sizden nefret ediyor olsaydı, Knaresborough yakınlarında St. Catherine için bir şapel inşa ettirmezdi."

Katherine elindeki kumaşı bırakıp ayağa kalktı; o kadar sert hareket etmişti ki koltuğu taş zeminde kaydı. "St. Catherine için bir şapel mi?"

"Evet. İsyandan güvenli bir şekilde kurtulmanız için ona yemin etmişti."

Katherine şömineye döndü ve parmaklarını mermer çerçeveye bastırdı. "Bu şapeli ne zaman yaptırdı? Beni açıkça reddedip Düşes'e döndükten sonra olamaz."

De la Pole kaşlarını çattı. "Şey, hatırladığım kadarıyla öyleydi; Knaresborough'da Düşes'e katıldıktan bir süre sonra yaptırdı. Ama bildiğim kadarıyla sizi açıkça hiç reddetmedi ki. O dönemde aylar boyunca yanındaydım ve adınızı andığını bile hatırlamıyorum."

"Ama bütün İngiltere beni nasıl aşağıladığından söz ediyordu; benim için..." bir an duraksadı ve kontrollü bir sesle devam etti, "benim büyücü ve fahişe olduğumu söylemiş. Bunu Walsingham'da duydum."

"Ve inandınız mı?" diye bağırdı de la Pole. "Tanrı aşkına, Leydim, sarayda çamurları ve asılsız dedikoduları tanıyacak kadar uzun süre kalmadınız mı? Onun hakkında onca yalanı söyleyenler, Benedictine tarihçilerdi ve neden? Wyclif'le olan bağlantısı yüzünden; beşikte değiştirilme hikâyesi nedeniyle manastırlarına yönelik sergilediği zulüm yüzünden; keşişleri daima savunması yüzünden. Kötü niyetin nedenlerini sadece Tanrı bilir ama... Dük'ü bundan daha iyi tanıdığınızı sanıyordum."

"Evet, tanımalıydım. Belki de tanıyordum. Ama o zamandan beri ondan doğrudan bir söz duymadım."

De la Pole başını iki yana sallayarak iç çekti. "Size gururunu hatırlatmama gerek var mı? Dahası, sanırım o da sizin gibi düşündü ve en iyisinin ayrılmanız olduğuna karar verdi."

Katherine şöminenin önünde bir aşağı bir yukarı yürümeye başladı, ateşe eğilip odunları dürttü ve tencereye biraz daha şarap koydu. "Lordum, keşke bunları bana söylemeseydiniz" dedi sonunda. "Onun hakkında bu kadar... yumuşak düşünmek istemiyorum."

Evet, belki de ondan söz etmemeliydim, diye düşündü yaşlı Kont. *Görünüşe bakılırsa bugünlerde yaptığım tek şey başkalarının işine burnumu sokmak; en azından düşmanlarım öyle düşünüyor. Dük'e ve taca hizmetle geçen bir ömürden sonra, nefret ve nankörlükten başka bir şeyle karşılaşmadım. Asıl düşmanım Gloucester'dı; ve elbette ki Arundel. Suçlamalar, karalamalar.* Michael ikisiyle de karşılaşmıştı. Kendisinin tüccardan başka bir şey olmadığını, dürüst olamayacak kadar engin bir tüccar olduğunu iddia etmişlerdi. Richard'ı barışa, Fransa'yla bu mantıksız, engelleyici, yıpratıcı savaşa bir son vermeye teşvik ettiği için korkaklıkla suçlamışlardı. Ve şimdi sürgüne gönderilecekti. Bundan şüphesi yoktu. Ve tek gerçek dostu uzakta, Castile'daydı.

"Dük'le aranız nasıl?" diye sordu Katherine. Yine oturup nakışını eline almıştı ve başı öne eğikti. "Sonunda uzun zamandır hayalini kurduğu şeye kavuştu, değil mi? Castilian tahtı onun oldu."

"Tanrım, korkarım hayır" diye cevap verdi de la Pole üzgün bir tavırla. "En azından, istediği şekilde değil. Orada kızı oturacak, kendisi değil."

"Kızı mı?"

"Evlilikleri duymadınız mı?"

Katherine başını iki yana salladı. "İnsanlar bana ondan söz etmiyor."

"Philippa ve Joao, geçen ay Oporto'da evlendiler; kız artık Portekiz Kraliçesi oldu."

Ne kadar tuhaf, diye düşündü Katherine. Manastırda yaşamak isteyen sakin, ağırbaşlı, bakirelik düşkünü kız, yirmi altı yaşında evlenmişti ve uzaktaki bir ülkenin kraliçesi olmuştu.

"Ve küçük Catalina" dedi de la Pole, "bildiğim kadarıyla Enrique Castile'la evlenecek. Anne ve babasının yerine Castile tahtında o oturacak ve bu, nihayet savaşın bitmesi anlamına gelecek."

Ve Castilian hayalinin de sonu demek olacak, diye düşündü Katherine. Başarısızlık olduğu söylenemezdi; ama görkemli de değildi. Bu düzenlemede John kendini aşağılanmış hissetmiş olmalıydı. Ödüle uzlaşmalarla, hanedanlık evlilikleriyle ulaşmıştı ama asla kendisine ait olmamıştı. *Daima ikinci*, diye düşündü Katherine. *Asla birinci değil. Bütün hayatı boyunca.*

"Ah, hâlâ savaşıyor" diye devam etti de la Pole, onun düşüncelerini anlayarak. "Henüz vazgeçmedi. Ama ordusunun olumsuz şekilde etkilendiğini, askerler arasında hastalıklar olduğunu ve bazılarının öldüğünü duyduk. Haberci, Dük'ün kendisinin de aynı hastalığa yakalandığını söyledi. Hayır, Leydim, çok fazla konuştum bile, bu çenesi düşük ihtiyarın kusuruna bakmayın" diye ekledi, Katherine'in gözlerindeki bakışı görünce. "İyileşecektir. O çok güçlü bir adam."

Katherine nakışını bıraktı ve boğuk bir sesle konuştu. "Lordum, sizi bir süre yalnız bırakmak zorunda olduğum için beni bağışlayın." Salon'dan üst kattaki odasına çıktı ve bir süre yalnız kaldı.

* * *

Tekrar aşağı indiğinde, Efendi Robert Sutton'ın ziyafete gitmek için geldiğini gördü. O ve de la Pole, şöminenin başında ayakta duruyor ve kibarca sohbet ediyorlardı.

Kont hemen Katherine'in yanına gelerek elini tuttu. "Nezaketinize karşı kabalık ettim, Leydim, hemen Kral için görevlerimin başına dönmeliyim artık. Bağışlayın" dedi eğilerek, "çok fazla konuştum." Katherine'in elini öptü. "Sizi tekrar görmek çok güzeldi. Tanrı sizi korusun."

O çıktıktan sonra, Robert hâlinden memnun bir tavırla Katherine'e döndü. "Görünüşe bakılırsa Suffolk Kontu sana çok değer veriyor, hayatım. Bu kadar yaşlı olmasaydı kıskanırdım. Onun sayesinde" diye devam etti neşelenerek, "Kraliçe'yle bile tanışabilirsin. Hâlâ Richard'ın üzerinde etkisi var. Ona sormayı düşündün mü? Belki de düğünümüzü ziyafette ilan edebiliriz."

"Hayır" dedi Katherine yavaşça. Oturdu ve de la Pole'un boşalttığı koltuğu işaret etti. "Robert, seninle evlenemem. Bağışla beni."

Yün tüccarının yanakları sarardı ve şaşkın şaşkın bakakaldı. "Katherine, bu da ne demek oluyor? Senin gibi bir kadının böyle sinsice numaralara başvuracağını tahmin etmezdim."

"Numara filan yok. Sadece, geçmişi unutabileceğimi düşünmekle aptallık ettiğimi anladım." Robert kendisine giderek artan bir öfkeyle ve şaşkınlıkla bakarken Katherine uzunca bir süre tereddüt etti. "Konu şu ki" dedi sonunda, "bana göre geçmiş geçmişte kalmadı. Hâlâ şimdide. Buna delilik, aptallık diyebilirsin; ama anladım ki kendimi başka bir erkeğe veremem."

Robert onunla tartıştı, öfkelendi, ona yalvardı. Katherine'in gözlerinden yaşlar boşaldı; ama asla geri adım atmadı. Süitinde tek başına kaldığı sürede, sonunda bir karar vermişti. Onun için asla rahat bir yeni başlangıç, kaderinin izin verdiğinden daha kolay bir yol olamazdı. Aşkı hâlâ içindeydi ve karşılığı olmasa bile bir adanmışlığı beraberinde getiriyordu. De la Pole'un açıklamaları olmasa, Sutton'la evlenecek ve bir süre için zihni bulanacaktı; ama John'ın acı çektiğini, tehlikede olduğunu düşünmek, bir şeyleri daha çabuk anlamasını sağlamıştı.

Sutton nihayet öfkeli bir şekilde yanından kalkıp gittiğinde, Salon'da tek başına oturdu ve hastalandığını öne sürerek Kral'ın ziyafetine katılmadı.

31

25 Kasım 1395, St. Catherine'de verilen ziyafet.

Katherine, Kettlethorpe'ta her zamanki gibi depresif bir şekilde ve kendini tarifsiz bir yalnızlık duygusu içinde bularak uyandı. Eski süit öncekinden daha sıcaktı ve evinde yavaş yavaş mütevazı bir rahatlık yaratmayı başarmıştı. Duvarlarda Lincoln'de yapılmış duvar halıları asılıydı ve yere ayı postlarıyla koyun derileri serilmişti. Ahşap panjurlar, kurşunlu camla değiştirilmiş, şömine bu odayı daha iyi ısıtacak şekilde yeniden tasarlanmıştı. Yine de Katherine uyandığında ürperdi ve pencerenin dışındaki yağmur sesini dinledi. Günle yüzleşmek için isteksizdi: Bütün malikâne sakinleri için tatildi ve herkes onun onuruna muhteşem kutlamalar düzenlemeyi düşünmüştü.

Köyde bir Catherine dansı ve yün eğirme yarışması olacak, şimdi Kettlethorpe'ta büyük bir adam olan -neredeyse gayri resmî bir validi- Cob konuşma yapacaktı. Kiracıları Katherine'e hediyeler getirecek, sonunda da Büyük Salon'da bir ziyafet verilecekti. Bunlar, yürek ısıtan kutlamalardı. Geri dönüşünden beri, her yıl giderek daha abartılı hâle gelen hazırlıklarla tekrarlanıyordu. Köylülerin kendisine gösterdiği saygı ve sevgiye karşılık vermemek, gerçekten nankörlük olurdu.

Ama bu sabah başı ağrıyordu. Hawise'in sabah birasıyla gelmesini beklerken sadece endişelerini düşünebiliyordu. En iyi dişi koyunlarından ikisinde kıran belirtileri vardı ve çoban, hastalığın yayılmasını önleyecek bir önlem için

Harby'deki büyücüye birini göndermişti. Bir endişesi bu, diğeri de Janet'tı.

Tom'un karısı Janet Swynford, yakında ikizleriyle Coleby'den gelerek kayınvalidesine saygılarını sunacaktı. Crophill, Nottingham'da doğmuş biri olarak, Janet kesinlikle Tom'a uygun bir eşti. Kendine yetmeyi bilen, çalışkan ve demir bir tencere kadar sağlam bir kadındı; dolayısıyla, Tom'un Lord Henry Bolingbroke'a hizmet etmek için evden uzak kaldığı uzun dönemlerde, onun Coleby'de yalnız kalmasında bir sakınca yoktu. Ama Janet sürekli olarak sızlanıyordu ve bu da Katherine'i sıkıyordu. Bir yaşındaki ikizler çok tatlıydı ve Katherine onları görmek için sabırsızlanıyordu ancak hassas çocuklardı; küçük Hugh sürekli öksürüyordu ve Dorothy'nin de zayıf bir midesi vardı.

Altı sağlıklı çocuk dünyaya getirip büyütmüş olan Katherine, Janet'ın muhtemelen güceneceği -ve aldırmayacağı- tavsiyelerini daima bastırıyordu.

Ah, yeterince alışıldık bir sorundu ve üzerinde düşünmeye gerek yoktu. Joan'ın mutsuzluğu, daha endişe vericiydi. Joan, geçen yıl kısa süreyle evli kaldığı şişman ve yaşlı şövalyeyi sevmemiş değildi; şövalyenin kendisine sağladığı daha yüksek statü ve hep özlemini çektiği gibi dünyayı görme fırsatı karşılığında biraz rahatsızlıklara katlanmıştı. Sir Robert Ferrers, küçük gelinini Leicester Şatosu'na götürmüştü ve Henry'nin karısı Mary de Bohun'un neşeli ev halkıyla tanıştırmıştı. Ama Joan birkaç haftalık heyecandan sonra dul kalmış, Kontes Mary'nin de ölümünden sonra Kettlethorpe'taki annesinin yanına geri dönmüştü. Daha da kötüsü, o kısa süreçte, kız umutsuzca âşık olmuştu; yakışıklı ve genç Westmoreland Lordu, Richard'la birlikte Lincoln'e yaptığı ziyaretten kısa süre sonra ölen yaşlı savaşçının oğlu Ralph Neville'e.

Bu imkânsız bir aşktı. Neville erkekleri asla piçlerle evlenmezdi. Bu, Joan için büyük bir kalp kırıklığıydı ve Katherine elinden geldiğince onu yatıştırmaya çalışmıştı: Çok gençti; bunu atlatacaktı; karşısına daha uygun bir koca adayı çıkacaktı ve bebekleri doğduğunda genç Neville'i kesinlikle unutacaktı.

Joan menekşe rengi gözlerini iri iri açarak annesine bakmıştı. "Sen unuttun mu, anne? Swynford'lara hamileyken bile babamı unutabildin mi?"

Katherine bunun şokunu hâlâ taşıyordu ve kızın güdüsel karşılaştırmasından korkmuştu. "Hayır" diye fısıldamıştı kız boğuk bir sesle. "Bunu çok istese, bana yalvarsa bile asla Neville'in metresi olmayacağım. Bir piç olmanın ne demek olduğunu bilen benim, başka birini daha kendi durumuma düşüreceğimi mi sanıyorsun? Ah, bağışla beni, anne..."

İkisi de gözyaşları içinde başlarını çevirmişlerdi ve bir daha bu konuyu açmamışlardı.

Joan'ın bu yeni mutsuzluğu, Katherine'in Blanchette için duyduğu eski acıyı da uyandırmıştı. On dört yıl boyunca kızından tek bir haber alamamıştı. 13 Haziran'da onun için kilisede anma ayinleri yapılıyordu; ama Katherine onun ölümünü hâlâ kabul edememişti.

Hayatın kadınlara karşı daha acımasız olduğu doğruydu; ama neden en büyük ve en genç çocukları diğerlerinden daha fazla acı çekiyordu? Bu soru için de diğer birçokları için olduğu gibi cevap yoktu.

Ben üzerine bastığın toprağım. Evet, buna inanıyordu. Birçok kez bunu düşünerek rahatlamıştı. Ama bazen şüpheye kapılıyor, Leydi Julian'ın günah kavramını bile bilmediğini düşünüyordu.

Dışarıdaki kapı bir gürültüyle sertçe açıldı. Hawise soğuk havayla birlikte içeri girdi. "Tanrı aşkına, keşişler için ne güzel bir hava!" Kapıyı sertçe kapadı ve ellerine üfledi. "Fark etmez, hayatım, bugün senin azizenin günü ve birana sevdiğin gibi tarçın kattım. Tanrı seni korusun!" Yatağa eğilerek Katherine'i öptü. "Kutsal Meryem, neden yüzün bu kadar asık? Sorun nedir?"

"Bilmiyorum." Katherine gülümsemeye çalıştı. "Hawise, kaç yaşında olduğumu biliyor musun?"

"Bilmem gerek." Hawise bir kadehe bira doldurdu ve şöminedeki ateşi karıştırdı. "Henüz hafızamı kaybetmedim. Ayrıca mutfaktaki bütün hizmetkârlar bu geceki ziyafet için kırk beş mum hazırlamakla meşgul."

"Kırk beş" dedi Katherine. "Tanrım, ne yaş!"

Hawise, elinde tavşan kürklü sabahlıkla yatağa geri döndü. "Şey, çok fazla yaşlanmadın. Cob daha dün Leydi Kettlethorpe'un tüm Lincolnshire'daki en güzel kadın olduğuyla övünüyordu."

"Cob tarafsız olamaz ki... Tanrı onu korusun" dedi Katherine gülerek. Uzun örgülerine baktı. Saçları her zamanki gibi gürdü; ama arada beyaz teller vardı ve şakaklarında kızıl saçlarının arasından sırıtan beyaz lekeler olduğunu çok iyi biliyordu.

"Hâlâ taş gibisin" dedi Hawise, Katherine'e sabahlığını uzatırken. "Hepsini yaptığın işlere borçlusun. Kutsal Meryem, eski hâline inanamıyordum; bira yapıyordun, ekmek pişiriyordun, hizmetçilere koşturuyordun, bahçeyle ilgileniyordun ve hatta yün kırpıyordun! Tanrım, ne meşguliyet!"

"Mecburdum" dedi Katherine. Sutton desteğini ve tavsiyesini çektikten sonra birkaç yıl çok zorlanmışlardı. Bütün malikâneyi tek başına idare etmişti; ama yine mütevazı bir kazanç elde etmeye başlamışlardı. Sutton'ın öfkesi de zamanla zengin bir şövalyenin kızıyla evlenince yatışmıştı ve hepsi çok uzak bir geçmişte kalmış gibi görünüyordu.

Mekanik bir şekilde yıkanıp giyindi ve Hawise'in sincap kürklü koyu kırmızı kadife elbisesini giydirip Kraliçe'nin broşunu takmasına izin verdi.

"Ne kadar tuhaf" dedi Hawise tokayı ayarlarken, "eskiden sevdiğin bir takı bulana kadar ağzına kadar dolu kutuları karıştırırdım; şimdi bundan başka bir şeyin yok."

Katherine iç çekti ve ateşin başına çöktü. "Çok şey değişti" dedi üzgün bir tavırla. "Hawise... bu sabah zavallı ablamı düşündüm, Tanrı ruhunu kutsasın. Ne kadar çok ölüm..."

"Tanrı korusun!" diye bağırdı Hawise istavroz çıkararak. "Azizenizin gününde bunlar ne biçim sözler?"

"Daha iyi gün mü olur?" dedi Katherine. "Onları düşünüyorum da..." Ateşe bakarak sessizleşti.

Özellikle de bir ölüm, diye düşündü Hawise, başını iki yana sallayarak yatak örtülerini düzeltmeye başlarken. Düşes. Geçen yıl ülkenin en büyük leydisi tuhaf bir şekilde hastalanmış, Lollard rahipler bunu Tanrı'nın öfkesi olarak yorumlamıştı ve halk korkmuştu. Lent ve Lammastide arasında İngiltere'nin en soylu üç leydisi ölmüştü. Kraliçe Anne, Sheen Şatosu'nda vebadan ölmüştü ve Kral acıdan aklını kaçırmıştı. Lord Henry Bolingbroke'un eşi Mary de Bohun, doğum sırasında ölmüştü. *Tanrı onu kutsasın,* diye düşündü Hawise, isyandan önceki kış Leicester Şatosu'nda gördüğü on iki yaşındaki kızı hatırlayarak.

Ve Düşes Costanza, karnında oluşan bir hastalık yüzünden İngiltere'de ölmüştü. Haber Kettlethorpe'a ulaştığında, Leydi Katherine günlerce sessiz kalmış, güzel gri gözlerinde bekleyen, gergin bir bakış belirmişti ama hiçbir şey olmamıştı; sadece Beaufort çocuklarına yeni mülkler bahşedilmişti. Geçen yıl boyunca Dük onlara karşı gizli bir ilgi beslemeye başlamış gibiydi; en azından, varisi Henry'nin onlara arada bir gösterdiği belirgin yardımseverliğe müdahale etmemişti.

Ama, diye düşündü Hawise, bir battaniyeyi çekiştirirken *en azından o lanet olasıca herif hanımına nazik bir mesaj gönderemez miydi?* Bunun yerine, hükümdar olarak yine Aquitaine'e dönmüştü ve hâlâ oradaydı. *Tanrı belasını versin!* Üstelik neden Katherine fırsatı varken Sutton'la evlenmemişti? Ama Hawise öyle bir durumda onun mutlu olabileceğinden pek emin değildi. *Er-*

kekler, erkekler, erkekler, diye düşündü Hawise öfkeyle. Sonra Katherine'in dalgın bir tavırla oturduğunu gördü ve ona yaklaştı. "Efendi Geoffrey'nin sana gönderdiği kitaptaki o mutlu hikâyeleri biraz oku. Seni hep neşelendirirler."

Katherine gözlerini kırpıştırarak iç çekti. "Ah, Hawise, korkarım ki bugün beni neşelendirmek için hikâyelerden fazlası gerekiyor. Zavallı Geoffrey…" Katherine onun zor günler geçirdiğini biliyordu; mektupları her zamanki gibi felsefi olmasına rağmen sağlığı iyi değildi, maddi sıkıntılar yaşıyordu ve Kraliyet Ormancısı olarak gönderildiği Somerset'te çok yalnızdı. *Keşke ona yardım edebilseydim,* diye düşündü. Belki de bütün hesaplar çıkarıldığında, oradan buradan tasarruf edilecek birkaç şilin bulunabilirdi.

"Aha!" dedi Hawise aniden dudaklarını büzerek. "İşte Leydi Janet ikizleriyle geldi." İkisi de avludan gelen tanıdık nal seslerini ve bebeklerin çığlıklarını dinledi.

"Evet" dedi Katherine yerinden kalkarak. "Bugünkü kutlamalar en mutlu şekilde başlasın."

Kesinlikle kendinde değil, diye düşündü Hawise, odayı düzenlemeye devam ederken. Hawise sunağın yanında duraksadı ve hanımının tespihini alırken onun için dua etti. Hâlâ tatmin olmamış bir şekilde Katherine'in giysi sandığına daldı ve küçük bir bakır iğne bulup dilek tutarak ateşe attı. Şimdi kendini daha iyi hissediyordu. "Kahvaltıdan önce ağla, akşam yemeğinden sonra şarkı söyle" dedi, Dame Emma'nın rahatlatıcı sözlerinden birini tekrarlayarak. "Gün doğmadan neler doğar."

Hawise'in duası ve dileği kabul oldu; ama akşam yemeğiyle veya neşeli bir şarkıyla ilgisi yoktu.

Köylüler ziyafeti bitirmiş, masalar temizlenmiş, Salon'daki yerlerine geri yığılmıştı. Cob konuşmasını yapmıştı. Katherine'in yanaklarına biraz renk gelmiş, hikâyeler gözlerini doldurmuştu ve kiracılar onun için coşkuyla tezahürat yapıyordu. Laughterton'dan iki yoksul, Katherine'in umutsuzca ihtiyaç duyduğu kiranın bir kısmını getirmiş, muazzam miktarda elma ve küçük kekler hediye edilmişti.

Şimdi Katherine uyku zamanından bir saat önce yatağında oturuyor, lavtasını çalıyor, Joan şarkı söylüyordu ve Janet da dalgın bir tavırla dinliyordu. İkizler şöminenin yanındaki beşiklerinde uyumuştu. Hawise mutfağın yanında oturuyor, çarşafları onarıyordu. Ev hizmetkârlarının hepsi, köydeki hana gitmişti. Kırk beş mum hâlâ yanıyordu ve eski Salon'a sıra dışı bir ışık yayıyordu.

"Bugün ağabeylerimin hepsi nerede acaba?" dedi Joan, şarkı arasında duraksadıklarında. "Tanrım, keşke erkek olsaydım."

Annesinin yüreği ezildi. Çocuk için burada orta yaşlı kadınlarla birlikte olmanın ne kadar zor olduğunun farkındaydı.

"Şey" dedi Katherine neşeli görünmeye çalışarak, "Harry'nin Almanya'da eğitim gördüğünü, Tamkin'in Oxford'da olması gerektiğini biliyoruz... ama açıkçası bu ikincisine pek güvenmezdim." Gülümsedi. Tamkin, daha şimdiden Kilise'de hiç beklenmedik şekilde pederliğe yükselmiş olan Harry gibi okumaya meraklı değildi. Elbette ki babalarının gizli nüfuzunun hepsine yardım ettiği şüphesizdi. Bu sık sık Katherine'i rahatlatıyordu. Genç John, nihayet en büyük hayalini gerçekleştirerek Lord Henry'yle birlikte Barbary sahillerine yolculuk yaptıktan sonra şövalye olmuştu. Johnnie sevimli bir çocuktu ve doğumunun yarattığı engele rağmen talihi yaver gitmişti. Richard bile ondan hoşlanıyordu -en azından uzaktan- ve geçen yıl onu orduyla birlikte İrlanda'ya götürmüştü.

"Thomas'ın nerede olduğunu bilmiyorum" dedi Janet aniden her zamanki sızlanmalarına dönerek. "Umarım Noel'de eve döner; bana hiçbir şey anlatmıyor."

"Zavallı Janet." Katherine lavtasını bırakarak iç çekti. "Beklemek bir kadının yazgısıdır; ben de Johnnie'yi çok uzun bir süre daha görebileceğimi sanmıyorum."

Janet'ın küçük gözleri kayınvalidesine kırgın bir bakış attı. Leydi Katherine'in piç oğullarını yasal olana tercih ettiğini bir köstebek bile görebilirdi ve Janet bunu utanç verici bir şey olarak görüyordu. Memnuniyetsiz bakışları, Coleby'dekinden çok daha büyük ve daha iyi döşenmiş olan Salon'da dolaştı. Tom'un mirası almasının ne kadar süreceğini bilmem kaçıncı defa tekrar hesapladı; ama Leydi Katherine yeterince sağlıklı ve en sinir bozucu olanı da, olduğundan on yaş genç görünüyordu ki bu, utançla dolu bir yaşam için haksızca bir ödüldü.

"Ben yatmaya gidiyorum" dedi Joan, esneyerek. "Sanırım seninle, anne?"

Katherine başıyla onayladı. Konukların gelmesi daima yatak odalarının değişmesi anlamına geliyordu. Janet, dadı ve ikizler, Joan'ın her zamanki kule süitinde kalacaktı; bir zamanlar Nichola'ya ait olan odada.

Hawise çarşafları bıraktı ve mumları söndürmeye başladı. Yirmi mum kalmışken dışarıdaki köpekler havlamaya başladı. Sutton'ın sekiz yıldan uzun süre önce John'a verdiği safkan av köpeği Erro, ateşin başında yattığı yerden kafasını kaldırdı. Saygın bir aristokrat olan Erro kendini bekçi köpeği olarak görmüyordu ve genellikle daha aşağı seviyedeki köpeklerin gürültülerine aldırmazlık ediyordu. Bu yüzden, başını kaldırıp inlemesi sonra da güçlü bir sıçrayışla yerinden fırlaması ve kapıya koşması şaşırtıcıydı.

"Tuhaf" dedi Katherine, köpeğin arkasından koşup tasmasını tutarken. "Sadece tek kişi... Tanrım, olabilir mi?" diye ekledi neşeyle.

Ve doğruydu. Genç John Beaufort, üzerinden dökülen karlarla içeri girdi. Annesini kollarına alarak öptü. "Tanrı'nın selamı üzerinize olsun, Leydim! Eminim azizeniz günlerdir size ulaşmak için yolculuk yapan oğlunuza daha iyi bir hava bahşedebilirdi!"

Kardeşini, Hawise'i ve daha az hevesli bir tavırla Janet'i öptükten sonra yolun karşısındaki mezarlıkta yatan ölüleri uyandıracak kadar gürültü yapan Erro'yu sakinleştirdi. Kadınlar etrafında koşturarak pelerinini alıp sarı saçlarındaki karları silkelerken, kılıcını ve altın şövalye mahmuzlarını sökerken, ateşin üzerindeki uzun saplı demir cezvede bira ısıtırken, John ateşin başında durdu.

"Ah, hayatım" diye haykırdı Katherine gururla titreyerek. İngiltere'de kesinlikle bu kadar yakışıklı başka bir genç daha olamazdı. "Demek yaşlı annenin ziyafet gününü hatırladın! Johnnie, bu çok güzel bir sürpriz. Senin yurt dışında olduğunu sanıyordum!"

"Öyleydim." Homurdanarak bir koltuğa çöktü ve kırmızı deri ayakkabılarını ateşe uzattı. "Üç hafta öncesine kadar. Bordeaux'da. Anne..." Döndü ve annesinin yüzüne baktı. "Orada azizenin gününü hatırlayan bir tek ben değildim."

Katherine'in gururlu görüntüsü yavaşça silindi ve yerine gerginlik geldi. "Bordeaux'da ne işin vardı, Johnnie?" diye sordu yavaşça.

Hawise, John'ın ıslak ayakkabılarını ovarken aniden durdu. Janet ikizlerin beşiğini sallamayı bıraktı ve başını kaldırıp onlara baktı; kayınvalidesinin ses tonundaki tuhaflığı anlamamıştı. Joan annesinden ağabeyine baktı ve nefesleri sıklaştı.

"Beni babam çağırmıştı!" dedi John sevinçle. "Onunla bir hafta birlikte kaldım ve sana yazdığı mektubu getirdim. Sana bugün ulaşmasını istedi."

Katherine'in başında gök gürlüyor, gözlerinin ardında şimşekler çakıyordu.

"Yani Dük'le tekrar karşılaştın" dedi soğuk bir tavırla. "Nasıl görünüyor?"

Katherine'in hemen mektubu istememesi karşısında John'ın şaşkınlığına Joan ve Janet da katılmıştı; ama Hawise anlıyordu. Tekrar ayakkabılara dönerken asık yüzle düşündü: *Lanet olasıca Dük bu kez ne istiyor acaba?*

Katherine

"Çok yorgun, sanırım" dedi John, "ve buradaki Erro kadar zayıf. Geri dönmek için sabırsızlanıyor. Aquitaine'deki işi bitmiş ve Richard onu eve çağırmış ki bu anladığım kadarıyla Gloucester'ı çok kızdırmış."

"Ah..." dedi Katherine.

"Tanrım" dedi John, "elbette, o lanet olasıca Thomas Woodstock babamızın ülke dışında kalmasını, böylece Richard'ı istediği gibi yönetebilmeyi ve babamın daima kontrol altında tuttuğu düşmanlıkları ve komploları rahatça sürdürmeyi istiyor. Richard bunlardan sıkılmış ve artık Lancaster'ı geri istiyor."

"Ah..." diye tekrarladı Katherine. "Burada uzakta olduğumuzdan, saraydaki politikalardan veya Kral'ın kaprislerinden haberimiz yok. Gloucester Dükü'nün, ben tanıdığımda Buckingham'dı, Kral'ın gözdesi olduğunu sanıyordum."

"Şey, artık değil. Sanırım Kral ondan korkuyor da. Bu yüzden babamın yardımını istiyor. Anne" dedi John, üstlüğünün düğmelerini çözerek göğsüne sakladığı bir parşömeni çıkarırken, "mektubu istemiyor musun? Neler yazılı olduğunu çok merak ediyorum."

"Ben de" diye fısıldadı Joan, elini Katherine'in koluna koyarak. Katherine mektubu aldı ve üstündeki yazıya baktı: "Leydi Kateryn de Swynford, Kettlethorpe, Nicole" diye yazılmıştı, John'ın kendi güçlü el yazısıyla. *Bu yazıyı en son gördüğümden beri on dört buçuk yıl geçti*, diye düşündü Katherine. Ama kesinlikle değişmemiş görünüyordu. Mektubu çevirdi ve mührü inceledi. Burada bir değişiklik vardı. Castile ve Leon arması artık yoktu; demek büyük Castilian mitinden nihayet vazgeçmişti. Ama kızı Catalina tahtta oturuyordu ki Costanza'yla birlikte en azından bu kadarını başarmışlardı.

"Anne" dedi oğlu yalvarırcasına, "Tanrı aşkına, oku şunu! Bana ne yazdığını söylemedi ve babam sorgulanabilecek bir adam değildir; yine de benden memnun görünüyordu. Mızrak karşılaşmamı izledi ve çok beğendi."

Katherine hafifçe gülümsedi. "Mektupta neler yazılı olduğunu birazdan öğreneceksiniz." Ayağa kalktı. Çocuklarının hayal kırıklığı yansıtan bakışları altında, askıdan üstlüğünü alıp kara çıktı ve merdiveni tırmanarak odasına girdi. Kapıyı sürgüledi, parşömeni bir masaya koydu ve ateşi güçlendirdi. Alevler iyi yanmaya başladığında, sunağa yürüdü ve bir süre diz çöktü. Sonra ateşte bir mum yaktı ve dikkatle demir halkasına yerleştirdi. Bir süre sonra mektubu alıp şöminenin yanındaki tabureye oturdu. Kırmızı mührü kırarken parmakları buz gibiydi.

Selamlama yoktu. Kendisine yazarken her zaman yaptığı gibi, doğrudan Fransızca'yla başlıyordu.

Geçenlerde Les Landes'deki Château la Teste'i ziyaret ettim. Çok uzun zaman öncesinden güçlü anılar içimde uyandı. Birçok şeyin farkındayım; her geçen gün hayatım biraz daha tuhaflaşıyor ve bu uyanış sırasında, davranışlarıma farklı bir açıdan bakmaya başladım. Noel'de İngiltere'ye geri döneceğim ve seni tekrar görmek istiyorum. Geçmişteki bütün kırgınlıkları unutman, aramızda açılan büyük uçurumdan nazikçe bakman ve ricamı kabul etmen için sana yalvarıyorum. Ayrıca, yanında olduğunu bildiğim Joan'ı da görmek istiyorum. Harry'yi Almanya'dan çağırdım ve eve dönüş yolculuğunda olmalı. Thomas'ı Lincolnshire'a gelmeden önce Oxford'da ziyaret edeceğim. Sana bu mektubu getiren John, ben gelene kadar yanında kalacak. O gurur duyulacak bir çocuk. Onu ve diğerlerini çok iyi yetiştirmişsin.

Tanrı ve Kutsal Meryem hepinizi korusun.
JOHN, LANCASTER DÜK'Ü
Bordeaux, 5 Kasım 1395

"Eh..." dedi Katherine, yüksek sesle mektubu bırakırken. Cümleyi yavaşça tekrarladı: *"Je vous emprie d'oublier toute l'amertume du passé..."*[89] Evet, kırgınlıklar unutulmalıydı. Artık kırgın değildi; ama belirgin bir isteksizlik vardı. *Tekrar buluşmamız için artık çok ama çok geç. Orta yaşlı iki insan; neredeyse yaşlı.* John elli beş yaşındaydı. Çocuklarını engelleyemezdi, sonuçta babaları onlarla açıkça ilgileniyordu. *Ama ben,* diye düşündü, *geldiğinde burada olmasam daha iyi olur.* Janet'la birlikte Coleby'ye gidebilirdi. "Ah, beni rahat bıraksana" dedi mektuba bakarak. *"Château la Teste dans les Landes... des souvenirs poignants."* [90] Kuledeki yuvarlak oda, deniz havası, martıların sesi... Ve hissettikleri coşku.

Artık yeni bir hayat kurmuştu ve genellikle mutluydu. Küçük şeylerden zevk almayı öğrenmişti: Mayıs güneşinde çiçeklerin pırıltısına bakmak, kendi pişirdiği beyaz ekmeğin kokusu, köylü kadınlardan bazılarıyla sohbet etmek...

Kargaşadan uzak kalmayı hak etmemiş miydi? Korkulardan ve acılardan özgürleşmeyi? Mektup ikisini de getirmişti. Sadece duygusal

---
89 Geçmişin tüm acı anılarını unutun.
90 Landes'lerde Lateste Şatosu... İç burkan anılar.

çalkantıların korkusu değil, aynı zamanda pratik sorunlar. Zamanla Lincolnshire'da kabul görmüş, durumu düzelmişti. Dük'ün ziyaretinden sonra eski skandallar ve dedikodular hiç şüphesiz tekrar başlayacaktı. Sonsuza dek hayal kırıklığıyla ucuzlamaktansa büyük bir aşkın anısıyla yaşamak çok daha iyiydi. Hayır, Dük'ü görmeyecekti.

Noel Arifesi'nde Harry gelene kadar kararında direndi. Babasının çağrısını aldığında, Aachen'de eğitimine devam ediyordu ve Hollanda'dan hemen yola çıkarak Boston'a yeni gelmişti. Geldiğinde çok heyecanlıydı ve gözleri parlıyordu. "Bu ne anlama geliyor, anne? Tanrım, anlayamıyorum ama kesinlikle bizi bekleyen şeyler kötü olamaz!"

Yirmi yaşında iri yarı ve güçlü bir genç olan Harry, erik rengi rahip cüppesi içinde son derece formda görünüyordu. İçten bir gülüşü, güçlü bir sesi ve hızlı bir zihni vardı. Kısa süre içinde Katherine'i kaçmaktan vazgeçirdi; babalarına kızmaya hiçbir şekilde hakkı olmadığını, ayrıca bunun onu çocuklarına karşı önyargılı yapabileceğini söyledi. John ve Joan pek bir şey anlamamışlardı; ama Katherine oğlunun haklı olduğunu görmüştü.

Janet bir süre sonra Coleby'ye döndüğünde, Katherine doğruyu yaptığına inanmanın getirdiği bir güçle dolmuştu. Noel'e doğru umut ışığı geri dönmüş, iletişim kanalı yine açılmış ve Katherine sakinleşmişti.

Nihayet Yeni Yıl Günü bir haberci gelerek Dük'ün ertesi gün geleceğini duyurduğunda, Katherine çocuklarından çok daha sakindi. Habercinin giysisinin üzerindeki Lancaster armasına baktı ve en son gördüğünden beri ne kadar uzun zaman geçtiğini düşündü. Bir zamanlar o armanın temsil ettiği her şeyden nefret ediyordu ve o kargaşanın bir daha asla hayatına girmeyeceğine yemin etmişti.

Ertesi sabah, Joan'ın heyecanı onu etkiledi. "Anne, saçlarını ben yapayım, Hawise çok beceriksiz! Anne, lütfen Sir Robert'ın bana bıraktığı altın broşu tak, gümüş broştan çok daha iyi görünüyor. Tanrım, keşke yeni bir elbisen olsaydı, bu giysiler içinde senin çok eski moda olduğunu düşünecek. Ayakkabılar da şimdi Londra'da çok daha sivri; en azından" diye ekledi, "on dokuz ay önce ben oradayken öyleydi." İç çekti.

Katherine kızının saçlarına, özlem dolu yüzüne baktı. "Beni mümkün olduğunca güzel göstereceğinden eminim, hayatım. Ama fark etmez, öyle ya da böyle."

Joan bir lavanta suyu şişesi aldı. "Çünkü seni seviyor ve sen de ona aitsin, değil mi?"

Katherine şaşırdı. "Bu çok uzun zaman önceydi, Joan" diye cevap verdi zorlanarak. "Aşk zamanla ölür. Bununla yüzleşmelisin, hayatım." Joan'ın sessizce, gururlu bir tavırla ağladığını, yanaklarından iri damlalar süzüldüğünü görerek dudaklarını ısırdı.

Avludaki köpekler havlamaya başlamadan uzun süre önce, Lancaster habercisinin borazanını duydular; Dük'ün grubu, ana yoldan malikâne yoluna sapmıştı. Bu çok iyi hatırladığı sesle, Katherine'in kalp atışları hızlandı ve Joan kuleye koştu.

Katherine avluda yavaşça yürüyerek eski binektaşının yanına geldi. İki oğlu gergin bir tavırla avluda duruyordu ve Joan da onlara katılmıştı: "Tamkin onunla geliyor. Kutsal Meryem, lütfen her şey iyi gitsin!" İstavroz çıkardı ve tespihini kaldırarak dua etmeye başladı. Ağabeyleri ona yaklaştı ve üçü birlikte beklediler.

Dük kiliseye ulaştığında siyah atının dizginlerini çekti. Dikkatli bir silahtar koşup atı tuttu. Dük indi. Üzerinde zırh yoktu; sadece ermin kürklü menekşe rengi bir pelerin takmıştı ve kürklü bir kukuleta, yüzünün büyük bölümünü gizliyordu. Karların üzerinden kendisine yaklaşırken Katherine reverans yaptı. "Kettlethorpe'a hoş geldiniz, Lordum."

John mücevherli eldivenini çıkardı ve Katherine'in elini tuttu. "Gerçekten hoş geldim mi, Katherine?" diye sordu sert bir sesle.

Katherine onun gözlerine baktı. Alnında, burnunun kenarlarında, ağzının iki yanında yeni çizgiler oluşmuştu. Daha sakin, üzgün ve soran gözlerinin üzerindeki kaşları beyazlamıştı. Sol kulağından alnına kadar uzun beyaz bir yara izi uzanıyordu ve göz kapağı da yaralanmıştı. *Ulu Tanrım, ne kadar değişmiş,* diye düşündü Katherine. Ama öylesine derin ve tutkulu bir aşkla sevdiği o yüz hâlâ oradaydı.

"Hoş geldiniz, Lordum" diye tekrarladı Katherine, düz bir sesle ama elinin alev alev yandığını hissediyordu. "Beaufortlar sizi heyecanla bekliyordu."

Dük, onun bakışlarını izleyerek kemerin altından avluya, çocukların beklediği yere baktı. "Evet" dedi, "ve Tamkin'i de getirdim ama önce seninle yalnız konuşmalıyım."

"Neden, Lordum?" diye sordu Katherine elini çekerek. "Yalnız konuşmamızı gerektirecek ne var?"

"Katherine, sana yalvarıyorum!"

"Kettlethorpe'da yalnız kalmak o kadar kolay değildir" dedi Katherine soğuk bir gülümsemeyle.

"Kilise?" diye önerdi John. "Bu saatte boş olur."

Katherine başını eğdi ve John'ın önüne düştü. Kilise Yeni Yıl için çiçeklerle süslenmişti ve kışın köy salonu olarak kullanılan ana nef, hâlâ masalarla doluydu. Beş çocuk ahırın yanında duruyor, Baby'nin gülümseyip gülümsemediği konusunda yüksek sesle tartışıyorlardı.

Dük onlara baktı, kukuletasını indirdi ve "Koro bölümü daha sessiz olur" diyerek oraya doğru yürüdü.

Kutsal Bakire heykelinin önünde mumlar yanıyordu ve bir duvarda St. Petros'la St. Pavlos'u gösteren bir resim vardı. Dört uzun duvar halısı, Katherine'in Swynford koro bölümünün arkasına inşa ettirdiği küçük şapelde sallanıyordu.

Dük, şövalye mezarının yanında durdu ve yaban domuzu armalı miğfere, üç yaban domuzu armalı kalkana baktı. Dük istavroz çıkardı. "Tanrı ruhunu korusun" dedi ve şapelin girişinde kukuletasını başına çekmiş olan Katherine'e döndü.

"Katherine" dedi, "bu sonsuza dek aramızda mı duracak?"

Katherine cevap vermezken çocukların sesi iyice yükseldi ve sonunda biri, "Şşş!" diye bağırarak onları dışarı kovaladı; arkasından batı kapısı kapandı ve içerisi sessizliğe gömüldü.

"Aramızda Hugh'dan çok daha fazlası duruyor, Lordum" dedi Katherine.

John huzursuzca kıpırdandı ve mezarın yanından uzaklaşarak Katherine'e yaklaştı. Aniden elini kaldırıp Katherine'in kukuletasını indirerek yüzüne baktı. Katherine'in gözleri yumuşamadı; dikkatli bir sükûnetle bakmaya devam etti. John elini uzatarak şakaklarındaki beyaz tellere dokundu. "Yıllar güzelliğine sadece bir kuğunun kanatlarını eklemiş" dedi, "bense çöktüm ve yaşlı bir seyyar satıcı gibi..."

"Kendinize haksızlık etmeyin, Lordum. Hâlâ bir mızrak gibi dimdiksiniz." Katherine rahat bir ses tonuyla konuşuyordu; uzun zaman önce silahtarlar ve şövalyelerle konuşurken olduğu gibi. Kukuletası başına tekrar geçirdi ve kapıya doğru baktı; gitmeyi önermekten onu sadece nezaketin alıkoyduğu belliydi.

O anda, John Lancaster Dükü olduğunu unuttu ve son şüpheleri de silindi. Varlığının en derinlerinden kelimeler öyle bir güçle dudaklarına yükseldi ki ergenlik çağındaki bir genç gibi kekeledi. "Ka-Katherine... bunu ne kadar zorlaştırıyorsun... Tanrım, içinde bana karşı hiçbir şey kalmadı mı? Sonsuza dek ölüleri düşünerek yaşayamayız. Yaşlanıyoruz, bu doğru ama hâlâ hayattayız ve bana karşı hiçbir şey hissetmiyorsan, eğer birlikteliğimizin üzerinden çok uzun zaman geçtiyse, o zaman çocuklarımızı düşün; çünkü onlar için çok geç değil..."

John titreyerek duraksadı; yanakları kıpkırmızı olmuştu ve zor nefes alıp veriyordu.

Katherine yutkundu ve John'ın yüzünü bir sisin arasından görürken mesafeli bir tavırla konuştu. "Çocuklarımın ilerlemesine yardım etmen için hâlâ aramızda bir pazarlık mı gerekiyor? En azından bizim yaşımızda, daha fazla utanca gerek var mı?"

Dük, suratına tokat yemiş gibi nefessiz kaldı ve düz düz Katherine'e baktı. Yumruğunu sıktı ve koro bölümünün ahşap parmaklığına indirdi. "Tanrım, Katherine! Senden benimle evlenmeni istiyorum!"

Küçük tozlu kilise, mum ışıkları, çiçekler ve yapraklar Katherine'in gözünde dönüverdi.

"Bu hiç aklına gelmedi mi?" dedi Dük daha kontrollü bir sesle. Katherine'in şaşkın yüz ifadesinden, bunu düşünmediğini anlamıştı. "Costanza ölmüşken ve ben bütün Beaufort çocuklarımızı buraya çağırmışken... Katherine, daha erken gelemezdim... Kral beni Aquitaine'e gönderdi..." Şüphelerini ve kararsızlıklarını, onu tekrar görene kadar nasıl tamamen emin olamadığını unutmuştu.

"Hiç aklıma gelmedi" dedi Katherine soğuk bir sesle. "Düşes öldükten sonra senden bir söz duymayı bekledim, ama sonra bu isteğim de geçti. Bugün seni çocuklarımın hatırı için kabul ettim. Onlar için yapabileceğin çok şey var... eğer istersen..." Katherine düşünemiyordu; çünkü şaşkınlıktan başka bir şey hissedemiyordu.

"Onları yasal hâle getirmekten daha fazla ne yapabilirim ki?" dedi Dük hafif bir gülümsemeyle. "Richard evliliğimizi kabul etti ve Papa da onayladı."

"Yasal..." diye tekrarladı Katherine. "Yasal... bunu hiç duymamıştım. Tanrım! Piçliğin lekesi sonsuza dek temizlenemez!"

Dük başıyla onayladı. "Temizlenebilir." Yasallaştırmak, sıra dışı bir yöntemdi. Daha önce aslında bunun gibi bir durum hiç olmamıştı; ama İngiliz kanunları izin veriyordu. "Kral geçici âlemde, Papa da ruhsal âlemde yasallıklarını tanırken gerek dünyada gerekse cennette doğumlarını kim inkâr edebilir ki?" dedi..

Katherine'in yüzü buruştu. Elini dudaklarına götürerek nefe doğru hızlı adımlarla yürüdü; bir süre yalnız kalmak, kendini toparlamak istiyordu. Bu duygu acıdan farksızdı.

Bir süre sonra John gelip yanına oturdu. "Katherine" dedi omzuna dokunarak, "önce evlenmemiz şart, biliyorsun. Bunun çok büyük bir sorun olmadığını sanıyorum. Çocukların yanı sıra benimle ilgili hiç düşüncelerin yok mu?"

"Henüz bilmiyorum" dedi Katherine. "Anlayamıyorum. Lordum, Lancaster Dükü metresiyle evlenemez; hele de sıradan biriyle. Kral bunu nasıl onaylayabilir?"

"Şey, onayladı bile" dedi John. Aslında Richard, en büyük amcasını memnun etmek ve en küçüğünü sinirlendirmek için daha birçok şey yapabilirdi.

"Benden nefret ettiğini sanıyordum" dedi Katherine. "Aşkının uzun zaman önce bittiğini sanıyordum."

"Ayrılma kararımızı sen verdin ve bir süre nefret ettim. Ama sonra haklı olduğunu gördüm. Costanza'yı elimden geldiğince mutlu etmeye çalıştım; ama seni asla içimden atamadım. Bir defasında seni ölene dek seveceğime yemin etmiştim ve görünüşe bakılırsa bu yeminimi tutuyorum. Katherine, bundan şüphe duyabilir misin? Hayatım, aşkım, başka metreslerim, başka piçlerim de oldu; yıllar boyunca... Ülkedeki diğer tüm soylular gibi. Ama sana evlenme teklif ediyorum; çocuklarımızın yasallaşmasından söz ediyorum."

Katherine yavaşça yerinden kalktı ve o üzgün, sorgulayan, nazik, mavi gözlere sevgiyle bakarken yanaklarından iki damla yaş süzüldü.

* * *

Katherine ve John, 13 Ocak'ta Lincoln Katedrali'nin melek kabartmalarının altında sessizce evlendiler. Dük'ün Katherine'i görmeye Kettlethorpe'a gelişinden beri hava durulmuştu; ama o sabah kar yine Kuzey Denizi'nden güçlü bir rüzgârla savrularak yağıyor, katedralin vitraylı pencerelerini neşeyle dövüyordu.

Düğün törenini rahip John Carleton yönetmişti. Dük, evliliği piskoposun gerçekleştirmesini rica etmişti ve piskopos reddetmişti. "Bunun için yakında fazlasıyla pişman olacak" demişti Dük o eski buz gibi bakışlarıyla. Bakışları yaramazca pırıltılarla Harry'nin yüzüne dönmüştü. "Yaşlı Buckingham, Leydime yöneltilen hakaretlerin ne kadar inançsızca olduğunu yakında görecek. Bence Lincoln'ün genç ve zeki bir piskoposa ihtiyacı var, sen ne dersin, Harry?"

Harry şaşkınlıkla onaylarken diğer Beaufortlar neşeyle katıldılar. Şimdi inanılmaz bir görkeme ulaşmışlardı. Sanki Merlin bir büyü yaparak dördünün de hayatını değiştirmişti.

"Kettlethorpe için muhteşem bir gün!" diye bağırdı Harry başını arkaya atarak.

Sıraların arasından izleyen Robert Sutton, yanlarına gelerek Katherine'e baktı ve gülümsedi. Hâlâ güzel bir kadındı, yeşil kadife ve erminler arasında kraliyet üyesi gibi görünüyordu ve saçları gümüş fileye sarılmıştı. "Tanrım!" diye mırıldandı Robert aniden yanındaki meclis üyesine dönerek. "Bugünün Katherine'i ne yaptığını biliyor musun? En azından Kral Richard, Fransa'daki şu kızla evlenene kadar. Leydi Katherine" dedi, başıyla Katherine'i işaret ederek, "İngiltere'nin en yüksek leydisi oldu!" Kendi keşfi karşısında ağzı hayretten açık kaldı.

"Öyle" dedi adam düşünceli bir tavırla. "Şey, seninle evlenmemesine şaşmamak gerek, yaşlı horoz, o zaman ne düşüş yaşardı!"

* * *

Katherine ve John, daha önce birlikte kaldıkları yerlerden özellikle uzak durmuşlardı. Kar başlayana kadar, Tickhill yakınlarındaki şatoya gitmeyi düşünüyorlardı; ama şimdi bu artık imkânsız olduğundan, John, Lincoln Şatosu'nda bir süit ayarlanmasını istedi. Ancak elbette ki bu kadar kısa sürede pek etkileyici bir şey hazırlanamamıştı.

"Senin için istediğim şey bu değildi, Katherine" dedi John iki küçük odaya bakınırken.

"Ne fark eder?" dedi Katherine gülümseyerek. "İnsan gerçekten de geriye pek fazla bakmamalı. Ama şimdi birlikte geçirdiğimiz yüzlerce geceyi hatırlamadan edemiyorum... hem de ne kadar çok farklı yerde."

Ateşin başındaki küçük bir masaya oturdular; ikisi de bir silahtarın getirdiği yemeklere veya şaraba dokunmadı.

Hawise, Katherine'e mavi bir gecelik giydirmişti ve John, Lincoln'lü bir demirciden aldığı bir broşu takmıştı. Broşun üzerinde, kraliyet zambakları ve İngiltere'nin leoparlarıyla bezenmiş yeni Catherine tekerleklerinden arması vardı. *Buna asla alışamayacağım,* diye düşünüyordu Katherine. Broşa baktı ve başını iki yana salladı. "Umarım bana bunu takma hakkını verdiğine pişman olmazsın" diye fısıldadı.

"Asla olmayacağım, sevgilim."

John, bu evliliğin İngiltere'de ve bütün Avrupa'da nasıl çalkantılara yol açacağını biliyordu. Katherine'i tekrar görmeden önce bütün dezavantajları yeterince soğukkanlı bir şekilde değerlendirmişti ve artık umursamıyordu. Blanche'ın ölümünden beri onun için başka bir kadın olmamıştı; oysa Katherine'i unutabilmek için çok çabalamıştı. Ve Blanche'la bile; o farklıydı. Blanche'a gücünü, muazzam zenginliğini borçluydu ve sevgi dolu bir minnet duymuştu. Blanche'ın ölmeden önce istediği gibi, John öldüğünde St. Paul'de onun yanına gömülecekti. Ama şimdi geri kalan zamanında nihayet kalbini mutlu edebilecekti. Masanın karşı tarafında oturan Katherine'i izledi; zarif başını biraz eğmiş, sık sık yaptığı gibi ateşe bakıyordu. John, onu böylesine sevmesinin, Katherine'in ona sadece benliğini vermesinden mi kaynaklandığını merak etti. Katherine ona zenginlik, güç ya da yabancı bir ülkenin tahtını getirmemişti. Katherine'le birlikteyken bir şeyler veren hep kendisi olmuştu.

Ama mutluyum, diye düşündü John şaşkınlıkla. *En son ne zaman böyle mutlu oldum?*

"Yanıma gel, sevgilim" dedi John. Katherine söyleneni yaptığında, John onu kucağına çekti ve Katherine yanağını sevgilisinin omzundaki eski yerine dayadı. "Bizi görseler çocuklarımız ne kadar şaşırırdı" dedi John gülümseyerek. "Bunun için fazla yaşlı olduğumuzu düşünüyorlar; aslında ben de öyle düşünmüştüm. Artık düşünmüyorum." Katherine'i dudaklarından öptü. "Château la Teste gibi değil" dedi, "olamaz da. Artık genç değiliz; artık tutkunun ateşi yok..."

"Tanrı'ya şükür, Château la Teste değil" diye fısıldadı Katherine. "Bunun bedelini ödedik, John; ikimiz de. Ve başkaları da."

John kollarını Katherine'e doladı ve sessiz kaldı. Dışarıda kar yağıyor, pencereleri dövüyordu; uzaktaki kale burçlarından gece bekçisinin sesi duyuluyordu.

"Ama o zaman da bu geceki gibi karım sendin, Katherine" dedi Dük şaşkın bir sesle.

32

Temmuz ayında Fransız ve İngiliz krallar arasındaki anlaşmanın son detaylarını düzenlemek üzere Fransız elçiler geldiğinde, Katherine Windsor'daki Büyük Salon'da yemek yedi.

Ekim ayında, Richard sekiz yaşındaki gelini Prenses Isabelle'i resmî olarak alacaktı ve antik bir düşmanla kurulan ittifak, çok uzun bir süre için mühürlenecekti. Elbette ki Gloucester Dükü ve onun hizmetindeki savaş taraftarları buna çok öfkelenmişlerdi.

Katherine, Kral tahtının sağ tarafındaki platformda oturuyordu. Richard'ın titizlikle dikkat ettiği tören adabı güdüsel hareketleri engellemese bile, altın rengi kaskatı giysiler ve gerdanlıklar, bilezikler, yüzükler ve ağır mücevherli Lancaster tacı altında o kadar eziliyordu ki zaten doğal hareket etmesi mümkün değildi. Richard, güdüsel hareket etme hakkını sadece kendine saklamıştı.

Kral, elmaslarla süslü beyaz brokar bir tünik giymişti. Sarı saçları taranıp parfüm sıkılmıştı ve küçük keçi sakalı, sivri çenesinin yumuşaklığını gizlemiyordu. O sırada, Fransız soyluların Kral'larından hediye olarak getirdiği yeşim taşından bir kelebekle oynuyordu. Kelebek aslında Cathay'daki gizemli ejderha bölgesinden gelmişti ve Richard'ın şişkin parmakları yumuşak yeşimi okşarken ve cilalı tırnakları oymanın hatları boyunca kayarken, sevilen bir çocukmuş gibi kelebeğe gülümsedi. Diz çöken bir silahtarın sunduğu kızarmış balıkçıl etine ve zencefil yapraklarına aldırmadı. Silahtar diz çökmeye, Kral da oyuncağını okşamaya devam etti.

Katherine'in diğer tarafında Dük neredeyse kaskatı bir şekilde oturuyor, Eleanor de Bohun'la sohbet ediyordu. Ama Gloucester Düşesi fazlasıyla öfkeliydi. Yine de, korkudan - arada bir çatık kaşlarının altından ona bakan Kral'dan ve o sabah Katherine'e karşı sergilediği davranışı kontrollü ama tehditkâr bir tavırla düzelten Lancaster'dan korkuyordu- homurdanıp duruyor, arada bir "Ah, evet," "Oh, öyle mi?" ve "Hiç şüphesiz" diyordu.

Lancaster Dükü'nün sıra dışı evliliği İngiltere'de duyulduğunda, John'ın tahmin ettiği gibi ciddi çalkantılara neden olmuştu; ama tepkiler her zaman düşmanca değildi. Haber en alt seviyeden saraya yayılırken sıradan halka ve orta sınıfa dâhil birçok kişi sevinmişti. Dük'e duydukları nefret, yerini zamanla Richard'a ve gözdelerine duyulan nefrete bırakmıştı. Lancaster'ı artık sadece yeğeninin çılgınca abartılara yönelmesini ve halkını küçümsemesini engelleyen bilge bir el olarak görüyorlardı. Dahası, Dük'ün sıradan halktan bir kadını böylesine yüceltmesi, halkın hayranlığını kazanmıştı ve birçok kadın, düşmüş bir kadının romantik bir şekilde tanrıçalaştırılmasından etkilenmişti.

Saraydaki soylu kadınlar o kadar hoşgörülü değildi; Eleanor ise haberin gerçek boyutlarını ve yarattığı etkileri anladığında, tam anlamıyla çıldırmış, göğsünü yumruklamış, saçlarını yolmuş, böyle sıradan bir kadına Düşes olarak saygı duyması istendiği takdirde utanç ve acıdan öleceğini haykırmıştı. Tabii ki en az Thomas kadar yengesinden de nefret eden Richard bundan çok büyük zevk duymuştu. *Eleanor utancından ölürse ölsün,* demişti, *böylesi daha iyi olur; ancak, o zamana kadar yeni Lancaster Düşesi'nin yücelişine tanık olmak zorunda kalacak.* Üstelik sadece İngiltere'de değil, aynı zamanda Katherine'in yakında Kral ve maiyetle birlikte yolculuk yapacağı ve yeni Kraliçe'den resmî olarak sorumlu olacağı Fransa'da da.

Gece ılık, ziyafet sıkıcıydı ve ozanlar hiç durmadan çalıyordu. Richard esnedi, yeşim kelebeği bıraktı ve sağında sessizce oturan kişiye döndü. "Neden sürekli olarak Salon'un kapısının yanındaki masaya bakıyorsunuz?"

Katherine irkildi sonra gülümsedi. Kısık, tatlı sesiyle açıkça cevap verdi. "Çünkü orada, Majesteleri, ödünç alınmış, üzerine pek oturmayan bir elbiseyle, manastırdan yeni çıkıp gelmiş, Yüksek Masa'ya ve, parıltılı Plantagenet ailesine sanki Tanrı'nın tahtının etrafında oturan Kutsal Melekler'miş gibi bakan on beş yaşında bir kız görüyorum."

"Ah, evet" dedi Richard şaşkın bir andan sonra gülümseyerek. "Ve şimdi siz de onlardan birisiniz. Bu çok tuhaf olmalı."

"Kendimi çimdikliyorum ama hâlâ inanamıyorum! Hepsi sizin, Majesteleri, ve sevgili Lord'umun sayesinde..." Eleanor'la konuşmaktan vazgeçerek şimdi onun kaskatı sırtının arkasından bir düşman olan Marshal Kontu Mowbray'le konuşan John'a baktı. Ya da bir zamanlar öyleydi; çünkü Mowbray yakın zamanda John'la barışmıştı.

Bu ziyafete gelmeyi reddeden ve bunun yerine hasta olduğunu belirterek Plashy şatosunda kalan Gloucester dışında, maiyet Richard'a uymuş ve Lancaster'ı çok sıcak karşılamıştı. Ama pahalı parfümlerin ve Salon'a dağıtılmış çiçeklerin kokusunun altında, havada gizli ama yoğun bir düşmanlık vardı. Kral'ın duvarlar boyunca dizilmiş olan ve daima bekleyen muhafızlarına bakmak yeterliydi; Cheshire'dan iri yarı silahlı haydutlar getirilmişti ve beyaz rozetleri onlara tecavüz, hırsızlık ve cinayet için sınırsız yetki veriyordu. Bütün İngiltere onlardan korkuyordu ve Richard'dan önceki hiçbir kral böyle bir korumaya ihtiyaç duymamıştı. *Tanrı bizi korusun,* diye düşündü Katherine.

Ziyafet bittiğinde, John'la baş başa kalacaklardı. Her gece maiyet görevlerinden serbest kalacakları saati eskiden olduğu gibi sabırsızlıkla bekliyordu. Şimdi özlediği şey bedensel tutku değildi ama birbirlerine karşı hâlâ istekliydiler. Yine de daha tatmin edici olan farklı bir bağ doğmuştu. John cesaretsiz, sinirli ve yorgun olabilirdi -ve bazen Katherine onun gücünü kaybetmeye başladığını düşünerek korkuyordu- ama büyük Lancaster kraliyet süitinin kapısı nihayet kapandığında, ikisi de derin ve sıcak bir mutlulukla doluyordu. Sevişmeye veya konuşmaya gerek yoktu; birlikte dinleniyorlardı.

Richard, altın çatalıyla oynarken ve badem sütüne batırılmış oklu kirpiden bir dilim keserken Katherine'in Salon'a bakışıyla ilgili açıklamasını düşünüyordu. Prens ve dilenci kızla ilgili eski hikâyenin farklı bir versiyonu olarak etkileyiciydi; ve kutsanmış kralların sahip olduğu güç için güzel bir örnek olarak da memnun ediciydi.

O ilahi güce meydan okumaya cesaret edenler, aptallıkları için acı bir pişmanlık duyardı! Salon'daki miğferli başlara, Cheshire okçularına bakarken gözkapakları sarktı. Burada ve dışarıdaki avluda böyle iki bin muhafız vardı ve daima hazır bekliyorlardı. *Keşke onlara daha önce sahip olsaydım*, diye düşündü; çatalı tutan eli titredi ve çatalın iki dişi altın tabağa çarptı.

Özellikle Anne öldüğünden beri, arada bir geceleri yine içine korku doluyordu. Anne onları uzak tutardı. Ama şimdi vampirlerle tek başına savaşmak zorundaydı ve tek tek hepsini yok etmeliydi; Gloucester, Arundel ve diğerleri. Hepsi kendini bir krala kafa tutacak kadar güçlü sanıyordu. Ve bir süre için başarılı da olmuşlardı. Çok sevdiği bir dostunu, de Vere'ı sürgüne göndermişlerdi ve Fransa'da tek başına ölmüştü; yaşlı ve iyi yürekli Michael de la Pole'u sürgüne göndermişlerdi ve o da ölmüştü; çocukluğundan beri kendisini eğiten nazik öğretmen Simon Burley'i ise kendi elleriyle öldürmüşlerdi. İsa'nın kanı adına, Anne'i de onların öldürmediğinden nasıl emin olabilirdi ki? Veba büyüyle de yaratılabilirdi ve dahası, zehir veba gibi gösterilebilirdi...

Dikkatli ol, dedi Richard'ın zihnindeki bir ses. Ne düşündüğünü tahmin etmelerine izin verme. Şurada duran sadık ve dikkatli Fransızları hatırla. Isabelle'le evlenene, Fransa'yla barış yapılana kadar bekle ve sonra...

Aniden Katherine'e döndü ve bütün çocuksu sevimliliğini toplayarak konuştu. "Ne kadardı, otuz yıl? Otuz yıl önce o gece gördüğünüzü söylediğiniz şey çok ilgimi çekti. Evet, ben doğmadan bir yıl önce. Kiminle oturuyordunuz?"

Katherine irkildi. Bir kedi gibi sağı solu belli olmadığından, Richard'ın bir an sonra neyle geleceğini kimse bilemezdi. "Şey" dedi Katherine, "ablam Philippa'yla birlikte oturuyordum, Majesteleri, ve nişanlısı Geoffrey Chaucer'la."

"Chaucer?" dedi Kral, altın kaşlarını kaldırıp kadehinin sapını elinde çevirerek. "Bana yazmaya cüret ettiği şeyleri gördünüz mü?"

Katherine onları görmüştü. Geoffrey, Kral'ı "istikrarsızlık"la ilgili azarlama işini kendi üzerine almıştı ve beş parasız kalmasına şaşmamak gerekirdi; neyse ki Düşes olduktan sonra John'ın yardımıyla onu kurtarmışlardı.

"Geoffrey yaşlanıyor" dedi Katherine huzursuzca, "ve sağlığı kötü. Majesteleri babanıza son derece sadık bir şekilde hizmet etmişti."

Richard güldü ve buzlu şarabından bir yudum aldı. "Ah, onu bağışladım; bazı şiirlerinin bana verdiği zevk için." Ve omuz silkerek Chaucer konusunu kapadı. "Söyleseniz" dedi sakince, "o gün ben Essex'te isyanı bastırırken ve siz hac yolculuğundayken ettiğiniz yemin neydi?"

Bu o kadar beklenmedik bir soruydu ki Katherine kızardı. *Tanrım, hiçbir şeyi unutmuyor*, diye düşündü, *bütün detayları, en küçük şeyleri bile hatırlıyor. Her hatayı da.* Richard insanlara güvensizliğini ve derin kararsızlıklarını bazen o kadar belli ediyordu ki insan ona şefkatle acımadan edemiyordu. Katherine bunu son aylarda görmeye başlamıştı. Disiplinsiz, çocuksu ve kindardı; ve tehlikeli. John şimdi onun gözdesiydi; ama eğer... Bu düşünceleri bir kenara attı ve Kral'a söylemesinde sakınca olmayan tek gerçeği açıkladı. "Bir kızım vardı, Majesteleri, Blanchette; o gün onunla ilgili size sorduğumu hatırlarsınız. Asiler Savoy'u ateşe verdiğinde yaralıydı ve ortadan kaybolmuştu. Leydi Walsingham'ın onu benim için bulmasını umarak hac yolculuğuna çıkmıştım."

"Ah..." diye haykırdı Richard gözleri parlayarak. "O orospu çocuğu köleler. Onlarla kısa süre içinde ilgilendim, değil mi? Şey, Leydi Walsingham, kızınız Blanchette'i bulmanıza yardım etti mi?"

"Hayır..." dedi Katherine yavaşça. "Bir daha ondan hiç haber alamadım."

"Bütün bu yıllardan sonra acınız hâlâ devam ediyor mu?" diye sordu Richard merakla.

"Zaman, bir evladın kaybının acısını asla tamamen silemez, Majesteleri" dedi Katherine. Kral'ın yuvarlak ve beyaz yüzü sertleşti. Mavi gözlerinde Plantagenetlere has pırıltılar belirdi.

Richard'ın bir varisinin olmaması ve yeni Kraliçe'sinin seçimi -yaşı yüzünden daha yıllarca yatağa girmeleri mümkün değildi- İngiltere'de yaygın bir dedikoduydu. Richard'ın eksiklikleriyle ilişkilendirebileceği herhangi bir yorumda bulunmak aptalca olurdu.

Richard, küçük dudaklarını büzerek gülümsedi. "Ne yazık ki bu ebeveyn duyarlılıklarını benim bilmem mümkün değil, değil mi Leydim? Varisim hâlâ genç Mortimer. Bu gerçekten de çok acı" dedi, Katherine'i yakından izleyerek, "yeni kocanızın iyi yürekli ve verimli oğlu Henry Bolingbroke'un başaramayacak olması?"

Kutsal Meryem, diye düşündü Katherine. *Her şey son derece sıcakken bile, pençeleri aniden ortaya çıkabiliyor.* Politik cevapları bir kenara attı ve güdüsel olarak açık sözlülüğü tercih etti.

"Henry asla tahtınıza heves etmedi, Majesteleri. Tıpkı babası olan sevgili Lordum gibi ki bunun sağlam kanıtlarını yıllar boyunca gördünüz."

Richard bu olumlu reddediş karşısında şaşırarak ona baktı. Son zamanlarda ve John amcasına duyduğu sevgi yüzünden belli belirsiz bir şekilde, Richard giderek Henry'den rahatsız olmaya başlamıştı: Öylesine sağlam ve erkeksiydi ki; öylesine mükemmel bir askerdi ki. Üstelik de halk arasında çok popülerdi. "Amcamın sadakatinden asla şüphe etmedim; kim ne derse desin..." diye mırıldandı kendi kendine Dük'e bakarak.

"Oğlundan şüphe etmeniz için de bir neden yok, Majesteleri." Katherine sıcak bir tavırla gülümserken beyaz dişleri ve gençliğindeki gamzenin izi göründü. Hem gülümsemesinde hem de samimi sesinde, Richard anaç ve güven verici bir şeyler buldu. Katherine, annesi Prenses Joan'ı en iyi hâliyle hatırladığı yaşta sayılırdı ve o anı kendisini rahatlatıyordu.

Richard güldü ve Katherine'in eline hafifçe vurdu. "Size inanacağım, benim güzel yengem" dedi yaramazca. "En azından bu gecelik! Tanrım, ozanlar çok kötü çalıyor ve bu ziyafetten sıkıldım." Tabağını iterek ayağa kalktı. Aniden serbest bırakılmış yaylar gibi, iki yüz davetli ayağa fırlayarak bekledi. Cheshire muhafızlar da hazır ola geçti.

Richard, her zaman yanında taşıdığı dantelli Flaman mendilini salladı. "Salon'u boşaltın. Şimdi dans zamanı!"

Yarısı bitmemiş yemekler götürüldü. Henüz servis edilmeyen tatlılar da mutfağa geri döndü.

Richard, kendisinden birkaç santim uzun olan Katherine'e dönerek neşeyle bağırdı. "İlk dansım elbette ki Lancaster Düşesi'yle olacak." Dük'e göz kırptı ve Eleanor kimsenin gözünden kaçmayan bir şekilde zorlukla yutkundu.

* * *

Ziyafetten sonraki gün, Lancasterlar, Dük Berry ve Dük Burgundy'yle buluşmak için Calais'e gitmeden önce -Fransa'yla barış için başka görüşmeler yapılacaktı- birkaç gün baş başa kalmak için Kenilworth'a gittiler.

Dük'ün maiyeti Kenilworth'a uzanan tek yolda ilerlerken Katherine kızıl kumtaşı burçlara rahatlayarak baktı. Bu, eski günlerde daima evi olarak bildiği şatoydu ve çocuklarının bebekliklerinin, aşkının daha huzurlu dönemlerinin anılarıyla iç içeydi.

Gözcü onları görmüştü. Borazanlar gürleyerek selam verdi ve Lancaster sancağı aceleyle, Mortimer Kulesi'ne çekildi. Dük'ün maiyeti atlarını yavaşlattı ve Katherine, John'a döndü. "Ah, sevgili Lordum, burada birkaç gün dinlenmek ne kadar güzel olacak."

John elini mücevherli eyer başına koyarak döndü ve Katherine'e gülümsedi. "Yeni görevlerin başlıyor, hayatım. Korkarım hepsi bu kadar da değil. St. Pol ağırlanacak. Ev halkı senin için bir kutlama düzenledi ve bütün yüksek yetkililer orada olacak; çünkü yurt dışına gitmeden önce görüşmemiz gereken konular var."

"Ah, evet, biliyorum. Ama saray yaşamıyla karşılaştırıldığında hepsi yine de basit kalıyor. Kutsal Meryem, Windsor'da geçirdiğimiz şu son birkaç gün korkunçtu. 'Sieur de Vertain'e karşı nazik ol ama St. Pol'un ondan yüksek olduğunu unutma. Leydi Arundel'in söyleyeceğim her şeyi Gloucester'a ve Leydi Salisbury'nin de kendi kocasına yetiştireceğini, onun da gidip Kral'a anlatacağını unutma ve hepsinden öte, Kral'la birlikteyken ağzından çıkanlara dikkat et.' Büyük bir leydi olmanın bu kadar zor olacağı hiç aklıma bile gelmemişti."

"Ama gayet iyi iş çıkarıyorsun, Katherine" dedi John aniden ciddileşerek. "Art niyete ya da söylentilere aldırmadığın için seninle gurur duyuyorum."

Katherine kızardı ve sakince konuştu. "Art niyet ve söylentiler, ikimizin de alışkın olduğumuz şeyler, sevgilim. İnsan onlarla incinmeden yaşamayı öğreniyor."

"Evet" dedi John, "bir kez dışında -şu aptalca değiştirilme hikâyesinden söz ediyorum- beni hiçbir zaman rahatsız etmediler. Ah, Katherine, ayrı kaldığımız süre boyunca, o zamanlar aşkının benim için neler yaptığını asla unutmadım."

İki kapıdan ve Moritmer Kulesi'nin kemerinin altından geçerek ana avluya girerlerken ikisi de sessizdi. Burada kendilerini ortalıkta koşturan seyisler, havlayan köpekler ve neşeyle haykıran çocuklar karşıladı. Şimdi dadılarının ve mürebbiyelerinin ellerinden kurtularak iç avludan kendilerine doğru koşan ve yorgun atlara tehlikeli bir şekilde yaklaşan çocuklar, farklı bir gruptu. Bunlar, John'ın torunları, yazı Kenilworth'ta geçiren Henry'nin çocuklarıydı. Dokuz yaşındaki küçük Henry Monmouth, Dük'ün atından inmesini beklemeden büyükbabasının dev gibi aygırına koştu ve kendini eyer başıyla Dük'ün arasına atarak bağırdı: "Büyükbaba, büyükbaba, bana söz verdiğin doğanı getirdin mi? Getirdin mi?"

John, çocuğun başının üzerinden Katherine'e bakarak gülümsedi. "İşte yaramaz ve nasıl davranacağını bilmeyen bir çocuk; şahinlerden başka bir şey düşünmüyor! İn aşağı, seni küçük vahşi. Birazdan öğrenirsin." Çocuğu eyerden alıp atın yan tarafından yere bıraktı. "Şimdi geri durun da Düşes'le bana uygun nezaketi gösterin bakalım."

"Ah, çok fazla törene gerek yok, Lordum" dedi Katherine gülerek; büyükbabasından aradığını bulamayan çocuk küstahça suratını astı. "Bir kez daha etrafımızda böyle haylaz çocukların olması iyi!"

Ahır çatısının üzerindeki rüzgârgülüne bakarak, Elizabeth'in orada asılı kaldığı günü hatırladı. Şimdi nihayet ilk aşkı, Kral'ın prensipsiz ve şehvet düşkünü üvey kardeşi John Holland'la mutlu bir evlilik yapmıştı. Katherine Dük'ü takip ederek kemerin altından geçti ve Philippa'nın o gün söylediği sözleri hatırladı: "Hayır, babamın sizi sevmesi beni rahatsız etmiyor ama... ruhlarınız için dua ediyorum."

Philippa şimdi Portekiz Kraliçesi olmuştu ve beş çocuğu vardı. Düğün haberini aldıktan sonra Katherine'e şefkatli bir tebrik mektubu yazmıştı.

O gün eski ve yosunlu taş bankta başka bir çocuk daha vardı. Katherine, kendisine bakan koyu gri gözleri bir an hatırladı ve hemen bu düşünceyi zihninden uzaklaştırdı. Diğer beş çocuğu Katherine'in en cüretkâr hayallerinde bile göremeyeceği pozisyonlara gelmişken tek bir acının üzerine odaklanmak nankörlük olurdu.

* * *

Ertesi sabah Katherine erkenden Beyaz Süit'deki Kraliyet Yatağı'nda uyandığında, John hâlâ uyuyordu. John geçmişe göre daha fazla dinlenmeye ihtiyaç duyuyordu ve Katherine inkâr etmeye veya fark ettiğini John'a göstermemeye çalışsa da kocasının kalbinin yorulmaya başladığını biliyordu. Merdivenleri yavaş tırmanıyor, nefes almakta zorlanıyordu; bazen dudaklarında morumsu bir ton beliriyordu ve göğsü sıkışıyordu.

Ama bu yaz sabahında durumu iyiydi; uyurken alnındaki ve yanaklarındaki derin çizgiler yumuşuyor, yaralı göz kapakları daha az yıpranmış görünüyordu. Kilo almamıştı; hâlâ sert ve kaslıydı. Göğsündeki kıllar eskiden olduğu gibi altın rengiydi; ama saçlarının arasında beyaz teller çoğalmıştı. Hiç ses çıkarmadan uyuyordu ve Katherine'in onda sevdiği titizliği hiç değişmemişti. Richard'ın taç giyme töreninde babasını gördüğünde Elizabeth'in söylediklerini hatırladı. "Ne olursa olsun, babam asla abartılı değildir." Gülümseyerek John'ın omzuna bir öpücük kondurdu ve yataktan çıkarak Hawise'i çağırdı.

Hawise artık önemli biri olmuştu ve bundan hoşlandığından pek emin değildi. Kendi emrinde çalışan dört nedimesi, çok sayıda hizmetçisi vardı ve yeni pozisyonu gereği, hava ne kadar sıcak olursa olsun, kalın yünlü elbiseler giymek zorundaydı.

Katherine gardırobu işaret etti ve iki kadın, Dük'ü rahatsız etmemek için içeri girdi.

"Sana aşçının gönderdiği baharatlı şaraptan getirdim" dedi Hawise, tuvalet masasına altın bir kadeh bırakırken. "Artık sabahları güçlü İngiliz birası içemeyecek kadar yükseldik."

Katherine güldü. "Bana Kettlethorpe'u özlediğini söylemiyorsun ya?" Serin tatlı şaraptan iri bir yudum aldı ve gül suyuyla yüzünü yıkamaya başladı.

"Şey, hayır" diye homurdandı Hawise, diş temizliği için mercan ve mürrüsafi karışımı hazırlarken. "Yıllar boyunca her işini kendim gördüm, beş nedimeye ne gerek var? Şu Dame Griselda Moorehead, ben ona Dame Koyun Kafa diyorum, bana senin banyonu yaptırmanın kendi hakkı ve ayrıcalığı olduğunu, benim görgü kurallarından anlamadığımı söylüyor. Ben ona öyle bir hak ve ayrıcalık vereceğim ki vermezsem St. Anthony'nin ateşi yaksın beni. Bana 'Balıkçı Kızı' diyor, sanki babamın mesleği utanılacak bir şeymiş gibi!"

"Biraz şarap iç" dedi Katherine yatıştıran bir tavırla. Kadehi Hawise'in isteksiz eline tutuşturdu. "Gerçekten çok lezzetli! Sanırım ikimiz de değişen şartlarımıza alışmak zorundayız; iyisiyle, kötüsüyle."

"Ah, tatlım" dedi Hawise geniş çilli yüzünü buruşturarak, "onu demek istemediğimi biliyorsun. Tanrım, yaşadığın bu muhteşem şeyler için şükran duası etmediğim tek bir gün bile geçmiyor. Özellikle de kapkaranlık geçmişi düşününce... şey, artık üzerinde düşünmeyelim."

Birlikte geçirdikleri bütün yılların anıları, aralarında sadece iki gerçek ve köklü dostun yapabileceği şekilde sözsüz bir iletişimle paylaşılırken birbirlerine baktılar. Sonra Katherine'in zahmetli giyinme sürecinde havadan sudan konuştular. John onun daima görkemli giyinmesini ve kendisi için aldığı mücevherleri takmasını istiyordu. Katherine'in olgun güzelliğiyle gurur duyuyor, ustaca kullanılmış merhemler, boyalar ve parfümlerle daha güçlendirmesini istiyordu.

Hawise gül rengi bir tülbendin üzerine hafif bir incili taç yerleştirdikten sonra Katherine yatak odasına bir bakış attı. "Sevgili Lordum geç saatlere kadar uyuyor, korkarım onu uyandırmak zorunda kalacağım. Kont St. Pol, Windsor'a yola çıkmadan önce Kral'a gidecek mektupları imzalaması gerek."

"Bırak Majesteleri dinlensin. Zavallı, dün çok yorgun görünüyordu." Hawise, artık Dük'ü gerçekten sevmeye başlamıştı ve hanımına duyduğu tapınırcasına sevgisi yüzünden kendisiyle dalga geçmesine de aldırmıyordu.

Katherine başıyla onayladı ve Sainteowe Kulesi'nin koridorlarından hızlı adımlarla geçerek John'ın nihayet tamamladığı Büyük Salon'a ulaştı. Maiyet üyeleri, lordlar, şövalyeler, silahtarlar ve leydiler, birlikte kahvaltı edebilmek için oraya gelmişti. Katherine içeri girdiğinde erkekler eğilerek ve kadınlar reverans yaparak selamladı. Başmabeyinci onu platforma götürdü ve Katherine'in kendi silahtarı diz çökerek damasko bir peçete sundu.

"Günaydın, Roger" dedi Katherine ona gülümseyerek. Bu arada salondaki herkes yerlerine yerleşmeye başlamıştı. "Çok mutlu görünüyorsun; yoksa dün gece zar oyununda kazandın mı?"

Çocuk kızardı ve gülmemek için dudaklarını ısırdı. "Talih benden yanaydı, Majesteleri" dedi.

O da büyükbabası gibi, diye düşündü Katherine; cesur ve nazik bakışları, güzel kestane rengi saçlarıyla Roger de Cheyne. *Sanırım ilk aşkım. Tanrım, ne kadar uzun zaman önceydi. Otuz yıl.* Turnuvayı ve miğferine sıkıştırdığı süsenle kendisine selam veren şövalyeyi hatırladı; zavallı Roger, kısa süre sonra Najera'da öldürülmüştü. Kutsal Meryem, Windsor'daki o St. George turnuvasına katılanlardan ve izleyenlerden daha ne kadarı ölmüştü? İstavroz çıkardı ve sağında oturan Fransız soylu Kont St. Pol'e döndü. *"Vous vous amusez bien ici en Angleterre, monsieur, ça vous plaît?"*[91] Artık kendisinden sürekli beklendiği gibi, nazik gevezeliklerine başlamıştı.

---

91   İngiltere'de çok iyi eğleniyorsunuz, mösyö, burası hoşunuza gidiyor mu?

"Parfaitement, madame la duchesse"[92] diye cevap verdi Kont, uzun siyah bıyıklarını zarifçe silerken ve evliliğinin skandal yaratan doğasına rağmen yeni Düşes'in görgü kuralları açısından İngiliz barbarların çoğundan daha etkili olduğunu düşünürken. Üstelik çok iyi Fransızca konuşuyordu ve Kont bunu zamanı geldiğinde kendi efendisi Kral Charles'a bildirecekti.

Kahvaltı devam etti. Katherine, şeftalilerin olgunlaşmaya başladığı ve yeni İran zambaklarının açtığı bahçesine çıkmak için sabırsızlanıyordu; ama sabırsızlık gösteremezdi. Bahçede keyif çatmak için birkaç saat daha beklemek zorundaydı. Önce mabeyinci ve kâhyayla görüşmesi gerekiyordu. Köy ve şato çamaşırcıları arasındaki bir kavgayı bastıracak, bir düzine mektuba cevap yazdıracak ve çoğu rica mektupları olduğundan, önce gardırobunda yazmanıyla görüşmesi gerekecekti.

Sonunda ayağa kalktığında bir uşak gelerek şatoya iki rahibe geldiğini ve acilen kendisiyle görüşmek istediklerini bildirdi. "Kesinlikle" dedi Katherine, bu kez hangi manastırın yardıma ihtiyaç duyduğunu merak ederek. "Onlara kendilerini hemen kabul edeceğimi söyle." Ve istedikleri her neyse, John'ı rahatsız etmeye gerek kalmadan isteklerini kendi kesesinden karşılayabilmeyi umdu.

Zorunlu sabah rutinini tamamladığında hava bir hayli ısınmıştı. Uşağı rahibeleri gönderdi ve açık pencereden süzülen esintiyle serinleyen Büyük Salon'da Katherine'nin kendileriyle görüşeceğini bildirdi. John nihayet uyanmıştı ve St. Pol'le birlikte devlet işlerine koyulmuştu. Sönük şöminelerden birinin başında nakış ve yün eğirme işiyle uğraşan kendi nedimeleri dışında, Salon'da kimse yoktu.

Katherine oymalı ve yaldızlı tahta oturarak önünde saygıyla eğilen iki rahibeye kibarca bir kayıtsızlıkla baktı. Beyaz cüppelerinden Cistercian olduğu anlaşılan rahibelerden biri uzun, diğeri kısa boyluydu. Uzun boylu olan hemen döndü ve duvarda asılı olan bir Venedik halısını incelemeye başladı. Katherine, onun gülümsemeyen profilini sadece şöyle bir görebilmişti.

Kısa boylu rahibe, zayıf ama ısrarcı bir sesle konuşmaya başladığında geniş çeneli, orta yaşlı yüzü, küçük ve gergin gülümsemelerle seğiriyordu. "Nazik Majesteleri, bu davetsiz ziyaretimiz için bağışlayın ama inanın, nasıl açıklayabileceğimi ben de bilmiyorum. Ah, ben Pinley'in başrahibesiyim; çok küçük bir yer. Yerimizi biliyor musunuz? Buradan

---

[92] Mükemmel, madam düşeş.

birkaç mil mesafede, Warwick'te. Ama elbette ki Lancaster topraklarında olmadığımız için Majesteleri bizi bilmeyebilir..."

Bütün bunlar da neyin nesi? diye düşündü Katherine meraklanarak. "Size yardım edebileceğim bir şey mi var, sevgili başrahibe?" dedi diğer rahibenin katı profiline bir bakış atarak. Kadının belirgin çekingenliğinde bir tuhaflık vardı.

"Şey..." dedi başrahibe dudaklarını ısırarak. "Tam olarak bilmiyorum. Asıl gelmek isteyen Dame Ursula'ydı. Kendisi zangocum ve kütüphanecimdir; çok fazla kitabımız olduğu söylenemez ama belki de onun istediği budur. Şey, Dame Ursula pek konuşmuyor; hatta bazen çok tuhaf olduğunu düşünüyoruz; çünkü eskiden öyle değildi..."

Katherine önce kaşlarını kaldırdı sonra çattı.

"Ah" dedi başrahibe" kendisi sağırdır. Beni duyabildiğini sanmıyorum."

Ama görünüşe bakılırsa diğer rahibe duyuyordu. Kadın çok yavaş bir hareketle döndü ve Katherine'in gözlerinin içine baktı. Daha zihni bunun için mantıklı bir neden bulamadan, Katherine'in kalbi yerinden fırlayacakmış gibi atmaya başladı. Önce beyaz kumaşla sarılmış üçgen yüze, sonra tereddütlü ve gizemli sorular sorar gibi bakan gri gözlere odaklandı.

"Beni tanımadın mı?" diye sordu uzun boylu rahibe, sağırların düz, duygusuz ses tonuyla.

Katherine tekrar baktı. Tahtın dirsekliklerini sımsıkı tutarak ayağa kalktı. Konuşmaya çalıştı; ama beyninden kan çekilmişti. Durduğu yerden kayarak yana doğru yere devrildi.

Boşluk çok kısa sürdü; ama başrahibenin korku dolu çığlığını duyan uşağın Katherine'in nedimelerini çağırması için yeterliydi. Katherine gözlerini açtığında halının üzerinde yatıyordu. Griselda Moorehead alnına şaraplı sünger bastırıyor, Hawise burnunun altına tütsü tutuyordu ve çok sayıda kadın kendi aralarında konuşuyordu. "Neler oldu? Düşes bayılmış. Ama hiç böyle şeyler yapmaz. Ne olmuş olabilir ki?"

Başrahibe geri çekilmiş, ellerini ovalayarak dikiliyordu ve kendisinin bir hatası olmadığını, neler olduğunu bilmediğini söyleyerek ağlıyordu.

Katherine, Hawise ve Griselda'yı yana iterek dirseklerinin üzerinde doğrulmaya çalıştı ve uzun boylu rahibenin yanında diz çökerek başını eğdiğini ve yanaklarından yaşlar süzüldüğünü gördü.

"Gidin lütfen, herkes..." dedi Katherine titreyen bir sesle. "Dame Ursula dışında herkes çekilebilir. Özür dilerim, çok aptalca davrandım. Belki de nedeni sıcaktır..." Kadınlar isteksizce çekildiler. Hawise, hanımının ayağa kalkmasına yardım ettikten ve eğik başıyla dizlerinin üzerinde durmaya devam eden Dame Ursula'ya inanamayan gözlerle uzun bir bakış attıktan sonra diğerlerinin peşinden gitti.

Rahibeyle yalnız kaldıklarında Katherine eğildi ve titreyen zayıf elleri tuttu. "Blanchette..." diye fısıldadı. "Tanrım, sevgili kızım... hep biliyordum... Ulu Tanrım, bir gün geri döneceğini biliyordum!"

Rahibe sonunda başını kaldırdı. "Seni tekrar görmek zorundaydım" dedi, solgun dudakları titreyerek, "artık nefretimle yaşayamam."

* * *

O gün şatoda, Düşes'in neden akşama kadar bir Cistercian rahibesiyle kameriyesinde kaldığını bilen sadece iki kişi vardı: Dük ve Hawise, şaşkın başrahibeyi Salon'da sıcak bir şekilde ağırlarken Katherine'in rahatsız edilmemesini sağlamışlardı.

Anne ve kız, uzun bir süre konuşamadılar. Sadece sessizce ağladılar ve Katherine'in sunağında bir süre dua ettiler. Katherine, kızının hikâyesini parça parça öğrenebildi. Blanchette konuşmaya alışkın değildi ve yakalandığı hastalığın etkisi olarak kalan sağırlığı, kendisini tatmin eden iç dünyasına daha fazla çekilmesine neden olmuştu.

Bir noktayı kesin olarak açıklamıştı: Manastır hayatı ona yetiyordu, başka bir hayat istemiyordu ve bunun gerçek yaşam yolu olduğu konusunda şüphesi yoktu. On beş yıl önce yarı delirmiş hâlde yanlarına gelen ve adını bilmiyormuş gibi davranan çocuğa kucak açan rahibelere minnettardı. "Onlara kendim hakkında hiçbir şey anlatmadım..." dedi Blanchette. "Anlatamadım. Ruhum korku yüzünden eriyordu; korku ve nefret. Anne..." Derin bir nefes aldı ve Katherine'in gözlerine baktı. "O gün Avalon Süiti'nde yanlış mı duydum?"

Her şey, bütün bu yıllar boyunca Katherine'in tahmin ettiği gibiydi; kederli kaybının özünde yatan o fazladan acı. Blanchette, Gri Keşiş'in suçlamalarını yanlış yorumlamıştı ve annesinin babasını kasıtlı olarak zehirlediğini sanıyordu.

Kelimelerini büyük bir dikkatle seçen Katherine, nihayet Blanchette'in bu korkusunu giderdi. Ciddi bakışlı, yirmi dokuz yaşındaki rahibe, gerçeği korku içindeki bir çocuğun asla yapamayacağı şekilde kabullendi.

Blanchette'i uzun zamandır sürdürdüğü yalnız hayatından uzaklaştıran, düğün haberi olmuştu. Annesinin kendisine duyduğu sevgiyi hatırlamaya, Katherine'i çocukken inandığı türden bir suçu asla işleyemeyecek bir kadın olarak görmeye başlamıştı. "Ve ben... düşündüm ki... hissettim ki... bu doğru olsaydı sen Dük'le asla evlenemezdin."

Daha sonra büyük bir çabayla konuşan Blanchette, Savoy'dan nasıl kaçtığını anlattı; ama o zamanı pek net hatırlamıyordu. Avalon Süiti'nden kaçtıktan sonra şahin kulübesine saklanmıştı. "Ne kadar süre olduğunu bilmiyorum ama şahinler beni korkutmuştu ve seni, Savoy'da olanları unutmuştum. Sadece üst kattaki kafesinde duran yeşil kuşumu düşünüyordum."

Kuşu bulmak için gizli merdivenlerden kendi süitine çıkmıştı. İçerisi duman ve yaklaşan alevlerin gürültüsüyle doluyordu. Kuş ölmüştü ve asilerin Düşes'in gardırobunun bir köşesine fırlattıkları kafesinin dibinde yatıyordu. Blanchette kafesi alıp Thames'in sularına atladığında arkasındaki geçit alevler arasında kalmıştı. Bir tekne gelip onu alana kadar tahta kafese tutunarak suyun üzerinde kalabilmişti. Teknenin sahibi, Londra'da kendi ırkına karşı devam eden katliamdan kaçan bir Flamandı. Blanchette'i yanına çekmişti ve nehirde korku içinde uzaklaşmışlardı.

"Beni nerede kıyıya çıkardığını bilmiyorum" dedi Blanchette. "Birkaç gün nerelerde dolaştığımı da... Ama sanırım buraya, Kenilworth'a gelmeye, seni bulmaya çalışıyordum. Pinley köylülerinden biri beni bitkin bir hâlde tarlada yatarken bulup manastıra götürdü. Uzun bir süre sağır olduğumu sandılar. Konuşmuyordum ve az duyabiliyordum. Ama kalbim... ah, Kutsal İsa..." Bakışlarını kaçırdı ve zarif elleriyle beyaz yün cüppesinin katlarını sımsıkı tutarak pencereden dışarı baktı.

"Evet..." dedi bir süre sonra. "Diğer tüm sevgiler beni nefrete sürüklerken ayakta kalmamı sağlayan sadece O ve O'nun sevgisiydi." Ayağa kalktı ve Katherine'in yanında diz çökerek yüzüne baktı. "Anne, ben münzevi olmak istiyorum. Evet, bunu çok düşündüm; ama önce nefretimden kurtulmak zorundaydım. Tanrı'ya adanmış bir hücrede yaşayacağım ve dış dünyayı bir daha görmeyeceğim."

"Hayır, hayatım, hayır!" Katherine alçak sesle inledi. "Seni tekrar kaybedemem." Blanchette'in kaçırdığı gençliğini ve kaybettiği neşesini nasıl telafi edebileceğini düşünüyordu. Blanchette'in zaman zaman Kenilworth'u ziyaret etmesi ve bir zamanlar çok istediği gibi Kettlethorpe'a gidebilmesi için özel bir düzenleme yapılabilirdi.

Blanchette itirazları duymuyor, sadece annesinin geri çekildiğini görüyordu. "Bir münzevi olmak, benim için doğru bir şey" dedi ciddi bir tavırla.

"Tanrı kulaklarımı durdurdu, böylece O'nun sesini daha iyi duyabiliyorum. Dualarım, başkalarına yardım etmek için artık öncekinden daha güçlü olabilecek. Bundan şüphe duymamalısın anne; çünkü ben duymuyorum."

Öyle olduğunu biliyorum. Nasıl zor kazanılmış, nasıl değerli bir kesinlikti bu. Katherine, Blanchette'in sesinin üzerinde Leydi Julian'ı duyar gibi oldu. "Böyle olması gerektiğini biliyorum; kendimizi ve ruhumuzu gerçekten tanıyana kadar Tanrı'ya adanabileceğimiz zaman gelene kadar, özlem ve tövbenin şart olduğunu görmüştüm."

Blanchette'e de olan buydu; Katherine'in bundan şüphesi yoktu. Norfolk'taki isyan ve acısı sırasında Katherine'in dünyaya sırtını dönmesi ne kadar yanlışsa bu çocuğunun bir münzevi hayatı sürmesi de o kadar doğruydu.

Katherine eğilip kızının alnına bir öpücük kondururken kendisini mücadele ve aşağılanmalarla geçen uzun yıllar öncesine geri döndüren rehberliğe minnet duydu. Sonunda Tanrı çocuklarının doğum haklarını kazanmasına, Kettlethorpe'taki halkının hayatını büyük ölçüde kolaylaştırmasına ve kendisini John'a vermesine yardım etmişti.

İki kadın biraz daha konuştular; ama aslında buna gerek de yoktu. Kenilworth'un şapelinde birlikte Vespers'a katıldılar ve sonrasında uzun uzun birbirlerini öperek vedalaştılar. Katherine, Fransa'dan döndüğünde, Blanchette inzivaya çekilmeden önce, manastırda bir kez daha görüşeceklerdi.

Başrahibe bütün bu sıra dışı olayları gözleri iri iri açılmış hâlde izlemişti ve iki rahibe Pinley'e doğru yola çıkmadan önce kendisine gerçekler açıklanmıştı. Dame Ursula'nın kimliğiyle ilgili sessizliğini korumasi söylenmişti; ama Lancaster Düşesi'nin küçük manastıra duyduğu yeni ilginin yaratacağı avantajlar düşünülürse buna zaten gerek de yoktu. Blanchette'in orijinal Deyncourt çeyizi hemen kendilerine ödenecek, kıza gösterdikleri Hristiyan şefkati için başka hediyeler de sonrasında gelecekti.

Beyaz cüppeli iki kadın Mortimer Kapısı'ndan çıkıp uzaklaşırken Dük avluda Katherine'in yanında duruyordu. Karısının yüzüne bakarak şefkatle konuştu. "Sanırım bu seni benim asla yapamayacağım kadar mutlu etti. Gözlerindeki bakışı kıskandığımı itiraf etmeliyim."

"Ah, hayatım" dedi Katherine ona dönerek, "böylesine haksızlık ettiğim çocuğumun güvenliği için şükranımı sunmaktan fazlasını yaptığımı göremiyor musun? Önemli olan nihayet gelen bu bağışlanma... Başkalarına verdiğimiz tüm zararlar için bağışlandık artık. Bunu hissediyorum."

Dük onun kadar emin değildi; fakat birlikte geçirdikleri bu son aylarda,

Katherine'in daha önce sahip olmadığı o sessiz, korkusuz inanç kendisini derinden etkilemişti.

Bugün kötü bir haber almıştı. Söylentiye bakılırsa ağabeyi Gloucester'ın Kral'a karşı kanlı tehditler savurduğu duyulmuştu. *Daima korumaya söz verdiğim kişi*, diye düşündü John. *Tanrı yardımcım olsun*. Mutsuz, şaşkın durumdaki yeğenine acıyordu ve Richard'ın artık kendisini koruyacak kimsesi kalmamıştı.

Ama dün gece, John, Richard'la ilgili korku verici bir rüya görmüştü. Rüyasında, Kral'ın tombiş bedeni bir leopar kürküne sarılıydı ve zalim sarı gözleri, John'ın en büyük oğlu ve varisi Henry'yi izliyordu. İhanet. Bu sabah uyandığında John'ın dudaklarında bu kelime vardı. Rüyasından kalan korkusu kısa sürede geçmişti; ama yerini hüzne ve kötü hislere bırakmıştı. Bir süre yatakta yatarak hayatındaki hataları, başarısızlıkları, haksızlıkları, aptallıkları ve tehditkâr geleceği düşünmüştü.

Düşüncelerini söze dökmenin kendisini rahatlatacağını düşünerek rüyasını Katherine'e anlatmaya karar vermişti; ama şimdi karısının mutluluğunu bozmaya kıyamıyordu.

İki rahibe gittikten sonra Katherine güdüsel olarak bahçesine yönelmişti ve Dük de sessizce onu izlemişti. Özel bahçenin akşam sessizliğinde birlikte yürümüşlerdi. Beyaz İran zambaklarının ve şebboyların üzerinde arılar uçuşuyor, çiçek kokuları akşamı daha da huzurlu hâle getiriyordu. Ilık tuğla duvarın dibinde, altın rengi meyveleriyle kayısı ve armut ağaçları yükseliyordu. Havuzun kristal berraklığındaki suyu, Katherine ve John'ın birlikte oturup bahçeyi seyrettiği oymalı meşe bankın yakınındaki yosunlu mermer bir hazneye akıyordu. Kuğular yavrularıyla yüzüyor, akşam esintisiyle çalılar titreşiyordu.

Bahçenin huzuru, John'ı da Katherine'in beklenmedik, derin sakinliğine sürüklemişti ki aniden arkalarından gelen bir borazan sesi ortamı bozdu; köpekler havlamaya başlamış, bağrışlar yükselmişti.

Katherine oturduğu yerde isteksizce kıpırdandı. "Bu kez gelen kim olabilir?"

John'ın keskin gözleri, atını dörtnala koşturan birini gördü. "Kral'ın habercilerinden biri" dedi. "Richard'ın Fransız elçilerle ilgili yeni fikirleri olabilir; ya da belki yeni bir komployu keşfetmiştir. Daha kötüsü de olabilir. Bilmiyorum... Katherine, içimde kötü bir his var. Yaklaşan bir tehlike seziyorum."

Katherine oturduğu yerde ona döndü ve gergin dudaklarına, endişeli gözlerine baktı.

"Öyle olabilir, sevgilim" dedi yavaşça. "Belki gerçekten tehlike vardır..." Duraksadı ve daha yumuşak bir sesle devam etti. "Hayatımızda fırtınalar olmayacağına, acılarla karşılaşmayacağımıza söz verilmedi; ama bir söz vardı." Dük'ün onu pek dinlemediğini görünce gülümsedi ve devam etmekten vazgeçti. Dük'ün elini tuttu ve parmakları gevşeyip karşılık verene kadar bekledi. El ele oturarak gölün ötesindeki ormana baktılar.

John şimdi rahatlamıştı ve Katherine'in hep kendisine şimdiye dek anlamadığı türden bir güç verdiğini düşünüyordu.

Görkemli günleri geride kalmıştı. Belki ün de uzun sürmeyecekti. Belki de sağı solu belli olmayan tanrıça, ona hak ettiği gibi kötü bir ün getirebilirdi. Belki de mezar taşına, hak ettiğini düşündüğü gibi bir şövalye kitabesi yazılmayacaktı: *"Il fut toujours bon et loyal chevalier."*[93]

Ama önlerinde uzanan belirsiz yıllar ne getirirse getirsin, yaşamaya devam ettiği sürece yanında oturan ödüle ve sarsılmaz sadakate değeceğini biliyordu.

---

93 Her zaman iyi ve şerefli bir şövalye olarak yaşadı.

Sonsöz

Ertesi yıl, 1397'de, Richard, Calais'de amcası Gloucester Dükü Thomas'a karşı suikast düzenlerken Lord Arundel ihanet suçundan idam edildi. Kısa süre sonra Richard, zalimce ve açıklanamaz bir kararla Henry Bolingbroke'u sürgüne gönderdi.

Lancaster Dükü John, 3 Şubat 1399'da Leicester Şatosu'nda eceliyle öldüğünde, yanında Katherine vardı ve üç yıllık evliydiler. Dük'ün ölümünden sonra Richard bütün Lancaster mülklerine ve mirasına el koydu. Kısa süre sonra Henry, haklarını savunmak ve mülklerini geri almak için İngiltere'ye döndü.

Yaygın iddialara göre, Richard, fazlasıyla haksızlık ettiği kuzenine tahtı bırakmak zorunda kaldı ve böylece İngiltere Kralı Dördüncü Henry tahta çıktı ve Richard, kısa süre içinde öleceği Pontefract Şatosu'na hapsedildi. Katherine'in oğlu Thomas Swynford o dönemde Pontefract valisiydi ve söylentilere göre, Richard'ı açlıktan öldürmüştü.

Dük'ün ölümünden sonra, Katherine, Lincolnshire'a döndü ve dört yıl boyunca sakin bir hayat sürdükten sonra 10 Mayıs 1403'te öldü. Oğlu Harry Beaufort'un o dönemde piskoposluk görevinde bulunduğu ve daha sonra kardinal ve şansölye olduğu Lincoln Katedrali'ndeki Yüksek Sunak'a gömüldü. Katherine'in mezarı, Joan'ınkiyle birlikte hala oradadır.

Zamanla, Beaufort çocuklarından İngiltere'nin modern kraliyet soyu geldi. Richard'ın üvey yeğeniyle evlenen John Beaufort (Somerset Kontu, Dorset Markizi) sayesinde, Katherine, Yedinci Henry ve Tudor soyuna ek olarak, İskoçya'daki Stuart kraliyet soyunun atası oldu. Joan ve Ralph Neville Raby (Westmoreland Kontu) yoluyla, Katherine, Dördüncü Edward'ın ve Üçüncü Richard'ın büyük-büyükannesi oldu.

Hiç şüphesiz ki John Gaunt ve şövalye kızı Katherine de Roet, antik bir kehaneti gerçekleştirmişlerdi: *"Siz ikinizden büyük krallar doğacak!"*